中华现代学术名著丛书

中国文学发展史

上卷

刘大杰 著

商务印书馆
创于1897 The Commercial Press

图书在版编目(CIP)数据

中国文学发展史:全2卷/刘大杰著.—北京:商务印书馆,2015(2024.6重印)
(中华现代学术名著丛书)
ISBN 978-7-100-11587-2

Ⅰ.①中… Ⅱ.①刘… Ⅲ.①中国文学—文学史
Ⅳ.①I209

中国版本图书馆CIP数据核字(2015)第223107号

本书上、下卷分别据中华书局1943年版和1949年版排印

中华现代学术名著丛书
中国文学发展史
(全二卷)
刘大杰 著

商 务 印 书 馆 出 版
(北京王府井大街36号 邮政编码100710)
商 务 印 书 馆 发 行
三河市春园印刷有限公司印刷
ISBN 978-7-100-11587-2

2015年12月第1版 开本880×1240 1/32
2024年6月第3次印刷 印张36½ 插页1

定价:185.00元

刘大杰

(1904—1977)

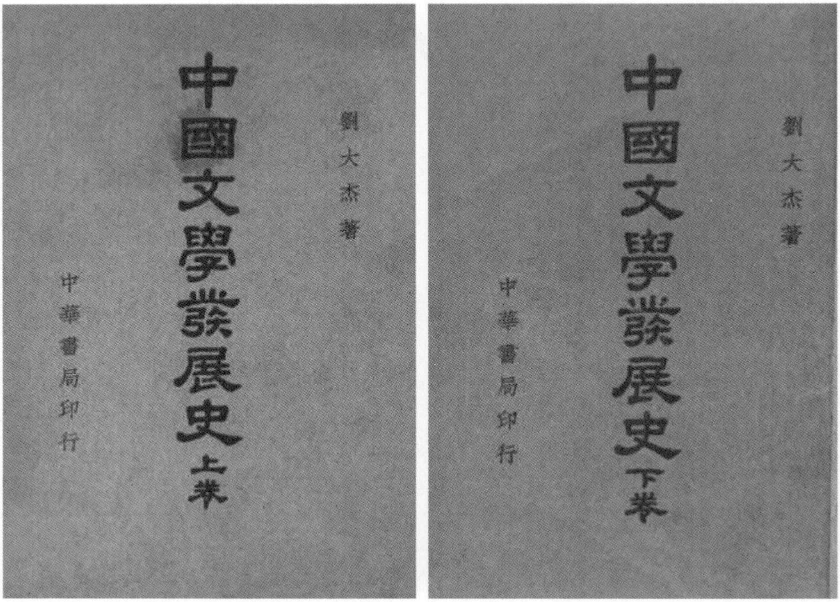

《中国文学发展史》(上下卷)中华书局1941、1949年版封面

出版说明

百年前，张之洞尝劝学曰："世运之明晦，人才之盛衰，其表在政，其里在学。"是时，国势颓危，列强环伺，传统频遭质疑，西学新知亟亟而入。一时间，中西学并立，文史哲分家，经济、政治、社会等新学科勃兴，令国人乱花迷眼。然而，淆乱之中，自有元气淋漓之象。中华现代学术之转型正是完成于这一混沌时期，于切磋琢磨、交锋碰撞中不断前行，涌现了一大批学术名家与经典之作。而学术与思想之新变，亦带动了社会各领域的全面转型，为中华复兴奠定了坚实基础。

时至今日，中华现代学术已走过百余年，其间百家林立、论辩蜂起，沉浮消长瞬息万变，情势之复杂自不待言。温故而知新，述往事而思来者。"中华现代学术名著丛书"之编纂，其意正在于此，冀辨章学术，考镜源流，收纳各学科学派名家名作，以展现中华传统文化之新变，探求中华现代学术之根基。

"中华现代学术名著丛书"收录上自晚清下至20世纪80年代末中国大陆及港澳台地区、海外华人学者的原创学术名著（包括外文著作），以人文社会科学为主体兼及其他，涵盖文学、历史、哲学、政治、经济、法律和社会学等众多学科。

出版“中华现代学术名著丛书”，为本馆一大夙愿。自1897年始创起，本馆以“昌明教育，开启民智”为己任，有幸首刊了中华现代学术史上诸多开山之著、扛鼎之作；于中华现代学术之建立与变迁而言，既为参与者，也是见证者。作为对前人出版成绩与文化理念的承续，本馆倾力谋划，经学界通人擘画，并得国家出版基金支持，终以此丛书呈现于读者面前。唯望无论多少年，皆能傲立于书架，并希冀其能与“汉译世界学术名著丛书”共相辉映。如此宏愿，难免汲深绠短之忧，诚盼专家学者和广大读者共襄助之。

商务印书馆编辑部

2010年12月

凡　　例

一、“中华现代学术名著丛书”收录晚清以迄20世纪80年代末，为中华学人所著，成就斐然、泽被学林之学术著作。入选著作以名著为主，酌量选录名篇合集。

二、入选著作内容、编次一仍其旧，唯各书卷首冠以作者照片、手迹等。卷末附作者学术年表和题解文章，诚邀专家学者撰写而成，意在介绍作者学术成就，著作成书背景、学术价值及版本流变等情况。

三、入选著作率以原刊或作者修订、校阅本为底本，参校他本，正其讹误。前人引书，时有省略更改，倘不失原意，则不以原书文字改动引文；如确需校改，则出脚注说明版本依据，以“编者注”或“校者注”形式说明。

四、作者自有其文字风格，各时代均有其语言习惯，故不按现行用法、写法及表现手法改动原文；原书专名（人名、地名、术语）及译名与今不统一者，亦不作改动。如确系作者笔误、排印舛误、数据计算与外文拼写错误等，则予径改。

五、原书为直（横）排繁体者，除个别特殊情况，均改作横排简体。其中原书无标点或仅有简单断句者，一律改为新式标点，专名号从略。

六、除特殊情况外，原书篇后注移作脚注，双行夹注改为单行夹注。文献著录则从其原貌，稍加统一。

七、原书因年代久远而字迹模糊或纸页残缺者，据所缺字数用“□”表示；字数难以确定者，则用“（下缺）”表示。

上卷目录

自序

中国文学发展史，是中国文化发展史中的一部分，也可以说是最精彩的一部分。法国的朗宋在《论文学史的方法》一文中说："一个民族的文学，便是那个民族生活的一种现象，在这种民族久长富裕的发展之中，他的文学便是叙述记载种种在政治的社会的事实或制度之中，所延长所寄托的情感与思想的活动，尤其以未曾实现于行动的想望或痛苦的神秘的内心生活为最多。"可知文学便是人类的灵魂，文学发展史便是人类情感与思想发展的历史。人类心灵的活动，虽近于神秘，然总脱不了外物的反映，在社会物质生活日在进化的途中，精神文化自然也是取着同一的步调，生在二十世纪科学世界的人群，他脑中绝没有卜辞时代的宗教观念。在这种状态下，文学的发展，必然也是进化的，而不是退化的了。文学史者的任务，就在叙述他这种进化的过程与状态，在形式上，技巧上，以及那作品中所表现的思想与情感。并且特别要注意到每一个时代文学思潮的特色，和造成这种思潮的政治状态、社会生活、学术思想以及他种种环境与当代文学所发生的联系和影响。再其次，文学史者要集中力量于代表作家代表作品的介绍，省除烦琐的不必要的叙述，因为那些作家与作品，正是每一个时代的文学精神的象征。但这种工作，是艰难而又危险的。艰难在于年代过于久远，材料过于繁杂，你很不容易得着适当的处理与剪裁，在求因明变的工作上，很难得到圆满的成绩。所谓危险，便是文学史者最容易流于武断的印象的主观态度，随着自己的好恶，对于某种作品某派作家，时常发生不应有的偏袒或谴责，因此写出来的不是文学发展的历史，而成为文学的评论了。这种现象几乎成了文学史者的通病，实在是很危险的。朗宋又说："写文学史的人，切勿以自我为中心，切勿给与自我的情感以绝对的价值，切勿使我的嗜好超过我的信仰。我要做作品之客观的真确的分析，以及尽我所能收集古今大多数读者对于这部作品的种种考察批评，以控御节制我个人的印象。"我在写这本书时，是时时刻刻把他这一段话记在心中的。但人类究竟是容易流于主观与情感的动物，所以在这一点上，我恐怕仍是失败了。所谓"心有余而力不足"，正是我这工作成绩的苦痛的说明。我自己也知道，从事这种范围广大的工作，错误遗漏的地方是难免的。我诚恳地希望高明的读者们，加以批评和指正，给我将来一个修补的机会。

民国二十九年九月于上海

上　　卷

第一章　殷商社会与巫术文学

一　卜辞中的古代社会与原始文学的状况

中国的历史,《史记》开始于黄帝;《尚书》开始于尧、舜,如果这事实可靠,我国在四千六百多年或是四千二百多年前,就呈现着光辉灿烂的文化了;但近数十年来,经许多考古学者、古史研究者的努力,中国的信史时代,缩短了不少。不仅三皇成了神话中的英雄,连尧、舜都是传说中的人物了。在这方面作为有力的材料的,是四十年前发现的卜辞。

卜辞的发现,完全出于偶然。一八九八——八九九年间,河南安阳县小屯村的农民在耕地的时候,无意中在土下发掘了无数的龟甲和兽骨,上面都刻着极原始的文字。开始由于古董商的收集,后来渐渐为考古学者所注意,于是搜罗研究的传布,在中国近代的读书界,引起了大大的注意。就是日本、欧美的学者,也都在研究搜罗。日本的林泰辅(曾编印《龟甲兽骨文字》二卷)、欧美的戈林(S. Conling)、查耳芳(F. H. Chalfant)、何普金(L. C. Hopkins)诸氏,都是这方面的有名人物。何普金曾著有《骨上所雕的一首葬歌和一家系图》一文,戈林曾写过一篇《河南所出之奇骨》。他说他专门为采办甲骨，前后到中国来过三次。可见海外学者对于这些骨片的兴趣了。

在中国，前有刘铁云、罗振玉的搜罗，后有中央研究院大规模的发掘(民国十七年)，于是出土的材料，更加丰富，研究的人更是一天天多起来了。在这方面成绩最优良的，我们不得不推举罗振玉、王国维、郭沫若诸人。罗、王二氏努力于文字内容以及殷商制度的考释，郭氏则以科学的态度，利用这些古代文字的材料，去探讨我国古代社会的经济状态与精神文化。他们在这方面都得到了良好的成绩。

经许多学者的考证研究，断定这些在龟甲兽骨上刻的古体文字，大部分是殷商王朝用为占卜的文辞，其时代大约是从盘庚到帝乙(约当西历纪元前一四〇一—前一一五五)，正是商朝后期的重要文献。由于这些文献的考察，我们对于商代的社会组织、经济情形以及精神文化各方面，可以得到下面那样粗浅的认识。

一、经济状况

因为龟甲兽骨上的刻字，不是石器所能行的，并且在殷墟中，还发现了雕镂的象牙，这都证明商朝是到了青铜器时代。如果前人所发现的那些商代的钟鼎彝器有几样可靠的话，那更无须辩证了。但在甲骨文字内，到现在还没有发现铁的痕迹。铁的使用，是由青铜器进步，到了周朝才出现的。因此我们可以说商代的生产工具是青铜器，但同时也还使用石器，因为在殷墟的古物中，还有石器的遗留。据古史的记载，商朝自契至盘庚前后迁都多次，盘庚以后迁徙的事就少了。可知盘庚以前正过着游牧民族的生活，逐水草而居，为了生活上的要求，不得不时常迁动。所以盘庚迁都的时候，曾对人民说："先王有服，恪谨天命。兹犹不常宁，不常厥邑，于今五邦。"所谓不常宁，不常厥邑，这正说明迁徙的原因，多半是由于经济生活的关系。到了盘庚时代，农业渐渐发达，生产的形式有所改变，生活比较固定，自那时以后，就不必像从前那样东迁西徙了。在卜辞内有禾、黍、桑、丝、农、穑、畴、畯等字。并且占卜风雨和丰年的事体也很多（据罗振玉所辑卜辞一一六九条，卜风雨者一一二，卜年者三四），这都是说明农业在当时已经发达，一般人民对于农事是很关心的了。关于畜牧，在商朝已到了极蕃盛的时代，在卜辞中，知道马、牛、羊、鸡、犬、豕已成为家畜，并且都作为牺牲之用，可知畜牧在当日盛行的状况。因此我们可以说，商代的生产是由畜牧经济而入于农业经济的。

二、社会组织

商朝的社会组织，似乎还没有达到完全国家的形式，主要是以氏族为单位。各族都有其独立的组织，由各族的大联合，而成为一个部族的集团。卜辞中的王，便是这集团的领袖。商族在当时的各族中，力量最大，成为部族集团的首脑。考察古史记载，知道商朝王室对于各诸侯只是联盟的关系，还没有达到中央集权的统治关系。王国维说："自殷以前，天子诸侯君臣之分未定也。故当夏后之世，而殷之王亥、王恒，累叶称王。……盖诸侯之于天子，犹后世诸侯之于盟主，未有君臣之分也。"（《殷商制度论》）未有君臣之分，这正表示国家制度还没有完全形成。王氏又说："周之灭殷，灭国五十；又其遗民，或迁之雒邑，或分之鲁、卫诸国。"（《殷商制度论》）这种事实在《左传》及《史记·殷本纪》中都记载得很清楚。有事是整族担任，国亡全族都变为奴隶，这种灭国迁民的事实，正是殷人的社会尚为氏族组织的证明。但是在商朝，特别是盘庚以后的社会状况，因农业经济的发展，氏族的组织渐趋于分解，而有变为家族的倾向，私有财产制度，也就在这时候开始发生。卜辞中已有“锡贝”的记事，当时的王侯，既能以货贝物品赐予其臣下，那么氏族的公物已成为王侯的私产，臣民也已经得有私产的权利了。同时因产业生产发达的结果，种族间的争夺交涉必趋于频繁，于是军事领袖的权力也必日益强大。当时的社会组织这样分化发展到最高度的时候，于是氏族社会的原始民主制，变为最高军事领袖的独裁了。由王国维氏研究的结果，商朝的帝系，还没有完全的嫡庶制。他说：“商之继统法，以弟及为主，而以子继辅之，无弟然后传子。自汤至于帝辛，三十帝中，以弟继兄者，凡十四帝。其传子者，多为弟之子，而罕传兄之子。盖嫡庶长幼之制，商无有也。”兄终弟及，无弟传子，正说明由氏族制度转变到家族制度的情形。同时由这种世袭制度的实行，足知当日最高领袖，已有强大的权力，国家的形式已开始萌芽。因此，我们可以说，商朝的社会，是由氏族社会走到国家形态的过渡时代。正式的国家规模，是到了次代的周朝，才建立起来的。

三、精神文化

讲到商代的精神文化，首先得注意宗教。当日的宗教观念，还完全在巫术与迷信的时代。至于宗法伦理观念的反映于宗教，是到了周朝才产生的。所谓庶物崇拜的多神思想，正是当时人民的信仰。因为尚鬼敬神，所以无论大小的事，都须取决于占卜。“殷人尊神，率民以事神，先鬼而后礼。周人尊礼尚施，事鬼敬神而远之。”（《礼记·表记》篇）这种宗教观念的进展，是表现得非常显明的。宇宙万物的种种现象，对于初民实在无往而不神秘。所谓天神、地祇、人鬼，无非都是因于怀疑、恐惧、敬仰而生出来的一种精神状态。因为敬畏，自然就会生出祭祀祈祷的事情来，这样，疑难既可得着解决，心灵也可得着慰安。在这种状态下，沟通神鬼人事的巫祝占卜的专门人才便出现了。这种人在当时的社会内，是最高的智识阶级，是精神文化的权威，是教育艺术的掌管和经营的代表。《国语·楚语》中说：“古者民神不杂。民之精爽不携贰者，而又能齐肃衷正，其知能上下比义，其圣能光远宣朗，其明能光照之，其聪能听彻之，如是则明神降之。在男曰觋，在女曰巫。”韦昭注云：“觋见鬼者也。”《说文》云：“巫祝也，女能事无形以舞降神者也。”男觋、女巫是担任沟通人神意志的职务，他们的地位很高，有支配人事的权力。在初民社会内，这些见鬼事神的术士，同时，就是政治上的领袖，后来社会的组织发生变化，神权思想的衰落与人权思想的兴起，于是术士渐渐地变为帝王的附庸了。现在觉得帝王是极其尊严，术士是极其卑贱，其实术士正是野蛮时代的帝王，帝王也只是文明时代的术士而已。在完全屈服于神鬼的恐惧下的上古人民的心目中，对于祭祀祈祷一类的事，自然看作是无上的庄严与重要的。在一一六九条的卜辞内，关于祭祀的有五三八条之多，巫史二字也见于卜辞，并且在商朝的臣僚中，有巫咸、巫贤这一类的名字。由于这些，我们便可推想所谓巫史卜筮之类，在当时是占着多么重要的地位。因为祭祀祈祷以及献媚神鬼的种种仪式的举行，于是音乐、唱歌、跳舞的各种艺术，都带着实用的功能，在祭坛下面发展起来了。

宗教思想以外，我们要注意的是商朝的文字，究竟发达到了什么阶段。我国文字创始的传说，战国间人一致承认是仓颉。《荀子·解蔽》篇，《韩非子·五蠹》篇和《吕氏春秋》的《君守》篇，都有仓颉作书的记载。仓颉究竟是什么时候人，他们都没有说，可知这只是一种传说。我们要知道文字是起源于图画，日积月累地进化，以至于完成，决非一人的才力所能创造。最初的形式，文字与图画不能分开，渐渐进化，于是作为记载的符号的文字与纯粹成为美术的绘画，各自独立。可知文字的形成，是需要一个长久的时期。上古各时代中的文化的高低，可由其文字发展的阶段表现出来。商朝虽有了文字，但还没有达到完成的地步。甲骨上所刻的，据商承祚的《殷虚文字类编》，可识的有七百八十九字，及最近孙海波的《甲骨文编》出，可识的有一千零六字。合着不可识的，大约共有二千之谱。但在这些字里，十之七八是图画形式的象形文字。许慎说："依类象形谓之文，形声相益谓之字。"那么甲骨文字大半都是依类象形的文。同时一字有数种或多至数十种的写法。字体的构成，或倒或横，或左或右，或正或反。文句的构成，或横行直行，或左读右读，没有规律固定的形式。可知商代的文字，尚在创造形成的途中。至于卜辞上的记载，都非常简略拙劣，辞藻的修饰，更是谈不上的。

由于上面这些叙述，我们知道商朝是一个由畜牧经济转到农业经济的石、铜器并用时代。社会组织是氏族社会的末期，而私有财产及国家制度都已开始萌芽。文字尚在形成的途中，宗教思想正为庶物崇拜的巫术所统治。因此，我们可以得一个结论，中国的信史，是应该从商朝开始的。我国的文学史，也应该从这时候，开始他的第一章。

我们要明了了商代的社会基础和文化思想的真实情形以后，才有充分的权利来否认中国古籍上所记载的商代的和它以前的文献的真实性。不要说黄帝时代的《素问》、《阴符》，就是《尧典》、《禹贡》以及《商书》、《商颂》，也都是殷商以后的著述，我们只要从思想文字以及经济生产各方面去考察，便可得着真确的证明，像那些烦琐的辩证，实在是多余的了。我们试想，商朝末期的社会组织与精神生产都还是那么幼稚，如何在它的前面，能产生像《尧典》、《禹贡》那种表现着宗法的伦理观念与完整的国家形式的文明社会呢？卜辞上面的文字还在形成的途中，记载的文句是那么的粗劣，在殷商以前如何能产生像《尧典》、《禹贡》那么典雅的散文，又如何能产生像《击壤》、《康衢》、《卿云》、《南风》那样的诗歌呢？古代的散文，《尚书》内虽有虞、夏、商《书》，单篇的严可均也辑了不少。古代的韵文，《诗经》内有《商颂》，冯惟讷《诗纪》中所辑的古诗，数目也很多。但这些都是不可靠的材料。我们可以大胆地说，在殷商时代，还没有成文的文学。上面所列举的文献，都是周代或是周代以后的作品。到现在还只能依着卜辞，去推测殷商时代的文学状况。

文学的创始，无论谁都知道是歌谣。但歌谣最初的形式，是同音乐、跳舞混合在一起，不容易分开。虫鸣鸟语，可以说是音乐，也可以说是歌谣。渐渐的进化，较为完备的乐器与文字出现以后，于是音乐与诗歌才分成为独立的艺术，由于跳舞，而演化为戏曲。布哈林(Bukharin)在《历史的唯物论》中说："艺术最古的形态，是跳舞、音乐与诗歌。这三种东西是互相融合在一块的。"在中国的古籍内，每提到诗歌时，也都是把诗、乐、舞三者合着来说明。在那里形成着不可分离的联系。

> 人喜则斯陶，陶斯咏，咏斯犹，犹斯舞。(《檀弓》)
>
> 诗言其志也，歌咏其声也，舞动其容也，三者本于心，然后乐器从之。(《乐记》)
>
> 诗者，志之所之也。在心为志，发言为诗。情动于中而形于言，言之不足故嗟叹之，嗟叹之不足故咏歌之，咏歌之不足，不知手之舞之、足之蹈之也。情发于声，声成文，谓之音。(《毛诗序》)

这些里面所讲的，虽有偏重心理的发展忽略社会的根源的缺点，但将诗歌、音乐、舞蹈三者联合起来的事，是相当正确的。《吕氏春秋·古乐》篇说："昔葛天氏之乐，三人操牛尾投足以歌八阕。"这虽是一种传说，然初民艺术的形态，确是这种样子，那种一面唱歌一面操着牛尾跳舞的神情和姿态，正合着初民的风味。

艺术的起源，前人多主张起于游戏，近来许多新兴学者的研究，则主张起于劳动。俄国的蒲力汗诺夫(Plekhanov)在《原始民族的艺术》内，费了很长的篇幅，说明劳动先于游戏，实用的生产先于艺术。毕海尔(Bücher)对于音乐诗歌与劳动的关系，他这样说："在那发达的最初阶段上，劳动、音乐、诗歌，是紧密地相结合着的。然而这三位一体的基础要素，却是劳动。其余的两要素，仅有从属的意义。"又关于跳舞说："原始民族的许多跳舞，只是一种生产行为的意识的模仿。所以当这模仿描写之际，劳动是必然地应该先行于跳舞的。"(《劳动与韵律》)或为劳动的调节，或为生产行为的模仿，我们知道艺术在最初期，便带着实用的功能。后来社会渐渐进化，于是艺术进而为神鬼服务，变成了佛理采(Friche)在《艺术社会学》中所说的巫术的艺术了。等到艺术为宗教服务的时候，它才获得了社会上的地位和宣传的使命。

文字诗歌的发生虽是较迟，口头的歌辞是与音乐跳舞同时起来的。孔颖达在《毛诗正义》内，也说过音乐起源便是诗歌起源的话。我们以此为根据，来看看卜辞。卜辞中虽无诗字，但乐舞之字却很多，乐器已有鼓、磬与龠，还有小笙之和与大箫之言。这些东西，都是用于祭祀。可知商代的乐舞已经到了相当高的程度。在这种情况下，因此我们可以断定在殷商时代，一定有不少的祭祀祈祷的口头歌辞。只因当代文字的不完备，无法记载下来，就都这样失传了。卜辞以外，也有人将商末的钟鼎彝器上的文字，来作为研究原始文学的材料的。但这些金属器物的真实性，到现在还成问题，我们只好割爱。

二　《周易》与巫术文学

卜辞以后，我们要作为上古文学的重要资料的，便是《周易》。古代虽有伏牺画卦，文王作卦辞，周公作爻辞的传说，这自然是靠不住的。关于《周易》的时代，经近人的种种考证，一致证明是商末周初。至于作者问题，我们知道他是一本卜筮的书，决非一人所作，大概是日积月累，由那些巫卜之流编纂而成。《周易》与卜辞，在其社会的意义上，在其本身的性质上，是相同的。即其体例，亦有许多相似之处。所不同者，《周易》无论在方法组织方面，在意识文字方面，是带有进步的姿态而出现的。至于《周易》中所表现的社会文化的状态，也较在卜辞中所表现的大为进步。

一、父系家族制度的完成

在卜辞中已有父系家族制度的萌芽的征象，到了《周易》，这情形大为进步。由“纳妇吉”（《蒙九二》），“得妾以其子”（《鼎初六》），“归妹以娣”（《归妹初九》），“子克家”（《蒙九二》），这些文句看来，知道当日男子可以娶妻蓄妾，女子可以出嫁，儿子可以承家了。这都是父系家族制度的有力的证明。可知《周易》时代，母系制度已经衰落了。

二、国家的形式较为完备

在《周易》内，已经有天子、国君、王公、诸侯、武人、巫史种种的名称。如“公用享于天子”（《大有九三》），“大君有令，开国承家”（《师上六》），“观国之光，利用宾于王”（《观六四》），“武人为于大君”（《履九二》）等等，都是有力的例证。可知当时的政治组织相当完备，确具有正式国家的初步规模。这时候比起由氏族社会的末期移转于国家雏形的卜辞时代来，是大为进步了。

三、农业工商方面

在《周易》中所表现的，也较卜辞中所表现的大为进展。《周易》中虽关于农事的材料不甚多见，但由工商业方面的进步，是可作为农业发达的暗示的。工艺方面，有大车，有精美的猎器、酒器和祭器。商人也有了，可以买卖物件，可以买卖奴隶，可知在商代已萌芽的私有财产制度，在当时已完全成立了。

四、宗教思想

在《周易》中也有了显明的进化。庶物崇拜的痕迹虽仍是残存着，由“自天之佑，吉无不利”（《大有上九》），“用亨于帝”（《益六二》）这些句子看来，至尊的天帝观念是已经有了。祖先崇拜是跟着父系家长制与私有财产制起来的。如“王假有庙”，这正好作为祖先崇拜的说明。其它如音乐、跳舞、文字方面，比起卜辞时代，都有很大的进步。不过这些艺术，无一不是适应当代的物质生产而与时代生活是发生密切的关系的。无论乐歌舞蹈，大都是用于祭祀祈祷和祝捷。这与以魔术迷信和战争为生活基调的当代社会正相适合。这时代的艺术的社会机能，还正在履行他的巫术的使命。

我们不能说《周易》是一部迷信的卜筮书，就放弃了它在文学史上的价值。它实在是卜辞时代走到《诗经》时代的唯一桥梁。由那样拙劣的卜辞文字，如何能一步便跳到那样成熟的《诗经》？无论在思想与文字的进化上，我们觉得《周易》实在是这过渡时代最适当的产物。一部迷信的卜筮书，表面上似乎没有文学上的价值，但我们要知道，那时代的艺术，正是用作迷信魔术的宣传工具，在它的成就上，只能做到这一点。在那里面，自然谈不到伦理教养的意识与纯粹唯美的艺术，便是高尚的宗教观念，也还没有。佛理采在他的名著《艺术社会学》第二章内，说明艺术的社会机能时，他将艺术的发展，分为巫术的、宗教的、教育的、纯粹艺术的四个阶段的事，实在是非常正确的。明白了这一点，我们如果说《周易》是巫术文学的代表,也就没有什么可怪了。

卜辞中的文句,虽偶有较长的记载,大半都是下面那种简朴的形式。

一　癸亥卜贞王旬亡畎在五月肜日小甲。

二　癸未子卜贞我不吉出。

三　戊寅子卜有它戊寅子卜亡它。

四　其获其获。

上面随便列举几条作一个例,使我们知道卜辞上的文句的构造是这么的幼稚。但是到了《周易》,文字的进步是极大的。爻辞中已经有许多很有诗意的韵文了。

——屯如邅如,
　　乘马班如。
　　匪寇,婚媾。

（《屯六二》）

——贲如皤如,
　　白马翰如。
　　匪寇,婚媾。

（《贲六四》）

——乘马班如,
　　泣血涟如。

（《屯上六》）

无论在描写上，在音节上，都不能不算是好的小诗。同时在这些文字里，当代的社会生活，也表现得活跃如画。男子威风凛凛地骑着白马，跑到女人家里去，人家以为他是强盗，等到女人被他抢去了，才明白他是为婚姻问题而来的。女的被挟在马上，还泣血涟如地伤心地哭着，把那一幕抢婚的情景，活活地呈现在我们的眼前，这种情形，正是《周易》时代男娶女嫁的家庭制度形成以后的一种普遍现象。就是到了现在，许多野蛮民族内，还能见到这种掠夺婚姻的事实。

——女承筐，无实。
　士刲羊，无血。

（《归妹上六》）

这是一首有情有景的牧歌。在广大的牧场上，一男一女快乐地做着工。男的剪羊毛，女的用篮子盛着。用十个字把那情景表现得活跃如画，那手法是多么经济，那情景是多么美丽。

——鸣鹤在阴，其子和之。
　吾有好爵，吾与尔靡之。

（《中孚九二》）

这完全是一首比兴的抒情诗歌了。听着一对雌雄的鹤的唱和，因而起兴，于是这一对男女也说出“我有好酒来共醉一下罢”的情话了。在艺术的成就上，就是放到《诗经》的《国风》里去，也是毫无愧色的。

——明夷于飞，垂其翼。

君子于行，三日不食。

（《明夷初九》）

这也是一首比兴的诗歌。诗中所表现的，似乎是描写一个旅客在途中所受的饥饿的艰苦。见着天空垂翼不停的飞鸟，自己已经有三天没吃东西，自然是会感着一种悲伤的。“浮云游子意，落日故人情”，上面那位君子，是带着这样的情感的罢。明夷两字，前人虽有种种解释，我想在这种地方，把他看作是一种鸟，无论如何是正确的。像上面这些例子，虽说把他们放在卜筮的书里，作为巫术迷信的装饰，还没有得到独立的文学生命，但我们从其形式修辞和情感上看起来，实在都成为很好的诗歌了。由这时代再走到《诗经》，在诗歌进化的过程上，无论从哪一点看来，都是非常合理的。如果一步由卜辞就跳到《诗经》，那发展就过于突进了。

由上面的叙述，我们可以得到下面那样的结论：

一、文学正如其它的艺术一样，是社会生活的反映。决不能离开当日的物质生产状况与社会意识而独立发展。这种状态。在文学的原始时代，表现得更是明显。所以艺术是生活的附庸，无论他的社会使命，是巫术的、宗教的或是教育的，总是脱不了实用的功能。

二、由于卜辞对于商代的社会基础与精神文化的考察，知道中国的信史时代，应该从商代开始。诗歌与音乐、跳舞在最初的阶段，是一种混合的艺术。由于卜辞中的音乐、跳舞之盛，我们可以断定商代一定有很多的口头歌辞，只因为文字不完备，没有记载下来。至于古籍中载录的那些殷商的和他以前的典雅的散文和韵文,自然都是不可靠的材料了。

三、《周易》虽是一本迷信的卜筮书,因为当代的艺术,正在巫术的统治时代,所以他在中国的文学史上,是要作为卜辞与《诗经》的过渡时代的重要文献来考察的。

四、卜辞的记载,虽是那么拙劣,在那里确已呈现着原始散文的雏形。到了《周易》,文句较为进步了,于是由此便走到了《尚书》。

第二章　周诗发展的趋势

一 《诗经》时代的社会形态

农业经济在殷商时代的中叶，虽已开始其发展，然作为社会生产的主业，则始于西周。我们由《大雅》中的《生民》、《公刘》、《绵绵瓜瓞》诸叙事诗看来，周民族似乎是农业的发明者，同时也暗示着他们是靠着农业而兴盛起来的民族。《生民》篇中所表现后稷的出生是那么神奇，从小就懂得各种农产物的种植，这大概是一位农神，而后来周民族作为自己的祖先的罢。再如公刘的居豳，古公亶父的居岐山，都因为从事农业而得到发展进步的事，大概是可靠的。到了文王时代，农业更加发达，财力日益丰富。《史记·周本纪》上说文王"遵后稷、公刘之业，则古公、王季之法，而教化大行"，这正是农业经济助长社会发展的说明。他于是先把四周的犬戎、密须、耆国、崇侯虎诸部落征服，进一步向中原发展，由岐山迁于丰邑，实行翦商了。这种事业到他的儿子武王，便得到了成功，而建立了周代的天下。

由上述的史事看来，知道周代的农业，并非灭商以后，由商代承袭过来而呈现着突然的发展的。在文王以前，他们的祖先，在关中一带的肥地,便从事农业的生产。因为有那种好的地理环境,所以农业的进步是比较快的。《史记·货殖列传》云:"关中膏壤,沃野千里。自虞、夏之贡,以为上田。而公刘适邠,大王、王季在岐,文王作丰,武王治镐,故其民犹有先王之遗风,好稼穑,植五谷。"这里所讲的虞、夏之贡,虽不可信,但那些地方宜于农业,却是实情。由此我们可以知道周代初期的农业,一面是凭着祖先的经验,与好的地理环境,一面再从那些和他们发生交涉的部族学习农耕的方法,到后来再加以被征服的民族的劳力的辅助,于是到了丰、镐时代,农业便达到了高度发展的形态。国家的规模因以形成,财力因以丰富,进一步开始翦商的重大任务了。因为发展农业得到了这种好处,所以周公在《周书·无逸》篇内,一面是赞颂祖先们重农的功业,同时又告诫子弟要知道稼穑的艰难,努力求进步,不要荒废了这门业务。在周诗内的《七月》、《南山》、《楚茨》、《甫田》、《大田》、《丰年》、《良耜》,《周书》内的《金滕》、《梓材》、《康诰》、《洛诰》、《无逸》诸篇里,都有农事的记载。或记农民的生活,或记农民的祭祀,或说明农业与国家的关系。比起卜辞、《周易》时代的情形来,这时候真可算是农业的茂盛时代。随着农业的发展,工艺和商业自然也跟着走上繁昌之途了。

生产事业这样迅速地发达下去,所谓社会组织以及思想文化方面,也就都灿烂地进步起来了。封建的贵族政治,父权的家族制度,土地、奴隶的私有与封赐,贵族地主与农奴阶级的形成,都是这时候政治社会上的特征。作为拥护天子地位的天神教,巩固父权地位的祖先教,带着伦理的政治的观念,在宗教思想中出现了。比起卜辞时代那种庶物崇拜的巫术迷信的观念来,这时候的宗教思想,已经走入人本的礼治的进步的阶段了。《礼记·祭义》篇中,将这种思想的进化，说得很正确。

> 宰我曰：吾闻鬼神之名，不知其所谓。子曰：气也者神之盛也，魄也者鬼之盛也。合鬼与神，教之至也。……明命鬼神，以为黔首，则百众以畏，万民以服。圣人以是为未足也；筑为宫室，设为宗祧，以别亲疏远迩。教民反古复始，不忘其所由生也。众之服自此，故听且速也。

一样称为宗教，一样是敬神畏鬼，因为时代社会的关系，其中所表现的思想观念，却有明显的差别。在宗教发展的最初阶段，因人民对于自然界的神秘现象与死者灵魂的恐怖，因而发生神鬼的观念，当日的祭祀，不过是享鬼敬神，借以减少畏惧之情。到了后来，聪明的政治家，利用这种迷信去畏服黔首，统治家族，更进一步而发生反古复始的高尚的感情。到这时候，宗教是渐渐地脱离了巫术的迷信，而披上了伦理的政治的衣裳，出现于文化的舞台了。周公在《周书·君奭》篇中所说的“天不可信，我道惟宁王德延”，这正是聪明政治家利用宗教统治政治的明白的口供。《礼记·表记》上说：“殷人尊神，率民以事神，先鬼而后礼。……周人尊礼尚施，事鬼敬神而远之。”一个是先鬼而后礼，一个是事鬼敬神而远之，那种宗教思想进化的形迹，真是一语道破了。

我们如果依照美国考古学者莫尔干（Morgan）对于古代社会分期的意见，把殷商时代看作是野蛮时代的末期，那么西周时代在中国历史上，确是文明的时代了。王国维氏在《殷商制度论》中说：“中国政治与文化之变革，莫剧于殷、周之际。殷、周间之大变革，自其表面而言之，不过一家一姓之兴亡，与都邑之移转。自其里言之，则旧制度废而新制度兴，旧文化废而新文化兴。……欲观周之所以定天下，必自其制度始矣。周人制度之大异于商者，一曰立子立嫡之制，由是而生宗法及丧服之制，并由是而有封建子弟之制，君天子臣诸侯之制。二曰庙数之制。三曰同姓不婚之制。此数者皆周之所以纲纪天下，其旨则在纳上下于道德、而合天子诸侯卿大夫士庶民以成一道德团体。"（《观堂集林》卷十）他在这里所指出的与殷商不同的如国家家族以及宗教男女间的种种制度，正是西周时代的文明。社会基础进展到了这种阶段，人民的生活情感，自然是日趋于丰富繁杂，思辨的智力，也发达起来了。在这种情况下，成形的哲学与文学，适应当代的物质生产与社会生活而出现的事，是一种极合理的现象。在文学上作为这一个时代的代表的，是到现在还存在着的那三百零五篇的《诗经》。

《诗经》本为三百十一篇，其中《南陔》、《白华》、《华黍》、《由庚》、《崇丘》、《由仪》六篇为笙诗，有声无辞，故现存的诗只有三百零五篇了。这些诗我们虽无法考证每篇的时代，但就其全体而言，约起于周初（西元前一一二二年），止于春秋中期（西元前五七〇年），这三百多篇诗，是前后代表着五百多年的长时代。其中有成、康时代的宗教诗，有厉、平时代的叙事诗、社会诗，有宫廷的宴猎诗，有民间的情歌舞曲。在这一个长的时期中，政治上起伏变化的事实是很多的。成、康两代，天下安定，史称刑措不用者四十年，可称为周代的黄金时代。昭、穆以后，国势渐衰。厉王的被逐，幽王的被杀，平王的东迁，都是有名的史事。东迁以后，王朝的威望日弱，诸侯吞并，夷狄交侵，社会上呈现出一个极度紊乱的局面。由平王四十九年起，而入于春秋时期。这些兴亡治乱之迹，在三百多篇诗里，反映着非常明显的影子。在思想方面，我们也可看出一种进化的痕迹。周初去古未远，神鬼的至尊观念，还能坚固地统治人们的心灵。当时的文学，正是那些为宗教服务的舞歌。那代表的便是《周颂》。后来社会进化，人事日繁，产业发达与政治权力的进展，那些支配的贵族，在生活满足之外，便逐渐想到那些声色的娱乐。于是文学便由宗教的领域，走进人事的领域。大小《雅》中的那些宴会诗、田猎诗便是极好的代表。再如那些记载民族英雄的叙事诗，也是属于这一类的作品，厉、幽以后，国势日非。战乱财穷，人心怨乱，昔日尊严的宗教观念，在人心中起了动摇，无论对于天神或是人主，都发出怨恨的呼声了。古人称为变风变雅的那些作品，正好作为这种呼声的代表。在这些呼声中，表现了神权的衰落与人性的觉醒。我们研究《诗经》的时候，必得要留意这种思想进展的过程。不用说，在这种进程中，文学的艺术，也是跟着进化的。

二 《诗经》与乐舞的关系

我们现在都知道《诗经》是我国最古的优秀的文学作品，但它们在当日的社会机能，大部分却是音乐与跳舞的附庸，还没有得到独立的文学的生命。孔子说："吾自卫反鲁，然后乐正，《雅》、《颂》各得其所。"（《论语·子罕》篇）墨子也说过"儒者诵诗三百，弦诗三百，歌诗三百，舞诗三百"的话（《公孟》篇）。他又在《非儒》篇内，把"弦歌鼓舞以聚徒，务趋翔之节以观众"的事，当作孔子的罪名。《史记·孔子世家》云："三百五篇，孔子皆弦歌之．以求合韶武雅颂之音。"诗之可籥，见于《周官》，诗之可管，见于二《礼》，诗之可箫，见于《国语》。由此可知《诗经》在古代与音乐跳舞的关系的密切了。因此有许多人把《诗经》便看作是古代的《乐经》。明代的刘濂在《乐经元义》中说："《六经》缺《乐经》，古今有是论矣。愚谓《乐经》不缺，《三百篇》者《乐经》也，世儒未之深考耳。"(《律吕精义·内篇五》引)郑樵在《乐府总序》中说：

> 古之达礼三，一曰燕，二曰享，三曰祀。所谓吉凶军宾嘉，皆主此三者以成礼。古之达乐三，一曰风，二曰雅，三曰颂。所谓金石丝竹匏土革木，皆主此三者以成乐。礼乐相须以为用，礼非乐不行，乐非礼不举。自后夔以来，乐以诗为本，诗以声为用，八音六律为之羽翼耳。仲尼编诗，为燕享祀之时用以歌，而非用以说义也。古之诗今之辞曲也。若不能歌之，但能诵其文而说其义可乎？不幸腐儒之说起，齐、鲁、韩、毛各为序训而以说相高，汉朝又立之学官，以义理相授，遂使声歌之音，湮没无闻。然当汉之初，去三代未远，虽经生学者不识诗，而太乐氏以声歌肄业，往往仲尼三百篇，瞽吏之徒例能歌也。奈义理之说既胜，则声歌之学日微。(《通志·乐略》)

郑樵这段话，自然是极有见识的。他能认识《诗经》在当日只有乐舞的地位，与享燕祭祀的功能。应该从声歌上去研究诗，不应该从义理上去研究诗。义理之说胜，声歌之学日微，于是《三百篇》的真面目便湮没了。《诗经》只是一些附庸于乐谱与舞蹈的辞曲，虽说不能从那里面去追求伦理的道德，然其中所表现的时代影子却是很显明的。但是他那么狠狠地责备那些以义训相高的腐儒，却又过于拘泥。因为艺术本身的发展，是随着社会生活而进化，同时艺术对于社会人类的功用及其意义的解释，也是跟着每一个时代的代表思想为其标准的。在儒家思想独尊的汉代，《诗经》是必得脱离乐舞的领域而入于义理的领域的。然而也就因为这样，使他的地位提高了，得以保持了他的生命，使许多古代民间的情歌艳曲，作了中国圣贤的传道书。

诗乐的关系这么密切，在这里就引起了一个为诗合乐还是为乐作诗的问题。据我们现在的推测，时代愈是古远的作品，他与乐舞的关系愈是密切。如《颂》以及《雅》中的一部，大都是当代的乐官与贵族界的知识阶级为乐而作的歌辞。《南》、《风》诸作，时代较迟，则为民间的歌谣，采集以后经乐官再来配乐，或者有些在民间已有乐谱再经乐官们加以审定的。元朝的吴澂，也有近似的意见。他在《校定诗经序》中说：

> 《国风》乃国中男女道其情思之辞，人心自然之乐也。故先王采以入乐，而被之弦歌。朝廷之乐歌曰"雅"，宗庙之乐曰"颂"，于燕飨焉用之，于朝会焉用之，于享祀焉用之，因是乐之施于是事而作为辞也。然则风因诗而为乐，《雅》、《颂》因乐而为诗，诗之先后于乐不同，其为歌辞一也。

他这种意见，在大体上我们是赞同的。《风》因诗而为乐，《雅》、《颂》因乐而为诗，无论从那些作品的性质上看，或从其实用的功能上看，都是极正确的结论。不过我们在这里要附加一句，二《雅》中一部分的讽刺诗，未必是因乐而为诗的朝廷乐歌。关于这一点，古人曾提出过《诗经》有入乐与不入乐之分的意见。宋程大昌在《诗论》中曾推论《二南》、《雅》、《颂》为乐诗，《国风》为徒诗。

顾炎武在《日知录》内，对于这问题，也发表过很好的意见。他说：

> 《钟鼓》之诗曰：以雅以南。子曰：雅颂各得其所。夫《二南》也，《豳》之《七月》也，《小雅》正十六篇，《大雅》正十八篇，《颂》也，诗之入乐者也。《邶》以下十二国之附于《二南》之后，而谓之风，《鸱鸮》以下六篇之附于《豳》而亦谓之豳，《六月》以下五十八篇之附于《小雅》，《民劳》以下十三篇之附于《大雅》而谓之变雅，诗之不入乐者也。（《论诗》）

说变风不入乐，虽近乎武断。但变雅的入乐，确是可疑的。那些讽刺朝政表现怨恨社会心理的社会诗，在音乐的效用上，是要失去其功利的性质的。如何能同那些庄严典雅的祭祀燕飨的作品同列于朝廷的乐章呢？我们大胆地推测，这些诗篇确已脱离了乐舞的关系，是那些没落的贵族或朝廷中的忧国伤时的知识分子所创作的一些感伤离乱的作品。这些作品，带着很浓厚的从宗教观念中解脱出来的个人性与社会性。与其放在《雅》内，是不如放在《风》里还较为妥当的。至于顾氏所说《国风》不能入乐的意见，我们也不能苟同。其中或有一部分是如此，但那内面许多美丽的新婚歌、祝贺歌、农歌、祭歌等，经采集以后，配合着乐谱来歌唱的事，是无疑的罢。由上面那些叙述看来，我们可以知道古代的《诗经》，因为与音乐、跳舞紧紧地接合着，发生实用的效果，而保持其生命。到了后来，乐谱的亡失以及音乐、跳舞的进化与分离，使得那些歌辞单独地存在，得到了文学的价值，落到儒家的手里，又成为圣贤们传道的经典，青年们的伦理教科书了。

三　宗教诗的产生

宗教诗以《周颂》为代表,《雅》中的祭祀诗,也属于这一类。《周颂》是《诗经》中最古的一部分,它在艺术的形态上,还没有脱离歌辞、音乐、跳舞的混合形式。在艺术的功用上,正履行着宗教的使命。《诗大序》说:"颂者美盛德之形容,以其成功告于神明者也。"郑樵说:"陈三颂之音,所以侑祭也。"(《通志・乐略》)又说:"宗庙之音曰颂。"(《昆虫草木略序》)他们这些话,都是从宗教的功利的观点,去说明颂诗的内容与性质。就形态言者,则有阮元的《释颂》,为精当的意见。

> 颂之训为美德者,余义也,颂之训为形容者本义也。且颂字即容字也。……所谓周颂,若曰周之样子,无深义也。何以三颂有样,而《风》、《雅》无样也?《风》、《雅》但弦歌笙间,宾主及歌者皆不必因此而为舞容。惟三颂各章皆有舞容,故称为颂。若元以后戏曲,歌者舞者与乐器全动作也。《风》、《雅》则但若南宋人之歌词、弹词而已,不必鼓舞应铿锵之节也。(《揅经堂集》)

他在这里,从体制上形态上来说明颂只是一种乐舞、歌辞混合起来的舞歌,实在是一种过人之见。这些作品,从其性质上讲,与其说是诗,还不如说他是戏曲。如《维清》、《酌》、《桓》、《赉》、《般》诸篇,都是象舞武舞的歌辞。表演的时候,在奏乐歌唱之中,跳舞一定是占着很重要的部分。此外如《清庙》、《维天之命》诸篇,祀农的诗如《丰年》、《载芟》诸篇,想必都是那一类的舞歌。除音乐以外,一定还得伴着跳舞的。这些载歌载舞的情形,在《小雅》、《国风》里,也还保留着一些影子。

> 有酒湑我,无酒酤我。坎坎鼓我,蹲蹲舞我。
>
> (《小雅·伐木》)
>
> 籥舞笙歌,乐既和奏。……舍其坐迁,屡舞仙仙。
>
> (《小雅·宾之初筵》)
>
> 坎其击鼓,宛丘之下。无冬无夏,值其鹭羽。
>
> (《陈风·宛丘》)
>
> 子仲之子,婆娑其下。……不绩其麻,市也婆娑。
>
> (《陈风·东门之枌》)

这里所表现的,或是朋友的宴会,或是男女的团聚,那种笙歌伴奏婆娑起舞的情形,活跃地呈现在我们的眼前。可知除了《颂》诗以外,就是在《风》、《雅》中,也还残存乐舞混合的形态。不过,所谓《颂》诗那种东西,是以舞容为其主要的条件的。布哈林说的艺术最初的形态,是诗歌、音乐、跳舞三者互相融合在一块儿的话,在这里是得着证明了。因此,《颂》这种作品,在文学史上是要看作中国的诗歌与戏曲的共同源流了。

《周颂》的年代,正代表着武、成、康、昭的西周盛世。郑樵说:"《周颂》者其作在周公摄政,成王即位之初,非也。颂有在武王时作者,有在昭王时作者。必以此拘诗,所以多滞也。"这话是对的。最早的如《清庙》、《维清》诸篇,成于武王时,最迟者如《执竞》为昭王时作。可见《周颂》的时期,前后有一百余年,正当纪元前十二世纪末至十一世纪末的时代。在这一个时期中,贵族地主与农民的交涉,似乎还建筑在比较和平的基础上,剥削的程度,还不十分利害,因此那时候的民众社会生活,也还比较安定。那种理想的井田制度,我们虽不敢相信。但由"雨我公田,遂及我私"(《大田》)和"倬彼甫田,岁取十千"(《甫田》)这些文句看来,还可想见当日地主农民的合作关系,农民的生活,并不十分困苦。所以《周颂》内的一些农诗,都还充满着和平的互助的情味。

噫嘻成王。既昭假尔。率时农夫。播厥百谷。骏发尔私。终三十里。亦服尔耕。十千维耦。

(《周颂·噫嘻》)

丰年多黍多稌。亦有高廪。万亿及秭。为酒为醴烝畀祖妣。以洽百礼。降福孔皆。

(《周颂·丰年》)

在这些酬农神、祭社稷的诗里,当日的农民生活,我们还可窥见其余影。再如《臣工》、《载芟》、《良耜》诸篇,更是活跃地反映着农民耕作的姿态及其和平快乐的生活。史书上称这个时代为周之盛世,大概是要从这种经济方面来解释的。封建的君主政治与父权的家族制度出现以后,于是万物本乎天人本乎祖的尊祖敬天的宗教观念因以确立。天上最尊严的是上帝,地上最尊严的是天子。阴间最有权力的是祖先,阳间最有权力的是家长。这两种观念互相结合推演,祖先也可以配天,于是形成一种上帝祖先的混合宗教,家庭组织便成为政治上的主要元素,宗法精神遂成为国家政治上的主要精神了。《中庸》上说:“明乎郊社之礼,禘尝之义,治国其如示诸掌乎!”《孟子》中也说:“天下之本在国,国之本在家。”真可以道出此中的内幕了。在这种宗教思想统治全部人心的时代,祭祀祈祷那一类的事,自然都带着严肃的意义,而日趋于进步之途,无论艺术哲学,都得屈服于宗教意识之下,在祭坛下面得着其发展的生命了。

思文后稷。克配彼天。立我烝民。莫匪尔极。贻我来牟。帝命率育。无此疆尔界。陈常于时夏。

(《周颂·思文》)

维天之命。於穆不已。於乎不显。文王之德之纯。假以溢我。我其收之。骏惠我文王。曾孙笃之。

(《周颂·维天之命》)

昊天有成命。二后受之。成王不敢康。夙夜基命宥密。於缉熙。单厥心。肆其靖之。

(《周颂·昊天有成命》)

时迈其邦。昊天其子之。实右序有周。薄言震之。莫不震叠。怀柔百神。及河乔岳。允王维后。明昭有周。式序在位。载戢干戈。载櫜弓矢。我求懿德。肆于时夏。允王保之。

(《周颂·时迈》)

文王在上。于昭于天。周虽旧邦。其命维新。有周不显。帝命不时。文王陟降。在帝左右。

(《大雅·文王》)

下武维周。世有哲王。三后在天。王配于京。王配于京。

世德作求。永言配命。成王之孚。

（《大雅·下武》）

维此文王。小心翼翼。昭事上帝。聿怀多福。厥德不回。以受方国。天监在下。有命既集。文王初载。天作之合。在洽之阳。在渭之涘。文王嘉止。大邦有子。

（《大雅·大明》）

说来说去，自然就只是这一套。然而对于上帝的敬畏，对于祖先的赞颂，在当日的人心中，是呈现着虔诚的宗教的感情的。这种简朴无华，干枯无味的文句，在现在看来，当然没有什么文学艺术的价值，然而在文学史的发展上，任何国的文学，都要经过这一个重要的宗教阶段。因为这一类作品，正履行着它的社会使命，而适合于当代的社会生活与意识。正如佛理采所说："在封建的农业的与神权的社会组织上，艺术从巫术的行动，变为宗教的仪式，同时又继续演其实用的社会的功利的任务了。"（《艺术社会学》）我们如果把《周易》看作是巫术文学，那么《颂》、《雅》中的舞曲、祭歌，正是从巫术的行动变为宗教仪式的作品。无论其为巫术的行动或是宗教的仪式，在实用的功利的任务上，同是履行着一定的社会机能。

同这种宗教诗歌的性质相同的，还有《商颂》与《鲁颂》。《鲁颂》是前七世纪的作品，这是大家都知道的事。关于《商颂》的时代问题，有在这里稍稍叙述的必要。照《毛诗序》的意见，《商颂》是周代乐官保管的殷商乐章。如果这些话可靠，那么在《周易》以前的卜辞时代，这种作品便产生了。在文字的历史与文学思想的发展上，这都是不可能的。在《国语·鲁语》和《史记·宋世家》中，或是暗示，或是明说，都以《商颂》为宋诗。近代魏源、王国维诸人，更从地名、国名以及文句的形态各方面研究，都得到了《商颂》是宋诗的确证。其真确的时间，虽很难断定，说是前八七世纪之间的作品，大体上是不错的罢。因为他们产生的时代，比起《周颂》来要迟晚那么多，在文字的技巧上，受了《风》、《雅》的影响，较之《周颂》，自然是较为进步些了。由其内容与实用的功能上说，虽仍是属于宗教的诗歌，但在文学的发展史上，已失去了《周颂》的时代性与重要性，那不过是《周颂》的拟作，同后代那些转相摹拟的郊祀宴飨的乐章，是一类的东西了。

四　宗教诗的演进

在文学发展的过程上，经过了巫术的行动与宗教的仪式两个阶段以后，必然是要走上人事的阶段的。产业发达与社会进化，支配阶级的地位日趋于尊严，宗教观念日益被支配者利用着而作为政治上统治的工具了。像从前那样，无论思想生活或是艺术各方面，全要作为宗教的附庸的事，到这时候是不得不发生变化了。把那些祀神祭祖的事情做好了以后，自己也就渐渐地想到了声色的娱乐。从前艺术是负着祷神媚祖的使命，现在是进于娱人的社会的任务了。这种现象，我们由二《雅》中许多宴会诗、田猎诗，便可以得到说明。这些诗的年代，正与前期的那些宗教诗歌，是紧紧地接续着的。

《毛诗序》说："雅者正也，言王政之所由废兴也。政有大小，故有《小雅》焉，有《大雅》焉。"用这种抽象的后日儒家的意见来解释《雅》，自然是不合理的。《大雅》中所表现的未必是大政，《小雅》

中所表现的未必就是小政，这是非常明显的事。郑樵所说的“宗庙之音曰《颂》，朝廷之音曰《雅》”，比起《诗序》的意见，要合理多了。他在这里，正好说明了艺术的进展，是由宗教的阶段进入于人事的阶段的。虽说现存的《雅》诗中，看去不全是朝廷之音（其中也有宗教诗、社会诗），这或者由于后人编纂时，窜乱了次序，或者因为合乐的关系，全都归在那乐律相同的范围了。朱子说：“正《小雅》燕飨之乐也，正《大雅》朝会之乐，受釐陈戒之词也。及其变也，则事未必同，而各以其诗附之。”（《诗集传》）他这种说明，很近情理。他所讲的燕飨朝会之乐．自然是《雅》诗中的正宗，要这样才能显出宗庙与朝廷，宗教与人事的界限。

呦呦鹿鸣，食野之苹。我有嘉宾，鼓瑟吹笙。吹笙鼓簧，承筐是将。人之好我，示我周行。

呦呦鹿鸣，食野之蒿。我有嘉宾，德音孔昭。视民不恌，君子是则是效。我有旨酒，嘉宾式燕以敖。

呦呦鹿鸣，食野之芩。我有嘉宾，鼓瑟鼓琴。鼓瑟鼓琴，和乐且湛。我有旨酒，以燕乐嘉宾之心。

（《小雅·鹿鸣》）

湛湛露斯，匪阳不晞。厌厌夜饮，不醉无归。
湛湛露斯，在彼丰草。厌厌夜饮，在宗载考。
湛湛露斯，在彼杞棘。显允君子，莫不令德。
其桐其椅，其实离离。岂弟君子，莫不令仪。

（《小雅·湛露》）

我车既攻，我马既同。四牡庞庞，驾言徂东。
田车既好，四牡孔阜。东有甫草，驾言行狩。

之子于苗，选徒嚣嚣。建旐设旄，搏兽于敖。

驾彼四牡，四牡奕奕。赤芾金舄，会同有绎。

决拾既佽，弓矢既调。射夫既同，助我举柴。

四黄既驾，两骖不猗。不失其驰，舍矢如破。

萧萧马鸣，悠悠旆旌。徒御不惊，大庖不盈。

之子于征，有闻无声。允矣君子，展也大成。

（《小雅·车攻》）

吉日维戊，既伯既祷。田车既好，四牡孔阜。开彼大阜，从其群丑。

吉日庚午，既差我马。兽之所同，麀鹿麌麌。漆沮之从，天子之所。

瞻彼中原，其祁孔有。儦儦俟俟，或群或友。悉率左右，以燕天子。

既张我弓，既挟我矢。发彼小豝，殪此大兕。以御宾客，且以酌醴。

（《小雅·吉日》）

在这些诗里，或咏宴会，或歌田猎，不仅它们的内容情感和那些宗教诗是完全不同，就在文字的艺术上，也是表现着明显的进步。如“呦呦鹿鸣”的音调的和谐，“萧萧马鸣”的意境的雄放，都是前一期的作品所没有的。在这些诗中所出现的已不是上帝祖宗，只是天子、君子、嘉宾一类的人物。钟鼓琴瑟已不是娱神鬼的，而成为娱人的音乐了。再如《彤弓》、《頍弁》、《菁菁者莪》、《常棣》诸篇，都是充满着人的生活与人的感情的作品。像《伐木》那篇对于宴会的情状的描写，那是更为生动的。朋友聚会起来，吃肉饮酒，奏的奏乐，跳的跳舞，那完全是人的世界，不是神的世界了。像《灵台》中所描写的，百姓们造起亭台楼阁来，内面养着麀鹿鱼鸟，安置着大鼓大钟，那都是帝王的娱乐品，绝不是神鬼的娱乐品。不用说，那帝王不一定便是文王，是那些有权有势的统治阶级。于是就从这时候起，人从神鬼的手里，分得了一部分享受艺术的特权。不过，无论是为神的，或是为人的，艺术仍是离不开他的实用的功利的任务。

儿孙们在人间做了帝王，得了无上尊严的权力与地位，过着幸福的生活，对于祖先们的纪念，除了带着虔诚的宗教情绪举行庄严的祭祀以外，到这时候，渐渐地有进一步的表现了。把祖先们创造国家的功业，和种种奋斗的历史，交织着神话传说的材料，有意地记述下来，一面作为统治者的楷模，一面为不忘记祖先的功德而传给后代子孙们以祖先的影子，这自然是必要的。在这种要求之下，于是民族英雄的史诗，接着宗教诗而出现了。无论从任何方面说，这是一种人的事业，而不是神的事业。很明显的超越了宗教的阶段，而带有浓厚的历史观念了。在艺术的社会机能上，这些诗自然是要和那些歌咏宴会田猎的作品同类看待的。如《大雅》中的《生民》、《公刘》、《绵绵瓜瓞》、《皇矣》、《大明》五篇，可称为这种民族史诗的代表作。这五篇诗从后稷、公刘、古公亶父叙到文王、武王。周朝的开国史，在这些诗中展开了一个系统的线索，而作为后代历史家的重要材料。

《生民》是叙述后稷的历史，是一首传说的史诗。说姜嫄祷神求子，后来因踏着上帝走过的脚步便怀孕了，生下来了后稷。大概是恐怕这孩子不吉利，或者因为当日重女轻男的观念，对于这孩子不欢喜，把他丢在路上，牛羊乳他，丢在冰块上，鸟翼护他，于是得以养成。后稷生来就有种植之志，一长成人，便发明了农业，瓜果豆麦都知道耕种。后来就在有部地方成家立业，建立周民族的基础。而他自己便成为周的始祖，农业之神了。这首充满了神话传说的诗，虽不能作为信史，但原始社会的影子，却保存得很浓厚。在初民的母系社会里，人民只知有母不知有父，所以这里只提出母亲的名字姜嫄来。说他父亲是帝喾（《史记·周本纪》），那是后人创造的事了。因为当时是母系社会，自然有重女轻男的习俗，姜嫄既是祷神求子，生下了后稷又把他丢去，恐怕就是轻男之故。

公刘传说是后稷的曾孙，是周民族中一位有名的英雄。在《公刘》篇内叙述他带着粮食、兵器开疆辟土，组织国家的历史。开始是说他到了胥地、经营耕种，很是发达。后来又到百泉，又到豳谷。于是便在那里定住下来了。产业、人口日繁，他便做了那一个部族的领袖。建宫室，练军队，定田赋，成立了国家的规模。《生民》篇中的后稷，完全是一位农神，公刘却是一个游牧时代的民族英雄。在那诗里，活现着一位族长，率领着全族的人民，带着粮食器具在外面过着流浪生活的影子。公刘这个人或许是一种传说，但在诗人的笔下，确是表现着相当的真实性的。

古公亶父是公刘的十世孙，文王的祖父。周民族自公刘以后，似乎有中衰之象，到古公亶父才复兴起来。《绵绵瓜瓞》一篇，是叙述他迁居岐下一直到文王受命的历史。我将他抄在下面，作一个例。

绵绵瓜瓞，民之初生。自土沮漆，古公亶父。陶复陶穴，未有家室。

古公亶父，来朝走马。率西水浒，至于岐下。爰及姜女，聿来胥宇。

周原朊朊，堇荼如饴。爰始爰谋，爰契我龟。曰止曰时，筑室于兹。

乃慰乃止，乃左乃右。乃疆乃理，乃宣乃亩。自西徂东，周爰执事。

乃召司空，乃召司徒。俾立室家，其绳则直。缩版以载，作庙翼翼。

捄之陾陾，度之薨薨。筑之登登，削屡冯冯。百堵皆兴，鼛鼓弗胜。

乃立皋门，皋门有伉。乃立应门，应门将将。乃立冢土，戎丑攸行。

肆不殄厥愠，亦不陨厥问。柞棫拔矣，行道兑矣。混夷駾矣，维其喙矣。

虞芮质厥成，文王蹶厥生。予曰有疏附，予曰有先后。予曰有奔奏，予曰有御侮。

（《大雅·绵》）

在史诗中这是最好的一篇。文字的技巧、音节和结构，都是很成功的。一二章写他从豳地迁居到岐下来，同姜女结婚。三四章写他看见岐下这块肥沃的土地，于是筑室定居，从事农产。五六七章写他看见情形很顺利，于是大修宗庙宫室，委任官吏，打算在那里创业了。七八章叙他建国灭夷，最后是文王受命。这样结构谨严描写生动的叙事诗，在《三百篇》里是不再见的。此外如《皇矣》是记文王，《大明》是记武王，我们无须在这里多加叙述了。《小雅》中也有几篇这样的史诗，大都是记述当日的战事。如《出车》记厉王时南仲的征伐猃狁,《采芑》、《江汉》、《六月》、《常武》诸篇,大都是记述宣王时代同蛮荆、淮夷、猃狁、淮徐诸部落战争的事迹。比起《大雅》中那些诗来,这自然是时代较后的作品了。如果把这些史诗按照次序地排列着,那么东迁以前的周民族历史,可以看出一个系统来。同时,在中国古代的文学史上,向来缺少叙事诗的那一页,现在我们要用这些作品来填补了(《江汉》、《常武》见《大雅》,依其内容,应与《采芑》、《六月》同列《小雅》中)。

五　社会诗的产生

产业发达与社会进化,贵族地主对于农民的剥削,自然是日益加深,争城夺地的战争,也就更频繁了。当日的农民,无异于奴隶,对于封建政治的义务,除了物质上的贡租以外(如布匹、兽皮、酒米之类),最重要的便是力租。力租是包括兵役与劳动。筑城防水、营造宫殿、参加战事,都是当日农民对于统治阶级所担负的工作。农民在这种种剥削摧残之下,生活日益困苦,自不待说,并且于极端压榨之下,渐渐发出对于统治者的怨恨与反抗的情感了。自厉王被逐至平王东迁,这一个时代的政治社会与思想,都起了激烈的动摇。反映着这种动摇的影子的,是那些变风变雅中的社会诗。这些诗失去了宗教诗的庄严,宴会、田猎诗的快乐与威武,涂满了社会离乱的黑暗的色彩。由神鬼帝王的阶段,再进一步而转入于社会民众的阶段了。

由《七月》诗中所表现的农夫生活,表面上似乎是安乐和平,内里却是很苦痛的。看他们一年四季没有休息的时候,男的耕田,女的织布。田中耕种出来的谷米,机上织出来的布帛,山林中打猎打来的兽皮,都要贡献给公家。自己是无衣无褐地受着寒冷,吃的是一些苦菜,饿着肚皮。“我朱孔扬,为公子裳”,“取彼狐狸,为公子裘”,这些公子自然便是那些不事生产的贵族剥削者。“春日迟迟,采蘩祁祁。女心伤悲,殆及公子同归。”这明明是写那些贵族公子,在春光明媚之下,看中了年轻貌美的采桑女子,就实行抢夺着回去的情形。由“何以卒岁”、“女心伤悲”这种轻描淡写的诗句,将当日农民生活的困苦,表现得非常明白。《诗序》说《七月》为周公陈王业之作,自然是后人的附会。这明明是一首描写西周中叶时代的农民诗。

彼有旨酒,又有嘉肴。洽比其邻,婚姻孔云。念我独兮,忧心慇慇。

佌佌彼有屋,蔌蔌方有谷。民今之无禄,天夭是椓。哿矣富人,哀我惸独。

(《小雅·正月》)

人有土田,女反有之。人有民人,女覆夺之。此宜无罪,女反收之。彼宜有罪,女覆说之。

(《大雅·瞻卬》)

昊天疾威,天笃降丧。瘨我饥馑,民卒流亡。

(《大雅·召旻》)

陟彼北山,言采其杞。偕偕士子,朝夕从事。王事靡盬,忧我父母。

溥天之下,莫非王土。率土之滨,莫非王臣。大夫不均,我从事独贤。

四牡彭彭，王事傍傍。嘉我未老，鲜我方将。旅力方刚，经营四方。

或燕燕居息，或尽瘁事国。或息偃在床，或不已于行。

或不知叫号，或惨惨劬劳。或栖迟偃仰，或王事鞅掌。

或湛乐饮酒，或惨惨畏咎。或出入风议，或靡事不为。

（《小雅·北山》）

在这些诗句里，当日贫富劳力不均的阶级意识，是反映得多么明显。坐食的贵族地主，不务正业，专事剥削农民的劳动生产，以图自己的奢侈享乐。吃好的穿好的，同美丽的女人结婚，强夺人民和田地。这种不合理的生活，是不能长久下去的。只要一有机会，暴动的革命就会起来。厉王、幽王和平王时代的种种悲惨的命运，虽也有许多政治上的关系，但民众的叛离与反抗，却是其中一个最大的原因。

对于民众的待遇既是那么不平均，民众的生活又是那么困苦，阶级对立的意识，自然是会一天天尖锐化的。再加以连年不断的战争，强迫着人民离开家室，荒弃农事，于是民众的生活，只有陷于破灭的绝境。对于统治阶级的态度，也就现出更怨恨更恶劣的情感了。

何草不黄！何日不行！何人不将！经营四方。

何草不玄！何人不矜！哀我征夫，独为匪民！

匪兕匪虎，率彼旷野。哀我征夫，朝夕不暇。

有芃者狐，率彼幽草。有栈之车，行彼周道。

（《小雅·何草不黄》）

昔我往矣，黍稷方华。今我来思，雨雪载途。王事多艰，不遑启居。岂不怀归，畏此简书。

（《小雅·出车》）

采薇采薇，薇亦作止。曰归曰归，岁亦莫止。靡室靡家，猃狁之故。不违[1]启居，猃狁之故。……

昔我往矣，杨柳依依。今我来思，雨雪霏霏。行道迟迟，载渴载饥。我心伤悲，莫知我哀。

（《小雅·采薇》）

击鼓其镗，踊跃用兵。土国城漕，我独南行。
从孙子仲，平陈与宋。不我以归，忧心有忡。
爰居爰处，爰丧其马。于以求之？于林之下。
死生契阔，与子成说。执子之手，与子偕老。
于嗟阔兮，不我活兮。于嗟洵兮，不我信兮。

（《邶风·击鼓》）

伯兮朅兮，邦之桀兮。伯也执殳，为王前驱。
自伯之东，首如飞蓬。岂无膏沐，谁适为容。
其雨其雨，杲杲日出[2]。愿言思伯，甘心首疾。
焉得谖草，言树之背。愿言思伯，使我心痗。

（《卫风·伯兮》）

在这些诗里，人民非战的情绪，表现得非常深刻。或写征人的怨恨与叹息，或写少妇的悲苦与相思。用着清丽的文句，和谐的音

① “违”通作“遑”。（本书页下注均为编者注，不再一一注出。）
② “日出”通作“出日”。

调，歌咏那些日常生活的琐事与细密深沉的情感，反映出民众的强烈意识来。我们读了以后，当日社会生活的离乱和民间那种妻离子散的影子，都活现在我们的眼前了。

彼黍离离，彼稷之苗。行迈靡靡，中心摇摇。

知我者谓我心忧，不知我者谓我何求。悠悠苍天，此何人哉！

（《王风·黍离》）

有兔爰爰，雉离于罗。我生之初尚无为，我生之后，逢此百罹，尚寐无吪。

（《王风·兔爰》）

式微式微，胡不归？微君之故，胡为乎中露。式微式微，胡不归？微君子①躬，胡为乎泥中。

（《邶风·式微》）

东人之子，职劳不来。西人之子，粲粲衣服。舟人之子，熊罴是裘。私人之子，百僚是试。

（《小雅·大东》）

在这种政治黑暗、社会紊乱、农民困穷的状态下，自然是要走到国破家亡的地步的。有的看见禾黍，发出国破的悲吟，有的生逢乱世，发出伤时的哀感。旧的贵族渐渐没落，新的有产阶级露出头面来了。从前的贵族，有些穷得连饭也找不着吃，暴发户都穿上漂亮的衣服爬上政治的舞台了。政治状况和社会生活起了这么大的

① “子”通作“之”。

变动，思想上自然是要跟着发生动摇的。贫穷的那样的贫穷，富贵的那样富贵，享乐的那么享乐，劳苦的那么劳苦，未必都是天帝和祖先们的意思。同样是一个人，为什么待遇相差这么远。在这种思考之下，怀疑的思想，是必然要产生的。怀疑思想的产生，使得从前那种无上尊严的敬天尊祖的宗教观念，不得不发生动摇了。宗教观念的动摇，接着便是人性的觉醒。天帝靠不住了，祖先靠不住了，一切都靠不住了，无论什么都得靠自己。因为自己是一个人，人才真是有意志有思想有能力的动物。人权的思想就在这个怀疑时代萌芽了。于是文艺通过了宗教的仪式，和统治阶级的娱乐的阶段，而为全社会全民众服务了。《诗序》派所说的美刺，并不是完全无理的，这时代的诗人，已放弃了神鬼与君主的范围，张着两眼，在直视着全民众全社会的生活了。由那些诗我们可以听出民众心灵的呼声，可以看出民众状态的影子。

浩浩昊天，不骏其德。降丧饥馑，斩伐四国。

昊天疾威，弗虑弗图。舍彼有罪，既伏其辜。若此无罪，沦胥以铺。

（《小雅·雨无止》）

昊天不佣，降此鞫讻。昊天不惠，降此大戾。

（《小雅·节南山》）

出自北门，忧心殷殷。终窭且贫，莫知我艰。已焉哉，天实为之，谓之何哉！

（《邶风·北门》）

从前那种尊严的天帝，现在人们的心灵中起了激烈的动摇了。

接连地发生着天灾人祸，使得百姓们无以为生，可见天帝只是一个没有意志没有灵验的偶像，还信仰他、尊敬他、畏惧他干什么呢？于是怨恨的怨恨，责骂的责骂，比起当初那种“临下有赫，监视四方”的皇天上帝来，现在这种可怜的状态，真令人有式微之叹了。

维桑与梓，必恭敬止。靡瞻匪父，靡依匪母。不属于毛，不离于里。天之生我，我辰安在。

（《小雅·小弁》）

父母生我，胡俾我瘉。不自我先，不自我后。好言自口，莠言自口。忧心愈愈，是以有侮。

（《小雅·正月》）

不仅对于上帝的信仰，起了动摇，连对于祖先的崇拜也发生怀疑了。从前把祖先看作是一个家族的保护神，所以那样郑重地去祭祀。一到乱世，他什么事都不管，才知道从前是受了骗。他的本领，正如上帝一样都是靠不住的。在宗教观念动摇、怀疑思想兴起的时代中，便发现了个人的存在。“匪兕匪虎，率彼旷野”，“哀我征夫，独为匪民”（《何草不黄》），人不是老虎，也不是野牛，如何老是在旷野上供人驱遣呢？“下民之孽，匪降自天。噂沓背憎，职竞由人”（《十月之交》），这真是无神论者对于人权思想所发表的大胆宣言。天帝没有权威和本领，任何事物要得到真解决真建设，非靠个人的力量不可。在这种状态下，于是“天道远人道迩”，“民为贵君为轻”的人权思想渐渐地滋长起来，神鬼的尊严，不得不趋于衰落了。孔子的不语怪力乱神的现实主义哲学，也就是在这种空气下形成的。

文学的发展，经过了宗教的仪式与君主贵族娱乐的阶段，而入于社会生活及民众感情的表现时，这进步是极大的。并且他对于社会与人生，也担负着更大的任务了。他已经同音乐、跳舞完全离开，而得着独立发展的机能。像这些歌咏离乱、讽刺朝政、反抗统治阶级、怀疑宗教观念的作品，决不会配合音乐来作为什么朝廷之音的罢。“家父作诵，以究王讻”（《大雅·节南山》），“寺人孟子，作为此诗，凡百君子，敬而听之”（《小雅·巷伯》），“心之忧矣，我歌且谣”（《魏风·园有桃》），“吉甫作诵，以赠申伯”（《大雅·崧高》），由这些话，我们可以知道作者都是有所为而作，或是赞美，或是讽刺，已经把作者的思想人格放进到作品里，同从前那些专为媚神、媚鬼、媚人的作品比起来，这些诗是带了浓厚的个人性与社会性了。在艺术上，无论形式与辞藻，那进步的痕迹，也是非常显然的。形式的整齐，音节的调和，文字的修饰，描写的细致，都不是前阶段的作品所可比拟的了。他们本身已得到了艺术的存在性，而同时更加强了他们的社会使命与实用机能。就从这时候起，文学改变了过去作为乐舞的附庸地位，而成为和乐舞并行的独立的艺术了。

六　抒情诗

抒情诗在口头文学时代便是有了的。大概男女的关系变得比较复杂的时候，这种诗的情感和文字也就变得比较美丽。在罗威（R. H. Lowie）著的《我们是文明吗？》（*Are We Civilized?*）一书里，介绍了许多野蛮民族的抒情诗。他说那种诗是和宗教诗同时发展的,他的产生,甚至还在宗教诗以前。不过因为他们只是放在口头歌唱,作为男女求爱的一种媒介,与其说是诗,毋宁说是音乐。后来由社会文化与人类关系的逐渐进展,于是音乐的抒情诗逐渐变为文字的抒情诗。他这种意见,自然是正确的。我们现在看各国的文学史,常觉得宗教诗的发展,都在抒情诗的前面,这原因便是前者充满了宗教性的实用功能,有祭司术士和统治阶级的保管和发挥。后者是个人的,缺少那种积极的功利的任务,因此不容易保存。等到口头的抒情诗,变为文字的抒情诗而出现的时候,那已经由神的世界进入人的世界,在文学的发展上,也已经走过宗教诗的阶段了。明白了这一点,我们才可以相信《国风》、《二南》中一类的抒情诗,是《诗经》时代最后的产品。

《二南》和《国风》中的作品,十之八九是抒情诗。他们是《三百篇》里面最精彩的一部分。《诗序》说:“上以风化下,下以风刺上。主文而谲谏,言之者无罪,闻之者足以戒,故曰风。”这自然是儒家的伦理哲学兴起以后的一种解释。在《国风》时代,那些作品,还只含有个人主义的特征,和履行着男女性爱的任务。在这一点,朱子的解释,是最适当的:“凡诗之所谓风者,多出于里巷歌谣之作,所谓男女相与咏歌,各言其情者也。”(《诗集传序》)他在这里说明了两点:一、风是民间的歌谣。二、风的内容,大都是男女言情之作。他这种解释,使我们认清了《风》诗的活跃的生命,由此可知道《诗序》上所说的,确是后人有意披上去的一件外衣了。其次关于《周南》、《召南》,古人也各有不同之见。多数人以地言南,故南诗属于《国风》。另一些人如宋代王质(《诗总闻》)、程大昌(《考古编》)之流,则主张南是一种乐名,可与《风》、《雅》、《颂》并列,故《诗》应分《南》、《风》、《雅》、《颂》四部。这种意见虽极新奇,到了清朝如陈启源在《毛诗稽古编》中，魏源在《诗古微》中，都发出反驳的意见。这种是非我们是无法判断的，因为双方都有他的理由，好在这些问题，对于这些作品的文学价值，并无关重要。胡承珙说：

南以地言者，乃采诗编部之名也。以音言者，又入乐时编部之名也。二者不同，而亦不相悖。(《毛诗后笺》)

他这种双方顾到的方法，可算是最取巧的了。不过无论怎样，《二南》诗的产地，是在江汉一带的南方，其内容作风与时代，同《国风》中的作品，是同一范围的事，是无可怀疑的。《南风》中的诗篇，除了极少数的例外，全是民间的情诗。正如郑樵所说，《国风》是风土之音。宗庙朝廷的作品，都是一些庄严典雅的文句，在创作时，受了思想束缚的限制，缺少情感的生命与活跃的人性。民歌完全是个人的自由的创作，与热烈情感的表现。在那些作品里，跳动着活跃的生命，充满了血肉和种种喜怒哀乐的情绪，因此到了现在，那些诗的艺术性与感染性一点没有损失。

采采卷耳，不盈顷筐。嗟我怀人，置彼周行。
陟彼崔嵬，我马虺隤。我姑酌彼金罍，维以不永怀。
陟彼高冈，我马玄黄。我姑酌彼兕觥，维以不永伤。
陟彼砠矣，我马瘏矣。我仆痡矣，云何吁矣。

(《周南·卷耳》)

野有死麕，白茅包之。有女怀春，吉士诱之。
林有朴樕，野有死鹿。白茅纯束，有女如玉。

舒而脱脱兮，无感我帨兮，无使尨也吠。

（《召南·野有死麕》）

鸡既鸣矣，朝既盈矣。匪鸡则鸣，苍蝇之声。

东方明矣，朝既昌矣。匪东方则明，月出之光。

虫飞薨薨，甘与子同梦。会且归矣，无庶予子憎。

（《齐风·鸡鸣》）

彼狡童兮，不与我言兮。维子之故，使我不能餐兮。

彼狡童兮，不与我食兮。维子之故，使我不能息兮。

（《郑风·狡童》）

青青子衿，悠悠我心，纵我不往，子宁不嗣音。

青青子佩，悠悠我思。纵我不往，子宁不来。

挑兮达兮，在城阙兮。一日不见，如三月兮。

（《郑风·子衿》）

野有蔓草，零露漙兮。有美一人，清扬婉兮。邂逅相遇，适我愿兮。

野有蔓草，零露瀼瀼。有美一人，婉如清扬。邂逅相遇，与子偕臧。

（《郑风·野有蔓草》）

这些诗的意义，虽在《诗序》中有种种附会的解释，其实都是非常浅显的。思妇怀人，吉士求爱，春宵苦短之叹，美人相思之苦，在美丽的文字和调和的音韵中，巧妙地表现出来。情感是那么丰富，生命是那么活跃，比起那些带了神鬼气味的宗庙诗，富贵气味的朝廷诗来，这些美丽的民歌，自然更能使我们了解和爱好。在艺术的价值上，比起前阶段的作品来，那明显的进步，就是门外汉也是看得出来的。在《三百篇》中，社会诗和抒情诗，是最重要的两部分。由社会诗可以看出当日社会生活的全影，由这些恋歌，可以体会当日浪漫的人性和男女心灵的活动，然而也就从这里开始了社会文学与个人文学的分野。个人文学的发展，渐渐倾向于唯美的浪漫的路上去，有超越现实社会的现象。因此，文学便逐渐失去其实用的社会功能，而一步步地变为纯粹的艺术了。

七　余论

这些浪漫性的情诗，在后代以道德哲学为基础的儒家的眼里，是不能重视的。他们不能放弃文学的实用功能与教化主义而只以艺术的成就为文学的最高目的，所以到了东汉儒家思想在学术界成了权威的时候，就产生了卫宏的《诗序》。《后汉书·儒林传》里说："卫宏从曼卿受学，因作《毛诗》之序，善得《风》、《雅》之旨，于今行于世。"在这里，把《诗序》的作者时代及主旨，都说得非常明白，本来是什么问题也没有的。而后代儒家要故意抬高《诗序》的地位，也就是要抬高《诗经》在经典中的地位，于是发生什么《大序》是孔子所作，又有什么是卜商、毛亨合作的种种谬说了。到了现在，几乎人人都知道这种骗局，连说明的必要也是没有了的。然而在过去二千年中，《诗经》的价值与意义，全包含在《诗序》里面，《诗经》本身的文学价值，却完全降为《诗序》的附庸的事，我们是必得注意的。

我们要知道，在孔子时，《诗经》这一部书，是作为伦理学的课本的。他们要在那里面，学习作人为政的大道理。由当日各国外交使节的赋诗的风气看来，在春秋时代，《诗经》早已失去了它本身的文学地位，而成为一本政治上社会上最有用的百科全书了。由孔子的“思无邪”与“《雅》、《颂》各得其所”两句话，因而演成圣人删诗之说，更进一步而演成汉儒《诗序》的曲解，于是所有的情诗恋歌，都变为伦理诗、讽刺诗了。关于这一点，大家都认为是《诗经》的厄运，其实在文学思潮的发展上，这是一种必然的无可避免的过程。艺术的思潮，不能独立进展，他必得和每一个时代的学术思想的主流，取着一致的步调。在那种宗教衰颓、伦理哲学兴起的潮流内，文学是不得不改变其原来的意义的。于是由从前的宗教歌、宴会歌、恋爱歌，都变为人民的道德教育学了。我们要明白这种文学思潮的过程，才会知道《诗序》产生的必然性及其稳固的社会基础。

我们要在这里附带说一句的，便是那古今不决的采诗问题。《国语·周语》中说：“为民者宣之使言，故天子听政，使公卿至于列士献诗。”《礼记·王制》中说：“天子五年一巡守……命太师陈诗以观民风。”《汉书·艺文志》也说：“古有采诗之官，王者所以观风俗、知得失、自考正也。”又《食货志》也说：“孟春之月，群居者将散，行人振木铎行于路以采诗，献之太师，比其音律，以闻于天子。”这些史料，除《国语》外，虽大都出于汉人，但一致都承认有采诗这件事。所说的献诗、陈诗与采诗，名词虽有些不同，意义上是差不多的。因此二千年来，对此问题，几乎无人怀疑。唯有清人崔述在《读风偶识》里，对于这一点，独持着相反的意见。他说：“余按克商以后，下逮陈、灵，近五百年。何以前三百年所采殊少，后二百年所采甚多？周之诸侯千八百国，何以独此九国有风可采，而其余皆无之？……则此言出于后人臆度无疑也。”崔述的怀疑精神我们一向是钦佩的，但这次所持的理论，却非常薄弱。前三百年的诗少，后二百年的诗多，这正是文学发展史上进化的合理现象。他把前三百年的与后二百年的精神文化状态看作是相等，把前三百年与后二百年的人类的创作力也看作是相等，那实在是完全缺乏常识，而发出这种幼稚的理论。至于说只有九国之风而未及一千八百国者，那更是可笑了。所谓一千八百国那个数目，是非常不可靠的。我们知道在西周时代，必然存在着不少的部落，在那些部落里，大半都是野蛮民族，还够不上成为一个文化单位。当时文化单位的代表，自然是只限于那几个与周朝封建政治有关系的大国。加以乐史之流，编诗正乐时，在文字的选择与乐章的配合上，必然要经过严厉的淘汰，结果只能取其几个代表国家的作品的事，并没有什么可怪可疑的了。照现在《诗经》所代表的地域，有陕西、甘肃、河南、山东、河北、湖北这么广阔的地带。凡是周朝及其封建国家权力所及的地方，都包括在内面。在交通不便的古代，若没有专人如乐史之流办理这种事体，很难得把各地的诗歌集成一本书来。如宗庙朝廷之乐的《雅》、《颂》大半是乐官、贵族、文士的制作，但《国风》中那些歌谣，恐怕是非靠采集不可了。不过在采集的动机上，似乎是属于音乐的关系，与政治无关。至于那些借此观民风、知得失的高调理论，把诗歌和政治紧紧结合起来的事，那一定是后代儒家的增饰。我们用这种观点来解释采诗，是比较合乎情理的。就是后来春秋末年以及战国时代诗歌的中绝的那一个问题，也只好从这一方面来求解答了。

《诗经》所代表的，是一个五百多年的长时代，那些作品决非一人或是一个时代辑成的。由多少人由各时代慢慢地收集起来，方成为现在这么样的一本集子。最古的是《周颂》，其次是《大雅》、《小雅》，再其次是《商颂》、《鲁颂》、《国风》和《二南》了。在那一个长期的时代中，无论政治状态、社会生活以及宗教思想各方面的演变，在这许多诗篇里，都留下了明显的痕迹。在文字的艺术上，那进步的发展，也是非常明显的。时代愈晚的作品，文字愈是美丽，描写愈是细致，形式愈是整齐，音调愈是和谐，社会的意识与个人的性情也愈是丰富与复杂，这些都是无须举例来说明的了。《诗经》中的文句，虽是用着自二字至九字的杂言，但四言却是《诗经》的正格。我们可以说《诗经》是中国四言诗的代表。后代如韦孟、仲长统、曹操、嵇康、陶潜虽都曾努力作过四言诗，那只是尾声余影，在《诗经》以后的中国诗坛，已经没有四言诗的地位了。由杂言进而为四言为五七言，这是中国诗歌在形式上发展的历史线，在这种地方，也可看出文学进化的状态来。后代的拜古诗人，多不明了这种进化的状态，对于诗的创作或批评，总欢喜以《诗经》来作为范本，连那文气、句法和形式，也照样的摹拟着，而反于沾沾自喜，这真是愚妄之极。

第三章　诗的衰落与散文的勃兴

一　散文兴起的原因

春秋战国在中国历史上，是一个大大的解放时代。无论经济状况、政治制度和社会组织，都起了激烈的动摇。在这大动摇的时代中，文化思想却呈现了活跃进步的现象。在文学的发展史上，有一个明显的事实，那便是诗的衰颓与散文的勃兴。记载历史事实的和表现哲学思想的散文，代替了诗歌的地位。由那些历史的哲学的文字，建立了中国散文的典型。

这种现象的产生，并不是偶然的，他有他的物质环境的原因，和文学本身发展的必然性。这种必然性，正是文学给予人类社会的一种实用的功能的表现。在文学的工作还未脱离实用的功能完全走向艺术的个人的阶段的古代，这种表现也就更加明显。因此许多人研究中国文学史的时候，在这一时期只集中注意力于韵文的《诗》、《骚》，而把这时代发展起来的散文，只看作是历史哲学的材料，从文学史上强暴地割去的事，实在是大胆之极。

我们要了解这时代动摇变化的原因，首先便要注意当日生产力的进展与社会经济的情况。要由这一点，才可充分地说明当日政治、社会、文化、思想诸方面的变动发育的真实情形。瓦夫生教授(S. Y. Wolfson)说:“生产工具的改变,引起人类对自然关系的改变,同时也引起人与人间关系的改变。由此可见生产工具的改变,决定了社会发展的整个进程。”(《辩证法的唯物论》)我们要知道一切的政治制度与社会组织,都联系着密切的经济的意义。春秋战国时代生产工具的改变,最明显的事实,便是铁器的应用。中国的铁器,究竟是何时发明,现在无法解答。但在春秋,尤其是战国时代,铁制器具在社会上普遍应用的事,是靠得住的。

> 一农之事必有一耜一铫一镰一耨一椎一铚,然后成为农。一车必有一斤一锯一釭一钻一凿一銶一轲,然后成为车。一女必有一刀一锥一箴一鉥,然后成为女。(《管子·轻重乙》篇)
>
> 许子以釜甑爨,以铁耕乎?(《孟子》)
>
> 楚人宛钜铁釶,惨如蜂虿。(《荀子·议兵》篇)
>
> 夫矢来有乡,则积铁以备一乡。矢来无乡,则为铁室以尽备之。(《韩非子·内储说上·七术》篇)

《管子》是伪书,他所说的铁器在春秋时代,已在社会上普遍应用,并且设有铁官的事,自不可靠,但看作战国时代的事实是极可能的。我们知道战国末年,铁器不仅制成了各种农业工艺的器具,并且扩充到兵器了。江淹在《铜剑赞序》中说:“古者以铜为兵,春秋迄于战国,战国迄于秦时,攻争纷乱,兵革互兴,铜既不克给,故以铁足之。铸铜甚难,求铁甚易,故铜兵转少,铁兵转多。”他这些话是极可靠的事实。因铁器的普遍使用,直接是促进农业生产以及手工业的发达,间接是促进商业的进展与都市的繁荣。出产品大量的增加,商业自然是跟着兴盛,从前的城市,不过是封建诸侯防御侵略的堡垒,到了春秋战国时代,都变为工商业的集中地,和文化交通的中心点了。如河南的大梁,陕西的咸阳,直隶的邯郸,山东的临淄,都是当日有名的都市。

临淄之中七万户……甚富而实。其民无不吹竽鼓瑟、击筑弹琴、斗鸡狗、搏蹋鞠者。临淄之途,车毂击,人肩摩,连衽成帷,举袂成幕,挥汗成雨。家给人足,志高气扬。(《战国策》)

齐宣王喜文学游说之士……七十六人皆赐列土如上大夫,不治而议论。是以齐稷下学士复盛,且数百千人。(《史记·田敬仲世家》)

像这种百业汇集、文化集中的都市,决不是西周时代所能产生的。我们再读一读《史记》的《货殖传》,更可知道当日都会发达的真实情况。商业一发达,新兴的富商阶级,与货币制度便应运而生。如陶朱、猗顿、子贡之流,都是以经商致富的大财主。再如郑弦高的退秦兵,吕不韦的夺政权,都证明商人势力在政治地位上的抬头。就是当时的君主,也知道商业有利可图,尤其是注意人人必用的盐铁。《汉书·食货志》说:“秦用商鞅之法……盐铁之利,二十倍于古。”由这些史料,知道当日商业经济发展的重要性,商人阶级的势力一天天的扩张起来了。

经济基础发生这么大的变化,他给与政治社会的影响,自然是很大的。因为农业生产力的进展,增加了土地的利润,于是有钱有势的人,都注意到这方面去。因此便形成武力掠夺土地、金钱收买土地的狂热现象。春秋时代尚有一百余国，到战国时只有七国了，这都是当日掠夺土地的战争的结果。孟子说："今之事君者曰，我能为君辟土地，充府库，今之所谓良臣，古之所谓民贼也。"不管是良臣或是民贼，总之掠夺土地确是当日的战争的根源。孟子说："春秋无义战"，真是一针见血了。土地掠夺与公田制度的破坏，引起私人大地主的产生。商业资本的兴起，使得商人阶级在政治上抬头。《前汉书·食货志》说："商鞅坏井田，开阡陌……王制遂灭，僭差无度，庶人之富者巨万。"又《货殖传》说："及周室衰，礼法堕……稼穑之民少，商旅之民多。谷不足而货有余。于是商通难得之货，工作无用之器，士设反道之行，以追时好而取世资。……礼义不足以拘君子，刑戮不足以威小人。富者土木被文锦，犬马余肉粟。而贫者短褐不完，唅菽饮水。其为编户齐民，同列以财力相君。虽为仆虏，犹亡愠色。"这里所说的，便是因当日经济制度的变动，促进封建政治的崩溃，旧贵族的衰落，以及新的官僚政治的形成。同时是说明在商业资本的发展下，农民所受的痛苦。

我们只要看《左传》、《国语》、《国策》这些史书，便可知当日政界人物的兴替，比起西周时代的封建状况，是完全改观了。卿相降为皂隶者有之，布衣执政者有之。富商大贾、鸡鸣狗盗之徒都挤上政治舞台，于是旧日的贵族王孙，不得不作式微之叹了。从前的学术文化，为贵族阶级所专有，因当日兼并争乱之结果，平民阶级中，加入了不少的没落贵族。像孔子之流，也只好教书糊口，于是学问得到解放普及的机会。加之商业繁荣大都市的产生，于是交通日趋便利，而那些都市便成为会集文人的渊薮，各方人士可以互相交换智识，而促进文化思想的兴隆。这些现象，我们在古史里，都可以找到丰富的例证。

在当日经济政治制度以及社会组织起了空前的崩坏的过程中，社会上各种人们，面对着那种动摇不定的现实，自然会生出来各种不同的思想。有守旧的，有趋新的，有调和折衷的，于是产生了伟大的诸子哲学时代。《孟子》说："圣王不作，诸侯放恣，处士横议。"《庄子·天下》篇说："天下大乱，贤圣不明，道德不一，天下多得一察焉以自好。譬如耳目鼻口，皆有所明，不能相通，犹百家众技也，皆有所长，时有所用。虽然，不该不遍，一曲之士也，判天地之美，析万物之理，察古人之全，寡能备于天地之美，称神明之容，是故内圣外王之道，暗而不明，郁而不发。天下之人，各为其所欲焉，以自为方。"他们虽一致说着"圣王不作"、"贤圣不明"的话，但当日学术思想的发达，却是实在的事情。这一些思想家，每个人都要尽力的发表他心中的意见，并且这些意见，已经不是过去封建时代那种神权政治的简单的理论，而是一种复杂的人本的现实主义的哲学。这种哲学，想用诗歌的形式表现，是不可能的，非得借用宜于说理的散文不可。于是散文代替诗歌的地位，而走上勃兴之途了。

其次，春秋战国时代，国与国的吞并，人与人的杀戮，旧贵族的没落，新人物的兴起，这种种兴亡盛衰的事迹，在政治史上，都演着剧烈的变化。所谓"臣弑其君者有之，子弑其父者有之"，这都是实在的事。于是有些人，从道德的或是从历史的立场，对于那些兴亡盛衰的人类史迹，都记载下来了。要做这繁杂的工作，也不是诗歌的形式所能担任的，因此记事的历史散文，同哲学家的散文一样，侵夺了诗歌的地位。在这种情形下，在过去曾盛极一时的诗歌，不得不走上衰落之途了。"《诗》亡而后《春秋》作"这句话，虽是代表着美刺的道义的意味，其实在由诗歌走到散文的文学发展史上，确实是有几分合理的。佛理采（Y. M. Friche）在《欧洲文学发展史》中论意大利小说说："意大利的有产文化渐次发达及确立起来，中世纪的诗歌的形态和样式，都不得不随之而消灭。在商业都市的环境中，诗歌已把位置让与散文小说了。中世纪的诗歌的特质，是唯心的象征主义，连诗歌的主题也离不了宗教。但到了现在，作家们已成了现实主义者，他们所描写的，乃是不含寓言意味的现实的事件及现实的人物了。"他这里所讲的是小说，但从诗歌的形式变为散文的形式，从宗教的象征主义变为人本的现实主义，却完全是相同的。因此，我们考察中国古代的文学发展时，对于这种重要变迁的过程，万不可忽视，尤其要注意的，是造成那种变迁的物质环境。春秋战国时代散文的兴盛与完成，在中国文学史上，确实是一件重大的事。

二　历史散文

《尚书》是中国最古的历史，也是中国最古的散文。他虽说一向被称为经，论其本质，正如《春秋》一样，实实在在是一本历史。所谓左史记言，右史记事，言为《尚书》，事为《春秋》，正说明了这两本书的本质。现存的《尚书》，包括虞、夏、商、周四时代，其来源有今古文之分。古文《尚书》之伪，经古今学者的努力证明，我们自然是不相信了。但是今文《尚书》的二十八篇，也有许多问题。在本书的首章里，我们早已从经济、政治、文化思想的基础上，证明一切托名虞、夏的文籍，都是后人的伪造，所以《尧典》、《皋陶谟》、《禹贡》，自然是靠不住的了。就是《商书》也和《商颂》一样，或许也是宋人的作品。因此我们可以推断,《尚书》里面没有西周以前的作品。要这样,我们才可以看出中国的散文,由卜辞、金石文走到《尚书》的发展的合理性。

《尚书》中最早的作品,不得不推《周诰》。正如《周颂》是周初的诗歌代表一样,《周诰》正是周初的散文代表。现在人读起来,佶屈聱牙,不容易懂,其实并非此中有奥妙的道理,也并非作者的文章特别高深。原因是《周诰》中的文辞,全是用当时的口语记录的文告和讲演。记录以后,一直没有什么变动,于是那种言语渐渐随时代而僵化了。《周颂》中的诗篇,虽说时代差不多,那些究竟是可歌可唱的东西,随时变迁,写定较迟,所以也就比较容易懂了,傅孟真氏对于这一点,曾有很好的意见。他说:

> 《周诰》最难懂,不是因为它格外的文,恰恰反面,《周颂》是很白话的。又不必一定因为它是格外的古,《周颂》有一部分比《周诰》后不很多,竟比较容易懂些了。乃是因为春秋战国以来演进成的文言,一直经秦汉传下来者,不和《尚书》接气。故后人自少诵习春秋战国以来书者,感觉这个前段之在外。《周诰》既是当时的白话,也应是当时宗周上级社会的标准语。照理《诗经》中的《雅》、《颂》,应当和他没大分别,然而颇不然者,固然也许西周的诗流传到东周,字句有通俗化的变迁。不过从《周诰》、《周诗》看来,大约不在一个方言系统之中。《周诰》或者是周人初叶的语言,《周诗》之中已用成周列国的通语。宗周谓周室旧都,成周谓新营之洛邑,此分别在春秋战国时尚清楚。

他这些意见,我们是赞同的。我们要知道,像《周诰》那种布告和讲演的文辞是有时间性的,记录下来以后,就渐渐地僵化了。诗歌是口耳相传的东西,他能够因人因地流传下去。可以由宗周的语言,变为成周列国的通语,因此他比较能保存着活的生命。这一点想是无可怀疑的了。至于《尧典》、《禹贡》以及《商书》诸篇,无论从其文字的艺术,和那里面所表现的经济状况与伦理思想看来,都出自《周诰》以后,在这里不必再说。

> 王若曰。猷。大诰尔多邦。越尔御事。弗吊。天降割于我家。不少延。洪惟我幼冲人。嗣无疆大历服。弗造哲,迪民康。矧曰其有能格知天命。已。予惟小子。若涉渊水。予惟往,求朕攸济。敷贲。敷前人受命。兹不忘大功。予不敢闭于天降威用。宁王遗我大宝龟。绍天明。即命曰。有大艰于西土。西土人亦不静。越兹蠢。殷小腆,诞敢纪其叙。天降威。知我国有疵。民不康。曰。予复。反鄙我周邦……

这是《大诰》中的一段,是武庚叛变周公东征时的一篇文告。全篇中天命吉卜宝龟之言,层见叠出,正反映出周初时代的神权思想。现在看来,这些文字已经没有什么意义,但从卜辞进展到这地步,也还是需要相当的时候。这种文字作为周时初叶的散文出现,在发展史上自然是合理的。明乎此更可相信虞、夏、商《书》是晚出之作。

在历史上进一步的表现,成为有系统的编年体的,便是那有名的《春秋》。《春秋》也同《尚书》一样,被称为经的,尤其成为今经文家重视的古籍。孟子说:“世衰道微,邪说暴行有作。臣弑其君者有之，子弑其父者有之。孔子惧，作《春秋》。《春秋》，天子之事也。是故孔子曰，知我者其惟《春秋》乎，罪我者其惟《春秋》乎！”因为《春秋》是出于孔子，因此后代人都把他看作是一本含有微言大义的思想书或是道德书，把他看作是定名分、制法度的工具。《庄子·天下》篇说的“《春秋》以道名分”，便是这个意思。于是许多经师贤哲，都在那里面去研讨微言大义，倒把列国的史事，看作是残骸朽骨了。

《春秋》的文句虽是简短，前人竟有讥为断烂朝报者，但在文字的技术及史事的编排上，比起《尚书》来，都有明显的进步。使我们读了，对于当代诸国的事实，得到一个系统的印象。在造句用字上，都从《尚书》的文体中解放进化出来，日趋于简练平浅，建立了新散文的基础。

> 二年春，王正月，戊申。宋督弑其君与夷，及其大夫孔父。滕子来朝。三月，公会齐侯、陈侯、郑伯于稷，以成宋乱。夏四月，取郜大鼎于宋，戊申，纳于大庙。秋七月，杞侯来朝。蔡侯、郑伯会于邓。九月入杞。公及戎盟于唐。冬公至自唐。（桓公）

一年的史事，包括在这八十五个字里，简短极了，这只能算是一个历史的大纲。但在当日贫弱的物质文化的环境之下，这种大纲式的历史，却是带着最进步的姿态而出现的。因为这种官书，无论从当日的历史观念或是物质条件看来，都表现一种最适合环境的样式。从文字的技术上讲，比起《尚书》来，那进步是显然的：一个是僵化了的语句，一个是平浅而有生命的新兴散文。

到了战国时代，随着物质条件与文学观念的发展，历史的散文，呈现着高度的进步。如《国语》、《左传》、《战国策》诸书，都是当日历史散文中最优秀的作品。《左传》与《国策》，更为后代散文家所重视，几乎成为学习散文的教科书。

关于《左传》的著作及其本身的真伪问题，我们无法在这里作较详的叙述。古说《左传》为孔子弟子鲁人左丘明解经之作，此说虽不可靠，但近代疑古学者说《左传》全为刘歆伪造，也难成立。前者见于《史记·十二诸侯年表》及《汉书·艺文志》，后者则以康有为氏为最有力的代表。我们放弃今古文家的成见，平心而论，《左传》的作者，是一位战国时代最优秀的散文家，他决计不是孔子的弟子。他写这本书的目的，并不是为解经而作，是纯从历史家的立场，采取《春秋》的大纲，再参考当时的史籍，而成就了这本伟大的作品。因此里面有合经者，有不合经者。这正是当日史学观念的进步，表示不能满意于《春秋》式的史书，而不得不另有所表现了。到了汉朝，在刘歆的手中，在史事方面或有所增减的事，想也是免不了的。但这不能便说是完全出于刘歆的伪造。无论如何，我们必得承认《左传》的时代是战国，作者是失名了。他在历史散文的地位上，是成为上承《尚书》、《春秋》，而下开《国策》、《史记》的重要桥梁，而且是战国时代无可否认的最优秀的散文作品。

《左传》无论在记言记事方面，都表现了极高的成绩。用着平浅流利的文句，把当日复杂的事迹、巧妙的言语，活跃地记载或表现出来。使我们现在读了，还能亲切地感受到当日政治舞台的状况，和舞台人物的种种面貌动作和性情。一直到现在，他还保持着他活跃的散文的生命。如“吕相绝秦”，“烛之武退秦师”，“臧孙谏君纳鼎”，“僖伯谏君观鱼”，“季札观乐”，“王孙论鼎”，都能用委婉曲折的文章，表达当日巧妙的词令。再如城濮之战，殽之战，邲之战，鄢陵之战，都是用最简练的文句，记叙繁复的史事，而成为叙事文中的杰作。刘知几说："左氏之叙事也，述行师则簿领盈视，哤聒沸腾。论备火则区分在目，修饰峻整。言胜捷则收获都尽，记奔放则披靡横前，申盟誓则慷慨有余，称谲诈则欺诬可见，谈恩惠则煦如春日，纪严切则凛若秋霜，叙兴邦则滋味无量，陈亡国则凄凉可悯。或腴辞润简牍，或美句入咏歌。跌宕而不群，纵横而自得。若斯才者，殆将工侔造化，思涉鬼神，著述罕闻，古今卓绝。"（《史通·杂说上》）他这种纯粹从文学的立场上来估量《左传》的价值，确是很有见解的。我们必得承认：《左传》除了历史的价值以外，他在中国的散文史上，还有其坚固的地位。

九月甲午，晋侯、秦伯围郑，以其无礼于晋，且贰于楚也。晋军函陵，秦军氾南。佚之狐言于郑伯曰："国危矣，若使烛之武见秦君，师必退。"公从之，辞曰："臣之壮也，犹不如人，今老矣，无能为也已。"公曰："吾不能早用子，今急而求子，是寡人之过也。然郑亡，子亦有不利焉。"许之。夜缒而出，见秦伯曰："秦、晋围郑，郑既知亡矣。若亡郑而有益于君，敢以烦执事？越国以鄙远，君知其难也。焉用亡郑以陪邻？邻之厚，君之薄也。若舍郑以为东道主，行李之往来，共其乏困，君亦无所害。且君尝为晋君赐矣，许君焦瑕，朝济而夕设版焉，君之所知也。夫晋，何厌之有，既东封郑，又欲肆其西封。若不阙秦，将焉取之？阙秦以利晋，唯君图之。"秦伯说，与郑人盟。（《烛之武退秦师》）

这可作历史读，尤可作美妙的小品文读。用字造句是多么简练，又是多么生动。后人每以《左传》的文字失之浮夸，有文胜于质的弊病，这都是那些死守《六经》为文章的正统的迷古派的胡言。不知道他们所说的浮夸与文胜于质，正是中国散文的艺术的进步。一定要佶屈聱牙的《尚书》，简略断烂的《春秋》，才是苍老，才是质胜于文，这是多么退化的观念呢?! 像《左传》这样的文字，不正是适合于战国时代的环境吗? 由《尚书》、《春秋》到《左传》，那散文发展的痕迹，不是极明显极合理的吗?

《左传》以外，我们得注意的，便是那表现纵横捭阖之术的《国策》。《汉志》有《战国策》三十三篇，今有三十三卷，无作者名氏，为刘向裒合排比而成。刘氏序云:"战国之时，君德浅薄，为之谋策者，不得不因势而为资，据时而为画。故其谋扶急持倾，为一切之权，虽不可以临国教，化兵革，亦救急之势也。皆高才秀士，度时君之所能行，出奇策异智，转危为安，运亡为存，亦可喜，皆可观。"他在这里说明了当日时代性的特质，同时也就说明了《国策》文字的特质。苏秦合纵，张仪连横，范雎相秦，鲁连解纷，邹忌的幽默，淳于髡的讽刺，真可谓尽鼓舌摇唇之能事，极纵横辩说的大观了。而其文字无不委曲达情，微婉尽意。章学诚说:"战国者纵横之世也。纵横之学，本于古者行人之官。观《春秋》之辞命，列国大夫，聘问诸侯，出使专对，盖欲文其言以达旨而已。至战国而抵掌揣摩，腾说以取富贵，其辞敷张而扬厉，变其本而加恢奇焉，不可谓非行辞命之极也。孔子曰:诵《诗三百》，授之以政，不达，使于四方，不能专对，虽多亦奚以为。是则比兴之旨，讽谕之义，固行人之所肄也。纵横者流，推而衍之，是以能委折而入情，微婉而善讽也。九流之学，承官曲于六典，虽或原于《书》、《易》、《春秋》，其质多本于礼教，为其体之有所该也。及其出而用世，必兼纵横，所以文其质也。古之文质合于一，至战国而各具之，质当其用也。必兼纵横之辞以文之，周衰文弊之效也。故曰，战国者纵横之世也。”（《诗教上》）他在这里说明了在纵横的战国时代，随着言语辞令的需要与进步，文字必然要发展到文质各具的阶段去。所谓文质各具，便是说文章除其内容以外，文字本身的艺术，已达到独立存在的阶段了。因此我们到现在，觉得那里面所说的道理，都浅薄无聊，然因其文字的美妙流利，引人入胜，仍是欢喜读他。章氏虽说是周衰文弊之效，然而在散文的发展史上，这自然是进步的现象，是文盛的现象。宋李格非说：“《战国策》所载，大抵皆纵横捭阖、谲诳相轧倾夺之说也。其事浅陋不足道，然而人读之，则必尚其说之工，而忘其事之陋者，文辞之胜移之而已。”他这种议论，真是再确切也没有了。这种文字对于后代散文家发生很大的影响，自不用说，便是汉代的赋家，也深深地感染着他的影响。

邹忌修八尺有余，而形貌昳丽，朝服衣冠，窥镜，谓其妻曰：“我孰与城北徐公美？”其妻曰：“君美甚，徐公何能及君也。”城北徐公，齐国之美丽者也。忌不自信，而复问其妾曰：“吾孰与徐公美？”妾曰：“徐公何能及君也。”旦日，客从外来，与坐谈，问之客曰：“吾与徐公孰美？”客曰：“徐公不若君之美也。”明日徐公来，熟视之，自以为不如，窥镜而自视，又弗如远甚。暮寝而思之，曰：“吾妻之美我者，私我也。妾之美我者，畏我也。客之美我者，欲有求于我也。”

这种幽默讽刺的文字，现在读起来，也是觉得津津有味的。无论对于大小问题，或是旁述，或是直叙，总使读者如置身会谈的座中，言语形貌，全都感到亲切有味。其结论虽有时令人感到浅薄，但其文字无不羽毛丰满，气势纵横，引人入胜。这是文字艺术的进步，也就是文字力量的动人。历史的散文，到了《左传》、《国策》，确是达到极高的成就了。

三　哲理散文

我国古代的哲理散文，当以《老子》、《论语》为最早。此二书出，在中国的文化界，才有所谓私人著述的作品。不用说，《老子》与《论语》不是老子、孔子手写的，只是他们的门徒记下来的一种语录。这种简约的语录，在我国哲理散文史上，却有极重要的地位。《老子》的时代问题，在近年来，发生了剧烈的动摇。如老聃、李耳、老彭、太史儋、老莱子诸人，究竟是一是二，也是议论纷纷，无法断定。我们在这里不得不避去那些干枯的叙述与考证。平心而论，现存的《老子》这本书，究其思想的复杂矛盾，一定是完成于战国道、法家的增益。就其文字的体裁看来，许多韵文的部分，似乎也是受了骚体的影响，好像是战国末叶的作品。因此引起许多学者对于老子本人的怀疑。但我们客观的推测，觉得老子确为春秋时代的人物，在其时并还有原本《老子》的存在。现存的《老子》，是由原本增补而成，老子原有的思想一部分被保存着，其它如阴阳家、法术家之言，后来也都混杂进去，所以无论思想或是文体，都形成现在那种矛盾复杂的样子了。我们如果肯承认这一个论点，那么在《论语》之前，是有过《老子》那么一本书的。

老聃曰：知其雄，守其雌，为天下溪。知其白，守其辱，为天下谷。人皆取先，己独取后。曰：受天下之垢，人皆取实，己独取虚。无藏也，故有余。岿然而有余。其行身也。徐而不费，无为也而笑巧。人皆求福，己独求全。曰：苟免于咎，以深为根，以约为纪。曰：坚则毁矣，锐则挫矣，常宽容于物，不削于人，可谓至极。（《庄子·天下》篇）

《庄子·天下》篇内所引的各家之言，一向为学者认为比较可靠。但这里所引的《老子》和现今的《老子》，不甚一致。因此，我们很可相信这些文句是出于《老子》的原本，而现存的《老子》是改本了。在这些文句里，正表现了纯正的道家思想，并且与《论语》式的简约的文体，也正相适合。

《论语》是古代初期的哲理散文中一部最可靠的书。其中的一部分（如《尧曰》等），虽也有可疑之处，但对于他本身的真实性，却毫无损伤。书中的文句，都是三言两语，各自独立，不相连贯。这正与《春秋》的文字，有些相像。因为当时的物质条件的贫弱，无论在历史或是哲学上的表现，都只能做到大纲的形式。详细情形，一切都待于口语的解说。因此，我们读《论语》的时候，时常有一种突然而来忽然而止的感觉。这固然是因为散文尚在发展的途中，但最大的原因，还是在当日物质环境的拙劣和文书工具的贫弱，关于这一点，由《春秋》的历史文，《老子》、《论语》的哲理文，都是简约的文句，节段的形式，还没有达到单篇的式样，看来这是很可证明的。

老、孔时代，正是中国哲学思想发育的初期，还没有走到诸子争鸣彼此辩论的时代。因此在他们的文字里，多是说明文的形式，而不是论辩文的形式。他们所讲的一言一语，虽俱有可论辩之处，然而在当日思想发动的初期，所谓理论的斗争，还没有产生。只要用那种平铺直叙的说明文字，便够表明他们的思想。到了战国的诸子争鸣时代，思想的宣传与斗争，蓬勃地发展起来，任何派的思想家要发表文字，非带着斗争的论辩的形式不可了。因为思想的发展，文字也跟着发展起来，于是第二期的哲学散文，带着长篇大论的姿态，讽寓犀利的辞句而出现了。在《墨子》、《孟子》、《庄子》、《荀子》、《韩非》诸书的文字里，文章的气势格调虽各有不同，所表现的思想虽各不同，然都带着论辩的斗争的形式的事，却是一致的。

论辩的散文，是由墨子而开始的。我们在这里，没有时候讨论他的哲学思想，但在中国散文的发展史上，墨子却有重要的地位。这并不是说《墨子》中的文字，有多么美妙，有了不得的艺术的成就。其重要处，是中国议论辩证的文体，由他开始，并且他对于论辩文的方法的要旨，发表了许多重要的意见。我们读过他的《非攻》、《非命》、《明鬼》、《尚同》诸篇，知道他是一个条理谨严的议论家，这些文字都是最谨严、最明快的论辩文。后世的论辩文，几乎都逃不出他的式样与方法。墨子的籍贯与时代，一直到现在，还不能得着确切的解答。有说他是宋人、楚人或是鲁人，这个问题，恐怕永远是一个问题。我们从各种古书上所载的事迹看来，说墨子是孔孟之间的人，大概是可靠的。

我们知道墨子是一个苦行的富有同情心的宗教家。所以他讲兼爱非攻，信鬼神信天志。同时他又是澈底的功利主义者，因此他主张薄葬非乐。这些思想反映到文学上，变成了尚质与实用的文学观。他的文字虽不华美,然而无不条理谨严、说理明畅。在我国古代学术界中,墨学最讲究方法,开名学之先导。较之欧洲的逻辑,印度之因明,虽无其精深细密,然却有些近似,故其学说之立论,都是采取首尾一贯的论理形式。因此,他的文字,也就成为最谨严、最有条理的论辩文了。他说:

> 凡出言谈,则不可不先立仪而言,若不先立仪而言,譬之犹运钧之上而立朝夕者也。我以为虽有朝夕之辩,必将终未可得而从定也。是故言有三法。何谓三法?曰有考之者,有原之者,有用之者。恶乎考之?考先圣大王之事。恶乎原之?察众之耳目之请。恶乎用之?发而为政乎国,察万民而观之。此谓三法也。(《非命下》)

所谓立仪,便是说要有一种准则和一个要旨。如《非命》、《非攻》,那便是一篇的准则和要旨,令人看了一目了然。所谓三表法,便是一种层次分明的论理方法,考之者是说要求证于古事,原之者是说要求证于现实,用之者是说要求证于实际的应用。他所讲的虽是一种讲学立论的方法,同时也就是做论辩文的方法。用这方法做论辩文,是有条有理,决没有前后矛盾层次紊乱的弊病。在《墨子》许多篇中,都是这种方法的应用,而得到了很好的成绩。我们读读《非命》、《明鬼》,就可以知道了。

《小取》篇是出于墨子还是出于别墨,现在虽是问题,在那里面所讲的论辩方法,比上述的三表,发挥得更为详尽。所谓"辟、侔、援、推"固然是讲学立论的重要方法,同时在修辞学的理论上,也有极重要的贡献。《小取》篇说:

辟也者,举也物而以明之也。侔也者,比辞而俱行也。援也者,曰子然,我奚独不可以然也。推也者,以其所不取之同,于其所取予之也。是犹谓也者同也,吾岂谓也者异也。

辟是譬喻,是一种举他物以明此物的譬喻法。侔是辞义齐等之意,是一种用他辞衬托此辞的比辞法。援是援例的推论,推是归纳的论断。他这种论辩的方法,实有科学的精神。因此在古代哲学的方法论中,实以墨家为最完密。后来如惠施、公孙龙这一派的辩者,都是承继这一个系统而发扬光大起来,就是其余各派的哲学家,也莫不接受这种方法论的影响。如孟子、庄子、荀子虽口口声声反对墨派,然无一不显出墨派名学的影响的事,是非常明显的。这种名学的方法,用之于讲学立论,固然是极有好处,用之于论辩文,其结果是更好的。像《非攻》那样有力的文章,其层次条理都是"辟"、"侔"、"援"、"推"各种方法的应用而已。以后如庄、孟、韩、荀以及后来各家的议论文字,都在采取这些方法。因此,我们不能以《墨子》书中的朴质文字缺少文采,而忽视他们在中国散文史上的地位。至于由《老子》、《论语》的片段的说明文,变为《墨子》的长篇的论辩文,其发展的过程,也是极合理的。

在当代的儒家里面,以孟子为最有文采。孟子虽是倡仁义,法先王,拒杨、墨,反纵横,然而他自己却也逃不出当日流行的纵横家的风气。其门人公都子对他说:"外人皆称夫子好辩。"他回答说:"予岂好辩哉,不得已也。"可知孟子也是一个论辩家。在那个诸子争鸣纵横捭阖的时代,各种学术思想如春潮般的涌起,你如果有所主张,自然非对四围的论敌加以排击不可。"岂好辩哉?不得已也。”这两句话，却是孟子的实情。因此，在当代的学术思想界中任何学派，无论写文讲话，都采取斗争论辩的形式了。

孟子的文章不仅文采华赡，尤以气胜。他自己曾说：“我善养吾浩然之气。”这里所说的气，似乎与文章没有什么关系。但孟子却能在立论行文时，注重文章的气势，增加文章的力量。关于这一点，成为后人论文的一种标准。文章的气势好，就是理论稍稍薄弱，也还能引人入胜，先声夺人。我们现在读孟子的文章，就有这种感觉。不待细细思考他的内容，便已为那种一泻不止的滔滔雄辩的文气吸引住了。可知气势对于文章确是很重要的。后代如贾谊、苏东坡的议论文字，也都是以气势见长。韩愈说：

> 气，水也。言，浮物也。水大而物之浮者大小毕浮。气之与言犹是也。气盛则言之短长与声之高下者皆宜。（《答李翊书》）

苏辙也说：

> 孟子曰：“我善养吾浩然之气。”今观其文章，宽厚弘博，充乎天地之间，称其气之小大。太史公行天下，周览四海名山大川，与燕、赵间豪俊交游，故其文疏荡颇有奇气。此二子者岂尝执笔学如此之文哉。其气充乎其中，而溢乎其貌，动乎其言，而见乎其文而不自知也。（《上枢密韩太尉书》）

可知后代的论文家都欢喜讲气势。在曹丕的《典论·论文》里，他以气作为论文的标准的事，是大家都知道的。《文心雕龙》

里,也有《养气》的专篇。到了桐城派所讲的阴阳刚柔,那就更是精密完备了。

其次是孟子所讲的“知言”。他说:“诐辞知其所蔽,淫辞知其所陷,邪辞知其所离,遁辞知其所穷。”(《公孙丑》章)这里所说的是一种知人之言而知人之情的体会。既然能知人之言,自然也能知己之言。这种本领,用之于批评固然是重要,用之于创作,也同样的重要。真是知言之人,在自己立论造文的时候,才会对于文辞得到巧妙的选择与应用。墨子告诉我们论辩的方法,是偏于外表的形式。孟子所讲的养气和知言,是属于内在的修炼。在《孟子》的文字里,许多地方也采用《墨子》中的“辟、侔、援、推”的方法,但因其气势辞藻的长处,所以我们总觉得读《墨子》的文有些干枯晦涩,不能如《孟子》中的文字能那样给我们波澜反覆、辞锋犀利的趣味。如《梁惠王》的言仁义,《滕文公》的辟杨、墨,《告子》的辨性善,《离娄》的法先王,都是气势纵横、文采美丽的绝妙文字。他行文的主旨,虽都很严正,然而偶尔举例取譬之时,时时露出一种幽默,使人得到轻松的欢乐与会心的微笑。如牵牛过堂、齐人妻妾诸段,实在是巧妙,然而又是无上的滑稽与讽刺。这也可以说是战国文体的一般特色。历史散文中如《左传》、《国策》,哲学散文中如《墨子》、《庄子》,也常可找出这种例子。苏洵在《上欧阳内翰书》中说:“孟子之文,语约而意尽,不为巉刻斩绝之言,而其锋不可犯。”这真可说是知人之论。

庄子是战国时代的大思想家,同时也是最优秀的散文家。他有绝出的天才,超人的想象,高尚的人格与浪漫的感情。文字到了他的手里,成了活动的玩具,颠来倒去,离奇曲折,创造了一种特有的文体。这样的文体,在中国有了二千多年,从没有一个人能够模拟、能够学得像样。他的文章也采取各种论辩的方法，然又气势纵横，辞藻华丽，一点也不板滞。同时他又不顾一切的规矩，使用丰富的字汇，倒装重叠的句法，奇怪的字眼，巧妙的寓言，使他的文字，格外灵活，格外新奇，格外有力量。《墨子》的文失之沉滞，《孟子》的文失之显露，《庄子》的文却没有这种弊病。偶尔翻阅，自然觉得有些艰苦，但当你将字义和意思了解以后，反覆熟读，你自然会感到一种惊奇，一种愉悦。为什么一样的文字，到了他的笔下，能够组织得那么新奇，表现得那么聪明。真是汪洋恣肆，机趣横生，信手拈来，都成妙语。

以谬悠之说，荒唐之言，无端崖之辞，时恣肆而不傥，不以觭见之也。以天下为沉浊，不可与庄语，以卮言为曼衍，以重言为真，以寓言为广。独与天地精神往来，而不敖倪于万物，不谴是非，以与世俗处。其书虽瑰玮，而连犿无伤也；其辞虽参差，而諔诡可观。彼其充实不可以已。上与造物者游，而下与外死生无终始者为友。其于本也，宏大而辟，深闳而肆。其于宗也，可谓调适而上遂矣。虽然，其应于化而解于物也，其理不竭，其来不蜕，芒乎昧乎，未之尽者。（《天下》篇）

这一段评论庄子的哲学思想与人生态度，固然是极其精当，然而看作他的文学的批评，也是非常确切的。要懂得他的人生态度，才能懂得他的文章，才能了解他为什么不欢喜用那种辞严义正的庄语，偏要采用那种寓言卮言等类的荒唐谬悠的言语。也就因为这些言语，使他的文字格外显得新奇有味轻飘无痕。“依乎天理，因其固然”是他说明庖丁解牛的秘诀，也就是他的人生哲学的根底。同时，也就是他的文字艺术的精义。他的文字的雄奇与奔跃，后代无人能比得上他。只有李太白的古诗，差可比拟而已。正如太白的诗不可模拟与学习一样，庄子的散文也是不许旁人模拟学习的。我们只要读读《逍遥》、《齐物》诸篇，便会知道他散文技术的高妙，而不得不承认他在散文史上创立了一种特殊的文体。并且这一种特殊的文体，成了他的私有物，一直没有在任何人的笔底下出现过。《史记》说："庄子者蒙人也，名周。周尝为蒙漆园吏。与梁惠王、齐宣王同时，其学无所不窥。然其要本归于老子之言，故其著书十余万言，大抵率寓言也。作《渔父》、《盗跖》、《胠箧》，以诋訾孔子之徒，以明老子之术。畏累虚、亢桑子之属，皆空语无事实。然善属书离辞，指事类情，用剽剥儒墨，虽当世宿学，不能自解免也。其言洸洋自恣以适己，故自王公大人，不能器之。"（《庄子列传》）他对于庄子的哲学思想及其文字的内容，虽稍有微辞，但对于他的文章艺术的赞扬，却是极精当的论见。

其次如荀子文的朴质简约，韩非文的深刻明切，虽各有其特色，但终不能创出一个特殊的范畴。他们在思想史上，自有其坚固不拔的地位，在散文史上，无论就文体的形式，文字的辞藻，都只是承流，而没有什么开创的发展了。话虽如此，然荀子的《劝学》、《性恶》、《礼论》、《乐论》、《非十二子》，韩非的《孤愤》、《说难》、《显学》、《五蠹》诸篇，在他们的作品中，都是带着斗争论辩的形式，深刻锋利的笔锋而出现的有力的文字。司马迁说韩非口吃不善言谈而善于写文，这话想是不错的。至于荀子的赋以及他与中国辞赋的关系，要留在后面再说。

春秋战国时代散文发展的过程，同着当代的物质文化与精神文化的发展，是取着一致的步调。由古代的《尚书》到《春秋》以至于《国语》、《左传》和《国策》，这是一条分明的历史散文发展的路线。由《老子》、《论语》到墨子、孟子、庄子以及荀、韩诸子，这又是一条分明的哲学散文发展的路线。随着物质文化与精神文化的进步，文章的质与量，形式与内容，修辞与布局，也都跟着进步。可知文字的艺术，虽称为精神的高贵产物，然欲求其脱离时代意识与物质条件的基础，实在是不可能的。我们试看在西周春秋和战国的文字中无论是历史的或是哲学的，其形式和技巧，不都是有一个共同的特质吗？这一种称为时代性的共同的特质，是一般研究文学史的人们不得不注意的。

战国时代的散文，由历史的《左传》、《国策》与哲学的墨、孟、庄、韩诸子的出现，已达到成熟的地步，而完成了中国古代散文的典型。在这些作品中，已埋藏着各种文体的种子等待后人去培植创造。关于这一点，史学家章学诚氏是早已说过了。

周衰文弊，六艺道息，而诸子争鸣。盖至战国而文章之变尽，至战国而著述之事专，至战国而后世之文体备。故论文于战国，而升降盛衰之故可知也。……后世之文，其体皆备于战国，何谓也？曰：子、史衰而文集之体盛，著作衰而辞章之学兴。文集者辞章不专家，而萃聚文墨以为蛇龙之菹也。后贤承而不废者，江河导而其势不容复遏也。经学不专家，而文集有经义，史学不专家，而文集有传记。立言不专家，而文集有论辩。后世之文集，舍经义与传记、论辩之三体，其余莫非辞章之属也。而辞章实备于战国，承其流而代变其体制焉。学者不知而溯挚虞所哀之流别，甚且以萧梁《文选》举为辞章之祖也，其亦不知占今流别之义矣。今即《文选》诸体，以征战国之赅备。《京都》诸赋，苏、张纵横六国，侈陈形势之遗也。《上林》、《羽猎》，安陵之从田，龙阳之同钓也。《客难》、《解嘲》，屈原之《渔夫》、《卜居》，庄周之惠施问难也。韩非《储说》，比事征偶，连珠之所肇也。而或以为始于傅毅之徒，非其质矣。孟子问齐王之大欲，历举轻暖肥甘声音采色，七林之所启也。而或以为创之枚乘，忘其祖矣。邹阳辨谤于梁王，江淹陈辞于建平，苏秦之自解忠信而获罪也。《过秦》、《王命》、《六代》、《辨亡》诸论，抑扬往复，诗人讽谕之旨，孟、荀所以称述先王儆时君也。淮南宾客，梁苑辞人，原、尝、中、陵之盛举也。东方、司马侍从于西京，徐、陈、应、刘征逐于邺下，谈天雕龙之奇观也。遇有深沉，时有得失，畸才汇于末世，利禄萃其性灵，廊庙山林，江湖魏阙，旷世而相感，不知悲喜之何从，文人情深于诗骚，古今一也。(《诗教上》)

《诗教》是一篇有见解有力量的大文章，他的短处，是缺少文学进化的观念，未能将战国文章兴盛的原因说明，其长处在他能够抛弃六经诸子的思想系统，纯粹从文体上说明文章的渊源流变，实是高人一等。前人死守着经子的藩篱，不敢跨过半步，而只以《文选》为辞章之祖，这实在是违反文学发展史的错误观念。他说："辞章实备于战国，承其流而代变其体制焉"，真可谓知古今流别之义矣。还有一些新人死守着纯文学的范围，只论着《诗经》、《离骚》一类的韵文，叙述当代文学的时候，把这些历史哲学的散文，毫不顾惜地全部一刀割去，这在中国文学整体的发展史上，真是造成了无可补救的缺陷。

第四章　南方的新兴文学

一　《楚辞》的产生及其特质

南方的新兴文学是《楚辞》。《楚辞》是楚地的诗，是战国时代南方文学的总集。宋黄伯思《翼骚序》云："屈、宋诸骚，皆书楚语，作楚声，纪楚地，名楚物，故谓之《楚辞》。若些、只、羌、谇，蹇、纷、侘、傺者，楚语也。悲壮顿挫，或韵或否者，楚声也。沅、湘、江、澧、修门、夏首者，楚地也。兰、茝、荃、药、蕙、若、芷、蘅者，楚物也。"（见陈振孙《直斋书录解题》引）他这种从诗歌的风格、内容、言语以及地域各方面来解释《楚辞》的意义是极其精当的。所以我们可以说《楚辞》是楚地的诗歌，正如《诗经》是北方韵文的代表一样，他恰好是南方韵文的代表。

"楚辞"这名称，在西汉武、宣时代，便已流行。《汉书·朱买臣传》说："会邑子严助贵幸，荐买臣，召见说《春秋》，言《楚辞》，帝甚悦之。"又《王褒传》说："宣帝时修武帝故事，讲论六艺群书，博尽奇异之好。征能为《楚辞》九江被公，召见诵读。"可知在西汉时代，《楚辞》已为一种专门学问，与六艺并列，同为帝王所爱重，士大夫善此者，可以干禄见用。他们那时所指的《楚辞》，一定是限于战国时代屈宋的作品。但到了刘向，便把那范围扩大了，只以体裁相同为标准，除屈宋以外，再加上东方朔、庄忌、淮南小山、王褒诸人和他自己的作品，合为一集，名为《楚辞》。现在刘向的原书是失传了，可以看到的只有王逸的《楚辞章句》。王本或是根据刘本，再又把自己的《九思》加了进去。到了朱熹的《楚辞集注》，唐宋人的模拟作品也入了选，于是《楚辞》的范围，更是广大了，《楚辞》的真面目、真精神都破坏无余了。我们今天要讨论的《楚辞》范围，是那种真能代表战国时代南方文学的《楚辞》，汉以下的作品，都得一概割爱。

我们决定了《楚辞》的范围，进一步要讨论的，便是《楚辞》这种文学，究竟同北方的中原文化，有没有发生过什么渊源的关系。换一句话说，南方的《楚辞》是独立生成的呢？还是受过北方《诗经》的影响。要解答这一个问题，我们得先知道楚国在政治文化上，同北方的中原，发生过什么交涉。楚国的祖先，据说是黄帝的后裔，鬻熊是文王之师，熊绎在成王时代，封于楚蛮。这些话，恐怕只是一种传说，若真是事实，我们也可想到熊绎一家人到南方以后，一定也是蛮化了的。正如吴太伯、仲雍之流奔到荆蛮，便断发文身，同蛮人完全同化了。因此在北方的君主诸侯看来，楚国只是南方的野蛮民族。如《小雅·采芑》说："蠢尔蛮荆，大邦为仇。……显允方叔，征伐猃狁，蛮荆来威。"这是周宣王南征楚国的叙事诗。荆上加一蛮字，同北方的野族猃狁对举，便可知道北方汉族对于楚人的轻视态度。再如《鲁颂·閟宫》说："戎狄是膺，荆舒是惩。"北方的戎、狄，南方的荆、舒，一概看作野蛮民族，而加以膺惩的事，这口气是更大的。不仅中原人的态度是如此，就是楚国人自己，也承认自己是蛮夷。如《史记·楚世家》说："熊渠曰：'我蛮夷也，不与中国之号谥。’……楚伐随，随曰：‘我无罪。’楚曰：‘我蛮夷也。今诸侯皆为叛，相侵或相杀，我有敝甲，欲以观中国之政，请王室尊吾号。’”自己称蛮夷，对方称中国，这更可证明楚国在南方是一种独立的民族，与周民族无关。在中国古代的民族中，商、周、秦、楚是四个异族的代表。

楚国在江淮流域一带，与西周时代直接保存殷商文化的宋国很相接近，于是殷文化由宋传染到楚国来的事是极可能的。殷商灭亡以后，它的文化分为两个支流，一支在北方周人的手下融和发展，另一支则在宋、楚的南方保存。由此，我们可以说，楚国虽被称为蛮夷，其文化的来源，是与周民族同源于殷、商，并非全由于周化。但是后来因为中原经济政治的进步，北方的中原文化呈现着高度的发展，而成为中国古代文化界的中心与正统。无论从哪方面讲，南方文化是较为落后的。

楚国在西周时代，努力的扩展地盘，到了春秋，军事、政治都有了进步，于是开始向北方进攻了。楚庄王是五霸之一，观兵问鼎，声威赫赫，昔日称为荆蛮的楚人，也在中原的政治舞台上露了头角，而握着操纵政治的大权了。当时长江一带的大小国家，都先后合并于楚。所谓：“周之子孙封于江、汉之间者，楚尽灭之。”“汉阳诸姬，楚实尽之。”都是真实的情形。这样一来，楚的版图扩大了几倍，自不必说，最要紧的是在文化方面增进了许多新原素、新分子、新力量，促进南北文化的调和与发展。称雄争霸，远交近攻，于是南北诸侯的交涉日趋频繁，会盟聘问的事也日益加多了。中原较高的文物制度、思想文化，自然会为南方的民族大量吸收。到了战国，这种南北文化汇流的现象更是明显。许多南方学者，到北方去留学，北方的人士，也都到南方来游历。在思想的系统上，虽不免偶有冲突之处，但南北文化的互相沟通互相融合的事，是无可否认的。一部《诗经》，在春秋时代是私塾的课本，是列国使臣的教科书。我们只要看看当日外交界的赋诗、歌诗事件的流行，便可明了。但在那时候，楚国君臣上下，很多人都能引用《诗经》来谈话了。

《左传·宣公十二年》，孙叔引《小雅·六月》，楚子引《周颂·时迈》。

成公二年，子重引《大雅·文王》。

襄公二十七年，楚薳罢赋《既醉》。

昭公三年，楚子赋《吉日》。

昭公七年，芋尹无宇引《小雅·北山》。

昭公十二年，子华引逸诗《祈招》。

昭公二十三年，沈尹戌引《大雅·文王》。

昭公二十四年，沈尹戌引《大雅·桑柔》。

或是谈话引诗，或是盟会赋诗，君臣上下，成了一种风气。可知一部《诗经》在春秋后期就从北方移植到南方来了。这种移植，开始是应用于实际的外交辞令方面，但《诗经》究竟是一部诗歌，是一部北方文学的代表，其结果是要影响于南方文学的事，自然是无可疑的。在这种环境之下，说《楚辞》那种文学完全与《诗经》没有发生过关系，实在是过于武断。

再在文字的组织上，我们也可看出《诗经》、《楚辞》的渊源关系。一些人以为“兮”、“些”、“也”等助词的使用，成为《楚辞》的特质，而使他变成一种独特新奇的体裁，其实这见解是不妥当的。这些助词，在《诗经》里全都用过了。“兮”这个字，是《楚辞》中用得最多的。然而在《诗经》中也最常见。《周南》、《召南》是江汉一带的南方诗，我们不必讲他，就在其余的十三《国风》里，也是普遍地使用着。如《邶风》的《日月》、《绿衣》、《旄丘》和《击鼓》；《鄘风》中的《君子偕老》；《卫风》中的《伯兮》与《淇奥》；《王风》中的《采葛》；《郑风》中的《缁衣》；《齐风》中的《还》、《甫田》、《东方之日》和《猗嗟》；《魏风》中的《十亩之间》、《伐檀》和《陟岵》；《唐风》中的《绸缪》、《无衣》和《葛生》；《秦风》中的《黄鸟》；《陈风》中的《月出》和《宛丘》；《桧风》中的《匪风》和《素冠》；《曹风》中的《鸤鸠》和《候人》；《豳风》中的《九罭》。在这些诗里，全都使用着“兮”字。有每句用者，有隔句或隔二三句不等而用者。有用于字尾者，也有用于句中者，真是五花八门各式全备了。可知“兮”字的使用，在古代的韵文方面是普遍于全国，无分于南北的界限。不过到了《楚辞》，用得较为广泛较为整齐而已。然而我们不能因这种广泛化与整齐化，便目为《楚辞》独创的新文体，这只是一种韵文进展的必然现象。

“也”字在《诗经》里也是到处用着，一点也不新奇，到了战国，散文家用得更是普遍，这是无须举例的了，“些”字虽在《诗经》里找不出，但他在意义上，正如“兮”、“思”一样，是一个虚助词。郭沫若氏对于这个字有很好的见解。他说：“《楚辞》的‘些’字和《周颂·赉》与《周南·汉广》的‘思’字是一个系统。”

> 文王既勤止，我应受之，敷时绎思。
> 我徂维求定，时周之命，于绎思。

（《赉》）

南有乔木，不可休思，汉有游女，不可求思。

汉之广矣，不可泳思。江之永矣，不可方思。

（《汉广》）

这样排列的读着，便知道《招魂》的体裁和这完全相似。“些”、“思”二字的用法，也完全是一样了。从这些地方看来，《楚辞》确是受着《诗经》的影响。在中国古代诗歌的发展史上，说《楚辞》是承继着《诗经》的系统的事，也是合理的了。

话虽如此，《诗经》和《楚辞》在作风上却有明显的差异。因为这种差异，划明了南北文学的界限。其差异的重要性，并不在于篇章的长短与语句的参差，而在于由人事的社会的写实文学转变到象征的个人的浪漫文学。浪漫的色彩，在《诗经》里并不是完全没有。如《陈风》、《二南》中的小诗，也孕育着热烈的感情，但究竟缺少那种象征和幻想的质素，终于不能使人感到浪漫文学那种特有的神秘情味。在《楚辞》里，这情形完全是两样的。表现个人的历史和情感不用说，就是一切的神鬼巫觋，也都披着美丽的衣裳带着浪漫的情绪而出现了。我们读完了《诗经》，再读读《楚辞》，你立刻会感到置身于两个完全不同的世界。一个是我们日常接触的现实社会，一个是富于幻想的神秘森林，不仅人的思想情感是如此，神的思想情感也是如此。至如双方所用的文字无论形式、修辞以及音调各方面，都非常适合于这两个不同的世界的表现，使这两个世界的色彩格外分明。

我们要说明《楚辞》这种特异性的成因，若仅赖于作者的天才与个性这类抽象的解释是不够的。我们必得要从地域、宗教和音乐各方面，去追求根源，才可得到圆满的解答。

一、地域的

地方性对于艺术的关系，在交通便利、文化接触频繁的现代，其重要性自然是减轻了，但在交通阻隔的古代，这种关系我们却是不能忽视的。地域对于艺术的影响，有两个重要的方面。一个是因地方的风土气候及经济状况不同，影响到作家的气质情感与思想而使作品现出不同的颜色。其次因自然界各种的山水花木的情状与种类的不同，影响到作家所选用的材料，而使作品的情调全异其趣。一首或是一幅描写塞北的雪景和描写着细柳新桃的江南风景的诗画对比的时候，任何没有艺术修养的人，都能辨别那种不同的情调。在中国的古代，无论哲学、文艺都有南宗北派之分，并不是无理的事。楚国在江淮一带的南方，是一块得天独厚的地带。土壤肥沃，物产丰饶，雨水便利，风景清秀，处处都与北方不同。物质生活，处境较优；精神方面，容易离开实际与质朴，而趋于玄虚与爱美。这种现象反映到哲学或是文艺方面，都可得到同样的影响。刘师培说："大抵北方之地，土厚水深，其间多尚实际。南方之地，水势浩洋，民生其地，多尚虚无。民崇实际，故所作之文，不外记事析理二端。民尚虚无，故所作之文，多为言志抒情之作。"不用说，北方也有言志抒情之作，南方也有记事析理之文，其中的色彩，毕竟是两样。试把《墨》、《庄》并读，《诗》、《骚》对比，虽同样是文，同样是诗，那情调的差异，不是显然的吗？我们再看在《楚辞》里出现的那些名山大川，奇花香草，都是那地带特有的产品，供给当地作家许多美丽的材料，在那作品的画面，染上了种种新奇的颜色。刘勰说："山林皋壤，实文思之奥府。屈平所以能洞鉴风骚之情者，抑亦江山之助乎?”(《物色》)王夫之也说:“楚,泽国也。其南沅、湘之交,抑山国也。叠波旷宇,以荡遥情,而迫之以崟嵚戍削之幽菀,故推岩无涯,而天采矗发,江山光怪之气莫能掩抑。”(《楚辞通释·序例》)可知文学与自然界的关系是很大的。在交通阻隔的古代,那自然界的地方性的界限,更觉得鲜明。

二、宗教的

初期的文学,本是宗教的附庸,他与音乐跳舞混为一体,替宗教服务,后来随着时代的进展,渐渐与宗教脱离,成为一种独立的艺术,他们彼此间的关系与影响,在第一章里已叙述过了。任何民族初期的宗教,只是一种巫术,一种迷信。在我们现在看来那种不成为宗教的巫术与迷信里,却蕴藏着真诚的宗教的感情。愈是野蛮的民族,迷信的风气愈是利害。从卜辞上考察起来,殷人除了天帝祖宗之外,把日月风云山水都视为神灵,一切大小事件,都要用龟卜来请命于神鬼。到了西周,宗教的观念进步了,由庶物崇拜到天帝至尊,由先鬼而后礼到事鬼神而远之,这中间确是隔着相当的路程的。到了春秋战国,经了儒家的人本主义与道家的自然主义的思想的冲洗,在当日的学术思想界中,除了墨家之外,神鬼的信仰是非常的淡薄了。但在中原诸侯视为文化落后的蛮族的楚国,巫术迷信的宗教风气,却是非常的流行。一方面固然是导源于殷商文化的移植,同时也因为楚国文化的低落和那种高山大泽云烟变幻的自然环境以及那些富于超越现实思想的人民,宜于那种神鬼思想与迷信习惯的发育与成长。《汉书·地理志》说:“楚人信巫鬼而重淫祀。”王逸也说:“昔楚国南郢之邑,沅、湘之间,其俗信鬼而好祠。其祠必作歌乐鼓舞以乐诸神。”(《九歌序》)可知信神鬼，重祭祀，是楚国人民一般的信念。所谓男觋女巫，一面是神灵的代表，传达神灵的意志，同时又是人民的代表，借歌舞以媚神，替人们祈祷，以免灾凶。这自然是一种低级宗教性的巫术与庶物崇拜的迷信。然而在这种巫术与迷信中，却孕育着无限的神话与传说，以及种种神奇的故事，养成着超现实的玄想与象征，成长着美丽的歌辞，与悦耳的音乐。这一些都成了《楚辞》文学中的特征，正是《楚辞》能成为浪漫文学的重要基础。《九歌》中的巫灵，《离骚》中的天堂，《招魂》中的地狱，《天问》中的玄想，都是明显的标记。对于这些美丽的诗篇，我们必得在宗教性质的基础上，才可寻出他们的根柢。

三、音乐的

上古时代，诗歌音乐是分不开的。唱奏的时候是音乐，把那些辞句写下来便是诗歌。在乐歌发展的初期，大概都是以诗合乐，后来便发生先有了诗再来合乐的事了。如《颂》诗与《国风》便是明显的例。不过无论以诗合乐或是以乐合诗，诗总要受音乐的束缚，故每每在诗的字句上，可以找出有增补的痕迹。所谓：“诗言志，歌永言，声依永，律和声。”这话便是说明诗乐不能分离的关系。季札观乐的时候，由他发表的那些议论看来，在他的脑子里，《诗经》除了音乐的地位以外，是没有半点文学的地位的。到了战国中叶，因乐器的进步，散文的兴盛，诗歌形于衰落，音乐独立发展起来了。楚国本是一个文化落后的民族，一切的发展都比较迟缓，当北方的儒墨哲学大为流行的时候，南方人的头脑还正被一种巫风迷信统治着。敬神祭鬼的事体多,文学乐舞还在密切合作的阶段。楚国没有周代朝廷那种庄严典丽的雅乐,他们的音乐,只是他们本国的土乐。《左传·成公九年》传云:“晋侯观于军府,见钟仪,问之曰:南冠而絷者谁也?有司对曰:郑人所献楚囚也。使与之琴,操南音。……文子曰:楚囚,君子也。乐操土风,不忘旧也。”南音就是楚调,是与北乐不同而自有其情调的一种俗乐。《吕氏春秋》云:“禹行水,见涂山之女。禹未之遇,而巡省南土。涂山氏之女乃命其妾候禹于涂山之阳。女乃作歌曰:‘候人兮猗。’实始作为南音,周公及召公取风焉,以为《周南》、《召南》。”(《音初》篇)这自然是后人伪造的一种传说,但是由此,至少可以看出南音、北音是有分明不同的情味。我们要说明楚调的特征,那便是《吕氏春秋·侈乐》篇所说的“楚之衰也,作为巫音”的巫音。他说巫音起于楚的衰落,这种观念是错误的,正如古人说《左传》、《国策》是乱世衰世之文一样。其实巫音是楚国乐歌最初的根柢,也是他最大的特色。巫音是一种富于神秘性与想象力的音乐,是一种虽没有雅乐的庄严典重而却是变化曲折悦耳动听的音乐。这种音乐,对于楚国诗歌,发生极大的影响。《九歌》诸篇,便是当时巫歌的辞句,他们最初的生命,是依附于音乐舞蹈,还没有完全达于独立的形态。至如屈、宋的作品,虽不一定可歌,但是深深地染受着巫歌的影响的。

二 《九歌》

《二南》我们虽不能说一定就是楚风,但那些作品的生产地带,是接近于江、汉一带的南方，是无可疑的事。在这种意义上，我们要把《二南》看作是《楚辞》的先声也是可以的。《诗经》的年代，是起自前十一世纪初止于前六世纪初年，《楚辞》的出现是在前四、三世纪之间。《二南》是平王东迁以后的诗，那么从《二南》到《楚辞》中间还隔着一个相当长的时期。在这个时期中，楚诗一定是有不少的，想都失传了。现在保存在古籍中的一些南方歌谣，大半不可靠，如《说苑·至公》篇的《子文歌》，《正谏》篇的《楚人歌》，《史记·滑稽传》的《优孟歌》，《风土记》的《越歌谣》，《吴越春秋》的《渔夫歌》，或在文字上，或在内容上，都有可疑之处，我们不能拿来做真实的史料。现在把几首比较可靠的写在后面，也可以看出《楚辞》以前的南方诗歌发展的痕迹。

一　《越人歌》（前六世纪中期）

今夕何夕兮，搴洲中流。今日何日兮，得与王子同舟。蒙羞被好兮，不訾诟耻。

心几烦而不绝兮，得知王子。山有木兮木有枝，心悦君兮君不知。

（《说苑·善说》篇）

这是中国第一首译诗。鄂君子晳泛舟河中，打桨的越人用越语三十一个字所唱的歌辞，因为鄂君听不懂，请人用楚语译出，成为一首这么美丽的情诗。这首诗虽也出于《说苑》，但由其附录着原文的事体看来，似乎是可靠的。

二　《徐人歌》（前六世纪下半期）

延陵季子兮不忘故，脱千金之剑兮带丘墓。

（《新序·节士篇》）

虽说只有短短的两句，却是一首极好的民歌。延陵季子北游时，路过徐国，徐君很爱慕他身上带的那一把宝剑，季子看出徐君的心思，预备南反时再送给他，谁知他回家时，徐君已死于楚，于是季子把那剑挂在死者墓地的树上而走了。这一首小诗，便是徐人感着季子的情义而发出来的真情流露的歌谣。

三　《接舆歌》（前五世纪初期）

凤兮凤兮，何德之衰。往者不可谏，来者犹可追。已而已而，今之从政者殆而。

（《论语·微子》）

四　《孺子歌》（同上）

沧浪之水清兮，可以濯我缨。沧浪之水浊兮，可以濯我足。

（《孟子·离娄》）

这两篇一见于《论语》，一见于《孟子》。不仅诗歌的格调近于南方，其中所表现的思想，也正是南方道家自然主义的思想。在《庄子》的《人间世》篇里，也引过《接舆歌》，虽文字有些不同，大概他用文言来修改过，因此丧失了民歌的特色。《论语》中的《接舆歌》一定是原作那是无可疑的。《孺子歌》虽见于《孟子》，但由《孟子》引孔子"清斯濯缨，浊斯濯足"的话看来，这歌一定也是孔子听见的。所以这篇是与《接舆歌》同时的作品。

虽说只有几首短短的民歌，然因此也可看出《楚辞》以前的南方文学的情况。他们都渐渐的脱离了《诗经》的形式，无论其风格或其中表现的思想，都成为南方特有的情调了。这些作品，我们可以看作是《楚辞》的先声。等到《九歌》的出现，《楚辞》便正式成立了。《九歌》是屈原以前的作品，他是楚国宫廷的宗教舞歌，也就是一种乐歌舞蹈混成的歌剧。他的年代，大概是前五世纪，或许还要迟一点。

古人都以《九歌》为屈原所作，始见于王逸的《楚辞章句》。他说："《九歌》者屈原之所作也。昔楚国南郢之邑，沅、湘之间，其俗信鬼而好祠，其祠必作歌乐鼓舞以乐诸神。屈原放逐窜伏其域，怀忧苦毒，愁思沸郁，出见俗人祭祀之礼，歌舞之乐，其词鄙陋，因为作《九歌》。"他这种意见，后人没有怀疑过，到了朱熹，才提出来一点修正。他在《楚辞集注》中说："荆蛮陋俗，词既鄙俚，而其阴阳人鬼之间，又不能无亵慢荒淫之杂。原既放逐，见而感之，故颇为更定其词，去其泰甚。而又因彼事神之心，以寄吾忠君爱国眷恋不忘之意。"他在这里承认原来本有《九歌》，因辞句有亵慢荒淫之病，屈原因此将他修改过一遍。这算是把《九歌》的主权解放了一半，他这种意见，较之王逸是合理多了。但是他那种忠君爱国的错误观念，却又把《九歌》的生命压死了。一直到近人胡适之氏，才把《九歌》的主权与生命完全解放出来。他在《读楚辞》里说："《九歌》与屈原的传说绝无关系，细看内容，这几篇大概是最古之作，是当时湘江民族的宗教歌舞。"这虽是一种永远不能证实的论见（正如王逸说是屈原所作无法证实一样），却是合情近理，令人相信。我们对于古代无法考证的文献，也只能采取那种合情近理的论见，来作为叙述时的标准。我们可以这样想:屈原的真实作品,无不是以他个人为中心,所表现的全是那一个人的忧郁、苦闷、怀疑与幻灭。这种情绪在他的作品里是一贯的,因此造成他那种特有的个人主义的感伤情调。《九歌》完全是一种宗教作品,虽说其中充满了浪漫的成分,究竟是非个人的而是实用的社会的。《九歌》与屈原的作品,其体裁虽是相同,但细究其内容与情调,却有明显的差异。如果这两种全异其趣的作品,定要说是一人所作,那确实是一种不合情理的事。

近人都说《九歌》是民间的祭歌,又因为其中有许多言情言爱的话,把它分成两组:一组为祭歌,一组为恋歌,这种意见也不圆满,难得使人相信。我们要知道:在两千五百年前文化落后的楚国平民,有没有程度写出这种美丽的诗歌来。这种可能性无论如何是没有的。至于说祭歌里不应该杂有情爱相思的言语,那是忽视了楚国当日的浪漫性的宗教与民俗的习惯。同时犯了用今日的文化眼光去批评古代事实的错误观念。先明白了这两点,对于《九歌》,我们才可真实的了解。

《九歌》是楚国的宫廷舞曲,是一套完整的歌剧。他在楚国的地位正如《周颂》在周朝的地位。《九歌》是乐曲名,不是数目名。《离骚》上说:"启《九辩》与《九歌》兮,夏康娱以自纵。"《天问》篇说:"启棘宾帝,《九辩》、《九歌》。"可知《九辩》、《九歌》都是一种古代的乐名,解作数目字如什么九功九德一类的话,都是后人的意思。明乎此,《九歌》的篇目,完全不成问题,古人种种纷歧的意见,都可在此地一笔勾销了。楚的宗教迷信,比起周来,是全异其趣的。他充满了浪漫神秘的成分,敬奉的神鬼,是各样各色都有,因为神鬼的类别不同,他们的性质也就生出了差异。天神日神是比较庄严,追悼死亡的战士是较为悲壮。女神(或是爱神)自然是要艳丽柔情了。湘君、湘夫人不管他们是不是舜帝的妃子,或是湘江的女神,总之在传说中,他们的本身就充满了红情绿意的浪漫史。或者他们在当日人们的心眼里便成为爱神也说不定。对于这种神的措辞和表演,说一点情爱,加一点香艳的色彩,自然是极合理的事。《山鬼》、《河伯》恐怕就是我们湖南乡下所迷信的山妖与水妖。妖就是妖精,他能变男变女,美男美女都要受他的害。一直到现在,乡下的愚夫愚妇,还是迷信着,少女一有异状,父母就疑心是山妖或是水妖迷了,请道士登坛使法,什么桃枝,什么狗血,闹得热闹非凡,口里念的都是一些淫辞浪语,好像这样做了,那些妖精就会逃开似的。二千五百年后的今天,还是如此,我们就可想象当日楚国的宫廷要替妇女们除灾免祸,祭祀山妖水怪的事,自然也是一个重要的节目了。在《九歌》里,《湘君》、《湘夫人》、《河伯》、《山鬼》四篇的浪漫的气氛最浓厚,我想只有这样解释才是较为圆满的。

《九歌》是一套完整的宗教歌剧。在那里面有各种乐器,有跳舞,有唱辞,有布景,有各种各样活动的巫觋,场面非常热闹,范围非常广泛。大概在一个什么重要典礼的纪念日,才表演这伟大的歌剧。第一场是尊贵的天神(《东皇太一》),其次是云神(《云中君》),这两场较为庄重,于是接着来两个恋爱故事的场面(《湘君》、《湘夫人》)。下面又是较为庄重的命神与日神(《大司命》、《少司命》、《东君》),接着又是两个香艳的场面(《河伯》、《山鬼》)。最后一场,是追悼阵亡将士的灵魂,那是一个最悲壮的收场(《国殇》)。《礼魂》是全剧的尾声,是用着合乐、合舞、合唱的热闹的空气收场的。“成礼兮会鼓,传芭兮代舞,姱女倡兮容与”,在这三句里我们可以想象到那合乐、合歌、合舞的最后一节，是多么的热闹。像这种大规模的典礼，大规模的表演，决非民间所能有，一定是属于宫廷的。因为是属于宫廷，才能那么完整的保留下来。若是民间各地的巫歌，恐怕早已失传了。

《九歌》虽是一套歌剧，但是除去其音乐、跳舞的成分，剩下来的歌辞，就成为代表南方文学的美丽的诗篇，屈原作品的先导了。文字的美丽，音调的和谐，神秘的色彩，丰富的想象，奠定了南方浪漫文学的基础。

横流涕兮潺湲，隐思君兮悱恻。桂棹兮兰枻，斫冰兮积雪。采薜荔兮水中，搴芙蓉兮木末。心不同兮媒劳，恩不甚兮轻绝。

（《湘君》）

帝子降兮北渚，目眇眇兮愁予。袅袅兮秋风，洞庭波兮木叶下。登白薠兮骋望，与佳期兮夕张。鸟何萃兮蘋中，罾何为兮木上，沅有芷兮澧有兰，思公子兮未敢言。

（《湘夫人》）

秋兰兮青青，绿叶兮紫茎。满堂兮美人，忽独与予兮目成。入不言兮出不辞，乘回风兮载云旗。悲莫悲兮生别离，乐莫乐兮新相知。

（《少司命》）

操吴戈兮被犀甲，车错毂兮短兵接。旌蔽日兮敌若云，矢交坠兮士争先。凌余阵兮躐余行，左骖殪兮右刃伤……出不入兮往不反，平原忽兮路超远。带长剑兮挟秦弓，首虽离兮心不惩。

（《国殇》）

或叙战事,或写风景,或言相思,或道离别,然无不委婉曲折,体贴入微。他这种艺术的价值,一直到现在还保持着活跃的高贵的生命。像这样辞句秀美、理想高洁的作品,自然是出于当日最有学问最有天才的贵族作家之手,可惜他们的名姓失传了。如果说他们一定是民间的歌谣,那实在是过于违反情理了。朱子毕竟是聪明人,他看到了这一点,只好说原来是民间的歌谣,后来经屈原修改过的,这么轻轻一句,就把这漏洞填满了。

三　屈原及其作品

屈原(西历纪元前三四三—前二八五年?)是中国文学史上一位伟大的诗人。他是楚国的贵族,有广博的学问,丰富的想象与情感,南方特有的浪漫神秘的气质以及杰出的创作天才。因为古史的记载不详,他的生死年月,很难确定,到现在还是人各一说。但我们可以说,屈原是前四世纪后期到前三世纪初期的人物。这时代正是战国的末年,离秦帝国的统一,不过五六十年了。这时候是中国学术思想界蓬勃发展光华灿烂的时代,也是各国军事政治争斗最利害、纵横风气最流行的时代。当代有名的学者,稍前于屈原的有商鞅、申不害、宋钘、孟轲、惠施、庄周、陈良、许行诸人,比他稍后的有邹衍、公孙龙、荀况和韩非。那称为纵横家的双璧的苏秦与张仪,更和他的一生有密切的关系。他这时候没有走上哲学的路,将政治工作失败以后的全部精神,贡献于文学,我想这原因大半在他的性格方面。他是一个多疑善感的殉情者,缺少道家的旷达,墨家的刻苦和孔、孟的行为哲学的奋斗精神。加以他少年得志，一旦遭受着重大的打击，就不容易自拔，于是牢骚郁积，发泄于诗歌，而成为千古的文人了。班固说他露才扬己，想就是从这方面着眼的。然而也就从他起，中国的纯文学才脱离了一切的羁绊，而步入了独立发展的机运。

屈原的家世，我们不清楚。他自己说他老子是伯庸，大概是可靠的。至于《离骚》中的女媭，有说是他的姊妹，有说是他的妻妾，这都是想象之词，无法证实。据《水经注》引《宜都记》云："秭归盖楚子熊绎之始国，而屈原之乡里也。原田宅于今具存。"秭归是巫峡邻近居山傍水的一个小县，走过三峡的人，总会知道那地方的风景绝美，壮丽中有清秀，雄伟中有情趣。山声水影，都是自然界绝妙的音乐和图画。这种音乐和图画，对于屈原的文学成就，自然会有一种影响。他在二十五六岁，便做了怀王的左徒，那是他一生最得意的时候。年纪青，权位高，怀王又宠信他。正如《史记》本传所说："入则与王图议国事，以出号令，出则接遇宾客，应对诸侯。"这样年少得志，自然就有人妒忌他陷害他，从此以后，怀王对他不大相信，渐渐和他疏远了。后来虽还到齐国去办过外交，做过三闾大夫，怀王末年曾一度放逐他于汉北，想是可靠的。顷襄王初年，他又召回在朝，不久因政见不合，又被放逐到江南，他知道前途绝望，东飘西荡不少年月，最后下了死的决心，投在离长沙不远的汨罗江自杀了。他那时候是一个六十左右的老人。

我们要了解屈原的作品，必先知道他的政治地位的变迁对于他的生活情感所发生的关系。屈原时代，当时虽号称七国，但实际上最有力量的只有秦、楚、齐三强。这三强各以地势的优越，都想争雄称霸，一统天下。在这种局面下，楚国的外交政策，形成两条最明显的路线。一条是亲齐线，屈原、陈轸、昭雎主之。另一条是亲秦线，上官大夫靳尚、令尹子兰主之，再加以怀王的宠姬郑袖，也站在靳尚、子兰一边，因此亲秦的势力，远在亲齐之上。兼之怀王贪懦无能，毫无见识，老是听儿子、宠姬的话，弄得国事日非，结果把自己一条命也送了。屈原在政治地位上的升沉得失，全起伏于那两个势力消长之间。我试列一个最简单的《屈原年表》如下：

怀王	十一年	楚为从约长，时屈原为左徒，年约二十六岁。
	十三至十五年	屈原因草宪令事，被谗去左徒职，仍在朝廷。
	十六年	秦许楚地，楚绝齐。屈原此时已去职，无法进谏。《史记》本传亦未载进谏之事。近人陆侃如氏疑此时屈原因谏放逐，不确。
	十七年	秦大败楚，怀王复用屈原使齐。
	十八年	使齐返，谏释张仪。本传云“不复在位，使齐”，言屈原不复在左徒之位，正在出使之时也。此次进谏，深得怀王信任，大约任三闾大夫在此时。
	二十四年	楚、秦联婚，屈原未谏，本传亦未载进谏之事。近人游国恩氏疑其必谏，遂断定屈原放逐于是年，不确。
	三十年	怀王将入秦，屈原谏不听，放逐于汉北。作《抽思》、《离骚》、《天问》诸篇。
顷襄王	三年或四年	秦、楚绝交，屈原归朝。
	六年或七年	秦、楚复交，屈原再放江南。《招魂》、《思美

人》、《哀郢》、《涉江》、《怀沙》诸篇，俱为放逐以后的作品，约卒于顷襄王十四年左右。

上面这个表虽是简略，但事实却很清楚。屈原一生被放逐两次，这是可靠的。其要点便是放逐的时间。怀王十六年与二十四年两说，都是想当然的，不能令人相信。第一次的放逐于汉北，应当在怀王三十年。三十年以前，屈原与怀王的关系，只是疏远而不见重用。本传所说的"王怒而疏屈平"，"屈平既绌"，"屈平既疏"，都是暗示着这种事实。就是使齐与任三闾大夫，也都是不能看作是重用的。屈原的进谏，本传上只载着两次，一次是谏释张仪，一次是谏怀王入秦。前者怀王信任了他，自然不会放逐。后者是一件比失地更重要的事，是关系动摇国本的重大问题。当时亲齐亲秦两派，一定起了激烈的斗争。《楚世家》中有昭睢的谏，本传中有屈原的谏。结果是亲秦派胜利，屈原就在这时候，放逐到汉北去了。关于这一点，本传上有一段话很可注意。

> 怀王欲行。屈平曰：秦虎狼之国，不可信，不如无行。……怀王卒行。……竟死于秦而归葬。长子顷襄王立，以其弟子兰为令尹。楚人既咎子兰以劝怀王入秦而不返也。屈平既嫉之，虽放流，眷顾楚国，系心怀王，不忘欲反。……其存君兴国而欲覆之，一篇之中三致意焉。

在这一段话里，暗示着我们三件最重要的事：第一怀王客死秦国时，屈原正在放逐之中，"虽放流"即是虽在放流之间，亦无日不恨子兰而眷念楚国也。这一短句是重要关键。可知屈原第一次放逐，必在怀王三十年间。其次“一篇之中三致意焉”，是指的《离骚》，这明明告诉我们《离骚》是第一次放逐汉北之作。《抽思》有汉北怀南之句，也可断定是同时作品。其三，我们细读《屈原列传》，作者叙到怀王归葬顷襄王继位时，接着下了一大段批评，他在那里把怀王的事体和怀王与屈原的关系，告了一个段落。到后面接着叙述顷襄王放逐屈原于江南的事，那层次是很分明的。可知屈原的被放，一在怀王末年，一在顷襄王初年，是较为可信的了。大概怀王客死秦国以后，亲秦派受了全国人民的非难，有组织各党政治内阁的必要，屈原想就在这机运中召了回来。等到后来亲秦政策复活，于是他又失势而被逐了。这种情形在《楚世家》里有一段文字，给我们重要的暗示：“怀王卒于秦，秦归其丧于楚，楚人皆怜之，如悲亲戚。诸侯由是不直秦，秦、楚绝。六年……楚乃谋复与秦平。七年楚迎妇于秦，秦、楚复平。”所谓“秦、楚绝”的那几年，是屈原被召回朝的时候。六年或七年，秦、楚复平，是他放逐江南的时候，这样解释，我想是相当合理的。

关于屈原作品真伪的考证，实在是一件艰难而又危险的事。因一字之疑一句之失，就断定某篇非某人所作，难免有武断之嫌。我们只好取其可信者论之，可疑者缺之的态度，比较安心。《屈原列传》中所说的《离骚》、《天问》、《招魂》、《哀郢》和《怀沙》五篇，我们可以不必去怀疑，再如《抽思》、《涉江》、《思美人》三篇，都有作者放逐时路程地点的记载，想非后人所伪托。其如《九歌》已在上文叙述过，不必再论。再如《惜誓》、《橘诵》、《悲回风》、《惜往日》诸篇，都在可疑之列。《远游》模仿《离骚》，其中所表现的游仙思想，似乎要到汉代才有那么成熟。《卜居》、《渔父》，开篇都有“屈原既放”一句，非屈原自作之语气，其文体已是汉代的散文赋，决非出自屈原。《大招》模仿《招魂》,想系后人作着吊屈原的。这几篇作品的年代,最早的也在战国初秦之际,迟的恐怕已经到汉朝了。

《抽思》、《离骚》、《天问》是屈原第一次放逐汉北的作品。

> 有鸟自南兮,来集汉北。好姱佳丽兮,牉独处此异域。既茕独而不群兮,又无良媒在其侧。道卓远而日忘兮,愿自申而不得。望北山而流涕兮,临流水而太息。望孟夏而短夜兮,何晦明之若岁。

这是《抽思》中的一节。前六句是写他自己放逐异域孤苦零仃的生活心境,后六句是写怀王北上以后,表示自己眷恋不忘的情感。道远者怀王之道,望北山者望君也。他一面眷念着北上的君王,同时又怀恋着南方的故都。“惟郢都之辽远兮,魂一夕而九逝。曾不知路之曲直兮,南指月与列星。”这些都是梦寐哀思的好句子。因为他心中积压着乡愁国恨和种种痛苦的感情,所以发生这《抽思》的哀怨了。

《离骚》就是牢骚,是屈原作品中最伟大的一篇。描写一个苦闷的灵魂的追求与毁灭。上天下地,入水登山,极其浪漫之能事。篇幅之长,文字之美,幻想的丰富,象征的美丽,怀乡爱国之情,生死离别之感,再加以神话奇闻,夹杂叙述,成为中国浪漫诗歌中的杰作。《离骚》的精神,大体上有一点像哥德的《浮士德》。不过《浮士德》中的前途是光明的,《离骚》是幻灭而已。

> 纷吾既有此内美兮,又重之以修能。扈江离与辟芷兮,纫

秋兰以为佩。汩余若将不及兮，恐年岁之不吾与。朝搴阰之木兰兮，夕揽洲之宿莽。日月忽其不淹兮，春与秋其代序。惟草木之零落兮，恐美人之迟暮。……余既滋兰之九畹兮，又树蕙之百亩。畦留夷与揭车兮，杂杜衡与芳芷。冀枝叶之峻茂兮，愿俟时乎吾将刈。虽萎绝其亦何伤兮，哀众芳之芜秽。众皆竞进以贪婪兮，凭不厌乎求索。羌内恕己以量人兮，各兴心而嫉妒。忽驰骛以追逐兮，非余心之所急。老冉冉其将至兮，恐修名之不立。朝饮木兰之坠露兮，夕餐秋菊之落英。苟余情其信姱以练要兮，长颇颔亦何伤。揽木根以结茝兮，贯薜荔之落蕊。矫菌桂以纫兰兮，索胡绳之𫄨𫄨。謇吾法乎前修兮，非世俗之所服。虽不周于今之人兮，愿依彭咸之遗则。哀民生之多艰兮，长太息以掩涕。余虽好修姱以鞿羁兮，謇朝谇而夕替。既替余以蕙纕兮，又申之以揽茝。亦余心之所善兮，虽九死其犹未悔。怨灵修之浩荡兮，终不察夫民心。众女嫉余之蛾眉兮，谣诼谓余以善淫。因时俗之工巧兮，偭规矩而改错。背绳墨以追曲兮，竞周容以为度。……

这些都是《离骚》中最美丽或是最沉痛的句子。在这些句子里，充分地表现出屈原伟大的人格和高洁的感情。他那种忧国伤民的救世心，嫉俗厌世的正义感，都是出自真情，绝非那些身在江湖、心怀魏阙、满口忠君爱国的伪善者所可比拟。近人因其中有“济湘、沅以南征兮”一句，疑此篇为屈原放逐江南时所作，此说不可信。《离骚》后半篇，全是作者想象云游之词，故所举事实，多为神话古事。湘、沅南征就舜陈辞之句，正与朝发苍梧，夕至县圃，饮马咸池，总辔扶桑诸事，是同样性质。明乎此，问题便没有了。

《天问》是屈原作品中最奇怪的一篇。无论内容、形式与情调，都与屈原其他的作品不同。但这篇文章，却给我们两个暗示。其一，作者一定是富于怀疑精神而心灵又有无限苦痛的人。其次，作者一定是一个博闻强记的学者。他脑袋里蕴藏着许多天文地理的自然知识，远古的史事神话，以及北方儒家所传说的历史人物。屈原恰好有这两种资格，《史记》又说《天问》是他所作，想是可靠的了。这篇文字在汉代已为读书人士所难了解。王逸在《天问》序中说："屈原放逐，忧心憔悴，彷徨山泽，经历陵陆，嗟号旻昊，仰天叹息。见楚有先王之庙及公卿祠堂，图画天地山川神灵，琦玮僪佹及古贤圣怪物行事。周流罢倦，休息其下，仰见图画，因书其壁，呵而问之，以泄愤懑，舒写愁思。楚人哀惜屈原，因共论述，故其文义不次序云尔。"他对于屈原作《天问》的心境的表白是对的，但那种事实，很不可靠。先王庙宇公卿祠堂，何至于在江南放逐之野外，庙壁祠墙，又何能任意涂写。衡之情理，极不可信。我想这篇怪文，一定是屈原放逐以后，忧郁彷徨，精神上起了激烈的动摇，旧信仰完全崩溃，因此对于自然界的现象，古代的历史政迹，宗教的信仰，以及自己的人生观念，都起了怀疑，而发出来种种的问题了。正是司马迁所说的苦极呼天人穷反本的意思。篇中虽无放逐之言，流窜之苦，但全文中却表现一个正陷于怀疑破灭途中的最苦闷的灵魂。这一个灵魂，恰好是屈原的灵魂。《天问》难读，自古已然，其难并不在文字的艰深，而在于我们缺少古史的知识。近年因卜辞的出现，彼此参证，已偶有所发现了。在纯文学的立场上看来，《天问》的价值是低的，但在古史的研究上，他却有较高的地位。篇中保藏着无数的古代史料和神话传说，我想将来总有完全开发的一天。

《招魂》、《思美人》、《哀郢》、《涉江》、《怀沙》是屈原再放江南的作品。

《招魂》，王逸说是宋玉所作，古人多从之。王说："《招魂》者宋玉之所作也。……宋玉怜哀屈原忠而斥弃，愁懑山泽，魂魄放佚，厥命将落，故作《招魂》，欲以复其精神，延其年寿。……"因为这种意见，颇近情理，故古人弃《史记》屈作之说而从王说了。到了林云铭才以屈原自招的议论，推倒王逸的意见。他说："是篇自千数百年来，皆以宋玉所作。王逸茫然无考据，遂序于其端。……后世相沿不改，无非以世俗招魂，皆出他人之口。不知古人以文滑稽，无所不可，且有生而自祭者。则原被放之后，苦无可宣泄，借题寄意，亦不嫌其为自招也……玩篇首自叙，篇末乱辞，皆不用君字而用朕字吾字，断非出于他人口吻。……故余决其为原自作者，以首尾自叙、乱辞及太史公传赞之语，确有可据也。"(《楚辞灯》)这两说虽各有理由，但俱不能全信。我觉得这一篇，应当是屈原放逐江南为招怀王之魂而作的。细味全文，首节与乱辞中的朕、吾是指作者自述之辞，其他的或君或王，是指的死者。中间一大段招词，是作者托巫阳之口所表现的招魂的本意。那中间所称的君，也都是指怀王而言。观其言宫室之伟，陈设之美，女乐的富丽，肴馔之珍奇，这些都合于国王的身份。若看作是屈原的自招，他的生活身世，同这些物质环境是缺少统一性的。并且他再放江南时，怀王客死异域，后虽归葬楚国，但恐其魂流落国外，故有招魂之作。这种事实，比起自招来也较为合理。这篇作品，我想是应当这样解释的。

《思美人》亦为纪念怀王之作，作《抽思》时怀王尚未死，故有茕独无群无媒在侧之叹。到了《思美人》，怀王已死，始有媒绝路阻之语。欲抒哀情，只好寄言于浮云，致辞于归鸟了。幽明的悬隔，文字的轻重，都有痕迹可寻。如“吾将荡志而愉乐兮，遵江夏以娱忧”，“吾且儃佪以娱忧兮，观南人之变态”，“独茕茕而南行兮，思彭咸之故也”，在这些句子里，明明是说他到了江南。所谓南人之变态，是洞庭湖滨野蛮的南人。前人谓此篇作于汉北，南人变态是指郢都朝廷之士，这全是一种误解。

《哀郢》、《涉江》在屈原生活史的研究上，是两篇极重要的文字。在这里面，他告诉了我们放逐江南的地点和流浪的路程。那些地点和路程，都合于实际的事实，决非云游想象之词，所以更觉可贵。在《涉江》里，他说，他离开了郢都，顺江东下，先到现在华容附近的夏首，过洞庭而到汉口（夏浦）。或者更东行，到过江西的陵阳。他在汉口住了很久，为纪念他这次的流浪生活，在回忆中写成了《哀郢》。

> 皇天之不纯命兮，何百姓之震愆。民离散而相失兮，方仲春而东迁。去故乡而就远兮，遵江夏以流亡。……过夏首而西浮兮，顾龙门而不见。……将运舟而下浮兮，上洞庭而下江。去终古之所居兮，今逍遥而来东。羌灵魂之欲归兮，何须臾而忘返。背夏浦而西思兮，哀故都之日远！

这路线很分明，时令也很清楚。春天离开郢都，经过夏首、洞庭而至夏浦。路程日远，乡愁日深，所表现出来的情绪也更忧郁。在夏浦是否真的住了九年（中有“至今九年何不复”之句），但滞留了一个长的时期是可信的。他在那里总期待着一个召回故都的机会，终于是绝望了。乱曰：“曼余目以流观兮，冀壹反之何时。鸟飞返故乡，狐死必首丘。信非吾罪而弃逐兮，何日夜而忘之。”这是他表明就是要死也愿意死在故乡的痛苦的希望。他现在的情感远不如往日的勇壮，是日趋于哀伤与悲苦了。

《涉江》是叙他从湖北入湖南的经历。先由武昌（鄂渚）动身，入洞庭，济沅水，经枉陼、辰阳而至溆浦。这路程确是相当辽远的。所以一时乘舟，一时骑马，精神物质方面受痛苦的事，自不待说了。“哀南夷之莫吾知兮，且余将济乎江湘。乘鄂渚而反顾兮，款秋冬之绪风。步余马兮山皋，邸余车兮方林。乘舲船于上沅兮，齐吴榜而击汰。船容与而不进兮，回水而凝滞。朝发枉陼兮，夕宿辰阳。苟余心之端直兮，虽僻远其何伤。入溆浦余儃佪兮，迷不知吾所如。”这旅途生活的描写非常生动，其情其景，如在目前。大概因经过多年的放逐与打击，心地比较空虚，忧怨的情感也淡薄了。所以这篇文字表现得比较旷达，说出“苟余心之端直兮，虽僻远其何伤”的自宽自解的论调。

《怀沙》是叙他从西南的溆浦到东北的汨罗的作品，大概是他的绝命词了。满纸愤慨怨恨，比任何篇都要激烈。如“变白以为黑兮，倒上以为下。凤凰在笯兮，鸡鹜翔舞。”“邑犬群吠兮，吠所怪也。非俊疑杰兮，固庸态也”诸句，已经由愤慨而入于谩骂了。他知道他召回故都的事已完全绝望，无须再留余地，索性痛快地发出这激烈的言论，把那般得志的小人，一齐骂倒了。他在前面几篇里，也时常说出追踪彭咸的话，那只是一种打算，或许还有让避之路，到了《怀沙》才真的下了死的决心。“知死不可让，愿勿爱兮。明告君子，吾将以为类兮。”这是他下了死的决心以后，向世人告别的词，文句虽是简短迫切，而其表现的感情，实在是沉痛已极。

屈原在政治上是失败的，这种失败的命运，成就了他伟大的文学作品。他有富厚的北方学术的根柢，古代的神话传说，尧、舜、禹、汤、文、武的政治功绩，他都很熟习。儒家的忠义哲学，道家那种求解脱的自由精神，在他的脑里，也曾播下或深或浅的种子。再加以南方特有的自然环境与宗教迷信，才成就了这千古特出的诗人，成就了这个人主义的浪漫文学。有了他，建立了中国纯文学独立发展的基础。后代的才人，都从他的作品中，取得了丰富的雨露，去创造或是营养他们自己的作品。刘勰在《辨骚》中说："其叙情怨，则郁伊而易感，述离居则怆怏而难怀，论山水则循声而得貌，言节候则披衣而见时。是以枚、贾追风以入丽，马、扬沿波而得奇。其衣被词人，非一代也。故才高者菀其鸿裁，中巧者猎其艳词，吟讽者衔其山川，童蒙者拾其香草。若能凭轼以倚《雅》、《颂》，悬辔以御楚篇，酌奇而不失其真，玩华而不坠其实，则顾盼可以驱词力，咳唾可以穷文致，亦不复乞灵于长卿，假宠于子渊矣。"他这一段，可算是知人之论。

屈原在文学上最大的功绩，一是诗律的解放，一是诗风的转变。《诗经》的句子虽是长短不齐，大体上是以四言为正格，二《雅》中虽有较长之篇，毕竟是少数。到了南方的《九歌》，诗体的解放开了端，等到屈原出来，才正式成就了诗体的新型式。他运用着楚国的方言白话与南方歌谣中的自然韵律，写成了许多的雄大诗篇。这种新体裁，后人或称为骚，或称为赋，那都是多此一举，其实他们都是自由体的新诗。其次是诗风的转变。是由写实的诗风，变到浪漫的诗风。屈原把幻想情感象征神秘种种要素，尽量灌注到诗歌内去，使诗歌的生命格外丰富美丽，格外有情趣。在班固那般人看来，觉得他有离经背史之处，其实这正是他的文学的特色。刘勰谓屈原的作品，有诡异、谲怪、狷狭、荒淫四事异于经典

（见《辨骚》），不知这四点，却正是他的浪漫文学的生命。

汤姆生（J. A. Thomson）在他的《科学概论》首章里，曾把人类分为行动的、感情的、思考的三个主要的类型。在这三种类型里，可以看出三种不同的心性，便是适于实践的，适于感情活动的和适于理智探讨的三种心性。这样看来，屈原恰好是第二种类型的代表。因为他那种多感的心性将一切事件的发展，都委之于感情，一旦遇了挫折，便无法自拔，愈走愈迷，最后完全陷于绝望与幻灭，只好投入死的怀抱了。梁启超氏说："屈原一身，同时含有矛盾两极之思想，彼对于现社会极端的恋爱，又极端厌恶。他有冰冷的头脑，能剖析哲理，又有滚热的感情，终日自煎自焚。彼绝不肯同化于恶社会，其力又不能感化恶社会，故终其身与恶社会斗，最后力竭而自杀。彼两种矛盾性日日交战于胸中，结果所产烦闷为自身所不能担荷而自杀。彼之自杀，实其个性最猛烈最纯洁之全部表现。非有此奇特之个性不能产此文学，亦惟以最后一死能使其人格与文学永不死也。"（《楚辞解题》）这见解真是确切极了。托尔斯泰说："人生的殉教者，艺术的圣徒"，这两句话，应该刻在屈原的墓碑上。

四　宋玉

屈、宋并称，自古已然。宋就是宋玉，与唐勒、景差之徒，同为屈派的南方诗人。《汉书・艺文志》载唐勒赋四篇，但不见于《楚辞章句》，景差赋连《艺文志》中也没有载，可知东汉时他俩的作品都已失传了。现在可以供我们研究的，只有宋玉一人。不过我们要想弄清楚宋玉的生平历史，简直是一件不可能的事。因为古书中供给我们的材料，完全是一堆糊涂烂账。《史记》上说宋玉是屈原的后辈，王逸《九辩序》说屈原是宋玉的先生，《新序·杂事第一》说宋玉见过楚威王，同书《杂事第五》，又说他事楚襄王，《北堂书钞》卷三十三《宋玉集序》又说他事楚怀王。威王、怀王、襄王是祖孙三代，时代是相当久远的，真令人无法相信。细看起来，只有《史记》上一段，较为近情。他说："屈原既死之后，楚有宋玉、唐勒、景差之徒者，皆好辞而以赋见称，然皆祖屈原之从容辞令。"因此我们要勉强去推断宋玉的生死年代，实在是一件愚笨的事。我们知道他是战国末年的一位天才诗人，他的作风，是屈原的浪漫文学的承继者。到了宋玉，中国的诗歌，完全脱离了社会的使命与实用的功能，而趋于澈底的个人主义与纯艺术化了。

提到宋玉的作品，也是一篇糊涂账。《汉书·艺文志》载宋赋十六篇。现在流传的有《楚辞章句》中的《九辩》与《招魂》（《招魂》已见前论），《文选》中的《风赋》、《高唐赋》、《神女赋》、《登徒子好色赋》与《对楚王问》，《古文苑》中的《笛赋》、《大言赋》、《小言赋》、《钓赋》、《舞赋》、《讽赋》。《古文苑》成书最晚，其真实性本不可靠，《文选》所载各篇，其中叙事行文，多有可疑之处，最重要的是那种散文赋体，在汉初尚未完全形成，战国更不会产生了。如此说来，宋玉的作品，可靠的只有《九辩》一篇。

《九辩》正如《九歌》一样，是古代的乐名。与汉人摹仿《楚辞》而作的《九怀》、《九叹》的意义是不同的。取古乐名来抒写自己的情绪，正与魏晋人用乐府古题的作品相像。因此《九辩》只是完整的一篇，把他分为九章（朱子）或是十章（洪兴祖），都是多此一举。《九辩》是中国第一篇无病呻吟的好文章，是一篇彻底个人主义化的唯美作品。他完全离开社会的关系，只是穷苦文人在秋风的寒冷饥饿中的哀怨。在《九辩》里已经丧失了在屈原作品中所反映出来的政治社会的影子。因了这篇作品,在后代不知道产生了多少自怨自悲的滥调文章。凡是穷愁潦倒怀才不遇的文人,都自比宋玉,伤春悲秋,多愁善感,成了文人必要的条件。在《九辩》的前一小段里,连用着“萧瑟”,“憭栗”,“泬寥”,“憯凄”,“怆怳”,“懭悢”,“坎廪”,“廓落”,“惆怅”,“寂漠”,“淹留”这些哀怨的字眼。令人读去,确是有阴寒落魄之感的。然而这些字眼,便成为后代无病呻吟的文人的滥调。觉得乱堆着这种字眼,便能成为哀感顽艳的妙文。这一点不仅影响后代的文风,连健全的人性,也是要发生影响的。不用说,这自然没有责备宋玉的道理,要负责任的,还是那些后代不肖的子孙。

王逸在《九辩序》中说宋玉是屈原的弟子,因为闵惜其师忠而放逐,故作此篇以述其志,这也是想象之词。屈、宋作品的动机,有全异其趣之处。关于这一点,近人陆侃如氏,有一段很精当的议论。他说:“宋玉的牢骚,与屈原绝不相同。屈原是楚之同姓,休戚相关。突然被谗而去,不得发展他的政治才能,自然是悲愤不能自已。宋玉却是一个穷乡僻野的贫士,间关跋涉,谋个温饱,不能如愿,所以发之于诗歌。一个是失败的政治家,一个是落魄的文人。懂得了这个分别,方能了解《九辩》的内容与技术。”(《诗史》)屈原的情感,是由理想破灭中所产出的愤激与沉痛。宋玉的感情只是一种由饥饿与自然环境所酿成的哀愁。“全家尽在寒风里,九月衣裳未剪裁”,作《九辩》的宋玉,同歌咏着这些诗句的黄仲则,正是一流人物。

无论怎样说,《九辩》在艺术上的进步是很显然的。音调比前人的作品更觉和谐,用字更觉深刻,描写更觉细致。中国文学到了宋玉确实达到了纯艺术的阶段。

悲哉秋之为气也。萧瑟兮草木摇落而变衰。憭栗兮若在远行。登山临水送将归。泬寥兮天高而气清。寂寥兮收潦而水清。……坎廪兮贫士失职而志不平。廓落兮羁旅而无友生。惆怅兮而私自怜。燕翩翩其辞归兮。蝉寂漠而无声。雁廱廱而南游兮。鹍鸡啁哳而悲鸣。独申旦而不寐兮。哀蟋蟀之宵征。诗亹亹而过中兮,蹇淹留而无成。

他这一段对于秋天的描写,确是极成功的文字。在那内面有声音,有颜色,有情调,有感慨,从这些彩色内,衬托一个失业文人的穷苦的心境,引起读者无限的同情。再如他在末段十四句中,连用十二次叠字,借以增强音律美与文字美的效果,这是他在艺术上表现的特色。宋玉虽不一定是屈原的弟子,但熟读过屈原的作品而深受其影响的事是无可疑的。在《九辩》中,我们可以抄出许多摹拟其至于是抄袭屈原作品中的文句,这便是有力的证明。

第五章　秦代文学

一　秦民族文学的发展及其特性

秦和楚一样，是周族以外的独立民族。他的先世，《史记·秦本纪》上说是颛顼之后裔，并且叙述得有声有色，但观其内容，却是神话与传说的成分居多。他的文化是落后的，发展是很迟的。前十世纪末年周孝王时代，他们的酋长非子，还在渭水之间为周王牧马。到后来才封给他一块小地，定邑于秦，奉嬴氏之祀，号曰嬴秦。这一个新兴的民族，以勇武善战的特质，在政治地位上，得到了迅速的发展。襄公时代因为抵抗犬戎护送平王东迁有功，平王乃赐以岐西之地，封为诸侯。于是兴高采烈，用马牛羊各三头，大祭其天帝，组织正式的国家，同中原诸侯才发生外交上的种种交涉。不用说，从这时候起，他们可以大量的吸收中原的文化。所以到了襄公之子文公十三年，才有史以纪事。从此以后他们在政治上的发展，是更快了。春秋时代，穆公称霸，战国时代，孝公为七雄之长。经惠、文、武、昭、襄数世，蒙故业，因遗策，连败六国之师，汉中、巴蜀之地，亦入其版图，因此国势日益富强。到了始皇，先灭韩、赵、魏，次灭楚、燕，最后灭齐，于是便产生了“六王毕，四海一”的秦帝国的新局面。这新局面他们曾想尽了方法来维持巩固,不料这个费尽了气力从六国手里夺取来的新帝国,不到三十年,便在农民的锄耰白梃底下消灭了。

秦国在穆公时代,虽已建立了稳固的地位,但在政治经济上发生了革命的变更,由此而奠定统一中国的政治势力的基础,实起于孝公之世的商鞅变法。商鞅变法,在中国古代政治史上,或是社会经济史上,都是惊人的事件。他因为要适应当代政治势力的发展,增加国库的收入,实行君主集权的制度,于是他实行了废井田、开阡陌的土地政策,增收人口税的财源政策以及严厉推行的连保的乡党组织与贵族人民平等的法律制度。这些新政的推行,都是使秦国日趋富强的因素。《盐铁论》云:"昔商鞅相秦,外设百倍之利,收山泽之税,国富民强,器械完饰。"这种情形自然是真实的。商鞅无疑是秦帝国的功臣,但是因为他的政策,不利于当日的贵族,所以孝公一死,他就遭遇着车裂的惨运了。贵族势力毕竟成了最后的哀蝉,商君的思想与政策却是政治社会上不可挽回的趋势。他自己虽是惨死了,他的新政仍是继续活着的。我们试看自孝公到秦始皇,一直是法家政治,因为这种政治,终于成就了秦帝国大一统的伟业。

法家是彻底的功利主义者,是文化界的警察。他们轻视学术,鄙弃文艺,一味讲求富国强兵的道理,以图扩充地盘,推行严格的刑法,以图巩固君权。这种法治思想,在战国末年及秦代,融合各派思想的倾向,而成为学术思想界中的主流。这种思潮的兴起,并非偶然的。战国中叶以后,土地政策的改变,小农经济的发达,商业的蓄积,大地主的产生,都日趋于激烈。因为当代社会经济的基础起了动摇,建立在这基础上面的政治制度自然要跟着发生变化。

如贵族的崩溃，士人的抬头，君主的集权，官僚政治的兴起，都成了必然的事实。社会经济基础与政治组织发生变化，治国行政的方法与学术界的思潮，也就跟着而起变化了。贵族失去了早日的经济支配力，士人已握了政界的重权，于是除了一国之君以外，官吏与人民已经没有血统的差别。从前封建时代所奉行的“礼不下庶人，刑不上大夫”的话，现在已不能运用了。在这时候，以国法为官民共同遵守的规律的事，便适应着这需要而产生了。在这种环境之下，所以战国末年的学者，都有趋于法治主义的倾向。

荀子虽称儒家的大师，他的思想却是由儒至法的桥梁。由荀子到韩非、李斯，不过前进一步而已。他虽是倡说人治尊重学术，但他却又是重刑主义与思想统制的主张者。《王制》篇说：“听政之大分，以善至者待之以礼，以不善至者待之以刑。两者分别，则贤不肖不杂，是非不乱。贤不肖不杂则英杰至，是非不乱则国家治。”又《正论》篇说：“一物失称，乱之端也。夫德不称位，能不称官，赏不当功，罚不当罪，不祥莫大焉。夫征暴诛悍，治之盛也。杀人者死，伤人者刑，是百王之所同也。刑称罪则治，不称罪则乱。故治则刑重，乱则刑轻。犯治之罪固重，犯乱之刑固轻也。”他这种重刑主义，虽名为礼治的辅助，然与法家所讲的严刑峻法，却一点也没有分别。再看他对于思想的统制，其言论更是激烈。《正名》篇说：“凡邪说辟言之离正道而擅作者，无不类于三惑者矣。故明君知其分，而不与辨也。夫民易一以道，而不可与共故。故明君临之以势，道之以道，申之以令，章之以论，禁之以刑，故其民之化道也如神，辨势恶用矣哉。”《非十二子》篇说：“一天下，财万物，长养人民，兼利天下，通达之属，莫不从服。六说者立息，十二子者迁化，则是圣人之得势者，舜、禹也。今夫仁人也，将何务哉。上则法舜、禹之制,下则法仲尼、子弓之义,以务息十二子之说,于是则天下之害除,仁人之事毕,圣王之迹著矣。”他所说的三惑是惑于用名以乱名,惑于用实以乱名,惑于用名以乱实。六说是它嚣、魏牟的纵欲,陈仲、史鳝的高蹈,墨子、宋钘的兼爱,慎到、田骈的法度,惠施、邓析的诡辩,子思、孟轲的五行。他认为这些都是思想界的异端,是离叛正道的邪说辟言,必得一概禁绝。要实行严格的思想统制,才能达到天下太平圣人得势的地步。我们看了他这种极端的思想,便会了解他那两位弟子韩非与李斯成为法治思想的建立者或是实行者的事,一点没有什么可怪了。由荀子的禁三惑非六说到始皇时代的焚书坑儒,那思想与行动,不正是一贯的吗?

口吃的韩非虽是死得不明不白,他的思想却完全实现在他老同学李斯的手下。始皇三四年,淳于越请封子弟功臣,李斯上书说:“古者天下散乱,莫能相一,是以诸侯并作,语皆道古以害今,饰虚言以乱实。人善其所私学,以非上所建立。今陛下并有天下,辨白黑而定一尊,而私学乃相与非法教之制。闻令下,各以其私学议之。入则心非,出则巷议,非主以为名,异趣以为高,率群下以造谤。如此不禁,则主势降乎上,党与成于下。禁之便。臣请诸有文学诗书百家语者,蠲除去之,令到满三十日弗去,黥为城旦。所不去者,医药、卜筮、种树之书。若有欲学者,以吏为师。始皇可其议,收去诗书百家之语,以愚百姓,使天下无以古非今。明法度,定律令,同文书。”(《史记·李斯传》)秦始皇和李斯,后人都把他们看作是罪大恶极的人,这都是受了儒家的宣传,其实他们却是极有眼光有手腕的革命政治家,他们的思想与方法,都是维持政权统治国家的必要办法。在战国末年,这种政治思想,是正适合于那个时代的潮流。焚书坑儒说出来虽是似乎有点野蛮,其实这套把戏,一直被历代的君王所采用，不过方法名义稍有不同，然其效果却没有两样。就是二十世纪最文明的国家，每天都在那里焚书坑儒，其野蛮残酷，有十倍于始皇时代，一般人似乎都可原谅，这情形实在是可笑的。说穿了，也就知道李斯辈并不是什么特别的恶人。他实行明法度、定律令、同文书的政策，都是非常有价值的工作，他融合商鞅、荀子、韩非诸人的政治思想，作了一个具体的表现。

法家在政治上虽是收了巨大的效果，但对于妨碍学术思想的自由与纯文艺的发展是要负其责任的。商君的薄六虱，韩非的非五蠹，是大家都知道的事实。《文心雕龙》中云："五蠹六虱，严于秦令。"就是荀子也说过"凡言不合先王，不顺礼义，谓之奸言"的激烈话（见《非相》篇）。一个勇武好战完全在这种政治环境下面孕育成长出来的秦民族，欲求其在纯文艺方面有多大的成就，实在是一件难事。加之秦帝国的寿命是那么短促，自然不容易产生什么大作家大作品来的。

《诗经》中的《秦风》十篇，可称是秦民族最早的诗歌。大概是西、东周之交的作品。因为他们那种好战尚武的民族性，在那些诗里，多叙车马田狩之事，或赞美战士，或描写军容。其音节无不悲壮激昂。《汉书·地理志》云："安定北地上郡西河皆迫近戎狄，修习战备，高上气力，以射猎为先。故秦诗曰：'王于兴师，修我甲兵，与子偕行。'（《无衣》篇）及《车邻》、《驷铁》、《小戎》之篇，皆言车马田狩之事。"再如《黄鸟》、《权舆》诸篇，虽非兵戎之诗，然其音调一样高昂悲壮，也是秦声的本色。唯有《蒹葭》一篇，却是情韵缠绵音调哀婉的抒情诗，其艺术亦在上列诸章之上。"蒹葭苍苍，白露为霜。所谓伊人，在水一方。溯洄从之，道阻且长。溯游从之，宛在水中央。"这是多么美丽的句子。又是多么有情致的意境。这篇诗在《秦风》里，自然是要称为杰作的。

《尚书》中的《秦誓》一篇（西纪元前六二七年），可算是秦民族存在的最早的散文。秦穆公侵郑时，为晋师大败于崤。穆公悔过，兼戒群臣，作《秦誓》。从前的誓，都是誓师之辞，这一篇是罪己式的作品。文字通达简练，动人听闻。如"我心之忧，日月逾迈，若云弗[1]来"数句，颇饶诗意。可知东周时代，秦民族的文化程度，已相当的发达了。

《石鼓文》共有十篇，唐初始出土，现存北平国子监。但其时代的考证，为古今学者所争辩。有主周成王时者（宋程大昌），有主周宣王时者（唐韩愈），有主秦襄公至献公时者（近人马衡），有主秦文公时者（近人罗振玉），有主秦惠文王至始皇时者（宋郑樵），有主汉代者（清武亿），有主后周者（清万斯同）。众说纷纭，各持己见。因此对于《石鼓文》的本身，反使我们起了怀疑。其内容大半叙述游猎，亦有祝颂燕饮之作。其文体颇近《雅》、《颂》，但其艺术，远比不上《秦风》。如果我们承认《石鼓》之出于《秦风》之后，那么他们在文学发展史上，自然是没有什么重要的地位。

秦代统一以后，其寿命非常短促，在文学方面，自然不会有多大的成就。但荀子的赋李斯的铭，我们却是必得注意的。荀子虽是赵人，《史记》上说："赵氏之先与秦共祖。"并且《史记》本传及《盐铁论·毁学》篇都说李斯相秦，荀子还在世。那么荀子是死在始皇帝统一六国以后。可知无论从世系或从年代上讲，荀子的文学，是可以放在秦代文学这个范围以内的。

---

① "云弗"，通作"弗云"。

二　荀子的赋

荀卿名况，是北方的大儒。他的生死年代，已不可考。大约生于前四世纪末年，死于前三世纪末年，是一个活到将近百岁的老人。他曾游学于齐，称为学术界的领袖，后因不得志，去楚，春申君以为兰陵令。春申君死而荀卿废，嫉浊世之政，亡国乱君相属，因发愤著书而死，葬于兰陵。他在儒家学说的传授上，占有重要的地位，毛、鲁、韩《诗》、《左传》、《穀梁》皆其所传，犹长于《礼》。我们现在没有时候叙述他的哲学思想，只要知道他是以孔学为本，再适合当代政治社会变迁的趋势，加以补充修正而建立了一种新儒学。

荀子虽久居楚国，《楚辞》并没有给他深刻的影响。因为他根本就是一个轻视纯文艺的道统者。他说："多言而类，圣人也。少言而法，君子也。多少无法而流湎，然虽辩，小人也。故劳力而不当民务，谓之奸事，劳知而不律先王，谓之奸心，辩说譬喻，齐给便利，而不顺礼义，谓之奸说。此三奸者，圣王之所禁也。"（《非十二子》）他持着这种功用伦理主义的态度，像《楚辞》那种个人主义的浪漫文学，他当然是要看不起的。在他的作品里，或是论文，或是诗赋，正与战国时代的诸子一样，完全是站在学术思想的立场上而表现出来的。换言之，他的写文作赋，不是为了文学的艺术，而是要宣传他的思想。"嫉浊世之政，亡国乱君相属"，这是他著书的最大动机。我们明乎此，便可了解荀子虽久居楚国，其作品并没有染上《楚辞》的作风，而仍是承继北方文学的直接系统。

《汉书·艺文志》列《孙卿赋》十篇（孙卿即荀卿，避汉宣帝讳改)。今《荀子》的赋篇中只有《礼赋》、《知赋》、《云赋》、《蚕赋》、《箴赋》五篇和《佹诗》二章。又《汉志》列《成相杂辞》十一篇,无作者姓名。现荀子集中有《成相》三篇。那么《汉志》的《成相杂辞》中,或有荀子的作品。班固云:"大儒孙卿及楚贤臣屈原,离谗忧国,皆作赋以讽,咸有恻隐古诗之义。"可知古人是把他们两人看作为辞赋之祖的了。屈原的作品,楚人称为辞,其实就是一种新体诗。真正以赋名篇的,则起于荀子。他的赋篇的艺术虽不甚高明,然在赋的发展史上,是占有重要的地位的事,是无可疑的了。抒情、说理、咏物,本为文学的三大主流。屈、宋的作品偏于抒情,荀子的作品,说理咏物兼而有之。对于后代赋的发展,给予以重大的影响。

爰有大物,非丝非帛,文理成章。非日非月,为天下明。生者以寿,死者以葬,城郭以固,三军以强。粹而王,驳而伯,无一焉而亡。臣愚不识,敢请之王。王曰:此夫文而不采者与?简然易知而致有理者与?君子所敬而小人所不者与?性不得则若禽兽,性得之则甚雅似者与?匹夫隆之,则为圣人,诸侯隆之,则一四海者与?致明而约,甚顺而体,请归之礼。(《礼赋》)

这种作品同《离骚》、《九辩》并读,我们便立刻体会到两种不同的情调。《礼赋》是一种诉之于理智的散文赋,《离骚》、《九辩》却是动人情感音韵和谐的长篇新体诗。在《礼赋》中,很明显的缺少诗歌所必有的那种韵律情感和整齐的美质。他同汉代的散文赋,形式已很接近。他的问答形式,成为汉代赋家普遍采用的形式。由他这种作品的变化发展，演成汉代的咏物赋（如王褒的《洞箫赋》）与说理赋（如张衡的《思玄》）以及那些长篇的散文赋。我们如果仔细分析汉赋的文体与品质，便知道荀子的地位，并不在屈、宋之下。试看几个汉赋的代表作家的作品，如司马相如的《子虚》、《上林》，扬雄的《羽猎》、《长杨》，班固的《两都》诸篇，无论其形式与作风，都是从荀赋变化发扬出来的。至于那些屈、宋派的作品，大都是《楚辞》的模拟，我们只要读了淮南小山的《招隐士》，东方朔的《七谏》，严忌的《哀时令》，王褒的《九怀》，刘向的《九叹》，王逸的《九思》诸篇，便会知道这些东西，无论内容形式以及情感文字方面，都只是《楚辞》的尾声余响，毫不能给我们一点新奇刺激之感了。因为《楚辞》体的作品，在屈、宋的笔下，已达到极高的成就，到了汉朝，已成为强弩之末，没有什么新创的特色了。

荀子在他的赋里，并没有重视文学的成就。其表面虽是咏物，其内容还是说理。他主要的目的，是要把礼、智、云、蚕、箴这五种具体的或是抽象的物的形状与功用加以暗示式的说明。他这种态度，正如他写他的论文时候所取的态度一样，是抱着不反先王之言不背礼义的要旨的。所不同者，他采取了一种诗文混合的新体裁。他在这里，自然是一种尝试，尝试的目的，无非是想把自己的思想，更普遍地宣传出去。他的《成相辞》也就是想把高深的思想，装在通俗的文字里的。如果说屈原、宋玉的创作态度是文学的，荀子的态度完全是学术的教育的了。到了汉代的赋家，接受荀子尝试过的粗具规模的新体裁，抛弃了他那种学术家教育家的态度，完全从文学的立场上来创造建筑，于是号称六义附庸的赋，变为汉代文学界的主要部门，成就了光辉灿烂的历史了。

《成相辞》是荀子一种宣传道义贤良的通俗文学。他的体裁，非诗非赋也非散文，大概是当日流行的一种歌谣式的自由体。“成相”二字的意义，古今学者，各有解释。王引之说：“相者治也，成相者成此治也。请成相者请言成治之方也。成功在相，稍为近之。”（《读书杂志》八之八）这意义虽是明显，但似乎过于曲折。《东坡志林》云：“卿子书有韵语者，其言鄙近。《成相》者，盖古歌谣之名也。”把“成相”解作是古代歌谣之名，确是一个卓见。卢文弨云：“《礼记》治乱以相，相乃乐器，所谓舂牍。又古者瞽必有相。审此篇音节，即后世弹词之祖。篇首即称‘如瞽无相，何伥伥’，义已明矣。首句‘请成相’，言请奏此曲也。《汉志》‘成相杂辞’惜不传，大约托于瞽矇诵讽之辞，亦古诗之流也。”（《荀子集解》）俞樾说：“此相字即《曲礼》‘舂不相’之相。郑注曰：相谓送杵声。盖古人于劳役之事，必为讴歌以相劝勉，亦举大木者呼邪许之比，其乐曲即谓之相，‘请成相’者，请成此曲也。”（《诸子平议》十五）我们可以知道《成相辞》虽不能说一定就是弹词之祖，但说他们是受了当日民间歌谣的影响，把治国为政的人君大道，写在通俗的文体中，要达到规箴教训的目的，与现今的弹词道情一类的作品大体相同的事，是绝无可疑的了。

《成相辞》共分五篇（首篇分为二，“凡成相辨法方”起，另成一篇）。其中叙述的无非是尚贤劝学为君治国的道理。在前三篇里，叙述了不少的贤君如尧、舜等人，暴君如桀、纣等人的史事，第四篇言世乱之因，末篇言治国之术。他是想用通俗的民歌体裁，来传布他的哲学。因为那种布教传道的气味过浓，在文字的技术上，较之赋篇，是更要低弱了。

请成相，世之殃。愚暗愚暗堕贤良。人主无贤，如瞽无相何伥伥。……

世之衰，谗人归。比干见刳箕子累。武王诛之，吕尚招麾殷民怀。

世之祸，恶贤士。子胥见杀百里徙。穆公任之，强配五伯六卿施。

世之愚，恶大儒。逆斥不通孔子拘。展禽三绌，春申道缀基毕输。

请牧基，贤者思。尧在万世如见之。谗人罔极，险陂倾侧此之疑。

基必施，辨贤能。文武之道同伏戏。由之者治，不由者乱，何疑为？

这完全是一种歌谣或道情式的调子。我想一定可以伴着简单的乐器来歌唱。里面所说的虽都是一些贤德圣道，但其中夹杂着许多历史故事，听者也会感着兴味的。这种调子是旧有的，还是荀子新创的，我们无法知道，但他想把他的思想通俗化、文章歌谣化，却是一件很明显的事。

《佹诗》二篇，可称是荀子的诗，然其中也杂有许多散文的调。子。他的内容，正和他的赋篇和《成相辞》一样，也还是表现那套国家兴亡的意见。“天下不治，请陈佹诗。”由这开篇两句，就可领悟其中的消息了。荀子本是一个带有法家倾向的儒家，他重视正统的儒教思想与实际的功用。他说过“凡言不合先王，不顺礼义，谓之奸言”的话，所以在他的作品里，他这种思想始终是一贯的。他轻视那些重情感逞想象的浪漫文学。他把文学看作是一种教训宣传的工具，不能让他变为那种不合先王不顺礼义的奸言。由他这种观念演变下去，就成为后世征圣崇经的载道文学。同时，我们更可了解在儒家思想一统的汉代，为什么抒情文学那么消沉，赋倒是在美刺的帷幕下，大大地发达起来的原因了。

三　李斯的铭

李斯虽是一个严格的法治主义者，然而他却是一个富于文采的才人。大概因为他生长于文风极盛的南方，受了那文学空气的陶染。我们试读他那篇有名的《谏逐客书》，便会知道他的文字艺术的高妙，铺陈排比，气势奔放，上承纵横之遗，下开汉赋之渐，不仅是秦代散文的杰作，同时也可看出当日散文赋化的征象。这种征象，到了贾谊的《过秦论》，是表现得更具体更成熟了。

李斯死于西元前二〇八年，生年不可考。他是一个不甘寂寞热心富贵利禄的人，同苏秦正是一流人物。他先从荀卿学帝王之术，后来看见楚国不足成大事，乃西入秦。辞荀卿曰："斯闻得时无怠。今万乘方争时，游者主事。今秦王欲吞天下，称帝而治，此布衣驰骛之时，而游说者之秋也。处卑贱之位，而计不为者，此禽鹿视肉，人面而能强行者耳。故诟莫大于卑贱，而悲莫甚于穷困。久处卑贱之位，困苦之地，非世而恶利，自托于无为，此非士之情也。"（《史记》本传）这正是他自己的人生哲学的表白。到了秦国，先投吕不韦，为其舍人，后来果然得了秦王的重用，步步高升，一家富贵，成为秦朝一统的大功臣。自己有时虽也想起荀子教他的"物禁太盛"的格言，毕竟舍不得离开富贵，始皇死后，不久便惨死在赵高的手里。临刑时，对他儿子说："吾欲与若复牵黄犬，俱出上蔡东门，逐狡兔，岂可得乎？”这真是“鸟之将死，其鸣也哀”了。

《汉志》有秦时杂赋九篇，刘勰《诠赋》篇也说：“秦世不文，颇有杂赋。”这些赋是早已失传了，连作者的姓名我们也无法知道。在这九篇里，我想或许有些是李斯的作品，其内容和形式，大概就是荀子赋篇那一类的东西。我们看了李斯的散文的赋化，便可知道赋这种体裁，已成为当日文学界的新趋势了。他在这方面，一定有相当的成就。如果我们能发现那时的作品，那么从荀赋到汉赋的发展的状况就更明显了。李斯若真有赋，那无疑是荀赋到汉赋的重要桥梁。

真能表现君主集权的秦帝国的全面貌而作为当日文学的代表的，是出自李斯之手的那几篇刻石文。用着伟大的气魄，典雅的文字，中正和平的音节，把秦帝国的政治武功，皇帝的胸怀意气，版图的广大，六国的破灭，天下太平之象，都表现在那些文字里。这些作品，自然是缺少情感与想象，在纯文学的立场上看来，虽没有多大的价值，然而这些歌功诵德的文字，却真能代表秦帝国的特质与精神，与当日贵族文人的情感。在这些文字里，我们认识了秦帝国的全生活与全面貌，比我们读许多历史，还要认识得更清楚。

李斯所作的刻石铭，以《史记》上所载的《泰山》、《琅玡台》、《之罘》、《东观》、《碣石》、《会稽》为最可靠。刘勰在《封禅》篇里说：“秦皇铭岱，文自李斯。法家辞气，体乏泓润，然疏而能壮，亦彼时之绝采也。”这批评是极其精当的。

皇帝临位，作制明法，臣下修饬。廿有六年，初并天下，罔不宾服。亲巡远方黎民，登兹泰山，周览东极。从臣思迹，本原事业，只诵功德。治道运行，诸产得宜，皆有法式。大义休明，垂于后世，顺承勿革。皇帝躬圣，既平天下，不懈于治。夙兴夜寐，建设长利，专隆教诲。训经宣达，远近毕理，咸承圣志。贵贱分明，男女礼顺，慎遵职事。昭隔内外，靡不清净，施于后嗣。化及无穷，遵奉遗诏，永承重戒。（《泰山刻石文》）

此为始皇二十八年东巡郡县，封泰山所刻。为一种三句一韵的新创体。除《琅玡铭》为二句一韵外，其余各篇都是这种体裁。篇中文字，虽沿着《诗经》雅、颂的系统，没有他散文中那种富丽的辞藻，然那种敷陈直叙的作风，却正是赋化的明显的象征。我们可知荀子、李斯时代的作品，都有赋化的倾向。这是一个汉赋酝酿的重要时期。这时代虽是短促，作品虽是贫乏，在文学发展史上，实有他重要的地位。若过于重视抒情文学，而对于这时代的作品加以鄙视，那真是犯了主观的偏见了。

又《秦始皇本纪》云："三十六年，使博士为《仙真人诗》，令乐人歌之。"刘勰以此为本，在《明诗》中说："秦皇灭典，亦造《仙诗》。"《仙诗》我们现在虽无法读到，大概是《大人赋》一类的东西。做了皇帝的人一面是巡行天下，封山祭川，要夸耀自己的功德，因此有刻石之文。一面是怕短命，于是讲长生爱神仙，入海求仙、入山求药这一套把戏，自然是免不了的。皇帝有了这风尚，博士们做好仙人诗，令乐师们歌诵，皇帝听了眉开眼笑，那意义与刻石的歌功诵德正是一样。只有这一类的作品，才真能代表秦帝国与秦皇帝的面目与精神，才真是焚书坑儒思想统制时代的文献。可惜那些诗都已失传了。近人廖平氏疑《楚辞》中的作品，便是秦博士所造的《仙诗》，这意见虽是新奇而又大胆，但稍稍有点文学常识的人，无论从文学中所表现的内容、个性以及地方性各点看来，都会知道他这种的意见是不正确的。

第六章　汉赋的发展及其流变

一　汉赋兴盛的原因

中国文学进展到了汉朝，我们可以看出一个显明的现象。这现象便是文学同民众生活日益隔离，而那种贵族化、古典化的宫廷文学，成为文坛的正统。作为宫廷文学的代表的，是那有名的汉赋。在现代人的眼光中看来，汉赋自然是一种僵化了的缺乏感情的死文字，然而在当时，他却有活跃的生命与高尚的地位。在三四百年中，多少才人志士，在那上面费去了心血。狗监的朋友司马相如，倡优式的东方朔、王褒之流，我们不用说；即如司马迁、刘向、班固、张衡、祢衡们，无论从学问、思想、人品方面，都是值得我们景仰的，然而他们也都是有名的赋家。可知赋是汉代文学中的主流，正好像唐诗、宋词一样，任何读书人在那时代都不能不同他发生交涉。如果李白、杜甫、白居易、苏东坡生在汉朝，想必也都是以赋名家了。枚、王、司马、东方之徒，待诏作赋，世人讥为倡优，其实李白之咏《清平》，王维、杜甫辈的应制诗，这行为有什么两样？近人因拘于抒情文学的范围，鄙弃汉赋，甚至于大胆地在文学史上，把汉赋的一页，完全弃去不谈，实在是犯了主观的偏见，同时又违反了文学发展的历史性。文学史与文学批评的不同,就建立在这一个重要的基点上。文学批评虽也不能违反客观的事实,你多少还能加入个人的主观见解。在文学史的叙述上,你必得抛弃自己的好恶偏见,依着已成的事实,加以说明。那些作家与作品,无论你如何厌恶,是如何僵化,他们在当时能那么兴隆的发展起来,自必有他发展的根源环境,存在的理由和价值。文学史的编著者,便要用冷静的客观的头脑,叙述这些环境理由和价值。若只凭个人的主观任意舍弃割裂,这态度自然是非常恶劣的。

我们要了解汉赋兴盛发展的原因,必得要注意下列这些重要的事实。

第一,文体本身的发展

春秋战国以来,四言诗的发展,渐渐由衰落而至于断绝。经过孔孟的宣传,《三百篇》一天天地离开了文学的范围,而入于圣贤经典的领域了。到了汉朝,这事实更趋于坚定化与神圣化。战国时代,接着《诗经》而起来的是屈、宋的新体诗(《楚辞》),荀子的短赋和诸子以及历史家的散文。汉代的散文,因《史记》、《汉书》的出现而更趋于完美。但到这时代,这些作品,只能属于历史的范围了。屈、宋、荀子的辞赋,自然是《诗经》以后的中国纯文学的正统。班固在《汉书·艺文志》中说:"古者诸侯卿大夫交接邻国,以微言相感,当揖让之时,必称诗以喻其志,盖以别贤不肖而观盛衰焉。故孔子曰'不学诗无以言'也。春秋之后,周道寖坏,聘问歌咏,不行于列国,学诗之士逸在布衣,而贤人失志之赋作矣。"他在这里对于诗衰赋作的原因的说明,虽过于简单,但那种事实是无可否认的。四言诗衰落了，五七言诗正在民间的酝酿中，《楚辞》的势力如日中天地影响整个的文坛，再加以荀子赋体的初步创作，正待于后代才人的发扬光大，一到了汉朝，正接着这个潮流，于是辞赋交互影响，而形成了那个贵族化的古典文学的大运动。就文体本身的发展上，汉赋的兴盛，实在是一种必然的趋势。顾炎武所说的，“由《三百篇》而不得不变为《楚辞》，由《楚辞》而不得不变为汉赋者势也。”他说的势，正是文体发展的趋势。

第二，经济政治的关系

秦帝国的寿命不到三十年便消灭了。接着起来的，是汉帝国。中间虽有吕后王莽的波折，因其根基稳固，毕竟维持了四百年的寿命。帝国一切应有的特质，在秦代未能完成的，到了汉代算是都实践了。文景时代，采取政治经济的放任政策，扶助农业，减轻赋税，人民得以安业，国库得以充裕。《史记·平准书》说：“汉兴七十余年，国家无事。非遇水旱之灾，民则人给家足。都鄙廪庾皆满，而府库余货财。京师之钱累巨万，贯朽而不可校。太仓之粟陈陈相因，充溢露积于外，至腐败而不可食。众庶街巷有马，阡陌之间成群，而乘家牝者摈而不得聚会。守闾阎者食粱肉，为吏者长子孙，居官者以为姓号。”在这里我们很可看出当日政治经济以及社会民生的安乐状况。也就在这里，建立了汉帝国的稳固基础。武帝、宣帝称为雄主，他们继承着这一份丰裕的家产，自然不能不有所作为。于是对外是用军事势力去扩充地盘，东平朝鲜，南平南越，开辟西南夷，北定西域平匈奴，都是历史上的大事。他们一面是好大喜功，想做一个英雄，同时是想到远方各地，去搜集那些珍奇的物品，供自己享受。对内是提倡学术，奖励文艺，因此文治武功，就名利双收了。有了钱有了势，在物质上的享受，自然是为所欲为。于是酒色犬马之乐，神仙长命之想，宫殿的建筑，田猎的好尚，巡游天下，祭望山川，这些把戏也就都来了。高祖时的长乐、未央已经是富丽堂皇，武帝时代的甘泉、建章、上林更是雄伟壮丽得多了。据《西京杂记》："未央宫周围二十二里九十五步五尺，街道周围七十里，台殿四十三，其三十二在外，其十一在后宫，池十三，山六。池一山一在后宫，门闼凡九十五。"这情形便是现在人看了，也是觉得相当惊奇的。武帝时的建筑，有什么通天台、飞帘阁等的名目，自然是更进一步了。《三辅黄图》说建章宫千门万户迷人眼目，那富丽的情形，我们是可以想象的。这种宫殿建筑的材料，内面器物的设备，珍禽怪兽的搜罗，自然都是极其奢侈的能事。《三辅黄图》说："以木兰为棼橑，文杏为梁柱。金铺玉户，华榱璧珰，雕楹玉碣，重轩镂盈，青琐丹墀，左磩右平，黄金为壁带，间以和氏珍玉。风至，其声玲珑然也。"又说："清凉殿，夏居之则清凉也，亦曰延清室。《汉书》曰：清室则中夏含霜，即此也。董偃常卧延清室，以画石为床，文如锦紫。琉璃帐，以紫玉为盘，文如屈龙，皆用杂宝饰之。侍者于外扇偃。偃曰：玉石岂需扇而复凉耶？又以玉晶为盘，贮水于膝前，玉晶与水相洁。"这种建筑的进步，设备的富丽，必得要以手工业与商业的高度发展为其基础。这种情形决非先秦时代所能办到。要在当时有了这种经济物质的基础，才能产生司马相如、扬雄、班固、张衡他们那种富丽典雅的赋。同时他们所描写的题材，也就正是代表汉帝国的物质文明以及皇帝的生活思想最精彩的部分。在那些赋里，活跃地表现了汉帝国的财富威权与皇帝们的奢侈淫佚的生活。那些文字不是想象的浪漫的作品，却是写实的历史性的作品。明了了这一点,我们便知道当日的物质经济的基础,便是汉赋的基础。汉代初年,因采取重农轻商的政策,商业一时稍受压制,惠帝、高后时,因天下初定,乃弛商贾之律,于是商业遂在统一安定的状况下,迅速的发达起来了。商业资本的发展,造成土地集中,剥削人民,交通贵族,操纵物价的种种现象。平民的生活日趋贫困,君主豪族的生活,就日趋于淫佚奢侈了。晁错说:"商贾大者积贮倍息,小者坐列贩卖。操其奇赢,日游都市。乘上之急,所卖必倍。故男不耕耘,女不蚕织,衣必文采,食必粱肉。因其富厚,交通王侯,力过吏执,以利相倾。千里敖游,冠盖相望。乘坚策肥,履丝曳缟。此商人所以兼并农人,农人所以流亡者也。"(前《汉书·食货志》)仲长统也说:"豪人之室,连栋数百,膏田满野,奴婢千群,徒附万计。船车贾贩,周于四方。废居积贮,满于都城。琦赂宝货,巨室不能容,牛马豕羊,山谷不能受。妖童美妾,填乎绮室。倡讴妓乐,列乎深堂。"(《后汉书》本传)我们在这些文字里,可以看出当日商业资本的发展,一方面造成平民生活的穷困,他方面促成君主豪族的奢侈。建宫殿,打田猎,求神仙,溺酒色,是上层阶级生活的主体。当时的赋家,恰恰是这一个阶级的歌颂者与代言人。加以君主贵族饱食之余,还要附庸风雅提倡辞章艺术,于是一般文人才士,乘机献媚,竞以最适宜于歌功诵德铺张扬厉的赋体,来描写那些宫殿、田猎、神仙、京都的壮丽伟大的情状,由此衬托出帝国的富庶与天子的威严,皇帝以此取乐,作者以此得宠,因此这种文学,完全离开实际的人生社会而都变为皇帝贵族的娱乐品了。《汉书·东方朔传》中说:"朔尝至大中大夫,后尝为郎,与枚皋、郭舍人俱在左右,诙啁而已。"又《枚皋传》中说:"皋不通经术,为赋颂,好嫚戏,以故得媟黩贵幸。"又《王褒传》中说:"上数从褒等游猎，所幸宫馆，辄为歌诵，第其高下，以差赐帛。议者多以淫靡不急。上曰：'不有博弈者乎？为之犹贤乎已。辞赋大者与古诗同义，小者辩丽可喜。辟如女工有绮縠，音乐有郑卫，今世俗犹皆以此娱悦耳目，辞赋比之，尚有仁义风谕，鸟兽草木多闻之观，贤于倡优博弈者远矣。'"从这些文句的记载，把当日君主对于辞赋的态度以及文人的地位，都表现得很明白。那态度与地位虽不高尚，而辞赋却因此更滋长发育起来了。

第三，献赋与考赋

唐以诗取士，诗人盛于唐。明、清考八股，制艺盛于明、清。汉代考经，经师盛于汉，这理由是非常浅显的。班固在《儒林传赞》内说："自武帝立五经博士，开弟子员，设科射策，劝以官禄，讫于元始，百有余年，传业者寖盛，支叶蕃滋。一经说至百余万言，大师众至千余人，盖禄利之路然也。""禄利之路"，真是说得一针见血了。世上再没有什么事，比得上利禄的力量的。汉赋的发达兴隆，利禄引诱的力量，也要居其大半。开始是封君贵族们的奖励提倡，如吴王刘濞，梁孝王刘武，淮南王刘安皆折节下人，招致四方名士。一时如邹阳、严忌、枚乘、司马相如、淮南小山、公孙胜、韩安国之流，都出其门下。枚乘赋柳，赐绢五匹，相如赋长门，得黄金百斤，这都是有名的故事。到了武帝，他有很高的文学天才，所作的《李夫人歌》、《秋风辞》（此篇只见于"汉武帝故事"，不甚可靠），都很有文学的价值。因此他更重视文人，如司马相如、东方朔、枚皋诸人，都以词赋得官了。其后如宣帝时王褒、张子侨，成帝时的扬雄，章帝时的崔骃，和帝时的李尤都以辞赋而入仕途。君主提倡于上，群臣鼎沸于下，于是献赋考赋的事体，也就继之而起了。班固《两都赋序》说：

至于武、宣之世，乃崇礼官，考文章，内设金马、石渠之署，外兴乐府、协律之事，以兴废继绝，润色鸿业，是以众庶悦豫，福应尤盛。白麟、赤雁、芝房、宝鼎之歌，荐于郊庙。神雀、五凤、甘露、黄龙之瑞，以为年纪。故言语侍从之臣，若司马相如、虞丘寿王、东方朔、枚皋、王褒、刘向之属，朝夕论思，日月献纳，而公卿大臣：御史大夫倪宽、太常孔臧、大中大夫董仲舒、宗正刘德、太子太傅萧望之等，时时间作。或以抒下情而通讽谕，或以宣上德而尽忠孝。雍容揄扬，著于后嗣，抑亦《雅》、《颂》之亚也。故孝成之世，论而录之，盖奏御者千有余篇。

献赋的制度，这里没有说明；是作者自献，还是由什么官收集，我们无法知道。但因这种制度，促成辞赋的发达，是极其明显的。当时不仅言语侍从之臣，要朝夕论思，就是那些公卿太常儒家国师也都要时时间作了。又张衡《论贡举疏》说：

夫书画辞赋，才之小者，匡理国政，未有能焉。陛下即位之初，先访经术，听政余日，观省篇章，聊以游艺，当代博弈，非以教化取士之本。而诸生竞利，作者鼎沸。其高者颇引经训风谕之言，下则连偶俗语，有类俳优；或窃成文，虚冒名氏。臣每受诏于盛化，差次录第，其未及者，亦复随辈皆见拜擢，既加之恩，难复收改，但守俸禄，于义已弘，不可复理人及任州

郡。……乃若小能小善，虽有可观，孔子以为致远则泥，君子故当致其大者远者也。(《张河间集》)

在这篇疏内，有两点值得我们注意。第一，在张衡时代，政府已采用考赋取士的制度，并且不管成绩好坏，一概录取，给以俸禄，在这种情形之下，自然是诸生竞利，作者鼎沸了。其次，是因有利禄可图，赋也就日趋堕落。“连偶俗语，有类俳优，或窃成文，虚冒名氏。”这种卑鄙恶劣的现象，与科举时代的八股，有什么差别！辞赋堕落到这种程度，就是以赋名家的张衡，他也不得不发生这激烈的反抗了(蔡邕集中《陈政要七事疏》中，亦有此段文字)。

第四，学术思想的统制

汉代初期，因战乱初平，疮痍未复，经济破产，人民穷困，在这种情形之下，人人需要安养休息，在政治上自不能有所作为。所以叔孙通去找鲁国的儒生出来帮忙的时候，两生对他说：“今天下初定，死者未葬，伤者未起。又欲起礼乐，礼乐所由起，积德百年而后可兴也。吾不忍为公所为。”(《史记·叔孙通传》)在这种环境之下，主张放任无为的道家思想，自然就乘机而起了。第一个把这种思想应用于政治的，是相国曹参。“曹参相齐……闻胶西有盖公，善治黄老言，使人厚币请之。既见盖公，盖公为言治道，贵清静而民自定，推此类具言之。参于是避正堂，舍盖公焉。其治要用黄、老术。故相齐九年，齐国安集。大称贤相。”(《曹相国世家》)后来萧何一死，曹参继为汉相，他的政策是：“择郡国吏木诎于文辞重厚长者，即召除为丞相吏。吏之言文刻深欲务声名者，辄斥去之。”

(同上)其余都依照萧何的成法遗制,没有什么变更。他这种办法,使得惠帝觉得奇怪,为什么当宰相的人,这样安闲静默,不勤治国事,然而他这种无为而治的政策,却收到很好的效果。“萧何为法,颟若画一,曹参代之,守而勿失。载其清静,民以宁一。”(同上)这是当日民众对他的歌诵。在政治上能作到清静与宁一,小百姓自然是要歌声载道的了。

曹参以后,一直到武帝初年,道家思想成为政治上的主潮。

> 孝惠皇帝、高后之时,黎民得离战国之苦,君臣俱欲休息无为。故惠帝垂拱,高后女主称制,政不出房户,天下晏然。刑罚罕用,罪人是希。民务稼穑,衣食滋殖。(《史记·吕后本纪赞》)
>
> 窦太后好黄帝、老子言,帝及太子诸窦,不得不读黄帝、老子,尊其术。(《史记·外戚世家》)
>
> 窦太后好老子书,召辕固生问老子书。固曰:此是家人言耳。太后怒曰:安得司空城旦书乎?乃使固入圈刺豕。(《史记·儒林传》)
>
> 太后好黄、老之言,而魏其、武安、赵绾、王臧等务隆推儒术,贬道家言,是以窦太后不悦魏其等。(《史记》本传)

在这些记事里,我们可以知道道家思想在当时是占着压倒一切的势力。窦太后作了二十三年的皇后,十六年的皇太后,六年的太皇太后,先后共四十五年,在这几十年中,是汉朝黄、老思想的全盛时代。一切反对黄、老的均遭排斥。因此辕固生几乎被猪咬死,魏其失宠,田蚡免职,赵绾、王臧也都逼得自杀了。政治思潮是如此，学术思想也是取着一致的步调。司马谈的《论六家要旨》，《淮南子》的宣扬道术，可看作是当日学术思想界的代表。在这种时代，描写富贵繁华的赋，是不容易滋长的。所以司马相如在景帝的门下，郁郁不得志，后来只好托病辞官，到梁国去作游客。因为那种赋，是写给君主贵族们看的，若上面无人赏识，谁肯废几年的苦功去写那些东西呢？所以在道家的放任自由思想盛行的汉初，倒是抒情浪漫的个人主义的屈派文学，为一般人所爱好，在那几十年里，文学的发展，是继续着《楚辞》的余绪，只可算是辞的时代，而不是赋的时代。屈、宋这一派的作品，是东汉的儒家们所看不起的。

窦太后一死，田蚡这一派在政治上得势，于是儒家由此抬头。董仲舒对策说："今师异道，人异论，百家殊方，指意不同。是以上无以持一统，法制数变，下不知所守，臣愚以为诸不在六艺之科，孔子之术者，皆绝其道，勿使并进。邪辟之说灭息，然后统纪可一，而法度可明，民知所从矣。"（《前汉书》本传）这意思同李斯所贡献与秦始皇的是一样，方法上一个是威迫，一个是利诱，因此秦朝失败，而汉是名利双收了，于是立博士，开弟子员，设科射策，劝以官禄，一经说至百余万言，大师众至各余人，到了东汉，大学生有三万多了。这样一来，儒家定于一尊，其他的思想，都在若存若亡之间，在这种文化建设的空气之下，建立了思想统制的伟业。汉代的儒家思想，已非孔学的本来面目，我们只要拿《论语》同《春秋繁露》对比一下便会知道，但那种征圣、宗经、原道的观念在读书人的头脑里，却树立了稳固的基础。在这种情状下，这种观念下，便成为文学理论的标准，大家都以此指导文学，批评文学。抒情的浪漫文学，是无法发展的。唯有赋反带着歌颂与讽谕的美名，古诗的遗意，一天天的滋长发育起来了。有道家思想的刘安对于屈原的作品说了几句赞美的话，儒家的班固大不满意，说屈原露才扬己，为人不逊，怨恨怀王，为臣不忠，篇中行文引事，牵涉神怪，不合经传，有违圣教。他对于赋却认为是有意义有价值的作品，他说："或以抒下情而通讽谕，或以宣上德而尽忠孝，雍容揄扬，著于后嗣，抑亦《雅》、《颂》之亚也。"（《两都赋序》）赋既可以"抒下情而通讽谕，宣上德而尽忠孝"，这正与儒家所要求的宗经原道的文学主旨相合。刘勰也说："夫京殿苑猎，述行序志。并体国经野，义尚光大。"（《诠赋》）这意义和班固说的大致相同，经他们这样一解释，赋的价值与地位提高了。赋是《雅》、《颂》之流亚，决非那些抒情言志的个人主义的作品所可比拟。在儒家思想一统的汉代，抒情文学的消沉，赋反能发达的原因，这一点也是极其重要的。历史家、思想家、经学家如司马迁、董仲舒、刘向、班固、张衡、马融之流，都喜欢作赋的事，是一点不觉得什么可怪了。在《史记》、《汉书》里，各家的赋都是整篇的保存在那里，他们自然是把那些东西，看作是一代文化的精华，除了尊重的意念以外，是决没有其他的恶意的。就只由这一点，也可看出汉人对于辞赋的态度与赋在汉代文坛的地位了。

一种文学的发展，因而成一个时代的主流，这决不是一种偶然的现象，自必为种种复杂的环境所造成。我在上面所讲的，也就是说明汉赋发达的复杂环境。这说明虽非尽善，然而在上述的那种情状之下，我们可以知道，汉赋的兴盛繁荣，实是一种必然的现象了。

二　汉赋的特质

在中国文学中，赋是一种最奇怪的体制。由外表看去，是非诗非文，而其内含，却又有诗有文。无论从其形式或其性质方面观察，赋是一种半诗半文的混合体。赋本是诗中六义之一，原来的意义，是一种文学表现的态度与方法，并非一种体裁。《三百篇》以后，散文勃兴，接着而起的是《楚辞》一派的新体诗。由《诗经》到《楚辞》，诗的范围扩大了，篇幅加长了，散文形式的混合以及辞藻的注重，都带了浓厚的赋的气味。但毕竟因其抒情的浪漫的成分居多，所以《楚辞》还是一种新体诗。后人因此把屈、宋一派的作品，叫为辞或叫为骚，免得同诗赋混淆。《文心雕龙》内，分为《辨骚》、《诠赋》两篇，那界限是非常明显的。后来由荀子的《赋篇》，秦时的杂赋，降而至于枚乘、司马相如的创作，于是那种铺采摛文体物叙事的汉赋，才正式成立。代表汉赋的，是那些《子虚》、《上林》、《甘泉》、《羽猎》、《两京》、《两都》、《洞箫》、《长笛》一类的作品，而不是那些《惜誓》、《招隐士》、《九叹》、《九怀》、《九思》一类的作品，因为这些文字，无论形式内容，只是《楚辞》的模拟，而成为屈、宋的尾声余响，没有一点新奇的特质的。可知由《楚辞》到《汉赋》，是诗的成分减少，散文的成分加多，抒情的个人的成分几乎完全消灭，而成为叙事、咏物、说理的为人的形态了。到了这种地步，不仅诗与赋完全独立，就是辞与赋也各自分开了。

班固说："赋者古诗之流也。"刘勰也说："赋也者受命于诗人，拓宇于《楚辞》者也。"在文学发展的源流上，这意见是对的。若说到赋的性质与体制，则以下列诸说最为精当。

合纂组以成文，列锦绣而为质。一经一纬，一宫一商，此赋之迹也。（司马相如，见《西京杂记》）

赋者铺也。铺采摛文体物写志也。……原夫登高之旨，盖睹物兴情。情以物兴，故义必明雅；物以情观，故词必巧丽。丽词雅义，符采相胜。如组织之品朱紫，画绘之著玄黄。文虽新而有质，色虽糅而有本，此立赋之大体也。（刘勰《诠赋》）

直书其事，寓言写物，赋也。（锺嵘《诗品》）

可知"铺采摛文"、"直书其事"，是赋的一个重要的特质，然而内面也应该有睹物兴情的诗意。可是汉代赋家，都在"铺采摛文"一点上用工夫，其结果是词虽丽而乏情，文虽新而无本。这样下去，赋便同实际的人生社会离开而成为君王的娱乐、文人的游戏了。这是汉赋最大的缺点。"然而逐末之俦，蔑弃其本。虽读千赋，愈惑体要。遂使繁华损枝，膏腴害骨。无贵风轨，莫益劝戒。此扬子所以追悔于雕虫，贻诮于雾縠者也。"（《诠赋》）刘勰这几句评论，真是再精当也没有了。汉赋中未尝没有几篇好作品，然大多数都是繁华损枝，膏腴害骨的东西，因此引起世人那种轻视鄙弃的恶感。

《汉书·艺文志》分赋为四派。一屈原派：贾谊、枚乘、司马相如等人属之。二陆贾派：枚皋、朱买臣、司马迁等人属之。三荀卿派：李忠、张偃诸人属之。四杂赋派：不著作者姓名。班固这样分别，他自己必有理由，可惜没有说明。可是由现存各家的作品看来，这种分法非常不可靠。我们知道在汉代初期，各家的作品，继承着《楚辞》的余绪，但到了枚乘、司马相如的创作，赋的范围无论形式内容都扩大了。是糅合着《楚辞》的辞藻，荀赋的形体，以及纵横家的风气而形成汉赋那种特有的典型。在这种情形之下，我们决不能用屈、宋或是荀卿那种派别去限制当代的作家了。于是叙事赋、咏物赋、说理赋、拟骚赋，都排列在各作家的集子里了。司马相如有《子虚》、《上林》，同时又有《大人》、《长门》。王褒有《九怀》，同时有《洞箫》。扬雄有《甘泉》、《羽猎》、《河东》，同时有《反骚》。班固《两都》，同时有《幽通》。张衡有《两京》，同时有《思玄》、《髑髅》。在一人的集子里，是并列着无论内容形式以及情调完全不同的作品。可知我们用某种派别来说明汉赋的作家，实在是一件不合理的事。章太炎氏在《明诗》篇说："屈原言情，孙卿效物，陆贾赋不可见，有朱建、严助、朱买臣诸家，蓄纵横家之变也。……杂赋有隐书者，《传》曰：谈言微中，亦可以解纷，与纵横稍有出入，淳于髡《谏长夜饮》一篇纯为赋体。"(《国故论衡》)他这种意见，如果只看作屈、荀各家个人的评论，这是很确切的，要把汉代各家一五一十分列在各派里，那就太机械太武断了。至于他说汉赋大半出于屈原，把那些模拟《楚辞》的作品，看作汉赋的代表，这见解的错误，是无须多说的。

由此看来，我们要说明汉赋发展的径路以及兴衰变化之迹，若徒拘于古人或是今人所采用的派别论，那是一件徒劳无功的事。因此，我们不得不避免这种恶劣的方法，而另找新的途径了。这新的途径，便是以时代的次序作为叙述的标准。要这样，对于汉赋兴衰变化之迹，我们才可得到较为明确的印象。

三　汉赋发展的趋势

一、汉赋的形成期

这一时期起自高祖止于武帝初年，大约有六七十年光景，是政治初平经济建设的休养时代。思想界是道家独盛，当时挟书之律已除，学术尚未统制，在各方面都呈现着放任自由的空气。在文学界，是完全受《楚辞》势力的支配，任何作家的作品，无论内容形式，都直接受其影响。项羽的《垓下歌》，高祖的《大风歌》，完全是楚声的正统。在这种情形下，最初出现于汉代文坛的，是那位才高命短与屈原同其命运的贾谊（西元前二〇一—(前)一六九）。他有丰富的学识，卓绝的政治见解，本想在社会上做番事业，无奈为环境所迫，郁郁不得志地流谪到长沙。后来虽被召回，拜为梁怀王太傅，不料梁王为堕马丧命，于是他就自伤为傅无状哭哭啼啼地死去了。贾谊的性格虽较屈原稍为柔弱，但他的生活境遇及其忧郁的心情，却和屈原一样。因此南国的禽鸟，湘水的波涛，引起他对于屈原个人的同感及其作品的共鸣，《吊屈原赋》与《惜誓》二篇，无疑是屈原的苦闷的灵魂与其哀怨的情感的再现。吊屈原就是吊他自己，《惜誓》是哀屈原同时也就是自哀。因此在他的作品里，还能保持着他特有的个性和真实的感情。其作品的价值，也就远在后人那种纯出于模拟《楚辞》为文造情的作品之上了。

贾谊的《吊屈原》与《惜誓》，其形式与情调虽都出于《楚辞》，但他的《鵩鸟赋》却是一篇特异的作品。

单阏之岁,四月孟夏。庚子日斜,服集余舍。止于坐隅,貌甚闲雅。异物来崒,私怪其故。发书占之,筮言其度。曰:野鸟入室,主人将去。问於子服,余何去之?吉乎告我,凶言其灾。淹速之度,语余其期。服乃太息,举首奋翼,口不能言,请对以意。万物变化,固亡休息。斡流而迁,或推而还。形气转续,变化而嬗。沕穆亡间,胡可胜言。祸兮福所倚,福兮祸所伏。忧喜聚门,吉凶同域。彼吴强大,夫差以败。越栖会稽,句践伯世。斯游遂成,卒被五刑。傅说胥靡,乃相武丁。夫祸之与福,何异纠缠。命不可测,孰知其极。水激则旱,矢激则远。万物回薄,震荡相转。云蒸雨降,纠错相纷。大钧播物,坱圠无垠。天不可与虑,道不可与谋。迟速有命,乌识其时。且夫天地为炉,造化为工。阴阳为炭,万物为铜。合散消息,安有常则。千变万化,未始有极。忽然为人,何足控揣。化为异物,又何足患。小智自私,贱彼贵我。达人大观,物亡不可。贪夫徇财,列士徇名。夸者死权,品庶冯生。怵迫之徒,或趋西东。大人不曲,亿变齐同。愚士系俗,窘若囚拘。至人遗物,独与道俱。众人惑惑,好恶积意。真人恬漠,独与道息。释智遗形,超然自丧。寥廓忽荒,与道翱翔。乘流则逝,得坎则止。纵躯委命,不私与己。其生兮若浮,其死兮若休。澹乎若深渊之靓,泛乎若不系之舟。不以生故自宝,养空而游。德人无累,知命不忧。细故蒂芥,何足以疑。(《鹏鸟赋》)

这篇文字,同《楚辞》一类的作品比较起来,那差异之点是非常明显的。因为这关系,我把他全抄在上面了。他是采用问答体的散文形式,流动的韵律,道家的人生思想,而形成一篇完全汉赋体的哲理赋了。他所缺少的是汉赋中那种赡丽的辞藻与夸张的形势。但他在汉赋的发展史上,却占有重要的地位。他才真是荀子《赋篇》的承继者。《楚辞》的转变者,也就是汉赋的先声。《楚辞》中《卜居》、《渔夫》的产生,想都在这篇之后了。哲理赋在汉代很不发达,此篇以后,作者罕见。一直到了东汉张衡才又复活起来。然而这些作品在汉赋中,是较有价值较有生命的事,是人人所承认的。

贾谊以外与汉赋最有关系的,一定是陆贾。陆贾这人本来是纵横家之流。班固将他的作品,列为一派的领袖,想必有特殊的地方。可惜他的作品,现在完全失传了,我们无从论断。但以附属他一派的司马迁的作品看来,有一点像荀卿的《赋篇》。因此我们可以推想陆贾的作品,恐怕是由《楚辞》转到汉赋去的重要桥梁。贾、陆以后,以赋闻名者有枚乘、严忌(本姓庄,避明帝讳)、邹阳、路乔如、公孙诡、公孙乘、羊胜、韩安国诸人,都是吴梁二国的游士。他们的作品,到今流传下来的很少,就现存者看来,大都是承继屈宋一派的作风,没有什么特质。如严忌的《哀时命》,及稍后一点的淮南小山的《招隐》,东方朔的《七谏》正是这种作风的代表。但在这里上承贾谊的《鵩鸟》下开司马相如一派的作家,却是枚乘。枚乘是吴梁的词客,景帝时做过弘农都尉。后来武帝慕他的文名,派车子去迎接他,因为年纪太老,半路上死了。《艺文志》载他有赋九篇。现存者只有《七发》、《柳赋》和《菟园赋》,后二篇前人疑为伪作,可靠者只有《七发》一篇了。然而这一篇,却在汉赋的发展史上,占有极重要的地位。

《七发》虽未以赋名,却纯粹是汉赋的体制。全篇是散文,用反复的问答体，演成为一故事的形式。中间虽偶然杂有《楚辞》式的诗句，如"麦秀蕲兮雉朝飞，向虚壑兮背槁槐，依绝区兮临回溪"这样的句子，这正是说明汉赋形成期《楚辞》势力不能完全脱离的余影。然而这种残有的影子，对于那整篇的散文赋体，已不能有多少伤害了。他同《鹏鸟》比较起来，有两个和汉赋更相接近的特点。第一，他的文字语气不像《鹏鸟》那样平淡实在，已趋于辞藻的华美与形式的夸张了。其次，他不是说理的，完全是叙事写物的。无论内容形式，都离开了《楚辞》的羁绊，而走入汉赋的领域了。这篇文字的意义是没有的。两千多字的长篇是说明声色犬马之乐，不如圣贤之言的有益。要说到赋的风谕的功用，大概就在这一点。楚太子有疾，吴客去问病。首段铺陈致病之由，次段铺陈自然之美，次陈饮食之丰，次陈车马之盛，次陈巡游之事，次陈田猎观涛之乐；但太子俱以病辞。最后吴客说以圣贤方术之要言妙道，于是太子据几而起，出了一身大汗，那病就好了。全篇在这里告了一个结束，文章的艺术虽没有什么高妙，但他对于汉赋的发展，却有重大的影响。因为汉赋正是这一种作法，表面好像是有什么讽谕的大道理，其实只是一种文字的游戏。在汉赋的酝酿期，贾谊、枚乘是两个重要的代表。并且自他有《七发》以后，七便成了一体。傅玄《七撰序》说："昔枚乘作《七发》，而属文之士，若傅毅、刘广、崔骃、李尤、桓麟、崔琦、刘梁、桓彬之徒，承其流而作之者纷焉。《七激》、《七兴》、《七依》、《七说》、《七蠲》、《七举》之篇，于通儒大才，亦引其源而广之。"这样一来，于是七体，在赋史中便成为一种专体了。由这一点，也可看出中国文人欢喜模拟的风气。

二、汉赋的全盛期

武、宣、元、成时代，是汉赋的全盛期。《艺文志》所载汉赋九百余篇，作者六十余人，十分之九是这时候的产品。武、宣好大喜功，附庸风雅，一时文风大盛。元、成二世，继其余绪，作者不衰。班固《两都赋序》说："言语侍从之臣，朝夕论思，日月献纳，而公卿大臣，时时间作。……故孝成之世，论而录之，盖奏御者，千有余篇。"刘勰也说："繁积于宣时，校阅于成世。进御之赋，千有余首。"（《诠赋》）这盛况也就可想而知了。

在这一时期内，有名的赋家，是司马相如、淮南群僚、严助、枚皋、东方朔、朱买臣、庄葱奇、吾丘寿王、刘向、王褒、张子侨诸人。名望最大，在赋史上占着最显著的地位的，自然是司马相如。他是四川成都人，生于文帝初年，死于武帝元狩五年（西元前一一七年），是一个活了六十多岁的中国式的风流才子的典型。他同韩非一样，患着口吃的毛病，不善于讲话而长于写文。他同卓文君那幕恋爱的喜剧，成为中国文坛上第一件有名的桃色案。结果，他是死于慢性的淋病。后来儒家总欢喜骂文人无行，鄙弃文士。我想推源祸首，司马相如是逃不了这罪名的。

《艺文志》载司马赋二十九篇，大都失传。现存而最著者，为《子虚》、《上林》、《大人》、《长门》、《美人》、《哀二世》六赋。另有《梨赋》、《鱼菹赋》、《梓桐山赋》诸篇，仅存篇名而已。《子虚》、《上林》为司马氏的代表作品，亦为汉赋的典型。从贾谊的《鹏鸟》，枚乘的《七发》，到他这时候，才完全离弃《楚辞》的作风，建立了纯散文的汉赋体。《子虚》作于梁国，叙游猎之盛。后来武帝看见了,大加赏识,恨不与此人同时。当时狗监杨得意对武帝说,他是臣的同乡。于是武帝召了他去。他说《子虚》不过叙诸侯游猎之事,不足观,请赋天子的游猎,遂成《上林》一篇。武帝读了很高兴,就命他为郎。由这种创作的动机看来,这种文学自然是缺少高贵的情感与活跃的个性。只能用美丽的字句,尽其铺写夸张的能事。外表是华艳夺目,内容却空无所有。不仅作不容易,就是读也不容易的。看他叙述一个小小的云梦:

其山则盘纡茀郁,隆崇嵂崒,岑崟参差,日月蔽亏。交错纠纷,上干青云。罢池陂陁,下属江河。其土则丹青赭垩,雌黄白坿,锡碧金银。众色炫①耀,照烂龙鳞。其石则赤玉玫瑰,琳瑉昆吾。瑊玏玄厉,碝石碔砆。其东则有蕙圃蘅兰,茝若射干,芎劳菖蒲,江蓠蘪芜,诸柘巴苴。其南则有平原广泽,登降陁靡,案衍坛曼。缘以大江,限以巫山。其高燥则生葴菥苞荔,薛莎青薠。其卑湿则生藏莨蒹葭,东蘠雕胡,莲藕觚芦,庵蔺轩芋。众物居之,不可胜图。其西则有涌泉清池,激水推移。外发芙蓉菱华,内隐巨石白沙。其中则神龟蛟鼍,玳瑁鳖鼋。其北则有阴林巨树,楩柟豫樟。桂椒木兰,蘖离朱杨。樝梨梬栗,橘柚芬芳。其上则有赤猿蠗猱,鹓雏孔鸾,腾远射干。其下则有白虎玄豹,蟃蜒貙犴。(《子虚赋》)

这样一大段,只写了一个云梦。他的目的,是要夸张那地方的盛况,因此无论什么珍禽怪兽,异草奇花,只要脑子里有的,一齐排

① “炫”,通作“炫”。

列在那里。山水怎样，土石怎样，东南西北有什么，上面下面有什么，老是这样铺陈下去。挚虞在《文章流别论》中说："假象过大，则与类相远；逸辞过壮，则与事相违；辩言过理，则与义相失；丽靡过美，则与情相悖。"左思在《三都赋序》中说："于辞则易为藻饰，于义则虚而无征。且夫玉卮无当，虽宝弗用。侈言无验，虽丽非经。"刘勰说："宋玉、景差，夸饰始盛。相如凭风，诡滥愈甚。故上林之馆，奔星与宛虹入轩，从禽之盛，飞廉与鹪鹩俱获。"他们这些评语，都是很确切的，然而这种机械的夸张的形式，却成为汉赋的定型。司马以后，一直到班固、张衡，都是如此，如班固在《西都赋》中叙述西都的形势，"其阳则……其阴则……东郊则有……西郊则有……其中乃有……其宫室也……"那次序体裁全是一样的。因为这种文字既无情感内容，只有这种写法，才能延长篇幅，表现自己的辞章和学问，为了要用那些奇文怪字，不得不通小学。所以当代有名的赋家，都是有名的小学家。司马相如的《凡将》篇，扬雄的《方言》与《训纂》篇，班固的《续训纂》，都是当代有名的字学书。这样一来，作赋固不容易，读赋也就很难。所以曹植说："扬、马之作，趣幽旨深。读者非师傅不能析其词，非博学不能综其理，匪唯才悬，抑亦字隐。"这真可算是经验之谈了。

这种赋的组织，大都是几人的对话，彼此夸张形势，极言淫乐侈靡之盛事；最后，是以荒乐足以亡国，仁义可以兴邦的意义作结。如《上林赋》的最后一节说："若夫终日驰骋，劳神苦形。罢车马之用，抗士卒之精，费府库之财，而无德厚之恩。务在独乐，不能众庶。忘国家之政，贪雉兔之获，则仁者不由也。"这种劝戒的方法，正是滑稽家的隐语与纵横家的辞令是一样的。在《左传》、《国策》里，这种故事，不知道有多少。所不同者，一个是出之于言语，一个是出之于文章而已。这种寓讽谕于歌诵的方式，皇帝看了总归是高兴的。司马迁说："相如虽多虚词滥说，然其要归，引之节俭，此与诗人之讽谏何异。"赋在儒家的眼里，认为不违反宗经原道的主旨，就在这一点。可是皇帝们往往只取其歌诵而忘其讽谏。武帝好神仙，相如赋《大人》以讽，结果使得皇帝更加飘飘然了，这例子是很有名的。所以扬雄到了晚年，知道这种讽谏是无用的，他就决心再不写那一类的文字了。

《大人》赋神仙，《长门》为陈皇后失宠而作，都是用《楚辞》的形式写成的。其内容情调与《子虚》、《上林》不同。然其创作的动机，则完全一样。在他的作品中只有《美人赋》，却是一篇特异的作品。古人都怀疑这一篇为后人所作，我相信只有这一篇才真能代表司马相如的个性和他的情感。这样的作品放在他的集子里，是再合宜也没有的。他一生的浪漫行为，在这一篇中，算是真实的留下了一点影子。

上宫闲馆，寂寞云虚。门阖昼掩，暧若神居。臣排其户而造其堂，芳香芬烈，黼帐高张。有女独处，婉然在床。奇葩逸丽，淑质艳光。睹臣迁延，微笑而言曰：上客何国之公子，所从来无乃远乎？遂设旨酒，进鸣琴。臣遂抚弦为幽兰白雪之曲。女乃歌曰：独处室兮廓无依，思佳人兮情伤悲。有美人兮来何迟，日既暮兮华色衰。敢托身兮长自私。玉钗挂臣冠，罗袖拂臣衣。时日西夕，玄阴晦冥。流风惨冽，素雪飘零。闲房寂谧，不闻人声。于是寝具既设，服玩珍奇。金鉔薰香，黼帐低垂。裀褥重陈，角枕横施。女乃弛其上服，表其亵衣。皓体呈露，弱骨丰肌。时来亲臣，柔滑如脂。……

这是中国第一篇色情文学。他用最细密的描写，大胆的态度，以及清丽洁白的文句，去表现一个色情狂的女子。先写她的房屋、面貌、酒肴、装饰、床帐、衣枕，一步进一步地，一直写到她那弱骨丰肌、柔滑如脂的肉体美。文字的外衣，虽是那么清丽洁白，而里面却蕴藏着火一般的情欲，以及发狂一般的肉感的引诱力。这是中国最上等的诲淫文学，也是最美丽的肉感文学。他只写到恰到好处，适可而止，不像后代的小说，专写那种不近人情的恶劣部分，而缺少他这种美丽的情调和动人的画面。在宋玉名下的那些《高唐》、《神女》、《登徒好色》的作品，想必都是模拟《美人赋》的。他的好处，是能用洁丽的文字，表现一个有生命的色情狂的裸体女人，而不令人感着厌恶和粗俗。像司马相如那样的风流才子，恋爱大家，淋病患者，来创制这类的作品，自然是胜任愉快的。像这种代表司马相如的个性和才干的作品，若用后人伪作的名义，轻轻地削去其著作权的事，无论如何，我们是始终反对的。

此外，司马相如还有《喻巴蜀檄》、《难蜀父老文》等篇，也是用赋体写成的。应用文的腐化，由他开始，这一点是我们必得注意的。他的许多作品，到现在都早已僵化了，但他在赋史上，却占有最重要的地位。汉赋到了他，揉合各家的特质，建立了固定的典型，使后代作家，都追随他，模拟他，无法越过他的藩篱。扬雄说："长卿之赋，非自人间来，其神化之所至耶？"又说："如孔氏之门用赋也，则贾谊升堂，相如入室矣。"贾谊之作多模仿，而相如能由模仿而转为创造，便是他俩升堂入室的优劣点。

东方朔、枚皋是和相如同时的名家。东方朔字曼倩，平原厌次人。因古书上许多关于他的滑稽故事，我们总觉得他是一个无品的文人。其实看他谏上林骂董偃的几件事体，他却是一个有胆量有气概的刚毅之士。他的《七谏》，无论内容形式情感都是屈原的，并且用典抄袭太多，毫无特色。《非有先生论》、《答客难》二篇，虽未以赋名，却是实在的赋体。前篇诙诣滑稽，颇能代表他的个性，尚有一读的价值。枚皋是枚乘之子，字少儒，武帝时为郎，同司马相如、东方朔为当代赋家的三剑客。他写文很敏捷，因此作品特多，《艺文志》载他的赋百二十篇，可见其多产。可是到现在这些作品都不传了。扬雄曾说："军旅之际，戎马之间，飞书驰檄，则用枚皋。廊庙之下，朝廷之中，高文典册，则用相如。"这一面是说他们作文的快慢，同时也就是品评他们的优劣。

宣帝时代的代表作家是王褒。王褒字子渊，蜀人。因为宣帝"颇作诗歌，欲兴协律之事"，于是能为《楚辞》的九江被公，高才的刘向、张子侨、华龙，音乐家赵定、龚德之流，齐集于他的手下。王褒也就在那时候受了益州刺史王襄的奏荐，同他们一道待诏于金马门了。王褒现有的作品，如《圣主得贤臣颂》、《甘泉宫颂》、《九怀》和《金马碧鸡文》等篇，或拟《楚辞》，或用赋体，都无什么特色，不必细说。我们值得一提的，是他的《洞箫赋》。

《洞箫赋》也是以《楚辞》的调子写成的，但这篇文字却对于后代的文风文体发生着不小的影响。第一，他在修辞造句方面用了极大的工夫，决不是司马相如那种堆积夸张的方法，是密巧细微，而入于纤弱淫靡的风格。篇中充满着骈偶的句子，开魏晋六朝骈俪文学之端。自他以后，冯衍的《显志》，崔骃的《达旨》里，这种骈偶的文字，一天天地多起来了。第二，他又是咏物赋的完成者。荀卿的《蚕》、《云》二赋，虽为咏物，但内多隐语，辞亦简陋，只有咏物赋的雏形。贾谊的《鹏鸟》，似咏物而实说理。再如枚乘赋柳，路乔如赋鹤，邹阳赋酒，公孙胜赋月，古人多疑为伪作，我们不能视为史料。真把一件小小的物件，用长篇的文字来铺写他的声音、容貌、本质、功用等等而成为一种新体裁的，不得不推王褒的《洞箫》。自他以后，咏物赋渐渐地多起来了。扬雄、班固、张衡、王逸、蔡邕的集子里，都有这一类的作品，到了魏晋六朝，咏物赋更是触目皆是，不胜枚举。以至于后代的咏物诗，莫不由此开其端绪。

> 朝露清泠而陨其侧兮，玉液浸润而承其根。孤雌寡鹤娱优乎其下兮，春禽群嬉翱翔乎其颠。秋蜩不食抱朴而长吟兮，玄猿悲啸搜索乎其间。处幽隐而奥庰兮，密漠泊以獭猭。惟详察其素体兮，宜清静而弗喧。……

这是《洞箫赋》中的一小段，骈偶句子的连用（《贤臣颂》中这种句子也很多），描写的精巧细密，读起来觉得清丽可喜，然实已开六朝时代那种纤弱淫靡的作风了。王褒虽被世人讥为倡优式的作者，然而从上面这两点看来，他在赋史发展上，却也有不可轻视的地位。

三、汉赋的模拟期

司马相如、王褒诸人以后，汉赋的形式格调，都成了定型。后辈的作者，无法跳出他们的范围，因此模拟之风大盛。这风气从西汉末年到东汉中叶，等到张衡几篇短赋出来，才稍稍有点改变。这一时期中，如扬雄、冯衍、杜笃、班固、崔骃、李尤、傅毅诸人，都是有名的赋家。扬雄、班固二人是合格的代表。

扬雄(西元前五三—西元一八)字子云,成都人。同司马相如一样,患着口吃的毛病。他是一个学问渊博,经学小学辞章兼长的人。成帝时以文名见召,奏《甘泉》、《羽猎》数赋,除为郎。历事成、哀、平、莽四朝,郁郁不得志,他一生著作极富,然皆出于模拟。《答桓谭论赋书》中说:“能读千赋,则能为之。谚云:习伏众神,巧者不过习者之门。”这正表明他所主张的模仿主义的文学理论。我们现在检查他的作品,全都是拟古之作。《甘泉》、《羽猎》、《长杨》、《河东》四赋,是拟相如的《子虚》、《上林》。《广骚》、《畔牢愁》是仿屈原的。在辞赋方面,他以屈原、司马相如为模拟的对象,他在《自序传》中说:“司马相如作赋,甚弘丽温雅,雄心壮之,每作赋,常拟之以为式。又怪屈原文过相如,至不容,作《离骚》自投江而死,悲其文,读之未尝不流涕也。……乃作《广骚》、《畔牢愁》。”这是他崇拜前人因而模拟前人的自供。班固在传赞中说:“以为《经》莫大于《易》,故作《太玄》,传莫大于《论语》,作《法言》,史篇莫善于《仓颉》,作《训纂》,箴莫善于《虞箴》,作《册箴》,赋莫深于《离骚》,反而广之,辞莫丽于相如,作四赋。皆斟酌其本,相与仿依而驰骋云。”可知他的模拟,并不限于辞赋,其他如经传子书,都是如此。然而也就因为他有《太玄》、《法言》这一类的作品,除了他在赋史上的地位以外,在儒家的系统上,他也占有一席了。

扬雄虽专事模拟,究因其才高学博,他还能独成一个局面,能在模拟的生活中,运用他的才学,使他得到较好的成绩。当日如刘歆、范逡对他都表示敬意,桓谭以为他的文章绝伦者,想就在此。后辈在才学方面远不如他,仍是一味从事模仿,那文学堕落的程度,自然是每况愈下了。其结果必然要走到如张衡所说的“连偶俗语,有类俳优,或窃成文,虚冒名氏”那种下流的现象了。

辞赋到了这种完全模拟的时代，自然是更没有生气没有意义，只是照着一定的形体，堆积辞句，铺陈形势。外表华丽非凡，内面空洞无物。就是说到讽谏，那也只是骗人的美名，实在没有半点效果。扬雄到了晚年，在体验中得到一种宝贵的觉悟，知道这一种古典的宫廷文学，实在是无益于人心世道，只是一种雕虫小技而已。于是他放弃辞赋而不为，另写他的哲学著作了。他在《自叙传》中，坦白地说："雄以为赋者，将以风也。必推类而言，极丽靡之辞，闳侈巨衍，竞于使人不能加也。既乃归之于正，然览着已过矣。往时武帝好神仙，相如上《大人赋》欲以讽，帝反缥缥有凌云之志。由是言之，赋劝而不止明矣。又颇似俳优淳于髡、优孟之徒，非法度所存，贤人君子，诗赋之正也。于是辍不复为。"这一段是他对于汉赋最确切的批评。他这种大胆的、觉悟的、革命的言论，照理应该在当日的文坛发生点影响，然而毕竟成了泡沫。他又说："诗人之赋丽以则，词人之赋丽以淫。"虽寥寥二语，然对辞赋的优劣得失，真是批评得恰到好处了。祝尧在《古赋辨体》中说："诗人之赋，以其吟咏性情也。其情不自知而形于词，其词不自知而合于理。情形于词，故丽而有则，词合于理，故则而有法。如或失于情，尚词而不尚意，别无兴趣之妙，而于则也何有？……汉代词赋，专取诗中赋之一义以为赋，复取《骚》中赡丽之词以为词，若情若理，有不暇及，故其为丽也，异乎《风》、《骚》之丽，而则之与淫遂判矣。"（吴讷《文章辨体》引）他在这里把扬雄的意见，发挥得更为透彻了。由此看来，在提倡模拟造成仿古风气这一点上，我们对于扬雄自然不能满意，但由他那些对于辞赋的可贵的批评理论，我们不能不承认他是汉赋作家中最有见解的一人。

班固（西历三二—九二）是以史家兼赋家，他的《汉书》与司马迁的《史记》,并称为中国历史文学的双璧。但他在赋史上,也有重要的地位。西汉的司马相如、扬雄,东汉的班固、张衡,称为汉赋中的四杰。班固字孟坚,扶风安陵人,是班彪的长子。他的兄弟是以武功著名的班超,妹妹是世人称为曹大家的班昭,也是史、赋兼能的女作家。他们一家,都是享有盛名的人。班固最有名的作品,是《两都赋》。其内容为叙述京都,与西汉流行的游猎宫殿不同。但其形式组织,却完全是模仿《子虚》、《上林》,没有一点新气象,再如他的《幽通》,是模仿屈原的《离骚》,《典引》是模仿司马相如的《封禅》,《答宾戏》是模仿东方朔的《答客难》。在这种彻底模拟主义的空气之下,要产生有新意识有新生命的作品是不可能。然而我们要知道,模拟主义正是贵族的古典文学的重要特质,也就是浪漫文学发展的阻碍力。与班固前后同时的作家,如冯衍、杜笃、崔骃、傅毅、李尤之徒,也都在这种同样空气之下活跃着,因此我们也无须多说了。

四、汉赋的转变期

东汉中叶以后,宦官外戚争夺政权,国势日衰,加以帝王贵族奢侈成习,横征暴敛,社会民生,日益穷困。所谓"国王骄奢,不遵典宪。又多豪右,共为不轨"(《张衡传》),这都是当日的实情。因此道家的思想,也就乘机的发展起来。在这种政治社会情形之下,文学家的思想意识,不能完全不感受影响。就是专以铺采摛文为能事的赋,也渐渐地发生变化了。迎合着这转变的机运而卓然有成就的,是那与班固齐名的张衡,愤世嫉俗的赵壹。

张衡(西历七八——一三九)字平子,南阳西鄂人。他是汉代一个人格高尚、学问渊博、反迷信倡科学的重要思想家。他在中国文学史上，占有极重要的地位，《同声歌》、《四愁诗》成为五七言诗创始期中最重要的文献。汉赋的转变，由他开其端绪，由他几篇短赋的出世，给与汉赋以活泼的生机。不用说，张衡时代，汉赋的模拟空气并没有停止，他自己的《两京》也就是模拟文学的代表。但他个人的代表作品，并不是那构思十年的《两京》，而是那些不为世人所注意的《归田》与《髑髅》。他在这些短短的赋里，一扫汉赋从前那种铺采摛文、堆积模拟的恶习，用着平浅清洁的字句，潇洒自如的描写着自己的胸怀，田园的生趣，人生的理想，道家的哲学，使人读了感着亲切有味。比起《子虚》、《上林》、《甘泉》、《羽猎》那一类的古典文学来，这完全是有个性有生命有情趣有诗味的作品了。张衡的这些文字，实在是魏晋的哲理文学与田园文学的先声。

> 游都邑以永久，无明略以佐时。徒临川以羡鱼，俟河清乎未期。感蔡子之慷慨，从唐生以决疑。谅天道之微昧，追渔父以同嬉。超埃尘以遐逝，与世事乎长辞。于是仲春令月，时和气清。原隰郁茂，百草滋荣。王雎鼓翼，仓庚哀鸣。交颈颉颃，关关嘤嘤。于焉逍遥，聊以娱情。尔乃龙吟方泽，虎啸山丘。仰飞纤缴，俯钓长流。触矢而毙，贪饵吞钩。落云间之逸禽，悬渊沉之鲈鰡。于时曜灵俄景，继以望舒。极盘游之至乐，虽日夕而忘劬。感老氏之遗诫，将回驾乎蓬庐。弹五弦之妙指，咏周、孔之图书。挥翰墨以奋藻，陈三皇之轨模。苟纵心于域外，安知荣辱之所如。（《归田赋》）

由长篇巨制的形式，变为短短的篇章，由描写京殿游猎而只以帝王贵族为赏玩的对象的古典作品，变为表现个人的胸怀情趣的言志的作品了。在这种作品里，明显的现出了曹子建、王羲之、陶渊明那种个人的自然主义的作风。再如《髑髅》一篇，情趣既好，技巧亦佳。曹植的《髑髅说》，完全是模仿这篇的，张衡虽信奉儒家的礼法，保持科学的头脑，然其人生最后理想，却归结于道家的清静自由。魏晋文学的玄风，实由张衡开其端绪，我们试读他的《归田》、《髑髅》与《思玄》三赋，便会明了他这种倾向了。

与张衡同时的赋家，如崔瑗、马融、崔琦，稍后如王逸、王延寿、蔡邕之流，虽仍沉溺于拟古的范围而不能有所作为，但赋的作风确已转变了。朝政日非，民生日困，宦官外戚日益争夺，战祸变乱日益加多，在这种情形之下，歌功诵德夸美逞能的赋自然不会像往日那么得势的。于是那一个时代混乱、政治腐败的影子，也就在赋中出现了。我们只要读了赵壹的《刺世嫉邪赋》和祢衡的《鹦鹉赋》，就会体验到赋这一种文体，并不是歌诵美德献媚人主的专利品，也不一定的是贵族的古典文学的专体。只要作家善于处理，同时也就是暴露丑恶攻击统治阶级的利器，也就是带有积极性的社会文学。

春秋时祸败之始，战国愈增其荼毒。秦、汉无以相逾越，乃更加其怨酷。宁计生民之命，唯利己而自足。于兹迄今，情伪万方。佞谄日炽，刚克消亡。舐痔结驷，正色徒行。妪媀名势，抚拍豪强。偃蹇反俗，立致咎殃。捷慑逐物，日富月昌。浑然同惑，孰温孰凉？邪夫显进，直士幽藏。原斯瘼之攸兴，实执政之匪贤。女谒掩其视听兮，近习秉其威权。所好则钻皮出其毛羽，所恶则洗垢求其瘢痕。虽欲绝竭诚而尽忠，路绝

> 险而靡缘。九重既不可启,又群吠之狺狺。安危亡于旦夕,肆嗜欲于目前。奚异涉海之失柂,积薪而待燃?荣纳由于闪榆,孰知辨其蚩妍?故法禁屈挠于势族,恩泽不逮于单门。宁饥寒于尧、舜之荒岁兮,不饱暖于当今之丰年。乘理虽死而非亡,违义虽生而匪存。

这是赵壹的《刺世疾邪赋》中的一段。我们看他是用最积极的态度,攻击的方式,愤激热烈的情绪,去暴露当日政治的黑暗混乱,官吏的腐败无耻,人情风俗的势利与败坏,以及人民生计的穷困和自己心情的愤恨。所谓"乘理虽死而非亡,违义虽生而匪存",真是一个伟大人格者的表现,一个最有节义的革命家的表现。张衡的文字,是表示着全身隐退的消极情绪,赵壹却是表示着奋斗进取的积极的热情。在他的作品里,无论从内容文字以及作风各方面,比起那些描写京殿游猎的长篇作品来,那转变之迹,真如黑白一般的分明了。赵壹字元叔,汉阳西县人。为人狂傲不羁,屡次犯罪几死,而终不屈服。由他这种行为看来,也决非司马相如、枚皋、王褒之流所可比拟的了。祢衡的境遇,是我们所熟知的。才高志大,愤世嫉俗,见辱于曹操,死于黄祖,使后代多少文人,作诗作文去纪念他。他的《鹦鹉赋》,看去好像是一篇咏物的小赋,然而却是一篇有寓意的好作品。由此看来,我们研究汉赋,若只集中于马、王、扬、班诸人,而忽略这重要的转变期的作品,那真是近视之极。

四　汉赋的演变

两汉以后,代表每个时代的文学作品已经不是赋了。魏晋六朝是古诗骈文和新体诗,唐宋是诗词,这是大家熟知的事。然而作赋的风气并没有全衰。尤其是魏晋六朝各作家的集子里所收集的赋,并不少于两汉,所要注意的是各时代的文学,有各时代的潮流,在那种潮流下,赋也不能保持他原有的面目,是随着那潮流发生变化。我现在就想在这里,把两汉以后的赋的演变,作一概略的叙述,使读者能得到一点赋史发展的概念。

一、魏晋期

魏晋是中国政治极紊乱、思想最自由的时代。篡夺继作,外患不已,民生穷困,社会不安。儒家思想的衰落,道佛思想的兴起,人性的觉醒,清谈的流行,因种种的原因,造成中国未曾有过的个人的浪漫主义的狂潮。在这狂潮中,哲学文学,都离开往日那种传统观念的束缚,得着自由独立发展的机会。什么哲理文学、游仙文学、田园文学,都在这时候蓬勃地滋长起来。在这种潮流中,赋也同当代的诗文,采取一致的步调,无论形式内容以及情调,都不是汉赋的本来面目了。在这里我们可以举出几个魏晋赋的特征来。

1. 篇幅短小　短赋在汉代张衡、王逸、蔡邕诸人的集子里,虽偶然有了,但究竟不是普遍的形式,到了魏晋,短赋成为主体了。我们试从曹丕、曹植的作品看起,一直到晋末的陶潜,所作的赋几乎全是短篇。如陆机的《文赋》,潘岳的《西征》,左思的《三都》,郭璞的《江赋》,那样的长篇,那真是寥寥可数,古人以此为汉赋衰微的象征,这见解是错误的。我们要知道文字的浪费,并不能增高文学的价值,文学手腕的经济,确是技术上的进步。

2. 字句简丽　汉赋最大的缺点,是作家要夸示自己的学问,在极小的事物上,堆积许许多多的僻字奇文,因此反而失去文学的活跃的生命。到了魏晋,在造句方面,虽日趋于骈俪排比,但在修辞上,避开堆积铺陈的恶习,用平浅通用的字句,加以琢练的技巧,使他达到清丽细密的成就。我们读了,只觉得亲切有味,不像读汉赋那样的晦涩艰苦,令人生厌。

3. 题材扩大　汉赋的题材,大都以宫殿、游猎、山川、京城为主体。东汉以后,虽稍有转变,然其范围亦极狭小。到了魏晋,随着诗歌的扩大范围,赋也跟着扩展了。于是抒情、说理、咏物、叙事各种体制,登临、凭吊、悼亡、伤别、游仙、招隐、艳情、山水各种题材的赋都出现了。而当代最多的是咏物赋。在各家的集子里,几乎触目皆是,飞禽走兽,奇花异草,天上的风云,地下的落叶,都是他们的题材。橘子、芙蓉、夏莲、秋菊、蝙蝠、螳螂、麻雀、小蛇都被他们赋到了。正如刘勰所说:"至如草区禽族,庶品杂类,则触兴生情,因变取会,拟诸形容,则言务纤密;像其物宜,则理贵侧附。斯又小制之区畛,奇巧之机要也。"(《诠赋》)然而这些作品虽多,却是魏晋赋中最没有价值的文字,只能算是一种文字的游戏。

4. 个性化与情感化　古典文学的汉赋作家是采取纯粹客观的态度,去描写或是铺陈外界的事物,正如建筑工人建筑一所打好了式样的房屋一样,因此在那里不能表现作者的个性与情感。这种情形,东汉中叶渐渐起了变化,到了魏晋,无论文艺学术,都受了时代思潮的激荡，那变化更是明显了。我们除了那些咏物的作品以外，在许多其他的作品里，浓厚地呈现了个性化与情感化的倾向。这是魏晋赋最值得重视的地方。我们试读曹植、王粲、阮藉、潘岳、孙绰、陶潜的作品，便会感到在那些文字里，作家的个性非常分明，情感的成分也是极其真实的。他们或是表现人生的理想，或是歌诵道家的哲学，或者描写自己的命运，或是叙述田园山水的乐趣，无论怎样，他们是在抒写自己的胸怀，发泄着自己的情感，分明的存在着作者的个性与生命，决非从前那种完全是为人的态度了。这一点，我们要知道是由古典文学转变到个人主义的浪漫文学的最重要的特征。

曹魏期的代表作家，自然是曹植与王粲。曹植以过人的天才，复杂的思想，以及穷困的境遇，使他在赋的创作上，得到了广大的成就。如《感节》、《出妇》、《幽思》、《慰子》、《愁思》诸篇，都是清丽而又有情趣的好作品。短短的篇幅，充满着浓厚的诗情，与那种堆积铺张的汉赋，是全异其趣了。王粲本是建安七子的领袖，他文学的天才，是为曹氏父子所推重的。他的《登楼》、《思友》、《寡妇》诸篇是他的代表作。从汉代王褒、冯衍、崔骃以来骈词俳句的修辞风气，已为赋家所喜用，到了王粲，这技巧更进步了。在《登楼赋》里是带着最熟练最巧妙的形式而出现的。到了两晋，这风气更盛，陆机的作品，可为这派的代表。

彼凡人之相亲，小离别而怀恋；况中殇之爱子，乃千秋而不见。入空室而独倚，对床帏而切叹。人亡而物在，心何忍而复观。日晼晚而既没，月代照而舒光。仰列星以至晨，衣沾露而含霜。惟逝者之日远，怆伤心而绝肠。（《慰子赋》）

这是曹植的《慰子赋》。全文十几句，八十几个字，没有僻典奇字，只用着平浅的文句，抒写自己的情感，令人读了感着亲切有味，与其说是赋，不如说是诗。无论从任何方面说，这完全不是汉赋的类型了。这样的短赋，是魏晋赋中最普遍的形式，至于王粲的作品，我想不在这里举例了。

西晋期的作家如傅玄、张华、潘岳、潘尼、陆机、陆云、夏侯湛、左思之流，都以赋名。然最能代表当日的潮流的，当以潘、陆为首。潘赋以情韵胜，陆赋以骈俪称。自王粲以来，赋中使用骈辞俪句的技巧，到了陆机，更是进步了。读他的《文赋》、《豪士》、《浮云》以及《演连珠》诸篇，已经成为骈四俪六的形体了。他当日在文坛上的声誉似乎还在潘岳之上，然而我们对于他那种作品，是不能重视的。所可注意者，是他在中国骈文的发展史上，他却有重要的地位。潘岳的作品，能以清绮的辞句，表现细密的情感。辞虽不华丽，却浅净爽利，别有情趣。我们读他的《闲居》、《秋兴》、《悼亡》诸赋，便可体会到他这种特有的风味。《续文章志》说："岳为文选言简章，清绮绝伦。"（《世说新语》注引）又孙兴公说："潘文浅而净，陆文深而芜。"（《文选》注引）这些评语都是很确切的，同时，我们可以看出这两家不同的作风。

左思的《三都》，为魏晋赋中独有的长篇，一时声誉特盛，洛阳为之纸贵。他自己为反对汉赋的浮夸，在序中叙述他作赋的态度说："相如赋《上林》，而引卢橘夏熟；扬雄赋《甘泉》，而陈玉树青葱；班固赋《西都》，而叹以出比目；张衡赋《西京》，而述以游海若。假称珍怪，以为润色，若斯之类，匪啬于兹。考之果木，则生非其壤，校之神物，则出非其所。于辞则易为藻饰，于义则虚而无征。

且夫玉卮无当，虽宝弗用，侈言无验，虽丽非经。而论者莫不诋讦其研精，作者大抵举为宪章，积习生常，有自来矣。余既思摹《二京》而赋《三都》，其山川城邑，则稽之地图，其鸟兽草木，则验之方志。风谣歌舞，各附其俗，魁梧长者，莫非其旧，何则？发言为诗者，咏其所志也。升高能赋者，颂其所见也。美物者贵依其本，赞事者宜本其质。匪本匪质，览者奚信？”他这种排斥虚夸尊重现实的创作态度，自然是对的，但他在体制上，仍是沿仿着汉赋的典型，一无改革。虽稽之地图，验之方志，然对于文学的价值，毫无补益。无论他用了多少气力心血，《三都》只是班、张的末流，汉赋的余响，在赋史上是没有多大的地位的。

东晋时期，因道家思想的成熟，加以佛学的兴起，无论诗文辞赋，都添上一种平淡清新的自然风味。在王羲之、孙绰、陶潜的作品里，这种风味，我们更能深切的体会到。孙绰的《天台山赋》，古人称为有仙心佛意之作。但其刻画山水，描写自然，表现了过人的技巧，而成为写景的佳构。

跨穹隆之悬磴，临万丈之绝冥。践莓苔之滑石，搏壁立之翠屏。揽樛木之长萝，援葛藟之飞茎。……既克济于九折，路威夷而修通。恣心目之寥朗，任缓步之从容。藉萋萋之纤草，荫落落之长松，睹翔鸾之裔裔，听鸣凤之嗈嗈。过灵溪而一跃，疏烦想于心胸。……陟降信宿，迄于仙都。双阙云竦以夹路，琼台中天而悬居。珠阁玲珑于林间，玉堂阴映于高隅。（《天台山赋》）

看了这一段，我们便知道孙绰的写景的技巧的细密与深刻，使他在魏晋的赋中，别成一格。后来谢灵运的山水文学，是沿着孙绰的系统而发展下去的，这一派是用巧密的手法，在刻画山水的形势，陶潜是用印象的手法去衬托自然的意境。这是他们两派作风不同之处。

陶潜是魏晋思想的净化者，也是文学界最高的代表。他的作品，无论诗文辞赋，都保存着他特有的个性和一贯的平淡自然的作风。《归去来辞》一篇，不论古今无不一致承认为千古的杰作。屈原以外，再没有第二个作家，能像他那样运用着辞赋的体制，抒写着自己的胸怀的，使作者的个性活现，情趣充溢，而又没有一点堆积铺陈的恶习，造成纯粹本色美的风格。其次如《感士不遇赋》、《闲情赋》，都是个性分明技巧新奇的作品。昭明以《闲情》一赋叹为陶潜白璧之瑕，这实在是迂腐愚鲁之见。《闲情赋》为何而作，现虽不能明说，说那是一篇象征主义的作品，是无可疑的。然其技巧的新奇描写爱恋的深刻，是从前未曾有过的一种新格调。在意境上说，他与《归去来辞》自然是各异其趣。在技术上，说他确有不可埋没的价值。

愿在衣而为领，承华首之余芳。悲罗襟之宵离，怨秋夜之未央。愿在裳而为带，束窈窕之纤身。嗟温良之异气，或脱故而服新。愿在发而为泽，刷玄鬓于颓肩。悲佳人之屡沐，从白水以枯煎。愿在眉而为黛，随瞻视以闲扬。悲脂粉之尚鲜，或取毁于华妆。愿在莞而为席，安弱体于三秋；悲文茵之代御，方经年而见求。愿在丝而为履，附素足以周旋；悲行止之有节，空委弃于床前。愿在昼而为影，常依形而西东；悲高树之多荫，慨有时而不同。愿在夜而为烛，照玉容于两楹；悲扶桑之舒光，奄灭景而藏明。……考所愿而必违，徒契阔以苦心。拥前情而罔诉，步容与于南林。栖木兰之遗露，翳青松之余荫。傥行行之有觌，交欣惧于中襟。竟寂寞而无见，独悁想以空寻。……（《闲情赋》）

《归去来辞》是大家都读过的，因此我在这里只举《闲情赋》的一段。作者的本意，虽掩藏在象征的帷幕下，但这种追恋的写法，对于后代恋爱文学的影响是很大的。我们在唐诗、宋词里，时常看见这种形式的文字。由此看来，魏晋文学，虽以五言诗为其代表，而辞赋一项，亦时多佳作。不仅如此，在中国辞赋史上，魏晋的赋，其文学的地位与价值，是并不在汉赋以下的。

二、南北朝

中国文学由魏晋而入六朝，最明显的倾向，是唯美主义思潮的全盛。自王粲、陆机以来，骈俪的风气日浓，到了齐梁，再加以沈约、谢朓、王融一般人的声律论的鼓吹，于是文学更加上一层束缚。沈约在《宋书·谢灵运传》里说过："五色相宣，八音协畅。由乎玄黄律吕，各适物宜。欲使宫羽相变，低昂舛节，若前有浮声，则后须切响。一简之内，音韵尽殊。两句之中，轻重悉异。妙达此旨，始可言文。"这是永明体的文学宣言，也是晋宋以后一般文人的风尚。他们一面注意骈词俪句，一面还要注意韵律与音节，这样下去，使得文学日趋于唯美与淫靡。诗文是如此，辞赋更是如此。

当日的赋，仍以短篇为主体。长篇如谢灵运的《山居》，沈约的《郊居》，梁元帝的《玄览》，庾信的《哀江南》诸作，不过寥寥数篇而已。在此数篇中,《哀江南》自然是代表的佳作。在形式方面,却有与诗歌融合的明显的倾向。在汉末赵壹的《刺世疾邪赋》里,这种倾向略有端绪,然只是一种偶然的现象,到了这时,因诗歌的兴盛,无形中诗赋有合流的趋势了。

> 月似金波初映空,云如玉叶半从风。恨九重兮久掩,怨三秋兮不同。尔乃传芳醁,扬清曲,长袖留宾待华烛。烛烬落,烛华明。花抽珠渐落,珠悬花更生。风来香转散,风度焰还清。本知龙烛应无偶,复讶鱼灯有旧名。烛火灯光一双炷,讵照离人两处情。

这是梁元帝的《对烛赋》,不要说两汉,就是比起魏晋来,这作风是完全不同了的。无论从哪方面看来,都像一首杂言的古体诗。

> 碧玉小家女,来嫁汝南王。莲花乱脸色,荷叶杂衣香,因推荐君子,愿袭芙蓉裳。(《采莲赋》)
>
> 金机玉鹊不成群,紫鹤红雉一生分。愿学鸳鸯鸟,连翩恒逐君。(《鸳鸯赋》)
>
> 春日迟迟犹可至,客子行行终不归。(《荡妇秋思赋》)

这都是梁元帝赋中所杂用的诗句,是完全脱离了赋味的诗句。江淹的作品里,这种例子也很多。到了庾信这情状更进步了。他的《春赋》、《荡子赋》,前后起结都是诗,造成一种新的体裁。

> 宜春苑中春已归,披香殿里作春衣。新年鸟声千种啭,二

月杨花满路飞。河阳一县并是花，金谷从来满园树。一丛香草足碍人，数尺游丝即横路。……百丈山头日欲斜，三晡未醉莫还家。池中水影悬胜境，屋里衣香不如花。（庾信《春赋》）

荡子辛苦逐征行，直守长城千里城。陇水恒冰合，关山惟月明。……手巾还欲燥，愁眉即剩开。逆想行人至，迎前含笑来。（庾信《荡子赋》）

前以诗起，后以诗结，诗赋合流的趋势是非常明显的。由楚辞而汉赋，是由诗而变为散文的。到这时候，受着新诗兴起的影响，赋的风格，由散文的再变而为诗的了。这一点，我们可以看作是南北朝赋的一个重要的特征。

因为当日唯美主义的极盛，一般文人在修辞炼句上，都下了极大的功夫，雕琢刻镂，由炼章炼句至于炼字，在他们的作品里，我们可以时常看见那种巧密深刻的字句，因此当日的文学，一洗往日那种平淡自然的作风，或是激昂慷慨的气质，而流于纤巧淫靡之途了。

白杨早落，塞草前衰。棱棱霜气，蔌蔌风威。孤蓬自振，惊沙自飞。灌莽杳而无际，丛薄纷其相依。（鲍照《芜城赋》）

绿苔生阁，芳尘凝榭。……白露暖空，素月流天。……若夫气霁地表，云敛天末。洞庭始波，木叶微脱。菊散芳于山椒，雁流哀于江濑。升清质之悠悠，降澂辉之蔼蔼。（谢庄《月赋》）

棹将移而藻挂，船欲动而萍开。尔其纤腰束素，迁延顾步。夏始春余，叶嫩花初。恐沾裳而浅笑，畏倾船而敛裾。（梁

元帝《采莲赋》）

蔓草萦骨，拱木敛魂。（江淹《恨赋》）

春草碧色，春水绿波，送君南浦，伤如之何。（江淹《别赋》）

响罗衣而不进，隐明灯而未前。中步檐而一息，顺长廊而迴归。池翻荷而纳影，风动竹而吹衣。薄暮延伫，宵分乃至。出暗入光，含羞隐媚。垂罗曳锦，鸣瑶动翠。来脱薄妆，去留余腻。沾粉委露，理鬓清渠。落花入领，微风动裾。（沈约《丽人赋》）

钗朵多而讶重，髻鬟高而畏风。眉将柳而争绿，面共桃而竞红。影来池里，花落衫中。（庾信《春赋》）

我们读他们的全篇作品，时常不能感到满意，但在这些文句里，对于他们那种修辞炼字的功夫，是不能不钦佩其技巧的高妙的。这种作品，自然是无关于实际的社会人生，但在唯美主义者的立场，他们是完全艺术上的任务了。

其次是当日作赋的题材，受了当日民间情歌以及当日宫体诗的影响，而偏重于描写艳情与哀怨。这类的作品，因为文字美丽，音韵调和，虽然内容是空洞无物，读了仍使人欢喜。字句上好像是情感缠绵，哀怨交集，其实仔细一看，却完全是为人造情，绝非是作者自己的真实情感的表现。与屈原、宋玉、曹植、陶潜一类抒写自己的胸怀的作品比较起来，是大大两样的。长篇巨制的《汉赋》，与南北朝期的短赋，一样是君主贵族的娱乐与游戏，不过形式与情调稍有不同而已、代表这一类的作品，我们可以举出谢庄的《月赋》，江淹的《别赋》、《恨赋》、《泣赋》、《倡妇自悲赋》，梁元帝的《荡妇秋思赋》、《鸳鸯赋》、《对烛赋》，庾信的《荡子赋》、《伤心赋》、《春赋》诸篇。我们读的时候，确能因其美丽的文字的魔力所吸引，但读完以后，是觉得什么印象也没有的。

> 荡子之别十年，倡妇之居自怜。登楼一望，唯见远树含烟。平原如此，不知道路几千。天与水兮相逼，山与云兮共色。山则苍苍入海，水则涓涓不测。谁复堪见鸟飞，悲鸣只翼。秋何月而不清，月何秋而不明。况乃倡楼荡妇，对此伤情。于时露萎庭蕙，霜封阶砌。坐视带长，转看腰细。重以秋水文波，秋云似罗。日黯黯而将暮，风骚骚而渡河。妾怨回文之锦，君思出塞之歌。相思相望，路远如何？鬓飘蓬而渐乱，心怀疑而转叹。愁萦翠眉敛，啼多红粉漫。已矣哉！秋风起兮秋叶飞，春花落兮春日晖。春日迟迟犹可至，客子行行终不归。（梁元帝《荡妇秋思赋》）

不用说，在唯美派的作品中，这自然是最上等的，这确实是受了当日民间情歌及宫体诗的影响而兴起来的一种宫体赋。他运用清丽的辞句，描写自然界的兴荣衰谢，衬托出荡妇的哀怨的心情，而引起读者的共鸣。但我们稍一分析，便会了解这作品中缺少作者自己的情绪与个性，与汉赋那种描写京殿游猎的创作，态度是一致的，与其说是抒情赋，不如说是咏物赋还较为确切。然而比起魏晋的咏物赋来，这些自然是另一种东西了。由此看来，辞赋到了此时，无论在内容形式以及辞句方面又起了明显的变化。孙松友在《述赋篇》说："左、陆以下，渐趋整炼，齐、梁而降，益事妍华。古赋一变而为骈赋。江、鲍虎步于前，金声玉润，徐、庾鸿骞于后，绣错绮交。固非古音之洋洋，亦未如律体之靡靡。"（《国粹学报》）他所说的古音洋洋，虽未必真实，但以骈赋概括这时代，却很可代表当日文学潮流的趋势，其意义也是非常确切的。

三、唐宋朝

沿着六朝的骈体与声律说的演进，于是古诗变成律诗，骈赋也进一步变为律赋了。王铚《四六话序》云："唐天宝十二载，始诏举人策问，外试诗赋各一首，于时八韵律赋始盛。其后作者，如陆宣公、裴晋公、吕温、李程犹未能极工，逮至晚唐薛逢、宋言及吴融出于场屋，然后曲尽其妙。"律赋的作者只注意音韵的谐调，对偶的工整；情韵内容，一概不管，完全成为文字的游戏。与明清的八股文，是没有一点分别了。那些作赋的题目，那要是千奇百怪，看了是要令人发笑的。大概古代的考试，都是这一类的情形。要这样，才可以限制读书人的思想。律赋的特点，是押韵的限制。出好一个题目，另限八个字的韵脚，你作赋押韵的时候，不能超出这几个字的范围。如王棨的《沛父老留汉高祖赋》是以"愿止前驱，得申深意"八字为韵的，辞赋到了这种程度，自然是完全失去了文学的价值，为世人所鄙弃所轻视了。然历代的君主，却最欢喜以此为最高考试的工具。一直到清朝，还有试帖赋这一门功课。那指定依照次序的韵脚，限制更是严了。这也就是辞赋堕落的最重要的原因。

宋朝的律赋，我们还可看见很多，大概都是最高考试的优等成绩，经朝廷保留下来的。如范仲淹的《金在镕赋》（金在良冶求铸成器为韵），欧阳修的《应天以实不以文赋》（天应诚德岂尚文为为韵），宋祁的《王畿千里赋》（畿大千里尊大王国为韵），王安石的《首善自京师赋》（崇劝儒学为天下始为韵），苏轼的《浊醪有妙理赋》(神圣功用无捷于酒为韵),可称为当日律赋的代表作品,他们这几个人,在中国文学史上,无论诗词散文,都有极高的地位,但这些律赋,却令人读了莫名其妙,真不知道那里面是在说些什么。赋到了这时候,是入于最堕落最恶化的境地了。松友在《述赋篇》又说:"自唐迄宋,以赋造士,创为律赋,用便程式。新巧以制题,险难以立韵。课以四声之切,幅以八韵之凡。……然后铢量寸度,与帖括同科。"大凡一种文体,一用作君主时代的考试工具,除了堕落衰微以外,自然是没有第二条路的了。

不用说,这种应付最高考试的律赋,自然不为一般读书人士所爱好。他们一过了那个关口,便要抛弃那机械的文体的。因此真能代表唐宋的文学思潮的,还是受了那种古文运动的影响而形成的文赋。唐宋的古文运动,是散文与骈文的激烈斗争。韩、柳倡之于唐,欧、苏继之于宋,在这种潮流下,辞赋受其影响,而以散文的方法作赋,一变其骈律之恶习,而形成一种清新的赋体,这是必然的现象。这种文赋,比起汉魏六朝那些问答散文体的作品来,是更为纯化,而在创造的态度上,是带有革命的重大意义了。

文赋虽盛于宋,然唐人早已开其端,在杜甫的几篇赋里,这种倾向,已很明显。到了白居易的《动静交相养赋》,那完全是一篇说理的散文了。"天地有常道,万物有常性。道不可以终静,济之以动;性不可以终动,济之以静。养之则两全而交利,不养之则两伤而交病。……所以庄生曰智养恬,《易》曰蒙养正者也。"这是他开首的一节。他通篇是用着这种散文的句法写成的。再如杜牧的《阿房宫赋》,也是韵散相间,一点也不整齐。这些作品,都是宋代文赋的先声。一到了宋朝,这种趋势更是明显化了。如司马光的《交趾奇兽赋》,欧阳修的《秋声赋》,邵雍的《洛阳怀古赋》,苏轼的前、后《赤壁赋》,《秋阳赋》,蔡确的《送将归赋》诸篇,都是这派的作品,而最能代表这派的特色的,是欧阳的《秋声》,东坡的《赤壁》,好在这几篇作品,是大家都读过的,所以我在这里也不抄写了。

辞赋源于屈、宋、荀卿,一变而为汉代铺采摛文、歌功诵德的古典赋,再变而为写志抒情描写田园表现玄想的魏晋赋,三变而为六朝的唯美主义的宫体赋,四变而为唐宋的律赋与文赋。在这变迁的过程中,无不与当代的政治动向、学术思想以及文学的潮流发生密切的影响。辞赋到了宋代,我们虽不能说其变迁已到了止境,但即有变化,也不过是那些技巧规律的微细节目,在赋的演进的历史上,再没有什么值得叙述的重要的波澜了。

第七章　汉代的诗歌

一　绪论

辞赋虽是汉代文学的主流，但他们却只表现了汉帝国的财富与威权，君主贵族的好尚，以及高级文士们的学识辞章。在那些作品里，缺少了民众的情感与社会民生的状态。因此，我们从那些文字里，只能看见汉帝国的表面，无从了解当日全社会全民众的生活面貌与心理情况。我们想知道当日的社会，不得不求之于汉代的诗歌。这里所讲的汉代的诗歌，并不是那些君主皇妃贵族文士们的拟古式的作品，而是那些乐府中收集的民歌和那些无名作家的古诗。他们的诗的形式是新创的，文字是质朴的，题材都是普遍平凡的人事现象，使我们现在读了，对于当日民众的欢哀苦乐，还能亲切地体会与共鸣。这些作品，比起那些华丽虚夸的辞赋来，却是最有价值的表现人生的社会文学。

两汉的有名诗人是寂寞的。他们偶尔作几首诗，也无不是模拟《诗经》、《楚辞》形式既无新创之点，内容也是空洞无物，毫没有什么特色。我试举几首作例。

大孝备矣，休德昭明。高张四悬，乐充宫庭。芬树羽林，云景杳冥。金支秀华，庶旄翠旌。

（唐山夫人《房中歌》）

肃肃我祖，国自豕韦。黼衣朱黻，四牡龙旗。彤弓斯征，抚宁遐荒。总齐群邦，以翼大商。

（韦孟《讽谏》）

这种诗不过是模拟《雅》、《颂》，没有一点新的生命。再如司马相如的《封禅颂》，东方朔的《诫子》，张衡的《怨篇》，傅毅的《迪志》，宋穆的《绝交》，仲长统的《述志》，都是《诗经》的模拟。其中较好者，是仲长统的《述志》，然而他已经是到了天下大乱、道家思想兴起的建安时代了。

比摹拟《诗经》的作品较有生趣的，是《楚辞》式的诗歌。

大风起兮云飞扬，威加海内兮归故乡，安得猛士兮守四方！

（汉高祖《大风歌》）

是耶非耶？立而望之，偏何姗姗其来迟！

（汉武帝《李夫人歌》）

径万里兮渡沙漠，为君将兮奋匈奴。路穷绝兮矢刃摧，士众灭兮名已隤。老母已死，虽欲报恩将安归。

（李陵《别歌》）

秋素景兮泛洪波，挥纤手兮折芰荷。凉风凄凄扬棹歌，云出开曙月低河，万岁为乐岂云多。

（汉昭帝《淋池歌》）

陟彼北芒兮，噫。顾瞻帝京兮，噫。宫阙崔巍兮，噫。民之劬劳兮，噫。辽辽未央兮，噫。

（梁鸿《五噫歌》）

这些诗全是《楚辞》的嫡派，文字虽清丽可喜，毕竟带了浓厚的贵族文士的个人气息，不能与表现社会生活的平民文学同列。在这些作家里，武帝的文学天才是较高的。他还有《瓠子歌》、《秋风辞》等篇，也都是这一类的作品。

我们如果把这些君主皇妃高级文士的诗篇作为汉诗的代表，无论篇目内容，自然都是非常贫弱的。好在汉代的文人在那里埋头作赋的时候，却有许多无名的作家，在那里作诗，由这些群众诗人的作品，在汉代的诗史上，填满了那空白的一页。因他们的努力，由酝酿而达到一种新诗体的形成。这种新诗体成立以后，在中国的诗史上，开辟了一个新局面，于是《诗经》与《楚辞》，在形式上，同中国的诗歌便宣告了独立。他们从前在诗歌中所保持的那种偶像尊严的地位，也由这些无名氏的群众诗人的作品，取而代之了。后代诗人拟古之作，也都以这些作品为对象了。于是这一群无名英雄的作品，成了我国诗歌的正统，古诗的典型。建立了一直到现在还没有动摇的地位。因此我们叙述汉代诗歌的时候，是必得以那些乐府中所收集的民歌和那些无名氏的古诗为其主体的。

二　乐府中的民歌

乐府诗是一种古代合乐的辞。广义的说，最古的如《诗经》、

《九歌》，最近的如党国歌辞以及电影上唱的《渔光曲》、《木兰从军》歌等类，也都是乐府诗。不过乐府这个名称的产生，却是起始于汉代。《汉书·礼乐志》说："汉《房中祠乐》，高祖唐山夫人所作也。……孝惠时使乐府令夏侯宽备其箫管，更名《安乐世》。"这里所说的乐府令，只是周、秦时代的乐官，并非后代的乐府官署。他所掌管的是那些郊庙朝会的贵族乐章，与民间的歌辞还没有发生关系。直到文、景之间，也不过礼官肄业而已。到了武帝时代，正式创立乐府官署，一面制作宗庙的乐章，一面收集民间的歌辞入乐，于是乐府诗便在文学史上发生了价值。

> 至武帝定郊祀之礼……乃立乐府，采诗夜诵。有越、代、秦、楚之讴。以李延年为协律都尉，多举司马相如等数十人，造为诗赋，略论律吕，以合八音之调，作九章之歌。（《汉书·礼乐志》）
>
> 自武帝立乐府而采歌谣，于是有赵、代之讴，秦、楚之风。（《艺文志》）
>
> 李延年善歌，为新变声。是时上方兴天地诸祀，欲造乐，令司马相如等作诗颂，延年辄承意弦歌所造诗，为之新声曲。（《李延年传》）

在这些史料里，我们可以注意两件事实。第一，乐府官署的设立以及民歌的收集，起于武帝。当时所采集的，据《艺文志》所载，有下列各地的民歌。吴、楚、汝南歌诗十五篇；燕、代讴，雁门、云中、陇西歌诗九篇；邯郸、河间歌诗四篇；齐、郑歌诗四篇；淮南歌诗四篇；左冯翊、秦歌诗三篇；京兆尹、秦歌诗五篇；河东、蒲反歌诗一篇；雒阳歌诗四篇；河南周歌诗七篇；周谣歌诗七十五篇；周歌诗二篇；南郡歌诗五篇：总共为一百三十八篇。这样大规模的收集民歌，对于中国文学的贡献自然是极大的。可惜这些民歌没有好好地保存下来，大都散失了，否则汉代的诗歌史料，自然更要丰富得多。汉哀帝时因为他不欢喜这种俗乐，曾下令罢乐府官，将八百二十九人的乐府职员，裁去了四百四十一人，只留一部分人掌管郊庙宴会的乐章。但经过了一百多年的俗乐民歌的提倡，这些乐府官员的罢免，并不能阻止民歌势力的发展。所以《礼乐志》中说："然百姓渐渍日久，又不制雅乐，有以相变，豪富吏民，湛沔自若。"可知哀帝时乐府虽遭受挫折，并未中绝，就是俗乐民歌，仍为一般豪富吏民所爱好。所以现存的乐府，无论贵族的或平民的，仍多哀帝以后的作品。

其次，我们要注意的，是乐府的成分，约有两种。一为贵族文人所作的诗颂辞赋，一为民间的歌谣。如汉代有名的唐山夫人的《房中歌》、邹子、司马相如等的《郊祀歌》等是属于前者，《相和歌》、《清商曲》及《杂曲》是属于后者。《铙歌》（亦名《鼓吹》）其乐谱来自外国，原为军中之乐，但据现存之歌辞观之，大半为民间之歌谣，大约是以民歌合军乐者。惟《上之回》、《上陵》二篇，似为歌功颂德之作。或亦出自民间，未必为宫廷贵族高级文士所为。乐府诗在文学史上最有价值的，不是那些文士们的诗颂歌辞，而是从民间采集起来的歌谣。因《房中歌》、《郊祀歌》一类的作品，虽是典雅富丽，却都是《诗经》、《楚辞》的模拟，庙堂文学的残骸，我们用不着去叙述他们了。

在当日的民歌中，有许多短的小诗，如《江南可采莲》。

江南可采莲，莲叶何田田，鱼戏莲叶间：鱼戏莲叶东，鱼戏莲叶西，鱼戏莲叶南，鱼戏莲叶北。

这诗虽没有深厚的内容，但其音调和谐，文字活泼，却正是民歌的本色。这种民歌，一定是江南少男少女采莲时所唱的歌谣，一面工作，一面歌唱，我们可以体会到乡村妇女生活的逍遥快乐的情境。再如《公无渡河》、《枯鱼过河泣》等篇，也都是有情感有风趣的小诗。

在辞赋家的作品里，努力地在那里铺陈帝国的军威武功的时候，人民却正在那里痛恨战争，反对战争。如《战城南》一首，就把这种情绪，表现得非常深刻。

战城南，死郭北，野死不葬乌可食。为我谓乌："且为客豪，野死谅不葬，腐肉安能去子逃。"水深激激，蒲苇冥冥，枭骑战斗死，驽马徘徊鸣。梁筑室，何以南？何以北？（此三句似有脱误）禾黍不获君何食？愿为忠臣安可得？思子良臣，良臣诚可思。朝行出攻，暮不夜归。

这种描写，情境既是凄惨，心情亦极哀怨。遍地死尸，鸟啄兽食的景况，描成一幅荒凉恐怖的画面，诚为暴露战争罪恶最好的写实诗。再如古诗中的《十五从军征》一首，亦为此类诗中的杰作。

十五从军征，八十始得归。道逢乡里人，家中有阿谁？遥望是君家，松柏冢累累。兔从狗窦入，雉从梁上飞。中庭生旅谷，井上生旅葵。烹谷持作饭，采葵持作羹。羹饭一时熟，不知贻阿谁？出门东向望，泪落沾我衣。

此篇虽未入乐府，然完全是民歌的风格。在文字的技巧上以及诗歌的形式上，较前者都进步多了。那一定是时代较晚的作品，或许经过文人的润饰也说不定。但其情绪内容，却真正是民众的社会的，决不是贵族文士的。诗中描写一个在外面征战六十五年的军人，到了八十岁的高年，回到家乡来，房屋破坏不堪，成了鸟兽的巢穴，亲故凋零，一无所有，肚皮是饿了，于是采着野谷葵草煮着作羹饭，但是在这种情景之下，怎能吃得下去呢？出门望着天边，眼泪不住地流下来了。这种苦境是当日千万民众的心情，那种眼泪也是千万民众积蓄在心头的愤怒的血液。全篇没有一句一字反对战争，而无字无句不是反对战争，就在这里表现了文学的力量与作者的技巧。《盐铁论》中说："今天下统一，而方内不安。徭役远，外内烦。古者过年无徭，逾时无役。今近者数千里，远者过万里，历二期而长子不还，父母忧愁，妻子咏叹。愤懑之情发于心，慕思之积痛骨髓。"由此可知当代的徭役给与人民多么大的痛苦，而上面诗句中所表现的那种非战的情绪，实在是全体民众的呼声。

《后汉书·仲长统传》中说："豪人之室，连栋数百，膏田满眼，奴婢千群，徒附万计。船车贾贩，周于四方。废居贮积，满于都城，琦赂宝货，巨室不能容。牛马羊豕，山谷不能受。妖童美妾，填乎绮室，倡讴妓乐，列乎深堂。"这是当日王公贵族巨商地主们的淫佚生活的写真。有钱有势，过得多么舒服。但下层民众的生活是怎样的呢？请看下面这几首诗。

出东门，不顾归。来入门，怅欲悲。盎中无斗米储，还视架上无悬衣。拔剑东门去，舍中儿女牵衣啼。他家但愿富贵，贱妾与君共餔糜。上用仓浪天故，下当用此黄口儿。今非咄行，吾去为迟。白发时下难久居。

（《东门行》，后数句不甚可解）

白发的夫妻，幼小的孩子，家中穷得无饭无衣，不得不出门去谋生活。老妻舍不得离别，说出他家愿富贵我等实愿共餔糜的真情真爱的伤心话了。但为了孩子，还是不得不离别的。

妇病连年累岁，传呼丈人前一言。当言未及得言，不知泪下一何翩翩。属累君，两三孤子，莫使我儿饥且寒。有过慎勿笪笞，行当折摇，思复念之……

（《妇病行》）

孤儿生，孤儿遇生，命当独苦。父母在时，乘坚车，驾驷马。父母已去，兄嫂令我行贾。南到九江，东到齐与鲁。腊月来归，不敢自言苦。头多虮虱，面目多尘。大兄言办饭，大嫂言视马。上高堂，行趣殿下堂，孤儿泪下如雨。使我朝行汲，暮得水来归。手为错，足下无菲。怆怆履霜，中多蒺藜。拔断蒺藜，肠肉中，怆欲悲。泪下渫渫，清涕累累。冬无复襦，夏无单衣。居生不乐，不如早去，下从地下黄泉。春气动，草萌芽，三月蚕桑，六月收瓜。将是瓜车，来到还家。瓜车反覆，助我者少，啖瓜者多。愿还我蒂，兄与嫂严，独且急归，当兴校计。乱曰：里中一何诶诶，愿欲寄尺书。将与地下父母，兄嫂难与久居。

（《孤儿行》）

或写病妇的贫寒,或写孤儿的苦楚。这种身无衣食还要汲水收瓜看马烧饭的孤儿,正与当日富豪手下所豢养的那些奴婢的生活是一样的。他受不住压迫的痛苦,情愿死了,到父母的怀抱里去。在这些文字里,呈现着一幅平民社会的生活图,提出了严重的社会家庭的实际问题。这种种现象,是那些膏田满野奴婢成群的豪富们所鄙视的,也是那些描写京殿游猎的辞赋作家们所不描写的,因此,我们更觉得这些作品的可贵了。沈德潜批评《孤儿行》说:"极琐碎,极古奥,断续无端,起落无迹。泪痕血点,结缀而成。"这话是极确切的。要有真正平民的感情与实际下层生活的体验,才能写出这种泪痕血点结缀而成的社会诗来。

在当代的民歌中,也有些受有黄老以及神仙长生的思想,而歌诵着人生的理想的。这种诗歌,虽到了魏晋才大大地兴盛起来,但在汉代,这种思想已在萌芽了。在张衡、仲长统他们的作品里,我们已有发见,如乐府诗中的《善哉行》,便是这一类的作品。

> 来日大难,口燥唇干。今日相乐,皆当喜欢。经历名山,芝草翻翻。仙人王乔,奉药一丸。自惜袖短,内手知寒。惭无灵辄,以报赵宣。月没参横,北斗阑干。亲交在门,饥不及餐。欢日尚少,戚日苦多。何以忘忧,弹筝酒歌。淮南八公,要道不烦。参驾六龙,游戏云端。

《乐府古题要解》说:"此篇言人命不可保,当乐见亲友,且求长年术,与王乔、八公游也。"这种解释是正确的。《乐府诗集》说《善哉行》是叹美之辞,那就是望题生义文不合题了。这一类的诗,大概是民间较有学识者所作，观其内容，已超出衣食物质生活的社会问题，而求其精神的满足与人生的意义与归宿，文字亦整齐美丽，音韵均佳，在文学的技巧上，已是很进步的了。

关于男女问题，民歌中也有许多佳作。如《有所思》云：

有所思，乃在大海南。何用问遗君，双珠玳瑁簪。用玉绍缭之。闻君有他心，拉杂摧烧之。摧烧之，当风扬其灰。从今以往，勿复相思。相思与君绝，鸡鸣犬吠，兄嫂当知之。妃呼豨，秋风萧萧晨风飔，东方须臾高知之。（此句疑有脱误）

再如《上邪》云：

上邪！我欲与君相知，长命无绝衰。山无棱，江水为竭，冬雷震震夏雨雪，天地合，乃敢与君绝。

这都是民间的恋歌。在质朴的文字里，迸裂着热烈的情感，比起那些修饰美丽的情诗，更要真实动人。“妃呼豨”、“上邪”，都是无意义的感叹辞，也正是民间的方言，在这种地方，恰好表现出民歌的本色，再如《艳歌行》：

翩翩堂前燕，冬藏夏来见。兄弟两三人，流宕在他县。故衣谁当补？新衣谁当绽？赖得贤主人，览取为吾组。夫婿从外来，斜倚西北眄。语卿且勿眄，水清石自见。石见何累累，远行不如归。

这种完整的五言，产生的时代自然是较晚了。但其风格，却仍是民歌的趣味。后面六句，写得尤其活泼可喜。形容言语，都表现得有声有色，而字句浅显，如说话一般的自然，确是民歌中的上品。

我们如果把这些作品，同汉代的辞赋比较对照，任何人都可看出双方的明显的差别。一种是上层阶级的装饰品，带着浓厚的贵族色彩和古典的气息。另一种是社会民生的表现，在质朴的文字里，蕴藏丰富的情感与真实的内容。有的描写战争，有的表现饥寒，有的歌咏孤儿病妇的悲哀，有的描写家庭男女问题的悲剧。这一切都有活跃的生命，有全民众呼喊的声音。在这种地方，我们觉得这些民歌更是可贵的。

乐府中的古辞杂曲，还有许多好作品。如张衡的《同声歌》，繁钦的《定情诗》，辛延年的《羽林郎》，宋子侯的《董娇娆》诸篇，都已有作者的姓名，其文字的技巧格调，都不能列入民歌的范围。其出生的时代，想必也很晚。并且这些诗，虽入《乐府诗集》，当时是否入乐，尚有可疑。张、繁二篇，《玉台新咏》不言为乐府，唐人吴兢虽收入之，然吴为唐人，去汉已远，令人难信。辛、宋两篇，连吴兢亦未收入，更不可靠了。《孔雀东南飞》一篇，出生较迟，恐始终未曾入乐，后人或以其体裁相似，因而编入乐府了。郭茂倩说："'杂曲'者历代有之。或心志之作存，或情思之所感，或宴游欢乐之所发，或忧愁愤怨之所兴，或叙离别悲伤之怀，或言征战行役之苦，或缘于佛、老，或出于夷虏，兼收备载，故须谓之'杂曲'。"这样看来，"杂曲"诸诗，说他们是受了乐府民歌的影响而产生是可以的，说那些作品全都是入乐的乐府诗就不可靠了。因此这些作品，只好留到后面再去叙述。

三　五言诗的成长

关于五言诗的起源，是文学史中一件最难解决的问题。而这问题的本身，在中国诗歌的发展史上，又极其重要。我们现在得用客观的眼光，来处理这件事。先看古人的意见，再下批评。

一、起于枚乘

徐陵编《玉台新咏》时，在古诗十九首中指出《青青河畔草》等诗八首，再加《兰若生春阳》一首，题为枚乘杂诗。刘勰在《明诗》中也说："古诗佳丽，或称枚叔。《孤竹》一篇，则傅毅之辞，比采而推，两汉之作乎？"可知说五言诗起于枚乘并非徐陵一人，在较前的刘勰时代，已有此种传说。不过刘勰的态度较为活动，以枚叔作诗为传闻，而以出自两汉为推想。枚乘是文景时代人，如果他那时就有这种完美的五言诗，不要说《枚乘传》及《艺文志》中为什么不载，就是当代那些有名的文人，如司马相如、王褒、扬雄之流，为什么都没有这种作品，文学体裁的新起，本是一种风气，一有人作，大家都作起来，于是便成一种潮流，决不会文景时代已产生完美的五言诗，忽然又中断了，到了东汉末年，再又兴盛起来。试看汉赋、魏晋古诗、唐诗、宋词的发展情况，都不是如此。这种情形在文学演进的公例上，是不大合理的事。

二、起于李陵

《文选》中有李陵诗三首。锺嵘的《诗品》，于古诗以后，以李陵为第一家。他在自序中说："逮汉李陵，始著五言之目矣，古诗眇邈，人世难详。……自王、扬、枚、马之徒，词赋竞爽，而吟咏靡闻，从李都尉迄班婕妤，将百年间，有妇人焉，一人而已。"李陵是武帝时代人，同枚乘前后同时，那时候的文士，偶尔作诗，无不是效法《诗经》、《楚辞》的格调，李陵的《别歌》，就完全是《楚辞》式的杂言诗。观现存的《与苏武诗》三首，无论形式情调，都是五言诗成熟期以后的作品，决非草创期所能产生的。至于说李诗本传不载《汉志》不录，即以此为李未曾作诗之证，自然也不是有力的证据。因汉代史家，多是详赋略诗，章学诚在《校雠通义》中，已详言之。又挚虞《文章流别》云："李陵众作，总杂不类，元是假托，非尽陵制，至其善篇，有足悲者。"挚虞是西晋时人，早于萧统百余年。可知李陵作诗之说，在魏晋年间已盛为流行，并非起于《文选》。并且在西晋时代，李陵的作品流传于人口者已经很多，已有总杂假托的现象。真诗面目，无从辨识。由我们合理的推想，李陵的真作品，恐怕就是《别歌》那一类的杂言《楚辞》体，而流传到现在的《与苏武诗》三首，反是后人伪托之作，因其艺术上的美妙，被世人传诵，因而入于《文选》楼中了。这种推想，既不违反李陵作诗之说，又不违反文学演进的历史性，是较为合理的。如果说《与苏武诗》一定是出自李陵，这怀疑并非起于我辈，就是前人也早已言之了。刘勰在《明诗》中说："至成帝品录三百余篇，朝章国采，亦云周备。而辞人遗翰，莫见五言。所以李陵、班婕妤见疑于后代也。"可知刘勰时代，怀疑的人已经很多了。又苏东坡《答刘沔书》中也说:"李陵、苏武赠别长安,而诗有江、汉之语。……正齐梁间小儿所拟作,决非西汉人,而统不悟。"所举的证据,虽极薄弱,而其观点,却是合乎情理的。不过拟作时代,不会晚至齐梁,说是建安时代,较为适当。其它如卓文君的《白头吟》,《宋书·乐志》、《太平御览》及《乐府诗集》皆云古辞,并无卓文君之说。首记其事者始于《西京杂记》亦未著其辞。至宋末黄鹤注杜诗,始以《杂记》之事,傅会《宋志》之辞,后冯惟讷的《古诗记》因之。然此作之伪托,在冯舒的《诗记匡谬》中已辩明了。苏武的诗同李陵的作品一样不可靠,刘勰、锺嵘都没有提到他,恐怕他这几首诗的产生,还在李陵那几首诗之后。至如《文选》、《玉台》同载的班婕妤的《怨歌》,其时代属于成帝,自较枚乘、李陵为晚。但李善注引歌录但称古辞,刘勰亦谓见疑后代,恐亦为后人代拟的。

三、两汉有没有五言诗

枚乘、李陵们的作品,既有可疑,我们自然不能相信。我们要退一步问一问西汉究竟有没有五言诗?古诗十九首中,有没有西汉的作品?我们的回答是,西汉有五言诗,但是古诗十九首那样完美的作品,西汉却没有。李善《文选注》说:"诗云驱车上东门,又云游戏宛与洛,此则辞兼东都,非尽乘作明矣。"锺嵘《诗品》也说:"《去者日以疏》四十五首,虽多哀怨,颇为总杂,旧疑是建安中曹、王所制。"他们的意思,虽承认古诗十九首中有许多是东汉的作品,但同时也还相信有一部分是出自西汉的。到了现代,几乎人人都断定这些作品,全都是出自西汉以后了。这种断定,我们也是同意

的,然而其中却有一个难题,便是《明月皎夜光》那首诗无法解决。此诗见《文选·古诗第七》:

> 明月皎夜光,促织鸣东壁。玉衡指孟冬,众星何历历。白露沾野草,时节忽复易。秋蝉鸣树间,玄鸟逝安适。昔我同门友,高举振六翮。不念携手好,弃我如遗迹。南箕北有斗,牵牛不负轭。良无磐石固,虚名复何益。

看诗中写秋蝉促织的哀鸣,玄鸟的飞去,明是一首写秋天景象的诗。但"玉衡指孟冬"一句如何解释呢?李善注云:"《春秋运斗枢》曰:北斗七星第五曰玉衡。上云促织,下云秋蝉,明是汉之孟冬,非夏之孟冬矣。《汉书》曰:高祖十月至灞上,故以十月为岁首,汉之孟冬,今之七月矣。"这解释非常精确,没有法子推翻他。古代历法,代有不同。夏以正月为岁首,正月为寅月,故称建寅,又称夏正;殷以夏历十二月为岁首,十二月为丑月,故称建丑;周以夏历十一月为岁首,十一月为子月,故谓建子;秦以夏历十月为岁首,十月为亥月,故称建亥。汉初承秦制,仍用秦历。故诗中所说的孟冬十月,正合夏历的七月,恰是初秋的景象,这样一来,诗的文句便没有矛盾了。到武帝太初元年,才废秦历,改用夏历。因此,便可证明这一首诗的出生,一定是在武帝改历之前。那么,他不仅是西汉的作品,并且又是枚乘、李陵时代的作品了。

在文学进化的历史上,枚乘、李陵的作品,我们是不能相信的,那么这一首诗,我们同样不能相信。但在时令上,他却持着有力的证据。这又如何解释呢?我想只有两点。第一,此诗的原作,是出自武帝改历以前,其形式字句,都是乐府民歌一类的杂言体,经过东汉、建安文人的润饰，才形成那样完美的五言体。因此在时令上，还遗留着西汉初期的余骸。我们试看《宋志》所载的《艳歌何尝》，是一篇二十六句的长短不齐的杂言体，到了《玉台新咏》里，变为十八句的纯粹五言的古体诗，而以《双白鹄》的题名出现了。其内容一点也没有变，但在文字的技巧上，是完全不同了的。沈约到徐陵，相隔不满七十年（沈生于西历四四一，徐生于西历五〇七），诗的形式与技巧，发生了这大的变化，这点是很可供我们参考的，如果《宋志》的《艳歌何尝》散失了，我们只以《玉台新咏》中的《双白鹄》来作为诗体的论据，那真是危险之极。

其次，是政府宣布改历以后，这种事实还未遍及民间，因此民间还有沿用秦历者。正如我们现在改用了阳历多少年，多少诗人词客，还正在那里做除夕、中秋、人日、花朝一类的作品。这种现象，还不知道要继续几十百年，至于乡村僻县，绝不知道有阳历这一回事，那是无须多说的。这时候人民的教育程度与交通的便利，比两千年前的汉朝，当然是进步多了，但情形还是如此，那么我们这种推测，虽有过于想象之嫌，不是完全不可能的。

我们虽是不承认枚乘、李陵的作品，虽也不承认在西汉有《古诗十九首》那一类的诗歌，但我们仍是相信西汉时代已经有了五言诗。这种五言诗，是五言诗酝酿时代尚未完全成熟的作品，或是形式或是文字的技巧，都还带有某种缺点或尚未发育完全的痕迹。我们要知道，西汉时代，是辞赋的全盛期，是新诗体的酝酿期。无论文士或是民间，都在那里从事试验创制新诗体的工作。有的模拟《诗经》，有的效法《楚辞》，也有合《诗经》、《楚辞》兼而有之的。在乐府的民歌里，这种试验的现象也可以看得出。《孤儿行》、《妇病行》两篇，后段都以“乱曰”作结，明明是采用《楚辞》体。纯粹四言的《诗经》体,本来就很多,不去说他。至如那些杂言体中,时时有着连续七八句纯粹五言的句子,活现出五言诗在试验期酝酿期中的状态。由试验酝酿而达到一种定型体的完成,是需要一个长时期的努力。在那一个酝酿期中的作品,我们可以举出下面这些史料来。

一　《戚夫人歌》(见《汉书·外戚传·吕后传》)

子为王,母为虏。终日舂薄暮,相与死为伍。相离三千里,当谁使告汝。

二　李延年《佳人歌》(见《李夫人传》)

北方有佳人,绝世而独立。一顾倾人城,再顾倾人国。宁不知倾城与倾国,佳人难再得。

三　《铙歌》中的《上陵》

上陵何美美,下津风以寒。问客从何来,言从水中央。桂树为君船,青绿为君笮。木兰为君棹,黄金错其间。……甘露初二年,芝生铜池中。仙人下来饮,延寿千万岁。(甘露为宣帝年号,似为宣帝时的作品)

四　成帝时民谣一首(见《五行志》)

邪径败良田,谗口害善人。桂树华不实,黄雀巢其颠。古为人所羡，今为人所怜。

严格地说起来，这些都不能算是五言诗。但在那新诗体酝酿试验的期间，这些都是重要的作品，由了他们，可以看出西汉时代的五言诗，无论形式和文字的技巧，究竟呈现着一种怎样的状态，他的发展，究竟到了一个什么阶段；在这种状态下，是不是文景时代可以产生枚乘的诗，武帝时代可以产生李陵、苏武那一类的作品，我们只要稍稍对比一下，这答案就不会错的了。

由西汉这种未成熟的五言体的演进，到东汉班固的《咏史》，是五言诗体正式成立的一件重要史料。我们虽不能说班固以前再没有人做过这种工作，但我们却可以相信五言诗到了班固时代，还只完成其外表的形式，没有达到苏、李古诗那样的文采。《咏史》诗虽没有多大的文学价值，却有重要的历史价值，现在把他录在下面。

三王德弥薄，惟后用肉刑。太仓令有罪，就逮长安城。自恨身无子，困急独茕茕。小女痛父言，死者不可生。上书诣阙下，思古歌鸡鸣。忧心摧折裂，晨风扬激声。圣汉孝文帝，恻然感至情。百男何愦愦，不如一缇萦。

这是歌咏孝女缇萦救父的故事。萦父犯罪当刑，自请入身为宫婢，以赎父刑，文帝悲怜她，乃废除肉刑律。这是一首短短的叙事诗，五言体的形式是完全成立了，但就艺术而论，相隔古诗十九首一类的作品还很远。锺嵘批评说："班固《咏史》，质本无文"，这是不错的。

班固以后，做这种新体诗的人自然就渐渐地多起来了。如张衡的《同声歌》，秦嘉的《赠妇》诗，赵壹的《疾邪》诗，蔡邕的《饮马长城窟》，郦炎的《见志》，孔融的《杂诗》，繁钦的《定情》诗，蔡文姬的《悲愤》诗，辛延年的《羽林郎》，宋子侯的《董娇娆》，都是有主名的完美的五言诗。其他如无名氏的《古诗十九首》以及拟托的苏、李诗一类的作品，大概也就在这时代产生了。由其文字的技巧，与五言诗的风格看来，这一批作品，是应该都出于《咏史》以后。在这里，先举张衡、秦嘉、蔡邕的诗作例，以明班固以后五言诗进展的情形。

邂逅承际会，得充君后房。情好新交接，恐栗若探汤。不才勉自竭，贱妾职所当。绸缪主中馈，奉礼助烝尝。思为莞蒻席，在下蔽筐床。愿为罗衾帱，在上卫风霜。洒扫清枕席，鞮芬以狄香。重户结金扃，高下华灯光。衣解巾粉卸，列图陈枕张。素女为我师，仪态盈万方。众夫所希见，天老教轩皇。乐莫斯夜乐，没齿焉可忘。

（张衡《同声歌》）

人生譬朝露，居世多屯蹇。忧艰常早至，欢会常苦晚。念当奉时役，去尔日遥远。遣车迎子还，空往复空返。省书情凄怆，临食不能饭。独坐空房中，谁与相劝勉。长夜不能眠，伏枕独展转。忧来如循环，匪席不可卷。

（秦嘉《赠妇诗》）

青青河畔草，绵绵思远道。远道不可思，夙昔梦见之。梦见在我旁，忽觉在他乡。他乡各异县，展转不可见。枯桑知天风，海水知天寒。入门各自媚，谁肯相为言。客从远方来，遗我双鲤鱼。呼童烹鲤鱼，中有尺素书。长跪读素书，书中竟何如。上有加餐食,下有长相忆。

(蔡邕《饮马长城窟》,此篇或作无名氏之古辞。蔡另有《翠鸟》,亦为五言。)

由班固到蔡邕,在五言诗的艺术上的进步,有一条非常明显的痕迹,由这一痕迹,我们更可了解文学演化的过程是渐进的,不是突变的。这些诗里,古书中有的称为乐府,有的称为古诗,这些都无关重要,但我们要注意的,是张衡、蔡邕之流都是作赋的古典文学的能手,但一作诗,就完全呈现着通俗文学的气味,这无疑是受有当代乐府文学的影响的了。因了这种影响,使中国的诗歌,无论形式内容都得了新的生命,新的发展。胡适之氏说:"乐府这种制度在文学史上很有关系。第一,民间歌曲得了写定的机会。第二,民间文学因此得有机会同文人接触。第三,文人觉得民歌可爱,有时因文学上的冲动,忍不住要模仿民歌,因此他们的作品,便也往往带着平民化的趋势。"(《白话文学史》)这是说得极其确切的。我国的诗歌,自汉至唐,都脱离不了这种乐府文学的影响。

由上面的叙述,关于汉代五言诗的进展,我们可以得到一个结论:西汉是五言的试验和酝酿时期,班固、张衡时代是五言的成立期,建安前后是五言的成熟与兴盛。这种论断,在好古者看来,自然不会满意,然而我们为得要尊重文学进展的历史性,是必得要如此的。顺便,我要在这里提一提七言诗的问题。七言诗的成立,较五言为迟。武帝时的柏梁联句,传为七言之祖。但此诗真实性久有人怀疑。再如高祖的《大风歌》,李陵的《别歌》,汉昭帝的《淋池歌》和张衡的《四愁诗》,形式虽近乎七言,但句中多用兮字补足,明明是《楚辞》体的杂言,但在这里已经呈现着七言诗体的酝酿状态了。到了曹丕的《燕歌行》,才形成纯粹的七言体。不过当时作此种诗体者为数不多。故汉魏两晋时代，只可看作是七言的酝酿试作期，而其正式的成熟，不得不待之于南北朝了。

四　古诗十九首

《诗经》的主体虽是四言，但这种形式，究不便于抒写情怀和充分地表现作者的才性。锺嵘也说过，“四言文约意广，取效《风》、《骚》，便可多得。每苦文繁而意少，故时罕习焉”（《诗品自序》），这便是说四言体的缺点。五言诗虽只多了一个字，但却有回转周旋的余地，诗的风韵与作者的才情个性，借此可以多量的发挥。所以锺嵘接着说：“五言居文词之要，是众作之有滋味者也。故云会于流俗。岂不以指事造形，穷情写物，最为详切者耶？”因为五言宜于指事造形，穷情写物，所以诗中便有滋味，而那种形体便成为众人所趋的一种潮流了。因此，诗的由四言而变为五言，是中国诗歌史上一种形式的进步。这种形式，一直到现在，继续了二千多年。四言诗自《诗经》以后，两汉魏晋虽偶有佳篇，然而毕竟是没落了。我们明了了这一点，便知道古诗十九首在中国诗歌史上的地位，以及他们对于后代诗歌发展的影响，实远在《诗经》以上。

《古诗十九首》是一群无名作家的作品，正与《国风》的情形相同，他们产生的时代，大都在东汉建安，是五言诗成熟期的代表作。沈德潜说：“《古诗十九首》，不必一人之辞，一时之作。大率逐臣弃妇，朋友阔绝，游子他乡，死生新故之感。或寓言，或显言，或反复言。初无奇辟之思，惊险之句，而西京古诗，皆在其下。”（《说诗晬语》）古人对于《古诗十九首》的评论，没有比这更精确的了。他说

“不必一人之辞一时之作”，认清了作品的时代性与作家的群众性，比那些以为某首属于某人以某首属于西汉的好古家来，他的见解既是聪明，态度又是谨慎。他所说的“无奇辟之思，惊险之句”，这正是那些作品的艺术的特色。古诗的好处，是看去无一奇字，无一奇句，然无字无句不奇，使你无一处可以增减。全体都是用着最平浅质朴的文句，表现深厚的感情与内容，使你读了感着诗情浓溢亲切有味。丝毫没有《诗经》的古奥气，没有当日辞赋的贵族气，也无六朝诗的淫靡雕琢气。自然美与本色美胜过一切人工的妆抹与刻镂，这便是古诗在艺术上的大成功。后代的陆机、江淹之流，拼命地模仿，也只得其形貌，而无其神韵。在这种地方，更可显出文学中所表现的时代性了。刘勰说：“观其结体散文，直而不野；婉转附物，怊怅切情，实五言之冠冕也。”（《明诗》）这批评是非常适当的。可惜这些作者的姓名都已失传，我们无法知其生平历史，难怪锺嵘要发出“人代冥灭而清音独远”的悲叹了。

《古诗十九首》，是东汉末叶大乱时代人民思想情感的表现。在那一个长期的混乱中，党祸之变，黄巾之乱，以及那长年不断的兵祸、屠杀、饥荒和瘟疫，不仅摧残了全体人民的安居生活，连人民的思想信仰，也起了剧烈的动摇。在那一个乱杂的时代，夫妇的分离，家庭的隔绝，自然是最普遍的现象。因此在这些诗里，有许多作品是表现离恨乡愁和相思之痛苦的。

> 行行重行行，与君生别离。相去万余里，各在天一涯。道路阻且长，会面安可知。胡马依北风，越鸟巢南枝。相去日已远，衣带日已缓。浮云蔽白日，游子不顾返。思君令人老，岁月忽已晚。弃捐忽复道，努力加餐饭。

青青河畔草，郁郁园中柳。盈盈楼上女，皎皎当窗牖。娥娥红粉妆，纤纤出素手。昔为倡家女，今为荡子妇。荡子行不归。空床难独守。

涉江采芙蓉，兰泽多芳草。采之欲遗谁？所思在远道。还顾望旧乡，长路漫浩浩。同心而离居，忧伤以终老。

庭中有奇树，绿叶发华滋。攀条折其荣，将以遗所思。馨香盈怀袖，路远莫致之。此物何足贵，但感别经时。

明月何皎皎，照我罗床帏。忧愁不能寐，揽衣起徘徊。客行虽云乐，不如早旋归。出户独彷徨，愁思当告谁。引领还入房，泪下沾裳衣。

迢迢牵牛星，皎皎河汉女。纤纤擢素手，札札弄机杼。终日不成章，泣涕零如雨。河汉清且浅，相去复几许。盈盈一水间，默默不得语。

这都是描写离恨乡愁的杰作，后人几无有出其右者。孔子所说的“思无邪”，以及温柔敦厚的诗教，在这些作品里算是实践了。在这些诗的背后，在这些男女的情感和眼泪中，是隐藏着当日离乱社会的基础的。这种基础，是产生这些作品的根源。《盐铁论》中论徭役对于人民的痛苦说：“今近者数千里，远者过万里，历二期而长子不还。父母忧愁，妻子咏叹。愤懑之情发于心，慕思之情痛骨髓。”这便是这种离恨乡愁的作品产生的说明。东汉末叶的情形，比起《盐铁论》的时代来，自然是更要恶劣了。所以我们对于这种作品，是要同《战城南》、《十五从军征》那一类的作品同看的，若只看作是恋爱的艳体诗，而忽视其社会生活的基础，那就是错误之极。

在这种社会生活起了全部动摇的时候，个人的信仰以及人生观的理想，也就跟着发生变动了。人命成了草芥，死于兵祸，死于饥饿，死于党争，或是死于瘟疫，人生在世上究竟有什么意义？从前维系人心的那种旧道德的伦理现象，都渐渐崩溃了。在这种离乱时代，人生的意义实在是太虚无了。在这种虚无幻灭之感中，求神仙长生讲药石导养，都没有什么用处，还不如追求短时间的享乐，因此就产生一种享乐的今日主义。在古诗中，反映出这种人生观的哲理诗，也有许多佳作。

> 青青陵上柏，磊磊涧中石。人生天地间，忽如远行客。斗酒相娱乐，聊厚不为薄。驱车策驽马，游戏苑①与洛。洛中何郁郁，冠带自相索。长衢罗夹巷，王侯多第宅。两宫遥相望，双阙百余尺。极宴娱心意，戚戚何所迫。

> 回车驾言迈，悠悠涉长道。四顾何茫茫，东风摇百草。所遇无故物，焉得不速老。盛衰各有时，立身苦不早。人生非金石，岂能长寿考。奄忽随物化，荣名以为宝。

① “苑”通作“宛”。

驱车上东门，遥望郭北墓。白杨何萧萧，松柏夹广路。下有陈死人，杳杳即长暮。潜寐黄泉下，千载永不悟。浩浩阴阳移，年命如朝露。人生忽如寄，寿无金石固。万岁更相送，圣贤莫能度。服食求神仙，多为药所误。不如饮美酒，被服纨与素。

去者日以疏，生者日以亲。出郭门直视，但见丘与坟。古墓犁为田，松柏摧为薪。白杨多悲风，萧萧愁杀人。思还故里闾，欲归道无因。

生年不满百，常怀千岁忧。昼短苦夜长，何不秉烛游。为乐当及时，何能待来兹。愚者爱惜费，但为后世嗤。仙人王子乔，难可与等期。

在这些诗里，明显地映出在当日离乱生活中所产出来的人生观。人生的虚无幻灭之感，日渐加深，同时又感到长生之术神仙之事，都无法实现，自然会走到秉烛夜游饮酒为乐的享乐路上去。这种思想，到了魏晋，成为思潮的中坚，在《列子》中的《扬朱》篇中，带着更浪漫更放纵的色彩而出现了。《古诗十九首》以外，还有许多同样诗体的好作品。如托名苏、李的诗篇，最值得我们注意。从其诗风上看来，其出生的年代，大约与《古诗十九首》前后同时。现在各举一首作例。

良时不再至，离别在须臾。屏营衢路侧，执手野踟蹰。仰视浮云驰，奄忽互相逾。风波一失所，各在天一隅。长当从此别，且复立斯须。欲因晨风发，送子以贱躯。

（李陵《与苏武诗》一）

结发为夫妻，恩爱两不疑。欢娱在今夕，燕婉及良时。征夫怀远路，起视夜何其。参辰皆已没，去去从此辞。行役在战场，相见未有期。握手一长叹，泪为生别滋。努力爱春华，莫忘欢乐时。生当复来归，死当长相思。

（苏武古诗）

苏、李的流落异域的境遇，他乡的握别，本来就是最动人的诗材。这些诗不是他们本人所作，前面已有解说，但这些拟作者的文学天才的高越，实可与《古诗十九首》的作者们比肩，这些诗都是描写别离前夜以及分手那一刹那的情景，既是真实，而又哀痛，无一字一句不是血泪，无一字一句不是深情。这实在是古诗中的上品。难怪魏晋文人要不断地模拟他们。再如《悲与亲友别》、《穆穆清风至》、《岁出城东门》诸篇，也都是无名氏的古诗中的佳作，因其风格相似，在这里不再抄录了。

五　叙事诗

在中国的诗歌史上，成绩最好的是抒情诗，作品最少而发达又较迟的是叙事诗。《诗经》的篇数虽是不少，除了祀神飨宴的乐章以外，大多数是抒情的短诗。惟有《生民》、《公刘》、《绵绵瓜瓞》、《皇矣》、《大明》诸篇，其体裁稍有不同，是记载民族英雄的传说与历史，稍具叙事诗的形式，然因其结果仍归于祭祀歌诵那一条路上去,所以还不能算是纯粹的叙事诗。到了《楚辞》、汉赋,篇章扩大了,想象力也加强了,叙事的作品,应该可以产生了,然变来变去,仍是祭祀抒情和歌讽一类的东西。到了东汉,五言诗体成熟以后,纯粹的叙事诗,才正式发展起来。

叙事诗也是起于民间。如《孤儿行》、《妇病行》那一类的杂言体的民歌,可算是叙事诗的先声。再如《十五从军征》、《上山采蘼芜》诸篇,算是最成熟的叙事诗了。如《上山采蘼芜》云:

> 上山采蘼芜,下山逢故夫。长跪问故夫,新人复何如。新人虽言好,未若故人姝。颜色类相似,手爪不相如。新人从门入,故人从阁去。新人工织缣,故人工织素。织缣日一匹,织素五丈余。将缣来比素,新人不如故。

全篇虽只八十个字,却用纯客观的叙事法,用几句短短的对话,将那夫妇三人的生活性格本领以及那个小家庭的状况全部表现了。那位丈夫完全是一个功利主义者,那位弃妇本领既好,颜色也不恶,只以失了爱情,而不得不上山采野菜以度日了。下山的时候,偶然遇着过去的丈夫,一点也不表示反抗厌恶的情绪,还恭敬柔温地长跪下去,在这里正暗示着当代男权的尊严以及女子的奴隶道德,已经成了定型了。

再乐府中有《艳歌罗敷行》一首(一名《陌上桑》),是艺术上更进一步的叙事诗。

> 日出东南隅,照我秦氏楼。秦氏有好女,自名为罗敷。罗敷善采桑,采桑城南隅。青丝为笼系,桂枝为笼钩。头上倭堕

髻，耳中明月珠。湘绮为下裙，紫绮为上襦。行者见罗敷，下担捋髭须。少年见罗敷，脱帽著帩头。耕者忘其犁，锄者忘其锄。来归相怨怒，但坐观罗敷。使君从南来，五马立踟蹰。使君遣吏往，问是谁家姝。秦氏有好女，自名为罗敷。罗敷年几何？二十尚不足，十五颇有余。使君谢罗敷，宁可共载不？罗敷前致辞，使君一何愚。使君自有妇，罗敷自有夫。东方千余骑，夫婿居上头。何用识夫婿？白马从骊驹。青丝系马尾，黄金络马头。腰中鹿卢剑，可值千万余。十五府小吏，二十朝大夫。三十侍中郎，四十专城居。为人洁白皙，鬑鬑颇有须。盈盈公府步，冉冉府中趋。坐中数千人，皆言夫婿殊。

首段写罗敷之美，开始铺陈其装饰，继之以旁观者的衬托。挑者见之，憩担摸其须；少年见之，停步脱其帽；耕种者见之，停锄停犁而忘其工作；到了家里互相埋怨为什么坐着贪看那美妇人的容貌，使得田没有犁，地也没有锄。由这种客观的写法，显得罗敷的美丽达到了极致，比起沉鱼落雁羞花闭月等类的抽象形容词来，是又具体又生动又真实得多了。中段叙使君见而爱其美，凭其官吏的高贵地位，于是遣使说媒了。末段再用力铺陈其夫婿的美貌富足以及其官场的地位，给使君一个斩铁截钉的拒绝，与首段铺陈罗敷的美貌遥相呼应。结句十字，由旁观者的语气说出。言尽而意无穷，丝毫不杂主观的批评，对使君不贬，对罗敷也不褒，而读者心中自有褒贬。这是叙事诗中的无上佳作。

《古今注》云："《陌上桑》出秦氏女子。秦氏邯郸人，有女名罗敷，为邑人千乘王仁妻。王仁后为越王家令。罗敷出采桑于陌上，越王登台见而悦之，因引酒欲夺焉。罗敷乃弹筝作《陌上桑歌》以自明。"这故事虽不一定可靠,这歌虽不一定是罗敷自作,但我们相信当日一定有一个这一类的故事在社会上流行,于是民间文人乃作此歌以流传之。其次如辛延年的《羽林郎》,宋子侯的《董娇娆》,都是从这种故事转化出来的叙事诗。所以不同者叙述的次序起了变化,民歌的气氛淡薄了,文人的气氛加浓了而已。且举辛延年的《羽林郎》为例。

> 昔有霍家奴,姓冯名子都。依倚将军势,调笑酒家胡。胡姬年十五,春日独当垆。长裾连理带,广袖合欢襦。头上兰田玉,耳后大秦珠。两鬟何窕窈,一世良所无。一鬟五百万,两鬟千万余。不意金吾子,娉婷过我庐。银鞍何煜爚,翠盖空踟蹰。就我求青酒,丝绳提玉壶。就我求珍肴,金盘脍鲤鱼。贻我青铜镜,结我红罗裾。不惜红罗裂,何论轻贱躯。男儿爱后妇,女子重前夫。人生有新故,贵贱不相逾。多谢金吾子,私爱徒区区。

采桑的罗敷,变成了当垆的美女,女主人的身份虽是变了,故事的内容与精神,以其作品中所要表现的那个女子的洁身自爱的那一点,还是没有变。至如宋子侯的《董娇娆》,是用含蓄的隐语,象征的手法,来咏叹花枝的美丽以及暴力摧残的恶徒。作诗的动机,想必也是以这个故事为其背景的。大凡一种流传民间的故事,必有其流行的魔力。或因其节孝忠烈,或因其神奇鬼怪,在那些故事里的男女主角,便成为民间景仰者或是厌恶者的代表。于是这些故事,便成为文学上的公众材料。所以在一个题材之下,可以产生同样情调的作品,原是尤可怀疑的事。如魏左延年的《秦女休行》,是叙述女休报仇的故事,晋朝的傅玄,也有《秦女休行》一篇,其中的故事,虽有许多演变,而其母题的本身与其故事的真精神,是没有变的。

由这些短篇的叙事诗的演进,到了建安末年,长篇的叙事诗出现了。蔡琰的《悲愤诗》,与无名氏的《孔雀东南飞》,可称为长篇叙事诗的双璧。蔡琰是蔡邕的女儿,在她父亲那种教养之下,能成为一个女作家的事,原是无可疑的。加以她的壮年被掳入胡,暮年别子还乡的痛苦的境遇,原是最好的文学的材料。在她现存的作品里,有《悲愤诗》二首,一为《楚辞》体,一为五言体。另一篇为《胡笳十八拍》,也是《楚辞》体的。同一的题材,她为什么要写三篇呢?在这里对于这几篇作品的真实性,不得不加以简略的推论。

《胡笳十八拍》中虽多通俗的句子,然大部分的技巧与格调,却不像汉代的诗。如八拍中的"为天有眼兮何不见我独漂流?为神有灵兮何事处我天南海北头?"如九拍中的"生倏忽兮如白驹之过隙,然不得欢乐兮当我之盛年。"这些风格的诗句,是要在鲍照时代的作品里才有的,汉诗中却不易见。再如十拍中的"杀气朝朝冲塞门,胡风夜夜吹边月",十七拍中的"去时怀土兮心无绪,来时别儿兮思漫漫。……岂知重得兮长安,叹息欲绝兮泪阑干",这种琢练的技巧与格调,最早也在六朝,迟恐怕是到了隋唐了。

三篇中最为真实的,是那篇《楚辞》体的悲愤诗。第一,这篇诗的风格体裁,与当代的诗风相合,蔡邕是有名的辞赋家,女儿受他的教化,能作辞赋体的诗歌,也是极合理的事。其次,诗中叙事行文,全与蔡琰的身份相合,没有后人拟托的痕迹。好像五言体的那一篇,开口便说:"汉季失权柄,董卓乱天常,志欲图篡弑,先害诸贤良。"蔡琰归汉,离董卓年代极近,并且汉朝还没有亡,她未必肯这么大胆地说这些褒贬的话。因此有人疑为不是蔡琰之作，却也合乎情理。或者是因为她感受痛苦过深，对于国家的失权，乱臣的叛变，痛恨之极，竟此不顾一切地信笔直书，借此以抒情泄愤，原不打算公诸世人的。这样解释，虽近于想象，原也是可能的事。三篇都是内容充实情感真实的作品，而以五言体一篇，写得尤为自然生动。

汉季失权柄，董卓乱天常。志欲图篡弑，先害诸贤良。逼迫迁旧邦，拥王以自强。海内兴义师，欲共讨不祥。卓众来东下，金甲耀日光。平土人脆弱，来兵皆胡羌。猎野围城邑，所向悉破亡。斩截无孑遗，尸骸相撑拒。马边悬男头，马后载妇女。长驱西入关，回路险且阻。还顾邈冥冥，肝脾为烂腐。所略有万计，不得令屯聚。或有骨肉俱，欲言不敢语。失意几微间，辄言毙降虏。要当以亭刃，我曹不活汝。岂敢惜性命，不堪其詈骂。或便加棰杖，毒痛参并下。旦则号泣行，夜则悲吟坐。欲死不能得，欲生无一可。彼苍者何辜？乃遭此厄祸。边荒与华异，人俗少义理。处所多霜雪，胡风春夏起。翩翩吹我衣，肃肃入我耳。感时念父母，哀叹无终已。有客从外来，闻之常欢喜。迎问其消息，辄复非乡里。邂逅徼时愿，骨肉来迎己。己自得解免，当复弃儿子。天属缀人心，念别无会期。存亡永乖隔，不忍与之辞。儿前抱我颈，问母欲何之。人言母当去，岂复有还时。阿母常仁恻，今何更不慈。我尚未成人，奈何不顾思。见此崩五内，恍惚生狂痴。号呼手抚摩，当发复回疑。兼有同时辈，相送告别离。慕我独得归，哀叫声摧裂。马为立踟蹰，车为不转辙。观者皆歔欷，行路亦呜咽。去去割情恋，遄征日遐迈。悠悠三千里，何时复交会。念我出腹子，胸臆为摧败。既至家人尽，又复无中外。城郭为山林，庭宇生荆艾。白骨不知谁，纵横莫覆盖。出门无人声，豺狼嗥且吠。茕茕对孤景，怛咤历肝肺。登高远眺望，魂神忽飞逝。奄若寿命尽，傍人相宽大。为复强视息，虽生何聊赖？托命于新人，竭心自勖励。流离成鄙贱，常恐复捐废。人生几何时？怀忧终年岁。

从董卓作乱被掳入胡叙起，一直写到别儿归国，还乡再嫁为止。条理谨严，十二年间的流离转徙的生活，悲伤痛苦的心情，以及当代政治的紊乱，社会的动摇，一齐在这诗里反映出来。成为一首最有社会性与历史性的作品。中间描写胡人对于汉人的虐待，母子别离时候那种公义私情的冲突和悲喜交集的情感，以及她回家后所看见的那种荒凉凄惨的景象，和隐伏在心中的深沉的悲哀，是全篇写得最有力最深刻最动人的文字。这种作品的生命，自然是要永存于人间的。

《悲愤诗》是描写一个在政治紊乱内祸外患中遭受着牺牲的女子的悲剧，《孔雀东南飞》是表现一对牺牲于旧的家族制度与传统的伦理道德下面的夫妇的悲剧。前者的环境较为特殊，而后者却是我国最普遍的现象。二千年来，遭遇着仲卿、兰芝他们同样的命运，而屈服于名教道统的压力之下，或是偷生，或是自杀的，真是不知道有多少。《孔雀东南飞》的作者，抓住这个全社会的青年男女所痛苦着的题材，用客观的手法，叙事诗的体裁叙述出来，成为表现家庭问题与妇女问题的最有力的作品。

《孔雀东南飞》共三百五十三句，得一千七百六十五字。为中国五言叙事诗中独有的长篇。此篇不见《文选》，刘勰、锺嵘的评论里，都未提过，在现存的古籍里，初见徐陵编纂的《玉台新咏》。诗前有序云："汉末建安中，庐江府小吏焦仲卿妻刘氏，为仲卿母所遣，自誓不嫁，其家迫之，投水而死。仲卿闻之，亦自缢于庭树。时人伤之，为诗云尔。"在这序里，人名地名，以及事实的内容，都记载得非常清楚，自然是当日社会上的一件实事。后面又说时人伤之而作诗，这诗人自然是建安时代的人，那么这首诗是汉诗是无疑的了。但到了近年，这诗的时代，又起了问题。首先提出来的，是梁启超氏。他说："我国古诗从《三百篇》到汉魏的五言，大率情感主于温柔敦厚，而资料都是现实的。像《孔雀东南飞》一类的作品，起于六朝，前此却无有。《佛本行赞》译成四本，原来只是一首诗。……六朝名士几于人人共读。那种热烈的情感和丰富的想象，输入我们诗人的心灵中当然不少。《孔雀东南飞》一类的长篇叙事诗，也必间接受其影响的吧。"（《印度与中国文化亲属之关系》）后来陆侃如氏也附和此说，更以"青庐"为北朝结婚时的风俗，"龙子幡"为南朝的风尚，作为此诗出自六朝的证据。他们这种怀疑的精神是可贵的，但其议论却不精当。我们先批评梁氏的意见。

梁氏说《孔雀东南飞》的产生，是由于受了佛教文学的影响。这话完全是想象的。在这首诗里，一点没有佛教文学影响的影子。所谓佛教文学的影响，我们可以举出最重要的两点。一，是佛学的宗教思想；二，是佛教文学的想象力，与散韵夹用的形式。我们试看仲卿、兰芝的死，完全是受了传统道德与家庭恶势力的压迫，所表现的完全是中国的旧宗教观念，与旧伦理观念。一点也没有那种轮回超度来生出世一类的佛教意识。其次，《孔雀东南飞》是一首纯粹写实的叙事诗，所描写的全是一些平凡琐碎的家庭实事，哪里可说是有佛教文学那种丰富浪漫的想象力。并且文体正是当日流行的五言诗，与《悲愤》完全相似，如何说六朝以前却无有。我们试反问一句，六朝又有什么富于想象力的诗歌呢？这种议论，无论从哪一点说，都是立脚不稳。至于梁氏所说的"《佛本行赞》译成华文以后，也是风靡一时，六朝文士几于人人共读"这一节，胡适之氏批评得极好。他说："这是毫无根据的话，这一类的故事诗，文字俚俗，辞意烦复，和六朝名士的文学风尚相去甚远。六朝名士所能了解欣赏的，乃是道安、慧远、支遁一流的玄理，决不能欣赏这种几万言的俗文长篇故事。《法华经》与《维摩诘经》一类的名译也不能不待至第六世纪以后方才风行。这都是由于思想习惯的不同，与文学风尚的不同，都是不可勉强的。"（《白话文学史》）他这种评论，非常精当，就是梁氏看了，想也是赞同的吧。我们再看陆氏的话，所举的事实，也不可靠。

"青庐"之俗，虽盛行于北朝，但汉末已有之。《世说新语·假谲》篇云："魏武少时，尝与袁绍好为游侠。观人新婚，因潜入主人园中，夜呼叫云：有偷儿贼。青庐中人皆出观。"这种有力的证据，是无法推翻的。龙子幡是否为汉制，虽不可考，但我们却无法证明这种风尚在南朝以前就没有。如果只用这些薄弱的事实来证明《孔雀东南飞》是出于六朝，我们自然是不能承认的。

我们要注意的，是这种诗歌，在文学演进的历史上，是否在建安时代有产生的可能。这答案是肯定的，有产生的可能。无论在文字的技巧上，音节的韵律上，诗体的发展上，都有这种可能。汉代的叙事诗，由杂言体的《孤儿行》、《妇病行》，再进展为纯粹的五言短篇《十五从军征》、《上山采蘼芜》，再进展为较长的《陌上桑》、

《羽林郎》、《悲愤诗》，再进展为最长的《孔雀东南飞》，这种进展是非常合理的事。再从技巧上看，全篇的文句，大都是质朴土俗，正适合当代民歌的格调。中间的铺陈装饰与对话的形式，在《孤儿行》、《陌上桑》、《羽林郎》诸篇中早已有之，并非《孔雀东南飞》的新创。中间只有"奄奄黄昏后，寂寂人定初"二句，稍有六朝人口气，但这种民歌流传社会，等到文人收集编写，偶加润饰，是常有的事。我们不能以此为后人所作的借口。再从韵律上说，首段支微灰鱼韵通用，中段阳江冬蒸真删韵通用，与汉魏乐府的韵格相同，亦可作为此诗出自建安、黄初间的旁证。至于说其初见于《玉台新咏》而不见于《文选》、《文心》、《诗品》诸书而遂疑为晚出者，这是不明《玉台》与《文选》诸书的性质的差别。《玉台》偏于平民，《文选》诸书偏于典雅，故重于此者轻于彼，见于彼者弃于此了。据《隋志》，《玉台》之前，有诗歌总集之名而散亡者亦甚多，如晋有荀绰之《古今五言诗美文》五卷，无名氏之《古诗集》九卷，昭明太子之《古今诗苑英华》十九卷，我们也无法证明在那些集子里，就没有《孔雀东南飞》那一首诗。这样说来，这篇叙事诗的时代，放在建安、黄初年间，是比较合理的。

《悲愤诗》虽受有民歌的影响，但还带着浓厚的文人气息。但《孔雀东南飞》却纯是民歌的本色。他的好处，是能用通俗平浅的语言，叙述那些琐碎的家事，一点不觉得粗鄙，反而显得自然可爱。在那里，把那几个人的性格以及当日的家庭道德和男女问题的苦闷，全部反映出来。这不是宗教的或是命运的悲剧，而是无法避免的社会的悲剧。在这种地方，《孔雀东南飞》更增加其价值。王世贞说："《孔雀东南飞》，质而不俚，乱而能整，叙事如画，叙情若诉，长篇之圣也。"(《艺苑卮言》)在艺术的批评上，这是很恰当的。因为他是古代民间最伟大的叙事诗，篇幅虽稍长，我仍是把他全抄在下面。

孔雀东南飞，五里一徘徊。“十三能织素，十四学裁衣。十五弹箜篌，十六诵诗书，十七为君妇，心中常苦悲。君既为府吏，守节情不移。贱妾留空房，相见常日稀。鸡鸣入机织，夜夜不得息。三日断五匹，大人故嫌迟。非为织作迟，君家妇难为。妾不堪驱使，徒留无所施。便可白公姥，及时相遣归。”府吏得闻之，堂上启阿母：“儿已薄禄相，幸复得此妇。结发同枕席，黄泉共为友。共事三二年，始尔未为久。女行无偏斜，何意致不厚。”阿母谓府吏：“何乃太区区。此妇无礼节，举动自专由。吾意久怀忿，汝岂得自由？东家有贤女，自名秦罗敷。可怜体无比，阿母为汝求。便可速遣之，遣之慎莫留。”府吏长跪告：“伏惟启阿母。今若遣此妇，终老不复取。”阿母得闻之，椎床便大怒：“小子无所畏，何敢助妇语。吾已失恩义，会不相从许。”府吏默无声，再拜还入户。举言谓新妇，哽咽不能语：“我自不驱卿，逼迫有阿母。卿但暂还家，吾今且报府。不久当归还，还必相迎取。以此下心意，慎勿违我语。”新妇谓府吏：“勿复重纷纭。往昔初阳岁，谢家来贵门。奉事循公姥，进止敢自专？昼夜勤作息，伶俜萦苦辛。谓言无罪过，供养卒大恩。仍更被驱遣，何言复来还？妾有绣腰襦，葳蕤自生光。红罗复斗帐，四角垂香囊。箱帘六七十，绿碧青丝绳。物物各自异，种种在其中。人贱物亦鄙，不足迎后人。留待作遣施，于今无会因。时时为安慰，久久莫相忘。”鸡鸣外欲曙，新妇起严妆。著我绣夹裙，事事四五通。足下蹑丝履，头上玳瑁光。

腰若流纨素，耳著明月珰。指如削葱根，口如含珠①丹。纤纤作细步，精妙世无双。上堂谢阿母，阿母怒不止："昔作女儿时，生小出野里。本自无教训，兼愧贵家子。受母钱帛多，不堪母驱使。今日还家去，念母劳家里。"却与小姑别，泪落连珠子："新妇初来时，小姑始扶床。今日被驱遣，小姑如我长。勤心养公姥，好自相扶将。初七及下九，嬉戏莫相忘。"出门登车去，涕落百余行。府吏马在前，新妇车在后。隐隐何甸甸，俱会大道口。下马入车中，低头共耳语："誓不相隔卿，且暂还家去。吾今且赴府，不久当还归。誓天不相负。"新妇谓府吏："感君区区怀。君既若见录，不久望君来。君当作磐石，妾当作蒲苇。蒲苇纫如丝，磐石无转移。我有亲父兄，性行暴如雷。恐不任我意，逆以煎我怀。"举手长劳劳，二情同依依。入门上家堂，进退无颜仪。阿母大拊掌："不图子自归！十三教汝织，十四能裁衣。十五弹箜篌，十六知礼仪。十七遣汝嫁，谓言无誓违。汝今何罪过，不迎而自归。"兰芝惭阿母："儿实无罪过。"阿母大悲摧。还家十余日，县令遣媒来。云"有第三郎，窈窕世无双。年始十八九，便言多令才。"阿母谓阿女："汝可去应之。"阿女含泪答："兰芝初还时，府吏见丁宁，结誓不别离。今日违情义，恐此事非奇。自可断来信，徐徐更谓之。"阿母白媒人："贫贱有此女，始适还家门。不堪吏人妇，岂合令郎君？幸可广问讯，不得便相许。"媒人去数日，寻遣丞请还。说"有兰家女，承籍有宦官。"云"有第五郎，娇逸未有婚。遣丞为媒人，主簿通言语。"直说"太守家，有此令郎君。既欲结大义，

① "珠"通作"朱"。

故遣来贵门。"阿母谢媒人:"女子先有誓,老姥岂敢言。"阿兄得闻之,怅然心中烦。举言谓阿妹:"作计何不量?先嫁得府吏,后嫁得郎君。否泰如天地,足以荣汝身。不嫁义郎体,其往欲何云?"兰芝仰头答:"理实如兄言。谢家事夫婿,中道还兄门,处分适兄意,那得自任专?虽与府吏要,渠会永无缘。登即相许和,便可作婚姻。"媒人下床去,诺诺复尔尔。还部白府君:"下官奉使命,言谈大有缘。"府君得闻之,心中大欢喜。视历复开书:"便利此月内。六合正相应,良吉三十日。今已二十七,卿可去成婚。"交语速装束,络绎如浮云。青雀白鹄舫,四角龙子幡。婀娜随风转,金车玉作轮。踯躅青骢马,流苏金镂鞍。赍钱三百万,皆用青丝穿。杂彩三百匹,交广市鲑珍。从人四五百,郁郁登郡门。阿母谓阿女:"适得府君书,明日来迎汝。何不作衣裳,莫令事不举。"阿女默无声,手巾掩口啼,泪落便如泻。移我琉璃榻,出置前窗下。左手持刀尺,右手执绫罗。朝成绣夹裙,晚成单罗衫。晻晻日欲暝,愁思出门啼。府吏闻此变,因求假暂归。未至二三里,摧藏马悲哀。新妇识马声,蹑履相逢迎。怅然遥相望,知是故人来。举手拍马鞍,嗟叹使心伤。"自君别我后,人事不可量。果不如先愿,又非君所详。我有亲父母,逼迫兼弟兄。以我应他人,君还何所望?"府吏谓新妇:"贺君得高迁。磐石方且厚,可以卒千年。蒲苇一时纫,便作旦夕间。卿当日胜贵,吾独向黄泉。"新妇谓府吏:"何意出此言?同是被逼迫,君尔妾并①然。黄泉下相见,勿违今日言。"执手分道去,各各还家门。生人作死别,恨

① "并"通作"亦"。

恨那可论！念与世间辞，千万不复全。府吏还家去，上堂拜阿母："今日大风寒，寒风摧树木，严霜结庭兰。儿今日冥冥，令母在后单。故作不良计，勿复怨鬼神。命如南山石，四体康且直。"阿母得闻之，零泪应声落。"汝是大家子，仕宦于台阁。慎勿为妇死，贵贱情何薄？东家有贤女，窈窕艳城郭。阿母为汝求，便复在旦夕。"府吏再拜还，长叹空房中，作计乃尔立。转头向户里，渐见愁煎迫。其日牛马嘶，新妇入青庐。奄奄黄昏后，寂寂人定初。我命绝今日，魂去尸长留。揽裙脱丝履，举身赴清池。府吏闻此事，心知长别离。徘徊庭树下，自挂东南枝。两家求合葬，合葬华山傍。东西植松柏，左右种梧桐。枝枝相覆盖，叶叶相交通。中有双飞鸟，自名为鸳鸯。仰头相向鸣，夜夜达五更。行人驻足听，寡妇起彷徨。多谢后世人，戒之慎勿忘。

第八章　魏晋时代的文学思潮

一　魏晋文学的社会环境

中国文学发展到魏晋,虽说在形体上没有什么新奇的创造,但文学的精神与作家的创作态度,都发生了大大的变化。最明显的,是文学离开了实用的社会的使命(无论是教训的讽刺的或是歌诵的),而趋于浪漫的神秘的哲理的发展。换言之,就是由为人的功用的文学,变为个人的言志的文学。在这个转变的过程中,文学的发展,渐渐地成为独立的艺术,而不为任何外力指导拘束的明显的现象。

我们要明了这种转变的根源,不得不先事叙述当日的政治学术宗教以及人生观的种种社会环境。这些社会环境,便是魏晋文学的土地肥料和气候,他们在这里,是发生着决定的作用的。在下面,我分作数点来说。

一、儒学的衰微

儒学在汉代虽盛极一时,到了魏晋,便呈现着极度衰微无力的状态。其原因:一面是因其本身的堕落,无法维持青年们的信仰,其次便是受了时代环境的刺激,不得不把他的地位,让之于新起来的思想。我们知道,汉武帝时代起来的儒家,虽顶着孔子的招牌,其学说的本质,已非孔子的真面目了。后来又加进去阴阳五行的学说,谶纬符命的怪论,一同糅杂起来,于是当代的儒家,带了浓厚的方士气味,哲学也就成了迷信的宗教。如董仲舒、匡衡、翼奉、刘向们的作品里,无不染了这种恶毒。翼奉说:“《易》有阴阳,《诗》有五际,《春秋》有灾异,皆列终始,推得失,考天心,以言王道之危安。”这样一来,几本古书,都被他们迷信化神鬼化。连一部文学书的《诗经》,也在各诗中分配着五行、五德、天干、地支种种怪名目,六情、五性、五际种种怪字眼,这全然成为一本《推背图》了。在这种空气之下,还有什么哲学,还有什么真理,头脑清醒一点的读书人,自然对于这种学术状态是不能满意的。难怪桓谭、张衡、王充之徒,要起来反对的了。但这种迷信的哲学与破碎的经学,在政治的统制力量没有崩溃以前,是不会动摇的。因为那种哲学是君主政治的护身符,极为君主所爱好所拥护。那种破碎的经学,却又是千万士子求富贵利禄的门径。班固在《儒林传赞》内说得好:“自武帝立五经博士,开弟子员,设科射策,劝以官禄,讫于元始,百有余年,传业者寖盛,支叶蕃滋。一经说至百余万言,大师众至千余人,盖禄利之路然也。”禄利之路,真算是一针见血了。这种迷信哲学与破碎的经学,一等到君主统制的势力动摇,与用人的制度一旦发生变化的时候,自然就要跟着动摇的了。曹操一当权,便采取法治政策,他所需要的人才,是那种有治国用兵之术的纵横权谋之士,讲德行学问重礼义名节的儒家徒,他看不起,他接二连三地下着《求贤令》、《求逸才令》,都是表现他这种主张。顾炎武说:“孟德既有冀州，崇奖跅驰之士，观其下令再三，至于求不仁不孝而有治国用兵之术者，于是权诈迭起，奸逆萌生。故董昭、太和之疏，已谓当今年少不复以学问为本，专以交通为业。国士不以孝悌清修为首，乃以趋势求利为先。……夫以经术之治节义之防，光武、明、章数世为之而未足；毁方败常之俗，孟德一人变之而有余。”（《日知录·两汉风俗》）这表面虽属于曹操一人的风尚，而其根底却也是时代环境的必然趋势。到了曹丕，对于他父亲的法治政策，不大满意，日夜追慕着汉文帝的无为政治，所以他一做了皇帝，便接着下《息兵诏》、《轻刑诏》、《禁复仇诏》、《薄税诏》等等重要的命令，无非是想把道家的思想应用到政治上去。加以他自已是一个天才诗人，时时感着人生无常，想把有限的生命，寄托到文学里去，在《典论·论文》、《与王朗书》、《与吴质书》里，都流露出来这种意见。他的政治地位，虽是皇帝，他的本质，却是一个道家思想者的诗人。傅玄在《举清远疏》中说：“近者魏武好法术，而天下贵刑名；魏文慕通达，而天下贱守节。其后纲维不摄，而虚无放诞之论，盈于朝野，使天下无复清议，而亡秦之病，复发于外矣。”在这种情况下，儒学自然是不能不趋于衰微，另一种新思想，必然是乘机而起了。鱼豢在《魏略·儒宗传序》中说：“从初平之元（汉献帝年号）至建安之末，天下分崩，人怀苟且，纲纪既衰，儒学尤甚。……正始中，有诏议圜丘普延学士，是时郎官及司徒领吏二万余人，虽复分布，在京师者尚见万人，而应书与议者，略无几人。又是时朝堂公卿以下四百余人，其能操笔者，未有十人，多皆相从饱食而退。嗟乎！学业沉陨，乃至于此。”（《全三国文》）从初平到正始，不过六十年，儒学的衰微，到了这种地步，真令人惊奇，宜乎鱼豢大致其慨叹之辞了。

儒学的衰微，对于文学发展的影响，自然是很大的。儒家对于文学的态度，是要依照原道宗经的正统，不要偏于个人的艺术的路上去。正如荀子所说："凡言不合先王，不顺礼义，谓之奸言。"(《非相篇》)因此儒家主张文学里要表现伦理道德，要发生劝导讽谕的实际功用。所以他们排斥非现实的事迹，虚美的辞藻和个人的空想与情感。每当儒学的理论在当代成为威权的时候，文学的活动必受其指导批评与限制，个人主义的浪漫文学，因而无法抬头。明了了这一点，便可知道魏晋儒学的衰微而文学得有自由发展的事，是极其合理的。

二、政治紊乱与人命的危险

东汉末叶起，政治上便发生了动摇。内面是宦官外戚的争权，外面是党祸与黄巾的屠杀，接着是董卓、曹操的举兵，三国的局面，因以形成。再接下去，便是曹丕、司马两家的继续篡夺，贾后之乱，八王之乱，再加以北方胡族的侵入，结果是怀帝、愍帝相继被掳，于是西晋便亡了。到了东晋，虽偏安一时，中经王敦、苏峻、桓玄之乱，造成了刘裕篡位的机会，东晋也就在这时告了结束。在这两百多年中，内祸外患，接踵而来，战争党祸饥荒瘟疫，不知道死了多少人，不知道荒废了多少田地，不知道离散了多少人的家庭。在那几百年中，人口的锐灭，与人民的迁徙的情形，在古史上，还可供给我们不少的材料。在这种社会生活根本起了动摇的时候，人民的头脑思想也要跟着发生变动的事，那是自然的现象，传统的道德，旧有的信仰，都不能维系他们的心灵了，无论知识阶级或平民阶级，都有酿成新信仰新宗教的要求。为要医治那受了创伤的心灵，什么老、庄玄学，道、佛宗教，便乘机而起了。在那种党派对立与篡夺继续的局面之下,文士是动辄得咎,命如鸡犬。东汉末年党祸的大屠杀,不仅封住了读书人的口,连心也被摧残得破碎了。再如魏晋时代的孔融、祢衡、杨修、丁仪、丁廙、何宴①、嵇康、张华、石崇、陆机、陆云、潘岳、刘琨、郭璞等人的惨死,都是令读书人寒心的事。难怪郭泰、袁闳、申屠蟠之流,住的住土穴,躲的躲树洞,韬光遁世,养性全真,都做了《高士传》中的高士了。难怪魏晋的文士,故意装聋卖哑寄情酒色,或挥麈以谈道佛,或隐田园而乐山水的了。在这种环境之下,文学的发展,必然是要走到个人的象征的路上去,而现出浓厚的浪漫思潮。

三、老庄哲学的复活

在上面所述的那种紊乱的政治状况之下,在那种社会生活全部发生动摇、精神信仰全部起了变化的时候,一种新的思想自然要乘机而起的,这种新思想,便是老庄哲学的复活。老庄哲学本是一种乱世的产物,一种对于政治压迫、人性摧残、道德束缚过甚的反动。他们所要求的是清静、逍遥、自由与平等。他们看不惯也受不住一切人为的法度与物质的文化,和那种虚伪的忠孝仁义的伦理道德观念。他们理想着回到原始的无争无欲的自然状态去,追求着真实的人性与人情。他们在意识上虽是积极地反抗现实,批评现实,但在行动上却是消极地逃避现实。所以他们的学说,只能解救一个人的精神,对于政治社会的改革,民生的救济,却没有好处。但是他们却有很高的智慧,细密的体验与观察,了解大地万物是自

① “何宴”通作“何晏”。

生自化，并无所谓造物之主，也没有有意志情感的天帝，因此那天人感应的迷信思想，也就站不住了。反对一切因袭的文物制度和传统的伦理道德，于是在心灵上或是行为上，都可以得到自由了。魏晋的玄学，就是这种老庄哲学的复活。宇宙观、政治论、人生观各方面，都是以这种思想为根底。当时的名士，无不是在无为、无名、逍遥、齐物几种观念上用功夫。一方面是把经书玄理化，另一方面是把老庄书加以解释和阐扬。何晏的《论语集解》，王弼的《论语释疑》，郭象的《论语体略》，王弼、韩康伯的注《易》，钟会的《周易尽神论》，阮籍的《通易论》，或是诠释，或是研究，都是一种经书玄学化的工作。至如老庄书的注释和研究，那是魏晋读书人的必修科目。据《世说新语》说，向秀、郭象们注《庄子》的时候，当时注《庄子》的已经有了几十家，经过两晋，那数目自然是更多了。到了东晋，支道林们开始用佛学来解释《老》、《庄》，一时传诵。我们试看当日史传中称扬某人的学问，总是以“精《老》、《庄》，通《周易》”为标准。因此《老》、《庄》之学，一时披靡天下。当日名士，无不以谈玄成名，乃至父兄之劝戒，师友人讲求，都以推究老庄为第一事业。在这种情境之下，儒学自然是日益衰微，玄谈之风日盛，文艺的发展得着绝对的自由，而更呈现着浪漫的气味。

四、人性的觉醒

在儒学衰微、道学兴盛、政治紊乱、社会动摇的当代，自必有一种新人生观的发展。儒家的人生哲学，是一种人生伦理化的人格主义。在个人方面是修身以感人，在政治方面是以德化治国平天下。心身家国是一贯的，都由伦理道德人格修养方面发生作用。

所以人要做，身要修，免得一个人流于好逸恶劳、寡廉鲜耻的自然本性上去。换言之，修身的哲学，便是要在一个自然本性的人身上，多加一点学问道德名节礼法的修养。这种修养愈是多，这人的身份就愈高，就愈文明，最后的阶段，就是圣人。魏晋人的人生观，恰好是这种思潮的反动，他们反对人生伦理化的违反本性，而要求那种人生自然化的解放生活。生活伦理化的结果，只是用许多人为的制度法则，把人性人情压制得不能动弹，日趋于虚伪束缚，一切阴谋诈力的罪恶，都由此而生。人生要有趣味，必得从这种虚伪束缚的生活中解放出来，返到真实自由生活的方面去。这种人生观的特征，便是人性的觉醒。人性觉醒以后，他们都在追求各种理想的生活。有的讲清静无为，有的讲逍遥自适，有的讲养生长寿，有的讲纵欲赏乐，有的讲田园隐逸，有的讲乐天安命，他们的行为理论虽有不同，而他们的根本要求是一致的。他们全都是求解放、反传统、排圣哲、非礼法的浪漫主义者。蔡元培氏说："魏晋文人之思想，非截然舍儒而合于道佛也。彼盖灭裂而杂糅之。彼以道家之元为主义为本，而于佛家则仅取其厌世思想，于儒家则留其阶级思想及有命论。有阶级思想，则道佛两家之人类平等观，儒佛两家之利他主义，皆以不相容而去之。有有命论及无为主义，则儒家之积善，佛家之济度，又以为不相容而去之，于是其所余之观念，自尊也，厌世也，有命而无可为也，遂集合而为苟生之惟我论矣。"（《中国伦理学史》）我们只要读了伪托的《列子》和当日各家的文字，便知道蔡氏这种分析是极其精当的。

寒食散之方虽出汉代，而用之者，靡有传焉。魏尚书何晏首获神效，由是大行于世，服者相寻也。（《世说新语》注引《寒食散

论》)

阮籍嫂尝归宁,籍相见与别。或讥之,籍曰:礼岂为我辈设耶? 邻家妇有美色,当垆沽酒。阮尝诣饮,醉便卧其侧。籍既不自嫌,其夫察之,亦不疑也。兵家女有才色,未嫁而死,籍不识其父兄,径往哭之,尽哀而还。(《晋书》本传)

刘伶恒纵酒放达,或脱衣裸形在屋中,人见讥之。伶曰:我以天地为栋宇,屋室为裈衣,诸君何为入我裈中。(《世说新语·任诞篇》)

诸阮皆饮酒,咸至,宗人间共集,不复用杯觞斟酌,以大盆盛酒,围坐相向,大酌更饮。时有群豕,来饮其酒,阮咸直接去其上,便共饮之。(《晋书·阮咸传》)

谢鲲邻家女有美色,鲲尝挑之,女投梭折其两齿,时人为之语曰,任达不已,幼舆折齿。(《晋书》本传)

胡毋辅之,谢鲲,阮放,毕卓,羊曼,桓彝,阮孚,散发裸袒,闭室酣饮,已累日。光逸将排户入,守者不听,逸便于户外脱衣,露顶于狗窦中,窥之而大叫。辅之惊曰,他人必不能耳,必我孟祖也。遽呼入,遂与饮,不舍昼夜,时人谓之八达。(《晋书·隐逸传》)

由那种新人生观的理论,而变为实际的行动,于是造成中国未曾有过的浪漫生活。至于王恺、石崇、贾谧们的纵欲赏乐,嵇康、郭璞们的讲养生阴阳,王羲之、陶渊明的寄情山水,都是那个时代环境的必然产物。干宝在《晋纪·总论》里说:“学者以老庄为宗而黜六经,谈者以虚伪为辨而贱名检,行身者以放浊为通而狭节信,进士者以苟得为贵而鄙居正,当官者以望空为高而笑勤恪。”这确是浪漫思潮所造成的结果。葛洪也说："蓬发乱鬓，横挟不带，或亵衣以接人，或裸袒而箕踞。朋友之集，类味之游，莫切切进德，訚訚修业，攻过弼违，讲道精义。其相见也，不复叙离阔，问安否，宾则入门而呼奴，主则望客而放狗。其或不尔，不成亲至，而弃之不与为党。及好会则狐蹲牛饮，争食竞割，掣拨淼折，无复廉耻，以同此者为泰，以不尔者为劣。终日无及义之言，彻夜无箴规之益。"（《抱朴子·疾谬篇》）这真是一幅魏晋文人日常生活的写实图。我们都知道文学是生活的反映，现实生活的基础，已经到了这种情状，若想创造那种原道宗经的实用文学，自然是不可能的了。

五、道家佛学的传布

道家、道教这两个名词在表面上虽有些混淆，但其本质却有明显的差别。道家是代表老庄一派的哲学，道教虽也奉黄、老，却是一种民间的迷信宗教。道教的起源，在这里虽无法叙述，但在西汉初期盛行一时的黄、老，还是属于道家，至于道教的形成，却始于东汉，一面因为结合着当日的阴阳迷信的思想，而袭取当日输入的佛教形式，渐渐地组合起来。所以在明帝时代，黄、老、浮屠还是在一种混淆的状态。明帝永平八年答楚王英的诏中说："楚王英尊黄、老之微言，尚浮屠之仁祠，洁斋三月，与神为营。"（《后汉书》本传）到了桓帝，在皇宫中正式设立了黄、老、浮屠之祠。《后汉书》本纪论说："饰芳林而考濯龙之宫，设华盖以祠浮屠、老子。"《西域传》论佛教也说："楚英始盛斋戒之祀，桓帝又修华盖之饰。"皇帝信佛信道，臣僚士子都会跟着走这条路的。所以《西域传》中说："桓帝并祀佛、老，百姓稍有奉者，后遂转盛。"适应着这种环境，于是译经的事业兴盛起来了。初期翻译经典的如支谶、安清之流，都是桓、灵时代的人。道教也借着社会动摇，民间困苦的绝好机会，在乡村间宣传推动，张陵的五斗米道，张角的太平道，应运而生，十几年间，徒众到了几十万，地方布满了青、徐、幽、冀、荆、扬、兖、豫八大州，造成历史上有名的黄巾之乱。

佛学初来中国，多系口传，国人尚难解其真义，于是与当日流行的道教，彼此混杂，互相推演。当时信教者与传教者，都未能将佛、道二教分辨清楚，多视出自一门。因为当日那些托名黄、老的方术道士，除讲服食导养丹鼎符箓之外，也讲神鬼报应祠祀之方，而佛徒最重要的信条为神灵不灭轮回报应之说，又奉行斋戒祭祀，故双方容易调和，而成为一种佛、道不分的综合式。等到汉代末年，有支谶、安清、竺佛朔、康孟祥、竺大力诸人的译经，有牟子讨论佛义的《理惑论》，于是佛教本身的意义渐渐显明，从方术道士的手下，渐渐解放出来而入于自立之途了。同时，道教在民间很快地发展起来，其基础日趋稳固。到了魏晋，老庄哲学独立发展，与道教徒假托黄、老的道教分道而驰，一为民间信仰的宗教，一为当代学术思想界的正统了。但这种道教，对于当代的知识阶级，也发生很大的影响。如正派的道士葛洪我们不必说，就是嵇康、王羲之之流，也都是信仰道教的。其势力的传播，可知不仅在于民间了。在这种变化时期，佛学也脱离道士的附庸，而与老庄的玄学相辅而行，大为清谈之士所爱好，佛学的发展，又进展到一个新的阶段。

魏晋是政治长在动摇人民生活最痛苦的时代，也就是最适合于宗教发展的时代。遁世超俗之风日盛，出家为僧、道的人也就多起来了。那二百多年的佛经翻译，造成极盛的状况。如支谦、竺法护、僧伽跋澄、昙摩难提、竺佛念、鸠罗摩什、昙无谶诸人，都有很好的成绩。再如释道安、支道林、释慧远之流,也都是当日最有名的高僧。他们不仅宣扬佛理,并且精通中国的哲学,所以为时流所敬重。佛徒在汉末、三国时代,在读书界并没有地位,到了西晋,渐露头角,阮瞻、庾凯与沙门孝龙为友,桓颖与竺法深结交,开了名士僧人结交的风气。到了东晋,此风日盛,僧人加入清谈,士子研究佛理,我们只要看一看简文帝门下出入的僧人无不是谈客,那些名士文人,无不与佛徒往来的事,就可知道那时的情形了。

佛教文学在中国文学的形式与体裁上发生明显的影响,虽起于唐朝,然在魏晋时代,他一方面助长新人生观与浪漫思想的发展,同时,又给与文艺以精神上的影响的事,也是不可否认的。至于道教徒所倡导的炼丹服药以及求仙的事绩,无论在诗歌小说方面,都现出浓厚的色彩,这是人人都知道的。

二　文学理论的建设

在儒学衰微的魏晋,接着起来的,是道家、佛学的思想。乘着这个自由解放的好机会,文学也就向儒学宣告独立。由汉代的讽刺的功用主义,变为魏晋的个人主义,再变而为南朝时代的唯美主义了。在这种文艺思潮变动的过程中,魏晋时代确是一座重要的桥梁。对于这个文学独立运动首先发动的人,大家都知道是曹丕。他在那篇有名的《典论·论文》内,发表了许多对于文学可贵的见解。他首先叙述了对于建安七子的作品的品评。在那些评论里,完全脱了儒家的伦理实用观念,只以气势与个性为标准。其次他对于文学的对象,有离开六艺学术而注重纯文艺的倾向。他说:

“夫文本同而末异。盖奏议宜雅，书论宜理，铭诔尚实，诗赋欲丽。”奏议书论是散文，铭诔诗赋是韵文。宜雅宜理尚实欲丽，说得虽是简单，但由此也可看出他对文体的性质分辨得很是清楚。他又说：“盖文章经国之大业，不朽之盛事，年爵有时而尽，荣乐止乎一身。二者必至之常期，未若文章之无穷。是以古之作者，寄身于翰墨，见意于篇籍，不假良史之辞，不托飞驰之势，而声名自传于后。”在这些话里，已带有艺术至上主义的倾向，对于纯文学的发展，是要给予以重大影响的。

自曹丕开了论文的风气，继续着这种工作的人就多了。曹植的《与杨德祖书》，应玚的《文质论》，都是论文的文字。不过这些没有什么新颖的理论，略而不谈，我们现在要注意的，是西晋陆机的《文赋》。《文赋》虽是出于骈丽的赋体，读了似乎有点模糊，但稍稍细心一点，他的中心思想还是可以看得清楚。

一、内容形式两全

汉儒对于文学的观念，着重内容，所以贵重义理。陆机觉得文章的内容虽是可贵，但其形式音律以及修辞的美丽也不可忽略。他说：“理扶质以立干，文垂条以结繁。”又说：“辞程才以效伎，意司契而为匠。”又说：“其会意也尚巧，其遣言也贵妍。暨音声之迭代，若五色之相宣。”他在这里不仅主张用意修辞要尚妍巧，就是在声音方面，也要给以音乐的美感的。他这种思想，可以看作是齐梁时代声律论的先声。

二、情感与想象的重要

文学纵有美丽的形式与辞藻，若无真实的情感，作品仍是没有活跃的生命。故他说："遵四时以叹逝，瞻万物而思纷。悲落叶于劲秋，喜柔条于芳春。……慨投篇而援笔，聊宣之乎斯文。"因时节事物的刺激，可以使人生出情感和艺术创作的冲动性，到这时候援笔作文，便可达到如他所说的"思风发于胸臆，言泉流于唇齿，文徽徽以溢目，音泠泠而盈耳"的境地了。若作者毫无情感的波动，而一定要无病呻吟，所得的结果，必定是他所说的"六情底滞，志往神留，兀若枯木，豁若涸流"的状态了。情感以外，其次便是想象。文学虽贵于现实的取材，但必得经过想象力的组织与锻炼，始能达到艺术的成就。若专靠经验与实感，就难免平凡与薄弱。陆机说："罄澄心以凝思，眇众虑而为言。笼天地于形内，挫万物于笔端。"作家们要有"精骛八极，心游万仞"的想象力，才能使作品发出过人的力量与光辉。

三、反模拟

文学的有永久生命，因为它在表现方面，有它独创的个性。抄袭模拟的东西，无论技巧怎样高明，总无永久价值，不能为人所重视，陆机对于这一点，说得最清楚："虽杼轴于予怀，怵他人之我先，苟伤廉而衍义，亦虽爱而必捐。"又说："收百世之阙文，采千载之遗韵。谢朝华于已披，启夕秀于未振。"所谓谢已披之华，启未振之秀，就是要发古人之所未发，言前人之所未言，若一味模拟前人，就有一点伤廉衍义了。

陆机提出来的这几点，都是文学上的重要问题，他完全离开儒家伦理观念的束缚，从纯文学的观点，发出许多可贵的议论。他这种思想，对于当代文学发展的影响，自然是很大的。于是大家都承认文学是一种独立的艺术，专门论文的著述，和文集编纂的书籍，也一天天地多起来了。李充的《翰林论》，挚虞的《文章流别志论》、《文章流别集》等书，一定是很重要的文献，可惜早已失传，我们无从窥察其内容了。陆机的文学思想，我们可以看作是文学建设的理论。但对于传统的儒家文学观，带着革命的态度，加以破坏和攻击的，是称为道教徒的葛洪。他虽是道教徒，但他同时又是一个学者，对于老庄的哲学了解很深，他能以老子的自然论与庄子的进化论，应用到文学观念方面去。所以他的见解，击破了儒家的传统观念，而发出清新自由的理论了。

一、德行文章并重

儒家的传统观念，把德行看为根本，文章看为枝末。文章再做得好，也只是骋辞耀藻，无补救于得失。因此在儒家的眼里，辞章是玩物丧志的小道，没有什么意义的。葛洪却大胆地推翻了这种理论。他说："文章之与德行，犹十尺之与一丈，谓之余事，未之前闻。……且夫本不必皆珍，末不必悉薄。譬若锦绣之因素地，珠玉之居蚌石，云雨生于肤寸，江海始于咫尺尔。则文章虽为德行之弟，未可呼为余事也。"(《尚博》篇)文章与德行，犹如十尺一丈，并无轻重之分。天地万物各有其德行实用，也各有其文彩光辉，若只重其一面，而忽视另一面，这观念自然是错的。他还进一步说："德行为有事,优劣易见;文章微妙,其体难识。夫易见者粗也,难识者精也。夫唯粗也,故铨衡有定焉,夫唯精也,故品藻难一焉。”(同上)德行见于行为,大半是出于做作,容易讨好。文学出于表现,大半由于天才,其术难精。故德行粗浅,而文学精深,由这点看来,文学的艰苦微妙,反在德行之上了。他这种议论,确实是大胆的革命的,把儒家作为命根的德行看作是粗浅的东西,历来不敢动摇的德本文末的传统观念,也被他推倒了。

二、文学是进化的

儒家还有一个传统观念,认为什么东西,都是今不如古,养成一种自卑的拜古心理。称帝王必曰尧、舜,称圣人必曰周、孔,称文必讲《尚书》,称诗必道《三百篇》。他们的理由是:“古之著书者,才大思深,故其文隐而难晓。今文意浅力近,故露而易见。以此易见比彼难晓,犹沟浍之方江河,蚁蛭之与嵩、岱矣。”这种意见,葛洪觉得是大错的。他在《钧世》篇说:“盖往古之士,匪鬼匪神,其形器虽冶铄于畴曩,其精神布在乎方策。情见乎辞,指归可得。”他首先要破坏那种盲目崇拜古人的心理。古人并不是鬼,也不是神,他也同我们一样,是一个平凡的人。他们的作品的精神,我们还可以见其情意。这种民主的解放精神,是非常可贵的。至于说古文隐而难晓,今文露而易见,这不是古文优于今文的标准,反是今文优于古文的证据,并且古文的隐而难晓,只是时代变迁语言杂乱的原因,与才大思深绝无关系。今文浅显美丽,正是文学进化的结果。故他说:“古书之多隐,未必昔人故欲难晓。或世易语变,或方言不同,经荒历乱,埋藏积久,简编朽绝,亡失者多。或杂续残缺,或脱去章句，是以难知似若至深耳。”又说：“且夫古者事事醇素，今则莫不雕饰，时移世改，理自然也。”他用时代变迁说到文学的进化，用言语不同章句残缺种种合理的见解，来说明古今文章不同的原因，极合进化论的科学原理，比起儒家那种盲目的拜古主义来，真不知要高明多少倍了。

他根据这种文学进化论的原则，断定今文不仅不劣于古文，今文反比古文进步。他说：“夫《尚书》者政事之集也，然未若近代之诏策、军书、奏议之清富赡丽也。《毛诗》者华彩之辞也，然不及《上林》、《羽猎》、《二京》、《三都》之汪涉博富也。……其如古人所作为神，今世所著为贱，贵远贱近，有自来矣。故新剑以诈刻加价，弊方以伪题见宝也。是以古书虽质朴，而俗儒谓之堕于天也，今文虽金玉，而常人同之于瓦砾也。”(《钧世》篇)庸人俗士，自己不敢主张，只凭耳闻，不用眼力，于是演出凡古皆神无今不劣的见解。葛洪骂那些人为俗儒，实在是痛快极了。他接着又说：“至于罽锦丽而且坚，未可谓之减于蓑衣，辎軿妍而又牢，未可谓之不及椎车也。若舟车之代步涉，文墨之改结绳，诸后作而善于前事，其功业相次千万者，不可复缕举也。世人皆知之快于曩矣，何以独文章不及古耶？”(同上)他这种一步进一步的论断，使得那些俗儒，是无法反攻的。现在许多卫道的先生们，爱用电灯电话，爱坐轮船汽车，一提到白话文就深恶痛绝，这情形不正是一样吗？葛洪的道书，虽不足重视，但他的文学理论，却有重要的价值。他依着文质并重和进化论的原则，击破了儒家素所主张的德本文末和贵古贱今的两个最坚固的壁垒。就因这一点，在魏晋的文学批评史上，葛洪建立了稳固的地位了。

三　魏晋文学的浪漫性

在上述的那种时代环境与文学理论的环境下，魏晋文学的发展，自然是要偏于个人的浪漫主义方面去的。因此那些作品，都是以当日流行的道家、道教、佛教各种思想为其根底，完全离开现实的社会人生，充分地表现一种超然的神秘的浪漫情绪。由那些作品，很明显的映出当代智识阶级的心理意识。他们把老庄的无为遁世，道教的神仙，佛教的厌世，各种思想一起糅杂起来，再借着古代许多神话传说为材料，描出各种各样的玄虚世界。于是昆仑、蓬莱成了他们歌咏的仙境，宓妃成为理想的神女，人面兽身的西王母，变成了观世音，王乔、羡门、赤松子、河上公这些仙人逸士，都成为他们最高的人生理想了。《山海经》、《穆天子传》变成了经典，郭璞也得用汉儒解经的工夫来加以注解了。以儒家名世的皇甫谧，也写起《高士传》来了。陶渊明也以《读山海经》为题材而作诗了。招隐游仙成为当代最流行的诗题了。我们可以说，魏晋文学，完全是当日那种玄学与宗教思想的反映，也就是当日那些清谈名士的浪漫生活和浪漫心理的反映。在那些作品里，明显地表现出当代文人的性情理想嗜好和行为。间接地把那一个紊乱的时代，留下一个分明的影子。

在当代的诗文辞赋里，表现老庄的哲理思想的，真是触目皆是。从仲长统的《乐志》诗起，再如曹植的《玄畅赋》、《释愁文》、《髑髅说》，嵇康的《秋胡行》、《酒会诗》、《答二郭》、《与阮德如》、《述志诗》诸篇都是。至如阮籍、郭璞的诗，几乎全部是道家的哲理与神仙隐士的思想织成的。再如张华、孙楚、陆机、石崇他们的诗篇里，也时时露出道家的言语来，到了孙绰、许询，再加以佛理，诗就更枯淡无味了。《诗品》说："永嘉时，贵黄老，稍尚虚谈，于时篇什，理过其辞，淡乎寡味。爰及江表，微波尚传。孙绰、许询、桓、庾诸公诗，皆平典似《道德论》。"《文心雕龙·明诗》篇也说："自中朝贵玄，江左称盛。诗必柱下之旨归，赋乃漆园之义疏。"檀道鸾《续晋阳秋》也说："正始中何晏、王弼好庄老玄胜之谈，而俗遂贵焉。至过江佛理尤盛。故郭璞五言始会合道家之言而韵之；询及太原孙绰转相祖尚，又加以三世之辞，而诗骚之体尽矣。"这些批评都相当确切。不过道家诗文，并非起于郭璞，在仲长统、曹植、阮籍、嵇康的作品里，早已开始了。下面各举一首为例。

大道虽浅，见几者寡。任意无非，适物无可。古来绕绕，委曲如琐。百虑何为，至要在我。寄愁天上，埋忧地下。叛散五经，灭弃风雅。百家杂碎，请用从火。抗志山西，游心海左。元气为舟，微风为柂。敖翔太清，纵意容冶。

（仲长统）

绝圣弃学，游心于玄默。绝圣弃学，游心于玄默。遇过而悔，当不自得。垂钓一壑，所乐一国。被发行歌，和者四塞。歌以言之，游心于玄默。

（嵇康《秋胡行》）

除了道家的玄理以外，其次在诗文里表现最普遍的，是那种神秘的空想的游仙思想。在曹操的《气出唱》、《精列》、《陌上桑》、《秋胡行》诸诗里，已充满了仙道的典故。阮籍的《咏怀诗》，到处都是王乔、羡门、赤松、河上的字眼。曹植有《洛神赋》、《仙人篇》、《游仙篇》、《远游篇》、《升天行》。王粲、陈琳都有《神女赋》，郭璞是以《游仙诗》著名的，张华、张协、成公绥、何迢[①]诸人，也都有《游仙诗》。陆机有《前缓声歌》，庾阐、帛道猷都有《采药诗》。在这些作品里，他们糅杂着道家的思想与道教的迷信，再采用古代的神仙传说和一切奇异神秘的材料，造成一个美丽空虚的仙界，由这种艺术的象征的暗示性，一面作者可以寄托自己苦闷的灵魂，同时又可引导读者走入那种离奇的幻境。这种诗实在是太多了，随便举几首为例。

乘轿追术士，远之蓬莱山。灵液飞素波，兰桂上参天。玄豹游其下，翔鲲戏其巅。乘风忽登举，仿佛见众仙。

（曹植《升天行》）

危冠切浮云，长剑出天外。细故何足虑，高度跨一世。非事为我御，逍遥游荒裔。顾谢西王母，吾将从此逝。岂与蓬户士，弹琴诵言誓。

（阮籍《咏怀》）

游仙聚灵族，高会层城阿。长风万里举，庆云郁嵯峨。宓妃兴洛浦，王韩起太华。北征瑶台女，南要湘川娥。肃肃霄驾动，翩翩翠盖罗。羽旗栖群鸾，玉衡吐鸣和。太容挥高弦，洪崖发清歌。献酬既已周，轻举乘紫霞。总辔扶桑枝，濯足旸谷波。清辉溢天门，垂庆惠皇家。

（陆机《前缓声歌》）

京华游侠窟，山林隐遁栖。朱门何足荣，未若托蓬莱。临

① 何迢，疑为何劭。

源挹清波，陵冈掇丹荑。灵谿可潜盘，安事登云梯。漆园有傲吏，莱氏有逸妻。进则保龙见，退则触藩羝。高蹈风尘外，长揖谢夷齐。

（郭璞《游仙诗》）

其次，便是表现那种避世的隐逸思想而促成田园山水文学的产生。如阮籍、陆机、张载、左思、闾邱冲的《招隐》诗，陆云的《逸民赋》、《逸民箴》，王羲之的《兰亭诗》，陶潜的大部分诗篇，都是这一类的作品。在魏晋文学中，这类作品是最优秀的。因为哲理诗过于枯淡，游仙诗过于玄虚。只有这种文学看去似乎枯淡，却又丰腴，看去似乎玄虚，却又实在。在这些作品里，脱离了现世的尘俗，表现一个合乎人情的境界。这一个境界，不像仙界那么神秘玄妙，是一个人人能走得到能体会得到的自然境界，在那里有美丽的画意，有浓厚的诗情，有自由的人生，一切都显示着纯洁，一切都表现着自然，我们读了陶渊明的《归田园居》、《归去来辞》和《桃花源记》这一类的作品，自然会产生出这一种心境。

杖策招隐士，荒涂横古今。岩穴无结构，邱中有鸣琴。白云停阴冈，丹葩曜阳林。百泉漱琼瑶，纤鳞或浮沉。非必丝与竹，山水有清音。何事待啸歌，灌木自悲吟。秋菊兼糇粮，幽兰间重襟。踌躇足力烦，聊欲投吾簪。

（左思《招隐》）

仰视碧天际，俯瞰绿水滨。寥阒无涯观，寓目理自陈。大矣造化工，万殊莫不均。群籁虽参差，适我无非新。

（王羲之《兰亭诗》）

诗人的心境,时时刻刻是矛盾的。就在那种苦闷冲突的情感里,产生出艺术。他们有时要谈玄虚的哲理,有时要追求玄妙的神仙,有时又感到这些境界过于空虚,还不如饮酒作乐,及时求欢。于是这种现世的快乐思想,在魏晋的文学里,也呈现着浓厚的色彩。如阮籍、刘伶们的醉酒,王恺、石崇们的奢淫,以及《杨朱》篇中所表现的那种纵欲思想,正与这类的作品,取着一致的情调。

> 对酒当歌,人生几何?譬如朝露,去日无多。慨当以慷,忧思难忘。何以解忧,惟有杜康。
>
> (曹操《短歌行》)

> 盛固有衰不疑,长夜冥冥无期。何不驰驱及时,聊乐永日自怡。赍此遗情何之,人生居世为安。岂若及时为欢,世道多故万端。忧虑纷错交颜,老行及之长叹。
>
> (陆机《董桃行》)

由上面这几点看来,魏晋的文学,是离开社会的现实,趋于个人的浪漫的路上而发展着的。当代的文人,与其说住于现实的世界中,不如说是住于虚构的赏乐的或是自然的神秘的世界中。他们几乎全都是空想家,他们的生活都变成梦幻一般的玄虚。在这梦幻的玄虚中,他们的灵魂有了寄托,他们的心境由积极变为消极,由愤慨变为玄默,由避人变为避世,最后入于陶渊明的净化了。但由这种文学作品所反映出来的社会意识、时代心理,与当日流行的哲学思想宗教观念以及文士的生活状态是完全一致的事,我们是必得注意的。

四　魏晋的神怪小说

上述的那种浪漫神秘的文学思潮，在魏晋的小说里，也得着同样的表现。小说的形成，大都由于古代的神话传说的演述。我国神话传说最不发达，因此小说的形成，也非常迟缓。这大概也是古代思想偏于现实主义而缺少浪漫精神所致。在《庄子》、《楚辞》、《山海经》、《穆天子传》、《淮南子》诸书里，虽包含了一些神话传说的故事，但他们只可看做是小说的材料，还不能算作是小说。庄子所说的"饰小说以干县令"(《外物》)，其意是指琐屑之言，与后代小说的意义不同。桓谭所说："小说家合残丛小语，近取譬喻，以作短书，治身理家，有可观之辞。"(李善注《文选》引《新论》)这虽与《水浒》、《红楼梦》不同，我国古代小说，大都是这种样子。到了班固的《艺文志》，虽特别看小说家不起，但在诸子略的末尾，附存其目。得小说十五家，共千三百八十篇，这数目不能说少。班固说："小说家者流，盖出于稗官，街谈巷语、道听途说之所造也。孔子曰：虽小道必有可观者焉。致远恐泥。是以君子弗为也，然亦弗灭也。闾里小知者之所及，亦使缀而不忘，如或一言可采，此亦刍荛狂夫之议也。"他下的小说定义，和桓谭很相像。他后面加上去的那一点批评，也正是我国二千年来正统派文人对于小说一般的意见。一直到了《孽海花》的作者，还不敢写出真姓名来，大概也就是"君子弗为也"的原故。

汉代小说的篇目虽有那么多，可是到梁时只有《青史子》一卷，到隋时连这一卷也佚了。然据班固所注，则诸书大抵或托古人，或记古事。鲁迅氏说:“托人者似子而浅薄,记事者似史而悠谬者也。”这话是不错的。由《太平御览》所引的《鬻子》,大戴《礼记》所引的《青史子》的零篇看来,或言战争,或言礼制,实在还算不了小说。除此以外,现存的汉代小说,如托名东方朔的《神异经》、《十洲记》,托名班固的《汉武帝故事》、《汉武帝内传》,托名郭宪的《洞冥记》,托名刘歆的《西京杂记》诸书,大都是魏晋人所作,前人早有定论。由此看来,论中国的小说,最可靠的时代,还得以魏晋为开始了。

魏晋时代的神仙鬼怪小说,充分地表现了当代流行的神秘思想与宗教迷信。或出文人,或出教徒,无不以丰富的想象力,把古代的神话传说材料,加以美化,加以灵性,写得活跃生动。鲁迅氏说:“汉末大畅巫风,而鬼道愈炽。会小乘佛教亦入中土,渐见流传。凡此皆张皇鬼神,称道灵异。故自晋讫隋,特多鬼神志怪之书。其书有出于文人者,有出于教徒者。文人之作,虽非如释道二家在自神其教,然亦非有意为小说。盖当时以为幽明虽殊途,而人鬼乃皆实有。故其叙述异事,与记载人间常事,自视固无诚妄之别矣。”(《中国小说史略》)在这里正说明了当代神怪小说兴盛起来的社会环境。

古书里如《山海经》、《穆天子传》中所记载的各种现象。都只说其奇怪凶猛,但到了魏晋,经了一般文人方士的想象组织,都加以聪明的灵性和美丽的面貌了。如西王母在《山海经》里是一个人面兽身的可怕的怪物:

> 西海之南,流河之滨,赤水之后,黑水之前,有大山,名曰昆仑之丘。有神,人面虎身,有文有尾,皆白处之。其下有弱

水之渊环之，其外有炎火之山，投物辄然。有人戴胜虎齿豹尾穴处，名曰西王母。此山万物尽有。（《大荒西经》）

这种人兽合成虎齿豹尾穴居野处的怪物，是很可怕的。但到了《汉武帝故事》、《武帝内传》内，西王母变成人人爱的仙姑美女了。

到夜二更之后，忽见西南如白云起，郁然直来，径趋宫廷，须臾转近。闻云中箫鼓之声，人马之响。半食之顷，王母至也。县投殿前，有似乌集。或驾龙虎，或乘白麟，或乘白鹤，或乘仙车，群仙数千，光耀庭宇。既至，从官不复知所在，唯见王母乘紫云之辇，驾九色斑龙，别有五十天仙。……王母唯扶二侍女上殿。侍女年可十六七，服青绫之桂，容眸流盼，神姿清发，真美人也。王母上殿，东向坐，著黄金褡襡，文采鲜明，光仪淑穆，带灵飞大绶，腰佩分景之剑，头上太华髻，戴太真晨婴之冠，履玄璚凤文之舄，视之可年三十许，修短得中，天姿掩蔼，容颜绝世，真灵人也。（《汉武帝内传》）

《武帝内传》描写汉武帝从初生到崩葬时的故事，是魏晋小说中较好的一篇。他已经脱离那种残丛小语的形式，能用想象力把故事组织起来，成为一个长篇。其中如叙王母下降一段，文字既是美丽，描写也甚细致活泼，开后代传记小说的先声。但我们要注意的，除了文字与形式以外，便是从前那种人兽合一的王母，到了当代人的笔下，穿起了文化的衣冠，戴了珠宝的首饰，成了天姿掩蔼容颜绝世的仙女，在这里正表现了魏晋浪漫文学的真精神。《武帝故事》的内容和这一篇大致相同，但在文字的技巧上，却比不上这一篇，大概《武帝内传》是较迟的作品。

描写神仙以外，写鬼的也很多。《列异传》三卷，《隋志》云魏文帝撰，其中都是叙鬼物奇怪之事。文中有甘露年间事，在文帝后，或后人有所增益。现此书已亡，《法苑珠林》、《太平御览》诸书中，偶有引录。

> 南阳宗定伯年少时，夜行逢鬼，问曰："谁？"鬼曰："鬼也。"鬼曰："卿复谁？"定伯欺之，言："我亦鬼也。"鬼问："欲至何所？"答曰："欲至宛市。"鬼言："我亦欲至宛市。"共行数里，鬼言："步行大亟，可共迭相担也。"定伯曰："大善。"鬼便先担定伯数里，鬼言："卿大重，将非鬼也。"定伯复言："我新死，故大重耳。"定伯因复担鬼，鬼略无重。如是再三。定伯复言："我新死，不知鬼悉何所畏忌？"鬼曰："唯不喜人唾。"……行欲至宛市，定伯便担鬼至头上，急持之。鬼大呼，声咋咋索下。不复听之，径至宛市中，著地化为一羊，便卖之。恐其便化，乃唾之，得钱千五百。（《法苑珠林》六）

再如干宝所撰的《搜神记》二十卷，自序云以"发明神道之不诬"。其中言鬼事者颇多，举一条作例。

> 阮瞻字千里，素执无鬼论，物莫能难，每自谓此理足以辨正幽明。忽有客通名诣瞻，寒温毕，聊谈名理，客甚有才辩，瞻与之言良久，及鬼神之事，反复甚苦，客遂屈。乃作色曰："鬼古今圣贤所共传，君何得独言无？即仆便是鬼。"于是变为异

形,须臾消灭。瞻默然,意色大恶,岁余而卒。(卷十六)

可知谈神说鬼,文人们把它当成一件若有其事的来描写,是在魏晋那个浪漫思潮极盛的时代开始的。于是后代继续着这种发展一直到清代的《聊斋》,可说是集神鬼的大成。从魏晋以后,神鬼的演述,便成为小说中的一个重要部门了。

再如《神异经》、《十洲记》、《洞冥记》,张华的《博物志》,陶潜的《搜神后记》,荀氏的《灵鬼志》,祖冲之的《述异记》这些书,或存或亡,或有增删,或已失名,但看其书题,便会了解其中的内容,无不是谈神说鬼,叙述奇异的山川草木而已。他们的内容虽有些不同,然其表现的精神及其根本意识都是一致的。在当日的诗歌方面,所表现的是偏重于玄学的哲理与浪漫的人生观,在小说里,却把那些神鬼存在善恶报应的宗教观念与迷信色彩,全都表现出来了。由这些地方,我们更可知道称为浪漫主义的魏晋文学的特色了。

第九章　魏晋诗人

一　建安诗人

建安虽是汉献帝的年号，而这时候的政治大权，完全握在曹操的手里，并且当时的文学领袖，都是曹家人物。建安七子，虽大都死于建安年间，除孔融以外，也都是曹家的幕客，因此建安文学，应属之于曹魏的事，是较为合理的。

建安时代，在政治上虽是极其紊乱，但在文学上却是非常光明。一方面固然是因为时代环境的刺激与酿成，同时不得不归功于那几个政治领袖的爱才如命与提倡文学的风气。《文心雕龙·时序》篇说："魏武以相王之尊，雅爱诗章，文帝以副君之重，妙善辞赋，陈思以公子之豪，下笔琳琅。并体茂英逸，故俊才云蒸。仲宣（王粲）委质于汉南，孔璋（陈琳）归命于河北，伟长（徐幹）从宦于青士①，公幹（刘桢）徇质于海隅，德琏（应玚）综其斐然之思，元瑜（阮瑀）展其翩翩之乐。傲雅觞豆之前，雍容衽席之上。洒笔以成酣歌，和墨以藉谈笑。"《诗品》也说："曹公父子笃好斯文，平原兄

① "士"通作"土"。

弟(曹植封平原侯)蔚为文栋。刘桢、王粲为其羽翼。次有攀龙托凤,自致于属车者,盖将百计。彬彬之盛,大备于时矣。”在这里我们可以知道建安文坛的盛况。武、宣时代君主贵族的提倡辞赋,于是辞赋盛极一时,曹氏父子的于诗歌,个个能创作批评,再加以提倡奖励,不怕没有攀龙附凤的文士。“彬彬之盛,大备于时”,这种现象,自然是没有什么可怪的了。于是“建安七子”、“三祖陈王”都成为文学上的习语了(七子之名始见于《典论·论文》。“今之文人,鲁国孔融、广陵陈琳、山阳王粲、北海徐幹、陈留阮瑀、汝南应玚、东平刘桢,斯七子者,于学无所遗,于辞无所假,咸自以骋骐骥于千里,仰齐足而并驰。”三祖陈王,见于沈约《谢灵运传论》:“至于建安,曹氏基命,三祖陈王,咸蓄盛藻。”三祖为魏武帝曹操、文帝曹丕、明帝曹睿。陈王,曹植也。),再加以邯郸淳、丁仪、丁廙、繁钦、应璩诸人,于是造成了建安文学的极盛时代。

关于建安诗歌的特色,我们可以分作两方面来讲。第一,是诗歌的体裁与格律;其次,是诗歌的内容与精神。关于前者,有两点值得我们注意:

一、乐府歌辞的制作

两汉乐府文学的兴起,在我国的诗歌史上开辟了一个新局面。一方面是促进五七言诗体的成立,另一方面是使文士阶级的作品民众化与社会化。这两种现象,到了建安,格外明显。当代诗人的主要事业都是用古乐府的旧曲,改作新辞,即是写作纯粹的五言古诗,亦无不受有乐府文学的影响。因为这种影响,造成了文士诗的民歌化,乐府诗的文士化了。这一点,使得建安诗歌特别有生气有光彩的事，我们是必得注意的。并且乐府到了建安，大都篇幅加长。如曹操之《度关山》、《善哉行》、《秋胡行》、《气出唱》，曹丕之《大墙上蒿行》，曹植之《鼙舞歌》、《名都》、《美女》、《白马》、《驱车》、《弃妇》诸篇，少者百数十言，长者至二三百言，为两汉乐府所少见者。文字亦稍见整炼华美，这是乐府文士化的一种必然的趋势。至于当代诗人的重要作品，几乎都是那些仿制的乐府古辞，由此，我们更可知道乐府文学对于建安诗歌所发生的重大影响了。

二、七言诗体的正式成立

两汉乐府或古诗，尚无纯粹的七言体。柏梁联句真伪莫明，张衡《四愁》，尚非全体。到了曹丕的《燕歌行》，七言诗体才正式成立。在我国的诗史上，这是一件重要的事。《燕歌行》有两篇都是七言，今举一首作例。

> 秋风萧瑟天气凉，草木摇落露为霜。群燕辞归雁南翔，念君客游多思肠。慊慊思归恋故乡，君何淹留寄他方。贱妾茕茕守空房，忧来思君不敢忘。不觉泪下沾衣裳，援琴鸣弦发清商。短歌微吟不能长，明月皎皎照我床。星汉西流夜未央，牵牛织女遥相望。尔独何辜限河梁。

这完全是七言了。很奇怪的，这种七言体自曹丕成立以后，同时代的诗人，很少有这种作品。曹植的《离友诗》二首虽是七字一句，然也是《楚辞》体的作品，同《燕歌行》的体裁是两样的。便是两晋，作这种诗的人也很少见，一直到了南北朝，才渐渐发展起来。

由此可知一种新体裁由酝酿形成而至于兴盛，确是需要一个长时代的进化，决不是一个短时代和几个作家所能办到的。

上面所说的，是关于建安诗歌的体裁与格律，现在要说到他们的内容与精神了。在这一方面，也有值得注意的两点。

一、保存乐府诗中那种写实的社会的色彩

就魏晋文学的全体说来，其作品的内容与精神，是离开实际的社会人生，而偏于浪漫玄虚的发展。但在建安时代的诗歌中，有一部分的作品，还能保存乐府诗中那种特有的写实的社会的色彩。我想这原因有两点，第一，是建安诗人是初期模仿乐府的时代，在他们的作品里，还能承继乐府一部分的写实精神与社会文学的情调。其次，是在那个初步形成的大乱时代，一般文人尚未安于环境，尚未达到那种完全养性全真的隔离阶段。对于那种战祸的痛苦与人民的离乱，不能完全闭着眼睛不管。无论见闻感触，偶然表现于诗篇，便呈现着写实的社会的色彩了。我们在曹氏父子、建安七子的诗篇里，很有不少描写社会生活的作品。先看曹操的《蒿里行》：

> 关东有义士，兴兵讨群凶。初期会孟津，乃心在咸阳。……铠甲生虮虱，万姓以死亡。白骨露于野，千里无鸡鸣。生民百遗一，念之断人肠。

再如他的《苦寒行》、《却东西门行》也都是很好的作品。我们再看陈琳的《饮马长城窟行》：

饮马长城窟，水寒伤马骨。往谓长城吏，慎莫稽留太原卒。官作自有程，举筑谐汝声。男儿宁当格斗死，何能怫郁筑长城。长城何连连，连连三千里。边城多健少，内舍多寡妇。作书与内舍，便嫁莫留住。善待新姑嫜，时时念我故夫子。报书往边地，君今出语一何鄙。身在祸难中，何为稽留他家子。生男慎莫举，生女哺用脯。君独不见长城下，死人骸骨相撑拄。结发行事君，慊慊心意间。明知边地苦，贱妾何能久自全。

这是一首多么悲痛的社会诗。人民徭役之苦，夫妇别离之情，在这些文字里，写得既极真实，而又苦痛。再看王粲的《七哀诗》：

西京乱无象，豺虎方遘患。复弃中国去，委身适荆蛮。亲戚对我悲，朋友相追攀。出门无所见，白骨蔽平原。路有饥妇人，抱子弃草间。顾闻号泣声，挥涕独不还。未知身死处，何能两相完。驱马弃之去，不忍听此言。南登灞陵岸，回首望长安。悟彼下泉人，喟然伤心肝。

他在这里所写的民众离乱的生活，真是呈现着一幅有声有色的难民的图画。在这图画的背后，是深深地反映着那个时代的影子的。再看阮瑀的《驾出北郭门》：

驾出北郭门，马樊不肯驰。下车步踟蹰，仰折枯杨枝。顾闻丘林中，嗷嗷有悲啼。借问啼者谁，何为乃如斯？亲母舍我没，后母憎孤儿。饥寒无衣食，举动鞭捶施。骨消肌肉尽，体若枯树皮。藏我空屋中，父还不能知。上冢察故处，存亡永别离。亲母何可见？泪下声正嘶。弃我于此间，穷厄岂有资？传告后代人，以此为明规。

他们或写征战之痛苦，或写社会的离乱，或写难民的流浪，或写孤儿的苦楚，都呈现着写实的社会文学的特色与乐府民歌的明显的影响。在这里正表现着建安时代的诗人，还没有完全沉溺在酒药山水里，对于人生社会，不致于装着不闻不见的模样，至少，他们的眼睛耳朵，还没有完全闭着。但这种情形，到了两晋，就看不见了。老庄的玄理，道教的神仙，把他们同实际的社会人生完全隔离起来了。他们都住到另外一个世界去，那是一个玄虚美丽而又神秘的世界。

二、开两晋浪漫文学之端

上面虽说在建安诗人的作品里，有一部分还保存着写实的社会的色彩。而另一部分却正是两晋浪漫文学的先声。浪漫的色彩在程度上虽比不上两晋那么浓厚，但在诗歌里所歌咏的老庄玄学的思想与仙人高士的渴慕，以及人生无常的苦闷与暂时赏乐的观念，却有不少。本来这种倾向，在汉代张衡的《思玄》、《骷髅》二赋，乐府诗中的《善哉行》，以及仲长统的《乐志诗》里，已见其端绪，到了建安诗人的作品里，这种倾向是更明显了。我们先看曹操的《短歌行》：

对酒当歌，人生几何？譬如朝露，去日苦多。慨当以慷，忧思难忘。何以解忧，惟有杜康。青青子衿，悠悠我心。但为君故，沉吟至今。呦呦鹿鸣，食野之苹。我有嘉宾，鼓瑟吹笙。明明如月，何时可掇？忧从中来，不可断绝。越陌度阡，枉用相存。契阔谈讌，心念旧恩。月明星稀，乌鹊南飞。绕树三匝，无枝可依。山不厌高，水不厌深。周公吐哺，天下归心。

这首诗的气魄虽极雄浑，但人生无常富贵如梦的悲哀，总是浸透着全篇的字句里。四言诗自《三百篇》以后，有式微之叹，但到了仲长统、曹操很有几篇好的四言作品，颇有复兴之象，毕竟大势已去，虽当代作者颇多，已无法与五言诗的主潮对抗，到了嵇康、陶潜以后，四言诗就算是中绝了。曹公虽是一时英杰，但在他的作品里，所表现的人生幻灭感与游仙的思想却非常浓厚。如《秋胡行》、《陌上桑》、《精列》、《气出唱》诸篇，几乎都是仙人、玉女、蓬莱、昆仑、赤松、王乔这一类的字迹。关于曹操的心理状态，我们只能与秦皇、汉武同看，比起阮籍、郭璞一流人来，究竟是两样的。在曹植的作品里，这种色彩更是浓厚。无论辞赋、杂文、乐府、古诗都有不少叙述老庄哲理和歌咏游仙的文字，他是两晋浪漫文学一个最重要的启导者。可知在作品的内容与精神方面，建安的诗，一面保存着社会诗的写实性，一面开启着个人诗的浪漫性，这种变化递嬗之迹，在文学的发展史上，都是极其重要的。

建安七子，以王粲、刘桢为首。《诗品序》说："曹公父子笃好斯文，刘桢、王粲为其羽翼。"可知古人已有定评了。王粲（西历一七七—二一七年）字仲宣，山阳高平人（今河南修武），先依刘表，后入曹操的幕下。他以博洽著称，有集十一卷，今存诗二十六首。上面所举的《七哀诗》，是他的杰作。他的辞赋，已开骈俪华彩之风，在他的诗里亦颇注重锻字炼句。如“山冈有余映，岩阿增重阴”（《七哀诗》之二），“曲池扬素波，列树敷丹荣”（《杂诗》），“幽兰吐芳烈，芙蓉发红晖”（《杂诗》之二）。这些都不是汉诗的风格，已下开两晋、南朝的风气了。《诗品》说他：“发愀怆之词，文秀而质羸。在曹、刘间别构一体。方陈思不足，比魏文有余。”这批评是很得体的。

刘桢（死于西历二一七年）字公幹，东平人（今山东泰安）。在七子中，他的诗名最盛。曹丕称赞他说：“其五言诗，妙绝当时。”（《与吴质书》）《诗品》也说：“桢诗源出于古诗，仗气爱奇，动多振绝，真骨凌霜，高风夸尚。但气过其文，雕润恨少。然自陈思以下，桢称独步。”刘勰、锺嵘虽是这么一致推崇他，但就其现存的十五首诗看来，并不能使我们觉得他的作品真是妙绝当时。在这些诗里，找不到《七哀》、《饮马长城窟》那一类的社会诗，就是他的五言诗，也还比不上魏文帝那两首杂诗。或许他有更好的作品，早已散亡了，也说不定。现举诗一首以见其作风。

> 秋日多悲怀，感慨以长叹。终夜不遑寐，叙意于濡翰。明灯耀闺中，清风凄已寒。白露涂前庭，应门重其关。四节相推斥，岁月忽欲殚。壮士远出征，戎事将独难。涕泣洒衣裳，能不怀所欢。
>
> （《赠五官中郎将》之三）

三祖俱以乐府见称，武、明二帝以四言见长，文帝则四言、五言、七言中俱有佳作。武帝长于才与气，文帝长于情与韵。明帝有气势而弱才情，自为三祖之末。《诗品》将武、明二帝置于下品，批评说："曹公古直，甚有悲凉之句。睿不如丕，亦称二祖。"这于曹操虽觉不平，于曹睿却是合理的。曹丕在文学史上，自有其高贵的地位。文学批评由他开始，七言诗体由他创立。乐府诗外，他还能作极好的五言诗。试看他的《杂诗》第一首：

> 漫漫秋夜长，烈烈北风凉。展转不能寐，披衣起彷徨。彷徨忽已久，白露沾我裳。俯视清水波，仰看明月光。天汉回西流，三五正纵横。草虫鸣何悲，孤雁独南翔。郁郁多悲思，绵绵思故乡。愿飞安得翼，欲济河无梁。向风长叹息，断绝我中肠。

再如他的《杂诗》第二首及《与君新结婚》，都是极好的五言诗。这种诗，无论从哪方面讲，都在王粲、刘桢之上。《诗品》评其鄙质，我倒觉得他的好处就在鄙质上面。因为如此，所以他的乐府古诗，都能充分地保存古乐府的风格，平淡朴质，而情韵又极好。锺嵘受了六朝华美文学的熏染，而薄其鄙质，这论见是不公平的。

在整个的建安诗坛上，能领袖群伦而无愧色的，自然是曹植（西历一九二—二三二年）。曹植字子建，先后封为平原侯、东阿王，死后谥日思，故世称陈思王。由他的传记以及其他的史料看来，我们知道他自小聪明，养育在那个文学空气浓厚的家庭里，十岁左右，便诵读了诗论、辞赋数十万言，十二岁那年，作了《铜雀台赋》，使得他的父亲大为惊喜。也就在这幼小的年纪，同一个比他大十岁的甄夫人发生了恋爱。后来这位女人同曹丕结了婚，他昼思夜想废寝忘餐，害起相思病来。不久，甄夫人死了，他那浪漫的哥哥送给弟弟一个她睡过的枕头，曹植见而泣下，作《感甄赋》，就是那曹睿改名的《洛神》。由这些事实里，我们知道他自幼便有良好的文学修养和诗人特有的那种殉情的浪漫的性格。但是他到了壮年，却遭逢着极不良的境遇。曹丕篡位以后，他无日不在压迫困苦中讨生活，有名的《七步诗》，是人人知道的故事。明帝即位，待遇较佳，上表求试，想做一番事业，结果是一无成就。死时正是四十一岁的壮年。

由此，我们可以知道，曹植的作品，除了那公众的时代环境以外，还有那种他自己特有的个人环境作基础。由这两方面的生活环境彼此调和混合，造成了他作品中分明的性格、高远的意境与热烈的感情。在曹丕篡位以前，他的生活比较自由舒适。所以反映在作品中的情感也比较平和，如《三良》、《公宴》、《侍太子坐》，以及赠送丁仪、王粲、徐幹诸诗，大半都是互相赠答唱和的应酬诗，虽呈露着他的才藻，却缺乏真实的性情。曹丕称帝以后，他感着压迫日盛，他的几位好朋友也都遇害了。在这时期他时常迁徙，骨肉之情，流浪之苦，才使他真实地体验到人生的悲痛。如他的《吁嗟篇》、《浮萍篇》、《怨歌行》、《门有万里客》、《磐石篇》诸诗，或明写或暗示，都是表现自己飘零的身世，而寄寓着沉痛的情感的。再如《赠白马王彪》七首，更是悲愤交集。其中有诅咒，有讽刺，有悲伤，也有劝慰。在曹植的集子里，这些都是最好的作品。无论在文字或是情感上，决不是《侍太子坐》那一类的应酬诗所可比拟的了。生活愈是压迫，心境愈是追求自由与解脱。这种追求自由与解脱的心境，是曹植全体作品的基干。他在《野田黄雀行》一诗里，假想着黄雀自由飞舞的快乐心境，来解脱自己的苦闷。“拔剑捎罗网，黄雀得飞飞。……飞飞摩苍天，来下谢少年。”这种海阔天空的自由世界，自由心境，是曹植日夜追求而得不到的。由这种追求的苦闷，自然容易偏向到老庄的清静逍遥的路上去，也就容易入于游仙的境界了。他的理智中虽是师承儒道，想做一番爱国利民的事业，虽是反对方士的神仙观念，但在他的潜意识，却充满了老庄的思想与游仙的追恋。试看他的《苦思行》、《升天行》、《仙人篇》、《远游篇》、《五游咏》、《平陵东》、《桂之树行》、《飞龙篇》都是这种虚无浪漫的作品。在他的辞赋杂文中，歌诵黄老之言的文字也很多。所以曹植的思想根底，确实是多方面的。儒道神仙，都包罗在他的头脑里。然而也就因为这种矛盾冲突错综复杂的意识，促成了诗人伟大的成就。

五言诗在建安时代虽已成熟，但到曹植的笔下才扩大其范围，达到无所不写的程度。无论抒情、说理、写景、祝颂、象征各种诗体，他的集子里都有。在五言诗的发展史上，曹植的开拓工作，我们是不能忽视的。

吁嗟此转蓬，居世何独然。长去本根逝，夙夜无休闲。东西经七陌，南北越九阡。卒遇回风起，吹我入云间。自谓终天路，忽然下沉泉。惊飙接我出，故归彼中田。当南而更北，谓东而反西。宕宕当何依，忽亡而复存。飘飖周八泽，连翩历五山。流转无恒处，谁知吾苦艰。愿为中林草，秋随野火燔。糜灭岂不痛？愿与根荄连。

（《吁嗟篇》）

明月照高楼，流光正徘徊。上有愁思妇，悲叹有余哀。借问叹者谁，言是荡子妻。君行逾十年，孤妾常独栖。君若清路尘，妾若浊水泥。浮沉各异势，会合何时谐。愿为西南风，长逝入君怀。君怀良不开，贱妾当何依？

（《七哀》）

踟蹰亦何留，相思无终极。秋风发微凉，寒蝉鸣我侧。原野何萧条，白日忽西匿。归鸟赴高林，翩翩厉羽翼。孤兽走索群，衔草不遑食。感物伤我怀，抚心长太息。

（《赠白马王彪》之四）

曹植的好诗太多，上面选了三首作一个例。《诗品》说他"原出《国风》。骨气奇高，词采华茂。情兼雅怨，体被文质。粲溢今古，卓尔不群。"这真是推崇备至了。李梦阳序云："植诗其音宛，其情危，其言愤切而有余悲，殆处危疑之际者乎？"又王世贞云："汉乐府之变，自子建始。"这两家或从其作风立论，或从其体裁着眼，都有过人之处，是值得我们重视的。

二　正始到永嘉

正始是魏废帝的年号，当日的政治实权已落在司马氏的手里，这与建安时代的政治情形是同样的衰落，但在文化思想上，却又有同样的光彩。两晋的玄学，就在这时候建立起来，何、王、嵇、阮一流的名士，都产生在这个时代。中国的文化思想，从这时起了一个大大的转变。《魏氏春秋》说："嵇康寓居河南之山阳县，与之游者，未尝见其喜愠之色。与陈留阮籍、河内山涛、河南向秀、籍兄子咸、琅琊王戎、沛人刘伶，相与友善，游于竹林，号为七贤。"建安七子与竹林七贤，前后遥相对照，是一件有趣味的事。但其间却有一点重要的差别。七子,是围绕着当日的君主贵族,七贤是寄情于竹林酒乐之乡,过其放浪自由的生活的。中间虽有山涛、王戎从事政治,然亦无损于他们那一派人的特有风格。由这种地方,一面说明建安、正始文人的生活思想的转变,同时也就表示当日文学精神的转变。老庄的玄学,由何宴、王弼、嵇康、阮籍一般人倡导鼓吹,于是道家思想日益兴盛,便成为两晋学术界的主流。因此当日的文学,连建安时代保存的那一点点写实的社会的色彩也完全脱去,无论诗文辞赋,全都是那些虚无的道家言语。文学的表现方法,也多由写实的变为象征的,抒情的变为说理的了。《文心雕龙》说:"正始明道,诗杂仙心。何晏之徒,率多浮浅。惟嵇诗清峻,阮旨遥深,故能标焉。"(《明诗》)他这话是不错的。竹林七贤中的山涛、向秀、王戎、阮咸四人没有诗流传下来,刘伶除那著名的《酒德颂》外,只传下一篇《北芒客舍》的五言诗。何晏存诗二首,一为《鸿鹄比翼游》,一为《转蓬去其根》,确是浮浅不足称。能作为正始诗人的代表的,自然只有阮籍、嵇康了。

阮籍(西历二一〇—二六三)字嗣宗,陈留尉氏人(今河南开封),是阮瑀的儿子,他赋性傲慢,胸怀高阔,爱酒喜乐,反对礼法,成为有名的浪漫者。他著有《大人先生传》、《达庄论》、《通易论》诸文,尽力反对儒家的名教仁义,而归于老、庄的无为与逍遥。这些文字对于当日的玄学运动,发生极大的影响。钱大昕在《何晏论》中说:"典午之世,士大夫以清谈为经济,以放达为盛德。竞争虚浮,不修方幅,在家则丧纪废,在朝则公务废。……以是咎嵇、阮可,以是罪王、何则不可。"(《潜研堂集》卷一)他说的这些事实是对的,其实咎嵇、阮,罪王、何都是不对的。当日那种浪漫的思想与生活的产生,完全是时代环境所造成,决非出于其本性。当魏晋交替，人命的屠杀极为惨酷。如何晏、夏侯玄的诛族，钟会的被杀，都是令人寒心的事。士处当世，对于现实的希望完全消灭，不得不由积极的救世的人生观，变为消极的避世的人生观了。《晋书·阮籍传》说："籍本有济世志，属魏晋之际，名士少有全者，籍由是不与世事，酣饮为常。"可知他并不是无志之士，只因为环境过于恶劣，又不愿去做那种夤缘势利的下贱行为，只好纵酒取乐，而归于颓废一途了。他虽是连续地在司马父子的手下做着官，那也只是一种无可奈何的明哲保身的方法，他的心境自然是痛苦的。如果他真是爱富贵，司马昭替他儿子司马炎求亲的时候，他何必要烂醉六十天，去装聋卖哑呢？我们读他的《首阳山赋》，知道他的心中还蕴藏着激烈的愤慨与热烈的情感。他讨厌那些高官大吏假借礼法的名义来陷害良人，所以他反对那种虚伪的礼法，他看见那些君主贵族的胡作乱为，所以他鼓吹无为，他受不了那种压迫束缚的生活，所以他歌诵着清静逍遥的境界。这种种心情的结合，表现出来的是那有名的八十二首《咏怀诗》。

在那个动辄得咎的时代，说话作人固不容易，作诗作文也就很难。自己心中的愤恨和情感，只能用隐秘的象征的语句表现出来，因此《咏怀诗》就蒙了一层晦隐的帷幕。颜延年说："阮公身事乱朝，常恐遇祸。因兹《咏怀》，虽志在刺讥，而文多隐避。百代之下，难以情测。"《诗品》也说："厥旨渊放，归趣难求。"可知这种象征的表现法，也是时代造成的。他在第一首说："徘徊将何见，忧思独伤心。"这忧思伤心，便是《咏怀》诗的中心意境。他忧思宇宙间一切的幻灭，他伤心人事社会的离乱，他羡慕仙界的美丽而又同时感其虚无，他痛恨现实世界的恶劣而又无法逃避。这些心境的波潮，便是他要咏的怀抱。

夜中不能寐，起坐弹鸣琴。薄帷鉴明月，清风吹我衿。孤鸿号外野，翔鸟鸣北林。徘徊将何见，忧思独伤心。

朝阳不再盛，白日忽西幽。去此若俯仰，如何似九秋。人生若尘露，天道邈悠悠。齐景升丘山，涕泗纷交流。孔圣临长川，惜逝忽若浮。去者余不及，来者吾不留。愿登太华山，上与松子游。渔父知世患，乘流泛轻舟。

危冠切浮云，长剑出天外。细故何足虑，高度跨一世。非子为我御，逍遥游荒裔。顾谢西王母，吾将从此逝。岂与蓬户士，弹琴诵言誓。

儒者通六艺，立志不可干。违礼不为动，非法不肯言。渴饮清泉流，饥食甘一箪。岁时无以祀，衣服常苦寒。屣履咏南风，缊袍笑华轩。信道守诗书，义不受一餐。烈烈褒贬辞，老氏用长叹。

这些都是《咏怀》诗中意义比较明显一点的作品，在这些作品里，阮籍的伤时感事反礼法慕自由的心境，我们是可以体会得到的。在他的集子里，没有一首乐府，他是东汉建安以来，第一个用全力作五言的大诗人，五言诗到了他，地位更是稳固，艺术更是成熟了。

嵇康（西历二二三—二六二）字叔夜，谯国铚人（今河南夏邑附近）。学问渊博，人品高尚。好老庄，稍染道教习气，故常言养生服食之事。其反礼法爱自由，正与阮籍同，然才高识远，一时有卧龙之称。后因友人吕安事入狱，加以钟会谮于司马昭，遂遇害。本传说他临刑时，太学生三千人请以为师，弗许，可知他当日在学术界的名望了。世人都妄讥阮、嵇乱俗，而当此乱世，以嵇康那种树下锻铁山中采药的生活，尚不能免一死，明哲保身也就实在不容易了。

阮籍以五言专，嵇康以四言著。在他五十三首诗中，有二十五首是四言。并且好的作品，都在四言中。曹操以后，嵇康算是四言诗的健者。

> 乘风高游，远登灵丘。托好松乔，携手俱游。朝发太华，夕宿神州。弹琴咏诗，聊以忘忧。
>
> （《赠秀才入军》十九首之十六）
>
> 淡淡流水，沦胥而逝。泛泛柏舟，载浮载滞。微啸清风，鼓楫容裔。放棹投竿，优游卒岁。
>
> （《酒会诗》七首之一）

这种诗的意境是多么高远纯洁。刘勰说嵇诗清峻，是非常精当的。清是清远，峻是峻切。《诗品》亦说："嵇诗颇似魏文，过为峻切，讦直露才，伤渊雅之致。然托谕清远，良有鉴裁，亦未失高流矣。"所谓清远，就是一种空灵高洁的境界，可于上举二诗中得之。至于峻切，我们可以看他的长篇《幽愤诗》。这一篇是他入狱所作，心境愤慨，情不能已，秉笔直书，自然是要脱其清远之气而入于峻切一途了。然而在这长诗里，却表现了诗人的真实的人生观。其他的五言诗与乐府诸篇，其中多言黄老神仙，诗的情韵，大为减少。

所谓个人主义的浪漫文学，曹植开其端绪，到了嵇、阮，算是达到盛时了。

正始以后，接着就是太康。《诗品》云："太康中，三张、二陆、两潘、一左，勃尔复兴，踵武前王，风流未沫，亦文章之中兴也。"三张旧说为张载、张协、张亢兄弟（但张亢不列《诗品》，诗亦不佳，应以张华为是），二陆为陆机、陆云兄弟，两潘为潘岳、潘尼叔侄，左为左思。其外还有傅玄、何劭、孙楚、成公绥、夏侯湛、石崇诸人，都有作品，因此在两晋，太康确是一个文风最盛的时期。这原因，便是司马氏篡魏以后，这六七十年的分裂局面，暂时告一结束，而入于短期的统一。太康时代，勉强可算得是小康。于是一般文士又攀龙附凤歌功诵德起来，都注意在文字的形式方面用工夫。阮籍、嵇康诗中所表现的那种自由精神，那种清峻遥深的风格与意境也不可得了。

太康诗人的作品，实在没有多大的价值。然而他们却有一个共同的特色，便是轻视内容与意境，而偏重辞藻。于是造成浮艳华美的风气。这一点虽不足取，然对于南朝文学的发展，却有极大的影响。两汉诗歌，篇目虽少，然皆文字质朴，内容充实。建安、正始，辞华渐富，仍能注重内容意境，颇有两汉遗风。至于太康，时会所趋，无论诗歌辞赋，都用心雕琢，注意辞藻。如陆机所拟的汉乐府古诗，全非汉代面目，满篇骈词俪句，完全是太康的流行体了。本来这种浮艳的风气，由王粲开其端，到了陆机，才至于全盛。沈德潜批评他说："意欲逞博而胸少慧珠，笔又不足以举之，遂开出排偶一家。西京以来空灵矫健之气不复存矣。降自梁陈，专工对仗，边幅复狭，令阅者白日欲卧，未必非士衡为之滥觞也。"这话是一点不错的。我们试看他下面这些诗句：

清川含藻景，高岸被华丹。馥馥芳袖挥，泠泠纤指弹。悲歌吐清响，雅舞播幽兰。

（《日出东南隅行》）

凝冰结重磵，积雪被长峦。阴云隐岩侧，悲风鸣树端。不睹白日景，但闻寒鸟喧。猛虎凭林啸，玄猿临岸叹。

（《苦寒行》）

和风飞清响，鲜云垂薄阴。蕙草饶淑气，时鸟多好音。

（《悲哉行》）

南望泣玄渚，北迈涉长林。谷风拂修薄，油云翳高岑。亹亹孤兽骋，嘤嘤思鸟吟。

（《赴洛》）

振策陟崇丘，安辔遵平莽。夕息抱影寐，朝徂衔思往。

（《赴洛道中》）

这样的诗句，真是触目皆是。对偶既是工稳，文字亦极华美，而造句用字，更呈现着雕琢刻画的痕迹与苦心。这种现象，在文学的艺术上讲，无疑是进步的。但过于雕琢刻画，有伤文学的真美，有损于意境与情感，这一点是太康诗人的通病，也是他们的共同的特征。如张华、潘岳、陆云、潘尼的诗文，都是如此。张载、张协虽较朴净，然亦时现雕琢之迹。《诗品》评张华的诗说：

其体浮艳，兴托不奇。巧用文字，务为妍冶。虽名高曩代，而疏亮之士，犹恨其儿女情多，风云气少。谢康乐云：张公虽复千篇，犹一体耳。

又评陆机诗说：

厚出陈思。才高词赡，举体华美。气少于公干，文劣于仲宣。……然其咀嚼英华，厌饫泽膏，文章之渊泉也。

李充《翰林论》评潘岳说(《初学记》引)：

潘安仁之为文也，犹翔禽之羽毛，衣被之绡縠。

这些批评，都是说明太康诗歌的趋于辞藻雕饰的共同倾向。大都缺少汉魏诗的浑厚与意境。但他们也不能说完全没有好诗。如张华的描写当代淫侈生活的《轻薄篇》，陆机的《赠弟》、《赴洛道中》，潘岳的《悼亡》，张协的《杂诗》还不失为上等之作。他们作品最大的缺点，就是缺少作家的个性，只有时代共同的个性，谢康乐评张华诗说："张公虽复千篇，犹一体耳。"这是他们这一群诗人的最好的公评。

在这个偏重辞藻注意雕饰的空气里，只有左思一人，独标异帜，出现于当日的诗坛，有卓然不群之概。这是值得我们重视的。他现存的作品虽是不多，然都能脱去太康流行的风尚，颇有哀怨感伤讽谕寄托之致，尚能保存汉魏诗中那种浑厚的风格。《诗品》说他"文曲以怨，颇为精切，得讽谕之致"，这是不错的。

左思字太冲，山东临淄人。生卒年不详，约生于三世纪中期，死于四世纪初年。博学能文，貌寝口讷。其妹左芬，亦有诗名。他作有《三都赋》，皇甫谧为之序，一时豪贵竞相传写，洛阳为之纸贵。

因此成了大名。但他的诗的价值，远在他的辞赋之上。他的《咏史》、《杂诗》、《娇女诗》都是好作品。

皓天舒白日，灵景耀神州。列宅紫宫里，飞宇若云浮。峨峨高门内，蔼蔼皆王侯。自非攀龙客，何为欻来游？被褐出阊阖，高步追许由。振衣千仞冈，濯足万里流。

（《咏史》八首之五）

杖策招隐士，荒涂横古今。岩穴无结构，邱中有鸣琴。白云停阴冈，丹葩曜阳林。石泉漱琼瑶，纤鳞或浮沉。非必丝与竹，山水有清音。何事待啸歌，灌木自悲吟。秋菊兼糇粮，幽兰间重襟。踌躇足力烦，聊欲投吾簪。

（《招隐》之一）

秋风何冽冽，白露为朝霜。柔条旦夕劲，绿叶日夜黄。明月出云崖，皦皦流素光。披轩临前庭，嗷嗷晨雁翔。高志局四海，块然守空堂。壮齿不恒居，岁暮常慨慷。

（《杂诗》）

这种浑厚的作风，高洁的境界，不是潘、陆、三张他们的诗中所能找到的。或借史事以写怀，或托山水以寓意，或因时序以寄慨，这才是魏晋浪漫文学中的最上作品。这种诗风由左思开其端，到陶渊明集其大成，达到最高的表现。沈德潜说："太冲胸次高旷，而笔力又复雄迈。陶冶汉魏，自制伟词，故是一代作手，岂潘、陆辈所能比埒！"这真是知人之论了。

太康以后，诗史上有永嘉之称。永嘉为晋朝大乱之时。怀、愍北去，典午南迁。当日诗人或写家国之痛，其辞愤激而有余悲，或抒逃世之情，其诗玄虚而有仙意，前者是刘琨，后者是郭璞。

刘琨（西历二七一—三一八）字越石，中山魏昌人（今河北省）。年少有诗名，与石崇、欧阳建、陆机、陆云之徒，并以文章事贾谧，时称为二十四友。永嘉元年为并州刺史，颇有声望，后为刘聪所败，父母俱遇害。愍帝时拜大将军都督，并、幽、冀三州军事，复败于石勒。遂与幽州刺史鲜卑段匹磾联婚立誓，共戴晋室，后以嫌隙为段匹磾缢死，年四十八。我们看了他《晋书》中的传记，知道他半生戎马，很想做一番事业，只是大势已去，遭逢着那困穷的境遇。发之于诗，令人有故宫禾黍之悲，英雄末路之感。在《答卢谌书》中，将他的思想心情说得非常清楚。他说：

> 昔在少时，未尝检括。远慕老、庄之齐物，近嘉阮生之旷达。厚薄何从而生，哀乐何由而至？自顷辀张，困于逆乱，国破家亡，亲友凋残。块然独立，则哀怨两集；负杖行吟，则百忧俱至。时复相与，举觞对膝，破涕为笑，排终身之积惨，求数刻之暂欢。譬由疾疢弥年，而欲一丸销之，其可得乎？夫才生于世，世实须才。……天下之宝，固当与天下共之。但分析之日，不能不怅恨耳。然后知聃、周之为虚诞，嗣宗之为妄作也。

可知刘琨原来的思想，也是属于老庄一派。后来的现实生活与穷困的境遇，才使他起了转变。在这种转变与境遇里，造成他那种哀感而又俊拔的作风。

> 横厉纠纷，群妖竞逐。火燎神州，洪流华域。彼黍离离，

彼稷育育。哀我皇晋，痛心在目。

（《答卢谌》）

诗义虽是浅显，其情感是非常真实的。再有《扶风歌》一首，可称是他的代表作。

朝发广莫门，暮宿丹水山。左手弯繁弱，右手挥龙渊。顾瞻望宫阙，俯仰御飞轩。据鞍长叹息，泪下如流泉。系马长松下，发鞍高岳头。烈烈悲风起，泠泠涧水流。挥手长相谢，哽咽不能言。浮云为我结，归鸟为我旋。去家日已远，安知存与亡。慷慨穷林中，抱膝独摧藏。麋鹿游我前，猿猴戏我侧。资粮既乏尽，薇蕨安可食。揽辔命徒侣，吟啸绝岩中。君子道微矣，夫子固有穷。惟昔李蹇①期，寄在匈奴庭。忠信反获罪，汉武不见明。我欲竟此曲，此曲悲且长。弃置勿重陈，重陈令心伤。

禾黍之悲，末路之感，表现得既深刻又沉痛，令读者一面悲怀当日的离乱，同时又寄与作者以无限的同情。这种雄峻的诗风，在魏晋诗人里是少见的。《诗品》说他，“善为凄戾之辞，自有清拔之气。既体良才，又罹厄运。故善叙丧乱，多感恨之词。”这批评算是最确切了。

郭璞（西历二七七—三二四）字景纯，河东闻喜人（今山西绛县附近）。先后入于殷祐、王导的幕下，元帝时，为尚书郎，后遇害于王敦，年四十九。据《晋书》的传记，他是一个彻底的呼风唤雨捉鬼

① “蹇”，通作“骞”。

驱神的道士。但他的学问渊博，文采斐然，无论辞赋诗章，俱为一时名手。著书有《尔雅注》、《方言注》、《穆天子传注》、《山海经注》、《周易林》、《楚辞注》等书，为士林所重。魏晋的游仙文学，作者虽多，但不能不以郭璞为极盛。他有《游仙诗》十四首，是其诗中的代表作。

翡翠戏兰苕，容色更相鲜。绿萝结高林，蒙笼盖一山。中有冥寂士，静啸抚清弦。放情凌霄外，嚼蕊挹飞泉。赤松临上游，驾鸿乘紫烟。左挹浮丘袖，右拍洪崖肩。借问蜉蝣辈，宁知龟鹤年。

（《游仙》）

清溪千余仞，中有一道士。云生梁栋间，风出窗户里。借问此何谁？云是鬼谷子。翘迹企颍阳，临河思洗耳。阊阖西南来，潜波涣鳞起。灵妃顾我笑，粲然启玉齿。蹇修时不存，要之将谁使。

（《游仙》）

这种诗比起刘琨那种清刚之气的作品来，正是道语仙心的玄虚文学的代表。但作者文才奇肆，尚能假玄语以托中情，还表现出诗中的高远意境，所以在当日那种谈玄说理的诗歌里，郭璞的诗是比较可读的。《诗品》说他："始变永嘉平淡之体，故为中兴第一。"刘勰说他"景纯艳逸，足冠中兴"。所谓"变平淡"，所谓"艳逸"，都是说明在当日"理过其辞平淡寡味"的诗风里，他还能够保存一部分的辞藻与诗情。至如孙绰、许询、桓温、庾亮们的作品，诗既无情韵，体近乎偈语，那真不能算是诗歌了。《诗品》说："永嘉时，贵黄老,尚虚谈,于是篇什,淡乎寡味。爰及江表,微波尚传。孙绰、许询、桓、庾诸公诗,皆平典似《道德论》。”(何晏著有《道德论》)《世说》注引《续晋阳秋》说:“过江佛理尤盛,……询及太原孙绰,转相祖尚,又加三世之辞,诗骚之体尽矣。”又沈约《谢灵运传论》云:“在晋中兴,玄风独盛。为学穷于柱下,博物止乎七篇。”可知当时的诗文,除老庄以外,再加以佛理,自然是更枯淡无味了。

许询、桓温、庾亮的诗不传,孙绰的诗在残存的《文馆词林》及《汉魏六朝百三名家篇》里还保存着几首。大概孙、许二人各有特长。《晋书》本传云:“绰与询一时名流,或爱询高迈,则鄙于绰;或爱绰才藻,而无取于询。沙门支遁,试问绰:‘君何如许?’答曰:‘高情远致,弟子早已伏膺,然一咏一吟,许将北面矣。’”可知许以品格称,孙以文采胜。他的《天台山赋》虽杂有禅意,然刻画极精,文字亦美丽。我们试看他的诗:

大朴无像,钻之者鲜。玄风虽存,微言靡演。邈矣哲人,测深钩缅。谁谓道远,得之无远。……

(《赠温峤》)

仰观大造,俯览时物。机过患生,吉凶相拂。智以利昏,识由情屈。野有寒枯,朝有炎郁。失则震惊,得必充诎。

(《答许询》)

由这些诗句,很可看出当日玄理诗的趋势,除了述道佛的哲理外,更要勉力拟古,于是都变成一种歌诀和偈语了。但是他的《碧玉歌》二首,却是最有情韵的、民歌式的短诗。因其风格全异,故后人疑为伪托。如第二首云:“碧玉破瓜时,郎为情颠倒。感君不羞赧，回身就郎抱。”诗虽是绝妙，但这种热情大胆的写法，同他的作风不合，似乎不是孙绰所为，但亦无法证明耳。

这种玄虚的诗风，占领了整个的东晋诗坛。风会所趋，仿效日众，于是当日的诗坛更是沉寂了。沈约云：“仲文始革孙、许之风，叔源（谢混）大变太玄之气。”然我们读殷仲文的诗，玄气未除，谢混之作，清新绝少，并不能使当日的诗坛发生变化，生出光彩。真能独树一帜，卓然成家，一洗当日枯淡的风气，使诗文重回于意境情韵者，是那位号称五柳先生的陶渊明。

三　田园诗人陶渊明

陶渊明（西历三七二—四二七年，据梁启超氏考证）一名潜，字元亮，江西浔阳柴桑人。他不仅是魏晋时代的第一流诗人，并且是中国文学史上数一数二的大文学家，他的散文辞赋和诗歌都是第一流的。其作品个性的分明，情感的真实以及人品的高洁，只有一个屈原，可以和他比拟。他的伟大处，是能将他的人生思想的全部和他的作品融成一片，在那里活动着一个共同的生命，一个共同的灵魂，决不像其他的作家，作品和行为分得开，令人在那空隙里发挥着虚伪和做作。

他的曾祖陶侃做过大司马，祖茂、父逸都做过太守，外祖孟嘉做过征西大将军，照理他家应该是有钱的。但他却是一贫如洗，不得不躬耕养母，有时还穷得行乞。这就因为他的祖先亲戚都是清贫自守的好人。看他在《命子诗》中颂扬他的曾祖说：“功遂辞归，临宠不忒。孰谓斯心，近而可得。”又说他的父亲：“寄迹风云，置兹愠喜。”他曾替外祖作传说：“行不苟合，言无夸矜，未尝有喜愠之容。好酣饮，逾多不乱。至于任怀得意，融然远寄，傍若无人。”可知他的祖先亲戚，都是胸怀广阔、品格高尚的人物。陶渊明受了这种遗传和家庭环境的陶养，所以能造成他那卓然独立的人生。

他的人生最真实。他想做官，就去找官做，并不以做官为荣；他不爱做官，就辞职耕田，并不以退隐为高；他穷了就去行乞，并不以行乞为耻；有了钱就痛快地用，并不以此为浪费。他心中有一个人生的高远理想，那就是逍遥自适，凡与此有违反的，他不管饥饿与穷困，都要加以排除。《归去来辞序》中说：“余家贫，耕植不足以自给。幼稚盈室，瓶无储粟。生生所资，未见其术。亲故多劝余为长吏，脱然有怀，求之靡途。会有四方之事，诸侯以惠爱为德，家叔以余贫苦，遂见用于小邑。于时风波未静，心惮远役。彭泽去家百里，公田之利，足以为润，故便求之。及少日，眷然有归与之情。何则？质性自然，非矫厉所得。饥冻虽切，违己交病。尝从人事，皆口腹自役。于是怅然慷慨，深愧平生之志。犹望一稔，当敛裳宵逝。寻程氏妹丧于武昌，情在骏奔，自免去职。仲秋至冬，在官八十余日，因事顺心，命篇曰《归去来兮》。”他在这里说的，没有半点虚伪，一字一句，全是真性情、真心境的表现。绝不像那些身在江湖，心怀魏阙的伪君子的口是心非，也没有一点故鸣清高藉以钓名沽誉的做作。苏东坡说他：“欲仕则仕，不以求之为嫌，欲隐则隐，不以去之为高，饥则叩门而乞食，饱则鸡黍以迎客。古今贤之，贵其真也。”《朱子语录》说：“晋宋人物，虽曰尚清高，然个个要官职。这边一面清谈，那边一面招权纳货。陶渊明真个能不要，所以高于晋宋人物。”这些话都说得精当极了。他从前做过刘牢之、刘敬宣的参军，但自彭泽令辞官以后，就真的隐了。日与樵子农夫相处，山水诗酒为乐，悠悠地过了二十年的逍遥自在的生活。在这时期，产生了许多最好的作品。

他的退隐田园寄情山水，一方面固由他的爱好自由的性格，同时也是由于那时代的环境。东晋的政治本是紊乱黑暗，到了他的时代，更是糟了。司马道子及其儿子元显当权，招权纳贿，朝政混浊不堪。那一般官僚士子，更是攀龙附凤，无耻已极。后来桓玄篡位，刘裕起兵，不久东晋就亡了。陶渊明处在这种时代，既无力拨乱反正，又不能同流合污。看见当日士大夫的无耻行为，自然是痛心疾首。他在《感士不遇赋序》中说："自真风告逝，大伪斯兴，闾阎懈廉退之节，市朝驱易进之心。"这话说得极明显，也说得极愤慨。知道他对于当日的政治社会，起了激烈的厌恶，逼得他不得不另找寄托生命的天地。他说的"饥冻虽切，违己交病"，"我不能为五斗米向乡里小儿折腰"，这都是他内心的真实告白，他实在不能再在那个政治环境下面生活了。后人说他在刘裕篡晋以后的作品，只书甲子，表示他耻事二姓的忠爱之情，这实在是腐儒所添的蛇足。他有广阔的胸怀，高远的理想，那就是《桃花源记》中所表现的无政府社会，自由自在的大同世界。他对于当日那种君主官僚政治的淫奢腐败，早已深恶痛绝，不管司马家也好，刘家也好，他都看作是鲁、卫之政，没有什么分别。在那种环境里，无论是晋宋，无论什么高官厚禄，都是留他不住的了。梁启超氏说得好："如果他在争什么姓司马的姓刘的，未免把他看小了。"这一点是先儒所见不到的。

陶渊明是魏晋思想的净化者，他的哲学文艺以及他的人生观，都是浪漫的自然主义的最高表现。在他的思想里，有儒、道、佛三家的精华而去其恶劣的习气。他有律己严正肯负责任的儒家精神，而不为那种虚伪的礼法与破碎的经文所陷；他爱慕老庄那种清静逍遥的境界,而不与那些颓废荒唐的清谈名士同流;他有佛家的空观与慈爱,而不沾染一点下流的迷信色彩。因此我们在他的作品里,时时发现各家思想的精义,而又不为某家所独占。在这种地方,就正显出他思想背景的丰富和他的作品的伟大。腐儒因此附会忠爱,佛道因此附会其修养,这都是一些近视眼,没有看到陶渊明的思想的全体。朱子说了一句"渊明之辞甚高,其旨出于庄、老",害得真西山之流,苦口辩明。说"渊明之学,正自经术中来,故形之于诗有不可掩。如荣木之忧,逝水之叹也。贫士之咏,箪瓢之乐也。……又岂毁彝伦而外名教者,所可同日而语乎?"这与王逸的《辨离骚》正可前后比美了。而另外一派道释之士,在其诗里寻得一章半句,或言其得道,或称其会禅。这都是愚浅之见,不足为训的。陶渊明之所以为陶渊明,就在他独有的性格,时代的环境,以及各家思想的精华,混合调和而形成那种特殊的典型。这种典型不容许旁人模拟学习,也不受任何思想家派的限制。

陶渊明的作品,在作风上,是承受着魏晋一派的浪漫主义,但在表现上,他却是带着革命的态度而出现的。他洗净了潘、陆诸人的骈词俪句的恶习而反于自然平淡,又弃去了阮籍、郭璞们那种满纸仙人高士的歌颂眷恋,而入于山水田园的寄托,同时又脱去了嵇康、孙绰们那种满篇谈玄说理的歌诀偈语,而叙述日常的琐事人情。在两晋的诗人里,只有左思的作风和他稍稍有些相像。《诗品》说他"原出应璩,又协左思风力",应诗传者甚少,我们不容易见其渊源,至于说协左思风力,这是不错的。我们读过他的《咏史》、《招隐》以后,再来读陶诗,自然会体会到他们两个的作风,确实有许多近似的地方。

他的作品,我们可分作两期来看。他三十四岁那年辞去彭泽令而退居山林，可作这两期的界限。前者在社会服务，为饥饿奋斗，对于当代政治社会，虽已感着厌恶，但他的人生主旨，还没有达到决定的阶段。在那些诗里，也时时流露出来一种愤恨和热情。同时饮酒的歌咏，诗中也极少见。我们在他的《命子》、《怀古田舍》、《与从弟敬远》诸篇里，都以名节互相勉励，似乎还没有离开现实社会的决心。《咏荆轲》一首恐怕也是这期的诗。“惜哉剑术疏，奇功遂不成。其人虽已没，千载有余情。”对于荆轲一流人物，表示深切的叹息，同时是寄寓着自己的愤慨的。这种诗句，不像他入山以后的作品。在艺术的价值上，他前期的作品，要以《经曲阿》、《阻风于规林》几首为最好。

弱龄寄事外，委怀在琴书。被褐欣自得，屡空常晏如。时来苟冥会，婉娈憩通衢。投策命晨装，暂与园田疏。眇眇孤舟逝，绵绵归思纡。我行岂不遥，登陟千里余。目倦川涂异，心念山泽居。望云惭归鸟，临水愧游鱼。真想初在襟，谁谓形迹拘。聊且凭化迁，终返班生庐。

（《始作镇军参军经曲阿》）

自古叹行役，我今始知之。山川一何旷，巽坎难与期。崩浪聒天响，长风无息时。久游恋所生，如何淹在兹。静念园林好，人间良可辞。当年讵有几，纵心复何疑。

（《庚子五月从都还阻风于规林》）

在这些诗里，他所表现的，是为着衣食的挣扎，不得不到社会上去服务，行李奔波，精神痛苦，而无时不作田园山水之想，正代表着他前期的心境与生活。另有《归田园居》几首，王雪山著《栗里年谱》以为作于三十岁那年，但细观其文字意境，俱不相合。应为辞彭泽令以后所作。陶澍《靖节先生年谱考异》云："景文之意，以堕地为尘网，故系此诗于年三十，说近释氏。先生胸中无此尘网，当以仕途言之。"这话对极了。吴斗南的年谱，也以此数篇为弃官后所作，这是无可疑的。

陶氏后期的作品最多，生活安定了，心境静寂了，因此艺术的价值也最高。"问君何能尔？心远地自偏"，这是他后期的心境的告白。"居止次城邑，逍遥自闲止。坐止高荫下，步止荜门里。好味止园葵，大欢止稚子。"（《止酒》）这是他后期生活的写真。胡仔云："坐止于树荫之下，则广厦华堂吾何羡焉。步止于荜门之里，则朝市深利吾何趋焉。好味止于啖园葵，则五鼎方丈吾何欲焉。大欢止于戏稚子，则燕歌赵舞吾何乐焉。"要达到这种心境和生活的阶段，是要经过长期的矛盾奋斗的心情和痛苦的人生经验的。他在《归去来辞》里，坦白地描写他这种心境生活的转变的过程和愉快。经过了这一转变，他由动的苦闷的世界，变为定的逍遥自适的世界了。于是美丽的自然，酒与诗文，成为他灵魂的寄托者了。旁人以此为苦，他却以此为乐了。他的最高贵的作品，就产生在这一个时代里。

少无适俗韵，性本爱丘山。误落尘网中，一去三十年。羁鸟恋旧林，池鱼思故渊。开荒南野际，守拙归园田。方宅十余亩，草屋八九间。榆柳荫后檐，桃李罗堂前。暧暧远人村，依依墟里烟。狗吠深巷中，鸡鸣桑树颠。户庭无杂尘，虚室有余闲。久在樊笼里，复得返自然。

（《归田园居》）

野外罕人事，穷巷寡轮鞅。白日掩荆扉，对酒绝尘想。时复墟曲中，披草共来往。相见无杂言，但道桑麻长。桑麻日已长，我土日已广。常恐霜霰至，零落同草莽。

（同上）

种豆南山下，草盛豆苗稀。晨兴理荒秽，带月荷锄归。道狭草木长，夕露沾我衣。衣沾不足惜，但使愿无违。

（同上）

结庐在人境，而无车马喧。问君何能尔？心远地自偏。采菊东篱下，悠然见南山。山气日夕佳，飞鸟相与还。此中有真意，欲辨已忘言。

（《饮酒》）

秋菊有佳色，挹露掇其英。泛此忘忧物，远我遗世情。一觞虽独进，杯尽壶自倾。日入群动息，归鸟趋林鸣。啸傲东轩下，聊复得此生。

（同上）

迢迢百尺楼，分明望四荒。暮作归云宅，朝为飞鸟堂。山河满目中，平原转渺茫。古时功名士，慷慨争此场。一旦百岁后，相与还北邙。松柏为人伐，高坟互低昂。颓基无遗主，游魂在何方。荣华诚足贵，亦复可怜伤。

（《拟古》）

人生无根蒂，飘如陌上尘。分散逐风转，此已非常身。落地为兄弟，何必骨肉亲。得欢当作乐，斗酒聚比邻。盛年不重来，一日难再晨。及时当勉励，岁月不待人。

（《杂诗》）

有生必有死，早终非命促。昨暮同为人，今旦在鬼箓。魂气散何之，枯形寄空木。娇儿索父啼，良友抚我哭。得失不复知，是非安能觉。千秋万岁后，谁知荣与辱。但恨在世时，饮酒不得足。

（《拟挽歌辞》）

荒草何茫茫，白杨亦萧萧。严霜九月中，送我出远郊。四面无人居，高坟正嶕峣。马为仰天鸣，风为自萧条。幽室一已闭，千年不复朝。千年不复朝，贤达无奈何。向来相送人，各自还其家。亲戚或余悲，他人亦已歌。死去何所道，托体同山阿。

（同上）

这些都是陶诗中的珠玉，他们的生命，是永恒的。任你放到任何时代任何国家，都是第一流的作品。因了这些诗，提高魏晋浪漫文学的地位，建立了田园文学的典型。昭明太子在《陶集序》中说："其文章不群，辞彩精拔。跌宕昭彰，独起众类。抑扬爽朗，莫之与京。横素波而傍流，干青云而直上。语时事则指而可想，论怀抱则旷而且真。加以贞志不休，安道苦节。不以躬耕为耻，不以无财为病。……观渊明之文者，驰竞之情遣，鄙吝之意祛，贪夫可以廉，懦夫可以立。"这批评实在是确切的。锺嵘将陶渊明列为中品，古今文人颇多异议。但他批评说："文体省净，殆无长语。笃意真古，辞兴婉惬。每观其文，想其文德。世叹其质直。至如'欢言酌春酒'（《读山海经》）'日暮天无云'（《拟古》），风华清靡，岂直为田家语耶！古今隐逸诗人之宗也。"由这些话，可知他对于陶的作品与人品，都是推崇备至的了。苏东坡说："渊明作诗不多，然其诗质而实绮，癯而实腴。自曹、刘、鲍、谢、李、杜诸人，莫能及也。"这是最有见解最公平的评论。

第十章　南北朝与隋代的文学趋势

一　唯美文学的兴起

魏晋时代的浪漫文学，到了南北朝与隋的二百年间（四二〇—六一八），不仅没有遇着发展的任何阻碍，并且在这时期中，无论学术思想的，政治的以及外来文学的环境，都使得魏晋以来的神秘玄虚的浪漫文学，再走入绝对自由发展的机运，而形成中国文学史上未曾有过的唯美文学的极盛潮流。文学到了这时候，才真的达到自觉的独立新阶段。一般人对于文学本身的意义与价值，认识得更为清楚，同时文学对于艺术上的技巧问题也讨论得更精密更细致了。这种现象在文学本身的发展上，自然是一种显明进步。虽说自隋唐以后，一般正统派的人们，开口就责备这个时代的文学的堕落淫靡，用力的加以排击，这只是从功利的实用的文学思想上立论，想从艺术至上主义回到艺术功用主义的路上去，这一种转变，是君主集权坚强有力和儒家思想恢复了威权以后所必有的现象。关于这些理论的是非，现在无法在这里讨论，不过有一点，我们必得注意，就是这二百年来的文学遗产，成为唐代文学的丰富的基础。在这些遗产里，许多新的形式新的格律，都出现了，正等待着后人的完成发扬，因此，造成了唐代诗歌的独盛。

我们现在万不能囿于古人道统的偏见，把这个时代看作是中国文学史上的黑暗期，这个时代的文学发展实在是自由的光明的，而又是艺术的。任何作家都把文学当作一件艺术品，在那里专心专意地创作，他们避开一切理论教训歌诵宣传的功利倾向，只承认美是文学上最高的意义。四六骈文，抒情的辞赋，美丽的小品文，艳绮的情诗，都成为这时代独有的产品。不用说，这些作品，我们并不能承认就是文学中的模范，他们有一个不可掩饰的重大的弊病，就是缺少社会的人生的意义与基础。然而就其文学本身的发展上看来，他是进化的，艺术的，他有他不可磨灭的创造精神。

唯美文学能在这时期顺利的发展，自必有其原因，要明了这些原因必得注意下列这些事件。

一、君主贵族对于文学的爱好与提倡

南朝四代的君主，在政治上虽没有多大的建树，但在文学上，却都有很好的成绩。有的是爱好奖励，有的能创作批评，造成了一时文学极盛的空气。宋文帝的立儒、玄、文、史四馆，明帝的分儒、道、文、史、阴阳五科，在这里都暗示着文学的地位趋于独立，已经能同他种重要的学科并列了。至于当代宗室，如南平王休铄、建平王弘、庐陵王爱真、江夏王义恭等，都以奖励文学、招集文士著称，成为推动文学的重要力量。齐高帝及其诸子鄱阳王锵、江夏王锋、豫章王嶷，都以文学著名，竟陵王门下的八友，更是一时的俊彦。梁武帝父子，都是南朝时代的天才诗人，在中国历史上，只有曹家父子和南唐的中主、后主差可比拟。至于陈后主、隋炀帝诸人都有优美的文学成绩，这是大家都知道的事。在这两百年浓厚的文学空气中，君主臣僚的提倡与效法，竞艳争奇，图名夺宠，文学的发展，是必然要离开社会人生的基础，而走到唯美的路上去的。裴子野《雕虫论序》说：

宋明帝博好文章，才思朗捷。常读书奏，号称七行俱下。每有祯祥及行幸宴集，辄陈诗展义，且以命朝臣，其戎士武夫则请托不暇，困于课限，或买以应诏焉。于是天下向风，人自藻饰，雕虫之艺盛于时矣。

又《南史·文学论序》云：

自中原沸腾，五马南渡。缀文之士，无乏于时。降及梁朝，其流弥盛。盖由时主儒雅，笃好文章，故才秀之士，焕乎俱集。于时武帝每所临幸，辄命群臣赋诗。其文之善者赐以金帛，是以缙绅之士咸知自励。

又《南史·陈后主本纪》说：

后主荒于酒色，不恤政事。……江总、孔范等十人预宴，号曰狎客。先令八妇人襞采笺，制五言诗，十客一时继和，迟则罚酒。君臣酣宴，从夕达旦，以此为常。

在这种环境空气里，文学离开了民众社会的描写，轻视了为人生的高尚的意义，而倾心于词藻形式的美丽与音律的和谐的事实是必然的趋势了。

二、儒学衰微与清谈浮虚的风向的继续

魏晋时代，儒家在思想界失去了信仰与指导人心的力量，风靡一时的是老庄的哲学，因此造成当日极盛的自然主义。南北朝时代，佛教独盛，道家的思想相辅而行，儒学更是消沉寂寞，无论在人生的伦理以及艺术的思潮上，都失去了指导的力量。当时的义疏之学，虽为后代的经师所称道，然而这些章句训诂的学问，在思想的运动上，是没有多大意义的。就是当日的义疏之学，也染了那种玄谈骈俪的风气。皮锡瑞论南朝的经学说：

> 唐人谓南人约简得其英华，不过名言霏屑，骋挥麈之清谈，属词尚腴，侈雕虫之余技。如皇侃之《论语义疏》，名物制度，略而勿讲，多以老、庄之旨，发为骈俪之文，与汉人说经，相去悬绝。(《经学历史》)

他这批评是非常确切的。《南史·儒林传序》说："宋齐国学，时或开置，而劝课未博，建之不能十年，盖取文具而已。是时乡里莫或开馆，公卿罕通经术。朝廷大儒，独学而弗肯养众，后生孤陋，拥经而无所讲习。"由此可知宋齐两代儒学消沉的情形。梁武帝天监四年的开五馆立国学，似乎是儒学复兴的一件大事，然而这位佛教皇帝，仍然是一位清谈名士，他的讲《孝经》、《周礼》，正如讲三玄佛理一样。赵翼说："梁武帝崇尚经学，儒术由是稍振。然谈义之习已成，所谓经学者，亦皆以为谈辩之资。……当时虽从事于经

义，亦皆口耳之学，开堂升座，以才辨相争胜，与晋人清谈无异。……梁时于五经之外，仍不废老庄，且又增佛义，晋人虚伪之习，依然未改，且又甚焉。”（《二十二史札记·六朝清谈之习》）可知梁武帝时代的讲经，正不脱两晋玄谈的风气，当时的佛学虽称极盛，埋头译经苦学传教者固不乏人，然一般名流文士的谈佛，或是附和君主，或是自鸣清高，他们行为的浪漫淫侈，贪图富贵，真出人意外，于是造成了极度柔靡虚浮的风气。僧人参政，尼娼入宫，种种丑事都闹了出来。《宋书·武二王传》谓义宣：“后房千余，尼娼数百。”又《周朗传》说当时的佛徒：“延姝满室，置酒浃堂。”再如梁武帝时郭祖深上疏中说：“都下佛寺五百余所，家极宏丽，僧尼十余万，资产丰沃……道人又有白徒，尼则皆畜养女，养女皆服罗纨，其蠹俗伤法，抑由于此。”（《南史》七十）荀济上书武帝也说：“僧妖佛伪，奸诈为心。堕胎杀子，昏淫乱道。”（《广弘明集》）我们明了了当日佛徒的内幕，于是那些信奉佛教的文人如谢灵运、颜延之、周颙、王融、沈约、江淹、徐陵，以及梁武帝父子之流，或是身居江湖，而心怀富贵；或是信奉佛理，而大写情诗；或是口谈清修，而沉溺酒色；那么我们对于这种现象，也就不觉得有什么惊异了。儒学衰落，在文坛上失去了监督指导的力量，而文学得有自由发展的良好环境。浮虚淫侈的恶习造成文学上的艳丽纤巧的风气。李谔在上高祖书中说：“五教六行，为训人之本。《诗》、《书》、《礼》、《易》为道义之门。故能家复孝慈，人知礼让。正俗调风，莫大于此。其有上书献赋，制诔镌铭，皆以褒德序贤，明勋证理。苟非惩劝，义不徒然。降及后代，风教渐落，魏之三祖，更尚文词。忽君人之大道，好雕虫之小艺。下之从上，有同影响。竞骋文华，遂成风俗。降在齐梁，其弊弥甚。贵贱贤愚，惟务吟咏。遂复遗理存异，寻虚逐微。

竞一韵之奇,争一字之巧。连篇累牍,不出月露之形,积案盈箱,唯是风云之状。世俗以此相高,朝廷据兹擢士,禄利之路既开,爱尚之情愈笃。于是闾里童昏,贵游总卯。未窥六甲,先制五言。……以傲诞为清虚,以缘情为勋绩。指儒素为古拙,用辞赋为君子,故文笔日繁,其政日乱。良由弃大圣之轨模,构无用以为用也。"

这正是儒家对于文学的正统理论,也是儒家得势以后对于唯美文学有力的弹压。他这种理论与弹压的是非,我们现在无须批评,但他所说的因为儒学的衰微与虚浮的习气,造成了浪漫的唯美的文学风尚,确是实在的情形。

三、文学观念的明晰

我国古人对于文学的观念很不明晰,先秦时代,所谓文学,即指一般的学术而言,两汉有文学、文章之分,界限略严。魏晋以来,论文者日多,体制渐备。文笔之称,始于当时,然对于文学观念的认识清楚,文笔分辨的严密,以及对于纯文学的重视,则有待于南朝。《文心雕龙·总术》篇云:"今之常言,有文有笔,以为无韵者笔也,有韵者文也。"又梁元帝《金楼子·立言》篇云:"至于不便为诗如阎纂,善为章奏如伯松,若此之流,泛谓之笔。吟咏风谣流连哀思者谓之文。……笔,退则非谓成篇,进则不云取义,神其巧惠,笔端而已。至如文者,维须绮縠纷披,宫徵靡曼,唇吻酋会,情灵摇荡。"从体制言,则文者为韵文,笔者为散文。从性质言,则文者为纯文学,笔者为杂文学。故当日于文笔之外,复有"辞笔"、"诗笔"之称,辞、诗二语,为纯文学的最好代表。到这时候,于是文学文章合而为一,而其性质定义亦极分明,与经史哲学独立存在,文学一语，再不含有学术六艺的广泛意义了。观宋文帝时代儒、玄、史、文四馆的并立，明帝时代儒、道、文、史、阴阳五科的分设，都是文学独立发展的重要事实。

昭明太子在《文选序》中说："若夫姬公之籍，孔父之书，岂可重以芟夷，加之剪截。老庄之作，管孟之流，盖以立意为宗，不以能文为本……记事之史，系年之书，所以褒贬是非，纪别异同，方之篇翰，亦已不同。若其赞论之综辑辞采，序述之错比文华，事出于沉思，义归乎翰藻，故与夫篇什，杂而集之。"这是昭明选文的标准。在这标准里，他辨别了经史子传与文学的差异，大胆的把那些东西从文学的领域里分开，免得彼此混淆。在《文选》中，虽是文笔兼收，然而并不违反文学的定义。由其诗赋的大量收集，更可看出他对于纯文学的重视。再如徐陵的《玉台新咏》，这倾向的明显更无须多说了。

文学观念的明晰以及对纯文学的重视，是当代文坛上的重要现象。在这种现象中，作家自然是日求其制作的精美，研究家是日求其讨论的细密了。或言体制，或叙源流，神思风骨之论，情采体性之篇，无不分辨精微，立论工巧。在这种环境之下，文学日趋于唯美的发展，实在是一种自然的趋势。

四、声律说的兴起

中国文学的特质，是孤立与单音。因其孤立，宜于讲对偶，因为单音，宜于讲音律。字句的对偶，在王褒、张衡、王粲、陆机诸人的诗赋里试用日繁，演成六朝骈俪极盛之风。至于音律，古人亦颇注意，如司马相如所谓"一宫一商"，陆机所谓"音声之迭代"都是明证。不过这些都是说的自然音调的和谐,还没有达到人为的声律的限制。周秦古音,大约只有所谓长言的平声,与短言的入声,迄于魏晋,声韵之学渐兴。曹魏李登曾作《声类》十卷(见《隋书·经籍志》,今佚。《玉函山房丛书》中有辑文)。《魏书·江式传》说:"晋世吕静曾仿《声类》,作《韵集》五卷,曰宫、商、角、徵、羽,各为一篇。"又《隋书·潘徽传》中说:"李登《声类》、吕静《韵集》,始判清浊,才分宫羽。"可知魏晋时候,声韵的研究,确有进步,已有清、浊、宫、羽的分别了。大概那时候只以宫商之类分韵,还没有四声之名。宋齐以来,佛经转读之风日盛。盖读经不仅诵其字句,必须传其美丽的有轻重节奏的声音。慧皎在《高僧传》中说:"自大教东流,乃译文者众,而传声者盖寡。良由梵音重复,汉语单奇。若用梵音以咏汉语,则声繁而偈迫,若用汉曲以咏梵文,则韵短而辞长。"这正说明单音的汉语,不容易传达梵音的美妙。他又说:"若能精达经旨,洞晓音律,三位七声,次而无乱。五言四句,契而莫爽。……动韵则揄靡弗穷,张喉则变态无尽,故能炳发八音,光扬七善。……故听声可以娱耳,听语可以开襟。若然可谓梵音深妙,令人乐闻者也。"可知当日洞晓音律的人,诵经的声调之美,真有绕梁不绝之状了。他又说:"天竺方俗,凡是歌咏法言,皆称为呗。至于此土,咏经则称为转读,歌赞则号为梵音。"中国语音既不适宜于佛经的转读与歌赞,欲达到此种目的则必须参照梵语的拼音,而求汉语适应的转变,于是二字反切之学因以兴起。反切盛行,声音分辨乃趋于精密与正确,因此四声得于此时成立。可知魏晋虽有人从事声韵的研究,而至齐梁大为兴盛者,实受有佛经转读的影响。关于这一点,近人陈寅恪氏说得好:

中国入声，较易分别。平上去三声，乃摹拟当日转读佛经之三声而成。转读佛经之三声，出于印度古时声明论之三声也。于是创为四声之说，撰作声谱。借转读佛经之声调，应用于中国之美化文，四声乃盛行。永明七年二月二十日，竟陵王子良大集沙门于京邸，造经呗新声，为当时考文审音一大事，故四声音之成立，适值永明之世，而周颙、沈约为此新学说之代表人也。（节录《四声三问》，《清华学报》）

由这一段文字的说明，使我们对于四声说的成立，由于佛经转读的影响实无可怀疑。称为竟陵之友而又曾参预考文审音的如周颙、沈约之流，都精于声律而提倡鼓吹的事，也一点不觉奇异了。周颙作《四声切韵》，沈约作《四声谱》，于是四声之名称正式成立，同时将此种发明应用到文学上去，创为四声八病之说，因此诗文的韵律渐渐形成，平仄的讲求日益严密，而当日的作品，更成为一种新面目了。《南史·陆厥传》说："永明时，盛为文章。吴兴沈约、陈郡谢朓、琅玡王融以气类相推毂，汝南周颙善识声韵。约等文皆用宫商。将平上去入四声以此制韵。有平头、上尾、蜂腰、鹤膝。五字之中音韵悉异，两句之内，角徵不同，不可增减，世呼为永明体。"

又沈约《谢灵运传论》云："夫五色相宣，八音协畅，由乎玄黄律吕，各适物宜。欲使宫羽相变，低昂舛节。若前有浮声，则后须切响。一简之内，音韵尽殊；两句之中，轻重悉异。妙达此旨，始可言文。"四声八病（平头、上尾、蜂腰、鹤膝、大韵、小韵、旁纽、正纽）之说，现在看来，不过是讲究韵律调和平仄，毫没有什么稀奇，但在当日，沈约诸人，视为天地未发的精灵，前人未睹的秘宝。有人虽评其有夸大之嫌，然因这些发明，使中国文学改观，诗歌变质，是无可否认的事。所以声律论之兴起，对于中国文学，实有重大的贡献，刘勰在《声律》篇中也承认声律为文学的重要原素。他持论精细，说明详尽，也很可供我们的参考。于是一时"士流景慕，务为精密，襞积细微，专相陵架"(《诗品》)。由元嘉时代极盛的词藻雕琢之风，再加以声病的限制，因此文学更趋于技巧与形式的唯美。骈文变为四六，古诗变为新体，书札序跋评论的杂文，也都趋于声律化，骈俪化了。《梁书·庾肩吾传》云："齐永明中，文士王融、谢朓、沈约，文章始用四声以为新变，至是转拘声韵，弥尚丽靡，复逾于往时。"声律之说兴，于是文学便入于新变之路，这是必然的趋势，可知当日唯美文学的发达，声律说的兴起，实是最有力的原因。

二　新诗体的制作

在唯美文学的潮流里，作家无不倾心于辞藻音律与形式的美丽。因此新诗体的制作，在当日是一件最可注意的事。五言古诗起于东汉，经过魏晋，诸诗人的写作，达到完全成熟的阶段。七言古诗完成于魏文帝的《燕歌行》，两晋作者无闻。到了南北朝，因对偶的风盛，声律之说兴，再加以乐府小诗的影响，于是在诗的形式上产生了各种各样的新格律。王夫之撰《古诗评选》，第三卷名曰"小诗"，第六卷名曰"近体"。王闿运的《八代诗选》，卷十二至十四，收集自齐至隋的新诗体的作品，名为"新体诗"。他们都注意到这些新格律的作品，是同汉、魏、两晋的诗歌，发生了形式与内容的变化，是不得不把他们分开了。不用说，这些新的格律，都在试验酝酿的时期，还没有达到精密成熟的阶段，然而当日许多作家们的创造精神和那丰富的新式作品，充分地表现了诗歌的新生命的发展和作家们对于新诗体制作的努力。要经过这一阶段，才可产生盛极一代的唐诗。可知从南北朝到隋唐之际的二百多年的新诗体的出现，是由汉魏古诗到唐代近体诗的一段重要的桥梁。

一、古诗的变体

古诗到了这时代，也发生变化。过去的诗，都是全篇一韵，到了沈约诸人，变为两句四句或是八句换韵，使诗的音调趋于和谐活泼，呈现出一种新气象，这是前人所没有的。蔡邕的《饮马长城窟》起首八句虽有换韵，但非全篇。

漠漠床上尘，中心忆故人。故人不可忆，中夜长叹息。叹息想容仪，不言长别离。别离稍已久，空床寄杯酒。

（沈约《拟青青河畔草》）

汀洲采白蘋，日落江南春。洞庭有归客，潇湘逢故人。故人何不返，春华复时晚。不道新知乐，且言行路远。

（柳恽《江南曲》）

前首两句换韵，后首四句换韵，虽名为五言古诗，无论形式音调与作风，都非汉魏诗的旧面目了。

曹丕的《燕歌行》，是全篇一韵。鲍照的七言古诗，虽全篇一韵者居多，然其中已有换韵者。例如：

春风澹荡侠思多，天色净渌气妍和。含桃红萼兰紫芽，朝日灼烁发园华。卷幌结帏罗玉筵，齐讴秦吹卢女弦，千金顾笑买芳年。

（《代白纻曲》）

沈约的七言古体，亦有换韵者。例如：

兰叶参差桃半红，飞芳舞縠戏春风。如娇如怨状不同，含笑流眄满堂中。翡翠群飞飞不息，愿在云间长比翼。佩服瑶草驻颜色，舜日尧年欢无极。

（《春白纻》）

简文帝的七言古体，亦有换韵者，例如：

翻阶蛱蝶恋花情，容华飞燕相逢迎。谁家总角歧路阴，裁红点翠愁人心。天窗绮井暖徘徊，珠帘玉箧明镜台。可怜年纪十三四，工歌巧舞入人意。白日西落杨柳垂，含情弄态两相知。

（《东飞伯劳歌》）

这种古诗变体的产生，可以看出也是受了声律论的影响。韵的变换，无非是要在诗歌里增加那种音调的和谐与美丽。所以这种古诗也可以看作是新体诗的。

二、长短体的产生

诗中长短句的杂用，并不新奇，古代的《诗经》，汉代的乐府中早已有之。但那些长短句的使用，只是一种自然的安排，却没有形成一种规律。到了南朝，有规律的长短体出现了。最可注意的便是三句七言四句三言合成的《江南弄》。

杨柳垂地燕差池。缄情忍思落容仪。弦伤曲怨心自知。心自知，人不见。动罗裙，拂珠殿。

（沈约）

游戏五湖采莲归，发花田叶芳袭衣。为君艳歌世所希。世所希，有如玉。江南弄，采莲曲。

（梁武帝萧衍）

金门玉堂临水居，一颦一笑千万余。游子去还愿莫疏。愿莫疏，意何极。双鸳鸯，两相忆。

（简文帝萧纲）

沈约有《江南弄》四首，萧衍有七首，萧纲有三首，字句体裁全是相同，可知这在当时已成为一种定体，决不是长短句的偶然杂用。这种形式的产生，自然是依照乐谱的制作。《古今乐余》云："武帝改《西曲》制《江南上云乐》十四，《江南弄》七曲"，这事实想是可靠的。其《上云乐》亦为长短句体。如《桐柏曲》云：

桐柏真，升帝宾。
戏伊谷，游洛滨。
参差列凤管，客与起梁尘。
望不可至，徘徊谢时人。

梁启超氏云:“凡属于《江南弄》之调,皆以七字三句三字四句组织成篇。七字三句,句句押韵。三字四句,隔句押韵。第四句即覆叠第三句之末三字,如《忆秦娥》第二句末三字‘秦楼月’也。似此严格的一字一句,按谱填词,实与唐末之倚声新词无异。”(《词之起源》)由此看来,他们这种长短句的制作,实为后代词体的权舆了。

三、小诗的勃兴

小诗就是唐人的绝句,用四句的五言或七言,表现复杂的情感或美丽的风景,是中国诗歌中最精彩的作品。推其源流,五言先于七言,在汉代乐府中,如《枯鱼过河泣》已是五言四句的形式。曹植的集子内,也有几首这样的诗。到了两晋,如陆机、傅玄、潘尼、张载、郭璞之流,都有此种作品,不过在质量上都非常贫弱,不能在诗坛上占着什么地位,然而也可看出这种小诗暗中滋长的趋势。南宋时代,其体渐盛,如谢灵运、鲍照、谢惠连、谢庄、汤惠休诸人都在尝试这种小诗的制作,作品虽是不多,在技巧上是比两晋的较为进步了。到了永明,小诗的进展,才达到了成熟的阶段。如王俭、王融、谢朓、沈约诸人作品中,小诗的加多,与艺术的进步,是值得注意的。可以说五言小诗经过长期的滋长,到这时候算是正式成立了。

自君之出矣,金炉香不然。思君如明烛,中宵空自煎。

（王融《自君之出矣》）

夕殿下珠帘,流萤飞复息。长夜缝罗衣,思君此何极。

（谢朓《玉阶怨》）

这种美丽成熟的作品的出现，造成了小诗在中国诗歌史上的坚固地位。大家都承认了这种新体裁，于是由尝试的态度，变为努力的新创作了。因此到了梁、陈、隋诸代，形成了小诗的勃兴。在梁武帝、简文帝、陈后主诸人的作品中，小诗成为他们的代表作。

七言小诗，发生较迟。鲍照集中，虽多七言，然四句体之小诗，则尚未有。汤惠休有《秋思引》一首，虽形体已具，然技巧不佳。词云：

> 秋寒依依风过河，白露萧萧洞庭波。思君末光光已灭，眇眇悲望如思何。
>
> （《秋思引》）

至梁武帝父子，此体渐繁，格律虽尚未完成，然因试作者日多，自然会渐渐发达进步起来了。今举简文帝的一首作例：

> 天霜河白夜星稀，一雁声嘶何处归。早知半路应相失，不如从来本独飞。
>
> （《夜望单飞雁》）

这一首诗比起汤惠休的《秋思引》来，无论从哪一点看，都有明显的进步。不仅意境好，辞句新，音律亦和谐悦耳，真可看作是七言绝句的先声了。此后作者日众，形体乃定。于是七言小诗也在这时期渐渐发达起来了。小诗的出现，虽远在汉末建安，略现形迹，但要等到南北朝时代，才达到兴盛之途。这原因实由于东晋以来兴起的乐府民歌的影响，如《吴声歌曲》、《西曲歌》，都是这种小诗的形式。在《横吹曲辞》内，也有些七言的歌谣。由这些乐府歌辞的流行与文人的接近，小诗形体的成立，是极自然的事。我们试看当日文人创作那种小诗的时候，十之八九是用乐府古题，并且在作品的编纂上，这些诗亦多入于乐府部分中，那就更可了解他们的性质及其来源了。

四、律体的渐渐形成

律体一面须讲究韵律，同时更要讲求对偶。五七言律诗，都是八句成章，中间二联，必须对得工整。律诗绝句，本来是唐诗中的中坚，然而这种体裁，在南北朝时代，由尝试的制作，达到快要成熟的阶段。在谢庄的作品里，如《侍宴蒜山》、《侍东耕》二首，已具备五律的雏形。自永明声律论起来以后，王融、谢朓、沈约、范云诸人，都在创作这种新体诗。可知这种体裁，在当时已成为一种大家所努力的目标了。如范云的《巫山高》云：

巫山高不极，白日隐光辉。霭霭朝云去，冥冥暮雨归。岩悬兽无迹，林暗鸟疑飞。枕席竟谁荐，相望空依依。

虽说后面两三句中的平仄稍有不调，但中间二联对偶的工稳，辞句情韵的幽美，形式的整齐，真可算是相当成功的五律了。这种诗体得了梁简文帝的大量制作，在平仄上虽仍未达到美善之境，但在修辞与对偶上，已得了很大的进步。此后作者日多，作品日富，于是这种新形式，便成为梁陈二代的主要诗体了。如何逊、阴铿、徐陵、庾信诸人，几乎在倾全力制造这种作品。五言律诗，到了这时候，可以说快要达到完全成熟的阶段。

佳人遍绮席，妙曲动鹍弦。楼似阳台上，池如洛水边。莺啼歌扇后，花落舞衫前。翠柳将斜日，俱照晚妆鲜。

（阴铿《咏妓》）

度桥犹徙倚，坐石未倾壶。浅草开长埒，行营绕细厨。沙洲两鹤回，石路一松孤。自可寻丹灶，何劳忆酒垆。

（庾信《咏画屏风》）

像上面这种作品，其内容虽是虚空不足道，然在其音律对偶以及辞藻方面，都有了唐律的风格。这些诗在中国诗体的发展史上，是要占着重要的地位的。至于七律，发生较迟，作者亦少。梁简文帝的《春情曲》，末二句虽为五言，然已可看作是七律的雏形。到了庾信的《乌夜啼》，已备具了七律的形体。

促柱繁弦非子夜，歌声舞态异前溪。御史府中何处宿，洛阳城头那得栖。弹琴蜀郡卓家女，织锦秦川窦氏妻。讵不自惊长泪落，到头啼乌恒夜啼。

格调虽为乐府，但形式确是七律。到了炀帝的《江都宫乐歌》，平仄对偶都得了大大的进步。七律算是初步告成了。至如庾丹的《秋闺有望》，已具备五言排律的形式，沈君攸的《薄暮动弦歌》，也略备七言排律的规模。由此看来南北朝时代的诗歌，是上承汉魏，下开唐宋，各种体裁都在这时期中，经过许多诗人的尝试努力而渐渐地达于完成他们这种创造的精神与丰富的成绩，是当代唯美文学者对于中国诗歌的重要贡献，同时替唐代的诗歌播下良好的种子。

三　山水文学与色情文学

上面所讲的，是在唯美文学运动中所产生的文学的新形式，现在要讲的是当日文学的新内容了。我们试检阅那二百年的许多作品，带着活跃的生命与独特的色彩而最惹人注目的，是描写风景的山水文学和称为宫体的色情文学。山水的描写与色情的表现，在往日的文学中并非没有，但到了这时代，这两种作品，呈现着勃兴的气象，发生出未曾有过的光辉，成为当日文学中的代表了。

一、山水文学

政治的黑暗腐败与社会的紊乱紧张，使得那些爱自由爱清静想保持着纯洁的灵魂的人们，发生对于现世的厌恶与对于自然界的爱好，由此避世隐居之风气，和对于田园山林生活的依恋，渐渐地在文学内出现了。这种现象在左思、王羲之们的作品里，已露出了形迹，到了陶渊明，达到了极高的成就。但是陶渊明对于自然不是风景的描写，却是意境的表现。不是客观的写实，而是主观的写意。我们读他的作品，由几句印象的诗句，衬托着一幅远影的图画，然而不是写实的图画。所以他对于山水风景，从没有深刻细致的描写，只有印象的反映。因为他整个的人生与自然界完全融为一体，才能达到这个高妙的境地。严格地说来，陶氏的作品，只能算是田园生活与情趣的表现，不能算是山水风景的写实。真正对于山水风景加以客观深刻的描写的，是始于宋代的谢灵运。《文心雕龙·明诗》篇云："宋初文运，体有因革，庄老告退，而山水方滋。俪采百字之偶，争价一句之奇。情必极貌以写物，辞必穷力而追新。"这几句话，正说明当代山水文学的真实情况，所谓百字之偶，一句之奇，极貌写物，穷力追新，都是表现唯美文学者对于山水风景的客观描写的手法，如何倾其全力在求其形体辞句的美丽，其结果只得到形象刻画的细微真实，而缺少最重要的自然界的生命与情趣，在这地方，正表示着这种山水文学，与陶渊明的作品全异其趣的地方。

一面因为政治社会生活的腐败紧张，引起了一般人对于现世的厌恶，同时对于两百年来盛极一时的游仙哲理的玄虚文学，大家都感着过于空虚乏味，于是由仙界而入于自然界的山水诗文乘机而起的事，自是必然的趋势。加之东晋末叶以来，文人名士与佛徒交游之风极盛，深山绝谷，古庙茅亭，成为文人佛徒出没之地。游踪所至，美景在目，心意所喜，发于诗文，于是描写山水的文学便日益兴盛了。如谢灵运、谢朓诸人的作品，无不以山水之作见称于时，而当代文人，十之八九都是与佛徒发生或深或浅的关系的事，是尽人皆知的。由此，可知当日文士佛徒交游的风气，也是促成山水文学兴盛的一种原因。《宋书·谢灵运传》说："出为永嘉太守，郡有名山水，素所爱好，遂肆意游傲，遍历诸县，动逾旬朔。民间听讼，不复关怀。所至辄为诗咏，以致其意焉。"又说："寻山陟岭，必造幽峻，岩障千重，莫不备尽。"在这里正表示佛徒文人对于山水的爱好。他有一次游始宁、临海一带，从者数百，当地的太守疑为山贼，几乎闹出祸事来，这是大家都知道的文坛轶话。在他这种生活的性情的环境之下，反映于他作品之中的，自然都是偏于山水的描写。其作风虽过于琢炼雕缛，有伤自然界的美境，这正是唯美文学潮流中文学技巧的当然现象。无论如何，他在山水文学中，确有坚定不摇的地位。试看他下面这些美丽的诗句：

溯溪终水涉，登岭始山行。野旷沙岸净，天高秋月明。憩石挹飞泉，攀林搴落英。

（《初去郡》）

剖竹守沧海，枉帆过旧山。山行穷登顿，水涉尽洄沿。岩峭岭稠叠，洲潆渚连绵。白云抱幽石，绿篠媚清涟。

（《过始宁墅》）

出谷日尚早，入舟阳已微。林壑敛暝色，云霞收夕霏。芰荷迭映蔚，蒲稗相因依。

（《石壁精舍还湖中作》）

或写秋夜月明的幽境，或写云雾弥漫的景色，或写云石相倚水竹交映的图画，无不观察细密，刻画入微，虽元陶诗那种冲淡高远之趣，而其描写的工夫，却是尽其惨淡经营的能事了。他诗中描写山水的佳句，真是俯拾即是，上面稍举一二，以见一般。

谢朓为永明诗人之雄，除小诗以外，其作品亦以写景诗为最好。如《游东田》云：

戚戚苦无悰，携手共行乐。寻云陟累榭，随山望菌阁。远树暖阡阡，生烟纷漠漠。鱼戏新荷动，鸟散余花落。不对芳春酒，还望青山阁。

远景有远景的写法，近景有近景的写法，他都能曲尽其妙，实在是成功之作，他如《之宣城》、《望京邑》、《赠西府同僚》、《病还园示亲属》、《出藩曲》和《徐都曹出新亭渚》诸篇中，都有绝妙的写景佳句，不必再举了。谢灵运诗的作法，因为过于客观，诗中缺少自然界的意境与作者的生命，谢朓由客观的写法而又能表现主观的情趣，所以他的作品的价值，是比大谢要更进一步了。

因为大小二谢开了山水风景一派的诗风，于是同代诗人，都努力这方面的创作，都注意自然界的欣赏。在沈约、王融、何逊、萧统、阴铿、庾信这些大诗人的集中，都有许多极美妙极细密的描写山水风景的佳篇。这种好诗，实在太多，举起例来，难免有遗珠之叹，只好请读者自己去领略了。

在小品文方面，描写山水的成绩，并不劣于诗歌。因骈偶声律盛行的风气，因此当日的小品文，日趋于诗化与美化，造成了许多清丽无比的珠玉名篇。在山水描写一方面，尤有独特的成绩。如陶宏景的《答谢中书书》云：

山川之美，古来共谈。高峰入云，清流见底。两岸石壁，五色交辉。青林翠竹，四时俱备。晓雾将歇，猿鸟乱鸣。夕日欲颓，沉鳞竞跃。实是欲界之仙都。自康乐以来，未复有能与其奇者。

再如吴均《与宋元思书》云：

风烟俱净，天山共色。从流飘荡，任意东西。自富阳至桐庐，一百许里。奇山异水，天下独绝。水皆缥碧，千丈见底。游鱼细石，直视无碍。急湍甚箭，猛浪若奔。夹岸高山，皆生寒树。负势竞上，互相轩邈。争高直指，千百成峰。泉水激石，泠泠作响。好鸟相鸣，嘤嘤成韵。蝉则千转不穷，猿则百叫无绝。鸢飞戾天者，望峰息心。经纶世务者，窥谷忘反。横柯上蔽，在昼犹昏，疏条反映，有时见日。

再如吴均《与顾章书》云：

仆去月谢病，还觅薜萝。梅溪之西，有石门山者。森壁争霞，孤峰限日。幽岫含云，深溪蓄翠。蝉吟鹤唳，水响猿啼。英英相杂，绵绵成韵。既素重幽居，遂葺宇其上。幸富菊花，偏饶竹实。山谷所资，于斯已办。仁智所乐，岂徒语哉？

再如祖鸿勋《与阳休之书》云：

吾比以家贫亲老，时还故郡。在本县之西界，有雕山焉。其处闲远，水石清丽。高岩四匝，良田数顷。家先有野舍于斯，而遭乱荒废，今复经始。即石成基，凭林起栋。萝生映宇，泉流绕阶。月松风草，缘庭绮合。石华云实，旁沼星罗。檐下流烟，共霄气而舒卷；园中桃李，杂松柏而葱茜。时一牵裳涉涧，负杖登峰，心悠悠以孤上，身飘飘而将逝，不复自知在天地间矣。

这种作品，是把诗歌中盛行的对偶与声律应用于散文的最大成绩。字句的清丽，意境的高远，成为最优美的散文诗了。这种玲珑精巧的山水文字是当代唯美文学潮流中独有的上等产品。唐代的柳宗元，虽也以山水小品著称，他所写的，因过于险峻奇拔，令人可畏，不像这时代所表现的富于诗情画意，令人发生一种亲切怀慕的感情。再如当代郦道元的《水经注》，那内面包含着许多的山水小品文字，是世人熟知的事，现在不必多举了。由此看来，山水文学在当代的文学中，确是占有重大的地位了。

二、色情文学

在当代伴着山水文学而发展起来另一支流，是称为宫体诗的色情文学。这种文学的特色，是在专心描写女人的颜色衣服心灵舞态以及睡时酒后的种种情景，而至于肉体性欲的大胆表现。用最艳体的辞句，和谐的音律，增加这种作品的色情性与肉感性。再进一步而至于描写男色，实在是尽其放荡淫靡的能事了。

这种文学的产生。一面是受着新乐府的影响。如《子夜歌》、《子夜四时歌》、《读曲歌》二百多篇诗中，全部是描写男女的恋爱相思以及幽会的情感。在这些民歌里，不只是表现着快乐哀怨的抒情，已有露骨的肉感的描写。这一些新乐府歌辞，实在是民间色情文学的总汇。这种活泼的动人的情诗，一旦同文士们接近，便都喜其新颖清丽，再加以贵族文人的荒淫的生活基础，而大都从事这种艳体的制作了。读了徐陵的《玉台新咏》和卷首的那篇序文，便知道文士与民歌接近的关系了。其次，自宋至隋的二百年间，君主

臣僚,大半都荒于酒色,流连声伎。风俗的败坏,生活的奢淫,都是产生色情文学的良好环境。

宋武与南郡王义宣诸女淫乱,义宣因此发怒,遂举兵反。义宣败后,帝又密取其女入宫,假姓殷氏,拜为淑仪。殷卒,帝命谢庄作哀册文。(《宋书·义宣传》与《殷淑仪传》)

明帝内宴,裸妇人而观之,以为欢笑。王皇后独以扇障面。帝怒曰,外舍寒乞,今共为乐,何为不视。(《宋书·王皇后传》)

齐废帝为潘妃起神仙、永寿、玉寿三殿,皆饰以金壁。又凿金为莲花。使潘妃行其上,曰步步生莲花也。(《齐书》本纪)

陈后主自居迎春阁,张贵妃居结绮阁,龚、孔二贵嫔居望仙阁。并复道交相往来。又有王、李二美人,张、薛二淑媛,袁昭仪、何婕妤、江修容等七人并有宠,递代以游其上。以宫人有文学者袁大舍等为女学士,后主每引宾客,对贵妃等游宴,则使诸贵人及女学士与狎客共赋新诗,互相赠答,采其尤艳丽者,以为曲词,被以新声。选宫女有容色者,以千百数,令习而歌之。分部迭进,持以相乐,其曲有《玉树后庭花》、《临春乐》等,大指所归皆美张贵妃、孔贵嫔之容色也。(《陈书》本纪)

后主荒于酒色,不恤政事。常使张贵妃、孔贵人等八人夹坐,江总、孔范等十人预宴,号曰狎客。先令八妇人擘采笺,制五言诗,十客一时继和,迟罚酒,君臣酣宴,从夕达旦。(《本纪》)

炀帝不解音律,略不关怀。后大制艳篇,辞极淫绮。令乐正白明达造新声,创《万岁乐》……及《十二时》等曲。掩抑摧藏,哀音断绝,帝悦之无已。(《隋书·音乐志》)

我们看了上面这些纪事，知道当日君臣的淫奢无度，真是到了极点。然而我所举者，不过一二而已，试看赵翼在《二十二史札记》中，所记的“宋、齐、陈多荒主”及“宋世闺门无礼”二条，那种情形真要令人惊异了。有了这种淫侈生活的基础，再加以民间恋爱文学的影响，于是色情文学蓬勃地发展起来了。并且那些荒淫的君主，都是有才气有文采的诗人，因此这种文学的代表者，都是那些风流皇帝，所谓词臣狎客，不过附和效法而已。可知这种色情文学，正是当日宫廷现象的反映和上层阶级淫侈颓废的生活的表现。同时明显地暗示着政治的极度腐化与国家基础的动摇。在这种文学的背后，是藏着丰富的时代影子的事，我们是必得注意的。

这种文学在宋齐时代，作者已多。在汤惠休、鲍照、沈约、王融诸人的作品里，已有专写女人情态颜色的艳诗。如汤惠休的《白纻歌》云：

> 少年窈窕舞君前，容华艳艳将欲然。为君娇凝复迁延，流目送笑不敢言。长袖拂面以自煎，愿君流光及盛年。

这种轻靡淫艳的新诗，当时的文人，尚不大重视。故《南史·颜延之传》说：“延之诋惠休制作为委巷中歌谣。”他所谓里巷歌谣，就是说这种作品过于乐府民歌化，有伤典雅的意思。到了简文帝，他几乎在倾全力做这种诗，用最美丽雕琢的辞句，来消灭那种民歌化的粗俗部分，造成富丽典雅的风格，以便抬高这种文学的地位。到了他，宫体诗于是正式成立，同时宫体诗也离开了民歌的范围，而属于贵族诗的领域了。《南史·简文本纪》云：“帝辞藻艳发，然伤于轻靡，时号宫体。”又《徐摛传》云：“属文好为新变，文体既别，春坊尽学之,宫体之号,自斯而始。”宫体之风成,作者益众,于是这种诗便盛极一时了。在当代如庾肩吾、何逊、江淹的作品里,这样的诗是多极了。简文帝的宫体,表面上虽极其典雅富丽,然其反面却暗示着强烈的肉感与情欲,成为当日色情文学的代表。他是一个佛徒,集中言佛的文字多不可计,在史书的记载上,也没有说他怎么荒淫,但看他的作品,却可断定他是一个色鬼。他的诗题,是《见内人作卧具》、《赠丽人》、《咏内人昼眠》、《伤美人》、《倡妇怨情》、《咏舞》、《咏美人观画》、《美人晨妆》、《夜听妓》这些东西。由这些诗题,便会知道他所写的,全是肉感与色情。试举《咏内人昼眠》一首作例:

北窗聊就枕,南檐日未斜。攀钩落绮障,插捩举琵琶。梦笑开娇靥,眠鬟压落花。簟文生玉腕,香汗浸红纱。夫婿恒相伴,莫误是倡家。

这种放荡的肉欲的描写,外面掩饰一层美丽辞藻的表皮,实在是最艺术的淫诗了。他不仅写女人,还进一步描写男色。如他的《娈童》云:

娈童娇丽质,践董复超瑕。羽帐晨香满,珠帘夕漏赊。翠被含鸳色,雕床镂象牙。妙年同小史,姝貌比朝霞。袖裁连璧锦,笺织细种花。揽袴轻红出,回头双鬓斜。懒眼时含笑,玉手乍攀花。怀猜非后钓,密爱似前车。定使燕姬妒,弥令郑女嗟。

这种恶劣的描写，把诗的情韵完全毁灭，令人读了发生一种极其不愉快的感情。色情文学到了这种地步，真是堕落到无以复加了。然而在这里，这种作品，正是这位佛徒皇帝的内生活的镜子。在这镜子里，他的意识形态与生活形态，都照得清清楚楚，就是要掩饰也是没有办法的。

色情文学到了陈叔宝、江总时代，完全变为倡妓狎客一流的东西，如后主的《玉树后庭花》、《乌栖曲》、《三妇艳词》、《东飞伯劳歌》，江总的《宛转歌》、《闺怨篇》、《东飞伯劳歌》，在意境及风格上，都肉感轻浮到了极点，真是亡国之音了。《隋书·文学传》虽说炀帝非轻侧之论，一变浮荡之风，但在《音乐志》中，又说他"大制艳篇，辞极淫绮"。这位荒淫无度的君主，自然也是色情文学的重要作家。现在所传的《持楫篇》、《赠张丽华》、《忆韩俊娥》以及《望江南》诸篇，当然是后人所伪托。但像《春江花月夜》、《喜春游歌》、《四时白纻歌》之类，其淫艳的程度，并不弱于叔宝。在这种淫侈纵欲的情境之下，几乎都要弄到身死国亡了。

丽宇芳林对高阁，新妆艳质本倾城。映户凝娇乍不进，出帷含态笑相迎。妖姬脸似花含露，玉树流光照后庭。

（陈叔宝《玉树后庭花》）

南飞乌鹊北飞鸿，弄玉兰香时会同。谁家可怜出窗牖，春心百媚胜杨柳。银床金屋挂流苏，宝镜玉钗横珊瑚。年时二八新红脸，宜笑宜歌羞更敛。风花一去杳不归，只为无双惜舞衣。

（江总《东飞伯劳歌》）

步缓知无力，脸曼动余娇。锦袖淮南舞，宝袜楚宫腰。

（杨广《喜春游歌》）

在这些作品里明显地暴露了当日君主臣僚淫荡生活的内幕，以及政治的腐败黑暗。在那两百年中，外族侵略之祸，身死国亡之痛，接连而起，实在是应该的了。赵庆熺《金陵杂诗》云："南朝才子都无福，不作词臣作帝王。"真有无限的感慨了。

四　文学批评

在唯美文学极盛的潮流中，文体日益完备，作品日益丰富，文学的地位日益高涨，文学的形式辞藻日益讲求的时代，于是论文的专家应运而生，批评作家与作品，辨别文体与讨论创作方法的专书也就适应这潮流而出现了。那些文学论者，无论他们的态度对于当代的文风，是赞成或是反对，但是那时的文学批评的显著进步，实由于唯美文学潮流的促进与刺激的事，是无可否认的。在沈约、萧统、萧绎、刘孝绰、裴子野、颜之推、李谔诸人的文字里，对于文学，都发表了许多重要的意见，但独成系统集中全力致身于批评事业而得到最大的成就的，是以《文心雕龙》与《诗品》驰名的刘勰与锺嵘。他们俩个在中国过去二千年的文学批评史上的地位是无比的。这原因是在于他们用客观精密的方法，与纯正专心的态度，对于文学的体裁、创作与批评，作了有系统的论述。绝不是后日那种或抒印象或传轶事的诗话、词话一类的零乱杂碎的文字。章学诚在《诗话》篇说："《诗品》之于论诗，视《文心雕龙》之于论文，皆专门名家勒为成书之初祖也。《文心》体大而虑周,《诗品》思深而意远。盖《文心》笼罩群心,而《诗品》深于六艺溯流别也。论诗论文而知溯流别,则可以探源经籍,而进窥天地之纯,古人之大体矣。此意非后世诗话家流所能喻也。……《诗品》、《文心》专门著述,自非学富才优,为之不易,故降而为诗话,沿流忘源,为诗话者,不复知著作之初意矣。"他以"探源经籍而可进窥天地之纯,古人之大体",来称赞《文心》、《诗品》的价值,在我们现在看来,虽觉全无意义,但他所说《文心》体大虑周,《诗品》溯源流别,成为批评专书的初祖,而后日的诗话一类,都是沿流忘源的话,实是很平允的论见了。

一、刘勰与《文心雕龙》

刘勰字彦和,东莞莒人。据《梁书》本传,知道他博学家贫,笃信佛理,晚年烧发出家,改名慧地。他一生的大部精力,都用在佛典的研究上。定林寺的经藏,是他撰定的,寺塔与名僧的碑志,大半都是他的手笔。在梁朝他做过几次小官,先是临川王宏的记室,后外放作太末令,政声很好,后又作仁威、南康王的记室兼东宫通事舍人,故世称刘舍人。大概因为佛理与政治生活毕竟不能融洽,他还是烧了须发正式出家,皈依于佛教的怀抱了。

《文心雕龙》作于齐代。《时序》篇说的"暨皇齐御宝",是可靠的证据。由此可知这一本书,是他早年的著作,由《征圣》、《宗经》、《序志》诸篇对于孔子六艺的话看来,我们可以推论到他作这本书的时候,恐怕还没有信仰佛教,或者已在研究佛典,还没有到坚深信仰的地步。所以在那些文字里,没有半点佛理的影子,而处处显示进步派的儒家的理论来。我们更可进一步的推想,如果这本书不在他的早年完成，他晚年必定要放弃写这一类书的计划，即使著作，他的意见也必有大加更改的事，是非常可能的。惟其如此，这本书倒显出了他的特殊意义，因为书中的理论，完全是出于文学批评者的立场，而没有混杂宗教的主观色彩，使这书更加纯化，更值得我们重视了。

《文心雕龙》所讨论的范围，是非常广泛的。全书五十篇（缺《隐秀》一篇，今存四十九），对于文体的流别，作品的批评与创造的方法都讨论到了。他的篇名虽极其含混，次序虽极其紊乱，然而我们只要稍稍细心，他对于文学几点重要的意见，我们还可看得清楚。为清醒眉目，将全书整理如下：

一、全书序言　《序志》

二、绪　论　《原道》《征圣》《宗经》《正纬》四篇

三、文体论　《辨骚》至《书记》二十一篇

四、创作论　《总术》《附会》《比兴》《通变》《定势》《神思》《风骨》《情采》《镕裁》《章句》《练字》《声律》《丽辞》《事类》《养气》《夸节》十六篇

五、批评论　《知音》《才略》《物色》《时序》《体性》《程器》《指瑕》七篇

这种分类，自然有些勉强的地方。因为作者在写作这本书的时候，对于创作与批评的界限，没有严密的划分，因此各篇里，时时有双关互顾之处。如《情采》、《通变》、《定势》、《特色》诸篇，对于创作与批评都有重要的见解，随便放到哪一部分都是可以的。然而在大体上讲来，这样的分类，是比原书零乱的次序，要清醒得多

了。对于他各方面的理论,都要加以详细论述的事,是中国文学批评史论者的工作,我在这里,只能把他几点对于文学的重要观点,加以简略的说明。

1. 文质并重论　刘勰生于永明、天监之间,正是讲骈俪、声律的唯美文学的初盛时代。文学的发展,全都趋于形式雕饰的美,而缺乏内容的质。他在《明诗》篇说:"宋初文咏,体有因革:……俪采百字之偶,争价一字之奇。情必极貌以写物,辞必穷力而追新。"又在《物色》篇说:"自近代以来,文贵形似。窥情风景之上,钻貌草木之中。吟咏所发,志惟深远。体物为妙,功在密附。"他对于当代文学的新趋势,看得很是清楚。在这趋势里,有好处,也有弊病。好处是文学艺术的进步,弊病是文学缺少人生社会的内容而失去了它应有的使命。刘勰在这里,一面是接收这种艺术进步的成绩,同时又要挽回文学完全脱离人生社会的基础的危险。要双方能够调和顾到,处理适宜,才能达到文学理想的阶段。他说的:"铅黛所以饰容,而盼倩生于淑姿;文采所以饰言,而辩丽本于情性。"(《情采》篇)正是上面那种合则双美离则全伤的理论。铅黛文采若用得过度,自然有害于淑姿情性,若用得恰到好处,则有增于顾盼辩丽之美,是不待言的了。最好的作家与作品,就是要善于使用铅黛与文采,要能达到文不灭质,博不溺心的地步,那就无可非议了。所以他说:

> 圣贤书辞,总称文章,非采而何?夫水性虚而沦漪结,木体实而花萼振,文附质也。虎豹无文,则鞟同犬羊,犀兕有皮,而色资丹漆,质待文也。……故立文之道其理有三。一曰形文,五色是也。二曰声文,五音是也。三曰情文,五性是也。

五色杂而成黼黻，五音比而成韶夏，五情发而成辞章，神理之数也。(《情采》)

夫才量学文，宜正体制。必以情志为神明，事义为骨髓，辞采为肌肤，宫商为声气，然后品藻元黄，摛振金玉，献可替否，以裁厥中，斯缀思之恒数也。(《附会》)

所谓文附质，质待文，是说文质彼此扶持相得益彰之妙，绝无轻文重质的意见。因此他把形文、声文、情文放在同等的地位，把情志事义看为文学的神明与骨髓，辞采与声律看作是文学的肌肤，二者不可偏废，实是最公允的论见。在他的创作论里，如《声律》、《丽辞》、《练字》、《镕裁》、《风骨》、《事类》诸篇，都可看作是当代唯美文学的理论。可知他的主要观念，是要一面节制文采的过度以防内质的贫弱，同时又要防止内质的过度以防文采的枯淡。他在这里既没有儒家道德观念的固执，也没有唯美主义者的艺术至上的偏激。他是调和双方的见解而取着文质并重的理论。因此说他是纯粹自然美的主张者，或是载道文学的提倡者，都是肤浅之见，这是我们必得注意的。他在《原道》、《序志》二篇中所说的道，只是天地自然的法则，与后代的文以载道的一家之道是完全不同的。天地山川之形象的调整，草木云霞的颜色的美丽，林籁泉石的声音的和谐，无不是由自然之道而生，无不是自然界的文采。人有心灵的活动，自然就有言语，有了言语，就有文学，可知文学本由自然之道而生，并无何等精微奥妙的地方。不过有天才的作家，能够表现得更为美妙，而可流传于后世。这种天才的作家，刘勰称他为圣人，所以他说："道沿圣以垂文，圣因文而明道。"就是这意思。《原道》一篇的重要点，只是说明文学的起源，是出于自然的道，而后人以载道之说附会之，实在是曲说了。《征圣》一篇，也不过是说明孔子在中国文化界的崇高地位，在那里并没有把文学与道德的观念结合起来。在《宗经》内，也只说明那几种经书，是中国文学的源泉，这种意见，就是到现在我们也是赞成的。《诗经》和《周易》中的一部分为我国最古的韵文，《尚书》、《春秋》为我国散文的始祖，这是谁也不能否认的，至于说"文能宗经，体有六义。一则情深而不诡，二则风清而不杂，三则事信而不诞，四则义直而不回，五则体约而不芜，六则文丽而不淫"，大半都是从作风与修辞技巧上立论，并不是从义理和道德的观念上立论，是非常显明的事。他这种意见，也是补救当代文风过于雕饰淫靡之一法，至如《正纬》一篇，更是无关宏旨，不必细说了。讲到这里，我们可以知道刘勰对于文学的主要观念，是文质并重的中和论者，他不赞称纯粹的自然美，也没有提倡载道的文学。后人断章取义，曲解他的意见，所以我在这里稍稍加以辩白了。当时的作家，如昭明太子、刘孝绰之流，在这方面也有同样的意见。

> 夫文典则累野，丽亦伤浮。能丽而不浮，典而不野，文质彬彬，有君子之致。吾尝欲为之。但恨未逮耳。（昭明太子《答湘东王求文集及诗苑英华书》）
>
> 窃以属文之体，鲜能周备。……深乎文者，兼而善之。能使典而不野，远而不放，丽而不浮，约而不俭，独善众美，斯文在斯。（刘孝绰《昭明太子集序》）

"典而不野"，"丽而不淫"，正是文质并重而又调和得宜的文学观。这种观念不是宋代的道学家所有的，也不是汉魏时代所能产生的。正是在六朝唯美文学的潮流中头脑清楚的进步分子的文学思想。《文心雕龙》的作者,恰好是这派思想的代表。

2. 文学与环境　刘勰以前的论文家,如曹丕、陆机之流,都以天才为文学的决定因素。以为文质的变迁,作风的转变,完全由于作家天才的作用。到了刘勰,他虽一面承认才性的重要,但他认为文学的种种变化,主要是由于外面的社会环境。他在《时序》篇里,告诉我们自古代以至宋齐之间的文学转变,都有时代环境的鲜明色彩。他虽说没有讨论到经济这一个重要观点,然而他认为政治、宗教、学术、风俗各方面对于文学有决定的力量的事,是说得很正确的。在这种地方,刘勰实在是社会学论者的文学批评家,他的理论在今日看来,虽未达到精密之境,在几种主要的观点上,确已建立了文艺社会学的理论基础,已经把世人视为纯粹出于天才创作的文学同复杂的社会环境,密切地联系起来了。

时运交移,质文代变。古今情理,如可言乎?昔在陶唐,德盛化钧。野老吐何力之谈,郊童含不识之歌。有虞继作,政阜民暇,薰风诗于元后,烂云歌于列臣。尽其美者何?乃心乐而声泰也。……逮姬、文之德盛,《周南》勤而不怨。太王之化淳,《邠风》乐而不淫。幽、厉昏而《板》、《荡》怒,平王微而《黍离》哀,故知歌谣文理,与世推移,风动于上,而波震于下者。春秋以后,角战英雄。六经泥蟠,百家飙骇。方是时也,韩、魏力政,燕、赵任权,五蠹六虱,严于秦令。唯齐、楚两国,颇有文学。……故稷下扇其清风,兰陵郁其茂俗。邹子以谈天飞誉,驺、奭以雕龙驰响。屈平联藻于日月,宋玉交彩于风云,观其艳说,则笼罩《雅》、《颂》。故知𬀩晔之奇意,出乎纵横之诡俗

> 也。爰至有汉，运接燔书。高祖尚武，戏儒简学。虽礼律草创，诗书未遑。施及孝惠，迄于文、景，经术颇兴，而辞人勿用。贾谊抑而邹、枚沉，亦可知已。逮孝武崇儒，润色鸿业，礼乐争辉，辞藻竞骛。《柏梁》展朝讌之诗，《金堤》制恤民之咏。征枚乘以蒲轮，申主父以鼎食。买臣负薪而衣锦，相如涤器而被绣。遗风余采，莫与比盛。……自献帝播迁，文学蓬转，建安之末，区宇方辑。魏武以相王之尊，雅爱诗章；文帝以副君之重，妙善辞赋；陈思以公子之豪，下笔琳琅；并体貌英逸，故俊才云蒸。观其时文，雅好慷慨，良由世积乱离，风衰俗怨，并志深而笔长，故梗概而多气也。……自中朝贵玄，江左称盛，因谈余气，流成文体，是以世极迍邅，而辞意夷泰。诗必柱下之旨归，赋必漆园之义疏。故知文变染乎世情，兴废系乎时序。原始以要终，虽百世可知也。（《时序》篇节录）

他在这里虽以政治环境为立论的主点，然对于学术思想、社会生活、地方色彩对于文学的关系，也都讨论到了。本来在古代君主集权时代，君主贵族的风尚与政治势力，实为学术文艺的主要推动力。他站在这种立场上，去观察历代文学变迁的趋势，所得的结论都是很正确的。比起那种以天才来概括一切文学活动的理论来，他所提出来的“文变染乎世情，兴废系乎时序”的意见，真要高明万倍，可称为一代的卓见了。

他除了讨论这种共有的时代环境对于文学的关系以外，还注意到气候、时令与山川、风景影响于作家与作品的自然环境。这些环境一面刺激作家的创作动机，同时又能锻炼作家的个性与作品的风格。他这种文学的物感说，应用于创作与批评两方面，都是极重要的意见。他在《物色》篇说：

> 春秋代序，阴阳惨舒，物色之动，心亦摇焉。盖阳气萌而元驹步，阴律凝而丹鸟羞，微虫犹或入感，四时之动物深矣。……岁有其物，物有其容。情以物迁，辞以情发，一叶且或迎意，虫声有足引心，况清风与明月同夜，白日与春林共朝哉。是以诗人感物，联类不穷，流连万象之际，沉吟视听之区，写气图貌，既随物以宛转，属采附声，亦与心而徘徊。故灼灼状桃花之鲜，依依尽杨柳之貌，杲杲为出日之容，瀌瀌拟雨雪之状，喈喈逐黄鸟之声，喓喓学草虫之韵。皎日嘒星，一言穷理。参差沃若，两字穷形。并以少总多，情貌无遗矣。……若乃山林皋壤，实文思之奥府。略语则阙，详说则繁，然屈平所以洞监风骚之情者，抑亦江山之助乎。

由刘勰这种时代环境与自然环境的理论的出现，于是那些天才至上与心灵独立活动的谬说，都站不住脚了。可知任何伟大的作家与作品，都受有这种环境的限制，任何玄妙的心灵活动，也不过是受了外界环境的影响而反映出来的一种精神现象。在批评一个作家与一种作品之前，在批评某种精神现象之前，必得要先求这种环境的了解，实是必要的事。这一点，实在是刘勰在文学批评上最重要的贡献。

3. 批评论的建立　因为刘勰最懂得文学的性质与意义，所以他对于创作与批评的艰苦也了解得非常深切。他对于当代文学批评界的偏于主观与印象以及未能达到求因明变的工作，感着不满意。所以他在《序志》篇说："魏典密而不周，陈书辩而无当，应论华而疏略,陆赋巧而碎乱,《流别》精而少巧,《翰林》浅而寡要。……并未能振叶以寻根,观澜而索源。"所谓不周、无当、寡要、疏略等类的弊病,都是因为没有建立客观的批评方法,只偏于主观印象而流于散漫之故。不能寻根索源,因为他们忽略了作品与环境的重要关系,而只就作家的才性与技巧本身上立论之故。他认为要树立精密的批评,必先要免去这些流弊。批评诚然是难事,如果批评家有公正的态度,广博的学识与客观的批评标准,这种困难是可以克服的。因为文学是个人情感与社会情感合流的表现,同时又是共有的时代精神的反映,并且文字构造的美妙与音调的和谐,都可加以人工的分析和说明,那么一个作家和一种作品,一定都有他的可以说明的客观的价值。他说:"夫缀文者情动而辞发,观文者披文以人情。沿波讨原,虽幽必显。世远莫见其面,觇文辄见其心,岂成篇之足深,患识照之自浅耳。夫志在山水,琴表其情。况形之笔端,理将焉匿。故心之照理,譬目之照形,目了则形无不分,心敏则理无不达。"(《知音》篇)他在这里说明文学批评完全是可能的事,为要达到这种可能的阶段,于是他建立了最有系统的客观的批评论。

第一,批评家的修养:批评家不能专凭自己的直觉,必得有广博学识的修养。有了深厚的修养,始可了解作品结构的微妙,艺术的优劣以及因变的原委,才不至于闹出以雉为凤、信伪为真的笑话。所以他在《知音》篇说:"凡操千曲而后晓声,观千剑而后识器。故圆照之象,务先博观。阅乔岳以形培塿,酌沧波以喻畎浍,无私于轻重,不偏于憎爱,然后能平理若衡,照辞如镜矣。"

第二,批评家的态度:文人相轻的恶习,自古已然。若是批评家有了广博学识的修养,而没有公正的态度,只是党同伐异,故作曲词，那末这种批评，只是恶意的攻击，或是不正的谄媚，不仅没有好处，只有坏处。因此他们对于批评家的态度，提出最重要的三点。一，不能贵古贱今。二，不能崇己抑人。三，必得放弃主观好恶的成见。关于这几点，他在《知音》篇里，都加以举例的说明了。

第三，批评的标准：经过了上面两种步骤，才达到最后批评的阶段。因为在批评上要避开主观的偏见与印象的褒贬，他于是提出了六观的标准。他说："将阅文情，先标六观。一，观位体；二，观置辞；三，观通变；四，观奇正；五，观事义；六，观宫商；斯术既形，则优劣见矣。"位体是指文学的体制。他在《定势》篇里，已曾讨论到一种体裁，应有适应这种体裁的作风。"情致异区，文变殊术。莫不因情立体，即体成势也。……是以模经为式者，自入典雅之懿，效骚命篇者，必归艳逸之华。综意浅切者，类乏酝藉，断辞辨约者，率乖繁缛。譬激水不漪，槁木无阴，自然之势也。"一观位体，便是看那种体裁是不是与他文字的风格气势相合。二观置辞，便是观其修辞的美丑。三观通变，是看其作品，是否出于模拟与抄袭。他认为好的作品，应该作者独出心裁，变古翻新。成为自己的创作，在《通变》篇里，对于这一点，他发表了很好的意见。四观奇正，是说作品应该有新奇的特性与庄重的态度，若变为陈腐而流于游戏猥亵，这作品便不足观了。事义是文学的内容，在《附会》篇里，他看作是文学的骨髓，可知他对于文学内容的重视。六观宫商，那便是文学的音乐性。他在《声律》篇中，对此曾加以详细的说明。由这六个标准，去客观的品评文学作品的价值，比起那印象派的主观批评来，所得的结论，自然是要正确得多了。中国古代的学问，任何方面都缺少方法与条理，缺少科学性与客观性，所以刘勰这种批评论的建立，确实是值得我们重视的了。

在当日唯美文学的潮流中，作家俱注力于文学形式的讲求，各种文体也日益完备，于是对于文体的辨别与源流的探讨，也成为论文家的主要工作了。曹丕论文，有奏议、书论、铭诔、诗赋四科之说，为文体问题的最初提出者，其后如桓范、陆机、挚虞诸人，俱有论述，惟著书今多不存，其详不得而知。短论残章，亦极简略。到了齐梁时代，大家都很注意这个问题。萧统在《文选》中将各种文体分为三十八类，诗又分为二十三子目，赋分为十五子目，苏轼病其编次无法，姚鼐讥其分体碎杂，章学诚也说他淆乱芜秽，不可殚诘，这些评语自然是对的。但由此也可看出在唯美文学的潮流中，一般人对于文学的体裁正名别类的趋势。因此，刘勰在《文心雕龙》里，几乎费去了一半的篇幅，专门讨论各种文体的问题。他在这一方面，虽费了不少的气力，然而我们现在看来，在全书里，这是价值最低的一部分。因为在那里面，有几点不可掩饰的缺点：一，文学的观念不清楚。二，次序杂乱。三，分类没有统一性。四，议论时多牵强附会。凡是读过那二十一篇文字的人，想都有那种感觉，我也无须在这里细说了。但如《明诗》、《辨骚》、《乐府》、《诠赋》却是其中最精彩的四篇，是读者所公认的。不过这一部分的缺点，并无损于他在中国文学批评史上的地位。

二、锺嵘与《诗品》

锺嵘字仲伟，颍川长社人。生于齐，卒于梁承圣元年(西历五五二)。因他最后做过晋安王的记室，故世人称为锺记室。《诗品》，《梁书》名为《诗评》，《隋书·经籍志》兼称《诗评》、《诗品》，到现在《诗评》原名已无人知道，《诗品》成为定名了。他在序中说:“今所寓言,不录存者。”观其书中,论及梁代文人甚多,沈约亦在中卷,沈卒于天监十二年,《诗品》之作,必在天监十二年以后。又《梁书》本传说:“迁西中郎晋安王记室。尝品古今五言诗,论其优劣,名为《诗评》,顷之,卒官。”据《梁书·敬帝本纪》,“承圣元年,封晋安王,二年,出为江州刺史。”由此推想,《诗品》之作与锺嵘之死,都在元帝承圣元年。已经到了梁朝的末期。《文心雕龙》作于齐代何年虽不可考,然早于《诗品》,至于也有半世纪的事,是无可疑的。

锺嵘对于诗的批评的主要目的,是注意探讨作家与作品的流别。他在这里一面论述文学的进化现象,同时又论列各家的来源与变迁。所谓历史的批评,虽由锺嵘建立起来,然而在现在看来,他这种批评是失败了的。他用了两个最机械的方法:其一,他将从汉至齐梁时代的一百多个诗人,分为上中下三品,由其个人的品评,而定其高下优劣。其次,他对于各家的作品,往往肯定其源出于某人与某体。他又标出《国风》、《小雅》、《楚辞》为五言诗的三大源泉。他这两种方法,都是错误的,由他这种方法,给予后代诗话家种种恶劣的影响。文学作家与作品的价值,我们可以用种种方法加以分析与说明,但决不能用八十分或六十分的机械标准去品定等第,因为由于其主观的成见,时常有最危险的错误。如刘桢、陆机、潘岳、张协的列于上品,魏文帝、陶潜、鲍照、谢朓之列于中品,魏武帝之列于下品,都是大胆的武断,不可原谅的错误,我们无论如何,是要提出强硬的抗议的。至如他论到各家的源流,更多附会可议之处。《国风》、《小雅》本来就分不开,他指定某人出于《小雅》,某人出于《国风》,这是一种谬说。五言诗源出于两汉的乐府,而形成无名氏的《古诗十九首》一类的作品,此后,制作日繁,技巧日进，作家受有《楚辞》的辞藻的影响，那是无可否认的事，若说某人的诗，是源出于《楚辞》，那又是一种偏见。建安诗的作风是一致的，他说王粲出于《楚辞》，曹植、刘桢出于《国风》；阮籍、嵇康的作品的思想基础是一致的，他说嵇康出于《楚辞》派的曹丕，阮籍则出于《小雅》。太康诗人，除左思外，其作风情调也是一致的，他说陆机出于《国风》派的曹植，潘岳、张华又出于《楚辞》派的王粲。像这种牵强矛盾之处，到处都是，实在是《诗品》中最大的缺点。他的错误，是只以作品的形貌为标准，而忽略了最重要的文艺思潮与共同的时代色彩。由此看来，锺嵘对许多诗人等级的划分，不足为凭，而其源流的叙述，也是不可信的了。但是他在各家之下，对其作品的美点与弊病，时有精确扼要的评语，这是《诗品》中最精彩的一部分。我们对于《诗品》的重视，也就只在这一部分。因了这一部分，使《诗品》得有较高的价值，而成为中国诗歌批评史上的重要文献了。

《文心雕龙》著作的时代，骈俪声病之风气虽已流行，但到了《诗品》，这种风气更是变本加厉，再加以浮艳的宫体诗盛极一时，于是诗风日卑，唯美文学的过度发展，造成了文学上极度的柔弱与贫血。锺嵘处在这个时代，所以他对于当日文风的态度，比起刘勰来，较为倾向于自然主义一方面，而对于时代潮流的反抗也较为激烈了。

1. 反对用典　他觉得奏议论说的散文，引用古事，自然难免。诗是精神情感的产物，用事用典，反有伤于诗歌的情韵，在当时谢灵运诸人的诗里，夸示博学，经子文句，时时引用，自然就减少了诗的滋味。所以他说："若乃经国文符，应资博古。撰德驳奏，宜穷往烈。至乎吟咏情性，亦何贵于用事。'思君如流水'，既是即目，'高台多悲风'，亦惟所见。'清晨登陇首'，美无故实，'明月照积雪'，讵出经史。观古今胜语，多非补假，皆由直寻。颜延、谢庄，尤为繁密。于时化之。故大明、泰始中，文章殆同书抄。任昉、王元长等词不费奇，竞须新事。遂乃句无虚语，语无虚字，拘挛补衲，蠹文已甚。"又说："任昉博物，动辄用事，所以诗不得奇，少年士子，效其如此，弊矣。"可知他对于诗歌的创作，是主张情感的抒写与自然的白描，反对典故的堆砌，这种意见，我们是赞同的。不过中国的诗人，能做到这一点的就真是很少。章太炎《辨诗》篇说："诗者与奏议异状，无取数典之言。锺嵘所以起例，虽杜甫犹有愧。"这话确是实情。

2. 反对声病　音乐性本是诗歌中的重要元素，他认为诗人只应该注意自然的音律，能达到和谐悦耳的程度便够了，若加以种种人工的声病的限制，那诗人便作了声病的奴隶。而诗的自然美反有损伤了。所以他说："曹、刘殆文章之圣，陆、谢为体贰之才。锐精研思，千百年中，而不闻宫商之辨，四声之论。或谓前达偶然不见，岂其然乎？尝试言之。古曰诗颂，皆被之金竹，故非调五音，无以谐会。若'置酒高堂上'，'明月照高楼'，为韵之首。故三祖之词，文或不工，而韵入歌唱，此重音韵之义也，与世之言宫商异矣。今既不被管弦，亦何取于声律耶？齐有王元长者，尝谓余云：'宫商与二仪俱生，自古词人不知之……'元长创其首，谢朓、沈约扬其波，三贤或贵公子孙，幼有文辨。于是士流景慕，务为精密，襞积细微，专相陵架。故使文多拘忌，伤其真美。余谓文制本须讽读，不可蹇碍。但令清浊通流，口吻调利，斯为足矣。"作诗自然是要重视声律，像当日那种四声八病，规矩极严，襞积细微，损伤才性，致文多拘忌，有伤真美，真是应该反对的。

3. 反对玄风　魏晋以来，老庄之学，风靡一时，诗歌趋于玄虚与说理，造成枯淡无文的歌诀，诗中的一点情韵与滋味都被破坏无余。锺嵘对于这一点，表示很不满意。他说："永嘉时，贵黄、老，稍尚虚谈，于时篇什，理过其辞，淡乎寡味，爰及江表，微波尚传。孙绰、许询、桓、庾诸公诗皆平典似《道德论》，建安风力尽矣。"诗歌做到都像《道德论》式的说理散文，佛经中的偈语，所谓风力情韵以及辞藻，自然都是一无所有的。

文学与环境的问题，在《文心》里，刘勰已经建立了时代环境与自然环境的理论。到了锺嵘，又提出了个人境遇的环境，弥补了刘勰的缺点。时代与自然环境对于作家与作品的影响，自然是非常重要，但个人的境遇，对于作品的风格与成就，也有很大的决定力。屈原的放逐，蔡琰的被掳，曹植的忧郁，陶潜的隐居，都是个人特有的生活环境，而他们的作品，也就因了这种环境，产生出分明的个性与灿烂的光辉。所以他说："若乃春风春鸟，秋月秋蝉，夏云暑雨，冬月祁寒，斯四候之感诸诗者也。嘉会寄诗以亲，离群托诗以怨。至于楚臣去境，汉妾辞宫；或骨横朔野，或魂逐飞蓬；或负戈外戍，杀气雄边；塞客衣单，孀闺泪尽；士有解佩出朝，一去忘返；女有扬娥入宠，再盼倾国。凡斯种种，感荡心灵，非陈时何以展其义，非长歌何以骋其情。"他在这里很重视个人环境对于文学的影响。唯物的感应说，始于刘勰，完成于锺嵘，由时代自然的环境，再加以个人环境的补充，于是环境说的理论，更加完备，所谓社会学的文学观念，也由此而确立。

当日的批评界，除刘勰、锺嵘二大家外，如沈约、萧统、萧绎、刘孝绰、萧子显、裴子野、颜之推、李谔诸人，俱有论文的意见发表，因为他们都是单篇短语，不能独成系统，打算不在这里细讲了。但如裴子野的《雕虫》，颜之推的《文章》，李谔的上书，都是激烈的反抗唯美文学的思潮，轻视浪漫的作家与淫靡的作品，带着儒家的论理与功用的观念，作为论文的基点，因此而成为唐代文学界复古运动的先声、道统文学的种子了。

五　小说

唯美文学的色彩，在当日的诗文辞赋以及文学批评方面，都表现了浓厚的影子，在小说方面，这色彩却较为稀薄。这原因是小说还没有在文坛得到正式的地位，一般高级文人，少有制作，除了那种为宗教的宣传以外，其余大都是出于游戏好奇的态度，经心刻意把小说当做一种高尚的文学来创造的人可以说没有。并且魏晋以来，小说还在初步发展阶段，所以在当代的小说界，无论在观念形式以及技巧上，都欲求其与诗文平行进展的事，自然是不可能的。

小说的体裁与技巧，虽不能适应唯美文学的潮流，然按其内容，同当代士大夫的风尚与宗教的情绪，却是完全一致。这时代的小说，我们可以看出有两个显明的分野。一个是以两晋以来盛极一时的清谈风气、旷达行为为基础。正始之玄言，竹林的狂放，都为艺林所追怀所景仰。这种风气，至宋不衰。于是文人雅士，或记其言语，或述其行为。残丛小语，固无补于实用，轶事清言，亦可发思古之幽情。这派小说的代表，是刘义庆的《世说新语》。另一派是以宗教思想为基础，尤以佛教为主体。当日佛教大行，因果轮回之说，震骇人心。文士教徒，或引经史旧闻以证报应，或言神鬼故实以明灵验。如王琰之《冥祥记》，颜之推的《冤魂志》，是此派的代表。此外或转写佛经中的故事，或传述道教的迷信，如吴均的《续齐谐记》一类的文字，自然是类属于这一派的。

《世说新语》为宋临川王刘义庆所编撰。全书三十八篇，由后汉至东晋，凡高士言行，名流谈笑，集而录之，文字清俊简丽，趣味横生。刘孝标作注，征引广博，所用书四百余种，今多不存，故极为艺林所珍重。今略引数则，以概其余。

何晏、邓飏、夏侯玄，并求傅嘏交，而嘏终不许。诸人乃因荀粲说合之。谓嘏曰，夏侯太初，一时之杰士。虚心于子，而卿意怀不可交，合则好成，不合则致隙，二贤若穆，则国之休，此蔺相如所以下廉颇也。傅曰，夏侯太初志大心劳，能合虚誉，诚所谓利口覆国之人。何晏、邓飏有为而躁，博而寡要，外好利而内无关籥。贵同恶异，多言而妒前。多言多衅，妒前无亲。以吾观之，此三贤者皆败德之人尔。远之犹恐罹祸，况可亲之耶，后皆如其言。（《识鉴》）

刘伶病酒，渴甚，从妇求酒。妇捐酒，毁器，涕泣谏曰："君饮太过，非摄生之道，必宜断之。"伶曰："甚善，我不能自禁，惟当祝鬼神自誓断之耳。便可具酒肉。"妇曰："敬闻命。"供酒肉于神前，请伶祝誓。伶跪而祝曰："天生刘伶，以酒为名。一饮一斛，五斗解酲。妇人之言，慎不可听。"便引酒进肉，隗然已醉矣。（《任诞》）

王子猷居山阴。夜大雪，眠觉开室，命酌酒。四望皎然，因起彷徨，咏左思《招隐诗》。忽忆戴安道。时戴在剡，即便夜乘小船就之，经宿方至。造门不前而返。人问其故。王曰："吾本乘兴而来，兴尽而返，何必见戴！"（同上）

山公与嵇、阮一面，契若金兰。山妻韩氏，觉公与二人异于常交。问公，公曰："我当年可以为友者，唯此二生耳。"妻曰："负羁之妻，亦亲观狐赵。意欲窥之，可乎？"他日二人来，妻劝公止之宿，具酒肉。夜穿墉以视之，达旦忘反。公入，曰："二人何如？"妻曰："君才致殊不如，正当以识度相友耳。"公曰："伊辈亦常以我度为胜。"(《贤媛》)

长则数行，短则几句，然文字无不清俊简丽，为本书最大的特色。当日高士名流之音容笑貌，趣语奇行，都跃然纸上，这种富于现实性的记录，较之那种言神志怪的小说来，自然是要高明多了。他一直到现在还保有着活跃的生命，并不是偶然的事。在《世说》以前，晋人裴启的《语林》，郭澄之的《郭子》，其体裁内容都与《世说》相似。书虽早亡，在《太平广记》、《太平御览》、《艺文类聚》诸书中，常可见其遗文。并且《世说》中之事实文字，间或与裴、郭所记相同。因《世说》晚出，乃多纂辑旧文。后沈约有《俗说》三卷，体例亦仿《世说》，多记两晋、宋、齐名人言行。此书已亡，在《御览》、《类聚》诸书中，时见征引。文字清丽，风趣亦佳，沈约本是齐、梁间名士，此等文字自然是胜任愉快的了。

《冥祥记》为宋王琰所作，《冤魂志》为隋颜之推所作。后者现存，前者早佚，但于《法苑珠林》、《太平广记》二书中所存甚多，尚可见其面貌，所记多为佛教史实及因果报应与经像显效的故事。其内容外貌，与《冤魂志》相似，同为释氏辅教之书。今各举一条作例。

汉明帝梦见神人，形垂二丈，身黄金色，顶佩日光。以问群臣，或对曰：西方有神，其号曰佛，形如陛下所梦，得无是乎？于是发使天竺，写致经像。表之中夏，自天子王侯，咸敬事之。谓人死精神不灭，莫不瞿然自失。初，使者蔡愔将西域沙门迦叶摩腾等赍优填王画释伽佛像，帝重之，如梦所见也。乃遣画工图之数本，于南宫清凉台及高阳门显节、寿陵上供养。又于白马寺壁画千乘万骑绕塔三匝之像，如诸传备载。（《冥祥记》，见《法苑珠林》十三）

宋下邳张稗者，家世冠族，末叶衰微，有孙女殊有姿色。邻人求聘为妾，稗以旧门之后，耻而不与，邻人愤之而焚其屋，稗遂烧死。其息邦先行不知，后知其情，而畏邻人之势，又贪其财而不言，嫁女与之。后经一年，邦梦见稗曰：汝为儿子，逆天不孝，弃亲就怨，潜同凶党，捉邦头以手中桃木刺之，邦因呕血而死。邦死之日，邻人见稗排闼直入，张目攘袂曰：君恃势纵恶，酷暴之甚，枉见杀害。我已上诉，事获申雪，却后数日，令君知之。邻人得病，寻亦殂殁。（《冤魂志》）

此种著作，当日尚多，但俱已早佚，遗文可考见者，尚有宋刘义庆之《宣验记》，颜之推之《集灵记》与侯白之《旌异记》。然皆文笔不佳，内容思想，亦俱雷同。中国千余年来士大夫以及民众之迷信思想之流传与普及，此等书实要担负其责任。

志怪小说，在文字方面较为清丽者，为吴均之《续齐谐记》与王嘉之《拾遗记》。王嘉虽是东晋人，但此书为梁代萧绮所录。萧序言书本十九卷，二百二十篇，当苻秦之季，典章散灭，此书亦多有亡。绮乃删繁存实得十卷。故胡应麟（《笔丛》三二）说此书本为绮撰，而托名王嘉的，话虽不可尽信，说此书以王嘉原作为底本，经了萧绮的删补，而完成于梁代的事，是比较可靠的。吴均为梁代诗人，诗风清俊，时人号称吴均体，《续齐谐记》虽系言神志怪之书，然其文字亦卓然可观。其中许彦一篇，述一书生变法之事，极为奇异。段成式在《酉阳杂俎续集·贬误》篇中，证明此故事，原出于佛经，经吴均汉化而写成者。可知在当代的小说内，一面表扬佛教的思想，一面采用佛经中的故事，而扩展文学的材料，这种情形在诗歌里虽极稀薄，而反映在小说上的，就明显得多了。

今存《拾遗记》十卷，古起庖牺，近迄东晋，远至昆仑仙山，俱有记述。书中虽多言怪异，然极少因果报应的臭味。并时叙人事及社会生活，文笔亦颇清丽，尤为此书之特色。可知此书体例，乃合杂录、志怪二体而成，不过志怪的成分较多而已。严格地说来，上面叙述的这些作品，都不能算是小说，然而在中国小说初步发展的阶段上，这些作品，我们也不可忽略。由这些作品，再进一步，便形成了唐代的神怪人事合揉的传奇，那进展的痕迹是相当明显的。

第十一章　南北朝与隋代的民歌及诗人

上篇　南北朝与隋代的民歌

从东晋南渡到隋代统一的这两百多年中，不管中间的朝代有了多少变迁，南北始终成着对立的局面。在这长时期内，北方的汉人大量地南移，边陲的外族大量地深入，造成种族间的长期斗争。中国固有的文化，开始当然是遭受着重大的打击，久而久之，他却能运用深厚的根基，使外族屈服同化，而得到最后的胜利，到了北魏，他们禁胡语废胡服，改汉姓，娶汉女，并且还正礼乐，立学校，做起崇经尊孔的事业来，较之南朝，反更为复古了。表面的文化制度虽日趋于调和统一，但因经济基础的悬殊，地理环境的差异，以及物质劳动生活的种种不同，南北民族的精神心理，是呈现着极其分明的两种色彩。南方的情感是柔弱的，偏于个人的享乐，北方的情感是雄壮的，偏于社会的劳动。这两种色彩，在当日的民歌里，反映得极其明显。在这一点，民间的歌谣，较之文人的作品来，是远富于地方性与社会性的。

一、南方的民歌

南方民众因地理物质环境的优裕，养成一种柔弱的性情与享乐的人生观。他们的余暇精神，全集中于恋爱的追逐，这种精神状态，反映在歌谣里，便是《子夜歌》一类的委婉曲折的情诗。他们都是用着短小的形式，自然的音调，歌咏着男女恋爱过程中的种种情态。或写得恋的喜悦，或写失恋的悲伤，或写幽会的情状，或写相思的心境，或写迟暮，或写别离，无不美妙自然，清丽可喜。然而他们的内容，总是千篇一律，好像人生除了恋爱以外，再没有什么可歌可咏似的，比起东汉的民歌如《战城南》、《孤儿行》一类的富于社会性的作品来，他们实在是呈现着一种不可掩饰的缺点。南方民歌的代表，一是江南的《吴歌》，一是荆楚一带的《西曲》。《吴歌》艳丽而柔弱，《西曲》浪漫而热烈。其内容虽同为男女恋爱的描写，其作风却有不同的情趣。然在其文字与表现的态度方面讲，都是很浓厚地保存着民间文学的真面目，这是很可宝贵的。

《吴歌》 《乐府诗集》说："吴歌并出江南。东晋以来稍有增广。其始皆徒歌，既而被之管弦。盖自永嘉渡江之后，下及梁陈，咸都建业，吴声歌曲，起于此也。《古今乐录》曰：'吴声十曲，一曰《子夜》，二曰《上柱》，三曰《凤将雏》，四曰《上声》，五曰《欢闻》，六曰《欢闻变》，七曰《前溪》，八曰《阿子》，九曰《丁督护》，十曰《团扇》。'又有《七日夜女歌》、《长史变》、《黄鹄》、《碧玉》、《桃叶》、《长乐佳》、《欢好歌》、《懊侬》、《读曲》，亦皆吴声歌曲也。"可知吴歌极繁，包罗亦广，上所举者，《上柱》、《凤将雏》二种已佚。然尚有《神弦歌》诸曲，想也是属于吴歌的。

吴歌以《子夜》、《读曲》篇目最多，文笔最好，今各举数首，以概其余。

大子夜歌

歌谣数百种，子夜最可怜。慷慨吐清音，明转出天然。
丝竹发歌响，假器扬清音。不知歌谣妙，势声出由心。

子夜歌（共四十二首）

宿昔不梳头，丝发披两肩。婉伸郎膝上，何处不可怜！
始欲识郎时，两心望如一。理丝入残机，何悟不成匹。
朝思出前门，暮思还后渚。语叹向谁道，腹中阴忆汝。
揽枕北窗卧，郎来就侬嬉。小喜多唐突，相怜能几时？

子夜四时歌（共七十五首）

罗裳迮红袖，玉钗明月珰。冶游步春露，艳觅同心郎。
春林花多媚，春鸟意多哀。春风复多情，吹我罗裳开。
明月照桂林，初花锦绣色。谁能不相思，独在机中织？
朝登凉台上，夕宿兰池里。乘风采芙蓉，夜夜得莲子。
情知三夏热，今日偏独甚。香巾拂玉席，共郎登楼寝。
轻衣不重彩，飚风故不凉。三伏何时过，许侬红粉妆。
秋夜凉风起，天高星月明。兰房竞妆饰，绮帐待双情。
自从别欢来，何日不相思。常恐秋叶零，无复连条时。
寒鸟依高树，枯林鸣悲风。为欢憔悴尽，那得好颜容。
涂涩无人行，冒寒往相觅。若不信侬时，但看雪上迹。

《子夜四时歌》在文字的艺术上，比《子夜歌》更为进步，其中一定有许多是当代文人的拟作。如“果欲结金兰”一首，本为梁武帝作品，可知梁代文人之作，已有杂入在内的了。大概《子夜歌》当日风行一时，拟者颇众，故又有《子夜警歌》、《变歌》等新曲。《唐书·乐志》说：“《子夜歌》者晋曲也。晋有女子名子夜，造此声，声过哀苦。”又《乐府解题》说：“后人乃更为四时行乐之词，谓之《子夜四时歌》。又有《大子夜歌》、《子夜警歌》、《子夜变歌》，皆曲之变也。”他这里所说的“后人”大都是文士名流，恐怕不是出自民间的。

《子夜歌》以外，存曲最多者为《读曲歌》，共八十九首。《宋书·乐志》说：“《读曲歌》者，民间为彭城王义康所作也。”又《古今乐录》说：“《读曲歌》者，元嘉十七年袁后崩，百官不敢作声歌，或因歌宴，只窃声读曲细吟而已。”然按其内容，全为民间言情道爱之作，与《子夜》相同。不过形式较为杂乱，修辞较为粗率，因为如此，反而更能代表民歌的本质与风趣。所谓彭城王、袁后的传说，都是一种附会。当代的乐府歌词，前人每喜以故事穿凿。如鬼歌《子夜》少帝情死种种的鬼话神谈，都是不可信的。

读　曲　歌

花钗芙蓉髻，双鬓如浮云。春风不知著，好来动罗裙。百花鲜，谁能怀春日，独入罗帐眠。

芳萱初生时，知是无忧草。双眉画未成，那能就郎抱。打杀长鸣鸡，弹去乌臼鸟。愿得连冥不复曙。一年都一晓。

这类天真浪漫的描写，热烈情感的表现，纯朴自然的作风，在古典诗人的作品里是看不到的。因了他们这种特质,一面确立着他们本身在诗歌史上的地位,同时对于当代的诗坛,给予着清新的生命与重要的影响。我们读了这些作品,便会知道梁陈宫体文学以及小诗形体的来源了。《子夜》、《读曲》以外,还有《碧玉》、《懊侬》、《华山畿》数十篇,彼此情趣大略相同,这里不再举例了。此外有《神弦歌》十一曲十八首,大都为江南一带民间的祀神歌。曲中歌咏的神灵,男女都有,姿态美丽,心意缠绵,富于浪漫的风情,由此可知当日民间多神信仰的风俗,以及浪漫的宗教情绪。这些诗歌的作风,同古代楚民族的《九歌》很有些相像。例如:

白石郎,临江居,前导江伯后从鱼。积石如玉,列松如翠,郎艳独绝,世无其二。

（《白石郎曲》）

开门白水,侧近桥梁。小姑所居,独处无郎。

（《清溪小姑曲》）

前一首用玉石翠松的背景来象征那位男神的美丽;后一首用清幽的环境,来暗示女神的贞洁。短小的章句,朴质的文字,造成高远无比的境界;真是民歌中最好的作品。

《西曲》　南方的民歌,最重要的除《吴歌》以外,便是《西曲》。《西曲》即荆楚西声。《乐府诗集》说:"《西曲歌》出于荆、郢、樊、邓之间,而其声节送和,与《吴歌》亦异,故因其方俗谓之《西曲》云。"可知《西曲》是湖北西部一带的歌谣,而以江、汉二水为主,所以在那些作品里,充满着水上船边的情调以及旅客商妇的别情。在表情方面,较之《吴歌》要勇敢热烈,没有《吴歌》中那种特有的娇羞细腻的姿态。大概歌唱起来，在音调方面，也必有这种差别。《乐府诗集》所说其声节送和与《吴歌》亦异的话，想是可靠的。据《古今乐录》说《西曲》共有三十四曲，今读《乐府诗集》，当代文士们的拟作，杂在里面的颇多。如《乌夜啼》、《乌栖曲》、《估客乐》、《杨叛儿》诸曲中，很多简文帝、刘孝绰、梁武帝、梁元帝、徐陵、庾信们的作品。至于《襄阳蹋铜啼》、《白附鸠》二曲，民间原作已完全失传，只存梁武帝、沈约、吴均们的拟作，但那些无名氏的篇章，想都是出自民间的。

三洲歌

送欢板桥湾，相待三山头。遥见千幅帆，知是逐风流。
风流不暂停，三山隐行舟。愿作比目鱼，随欢千里游。

青阳度

青荷盖绿水，芙蓉披红鲜。下有并根藕，上生并头莲。

安东平

吴中细布，阔幅长度。我有一端，与郎作袴。

那呵滩

闻欢下扬州，相送江津湾。愿得篙橹折，交郎到头还。

孟珠

阳春二三月，草与水同色。道逢游冶郎，恨不早相识。
望欢四五年，实情将懊恼。愿得无人处，回身与郎抱。

石城乐

布帆百余幅，环环在江津。执手双泪落，何时见欢还？

莫　愁　乐

闻欢下扬州，相送楚山头。探手抱腰看，江水断不流。

乌　夜　啼

可怜乌臼鸟，强言知天曙。无故三更啼，欢子冒暗去。

寻　阳　乐

鸡亭故侬去，九里新侬还。送一却迎两，无有暂时间。

这些都是民歌中的珍品。大胆的表情，巧妙的比喻，天真的描写，活跃的表现出旅客情妇们的生活心理状态。商人重利，思妇多情，是《西曲歌》的情感基础。由这些作品的背后所反映出来的商业经济的繁荣，是可作为这类歌谣的社会基础的。在这些民歌中，不论吴楚，他们在辞句的表现上，有一个共同点，那便是欢喜用双关的隐语。以“梧子”双关“吾子”，以“藕”双关“偶”，以“丝”双关“思”，以“莲”双关“怜”，以“匹”双关“配”，这种表现法，也可以算是当日民歌的一种特征，在汉魏的歌谣里，是没有见过的。

二、北方的民歌

北方的游牧民族，因着经济基础的薄弱以及种族地理的种种关系，民众的生活动态与情感各方面，是形成与南方不同的色彩的。南方的特性，是柔弱的、女性的、个人的；北方的特性，恰好成一个对照，是尚武的、男性的、社会的。这种不同的特性，在当日的民歌里，反映得非常明显。如鲜卑族的《敕勒歌》云：

敕勒川，阴山下。天似穹庐，笼盖四野。天苍苍，地茫茫，风吹草低见牛羊。

这种苍苍茫茫的气象，是北方独有的伟大的自然背境。要有这特殊的背境，才能产生这种富于地方色彩的诗歌。比起南方歌谣中所歌咏的“春林花多媚，春鸟意多哀”的气象来，完全是两个天地了。生在这种环境之下的人民的生活情感，自然另有一种形象与气质。如《魏书》所载的《李波小妹歌》云：

李波小妹字雍容，褰裙逐马似卷蓬。左射右射必叠双。妇女尚如此，男子安可逢！

这正是北方女子的典型，一种男性的尚武的力量，活跃地表现出来，比起“婉伸郎膝上，何处不可怜”，“恃爱如欲进，含羞未肯前”的江南少女来，那刚强柔弱之分，真是再明显也没有了。

《乐府诗集》虽无北歌之目，然《梁鼓角横吹曲》，实即北方的歌谣。中间虽偶有吴歌化的作品，然大部分却是呈现着北方的民间色彩，决非南人所能为。《古今乐录》云：“《梁鼓角横吹曲》有《企喻》、《琅琊王》、《钜鹿公主》、《紫骝马》、《黄淡思》、《地驱乐》、《雀劳利》、《慕容垂》、《陇头流水》等歌三十六曲。”再加以《胡吹旧曲》和《折杨柳》、《隔谷》、《幽州马客吟》等歌曲，共六十六曲，这数目总算不少，可惜亡佚的很多，现存者只有《企喻》等歌二十一种了。今略举数例于下。

折杨柳歌

腹中愁不乐，愿作郎马鞭。出入擐郎臂，蹀坐郎膝边。

遥看孟津河，杨柳郁婆娑。我是虏家儿，不解汉儿歌。

健儿须快马，快马须健儿。跸跋黄尘下，然后别雄雌。

捉搦歌

谁家女子能行步，反著裌禅后裾露。天生男女共一处，愿得两个成翁妪。

黄桑拓屐蒲子履，中央有丝两头系。小时怜母大怜婿，何不早嫁论家计。

琅玡王歌

新买五尺刀，悬着中梁柱。一日三摩娑，剧于十五女。

东山看西水，水流盘石间。公死姥更嫁，孤儿正可怜。

企喻歌

男儿欲作健，结伴不须多。鹞子经天飞，群雀两向波。

前行看后行，齐处铁裲裆。前头看后头，齐著铁钮鉾。

男儿可怜虫，出门怀死忧。尸丧狭谷中，白骨无人收。

（此首传为苻融诗）

折杨柳枝歌

门前一株枣，岁岁不知老。阿婆不嫁女，那得孙儿抱。

敕敕何力力，女子临窗织。不闻机杼声，只闻女叹息。

问女何所思？问女何所忆？阿婆许嫁女，今年无消息。

紫骝马歌

烧火烧野田，野鸭飞上天。童男娶寡妇，壮女笑杀人。

地驱乐歌

青春黄黄，雀石颓唐。捶杀野牛，押杀野羊。
驱羊入谷，白羊在前。老女不嫁，蹋地唤天。
侧侧力力，念郎无极。枕郎左臂，随郎转侧。
摩捋郎须，看郎颜色。郎不念女，各自努力。

此外如《陇头歌》、《黄淡思》与《幽州马客吟》诸篇，或为高古的四言诗，或为柔靡的吴歌，我想或是北方文人的作品，或为南人描写北地风光者，亦未可知。总之在这几篇作品里，在修辞和情调上，文人的气息很是浓厚，已经很少北方民歌的本色了。我们试看上面所举的那些作品，知道北方的歌谣，与南方的比较起来，有两个不同的特色。一是内容方面，北方的偏重于社会生活。如《琅玡王歌》中所表现的孤儿与战争，《企喻歌》中所表现的尚武精神，《紫骝马歌》所表现的婚姻制度，《地驱乐歌》中所表现的畜牧生活，可以看出他们所歌咏的题材，是较为广泛，较为切近人事而富于社会性了。其次，在表现方面，北方的情感多是直线的说明的，没有南方那种隐曲象征的手法。北方人并不是不讲恋爱，他们不把恋爱看作是一种艺术，或是一种神秘的把戏。他们同吃饭穿衣一样，看作是一件简单的事体，毫没有那种娇羞隐藏的态度。"老女不嫁，蹋地唤天"，"枕郎左臂，随郎转侧"，这种直率真爽的气概和行为，决非南方女人所能有。梁启超氏在《中国韵文中所表现的情感》内论北歌说："他们生活异常简单，思想异常简单，心直口直，有一句说一句。他们的情感是没遮拦的，你说好也罢，说坏也罢，总是把真面孔搬出来。"搬出真面孔，不留余味，在诗的艺术上讲，本是一种弊病。若是站在歌谣的立场,却又不能不承认这是一种特色。因为这样,把民间的生活情感,表现得更真切更活跃,更有生命和力量。

我们现在要讨论的,是人人读过的《木兰辞》。《木兰辞》是北方民间叙事诗的杰作,他同《孔雀东南飞》,成为南北民间文学的两大代表。前者是刚强的男性的社会喜剧,后者是柔弱的女性的家庭悲剧。这两种完全相反的性格,由着双方极其适合的文字格调表现出来,得到圆满的效果。在这两篇作品里,都涂满了非常鲜明的地方色彩,并且反映出刚柔各异的男女性情以及南北不同的家族生活与社会意识的影子。两篇诗都是无名氏的作品,后来经过了文人的润饰,故文句中颇有雕琢刻炼的痕迹。

关于《木兰辞》的时代,古人早有讨论。如《后村诗话》、《艺苑卮言》,俱有成于唐代之说。近人主张唐代者更多。其所持理由,不出下列三点:

一、《乐府诗集》有唐人韦元甫拟作《木兰辞》一篇。并且解题中说:"按歌辞有《木兰》一曲,不知起于何代也。"后人因疑《木兰辞》原作,亦出自韦元甫之手。

二、歌中的"策勋十二转",为唐代官制。"明驼"为唐代驿制。

三、"万里赴戎机"以下四句,似唐人诗格。

其实这些理由,并不能推翻《木兰辞》是北朝时代的作品。我们试读原歌与韦元甫的拟作,便知道这中间有一种显然不同的色彩。原歌的民间趣味多么浓厚,那种朴质俚俗的语调,天真浪漫的描写,是文人学不到的。拟作则无处不现出雕饰做作的痕迹,一望而知是出自两人之手了。至于唐代的制度与诗格的混入,那是民间歌谣遭受后人改削润色的证明,并不是原作出于唐代的证明。

原歌的前六句，同《折杨柳枝歌》中的“敕敕何力力”六句，差不多完全相同。这是《木兰辞》出于民间的重要证据。若出自后代的文人，决不会这样抄袭的了。并且，我们还可推测此诗的年代，同《折杨柳枝歌》相隔一定不远。因此，我们敢说《木兰辞》的原作是成于北朝，后来经了隋唐人的修饰，在文字上加了一些华美的辞藻。幸而还有不少的白话保存着，这是很可喜的。

> 唧唧复唧唧，木兰当户织。不闻机杼声，唯闻女叹息。问女何所思，问女何所忆？女亦无所思，女亦无所忆。昨夜见军帖，可汗大点兵。军书十二卷，卷卷有耶名。阿耶无大儿，木兰无长兄。愿为市鞍马，从此替耶征。东市买骏马，西市买鞍鞯。南市买辔头，北市买长鞭。旦辞耶娘去，暮宿黄河边；不闻耶娘唤女声，但闻黄河流水声溅溅。旦辞黄河去，暮宿燕山头；不闻耶娘唤女声，但闻燕山胡骑声啾啾。万里赴戎机，关山度若飞。朔气传金柝，寒光照铁衣。将军百战死，壮士十年归。归来见天子，天子坐明堂。策勋十二转，赏赐百千强。可汗问所欲，木兰不用尚书郎；愿借明驼千里足，送儿还故乡。耶娘闻女来，出郭相扶将；阿姊闻妹来，当户理红妆；小弟闻姊来，磨刀霍霍向猪羊。开我东阁门，坐我西阁床；脱我战时袍，著我旧时裳。当窗理云鬓，对镜贴花黄。出门看火伴，火伴皆惊惶。同行十二年，不知木兰是女郎。雄兔脚扑朔，雌兔眼迷离。两兔傍地走，安能辨我是雄雌。

这幕喜剧的事实，当然不会全是真情。但当日北方的女儿，改扮男装上马杀贼的事，是毫无问题的。试看《李波小妹歌》中所表现的那种骑马如飞左射右射的少女，比起南方的男子汉来，真真是要英武多了。在这一首歌里，虽是叙述一件美丽的故事，这故事的背后，却有健全的现实性与社会基础。本来民间的叙事诗，大都是一种集体的创作。由传写而改削，经过长期的演变，始渐渐地形成一种固体。在这种演变中，文字与故事，自然也跟着趋于美化与复杂。因为这种艳丽故事的流传，于是一些好事的文人，发生种种的传说，什么姓花，姓朱，姓木，复姓木兰的姓名问题，什么安徽、湖北、河南的籍贯问题，异说纷纭，闹不清楚。这些都是无稽之谈，没有一顾的价值。我们只要知道木兰是一个北方英武的女性的象征就够了。

下篇　南北朝与隋代的诗人

关于这两百多年的诗歌趋势，以及内容与形体方面，在上一章的二三节里，已约略的叙述过了。我现在在下面想简单地介绍几个当代的代表诗人。这一时期的政治变动极其频繁，朝代时改，但文学的思潮都是一贯的。因此我们要尽力避免烦琐的叙述，将注意力集中于几个代表的作家，由此而可得到一个当代诗歌发展史的纲领。

三、南朝的诗人

刘宋一代，虽国祚不长，然文风特盛。君主皇族如刘义隆（文帝）、刘骏（孝武帝）、刘义庆（临川王）、刘义恭（江夏王）诸人，俱有文采。元嘉时代，作家辈出，如何承天、颜延之、谢庄、谢灵运、谢惠连、谢晦、鲍照、汤惠休之徒，各以文名。当日声誉最大的，是颜延之与谢灵运。《诗品》说："谢客为元嘉之雄，颜延年为辅。"沈约也说："江左独称颜、谢。"可知在齐梁时代，一致公认他们俩是元嘉诗坛的代表。但是我们现在看起来，这评论并不可靠。

颜延之（西历三八四—四五六）字延年，琅玡临沂人（今南京附近[①]）。他的作品，贵族气太重，应诏诗连篇累牍，看去令人生厌。因为他过于雕琢堆积，字句因而晦涩，诗的情趣消灭殆尽。他有名的《五君咏》，也是枯淡无味，缺少一种诗的生机。就是那篇被谢晦、傅亮们所称许的《北使洛》的五言诗，也平庸极了。

谢灵运（西历三八五—四三三）陈郡阳夏人（河南太康附近）。晋谢玄之孙，初袭封康乐公，敬世称谢康乐。幼时寄养于杜治家，族人因名曰客儿，故世又称为谢客。他是一位贵族子弟，自幼受着良好的教育，博览群书，加以家产丰裕，庄园壮丽，过着非常优美的生活。结交僧徒，喜游山水，但因身在江湖，心怀魏阙，又浪漫成性，态度狂妄，因此弄得流徙广州，死于非命，还只是四十九岁的壮年。他的作品，开山水写实一派，其价值当然远在颜延年之上，我在上章论山水文学的时候已说过了。他的缺点，是用骈偶的句子去粉饰自然，用雕镂过甚的文笔，去刻画山水，所得到的是山水险怪的形貌，而缺少自然界的高远意境。同时他欢喜在诗里夸耀他的博学，时常把经、子中的文句，生吞活剥地引用进去，造成当日诗人用典抄书的恶习。因此种种，谢灵运的诗，难有佳篇，常有妙句。如"池塘生春草"，"明月照积雪"，都是传诵人口的好言语。叶梦

① 原文如此，疑误。

得在《石林诗话》中说："池塘生春草，园柳变鸣琴[①]。世人多不解此语为工，盖欲以奇求之耳。此语之工，在无所用意，猝然与景相遇。备以成章，不假绳削。诗家妙处，当须以此为根本。而思苦言艰者，往往不悟。"这话说得精当极了。谢诗虽有这些不可掩饰的缺点，然而他在诗歌史上，却也有相当的地位。因了他的作品，消灭了两晋以来盛极一时的游仙文学，造成山水文学的新潮，他这种功绩，我们是不能轻视的。

颜谢作品中的那种雕琢骈俪和用典的习气，实是元嘉诗人的通病。《诗品》评谢诗云："尚巧似而逸荡过之，颇以繁芜为累。"又评颜诗云："尚巧似。……又喜用古事，弥见拘束。"又评鲍照诗云："贵尚巧似。"又序中论用典云："颜延、谢庄，尤为繁密，于时化之。故大明、泰始中，文章殆同书抄。"由这些评语看来，可知巧似繁芜雕琢用典，是元嘉体的共同倾向。换言之，他们的诗过于讲求外形，因而缺少情味，这弊病是无法掩饰的了。

在这种生气衰弱的诗坛，能以自由放纵的笔调，对人生的各方面加以描写而形成雄俊的作风来的，却是那位"才秀人微"的鲍照。他的辞赋和五言诗，那种雕琢淫靡的气习，与颜、谢本无上下。《诗品》说他"贵尚巧似"。《齐书·文学传》说他"雕藻淫艳，倾炫心魄"，都是指他的五言诗或辞赋而言。但他的代表作品，却是那种杂体的乐府歌辞。在那些歌辞里，他纯熟地运用着五七言的长短句，民歌的语调，把他自己对于人生各方面的观念，真实地倾吐出来，带着浓厚的浪漫情调，打破了当代那种死气沉沉的诗风。并且从曹丕作过以后，就成为绝响的七言诗，到了他才能运用自如，展

① "琴"，通作"禽"。

开了发展的成熟的机运。在七言诗的发展史上，他占着重要的地位。

鲍照，字明远，东海人（今江苏灌云县），生卒年未详。幼年家庭贫穷，壮年官场不得志，最后做过临海王子顼的参军，故世称为鲍参军。后子顼事败，鲍亦为乱军所杀。他的妹妹鲍令晖，是当代的女诗人，鲍照曾比他作左芬。《诗品》也称赞她的诗"崭绝清巧"，看她现存《拟古诗》两首，确是一个有才情的女作家。鲍照的境遇是艰困的，情感是热烈的，因此他一面对于时世是感着愤激，对于人生是感着幻灭，反映着他这种心境的，是他的代表作《行路难》十八首（一作十九首）。今举几首在下面。

泻水置平地，各自东西南北流。人生亦有命，安能行叹复坐愁。酌酒以自宽，举杯断绝歌路难。心非木石岂无感，吞声踯躅不敢言。

君不见河边草，冬时枯死春满道。君不见城上日，今暝没尽去，明朝复更出。今我何时当得然，一去永灭入黄泉。人生苦多欢乐少，意气敷腴在盛年。且愿得志数相就，床头恒有沽酒钱。功名竹帛非我事，存亡贵贱付皇天。

对案不能食，拔剑击柱长叹息。丈夫生世会几时，安能蹀躞垂羽翼。弃置罢官去，还家自休息。朝出与亲辞，暮还在亲侧。弄儿床前戏，看妇机中织。自古圣贤尽贫贱，何况我辈孤且直。

君不见少壮从君去，白首流离不得还。故乡窅窅日夜隔，音尘断绝阻河关。朔风萧条白云飞，胡笳哀极边气寒。听此愁人兮奈何？登山望远得留颜。将死胡马迹，能见妻子难。男儿生世轗轲欲何道，绵忧摧抑起长叹。

他的生活心境，在这些诗里，全盘托出。他一面感着怀才不遇的悲伤，同时又感着人生无常功名富贵的无味，情愿辞官回家，同妻室子女去过点自由的生活。因为他的心境只得到陶渊明的一面，所以不能走到那种安定清静的境界。因此在他的诗里，时多愤激之词，而缺少冲淡自然之趣。再有《梅花落》一首，也是比喻人生的，写得极好。

中庭杂树多，偏为梅咨嗟。问君何独然，念其霜中能作花，露中能作实，摇荡春风媚春日。念尔零落逐寒风，徒有霜华无霜质。

在这些诗里，我们可以看出来鲍照有极高的才情，自由的心境，原非那种五言体所可限制。所以七言或是杂体，他却能运用自如，变化百出，适宜他的情性。一用五言，便觉拘束，毫无生气了。他这种作风，后代高适、岑参、李白一流人，都受他的启发和影响。其次，他这种朴质的文句，民歌式的语调，同当代元嘉体的正统诗风，是完全相反的。颜延之看他不起，《诗品》中的说他“伤清雅近险俗”都是不足怪的。加之他生活贫贱地位低微，因此湮没当代而屈居颜、谢之下了。再同鲍照的作风相似，一样受人轻视的，是那位原为僧徒后来还俗的汤惠休。如他的《代白纻歌》、《秋风》、《秋思引》诸篇，都是活泼清新的作品。颜延之鄙薄他的诗为委巷中歌谣，不知道他的好处，却正在这一点。

齐梁二代的诗风，更趋于形式的讲求。因声律说的兴起与民间乐府的显著影响，于是近似律体绝句的新体诗，因而生产，表现色情的宫体文学，因而兴盛。关于这种思潮的起伏流变，我在上章里，已约略地叙述过了。

齐永明时代在文学界最负盛名的，是竟陵八友。齐武帝第二子竟陵王萧子良性爱文学，招纳名士，一时文人都集于他的门下。王融、谢朓、任昉、沈约、陆倕、范云、萧琛、萧衍八人声誉最隆，时人称为竟陵八友。这种情形，与建安七子游于曹家门下有些相像。不过竟陵王虽礼才好士，他本人的文采并不高明。八友中谢、王二人在齐代被杀，后来萧衍篡齐称帝，其余六人都由齐入梁了。因此齐梁二代，在南朝的文学史上只是一个段落。

八友中任昉、陆倕工于文笔，余人俱有诗名。声誉最高者是沈约与谢朓。然在诗的成就上，谢高于沈，这是前人的定评。所以永明体的诗人，自以谢朓为代表。谢朓字玄晖（西历四六四—四九九），陈郡阳夏人（河南太康），高祖拔为谢安之弟，祖母为范晔之姊，母为宋长城公主，他正同谢灵运一样，是一个贵族子弟。因教育环境良好，他青年时代就有文名，加以美风姿，性豪放，故时人俱喜与之交游。不幸东昏侯废立之际，因反覆不决，致下狱死，年仅三十六。

他的作品一面继承着谢灵运的山水诗风，所以他有许多好的写景诗，同时又运用着新起的声律，所以他的诗显得清新和谐。但他在山水的描写上，没有谢灵运那种苦心刻画的痕迹，还能表现出一点作者的性情与自然界的意境，他在声律与辞藻的运用上，善于镕裁，不流于淫靡的地步。因此他的山水诗与新体诗，都能保持着他那种清绮俊秀的风格，而成为当代诗人的代表。

江路西南永，归流东北骛。天际识归舟，云中辨江树。旅思倦摇摇，孤游昔已屡。既欢怀禄情，复协沧洲趣。嚣尘自兹隔，赏心于此遇。虽无玄弱①姿，终隐南山雾。

（《之宣城郡出新林浦向板桥》）

灞涘望长安，河阳视京县。白日丽飞甍，参差皆可见。余霞散成绮，澄江静如练。喧鸟覆春洲，杂英满芳甸。去矣方滞淫，怀哉罢欢宴。佳期怅何许，泪下流加②霰。有情知望乡，谁能鬒不变。

（《晚登三山望京邑》）

秋夜促织鸣，南邻捣衣急。思君隔九重，夜夜空伫立。北窗轻幔垂，西户月光入。何知白露下，坐视阶前湿。谁能长分居，秋尽冬复及。

（《秋夜》）

落日高城上，余光入繐帷。寂寂深松晚，宁知琴瑟悲。

（《铜雀悲》）

绿草蔓如丝，杂树红英发。无论君不归，君归芳已歇。

（《王孙游》）

在这些诗里，确有一种清新的趣味，图画般的美景，细微的情致。五言小诗，格调更高，完全是唐绝的风味。难怪李白狂傲一

① “弱”通作“豹”。

② “流加”通作“如流”。

世,却要再三赞美他。可是他的诗情虽好,诗才却不甚高,所以他的佳句极多,佳篇颇少。《诗品》评他的诗说:“一章之中,自有玉石。然奇章秀句,往往警遒。善自发诗端,而末篇多踬,此意锐而才弱也。”这话说得恰当极了。如《赠西府同僚诗》中的起联云:“大江流日夜,客心悲未央。”《观朝雨》的起联云:“朔风吹夜雨,萧条江上来。”这都起得多么高远,多么雄浑,然结下去的句子都柔弱不堪,不能造成一篇完美的好诗。锺嵘说他意锐才弱,实在是对的。

梁武帝(萧衍字叔达),昭明太子(萧统字德施,武帝长子),简文帝(萧纲字世缵,武帝第三子),元帝(萧绎字世诚,武帝第七子)父子四人,都擅长文学,与曹氏父子相仿。并且四人俱喜佛教,但除昭明以外,无不是艳曲连篇,促成宫体文学的大盛。他们的作品,是以模拟江南民歌的小诗见长,再加以香腻的表情,细密的描写,使民歌加上了富贵绮丽的色彩。例如:

恃爱如欲进,含羞未肯前。朱口发艳歌,玉指弄娇弦。

(《子夜歌》)

朱丝玉柱罗象筵,飞琯促节舞少年。短歌流目未肯前,含笑一转私自怜。

(《白纻辞》,上二首梁武帝作)

杨柳乱成丝,攀折上春时。叶密鸟飞碍,风轻花落迟。城高短箫发,林空画角悲。曲中无别意,并是为相思。

(《折杨柳》)

别来憔悴久,他人怪容色。只有匣中镜,还持自相识。

(《愁闺照镜》)

游子久不返，妾身当何依。日移孤影动，羞睹燕双飞。

（《金闺思》，上三首简文帝作）

昆明夜月光如练，上林朝花色如霰。花朝月夜动春心，谁忍相思不相见。

（《春别应令》，梁元帝作）

他们父子的作风是一致的。在那些作品里，肉感淫滥的实在太多，上面几首，虽较为含蓄，然仍是一种靡靡之音。位为人君，不务政事，一面沉迷于佛教，一面又专写其艳诗，弄到亡国杀身，想也不是偶然的了。此外如江淹、刘孝绰、王筠、吴均、何逊、丘迟、张率、周兴嗣、徐摛、庾肩吾诸人，俱以文名。其中江淹善于拟古，庾、徐为宫体文学的翘楚，何逊、吴均的作品，较有一种清新的趣味，颇为难得。何逊字仲言，生卒年不详，山东郯人。吴均字叔庠（西历四六九—五二〇），吴兴故鄣人（今浙江安吉附近）。今将他俩的诗，各举一首作例。

暮烟起遥岸，斜日照安流。一同心赏夕，暂解去乡忧。野岸平沙合，连山远雾浮。客悲不自已，江上望归舟。

（何逊《慈姥矶》）

君留朱门里，我至广江渍。城高望犹见，风多听不闻。流蘋方绕绕，落叶尚纷纷。无由得共赏，山川间白云。

（吴均《发湘州赠亲故别》）

他俩的诗里，虽也有不少的艳篇，但像上面这种清新的作品，也还不少。在当代宫体文学的狂潮中，这种作品，不能不算是一种清正之音。同时从永明时代提倡的新体诗，到了他们的手里，有了很大的进步，在形式以及音调的技巧上，又在谢朓、沈约之上。

宫体文学到了陈代，有了陈后主和江总、陈瑄、孔范一流人的推波助澜，更是淫艳之极。风格日卑，靡靡之音日盛，真是成为狎客文学了。如江总诗句云："步步香飞金薄履，盈盈扇掩珊瑚唇。"（《宛转歌》）"未眠解着同心结，欲醉那堪连理杯。"（《杂曲》）"翠眉未画自生愁，玉脸含啼还似笑。角枕千娇荐芬香，若使琴心一曲奏。"（《秋日新宠美人应令》）陈后主诗云："含态眼语悬相解，翠带罗裙入为解。"（《乌栖曲》）"转态结红裙，含娇拾翠羽。""转身移佩响，牵袖起衣香。"（《舞媚娘》）"妖姬脸似花含露，玉树流光照后庭。"（《玉树后庭花》）在这些诗句里，完全是表现一种肉感性欲的低级趣味，而外面又包掩着一层美丽的文字表皮，诗的格调到这时候，确实是低落极了。不过在陈后主那许多民歌式的小诗中，却也有不少的好作品，这是我们不能一概抹煞的。这位风流天子的诗才，几乎在梁氏父子之上。只就艺术而论，他确有一种过人的技巧与才情。

在律体方面，阴铿、徐陵的成就较高。阴铿字子坚，甘肃武威姑臧人，生卒不详。他的诗句，很受杜甫的赞赏。徐陵字孝穆（西历五〇七—五八三），山东郯人。他的作品虽以艳体著称，有那种"念君今不见，谁为抱腰看"的肉感句子，然在律体方面，确有很好的诗。例如：

征途愁转旆，连骑惨停镳。朔气凌疏木，江风送上潮。青雀离帆远，朱鸢别路遥。唯有当秋月，夜夜上河桥。

（徐陵《秋日别庾正员》）

大江一浩荡，离悲足几重。潮落犹如盖，云昏不作峰。远戍唯闻鼓，寒山但见松。九十方称半，归途讵有踪。

（阴铿《晚出新亭》）

这些诗已有唐律的风格。自永明时代的声律论盛行以及江南民歌在诗坛上发生影响以来，到了这时候，无论律体绝诗，在平仄上虽尚未尽善，但在风格方面都得到完美的成绩了。

四、北方的诗人

讲到民歌，南北本可分庭抗礼；并且双方的作品，也都能充分地表现南北不同的地方色彩与民众的生活情调。但文士阶级的作品，北方就远不如南方。虽说魏文帝极力提倡文学，与群臣联句作诗，但究因基础贫弱，在那种游牧民族的统治下，想建立优美的艺术成绩来，自然是一件难事。在当日少数的文人里，不是南人入北，便是北人模仿南风，真能创作代表北地风光的作品的作家，真是少见。就是脍炙人口的魏胡太后的《杨白花》，也是一种南化的色情诗。诗云：

阳春二三月，杨柳齐作花。春风一夜入闺闼，杨花飘荡落谁家。含情出户脚无力，拾得杨花泪沾臆。秋去春来双燕子，愿衔杨花入窠里。

胡太后是魏宣武帝之妾，子明帝即位，称太后临朝，逼通杨华（本名白花），杨惧祸，逃入梁朝。胡太后很恋爱他，作《杨白花歌》，使宫女歌唱，音调非常凄惋，这诗可看作北方贵族文学受了民歌影响的代表。情感极其热烈，而能用哀怨曲折的象征句法表现出之，自然是后魏一代的杰作。至如萧综（梁武帝第二子，后奔魏）、高允、温子升（晋代温峤之后，祖父恭之始迁北方）等，虽以诗名，然俱无特色，不足叙述。

北齐文学界最负重名的，是邢邵（字子才，河间人）和魏收（字伯起，钜鹿人），他俩与温子升齐名，世有北地"三才"之目。然他俩的作品，现存者不多，小诗稍有情趣。例如：

> 绮罗旧减带，桃李无颜色。思君君未归，归来岂相识。
>
> （邢邵《思公子》）
>
> 春风宛转入曲房，兼送小苑百花香。白马金鞍去未返，红妆玉箸下成行。
>
> （魏收《挟琴歌》）

这种诗一看便知道是受南方宫体文学的影响，毫无北方的气概。邢邵的诗还有一种敦厚之趣。魏收这一个人的行为，本来是卑鄙淫荡，所以反映在诗中的情感也就俗而低了。邢、魏以外，裴让之（字士礼），萧悫（字仁祖）的诗中，常有佳趣与佳句，今各举一首作例：

> 梦中虽暂见，及觉始知非。展转不能寐，徙倚独披衣。凄凄晓风急，晻晻月光微。空室常达旦，所思终不归。
>
> （裴让之《有所思》）
>
> 清波收潦日，华林鸣籁初。芙蓉露下落，杨柳月中疏。燕

帏湘绮被，赵带流黄裾。相思阻音息，结梦感离居。

（萧悫《秋思》）

这些诗当然也是宫体文学的化身。不过前篇确有一种清远之趣，敦厚哀怨，没有那种香艳的恶气味。后篇三四二句，自是极好言语，颜之推评为萧散，诚为确论。后二句虽柔弱不称，而此十字，也就很可宝贵了。

看了上面这些北方诗人的作品，知道无论形式内容，都受了南方诗歌的感化，南方那种唯美文学的思潮；已侵入了北方文坛的领域。到了北周，因此有些人起来反抗，提倡复古的运动。《北史·文苑传》说："周氏创业，运属陵夷。纂遗文于既丧，聘奇士如弗及。是以苏亮、苏绰之徒，咸奋鳞翼，自致青紫。然绰之建言，务存质朴。遂糠粃魏晋，宪章虞夏。虽属辞有师古之美，矫枉非适时之用，故莫能常行焉。既而革车电迈，渚宫云撤。梁、荆之风，扇于关右，狂简之徒，斐然成俗。流宕忘反，无所取裁。"可知虽有苏绰们的提倡复古，但仍是抵不住南方的唯美思潮。当日庾信、王褒以及王克、刘毅、宗懔、殷不害一大批人的入北，实为助长这种思潮的最大原因。于是北方的文坛，倒要让王褒、庾信们来代表了。他俩是都是在南方的文学环境锻炼惯了的，但到了北方以后。他们的作品，确带了北方那种清贞刚健的情调，而放出异样的光彩。

王褒字子渊，琅玡人，是王融的本家。年六十四岁，生卒年不详。梁元帝降西魏，王褒随入长安，便高官厚禄地归顺于北方了。他的乐府诗，格调颇高，那种壮健之气，确能超出前人格调之外。如《高句丽》、《燕歌行》诸篇，可为其代表作。《燕歌行》作于梁时，对于关塞寒苦之状，已能曲尽其妙，难怪他一到北方，他的五言诗也变为凄切雄浑之辞了。例如：

关山夜月明，秋色照孤城。影亏同汉阵，轮满逐胡兵。天寒光转白，风多晕欲生。寄言亭上吏，送客解鸡鸣。

（《关山月》）

秋风吹木叶，还似洞庭波。常山临代郡，亭障绕黄河。心悲异方乐，肠断陇头歌。薄暮临征马，失道北山阿。

（《渡阿北》）

庾信（西历五一三—五八一）字子山，河南新野人，是庾肩吾的儿子。诗文与徐陵齐名，称为“徐庾体”。元帝时，聘于西魏，不久梁亡，遂留长安。后周陈通好，南北流寓之士，各许还其旧乡，唯庾信与王褒留而不许。他在那种环境之下，位虽通显，亡国之痛，怀乡之情，是时时侵袭着他的胸怀的。然而这种情感，又不能真切地暴露，只能含蓄曲折地表现出来，因此在他的作品里，有一种深沉的忧郁，哀怨的愁情，再涂上那种北方特有的地方色彩，于是更显出一种苍茫刚健的情调了。他在《哀江南赋》中说：“信年始二毛，即逢丧乱，藐是流离，至于暮岁。燕歌远别，悲不自胜。楚老相逢，泣将何及。畏南山之雨，忽践秦庭，让东海之滨，遂餐周粟。”这正道出他晚年悲苦的心境。他的好作品，都在这种心境之下写成的。

萧条亭障远，凄惨风尘多。关门临白狄，城影入黄河。秋风别苏武，寒水送荆轲。谁言气盖世，晨起帐中歌。

（《咏怀》二七首之一）

昔日谢安石，求为淮海人。仿佛新亭岸，犹言洛水滨。南冠今别楚，荆玉遂游秦。傥使如杨仆，宁为关外人。

（《率尔成咏》）

扶风石桥北，函谷故关前。此中一分手，相逢知几年。黄鹤一反顾，徘徊应怆然。自知悲不已，徒劳减瑟弦。

（《别周尚书宏正》）

阳关万里道，不见一人归。唯有河边雁，秋来南向飞。

（《重别周尚书》）

玉关道路远，金陵信使疏。独下千行泪，开君万里书。

（《寄王琳》）

这些诗比起他在南方所作的那种毫无内容只图藻饰的《咏屏风》诸诗来，无论在哪方面，都显出不同的情调。他心中蕴藏着无限的隐痛与深沉的乡愁，通过他作品的全体，完全一变他往日的风格。可知自然与个人环境对于文学的影响，是多么有力与分明。如果他的生活，不遭受这段流落的境遇，舒舒适适地老在南方做着官，那么他的作品，永远是同徐陵们一流罢。《北周书》本传评他说："其体以淫放为本，其词以轻险为宗。故能夸目侈于红紫，荡心逾于郑、卫。昔扬子云有言，诗人之赋丽以则，词人之赋丽以淫，若以庾氏方之，斯又词赋之罪人也。"如专论词赋，这些话还说得过去，若论到诗，还以杜甫说他老成，说他清新的话，较为公允。平心而论，在中国诗歌史上，由六朝入唐，鲍照、谢朓、阴铿、庾信诸人，是几座重要的桥梁。这些人努力创造的成绩，都是后代诗歌发展的基础。

五、隋代的诗人

北周时代苏绰的复古运动虽告失败，但已埋伏一种反南方唯美思潮的种子。到了隋文帝统一南北，他鉴于南朝政治的腐败与国势的柔弱，觉得那种靡靡之音的艳体文学，实在是造成这种局势的根源。于是苏绰埋下的那颗种子，到了这时候又发育起来了。《隋书·音乐志》中说："开皇二年，颜之推上言，礼乐崩坏，其来自久，今太常雅乐，并用胡声。请冯梁国旧事，考寻古典。高祖不从曰，梁乐亡国之音，奈何遣我用耶?"文帝的态度是非常明显的。对于音乐是如此，对于文学也是如此。北周时代失败的复古运动。到了他，运用政治的压力实行起来了。泗州刺史司马幼之因为文表华艳，付所司治罪。李谔又上书痛论南朝文学的堕落淫靡，有害政治人心，应通令禁止，违者严加治罪。他这篇文字，正与李斯请禁私学的奏议相似，文帝看了却大以为然，于是把此奏书颁示天下，想借此转移当日文学的倾向。但《隋书·文学传》又说："高祖初统万机，每念斫雕为朴，发号施令，咸去浮华。然时俗词藻，犹多淫丽，故宪章执法，屡飞霜简。"可知那种已成之风，积重难返，然而那种复古运动，在当日的文坛，也不是全无反响。我们试读杨素的诗篇，便可看出一点影子。杨素虽是一位武将，文采却也很高。《隋书》本传说他"论文则词藻纵横，语武则权奇间出"，又评他的诗说"词气宏拔，风韵秀上"，这些话并不是溢美之辞。他的诗虽也讲求对偶和词藻，但绝无南方那种脂粉轻薄的气味，处处显出一种质朴的情趣，在当日总算是难得的。

居山四望阻，风云竟朝夕。深溪横古树，空岩卧幽石。日出远岫明，鸟散空林寂。兰庭动幽气，竹室生虚白。落花入户飞，细草当阶积。桂酒徒盈樽，故人不在席。日暮山之幽，临风望羽客。

（《山斋独坐赠薛内史》）

再如他的《出塞》篇中有句云："荒塞空千里，孤城绝四邻。树寒偏易古，草衰恒不春。"这都不能不算是有力量有风骨的好诗句。此外同杨素唱和的虞世基和薛道衡的诗中，也偶然有清远俊拔的句子。例如：

霜烽暗无色，霜旗冻不翻。耿介倚长剑，日落风尘昏。

（虞世基《出塞》）

绝漠三秋暮，穷阴万里生。夜寒哀笛曲，霜天断雁声。

（薛道衡《出塞》）

入春才七日，离家已二年。人归落雁后，思发在花前。

（薛道衡《人日思归》）

薛道衡尚有"空梁落燕泥"的名句，传隋炀帝妒其才，因而被害。此句在《昔昔盐》诗中。全诗二十句，大都对凑而成，诗实不佳。炀帝性虽残忍，未必这么好管闲事。此说出《隋唐嘉话》，不可尽信。

隋炀帝（杨广）的浪漫行为，却远在陈后主之上。《隋书·文学传》虽说他初习艺文，有非轻侧之论；又说他虽意在骄淫，而词无浮荡，那是被他几篇装门面的作品骗了（如《冬至受朝》、《拟饮马长城窟》等)。他的真实形貌,并不是如此的。《隋书》本纪说:"所至惟与后宫留连耽酒,惟日不足。招迎姥媪,朝夕共肆丑言。又引少年令与宫人秽乱,不轨不逊,以为娱乐。"又《音乐志上》说:"炀帝矜奢,颇玩淫曲。御史大夫裴蕴知其情,奏括周、齐、梁、陈乐工子弟及人间善声调者,凡三百余人,并付太乐。倡优犹杂,咸来萃止。"在这种环境下,文帝提倡的复古运动,自然是要消声匿迹,梁陈的色情文学,自然是又要在他的手下繁盛起来了。他虽是一个这样的荒君淫主,然而诗才颇高。在隋代短短的三十几年中,他确是当日诗坛的代表。他的作品,以乐府歌辞为佳。在那些歌辞里,正暴露着他那种淫侈生活的真面目。他善于运用七言体,翻作乐府的新声。字句绮丽,音调和谐,是他的特色。

扬州旧处可淹留,台树高明复好游。风亭芳树迎早夏,长皋麦陇送余秋。渌潭桂楫浮青雀,果下金鞍跃紫骝。绿觞素蚁流霞饮,长袖清歌乐戏州。

(《江都宫乐歌》)

黄梅雨细麦秋轻,枫树萧萧江水平。飞楼绮观轩若惊,花簟罗帷当夜清。菱潭落日双凫舫,绿水红妆两摇漾。还似扶桑碧海上,谁肯空歌采莲唱。

(《四时白纻歌》)

暮江平不动,春花满正开。流波将月去,潮水带星来。

(《春江花月夜》)

他这种艳诗,虽写得较为含蓄,然按其实质,并不在简文帝、陈后主之下。君主所好,自然有臣僚们起来附和。于是卢思道、王胄那一流人的作品,也都染上这种风气了。在这种淫歌狂舞的声浪中,接着也就来了杀身亡国的惨祸,和梁、陈那些浪漫君主,总算是同一命运。

第十二章　唐代文学的新发展

一　绪说

自三国到南北朝，在政治上足足有三百年的混乱局面。在这长期中，汉胡民族的血统合流，外国的宗教、哲学、艺术以及器具、饮食各方面的输入，无论在身体精神方面，都加入了一种新生命，造成了民族本质的变化。把这个外形的混乱局面加以统一，承受这新民族的基础而成立着集权的中央政府的，是开创隋帝国的杨坚。在这久乱之后，若好好地休养生息按部就班地做下去，隋帝国的生命是可以稍稍长久的。政治文化的工作，也可以在他们的手下建设起来。无奈一到了炀帝，便形成那种内部过于荒淫外部过于浪费的重症，于是那基础毫不稳固的帝国生命，便因此断送了。《旧唐书·食货志》说："隋文帝因周氏平齐之后，府库之实，庶事节俭，未尝虚费。开皇之初，议者以比汉代文景，有粟陈贯朽之积。炀帝即位，大纵奢靡，加以东西行幸，舆驾不息。征讨四夷，兵车屡动。……数年之间，公私罄绝。财力既殚。国遂亡矣。"可知文帝时代，社会经济已大好转。若炀帝对于当日恢复过来的社会生产力不那样根本予以破坏摧残，隋帝国的生命，决不会那么昙花一现的了。在这种情势下,真能接受和发扬那种新民族的实力,在文化的建设上,创造出伟大的成就来的,不得不待之于继隋而起的唐朝。

由贞观到开元这将近百年的休养生息,经炀帝一手破坏无余的社会经济与劳动生产力,又恢复转来,而达到高度的繁荣。在这种繁荣中,唐帝国因此建立了稳固的基础。于是文教武功以及新民族的实力,都得以充分地发扬光大。由唐代所设的六都护观之,中国当日的势力,东北至朝鲜、满洲,西至天山南北路及中亚细亚,北至内外蒙古,南至印度支那,这种情形是远在秦汉以上了。由儒、释、道三教的并盛,与祆教、摩尼教、回教的流布,形成思想界的活跃与自由。因陆海交通的频繁,运河长江的便利,直接促进国内商业与国际贸易的发达,间接促进本国文化与外族文化的交流。当日如日本、新罗、百济、高昌、吐蕃诸邦,都派遣僧徒学子来唐留学,极一时之盛。从秦汉以来,唐朝是第一个强大有力的帝国,是东亚文化的代表。民族具有一种创造的精神与少壮的力量,再加以外族文化的激荡交流,于是音乐、绘画、雕刻、建筑各方面,都呈现着活跃的进步。文学在这种现状下,自然也跟着这伟大的时代潮流,而现出新鲜的生命与情调。

诗是唐代文学的代表,这是人人所知道的。诗以外如古文运动,传奇的兴起,变文的出现,词的形成,都是唐代文学的新发展。词的产生,在中国韵文史上开辟了一个新局面,是一件很重大的事,所以关于他的起源和发展,将在另一章里独立叙述。再如北齐时代受着外族乐舞的影响而出现的“代面”、“拨头”与“踏摇娘”以及唐代的“参军戏”,自然都是戏曲史上的重要材料,究因成就尚微,只好等到讨论宋元戏曲的时候,再来叙述。

二　唐诗兴盛的原因

唐朝是中国诗歌史上的黄金时代。形式方面，无论古体律绝，无论五言七言，都由完备而达全盛之境。内容的扩大，派别的分立，思潮的演变，呈现着万花撩乱的景象。宋计有功撰《唐诗纪事》，所录凡一千一百五十家，清康熙年间所编纂的《全唐诗》，所录二千三百余家，诗四万八千九百余首。这数目真是可惊。在这些书里，上至帝王、贵族、文士、官僚，下至和尚、道士、尼姑、妓女，都有作品。可知诗歌在唐朝，成为一种最普遍的文学体裁，不只是少数的高级文士的专利品。诗在唐朝这么兴盛地发达起来，自必有种种相依相附的原因。我在下面想解答这一个困难的问题。

一、诗歌本身进化的历史性

文学虽是人类的精神生产，然其本身，却也正如一种有机体的生物，他的发展也可以看出由形成至于全盛衰老以及僵化的过程。在这种发育的过程中，他的形式与内容，取着一致的状态。某一种文学，在某一个时代的兴衰状况，其外在的原因，固然是复杂多端，然其本身进展的过程，也是非常重要的事。四言诗萌芽于周初，全盛于西周与东周之际，而衰于秦汉。后代虽偶有作者，即使费尽了心力，终无法挽回那已成的衰颓。辞赋的命运也是如此。五言古诗起于东汉，盛于魏晋南北朝，到了唐代也没有什么特殊的光彩了。然而七言古诗以及律绝的新体诗，在六朝时代才开始形成，带着嫩草青芽的新生命，正等待着下代的园丁来培植发扬。天才的作者，正好在这块园地内大显身手，来完成诗歌本身尚未完成的生命。加之辞赋一体久已僵化，旁的新文体尚未产生，于是文人的创作，全部集中精力于诗歌，因此造成那种光华灿烂的成就。然而经过了那三百年许多天才的努力，诗又到了衰老僵化的晚期，词体逐渐形成，于是到了五代、宋朝，诗的地位就不能不让之于词了。王国维氏说："文体通行既久，染指遂多，自成习套。豪杰之士，亦难于其中自出新意，故遁而作他体，以自解脱。一切文体所以始盛中衰者，皆由于此。"（《人间词话》）我们可以知道文体本身的兴衰现象，在文学的发展史上，是占着重要的地位的。明乎此，那些贵古贱今的谬说，也就不攻自破了。

二、政治的背景

在君主集权的时代，政治的势力，给予文学发展以重要的影响。因为当日的文学，全掌握在官僚士大夫的手里，这些人都是承奉着君主的心理，以此干禄得宠。汉代的赋，建安时代的诗，梁陈时代的宫体文学，我们都可看出政治与文学交互的直接影响。有唐一代几个有权力的皇帝，无不爱好文艺音乐，提倡风雅。太宗先后开设文学馆、弘文馆，招延学士。编纂文书，倡和吟咏。高宗、武后，更好乐章，常自造新词，编为乐府。中宗时代，君臣赋诗宴乐，更时有所闻。

> 中宗正月晦日，幸昆明池赋诗，群臣应制百余篇。殿前结彩楼，命昭容（上官婉儿）选一首为新翻御制曲。从臣悉集其

下。须臾纸落如飞，各认其名而怀之。(《唐诗纪事》)

神龙之际，京城望日盛灯影之会，金吾弛禁，特许夜行。贵族戚属及下俚工贾，无不夜游。车马骈阗，人不得顾。王主之家，马上作乐以相夸竞，文士皆赋诗一章，以纪其事。(《大唐新语》引见谢无量著《中国大文学史》)

到了玄宗，这种风气更盛，他自己是诗人乐师兼优伶，在新、旧《唐书》的《音乐志》、《礼乐志》内，有不少他与臣妃倡和共为欢乐的记载。他那种浪漫荒淫的程度，并不亚于陈后主与隋炀帝。几乎步他们的后尘，遭了亡国杀身之祸，幸亏祖宗们那百年来的经营，替唐帝国建立了较为稳固的基础，因此得苟延残喘地在动摇中又维持了一百多年的帝国生命。其他帝后，亦多爱好文学，提奖后进。如宪宗召白居易为学士，穆宗征元稹为舍人，皆是以诗识拔。文宗因爱好诗歌，特置诗学士七十二人。白居易死后，宣宗作诗云："缀玉联珠六十年，谁教冥路作诗仙。浮云不系名居易，造化无为字乐天。童子解吟《长恨》曲，胡儿能唱《琵琶》篇。文章已满行人耳，一度思卿一怆然。"当日的君主，这样敬礼诗人，一面是增加诗人的声誉，同时又给青年作家以重大的引诱与刺激。"上有好者，下必有甚焉"，这种现象是没有什么可奇怪的。加之唐代以诗取士，于是诗歌一门，成为文人得官干禄的终南捷径，而成为明清两代的制艺，作为当日青年们的必修科目了。幼年时代起就从事诗歌的学习与训练，这种事迹，在唐代诗人的传记里，是常常记载着的。在这种环境下，诗的兴盛发达与普及，自是必然的现象。考试时因为格于那种歌诵的官样文章与形式的限制，自然难得有精彩的作品，但这种考诗的制度，提倡作诗的风气，加强技巧的训练，那是无疑的。《升庵诗话》引胡子厚云:“人有恒言曰:唐以诗取士,故诗盛。此论非也。诗之盛衰,系于人之才与学,不因上之所取也。”王世贞也说:“人谓唐以诗取士,故诗独工,非也。凡省试诗鲜有佳者。”他们这种过于重视天才的意见,是极不可信的。《全唐诗序》说:“盖唐当开国之初,即用声律取士,聚天下才智英杰之彦,悉从事于六艺之学,以为进身之阶,则习之者,固已专且勤矣。而又堂陛之唱和,友朋之赠处,与夫登临讌集之即事感怀,劳人迁客之逐物寓兴,一举而托之于诗,虽穷达殊途,而以言乎摅写性情,则其致一也。”这种尊重事实的意见,较之胡、王诸人的观念论,是要通达公允得多了。

三、诗人地位的转移

唐诗的特色之一,是其内容包含的丰富。由那些内容,我们可以看出当日社会生活与诗人生活的变动与复杂。在那些作品里,无论自然山水,战场边塞,农村商贾,宫妃贵妾以及尼姑妓女的生活,政治的现状,历史的故事,贫富阶级的斗争,妇女问题的提出,以至于人生哲理、离别爱情,无不加以描写。因此扩大了诗的境界,加强了诗的生命,抬高了诗的地位,丰富了诗的内容。这种进步的现象,是唐以前的诗歌所没有的。这便是因为往日的诗坛,除了少数的民歌以外,几乎全是掌握在君主与贵族的手里。他们都是养尊处优,缺少人情世故的体验,不了解人生的实在状况,尤其缺少下层痛苦民众的情感与意识。他们拿起笔,自然只能倾心于古典文学的辞藻与形式,专表现他们那种特有的狭隘的宫廷风景与贵族的上等生活。汉赋我们不必去说他,试看《古诗十九首》的作者比较接近民间，因此在那些作品里，还能透露一点现实社会的消息。但一到建安，诗歌立刻落在曹氏父子的手里，那诗的趣味就两样了，在艺术上虽有了不能否认的进步，但他们笔下的高尚的技术，渐渐地同实际的社会与民众的生活一天天地隔离了。其间如王粲、陈琳的生活经历较为复杂，实地的体会了一点社会人生的苦痛，因此在《七哀》与《饮马长城窟》诸诗中，微微露出来了一点民众的声音与离乱生活的影子。到了两晋、南北朝，门阀之风极盛，朝廷与文坛，几乎尽为贵族子弟与君主所占据。这些贵族子弟与君王，总是附和一起，谈玄大家谈玄，信佛大家信佛，做色情诗大家做色情诗。他们的生活，同民众相隔千万里，民众的痛苦，他们不能了解，也无从了解。在这种情状下，他们的作品的内容自然是贫薄，诗的情感，自然是只限于那特殊阶级的情感。由两晋的游仙文学，梁陈的宫体文学看来，便可了解那作品中的内容是如何的单调，更可了解那特殊阶级的生活情感，同民众的生活情感，是隔着多么远的距离。同时也可知道那些同民众社会绝缘的君主贵族，也只能写那种虚无缥缈的仙诗和那些女色肉香的艳曲。六朝诗人，只有陶潜、鲍照出身最为贫穷，因此在他们的作品里，时时吐露出现实社会的色彩与农村田园的音容。在这里与其用天才来解释，不如用社会人生的实际体验的生活基础来解释。这种体验不是那些君主贵族可以用爵位与金钱换得来的，一定要自己确确实实地走过那一段路程，才可以得到。到了唐代的诗人，这情形就两样了。那一批有名的作家，都不是君主贵族的特殊阶级，大半是出自民间，他们都有丰富的民众生活，与现实社会的体验。我们试检阅一下高适、岑参、王昌龄、李白、杜甫、孟郊、张籍、元稹、白居易诸人的历史，便会知道他们都是从穷困与流浪中奋斗出来的。他们有的虽经过科举的考试或贵人的推荐而入了官场，但他们的情感意识，仍是民众的情感与意识。民间的疾苦，他们见过听过并且也经验过，只有他们才能够了解才能够在作品中表现出来。于是诗的内容日益丰富，诗的意义与境界日益高远，不像从前那样只限于某一部分的窄狭范围了。从君主贵族掌握的诗坛，转移到民间诗人的手里，实在是使唐诗发达起来光辉起来的一个重要原因。

四、新民族的创造力

自五胡乱华到隋唐一统的那几百年中，是汉胡民族血统的大混流时代。当日的政权，虽是南北对立，但文化与血液的交流激荡，一刻也不曾停止。到了唐代，这种新民族算是酝酿形成，无论人民的气质艺术的风格，都呈现出一种新型态新力量来，把这种新民族的精力，反映于政治、军事或是文学各方面，自然都会产生出一种强烈的创造精神与动人的光彩。近人常以混血儿的关系来说明李白那种惊人的性格，并不是无理的事。梁启超氏说："五胡乱华的时候，西北有好几个民族加进来，渐渐成了中华民族的新分子。他们民族的特色，自然也有一部分融化在诸夏民族的里面。不知不觉间便令我们的文学顿增活气，这是文学史上的重要关键，不可不知。这种新民族的特性，恰恰和我们的温柔敦厚相反，他们的好处，全在伉爽直率。……经过南北朝几百年民族的化学作用，到唐朝算是告一段落。唐朝的文学用温柔敦厚的底子，加入许多慷慨悲歌的新成分，不知不觉便产生出一种异彩来。盛唐各大家为什么能在文学史上占很重要的位置呢？他们的价值在能洗却南朝的铅华靡曼，参以伉爽直率，却又不是北朝粗犷一路。"(《中国韵文里所表现的情感》)他从南北民族的混合,来说明文学上的新风格与新精神的产生,确是拔时流的卓见。唐诗风格的复杂。气势的雄奇,创造精神的丰富,生命力量的充足,我们都要从这种地方来求解答。

上面所述的几点,虽未必完备,但我却认为是促进唐诗兴盛发达的重要因素。其他许多不关重要的枝节问题,我打算不再细说了。至于诗歌发展的趋势,各种思潮的起伏,以及代表作家代表作品的介绍,在下面几章里,我将加以较为详细的叙述。

三 古文运动

中国文学观念的解放,起于建安,经过陆机、葛洪、刘勰、萧统、锺嵘诸人的发挥讨论,伴着那思想自由的时代,于是那长期文学的发展,达到了独立的艺术的阶段,纯文学占了正统的地位,无论文章辞赋,也都趋于声律形式与辞藻的美化,他们是完全离开了教化的实用的立场了。在这一个唯美文学的潮流中,虽也有裴子野、苏绰、李谔诸人的反抗,究竟风气已成,没有收到多大的效果。所谓真正的文学改革,是不得不待之于唐朝了。关于诗坛的革命,留着在后面再说。现在所要讲的是由柳冕、韩愈、柳宗元诸人所代表的那种一面攻击六朝的文风一面建设贯道的实用的散文运动。

《中说》是否为王通所撰,久已成疑。即使出其门人或其子孙,总还是一本初唐人的作品。在那里面所表现的文学观念,我们可看作是排击六朝文学建立教化实用文学的先声。

言文而不言理，是天下无文也。王道从何而兴乎？（《王道》篇）

古君子志于道，据于德，依于仁，而后艺可游也。（《事君》篇）

薛收曰：吾尝闻夫子之论诗矣。上明三纲，下达五常，于是征存亡，辨得失，故小人歌之以贡其俗，君子赋之以见其志，圣人采之以观其变。今子营营乎驰骋乎末流，是夫子之所痛也。（《天地》篇）

学者博诵云乎哉，必也贯乎道；文者苟作云乎哉，必也济乎义。（《天地》篇）

在这些话里，他的主旨是轻视文学的艺术价值，尊重教化伦理的实用。一则说“王道”，再则说“志于道”、“贯乎道”，可知文以载道的观念，实由《中说》的作者开其端绪。再如唐初的史家，如李百药（《北齐书》）、魏徵（《隋书》）、姚思廉（梁、陈《书》）、令狐德棻（《周书》）、李延寿（南、北《史》）诸人，在检讨前代的兴衰治绩时，一致承认六朝的淫靡文风，给予政治以最不良的影响。于是都借着《文苑传》、《文学传》的序文，来攻击六朝文学的风气，同时又发挥那种宗经、尊圣、助教化切实用的文学理论。

永明、天监之际，太和、天保之间，洛阳江左，文雅尤盛。彼此好尚，互有异同。江左宫商发越，贵于清绮；河朔词义贞刚，重乎气质。气质则理胜其词，清绮则文过其意。理深者便于时用，文华者宜于咏歌，此南北词人得失之大较也。若能掇彼清音，简兹累句，各去所短，合其两长，则文质彬彬，尽美尽善矣。梁自大同之后，雅道沦缺，渐乖典则，争驰新巧。简文湘东启其淫放，徐陵、庾信分路扬镳。其意浅而繁，其文匿而彩。词尚轻险，情多哀思。格以延陵之听，盖亦亡国之音乎？（《北史·文苑传序》及《隋书·文学传序》）

夫文学者盖人伦之所基欤？是以君子异乎众庶。昔仲尼之论四科，始乎德行。终乎文学，斯则圣人亦所贵也。（《陈书·文学传论》）

《易》曰：观乎天文以察时变，观乎人文以化成天下。《传》曰：言身之文也。言而不文，行之不远。故尧曰则天，表文明之称，周云盛德，著焕乎之美。然则文之为用亦大矣哉！上所以敷德教于下，下所以达情志于上。大则经纬天地，作训垂范，次则风谣歌颂，匡主和民。或离谗放逐之臣，涂穷后门之士，道轗轲而未遇，志郁抑而不伸。愤激委约之中，飞文魏阙之下，奋迅泥滓，自致青云，振沉溺于一朝，流风声于千载，往往而有。是以凡百君子，莫不用心焉。（《隋书·文学传序》）

他们的态度语气虽有轻重之别，但其主旨，却都是鄙薄六朝文学的华靡无用，要另外建立一种切于实用的文学来。穷其源必趋于复古，论其用必合于人伦教化。他们虽都是哲学家历史家，由他们这些理论看来，知道在初唐时代的学术界，要求文学改革的呼声，已是很普遍的了。

唐代的古文运动，世人只注意韩愈、柳宗元，然为韩柳之先驱者，实是柳冕。柳字敬叔，贞元中官福州刺史，《全唐文》中录其文。他的文学观念，完全否认文学的艺术价值，而归根于教化与伦理，正式建立了儒家的文学理论。因此，他对于屈原、宋玉以下的诗文辞赋，一概在摈弃轻视之列，只看作是一种毫无价值的文字游戏。他说：

文章本于教化，形于治乱，系于国风。故在君子之心为志，形君子之言为文，论君子之道为教。《易》云：观乎人文以化成天下，此君子之文也。自屈、宋以降，为文者本于哀艳，务于恢诞，亡于比兴，失古义矣。虽扬、马形似，曹、刘骨气，潘、陆丽藻，文多用寡，则是一技，君子不为也。(《与徐给事论文书》)

自成康没，颂声寝，骚人作，淫丽兴，文与教分而为二。教不足者强而为文，则不知君子之道，知君子之道者则耻为文。文而知道，二者兼难。兼之者大君子之事，上之尧、舜、周、孔也，次之游、夏、荀、孟也。下之贾生、董仲舒也。(《答徐州张尚书论文书》)

君子之文必有其道，道有深浅，故文有崇替。时有好尚，故俗有雅郑。雅之与郑，出乎心而成风。昔游、夏之文，日月之丽也，然而列于四科之末，艺成而下也。苟文不足，则人无取焉。故言而不能文，非君子之儒也。文而不知道，亦非君子之儒也。(《答衢州郑使君论文书》)

他在这里正式建立了道统文学的理论，他把文学教化与儒道合而为一，其余如艺术本身上的技巧辞藻，都看作是枝叶，因此尧、舜、周、孔成为文学家的正统，屈原、曹植、陶潜都不能同贾谊、董仲舒并列了。于是解放了好几百年的文学观念，重又回到了古代那种文学与学术不分的阶段，纯文学的地位，又被那几部经书压倒了。他基于这种理论，反对政府以诗取士，反对政府重用文人，他觉得应当尊经术重儒教，才是正当的办法，他说：

> 进士以诗赋取人，不先理道；明经以墨义考试，不本儒意；选人以书判殿本，不尊人物；故吏道之理天下，天下奔竞而无廉耻者，以教之者末也。（《与权德舆书》）
>
> 相公如欲变其文，即先变其俗。文章风俗，其弊一也。变之之术，在教其心，使人日用而不自知也。伏维尊经术，卑文士。经术尊，则教化美，教化美，则文章盛，文章盛则王道兴，此二者在圣君行之而已。（《谢杜相公论房杜二相书》）

他这种理论，不仅为韩柳所本，也就成为中国一千余年来儒家道统文学的定论。纯文学因此永远不能翻身，贵古贱今之说，尊圣宗经之论，也深深刻入读书人士的脑中而不能动摇了。经史一类的杂文学，成为文学界的正统，诗词小说戏曲等类的作品，只能在文学界屈处于妾婢的地位了。柳冕的理论，在复古运动中，算是相当圆满的，但他究不能得到较高的成绩，而竟为后人所忽视者，其原因是在他只有理论，没有创作。他不能依照他的理论，创造出那样的货色来。他自己说：

> 小子志虽复古，力不足也。言虽近道，辞则不文。虽欲拯其将坠，末由也已。（《答荆南裴尚书论文书》）
>
> 老夫虽知之不能文之，纵文之不能至之。况已衰矣，安能鼓作者之气，尽先王之教。（《与滑州卢大夫论文书》）

他这种坦白的态度，是非常可爱的。“言虽近道，辞则不文。”

正是说明他创作的力量不够。因此唐代古文运动的完成，不得不待之于韩柳了。韩柳的成功，便是因为他们有理论，一面有创作的成绩。有了成绩，理论才不至于落空，才能得到世人的信仰与拥护。李汉讲韩愈做古文时候的情形说："时人始为惊，中而笑且排，先生心益坚。其终，人亦翕然而随之以定。"（《昌黎先生集序》）可知当日在那个运动中，时人对他或加讥笑，或加排击，然他能以坚定的自信心，勇往直前，一面以理论宣传，一面以作品示人，终于得到最后的胜利。李汉说他"先生于文，摧陷廓清之功，比于武事，可谓雄伟不常者矣。"他这几句话，并没有夸张。韩愈在当日对于根深蒂固的骈文阵线的宣战，新散文的建立，确有一种百折不回的奋斗精神，确有一种摧陷廓清的功绩与雄伟不常的力量。他能继柳冕之后而成为古文运动的总代表，并不是偶然的。

韩愈字退之（西历七六八—八二四年），河南南阳人。他自己虽以孟子自比，认为是儒学系统的继承人，但他的行为品格，却实在不大高尚。胡适之氏说得好："当他谏迎佛骨时，气概勇往，令人敬爱。遭了挫折之后，他的勇气销磨了，变成一个鄙卑的人。他在潮州时上表谢恩，自述能作歌诵皇帝功德的文章，'虽使古人复生，臣亦未肯多让'，并劝皇帝定乐章，告神明，封禅泰山，奏功皇天，这已是很可鄙了。他在潮州任内，还造出作文祭鳄鱼，鳄鱼为他远徙六十里的神话，这更可鄙了。他在袁州任内，上表说他的境内，有'庆云现于西北……五彩五色，光华不可遍观……斯为上瑞，实应太平'。这真是阿谀献媚之极，把他患得患失的心理完全托出了。"（《白话文学史》）这种公平而又严厉的责备，韩派看了虽不舒服，也是无法辩护的。不过我们也不能因此就轻视他在散文运动中的业绩。他在中国的散文史上与文学思想史上，确是占有着重要的地位。因了他，击倒了六朝的骈文，提高了散文的地位，推翻了前代的唯美思潮，主张文学与儒道结合为一，确定了教化实用为文学的最高目的，完成了儒家的文学理论，而成为后代论文界的权威。

韩愈的学术思想是尊儒排佛，他的文学观念是复古明道。因此，他极不满意六朝以来的学术空气与华艳无质的文风。他主张思想要回到古代的儒家，文体也回到那些朴质的经典。他在《进学解》中，列举五经子史之书，是他的文学的模范。所谓非三代、两汉之书不敢观，便是这种意思。又因为反对六朝文学中那种色情香艳的内容，所以他主张文学为贯道之器。文学离开了伦理道德便没有价值，离开了教化便没有功用。他在《答李翊书》中说："行之乎仁义之途。游之乎诗书之源，无迷其途，无绝其源，终吾身而已矣。"仁义、诗书合而为一，便是文、道合而为一。因文见道，因道造文，二者是并重的，分不开的。这便是韩愈的文教主义。故他说：

> 愈之所志于古者，不惟其辞之好，好其道焉尔。（《答李秀才书》）
>
> 愈之为古文，岂独取其句读不类于今者耶？思古人而不得见，学古道则欲兼通其辞。通其辞者，本志乎古道者也。（《题欧阳生哀辞后》）
>
> 读书以为学，缵言以为文，非以夸多而斗靡也。盖学所以为道，文所以为理也。苟行事得其宜，出言得其要，虽不吾面，吾将信其富于文学也。（《送陈秀才彤序》）

在这些文字里，可以看出韩愈的主张，是为道而学文，为道而作文，文成为道的附庸；文学的艺术技巧，都因为道的表现而存在。

文学不能离开道而独立，只是与道相辅而行的枝叶。

柳宗元论文的意见，虽不与韩愈尽同，但他因为散文创作的优美成绩，成为韩愈古文运动的有力支持者。韩立论过于偏重道，柳则较为重文，然在文体的反六朝与复古这一点上，他俩却是一致的。韩所论的道，是儒家的道，是人伦道德的道，是先圣先贤所讲的治国平天下的道。柳本好佛，虽论文也主宗经，而其思想范围则较韩愈为广泛为通达，所以他论文的意见，也没有韩愈那么狭隘那么固执。看他说：

> 始吾幼且少，为文章以辞为工。及长乃知文者以明道，是固不苟为炳炳烺烺，务采色夸声音而以为能也。……本之《书》以求其质，本之《诗》以求其恒，本之《礼》以求其义，本之《春秋》以求其断，本之《易》以求其动，此吾所以取道之原也。参之《穀梁》以厉其气，参之《孟》、《荀》以畅其支，参之《庄》《老》以肆其端，参之《国语》以博其趣，参之《离骚》以致其幽，参之《太史》以著其洁，此吾所以旁推交通而以之为文也。（《答韦中立论师道书》）
>
> 辱书及文章，辞意良高，所向慕不凡近，诚有意乎圣人之心。然圣人之言，期以明道，学者务求诸道而遗其辞。辞之传于世者，必由于书，道假辞而明，辞假书而传，要之之道而已矣。道之及，及乎物而已耳。（《报崔黯秀才书》）

柳氏虽一再以“明道”为言，然而他对于道的解释，较韩愈所说的要广泛得多。他觉得一面要在古书里求圣人之道，同时又要求其辞。求诸辞而遗其道固然不可，只求诸道而遗其辞，也是不可。

所以道在柳宗元的眼里,变为二元的了。一是古人所讲的道德的道,一是古人作文的艺之道。他所说的取道之原,是本《书》以求质,本《易》以求动,参《孟》、《荀》以畅其支,参《老》、《庄》以肆其端,这一类都是说的作文之道,那是非常明显的。可知柳氏对于文学复古的见解,一面是反对华靡淫薄的空文,一面是要在古代典籍中去求作文的道理,而不像韩愈那样以圣贤自居,把文学完全看作是伦理道德的附庸。韩愈所说的"行事得其宜,出言得其要",也是文学的见解,在柳宗元看来,是决不会承认的。在这种地方,可以看出韩愈隔宋代道学家的见解,只有一箭之遥,而柳宗元却仍不失为一个文学家的风度。

韩柳以后,继有李翱、皇甫湜的提倡古文。他们也是一面鼓吹,一面创作。他俩的注力方面虽不一致,然对于六朝文体的攻击,散体文的建立,是取着同一的态度。到这时候,古文运动得到了初步的完成。骈文的地位,不得不让之于平实朴质的散文了。当代兴起的许多精彩的散文短篇小说,也就是这一个运动的间接产物。到了晚唐虽又有一度唯美思潮的倾向,如孙樵、刘蜕诸人,仍是继承着这个运动的余绪。一到了北宋,散文大形发展,完成了韩柳未竟的功业,得了文坛的正统地位,连辞赋一类的作品,也变为散文的形式了。

唐代古文运动的兴起,在文学的发展史上,自然是一种必然的趋势。中国文学自建安到初唐这几百年中,完全是朝着艺术的唯美的路上走的。其好处是纯文学得到了独立的生命与地位,而其坏处是文学离开了现实社会人生的基础,而流于外形的美丽与空洞的内容。一种思潮走到极端,自然会生出一种反动。其次唐代君主集权的势力相当稳固,衰落了几百年的儒家思想渐渐地抬头,于是宗经、征圣、王道、教化的种种观念，适应着当代的政治环境，而造成明道的实用的文学的要求。我们从这两点看来，便知道这种运动，虽完成于韩柳，然其前因后果，是有着一种时代的意义的。

这一次的运动，对于中国后代文学界所发生的影响，有坏处也有好处。坏处方面，我提出下面最重要的几点：

一，因复古之说，忽视文学的进化原理，造成后代贵古贱今的顽固观念。

二，由明道而走到载道，过于重视文学的实际功用，于是文学成为伦理道德的附庸，失去了艺术的生命与美的价值。

三，过于重视古文，因此经史哲学都成为文学的正统，纯文学的诗歌小说戏曲降为末流，因而紊乱了文学与学术的观念。

这些缺点，是无可掩饰的，在过去的文学界，发生种种恶劣的影响，也是非常明显的事。然而他们也有些好处。

一，因为他们提倡那种平浅朴质的散文，于是那种不切实用的空虚华美的骈文遭受了打击而趋于衰落。这一点，在他们当日的态度，确实是革命的。

二，因为他们主张文学的实用主义，使文学与人生社会发生联系，一扫过去那种极端的个人主义与浪漫主义的思潮。如元白一派的社会诗运动，一面固然是受了杜甫的作品的感动，同时一定也受有他们理论的启示与影响。

三，因为他们倾心于散文的创作，散文得到了很好的成绩。在韩愈、柳宗元、李翱、皇甫湜诸人的集子里，确有许多明白流畅、文法完整的散文作品，尤其是柳宗元的山水小品，刻画精巧，文字细密，是当日散文运动中的最高收获。再如当代的传奇文，也可以说是这一个运动的副产物。

我们不能因为有了上列那些缺点，就否认他们的功绩。无论对于何种运动，我们都应该有一种客观的认识。在历史的工作上，这种态度，尤为必要。

四 短篇小说的进展

严格地说起来，我国六朝时代的小说，还没有成形。这并不是因其内容的荒谬，而是因其形式与描写的拙劣与贫弱。六朝的作品，只是一些没有结构的残丛小语式的杂记，叙事没有布置，文笔亦极俗浅，实在还算不得小说。中国的文言短篇小说，在艺术上发生价值，在文学史上获得地位，是起于唐代的传奇。那些传奇。建立了相当完满的短篇小说的形式，由杂记式的残丛小语，变为洋洋大篇的文字，由三言两语的记录，变为非常复杂的故事的叙述。在形式上注意到了结构，在人物的描写上，注意到了个性。内容也由志怪述异而扩展到人情社会的日常材料。于是小说的生命由此开拓，而其地位也由此提高了。最要紧的，是作者态度的改变。因为到了那时候，文人才有意的写作小说，把他看作是一件文学作品。不像从前那样，多出于方士教徒之手，作为辅教传道之书了。当日的作者，如元稹、沈下贤、陈鸿、白行简、段成式之徒，都是一时的名士。他们把小说看作是一种新兴的文学体裁，都在那里用心地写作，从这时候起，小说算是挤入了中国文学界的园地了。明胡应麟说："变异之谈，盛于六朝，然多是传录舛讹，未必尽幻设语，至唐人乃作意好奇，假小说以寄笔端。"（《笔丛》）所谓"作意好奇，以寄笔端"，乃成为有意的创作。这种态度，不是六朝人所有的。又宋人洪容斋批评唐代的小说云："小小事情，凄惋欲绝，洵有神遇，而不自知者，与诗律可称一代之奇。"他能从艺术的观点，认识小说的价值，并与诗歌并举，这不能不算是一种卓见了。

唐代散文小说的兴盛，在小说本身的发展上，自有其历史的原因，然间接地受有当日古文运动的影响的事，也是很显然的。韩柳的古文运动，一面是要充实文学的内容，一面是提倡朴质的文体。散文在叙事状物言情的运用上，自然是远胜于骈文。在白话文未入小说的领域以前，这种平浅通俗的散体，自然最适合于小说的表现。大历、元和的小说作者，都在那个古文运动的潮流中，接受着这种文体，用之于抒写世态人情而得到了成功。并且当日的小说作者，多少都与古文运动者发生着关系，沈既济受有着萧颖士的影响，沈亚之是韩愈的门徒，至于元稹、陈鸿诸人更不必说了。古文运动最大的功劳，是文体的解放。文体的解放，间接地促进小说的成就。这一点自然是古文运动者所没有料到的，然在整体上看起来，唐代的传奇文的兴起，不能不看作是古文运动的一个支流。

初唐间的小说，有王度的《古镜记》，无名氏的《白猿传》。其内容虽仍是六朝志怪一流，然篇幅较长，文字亦较为华美，演进之迹甚明。王度为王通之弟，王绩之兄。述一古镜服妖制怪的种种故事，事迹荒谬。《白猿传》作者失名，述梁将欧阳纥之妻，其貌绝美，为白猿精夺去。欧阳纥聚徒入深山幽谷寻得之，妻已受孕。后生一子，貌绝似猿。此子即后享盛名之欧阳询。此文虽涉怪异，或系询之仇人故意中伤之作；其创作之动机，与其他志怪诸篇自有不同，然其文字却还在《古镜记》之上。写深山之景，猿精与诸妇女之言语动作，都活动可爱。可见作者确有很好的文采，决非低级文人所为。

武后时有张文成者(张鷟),撰《游仙窟》一卷,为一人神相爱的小说。作者自叙奉使河源,道中投宿某家,乃为仙窟,受两仙女十娘、五娘的温情款待,共宿一夜而去。文体是华美的骈文,而又时杂淫亵的言语,故世称为淫书。《唐书》上说张文成"下笔辄成,浮艳少理致。其论著率诋诮燕秽,然大行一时,晚进莫不传记"。读《游仙窟》后,觉得这评语,真是确切极了。世人或谓此篇之作,影射作者与武后恋爱的故事。帝后之尊,犹如仙界,故托仙女以寄其情意,此说亦颇有理。此书在中国久已失传,却保存在日本,大概在唐代就传过去了。并且在古代的日本文学界,是一本大家爱好的读物,还有不少注释的本子。据盐谷温说,紫式部的《源氏物语》,是受了这书的影响(见《中国文学概论讲话》)。近年来传回中国,由新书局校点印行,已成为一本通行的书了。

唐代散文小说的兴盛,却在开天以后。从大历到晚唐,作者蔚起,盛极一时。如陈玄祐、沈既济、李吉甫、许尧佐、白行简、李公佐、元稹、陈鸿、蒋防、沈亚之、李朝威、牛僧孺、房千里、段成式、薛调、皇甫枚、裴铏、柳珵、杜光庭、袁郊诸人,俱有作品。其内容不专拘于志怪,讽刺、言情、历史以及侠义各方面都有所表现。于是这些作品同当日的社会生活发生着密切的关系,而呈现出明显的时代意义了。

讽刺小说

讽刺小说可以沈既济的《枕中记》,李公佐的《南柯太守传》为代表。唐代以诗赋取士,造成那些词人才子热烈地追求富贵功名的欲望。我们试看王维的歌唱《郁轮袍》,李白的《上韩荆州书》,

杜甫的《进雕赋》、《献三大礼赋》，便知道功名利禄的观念，是唐代读书人的人生哲学。李、杜辈尚且如此，其他的人也就可想可知。《枕中》、《南柯》的作者，就用着这种社会心理为基础，写出这种强烈的讽刺小说了。

沈既济，苏州吴人。经学该博，大历中召拜左拾遗，史馆修撰，贞元中为礼部员外郎，撰《建中宝录》，世人称有史才。其所作《枕中记》，或题《吕翁》。述一落魄少年，于邯郸道中之旅舍，遇一道士吕翁，自叹其穷困之苦，吕翁探一枕与之。少年遂入梦，先娶妻崔氏，貌美而贤，后又举进士，做大官，破戎虏，位至宰相，封公赐爵，子孙满堂，其婚亲皆天下望族。后年老，屡辞官不许，寻以病终。至是少年欠伸而醒，见身仍在旅舍，主人蒸黍尚未熟也。

李公佐字颛蒙，陇西人，尝举进士。生于代宗时，至宣宗时犹在。小说今存四篇，以《南柯太守传》为最著。传中述淳于棼某日因酒醉，二友扶卧东庑下。淳于就枕，即入梦境。登车入古槐树之大穴，既而山川城郭，俨然在目。乃大槐安国也。既至，国王厚礼遇之，先以公主娶之，后为南柯太守三十年，政声甚著。人民都歌颂他，立碑建祠纪念他。先后生五男二女，家庭生活极为幸福。又因屡迁高位，煊赫一时。后因与外族交战败绩，公主又死，因而失势。至是国王忌其变心，乃送之归，及醒，见二友濯足榻畔，残日余樽，宛然在目。而梦中情境，若度一世。后令仆人掘槐穴，见蚁群无数，其中泥土的形状，与梦中所见历之山川城郭无殊，乃知梦中所到者，为一蚁国。淳于因悟人生无常，富贵虚幻，遂入道门。

在这两篇的作品里，作者的用意及手法，都是一致的。作品的社会心理的基础，也是一致的。他们同样用虚幻的象征的描写，来描写富贵功名以及人生的幻灭，给当代沉迷于利禄的人生观一种强烈的讽刺,也可说是一种解脱。在这一点,故事的虚幻,虽近于志怪,然在心理的发展上,却有极现实的基础。有些人把这种作品归之于神怪一类,与《古镜记》同列,那真是可笑之极了。同时作者对于人生的态度与人生意义的认识,也是相同的。富贵功名既是虚幻,人生不得不求一个真正的归宿,这个归宿,便是佛道思想所组合成的一种清静自然的生活。《枕中记》的结段说:

> 生蹶然而兴曰:岂其梦寐也?翁谓生曰:人生之适,亦如是矣。生怃然良久,谢曰:夫宠辱之道,穷达之运,得丧之理,死生之情,尽知之矣。此先生所以窒吾欲也,敢不受教。稽首再拜而去。

又《南柯太守传》的末段说:

> 生感南柯之玄虚,悟人世之倏忽,遂栖心道门,绝弃酒色。……公佐编纂成传,以资好事。虽稽神语怪,事涉非经,而窃位著生,冀将为戒。后之君子,幸无以南柯为偶然,无以名位骄于天壤间云。前华州参军李肇赞曰:贵极禄位,权倾国都。达人视此,蚁聚何殊。

在这两个收场里,很明显地表现出作者的用意和他们的人生观。当日的佛道思想,成为一般达人逸士的理想归宿。李肇那十六个字的赞语,正是这两篇作品的主旨的说明。由此我们可以知道这种作品,一面是深刻地对于当日的功名病患者加以讽刺,一面是将那种自然主义的人生哲学加以表扬。这两种思想都有现实的社会基础。因其文字的美丽，故事的曲折，布局的整严，描写的动人，使作者的目的，得到了极大的效果。《枕中记》外，沈既济尚有《任氏传》一篇，亦为讽刺之作，文字极有情致。写一女狐精殉节的故事，其用意为对于当代淫荡浪漫妇女的讥讽。借禽兽之贞操道德，责骂人类的无品。作者在篇末感叹地说："异物之情也有人焉。遇暴不失节，徇人以至死。虽今妇人，有不如者矣。惜郑生非情人，徒悦其色而不征其情性。向使渊识之士，必能揉变化之理，察神人之际，著文章之美，传要妙之情，不止于赏玩风态而已。"可知他的小说，都是有意之作。若只以言神志怪目之，而忽视其社会的意义，那就有负作者了。李公佐除《南柯太守传》外，尚有《古岳渎经》、《庐江冯媪传》、《谢小娥传》三篇。前二篇无甚特色，后者为一侠义小说，容后论之。

爱情小说

爱情小说多以现实的人事为题材，与取材于神怪者全异其趣。才子佳人的离合，妓女秀才的结识，因此演出种种可歌可泣的故事。文人以清丽之笔，描摹体会，所以格外动人。此类作品颇多，如蒋防的《霍小玉传》，白行简的《李娃传》，元稹的《莺莺传》，房千里的《杨娼传》，皇甫枚的《飞烟传》都是，前三篇尤为此中之代表作。

蒋防字子征，义兴人，历官翰林学士及中书舍人。《霍小玉传》写诗人李益同名妓先合后绝的故事，是一幕失恋的悲剧。小玉是一个衰败贵族的爱女，同李益有白首之盟。后李益别娶卢氏，小玉因此忧伤而死。情节虽极简单，然文笔写得楚楚动人，不失为一篇美妙的作品。白行简字知退，是名诗人白居易的弟弟。《李娃传》是一幕喜剧，同《霍小玉传》恰好成一个对照。传中述某生恋一娼女，名李娃者。后因穷困，为女所弃，遂流落为歌童。其父为显官，见之，怒其有辱门楣，鞭之几死，弃之路旁。后李娃感其情，与之结婚，从此努力读书，得登科第，授成都府参军，适是时其父为剑南采访使，因此父子和好如初。此篇情节复杂，人生之变化，亦多波澜曲折，故极合小说体裁。加以作者文笔高妙，写得委宛动人，遂成为爱情小说中之佳品。他另有《三梦记》三则，是一种随笔体的杂录，不能算作小说。

爱情小说中最脍炙人口者，为元稹之《莺莺传》。此传亦名《会真记》，写张生和莺莺的私恋而终至于决绝的悲剧。这故事在中国的读书界是人人皆知，这里无须再说。传中的张生就是作者自己，那是无疑的。所以故事的发展，心理的活动，都有实际的经验，决非出于虚构，因此写得格外真实动人。加以作者美丽的文笔，更增加了这作品的艺术价值。例如他写初看见莺莺的情状：

久之，乃至。常服睟容，不加新饰。垂鬟接黛，双脸销红而已。然颜色艳异，光辉动人。张惊为之礼，因坐郑旁，以郑之抑而见也。凝睇怨绝，若不胜其体者。

在这几句里，把莺莺的体态美貌以及他的心理状态，都写得活跃如画了。再看他写幽会的情形：

俄而红娘捧崔氏至，至，则娇羞融冶，力不能运支体。曩时端庄，不复同矣。是夕，旬有八日也。斜月晶莹，幽辉半床，

> 张生飘飘然，自疑神仙之徒，不谓从人间至矣。

用月光的冷洁的背景，来衬托这位夜奔的美女，用极其简丽的文句，画出一个又羞又冶的状态，完全不是那一次的端庄严肃的面貌了。同时把许多淫亵的事，一齐掩藏在文字的后面，令人只感到幽美，而不感到鄙俗，实在是非常成功的。再看他写莺莺的个性：

> 大略崔之出人者，艺必穷极，而貌若不知。言则敏辩，而寡于酬对。待张之意甚厚，然未尝以词继之。时愁艳幽邃，恒若不识，喜愠之容，亦罕形见。异时独夜操琴，愁弄凄恻，张窃听之，求之则终不复鼓矣。

只有几句话，把这女人的个性画得活现。她这种个性，成为她人生观的基础，也就成为她的悲剧的重要因素了。像她这种弱不胜衣、工愁善病、不露才、不争宠、自怨自苦的女子，便成为后代中国小说中的女性典型了。

唐代的爱情小说，多写妓女才人的悲欢离合的故事，这也是有其社会的背景的。唐代商业发达，国内国际的贸易，交往频繁。长安、扬州诸地，更为繁盛。在这种交通便利经济繁荣的状况下，唐代妓女之盛，称为空前。有的重利，有的爱才。重利的与富商逢迎，爱才的与文人来往。当日那些诗人进士之流，年轻貌美，又前途远大，最为当日妓女所欢迎。《开元天宝遗事》云："长安有平康坊者，妓女所居之地，京都侠少，萃集于此。兼每年新进士，以红笺名纸，游谒其中，时人谓此坊为风流薮泽。"又宋张端义云："晋人尚旷好醉，唐人尚文好狎。"（《贵耳集》）这种环境，正是产生妓女才人恋爱故事的好环境，我们读唐人的集子，到处都会碰到歌咏妓女的诗歌，如王昌龄、李白、李益、杜牧、李商隐诸人，都是以狎妓著名的。明了了这种实际社会的状况，就一点也不足怪了。这些作品的内容，并不完全出于文人的想象，他是具有现实生活的基础的。文学的发展，同社会生活的发展，是取着同一的步骤，而形成不可分离的联系。

历史小说

历史小说，多取材于史料，再加以编排铺设，与正史不同，同那些志怪言情之作亦异。唐代天宝之乱，最能扰动人心。推其祸源，总以玄宗的荒淫，贵妃的骄奢，杨国忠的专权，高力士的跋扈种种现象，而构成安禄山的变乱。于是这些人物的事迹，遂成为诗歌小说的好题材。如郭湜的《高力士外传》，姚汝能的《安禄山事迹》，陈鸿的《长恨传》、《东城老父传》，吴兢的《开元升平源》及无名氏的《李林甫外传》，都是属于这方面的作品。其中以陈鸿的两篇为最佳。

陈鸿字大亮，白居易之友。《长恨传》为白氏的《长恨歌》而作。传中叙贵妃入宫，禄山之乱，马嵬之变以至道士求魂为止。其中虽杂有神仙方士的谬说，然这正反映当代的宗教思想，一点也没有损失这篇作品的社会性与真实性。传中写贵妃得宠后，其兄弟姊妹俱煊赫一时，既真实而又充满了讽刺。

叔父昆弟皆列位清贵，爵为通侯。姊妹封为国夫人，富埒王宫，车服邸第，与太长公主侔矣。而恩泽势力，则又过之。

出入禁门不问，京师长吏为之侧目。故当时谣咏有云："生女勿悲酸，生男勿喜欢。"又曰："男不封侯女作妃，看女却为门上楣。"其人心羡慕如此。

在这一段内，轻轻地把当日的裙带政治的真面目，暴露无遗。天宝之乱，迟早是必然的了。同时把当日的人民心理，也表现得非常真切。我们读了杜甫的《丽人行》，再看这一篇，真有无限的感慨。作者在篇末说："意者不但感其事，亦欲惩尤物，窒乱阶，垂于将来者也。"这是《长恨传》的本意。表面虽说是惩尤物，侧面就是骂皇帝，这用意是非常明显的。

《东城老父传》是写斗鸡童贾昌一生的历史。在他的历史中，正映出玄宗的荒淫与天宝的乱象。贵妃以颜色得宠，贾昌以斗鸡承欢，都越过了政治的正轨。作者极力从正面铺写，从侧面暗示着当日政治的黑暗。

玄宗在藩邸时，乐民间清明节斗鸡戏。及即位，治鸡坊于两宫间，索长安雄鸡，金毫铁距高冠昂尾者千数，养于鸡坊。选六军小儿五百人，使驯扰教饲。上之好之，民风尤盛。诸王世家、外戚家、贵主家、侯家，倾帑破产市鸡，以偿鸡值。都中男女，以弄鸡为事，贫者弄假鸡。帝出游，见昌弄木鸡于云龙门道旁，召入，为鸡坊小儿，衣食右龙武军。……后为五百小儿长。加之以忠厚谨密，天子甚爱幸之。金帛之赐，日至其家。开元十三年，笼鸡三百，从封东岳。父忠死太山下，得子礼奉尸归葬雍州，县官为葬器丧车，乘传洛阳道。十四年三月，衣斗鸡服，会玄宗于温泉。当时天下号为神鸡童。时人为之语曰:"生儿不用识文字,斗鸡走马胜读书。贾家小儿年十三,富贵荣华代不如。能令金距期胜负,白罗绣衫随软舆。父死长安千里外。差夫持道挽丧车。"……上生于乙酉鸡辰,使人朝服斗鸡,兆乱于太平矣,上心不悟。

玄宗既淫于女色,又荒于游乐,把国家大事,全抛之脑后,政变之祸,自然难免,在这两篇中的民歌里,充分地表现了民众对于君主的责骂,以及当日政治的腐败与社会秩序的紊乱的愤懑。民众革命的火把,已经举在手中了。因此一声兵变,潼关、京都相继失陷,逼得贵妃只好上吊,神鸡童也只好改名换姓遁入空门了。这种小说的材料,虽是历史的,因为都是当代的实事,所以都带有很浓厚的时代性与社会性。

侠义小说

侠义小说是以侠士的义烈行为为主,而加以政事爱情的穿插,更显得故事情节的复杂。唐代中叶以后,藩镇各据一方,私蓄游侠之士以仇杀异己,于是侠士之风盛行一时。如元和十年宰相武之衡的被刺,开成三年宰相李石的被刺,首者出于平卢节度使李师道所遣,后者为宦官仇士良所主使,这都见于正史的记载。欧洲中世纪骑士活跃于社会,因此产生描写骑士生活的小说。唐代侠义小说的产生,同样有着这种社会生活的基础是无疑的。但因为要表现侠士的特别技能,所以常有种种超现实的描写,如腾云驾雾之术,神刀怪剑之事,与当日神仙术士一流的宗教思想,发生密切关系,因此这一类小说的作者,往往是佛道的信徒。如杜光庭之为道士，段成式之信佛，裴铏之好神仙，是大家都知道的事。

侠义小说前有许尧佐的《柳氏传》，李公佐的《谢小娥传》，后有薛调的《无双传》，裴铏的《崑仑奴传》、《聂隐娘传》，袁郊的《红线传》，杜光庭的《虬髯客传》。段成式有《剑侠传》一书行世，是明人伪托之作。但在段氏的《酉阳杂俎》里，有《盗侠》一门，叙述剑侠故事的共有九则。段氏为宰相文昌之子，兼为当代的美文家，故其文笔清丽而有情致。《杂俎》虽似《博物志》一流，庞杂万象，然其中亦时有佳作。可知到了晚唐，是侠义小说的最盛时代了。

在这些作品中，从艺术的价值上讲，以杜光庭的《虬髯客传》为最佳。此篇叙述红拂私奔与李靖创业的故事，时代虽回到隋朝，而其社会意识的基础却正在晚唐。作者一面是以当日盛行的侠士为主体，一面又在唐末离乱之际，梦想着新英雄的出现，把这种现象结合起来，于是产生了这一篇好作品。在形式上他有了严整的布局，适当的剪裁。而对于人物的个性，有了更进一步的深刻的描写，红拂、李靖、虬髯三个主人翁的个性，都写得分明而又生动。李公子是一个陪角、偶然出现，把他的身度，也写得恰到好处。情节的穿插，事体的起伏，富于变化曲折的波澜，更能引人入胜。唐以前的小说，都不注重结构，都只能叙事而不注重描写人物，到了《虬髯客传》，这种缺点全都没有，无论从哪一点看，它可以算得是一篇最成功的短篇小说。

关于唐代的小说，重要者已如上述。其他志怪之作尚多，其中文字亦优美可诵者，有陈玄祐的《离魂记》，李朝威的《柳毅传》，无名氏的《灵应传》，尤以《离魂》、《柳毅》二篇为有名。其次以传奇之文，会为专集者，唐代亦多。牛僧孺之《玄怪录》，乃最著者。此录原为十卷，今已佚，在《太平广记》中尚存三十三篇，可见其大概。

然其造文立意，大都故作虚幻，不近人情。至于世间所传的《周秦行纪》一篇，是李德裕的门客卫瓘托牛名而作，因以构陷者。其行为固可鄙，而其文字亦不见佳。“他如武功人苏鹗有《杜阳杂编》，记唐世故事，而多夸远方珍异。参寥子、高彦休有《唐阙史》，虽间有实录，而亦言见梦升仙，固皆传奇，但稍迁变。至于康骈《剧谈录》之渐多世务，孙棨《北里志》之专叙狭邪，范摅《云溪友议》的特重歌咏，虽若弥近人情，远于灵怪，然选事则新颖，行文则逶迤，固仍以传奇为骨者也。”（鲁迅《中国小说史略》）这些作品虽仍以传奇为骨，但要称为短篇小说自然是不可以的。

还有一件事，我们要注意的，便是唐代的传奇，对于后代戏曲界的影响。这些传奇中的故事，都成为后代戏曲的题材。如沈既济的《枕中记》，演为元马致远的《黄粱梦》，明汤显祖的《邯郸记》。陈玄祐的《离魂记》，演为元郑德辉的《倩女离魂》。李公佐的《南柯太守传》，演为汤显祖的《南柯记》。李朝威的《柳毅传》，演为元尚仲贤的《柳毅传书》及李好古的《张生煮海》。元稹的《莺莺传》，演为董解元、王实甫的《西厢》。陈鸿的《长恨传》，演为元白仁甫的《梧桐雨》，清洪昇的《长生殿》，这些都是最著名的作品。其他如蒋防之《霍小玉》，裴铏之《崑崙奴》，杜光庭的《虬髯客》，袁郊的《红线》，后代曲家，亦多取材。经了这些戏曲家的努力传布，于是唐代的小说内容，成为最普遍的民间故事了，同时这种作品也曾影响过日本的文坛。像《游仙窟》风行于日本古代读书界的事，在上面已略略说及。其他作品对于日本古代的文学，也发过很深的关系。据《拙堂文话》上说：“物语草纸之作，在于汉文大行之后，则亦不能无所本焉。《枕草纸》多沿李义山《杂纂》，《伊势物语》从《唐本事诗・章台柳》来者。《源氏物语》其体本《南华》寓言，其说闺情盖自《汉武帝传》及唐人《长恨歌传》、《霍小玉传》诸篇得来。”这种话出自日人之口，自然是更可靠了。

五　唐代的变文

一、变文的发现

变文同卜辞一样，是近几十年来才出现的重要文献。有了他们，许多历史学者文学史学者，对于古代许多困难问题，得到了新的消息与解决的途径。关于卜辞的发现对于我国原始文学的暗示，在本书第一章里，已大略说过，现在要讨论的是唐代的变文。

三十几年前（一九〇七年五月），一位匈牙利的地理学家叫做史丹因（A. Steine）的，带了一位姓蒋的翻译，到了甘肃的极西部敦煌。他听说敦煌千佛洞的石室里，藏有无数的写本书籍和图画宝物，他于是设法引诱千佛洞的王道士出卖这批宝藏。后来这计划成功了，他买去了二十四箱写本和五箱图画和古董。这些都是中国古代文化史上的重要文献，是一种无价之宝。后来这消息法国人知道了，汉学大家伯希和（Paul Pelliot）也到中国来搜求，他也弄去了不少。不久中国官厅知道了这件事情，行文到甘肃去提起这些写本，但所得者大半为佛经，好的材料，都到了英法的博物院图书馆中去了。此中的汉文写本，现藏在伦敦的有六千卷，藏在巴黎的有一千五百卷，藏在北平的也有六千多卷，私人亦偶有收藏，然为数极少。近年来注意这种文献的人，日多一日，或到英法的图书馆博物院去抄写去照相，或到北平去研究，或将已得的材料加以校印,或发表专篇的论文,于是这埋藏了将近一千年的古代写本,渐渐地在我们的眼前露面了。如罗振玉氏编印的《敦煌零拾》,陈垣氏的《敦煌劫余录》,刘复的《敦煌掇琐》诸书,虽篇目不多,然在研究敦煌文献的工作上,已是可宝贵的必备的典籍了。

敦煌的写本,因有些有题跋,可以考出年代最古者为西历五世纪初年,最晚者十世纪末年。其内容除了十分之九的佛经和少数的道教经典以外,颇多在中国失传的文学作品。如王梵志的诗,韦庄的长诗《秦妇吟》,以及许多民间的歌词和小说。其中最重要的,却是我们现在要讨论的变文。变文是一种韵散夹杂的新体裁,是一种在唐代以前的正统文学中未曾见过的新体裁。因这些变文,直接产生后代的弹词宝卷一类的民众文学,同时对于宋元的小说戏曲,也给予以间接的影响,使我们对于这些作品的形式上的发展,得到重要的说明。因此变文本身的艺术价值虽不甚高,然而他在中国文学史上,却有相当重要的地位。

二、变文的来源

变文也不是偶然出现的,他有他的来源和他在社会上的实际功用。他的来源是佛经,他的功用是传教。所以这种作品初期的产生,并无多少文学的意义,不过是一种宗教的附庸,宗教的宣传品。后来这种体裁在民间颇为流行,于是作者渐变其宗教的内容,代以史料故事的叙述,于是就成为一种民间通俗文学的新格式了。

佛经翻译的工作,在中国过去的文化界上,是一件空前的伟大事业,年代继续将近千年之久,译品保存着的,到现在还有一万五千多卷。这种大量地将外国的思想文学移植到中国来,在中国的哲学界文学界要发生重大的影响的事,那是无可疑的。但这种影响,先显露于哲学思想方面,在东晋、南北朝的思想界,佛教的思想交织着道家的哲学,占领了当日高级士大夫的头脑,这种情形,在前面几章里,已大略说过了。但在文学的形式、文字与想象方面,发生明显的影响,却是起始于唐朝。六朝文人在作品中虽偶然采用几个佛经中的名词,那算不得是佛教文学的真正影响。我们试看《弘明集》、《高僧传》的文字,全是当日流行的骈体。就是当代那些信佛的君主贵族的诗赋里,也都是表现着香艳的色情,没有一点佛教的趣味。至于那些言因果轮回的神怪小说,他们的性质,本来是辅教之书,那是应当别论的。胡适氏说:"佛经文学不曾影响到六朝的文人,也不曾影响到当时的和尚。我们只看见和尚文学的文士化,而不看见文士文学的和尚化。"(《白话文学史》)他这意见,我们是完全赞同的。所以在两晋、南北朝时代,我们要注意的,是佛教给予当日士大夫的思想和人生观方面的影响,促进浪漫思潮的兴起。到了唐朝及唐代以后,才正式看得出佛教文学给予中国文学在形体上修辞上以及构想上的种种影响,促进许多新文学形体的出现。

佛经的翻译,可分为三期。第一期从后汉至西晋,为译经的幼稚时代,内容方面不一定可信,文字多取本国流行的文体,真正译文的体裁还没有建立。宋赞宁《高僧传三集》中云:"初期则梵客华僧,听言揣意,方圆共凿,金石难和。碗配世间,摆名三昧,咫尺千里,觌面难通。"这是译经第一期的真实情状。如安清、支谶、支谦、竺法护诸人,实为此期之代表人物。支谦、竺法护本为外人,因久居中土,故又通汉语,所以他们的译作,在第一期中是最好的了。第二期从东晋到南北朝,为译经的全盛时期。据唐代《开元释教录》所述，当代的译者九十六人，译品多至三千一百五十五卷。而最重要的是当日的译者，无论其为中外，能兼通汉语、梵文者甚多。一面能将佛教的经典作有系统的真实的介绍，同时又确立一种翻译的文体。这种文体，不求其华美，只求其切合原意。于是在文句的组织构造上，多倾向梵化，而语体亦夹杂其间，因此酿成一种新文体。这种新文体同当日流行的骈文与古文，都不相同。如北方的鸠罗摩什、昙无谶，南方的佛陀跋陀罗、宝云诸人，是此期的重要译家。第三期为唐代，代表的译者，是那位将毕生的精力献之于佛教传布的玄奘。他孤征求法，历十七年。回国后，在十九年内译出经典一千三百三十卷。他在死前的一月，仍是执笔不停。这种伟大的精神，是我国民族的光荣。但佛教到这时代，重要的经典俱已译出，主要的工作已由介绍而入于佛教哲学的创立了。

佛经中有许多有文学价值的。如法护译的《普曜经》，是一篇极好的释迦牟尼的传记。鸠罗摩什译的《维摩诘经》，简直是一部小说。《法华经》内的几则美丽寓言，也都有文学的趣味。昙无谶译的《佛所行赞经》，是佛教诗人马鸣的杰作，他用韵文叙述佛一生的故事。译者用五言无韵诗体移植到中国来，成为一篇九千三百句四万六千多字未曾有过的长篇叙事诗。再如宝云译的《佛本行经》，四五七言合用，文字更觉生动。在这些佛教文学的作品里，表现了两个特色。第一是富于想象，其次是散韵并用的体裁。这两点都很显著地影响于中国后代的文学。中国作品一向是缺少想象力，故很难产生伟大的浪漫文学。佛教文学则不然。他们能够用一点小事，变化百出，上天下地，无奇不有。那种超时间超空间的幻想能力，真是惊人。他们的脑里，不知道有多少世界，有多少层天，有多少层地。他们的想象无穷尽，他们的创作也是无穷尽。一写就是几十卷,就是几万字一篇的长诗。这些想象,自然不近情理,不合于现实,但在一向缺少这种能力的中国文学,却正需要这种精神。这种精神的输入,无疑给予中国文学很大的解放。我们读了古代的《山海经》、《穆天子传》和六朝时代的许多志怪小说,再去读后代的《西游记》、《封神传》,便会知道印度文学的浪漫精神,在中国的小说里发生了多大的作用。

其次,中国文学的体裁是单纯的。散文是散文,韵文是韵文。像《韩诗外传》那种前面散文后面引两句诗的样子,那只是一种解说诗义的方式,并不能成为一种文体。但佛经里却很多散韵夹杂并用的体裁。他每每于散文叙述之后,再用韵文重述一遍。这韵文叫做偈,偈大概可以唱,这容易使人记忆。并且佛经的真义时常包含在这些偈里,而其文学的趣味,也往往较散文部分为丰富。《普曜经》、《法华经》、《喻鬘经》里面,都有这种文体。这种体裁对于通俗唱本与戏曲的运用上,是非常需要的。所以这种文体传到中国以后,对于后代的弹词、平话、戏曲的发达,都有直接或间接的影响。我们现在所讲的变文,便是接受这种影响而在中国第一次出现的新文体。

变文最初的出现,是把他当做一种佛教通俗化的宣传品。当日的经典虽说译出了这么多,要佛教深入于民间,专靠这些经典是不行的,加以当日印刷没有发明,一切文献都靠写本,所以经典的传布也就非常困难,要克服这种困难,不得不在宣传的方法上想法子。一面要注意把佛经变成通俗有趣的故事,使民众容易了解,同时也增加音乐的歌唱成分,使民众容易记得。在南北朝时代,佛徒除译经外,在传教方面,有所谓转读、梵呗、唱导的种种方法,这些方法的应用,无非是想把佛教普遍到民间去,但是佛教的深入民间，同时也就是佛教文学的深入民间。由佛教文学的民间化，接着就会产生民间文学的佛经化了。所谓转读，是用一种正确的音调与节奏，去朗诵佛教的经文。在这里就酿成平上去入的四声与沈约们的声律论，这些事在前面已说过了。梵呗是一种赞诵的歌唱，《高僧传》说："天竺方俗，凡是歌咏法言，皆称为呗。至于此土，咏经则称为转读，歌赞则称为梵音。"可见在印度，转读与梵呗只是一门，到了中国才分为二类。当时所称的梵呗，想就是现在基督教徒所唱的赞美诗。这些梵呗的内容与功用，自然都是宣传佛教的教义，但久而久之，这些梵歌在民间的口里唱得太熟了，流行得太普遍了，于是便有人依拟其形式代以他种内容而出现的民歌。如《叹五更》、《十二时》、《女人百岁篇》一类的俚曲，正是这种作品。至如《南宗赞》、《太子入山修道赞》等篇，我们可以看作是梵呗俗歌化以后的一种遗形。

唱导是一种佛道的演讲和说法的制度。慧皎在《高僧传》中说："唱导者盖以宣唱法理，开导众心也。昔佛法初传，于时齐集，止宣唱佛名，依文教礼。至中宵疲极，事资启悟，乃别请宿德升座说法。或杂序因缘，或旁引譬喻。其后庐山慧远道业贞华，风才秀发，每至斋集，辄自升高座，躬为导首，广明三世因果，却辩一斋大意。后代传受，遂成永则。"可知这种制度在东晋末年就有了，到了南北朝，宫廷民间都很盛行。慧皎又叙述导师唱导的情形说："谈无常则令心形战栗，语地狱则怖泪交零，征昔因则如见往业，核当果则已示来报，谈怡乐则情抱畅悦，叙哀戚则洒泪含酸。于是阖众倾心，举堂恻怆。五体输席，碎首陈哀，各各弹指，人人唱佛。"在这两段文字里，可以看出导师所讲的，主要的目的是宣传佛道。对于贵族阶级所用的导文，是要华丽典雅，对于民众，不得不求其通俗。

因为要引起听众的兴趣，不得不“杂序因缘，旁引譬喻”，也不得不在无常地狱昔因当果怡乐哀戚各方面，增加多少叙述和描摹，在这种情况之下所产生的结果，一面是经文的通俗化与故事化，一面是经文的扩大化。由这种情形渐渐演变下去，变文就适应这种环境而产生了。变文里有讲有唱，有描写，有譬喻，是一种极好的对于民众的宣传品。《乐府杂录》说：“长庆中俗讲僧文叙，善吟经，其声宛畅，哀感动人。”这里所说的俗讲僧，想就是导师的遗形。唐赵璘《因话录》中说：“有文溆僧者，公为聚众谭说，假托经论，所言无非淫秽鄙亵之事，不逞之徒，转相鼓扇扶树，愚夫冶妇，乐闻其说，填咽寺舍，瞻礼崇拜，呼为和尚教坊。”文溆和文叙是否即为一人，不得而知，但他们都是沿着导师制度变化而来的俗讲僧是无疑的。他们所讲的，一定就是那种变文，最初的变文，只限于演述佛事，到后来史事艳闻也都讲起来了，于是变文成为一种民间文学的新体裁。赵璘所说“假托经论，所言无非是淫秽鄙亵之事”，想就是指此而言。

三、变文的形态类别以及对于后代文学的影响

变文或有称为佛曲、俗文和讲唱文者。或因其内容，或因其性质，或因其功用，俱各有理由。名称虽殊，其体则一。并且各写本的篇名，多用变文二字，故称以变文较为妥当。变者即佛经变相之意，与俗文之通俗化之义相同。其形式为散韵夹杂体，然其构成的方式，亦有数种。

1. 先用散文讲述经义，再用韵文重行歌唱一遍，如《维摩诘经变文》的《持世菩萨卷》。

2. 只用散文作为引子，以韵文来详细地叙述。这种形式，散文韵文在内容上没有重复之处，很像后来弹词、戏曲中的白与唱的组合。如《大目乾连冥间救母变文》。

3. 散文韵文交杂并用，不可分开，成为一种混乱的形式。如《伍子胥变文》。

至于韵文的体裁，都是以七言为主体，其中偶有杂以三言五言或六言的。五言六言的杂用，见于《八相变文》，是一种不大常见的例子。散文的体裁，有用普通散文的，有用语体的，也有用骈文的。前两种颇多硬生之处，而骈体却极圆熟。《维摩诘经变文》及《降魔变文》中间的几段骈文，确是非常华丽，知道这两篇的作者，决不是普通的和尚，或出于当日文士的手笔，亦未可知。试看下面的一小段。

> 波旬自乃前行，魔女一时从后。擎乐器者宣宣奏曲，响聒清霄；爇香火者洒洒烟飞，氤氲碧落。竞作奢华美貌，各申窈窕仪容。擎鲜花者共花色无殊，捧珠珍者共珠珍不异。琵琶弦上，韶合春莺，箫管声中，声吟鸣凤。杖敲揭鼓，如抛碎玉于盘中，手弄秦筝，似排雁行于弦上。轻轻丝竹，太常之美韵莫偕；浩浩唱歌，胡部之岂能比对。妖容转盛，艳质更丰。一群群若四色花敷，一队队似五云秀丽。盘旋碧落，宛转清霄。远看时意散心惊，近睹者魂飞目断。从天降下，若天花乱雨于乾坤，初出魔宫，似仙娥芬霏于宇宙。天女咸生喜跃，魔王自己欣欢。（《维摩诘经变文·持世菩萨卷》）

这种热闹华丽的描写，很影响中国后代的长篇小说。我们读

《水浒传》、《金瓶梅》、《西游记》的时候，每逢战争风景的场面，或是宫殿美女和性欲的描写，总是突如其来的加入一段争奇斗艳的骈文。从前我们总觉得这种体裁放在白话小说里有些奇怪，其实他们是从变文里取法去的。这自然是一种恶劣的影响。大概那些作者都欢喜用这种方法来表现自己的才学和辞章，都这么相沿地用着不改了。

关于变文的类别，我们可以因其内容分为二种：一，演述佛事；二，演述史事与杂事。

第一类的变文，可以《维摩诘经变文》、《降魔变文》和《大目乾连冥间救母变文》为代表。《维摩诘经》他本身就是一部富有文学趣味的小说式的经典。三国时支谦译出，后来鸠罗摩什又加以重译，到了隋唐，为他作注疏的也有好几家。可见这部经典，在中国极为一般人所重视。经中叙述居士维摩诘生病，释迦佛吩咐他的门徒去问病。他的门徒舍利弗、大目乾连、大迦叶、须菩提、富楼那诸人，诉说维摩诘的本领过人，都不敢去。释迦佛又叫弥勒菩萨、光严童子、持世菩萨诸人去问病，他们一样不敢去。最后只有文殊师利一人，担负这个重任，肯去问病。后来文殊与维摩诘见了面，维摩诘果然大显神通。这种故事说出来，自然是平淡无味，然而因其想象的丰富，描写的生动，看去却很有趣味。《维摩诘经变文》的作者，就是把这部经典通俗化扩大化。他再加以想象和铺叙，在第二十卷的首节，将十四个字的经文，演为五百七十字的散文，七十二句的韵语。于是这部变文的全量，总要多出原经几十倍了。可惜我们今日无法见其全本，然只就其所见的零卷看起来，他在变文中，恐怕是第一部伟大的著作。巴黎国家图书馆所藏的第二十卷，才叙到释迦叫持世菩萨去问病。《敦煌零拾》所载的《持世菩萨问疾》第二卷，才叙到魔王波旬欲以美女破坏持世的道行。北平图书馆所藏的《文殊问疾》第一卷，才叙到文殊去问病的事。可知我们所见到的，只是全篇中极小的一部分。我现在试举《文殊问疾》中的一段作例，看看变文究竟是一种什么面目。

经云：佛告文殊师利，汝行诣维摩诘问疾。

言佛告者，是佛相命之词。缘佛于会上，告尽圣贤五百声闻八千菩萨，从头遣问，尽曰不任。皆被责呵，无人敢去。酌量才辩，须是文殊。其他小小之徒，实且故非难往，失去妙德，亦是不堪。今仗文殊，便专问去。于是有语告文殊曰：

三千界内总闻名，皆道文殊艺解精。体似莲花敷一朵，心如明镜照漂清。常宣妙法邪山碎，解演真乘障海倾。今日筵中须授敕，与吾为使广严城。

于是庵园会上，敕唤文殊。"劳君暂起子花台，听我今朝敕命。吾为维摩大士，染疾毗耶，金粟上人，见眠方丈。会中有八千菩萨，筵中见五百个闻声，从头而告，尽遍差至佛无人敢去。舍利子聪明第一，陈情而若不堪任。迦叶是德行最尊，推辞而为年老迈。个人告尽，咸称怕见维摩。吾又见告于弥勒，兼及持世上人。光严则辞退千般，善德乃求哀万种。堪为使命，须是文殊。敌论维摩，难偕妙德。汝今与吾为使，亲往毗耶。诘病本之因由，陈金仙之恳意。汝看吾之面，勿再推辞。领师主之言，便须受敕。况乃汝久成证觉，果满三祇。为七佛之祖师，作四生之慈父。来辞妙喜，助我化缘。下降婆娑，尔现于菩萨之相。你且身严璎珞，光明而似月舒空；顶覆金冠，清净而如莲映水。一名超于法会，众望难偕；词辩迥播于筵中，五天赞说。慈悲之行，广布该三途六道之中；救苦之心，遍施散三千界之刹内。当生之日，瑞相千般。表菩萨之最尊，彰大士之无比。而又眉弯春柳，舒扬而宛转芬芳；面若秋蟾，皎洁而光明晃曜。有如斯之德行，好对维摩。且尔许多威名，好过丈室。况以居士见染缠疴，久语而上算，不任对论，多应亏汝。勿生辞退，便仰前行。倾大众速别庵园，逞威仪早过方丈。龙神尽教引路，一伴同行，人天总去相随，两边围绕。到彼见于居士，申达慈父之言。道吾忧念情深，故遣我来相问。"佛有偈赞文殊。

牟尼会上称宣陈，问疾毗耶要认真。
受敕且须离法会，依言勿得有辞辛。
维摩丈室思吾切，卧病呻吟已半旬。
望汝今朝知我意，权时作个慰安人。

又有偈告文殊曰：

八千菩萨众难偕，尽道文殊是辩才。
身作大仙师主久，名标三世号如来。
神通解灭邪山碎，智慧能销障海摧。
为使与吾过丈室，便须速去别花台。

（平侧）世尊会上告文殊，为使今朝过丈室。传吾意旨维摩处，申问殷勤勿得迟。前来会理众声闻，个个推辞言不去。皆陈大士维摩诘，尽道毗耶我不任。众中弥勒又推辞，筵内光严申恳款。八千大士无人去，五百声闻没一个。汝今便请速排谐，万一与吾为使去。威仪一队相随逐，衔敕毗耶问净名。

菩萨身为七佛师，久证功圆三世佛。亲辞净土来凡世，助我宣扬转法轮。巍巍身若一金山，荡荡众中无比对。眉分皎洁三秋月，脸写芬芳九夏莲。堪为丈室慰安人，便依吾敕赴前程。便请如今离法会。若逢大士维摩诘，问取根由病作因。文殊德行十方闻，妙德神通百亿悦。能摧外道皆归正，能遣魔军尽隐藏。依吾告命速前行，依我指踪过丈室。殷殷慰问维摩去，巧着言辞问净名。（经）是诗圣主震春雷。万亿龙神四面排。见道文殊亲问病，人天会上喜咍咍。此时便起当筵立，合掌颙然近宝台。由赞净名名称煞，如何白佛也唱将来。

开始只有两句经文，由作者演成这么一大篇文字。散文中有普通散文，有白话，也有很好的骈体。韵文中有相当成格的律诗，有很通俗的韵语。《维摩诘经变文》都是由这种形式组织起来的。看他对于文殊的面貌性情及才干的铺写，很有点像小说了。在第二十卷的末尾有题记云："广正十年八月九日在西川静真禅寺写此第二十卷，文书恰遇抵黑书了。不知如何得到乡地去。年至四十八岁，于州中寈明寺开讲，极是温热。"由这题记看来，文字不大纯熟，加以篇中别字也不少，似乎这位僧人只是这变文的抄写者，不见得就是作者。由那些骈文看来，作者的旧文学的素养，是相当高的。广正十年是后汉天福十二年（西历九四七），如果这推测不错，那么这篇作品的时代，一定是在晚唐或是以前了。

《降魔变文》篇幅虽短，但文字颇流丽生动。叙述须达多为南天竺舍卫城大国的贤相。他因为替儿子求亲，遇见了佛僧，因此诚心信佛，得见如来。如来叫他慈善好施，广建庙宇。并派舍利弗与他同行，随时帮助。后因买地建庙，与国王的六师发生恶感，遂起争斗。后卒降服妖魔,同归佛教。篇中写六师和舍利弗斗法的大段,为全篇的精彩处。《西游记》的许多斗法场面,想即本于此篇。前有序文一段,中云:"伏维我大唐、汉朝圣主,开元天宝圣文神武应通皇帝陛下,化越千古,声超百王,文该五典之精微,武析九夷之肝胆。八表总无为之化,四方歌尧、舜之风。加以化洽之余,每弘扬于三教。"由此看来,《降魔变文》的作者虽不可考,其时代则在玄宗年间。玄宗时代的变文已如此成熟,其初期的作品,恐怕在初唐时就有了。

《大目乾连冥间救母变文》叙述佛弟子大目乾连救母出地狱的故事。这故事见于佛经《经律异相》,在唐代已很流行。王定保《摭言》中云:"张祐《忆柘枝》诗曰:'鸳鸯绣带抛何处,孔雀罗衫属阿谁?'白乐天呼为问头。祐曰:明公亦有《目连经》。《长恨词》云:'上穷碧落下黄泉,两处茫茫皆不见。'此不是目连访母耶?"又《太平广记》亦有此条,字句稍异。"祐亦尝记舍人《目连变》。白曰:何也?曰:上穷碧落,此非《目连变》何耶?"所谓目连访母,《目连变》,想都是指的这篇变文。那么在元和年间,这篇变文在社会已很流行了。到了后代。戏曲宝卷多取此为题材,一直到现在,目连救母还成为民间最普遍的佛教故事。篇中极力铺写地狱界的凄惨景象,人生因果轮回的报应,由此暗示佛力的伟大与信佛的善果。在佛教的宣传上,在从前的迷信时代,这确是一篇最有力的作品。对于地狱界的描写,表现出作者想象力的丰富与创造的精神,而成为后代长篇小说中描写"幽冥界"、"阎罗殿"的范本。

关于演述佛事的变文,除上述的三种以外,还有《地狱变文》、《父母恩重变文》、《八相成道变文》诸种现俱藏北平图书馆。《丑女缘起》藏巴黎。《有相夫人升天变文》,见《敦煌零拾》。这些大都残阙不全,在这里不必再讲了。大概这些演述佛事的变文,在民间极为流行,于是有人依其格式,换其内容,将古代的历史故事演述进去,因此非佛教故事的变文就因之而起了。如《舜子至孝变文》、《列国传》、《明妃传》诸篇都是(俱藏巴黎、伦敦)。在内容方面是史事化,在趣味方面,是更通俗化了。舜的故事见于《史记》及刘向的《孝子传》。变文的作者把这故事扩大,增加了许多想象,极力铺写后母对于他的虐待。而每次都是帝释来救他,在这一点,仍是与佛教有关。最后一次,因为后母和瞽叟把舜帝压在井里,因此他们的眼睛就瞎了,穷得没饭吃。舜在井底遇了救,便隐居历山耕田,收成很好。后来在商人的口里,听见父母穷困的惨状,便回家去救他们,结果把父母的眼睛也医好了。父亲到那时才觉得一切事情都是后妻作怪,想杀掉他,舜又苦口求免。自此一家安乐,天下传名,尧帝知道了,以二女娶之,把帝位也让给了他。篇中对于后母的毒辣,舜帝孝心的诚笃,在描写上都很成功。

《列国传》是写伍子胥的故事,《明妃传》是写王昭君的故事。虽未以变文名篇,也是变文的体裁。可知到了唐代末叶,变文一面是演述佛经,一面在演述中国古代的史事,而成为一种民间的文学了。不过无论其内容如何,大都带有很浓厚的宣传和教化作用。伍子胥的故事是壮烈的,王昭君的故事是哀怨的,都是民间文学的最好材料。作者运用丰富的想象,在史事以外,增加了许多枝叶,使这故事更发生小说的趣味,而成为文学的作品了。另有《西征记》一卷(见《敦煌掇琐》),内面叙述当日与外族的战事,既非佛经,亦非古史,只是一种社会的时事。可见变文体裁已经确立,其内容亦日趋变化扩大,决非拘于佛经与古代史事了。其他如《季布歌》、《董永传》一类的七字唱本(藏伦敦),都是承袭变文的体裁,而产生的民间歌曲。与《列国传》的伍子胥,《明妃传》的王昭君,都是同一部门。读其文句,看其体裁,与《长恨歌》、《连昌宫词》一类的古诗,绝非同源。同《文殊问疾》、《目连救母》中的韵文一比较,语气格式,都很相像。可知这些唱本,都是变文流行民间以后的产物,在血统上,决不是纯粹的国货。

变文对于后代中国文学的影响,有几点重要的事实,我写在下面。

一,宝卷弹词一类的民间通俗作品,是变文的嫡派儿孙。

二,在中国的长篇小说中,时时杂着一些诗词歌赋或是骈文的叙述,是变文体裁的转用。

三,中国的戏曲,由唱白兼用,在演剧的艺术上,始得一大进步。这种体裁的形成,自然是受有变文的启示和影响。由鼓词诸宫调而至于杂剧,其演进的痕迹是很显然的。

由此看来,唐代变文,他本身的艺术虽没有很高的价值,然在中国文学各种体裁的发展史上,却有相当重要的地位。可惜这些材料有的远在国外,有的没有整理出来,而现在出版流行者为数不多,无法加以详细研究,这真是不幸的事!

第十三章　初唐的诗坛

初唐百年的诗坛,有两种显著的现象:其一,是六朝华丽诗风的承继,其次是律诗运动的完成。这两种现象,同当日掌握着诗歌大权的宫廷诗人的身份与趣味,都极相适合。那些封公拜相的宫廷诗人要用诗去歌功诵德,要同皇帝唱和应制,作起诗来自然要注重规律,夸耀辞藻,因此那些作品,都带了浓厚的富贵气息,缺少个人的情感与社会的生命,而成为一种雍容华贵的台阁体的典型。如虞世南、杨师道、上官仪、沈佺期、宋之问以及文章四友诸公,都是那些宫廷诗人的好代表。当时在文坛颇享盛名的四杰,虽官位低微,也浸染在那种诗风的潮流里,终难于振拔。然究因其创作的动机与个人环境的不同,其作品之价值,也远在那些宫廷诗人之上。讲到律诗的完成,上官仪和沈、宋之流,确是尽了相当的功绩,因此在唐诗的历史上,我们也无法涂去他们的名字。至如王绩、王梵志们的作品,虽在当日的诗坛,另成一种格调,然只是隐之田园,书于土壁,对于当日的正统诗风,是没有什么影响的。

一　宫体诗的余波

李唐建国初年，一切文物制度，都是继承陈、隋旧业。当日文士诗人陈叔达、袁朗、杨宗道、虞世南、孔绍安、李百药诸子，俱为陈、隋旧人。他们的作风，决不能因为在政治上换了一个皇帝，便能立刻有所改变。因此在他们的作品里，仍是充分地表现着陈、隋宫体的余影。无论诗的格调与内容，只是徐陵、庾信一派的继续，一点也没有呈现出唐诗的特殊气象。例如：

> 洛城花烛动，戚里画新蛾。隐扇羞应惯，含情愁已多。轻啼湿红粉，微睇转横波。更笑巫山曲，空传暮雨过。
>
> （杨师道《初宵看婚》）
>
> 寒闺织素锦，含怨敛双蛾。综新交缕涩，经脆断丝多。衣香逐举袖，钏动应鸣梭。还恐裁缝罢，无信达交河。
>
> （虞世南《中妇织流黄》）
>
> 自君之出矣，明镜罢红妆。思君如夜烛，煎泪几千行。
>
> （陈叔达《自君之出矣》）

这种作品，无论从哪一点看，都是陈、隋时代的余响，丝毫没有异样的情调。李百药的《秋晚登古城》、《晚渡江津》，虽稍有古意，然其《妾薄命》、《火凤词》、《戏赠潘徐》、《咏萤火》诸篇，其香艳淫靡，并不在上列诸诗之下。这些遗老遗少的作品是这种情形，原不足怪，就是唐太宗和他的干部臣僚，同样也沉溺在这种宫体的诗风里。据《全唐诗话》所载："帝（太宗）尝作宫体诗，使虞世南赓和，世南曰：圣作诚工，然体非雅正，上有所好，下必有甚焉。恐此诗一传，天下风靡，不敢奉诏。"虞世南主张诗要雅正，似乎是不满意前代的宫体，但他本人的作品，酷慕徐陵，时有侧艳之篇，上面所举的《中妇织流黄》一首，便是好例。太宗文采颇高，然其所作，大都是花草点缀精巧细密之词，王世贞评他的诗无丈夫气，是不错的。如《采芙蓉》、《翠微宫》、《咏风》、《咏雪》、《秋日效庾信体》诸篇，完全是承受前代宫体诗的风格，这是极明显的事。再如李义府、长孙无忌，亦多宫体之作。例如：

懒整鸳鸯被，羞褰玳瑁床。春风别有意，密处也寻香。

（李义府《堂堂词》）

阿侬家住朝歌下，早传名。结伴来游淇水上，旧长情。玉佩金钿随步远，云罗雾縠逐风轻。转目机心悬自许，何须更待听琴声。

（长孙无忌《新曲》）

在当日的宫廷诗人中，惟有魏征的作品，情调稍稍两样。其《暮秋言怀》、《述怀》两篇，确有清正之音。然其作品绝少，无力改变当日的风气。由此看来，在初唐的初期，宫体的余波，还保存着极大的势力。一些作家，大都是以徐陵、庾信为模范，不能跳出那种香艳华靡的风气，而有所创造。并且这些人都是皇亲贵族高官学士，如长孙无忌为文德皇后之兄，杨师道尚桂阳公主，封安德郡公，魏徵封郑国公，其他诸人，都居显职。他们日夜围绕着皇帝，因此集中多为应制奉和的诗篇。在这种环境下，要他们在诗歌上有所改革，自然是无望的。叶燮在《原诗》中云："唐初沿卑靡浮艳之习，句栉字比，非古非律，诗之极衰也。"如果只就这些宫廷诗人的作品看来，说是诗之极衰，并不为过。幸而在这些正统的宫廷诗人之外，还有民间的诗人，完全离开当日浮靡的诗风，真真实实地写下许多格调特异的作品。在唐代初期的沉寂的诗坛中，增加了不少的生气。这派诗人的代表，是王绩与王梵志。

二　王绩与王梵志

王绩字无功，绛州龙门人（河北龙关，约当西历五九〇—六五〇），是文中子王通之弟。他生性浪漫，爱自由，喜酒如命。在隋代曾为六合丞，以嗜酒劾去。隋末大乱，乃还故里，度其隐居生活，与隐者仲长子光相善。唐武德初年，他以原官待诏门下省，时省官例，日给良酒三升。其弟王静问他待诏快乐否，他说俸禄虽薄，三升美酒差可恋耳。后来由三升加到一斗，故时人号为斗酒学士。贞观初，以足疾罢归，欲定长住之计，而困于贫。当日太乐署史焦革家善酿酒，王绩自请为太乐丞，选司以非士职，不许，他再三请求，始授之。不到数月，焦革死，焦妻袁氏时常送好酒给他。一年多后，袁氏又死。他叹息说，是天不许我喝好酒呀，到此他无所留恋，便弃此小官而还乡了。他述焦革酿酒法为《酒经》一卷，采杜康、仪狄以来善酒者为《酒谱》一卷，并立杜康庙，以革配享，集中有《祭杜康新庙》文。另有《醉乡记》一篇，为其理想世界的描写，与陶潜的《桃花源记》相似。

王绩虽是酒鬼，他并不糊涂，他是一个有学问有品格爱自由的个人主义者。他的思想是以道家的无为清静与逍遥齐物为根底，追求着一种适性的自由生活。他反对一切束缚身心的制度与名教。因此他对于孔子，只取其“善人之道不践迹”与“无可无不可”这两句格言。他说：“圣人者非他也。顺适无阂之名，即分皆通之谓。即分皆通，故能立不易方，顺适无阂，故能游不择地。……吾受性潦倒，不经世务。屏居独处，则萧然自得，接对宾客，则䔥然思寝。……而同方者不过一二人，时相往来，并弃礼数。箕踞散发，玄谈虚论，兀然同醉，悠然便归，都不知聚散之所由也。”（《答程道士书》）这是他的人生观的真实的自白。因此，他对于周、孔的名教表示嘲讽，而对于嵇、阮、陶潜一流人，大寄其景仰之心情。

> 百年长扰扰，万事悉悠悠。日光随意落，河水任情流。礼乐囚姬旦，诗书缚孔丘。不如高枕卧，时取醉消愁。
>
> （《赠程处士》）
>
> 阮籍醒时少，陶潜醉日多。百年何足度，乘兴且长歌。
>
> （《醉后》）
>
> 旦逐刘伶去，宵随毕卓眠。不应长卖卜，须得杖头钱。
>
> （《戏题卜铺壁》）
>
> 阮籍生涯懒，嵇康意气疏。相逢一醉饱，独坐数行书。
>
> （《田家》）

阮籍、嵇康、刘伶、毕卓、陶潜这一些人，都是两晋的道家思想者，或为浪漫的酒徒，或为清高的隐士，恰好是王绩脑中的理想人物，而对于周、孔的被囚于诗书礼乐，表示着讥讽，这是王绩的思想与生活的根底，也正是他的作品的根底。因此饮酒成为了他的人生哲学,咏酒成为了他作品的主要题材。他的饮酒哲学,并不是要以酒来造成他的浪漫情调,其实是要以酒精来麻醉头脑,借此取得片刻的糊涂,遮掩当日现实社会的黑暗与人类的丑恶。

> 此日长昏饮,非关养性灵。眼看人尽醉,何忍独为醒。
>
> (《过酒家》)

这四句诗是他的饮酒哲学的最好解释。"非关养性灵",这五个字是说得非常明显的,全社会全人类的种种紊乱与丑态,他实在看不过眼,听不进耳,就是躲到深山幽谷去,也无法绝缘,最好的法门,只好借酒精来麻醉了。他这种消极而又严肃的避世态度,同那些借酒鸣高,借隐猎官的伪浪漫者与伪善者们比较起来,是全异其趣的。由于隋末社会的紊乱与君主官吏的荒淫与丑态,造成他这种思想和生活,造成他这种作品。在我们现在看来,觉得在他的作品里所表现的情绪,过于消极,缺少革命奋斗的精神,然而作为一个浪漫主义者的立场看来,他的作品在当日的诗坛,却又是最革命的了。如果在潘岳、陆机以后,觉得陶潜作品出现的可贵,那末在齐、梁、陈、隋的宫体诗以后,有王绩的作品,也是一样的可贵。在艺术的价值上,王绩虽比不上陶潜,然在其作品的情调与对当日的诗风的反抗,却是一致的。在这一点,王绩在初唐诗坛的地位,是存在着不可摇动的重要性。

因为王绩是绝对的个人主义者,所以要在他的作品里,去寻求社会生活的表现是无望的,然而也就因此,他却完全洗尽了宫体诗的脂粉气息,充分地表现了他个人的生活和情感,在这里,他的作品和他的思想和生活打成了一片,没有一点虚伪,没有一点做作,真实地呈现了作者的面目。他集中的《张超亭观妓》、《咏妓》和《辛司法宅观妓》三首诗,带着宫体的香艳气,《全唐诗》说是卢照邻的作品,我想是不错的。因为去了这三篇诗,王绩集中的诗,作风就完全一致了。

> 东皋薄暮望,徙倚欲何依。树树皆秋色,山山唯落晖。牧人驱犊返,猎马带禽归。相顾无相识,长歌怀采薇。
>
> (《野望》)
>
> 浮生知几日,无状逐空名。不如多酿酒,时向竹林倾。
>
> (《独酌》)
>
> 北场芸藿罢,东皋刈黍归。相逢秋月满,更值夜萤飞。
>
> (《秋夜喜遇王处士》)

这些诗是陶渊明的承继者,也就是王维、孟浩然作品的先声。如《野望》一首,完全是唐律的格调,比起徐陵、庾信们的诗篇来,不要说内容是全异其趣,就是在声律体裁方面,也更为进步更为成熟了。这种律诗,一到了王绩的手里,因为他创作的态度、生活的环境,同那些宫廷诗人不同,也就变成浪漫的作品了。到了王维、孟浩然,同样的运用这种律体去表现自然的浪漫生活,而得到了极好的成绩。

在《东皋子集》里除了那些诗篇以外,还有几篇散文,也是表现他的生活思想的重要作品。如《答冯子华处士书》、《答程道士书》、《答刺史杜之松书》、《五斗先生传》、《自撰墓志》都是。在这些文字里,都坦白地说明他的对于现实社会的态度,人生的理想以及他那种浪漫生活的情况。他的《自撰墓志》,正如陶渊明的《自祭文》、《自挽诗》一样，并非故作达语，确实是一篇真实的自白。我现在把他抄在下面作一个结束。

王绩者，有父母，无朋友。自为之目，曰无功焉。或问之，箕踞不对，盖以有道于己，无功于时也。不读书，自达理。不知荣辱，不计利害。起家以禄位，历数职而一进阶。才高位下，免责而已。天子不知，公卿不识，四十五十而无闻焉。于是退归，以酒德游乡里，往往卖卜，时时著书。行若无所之，坐若无所据。乡人未有达其意也。尝耕东皋，世号东皋子。身死之日，自为铭焉。曰有唐逸人，太原王绩。若顽若愚，似矫似激。院止三径，堂惟四壁。不知节制，焉有亲戚。以生为附赘悬疣，以死为决疣溃痈。无思无虑，何去何从。垅头刻石，马鬣裁封。哀哀孝子，空对长松。

王绩以外，同样在齐梁诗风的潮流中，独标一格而在民间出现的，是那沉晦了六七百年的王梵志。据冯翊的《桂苑丛谈》（《唐代丛书初集》）中说：

王梵志，卫州黎阳人也。黎阳城东十五里有王德祖者，当隋之时，家有林檎树，生瘿大如斗。经三年，其瘿朽烂，德祖见之，乃撤其皮，遂见一孩儿抱胎而出，因收养之。至七岁能语。问曰：谁人育我？及问姓名，德祖具以实告，因林木而生，曰梵天，后改曰志。我家长育，可姓王也。作诗讽人，甚有义旨，盖菩萨示化也。

这些神话式的材料,虽不可信,然而他却给我们几个重要的暗示:一,王梵志的籍贯是河南黎阳(今河南浚县)。二,他是生于隋代的。三,他必是一个佛徒,因有作诗讽人,是菩萨示化的神话。因为这个原故,所以他的诗大半是属于说理的格言,有些很像佛经中的偈语,而其内容都是表现人生的幻灭以及贫穷的快乐的生活。诗格的来源与生活的基础,虽与王绩不同,然在其以平浅的语言作诗,追求自由浪漫的生活,这些观点上,他俩完全是一致的。因此除去那些纯粹的说理诗以外,有些描写个人的生活的诗句,却往往同王绩的作品,有相似的情调,这就是浪漫的情调。例如:

吾有十亩田,种在南山坡。青松四五树,绿豆两三窠。热即池中浴,凉便岸上歌。遨游自取足,谁能奈我何!

草屋足风尘,床无破毡卧。客来且唤入,地铺稿荐坐。家里元无炭,柳麻且吹火。白酒瓦钵藏,铛子两脚破。鹿脯三四条,石盐五六课。看客只宁馨,从你痛骂我。

这完全是以语体的文句,来白描自己的生活和心境,从朴质浅显中,能表现出真情实意,所以成为好诗。王梵志在诗史上能够占一席地位,是要靠这种诗的。前一首显然是当日流行的律体,一到了他的手里,也完全解放得成为一首民歌,没有半点富贵气味,也没有一点拘束做作的痕迹,可知任何文学的体裁的本身并没有罪过,最重要的是作家的态度。我们看了王绩、王梵志的律体,便懂得这点道理了。然而在王梵志的存诗中,这种好诗并不多,主要的却是那些偈文式的格言诗。例如:

世无百年人，强作千年调。打铁作门限，鬼见拍手笑。城外土馒头，馅食在城里。一人吃一个，莫嫌没滋味。梵志翻着袜，人皆道是错。乍可刺你眼，不可隐我脚。

作者的心境自然是非常空灵，但这么表现出来，却只是格言，而缺少那种诗情与人间味。令人读了，既感不到喜悦。也感不到悲伤，这些作品在诗歌的艺术价值上，自然是不高的。然比起东晋那些佛徒诗人如孙绰、许询之徒，用古典的文体，庄严的态度所写的那些说理诗来，他这种平浅通俗而又带有讽刺味的作品，是大为进步大为解放的了。

王梵志及其作品，宋朝以后，虽沉晦无闻。然在唐宋间却颇流行。《历代法宝记》中无住语录引过他的诗，北宋黄山谷也很推崇他的诗，南宋人的诗话笔记里（如费衮的《梁谿漫志》，陈善《扪虱新话》等），也时常记述他的故事。但宋朝以后，这位诗人便完全淹没了。敦煌文库的出现，他的作品，也有几卷杂在里面。现巴黎图书馆藏有《王梵志诗》三残卷，伯希和另藏别本一卷，有日本羽田亨影印本。这四个残卷的年代，都是十世纪中叶，可见王梵志的作品，在唐末五代年间的流行。由我们现在的推想，他的作品，在当日一定是佛教的副宣传品，而为一般佛徒所必读，因此得同那些佛教经典，一同保存在那作为佛教藏书室的石洞里。自从胡适之氏写《白话文学史》时，替这位诗人大大地表扬一番以后，于是王梵志这个名字，渐为世人所知，同时在初唐诗坛，获得了一个与王绩同等的地位。

寒山子是王梵志诗派的直接继承者。他的时代，我们无法确定。据《寒山诗集》的后序，说他是贞观时人，据《太平广记·寒山子》一条，又说他是大历年间人，总之因为他那种超人的地位，极容易被后人涂上仙人菩萨的神话色彩，而掩没其生活历史的真实性。他是天台山的一个隐居者，有人说他是和尚，也有人说他是道士，不过由他现存的诗看来，其中戒杀礼佛的文字有那么多，说他是和尚，似乎较为可靠。他的诗，也全是采用通俗的语体，因为多半偏于说理，也都流于偈文式的格言。拾得诗有云："我诗也是诗，有人唤作偈。诗偈总一般，读时须子细。"可知这一派人的诗，是被人唤作偈的。诗偈不分，正是梵志、寒山们的作品的共同特征。不过因为他描写的范围较广，而又时时能加以自然意境的表现，因此他的诗，不如王梵志的枯淡，而有一种情韵和滋味。例如：

千云万水间，中有一闲士。白日游青山，夜归岩下睡。倏尔过春秋，寂然无尘累。快哉何所依，静若秋江水。

自乐平生道，烟萝石洞间。野情多放旷，长伴白云闲。有路不通世，无心孰可攀。石床孤夜坐，圆月上寒山。

闲游华顶上，日朗昼光辉。四顾晴空里，白云同鹤飞。

闲自访高僧，烟山万万层。师亲指归路，月挂一轮灯。

这些作品自然是寒山集中的佳作。好处是有自然界的意境，有诗人的性情，一点不觉得枯淡，字里行间，处处显出一种高远空灵的情趣。可是在他的集中这种诗并不多。多的，还是那些白话体的说理诗。

东家一老婆，富来三五年。昔日贫于我，今笑我无钱。渠笑我在后，我笑渠在前。相笑傥不止，东边复西边。

人吃死猪肉，猪吃死人肠。猪不道人臭，人反道猪香。猪死抛水里，人死掘地藏。彼此莫相食，莲花生沸汤。

他用白话作诗是有意的，他反对当日诗风的讲格律声病，也是有意的。他在他的诗里，明显地表示他作诗的意见。

有个王秀才，笑我诗多失。云不识蜂腰，仍不会鹤膝。平侧不解压，凡言取次出。我笑你作诗，如盲徒咏日。

有人笑我诗，我诗合典雅。不烦郑氏笺，岂用毛公解。不恨会人稀，只为知音寡。若遣趁宫商，余病莫能罢。忽遇明眼入，即自流天下。

五言五百篇，七字七十九。三字二十一，都来六百首。一例书岩石，自夸云好手。若能会我诗，真是如来母。

由这些话，可知寒山子对于当日诗风的反对的态度。他也明知道他这种不解平侧不会蜂腰鹤膝的作品，不会为世人所重视，只好书之于岩石土壁，以待如来母来赏识了。不用说，他这种猜测并没有错误，他们这一派的白话诗，除了那些佛徒隐士们聊作为修养性灵的吟诵以外，在那些宫廷诗人的眼里，是要看作土俗不堪的东西的。

三　上官仪与四杰

王绩、王梵志们的作品，在初唐时期，毫无伤损或是阻碍正统诗风的发展与进行。当日的宫廷诗人，正在努力诗的格律的完成工作。在这种工作中，上官仪是一个必得注意的人。上官仪是陕州陕人。贞观初进士，太宗每属文，遣仪视稿。私宴未尝不预。所为诗绮错婉媚，人多效之，谓为上官体。他的地位以及他的作风，正是宫廷诗人的典型。在他这种环境下，所谓绮错婉媚，便是他的诗最高成就。在他现存的诗中，十之八九是应制之作，这种诗的价值，自然是很低的。然而他却在律体的构成上，留下着一点工作，这便是六对八对的当对律的创立。

什么是六对：

一、正名对　天对地，日对月。
二、同类对　花叶对草芽。
三、连珠对　赫赫对萧萧。
四、双声对　绿柳对黄槐。
五、叠韵对　放旷对彷徨。
六、双拟对　春树春花对秋池秋月。

什么是八对：

一、的名对　与正名对同。

二、异类对　风织池间字对虫穿草上文。风虫池草俱异类。

三、双声对　同前双声对。

四、叠韵对　同前叠韵对。

五、联绵对　与连珠对同。

六、双拟对　同前双拟对。

七、回文对　如"情新因意得,意得逐情新。"

八、隔句对　如"相思复相忆,夜夜泪沾衣。空叹复空泣,朝朝君来归。"

（见《诗苑类格》）

在十四对中,去其重者五,剩下来的只有九种了。这九种对法,六朝诗人,大都已经应用,到了上官仪,始正式归纳起来,给以定名,于是这些法门,便成为后人作律诗的一种定法了。在上官仪本人的诗中,虽很少这种完美的律诗,但是他这种规律的创立,对于律诗的发展,是很有关系的。并且这种法门,在用诗考试的制度上,却是一个最好评定甲乙的标准。

与上官仪同时,其作风虽继承齐梁,而又不能归之于宫廷诗人的群中,在当日诗坛中却占有重要的地位的,是所谓初唐四杰了,四杰是王勃(字子安,王绩的侄孙)、杨炯(陕西华阴人)、卢照邻(字昇之,幽州范阳人,今河北大兴)和骆宾王(婺州义乌人,今浙江义乌)。他们都是七世纪下半期最有才气的作家。王勃因溺水惊悸而死,年不满三十,卢照邻因苦于病投水而死,年方四十,骆宾王因政治运动失败而逃亡,也只有三十多岁,杨炯境遇较好,得以善终，亦不过五十多岁。可知四杰诸人，都为生活环境所困，在少壮时期，就丢弃了人生，不容许他们在文字上有更高的造就，这是非常可惜的。

四杰的诗，我们都知道是上承六朝的遗风，不脱那种富贵华丽的气息，欢喜创作当日流行的律诗。但在我们现在看来，他们的代表作品，却是那些乐府体的小诗和七言歌行。那些诗，虽有一部分仍脱不了宫体诗的香艳的余影，但他们很能在那种曲折变化的描写中，用婉转的音调，通俗的言语，显出作者过人的才气，同时或在诗的意境上，或在诗的作风上，表现着浓厚的浪漫情调。这一点，是四杰和当日宫廷诗人最重要的差别。

王勃是一个才学俱富的诗人，他的代表作品，是那三十几首五言小诗。不错，他的五律七古，呈现着浓厚的六朝气息，但他这些小诗，却都是真实性情之作，文字朴质，意境高洁，颇有王绩诗的趣味。例如：

抱琴开野室，携酒对情人。林塘花月下，别是一家春。

（《山扉夜坐》）

丘壑经涂赏，花柳遇时春。相逢今不醉，物色自轻人。

（《林泉独饮》）

乱烟笼碧砌，飞月向南端。寂寂离亭掩，江山此夜寒。

（《江亭夜月送别》）

长江悲已滞，万里念将归。况属高风晚，山山黄叶飞。

（《山中》）

九日重阳节，开门有菊花。不知来送酒，若个是陶家。

（《九日》）

由这些作品,才可看出作者的真实心境。自然风景的歌咏,自由闲适生活的爱好,呈现着浓厚的浪漫情绪。这正是王绩的家风。至于传诵千古的《滕王阁序》一类的骈文,和那些分韵唱和的诗歌,却都是夸展才学的应酬作品,在文学的价值上,自然是要在这些小诗之下了。

卢照邻在四杰中是身世最苦的一个。他活跃的生命,完全被病魔所征服,加以贫穷不堪,终于投水而死。因此他的作品,时多悲苦之音。试读他的《五悲》、《释疾》诸篇,便会体会到作者的哀伤的心境。他借用最适合于表现愁苦的骚体,来反覆曲折地歌唱自己的沉痛的感情。他自号为幽忧子,是最适合不过的。幽忧是他的人生的象征,也就是他的作品的象征。他在《释疾文》的序中说:

> 余羸卧不起,行已十年,宛转匡床,婆娑小室。寸步千里,咫尺山河。每至冬谢春归,暑阑秋至。云壑改色,烟郊变容。辄舆出户庭,悠然一室。覆帱虽广,嗟不容乎此生,亭育虽繁,恩已绝乎斯代。赋命如此,几何可凭。今为《释疾文》三篇,以贻诸好事。

这是卢照邻晚年生活心境的自白。不仅功名富贵是无望了,连活下去的心绪也没有了。因此他在那绝望的状态下,发出了最后的哀歌。

> 岁将暮兮欢不再,时已晚兮忧来多。东郊绝此麒麟笔,西

山秘此凤凰柯。死去死去今如此，生兮生兮奈汝何。

岁去忧来兮东流水，地久天长兮人共死。明镜羞窥兮向十年，骏马停驱兮几千里。麟兮凤兮，自古吞恨无已。

诗中的情感，确实是作者独有的真实情感，一点不虚伪，一点不做作，读去令人感着无限的同情。他到这时候，自然是无暇讲雕琢讲格律，只是随笔直书，而成为这种变体了。这种作品，正如屈原的《怀沙》一样，我们是要看为作者的绝笔的。

卢照邻的律诗虽也不少，然他的代表作却是七言歌行。《行路难》、《长安古意》二篇，确是他的得意之作。在这些诗中，字句上虽仍残存着宫体诗的影子，但那种鄙俗的脂粉气却全然没有，格调也就高得多了。如《行路难》云：

君不见长安城北渭桥边，枯木横槎卧古田。昔日含红复含紫，常时留雾亦留烟。春景春风花似雪，香车玉舆恒阗咽。若个游人不竞攀？若个娼家不来折？娼家宝袜蛟龙帔，公子银鞍千万骑。黄莺一一向花娇，青鸟双双将子戏。千尺长条百尺枝，月桂星榆相蔽亏。珊瑚叶上鸳鸯鸟，凤凰巢里雏鹓儿。巢倾枝折凤归去，条枯叶落任风吹。一朝零落无人问，万古摧残君讵知！人生贵贱无终始，倏忽须臾难久恃。谁家能驻西山日？谁家能堰东流水？汉家陵树满秦川，行来行去尽哀怜。自昔公卿二千石，咸拟荣华一万年。不见朱唇将玉貌，唯闻青棘与黄泉。金貂有时须换酒，玉麈恒摇莫计钱。寄言坐客神仙署，一生一死交情处。苍龙阙下君不来，白鹤山前我应去。云间海上邈难期，赤心会合在何时？但愿尧年一百万，长作巢由也不辞。

在这一篇长歌里，他所表现的，只是富贵无常与人生的幻灭。其中虽有不少的华丽字眼，然在整体上看来，却很通俗明白，毫无艰深之病，有许多句子，全是语体，因为用得极其自然，一点不觉得粗俗。再有《长安古意》一篇，字数较多，其内容与此篇大略相似，不过铺写得更为热闹，似乎令人有一种轻浮淫靡之感。其中如“得成比目何辞死，愿作鸳鸯不羡仙”，是脍炙人口的名句。这种诗想必是卢照邻病前之作，否则作品中的颜色，决没有这么华丽鲜明。由这些，我们可以看出作者壮年时代的焕发的才情和活跃的生命的力量。

骆宾王是一个献身政治运动的实际行动者。武后朝时，他曾以言事得罪，后徐敬业举兵，他为其府属，有名的讨武氏檄文即出自他的手笔。这一篇同《滕王阁序》是四杰的骈文中最流行最通俗的两篇文字。因为他有这种性格，他的作品，较有豪侠英俊之气。古人虽多称道其《帝京》、《畴昔》诸篇，然其佳作，还是那几首小诗。

城上风威冷，江中水气寒。戎衣何日定，歌舞入长安。

（《在军登城楼》）

此地别燕丹，壮士发冲冠。昔时人已没，今日水犹寒。

（《易水送人》）

寥寥二十个字表现胸中许多怀古伤时的感慨。音调的雄浑，气魄的悲壮，同王勃那种描写自然的景色和悠闲的心情的作品比起来，是全异其趣了。这种格调，同那献身革命的作者的身份是极其适合的。其外如《代郭氏答卢照邻》、《代赠道士李荣》诸篇，是长篇的七言歌行，同卢照邻的《行路难》、《长安古意》有相似的风格，并且在那诗里，也一样运用通俗的语体，带着浓厚的民歌色彩。可知这一点，是他们共有的一种特征。

杨炯负才自傲，自谓过于王勃。现集中文多诗少。其诗大半为律体。七言没有，五绝仅一首。可知他在诗的创作上，既没有前三人范围的广泛，也没有他们那种解放的精神。即就诗才而论，亦较王、卢为弱。至于当日张说所说："盈川文如悬河，酌之不竭。优于卢而不减于王。耻居王后信然，愧在卢前谦也。"这明明是指他的文章而言，若只论诗，他在四杰中的地位，是不得不屈居于末座了。

律诗在四杰的集中，是占着相当重要的部分的。尤其数量之多，可知他们对于这种新体诗的制作，都曾下过不少的力量。他们这种诗比起前人所作的，虽较为老成，然在格律与技巧上看来，较之阴、何、徐、庾诸家，其进步亦极有限。句的平仄算是谐协了，然一章的平仄，却没有达到完全谐协的地步。如王勃的《重别薛华》、《杜少府之任蜀州》，杨炯的《有所思》，卢照邻的《张超亭观妓》，骆宾王的《秋日送别》、《狱中闻蝉》诸篇，算是他们五律诗中在格律上最完整的作品。然而这也只是少数，就是在王绩的集子里，这种作品也是有的，如《野望》、《赠程处士》两首，便是最好的例。不过不常见而已。可知由王绩到四杰，律诗在格律上还在进展的阶段。然而我们并不能因此就埋没四杰对于律诗的努力的功绩。由他们大量的创作，促成律诗的发育成长的事，是显然的。如王勃的《杜少府之任蜀州》，骆宾王的《狱中闻蝉》，便是最成功的作品。诗云：

城阙辅三秦，风烟望五津。与君离别意，同是宦游人。海内存知己，天涯若比邻。无为在歧路，儿女共沾巾。

西陆蝉声唱，南冠客思侵。那堪玄鬓影，来对白头吟。露重飞难进，风多响易沉。无人信高洁，谁为表予心！

这些诗同王绩的《野望》，可算是初唐律诗中的代表作，无论从哪一点讲，都脱尽了六朝的风味，而完全是正格的唐音了。杜甫诗云："王杨卢骆当时体，轻薄为文哂未休。尔曹身与名俱灭，不废江河万古流。"可知在杜甫时代，四杰的作品，已不为时人所满。本来像他们那些华丽雕琢的骈体排律，实在没有什么价值，不过在初唐到开元天宝的过渡时代，四杰的作品，还是有其存在的地位与意义。杜甫所说的"不废江河万古流"的评语，是应该从这一点来解释的，陆时雍说："王勃高华，杨炯雄厚，照邻清藻，宾王坦易，子安其最杰乎？调入初唐，时带六朝锦色。"（《诗镜总论》）评四杰者甚多，此数语较为公允。

四　沈宋与文章四友

沈佺期字云卿，河南内黄人。宋之问字延清，山西汾州人。其时代同为七世纪下期至八世纪初，约当西历六五〇—七一二年。他俩人格卑鄙，倾心谄媚武则天、张易之，以图富贵。据宋之问传说："于时张易之等烝淫宠甚，之问与阎朝隐、沈佺期、刘允济等倾心媚附。易之所赋诸篇，尽之问、朝隐所为，至为易之奉溺器。"在这些话里，活现出这些典型宫廷诗人的丑态。所以他们那些应制诗，自然没有什么价值。然而他们能够在诗史上占一席地位的，并不在其作品本身的艺术，而在其诗体的完成。这种诗体，便是五律和七律。他们完成这种工作，并非由于特殊的天才，实赖于诗体进化的历史性。自齐梁以来，这种新体诗，经过无数诗人的试验制作，时时在进步成长的发育中，到了初唐，加以上官仪的六对八对说的提倡，以及四杰们的大量写作，成熟的机运，自益接近了。到了沈宋，接收着前人培植的基础，再加以锻炼，于是便达到完全成熟的阶段。由五律的成功，再转变到七言方面去。也一样得到了完成。这在中国诗史上，确实是一件大事。从此以后，这种体裁便成为诗中的正格，一千余年来，保持着不曾动摇的地位。许多第一流的诗人，都把自己的才情与生命，寄托在这种体裁的诗里。并且，因此在诗坛上，呈现着古体与近体的明显的分野。

十年通大漠，万里出长平。寒日生戈剑，阴云拂旆旌。饥乌啼旧垒，疲马恋空城。辛苦皋兰北，胡霜损汉兵。

（沈佺期《被试出塞》）

倚棹望兹川，销魂独黯然。乡连江北树，云断日南天。剑别龙初没，书归雁不传。离舟无限意，催渡复催年。

（宋之问《渡吴江别王长史》）

卢家少妇郁金堂，紫燕双栖玳瑁梁。九月寒砧催木叶，十年征戍忆辽阳。白狼河北音书断，丹凤城南秋夜长。谁谓含愁独不见，更教明月照流黄。

（沈佺期《古意呈补阙乔知之》）

江雨朝飞挹细麈①，阳桥花柳不胜春。金鞍白马来从赵，玉面红妆本姓秦。妒女犹怜镜中发，侍儿堪感路旁人。荡舟为乐非吾事，自叹空闺梦寐频。

（宋之问《和赵员外桂阳桥遇佳人》）

由这些作品，可知律诗到他们的手里，是完全成熟，后人再无须修改了。不管这些诗的格调是如何的低，宫体的气味是如何的浓厚，他们在诗史上，总是有相当地位的。《新唐书·宋之问传》说："汉建安后迄江左，诗律屡变，至沈约、庾信以音韵相婉附，属于精密。及宋之问、沈佺期又加靡丽，回忌声病，约句准篇，如锦绣成文，学者宗之，号曰沈宋。"王世贞《艺苑卮言》说："五言至沈宋始可称律。律为音律法律，天下无严于是者。知虚实平仄不得任情，而法度明矣。二君正是敌手。"又胡应麟《诗薮》说："五言律体兆自梁、陈，唐初四子靡缛相矜，时或拗涩，未堪正始。神龙以还，卓然成调。沈、宋、苏、李合轨于前，王、孟、高、岑并驰于后。新制迭出，古体攸分。实词章改革之大机，气运推迁之一会也。"他们对于沈、宋的批评，都能从其诗体的完成上立论，是极其公正的。要这样，对于他们的评价，才不会有过高过低的褒贬，同时也不至于违背文学发展的时代性。

与沈、宋同时，其作风亦相似者，尚有所谓文章四友的李峤、苏味道、崔融和杜审言。李、苏位极公相，显赫一时。凡朝廷重要文书，俱出其手笔，实是宫廷的御用文人。他们集中，五律最多，可知

① "麈"，通作"尘"。

他们都是沈宋律诗运动中的重要推行者。李峤作律诗一百六十余首，偏于咏物，天文地理、禽鱼花草以及文具用品，无不咏到，成为唐代第一个咏物诗人，而其作品全无情趣，只是一种游戏文字。他的七古《汾阴行》，为传诵人口之作，然统观全体，亦系杂凑成篇。只其结尾数句，颇有诗味。唐明皇叹为真才子似乎太过。苏、崔二人的诗，亦俱平庸无可述者。只有杜审言的作品，在四友中是较好的。他是湖北襄阳人，字必简，为大诗人杜甫之祖。集中五律占去大半，然佳作极少。七律有两三首，情味亦劣。其代表作，不得不推那几首七言小诗。

知君书记本翩翩，为许从戎赴朔边。红粉楼中应计日，燕支山下莫经年。

（《赠苏书记》）

迟日园林悲昔游，今春花鸟作边愁。独怜京国人南窜，不似湘江水北流。

（《渡湘江》）

这种诗有情感，有境界，表现得很细密很温厚，自然是上等的作品。比起他那些故作华丽的律诗来，这种诗是好得多了。不过在诗体的形成上，我们要注意一件事，便是五言排律，到了杜审言，得到了进步发展。这种诗，上官仪、四杰、沈、宋诸人都已作过，多是六韵八韵的短篇。至杜所作，有长至二十韵者（如《赠崔融》），有长至四十韵者（如《和李大夫嗣真奉使存抚河东》），这种铺陈终始排比声韵的长篇排律，本来是诗人的魔道。其弊病远过于八句的律诗。不过后人为夸耀才学。每喜用这种体裁。如杜甫、白居易诸大诗人,也时有此体。然因其过于平滞,加之处处要受到韵律及对偶的限制,自然是不容易讨好的。

律体的最后完成,便是齐梁以来新体诗运动的最后完成。在初唐诗坛的百年中,虽有王绩、王梵志们的新异的作品,然其主要的诗潮,全是倾向于律体完成的工作。如上官仪、四杰以至沈、宋及四友诸人,都是这工作的努力者。就是王绩、王梵志,也曾试用过这种体裁去表现他们那种浪漫的生活和心境。因其思想与环境的不同,在作风上发生了差别而已。由此看来,律体的完成,是可以作为初唐诗坛的结束的。同时,也就是六朝诗风的一个结束。陈子昂虽倡言复古,其实是一种诗坛的反动与革命,在广义的立场上,他的复古运动,确实是唐代浪漫诗运动的先声。因为这一点,陈子昂的论述,是要归之于下一期的了。

第十四章　浪漫诗的产生与全盛

一　绪说

八世纪上半期的四五十年间，无论当日的人生观与文学的潮流，都呈现着自由浪漫的浓厚色彩。从唐代开国，经过了一百多年的安定，虽在政治的内部，隐伏着无数的危机，然表面却是富庶繁华的太平盛世。一般知识阶级，都未曾着眼于社会上的种种问题，全集中于个人的归宿与人生的理想。两晋以来的自然主义与佛教思想的调和结合而酿成的禅宗运动，到此时也渐渐地成熟了。这一个运动，无非是打破一切的仪式法规，而追求绝对自由心灵的活动与创造。加以道教为唐代的国教，因此助长当日隐逸之风。科举考试固然是干禄的正路，隐居山林，同时也是成名猎官的捷径。因此有许多聪明人不去应试，住在深山幽谷，等他名气大了，自然有州郡来推荐他，朝廷来征辟他。有了这种思想所趋社会所重的背景，于是隐逸之风盛极一时。如卢藏用为左拾遗，郑普思为秘书监，叶静能为国子祭酒，吴筠为翰林待诏，都是走的这条路。《唐书·卢藏用传》说："司马承祯尝召至阙下，将还山，藏用指终南山曰：'此中大有佳处。'承祯徐曰：'以仆观之，仕宦之捷径耳。'"最后一句，点破了当日隐士的秘密，同时也就是真隐士对于假隐士的讥讽。隐士的真假与人格的高下我们不去管他，但是他们那种生活的环境与田园山水的情趣，要影响于文学的色彩与作风的事是无疑的。王维的居辋川，孟浩然的隐鹿门，储光羲的隐终南，顾况的隐茅山，都可以看出他们那种生活环境与自然界的情趣，作了他们文学作品的决定的因素。在这种境遇下，便形成着继承陶渊明那一派的田园诗。其次因人生思想的解放，与自由生活的追求，而日趋于放纵与享乐，轻视一切的礼法与规律，狎妓饮酒，避世逃禅，在生活与思想上，呈现出极度的解放与浪漫。如杜甫的《饮中八仙歌》云：

> 知章骑马似乘船，眼花落井水底眠。汝阳三斗始朝天，道逢麹车口流涎，恨不移封向酒泉。左相日兴费万钱，饮如长鲸吸百川，衔杯乐圣称避贤。宗之潇洒美少年，举觞白眼望青天，皎如玉树临风前。苏晋长斋绣佛前，醉中往往爱逃禅。李白斗酒诗百篇，长安市上酒家眠。天子呼来不上船，自称臣是酒中仙。张旭三杯草圣传，脱帽露顶王公前，挥毫落纸如云烟。焦遂五斗方卓然，高谈雄辩惊四筵。

这是当日知识阶级浪漫生活的暴露。其中有亲王宰相，有佛徒道士，有诗人画家，这范围算是相当的广了。杜甫在这里的描写，虽只就其饮酒一项，然而由这些诗句里，我们可以参透他们人生观的全部。他们的眼里没有皇帝王公，没有礼法名教，唯一的中心，便是个人的放纵与自由。由这种极端的放纵与自由的人生观，反映到文学的创作上，自然是打破格律，反对摹拟，而形成那种变动自由的浪漫诗风了。开元、天宝的诗坛,能够那么有生气有力量,有各种各样的颜色与声音,便是由于当日那种浪漫的人生观与生活基础反映出来的浪漫情调。

二　陈子昂与吴中四士

在初唐的律诗运动与六朝的华靡诗风的潮流中,在诗坛成为有意识的觉醒,首先竖着革命的旗帜,以复古为号召的,是陈子昂。复古这个口号,在外表上虽有些模糊,然究其实情,却实在是对于当日的格律文学拟古文学的一种反动。他所要求的,无非是要排斥那种严格的形式与虚美的表皮,要在诗里有兴寄,有骨肉,有作者个人的生命与情感。他说:

> 文章道弊五百年矣。汉、魏风骨,晋宋莫传,然而文献有可征者。仆尝暇时观齐梁间诗,采丽竞繁,而兴寄都绝,每以咏叹,窃思古人,常恐逶迤颓靡,风雅不作,以耿耿也。昨于解三处,见明公咏《孤桐篇》,骨气端翔①,音情顿挫,光英朗练,有金石声。遂用洗心饰视,发挥幽郁。不图正始之音,复睹于兹,可使建安作者,相视而笑。(《修竹篇序》)

粗粗看去,这些话似乎是儒家的载道观念的理论,其实是完全不同的。他所攻击的,是那些表现色情的宫体诗,是那些采丽竞繁

① “骨气端翔”,原版作“骨端气翔”,余同。

而毫无情感生命的唯美文学。他正如李白一样，把这些作品，看作是“绮丽不足珍”的东西。他所赞美的骨气端翔，音情顿挫，正是浪漫诗歌的特质。他所推重的建安、正始之音，也正是个人主义的浪漫文学的情调。可知他的主张，非属于载道，而是近于言志。李白也说过：“梁陈以来，艳薄斯极，将复古道，非我而谁？”（孟棨《本事诗》引）他俩的生活思想，虽完全不同，然在诗界的复古这一点上，意义却是一致的。其名为复古，实在却是创新。表面上似乎是保守，实际却是革命。因此，在这个运动的本质及其精神上讲，陈子昂实在是唐诗转变的一个要点，也就是唐代浪漫诗的先声。因此，他虽与沈、宋同时，其时代虽是属于七世纪末年，而我们是要把他放在这一章来叙述的。

陈子昂字伯玉（西历六五六—六九八），四川梓州射洪人。他的诗现存者虽不多，却都能一扫当日那种宫体艳情的余影，保存他特有的风格。最著者为《感遇诗》三十八首。在这些诗里，他实现了他的鄙薄齐梁诗风的主张，抛弃了新体诗的格律与文句的雕饰，而以平浅的字句，直抒自己的怀抱，近似阮藉的《咏怀》的风格。他所讲的兴寄，所景仰的正始之音，在这些诗里，可以看到一点。

兰若生春夏，芊蔚何青青。幽独空林色，朱蕤冒紫茎。迟迟白日晚，袅袅秋风生。岁华尽摇落，芳意竟何成。

（《感遇》之二）

白日每不归，青阳时暮矣。茫茫吾何思，林卧观无始。众芳委时晦，鶗鴂鸣悲耳。鸿荒古已颓，谁识巢居子。

（《感遇》之七）

《感遇》诗以外，他还有许多好诗。例如：

南登碣石馆，遥望黄金台。丘陵尽乔木，昭王安在哉！霸图怅已矣，驱马复归来。

（《燕昭王》）

自古皆有死，徇义良独稀。奈何燕太子，尚使田光疑。伏剑诚已矣，感我涕沾衣。

（《田光先生》）

前不见古人，后不见来者。念天地之悠悠，独怆然而涕下。

（《登幽州台歌》）

这些诗绝无宫体诗的脂粉气，也没有新体诗的骈丽富贵气，只是用自然的音调，朴实的言语，自由的格律去表现人的感情，然而诗中却蕴藏着一种高远的意境与豪放的气概，正具备着他所说的那种“骨气端翔，音情顿挫”的特色。他所提倡的复古，在这里得到了正确的解释与证明。无疑的他是想以浪漫的作风去变更古典的作风，而灌输文学以清新自由的生命。《唐书》本传说：“唐兴，文章承徐庾余风，天下祖尚。子昂始变雅正。”韩愈也说：“国朝盛文章，子昂始高蹈。”他们这些评语，并非溢美之辞。在唐诗的发展史上，陈子昂是结束初唐百年间的齐梁诗风，下开盛唐的浪漫诗派，由此可见他的地位的重要了。

子昂以外，苏颋、张说、张九龄俱以诗名。其诗虽稍近古雅，究以宫廷诗人的环境（苏颋封许国公，张说封燕国公。朝廷大作，多出其手，时号燕许大手笔），故集中乐章之作，应制之篇，触目俱是。张说谪居岳州以后，其诗格较高，时多凄惋之音。张九龄身居相位，故其五律也带着很浓厚的台阁气，惟其《感遇》诗十二首作风与子昂相近。故后人论初唐诗之转变者，每以陈、张并称，即因此故。今举二首作例：

兰叶春葳蕤，桂华秋皎洁。欣欣此生意，自尔为佳节。谁知林栖者，闻风坐相悦。草木有本心，何求美人折。

江南有丹橘，经冬犹绿林。岂伊地气暖，自有岁寒心。可以荐嘉客，奈何阻重深。运命惟所遇，循环不可寻。徒言树桃李，此木岂无阴！

陈子昂所说的齐梁诗“采丽竞繁，兴寄都绝”的弊病，在这种诗里，是革除得干净了。《岘傭说诗》云：“唐初五言古，犹绍六朝绮丽之习。惟陈子昂、张九龄直接汉魏，骨峻神疏，思深力遒，复古之功大矣。”刘熙载《艺概》亦云：“唐初四子绍陈、隋之旧，才力迥绝，不免时人异议。陈射洪、张曲江独能起一格，为李杜开先，岂天运使然耶？”这些评语，都很能认清文学进展的时代性。

陈张以外，在唐诗浪漫运动的初期尽着相当的力量的，是吴中四士。四士是贺知章、张旭、包融和张若虚。他们在当日的诗坛并无大名，然在现在看来，他们的诗歌，却是浪漫运动初期中的重要产品。他们的思想虽不尽同，生活的情调，却有一个共同的倾向，那便是礼俗规律的厌恶与自由闲适的追求。贺知章字季真，浙江会稽人，是一个位居相位后为道士的狂人。史书上说他清淡风流，晚节尤放旷，遨嬉里巷，自号“四明狂客”。张旭，苏州人，是草书大家。嗜酒如命，每醉后号呼狂走乃下笔，世呼为“张颠”。他俩都是《醉中八仙歌》内的人物。包融，润州人，张若虚，扬州人，也都是性爱山水，喜与道士山人来往，故得与贺、张齐名。或称“狂客”，或称“张颠”，可知他们的生活与人生观是一个彻底的浪漫主义者。由这种生活与人生观的根底，反映到他们的文学创作上，自然是要呈现出浓厚的浪漫情调来的。同时，由他们那种爱好自由的个性，那种拘束于规则的律诗，他们是看不起的，因此在他们的诗中，律体是少极了。小诗与长歌，是他们的代表作。

主人不相识，偶坐为林泉。莫谩愁沽酒，囊中自有钱。

（贺知章《题袁氏别业》）

离别家乡岁月多，近来人事半销磨。惟有门前镜湖水，春风不改旧时波。

（贺知章《回乡偶书》之一）

旅人倚征棹，薄暮起劳歌。笑揽清溪月，清辉不厌多。

（张旭《清溪泛舟》）

隐隐飞桥隔野烟，石矶西畔问渔船。桃花尽日随流水，洞在青溪何处边。

（张旭《桃花溪》）

武陵川径入幽遐，中有鸡犬秦人家。先时见者为谁耶？源水今流桃复花。

（包融《武陵桃源送人》）

春江潮水连海平，海上明月共潮生。滟滟随波千万里，何处春江无月明。江流宛转绕芳甸，月照花林皆似霰。空里流霜不觉飞，汀上白沙看不见。江天一色无纤尘，皎皎空中孤月轮。江畔何人初见月？江月何年初照人？人生代代无穷已，江月年年只相似。不知江月待何人，但见长江送流水。白云片片去悠悠，青枫浦上不胜愁。谁家今夜扁舟子？何处相思明月楼？可怜楼上月徘徊，应照离人妆镜台。玉户帘中卷不去，捣衣砧上拂还来。此时相望不相闻，愿逐月华流照君。鸿雁长飞光不度，鱼龙潜跃水成文。昨夜闲潭梦落花，可怜春半不还家。江水流春去欲尽，江潭落月复西斜。斜月沉沉藏海雾，碣石潇湘无限路。不知乘月几人归，落月摇情满江树。

（张若虚《春江花月夜》）

这些诗完全跳出了初唐的范围，自成一种格调。贺知章所写的还乡感慨，所歌咏的酒杯中的人生，张旭、包融所描写的深山幽谷的自然情趣，处处都有一种高远的意境，毫无那种富贵尘俗的气息。张若虚的歌行，用着最美丽最和谐然而又是最通俗的文句，来歌咏富于玄理的自然现象，中间夹杂闺情离恨，使全篇增加哀怨缠绵的成分，一破哲理诗的平淡枯寂。因其善于变化反复，造成诡谲恢奇的波澜，使这诗在感染性上，得到了成功的效果。由此说来，他们的作品虽是不多，然在浪漫诗的初期，他们都是不可忽视的人物。

三　王孟诗派

在唐代的浪漫诗歌中，有一些人专注力于自然山水的歌咏，乡村生活的描写；用疏淡的笔法，造成恬静的诗风的，是王维代表的田园诗派。这一派人的人生观与生活动态，虽是浪漫的，但同那些享乐纵欲的彻底浪漫主义者又大有不同。他们只是失意于现实的人世，或满意于富贵功名以后，带着对闲适清静生活的追求和欲望，避之于山林与田园，想在那里找到一点心境上的慰安。不管他们是佛徒，或是道士，无论宗教的名义上有什么分别，而其思想的根底，只是道家的自然主义和陶渊明那种逃出现实的樊笼的人生哲学。他们的浪漫情绪，并不如那些纵欲享乐者的激昂热烈，他们的理想的生活是清闲与幽静，时时刻刻在追求一种怡然自乐的心境。因此，他们并不反抗礼俗与规律，只寂寂地避开烦扰的现世，社会上一切的民生疾苦，战影烽烟，都无法引起他们的注视与描写，因为他们另有一个美丽的天地，一个极乐的世界，这天地与世界，便是伟大的自然现象与农夫樵子的田园生活。这一派诗自陶渊明开创以来，绝响于齐、梁、陈、隋的色情文学的狂流中。到了初唐的王绩，重露出过一点光影，然而那光影也极微弱，随即被当日的诗风吹散了。到了八世纪，因这一派的作家辈出，作品的丰富与艺术的成熟，形成田园诗的极盛时代，而成为浪漫诗中的主要支流了。如王维、孟浩然、储光羲、裴迪、丘为、綦毋潜、常建、刘长卿、祖咏，都在这方面有很好的成绩。时代稍迟一点，其作品也是属于这个系统的，还有元结、韦应物、柳宗元、顾况诸人。在这一派中，能领袖群伦，堪称诸家的代表的，自然是王维。

王维　王维字摩诘（西历七〇一— 七六一），山西太原祁人，其父迁家于蒲（今山西永济县），遂为河东人。他同王勃一样，是一个早熟的作家。史家称他九岁知属辞，或许不是夸张。现其集中尚存着几首少年时代的作品，如《题友人云母障子诗》、《过秦王墓诗》为十五岁作；《洛阳女儿行》十六岁作；《九月九日忆山东兄弟》，十七岁作；《桃源行》、《李陵咏》诸篇，十九岁作。其中《洛阳女儿行》、《桃源行》二章，是艺术完全成熟的作品，绝无半点幼稚气，可知他的才情，实在是过人的。他十九岁赴京兆府试，中了第一名的解头，二十一岁举进士，调大乐丞，年纪青青便做起官来了。《唐诗纪事》引《集异纪》云："维未冠，文章得名，妙能琵琶。春之一日，岐王引至公主第，使为伶人，进主前。维进新曲，号《郁轮袍》，并出所为文。主大奇之，令官婢传教，召试官至第，谕之作解头登第。"世人因以此病其人品，这种观念是错误的。当日乐歌极为发达，君主贵族都提倡奖励。加之王维在那时正是一个十九岁的少年，富贵功名的欲望，自然是很强烈，有人替他帮忙，他也就顺水推舟地接受这个好机会，后人有作文替他辩诬的，这真是小题大做了。天宝十一年，他拜文部郎中，迁给事中，时弟缙为侍御史，同为时人所景仰。《旧唐书》本传说："维以诗名盛于开元天宝间。昆仲宦游二都，凡诸王驸马豪右贵势之门，无不拂席迎之，宁王、薛王待之如师友。"这是他在宦途中最得意的时代。可是这时代并不长久，天宝十四年，安禄山反，陷长安，维为贼所获，服药下痢，伪称喑病。被拘禁于古寺中，曾有《凝碧诗》一章，寄其感慨。诗云："万户伤心生野烟，百官何日再朝天。秋槐花落空宫里，凝碧池头奏管弦。"后来乱平，因以此诗减罪。他受了这次的挫折，生活思想上发生了极大的转变，领悟到富贵功名的无味，现实社会的扰乱，渐渐地趋于道家的养性全真的人生哲学，和佛家的厌世主义，而皈依于大自然与佛学的怀抱，造成他晚年的闲适生活和许多有名的歌咏自然的作品。《旧唐书》本传说："兄弟俱奉佛，居常蔬食，不茹荤血。晚年长斋，不衣文彩。在京师日饭十数名僧，以玄谈为乐。斋中无所有，唯茶铛药臼经案绳床而已。退朝之后，焚香独立，以禅诵为事。"这正是他晚年生活的写照。后得宋之问的蓝田别墅，在辋川,山水奇胜。日与道友裴迪浮舟往来,弹琴赋诗,以此自乐。他在《与裴迪书》中,描写那地的风景和他个人的生活心境极好。书云:

> 夜登华子冈,辋水沦涟,与月上下。寒山远火,明灭林外。深巷寒犬,吠声如豹。村墟夜舂,复与疏钟相间。此时独坐,僮仆静默,每思曩昔携手赋诗,步仄径临清流也。当待春中卉木蔓发,春山可望,轻鲦出水,白鸥矫翼,露湿青皋,青雉朝雊,斯之不远,倘能从我游乎。

这是一幅活画,是一首散文诗,文字的清洁,意境的高远,是山水小品中的杰作。要有他那种晚年的生活的背境,才能写出此等文字。他就在这种闲适的心情之下,静静地离去了人间,年纪是六十一岁(《旧唐书》说卒于乾元二年七月——西历七五九——但其集中有《谢弟缙新授左散骑常侍状》一文,尾署年月,为肃宗上元二年五月四日——西历七六一——《旧唐书》所说的乾元二年,想系上元二年之误,现依其作品改正之)。

王维是一个诗乐图画的兼长者,真可称为一个多才多艺的艺术家。他的山水画和他的田园诗,发生了密切的联系。苏东坡说他"诗中有画,画中有诗",真是一点也不错。画和诗在名义上虽不同,然在作家的心情与意境的表现上是一致的。《新唐书》本传说:"维工草隶,善画,名盛于开元天宝间,……画思入神。至山水平远,云势石色,绘工以为天机独到,学者所不及也。"他的画以山水为代表,正如他的诗以田园诗为代表是一样。他自己说过:"凡画山水,意在笔先。"(《画学秘诀》)"意在笔先"是他绘画的秘诀,也就是他作诗的秘诀。意就是一种意象或境界,使读者观者可以在他的作品中得到一种神悟的情味。这一派的手法,同写实派的手法完全两样。他有《雪中芭蕉》一帧,极负盛名,这正证明他的艺术是着重于意境的象征,而不是刻画的写实。他的诗的特色,也就在这一点。他的时代,正是李思训父子代表的古典画派极盛的时代,这一派的特色,是用着细密刻画的笔法,遵守着严密的格律,涂着浓烈的青绿金碧的颜色,呈现着繁茂淫靡的富贵气息。这一种画,同当日宫廷诗人所写下来的骈丽雕琢的诗歌,正是同一典型。到了王维,始以萧疏清淡的水墨画与之对抗,开浪漫画派之风,而成为南宗之祖。如宋之董源、米芾,元之倪瓒、黄公望,明之董其昌,这些大家,都是他的承继者。因为他爱山水,爱高洁,爱佛,所以山水雪景及佛像成为他画中的主要题材,可知一个艺术家的生活心境,同他的作品,发生多么密切的联系。

我们先了解王维在绘画上的作风与成就,再来读他的诗,是较为方便的。因为他在绘画与作诗的造境与用笔上,是取着同一的态度。这态度便是抛弃谢灵运、李思训们的写实,而采用陶渊明的写意。他所追求的,是人人懂得而又是人人写不出的一种高远的意境,他鄙视那种维妙维肖的形象,因为在那形象里只有外貌而没有灵魂,后人称道他作品有神韵有滋味,便是指的这一点。他的诗一句一字拆下来解释,自然是空浅无物,然而在整体上,却是悬挂在脑袋中的一幅山水田园画,令人感着一种悠然神往的情趣。

空山不见人,但闻人语响。返景入深林,复照青苔上。

（《鹿柴》）

秋山敛余照,飞鸟逐前侣。彩翠时分明,夕岚无处所。

（《木兰柴》）

木末芙蓉花，山中发红萼。涧户寂无人，纷纷开且落。

（《辛夷坞》）

人闲桂花落，夜静春山空。月出惊山鸟，时鸣春涧中。

（《鸟鸣涧》）

荆溪白日[①]出，天寒红叶稀。山路元无雨，空翠湿人衣。

（《山中》）

君自故乡来，应知故乡事。来日绮窗前，寒梅着花未？

（《杂诗》）

五言小诗，因字句过少，在诗体中，最难出色。而王维以其过人之才，在这方面得到了最高的成就。他用二十个字，表现那一霎那的自然现象，无论一块石，一溪水，一枝花，一只鸟，都显现着活跃的灵魂，而同作者的生活心境，完全调和融洽，于是自然与人生结成不可分离的整体。每首诗只是在那里表现自然界的景物，而无处不有作者的地位与性情，所谓画笔、禅理与诗情三者的组合，成就了这些小小的文字画。最后一首，是可以作为抒情诗的。他抒的情，是那么恬淡，那么超然，真有一种特妙的理趣。见了乡人，不问民生的疾苦，不问亲友的状况，只关心到窗前的梅花，可知这派诗人，除了他个人以外，对于现实的社会，是完全闭住眼了。他自己说："晚年惟好静，万事不关心。"（《酬张少府》）所谓万事不关心，是自然诗人对于现实社会的共同态度。安史之乱的社会影子，不能在这位诗人的笔下露出面来，在这里正好得到一个解答。他另有《送别》一首，情趣与此很相近。

① "日"，通作"石"。

诗云：

下马饮君酒，问君何所之？君言不得意，归卧南山陲。但去莫复问，白云无尽时。

他所表现的一样是淡漠与恬静的情绪。在这些诗里，作者对于人生似过于冷静，然而他有时却又写得极其缠绵。例如：

渭城朝雨浥轻尘，客舍青青柳色新。劝君更尽一杯酒，西出阳关无故人。

（《送元二使安西》）

送君南浦泪如丝，君向东州使我悲。为报故人憔悴尽，如今不似洛阳时。

（《送别》）

这诗的情调，自然是两样的，我想这必是较早之作。到了他晚年的作品，这种殉情的色彩，哀伤的调子，完全被他那种空淡的心境洗刷得干干净净了。

五绝以外，王维的五律也有许多好作品。律诗因对偶平仄的限制，本不适宜于浪漫心情与一霎那的自然现象的表现，但王维的天才，却能驾驭这种格律的拘束，运用自如，使他的律诗和他的绝句一样，现出那一种淡远闲静的风格，毫没有一点做作凑合的痕迹。律诗到了王维的手里，算是大大的解放了。

中岁颇好道，晚家南山陲。兴来每独往，胜事空自知。行到水穷处，坐看云起时。偶然值林叟，谈笑无还期。

（《终南别业》）

寒山转苍翠，秋水日潺湲。倚杖柴门外，临风听暮蝉。渡头余落日，墟里上孤烟。复值接舆醉，狂歌五柳前。

（《辋川闲居赠裴迪》）

清川带长薄，车马去闲闲。流水如有意，暮禽相与还。荒城临古渡，落日满秋山。迢递嵩高下，归来且闭关。

（《归嵩山作》）

晚年惟好静，万事不关心。自顾无长策，空知返旧林。松风吹解带，山月照弹琴。君问穷通理，渔歌入浦深。

（《酬张少府》）

这些诗在他的五律中，自然是最好的作品，然按律诗的平仄，其中不合者颇多。他并不因一字一句的不协律，便损失他原有的意境，去改换他的字句，这便是浪漫诗人的真精神。在他的律诗中，还有许多美丽清秀的句子。如“明月松间照，清泉石上流”（《山居秋暝》）；“白云回望合，青霭入看无”（《终南山》）；“泉声咽危石，日色冷青松”（《过香积寺》）；“江流天地外，山色有无中”（《汉江临眺》）；“大壑随阶转，群山入户登”（《韦给事山居》）；“时倚檐前树，远看原上村”（《辋川闲居》）。有的写得冷静，有的雄浑，有的隐约，也有的细密，然其滋味都是长远无穷，令人神往。

他的五言或六言的古诗，有许多描写田园生活极好的作品。在那些作品里，现出桃花源似的世界。试举几首作例：

言入黄花川，每逐青溪水。随山将万转，趣途无百里。声喧乱石中，色静深松里。漾漾泛菱荇，澄澄映葭苇。我心素已闲，清川淡如此。请留盘石上，垂钓将已矣。

（《青溪》）

斜阳照墟落，穷巷牛羊归。野老念牧童，倚杖候荆扉。雉雊麦苗秀，蚕眠桑叶稀。田夫荷锄至，相见话依依。即此羡闲逸，怅然吟式微。.

（《渭川田家》）

采菱渡头风急，策杖村西日斜。杏树坛边渔父，桃花源里人家。

（《田园乐》）

萋萋春草秋绿，落落长松夏寒。牛羊自归村巷，童稚不识衣冠。

（同上）

这些诗同他前面那种专写山水意境的诗不同。在那种诗里，只有作者个人与自然界的结合，只有作者一个人的心灵的波动，作者成了主体。在这些诗里，田园生活成为主体，用山水风景作为衬托，而作者变成为一个旁边的欣赏者了。前者是静的，后者是动的，然而在作风上，一样是出于画笔禅理与诗情的集体表现。而成为最有神韵的名篇了。刘熙载云："王摩诘诗好处，在无世俗之病。世俗之病，如恃才骋学，做身份，好攀引皆是。"（《诗概》）这话说得最深刻。他早年的长歌乐府和那些应制的七律，虽难免有世俗之病，在作为他的代表作的山水田园诗，却全是出于直写白描，自然流露，确实没有半点骋才学做身份好攀引的痕迹，前人评其诗者，多以"清逸"、"旷淡"、"味长"为言，其故即在此。

孟浩然　孟浩然(西历六八九—七四〇),湖北襄阳人。他与王维并称,为当日自然诗人的两大代表。但他的心境与作品的情调,与王维都有不同之点。王维是一个贵族的隐士,是一个饱尝了富贵功名的滋味而皈依于山水的怀抱的退隐者,所以他能够心安理得,无论他的心境和作品的情调,都能达到纯然恬静与平淡的境界。孟则不然,他四十岁前,虽受了当日隐逸的风气,在鹿门山住了那么多年,山水看得太久了,富贵功名的欲望,在他的心里,渐渐滋长起来,身在江湖,心怀魏阙,正好说明孟浩然的心理。他有了这种心境,因此他的作品的情调,就没有王维那么恬静与平淡,时露愤慨与嗟怨,所以他到了四十岁,还跑到京城去考进士,落了第还表示极度失望的感情,在这里暴露了孟浩然的真面目。

八月湖水平,涵虚混太清。气蒸云梦泽,波撼岳阳城。欲济无舟楫,端居耻圣明。坐观垂钓者,徒有羡鱼情。

(《临洞庭上张丞相》)

北阙休上书,南山归敝庐。不才明主弃,多病故人疏。白发催年老,青阳逼岁除。永怀愁不寐,松月夜窗虚。

(《岁暮归南山》)

寂寂竟何待,朝朝空自归。欲寻芳草去,惜与故人违。当路谁相假,知音世所稀。只应守寂寞:还掩故园扉。

(《留别王维》)

这三篇诗是孟浩然自己的供辞。他在这里无法掩藏那种热心富贵荣华的心境。在这些供辞内,孟浩然的隐士的声价,不得不打相当的折扣。羡鱼之情的表露,明主之弃的哀怨,知音之稀的嗟叹,年华易老的悲伤,都是表示他心境的尘俗与杂乱。他离开陶渊明的世界,固然是遥远得很,就是对于王维的心地也还隔着相当的距离。他有诗云:“尝读《高士传》,最嘉陶征君,日耽田园趣,自谓羲皇人。”(《仲夏归南园寄京邑旧游》)“归来卧青山,常梦游清都,漆园有傲吏,惠我在招呼。”(《与王昌龄宴黄十一》)这都是他追求功名失败以后,所谓“只应守寂寞,还掩故园扉”的晚年的心境的表露,然按其实际,他心中是隐藏着一种怀才不遇、人生失意的隐痛的。李白赠他的诗有“白首卧松云,迷花不事君”之句。前语确是实情,后语却有点假了。

我上面所说的,是对于孟浩然的人生进一步的认识,但并不是完全抹煞他的诗歌的价值。他是五言体的专长者,在他的二百六十几首诗中,七言各体,一共不到二十首,可见他对于五言方面的努力。例如:

北山白云里,隐者自怡悦。相望试登高,心随雁飞灭。愁因薄暮起,兴是清秋发。时见归村人,沙行渡头歇。天边树若荠,江畔舟如月。何当载酒来,共醉重阳节。

(《秋登兰山寄张五》)

夕阳度西岭,群壑倏已暝。松月生夜凉,风泉满清听。樵人归欲尽,烟鸟栖初定。之子期宿来,孤琴候萝径。

(《宿业师山房待丁大不至》)

故人具鸡黍,邀我至田家。绿树村边合,青山郭外斜。开轩面场圃,把酒话桑麻。待到重阳日,还来就菊花。

(《过故人庄》)

移舟泊烟渚，日暮客愁新。野旷天低树，江清月近人。

（《宿建德江》）

这些诗自然是最成熟的作品，但我们有一点必须注意，便是他虽有意学陶诗，他的山水诗的表现法。却是近于谢灵运。谢诗是过于刻画用力，在人的眼前时时露出轮廓分明的痕迹。这种痕迹也常常出现于孟浩然的诗里，尤其是五古。我们试读他的《彭蠡湖中望庐山》、《夜泊宣城界》、《宿天台桐柏观》诸篇，便更能体会出谢诗的面目。陶诗着力于写意，谢诗着力于写貌，一个是坐着不动的隐士，随着心境的变化去写自然界的变化。一个是动的旅行家，各地有各地的山水，不得不以各地的山水面目为主体，因此倾于写实了。孟浩然四十岁前后，遍游江南西北各地的名胜，也是属于动的生活，其山水诗的作风近于大谢，我想这是一个最大的原因。在他早年和晚年的静止的生活里所写出来的诗里，谢的颜色就较为稀淡了。杜甫在《遣兴》诗中批评他云："赋诗何必多，往往凌鲍谢。"这老人的眼光是深刻的。

储光羲　王孟以外，在这一派的诗人中能卓然自立的，是储光羲（西历七〇〇？—七六〇？）。他是山东兖州人，开元进士，做过几次小官，退隐终南，后复出，迁监察御史。安禄山乱，陷贼，事平下狱，后贬至冯翊，寻卒。他有《游茅山》诗五首，表白他爱好自然追求闲适的心境。但他集中描山写水之作并不多见，诗亦不佳，其弊病在山水的表现中，时时夹杂玄理，因此把自然的境界破坏了。他的特色，是努力于田园生活的描写。农夫樵子渔父牧童，都成了他作品的重要题材，他在这方面，曾下过精密的观察与细微的表现，得到了很大的成就。在他的集子里，有《樵父词》、《渔父词》、

《牧童词》、《采莲词》、《采菱词》、《钓鱼湾》、《田家即事》、《田家杂兴》、《答崔二东皋作》诸篇，都是他在这方面努力的成绩。

垂钓绿湾春，春深杏花乱。潭清疑水浅，荷动知鱼散。日暮待情人，维舟绿杨岸。

（《钓鱼湾》）

梧桐荫我门，薜荔网我屋。迢迢两夫妇，朝出暮还宿。稼穑既自种，牛羊还自牧。日旰懒耕锄，登高望川陆。空山足禽兽，墟落多乔木。白马谁家儿，联翩相驰逐。

（《田家杂兴》八首之七）

种桑百余树，种黍三十亩。衣食既有余，时时会亲友。夏来菰米饭，秋至菊花酒。孺人喜逢迎，稚子解趋走。日暮闲园里，团团荫榆柳。酩酊乘夜归，凉风吹户牖。清浅望河汉，低昂看北斗。数瓮犹未开，明朝能饮否？

（同上之八）

这些诗的情味既佳，表现又真实活泼，自然是田园诗中的上品。但我们要注意的，作者虽努力于乡村农民生活的观察与描写，然而他所看到所写到的，只是和平与快乐的一面，对于农民的疾苦与穷困的另一面，作者完全放过了。于是他所写出来这一场面，成为作者的理想社会，同作者的心境生活，发生了密切的联系。因此虽说他所描写的，是那些农村的题材，但仍然是不能归之于社会诗的范围了。这原因，全在作者的表现态度，只是个人的，而不是社会的。因了这种态度，所以这派诗人虽都是身经安史之乱，而其作品并没有时代的反映。因为在他们的心灵中理想中。都另有一个天地,另有一个世界。

刘长卿及其他　刘长卿(西历七一〇—七八〇)字文房,河间人。前人归之于中唐,其实他在开元天宝间,已享盛名。专长五言,有五言长城之称。他在诗的表现方面,范围虽极广泛,而其代表作品,都是属于田园山水的描写。其集中与禅师上人赠送之作特多,由此也可知他的爱好与心境。他的五言绝句,其意境的高远,表现的细微,可与王维比肩。试读下面几首。

日暮苍山远,天寒白屋贫。柴门闻犬吠,风雪夜归人。

(《逢雪宿芙蓉山主人》)

悠悠白云里,独住青山客。林下昼焚香,桂花同寂寂。

(《寄龙山道士许法棱》)

苍苍竹林寺,杳杳钟声晚。荷笠带斜阳,青山独归远。

(《送灵澈上人》)

空洲夕烟敛,望月秋江里。历历沙上人,月中孤渡水。

(《江中对月》)

造意用字,无不精微妥帖。句句有画意,句句有诗情,又句句有作者的个性与心境,看去好像写得太容易太平浅,然在容易平浅中,却是滋味无穷。即炎夏读之,亦有寒冷之意。与王维《辋川集》诸章,同为自然诗中的杰作。他的五律,有人鄙薄他有语意雷同之短(见高武仲《中兴间气集》刘长卿诗评)。在他那样多的作品里,找出几个雷同的例子,是极容易的事。我们不能便因此抹煞他律诗的价值。在他的律诗中,确有许多好作品。例如:

寂寞江亭下，江枫秋气班。世情何处淡，湘水向人闲。寒渚一孤雁，夕阳千万山。扁舟如落叶，此去未知还。

（《秋杪江亭有作》）

东林一泉出，复与远公期。石浅寒流处，山空夜落时。梦闲闻细响，虑淡对清漪。动静皆无意，唯应达者知。

（《和灵一上人新泉》）

王维的心境是爱静，他在诗里所表现的是静的境界。刘长卿所爱的是闲，对于一切的态度是淡，所以在他的诗里，所表现的是闲与淡的境界。闲是闲适，淡是淡薄，这都是道家人生观的真髓。在他上面这些诗里，都是这种人生观的表现。我在最后举出他一首写得最幽静最美丽的七言小诗。

寂寂孤莺啼杏园，寥寥一犬吠桃源。落花芳草无寻处，万壑千峰独闭门。

（《题郑山人幽居》）

这些人以外，还有裴迪、丘为、綦毋潜、祖咏、常建、元结诸人，其作风与王孟相近，都可归于这一个集团。其中如祖咏的七律的风格稍近高、岑，元结的乐府的旨趣，已有写实派的社会诗的倾向了。

韦应物与柳宗元　开天时代，由王孟诸家的努力而形成的自然诗派，并没有因为安史之乱与社会诗的兴起而完全消灭。到了中唐，得到韦应物、柳宗元诸人的作品，使得这一派的诗风，颇有中兴之象。其中尤以韦柳为二大家。其时代虽较王孟为晚，因其作风的系统,所以也附论在这里。

韦应物(西历七三五?—八三〇?),陕西长安人。在生做过几任官。终于苏州刺史,故世称为韦苏州。白居易说他的五言"高雅闲淡,自成一家"。苏东坡有诗云:"乐天长短三千首,却逊韦郎五字诗。"可知韦应物是长于五言,同当日的刘长卿,并称为五言的双璧。他的诗是以描写山水田园为主体,其风格以澹远清雅著称。陈师道《后山诗话》云:"右丞、苏州,皆学于陶。"又张戒《岁寒堂诗话》云:"韦苏州诗韵高而气清,王右丞诗格老而味长,皆五言之宗匠。然互有得失,不无优劣。以标韵观之,右丞诗格老而味远,不逮苏州;至其词不迫而味甚长,虽苏州亦不及也。"他在这里虽似乎有抑韦之嫌,然在唐代的自然诗人里,他承认了王韦比肩的事是显然的。在王、孟、储诸人之后,在同一的作风中,同一的题材中,他能追踪而上,卓然自立,在这里更可显出韦应物的天才。史书上说他性高洁,所在焚香扫地而坐。唯顾况、刘长卿之俦,得厕宾客,与之酬唱。其诗闲澹简远,人比之陶潜。在这里正说明这位诗人的生活与心境。不错,陶渊明是他所景仰的。无论在人生观上在作风上,他都有意学陶。《拟古诗十二首》、《效陶体》、《效陶彭泽》、《杂体五首》诸篇,都是他有意学陶的证明。他另有《与村老对饮》诗一首云:

> 鬓眉雪色犹嗜酒,言辞淳朴古人风。乡村年少生离乱,见说先朝如梦中。

在这四句里,画出了这位诗人对于现实的离乱社会的真实态度。他并非不了解,并非不看见,他却能用另一种心境另一种态度去对付，使得那种离乱尘俗的世态，不至于扰乱那平静的生活。因为如此，他不必到深山幽谷去，也不必到农村田园去，他就在他的衙门里，一样能歌咏自然，一样能表现田园。他自己说："虽居世网常清静，夜对高僧无一言。"（《县内闲居赠温公》）这种心境，不是那些隐终南、隐鹿门的高士们所能得到的。因为他有这种高远空灵的心境，所以他的做官生活毫无损伤他的闲澹简远的作风。他的许多杰作，都出之于衙门中的办公桌上，是没有什么可怪的。

今朝郡斋冷，忽念山中客。涧底束荆薪，归来煮白石。欲持一瓢酒，远慰风雨夕。落叶满空山，何处寻行迹。

（《寄全椒山中道士》）

吏舍跼终年，出郭旷清曙。杨柳散和风，青山澹吾虑。依丛适自憩，缘涧还复去。微雨霭芳原，春鸠鸣何处。乐幽心屡止，遵事迹犹遽。终罢斯结庐，慕陶直可庶。

（《东郊》）

田家已耕作，井屋起晨烟。园林鸣好鸟，闲居犹独眠。不觉朝已晏，起来望青天。四体一舒散，情性亦忻然。还复茅檐下，对酒思数贤。束带理官府，简牍盈目前。当念中林赏，览物遍山川。上非遇明世，庶以道自全。

（《园林宴起寄昭应韩明府卢主簿》）

独怜幽草涧边生，上有黄鹂深树鸣。春潮带雨晚来急，野渡无人舟自横。

（《滁州西涧》）

上非明世，以道自全，这是韦应物的人生观的全部。他没有那种采药求仙的道士气,也没有佛家那种厌世观,更没有那种狂客颠子的放纵态度,他只是一个洁身自爱养性全真的小官吏。因此他一面能焚香静坐,一面又能处理繁杂的公务,而得到很好的政声。可知他的人生观的基础,是藏着儒道两家的质素的。

柳宗元　(西历七七三—八一九)字子厚,山西河东人。他是唐代的散文大家,与韩愈并称。他的诗的成就极高,亦不在韩愈之下。因为他晚年贬居永州、柳州,得以放浪山水之间,加以性爱佛理,所以他的诗文的品格高远,毫无尘俗之气。不过他的山水之作,非出于陶,而颇近大谢。其行文造句,时多刻画之痕,险峻之气,其山水散文是如此,山水诗也是如此。我们试读他的《初秋夜坐赠吴武陵》、《晨诣超师院读禅经》、《巽上人以竹间自采新茶见赠酬之以诗》、《界围岩水帘》,《法华寺石门精舍》、《游朝阴岩遂登西亭》、《湘口馆潇湘二水所会》、《登蒲州石矶》、《与崔策登西山》诸篇,便知道他的山水诗,全非写意,而在用力刻画其形貌。因其文笔的精炼,故时多美句。然其小诗,多为表现一霎那的自然现象,一反其刻画之风,富于澹远闲雅之趣。例如:

千山鸟飞绝,万径人踪灭。孤舟蓑笠翁,独钓寒江雪。

(《江雪》)

宿雪散州渚,晓日明村坞。高树临清池,风惊夜来雨。余心适无事,偶此成宾主。

(《雨后晓行独至愚溪北池》)

渔翁夜傍西岩宿,晓汲清湘燃楚竹。烟销日出不见人,欸乃一声山水绿。回看天际下中流,岩上无心云相逐。

(《渔翁》)

他另有《田家》三首,诗题虽与储光羲所用者相同,然其态度则相反。储所写者只有农家生活的和平与快乐的一方面,而柳则写其困苦。故第一首有句云:“竭兹筋力事,持用穷岁年。尽输助徭役,聊就空自眠。”第二首云:“蚕丝尽输税,机杼空倚壁。里胥夜经过,鸡黍事筵席。各言官长峻,文字多督责。”则已近于社会诗。柳的时代,本为写实派文学的全盛时期,其作品受有这种风气的传染,原是合理的事。可知同一的题材,在相反的态度下,作风的差异能有这么远的距离,这是很可注意的。在同一的状况下,顾况的集中,有很多好的山水诗,同时他又很注意社会诗的写作。我想凡是读过他的作品的人,都会承认这种事实的。这便是作者的个性与文艺思潮的时代性的混合表现。

由上面的叙述,我们对于王维代表的自然诗派的特征,可以概括成为下列几点。

一,他们的诗体,以五言为主。

二,他们的风格是恬静淡雅,而无奔放雄浑之风。

三,他们的题材,大多是山水风景的描写与田园生活的表现。

四,他们都是自然主义的人生观,爱清静闲适与自由,只求其个人心境的安适,避开现实社会的接触与暴露,而成为浪漫派诗人中的高蹈者。

四　岑高诗派

在当日浪漫诗歌的潮流中,同自然诗派的作风诗体以及描写的题材完全相反,同时又能建树着对立的阵容,加强着浪漫诗的生命与光彩的,是以乐府歌词与雄放作风著称的一派。这里所说的乐府诗,并不是指的完全依照乐府的古题与曲谱而写的乐章,他是含有较为广泛的意义的。这意义便是说那些作家,采用乐府民歌的精神与语调,抛弃格律的遵守,运用长短不拘变化自由的文句,去表现他们的题材,使得他们在诗体上得到了大大的解放。在这种情状下,他们用乐府古题所作的新词,固然是乐府,就是那些用这种精神与语调所写成的普通的诗篇,也可归之于同一范围。在音乐性上,虽然是缺少乐府应有的基础,然在精神上,这基础是极其丰富而稳固的。

初唐年间,沈、宋、刘希夷诸人,也曾创作乐府,但他们所用的大都是五言律体,于是乐府诗的生命与特征完全消灭,只存一个名目,完全变成一首骈偶华丽的律诗了。到了开天的浪漫时代,新文学运动的兴起,古典格律文学的衰歇,于是乐府歌词也得到了解放,而成为浪漫诗歌中一支重要的军队了。在这一支流中,有岑参、高适、李颀、崔颢、王昌龄、王之涣、王翰诸人的作品,形成了与自然诗派旗鼓相当的阵容。他们的人生观都是现实的,无意于山水与田园的特别爱好。道家的人生哲学与佛家的厌世思想,似乎都没有使他们沾染,他们都很年轻,富于进取,心境是快乐的,雄放的,痛快地玩,痛快地喝酒,痛快地做事,没有一点暮年的消沉,也没有一点隐士高人的气味。他们都有一股热情与力量,无论是做事与作诗,都能现出一种雄放浓烈的生气。他们的生命是跳动与活跃,因此他们的作品也是跳动与活跃。他们欢喜用七言的长歌,去描写塞外的风光,惊人的战事,以及各种不平凡的人事现象。在这种地方,显出了浪漫精神的两方面。自然诗人是静的退守的高蹈者，他们这一派是动的进取的创造者。由于这基础的差别，他们的人生与作风，画了一条明显的界线。

岑参　岑参新、旧《唐书》俱无传，据杜确《岑嘉州集序》，知为河南南阳人，天宝三年进士，做过安西节度判官，关西节度判官，虢州长史，嘉州刺史，晚年入蜀依杜鸿渐，即死于蜀。其时代约为西历七二〇—七七〇。岑参本是一个英气勃勃富于进取的人，很看不起那些穷愁潦倒的白面书生，所以他在失意时代，常常自己叹息：

> 终日不得意，出门何所之。从人觅颜色，自叹弱男儿。
>
> （《江上春叹》）
>
> 盖将军，真丈夫，行年三十执金吾。
>
> （《玉门关盖将军歌》）
>
> 问君今年三十几，能使香名满人耳？
>
> （《送魏升卿擢第归东都》）
>
> 丈夫三十未富贵，安能终日守笔砚！
>
> （《银山碛西馆》）

对于自己是叹息，对于旁人是羡慕，这同陶派诗人的态度是完全两样的。后来他果然得志了，先后做了安西和关西的节度判官。安西是现在的新疆，关西是陕西和甘肃。那里有大风、大热、大冰雪，有千里无人烟的广大沙漠，有伟大悲壮的战争和异国情调的胡乐。他到过天山，到过轮台，到过雪海，到过交河，这种同中原绝异的景象，给他一种新刺激新生命新情调。他的心境与诗境，都由此展开，他不能运用拘束的律体或是幽静的作风，去表现这伟大雄奇的场面。他不得不采用那种自由变动的体裁，去适应自然界的伟大与雄奇，于是他的作风大变了。

涧水吞樵路，山花醉药栏。

（《初授官题高冠草堂》）

舟中饶孤兴，湖上多新诗。

（《送王昌龄赴江宁》）

朝回花底恒会客，花扑王缸春酒香。

（《韦员外家花树歌》）

这是他三十岁前后所作的诗，写得这么美丽，这么闲适，就放到孟浩然、刘长卿的集子里，也是可以的。但他到了安西、关西以后，他的作品，完全变了一个面目。

北风卷地白草折，胡天八月即飞雪。忽如一夜春风来，千树万树梨花开。散入珠帘湿罗幕，狐裘不暖锦衾薄。将军角弓不得控，都护铁衣冷犹著。瀚海阑干百丈冰，愁云惨淡万里凝。中军置酒饮归客，胡琴琵琶与羌笛。纷纷暮雪下辕门，风掣红旗冻不翻。轮台东门送君去，去时雪满天山路。山回路转不见君，雪上空留马行处。

（《白雪歌送武判官归京》）

君不见走马川行雪海边，平沙莽莽黄入天。轮台九月风夜吼，一川碎石大如斗，随风满地石乱走。匈奴草黄马正肥，金山西见烟尘飞，汉家大将西出师。将军金甲夜不脱，半夜军行戈相拨，风头如刀面如割。马毛带雪汗气蒸，五花连钱旋作冰。幕中草檄砚水凝。虏骑闻之应胆慑，料知短兵不敢接，车师西门伫献捷。

（《走马川行奉送出师西征》）

火山突兀赤亭口，火山五月火云厚。火云满山凝未开，飞鸟千里不敢来。平明乍逐胡风断，薄暮常随塞雨回。缭绕斜吞铁关树，氛氲半掩交河戍。迢迢征路火山东，山上孤云随马去。

（《火山云歌送别》）

弯弯月出挂城头，城头月出照凉州。凉州七里十万家，胡人半解弹琵琶。琵琶一曲肠堪断，风萧萧兮夜漫漫。河西幕中多故人，故人别来三五春。花楼门前见秋草，岂能贫贱相看老？一生大笑能几回？斗酒相逢须醉倒。

（《凉州馆中与诸判官夜集》）

在这些诗里，他完全是运用乐府民歌的精神与语调，去描写塞外的风光与战场的情形，完成未曾有过的险怪雄奇的风格。那些风光与情境，都不是辋川、鹿门、终南的山水里所能找得到的，他所用的那些字句，也不是王孟的笔下所能找得到的。这虽是一面要归于岑参的天才，但最重要的我们还不能不归之于他那种特有的自然环境与生活环境。如果他也是王维的泛舟唱和的道友，悠悠地过着一生，任他有如何高远的想象力创造力，这些作品是不能产生的。元辛文房《唐才子传》云："参累佐戎幕，往来鞍马烽尘间十余载，极征行离别之情。城障塞堡，无不经行，博览史籍，尤工缀文。属辞清尚，用心良苦。诗调特高，唐兴罕见此作。"他从作者的生活环境与自然现象去说明其作风特色的构成，是极其合理的。他于七言长歌之外，七言小诗也有很好的作品，且举两首作例：

> 故园东望路漫漫，双袖龙钟泪不干。马上相逢无纸笔，凭君传语报平安。
>
> （《逢入京使》）
>
> 梁园日暮乱飞鸦，极目萧条三两家。庭树不知人去尽，春来还发旧时花。
>
> （《山房春事》）

一写乡情，一写春事，题材与环境不同，他的体裁也变为短小，风格也显得缠绵与幽静了。

高适（西历七六五年死）字达夫，渤海蓨人（今河北沧州）。他不得志时是一个狂放不羁的上等流浪者。《旧唐书》本传说他："不事生产，客梁、宋，以求丐取给。"《唐诗纪事》引商璠云："适性落拓，不拘小节，耻预常科，隐迹博徒，才名自远。"可见他浪漫的性情和生活。他晚年官运亨通，由河西节度使哥舒翰的书记，做到剑南、西川节度使，代宗时召为刑部侍郎，进封渤海县侯，食邑七百户。所以《旧唐书》说他"有唐以来，诗人之达者，唯适而已。"在他早年求丐自给的时候，是想不到有这么好的晚景的。

他的军事生活与边陲的环境，使得他的作风都与岑参相近。新、旧《唐书》都说他"年五十始为诗，即工。以气质自高。每一篇已，好事者辄为传诵"。他本是一个才情卓绝的人，青年时代另有雄心大志，看不起文墨，不高兴弄这玩意儿，但他的基础是早已有

了的。所以后来一动笔，不到数年，便为好事者所传诵了。

汉家烟尘在东北，汉将辞家破残贼。男儿本是重横行，天子非常赐颜色。摐金伐鼓下榆关，旌旆逶迤碣石间。校尉羽书飞瀚海，单于猎火照狼山。山川萧条极边土，胡骑凭陵杂风雨。战士军前半死生，美人帐下犹歌舞。大漠穷秋塞草肥，孤城落日斗兵稀。身当恩遇常轻敌，力尽关山未解围。铁衣远戍辛勤久，玉箸应啼别离后。少妇城南欲断肠，征人蓟北空回首。边风飘飖那可度，绝域苍茫无所有。杀气三时作阵云，寒声一夜传刁斗。相看白刃雪纷纷，死节从来岂顾勋。君不见沙场征战苦，至今犹忆李将军。

（《燕歌行》）

古城莽莽饶荆榛，驱马荒城愁杀人。魏王宫观尽禾黍，信陵宾客随灰尘。忆昨雄都旧朝市，轩车照耀歌钟起。军容带甲三十万，国步连营五千里。全盛须臾那可论，高台曲池无复存。遗墟但见狐狸迹，古地空余草木根。暮天摇落伤怀抱，抚剑悲歌对秋草。侠客犹传朱亥名，行人尚识夷门道。白璧黄金万户侯，宝刀骏马填山丘。年代凄凉不可问，往来唯见水东流。

（《古大梁行》）

君不见芳树枝，春花落尽蜂不窥。君不见梁上泥，秋风始高燕不栖。荡子从军事征战，蛾眉婵娟守空闺。独宿自然堪下泪，况复时闻乌夜啼。

（《塞下曲》）

营州少年爱原野，孤裘蒙茸猎城下。虏酒千钟不醉人，胡儿十岁能骑马。

（《营州歌》）

这些都是乐府歌词中的上等作品，其气象似乎比不上岑参的奔放，然其诗中的人情味，却较优于岑。他在写边塞的景象、战争的场面下，同时又顾到征夫的疾苦，少妇的情怀，故能于高壮的风格里，还呈现出哀怨之音，令人读了，觉得悠长有味。岑高诗的差别，我想就在这一点。《营州歌》寥寥四句，正是北方民歌的本色，与《李波小妹歌》、《折杨柳歌》诸篇，恰好是同一面目。胡适之说："高适诗出于鲍照。"这诚不错，但北朝的乐府民歌也给予他以影响的事，我们也是必得注意的。

岑高以外，李颀、崔颢也是当日乐府歌词的重要作家。李颀是云南东川人，开元十三年进士，官新乡尉。其事迹不详。他的诗的题材虽很广泛，同上人、禅师来往很密，然其代表作，还是那几篇用乐府体歌咏战争现出与岑高作风相近的七言歌行。崔颢，汴州人，开元十一年进士。《旧唐书》说他："有俊才，无士行，好蒱博饮酒，及游京师，娶妻择有貌者，稍不惬意即去之，前后数四。"可知他也同高适一样是一个浪漫者。他的诗虽多艳篇，然却都是乐府民歌的本色，绝无齐梁宫体的富贵气味。后来他一出塞外，颇多写战争的诗，其风格亦变为雄放。《河岳英灵集》评他说："颢年少为诗名陷轻薄，晚节忽变常体，风骨凛然。一窥塞垣，说尽戎旅。"这话是不错的。在他现存的诗里，也可看出这分明的界限。他的七律《黄鹤楼》一首，使李白搁笔，严羽至称为唐代七律压卷之作。然平仄对偶俱有不合，这正表现浪漫诗人对于格律的反抗。今将二家的诗各举数例。

白日登山望烽火，昏黄饮马傍交河。行人刁斗风沙暗，公主琵琶幽怨多。野营万里无城郭，雨雪纷纷连大漠。胡雁哀鸣夜夜飞，胡儿眼泪双双落。闻道玉门犹被遮，应将性命逐轻车。年年战骨埋荒外，空见葡萄入汉家。

（《古从军行》李颀）

男儿事长征，少小幽燕客。赌胜马蹄下，由来轻七尺。杀人莫敢前，须如猬毛磔。黄云陇底白云飞，未得报恩不得归。辽东小妇年十五，惯弹琵琶解歌舞。今为羌笛出塞声，使我三军泪如雨。

（《古意》李颀）

高山代郡东接燕，雁门胡人家近边。解放胡鹰逐塞鸟，能将代马猎秋田。山头野火寒多烧，雨里孤峰湿作烟。闻道辽西无斗战，时时醉向酒家眠。

（《雁门胡人歌》崔颢）

昔人已乘黄鹤去，此地空余黄鹤楼。黄鹤一去不复返，白云千载空悠悠。晴川历历汉阳树，芳草凄凄鹦鹉洲。日暮乡关何处是，烟波江上使人愁。

（《黄鹤楼》崔颢）

崔颢那首律诗的前四句，完全是乐府的精神和民歌的语气，是一点也没有把他当作律诗做的。如果一定要叫作律诗，只可说是乐府体的律诗。然其气象的雄浑，格调的高古，正可与高岑的七言歌行比肩。难怪李太白也要望之而却步了。

王昌龄、王之涣、王翰诸人的风格，虽可归于岑高一派，然他们在诗歌上的成就，却与岑高稍有不同。岑高是长于七言歌行，采用乐府古词的精神与语调，去解放他们的诗体，其作品的精神，是乐府性的，然不一定是音乐性的。王昌龄们的作品，是以绝句擅长，绝句即是当日可歌的乐府。乐工可以入乐，妓女可以歌唱，我们试看薛用弱《集异记》所载的旗亭会唱的故事，便知道他们的作品，是当日伶官妓女口中最流行的歌词。

王昌龄字少伯，陕西长安人，一说江宁人。晚节狂放，贬为龙标尉，后还乡为闾丘晓所杀。王之涣，山西并州人，天宝间与高适、王昌龄齐名。王翰字子羽，晋阳人，直言喜谏，因事贬道州司马。关于他们的事迹，我们知道很少，大概都是落拓不羁狎妓饮酒的浪漫者。他们现存的诗篇虽说很少，然都是精美之作，成为开天时代绝句中的名篇，真可以说是以少胜多了。

秦时明月汉时关，万里长征人未还。但使龙城飞将在，不教胡马渡阴山。

（王昌龄《出塞》）

大漠风尘日色昏，红旗半卷出关门。前军夜战洮河北，已报生擒吐谷浑。

（王昌龄《从军行》）

黄河远上白云间，一片孤城万仞山。羌笛何须怨杨柳，春风不度玉门关。

（王之涣《出塞》）

葡萄美酒夜光杯，欲饮琵琶马上催。醉卧沙场君莫笑，古来征战几人回？

（王翰《凉州词》）

寥寥四句的绝诗，呈现着这么雄伟的气魄，自是难能。风格与高岑近似，而其神韵滋味则远过之。在绝诗的成就方面，王昌龄较为广泛。他除长于描写边塞战争以外，亦善于表现宫闺离别之情。例如：

> 奉帚平明金殿开，且将团扇共徘徊。玉颜不及寒鸦色，犹带昭阳日影来。
>
> （《长信秋词》）
>
> 闺中少妇不知愁，春日凝妆上翠楼。忽见陌头杨柳色，悔教夫婿觅封侯。
>
> （《闺怨》）
>
> 寒雨连江夜入吴，平明送客楚山孤。洛阳亲友如相问，一片冰心在玉壶。
>
> （《芙蓉楼送辛渐》）

因题材不同，而其表现的手法变为细密，情感亦变为哀怨。字句明白如话，其情意却悠长深远，滋味无穷，达到绝句中最上等的境界，真可称为杰作了。沈德潜云："龙标绝句深情幽怨，意旨微茫，令人测之无端，玩之无尽。"（《唐诗别裁》）唐代七绝，能与王昌龄比肩者，只有李白一人。

由上面的叙述，他们这一派的特征，可以概括成为下列几点：

一，他们都长于七言。

二，作风奔放雄伟，以气象见长，绝无恬静淡远之趣。

三，他们的题材，集中于边塞风光的描写与战争的歌咏。

四，他们的人生观是现世的，生活是浪漫的，没有儒学的拘谨，也没有道家的闲适，而近于个人主义的享乐派。因为这一点，他们与自然派诗人一样，同现实社会的实际生活是离开的。因此安史大乱中的民间疾苦，在他们的作品中，看不见一点痕迹。

五　浪漫派的代表诗人李白

在上述的浪漫文学中，无论在诗的体裁，内容或其作品的风格上，兼有王孟、岑高二派之长，集浪漫文学的大成，使这一派的作品呈现着空前的光彩，而成为浪漫派的代表诗人的，是前人称为诗仙的李白。在他的作品里，有澹远恬静的山水诗，有气象雄伟的乐府诗，无论五言七言长篇短篇，他都写得极好，几乎任何体裁任何题材，他都无须选择。前人加于诗歌上面的种种格律，都被他的天才击得粉碎。在中国过去的诗人内，从没有一个有他这么大胆的勇气和创造性的破坏。在他的眼里，任何规律，任何传统和法则，都变成地上的灰尘，在他天才的力量下屈服了。他是当代浪漫生活、浪漫思想、浪漫文学的总代表。他的心境，极其复杂矛盾，几乎不可分析。他爱豪侠，对于张良、荆轲、朱亥、高渐离、豫让、郭隗等人，时时流露着景仰赞叹之情。他爱道士神仙，炼过大丹，受过道箓，同道士们来往非常密切。他又极爱老子，也时时想过一点闲适清静的生活。然而他又是一个彻底的纵欲享乐者，他对过去未来全不关心，只追求现世的快乐与官能的满足，而造成他那种酒徒色鬼的颓废生活。同时他又是殉情主义者，他的情感的丰富与热烈，任何诗人都比他不上。他中年流浪在金陵时，想念他的妻儿，在《秋浦歌》内说："欲去不得去，薄游成久游。何年是归日，雨泪下孤舟。”别朋友的时候，他写着“桃花潭水深千尺，不及汪伦送我情”的句子。这种热烈的情感，是李白一切作品的原动力。因为他有这种复杂矛盾的心情和性格，所以他在作品里表现出来的颜色与作风，时而浓烈，时而淡远，时而恬静，时而雄放，我们决不能用某种题材与某种风格来限制他的作品。他自己承认他是狂人（《庐山谣》中云“我本楚狂人”），这是非常恰当的。狂是他人生全部的象征。也就是他作品全部的象征。“狂”字在这里绝无半点罪恶的意味，是一种勇于破坏追求自由的浪漫精神的最高表现。中国过去的思想家艺术家文学家，都缺少这种伟大的精神，因此文化思想，老是呈现着平淡无奇的停滞状态。李白在这方面是一个成功者，同时也是一个牺牲者。

中国诗人的籍贯，未有如李白之紊乱者，有金陵、山东、陇西、四川、西域诸说。东南西北相差就是几千万里。这原因是李白一生到处流浪，四海为家，容易使人发生错误。其次是一般人把他的祖籍和他个人的生长地分辨不清，因此异说纷纭，千年来竟无定论。现在我们也无须作那烦琐的考证，只就新、旧《唐书》本传，李阳冰、魏颢、曾巩的李白诗序，刘全白、范传正的李白墓碑诸篇，加以参考比较，得一较为可信的结论。李白的祖籍是陇西成纪人（今甘肃天水附近），隋末其祖先以罪徙西域（《新唐书》说是西域，范碑云被窜于碎叶，李序又云谪居条支，地点不同，其祖因罪徙居西方的事，想是可靠的）。到了唐神龙初年（七〇五—七〇六年），他的父亲遁还四川（刘范二人俱谓是广汉，《成都古今记》说是绵州，《新唐书》说是巴西。地点虽又各有不同，至于逃回四川的事，想又是可靠的，因四川和西域一带很接近，易于迁徙。陇西虽是他的故乡，因为是犯罪之徒，回故乡恐有不便，他的遁川，是很合理的）。

大概因为四川对于他们是客地,所以他父亲就自名为客了。然而在这里发生两个疑问,一是李白生于西域,还是生于四川?二是李白的母亲是汉人,还是胡人?这两个疑问没有靠得住的史料来解答,只能凭着推想来说明。因为他的生年各说不一,很难根据。如果依李华所作的墓志,假定他生于大足元年(西历七〇一),那么他是生于西域,到神龙初年逃到四川时,他已有五岁了。至于他的血统,说他是胡、汉的混血儿,是非常可能的。他的祖先从隋末到唐初的神龙,在西域住了一百年,生儿育女,同胡妇发生关系,是必然的事。由此看来,李白的祖籍是甘肃,生于西域,长于四川,是一个胡、汉的混血儿。说他是混血儿,并无半点恶意。六朝以来,南北民族血统的大交流,是人人都知道的事。二十五岁以前,他就生长在四川,因此在他的诗文里,时时把四川当作故乡,把司马相如、扬雄一些人当作同乡来歌咏的事,也是很合理的。至于山东、金陵都是他中年寄寓之地,或是他的远祖的籍贯,如果因此就说他是山东人,或是金陵人,那是绝不可信的了。他自己所写的"学剑来山东"、"我家寄东鲁"的诗句,都是最好的例证。

他在四川的少年时代,是读书学剑,同那些侠客道士隐居岷山,游峨眉,养成那么不事生产性喜流浪的狂傲豪侠的性格。故乡的寂寞,毕竟留不住这位雄心勃勃的青年,二十五岁以后,他于是仗剑去国,在江南、河北一带流浪了很久,是他"遍干诸侯,历抵卿相"的时期。他到过襄汉、金陵、扬州、汝梅、云梦、安陆、山东、太原、浙江各处。在云梦娶故相许圉如家的孙女为妻;在并州识郭子仪;在山东时,与孔巢父、韩准、裴政、张叔明、陶沔为友,酣歌纵酒,隐居徂徕山竹溪,时号为竹溪六逸。后来又由山东回到江浙,同道士吴筠做了好朋友,一同住在嵊县,这时候他是四十岁了。他这十几年，看过不少的名山胜水，交了不少的各种各样的朋友，用去了不少的金钱（在扬州不到一年就散去了三十余万金，想是他岳家的），娶了妻生了儿女，所谓王侯卿相也会见了不少，他的生活一天一天地丰富，诗名也一天天地高了。后来吴筠被召入京，荐白于玄宗，因此他也入长安。那时贺知章读了他的诗，叹为天上谪仙人。玄宗很优遇他，有诏供奉翰林。他在长安三年，仍是一样度着浪漫的生活，相传有龙巾拭吐、御手调羹、力士脱靴、贵妃捧砚种种的风流故事。在这时候，他做了好些典雅美丽的歌辞。最脍炙人口的，便是那在沉香亭子咏芍药的《清平调》。他后来回忆这时候的情形说："昔在长安醉花柳，五侯七贵同杯酒。气岸遥凌豪士前，风流肯落他人后！夫子红颜我少年，章台走马着金鞭。文章献纳麒麟殿，歌舞淹留玳瑁筵。"（《流夜郎赠辛判官》）又说："翰林秉笔回英盼，麟阁峥嵘谁可见。承恩初入银台门，著书独在金銮殿。龙驹雕镫白玉鞍，象林绮席黄金盘。当时笑我微贱者，却来请谒为交欢。"（《赠从弟南平太守之遥》）在这些句子里，可见他当日的得意状态。他本可由此一帆风顺，做起大官来，但他那种浪漫的行为和思想，使得皇帝和近臣都有些怕他，不敢相信他，因为他自己实在不是一种廊庙之材，于是又离开长安，再度着流浪漂泊的生活。但此后他潦倒流离，漫无定迹，生活是很困苦的。江南江北，他都走到了。"万里无主人，一身独为客。"（《淮南卧病书怀》）"一身竟无托，远与孤蓬征。"（《郧中赠王大》）这是他离开长安以后的漂泊无依的生活的告白。"一朝谢病游江海，畴昔相知几人在？前门长揖后门关，今日结交明日改。"（《赠从弟》）"欲邀击筑悲歌饮，正值倾家无酒钱。"（《醉后赠从甥高镇》）自己一落魄，朋友也变了，穷得酒钱也付不出来，这位浪子诗人，大概到了这时候，才稍稍懂得一点现实人生的意义。在这种穷困内,想起多年不见的妻,想起娇女平阳、小儿伯禽来了。想起三年前在家时自己手植的桃树,现在长得楼一样高,开着美丽的花,自己仍是流浪在外,儿女折着花枝玩耍时,看不见爸爸,要流着眼泪的罢。我们的诗人,到这时往日的豪气完全消失,沉入于哀伤的情感里,写出“何年是归日,雨泪下孤舟”的伤感缠绵的句子了;但是他这种灵性的出现,只是临时的,对于他的性格和生活,丝毫没有改变。他一弄到两个钱,又去狎妓喝酒,什么都忘记了。“兰陵美酒郁金香,玉碗盛来琥珀光。但使主人能醉客,不知何处是他乡。”(《客中作》)这才是他的本性,他的真面目。他就是这样子,流浪了不少时候。天宝十四年,安禄山反,李白已经五十五岁了。次年他隐居庐山,作了许多好诗。当时永王璘起兵,招李白入幕,今读其《永王东巡歌》十一首和《在水军宴赠幕府诸侍御》诸篇,知道他的附和永王,大半是自动的。因为在那些诗里,充满着希望和喜悦,决非被压迫者的感情。后人以此诬李白为不忠,这都是迂腐之见。由我们现在看来,当日的敌人是安禄山,谁打胜了谁做皇帝,为什么拥护哥哥就是忠,拥护弟弟就是叛逆,我想李白这种违反尊君的传统观念,正是他的浪漫精神的表现。但是永王璘毕竟是失败了,我们的诗人,也因此获罪而要处死刑,恰好碰着他从前救过的郭子仪出力救他,因此流于夜郎,走到巫山,遇赦放归,他那时候,已是五十九岁的高年了。后来他依当涂令李阳冰,往来宣城、历阳间,爱赏青山、敬亭山、采石矶一带的风景。年纪大了,心境也沉静了,在那时候写了好些恬静淡远的山水小诗,六十二岁,死于当涂(西历七六二)。王定保《摭言》说他入水捉月而死,那是靠不住的。他的后代非常凋零,他死后四十余年,范传正访得他两位孙女,都嫁给极穷困的农夫。他的大儿子伯禽，也在贞元八年不禄而卒。那孙女又说：“祖父遗嘱要葬在青山，因贫穷无力，厝在龙山，现在小坟一堆也已坍毁了。”这情形真是够凄凉了。好在范传正做了一件痛快的事，把他的坟迁葬青山，了却他的心愿，同时又接济那两位孙女一点钱财。

由此看来，李白的一生是最平凡的，也是最不平凡的。所谓最平凡的，他一生没有做过一点正经事；所谓最不平凡的，他是什么事也做过，什么生活也尝过。那最平凡的生活，使得他不能成为廊庙之器，但是那最不平凡的生活，使得他成为最伟大的诗人。他是天才、浪子、道人、神仙、豪侠、隐士、酒徒、色鬼、革命家。这一切的特性，都集合地在他的诗歌里表现出来。他的脑中有无限的理想，但任何理想都不能使他满足，他追求无限的超越，追求最不平凡的存在。他的感情变动得非常迅速，他能领略人生及自然界的种种滋味，他厌恶现实的鄙俗与规律的束缚。他把孔孟那一般人，看作是礼教的奴隶，是人间的笨汉。他说：

我本楚狂人，狂歌笑孔丘。

（《庐山谣》）

鲁叟谈五经，白发死章句。问以经济策，茫如堕烟雾。足着远游履，首戴方头巾。缓步从直道，未行先起尘。……君非叔孙通，与我本殊伦。

（《嘲鲁儒》）

这些方巾气十足的秀才儒生，他当然是看不上眼。就是那食蕨的夷齐，挨饿的颜回，他觉得也无多大意义。他所要求的是现世的纵欲享乐。他说：“君爱身后名，我爱眼前酒。饮酒眼前乐，虚名复何有?”(《笑歌行》)“且乐生前一杯酒,何须身后千载名。”(《行路难》)他这种排圣贤、反礼法、图快乐、厌虚名的观念,同《列子》中的杨朱哲学是一致的。并且由晋人创造的这种纵欲享乐的思想,到了唐朝的李白,实是完全实践了。只有李白才真是晋人创造的杨朱。

李白的作品的最大特色,就是在那中国诗人未曾有过的雄放的气象。这一半由于他的天才,一半也由于他的个性。他本身就是一个英气勃勃狂放不羁的人,他作起诗来,便不屑于细微的雕琢与对偶的安排,他用着大刀阔斧粗枝大叶的手法与线条,去涂写他心目中的印象和情感。无论是长诗或是短诗,一到他的手里,好像一点不费气力似的,一点不加思考似的,便随随便便地写成了。然而在他的诗里(尤其是他的七言歌行),都有一种排山倒海万马奔腾的气势,读了只能使人惊奇和赞叹。因此他对于那费尽心力加意推敲而作诗的杜甫,要发出嘲讽的声音了。“饭颗山前逢杜甫,头戴笠子日卓午。借问别来太瘦生,总谓从前作诗苦。”这情形在李白看来确实是可笑的。杜甫对于李白的狂性与过人的天才,也深深地认识。在他的集中寄赠李白和提起他的诗,共有十五首。如“众人皆欲杀,吾意独怜才”,“冠盖满京华,斯人独憔悴”,“笔落惊风雨,诗成泣鬼神”,“余亦东蒙客,怜君如弟兄”,“三夜频梦君,情亲见君意”,在这些句子里,一面看出杜甫对李白的天才的倾倒,同时又表现他俩的深厚友谊。这两位同时的千古大诗人,是没有半点相轻的恶习气的。

李白作诗是这种浪漫的态度,又有那样高的才情,当然齐梁以来的那种小家气味,他是看不上眼的。所以他说:“梁陈以来,艳薄斯极,沈休文又尚以声律;将复古道,非我而谁?”他又说:“自从建安来，绮丽不足珍。”他虽说要复古，其实是革命的创新。他的工作，是把数百年来加于诗歌的种种规律，击得粉碎，在他的一千多首诗中，律诗不到一百首，并且这些律诗，也不完全遵守规则。赵翼说得好：“才气豪迈，全以神运，自不屑束缚于格律对偶与雕绘者争胜。”这批评正道出这位浪漫诗人的真精神。

乐府的精神与语气的运用，到了李白算是达到了最成熟最解放的阶段。在他的集中，乐府诗有一百四十几篇，其他的诗（除了少数的律诗古诗以外）也都是乐府的变形。他从乐府里得到最纯熟的训练与良好的技术和意境，在他的各种作品里，充分地表现了这种新精神。在这一点，岑、高、崔、李之流都比不上他。胡适之氏说：“乐府到了李白，可算是集大成了。他的特别长处有三点。第一，乐府本来起于民间，而文人受了六朝浮华文体的余毒，往往不敢充分运用民间语言与风趣，李白认清了文学的趋势，他是有意用清真来救绮丽之弊的。所以他大胆地运用民间的语言，容纳民歌的风格，很少雕饰，最近自然。第二，别人作乐府歌辞，往往先存了求功名的念头，李白却始终是一匹不受羁勒的骏马，奔放自由。故能充分发挥诗体解放的趋势，为后人开不少生路。第三，开元天宝的诗人作乐府，往往勉强作壮语，说大话，仔细分析起来，其实很单调，很少个性的表现。李白的乐府有的是酒后放歌，有时是离筵别曲，有时是发议论，有时是颂赞山水，有时上天下地作神仙语，有时描摹小儿女情态，体贴入微。这种多方的尝试，便使乐府歌辞的势力，侵入诗的种种方面。两汉以来无数民歌的解放的作用与影响，到此才算大成功。”（《白话文学史》）他这一段批评非常精当，所以我全抄在这里。

长安一片月，万户捣衣声。秋风吹不尽，总是玉关情。何日平胡虏，良人罢远征。

(《子夜秋歌》)

白帝城边足风波，瞿塘五月谁敢过。荆州麦熟茧成蛾，缫丝忆君头绪多。拨谷飞鸣奈妾何。

(《荆州歌》)

长相思，在长安。络纬秋啼金井栏，微霜凄凄簟色寒。孤灯不明思欲绝，卷帷望月空长叹。美人如花隔云端。上有青冥之长天，下有渌水之波澜。天长地远魂飞苦，梦魂不到关山难。长相思，摧心肝。

(《长相思》)

玉阶生白露，夜久侵罗袜。却下水晶帘，玲珑望秋月。

(《玉阶怨》)

五陵年少金市东，银鞍白马度春风。落花踏尽游何处，笑入胡姬酒肆中。

(《少年行》)

床前明月光，疑是地上霜。举头望明月，低头思故乡。

(《静夜思》)

这些乐府小品，或写主观的情感，或出于客观的表现，乡愁闺怨，艳曲民歌，都能随题抒写，体贴入微，无不是精美绝伦的妙品。然而由其雄伟的气象的表现，形成格律的自由，充分地发挥那浪漫文学的真精神的，是那些长篇的歌行。例如：

噫吁嚱危乎高哉，蜀道之难难于上青天。蚕丛及鱼凫，开国何茫然。尔来四万八千岁，乃与秦塞通人烟。西当太白有鸟道，可以横绝峨眉巅。地崩山摧壮士死，然后天梯石栈方钩连。上有六龙回日之高标，下有冲波逆折之回川。黄鹤之飞尚不得过，猿猱欲度愁攀缘。青泥何盘盘，百步九折萦岩峦。扪参历井仰胁息，以手抚膺坐长叹。问君西游何时还，畏途巉岩不可攀。但见悲鸟号古木，雄飞从雌绕林间。又闻子规啼夜月，愁空山。蜀道之难难于上青天，使人听此雕朱颜。连峰去天不盈尺，枯松倒挂倚绝壁。飞湍瀑流争喧豗，砯崖转石万壑雷。其险也若此，嗟尔远道之人，胡为乎来哉？剑阁峥嵘而崔嵬，一夫当关，万夫莫开。所守或匪亲，化为狼与豺。朝避猛虎，夕避长蛇。磨牙吮血，杀人如麻。锦城虽云乐，不如早还家。蜀道之难难于上青天，侧身西望长咨嗟。

（《蜀道难》）

海客谈瀛洲，烟涛微波①信难求。越人语天姥，云霓明灭或可睹。天姥连天向天横，势拔五岳掩赤城。天台四万八千丈，对此欲倒东南倾。我欲因之梦吴越，一夜飞渡镜湖月。湖月照我影，送我至剡溪。谢公宿处今尚在，渌水荡漾清猿啼。脚着谢公屐，身登青云梯。半壁见海日，空中闻天鸡。千岩万转路不定，迷花倚石忽已暝。熊咆龙吟殷岩泉，栗深林兮惊层巅。云青青兮欲雨，水澹澹兮生烟。列缺霹雳，邱峦崩摧。洞天石扇，訇然中开。青冥浩荡不见底，日月照耀金银台。霓为衣兮风为马，云之君兮纷纷而来下。虎鼓瑟兮鸾回车，仙之人兮列如麻。忽魂悸以魄动，恍惊起而长嗟。惟觉时之枕席，失

① “波”，通作“茫”。

向来之烟霞。世间行乐亦如此，古来万事东流水。别君去兮何时还？且放白鹿青崖间。须行即骑访名山。安能摧眉折腰事权贵，使我不得开心颜。

（《梦游天姥吟留别》）

要在这些诗里，才真能看出李白过人的才情。挥毫落纸，真有横扫千军的气概。在那些长短参差的字句里，显得自然，在那些时时变换的音韵里，显得调和，在绝无规律中，又显出法则。诗做到李白，算真是达到革命的大解放，他能从《诗经》、《楚辞》、乐府以及中国古代许多古典文学中吸取其精华，而创造一种新形式新格调，使后人无法模拟无法学习。欧美人常以极度夸张，想象丰富，情感热烈，不守规则，为浪漫文学的重要特征，在李白的作品里，这几点都实践了。所以我们称他为浪漫派的代表诗人，是很适当的。至于这些诗的风格，确与岑高一派相近，然其气魄之大，实驾他们而上之。他又不像岑高们只能写这种奔放雄伟的诗，有时他的心境沉静了，环境改变了，他的笔调又变成王孟一类的恬静淡远了。例如：

对酒不觉暝，落花盈我衣。醉起步溪月，鸟还人亦稀。

（《自遣》）

众鸟高飞静，孤云独去闲。相看两不厌，只有敬亭山。

（《敬亭独坐》）

暮从碧山下，山月随人归。却顾所来径，苍苍横翠微。相携及田家，童稚开荆扉。绿竹入幽径，青萝拂行衣。欢言得所憩，美酒聊共挥。长歌吟松风，曲尽河星稀。我醉君复乐，陶然共忘机。

(《下终南山过斛斯山人宿置酒》)

问余何事栖碧山,笑而不答心自闲;桃花流水杳然去,别有天地非人间。

(《山中问答》)

这时的李白,变成一个幽静的隐士的心境,狂情浪态,一点影子也没有了。他整个的人生与自然界完全同化,他的心灵变得这么清净,笔致变得这么秀雅了。这一类的作品,放到王孟一派的自然诗中,是非常调和而又毫无愧色的。我上面所说的李白的作品;是兼有岑高与王孟二派的特长,而集浪漫文学的大成的话,是一点也没有夸张的了。同时,王昌龄一流人所擅长的绝句,李白也是拿手好戏,其成就并不在昌龄之下。沈德潜谓唐代绝句,只有王李二人之作,堪称神品,这话并非溢美之辞。佳篇实在过多,且举数首作例:

划却君山好,平铺湘水流;巴陵无限酒,醉煞洞庭秋。

(《陪侍郎叔游洞庭醉后作》)

天下伤心处,劳劳送客亭。春风知别苦,不遣柳条青。

(《劳劳亭》)

朝辞白帝彩云间,千里江陵一日还。两岸猿声啼不住,轻舟已过万重山。

(《早发白帝城》)

杨花落尽子规啼,闻道龙标过五溪。我寄愁心与明月,随君直到夜郎西。

(《闻王昌龄左迁龙标遥有此寄》)

故人西辞黄鹤楼,烟花三月下扬州。孤帆远影碧空尽,唯见长江天际流。

(《黄鹤楼送孟浩然之广陵》)

峨眉山月半轮秋,影入平羌江水流。夜发清溪向三峡,思君不见下渝州。

(《峨眉山月歌》)

这些诗的好处,是有神韵,有滋味,有意境,同时又有气势,绝无纤弱平滞之病。绝句最难达到的境界,李白诸作,都达到了。沈德潜说:"七言绝句以语近情遥含吐不露为主。只眼前景口头语,而有弦外音,味外味,使人神远。"李白的绝句,确是做到这地步了。

李白是屈原、陶潜以后的大诗人,他与杜甫称为唐代诗坛的双璧。然他们两个因其思想生活以及性格俱各有不同,所表现于作品者,无论风格内容,以及对于社会人生的态度亦全异。如果我们说李白是浪漫主义的个人派,那末杜甫恰好成一个对照,是写实主义的社会派了。我们明了了这一点,就不必以李白的歌咏风花酒色与杜甫的忧民忧国而强定其优劣了。罗大经说:"李太白当王室多难,海宇横溃之日,作为诗歌,不过豪侠使气,狂醉于花月之间耳。社稷苍生,曾不系其心膂。其视杜陵之忧国忧民,岂可同年语哉!"他这种意见,可作为千年来正统派评论李、杜优劣的代表,其中虽含有多少道理,然也是一面之辞。我们在批评之前,如果先彻底了解他俩对于艺术与人生的态度的差别,那就不会有什么偏袒和武断了。

第十五章　社会诗的兴衰与唯美诗的复活

一　绪说

文学思潮的起伏变动，时代的影响，固然是关系重大，然作家的个性与思想也占着很重要的因素。如梁陈到初唐以来格律浮艳的诗风，转变为开天时代的浪漫主义，其中我们固然承认当日的政治现象与时代的影子是重要的原因，但同时也不能忘记那几位作家在个性与思想上所表现的特色，因为他们有那种特色，所以他们和杜甫同处着一样的时代，同样呼吸着长安的政治空气，李白写出来的是《清平调》，杜甫写出来的是《丽人行》、《兵车行》，那作品的内容与风格的分别是多么大。他们又同样遭遇着安禄山的大乱，王维写的是辋川的山水，隐士的心情，杜甫写的是《三吏》、《三别》。那作品的内容与风格的分别，又是多么大。在这种地方，正可看出把时代看作是决定文学思潮的唯一因素，是一件危险或是武断的事。其次，所谓文学的思潮，便是一种风气，这种风气初起来，是新兴的革命的，许多人都跟着他走，努力发现他的特点。过了不少的时候，这种思潮渐渐地生出流弊，又为新人所厌恶，另有一种思潮在暗中酝酿成长，待到成熟的机运，终于带着新兴革命的姿态而出现了。这种兴衰的自然律，放在任何事物上都是一致的。王维、李白一派的浪漫诗发展到了极度，自然会又有一种新的思潮起来代替。这种新思潮，便是起于杜甫而完成于白居易的写实主义的社会诗风。

在杜甫的集中，他虽也常表示文学的意见，但都偏于诗歌艺术的批评，对于文学思想方面，从没有发表过明显的主张。由他对于庾信、阴铿、李白等的赞美，对于四杰的辩护，由他所写下来的"语不惊人死不休"，"新诗改罢自长吟"那些诗句看来，说他是一个艺术至上主义者也是可以的。他没有明显地反对过六朝的诗风，也没有鄙薄过浪漫派的作品，似乎他在文学上是一个没有思想的人，其实这只是一种肤浅之见。我们要知道，他虽说没有在文字里明目张胆地宣传过什么主义，但他那一千五百多首诗歌，却正是他的文学思想的重要说明。他重视创作，远过于宣传，要改变文学的风尚，他觉得创作比宣传的力量大。他的前后的作风是一致的，正如李白的作风，前后是一致的。虽说他们在作风上，是形成两个绝不相容的极端，杜甫要把诗歌来表现实际的社会人生，一扫宫体诗人所歌咏的色情，与浪漫诗人所憧憬的神奇与超越，他的取材，是政治的兴亡，社会的杂乱，饥饿贫穷的苦痛，战事徭役的罪恶，都是黑暗的暴露与同情的表现。因为如此，他的作品变成了历史，变成了时代生活的镜子。但是他又没有载道主义者的狭隘与顽固，他在那表现社会人生的态度之下，又非常重视艺术的生命与价值。因此，无论古典派浪漫派作品中的艺术特色，他都能欣赏接受，而加以赞叹。所以专从艺术上讲，他是近于艺术至上主义者，若从文学思想上讲，他却是最真实的社会主义者。杜甫以后，写实的社会主义成为诗坛的主潮，在当代许多诗人的作品里，或多或少，在新乐府一类的题名下，都有一些描写民间疾苦的社会诗。到了白居易，这种思潮，才变成了有意识的运动，才正式标明“文章合为时而著，歌诗合为事而作”的主张。不过，社会诗派到了白居易，也如浪漫派到了李太白一样，已呈现着盛极而衰的趋势，在诗坛中已暗伏着另一种思潮。那种思潮，便是由李贺、李商隐诸人所领导的带着浓厚的宫体色彩的唯美文学的复活。唐代三百年的诗坛，也就由他们而告了结束。

二　杜甫的生平思想及其作品

杜甫比李白小十一岁，生于睿宗先天元年（西历七一二），死于大历五年（西历七七〇），是中国诗史上数一数二的大诗人。他一生经历着玄宗、肃宗、代宗三朝，这五十几年中，是唐朝由太平盛世转入于极危险极摇动的大时代。前有安史的大乱，后有吐蕃的入寇，京城陷落，天子蒙尘，至于刺史边将的小祸患，更是多不胜举，整个社会长年在战事与饥饿的威胁中，杜甫的生活与作品，便成了这社会生活的历史，成为那时代的实录了。因此，我们要了解他的诗，必得先要知道他的时代环境和生活状况。他不是一个超越现实神游世外的仙人隐士，他是一个深入社会的现实主义者。

杜甫字子美，湖北襄阳人（因其曾祖迁居河南巩县，故又称巩人）。武后、中宗朝的有名诗人杜审言是他的祖父。他父亲杜闲虽也做过小官，但到杜甫时，家境是很贫穷了。关于少年青年时代的生活，在《壮游诗》、《进雕赋表》、《进封西岳赋表》诸文中，略知大概。他自己说少小多病,贫穷好学,是很可靠的。他在二十岁前,便在那贫穷多病的环境下,用功读书,打下了学问的基础。七岁会作诗,九岁写得很好的大字,十四五岁便能与当时文士酬唱。大家都很推赏他,说他像班固和扬雄。他虽是贫穷多病,志气却很不小,他觉得蛰居家园终无出头,于是弱冠之年,便南游吴越了。这一游大概有三四年,王谢的风流,吴越的霸业,对于这位青年一定有多少刺激。他正想坐着海船,去看看日本,因为这一个梦没有实现,他晚年觉得很是遗恨。二十四岁,赴京兆考进士,没有考取,心里很不舒服,于是放荡于山东、山西、河南一带,同李白、高适一流的浪漫诗人往还唱和,那时的生活,他自己也承认是清狂放诞,想是相当浪漫的。在这种生活的环境下,他所遗留下来的作品,无论从艺术的社会的观点上,都还没有发挥什么惊人的特色。如《游龙门奉先寺》、《陪李北海宴历下亭》诸诗,其中虽也有佳句,在他的集子里,都不能算是代表作品。他在齐、赵之间流浪了八九年,在事业与作品上,都没有重要的成绩。三十四五岁的时候,又到长安,其间虽偶然回到河南去过,但在长安住了八九年。在这几年中,是他郁郁不得志,生活穷困,细心观察社会和他的作风转变的重要时期。他前后《进雕赋》、《三大礼赋》、《封西岳赋》,无非是道其贫困,夸其学问,想找一个官做。结果,只叫他"待制集贤院,命宰相试文章"。到了四十四岁那年,授他一个河西尉的小官,他怕折腰趋走,辞不赴任,后来改为率府参军,仍是非常穷困,不仅自己时在冻饿之中,连他寄寓在陕西奉先的幼子也饿死了。在他这种穷苦的环境下,不容许诗人的眼睛不直视现实。一个这么有学问有品行的人,连衣食问题也不能解决,连儿女也不免于饿死,这是一种什么政治,什么社会。当日贵妃姊妹的荒淫,杨家宰相的威势,君主宫廷的宴乐，民众的痛苦，一一都映到诗人的眼里，刺激他，压迫他，愤怒他，使他无法逃避这种现实题材的表现。所谓“朱门务倾夺，赤族迭罹殃。国马竭粟官，官鸡输稻粱”（《壮游》），是他眼中的朝廷现象。所谓“朱门酒肉臭，路有冻死骨”（《自京赴奉先》），“甲第纷纷厌粱肉”（《醉时歌》），是他眼中的贵族生活。所谓“彤庭所分帛，本自寒女出。鞭挞其夫家，聚敛贡城阙”（《自京赴奉先》），是统治阶级压榨贫民的悲剧。《丽人行》是表现贵妃姊妹的华贵与声威，《兵车行》是民众苦于战祸徭役的叫喊。在这八九年的穷困生活里，养成了他细微的观察力，他能够穿透其表皮，而深入其核心，对于当日号称为太平景象的天宝盛世的内幕，他得到了深确的认识。他了解了自己的贫穷和千万民众的苦痛，都是那些淫荡女人、贪污宰相、风流皇帝所造成的罪恶。他那双敏锐的眼睛，把种种黑暗的现象看得清清楚楚，他知道了当日的太平盛世，里面已经是腐烂不堪，只要外面一有动作，那腐烂的内容便会暴露出来的。从此，他的作品便失去了浪漫与光明，全为那黑暗与离乱的颜色涂满了。在这时期，他写成了好几篇佳作，如《丽人行》、《兵车行》、《自京赴奉先县咏怀》诸篇，使他在写实主义的社会诗派，得到了稳固的地位。

果然，就在他到奉先去看妻儿的那一年（天宝十四年，他四十四岁），安禄山反了。那势子来得非常凶猛，接着就是破潼关，陷长安，杨国忠被杀，杨贵妃自缢，玄宗幸蜀，真是弄得天翻地覆。这次事变先后延长八年之久，被祸的地方，波及于陕西、河南、山西、直隶、山东一带，是唐代历史上一件最严重的事变。在这几年中，我们的诗人，始终与祸乱相终始，国破家亡，人杀尽了，屠戮到鸡狗，房屋摧毁殆尽，满眼都是堆着白骨，一切的痛苦经验，他尝过；一切的残酷的现象，他看过。于是他的社会诗的题材更加丰富，写实的艺术也更进步了。肃宗即位灵武时，他想去灵武，不料途中陷于贼手，于是独居长安。长安的离乱现象，成为他的好诗材。如《哀王孙》、《哀江头》、《春望》诸篇，是他这时的代表作。次年（肃宗至德二年，他四十六岁），他逃到凤翔，拜见肃宗，给他一个左拾遗的谏官。他当时有《喜达行在所》三首，叙述他从贼中逃出的情形和心境，又真实又哀痛。读他的"生还今日事，问道暂时人"，"死去凭谁恨，归来始自怜"这些句子，便可体会到他的悲伤了。再有《述怀》一首，一面写离乱，一面写乡愁，较之前三首，是更为沉痛的。后来因房琯事获罪，得赦省家。当日他的家眷住在鄜州。他的《北征》与《羌村》，便是这时候的杰作。《羌村》第一首云：

> 峥嵘赤云西，日脚下平地，柴门鸟雀噪，归客千里至。妻孥怪我在，惊定还拭泪。世乱遭飘荡，生还偶然遂。邻人满墙头，感叹亦歔欷。夜阑更秉烛，相对如梦寐。

这写得多么真实，多么悲苦。在《北征》那篇长诗内，对于旅途中的惨状，战场上的情况，家中妻儿的贫穷，更有详细真实的描写，因为那颜色过于黑暗，在读者的心灵上，是要感着重量的压迫和一种苦痛的或是不愉快的感情。就在那年的冬天，长安收复了，他从鄜州到长安来，再任左拾遗。外面虽仍是大乱未平，长安一带，秩序总算是恢复了。他在那短期的安居中，同王维、贾至、岑参诸人唱和，生活较为安适，作风也较为华丽典雅。如《曲江》、《奉陪郑驸马韦曲》、《曲江对酒》诸篇都是。在那些诗里，有"细推物理须行乐，何用浮名绊此身"，"酒债寻常行处有，人生七十古来稀"的充满着浪漫情绪的句子（见《曲江》）。如果杜甫就从此飞黄腾达地做着大官下去，他的写实主义的社会诗，恐怕就要在这时候告一个结束。不料他这种生活继续到不过半年，又贬为华州司功。司功是知事下面的一个小官，事体多，官位低，钱又少，于是又使得他郁郁不欢了。在华州时，曾回河南，沿途见民间被迫征兵之苦，产生了《三吏》、《三别》诸诗的杰作。不久又回华州，碰着长安一带起了大饥荒，他便弃官去秦州。后又到同谷。他原想同谷是一块好地方，不知道那里也是闹饥荒，他在那里更苦，靠着树根草皮过活，几乎饿死。他的《秦州杂诗》二十首和《乾元中寓居同谷县作歌》七首是他那时候最好的作品。读他的"中原无书归不得，手脚冻皴皮肉死"，"此时与子空归来，男呻女吟四壁静"，这些句子，那冻饿的情形真是非常凄惨的。

同谷县这么苦，他自然不能久住，于是便南行入川，到了成都，得了朋友的资助，费了两年的经营，在城西建一草堂住了下来，生活得了暂时的安定。他那时候已是四十八九的年纪了。后来严武为剑南节度使，他乡遇故知，彼此都感着一种慰藉，杜甫这时候的生活较为舒适，心境也较为平淡。在他当日的作品里，如《宾至》、《江村》、《客至》诸篇，又现出逍遥恬静的风格。在"不嫌野外无供给，乘兴还来看药栏"，"老妻画纸为棋局，稚子敲针作钓钩"，"肯与邻翁相对饮，隔篱呼取尽余杯"，这些句子里所表现的情感与趣味，完全没有从前那种凄楚愤怒之音了。不过他这种安居生活，仅仅过了两年多，又遇着西川兵马使徐知道的叛变，于是又因避乱而开始流浪。他东奔西走地到过梓州（今三台县治）、通泉（今射洪县治）、汉川（今广汉）、阆州（今阆中）各处，后来因为严武再镇剑南，他又携家重回成都。在他的《草堂》一篇里，写他这次的回成都，高兴得好像回故乡一样。

代宗永泰元年，严武死，给杜甫一个重大的打击，在他的生活上，失掉了凭藉。他那时候是五十四岁了。他于是再带着飘泊流浪的心，离开成都，准备出川。他由戎州（今宜宾县治）、渝州（今重庆）、忠州、云安（今云阳县）而至夔州。他在那里做了许多怀古的律诗。《秋兴》八首也是他这时候有名的作品。他在夔州住了不到两年，忽然又想起湖南来了。“我今不乐思岳阳”，大概是想去找他那位在郴州做官的舅舅崔伟，五十七岁那年，乘舟出峡，由江陵、公安而至岳州，次年再至湘潭，后因避乱至耒阳，伤食而死，正是五十九岁。新、旧《唐书》都说他因受水阻，十日不得食，后县令具舟迎之，大食牛肉白酒，一夕暴卒。这事前人多不信，现在看来是最合科学的。十日不食，消化器官都衰弱不堪，应该吃一点容易消化的米粥鸡汤一类的东西好好调养，但我们的诗人，没有近代的医学常识，大吃其牛肉，当然是要送命了。说李白投江捉月而死，那自然是神话，说杜甫伤食而死，却是非常合理的事实。

由上面的叙述看来，我们可知杜甫的一生，始终展转于穷困的生活里。从他个人的不良境遇，得到对于全民众的痛苦的体会观察与同情。由他个人的饥饿避乱的经验，认识了人生的实在情况。这一种宝贵的经验，细密的观察与丰富的同情，成为他的写实主义的社会诗的重要基础。这一切，都是那些寄心于田园与山水的隐逸诗人们所看不见。就是看见了也是不愿意写在他们的作品里面的。这原因，我们又不得不归之于他们的思想的差别。我们都知道，自魏晋南北朝以来，因老庄佛学的盛行，造成那种浪漫的自然主义的人生观，造成那种避世的隐逸风气，造成那种轻世务逃现实的潮流。到了开天时代，这一种风气几乎成为上等读书人的共同倾向，人人都敬佛爱道，在文集里充满了同山人禅师赠答的作品，好像非如此都不足以表现自己的清高，就在这种情况下，促成了浪漫文学的特盛。但是杜甫在这一个潮流中，都能摆脱一切，卓然自立，由他的家庭传统与贫困的境遇，养成他那种坚定的现实主义的人生观。他一点没有染上佛道神仙的色彩，是一个真真实实的儒教徒。他的十三世祖杜预，在晋朝那种黄老清谈的玄学中，是以《左传》的专门研究（著有《春秋左氏经传集解》），而成为儒家的大师。就是杜预的父亲杜恕，也是一个尊儒学、贵德行、重名节的善良君子。在他的《体论》内，遗下了许多可贵的意见。杜甫能时时眷怀着尧舜的盛世，处处流露着景仰孔子的忧民救世的精神，形成了他那种儒家的人生观，有一半不能不归之于他的家风和遗教。在他的集子里，他始终是以儒家自命。他不像阮籍、陶潜、李白一辈人，眼中只有老、庄、赤松、王乔一流的人物。他崇拜圣贤，遵守礼法，忠君爱国，关怀政事。无论他怎样穷苦，怎样失意，他不绝望，不怨恨，总觉得万事是有希望的，人力是有用处的，他决不逃避，不超越，他脚踏实地一步一步地向前面走。他自己在《进雕赋表》中说："自先君恕、预以降，奉儒守官，未坠数业。"又在诗中说："乾坤一腐儒"（《江汉》），"儒生老无成"（《客居》），"干戈送老儒"（《舟中》），由这些坦白的口供，可见他是一个最坚定的儒家思想者。虽说他有时也写过"儒冠多误身"（《奉赠韦左丞丈》），"儒术于我何有哉？孔丘、盗跖俱尘埃"的诗句，那只是穷极无聊时的一种愤恨，他这种心情我们是可以完全理解的。

因为他有这种现实主义的儒家思想为其根底，所以他没有变成个人主义者的浪漫诗人，而变为全民众全社会的代言人了。由他这种思想的基础，而产出一种丰富的同情，无论对于君国，对于家室儿女，对于朋友路人，以至于草木房屋和虫鸟，都被他那种同情心所笼罩，这正是儒家所说的"老吾老以及人之老，幼吾幼以及人之幼"的仁者之心。"减米散同舟，路难思共济"（《解忧》），"虫鸡于人何厚薄，吾叱奴人解其缚"（《缚鸡行》），"焉得铸甲作农器，一寸荒田牛得耕"（《蚕谷行》），"安得广厦千万间，大庇天下寒士俱欢颜，风雨不动安如山"（《茅屋为秋风所破歌》）。读着这些句子，我们便可体会到这位诗人博爱襟怀的广大了。他是以己之苦，度人之苦，以己之心，度人之心，他无时无刻不在注意全社会全人生。在这种态度下，他不能以陶潜的洁身自爱为满足，也不能以李白那种纵欲的快乐生活为满足。他念念不忘他的君国民生，绝不是有意要这么做作，想博到一个好名声，他的心中确实是充满着这些现实的思想。他到死还在期望着天下太平，好让大家过一点安乐日子。我们明白了这一点，就觉得那些以忠君爱国四个字去抬高杜甫身价的人，固然是迂腐，然以此去鄙薄他的，也就更肤浅了。

他虽有温厚的同情心，却没有热烈的感情，他不是屈原式的殉情主义者。因此他无论遇着多大的困难，受着多大的冤屈，他都能够逆来顺受，而不会步屈子的后尘，投江自杀。又因为他的思想是现世的，他也不能在虚无空渺的神仙世界找着快乐。因此，他能用他的理智，去细细地观察人生社会的实况，从自己的生活经验，去体会旁人的苦乐。他虽极其重视艺术的美的价值，但是同时他也非常重视艺术的功用。"文章一小技，于道未为尊"，"斯文忧患余，圣哲垂彖系"，这是他偶然流露出来的对于文学的意见。由他的生活境遇和现实思想的结合，使他推倒了个人主义的浪漫文学，而成为社会主义的写实文学的大师了。

杜甫论四杰的诗说："王杨卢骆当时体，轻薄为文哂未休"，又

《忆李白》诗说："国人皆欲杀，吾意独怜才。"由这几句话看来，我们可以知道，在杜甫时代，四杰的华丽诗风与浪漫派文人的生活态度很为一般人所不满意，已经有许多新人，正在暗中酝酿一种新文学运动。这种新文学运动的主要目的，一面是推倒六朝文学的华丽与浪漫文学的空虚，一面是社会文学的建立。元结在乾元三年选集沈千运、孟云卿、于逖、张彪、赵征明、王季友、元季川七人的诗二十四首，名曰《箧中集》，他在序中宣布他的文学主张说：

> 风雅不兴，几及千岁。溺于时者，世无人哉？呜呼，有名位不显，年寿不将，独无知音，不见称颂，死而已矣，谁云无之？近世作者更相沿袭，拘限声病，喜尚形似，且以流易为辞，不知丧于雅正，悲哉！彼则指咏时物，会谐丝竹，与歌儿舞女生污惑之声于私室可矣。若令方直之士大雅君子听而诵之，则未见其可矣。吴兴沈千运独挺于流俗之中，强攘于已溺之后，穷老不惑，五十余年，凡所为文者皆与时异。故朋友后生稍见师效，能似类者有五六人……

这可以看作是当日新文学运动的一篇宣言。他在这里把那些拘限声病喜尚形似的初唐诗和那些会谐丝竹寄情酒色的浪漫文学一概骂倒，要求着一种有内容有寄托的新文学的产生。在那七人里，杜甫同王季友、张彪、孟云卿都有来往，他尤其佩服孟云卿。他说："李陵、苏武是吾师，孟子论文更不疑。"可知孟云卿对于文学的意见，杜甫是完全同意的。他那些意见现在虽说看不见了；我想同《箧中集序》中的理论，大略是近似的罢。在他的作品里，有下面这一类的句子：

大方载群物，生死有常伦。虎豹不相食，哀哉人食人。

（《伤时》）

秋成不廉俭，岁余多馁饥。顾视仓廪间，有粮不成炊。

（《田园观雨兼晴后作》）

这与杜甫所写的“朱门酒肉臭，路有冻死骨。彤庭所分帛，本自寒女出”，一类诗的风格，是完全相似的。其他诸人的作品，流传下来的不多，其中虽无特色，也无时流的弊病。至于元结自己，他虽以山水诗著称，却是一个有心作新乐府描写时事的诗人。在他的集子里，如《悯荒诗》、《贫妇词》、《春陵行》，《贼退示官吏》诸篇，都是他在这方面的表现。我们试看他的《贫妇词》：

谁知苦贫夫，家有愁怨妻。请君听其词，能不为酸凄！所怜抱中儿，不如山下麑。空念庭前地，化为人吏蹊。出门望山泽，回头心复迷。何时见府主，长跪向之啼！

这一类的作品，明明是受了沈千运、孟云卿一派人的影响，明明是要实践他在《箧中集序》中所宣言的文学理论。在这种地方，他和杜甫的思想完全是一致的。还有一个和他们同时，但死得较晚的顾况（约生于西历七二五年，死于八一五年），虽说他晚年归隐茅山，自号华阳真隐，度其高人逸士的生活，写了不少闲淡的山水诗，但他同元结一样，也是一个关心世务，有意用新乐府体来表现社会时事的人。他的《补亡训传》十三章，就是他在这方面的尝试。不过因为他运用僵化的四言体去写新乐府，所以他在文学上的成就，还比不上元结。他的《囝》一篇，却是值得我们注意的。

> 囝生闽方，闽吏得之，乃绝其阳。为臧为获，致金满屋。为髡为钳，如视草木。天道无知，我罹其毒。神道无知，彼受其福。郎罢别囝，吾悔生汝。及汝既生，人劝不举。不从人言，果获是苦。囝别郎罢，心摧血下。隔地绝天，及至黄泉。不得在郎罢前。
>
> （原注：囝哀闽也。囝音蹇。闽俗呼子为囝，父为郎罢。）

他在这里大胆地采用土语方言，用写实的笔法，去描写社会上无人注意的贫民问题，实在是非常可取的。其它如《上古筑城》、《持斧》、《我行自东》诸章，虽都不能算作好诗，然在那些诗里，却都表现着作者对于现实世界的不满，和那种忧民伤乱的社会感情。由此看来，在杜甫的时代，文学的风气，确呈现着一种转变的趋势，所谓旧文学的改革，新文学的建立，已成为一种群众运动。和杜甫前后同时的沈千运、孟云卿、元结、顾况之徒，都是这运动中的一员。可知杜甫在当日并不是孤立的，文坛上有不少的同调，都在从事这种工作。就是在当时称为代表齐梁之风的作家李嘉祐的律诗里，也有“贫妻白发输残税，余寇黄河未解围”（《题灵台县东山村主人》），“若问行人与征战，使君双泪定沾衣”（《送皇甫冉》）的句子。可知在那个大乱的时代，除了隐身于深山幽谷以外，作者是不容易完全避开现实的了。不过那些人虽都有改革文学的决心与见解，究缺少创作的伟大才力，因此都变成了这个运动中的无名英雄，只好让这位“读书破万卷，下笔如有神”的杜甫来担当这重大的任务，享千古的盛名了。但那些无名英雄，我们也不能因此就轻视他们忘记他们。

在叙述杜甫的生活与思想以后，现在可以看看他的作品了。他的作品，在艺术上得到成就，在思想上形成那种写实主义的社会诗歌的特色，实是开始于他寄寓长安的那几年。他那时候已是四十左右的人，人生的经验日益丰富，观察力日益细密，艺术的修养，也日趋于完善之境，就在那时候，产生了好些杰作。如《兵车行》、《醉时歌》、《丽人行》、《秋雨叹》、《自京赴奉先县咏怀五百字》诸篇，都是这时期的代表作品，由这些诗，确定了他写实主义的作风，在浪漫的个人主义的文学潮流中，开辟了社会文学的新天地。在下面试举《兵车行》、《丽人行》作例。

车辚辚，马萧萧，行人弓箭各在腰。耶娘妻子走相送，尘埃不见咸阳桥。牵衣顿足拦道哭，哭声直上干云霄。道旁过者问行人，行人但云点行频。或从十五北防河，便至四十西营田。去时里正与裹头，归来头白还戍边。边亭流血成海水，武皇开边意未已。君不闻汉家山东二百州，千村万落生荆杞。纵有健妇把锄犁，禾生垅亩无东西，况复秦兵奈苦战，被驱不异犬与鸡。长者虽有问，役夫敢申恨！且如今年冬，未休关西卒。县官急索租，租税从何出？信知生男恶，反是生女好。生女犹得嫁比邻，生男埋没随百草。君不见青海头，古来白骨无人收。新鬼烦冤旧鬼哭，天阴雨湿声啾啾。

（《兵车行》）

三月三日天气新，长安水边多丽人。浓态意远淑且真，肌理细腻骨肉匀。绣罗衣裳照暮春，蹙金孔雀金麒麟。头上何所有，翠微㔩叶垂鬓唇。背后何所见，珠压腰衱稳称身。就中云幕椒房亲，赐名大国虢与秦。紫驼之峰出翠釜，水精之盘行素鳞。犀箸厌饫久未下，銮刀缕切空纷纶。黄门飞鞚不动尘，御厨络绎送八珍。箫鼓哀吟感鬼神，宾从杂遝实要津。后来鞍马何逡巡，当轩下马入锦茵。杨花雪落覆白蘋，青鸟飞去衔红巾。炙手可热势绝伦，慎莫近前丞相嗔。

（《丽人行》）

《兵车行》是写民众的苦于徭役，《丽人行》是写贵妃姊妹的奢淫。一出于哀痛，一出于愤恨，将大乱前的宫廷内幕与社会实况，完全暴露无遗，在这里是透露着祸乱将临的消息的。天宝十四年，在大乱的前夕，他到奉先去看他的妻儿时，写下那篇《咏怀》的五言长诗，其中对于政治民生的黑幕更是尽情地加以宣布和描写，暗示着危机更益急迫，果然，过了不久，安禄山举起了叛变之旗了。

从安史之乱到他入蜀的那四五年中，是他生活史上最苦痛的时期。个人的流离转徙，妻儿的饥饿以至于死亡，战事的恐怖，人民死骨的暴露与房屋破坏的情况，大饥荒大毁灭的种种悲惨现象，使得他更深一层观察社会体会人生，同时也使他的艺术更趋于圆熟。他最伟大的作品，都产生在这个时代。如《春望》、《哀江头》、《哀王孙》、《喜达行在所》、《述怀》、《北征》、《羌村》、《新安吏》、《潼关吏》、《石壕吏》、《新婚别》、《垂老别》、《无家别》、《秦州杂诗》、《月夜忆舍弟》、《空囊》、《同谷县作歌》诸篇，都是这时期的代表作。这一时期的作品，因为他所描写都是出于个人的实际经验，所以作品的颜色，较之《丽人行》那时的作品来，是更要悲惨更要黑暗，而写实的手法，也更为深刻了。

国破山河在，城春草木深。感时花溅泪，恨别鸟惊心。烽火连三月，家书抵万金。白头搔更短，浑欲不胜簪。

（《春望》）

群鸡正乱叫，客至鸡斗争。驱鸡上树木，始闻扣柴荆。父老四五人，问我久远行。手中各有携，倾榼浊复清。莫辞酒味薄，黍地无人耕。兵革既未息，儿童尽东征。请为父老歌，艰难愧深情。歌罢仰天叹，四座泪纵横。

（《羌村》三之一）

暮投石壕村，有吏夜捉人。老翁逾墙走，老妇出门看。吏呼一何怒，妇啼一何苦。听妇前致词，三男邺城戍。一男附书至，二男新战死。存者且偷生，死者长已矣。室中更无人，惟有乳下孙。孙有母未去，出入无完裙。老妪力虽衰，请从吏夜归。急应河阳役，犹得备晨炊。夜久语声绝，如闻泣幽咽。天明登前途，独与老翁别。

（《石壕吏》）

兔丝附蓬麻，引曼故不长。嫁女与征夫，不如弃路旁。结发为君妻，席不暖君床。暮婚晨告别，无乃太匆忙。君行虽不远，守边赴河阳。妾身未分明，何以拜姑嫜。父母养我时，日夜令我藏。生女有所归，鸡狗亦得将。君今往死地，沉痛迫中肠。誓欲随君去，形势反苍黄。勿为新婚念，努力事戎行。妇人在军中，兵气恐不扬。自嗟贫家女，久致罗襦裳。罗襦不复施，对君洗红妆。仰视百鸟飞，大小必双翔。人事多错迕，与君永相望。

（《新婚别》）

四郊未宁静，垂老不得安。子孙阵亡尽，焉用身独完。投杖出门去，同行为辛酸。幸有牙齿存，所悲骨髓干。男儿既介胄，长揖别上官。老妻卧路啼，岁暮衣裳单。孰知是死别，且复伤其寒。此去必不归，还闻劝加餐。土门壁甚坚，杏园度亦难。势异邺城下，纵死时犹宽。人生有离合，岂择衰老端。忆昔少壮日，迟回竟长叹。万国尽征戍，烽火被冈峦。积尸草木腥，流血川原丹。何乡为乐土，安敢尚盘桓。弃绝蓬室居，塌然摧肺肝。

（《垂老别》）

有弟有弟在远方，三人各瘦何人强。生别展转不相见，胡尘暗天道路长。东飞駕鹅后鹙鸧，安得送我置汝旁。呜呼！三歌兮歌三发，汝归何处收兄骨。

（《乾元中寓居同谷县作歌》七首之一）

他这些诗全是以个人的实际经验与民间的疾苦为题材，充分地发挥了写实主义的特色，建立了稳固的社会文学的基础。他读了元结的诗说："当天子分忧之地，效汉官良吏之目。今盗贼未息，知民疾苦。得结辈十数公，落落然参错天下为邦伯，万物吐气，天下少安可得矣。不意复见比兴体制微婉顿挫之词。"（《同元使君舂陵行序》）他这样称赞元结的为人及其作品，这便是因为他们的思想以及对于文学的见解相同的原故。这相同点，是浪漫的态度与作风的放弃，写实的比兴的社会文学的建立。他在这方面最大的成就，是新乐府的创造。杨伦说："自六朝以来，乐府题率多模拟剽窃，陈陈相因，最为可厌。子美出而独就当时所感触，上悯国难，下痛民穷，随意立题，尽脱去前人窠臼，《苕华》、《草黄》之哀不是过也。乐天新乐府《秦中吟》等篇，亦自此出。”这话是很对的。浪漫诗人，专取古乐府歌辞中的精神与语调，造成浪漫的形式与音律，杜甫则采取古乐府描写社会民生疾苦的态度，完成了他的社会诗的功绩。

从他入蜀入湘以至于死，那十一二年中，他的生活虽仍是流离转徙，但状况已较为平定。加之他已近老年，心境亦趋于淡漠。诗中虽仍多关怀时事之作，然其情感的表现，则颇含蓄悠远，已没有前期的那种火气了。同时回忆怀古之篇特多，在律体上大用其心力，有由内容而转回于艺术美的倾向。这种情形，都适应于他年龄的进展。他自己说过“老去渐于诗律细”的话，这正是他这个时代的作品的特色。他许多有名的律诗，大都产生在这个时代。如《蜀相》、《为客》、《狂夫》、《野望》、《江村》、《野老》、《南邻》、《出郭》、《恨别》、《客至》、《江亭》、《水槛遣心》、《客夜》、《九日登梓州城》、《登牛头山亭子》、《登楼》、《宿府》、《阁夜》、《咏怀古迹》、《旅夜书怀》、《白帝》、《秋兴》、《登高》、《登岳阳楼》诸篇，是他律诗中最有名的作品。爱诗的人，大都是熟读过的。

万里桥西一草堂，百花潭水即沧浪。风含翠筱娟娟静，雨裛红蕖冉冉香。厚禄故人书断绝，恒饥稚子色凄凉。欲填沟壑唯疏放，自笑狂夫老更狂。

（《狂夫》）

野老篱前江岸回，柴门不正逐江开。渔人网集澄潭下，贾客船随返照来。长路关心悲剑阁，片云何意傍琴台？王师未报收东郡，城阙秋生画角哀。

（《野老》）

去郭轩楹敞，无村眺望赊。澄江平少岸，幽树晚多花。细雨鱼儿出，风轻燕子斜。城中十万户，此地两三家。

（《水槛遣心》）

伊昔黄花酒，如今白发翁。追欢筋力异，望远岁时同。弟妹悲歌里，朝廷醉眼中。兵戈与关塞，此日意无穷。

（《九日登梓州城》）

白帝城中云出门，白帝城下雨翻盆。高江急峡雷霆斗，翠木苍藤日月昏。戎马不如归马逸，千家今有百家存。哀哀寡妇诛求尽，恸哭秋原何处村。

（《白帝》）

岁暮阴阳催短景，天涯霜雪霁寒宵。五更鼓角声悲壮，三峡星河影动摇。野哭几家闻战伐，夷歌数处起渔樵。卧龙跃马终黄土，人事音书漫寂寥。

（《阁夜》）

昔闻洞庭水，今上岳阳楼。吴楚东南坼，乾坤日夜浮。亲朋无一字，老病有孤舟。戎马关山北，凭轩涕泗流。

（《登岳阳楼》）

在这些诗里，我们可以看出杜甫的晚年，已失去了前时代的那种愤怒与斗争的态度，而现出浓厚的感伤和偶然在他生活中出现的那种恬淡闲适的情调了。但专就艺术上讲，是呈现着更细密更老练的技巧的，由这些诗篇说他倾心于格律的完整以及艺术技巧的讲求，却是很显然的事。“老去渐于诗律细”这一句话，对于他晚年的诗风，作了一个正确的说明。因为如此，所以许多后代的诗人，都掩住了他的社会文学的真精神真价值，专从他的艺术技巧方面，学习取法，韩愈是如此，黄山谷也是如此，就连那作风与思想和杜甫完全相反的李义山，也被人称为杜甫的嫡派了。我们如果明了了其中的真实情况，这现象是一点也不足怪的。但是我们千万不要忘记，杜甫的代表作品，都是用的白话化的浅言语。都是民歌式的乐府体。只有他才真是民众的代言者，只有他才真是完成了平民诗人的使命。对于杜甫在文学上的评价，如果轻视了他在这方面的功业，那舍本逐末的错误，真是无可补救了。

三　杜诗的影响与张籍

杜甫以后，在文学史上，有所谓"大历十才子"之称。据《新唐书·文艺传》中的《卢纶传》，十才子是卢纶、吉中孚、韩翃、钱起、司空曙、苗发、崔峒、耿沣、夏侯审和李端。后人也有去韩翃、崔峒、夏侯审，而加进郎士元、李益、李嘉祐的（见江邻幾《杂志》）。究竟谁是才子谁不是才子，我们现在可以不必管他，只是这一批人在作品的风格上，大致相同，没有分明的强烈的个性表现，所以都不能成为第一流的大诗人。但其中如钱起、郎士元，确有些很好的作品，我们是不得不注意的。

在这一批人的作品里，虽说没有直接继承杜甫文学的精神，在社会文学方面再开拓再创造，追求更大的收获，但他们的诗风确实一反浪漫派的空虚放诞，而归于平实的境地与严肃的态度。高仲武评钱起诗云："芟齐、宋之浮游，削梁、陈之靡嫚。"这一点是他们共有的特色。在耿沣、卢纶的集中，也有些描写社会离乱之作，足见他们也并不是完全闭住眼睛，不管世事的人。

老人独坐倚官树，欲语潸然泪便垂。陌上归心无产业，城边战骨有亲知。余生尚在艰难日，长路多逢轻薄儿，绿水青山虽似旧，如今贫后复何为？

（耿沣《路旁老人》）

佣赁难堪一老身，皤皤力役在青春。林园手种唯吾事，桃李成阴归别人。

（耿沣《代园中老人》）

行多有病住无粮，万里还乡未到乡。蓬鬓哀吟古城下，不堪秋气入金疮。

（卢纶《逢病军人》）

或写伤兵的苦痛，或写工人的贫穷，或写战后老人的悲哀，作者在这方面完全是用客观的写实的态度，来表现社会民众的感情，是一点也没有个人的浪漫的色彩的。这种作品在他们的集子里虽说很少，然而在这里也可以看出当日的时代与杜甫的文学，对于这些作家，不是完全没有影响的。再在和他们同时的戴叔伦的集里，也有很好的描写社会民生的作品。我们试看他的《女耕田行》和《屯田词》。

乳燕入巢笋成竹，谁家二女种新谷。无人无牛不及犁，持刀斫地翻作泥。自言家贫母年老，长兄从军未娶嫂。去年灾疫牛囤空，截绢买刀都市中。头巾掩面畏人识，以刀代牛谁与同。姊妹相携心正苦，不见路人唯见土。疏通畦陇防乱苗，整顿沟塍待时雨。日正南冈午饷归，可怜朝雉扰惊飞。东邻西舍花发尽，共惜余芳泪沾衣。

（《女耕田行》）

春来耕田遍沙碛，老稚欣欣种禾麦。麦苗渐长天苦晴，土干确确锄不得。新禾未熟飞蝗至，青苗食尽余苦茎。捕蝗归来守空屋，囊无寸帛瓶无粟。十月移屯来向城，官教去伐南山木。驱牛驾车入山去，霜重草枯牛冻死。艰辛历尽谁得知，望断南天泪如雨。

（《屯田词》）

这一类的作品，真可与杜甫的《兵车行》、《三吏》比美。《女耕田行》一篇，尤可称为特出。杜甫所说的“纵有健妇把锄犁，禾生陇亩无东西”，虽是沉痛，还没有这篇写得真实和活跃。因为大战乱大灾疫，哥哥从军去了，牛也死了，家里只剩着老母和两位少女，在无可奈何之中，只好含羞卖绢买刀来耕田地，维持衣食。对着明媚的春光，自伤身世，这种由大乱反映出的乡村风景，由贫苦反映出的少女情怀，在这篇作品里得到最高的表现。《屯田词》一章，一面描写农民的穷困，同时又表现统治阶级对他们的种种压迫，在这里暗示着无产者的悲苦生活，是非常真切的。在这种情况下，可知杜甫的社会文学的风气，确实在当代的诗坛发生了不小的影响。许多作家都受了他的感动，对于文学的态度，很明显地是趋于严肃化与社会化了。我们只要看看号称苦吟诗人技巧诗人的孟郊、韩愈的作品，也有《织妇辞》、《寒地百姓吟》（孟郊）和《归彭城》、《此日足可惜》（韩愈）那种富于现实性的诗歌，就在那个以宫体诗著名的王建，也有《水夫谣》、《田家行》、《去妇》那一类攻击租税力役制度和代言弃妇的穷苦心境的社会文学，我们更可看出杜甫给与当代文坛的明显影响了。

在这种社会文学的运动中，无论在思想上作风上，都能直接继承杜甫的系统，而成为杜、白之间的代表作家的是那位瞎眼诗人张籍。他字文昌，东郡人（今河南濮阳附近），《新唐书》又说他是和州乌江人。约生于西历七六五年死于八三〇年。他眼睛有病，五十时还做着太祝的穷小官。所以孟郊寄他的诗，有"穷瞎张太祝"之句。他后来做过水部员外郎，时人称他为张水部，晚年为国子司业，故又称为张司业。他的作品虽以五言律诗闻名，但最大的成就，却是用乐府的体材，去开拓社会诗的生命。他是最崇拜杜甫的。《云仙杂记》说："张籍取杜甫诗一帙，焚取灰烬、副以膏蜜。频饮之曰：令吾肝肠从此改易。"（唐冯贽撰，但《四库总目》谓此书为王铚所伪托）这一段故事的真实性虽可怀疑，但张籍对于杜甫的钦佩和对于杜诗的爱好，是极可信的。他许多乐府诗的创作，同杜甫所用的手法，是完全一致的。并且他的态度更客观，所取的社会题材，也更广泛。他和孟郊、韩愈虽相交最久，友谊最深，但他的文学却不能归之于孟、韩所代表的那怪僻一派，他实在是杜甫的社会文学的直接继承人。所以那主张"歌诗合为事而作"的白居易，读了他的作品，要大加赞叹，称为"举代少其伦"的了。他认为文学是社会与人生的表现，是描写民生疾苦的最好工具。我们应该用一种严肃的态度对付他，万不可无病呻吟，言之无物。也不可专事歌写风情花草，同现实离开，更不可出于游戏，去损伤文学的尊严与功用。他《遗韩愈书》中云："君子发言举足，不远于理，未尝闻以驳杂无实之证为戏也。"在这里正表示他对于文学的态度的认真。

羌胡据西州，近甸无边城。山东收税租，养我防塞兵。胡骑来无时，居人常震惊。嗟我五陵间，农者罢耕耘。边头多杀伤，士卒难全形。郡县发丁役，丈夫各征行。生男不能养，惧身有姓名。良马不念秣，烈士不苟营。所愿除国难，再逢天下平。

（《西州》）

九月匈奴杀边将，汉军全没辽水上。万里无人收白骨，家家城下招魂葬。妇人依倚子与夫，同居贫贱心亦舒。夫死战场子在腹，妾身虽存如画烛。

（《征妇怨》）

筑城处，千人万人齐抱[①]杵。重重土坚试行锥，军吏执鞭催作迟。来时一年深碛里，尽着短衣渴无水。力尽不得休杵声，杵声未定人皆死。家家养男当门户，今日作君城下土。

（《筑城词》）

他在这里极力暴露战争的罪恶与人民所受于力役的痛苦。把乡村的离乱生活和孤儿寡妇的心境，和盘托出，写得最真实又沉痛。所谓愿除国难，再逢太平的希望，正是无辜的民众的真情真意。如《关山月》、《妾薄命》、《远别离》、《陇头行》、《塞上曲》、《董逃行》诗篇，都是这方面的好作品。

老农家贫在山住，耕种山田三四亩。苗疏税多不得食，输入官仓化为土。岁暮锄犁傍空室，呼儿登山收橡实。西江贾

① “抱”，通作“把”。

客珠百斛，船中养犬长食肉。

（《山农词》）

金陵向西贾客多，船中生长乐风波。欲发移船近江口，船头祭神各浇酒。停杯共说远行期，入蜀经蛮谁别离。金多众中为上客，夜夜算缗眠独迟。秋江初月猩猩语，孤帆夜发潇湘渚。水工持楫防暗滩，直过山边及前侣。年年逐利西复东，姓名不在县籍中。农夫税多长辛苦，弃业宁为贩宝翁。

（《贾客乐》）

山头鹿，角芟芟，尾促促。贫儿多租输不足，夫死未葬儿在狱。旱日熬熬蒸野冈，禾黍不收无狱粮。县家唯忧少军食，谁能令尔无死伤？

（《山头鹿》）

他在这些诗里，一面大胆地批评政府对于农民的压迫，一面又极力描写农民生活的苦痛与商人的富裕奢淫。商人是带着百斛的珠，舒舒适适地东西逐利，自己的生活不必说，养着猫犬，也是天天吃鱼吃肉的。农人们一年到头做着不停，所得的结果，是"夫死未葬儿在狱"。在这里形成两个阶级两种生活极悲惨的对照。很明显的，他在这种作品里，他提出一个非常严重的社会问题，这便是商人的抬头，商业资本的发展，同统治阶级互相勾结，是加重农民的剥削，促进农村生活的破产，而成为社会扰乱的根源。这意义正如晁错所说："商贾大者积贮倍息，小者坐列贩贾。操其奇赢，日游都市。乘上之急，所卖必倍。故其男不耕耘，女不蚕织，衣必文绣，食必粱肉。因其富厚，交通王侯，力过吏执，以利相倾。千里遨游，冠盖相望。乘坚策肥，履丝曳缟。此商人所以兼并农人，农人所以流亡也。”（见《前汉书·食货志》）这种情形实在是社会上最严重的问题，张籍能看到这一点，并能在作品中用艺术的形式表现出来，而成为最富于现实性的问题文学，是非常可贵的。并且统治阶级方面，对于民众一点也不加体恤爱惜。打起仗来要征兵，穷了要催税。战乱平后，做官的还是做官，百姓的生死存亡，就无人理了。在他的《废宅行》一篇里，很坦白地发出了这种不平之声。所谓“乱后几人还本土，唯有官家重作主”，这真是说得再沉痛也没有了。

其次，他在另一方面，又注意到妇女问题。前人的诗，虽多歌咏妇女之作，大半都把妇女作为花草一般地描写，或写其美貌，或写其相思之情。从没有人想到妇女在社会上应有的地位，和她们的生活与道德的问题。他在《妾薄命》、《别离曲》诸篇里，都代替女子喊冤诉苦，觉得女子有她们的生活要求，有她们的青春快乐，男子长年在外面，把女子放在家里守活寡，实在是最不道德的。“男儿生身自有役，那得误我少年时？”（《别离曲》）这一个理由，在现在的美国，早可以到法庭去请求离婚了。他在这方面的代表作，我们不得不举他的《离妇》。

十载来夫家，闺门无瑕疵。薄命不生子，古制有分离。托身言同穴，今日事乖违。念君终弃捐，谁能长在兹。堂上谢姑嫜，长跪请离辞。姑嫜见我往，将决复沉疑。与我古时钏，留我嫁时衣。高堂拊我身，哭我于路陲。昔日初为妇，当君贫贱时。昼夜常纺绩，不得事蛾眉。辛勤积黄金，济君寒与饥。洛阳买大宅，邯郸买侍儿。夫婿乘龙马，出入有光仪。将为富家妇，永为子孙资。谁谓出君门，一身上车归。有子未必荣，无子坐生悲。为人莫作女，作女实难为。

这是一篇可与《孔雀东南飞》比美的家庭悲剧诗。至于悲剧的程度，这篇却远在《孔雀东南飞》之上。《孔雀东南飞》中的两主角虽是死了，但在情感的发展与心灵的满足上，他们是得着胜利的满足的。但《离妇》篇的主角，是一个才貌双全的女子，嫁给一个穷光蛋的丈夫，经她辛勤的工作，创立家业，买了房屋，买了车马，可以做富家之妇，过一点快乐生活了，不料因一个不生儿子的问题，逼得她离开家庭，去过那种最苦痛最黑暗的生活。男人在外面胡嫖乱荡，弄到一身恶劣的病，生不下儿子，每每不责备自己，总是叫妻子滚蛋，这是天下最不公平最不人道的事。而社会上却全承认这是最合理的法律，最公平的道德，一千多年来，从没有攻击或是怀疑过这种制度，实在是极可笑的。因此也就不知道有多少女人在这条法律下，牺牲了她的幸福。"为人莫作女，作女实难为"，真是女人心中无可奈何的叫喊。作者能在这方面注意到从未为人所注意的问题，加以描写和提出，而变为妇女的同情者与代言人了。再如《董公诗》，表示统治阶级应当有忧民救世的心怀，天下方可太平。《学仙》一篇，更是尽力攻击当日流行的仙道风气，都是切中时弊。诗虽不甚佳，都无一点游戏态度和驳杂无实之病。白居易读他的诗说：

张君何为者？业文三十春。尤工乐府诗，举代少其伦。为诗意如何？六义互铺陈。风雅比兴外，未尝著空文。读君《学仙》诗，可讽放佚君。读君《董公》诗，可诲贪暴臣。读君《商女》诗，可感悍妇仁。读君《勤齐》诗，可劝薄夫敦。上可裨

> 教化，舒之济万民。不[①]可理情性，卷之善一身。始从青衿岁，迨此白发新。日夜秉笔吟，心苦力亦勤。时无采诗官，委弃如泥尘。恐君百岁后，灭殁人不闻。
>
> ……言者志之苗，行者文之根。所以读君诗，亦知君为人。如何欲五十，官小身贱贫。病眼街西住，无人行到门。

《商女》、《勤齐》二篇，张籍集中不载，想已亡佚，果然应了白氏"恐君百年后，灭殁人不闻"的话。据《张司业集序》中说："自皇朝多故，屡经离乱。公之遗集，十不存一。"由此可知他的作品遗失必然很多，决不止《商女》、《勤齐》二篇，这真是可惜的事。至于白氏在最后所描写他的穷病萧条的惨状，就是我们现在读了，对于这位伟大的社会诗人，也是要寄着无限的同情的。

四　元白的文学思想与作品

由八世纪中叶到九世纪上半期，是唐代文学甚至于是中国文学史上一个大变动的时期。由六朝派以及浪漫派的诗风，变为杜甫、张籍、元稹、白居易的社会诗，由骈文变为韩愈、柳宗元的古文。诗与文在艺术的形式上虽有不同，但在这次运动的本质以及思想的根底，完全是一致的。无论他们是如何措辞立说，其根本主张，无非是要排挤唯艺术的唯美的个人文学，而要建立为人生的功利的社会文学。要把文学作为改造社会，补察时政导化人生的工具，

① "不"，通作"下"。

不只是一种歌咏风情山水的娱乐品。杜甫、张籍们的诗歌，韩、柳们的古文，都是向着同一的思潮前进的。这一种思潮的发展，在诗歌方面到了元稹、白居易，才正式完成，才正式建立有系统的文学主张。

元稹字微之（西历七七九—八三一），河南洛阳人。家贫，由艰苦中奋斗出来。穆宗时曾作宰相，后与裴度不容，罢相而去。后历任同州、越州、鄂州刺史，和武昌节度使，死于武昌，年五十三。白居易，字乐天（西历七七二—八四六），下邽人（今陕西渭南），自幼聪慧，刻苦读书，有口舌成疮、手肘成胝的苦况。二十七岁以进士就试，擢甲科，授秘书省校书郎。后历任忠州、杭州、苏州、同州刺史，后授太子少傅，进封冯翊县开国侯。死时年七十五岁，在唐代诗人里，除顾况以外，他也算得是一个长命的诗人了。元、白在官场中虽都身居要职，然都不是富贵家子弟，同样是从贫苦的乡村中奋斗出来的。在他们的少年生活中，早已体验了贫穷的实况与农村的艰苦。后来到了政界，由那种荒乱衰败的现象，更促成他们那种忧民救世改造社会人群的现实思想。在元稹的《叙诗寄乐天书》中，痛言当日的政治社会的紊乱，使得他到了那种"心体悸震，若不可活"的紧张状态。在这种危机日迫的时势中，有志气有思想的青年们，自然都想有所改革，有所作为。他们一方面在政治思想上主张尊重民意，建立一个顺从民意的稳固政府。要做到"设敢谏之鼓，建进善之旌，立诽谤之木，工商得以流议，士庶得以传言"的程度，国家才有复兴的希望。在元、白合作的七十五篇的《策林》里，我们可以看到他们对于政治的积极的意见。同时，他们要利用文学来作为一种改造社会人群的工具，来作为传达民意抨击政治的武器，文学的意义，只是达到了艺术上的成就，决不能算满足，最重要的是要使他达到社会的实用的功能。他们检查过去的作品,能实践着这种任务的,是少而又少。因此,他们对于过去那种格律的唯美的色情的山水的浪漫的作品,一概加以攻击,并发表激烈的宣言了。

夫文尚矣,三才各有文。天之文三光首之,地之文五材首之,人之文六经首之。就六经言,诗又首之。何者?圣人感人心而天下和平。感人心者莫先乎情,莫始乎言,莫切乎声,莫深乎义。诗者根情苗言,华声实义。上自圣贤,下至愚骏,微及豚鱼,幽及鬼神。群分而气同,形异而情一,未有声入而不应,情交而不感者。圣人知其然,因其言,经之以六义;缘其声,纬之以五音。音有韵,义有类,韵协则言顺,言顺则声易入。类举则情见,情见则感易矣。……洎周衰秦兴,采诗官废,上不以诗补察时政,下不以歌泄导人情。乃至于谄成之风动,救失之道缺,于时六义始刓矣。《国风》变为骚词,五言始于苏、李。苏、李骚人,皆不遇者,各系其志,发而为文,故河梁之句,止于伤别,泽畔之吟,归于怨思。彷徨抑郁,不暇及他耳。然去《诗》未远,梗概尚存。……于时六义始缺矣。晋、宋已还,得者盖寡。以康乐之奥博,多溺于山水,以渊明之高古,偏于田园,江鲍之流,又狭于此。……于时六义浸微矣,陵夷矣。至于梁、陈间,率不过嘲风雪弄花草而已。噫,风雪花草之物,《三百篇》中岂舍之乎?顾所用何如耳。设如"北风其凉",假风以刺威虐也。"雨雪霏霏",因雪以愍征役也。"棠棣之华",感华以讽兄弟也。"采采芣苢",美草以乐有子也。皆兴发于此,而义归于彼。反是者可乎哉?然则"余霞散成绮,澄江净如练”，“离花先委露，别叶乍辞风”之什，丽则丽矣，吾不知其所讽焉。故仆谓嘲风雪弄花草而已，于是六义尽去矣。唐兴二百年，其间诗人不可胜数。……诗之豪者世称李、杜，李之作才矣奇矣，人不逮矣。索其风雅比兴，十无一焉。杜诗最多，可传者千余首……然撮其《新安吏》、《石壕吏》、《潼关吏》、《塞芦子》、《留花门》之章，“朱门酒肉臭，路有冻死骨”之句，亦不过十三四，杜尚如此，况不逮杜者乎。（白居易《与元九书》）

在中国过去的文坛，这是一篇最大胆最有力量的文学运动的宣言，在这篇文字里，他对于往日的古典文学格律文学大胆地批评破坏，同时对于新文学又加以理论的建设。杜甫、张籍有这种意见，没有说出来。韩愈、柳宗元有这种意见，虽是说出来了，但是说得太含糊太做作，时时夹杂着道统圣贤的不切实的理论，反而使他们的文学主张掩藏了。只有白居易说得又平浅又有条理，使人一望就可领略他的要点。这一篇宣言，可以代表八世纪中叶到九世纪初期那将近百年的社会文学运动最成熟的主张。我们从这些文字里，可以得到几个要旨。

一、他承认文学有最高的意义与价值，决不是一种游戏的无用的消遣品；他的重要使命，是要补察时政泄导人情。因此文学的基本组织，应该是以情为根，以义为实，以言为苗，以声为华，要这样才可以文质并重，一面既不致于违弃文学的使命，同时又可顾到文学的艺术价值。

二、自《三百篇》以后，中国的文学渐渐地离开他的重要的使命，而趋于唯美的个人的浪漫的路上走。这种趋势，一个时代比一个时代利害，到了南朝末年，成了只是一种“嘲风雪弄花草”的状态。不仅徐、庾四杰之流，他们看不起，就连谢灵运、陶渊明们的山水田园诗，他们也认为是无用的。因此之故，他们对于李白并不重视，唯有对于杜甫、张籍们的作品，大致其赞叹之词。在这方面，他们的批评，实是基于文学思想的立场，并不是完全以艺术的价值为标准的。元稹在杜甫墓志铭内，极力扬杜抑李，引起后人许多辩护的纷争，这真是庸人自扰，如果明了了他们那种文学思想的立场，这一些辩护的纷争，都是多余的了。元稹在《叙诗寄乐天书》中说：“得杜甫诗数百首，爱其浩荡津涯，处处臻到，始病沈、宋之不存寄兴，而讶子昂之未暇旁备矣。”他这种说明，正与他的文学思想的立场相合。再他在《乐府古题序》中，对于古代的文学，也作了和白居易同样意见的评论。所以他们称赞杜甫的作品，不如后代格律诗人只取其律诗，而取其《三吏》、《三别》、《兵车》、《丽人》的乐府，不取其“红稻啄余鹦鹉粒，碧梧栖老凤凰枝”，而只取其“朱门酒肉臭，路有冻死骨”之句，这正是以情义为根本声言为枝叶的理论的实践。

三、他们的文学主张既是如此，对于过去的文学又是这么不满意，于是便下了改革文学的决心。白居易说：“仆常痛诗道崩坏，忽忽愤发，或食辍哺，夜辍寝，不量才力，欲扶起之。”这正与当日李白反六朝诗风、韩愈反骈文的气概与决心相同。他在《寄唐生诗》中云：“不能发声哭，转作乐府词。篇篇无空文，句句必尽规。……非求宫律高，不务文字奇。惟歌生民病，愿得天子知。”又在《新乐府序》中说：“其辞质而径，欲见之者易喻也。其言直而切，欲闻之者深戒也。其事核而实，使采之者传信也。其体顺而肆，可以播于乐章歌曲也。总而言之，为君为臣为民为物为事而作，不为文而作也。”他这态度非常明显，文学的第一义，是要达到其社会实用的功能，所以不求文字宫律的奇美，只求其内容的充实与表现的讽刺的意义，因此便达到他的“文章合为时而著，歌诗合为事而作”的结论。元稹和他的意见是同一的。他在《和李校书新题乐府序》中说：“予友李公垂（李绅）贶予《新乐府题》二十首，雅有所谓，不虚为文。予取病时之尤急者列而和之，盖十二而已。昔三代之盛也，士议而庶人谤。又曰：世理则词直，世忌则词隐，予遭理世，而君盛圣，故直其词以示后，使夫后之人谓今日为不忌之时焉。”他在这所说的虽有曲折与掩藏，但其理论，正是白居易所说的文学合为时事而作的见解。

元、白不是空言文学改革的人，他们都有许多创作，来实践他们的理论。白居易的讽谕诗一百五十多篇，是他在这方面最大的成绩。其中尤以《秦中吟》十首，《新乐府》五十首，为他社会诗中的杰作。元稹也有《乐府古题》十九首（和刘猛及李余的），《新题乐府》十二首（和李绅的），都是描写民生疾苦的作品。写实主义的社会文学，到了元、白达到了极高度的发展，扩大描写的范围建立文学的理论，算是开拓杜甫、张籍诸人未曾发掘的园地了。我在下面，选录几篇元、白的作品来看看。

织妇何太忙，蚕经三卧行欲老。蚕神女圣早成丝，今年丝税抽征早。早征非是官人恶，去岁官家事戎索。征人战苦束刀疮，主将勋高换罗幕。缫丝织帛犹努力，变缉撩机苦难织。东家头白双女儿，为解挑纹嫁不得。檐前袅袅游丝上，上有蜘蛛巧来往。羡他虫豸解缘天，能向虚空织罗网。

（元稹《织妇词》）

牛吒吒，田确确，旱块敲牛蹄趵趵，种得官仓珠颗谷。六十年来兵蔟蔟，月月食粮车辘辘。一日官军收海服，驱牛驾车食牛肉：归来收得牛两角，重铸锄犁作斤劚。姑舂妇担去输官，输官不足归卖屋。愿官早胜仇早覆，农死有儿牛有犊，誓不遣官军粮不足。

（元稹《田家词》）

意气骄满路，鞍马光照尘。借问何为者，人称是内臣。朱绂皆大夫，紫绶或将军。夸赴军中宴，走马去如云。樽罍溢九酝，水陆罗八珍。果擘洞庭橘，脍切天池鳞。食饱心自若，酒酣气益振。是岁江南旱，衢州人食人。

（白居易《轻肥》）

帝城春欲暮，喧喧车马度。共道牡丹时，相随买花去。贵贱无常价，酬直看花数。灼灼百朵红，戋戋五束素。上张幄幕庇，旁织笆篱护。水洒复泥封，移来色如故。家家习为俗，人人迷不悟。有一田舍翁，偶来卖[1]花处。低头独长叹，此叹无人谕。一丛深色花，十户中人赋。

（白居易《买花》）

新丰老翁八十八，头鬓须眉皆似雪。玄孙扶向店前行，左臂凭肩右臂折。问翁臂折来几年，兼问致折何因缘。翁云贯属新丰县，生逢圣代无征战。惯听梨园歌管声，不识旗枪与弓箭。无何天宝大征兵，户有三丁点一丁。点得驱将何处去，五月万里云南行。闻道云南有泸水，椒花落时瘴烟起。大军徒涉水如汤，未过十人二三死。村南村北哭声哀，儿别耶娘夫别

① “卖”，通作“买”。

妻。皆云前后征蛮者，千万人行无一回。是时翁年二十四，兵部牒中有名字。夜深不敢使人知，偷将大石锤折臂。张弓簸旗俱不堪，从兹始免征云南。骨碎筋伤非不苦，且图拣退归乡土。此臂折来六十年，一肢虽废一身全。至今风雨阴寒夜，直到天明痛不眠。痛不眠，终不悔，且喜老身今独在，不然当时泸水头，身死魂飞骨不收。应作云南望乡鬼，万人冢上哭呦呦。老人言，君听取，君不闻开元宰相宋开府，不论边功防黩武！又不闻天宝宰相杨国忠，欲求恩幸立边功。边功未立生人怨，请问新丰折臂翁。

（白居易《新丰折臂翁》）

杜陵叟，杜陵居，岁种薄田一顷余。三月无雨旱风起，麦苗不秀多黄死。九月降霜秋早寒，禾穗未熟皆青干。长吏明知不申破，急敛暴征求考课。典桑卖地纳官租，明年衣食将何如？剥我身上帛，夺我口中粟。虐人害物即豺狼，何必钩爪锯牙食人肉！不知何人奏皇帝，帝心恻隐知人弊。白麻纸上书德音，京畿尽放今年税。昨日里胥方到门，手持敕牒牓乡村。十家租税八九毕，虚受吾君蠲免恩。

（白居易《杜陵叟》）

这些诗的意义是无须解释的。他们在每一篇里，都有一个中心点，有的是暗骂，有的是明击，对于统治阶级加于民众的种种压迫，以及资产者与无产者对立的种种不平状态，作者尽力地加以描写和暴露。他们处处是站在民众这一面，替民众呼号叫喊，一切的情感，无论是怨恨或是愤怒，都是全民众的，而不是个人的。他们时时站在客观的地位，把艺术的作品，同社会人生的内容联系起来。在文学的成就上，白居易是远胜于元稹的。元稹虽取着同样的题材，但在表现上，总有些艰苦的弊病，缺少一种平民文学的通俗性。白居易用他那最浅显的文字，活跃的描写，和谐的音律，使他任何一篇作品，都能达到成功。苏东坡说的“元轻白俗”，专就艺术的观点说，这话却是相当深刻的。我们如果把俗看作是一种通俗性，那倒是白居易的社会诗的最大特色。这一点，就是杜甫、张籍也还比不上他。社会诗歌被后人的轻视，也就在这一个俗字。宫廷贵族诗人，都是不欢喜自己的作品走上这一条路的。

白居易是一个活了七十五岁的长寿诗人。他随着年龄的衰老，加以政治的失望，使得他的晚年，转变为高人隐士的恬静生活。这一点和杜甫、顾况的晚年心境与作风，呈现着同样的情调。他自己在《池上篇》的序中说：“酒酣琴罢，又命乐童登中岛亭，合奏《霓裳散序》，声随风飘，或凝或散，悠扬于竹烟波月之际者久之。曲未竟，而乐天陶然石上矣。”他晚年好释老之学，与僧如满结香火社，往来香山之间，自称香山居士。这情形与王维、孟浩然有点相似了。在他的集中，有闲适一类，他自己说是知足保和吟玩情性之作，正与他晚年的心境相似。这些作品同他的讽谕诗比较起来，便是社会性的缺少，个人性的加多，由热烈的斗争与攻击，变为平和的闲澹的情调了。他的《闲居》诗云：“肺病不饮酒，眼昏不读书，端然无所作，身意闲有余。鸡栖篱落晚，雪映林木疏。幽独已云极，何必山中居。”看他肺也病了，眼也昏了，人到了这种境界，自然会失去壮年时代的积极精神，而归于“栖心释梵，浪迹老庄”的地步了。但我们并不能因此就轻视他壮年时代在文学界奋斗的精神与创就的功业。他将他自己的诗，分为讽谕、闲适、感伤、杂律四类。他认为除了一二两类值得保存以外，其余都应该删弃，在这里，正表现出他对于文学的观念。

在元白时代，同努力于社会诗歌运动的，还有刘猛、李余、李绅、唐衢渚人，可惜他们的诗都不传了。李绅现存有《昔游诗》三卷《杂诗》一卷，元稹所和他的乐府诗不在其内。由他的《悯农诗》看来（《全唐诗话》），知道他确是元、白的嫡派。如“四海无闲田，农夫犹饿死”，“谁知盘中餐，粒粒皆辛苦”之句，明显地显出他的社会诗派的作风。其次还有一个与元、白唱和颇多而又与白齐名的诗人，是刘禹锡。他的作品是七绝五律著名，而其内容与态度都与写实的社会文学不相类似。他作品的特色，是能运用民歌的精神与语气，使他的小诗发生一种新情调新生命。如《杨柳枝词》、《竹枝词》、《踏歌词》，是他在这方面的代表作。

五　孟韩的诗风

在杜甫到元、白这个社会诗运动的主要潮流中，另有几位诗人，在作风上别成一派，他们不过于重视文学的社会使命与功用，而较偏于艺术的技巧，并且对于后代的诗坛也曾发生极大的影响的，是由孟郊、韩愈代表的奇险冷僻的一派。贾岛、卢仝、马异、刘叉诸人，都是这派的同志。

孟郊字东野（西历七五一—八一四），浙江湖州武康人，一说洛阳人。他穷苦一世，生活非常凄凉，一再下第，到了五十左右，才登进士，晚年儿子死去，更给他一层打击。中间虽有李观、韩愈、李翱诸人用力荐他，也只做到一个判官。他有《赠崔纯亮诗》云：“食荠肠亦苦，强歌声无欢。出门即有碍，谁谓天地宽。”这正画出这位穷苦诗人的心境与生活，他没有陶潜、李白那种达观的心怀，于是在他的诗里，时时发出那种惨颜无欢的哀鸣，满纸寒酸的苦语了。

孟郊的诗，倾心于艺术的技巧，对于用字造句，费尽苦心。他要务去陈言，立奇惊俗。这种诗的好处，是能救平滑浅露之失，而其弊病，却又冷僻艰涩，缺少诗的情韵与滋味。但他的作诗态度是严肃的是认真的。杜甫所说的"语不惊人死不休"，正是他们这一派人努力的目标。

卧冷无远梦，听秋酸别情。高枝低枝风，千叶万叶声。浅井不供饮，瘦田长废耕。今交非古交，贫语闻皆轻。

（《秋夕贫居述怀》）

孤骨夜难卧，吟虫相唧唧。老泣无涕洟，秋露为滴沥。去壮暂如剪，来衰纷似织。触绪无新心，丛悲有余忆。讵忍逐南帆，江山践往昔。

（《秋怀》十五首之一）

恶诗皆得官，好诗空抱山。抱山冷殑殑，终日悲颜颜。好诗更相嫉，剑戟生牙关。前贤死已久，犹在咀嚼间。以我残杪身，清峭养高闲。求闲未得闲，众诮瞋虤虤。

（《懊恼》）

无子抄文字，老吟多飘零。有时吐向床，枕席不解听。斗蚁甚微细，病闻亦清泠。小大不自识，自然天性灵。

（《老恨》）

在这些诗里，一面可以看出他的穷困寒苦的生活，一面可以看出他的作品的风格。我们读过了四杰、沈、宋、王、孟、高、岑、李、杜诸家的作品，再读孟郊的诗，觉得他的造句用字，确实有一种不同的地方。这不同处，并不在于深刻与细微，而在于奇险与错乱。他欢喜用难字与险韵，一也；他故意造成不和谐的音调，二也；不用那些现成的形容词副词与名词，三也。因为有这些特点，所以他的诗，确实另成一格。唐诗的发展，专从艺术的技巧上讲，到了孟郊，是呈现一种明显的转变。读他的诗好像吃橄榄，初咬在口里，觉得有点苦，慢慢咀嚼，其中确也有些滋味。我们带着吃橄榄的态度去读孟郊的诗，才会懂得他的好处。

将孟郊的诗风更变本加厉而加以恶化的，是和他并称的韩愈。韩愈本以散文著名，他的诗前人虽大加称颂，然按其实际，他不仅比不上李、杜，也还比不上孟郊、张籍和白居易。孟郊的诗还可读，还可领略，韩愈的诗有大半简直不是诗。前人每以韩愈为唐诗中的一大家，这或许因其文兴八代道继孟轲的传统观念所造成。他有天才与气魄，缺少的便是性情。诗中没有性情，便没有生命，没有神味。他们这一派人都有这个缺点，而以韩愈为尤甚。他的《元和圣德诗》、《南山诗》、《陆浑山火》、《月蚀诗》，都是他最卖气力的长篇，都是恶劣不堪，一点也没有诗的情趣。在这些诗里，我们看出他的作诗的方法，有下列几点：

一、用作散文的方法作诗，因此诗中充满了没有诗情的散文字句。如《南山》中连用或字的有五十一句，那完全是散文，并且重复零乱已极，把那诗的和谐性与统一性完全破坏了。他不懂得这一点，故意要标新立异，生硬而不自然地安排在那里，结果只好走上失败的一条路。《南山》中历叙山石草木，《月蚀》中历叙四方神祇，《谴虐鬼》中历叙医师祖师符师，那种铺张排比的形式，完全是司马相如、扬雄作赋的手法。他们的赋我们已经厌恶了，放到诗里，自然是更讨厌的。这种例子不知有多少。

二、用奇字，造怪句。韩愈是一个熟读《尚书》、《诗经》和《说文解字》的文人。他做起诗来，拼命地用奇字奇韵。明明是一句最平浅的意思，他偏要用那些古怪字眼，令人读时要去翻字典。至于他的造句，更和旁人不同。在《陆浑山火》诗里，有"虎熊麋猪逮猿猨"，"水龙鼍龟鱼与鼋"和"鸦鸮鴖燻孰飞奔"这种恶劣的句子。人家的五言，多半是上二下三，他偏用上三下二或上一下四的拗句。如"有穷者孟郊"（《荐士》）和"乃一龙一猪"（《符读书城南》）。人家的七言通常是上四下三，他偏要造上三下四的怪体，如"子去矣时若发机"（《送区弘南归》）。他以为这样可以增加他的诗的艺术价值。其实真正的好诗，要在平浅顺畅的字句里，表现高远的意境与真实的情感。他又不明了这一点，一味奇险怪僻，结果是把诗的生命毁灭尽了。孟郊的诗之所以胜他，就是因为孟郊没有走到险怪的极端。至如那几篇两人合作的联句长诗（《城南联句》、《斗鸡联句》等篇），那简直是有闲文人的文字游戏，是没有半点意义的，而前人反称道不置，那真是胡说。

韩愈称赞孟郊的诗说："东野动惊俗，天葩吐奇芬。"（《醉赠张秘书》）所谓吐奇惊俗，正是他自己所努力的目标，他在每一篇诗里，都想做到这一点。他在《荐士》中批评孟郊的诗，说过"横空盘硬语，妥帖力排奡"的话。我想这十个字拿来评韩愈自己的作品，是最适当的了。这话的原意虽是赞叹，但在我们现在看来，其中也有多少暴露恶劣的意味的。如果做诗真的做到硬语盘空的地步，那诗的味道，也就可想而知了。赵翼说："至昌黎时，李、杜已在前，纵极力变化，终不能再辟一径。惟少陵奇险处。尚有可推扩。故一眼觑定，欲从此辟山开道，自成一家。此昌黎注意所在也。然奇险处，亦自有得失。盖少陵才思所到，偶然得之，而昌黎则专以此求胜，故时见斧凿痕迹，有心与无心异也。”他这种分析与批评，确是精当。宋人沈括说韩诗只是押韵之文，格不近诗（《苕溪渔隐丛话》引），明人王世贞也说韩愈不长于诗，宋人称为大家，直是势利。这种话虽说为韩愈崇拜者所不喜，但完全以客观的地位来写文学史的人，是应该以他俩的意见，作为批评韩诗的定论的。不过王世贞所说的宋人势利的话，也未必尽然。我们要知道，宋诗自黄山谷起，都是走的奇险怪僻的一路，他们在前人里找到韩愈这一个同调，自然是要大捧其场的。

话虽是这样说，韩诗也并非没有他的特色。他因为用作文说话的方法来作诗，可以免除那种骈体做作的姿势，和那些轻薄浮艳的滥调。不过他所走的路过于极端，因此损伤了诗的生命，反于比不上孟郊的作品了。总之，他在文学史上的地位，散文高于诗歌，这是谁都不能否认的。

山石荦确行径微，黄昏到寺蝙蝠飞。升堂坐阶新雨足，芭蕉叶大栀子肥。僧言古壁佛画好，以火来照所见稀。铺床拂席置羹饭，疏粝亦足饱我饥。夜深静卧百虫绝，清月出岭光入扉。天明独去无道路，出入高下穷烟霏。山红涧碧纷烂漫，时见松枥皆十围。当流赤足踏涧石，水声激激风生衣。人生如此自可乐。岂必拘束为人鞿！嗟哉吾党二三子，安得至老不更归。

（《山石》）

纤云四卷天无河，清风吹空月舒波。沙平水息声影绝，一杯相属君当歌。君歌声酸辞且苦，不能听终泪如雨。洞庭连天九疑高，蛟龙出没猩鼯号。十生九死到官所，幽居默默如藏逃。下床畏蛇食畏药，海气湿蛰熏腥臊。昨者州前捶大鼓，嗣皇继圣登夔皋。赦书一日行万里，罪从大辟皆除死，迁者追回流者还，涤瑕荡垢清朝班。州家申名使家抑，坎轲只得移荆蛮。判司卑官不堪说，未免捶楚尘埃间。同时辈流多上道，天路幽险难追攀。君歌且休听我歌，我歌今与君殊科。一年明月今宵多，人生由命非由他。有酒不饮奈明何？

（《八月十五夜赠张功曹》）

这是韩集中最通顺流畅的好诗，也是后代宋诗派所崇奉所摹拟的范本。不过这样的诗，在他的集中是很少的，他们的好处是清新而不险怪，雄俊而不艰涩。没有《陆浑山火》、《南山》诸篇中的弊病。在这些诗里，我们可以看出他心中有无限的感慨，有真实的情怀，因此便畅所欲言地写下去，没有一点矫揉做作的痕迹，正如他散文中的《祭十二郎文》一样。等到他写《城南联句》、《斗鸡联句》、《元和圣德诗》、《陆浑山火》、《月蚀》、《谴虐鬼》诸篇时，心中本无情感的冲动，只想在文字上争奇斗胜标奇立异，于是大掉其书袋，大翻其字书，结果是硬语连篇丑态百出了。

孟、韩以外，这一派的要角，还有一个贾岛。他的境遇，也是一生穷困，和孟郊很相像。他字浪仙，范阳人（今河北北平附近），初为僧，名无本，韩愈劝之还俗，屡举进士不第，文宗时为长江主簿，故世人称为贾长江。他的诗很像孟郊，充满了寒酸枯槁的情调。韩愈诗中的那种气魄，在他俩的诗中都缺少，这大概与他们的生活境遇有关。前人所说的“郊寒岛瘦”，不仅说明了他俩诗的风格，并且把他俩的生活状态也说尽了。又有人把清奇僻苦四字来形容他们的诗，也是非常精当的评语。贾岛是一个艺术至上主义者，他作诗的态度是认真而又刻苦。据《唐遗史》载：岛赴京考试，于驴上吟"鸟宿池边树，僧敲月下门"。遇着京尹韩吏部，没有让路。洎拥至马前，则曰："欲作敲字，又欲作推字，神游诗府，致冲大官。"愈曰："作敲字佳矣。"由这一则故事，知道他是一字不苟，刻苦推求，真是想吐奇惊俗了。他自己也说"二句三年得，一吟双泪流。知音如不赏，归卧故山秋。"这是他做出"独行潭底影，数息树边身"两句得意之作以后(《送无可上人》)，写下来的感想，这是何等认真的态度。孟郊长于五古，韩愈长于七古，贾岛则以五律著名。我选录几首在后面。

闲居少邻并，草径入荒园。鸟宿池边树，僧敲月下门。过桥分野色，移石动云根。暂去还来此，幽期不负言。

(《题李凝幽居》)

倚杖望晴雪，溪云几万重。樵人归白屋，寒日下危峰。野火烧冈草，断烟生石松。却回山寺路，闻打暮天钟。

(《雪晴晚望》)

天寒吟竟晓，古屋瓦生松。寄信船一只，隔乡山万重。树来沙岸鸟，窗度雪楼钟。每忆江中屿，更看城上峰。

(《题朱庆余所居》)

圭峰霁色新，送此草堂人。麈尾同离寺，虫鸣暂别亲。独行潭底影，数息树边身。终有烟霞约，天台作近邻。

(《送无可上人》)

这些诗真可算得是清奇僻苦的作品。但是因为他过于刻画，过于求新求奇，所以总是佳句多而佳篇少。偶因得一二佳句，其余的部分便凑合成篇，每每令人有一种前后不称的感觉。孟郊的诗是如此，贾岛的律诗更是如此。就在上面所举的这几首里，这种情形也是显然的。但韩愈对于他俩个，却是推崇备至。他有诗云："孟郊死葬北邙山，日月星辰顿觉闲。天恐文章中断绝，再生贾岛在人间。"这可以算得是真正的知音者了。由孟、韩这一派的奇险怪僻，再变本加厉地演变下去，便产生卢仝、刘叉、马异诸人的怪体。我们读了卢仝的《月蚀》、《与马异结交诗》，觉得他们的诗，真是走入了魔道。如果一定要指出他们的长处，那便是大胆。刘叉《自问》诗云："酒肠宽似海，诗胆大如天。"真是道出他们自己的特性了。

六　唯美诗的复活与唐诗的结束

我在上面说过，文学思潮的发展，并不是形成着一条直线的形势。他正如一条河流，浩浩荡荡地流了一回，逢着了阻碍，便又发生转变，而成为另一形势了。我们试看从魏晋南北朝以至初唐、盛唐的文学思潮发展的情形，都可明了这种转变的路线。浪漫派文学由盛而衰以后，接着起来的，便是写实主义的社会文学。这一派的文学，由杜甫、张籍到元白，算是发达到最高的程度，作品有走到过于通俗平浅的倾向，有过于轻视艺术价值的倾向，于是渐渐地为一般重视艺术的青年们所不喜，就在这种情势之下，一种新的文学思潮，又在暗中酝酿成长了。韩愈、孟郊、贾岛们的技巧主义，也就是对于元白那一派的通俗文学的反抗。白居易自己也说："今仆之诗，人所爱者，悉不过杂律诗与《长恨歌》已下耳。时之所重，仆之所轻。至于讽谕者，意激而言质，闲适者，思澹而词迂。以质合迂，宜人之不爱也。”（《与元九书》）在这几句话里，正可看出当日的文坛，对于写实主义的社会文学，已发生了反动。白居易自己最满意的重内质的讽谕诗，次满意的尚澹远的闲适诗，都不为时人所重，时人所爱者，反是他自己所不欢喜的那些有宫体色彩的《长恨歌》，和那些美丽工整的律体诗了。这原因在什么地方呢？简单地说，那便是文学思潮的转变，因而作家们的创作倾向与批评家们的观点，都趋于另一途径了。因此在社会诗歌的运动中得了最坚固的地位的元白，到了晚唐，已被人大加攻击了。杜牧作李戡的墓志，引李戡的话道：“自元和以来，有元白者纤艳不逞，……流于民间，疏于屏壁，子父母女，交口教授。淫言媟语，冬寒夏热，入人肌骨，不可除去……”元白的裨教化歌疾苦的文学主张，完全不为时人所了解，并且还要加他们以淫言媟语纤艳不逞的罪名。这种情形，看来似乎有些奇异，如果我们明了了晚唐文学的趋势，是社会文学的反抗与唯美文学的复活以后，这就一点也不觉得可怪了。他们对于文学的新要求，和元白们正是相反的。

一、他们认为文学有独立的生命，不是一种改良社会人生的工具。

二、文学最高的成就是美。美的价值就是艺术的价值。

三、因此作者应该注意作品的形式。文字酌雕琢与音律的和谐，不必管其内容和功用。

白居易在文字上的要求，是要“篇篇无空文，惟歌生民病”，是要“非求宫律高，不务文字奇”，在这里正好和那一群新起者的主张，作了一个完全相反的对照。就在这种情势之下，晚唐的诗歌，复活了梁陈的宫体色情，更加以冷艳化，采取了孟、韩的技巧主义，更加以细密化，披上唯美主义者的香艳衣裳，涂满了象征神秘的情调踏上了新兴的大路，于是从杜甫到白居易这一百年来的写实主义的社会文学，不得不趋于没落之途。

领导这一个新文学运动而得着最好的成绩的，是开始于李贺，而完成于李商隐。其他于杜牧、李群玉、温庭筠、段成式、韩偓诸人，也都是这一派的同调。李贺字长吉，生于河南昌谷，唐宗室郑王之后，是一个多才多感只活了二十七年的短命诗人（西历七九〇—八一六）。因为他出身贵族，养尊处优，自然不会像杜甫、张籍、元稹、白居易那些自穷困中奋斗出来的诗人那样，能够了解社会的实况和人生的艰苦。并且他二十七岁就死了，对于世事人生的经验与阅历，是非常贫乏的。他的生活，正如《红楼梦》中的贾宝玉，是一个风姿美貌才情焕发的贵公子。

> 贺每旦日出，骑弱马，从小奚奴，背古锦囊。遇所得投囊中，未始先立题然后为诗，如他人牵合课程者。及暮归，足成之，非大醉吊丧，日率如此。（《新唐书》）
>
> 寒食诸王妓游，贺入座，因采梁简文诗调，赋《花游曲》，与妓弹唱。（《花游曲序》）

在这里恰好说明了这位贵公子的生活状态和他作品的来源。衣食不愁，终日无事，骑着小马，带着书童，到处闲逛，偶有所得，便写几句诗，有时候同王侯游宴，在那种场面下，自然是不管家国大事和民生问题，只想着如何游玩快乐，妓女唱曲，乐工弹琴，美人劝酒，才子歌诗，这一套把戏是我们想得到的。在这种环境下，叫他如何去写社会的离乱和民生的疾苦，自然只能取法于梁简文帝一类的色情文学，而写《花游曲》一类的宫体了。杜甫、张籍们血肉淋漓的社会诗歌，白居易那种明白如话的作品，在这位贵公子的眼里，自然是看不起的。他自有他的生活情调，他自有他努力的方向，他要写的是《贵公子夜阑曲》、《苏小小歌》、《宫娃歌》、《格妹真珠》、《屏风曲》、《夜饮长眠曲》、《胡蝶飞》、《房中思》、《郑姬歌》、《美人梳头歌》一类的作品。我们只要看了这些题目，其内容也就知道大半了，在这些作品里，除了运用着最美丽的文字去描写肉欲与色情以外，内容是什么也没有的。但是这种作品，却最适合李贺的贵族身份与情调。因为他只有写这种诗的生活基础。他是真正的贵族诗人，他用的字眼与题材，都是贵族的字眼与题材。因此在他的集子里，充满了古代宫殿故事的描写与女人的歌咏。

这种诗容易流于轻薄浮滑，格卑调弱。必须有极高的才情，才能够在艺术上得到相当的成就。但在这一点，李贺却能以他过人的才气，险怪而又艳丽的文词，完成了他在这方面的工作。他有一种特殊的技巧，善于选用最冷僻幽奇的字眼，构造最巧妙的文句，去掩藏那肉感淫欲的色情。使读者只觉得他的作品的美丽与精致，无意去分析他的内容了。这一点，简文帝、陈后主、江总之流，都还比不上他。宋景文称他为鬼才（见《文献通考》），严羽称他的诗为鬼仙之词（见《沧浪诗话》），便是指他这种冷僻险怪的风格。并且在他的诗里，欢喜用鬼字，如"嗷嗷鬼母秋郊哭"（《春坊正字剑子歌》），"秋坟鬼唱鲍家诗"（《秋来》），"鬼灯如漆点松花"（《南山田中行》），"鬼雨洒空草"（《感讽》），"寒云山鬼来座中，呼星召鬼歆杯盘"（《神泣》），读了这些句子，确令人发生一种鬼气阴森之感。

西施晓梦绡帐寒，香鬟堕髻半沉檀。辘轳咿哑转鸣玉，惊起芙蓉新睡足。双鸾开镜秋水光，解鬟临镜立象床。一编香丝云撒地，玉钗落处无声腻。纤手却盘老鸦色，翠滑宝钗簪不得。春风烂熳恼娇慵，十八鬟多无气力。妆成鬖鬌欹不斜，云裙数步踏雁沙。背人不语向何处，下阶自折樱桃花。

（《美人梳头歌》）

琉璃钟，琥珀浓，小槽酒滴真珠红。烹龙炮凤玉脂泣，罗帏绣幕围香风。吹龙笛，击鼍鼓，皓齿歌，细腰舞。况是青春日将暮，桃花乱落如红雨。劝君终日酩酊醉，酒不到刘伶坟上土。

（《将进酒》）

桐风惊心壮士苦，衰灯络纬啼寒素。谁看青简一编书，不遣花虫粉空蠹。思牵今夜肠应直，雨冷香魂吊书客。秋坟鬼唱鲍家诗，恨血千年土中碧。

（《秋来》）

在这些诗里，我们可以看出李贺的特殊的风格。是幽细纤巧。在文句的构成与字眼的选用，确是尽其雕饰的能事。他有乐府的精神，李白的气势，齐梁宫体的情调，再加以孟韩一派的险怪，互相融和，而成为他一种特有的作风，使他在中国唯美诗歌的地位上，占着极重要的地位。如果用元白的文学理论来估量他的作品，那真是空空然一无所有。只就艺术的立场来说，他的作品，确是最艺术的最美丽的了。在晚唐两个取着他同一倾向的代表作家李商隐与杜牧，对他是推崇备至，正如元白崇拜杜甫一样。李商隐有《李贺小传》，杜牧有《李长吉诗序》，他们都一致赞叹这位诗人的绝代才华，悼惜他的短命。杜牧批评他的诗说：

> 云烟绵联，不足为其态也；水之迢迢，不足为其情也。春之盎盎，不足为其和也；秋之明洁，不足为其格也。风樯阵马，不足为其勇也。瓦棺篆鼎，不足为其古也；时花美女，不足为其色也。荒国陊殿，梗莽丘陇，不足为其恨怨悲愁也；鲸呿鳌掷，牛鬼蛇神，不足为其虚荒诞幻也。……

他所说的，完全是形容他的作品的艺术美，是一点也没有触及到文学的内容和功用的。元白的赞赏杜甫，却正是相反，在这种地方，正显示出因为文学派别的不同，于是对于文学价值的认识，也就发出各样不同的见解。但站在客观的地位来写文学史的人，必得要分析各派的立场，理解各派的特色，才可得到比较公平的结论。明乎此，杜牧那样五体投地的称赞李贺，也就一点不觉得可惊可怪。同时，陶潜、李白、杜甫、白居易、李贺都可以得到各人应得的地位，也无须勉强去品评他们的优劣了。

杜牧字牧之（西历八〇三—八五二），京兆万年人（今陕西长安附近），太和二年进士，时人称为小杜，以别杜甫。他的诗没有李贺那种阴森怪僻的气味，但同样欢喜写宫体写色情。故其集中特多色彩鲜明，辞藻华丽之作。我们试读他的《张好好》、《华清宫》、《扬州》、《见刘秀才与池州妓别》、《不饮赠官妓》、《代吴兴妓春初寄薛军事》、《旧游》、《怀钟陵旧游》、《闺情》、《赠别》、《咏袜》、《宫词》诸篇，便知道他作品中所表现的色情与香艳，是多么的浓厚。

他本是一个色鬼,一生风流自赏,问柳寻花,他几首有名的绝句,大半都是青楼妓女的歌咏。社会民间的疾苦,在这种风流才子的眼里,是从来不肯注意的,只有那一种浪漫香艳的故事,才是唯美诗人的好题材。

细柳桥边深半春,缬衣帘里动香尘。无端有寄闲消息,背插金钗笑向人。

(《娼楼戏赠》)

才子风流咏晓霞,倚楼吟住日初斜。惊杀东邻绣床女,错将黄晕压檀花。

(《偶作》)

落魄江湖载酒行,楚腰纤细掌中轻。十年一觉扬州梦,赢得青楼薄幸名。

(《遣怀》)

自恨寻芳到已迟,昔年曾见未开时。如今风摆花狼藉,绿叶成阴子满枝。

(《叹花》)

青山隐隐水迢迢,秋尽江南草未凋。二十四桥明月夜,玉人何处教吹箫?

(《寄扬州韩判官》)

娉娉袅袅十三余,豆蔻梢头二月初。春风十里扬州路,卷上珠帘总不如。

(《赠别》)

在这些美丽的诗句里,表现了什么呢?真是什么也没有的,但他们在艺术上的成就，却使得读者欢喜他歌咏他。他们的流行，远在杜甫、张籍、白居易诸人的新乐府之上。作者用着清丽的文句，巧妙的表现，给与嫖客妓女以高洁的灵魂与情感，把那些青楼歌舞之地，也写得格外清洁了。我们可以说，这些作品是中国最上等的嫖客文学。然而也就在这些文学里，呈现着作者的生活基础和他的文学倾向。

> 十顷平湖堤柳合，岸秋兰芷绿纤纤。一声明月采莲女，四面朱楼卷画帘。白露烟分光的的，微涟风定翠湉湉。斜晖更落西山影，千步虹桥气象兼。
>
> （《怀钟陵旧游》）
>
> 闲吟芍药诗，怅望久颦眉。盼眄回眸远，纤衫整髻迟。重寻春昼梦，笑把浅花枝。小市长陵住，非郎谁得知？
>
> （《旧游》）

这些律诗的风格和内容，同上面的绝句是一样。但文字的香艳则远过之。读了他这些诗，觉得他们厌恶元白的作品，而反加以“淫言蝶语”的罪名，确实有点好笑了。当日有一位学贾岛的诗人喻凫，拿着诗去见杜牧，杜不见他。喻凫走出来叹息说：“吾诗无绮罗铅华，宜其不售也。”这两句话真算是知己知彼了，所谓“绮罗铅华”，不仅是杜牧的诗的特征，也是色情文学的唯美派的共同特征。

李商隐与杜牧同时，是晚唐唯美文学的健将。他字义山（西历八一三—八五八），怀州河内人（今河南沁阳附近）。他的诗虽与李贺、杜牧同一趋势，但其中有一个不同之点，便是李商隐最爱用怪僻的典故,含蓄的言语,去衬写香艳的故事,使人读了只觉其文字美音调美,而不知道他的意义。因此注家辈出,往往一诗有各种各样的意见。爱其诗者,谓其男女花草的歌咏,无不有君子小人忧时忧国的寄寓,比兴有如《三百篇》,忠愤有如杜甫。恶其诗者谓义山才高行劣,其诗都是帷房淫昵之词,实是诗坛之罪人。因此爱其诗者,称他为唐代一大家,可与李、杜比美,恶其诗者,甚至于削去他在文学史上应得的地位,这种态度都未免过于偏激。他的文学是个人的浪漫的唯美的,他的眼睛同他的笔,从没有触及现实社会的诸现象。唐末李涪说他的作品,"无一言经国,无纤意奖善"(《释怪》),这是无可辩护的事实。但他在艺术上的成就,确有惊人的成绩。我们不能因此而完全忽视他的作品的艺术与美的价值。在晚唐唯美文学的运动中,他是一个最成功者,他给与文坛的影响,不仅晚唐,并及于宋初的半世纪。

他和杜牧同样,是一个才人,又是一个色鬼。《唐书》本传说他"诡薄无行",王世贞称他为浪子,这都没有冤枉他。但是他的女性对象,却不是杜牧所赏识的那些青楼中的妓女,是那些尼姑、宫妃和高等官僚家里的姬妾。这一些女子,不是几个钱就能达到目的,是要带着秘密的恋爱的姿态而活动着的。李义山一生,就纠缠在这种恋爱的生活里,他许多有名的作品,也都成为这种生活和情感的表现。他同那些特殊阶级的女人恋爱,不便在作品中明显地直陈出来,因此只好运用古籍中许多冷僻而又适合于他那种恋爱状态的典故,涂满着象征神秘的色彩,写成许多《无题》一类的艳诗,而成为后人不容易了解的诗谜了。前人说他作诗,每首每句俱有君国的寄托,那实在是故意穿凿附会,非常可笑的。元好问《论诗绝句》云:"望帝春心托杜鹃,佳人锦瑟怨华年。诗家总爱西昆好,独恨无人作郑笺。”大概读过李义山诗集的人，个个都有这种感觉，一面是不懂他，一面又爱他的美。

近人苏雪林女士著《李义山恋爱事迹考》一书，对于李义山的私生活，有很详细的说明，使我们对于他的作品的内容，得到更深切的了解。大概他写女道士的恋情，欢喜用洪崖、萧史、王子晋、崔罗什、青女、素娥的典故，在环境方面则以碧城、玉楼、瑶台、紫府来衬托寺庙的境界。写宫妃贵妾时，欢喜用襄王、宋玉、赤凤、秦宫、曹植、韩寿、贾女、宓妃、赵后诸人的浪漫故事，在环境方面，则以古代的宫殿来衬写其境界的富丽堂皇。我们懂得这种秘密，再去读他的《锦瑟》、《重过圣女祠》、《无题》、《曲池》、《碧城》、《玉山》、《牡丹》、《一片》、《可叹》、《圣女祠》、《春雨》、《深宫》、《曲江》、《离思》、《拟意》诸诗，便可领略其中的情味了。那些诗的表面虽掩饰着重重的烟雾，而其内容，无非是写着对于尼姑宫女的追恋的情愁，绝无什么大道理。

松篁台殿蕙兰帏，龙护瑶窗凤掩扉。无质易迷三里雾，不寒长着五铢衣。人间定有崔罗什，天上宁无刘武威。寄问钗头双白燕，每朝珠馆几时归？

（《圣女祠》）

白石岩扉碧藓滋，上清沦谪得归迟。一春梦雨常飘瓦，尽日灵风不满旗。萼绿华来无定所，杜兰香去未移时。玉郎会此通仙籍，忆向天阶问紫芝。

（《重过圣女祠》）

怅卧新春白袷衣，白门寥落意多违。红楼隔雨相望冷，珠箔飘灯独自归。远路应悲春晼晚，残宵犹得梦依稀。玉珰缄札何由达，万里云罗一雁飞。

（《春雨》）

飒飒东风细雨来，芙蓉塘外有轻雷。金蟾啮锁烧香入，玉虎牵丝汲井回。贾氏窥帘韩椽①少，宓妃留枕魏王才。春心莫共花争发，一寸相思一寸灰。

（《无题》）

我们读了这些诗，便知道李义山写恋爱诗手腕的高妙。在中国古代的诗人里，对于这一方面的成就，几乎无人比得上他。他的长处，是香艳而不轻薄，清丽而不浮浅。无论描写什么境界，他都能选择那种最适合于某种境界的文字与典故，因此增加他艺术的美丽与情感的表达。再在表情的细微与用字的深刻方面，他也有独到之处，在他许多绝句里，更能发挥这种特色。

云母屏风烛影深，长河渐落晓星沉。嫦娥应悔偷灵药，碧海青天夜夜心。

（《嫦娥》）

远书归梦两悠悠，只有空床敌素秋。阶下青苔与红树，雨中寥落月中愁。

（《端居》）

竹坞无尘水槛清，相思迢递隔重城。秋阴不散霜飞晚，留得枯荷听雨声。

（《宿骆氏亭寄怀崔雍崔衮》）

① “椽”，通作“掾”。

寻芳不觉醉流霞，倚树沉眠日已斜。客散酒醒深夜后，更持红烛赏残花。

（《花下醉》）

这是李义山绝句中的最上等作品，他们的价值，绝不在王昌龄、李白之下。所不同者，在王、李的诗里，充满热烈的青春生命与雄奇的气势。李义山的诗倾于纤巧与细弱，呈现着浓厚的缺月残花的迟暮的情调。所谓“枯荷听雨声”、“红烛赏残花”的境界，便正是这种迟暮的情调的最高表现。但在表情的幽细与深刻上讲，则远非王昌龄、李太白所能及。在这里正好表示唯美文学者的艺术特色以及晚唐文学的气象。杜牧有诗云：“停车坐爱枫亭晚，霜叶红于二月花。”李义山也有诗云：“夕阳无限好，只是近黄昏。”在这种美丽而又纤弱的句子里，说明唐诗到了他们，已失去李杜时代那种壮年的白日的热力和气魄，已临到秋暮冬初的晚景了。点缀着晚秋的霜叶，迫近黄昏的夕阳，虽呈现幽细冷艳的美景，但是无论怎样，已是趋于衰弱没落之途了，这一种诗句，这一种景物，都是晚唐文学情调的最好象征。唐代数百年的诗坛，也就由他们告了结束。其他如温庭筠、段成式、李群玉、韩偓、唐彦谦诸人，都是努力于唯美文学的同志，但他们的成就，都比不上杜牧与李商隐，所以不必多讲了。至于温庭筠，是词胜于诗，留在下一章再说。

唯美文学的运动，在当时并不只限于诗歌，就在散文方面，由韩柳鼓吹的古文，也趋于衰落，骈文又现出复活的现象来。当日流行的三十六体（李商隐、温庭筠、段成式皆行十六故曰三十六），是指着诗文一般的情形而言，这一个潮流，一直延长到宋初，由杨亿、钱惟演、刘筠诸人所代表的西昆体，正是这派文学最后的光芒。等到后来梅尧臣、苏舜钦、欧阳修、苏东坡诸人的出现，这一派文学才销声匿迹。由此看来，在唐代文学思潮的发展上，从初唐的格律古典文学变为王维、李白所代表的浪漫文学，再变为杜甫、张籍、白居易所代表的社会文学，最后由李贺、李商隐所代表的唯美文学闭幕，在这一条主要潮流的发展线下，其中虽还存在着不少的小波小浪，但对于主要潮流的行进，并无伤损与妨害。我在这几章所叙述的，都是以这个主流为主体，因此，许多不重要的小诗人，都在这种情势之下牺牲了。

中华现代学术名著丛书

中国文学发展史

下卷

刘大杰 著

商务印书馆
创于1897 The Commercial Press

下卷目录

下　　卷

第十六章　晚唐五代的词

一　词的起源与成长

诗歌发展到了唐代末年，无论古体律绝，长篇短制，都达到了最成熟的阶段。后代虽仍有不少人从事制作，已难显出什么惊人独创的成就。在文学演进的公例上，一种文体达到了这境地，因其本身的和外部的种种原因，不得不将其地位让之于一种新起的体裁。我们试看由四言而古体而近体，更可明了这种文体的兴衰和转变的因果性。由八世纪后期到十世纪初期，是中国诗史上一个转变的时代。这种转变，便是由诗而变为词。

广义的说，词就是诗。不过就其发生的性质上，比起诗来，词与音乐是发生更密切的联系。在初期的阶段，他没有独立的诗的生命，只是音乐的附庸。在这一点，他与乐府诗很相近似。不过古乐府多为徒歌，后由知音者作曲入乐，而词是以曲谱为主，是先有声而后有辞的。由这一点，词的音乐生命，更重于乐府诗了。欧阳炯称词为“曲子词”，王灼称为“今曲子”，宋翔也说：“宋与元，词与曲一也。以文写之则为词，以声度之则为曲。”（《乐府余论》）在这些地方，便可显出词的真实性质。因此，古人有称词为诗余、乐府或长短句的。如苏轼的《东坡乐府》,贺铸的《东山寓声乐府》,秦观的《淮海居士长短句》,辛弃疾的《稼轩长短句》,廖行之的《省斋诗余》,吴则礼的《北湖诗余》等等。这些题名,或就形式言,或就性质言,或就文体变质言,都有他们自己的理由,我们不必评论其是非。但在这里,我们很可以看出,这种新起的词体,当初的作者,没有把他看作是一种与诗平行的新体裁,而只当作是诗的附庸的事,是很显然的。不过后来经过了五代、宋朝诸家的大量制作,得到了极优美的成绩。无论在形式上风格上,都显然同诗有明确的界限与独立的生命。于是词这一种体裁,便接替唐诗的地位,在中国的韵文史上,成为五代、两宋的代表作品了。

但是词这种体裁,究竟怎样产生的呢?在什么时候,萌芽与成长起来的呢?我在下面,要回答这些问题。

关于词的起源的理论,古人有各种各样的说法。要之,以词出于乐府与由于唐代的近体诗变化而来的两说,最为有力。王应麟《困学纪闻》云:"古乐府者,诗之旁行也。词曲者,古乐府之末造也。"近人王国维氏也说:"诗余之兴,齐梁小乐府先之。"(《戏曲考源》)这种议论,他们都认识了词与乐府的共同性。因此归于一个源流了。其次便是说词出于唐代的近体诗,以为词的产生的过程,是由律诗绝句变化出来。方成培云:"唐人所歌,多五七言绝句,必杂以散声,然后可被之管弦。如阳关必至三叠而后成音,此自然之理也。后来遂谱其散声,以字句实之,而长短句兴焉。故词者,所以济近体之穷,而上承乐府之变也。"(《香研居词麈》)宋翔凤也说:"谓之诗余者,以词起于唐人绝句,如李白之《清平调》,即以被之乐府。旗亭画壁诸唱,皆七言绝句,后至十国诗,遂竟为长短句。

自一字两字至七字，以抑扬高下其声，而乐府之体一变，则词实诗之余，遂名曰诗余。"(《乐府余论》)诗余这名字虽不大方，这两种说法表面虽似不同，其实内容却是一致。他们都承认词有两个要素：一、词本身的性质是诗；二、词的功能是音乐。汉魏的乐府，固然是乐府，唐代可歌的近体诗也是乐府。李白的《清平调》和旗亭画壁诸唱是诗，汉魏的乐府又何尝不是诗。明乎此，说词出于乐府也可，说出于近体诗也可，就是再远一点，说是与《周颂》、《国风》同流，也无不可了。

不过，词和诗虽有这种渊源，但在形式上毕竟是不同的。他这种形体的构成，不只是一种文体的自然变化，实依赖着外部的动力，这种动力，便是音乐的适合性。这一种适合性，并不是那种乐府与音乐的平行状态，是音乐为主、歌辞为附庸的征服状态。就在这一种环境下，产生了在外表上似乎是不整齐，其实是比诗更要整齐更要严格的词了。

> 诗之外又有和声，则所谓曲也。古乐府皆有声有词，连属书之，如曰贺贺贺何何何之类，皆和声也。今管弦之中，缠声亦其遗法也。唐人乃以词填入曲中，不复用和声。(沈括《梦溪笔谈》)
>
> 古乐府只是诗，中间却添许多泛声，后来怕失了泛声，逐一添个实字，遂成长短句，今曲子便是。(《朱子语类》一四〇)

这里所说的和声与泛声，性质虽未必全同，但在歌唱的时候，都是补足诗的文句的缺陷的事实，是无疑的。因为乐府诗中可歌者，无论是古体、近体，都是整齐的五言、六言或是七言，但乐谱长短曲折，变化无穷，用那种长短一律的字句去歌唱时，自然是感着不能尽其声音之美妙，因此只好加添一些字进去，于是便产生了泛声与和声。如《上留田行》（《瑟调》，传为曹丕作）云：

居世一何不同，上留田。富人食稻与粱，上留田。贫子食糟与糠，上留田。贫贱一何伤，上留田。禄命悬在苍天，上留田。今尔叹惜，将欲谁怨，上留田。

在这一首歌里，连杂着"上留田"六处，在意义上毫无用处，在歌唱时，想必非此不可。这些"上留田"便是和声了。古代乐府里，这种和声是很多的。如《董逃歌》中之"董逃"，《月节折杨柳歌》中之"折杨柳"，在意义上都是废物，在音乐上都是重要的和声，歌唱时万不可废它。至于梁武帝的《江南弄》七首，每首各有和辞，文句亦清丽有诗意，是由和声变为和辞，是由无意义的和声，变为有诗意的和辞了。如《江南弄》和云："阳春路，娉婷出绮罗。"《采莲曲》和云："采莲渚，窈窕舞佳人。"可知他填写这些和辞时，一面是依声，一面又注重词，不像"董逃"、"上留田"那一类的土俗了。

再如诗体过于齐整、乐谱过于繁长者，专添一些和声，还不能歌唱。因此只好将诗句改头换面，长短其句，以就其曲拍，于是文字增多了，句子也变成长短不齐的形式，这种削足适履的办法，自然是为了音乐的束缚。如古诗云：

生年不满百，常怀千岁忧。昼短苦夜长，何不秉烛游。为乐当及时，何能待来兹。愚者爱惜费，但为后世嗤。仙人王子乔，难可与等期。

这一首很完美的好诗，是无可增减的，但一变为乐府诗的《西门行》，文句就完全两样了。

出西门，步念之。今日不作乐，当待何时。

（一解）

夫为乐，为乐当及时。何能坐愁怫郁，当复待来兹？

（二解）

饮醇酒，炙肥牛，请呼心所欢，可用解愁忧。

（三解）

人生不满百，常怀千岁忧。昼短苦夜长，何不秉烛游。

（四解）

自非仙人王子乔，计会寿命难与期。自非仙人王子乔，计会寿命难与期。

（五解）

人寿非金石，年命安可期。贪财爱惜费，但为后世嗤。

（六解）

由诗的艺术上看，自然是后不如前，但在音乐的效能上，想必一定要像后面这样子，才可以歌唱。朱彝尊说“古诗是古《西门行》裁剪而成者”，这是因为他只注意诗的艺术而忽略了乐府诗的音乐效能的缘故。不用说，像上面所举的《上留田》、《西门行》一类的作品，是不能算为词的，但与词的界限却是很相近了。词的构成，也就在这同样的形态下成立的。在上面所举的那些因为适应音乐而加添或是长短其字句的例中，恰好证明了《梦溪笔谈》和《朱子语类》中所讲的由诗入乐必用和声泛声的理论。但在那些诗里，仍是有和声的，所以还不能算是词，一定要如沈括所说等到“唐人以词填入曲中，不复用和声”的时候，词的形体才正式成立。也正如朱子所说“逐一添个实字，遂成长短句”了。词体正式成立的状态，必得一面有完全的音乐效能，同时在文句的组织上，又完全成为一个整体的艺术品，而在外表看不出一点有增补的痕迹。如唐玄宗的《好时光》云：

> 宝髻“偏”宜宫样，“莲”脸嫩，体红香。眉黛不须“张敞”画，天教入鬓长。莫倚倾国貌，嫁取“个”有情郎。彼此当年少，莫负好时光。

如果唐玄宗写作这些辞句时，是完全依照当日的乐谱而长短其句的，那无疑的这是一首最成功的词。虽说其中有“偏”、“莲”、“张敞”、“个”等字，也可以看作是泛声和声的衬字，但痕迹并不明显。并且把这些字放了进去，反而增加了这一首词的艺术性，绝不像古乐府中那些和声和辞，是破坏艺术性的。如果《好时光》的原作真是一首五言八句诗，入乐时再由乐工加添这几个衬字进去，那么原作虽是诗，现在的《好时光》确实也是词了。因为他一面有音乐的效能，同时又有词的形体与格调，和整体的艺术性，绝没有像《上留田》、《西门行》那种原形毕露的样子。我想无论什么人看，都会承认这首长短体的《好时光》，比起那五言八句的诗来，无论在音调和描写的艺术点上，是要好得多的。可知《好时光》这个例子，确能使我们充分地了解诗词变化的过程以及诗词分野的界限了。

唐代的近体虽然多可歌，但作诗的人只是为诗而作诗，并没有想到要拿去合乐。用那些诗谱入乐调，是乐工们的事。乐调的变化是无穷的，它有长短高低刚柔种种的分别，但诗人们的作品，无论五言六言和七言，都是一样的齐整，一样的字数，在古代的文献里，虽载着许多妓女伶工歌唱近体诗的故事，但我们可以知道，同样是一首七绝或五绝，那乐调是完全不同的。李白的《清平调》，王维的《渭城曲》，王之涣的《凉州词》，虽同为七绝，歌唱时的调子，自然是各不相同。当时乐工们虽增加些和声泛声，这毕竟是一种不方便的事，是乐谱与歌词分离时代的补救办法。后来音乐效能的要求增加了，乐谱与歌词渐渐接近而联系起来，于是那些通晓音律的诗人，放弃了纯粹作诗的动机，而成为依谱作曲的工作，这种工作便是后人所谓的填词。这种工作，并不是起于诗人，在教坊和音乐衙门里，是早已有了的，不过那些词句或失之古典的模拟（如朝廷的乐章），或失之粗俗浅陋（如妓女们唱的情歌），因此不能构成一种在韵文上的新体裁。要等到诗人们从事这种工作，产生出来的成绩，一面有音乐的效能，一面又不失去诗的艺术性时，词才能成为一种新兴的体裁，渐渐的在文坛上形成与诗并立的地位。《全唐诗》中论词云："唐人乐府元用律绝等诗，杂和声歌之。其并和声作实字，长短其句以就曲拍者为填词。"这几句说明词的构成，算是最简明的了。不过我们要知道，按曲填词的事，在乐府教坊与民间，都是早有的事，但等到有名的诗人们来做这种工作时，词这种体裁，才能发生文学的价值，才能在中国的韵文史上占立着地位。

词是怎样产生的，有了上面的说明，我们大概可以明了了。现在要讨论的是词体的萌芽和它正式成立的时代。我在上面说过，汉魏的乐府诗，虽与词的性质有些近似，但在调与字方面，完全没有定格定数的形式，算不得依拍填词，只能算是因诗入乐。但到了齐梁间之小乐府，句法字数确能有一定的形式。如梁武帝的《江南弄》云：

众花杂色满上林，舒芳耀绿垂轻阴，连手躞蹀舞春心。舞春心，临岁腴。中人望，独踟蹰。

据《古今乐录》，此曲为武帝改《西曲》所制，共有七篇：一为《江南弄》，二《龙笛》，三《采莲》，四《凤笙》，五《采菱》，六《游女》，七《朝云》。同时沈约也有四篇，调格字句全同，并同有转韵。可知《江南弄》一调已为定格，诸家所作，都是依其调而为辞者，与往日之乐府诗不同，确实是晚唐五代之词的雏形了。梁启超氏在词之起源中说："观此可见凡属于《江南弄》之调，皆以七字三句、三字四句组织成篇。七字三句，句句押韵，三字四句，隔句押韵。第四句'舞春心'，即覆叠第三句之末三字。如〔忆秦娥〕调第二句末三字'秦楼月'也。似此严格的一字一句，按谱制调，实与唐末之倚声新词无异。梁武帝复有《上云乐》七曲，此七曲字数句法亦同一，惟内中有两首于首四句之三字句省去一句，是否传钞脱落，不得而知。此外如沈约之《六忆》诗，隋炀帝全依其谱为《夜饮朝眠曲》，僧法云之《三洲歌》，徐勉之《送客歌》，皆有一定字句。此种曲调及作法，其为后来填词鼻祖无疑。故朱弁《曲洧旧闻》谓：'词起于唐人，而六代已滥觞也。'"由此看来，填词的萌芽确起于齐梁间，而梁武帝在这种尝试的填词工作中，是一位最重要的代表。不过我们要注意，在《江南弄》七曲每首的后面，都附有和辞二句，还保存着乐府诗的一部分遗形，因此还不能算是严格的词，但我们把这些作品，看作是由诗入词的过渡桥梁，却是非常适合的，同时说六朝是词的萌芽时代，也无可疑。杨慎说："填词必溯六朝者，亦探河穷源之意也。"他这意见，我们是赞同的。

隋唐初年，词还在酝酿时代。炀帝的《夜饮朝眠曲》完全具备着词的形式。就是他和王胄同作的《纪辽东》，观其换韵法和长短句的组织，也是词的形体了。《乐府诗集》列为《近代曲辞》之冠，想不是无意的。据孟棨《本事诗》云：

> 韦庶人颇袭武氏之风轨，中宗渐畏之。内宴唱《回波乐》词。有优人词曰："回波，尔时栲栳，怕妇也是大好。外边只有裴谈，内中无过李老。"韦后意色自得，以束帛赠之。
>
> 又云：沈佺期以罪谪，遇恩复官秩，朱绂未复。尝内宴，群臣皆歌《回波乐》，撰词起舞，因是多求迁擢。佺期词曰："回波，尔似佺期，流向岭外生归，身名已蒙齿录，袍笏未复牙绯。"中宗即以绯鱼赐之。

在这记事里，可知《回波乐》已成为定格的曲调。前后两首的用韵与字句的长短组织也完全相同，这是依曲填词的明证。上文所说的群臣撰词起舞，可知当日填词的人，不只沈佺期一人，是大家都能填的，不仅文人能作，就是优人也能作了。因此可以断定，"依曲拍为句"的这种工作，并不开始于刘禹锡、白居易，在隋唐初年，这种现象便已经有了。不过有一件事我们不要忽略，像沈佺期这种人，当日诗坛的大手笔，谈他的诗，确实觉得典雅华贵，但他的《回波乐》词，为什么这样粗鄙呢？这便是他只注意音乐的要素与歌唱的效能，绝没有重视这种体裁，没有重视词的本身的艺术，而把它当作是一种新诗体来创作的缘故。也就是他只把它当作是乐曲的表演，作为内庭宴会的余兴，一点也没有考虑到要作为诗的欣赏的，因此同优人所作的是同一浅俗了。然而这种情形，正是填词的初期的必然现象。这一种东西，不能称为严格的词的原因，也就在乎此。因此，一定要等到刘禹锡、白居易们的作品出来（一面是音乐的，一面又是诗的），词体才正式成立，词才在韵文史上有地位。

中国的音乐，自西晋五胡乱华到隋唐统一，是一个剧变的时代。国乐在这时代渐次沦亡，外乐因军事、通商和传教的各种关系，大量地输入。这些外乐不仅声调与国乐不同，就是所用的乐器，也大都两样，加以那种乐调繁复曲折，变化多端，令人感到悦耳新奇，于是这种胡乐便盛行于朝廷，而渐渐地也传布于民间了。《隋书·音乐志下》云：

> 开皇初，置七部乐。一曰国伎，二曰清商伎，三曰高丽伎，四曰天竺伎，五曰安国伎，六曰龟兹伎，七曰文康伎。……及大业中，炀帝乃定清乐、西凉、龟兹、天竺、康国、疏勒、安国、高丽、礼毕，以为九部，乐器工伎，创造既成，大备于兹矣。……西凉者起苻氏之末，吕光等据有凉州，变龟兹声为之。至魏周之际，遂谓之国伎。今曲项琵琶、竖头箜篌之徒，并出自西域，非华夏旧器。《杨泽新声》、《神白马》之类，生于胡戎，胡戎

歌，非汉魏遗曲，故其乐器声调[①]，悉与书史不同。……龟兹者，起于吕光灭龟兹，因得其声。至隋有《西国龟兹》、《齐朝龟兹》、《土龟兹》等凡三部。开皇中，其器大盛于闾闬。时有曹妙达、王长通、李士衡等，皆妙绝弦管，新声奇变，朝改暮易，持其音技，估炫王公之间，举时争相慕尚。高祖病之，谓群臣曰：闻公等皆好新变，所奏无复正声，此不祥之大也。……公等对亲宾宴饮，宜奏正声，声不正，何可使儿女闻也？帝虽有此敕，而竟不能救焉。……

唐武德初，因隋旧制，用九部乐。太宗增高昌乐，又造讌乐而去礼毕曲，其著令者十部，而总谓之"讌乐"。声词繁杂，不可胜纪。凡讌乐诸曲，始于武德贞观，盛于开元天宝，其著录者十四调，二百二十二曲。

（《乐府诗集》）

又杜佑论"清乐"中云：

自周隋以来，管弦杂曲将数百曲，多用西凉乐，鼓舞多用龟兹乐，其曲度皆时俗所知也。唯弹琴家犹传楚汉旧声，及清调瑟调蔡邕五弄调，谓之九弄。（《通典》）

在这些记事里，把那三百年来国乐沦亡外乐输入的情形，说得非常明显。同时，无论君主臣僚以及民众，都喜欢那种新声，于是胡乐盛行于宫廷贵族之间而又普及于民众，造成了颜之推上书中

① "故其乐器声调"一句，据再版补。

所说的“太常雅乐，并用胡声”，以及“胡乐大盛于闾阎”的状态了。（《隋书·音乐志》）到了这时，所谓国乐的楚汉旧声，已被胡乐的新声完全击败，而渐趋于沦亡，剩有几个老调，成为弹琴专家的绝技了。音乐起了这么大的变化，与音乐发生最密切关系的词，就在这种环境下发育滋长起来。《旧唐书·音乐志》说：“自开元以来，歌者杂用胡夷里巷之曲。”胡夷便是上面所说的那些外乐，里巷是指的民间的歌曲。音乐经了这种混杂同化，自然是变得更为繁复了。如渔歌体的《渔歌子》，船夫曲的《欸乃曲》，民间情歌体《竹枝词》、《杨柳枝词》诸调，想都是里巷曲中最通行的。刘禹锡说：“里中儿联歌《竹枝》，吹短笛，击鼓以赴节，歌者扬袂起舞，以曲多为贤。聆其音，中黄钟之羽，率章激讦如吴声。虽伧伫不可分，而含思宛转，有《淇澳》之艳。”（《竹枝词序》）在这几句话里，说明里巷乐曲虽是乐耳可听，但其词句却很粗劣，于是文人就在这时候产生了改作或是仿作新词的动机。那种胡乐民曲交杂流行于世，歌唱者与作词者都无不受其影响，于是促成严格的词的发展的机运。李白的时代虽有产生词的可能，但他自己的作品是可疑的。虽说《尊前集》收他的词十二首（《连理枝》一，《清平乐》五，《菩萨蛮》三，《清平调》三），《全唐诗》收十四首（除《清平乐》、《清平调》八首外，又有《菩萨蛮》一，《忆秦娥》一，《桂殿秋》二，《连理枝》二），但除《清平调》三绝句外，在他本人的集中和《乐府诗集》内，都没有这些作品。玄宗时人崔令钦的《教坊记》附录的曲名表中，虽有〔菩萨蛮〕调名，但唐末苏鹗的《杜阳杂编》中说：“大中初，女蛮国贡双龙犀。……其国人危髻金冠，璎珞被体，故谓之‘菩萨蛮’，当时倡优遂制〔菩萨蛮〕曲，文士亦往往声其词。”可知〔菩萨蛮〕曲创于大中初年（约当西历八五〇年）。那么生于开元天宝时代的李白要填〔菩萨蛮〕的词是不可能的了。关于《教坊记》中的曲调又如何解释呢？我想胡适氏的推断是合理的。他说："《教坊记》中的曲名表，我却不能认为是原书的原文，不能认为全是开元教坊的曲目。我疑心此表曾经后人随时添入新调，此种表本只供人参考，以多为贵，添加之人意在求完备，不必是有心作伪。"（《词的起源》）至于其他如〔清平乐〕、〔桂殿秋〕、〔连理枝〕诸词，在《古今词话》、《渔隐丛话》、《笔丛》诸书里，前人已有辨伪的说明，那自然是更不可信了。不过，〔菩萨蛮〕、〔忆秦娥〕二词，虽非出自李白，但其艺术的价值是很高的，正如李陵、苏武的古诗一样，虽为后人伪托，但其文学艺术的本身，仍有存在的价值，故抄录在下面。

> 平林漠漠烟如织，寒山一带伤心碧。暝色入高楼，有人楼上愁。　　玉阶空伫立，宿鸟归飞急。何处是归程？长亭更短亭！
>
> （〔菩萨蛮〕）
>
> 箫声咽，秦娥梦断秦楼月。秦楼月，年年柳色，灞陵伤别。　　乐游原上清秋节，咸阳古道音尘绝。音尘绝，西风残照，汉家陵阙。
>
> （〔忆秦娥〕）

胡应麟疑此二作为温庭筠所为，嫁名太白者。但温词风格华艳婉约，与上词之高古凄怨者不类。细味〔忆秦娥〕词句，颇寓国破城春、故宫禾黍之感，想为唐亡以后之作，大概出自五代时唐末遗民的手笔。无论从形式组织及艺术的成就上说，这种成熟的作品，决非产生于填词的初期，决非产生于温庭筠以前，想是无可疑的事。

李白的作品虽不可靠，但在李白生时的八世纪，填词确已渐渐地由于酝酿而成熟了。诗人依着胡夷里巷的曲谱而作长短句的人，也渐渐地多了。如张志和、张松龄、顾况、戴叔伦、韦应物诸人，都是与李白先后同时的，在他们的作品里，确实有了依曲拍为长短句的词了。最有名的是张志和（西历七三〇—八一〇）的五首〔渔父词〕（见《尊前集》）。今举一首作例。

西塞山前白鹭飞，桃花流水鳜鱼肥。青箬笠，绿蓑衣，斜风细雨不须归。

张志和字子同，金华人，虽也做过小官，后来厌恶那种烦琐，便放浪江湖，自号烟波钓徒，日与山水渔樵为友。他这种爱自由爱自然的人生观，反映到文学上，正与王维、孟浩然们所代表的自然诗派相合，因此在〔渔父词〕里，充分地表现出他的潇洒出尘的人格和那种恬淡闲雅的作风。同时，我们还可想到，〔渔父词〕这一个曲调，一定是当日渔人们流行的民间里巷之曲，而经他依曲拍作词而被传于后世，成为最普通的词调了。《西吴记》云："志和有〔渔父词〕，刺史颜真卿、陆鸿渐、徐士衡、李成矩递相唱和。"（《词林纪事》引）由这两句话，可知在张志和时代填词的风气，在文人阶级里，已是很流行的了。他的哥哥张松龄也有〔渔父〕一首，词旨风格，同他的弟弟很相近似。

其次我们要注意的，是戴叔伦（西历七三二—七八九）和韦应物（西历七三六—八三〇?）的作品。他们的词可靠的，戴有〔调笑令〕一首，韦有同调二首。戴词云：

边草，边草。边草尽来兵老。山南山北雪晴，千里万里月明。明月，明月。胡笳一声愁绝。

韦词云：

河汉，河汉。晓挂秋城漫漫。愁人起望相思，塞北江南别离。离别，离别。河汉虽同路绝。

写江湖的放浪生活，喜用〔渔父〕，写边塞别离的俱用〔调笑〕，可知文人填词的初期所用的词调不多，同时也可看出〔渔父〕一调是出自民间，〔调笑〕声律的急促高昂，及其表现的内容，似是出于胡乐了。但在艺术的成就上说，这种作品，都是很成熟的词，与诗的形体，全然是独立的了。其余如元结的《欸乃曲》五首，虽是模仿船歌的作品，但形式为七绝，顾况的《渔父引》，为六言三句，韦应物的《三台》，为六言绝句，这些都不能算是严格的词。王建是以作宫词出名的，他是晚唐宫体文学的先导。在他那许多宫词中，大都是表现色情，描摹美人的姿态与心理。他现存〔调笑令〕四首，其作风与他的宫体诗相同，都是写失宠美人的哀怨的。其中以"团扇"一首最有名，今录之于下：

团扇，团扇，美人并来遮面。玉颜憔悴三年，谁复商量管弦？弦管，弦管，春草昭阳路断。

词调虽是一样，但所表现的内容与风格，同戴叔伦、韦应物之作完全不同了。然而王建这一种宫体式的艳体，正是晚唐唯美文学的色彩，和李商隐、杜牧之、温庭筠们的诗词的作风是一致的，同时也就是“花间”词派的先声。

刘禹锡（西历七七二—八四二）、白居易（西历七七二—八四六）是词体形成期的最后代表。词体到这时候，经了许多先驱者的努力尝试，已渐渐地变为一种有文学生命的新诗体，从事这工作的人日众，词调也日益加多，作品也日见优美了。白居易有〔忆江南〕三首，〔花非花〕一首，〔如梦令〕二首，〔长相思〕二首。刘禹锡有〔忆江南〕二首，〔纥那曲〕二首，〔潇湘神〕二首，〔抛球乐〕二首（《全唐诗》）。依照文体发展进化的公例，词这种文学到了刘、白时代，有这些调子，有这些作品，原是可能的事。不过他俩的词，除〔忆江南〕外，其余的都不见其本集，因此有人表示怀疑，这态度虽是谨慎，但我却很难相信那许多作品全是后人伪托的。否则，比刘、白只晚死二十年左右的温庭筠，在词的质量上便有那么好的成就的事，也令人觉到有点可奇了。

江南好，风景旧曾谙。日出江花红胜火，春来江水绿如蓝。能不忆江南？

（〔忆江南〕白居易）

春去也，多谢洛城人。弱柳从风疑举袂，丛兰挹露似沾巾。独坐亦含颦。

（〔忆江南〕刘禹锡）

这种作品一面是有音乐的效能，一面是又有诗的艺术的生命的。词要到这时候，才能离开诗独立起来，成为一种韵文的新体裁。刘禹锡作〔忆江南〕时，注云："和乐天春词，依〔忆江南〕曲拍为句。"这是诗人依曲填词的第一次口供。由这种情形看来，他填词的动机决非出于游戏，而是带着严肃的创作的态度了。要这样，词才可以向着发展兴盛的路上前进。胡适说："填词有三个动机：一、乐曲有调而无词，文人作歌词填进去，使此调更容易流行。二、乐曲本已有了歌词，但作于不通文艺的伶人倡女，其词不佳，不能满人意，于是文人给他另作新词，使美调得美词，而流行更久远。三、词盛行之后，长短句的体裁渐得文人的公认，成为一种新诗体，于是文人常用长短句体作新词。形式是词，其实只是一种借用词调的新体诗。这种词未必不可唱，但作者并不注重歌唱。"（《词的起源》）他这种推断是极合理的。唐及五代的填词，大都不出一二两项动机，到了两宋的词，正如上文所说"未必不可唱，但作者并不注重歌唱，只是一种借用词调的新体诗"了。

二　晚唐的代表词人温庭筠

到了晚唐，填词的风气，更是普遍了。君主诗人以及没有诗名的文士，都有这种作品，艺术上较之刘、白也进步了，词调也增加了。词这种体裁，呈现着蓬勃发展的机运。段成式、郑符、张希复有〔闲中好〕，这些作品虽较为平庸，但到了皇甫松、司空图、韩偓、唐昭宗（李晔）们的作品，是现出明显的进步了。皇甫松是皇甫湜之子，生卒未详，《花间集》所载诸词人，俱称其官衔，独于皇甫松只称为先辈，想必他是没有做过官了。他是睦州新安人（浙江建德附近），其他事迹均不可考。《花间集》载其词十二首，《全唐诗》共十八首。除〔采莲子〕、〔抛球乐〕、〔浪淘沙〕、〔怨回纥〕、〔杨柳枝〕诸调为五七言诗外，成为长短句者，有〔天仙子〕、〔摘得新〕、〔梦江南〕诸调。在他这些作品里，可称为代表的，是〔摘得新〕和〔梦江南〕。

酌一卮，须教玉笛吹。锦筵红蜡烛，莫来迟。繁江一夜经风雨，是空枝。

（〔摘得新〕）

兰烬落，屏上暗红蕉。闲梦江南梅熟日，夜船吹笛雨潇潇，人语驿边桥。

（〔梦江南〕）

用最清丽的字句，来写红情绿意的场面，而其中又寄寓着哀怨的感慨，虽侧艳而不淫靡，确是成功之作。〔梦江南〕意境更高，设境遣词尤胜，诚可与温飞卿比肩。司空图字表圣（西历八三七—九〇八），为有名的《诗品》的作者。他人品高逸，朱全忠称帝，召他为官，他遂不食而死。他有〔酒泉子〕词一首，是写他晚年退休的心境的。

买得杏花，十载归来方始坼。假山西畔药栏东，满枝红。

旋开旋落旋成空。空发多情人更惜，黄昏把酒祝东风，且从容。

韩偓字致光，他本是晚唐时代写色情诗的好手。所以他的词〔生查子〕和〔浣溪纱〕，都是这种艳情之作。

侍女动妆奁，故故惊人睡。那知本未眠，背面偷垂泪。懒卸凤凰钗，羞入鸳鸯被。时复见残灯，和烟坠金穗。

（〔生查子〕）

拢鬓新收玉步摇，背灯初解绣裙腰。枕寒衾冷异香焦。深院不关春寂寂，落花和雨夜迢迢，恨情残醉却无聊。

（〔浣溪纱〕）

唐昭宗李晔（西历八六七—九〇四）是唐代末年一位最可怜的皇帝，身死朱全忠之手。但他却多才多艺，爱好文学。《全唐诗》中云："帝攻书好文，而承广明寇乱之后，唐祚日衰。遗诗只韵，皆其播迁所致也。"由此可见他的爱好文艺的性情和他创作的环境了。他现存词四首。〔巫山一段云〕二首，遣词虽稍觉华艳，尚不轻浮。如"残日艳阳天，苎萝山又山"等句，意境尚佳。〔菩萨蛮〕二首，为其感伤国事之作，哀怨凄凉，恰好映出一位国运无可挽回的君主的绝望的心境。今举一首于下：

登楼遥望秦宫殿，茫茫只见双飞燕。渭水一条流，千山与万丘。　　远烟笼碧树，陌上行人去。安得有英雄，迎归大内中。

温庭筠　由上面这些作品看来，知道词到了晚唐，确实是成熟了。但称为当代词家的代表的，却是那位风流浪漫、才华焕发的温庭筠。温字飞卿（西历八二〇—八七〇?），山西太原人，在文坛上与李义山、段成式齐名，俱以华丽之笔描写艳情，一时风靡，号为三十六体。我在上一章里论晚唐唯美文学的时候说过，晚唐唯美文学的作者，大都是生活浪漫、流连乐妓的才人。杜牧之、李义山是如此，温庭筠更是如此。《旧唐书·文苑传》说他“士行尘杂，不修边幅。能逐弦吹之音，为侧艳之词”，令狐绹说他“有才无行”，这都是可靠的。因为他生活浪漫，文笔又好，日与优人妓女来往，确实是给他一个产生词的最好环境。同时在那环境中所创造出来的作品，除了描写女人的姿态与情恋以外，想要去找到其他表现人生社会的思想与意识，自然是要失望的。词这种作品，在最初的阶段，本来就是一种上流阶级的享乐品。正如《花间集序》所说：“绮筵公子，绣幌佳人。递叶叶之花笺，文抽丽锦，举纤纤之玉指，拍案香檀。不无清绝之词，用助娇娆之态。”词的创造的动机及其功用，在这里说得最明显。公子哥儿的享乐，倡家妓女的卖唱，浪子才人的卖弄才华，这一切都造成词这种作品成为华艳的色情的唯美文学了。温庭筠的面貌，虽是奇丑，时人称为“温钟馗”，但他那绝出的才华和他那种多情多感的浪漫天性，使他在词这一方面，得到了极高的成就。在晚唐时代，有了李贺、杜牧之、李商隐、段成式诸家的宫体诗和骈文，再加着他的艳词进去，造成了唯美文学的极盛。他们这种影响，不仅及于五代，就连宋初半世纪的文坛，也还承受着这种风气。

温庭筠有《握兰》、《金荃》二集，均已散亡，现存于《花间集》者尚有六十余首。由此，我们可知他是一个努力填词的人。现存的还有六十几首，散亡的想必更多，他的作品的丰富也就可想而知了。前人见其词中多写女人香草，每每加以寄托比兴的解释，实在是多余的。他本是一个才子式的浪人，正因他写那些女人香草，反觉得真切。孙光宪《北梦琐言》云：“温词有《金荃集》，盖取其香而软也。”又香又软，是他的生活情感的写实，一定要说他某词有家国之痛，某词有兴亡之感，那反而不尽情了。

在他的六十余首词中，包括着〔菩萨蛮〕、〔更漏子〕、〔南歌子〕、〔清平乐〕、〔诉衷情〕以下十九调。晚唐的词人，用调最多的，无过于他了。他的作品，当以〔菩萨蛮〕、〔更漏子〕、〔梦江南〕诸词为代表。在这些词里，充分地表现出他的唯美文学的彩色和描写女人的态度以及女人心理的技术。

小山重叠金明灭，鬓云欲度香腮雪。懒起画蛾眉，弄妆梳洗迟。　　照花前后镜，花面交相映。新贴绣罗襦，双双金鹧鸪。

（〔菩萨蛮〕）

玉楼明月长相忆，柳丝袅娜春无力。门外草萋萋，送君闻马嘶。　　画罗金翡翠，香烛销成泪。花落子规啼，绿窗残梦迷。

（同上）

星斗稀，钟鼓歇，帘外晓莺残月。兰露重，柳风斜，满庭堆落花。　　虚阁上，倚栏望，还似去年惆怅。春欲暮，思无穷，旧欢如梦中。

（〔更漏子〕）

玉炉香，红蜡泪，偏照画堂秋思。眉翠薄，鬓云残，夜长衾枕寒。　　梧桐树，三更雨，不道离情正苦，一叶叶，一声声，空阶滴到明。

（同上）

这些词的颜色,虽是非常浓艳,但这种浓艳的色彩,与词中的内容,都很调和。他词中所写的离情相思,大半都是妓女倡妇的代言代诉。他写词的手法,是将许多可以调和的颜色景致物件放在一处,使他们自己组织配合,形成一个意境,一个画面,让读者自己去领略其中的情意。他这手法是成功了的,不过,他涂的颜色过于浓艳,摆进去的珠宝,过于繁多,觉得是太富贵了,有时反令人有一种鄙俗之感。在他的词里,到处都是"金"、"玉"、"画罗"、"绣衣"、"翡翠"、"鸳鸯"、"凤凰"、"红泪"这一类的字眼,无论写容貌、写用具、写景物,都离不了它们。在当代的唯美文学中,这种字眼本来是常见的,如李贺、李商隐、杜牧之的宫体诗中,也用了些,不过没有像他用得这么多。所以温庭筠的词,我们读二三首,觉得艳丽可喜,多读下去,颇有一种同一个满身珠宝满面脂粉的妓女并坐的感觉,这种地方,确实是他的不能掩饰的弱点。王国维云:"'画屏金鹧鸪'飞卿语也,其词品似之。"(《人间词话》)这真是知人之论。

虽如此说,温词中许多优美的句子,我们是不应该轻视的。如〔菩萨蛮〕中的"花落子规啼,绿窗残梦迷","人远泪阑干,燕飞春又残",〔更漏子〕中的"一叶叶,一声声,空阶滴到明"等句,意境是多么高远,表情是多么细致,辞句是多么美丽,描写又是多么深刻。这种言语,在后代许多大词家的作品里,也是不常见的。再看他的〔梦江南〕。

千万恨,恨极在天涯。山月不知心里事,水风空落眼前花。摇曳碧云斜。

梳洗罢,独倚望江楼。过尽千帆皆不是,斜晖脉脉水悠悠。肠断白蘋洲。

描写的内容虽是相同,但他表现的方法,完全去了前面那种浓艳的衬托,而以细密的心理描写、婉约的笔调出之,情意更觉活跃,颜色也就素淡得多了。周济评温词为严妆的美女(《介存斋论词杂著》),这固然精当,但我们要知道,他的词,蛾眉淡扫的时候,是更觉妩媚的。在晚唐的词坛,在中国的词史上,温庭筠是有重要的地位的。他的重要性,有下列的几点:

一、温氏以前,诗人虽有填词者,但都以诗为主,把填词只当作一种尝试,故作品不多。温虽也以诗名,他却是一个专力填词的人,词的成就,远在其诗之上。词到了他,形成了一种正式的文学体裁,在韵文史上离开了诗,得到了独立的生命。

二、温氏以前的词,无论形式风格,多与诗相近似。到了温庭筠,在修辞和意境上,才形成诗词绝异的作风。

三、他是诗词过渡期的重要的桥梁。因了他的作品,上面结束了唐诗,下开五代、宋词发展的机运。前人称他为"花间鼻祖"(见王士祯《花草蒙拾》),我们从文体的演进史上,看这评语,并非是溢美之辞。

三　民间的词

我在上面说过,在诗人正式填词之前,乐署倡家,是早已有了这种东西的。他们主要的目的,是在入乐与歌唱,所以在辞句上,免不了俚俗与粗浅。正如刘禹锡所说的民间的〔竹枝词〕伧伫不雅一样。又沈义父《乐府指迷》云:"秦楼楚馆所歌之词,多是教坊乐工及闹井做赚人所作。只缘音律不差,故多唱之。求其下语用字,全不可读。甚至咏月却说雨,咏春却说凉。如〔花心动〕一词,人目之为‘一年景’。又一词中,颠倒重复。如〔曲游春〕云‘赊薄难藏泪’,过云‘哭得浑身无气力’,结又云‘满袖啼红’,如此甚多,乃大病也。”他所说的是宋代的情形,而我们可以知道唐代的秦楼楚馆所歌之词,教坊乐工及闹井做赚人之作,自必更是如此。一词之中,虽有颠倒重复,下语用字,虽是伧伫不雅,然那些却正是民间文学的本色。因为在文字上有这些缺点,诗人们才起来补救他,这就是诗人填词的一个重要的动机。在文学史的研究上,这种颠倒重复、伧伫不雅的民间作品,我们却不可忽视。

敦煌文库的发现,在中国古代文化的研究上,是很重要的。关于变文的一部分,我在上卷里已略略的叙述过了。现在在这里,要讲一讲敦煌石室发现的民间词。这些作品除我们熟知的《云谣集杂曲子》三十首外(《彊村遗书》),还有罗振玉《敦煌零拾》所收的七首,刘复《敦煌掇琐》所收的二首,以及日本桥川醉轩所传的四首。数量虽不算多,然在民间词的考察上,无疑是很重要的文献。由了他们,我们很可以看出秦楼楚馆所歌、教坊乐工及闹井做赚人所作的词的面影。

哀客在江西,寂寞自家知。尘土满面上,终日被人欺。

朝朝立在市门西,风吹泪点双垂。遥望家乡长短,此是贫不归。

(〔长相思〕三之一,见《敦煌零拾》)

叵耐灵鹊多满语,送喜何曾有凭据?几度飞来活捉取,锁上金笼休共语。　　比拟好心来送喜,谁知锁我在金笼里?

欲他征夫早归来，腾身却放我在青云里。

（〔鹊踏枝〕二之一，见《敦煌零拾》）

悔嫁风流婿，风流无准凭。攀花折柳得人憎。夜夜归来沉醉，千声[1]唤不应。　　回觑帘前月，鸳鸯帐里灯，分明照见负心人。问道与[2]须（此二字疑有误）心事，摇头道不曾。

（〔南歌子〕，《敦煌掇琐》）

字句的俚俗，情意的浅露，语体的夹用，这都可以看出是民间之作。这种词的生命，虽与社会大众极其接近，然而在诗人看来，是不会满意的。当日因为偶然的机会，写在破纸上或《心经》的纸背上，得以留传后世，这似乎是没有经过上级文人的润饰。像《云谣集杂曲子》诸作，在文字的艺术上，比上面这些小曲，虽仍不免有俚俗之迹，但已是进步多了。看他冠以“云谣集”之名，再加以“共三十首”之原注，我们便可推想这些民间词，是经过文人们编辑整理过的，因此在文字上是雅丽多了。原作两本，藏于伦敦博物院及巴黎国家图书馆，但俱不完全，后经朱祖谋氏整理，去其重复，恰合三十首之原数，现刊于《彊村遗书》中。

怨绿窗独坐，修得为君书。征衣裁缝了，远寄边虞。想得为君贪苦战，不惮崎岖。终朝沙碛里，已凭三尺，勇战奸愚。　　岂知红脸，泪滴如珠。枉把金钗卜，卦卦皆虚。魂梦天涯无

① “声”，据再版补。

② “与”，再版为“些”。

暂歇，枕上长嘘。待公[1]卿回故日[2]，容颜憔悴，彼此何如？

（〔凤归云〕）

燕语啼时三月半，烟蘸柳条金线乱。五陵原上有仙娥，携歌扇，香烂漫，留住九华云一片。　犀玉满头花满面，负妾一双偷泪眼。泪珠若得似珍珠，拈不散，知何限，串向红丝应百万。

（〔天仙子〕）

风格虽仍是民歌，但文字却较为修炼，完全没有上面那些小曲所现露出来的粗俗的气息，这自然是经过文人的手的。并且词中长调颇多，如〔倾杯乐〕长一百十一字，〔内家娇〕长一百零四字，〔拜新月〕长八十六字，〔凤归云〕长八十四字，在温庭筠的作品里，从没有见过这样的长调。这样看来，上面那些俚俗小曲，或可相信是中唐时的民间作品，惟《云谣集》中诸作，想必是出自温庭筠以后了。但是，我们把这些词看作是北宋慢词的先声，却是很合理的。可知在小令很流行的晚唐、五代，民间已有多人从事慢词的制作了。

四　五代词的发展与"花间"词人

历史上所称的五代，虽在国号上共换了五次，但在时期上，只

① "公"，据再版补。

② "日"，再版为"里"。

占有半世纪(西历九〇七—九六〇)。这一时期的政局的动摇纷扰,略似于三国与南北朝。五代虽称为正统,但当日远处边陲的藩镇强豪,看见那些中原勇士南面称王,自然也免不了眼红,于是各处也就都立起国号做起皇帝来。由朱全忠、李存勖、石敬瑭、刘知远、郭威五人主演的五代以外,另有前蜀(王建)、后蜀(孟知祥)、北汉(刘崇)、南汉(刘隐)、荆南(高季兴)、楚(马殷)、吴(杨行密)、南唐(李昪)、吴越(钱镠)、闽(王审知)十国。五代中国运顶长的是后梁十一年,最短的要算仅仅四年的后汉了。十国都因为离开中原过远,得以苟延,因此寿命也有延至六七十年者。这一些你倒我起的政治局面,正如一场杀进杀出的舞台戏。在那一种混乱的局面下,在那一群强盗劫夺的局面下,文化学术的衰歇,思想艺术的沦亡,自是必然的现象。但在当日作为享乐的工具的词,适应于那种女乐声伎的荒淫环境的词,却又得着发展的机运,而大量滋长起来了。我们试看当代的君主那一个不是淫荡奢侈流连声色的荒君,当代的词人又那一个不是狎妓宿倡浪漫无行的浪子。像后唐庄宗虽是一介武夫,然精音律,善度曲,日与俳优为伍,结果是为伶人所杀,并将他的身体杂入乐器之中一同焚化了。然他的词是好的。〔如梦令〕云:“曾宴桃源深洞,一曲清歌舞凤。长记别伊时,和泪出门相送。如梦,如梦,残月落花烟重。”风流蕴藉,一往情深,虽是才人,究非廊庙之器。再如蜀主王衍的〔醉妆词〕云:“者边走,那边走,只是寻花柳。那边走,者边走,莫厌金杯酒。”这六句词,活画出一幅五代十国土皇帝的荒淫的面影。无论这边走,只是寻花问柳,无论那边走,只是端着金杯喝酒。寻花问柳时,端着杯子喝酒时,自然是少不了“一曲清歌舞凤”的。这样下去,国自然会亡,文化学术自然要衰歇,同声色紧紧联系着的词,自然也乘机而起了。词的发达，恰好建立在这一个荒淫的生活基础上，恰好供给那些贵族享乐的艺术的需要。

初庄宗（李存勖）为公子时，雅好音律，又能自撰曲子词。其后凡用军，前后队伍皆以所撰词授之，使揭声而歌之，谓之御制。（《五代史·本纪》）

《北梦琐言》云："蜀主裹小巾，其尖如锥。宫妓多衣道服，簪莲花冠，施胭脂夹脸，号醉妆。"自制〔醉妆词〕。又尝宴于怡神亭，自执板歌〔后庭花〕、〔思越人曲〕。

《温叟诗话》云："蜀主孟昶，令罗城上尽种芙蓉，盛开四十里，语左右曰，以蜀为锦城，今观之真锦城也。"尝夜同花蕊夫人避暑摩诃池上，作〔玉楼春〕词。（《词林纪事》引）

后主（李煜）善属文，工书画，性骄侈，好声色，又喜浮图高谈，不恤政事。（《新五代史》）

金陵盛时，内外无事，朋僚亲旧，或当谦集，多运藻思为乐府新词，俾歌者倚丝竹歌之，所以娱宾而遣兴也。（陈世修《阳春集序》）

韦庄以才名寓蜀，王建割据，遂羁留之，庄有宠人，姿质艳丽，善词翰，建闻之，托以教内人为词，强庄夺去。庄追念悒怏，作〔荷叶杯〕、〔小重山〕词，情意凄怨。（《古今词话》）

冯延巳也是一个有才无行的浪人。当时他为五鬼之一。孙晟当面骂他说："仆山东书生，鸿笔藻丽十不及君，诙谐饮酒百不及君，谄佞险诈，累劫不及君。"（《十国春秋》）

在这些记事里,充分地暴露出当日君主臣僚的荒淫,和那些作家的浪漫生活的背境。为妓女宫娥们所唱的词,正是他们所需要的,恰如他们需要女人珠宝一样。再进一步,拿着这种新诗体,来作为歌功颂德的工具,如供奉内廷的毛文锡,自然会作出“近天恩”(〔柳含烟〕)和“尧天舜日”(〔甘州遍〕)一类的大作了。

词在这种环境下发展,他的风格自然是继承温庭筠的艳丽,而集中于妇女情欲的表现,形成色情文学的极盛了。这情形和梁陈时代的宫体诗,遥相对照,而对于肉感的暴露的浓烈性,实远过于那时的宫体诗。在五代的词坛最能代表这种形态的,是《花间集》中的作品。我们知道填词的风气,到了五代是非常普遍,并且已由中原推广到西蜀、江南一带。同时作为五代词坛的代表区域,不在中原,而在西蜀与南唐。因为中原战乱频仍,人民多避难他去。四川、江南成为苟安之局,加以天时和丽,物质丰饶,歌乐素称兴盛,君主又都爱好文艺,因此诗人词客,俱聚集于此,而造成当代两个文化的中心。后蜀赵崇祚所编的《花间集》,正是西蜀词的好代表。《花间》共收十八家,其中温庭筠、皇甫松已在上面叙述外,其他如韦庄、薛昭蕴、牛峤、牛希济、毛文锡、欧阳炯、顾敻、魏承班、鹿虔扆、阎选、尹鹗、孙光宪、毛熙震、李珣、张泌(《全唐诗》以泌为南唐人,胡适主张《花间集》中的张泌,应该是蜀人,此说极合理,从之)诸人,或是蜀产,或仕于蜀,同四川没有发生关系的,就只有和凝一个。然而他的词的风格,同《花间》正相适合,所以我们研究的时候,是无须分开来的。

《花间集》的作家与作品虽有那么多,但除了一二例外,他们的作品,都有一个共同的格调与作法,大都是用着艳丽的辞句,浓厚的颜色,集全力去描写女人的美态装饰,相思的情绪,以及肉感性欲的强烈暗示。在这种地方，一面是反映着当代宫廷和上流社会的淫侈生活，一面也是承受着温词的影响。不用说，那种千篇一律的作品，多谈了是要感着厌倦的。我现在选录几首在下面。

玉楼冰簟鸳鸯锦，粉融香汗流山枕。帘外辘轳声，敛眉含笑惊。　　柳阴烟漠漠，低鬓蝉钗落。须作一生拼，尽君今日欢。

（牛峤〔菩萨蛮〕）

晚逐香车入凤城，东风斜揭绣帘轻。慢回娇眼笑盈盈。消息未通何计是？便须佯醉且随行。依稀闻道太狂生。

（张泌〔浣溪纱〕）

相见休言有泪珠，酒阑重得叙欢娱。凤屏鸳枕宿金铺。兰麝细香闻喘息，绮罗纤缕见肌肤。此时还恨薄情无。

（牛希济〔浣溪纱〕）

一炉龙麝锦帷旁。屏掩映，烛荧煌。禁楼刁斗夜初长，罗荐绣鸳鸯。山枕上，私语口脂香。

（顾夐〔甘州子〕）

雪霏霏，风凛凛，玉郎何处狂饮？醉时想得纵风流，罗帐香帏鸳寝。　　春朝秋夜思君甚，愁见绣屏孤枕。少年何事负初心，泪滴缕金双衽。

（魏承班〔满宫花〕）

粉融红腻莲芳绽，脸动双波慢。小鱼衔玉鬓钗横，石榴裙染象纱轻，转娉婷。　　偷期锦浪荷深处，一梦云兼雨。臂留檀印齿痕香，深秋不寐漏初长，尽思量。

（阎选〔虞美人〕）

梁燕双飞画阁前，寂寥多少恨，懒孤眠。晓来闲处想君怜。红罗帐，金鸭冷沉烟。　　谁信损婵娟，倚屏啼玉箸，湿香钿。四肢无力上秋千。群花谢，愁对艳阳天。

（毛熙震〔小重山〕）

披袍窣地红宫锦，莺语时转轻音。碧罗冠子稳犀簪，凤凰双飐步摇金。　　肌骨细匀红玉软，脸波微送春心。娇羞不肯入鸳衾，兰膏光里两情深。

（和凝〔临江仙〕）

在这样细致的技巧与美丽的诗句里，表现了一些什么呢？说来说去，总不外是一个女人。这些女人无论她的面貌衣饰写得怎样出色，情感写的怎样缠绵，但都患着一种共同的病症，那便是肉的饥饿与性的满足的强烈的要求。因此一切的环境，都在强调这一方面的暗示，冷夜长宵，园中的花草，天空中飞的双燕双蝶，水中游的交颈鸳鸯，绣花的枕被，一切无非是在暗示着肉欲的渴慕和女人的色情狂的浓烈。再进一步的，甚至于写出男女幽会的情态，连声音动作也都显露出来，如牛希济[①]的〔浣溪纱〕，那真可以算是中国淫词的代表了。再如张泌的〔浣溪纱〕，顾夐的〔荷叶杯〕诸作，大胆地描写了钉梢的浪子和偷情的女人的种种丑态。在那些作品里，从没有接触到关于妇女的社会问题。在一本《花间集》里，全被这些色情的气味涂满了，像鹿虔扆〔临江仙〕的感伤离乱，李珣〔渔歌子〕的歌诵自然，那真是凤毛麟角了。就是在他们两人的作品中，艳词仍是要占去其大半数的。不过他们写得较为含蓄而已。

① 牛希济，再版为“欧阳炯”。

如李珣的一首〔浣溪纱〕，写得细密清丽，而不流于轻薄淫浅，确是《花间》词中的好作品。

晚出闲庭看海棠，风流学得内家妆。小钗横戴一枝芳。镂玉梳斜云鬓腻，缕金衣透雪肌香。暗思何事立残阳。

（李珣〔浣溪纱〕）

金锁重门荒苑静，绮窗愁对秋空。翠华一去寂无踪。玉楼歌吹，声断已随风。　　烟月不知人事改，夜阑还照深宫。藕花相向野塘中。暗伤亡国，清露泣香红。

（鹿虔扆〔临江仙〕）

前一首虽仍是艳体，但已经写得很婉约，至于后首的境界更是高远，词格更是庄重，情感更是凄怨，完全脱了“花间”词风的笼罩，可与李后主晚年之作比肩了。鹿李二家，在西蜀词坛，作品虽不算多，但对于他们，我们确是应该另眼相看的。

韦庄　在《花间集》里，作品的内容虽仍是脱不了言情说爱，但在作风上，却一抛温庭筠的浓艳与富贵的气息，带着疏淡秀雅的笔调，成为当代词坛的重镇，给与后代词风以重大的影响的，是那位称为“《秦妇吟》秀才”的韦庄。韦字端己，陕西杜陵人（西历八五五—九二〇）。唐乾宁元年进士，幼敏能诗。二十八九岁时，到长安去应考，恰碰着黄巢的兵乱，他将当日耳闻目见的社会离乱情形，写成一篇长有一千六百余字的《秦妇吟》。这篇诗在当日虽很有名，但在《浣花集》里没有载，是久已失传了。近年敦煌文库发现，得有两种五代人的写本，因此得复传于世。在晚唐唯美文学的潮流中，这确是一篇难见的写实的社会文学的杰作。

篇幅之长，可与《孔雀东南飞》比美。他把当日战乱中的人民生活，妇女的被调戏奸淫，难民的流离转徙，大火灾，大抢劫，繁华化为乌有，富翁变为穷人，再加以那些觍颜事仇、朝秦暮楚的新贵，写得更是活跃如画。借一个陷贼三年逃难出来的秦妇的口述，将那种凄惨的现象，一幕幕地映出，真如一卷时事影片，想着现在战争区域的情形，同这正是一样。在文字的技术上，比起杜甫、白居易、张籍的作品来，虽似乎稍弱，但在作品的意识上，同杜甫诸家的社会诗，却正是一个类型。并且他描写得较为琐细，因此反而更增加他作品的真实性。但我们读他的《浣花集》，却大致是适合着晚唐的唯美作风，像这一种暴露社会暗面用写实的手法而称为社会问题的作品，简直没有，这原因是他的性格，本是"洛阳才子"一类的浪漫者，加以他后来入蜀的良好的物质环境，使他的作品趋于唯美文学的发展了。在思想性格以及对于文学的理解各方面，他自然是远不如杜甫、白居易、张籍诸先辈的深沉与坚定。因此在那兵乱的环境中，耳闻目见了种种的惨状，写成了那篇《秦妇吟》。后来一到了江南、西蜀，就转入于花丛红袖的怀抱，而反于悔恨从前《秦妇吟》的写作，于是他的作风，完全变为浪漫的情词了。

长安乱后，他携家避地江南，在将近十年的长期中，他的足迹走遍了大江南北。江南一带的繁华安定，使这位才子忘记了《秦妇吟》中的离乱苦况，而入于风流浪漫的生活。在他那些〔菩萨蛮〕里，反映出他当日沉溺酒色的生活状态。他那次再到长安去考取进士时，已是四十左右的人了。中进士后，任校书郎数年，后入蜀依王建。及朱全忠篡唐自立，他便劝王建即位，自己做了宰相。前蜀开国的一切典章制度，都是他定的。卒于成都，年在六十以上。

韦庄以情词闻名，但他所描写的背景，与那些专写歌姬妓女，专写肉感性欲者不同，在他的生活过程上，确有一种情爱的葛藤，因此出现于他作品的情感较之旁人所表现者，要较为高贵。同时在修辞与表现的技巧上，脱离温庭筠派的富贵浓艳，和张泌、牛希济式的轻薄。用着清疏淡雅的字句，白描的笔法，再加以缠绵婉转的深情，使他在《花间集》中，卓然成为与温庭筠对立的一派。据《古今词话》所说："他的爱人被王建夺去以后，他追念悒怏，作词多凄怨之音。"我们读他的作品，觉得他这次的失恋，对于他作品的影响很大。他的几首代表作，完全用这件事体作为中心，或是回忆往日的欢情，或是伤感现在的落寞，或是希冀未来的复活，因为种种心理，都是出于实际的体验，所以在情感方面，表现得格外真切，而修辞造句，也无须凭藉金银珠宝那些富贵字眼的装饰，而出于白描，反而显得更真情更实感了。

夜夜相思更漏残，伤心明月倚[1]栏干。想君思我锦衾寒。
咫尺画堂深似海，忆来唯把旧书看。几时携手入长安？

（〔浣溪纱〕）

红楼别夜堪惆怅，香灯半掩流苏帐。残月出门时，美人和泪辞。　　琵琶金翠羽，弦上黄莺语。劝我早还家，绿窗人似花。

（〔菩萨蛮〕）

四月十七，正是去年今日，别君时。忍泪佯低面，含羞半敛眉。　　不知魂已断，空有梦相随。除却天边月，没人知。

（〔女冠子〕）

---

① "倚"，再版为"凭"。

昨夜夜半，枕上分明梦见，语多时。依旧桃花面，频低柳叶眉。　　半羞还半喜，欲去又依依。觉来知是梦，不胜悲。

（同上）

别来半岁音书绝，一寸离肠千万结。难相见，易相别。又是玉楼花似雪。　　暗相思，无处说，惆怅夜来烟月。想得此时情切，泪沾红袖黦。

（〔应天长〕）

侯门似海，爱人变作嫦娥，消息难传，萧郎成为路客。在上面这些词里，或为忆往，或为伤今，全是表现那种缠绵曲折的失恋深情。他所用的都是最通俗最质朴的言语，没有一点浓艳的颜色，没有一点珠宝的堆砌，成为白描的圣手，高远的词格了。王国维氏以"画屏金鹧鸪"一句象征温庭筠的词品，"弦上黄莺语"一句象征韦庄，真是最精确了。一个是浓艳富贵，一个是清丽秀雅，在他俩的作风上，这界限是非常明显的。

五　南唐词人

西蜀、南唐同为当代的文艺重心。南唐流传下来的作品与作家虽说不多，其地位与价值，并不在西蜀之下。因为南唐没有赵崇祚那一类的人去收集保存，因此所传者就寥寥无几了。看陈世修序《阳春集》说："金陵盛时，内外无事。亲朋讌集，多运藻思为乐府新词，俾歌者倚丝竹歌之。"在这种环境下，词家与作品的产生，想是不少于西蜀的。加以当日中原大乱，南唐尚能偏安一隅，一直等到宋人统一，江南始有兵祸，物质地理的环境，也都适宜于那种艳体情词的滋长。由此推想，当日一定还有许多好作家好作品，都随时代而沦亡了。但南唐流传下来的几人，如李璟、李煜、冯延巳们，却都是词坛上最成功的第一流作家。上可代表晚唐、五代的全词坛，下开两宋歌词发展的机运。在中国的词史上，他们都有重要的地位。

李璟　（西历九一六—九六一）字伯玉，徐州人。李昪的长子，南唐保大元年，昪卒，他即位，是为中主。他的用人行政及军事才略，都非常平庸，因此他父亲费了大力创造出来一个好好的南唐基础，不到十几年，就弄到不可收拾的局面。等到后周的军队进驻扬州，他知道事势危急，便献江北诸地，并且岁贡数十万，去了帝号，奉周正朔，画江南为界，简直成了后周的藩属了。他在政治军事上，虽是这么失败，但他却有极高尚的文艺修养与造就。马令《南唐书》说：

> 嗣主美容止，有文学。甫十岁，吟新诗云："栖凤枝梢犹软弱，化龙形状已依稀。"人皆奇之。
>
> 帝音容闲雅，眉目如画。好读书，能诗，多才艺。（《十国春秋》）
>
> 元宗尝戏延巳曰："'吹皱一池春水'，干卿何事？"延巳对曰："未如陛下'小楼吹彻玉笙寒'特高妙也。"元宗悦。（《南唐书》）

在这些记事里，活画出李璟是一个天真的诗人，无论他的性情才气与嗜好，都是一个诗人。直率天真而又风趣，叫他在政治军事上有所作为，叫他同当日那些北方蛮子去讲兵弄武，争城夺地，自然是要失败的。看他同冯延巳问答，更可看出当日君臣间的风雅，和对于文艺的爱好与提倡了。

菡萏香销翠叶残，西风愁起绿波间。还与韶光共憔悴，不堪看。　　细雨梦回鸡塞远，小楼吹彻玉笙寒。多少泪珠何[①]限恨，倚栏干。

（〔摊破浣溪纱〕）

手卷真珠上玉钩，依前春恨琐[②]重楼。风里落花谁是主，思悠悠。　　青鸟不传云外信，丁香空结雨中愁。回首绿波三峡暮，接天流。

（同上）

中主流传下来的作品，虽只有三首，然而由此也很可看出他的卓绝的诗才，和他那种一致的委婉哀怨的作风。表情是那么细微，用字是那么清新，《花间集》中的浓艳色彩与肉感的强烈性，是一点也没有的。王国维说他的“菡萏香销”、“西风愁起”二句，大有众芳芜秽美人迟暮之感，这恰好说明了他的词格和在他作品中现露出来的高洁的情感。他虽爱好艺术，却不是一个专沉溺于酒色的糊涂虫。他很天真，对于时事也很有感慨，《江表记》说他“每北顾，忽忽不乐”，可见他心情的哀怨。在上面那几首词里，我们能体会到他那种沉痛深切的伤时感事的心情。南唐词格之高于西蜀，正

① “何”，再版为“无”。
② “琐”，再版为“锁”。

在这种地方。

冯延巳　(西历九〇三？—九六〇?)一名延嗣,字正中,江苏广陵人。他一生官运亨通,由秘书做到宰相,看孙晟骂他谄佞、险诈、诙谐、饮酒,又称他鸿笔藻丽(见《十国春秋》),可知他是一个生性浪漫有才无行的人。但他在词的成就上,却是五代的一个大家,同韦庄、李煜成为当代词坛的三大巨星。他的作品,在宋初已多散佚,陈世修编辑的《阳春集》,共得词一百十九首,但其中杂入温庭筠、韦庄、李煜、欧阳修以及花间词人之作,真可信为冯作的,还不到一百首。百首左右虽不算多,但在五代词人中,他的作品要算是最丰富的了。其词虽亦多言闺情离思,然其造句用字,俱清新秀美,绝无浮艳轻薄之习。而又一往情深,感人的力量最为真切。〔蝶恋花〕、〔采桑子〕诸阕堪称古今情词的杰作。

马嘶人语春风岸,芳草绵绵,杨柳桥边,日落高楼酒旆悬。　旧愁新恨知多少。目断遥天,独立花前。更听笙歌满画船。

(〔采桑子〕)

萧索清秋珠泪坠。枕簟微凉,展转浑无寐。残酒欲醒中夜起,月明如练天如水。　阶下寒声啼络纬。庭树金风,悄悄重门闭。可惜旧欢携手地,思量一夕成憔悴。

(〔蝶恋花〕)

几日行云何处去?忘却归来,不道春将暮。百草千花寒食路,香车系在谁家树?　泪眼倚楼频独语。双燕来时,陌上相逢否?撩乱春愁如柳絮,悠悠梦里无寻处。

(〔蝶恋花〕,别作欧阳修)

我们读了这些作品，便可体会到他的作风与温庭筠完全不同，与以白描见称的韦庄，却有些相像。不过他在写情方面，较之韦庄要更曲折，更天真，更深入，同时又更含蓄。在他作品中所表现出来的情感，一点没有怨恨和追悔，也没有希望和期待，只是把一切的苦痛放在自己的肩上，不怨天不尤人地承受着。因此显得格外缠绵动人，使读者生出无限的同情。他的词给与北宋诸家的影响，实较"花间"为大。近人冯煦评他："鼓吹南唐，上翼二主，下启欧晏。实正变之枢纽，短长之流别。"(《唐五代词选序》)王国维也说："正中词虽不失五代风格，而堂庑特大，开北宋一代风气。"(《人间词话》)在这里，正确地说明了他在中国词史上的地位。

李煜　最后，我们要讨论的是李煜(西历九三七—九七八)。他初名从嘉，字重光……李璟的第六子。他即位时，南唐已奉宋正朔，穷处江南一隅之地。宋朝时时对他压迫欺侮，他的大政方针，只是用金银财宝去犒师修贡，以谋妥协。《宋史》说："煜每闻朝廷出师克捷及嘉庆之事，必遣使犒师修贡。其大庆节更以买宴为名，别奉珍玩为献。吉凶大礼，皆别修贡。"这样看来，当日的南唐，已是宋主的附庸。不过他这种结欢修贡，绝不是一个御寇图存的根本方法。并且宋主也决不能以此珍玩为满足，一有机会和力量，他是要渡江的。果然开宝七年，宋将曹彬伐南唐，次年冬，陷金陵。南唐的军队一点抵抗的力量也没有，就是后主自己，事前全不知道。等到兵临城下，内外隔绝时，他还在净居寺听和尚讲经。到这时候，他只有两条路可走，一是自杀殉国，一是肉袒出降。结果他是走了第二条路。

他不是一个政治家，同他父亲一样，没有一点政治的手腕和军事的才略。但他却是一个最善良的人。他的心像赤子一样的天真幼稚，他完全缺少实际的人生经验，他把全世界的人，都看得同他一样的善良，一样舒适。他不懂得人间的争夺、残杀、压迫和欺侮。他的情感完全是主观的，也是幼稚的。花谢了，月缺了，他可以流泪叹息，在他并不是无病呻吟。这种无常之感，确实使他的心情悲伤万分。他也从没有把君主看得如何高贵，在他的眼里，君主和宫娥的地位，并无高低。因此他亡国时，还要对宫娥挥泪。他心慈情厚，多才善感，这些都是使他成为大词人的要素，同时也是他在政治军事上失败的原因。

他的文学环境是非常优良的。除了那个多才多艺的父亲外，还有两个富于文艺修养的弟弟（韩王从善与吉王从谦）。更难得的，是有那两位貌美情深又精于音律的夫人（大小周后）。这两姊妹围绕着他，使他在初期的创作上，发生极大的影响，给他不少的艺术空气与热烈的感情。他孕育于这种文艺的家庭环境里，生长于那种快乐美满的宫廷生活里，自然会造成贾宝玉式的性格，而成为多情善感的公子王孙的典型。《唐音戊签》说："少聪慧，善属文。惟好聚书，宫中图籍之物，钟、王墨迹尤多。置澄心堂于内苑，延文士居其间。……著杂说百篇，时人以为可继《典论》。兼善书画，又妙音律。"他真是风流儒雅，实在不能算是一个暴君。可惜他独遭遇着群雄争夺的万难时代，最后是做了亡国的俘虏，毒药的牺牲者了。但无论怎样，比起陈后主、隋炀帝来，他是可爱得多的。

后主的词，因他前后生活环境的剧烈变动，在作风上，在意识上，都划出前后两期的明显的分野。这年代的界限，虽很难严密的规定，但我们用开宝七年以前作为前期，由开宝七年到他的死作为后期，想是相当合理的。

虽说在他父亲时代，就臣服于后周（他那时是二十二岁），到了他自己，又成了宋主的附庸，国势日弱，在政治军事上毫无自主之力。但他的妥协外交，一直维持到开宝六年。在这一时期中，他仍不失为一国之主，过着很美满欢娱风流浪漫的生活。《十国春秋》说："常于宫中制销金红罗幕壁，而以白金钉，瑇瑁押之，又以绿钿刷隔眼中，障以朱绡，植梅于其外。"又《词苑》云："后主宫中，未尝点烛。每夜则悬大宝珠，光照一室。"（《词林纪事》引）又《清异录》云："李煜居长秋，周氏居柔仪殿。有主香宫女，其焚香之器曰把子莲、三云、凤折腰、狮子等凡数十种。"（《南唐书》注引）在这里我们可以看出他生活的富丽豪华。同时，也可以知道他很懂得生活的趣味，处处能将生活加以诗化和美化，他确是一个雅人，不是一个俗汉。在这种生活艺术化的环境里，自然不能缺少那两位多才多情的女性（大小周后）。

> 昭惠国后周氏，小名娥皇。通书史，善歌舞，尤工琵琶。……故唐盛时，《霓裳羽衣》最为大曲。乱离之后，绝不复传。后得残谱，以琵琶奏之。于是开元、天宝之遗音复传于世。（陆游《南唐书》）
>
> 南唐大周后即昭惠后，尝雪夜酣谦，举杯属后主起舞。后主曰："汝能创为新声则可矣[①]。"后即命笺缀谱，喉无滞音，笔无停思，名[②]《邀醉舞破》也[③]。又《恨来迟破》亦昭惠作。二词

① "矣"，据再版补。
② "名"，再版为"所谓"。
③ "也"，据再版补。

俱失，无有能传其音者。（《历代诗余》）

这样一个女艺术家，同着那样一位多才善感的诗人，同住在那种舒适豪华的宫廷里，那真是锦上添花了。小周后是昭惠的妹子，在后主的创作上，她也给予着很大的动力。由后主词中所表现的那位少女的影像，确是一个热情大胆的女性。她姐姐病了，进来服侍汤药，便手提金鞋，以袜代步，在雾重月昏的晚上，同后主享受着幽会之乐，那时候，她正是盈盈十五的年华。试想，我们的词人，生活于这种豪华富丽风流浪漫的生活里，他耳闻目见的，他心灵所感受的，他表现于作品中的，自然都是他那种生活的反映。

晚妆初了明肌雪，春殿嫔娥鱼贯列。凤箫吹断水云间，重按霓裳歌遍彻。　　临春谁更飘香屑，醉拍阑干情味切。归时休放烛花红，待踏马蹄清夜月。

（〔玉楼春〕）

花明月黯飞轻雾，今朝好向郎边去。刬袜步香阶，手提金缕鞋。　　画堂南畔见，一向偎人颤。奴为出来难，教君恣意怜。

（〔菩萨蛮〕）

晚妆初过，沉檀轻注些儿个。向人微露丁香颗，一曲清歌，暂引樱桃破。　　罗袖裛残殷色可，杯深旋被香醪涴。绣床斜凭娇无那。烂嚼红茸，笑向檀郎唾。

（〔一斛珠〕）

这种作品，同他前期的生活情感，正是一致。他的心境是快乐的，生活是美满的，他没有感慨和悲伤，全部的颜色和声调，都是调和轻快，充满着青春的享乐和活跃的生命。在表面上，虽似乎有些浮薄，然而在描写的技巧上，却是写实的深刻的，比起《花间集》的艳词来，他要显得自然，显得实在。他所写的放诞风流的少妇，情窦初开的少女，无不刻画入微，恰到好处。但这种好的境遇，是不能永久继续下去的，不久，爱儿瑞保死了，娇妻大周后也死了，虽说小周后的继立，稍能给他一点安慰，但妻儿的奄化，给他精神的打击是很重的。一花一草，都会引起他的哀感。加以外侮日急，接着是曹彬的过江，金陵的沦陷，于是肉袒出降，全家北徙，宋太祖封他为违命侯，穿戴着白衣纱帽，忍受着人世间最难堪的俘虏生活。他携家北上，回望着南京的城郭，做了一首非常沉痛的诗。

> 江南江北旧家乡，三十年来梦一场。吴苑宫闱今冷落，广陵台殿已荒凉。云笼远岫愁千片，雨打归舟泪万行。兄弟四人三百口，不堪闲坐细思量。
>
> （《渡江中望石城泣下》）

他做了俘虏以后，精神物质双方所受的痛苦与侮辱，是不待言的。《宋史》说："太平兴国二年，煜自言其贫。"又他与故宫人书云："此中日夕以泪洗面。"（《避暑漫抄》引）在这些话里，我们可以想象他精神物质上所受的痛苦到了什么地步。但是他的心并没有死，他的情感更是真挚，发之于诗词，自然都是家国之痛，伤今忆往之情，这些东西在宋朝人的眼里，觉得是一种叛逆。因此就遭了宋太宗的毒手，用着牵机药结果了他的生命。那时正是七月七日的晚上，他刚好是四十二岁的壮年。

他后期的生活环境，较之前期的美满自由来，是要判若云泥的。从一个最幸福最艺术的空气里，堕入于一个死里求生尚不可得的地狱界。他现在才体会到人间的争夺残酷险诈自私以及一切的罪恶，在他那天真的心灵上，愈加感到往日生活的优美、故国江山的可爱、自由的幸福和过去种种错误的追悔了。任你如何追悔，如何回忆，总没法挽回你现在的恶运，一切成了空，一切都趋于毁灭，在这种最沉痛而又是绝望的情感中，产生出来的作品，是他那几首在艺术上达到最高成就的永传不朽的小词。

林花谢了春红，太匆匆。无奈朝来寒雨，晚来风。　胭脂泪，留人醉，几时重？自是人生长恨，水长东。（〔相见欢〕）

人生愁恨何能免，销魂独我情何限。故国梦重归，觉来双泪垂。　高楼谁与上，长记秋晴望。往事已成空，还如一梦中。（〔子夜歌〕）

帘外雨潺潺，春意阑珊。罗衾不耐五更寒。梦里不知身是客，一晌贪欢。　独自莫凭栏，无限江山。别时容易见时难。流水落花春去也，天上人间。（〔浪淘沙〕）

春花秋月何时了，往事知多少。小楼昨夜又东风，故国不堪回首月明中。　雕栏玉砌应犹在，只是朱颜改。问君能有几多愁？恰似一江春水向东流。（〔虞美人〕）

王国维说："词至后主，眼界始大，感慨遂深。"就是指他后期的作品说的。在这些作品中，漾露着沉痛与哀伤的情感，我们到现在读了还要下泪。如在政治上的错误，肉袒出降的无耻，和他种种失节的行为，我们受了他这些情感的包围，而全部加以原恕了。就在这种地方,显出他的天真,显出他艺术上的成就。不用说,李后主是一个彻底的主观诗人,他的眼光,他的心,从没有直视过现实,没有关心过社会种种的现象和问题,但他却将他自己的生活形态和心理状态,一点不隐藏不掩饰地和盘托出了。中国的诗人,能将自己的生活和他的作品发生这样密切的联系的,除李煜以外,只有屈原、陶潜和李清照。他们从没有说过一句假话,自己的生活是如何,心境是如何,就那么样真实地描写下来,成为最真实的作品了。在那些作品中,无一不充满着作者的个性情感和血肉淋漓的生命。他自从出降而至于死,过着那种非人世所能堪的苦痛,但他从来没有怨恨过谁,也没有怨恨过自己,他觉得一切的罪恶,一切的苦,降临到他的身上,似乎是无可避免的。这种情状,在他几乎成了一种宗教的情绪。王国维说:"后主俨有释迦、基督担荷人类罪恶之意。"这话是说得深刻极了,但恐怕不是常人所能了解的。

后主的词,无论写艳情,写感慨,全是素描,不加雕饰。用着最明浅、最清丽的句子,最调和的音调,表达最深厚曲折的感情。他在小词的艺术上,达到了无可超越的境地。他有唐五代诸词人的长处,没有其短处,因此他成了当代词坛第一个伟大的代表。

第十七章　宋代的文学环境与文学思想

一　宋代的文学趋势与社会环境

经过晚唐五代的混乱局面，由于赵匡胤（宋太祖）、赵光义（太宗）的军事武力，完成全国一统的宋帝国。宋太祖本是一个很有才略的人，他看见唐的衰亡，完全由于中央政权的旁落。因此命令各州郡于度支所必需外，所有余款，悉归京师。特设转运使，管理各路财赋，于是财政权尽归中央。同时将文臣补藩镇缺，各州的强兵，都升为禁军，直隶三衙。残弱的兵队才留守本州，谓之厢军，不甚操练，名义虽为兵，其实不过是给役而已。于是军事的大权，也归之于中央了。同时他在政治制度上，也有所改革。本来历代的宰相，万事都管。到了宋朝，则中书治民，三司理财，枢密主兵，各不相侵，而监察言路的权又非常大，最后的裁决，必得归之于皇帝。这样一来，于是无论军事、财政以及司法各种大权，都集权于中央。所以宋朝政治，是一个王权至尊的绝对专制主义的时代。这一种政治特质，是汉唐所不曾有的。

这种政治机构的能否推动，能否产生良好的成绩，全在乎君主的良善与昏庸。太祖、太宗以后，接着是真宗、仁宗的休养生息，树立了稳固的基础,余泽所及,直至徽钦事变以前,北宋一百余年,中原未受干戈之乱,人民安居乐业,因农工商业的大量发达,促成社会经济的高度繁荣。工商业一发达,经济一繁荣,便促成君主贵族以及市民追求享乐的欢狂,大都会的发达,倡楼伎院的林立,宫廷的奢侈,人民的晏乐;到了徽宗的时代,形成未曾有过的盛况。孟元老《东京梦华录序》云:

仆从先人宦游南北,崇宁癸未到京师。……正当辇毂之下,太平日久,人物繁阜。垂髫之童,但习鼓舞,颁白之老,不识干戈。时节相次,各有观赏。灯宵月夕,雪际花时,乞巧登高,教池游苑。举目则青楼画阁,绣户珠帘。雕车竞驻于天街,宝马争驰于御路。金翠耀目,罗绮飘香。新声巧笑于柳陌花衢,按管调弦于茶坊酒肆。八荒争凑,万国咸通。集四海之珍奇,皆归市易;会寰区之异味,悉在庖厨。花光满路,何限春游。箫鼓喧空,几家夜宴。伎巧则惊人耳目,侈奢则长人精神。

他在这里将汴京的繁华状态写得多么热闹。在这些文字里,明显的反映出当日工商业的盛况与一般市民的宴乐生活。其他如成都、扬州、河间诸大都市,也都与汴京一样呈现着高度的繁荣与发展。再看张淏的《艮狱记前记》云:

徽宗留意苑囿。政和间,大兴工役筑山,号寿山艮狱。命宦者梁师成专董其事。时有朱勔者,取浙中珍异花木竹石以进,号曰“花石纲”。专制应奉局于平江,所费动以亿万计,调民搜岩剔薮，幽隐不置。一花一木，曾经黄封。护视稍不谨，则加之以罪。斫山辇石，虽江湖不测之渊，力不可致者，百计以出之，而名曰神运。舟楫相继，日夜不绝。……竭府库之积聚，萃天下之伎艺，凡六载而始成。亦呼为万岁山。奇花美木，珍禽异兽，莫不毕集。飞楼杰观，雄伟瑰丽，极于此矣。越十年，金人犯阙，大雪盈尺，诏令民任便斫伐为薪，是日百姓奔往，无虑十万人，台榭宫室，悉皆拆毁，官不能禁也。

这里所写的是宫廷奢侈的情形，我们再看一看徽宗自撰的《艮狱记》和蜀僧祖秀的《华阳宫记》，便会惊讶那一次工程的富丽与糜费，几乎在中国的历史上是没有过的。但同时在那里埋伏着民众对于荒君佞臣的反抗与愤怒的火，宋江、方腊手底下的英雄，那时已是遍满着各处了。因此金兵一动，便势如破竹地陷了汴京，徽、钦二帝被掳北去，民众不仅不追怀叹息，反而愤恨的带着刀剑，大斫其万寿山的花木了。

当时的宫廷与社会的情形是如此，所谓诗人词客之流，更是狎妓酣歌风流放浪，都是过着倚红偎翠、浅斟低唱的淫侈生活。

宋祁多内宠，后庭曳罗绮者甚众。尝宴于锦江，偶微寒，命取半臂。诸婢各送一枚，凡十余枚皆至。子京视之茫然。恐有薄厚之嫌，竟不敢服，忍冷而归。（《东轩笔录》）

余倅杭日，府僚湖中高会，群妓毕集。惟秀兰不来。营将笃之再三，乃来。仆问其故，答曰："沐浴倦卧，忽有叩门声急，起询之，乃营将催督也。整装趋命，不觉稍迟。"时府僚有属意于兰者，见其不来，恚恨不已，云必有私事。秀兰含泪力辩，而仆亦从旁冷语，责其不恭。秀兰进退无据，但低首垂泪而已。仆乃作一曲，名〔贺新郎〕，令秀兰歌以侑觞，声容妙绝，府僚大悦，剧饮而罢。（苏轼〔贺新郎〕自序）

道君幸李师师家，偶周邦彦先在焉。知道君至，遂匿床下。道君自携新橙一颗，云江南初进来，遂与师师谑语，邦彦悉闻之，檃括成〔少年游〕云云。师师因歌此词，道君问谁作，师师奏云周邦彦。道君大怒，宣谕蔡京，周邦彦职事废弛，可日下押出国门。隔一二日，道君复幸李师师家，不见师师，问其家，知送周监税。坐久至更初，李始归，愁眉泪睫，憔悴可掬。道君大怒云：尔往那里去？李奏臣妾万死，周邦彦得罪，押出国门，略致一杯相别，不知官家来。道君问曾有词否？李奏云：有〔兰陵王〕词，即“柳阴直”者是也。道君云：唱一遍看。李奏云：臣妾奉一杯，歌此词为官家寿。曲终，道君大喜，复召为大晟乐正。（《贵耳录》）

毛滂令武康，东堂〔蓦山溪〕词最著。……迄今读〔山花子〕、〔剔银灯〕、〔西江月〕诸词，想见一时宾主试茶、劝酒、竞渡、观灯、伐柳、看山、插花、剧饮，风流跌宕，承平盛事。试取“听讼阴中苔自绿，舞衣红”之句，曼声歌之，不禁低徊欲绝也。（《词林纪事》）

这是当日皇帝、诗人、士大夫的浪漫生活。在前人的记载里，这一类的风流韵事还不知道有多少。在那样一种生活基础的时代里，正适合于妓女的歌唱，贵族文人的享乐，都市淫靡生活的歌咏，以及宜于作艳辞绮语的词的兴盛起来，自是必然的趋势。因此在当日的文学作品里，全都蒙上了一层酣沉声色的享乐色彩，或是歌颂升平的空气。就是后来成为白话小说的前身的话本，与有音乐有歌唱成为戏曲的前身大曲、鼓子词、诸宫调一类的东西，也都适应于宫廷贵族以及都城市井间的需要，而渐渐地产生成长起来了。他们的形式内容尽管有不同，但是作为那些作品的生活基础与社会环境，却是一致的。因当日商业经济的发达，促成大都会的繁荣，造成贵族阶级以及有产者生活的淫侈与放浪，于是那些作品，恰好成为当日都会生活的反映，和上流阶级的浪漫生活的写实。

金兵的南下，徽钦的被掳，无异于大都市的中心，掷下一个炸弹，往日的繁荣与安逸，一切都毁灭了。国破家亡，妻离子散，街市变成了墓道，财产都成了灰烬。加以内地叛军盗贼蜂起，杀人放火，争城夺地，无所不为。于是北宋时代的繁华，到这时都荒废了。康与之的〔诉衷情〕词云："阿房废址汉荒丘，狐兔又群游。豪华尽成春梦，留下古今愁。"又曾觌的〔金人捧露盘〕词云："到于今，余霜鬓。嗟前事，梦魂中。但寒烟满目飞蓬。雕栏玉砌，空余三十六离宫。塞笳惊起暮天雁，寂寞东风。"现在反映在词人眼里的，不是花丛红袖，不是妙舞清歌，是群游的狐兔、故宫的禾黍了。姜夔〔扬州慢〕叙云："淳熙丙申至日，余过维扬。夜雪初霁，荠麦弥望。入其城，则四顾萧条，寒水自碧，暮色渐起，戍角悲吟……"在短短的几句里，把盛极一时的扬州的都市写得多么凋敝。再如北国汴京的情形，也就可想而知了。

政治社会上起了这么大的变化，不仅经济生活要衰微崩溃，而影响最大的，是人们心灵上所受的巨大的打击。读书人在那一个大时代里，当然有所觉悟，有所感伤。虽说那时有不少的贪利的汉奸，主和的宰相，但由李纲、赵鼎、韩世忠、刘锜、岳飞们的呼号奋斗，确也能表现一点民族的精神与壮烈的勇气。把这一种精神与勇气反映于文学上的，是张元幹、张孝祥、岳飞、辛弃疾、陆放翁诸人的诗词。在他们的作品里，用着豪放悲壮的调子，描写着故国山河之恸，歌颂着民族至上的精神，一扫过去那些绮罗香粉的色情和那种缠绵婉约的声调了。

南渡以后，宋金虽也时常发生战事，在外交政策上，究竟是主和派占胜，总是以淮水、大散关为界，每年纳银几十万两，绢几十万匹，称臣称侄把国格丧尽了，无非是想图一个偏安。就在这种情况下，南宋得到了将近百年的小康时期。江南一带，本来是富庶之区。加以广州、泉州几个大的国际贸易港，年年接济大量的关税，当日的财政，并不窘迫。自南渡以来，中原的衣冠贵族，学士文人，以及富商巨贾都随之南下，于是在那小康时期，不仅把江南一带造成了高度的经济繁荣，同时形成了文化的中心地。

今中兴行都已百余年，其户口蕃息近百余万家。城之南西北三处，各数十里，人烟生聚，市井坊陌，数日经行不尽，各可比外路一小小①州郡，足见行都之繁盛。(《都城纪胜》)

一入新正，灯火日盛，皆修内司诸珰分主之。竞出新意，年异而岁不同。……至二鼓，上乘小辇，幸宣德门观鳌山，擎辇者皆倒行，以便观赏。金炉脑麝，如祥云五色。荧煌炫转，照耀天地。山灯凡数千②百种，极其新巧。……

翠帘销幕，绛烛笼纱。遍呈舞队，密拥歌姬。脆管清吭，新声交奏，戏具粉婴，鬻歌售艺者纷然而集。至夜阑，则有持

① “小”，据再版补。
② “千”，据再版补。

小灯照路拾遗者,谓之扫街。遗钿堕珥,往往得之,亦东都遗风也。……

贵珰要地,大贾豪民。买笑千金,呼卢百万。以至痴儿骙子,密约幽期,无不在焉。日糜金钱,靡有纪极。故杭谚有"销金锅儿"之号,此语不为过也。(《武林旧事》)

这里所写的杭州的繁华,几有过于当年的汴京。工商业的发达,皇帝的享乐,人民的欢狂,都呈现着太平盛世的现象,北都灭亡的惨痛,徽钦被掳的大辱,赔款称侄的奇耻,国势的危急,这一切都被人们忘记了。所谓诗人词客之流,又在倚红偎翠,狎妓酣歌,大制其艳词绮语了。

张镃能诗,一时名士大夫莫不交游。其园池声伎服玩之丽甲天下。……王简卿侍郎尝赴其牡丹会云:众宾既集,坐一虚堂……命卷帘,则异香自内出,郁然满座。群妓以酒肴丝竹,次第而至。别有名姬十辈,皆衣白,凡首饰衣领皆牡丹,首带照殿红。一妓执板奏歌侑觞,歌罢乐作,乃退。复垂帘,谈论自如。良久,香起卷帘如前。别十姬易服与花而出。大抵簪白花则衣紫,紫花则衣鹅黄,黄花则衣红。如是十杯,衣与花凡十易。所讴者皆前辈牡丹名词。酒竟,歌者乐者,无虑百数十人,列行送客。烛光香雾,歌吹杂作,客皆恍然如仙游也。(《齐东野语》)

小红,顺阳公(范成大)青衣也。有色艺,顺阳公之请老,姜尧章诣之。一日授简征新声,尧章制〔暗香〕、〔疏影〕两曲,公使二妓习之,音节清婉。尧章归吴兴,公寻以小红赠之。其夕大雪，过垂虹赋诗曰："自作新词韵最娇，小红低唱我吹箫。曲终过尽松陵路，回首烟波十四桥。"尧章每喜自度曲，吹洞箫，小红辄歌而和之。（《砚北杂志》）

都城自旧岁孟冬驾回，则已有乘肩下女、鼓吹舞绾者数十队，以供贵邸豪家幕次之玩，而天街茶肆，渐已罗列灯毬等求售，谓之灯市。自此以后，每夕皆然。三桥等处，客邸最盛，舞者往来最多。每夕，楼灯初上，则箫鼓已纷然自献于下。酒边一笑，所费殊[①]不多，往往至四鼓乃还。自此日盛一日……吴梦窗〔玉楼春〕词……深得其意态也。（《武林旧事》）

在这一种花花的世界中，在这一种富丽的生活中，在这一种妻妾满堂的环境中，我们的文学家，又回到了象牙之塔里，闭着眼睛，在那里雕章刻句，比声协律，大做其描写京都舞女的艳态的《玉堂春》，适合于青衣的歌喉的〔暗香〕、〔疏影〕一类的作品了。于是什么咏蟋蟀、咏蝴蝶、咏新月、咏雪、咏梅花、咏美人眉毛等类的东西，都应时而起了。结社填词，分题限韵，一味注意声律的协调，字句的雕镂，典故的堆砌，形成最无生气的古典华丽的作风。所谓民族精神的表现，壮烈豪放的气概，在当日的作品里，是完全消失了。剩下来的只是一种柔弱之音与衰飒之气。作为当日文坛的代表的，是姜夔、史达祖、吴文英们的词和腐心于晚唐唯美诗风的四灵派诸人的诗。同时在这种上下一致的淫侈的生活环境之下，适应着宫廷贵族及一般市民的享乐的要求，于是歌舞、杂剧、平话、小说一类的东西，也大量地发展起来了。

---

① "殊"，据再版补。

十三世纪初期，金人的势力虽趋于衰弱，然代之而起的，却是一个更强有力的蒙古。开始宋朝想和蒙古人勾结，想借外力来击倒金人，借此收复失地，以报国仇，不料金亡不久，蒙古兵便指戈南下了。当日的南宋在那样一个沉溺于酣歌醉舞的情状下，想同强悍的蒙古兵抵抗，自然是不容易的。终于是樊城、襄阳、武昌相继沦陷，加以外将的不力，内相的昏庸，到了德祐二年（西历一二七六年），元兵攻陷了临安，掳恭帝北去。后来虽还有端宗即位福州，帝昺立于崖山，都是昙花一现，无所作为，南宋就是这么亡了。这一次的政治变动，却与汴京的沦陷不同。汴京丢了，还有江南一带的富庶之区，可以栖身托命。做皇帝的可以做皇帝，做官的可以做官，经商的可以经商，酣歌醉舞的可以酣歌醉舞。但临安一陷，使你无可退避，你退福州追到福州，退崖山追到崖山，外族的大刀铁马，把所有的一切都毁灭得干干净净。烧房屋，抢金银，奸淫女人，屠杀良民，真是无所不为，到现在大家才知道了国破家亡的苦痛，同时对于外族的反抗与愤恨，也燃起热烈的火了。

> 至正丙午，元兵入杭，宋谢、全两后以下①皆赴北。有王昭仪名清惠者，题词于驿壁，即所传〔满江红〕也。“太液芙蓉，浑不似旧时颜色。曾记得春风雨露，玉楼金阙。名播兰簪妃后里，晕生莲脸君王侧。忽一声、鼙鼓揭天来，繁华歇。　龙虎散，风云绝。无限事，凭谁说？对山河百二，泪沾襟血。驿馆夜惊乡国梦，宫车晓碾关山月。愿嫦娥、相顾肯从容，随圆缺。”后王抵上都，恳为女道士，号冲华，以终。（《词苑丛谈》）

① “以下”，据再版补。

岳州徐君宝妻某氏，被掠来杭。居韩蕲王府。自岳至杭，相从数千里，其主者数欲犯之，而终以计脱。盖某氏有令姿，而主者弗忍杀之也。一日，主者怒盛，将即强焉。因告曰："俟妾祭谢先夫，然后为君妇，不迟也。"主者喜诺。即严妆，焚香再拜默祝，南向饮泣，题〔满庭芳〕于壁上，投池中死。其词云："汉上繁华，江南人物，尚遗宣政风流。绿窗朱户，十里烂银钩。一旦刀兵齐举，旌旗拥、百万貔貅。长驱入，歌楼舞榭，风卷落花愁。　清平三百载，典章人物，扫地都休。幸此身未北，犹客南州。破鉴徐郎何在，空惆怅、相见无由。从今后，断魂千里，夜夜岳阳楼。"(《辍耕录》)

这些词是否真出于王清惠、徐君妻之手，我们不必去管他，但在这些沉痛的句子里，真实地表现了亡国之恸，离乱之情，民众的眼泪与哀愁。同时也可看出就是那样手无寸铁的弱女子，也都抱握着抗敌全身的正义感，情愿遁入空门，或是投池自杀。因此这一类的作品，在宋末的文坛，放出异样的光彩。他们的价值，并不在柳永、周邦彦、姜夔、吴文英之下。是的，那些词家的作品，在音律与辞藻的艺术上，自然是要高雅典丽得多，但是他们却缺少淋漓鲜艳的血肉、活跃热烈的生命和全社会全民众的情感。把这种色彩情调反映于文学里的，是南宋遗民的作品。是的，那一般人虽不如欧阳修、黄庭坚、姜白石诸人有名，然而他们的作品，却都凄凉悲壮，沉痛而又有力量，决不是专在形式上讲一点文采和装饰的那般空泛，也不是专在作风上讲什么拟杜拟韩那么的无聊。他们是拿着诗或词，来表现心中的愤恨与哀伤，那愤恨的哀伤中，有国恨，有家愁，有妻离子散的哭泣，有社会离乱的影子。因此当日的诗词，显得有骨有肉，显得格外的悲壮沉痛了。

宋朝在政治上军事上虽老是软弱无力，然而我国的旧文化旧思想，无论好的坏的，都在那几百年中成熟而凝固。因了过去长期的儒、佛、道三家的思想的发展与融化，到了宋朝，造成了在中国思想界最有名的理学运动。一方面因为适应工商业的发达而产生出来的繁荣的社会生活的需求，带着浓厚的色情的词与贵族市民作为娱乐消闲的杂剧与话本得以繁衍滋长。同时，同这些作品完全取着相反的方向，和当代的理学运动取着一致的步调的，是儒家道统文学思潮的建立，伴着这一个思潮而起的，是唐代韩柳曾提倡过，到了晚唐宋初，遭了挫折的古文运动，到了宋朝，得到了最好的成绩，发扬了中国散文的光辉，成立了唐宋八家的坚固不拔的系统。诗到了宋朝，他的时代虽是过去了，但由于欧阳修、王安石、苏轼、黄庭坚、陆放翁、范成大诸家的创作及南宋遗民的悲壮凄凉之音，也还各有其特色，决非明人专事拟古者可比。因了这种种现象，造成了宋代文坛的活跃与光彩。

二　宋代的古文运动

西昆体及其反动

中国文学的演进，自汉代以后经过两晋南北朝长期的自由与解放，完全脱离了实用的道德的束缚，超脱了现实社会与民众生活的基础，而趋于高蹈的浪漫主义与纯艺术的唯美主义的发展，在内容上，是田园山水文学与色情文学的大盛，在形式上，是骈体文与新体诗的兴起，在风格上，是造成玄虚与淫靡。这一种风气，一直继续到了初唐的一世纪。后来当杜甫、张籍、白居易、元微之的社会诗，韩愈、柳宗元诸家的散文的提倡与对于六朝风气的排击，在文学思想上，才发生了一个大大的变动。杜甫、白居易、韩愈、柳宗元他们的思想以及他们所努力的工作虽不全同，但他们对于文学的态度，是要扫清文学上的脂粉而注重文学的实用，要把文学作品与现实社会和民众生活联系起来的事，却是一致的。因此在文体上是反对骈四俪六的美文，而主张平浅实用的散体，同时要在文章里，表现着人伦大道，以合乎讽劝教化之用。在诗教上是攻击专写风花雪月的色情文学的淫滥无用，要归之于"为时而著，为事而作"的社会关系方面去。就是说，文学必是社会生活与时代影子的反映，文学必须顾全民众，文学必须有益于人生。文学除了艺术的美的意义以外，还有实用的道德的重大的意义。韩柳的古文运动与杜白的社会诗歌的思潮，在唐代文坛上，确实造成了动人的光彩与伟大的成就。但一到了晚唐，这一种思潮又趋于逆转，由于李贺、杜牧、李商隐、段成式、温庭筠诸人的骈文艳诗的煽动，唯美文学得到了复活的机运，加以出于歌喉弦索的专写色情的长短句的兴起，更助长唯美文学的繁荣。于是韩柳提倡的散体，更变为李商隐辈的艳丽绝伦的四六，杜白所创造的充满着血肉与民众情感的诗歌，又变为李贺、温庭筠辈的专写宫妃妓女的诗词了。到这时候，文学又由社会的入于个人的，又由民家苦痛的写实入于宫廷贵族的享乐了。这一种风气由于五代花间词人的作品，到宋初西昆体的诗文，达到了极盛的状况。

西昆体的领袖是杨亿、刘筠与钱惟演。他们俱有文名，后同入馆阁,遂主盟文坛,所作诗文,一以李商隐为宗,极艳丽雕镂之能事。那时候,正是帝国安定四海承平的盛世,他们那种典雅富贵的文字,正是台阁体的典型。因此大家唱和,一时从风,这样互相推演下去,于是那风气愈演愈烈。现存《西昆酬唱集》二卷,为杨亿所编。参加酬唱者,除上述杨、刘、钱三人外,尚有李宗谔、陈越、李维、刘骘、丁谓、刁衎、张咏、钱惟济、任随、舒雅、晁迥、崔遵度、薛映、刘秉诸人。卷首杨亿序云:

> 予景德中忝佐修书之任,得接群公之游。时今紫微钱君希圣,秘阁刘君子仪,并负懿文,尤精雅道。雕章丽句,脍炙人口。予得久游其墙藩,而资其模楷。二君成人之美,不我遐弃。博约诱掖,置之同声。因以历览遗编,研味前作。挹其芳润,发于希慕。更迭唱和,互相切劘。而予以固陋之姿,参酬继之末。入兰游雾,虽获益以居多。观海学山,叹知量而中止。……取玉山策府之名,命之曰《西昆酬唱集》云尔。

在这短短的序里,可以看出他们作品的特色是"雕章丽句",他们作品的产生,是由于"更迭唱和"。"雕章丽句"顶好的结果,是做到对偶工巧、音调和谐和字句的美丽而已,都是属于作品的外形,一点没有顾到文学的本质。"更迭唱和",只是一种应酬的动机,夸奇斗艳的游戏,决没有艺术的冲动和民众的情感的表现。一味在文字上用功夫,自然是没有什么价值的。《四库总目提要》云:

> 《西昆酬唱集》,宗法唐李商隐。词取妍华,效之者渐失本真,惟工组织,于是有优伶挦扯之讥。

这批评是确当的。然而这一种风气，因他们的地位，和当日承平的时代，却能在文坛上盛行三四十年。杨亿序中所云“脍炙人口”，欧阳修所说“杨刘风采，耸动天下”，也就可知当日西昆势力之盛了。

西昆风气当日虽是风行天下，然而一般有文学思想的作者，并不感着满意。他们在文坛的名望虽无杨刘辈的浩大，不容易激起大大的反动，他们仍是带着严肃的态度，在那里创造和西昆体完全相反的作品。如柳开、王禹偁、范仲淹诸人的古文，寇准、林逋、魏野诸人的诗，或以平浅质朴的散体说理记事，或以清真平淡之音，表现江湖处士田园隐逸的生活情调，一扫西昆台阁体的富贵气与浮艳气，而归于质朴无华不事虚语的真实之境。他们因为未曾在文学思想上和理论上积极地起来反抗西昆，只是在创作上消极地取着不合作的态度，故他们一时未能在当日的文坛，造成有力的运动。对于西昆派正式加以严厉的攻击和讨伐的，是由于理学家石介的《怪说》。

昔杨翰林欲以文章为宗于天下，忧天下未尽信己之道，于是盲天下人目，聋天下人耳。使天下人目盲，不见有周公、孔子、孟轲、扬雄、文中子、韩吏部之道；使天下人耳聋，不闻有周公、孔子……之道。俟周公、孔子……之道灭，乃发其盲，开其聋，使天下惟见己之道，惟闻己之道，莫知其他。……

周公、孔子、孟轲、扬雄、文中子、吏部之道，尧、舜、禹、汤、文、武之道也，三才、九畴、五常之道也。反厥常，则为怪矣。夫《书》则有尧舜《典》、《皋陶》、《益稷谟》、《禹贡》、箕子之

《洪范》;《诗》则有大小《雅》、《周颂》、《商颂》、《鲁颂》;《春秋》则有圣人之经,《易》则有文王之《繇》、周公之《爻》、夫子之《十翼》。今杨亿穷妍极态,缀风月,弄花草,淫巧侈丽,浮华纂组,刻镂①圣人之经,破碎圣人之言,离析圣人之意,蠹伤圣人之道。使天下不为《书》之《典》、《谟》、《禹贡》、《洪范》;《诗》之《雅》、《颂》,《春秋》之经,《易》之《繇》、《爻》、《十翼》,而为杨亿之穷妍极态,缀风月,弄花草,淫巧侈丽,浮华纂组,其为怪大矣。(《石徂徕集》下)

他对于西昆派的领袖杨亿的攻击,是有力的,是革命的,但他在文学的思想上,却不如白居易的社会文学理论的严正,而处处将文学与圣道联系起来,处处压制纯文学的发展,将《尚书》、《周易》同《三百篇》一同视为文学的正统,将尧、舜、周、孔一同视为文学作家的典型了。宋代道统文学基础由此建立,后来许多思想家对于文学的观念,都是沿着这条路线发展演进而至于凝固。不过,西昆派的声势,确由此衰微而消灭了。质朴实用和平白如话的诗文,替代着骈文和艳诗的地位,于是由晚唐到宋初复活过来的唯美思潮,就在这时候告终了。

当日与石介取着同一的路线,对于文学上鼓吹着复古运动主张文道合一的思想的,还有柳开、孙复、穆修、尹洙诸人。他们虽非文学家,他们对于文学的见解,在文学思想史上,却有重大的影响。在他们的言论里虽难免有繁复之处,归纳起来,不外"明道"、"致用"、"尊韩"、"重散体"、"反西昆"五点。总之,他们重视圣道与实

① "刻镂",再版为"刓镂"。

用的意义与价值,是远在艺术价值之上的。

明道这一个观念,在荀子、扬雄、刘勰、文中子的作品里,早已出现过,但其意义的解释,尚可伸缩。到了韩愈,他一生学道好文,二者并重,于是道统与文统,紧紧地联系起来。他在《原道》中云:"尧以是传之舜,舜以是传之禹,禹以是传之汤,汤以是传之文、武、周公,文、武、周公以是传之孔子,孔子传之孟轲,孟轲之死,不得其传焉。"他在题《欧阳生哀辞后》中又说:"愈之为古文,岂独取其句读,不类于今者耶?思古人而不得见,学古道则欲兼通其辞。通其辞者,本志乎古道者也。"他在这里明显地画出了一个道的系统,同时也就画出了一个文的系统。韩愈自己是自命为是这个道统与文统的承继人。在道统上,是极力地排击与儒道不相容的释道思想,在文统上,是尊经重散,而压制和减低纯文学的活动与价值。宋代的文学思想,完全是承继韩愈的运动,到后来更是变本加厉,而走到了道统的极端。因为如此,他们第一重视的问题,便是"明道"这个观点了。

文章为道之筌也,筌可妄作乎?筌之不良,获斯失矣。女恶容之原于德,不恶德之原于容也。文恶辞之华于理,不恶理之华于辞也。(柳开《上王学士第三书》,《河东集》五)

故两仪文之体也,三纲文之象也,五常文之质也,九畴文之数也,道德文之本也,礼乐文之饰也,孝悌文之美也,功业文之容也,教化文之明也,刑政文之纲也,号令文之声也。圣人职文者也。君子章之,庶人由之。具两仪之体,布三纲之象,全五常之质,叙九畴之数。道德以本之,礼乐以饰之,孝悌以美之,功业以容之,教化以明之,刑政以纲之,号令以声之,灿然其君臣之道也，昭然其父子之义也，和然其夫妇之顺也。尊卑有法，上下有纪，贵贱不乱，内外不渎，风俗归厚，人伦既正，而王道成矣。（石介《上蔡副枢密①书》，《徂徕集》上）

夫学乎古者所以为道，学乎今者所以为名。道者仁义之谓也，名者爵禄之谓也。然则行过者所以兼乎名，守名者无以兼乎道。……有其道而无其名，则穷不失为君子，有其名而无其道，则达不失为小人。要其为名达之小人，孰若为道穷之君子。……学之正伪有分，则文之指用自得。（穆修《答乔适书》，《河南集》卷二）

在这些文字里，他们一致主张道是主体，文学只是道的附庸。"文章为道之筌也"，这是他们共同的口号。因为要达到明道的目的，因此便产出"文恶辞之华于理，不恶理之华于辞"的重质轻文的主张了。其次，他们对于文学的要求是致用。致用是合于实用，不只是限于精神的安慰或是享乐的消闲，要有劝导的教化的实际功用，那便是《诗序》上所说的那一种"经夫妇，成孝敬，厚人伦，美教化，移风俗"的积极的社会效能。

文艺之生于今也久矣。天下有道则用而为常法，无道则存而为真物，与时偕者也。夫所以观其德也，亦所以观其政也，随其代而有焉，非止于古而绝于今矣。（柳开《上王学士第四书》）

文之作也必得之于心，而成之于言。得之于心者，明诸内

① "密"，据再版补。

者也;成之于言者,见诸外者也。明诸内者,故可以适其用;见诸外者,故可以张其教。(孙复《答张洞书》)

介近得《昌黎集》,观其述作,必本于教化仁义,根于礼乐刑政而后为之辞。大者驱引帝王之道施于国家,教于人民,以佐神灵,以浸虫鱼。次者正百度,叙百官,和阴阳,平四时,以舒畅元化,缉安四方。今之为文,其主者不过句读妍巧,对偶的当而已。极美者不过事实繁多,声律调谐而已。雕镂篆刻伤其本,浮文缘饰丧其真,于教化、仁义、礼乐、刑政,则缺然无仿佛者。(石介《上赵先生书》)

文学能达到"明道"的地步,便可达到"致用"的目的。到这时候,"明道"与"致用"是发生着因果的联系作用,而成为文学的最高准则。一切的艺术美、形式美,都在这准则下牺牲了。韩愈的文章是好的,同时他在作品中又大事宣传圣道,排除异端,谏佛骨,驱鳄鱼,在石介们看来,韩愈确实合了他们的标准,算得是道统与文统的继承人,因此一致发出尊韩的论调,因此被晚唐宋初的唯美风潮压抑了百年的韩愈的思想和作品,到这时候又复活起来了。我们试读欧阳修、苏轼、黄山谷诸家所写的浅显的散文和散文体的诗歌,便知道韩愈在宋代文坛的重要影响了。

孔子为圣人之至,韩吏部为贤文之至。不知更几千万亿年复有孔子,不知更几千百年复有吏部。孔子之《易》、《春秋》,圣人来未有也。吏部《原道》、《原人》、《原毁》、《佛骨表》……自诸子以来未有也。呜呼,至矣。(石介《尊韩》)

近世为古文之主者,韩吏部而已。……吏部之文与六籍

共尽。(王禹偁《答张扶书》)

唐之文章,初未去周隋五代之气,中间称得李杜其才,始用为胜,而号专雄歌诗,道未极其浑备。至韩柳氏起,然后能大吐古人之文,其言与仁义相华实而不杂。如韩《元和圣德》、《平淮西》、柳《雅章》之类,皆辞严义伟,制述如经,能卒然耸唐德于盛汉之表,蔑愧让者,非二先生之文则谁欤?(穆修《唐柳先生文集后序》)

他们对于韩愈这样一致的推崇,因为他一生学道能文,二者兼重,他持有着道统与文统的双重资格。柳宗元虽没有道统的地位,然因其对于古文运动的赞助以及其散文的优美成绩,成为韩派的重要同志,于是在宋代尊韩的思潮中,他也成为一般人重视的对象了。"明道"、"致用"既是文学的最高目的与准则,要达到这种目的与准则,他们认为骈文新体诗是不适用的。穆修所说的李杜"专雄歌诗,道未极其浑备",这是他们对于纯文学表示不满意的态度。在这种态度下,认为只有散体古文,才能达到"辞严义伟,制述如经"和明道致用的功效。所以他们不重视诗人李、杜、张、白之流,而只推尊古文家韩、柳了。

子责我以好古文,子之言何谓为古文。古文者非在辞涩言苦,使人难读诵之。在于古其理,高其意,随言短长,应变作制,同古人之行事,是谓古文也。子不能味吾书,取吾意,今而视之,今而诵之,不以古道观吾心,不以古道观吾志,吾文无过矣。吾若从世之文也,安可垂教于民哉?亦自愧于心矣。欲行古人之道,反类今人之文,譬乎游于海者,乘之以骥,可乎

哉！苟不可，则吾从于古文。（柳开《应责》）

柳开在这里，把尊重古文的理由说得非常明白。古文的特点并非在其辞涩言苦，使人难读，而在于古其理，垂教于民，高尚其意，随言短长的种种好处，并且他又宜于用质朴平浅的言语表达出来，不致于发生辞华于理的弊病。在他们这种“明道”、“致用”、“尊韩”、“重散”四个主旨之下，对于当日风靡天下的“缀风月，弄花草，淫巧侈丽，浮华纂组”的西昆派的文风，自然是要一致地加以攻击和破坏了。

自翰林杨公唱淫词哇声，变天下正音四十年，眩迷盲惑，天下聩聩晦晦，不闻有雅声。尝谓流俗益弊，斯文遂丧。（石介《与君贶学士书》）

今夫文者以风云为之体，雕缕为之饰，组绣为之美，浮浅为之容，华丹为之明，对偶为之纲，郑、卫为之声，浮薄相扇，风流忘返。（石介《上蔡副枢密①书》）

古道息绝不行，于时已久。今世士子习尚浅近，非章句声偶之辞，不置耳目，浮轨滥辙，相迹而奔，靡有异途焉。其间独敢以古文语者，则与语怪者同也。众又排诟之罪毁之，不目以为迂，则指以为惑，谓之背时远名，阔于富贵。先进则莫有誉之者，同侪则莫有附之者，其人苟无自知之明，守之不以固，持之不以坚，则莫不惧而疑，悔而思，忽焉且复去此而即彼矣。噫！仁义中正之士，岂独多出于古而鲜出于今哉。亦由时风

① “密”，据再版补。

众势，驱迁溺染之不得从乎道也。（穆修《答乔适书》）

在这些文字里，他们对于西昆派的攻击固然是激烈厉害，但同时我们也可以看出当日西昆声势的浩大，而从事古文运动者，确是势单力薄，几乎是一种冒险的革命运动。如穆修所说，提倡古文的人，大众都加以排诟罪毁，目为怪异。既非富贵利禄之门，又得不到先辈师友的奖誉。加以这些人物，都是理学家，在创作上没有多大的成绩，虽说他们的理论都有相当的力量，对于当日的文风，究不发生什么影响。因此，真能复兴韩柳的功业，传布石介、穆修诸人的理论，一扫西昆的作风，在文坛上卷起了巨大的变动的，是不得不待之于欧阳修了。

欧阳修与古文运动

欧阳修在这方面的成功，是因为他不专发议论，同时在作品上表现了优美的成绩。他不仅是古文大家，诗词赋以及四六骈文，他都是一代的名手。无论赞成他的或是反对他的，都会对他的作品表示钦佩，决不会把他看作是一个迂腐顽固的道学家。加之他在政治界学术界都有崇高的地位，乐于指导青年，奖励后进，于是他成为文坛的盟主、群伦的领袖了。再有他的友朋辈尹洙、梅尧臣、苏舜钦的切磋，门下士苏轼、曾巩、王安石之徒的推动，于是古文运动形成了一个强有力的集团，而达到较韩柳时代更成熟更普遍的成就。欧阳修在文学思想方面，远与韩柳近与石穆诸人，大致都是相同的。看他说：

夫学者未始不为道，而至者鲜，非道之于人远也，学者有所溺焉尔。盖文之为言，难工而可喜，易悦而自足。世之学者往往溺之。一有工焉，则曰吾学足矣。甚者至弃百事不关于心，曰：吾文士也，职于文而已，此其所以至之鲜也。……圣人之文，大抵道胜者文不难而自至也。(《答吴充秀才书》)

学者当师经，师经必先求其意，意得则心定，心定则道纯，道纯则充于中者实，中充实则发为文者辉光。(《答祖择之书》)

予读班固《艺文志》、《唐四库书目》，见其所列，自三代、秦、汉以来，著书之士，多者至百余篇，少者犹三四十篇，其人不可胜数，而散亡磨灭，百不一二存焉。予窃悲其人，文章丽矣，言语工矣，无异草木荣华之飘风，鸟兽好音之过耳也。方其用心与力之劳，亦何异众人之汲汲营营，而忽焉以死者，虽有迟有速，而卒与众人同归于泯灭。夫言之不可恃也盖如此。今之学者，莫不慕古圣贤之不朽，而勤一世以尽心于文字间者，皆可悲也。(《送徐无党南归序》)

他所说的"道胜者文不难而自至"，正是表明"有德者必有言，溺于文者必远于道"。"学者当师经……则发为文者辉光"，正是表明他承认经文是文学的正统，忽视美文的价值。"勤一世以尽心于文字间者，皆可悲也"，更是进一步承认纯文学的无用，而有近于道学家玩物丧志的顽固的论调了。在他这些文字里，我们可以看出他的思想，正与石介、穆修诸人是走着同一的路线。

予为儿童时，得唐《昌黎先生文集》六卷。读之见其深厚而雄博，然予犹少，未能悉究其义，徒见其浩然无涯之可爱。

是时天下学者，杨刘之作，号为时文，能取科第擅名声，以夸耀当世，未尝有道韩文者。予亦方举进士，以礼部诗赋为事。年十七，试于州，为有司所黜，因取所藏韩氏之文，复阅之，则喟然叹曰：学者当至于是而止尔。……后七年举进士及第，官于洛阳，而尹师鲁之徒皆在，遂相与作为古文。因出所藏《昌黎集》而补缀之，求人家所有旧本而校定之。其后天下学者亦渐趋于古，而韩文遂行于世，至于今盖三十余年矣。学者非韩不学也，可谓盛矣。（《六一题跋》）

可知石介、穆修他们虽是努力地鼓吹尊韩，但在那时候，一般人还都是从事杨刘的时文，以图博取科第功名，不仅作韩文者少，就连《昌黎文集》也并不流行。要等到欧阳修补缀校定，鼓吹提倡以后，韩愈的灵魂，才正式复活，韩文也就大行于世，而达到“天下学者非韩不学”的盛况了。那时候，西昆体已统治了宋初文坛将近半世纪，作风愈演愈卑，自然为一般有思想的文学青年所不满，急思有所改革，加之当日哲学思想渐渐由于酝酿而成熟，需要一种简明的文体来作为表达的工具，那种专事雕饰的骈体，自不为时流所欢迎。并且因印刷术的应用，民众教育日渐发达，那种古典的文体，自不适宜于民众的需要与实用。欧阳修处在这一个时代环境之下，他恰好抓住这一个成熟的机运，因此这一个文学的改革运动，在他的手下便成功了，再加以许多有力的同志，都从事这一个运动。如尹师鲁、苏舜钦、梅尧臣、三苏、曾巩、王安石诸家，或从事诗风的改革，或从事散文的创作，都是宋代文坛上有名的大人物。这样推波助澜，彼呼我应，于是诗风改变了，古文运动成功了。唐宋八家的散文系统由此建立，而成为后人不可动摇的典型。这结果，在赋中由律赋产生了散文赋，就是那种“锦心绣口骈四俪六”的骈文，也变成散行古雅了。陈师道云：“欧阳少师始以文体为对属，又善叙事，不用故事陈言，而文益高。”清孙梅也说：“宋初诸公，骈体精敏工切，不失唐人矩矱。至欧公倡为古文，而骈体亦一变其格。始以排奡古雅，争胜古人。”至于宋诗的散文化与平浅化，那是人人所知道的宋代诗歌的特色。在这种地方，我们可以看出这一次的运动，在文坛上所发生的重大的影响了。这种功绩，自然不能归之于欧阳修一人，然而他实在是这一个运动的最有资格的领导者。难怪苏轼叙《六一居士集》时，对欧阳修要大加称颂的了。

> 自汉以来，道术不出于孔子，而乱天下者多矣。晋以老庄亡，梁以佛亡，莫或正之。五百余年而后得韩愈。学者以愈配孟子，盖庶几焉。愈之后三百有余年，而后得欧阳子。其学推韩愈、孟子以达孔氏。著礼乐仁义之实以合于大道。其言简而明，信而通，引物连类，折之于至理，以服人心。故天下翕然师尊之。自欧阳子之存，世之不说者，哗而攻之，能折困其身，而不能屈其言。士无贤不肖，不谋而同曰，欧阳子今之韩愈也。宋兴七十余年，民不知兵，富而教之，至天圣、景祐极矣。而斯文终有愧于古。士亦因陋守旧，论卑而气弱，自欧阳子出，天下争自濯磨，以通经学古为高，以救时行道为贤，以犯颜纳谏为忠，长育成就。至嘉祐末，号称多士，欧阳子之功为多。呜呼！此岂人力也哉，非天其孰能使之。……

苏氏立论的范围，虽极广泛，却都是实言。欧阳子在转移风俗与改革文学两方面，确有不朽的功绩，说他是宋朝的韩愈，是很适当的。不过在品格方面，韩愈还比不上他。凡是读过他俩传记的人，想都知道，在这里无须多说了。

欧阳修及其同志们所提倡的文学运动，虽时时以明道致用等口号相标榜，但他们仍有文道兼营二者并重之意。故其理论虽有时稍嫌偏激，还没有迂腐不堪之弊。三苏在这一方面，更有重文的倾向，所以他们父子的议论也较为活泼，而尤以东坡之论为佳。

> 所示书教及诗赋杂文，观之熟矣。大略如行云流水，初无定质，但常行于所当行，常止于不可不止，文理自然，姿态横生。孔子曰，词达而已矣。夫言止于达意，则疑若不文，是大不然。求物之妙，如系风捕影，能使了然于心者，盖千万人而不一遇也，而况使了然于口乎？是之谓词达，词至于能达，则文不可胜用矣。(《答谢民师书》)
>
> 夫昔之为文者，非能为之为工，乃不能不为之为工也。山川之有云雾，草木之有华实，充满勃郁，而见于外，故虽欲无有，其可得耶？(《江行唱和集序》)

他这些理论，都是说的艺术的境界，绝不是道的境界。所说的"文理自然，姿态横生"的词达，和"不能不为之为工"的现象，都是指的艺术的神妙自然的最高的成就。再如苏洵、苏辙论文时，每喜以孟韩作例，然其所论，都是从其文的风格与气势而言，不是从其文的内容与道而言。试读苏洵的《上欧阳内翰书》和苏辙的《上枢密韩太尉书》，这意思是很明显的。其中如王安石的议论，虽稍觉偏激，有入于纯粹功利主义的倾向，但以法家的思想和政治家的立场，他那种论调，自然是不足怪的了。

理学家的文学观

宋代的文学思想，到了道学家，才正式建立起来道统文学的权威。他们是从韩欧的领域更进一步，而走到文学无用论和载道说的极端。他们一天到晚所讲的心性哲学，似乎是玄妙空虚，但他们对于文学的要求，却限于最实际的功用与伦常。他们的议论，全都是属于文学的内容与意识方面，从未触及过修辞形式以及有关于艺术表现上的种种问题。因为在道学家的眼里，完全为道学气所掩蔽，把美与艺术的意义与价值，一扫无余。韩欧论文，虽时以"志乎古道"和"道至而文亦至"为言，还没有正式说出"文以载道"的口号。载道之说，实始于道学家周敦颐。他在《通书·文辞》一节中说："文所以载道也。轮辕饰而人弗庸，徒饰也。况虚车乎？文辞，艺也；道德，实也。笃其实而艺者书之；美则爱，爱则传焉。贤者得以学而致之，是为教。故曰言之无文，行之不远。"周敦颐虽是提出了"文以载道"的口号，但他的议论，却还不顶偏，他虽以载道为第一义，同时还承认文学的意义与用处。只要载的是道，装饰美丽的车子，也是要引起人们的爱好的，在这里可知他是承认艺术的价值的。但一到了二程，连这一点也不肯承认，他们觉得美丽的车子，根本就不能载道，因为车子装饰太美了，那载的道，将为那种美所蒙掩所破坏，道反于变为附庸，而不为人所尊重所注意了。在这种地方，他连前人所推尊的韩愈也发生不满，而发出最偏执顽固的学文害道的倒学之说了。

退之晚来为文所得处甚多。学本是修德，有德然后有言，

退之却倒学了。(《二程遗书》卷十八)

前人所推崇韩愈的，是说他能“学文而及道”，但在二程看来，这是错误的。圣人有道德，自然就有言，我们所学的程序，应该是修道修德。道德是本，文章是末，世上那有学末而及于本之道理。正如刘敞所说：“道者文之本也。循本以求末易，循末以求本难。”(《公是先生弟子记》)文学观念达到了这种境界，不仅纯文艺的诗词韵语为他们所鄙视，自然是连韩愈、欧阳修那一般人的作品和思想观念，也都要感着不满意了。他们这样重视道，道便成为一个至尊的神圣的东西，高出一切，落得文学与异端同类了。“今之学者有三弊：一溺于文章，二牵于训诂，三惑于异端。苟无此三者，必趋于道矣。”(《二程遗书》卷十八)他这里所说的文章，并不专指西昆派那类的丽词绮语，就连欧苏辈的文章，自然也是包在内面的了。文章既与异端并举，自然学文好文之事，都是害道的了。

向之云无多为文与诗者，非止为伤心气也，直以不当轻作尔。圣贤之言不得已也。盖有是言则是理明，无是言则天下之理有阙焉。……后之人始执卷则以文章为先，平生所为，动多于圣人，然有之无所补，无之靡所阙，乃无用之赘言也。不止赘而已，既不得其要，则离真失正，反害于道必矣。(《伊川文集》五)

问作文害道否？曰：害也。凡为文不专意则不工，若专意则志局于此，又安能与天地同其大也。书曰“玩物丧志”，为文亦玩物也。吕与叔有诗云：“学如元凯方成僻，文似相如始类俳。独立孔门无一事，只输颜氏得心斋。”此诗甚好。古之学

> 者惟务养情性,其他则不学。今为文者专务章句,悦人耳目。既务悦人,非俳优而何?(《二程遗书》卷十八)

议论走到这种地步,自然是迂腐顽固极端之至了。他们否认文学一切的意义与价值,把作家看作是俳优,把文学看作是异端,把从事文学的工作,看作是玩物丧志的无聊事体了。程颐说过:"某素不作诗,亦非是禁止不作,但不欲此种闲言语。但如今言能诗者,无如杜甫,如云'穿花蛱蝶深深见,点水蜻蜓款款飞',如此闲言,道出做甚?"(《伊川文集》五)在道学家看来,六朝淫风,西昆艳体,固不必说,就连韩愈的学文,骂为倒学,杜甫的诗,评为无用的闲言,其他的作品,自然是更可不必提了。

朱子本是一个最聪明最有判断力的学者,他对于《诗经》的解释,常有独到之处,但他对于文学的基本观念,正与二程相同。也可以说,宋代道统文学的建立,到了他,达到了最成熟最有权威的地步。他在《语类》中说:"文皆是从道中流出,岂有文反能贯道之理?文是文,道是道,若以文贯道,却是把本为末,以末为本,可乎?"这与周敦颐的载道说,二程的倒学说,是一气的。因为他们心目中只有周公孔子,只有圣人贤人,口里只谈理学王道。在这种空气下,文学艺术的一点生机,全被这道学气压死了。他又说:

> 欧阳子云:"三代而上,治出于一,而礼乐达于天下。三代而下,治出于二,而礼乐为虚名。"此古今不易之至论也。然彼知政事礼乐之不可不出于一,而未知道德文章之尤不可使出于二也。夫古之圣贤,其文可谓盛矣。然初岂有意学为如是之文哉。有是实于中,则必有是文于外。如天有是气,则必有

日月星辰之光耀。地有是形，则必有山川草木之行列。圣贤之心，既有是精明纯粹之实，以旁薄充塞乎其内；则其著见于外者，亦必自然条理分明，光辉发越，而不可掩盖。不必托于言语，著于简册，而后谓之文。但一身接于万事，凡其语默动静，人所可得而见者，无所适而非文也。姑举其最而言，则《易》之卦画，《诗》之歌咏，《书》之记言，《春秋》之述事，与夫《礼》之威仪，《乐》之节奏，皆已列为《六经》，而垂万世。其文之盛，后世固莫能及，然其所以盛而不可及者，岂无所自来，而世亦莫之识也。……孟轲氏没，圣学失传。天下之事，背本趋末。不求知道养德以充其内，而汲汲乎徒以文章为事业。然在战国之时，若申、商、孙、吴之术，苏、张、范、蔡之辨，列御寇、庄周、荀况之言，屈平之赋，以至秦汉之间，韩非、李斯、陆生、贾傅、董相、史迁、刘向、班固，下至严安、徐乐之流，犹皆先有其实而后托之于言。唯其无本而不能一出于道，是以君子犹或羞之。及至宋玉、相如、王褒、扬雄之徒，则一以浮华为尚，而无实之可言矣。雄之《太玄》、《法言》，盖亦《长杨》、《羽猎》之流而粗变其音节，初非实为明道讲学而作也。东京以降，迄于隋唐数百年间，愈下愈衰，则其去道益远，而无实之人亦无足论。韩愈氏出，始觉其陋，慨然号于一世，欲去陈言以追《诗》、《书》六艺之作。而其敝精神糜岁月，又有甚于前世诸人之所为者。然犹幸其略知不根无实之不足恃，因其颇溯其源而适有会焉，于是《原道》诸篇始作。而其言曰："根之茂者其实遂，膏之沃者其光煜，仁义之人，其言蔼如也。"其徒和之。亦曰："未有不深于道而能文者。"则亦庶几其贤矣。然今读其书，则其出于谄谀戏豫放浪而无实者，自不为少。若夫所原之道，则亦徒能言其大体，而未见其有探讨服行之效。使其言之为文者，皆必由是以出也。故其议论古人，则又直以屈原、孟轲、马迁、相如、扬雄为一等，而犹不及于董贾。其论当世之弊，则但以辞不己出而遂有神徂圣伏之叹。至于其徒之论，亦但剽掠潜窃为文之病，大振颓风，教人自为，为韩之功，则其师生之间传授之际，盖未免裂道与文以为两物，而于其轻重缓急本末宾主之分，又未免于倒悬而逆置之也。自是以来，又复衰歇数十百年而后欧阳子出。其文之妙，盖已不愧于韩氏。而其曰“治出于一”云者，则自荀扬以下皆不能及，而韩亦未有闻焉，是则疑若几于道矣。然考其终身之言，与其行事之实，则恐其亦未免于韩氏之病也。抑又尝以其徒之说考之，则诵其言者，既曰：“吾将老矣，付子斯文矣。”而又必曰：“我所谓文，必与道俱。”其推尊之也，既曰：“今之韩愈矣。”而又必引“斯文不在兹者”以张其说。由前之说，则道之与文，吾不知其果为一耶为二耶？由后之说，则文王、孔子之文，吾又不知其与欧、韩之文果若是其班乎否也？呜呼，学之不讲久矣，习俗之谬，其可胜言也哉！……且如欧阳公到得晚年，自做《六一居士传》，宜其所得如何，却只说有书一千卷，《集古录》一千卷，琴一张，酒一壶，棋一局，与一老人为六，更不成说话。分明是自败纳阙。如东坡一生读尽天下书，说无限道理，到得晚年过海，做《昌化峻灵王庙碑》，引唐肃宗时一尼，恍惚升天，见上帝以宝玉十三枚赐之，云中国有大灾，以此镇之。今此山如此，意其必有宝，更不成议论，似丧心人说话。其他人无知如此说尚不妨，你平日自视为如何？说尽道理，却说出这般话，是可怪否？观于海者难于水，游于圣人之门者难为言，分明是如此

了，便看他们这般文字不入。(《朱子语类》)

这是一篇最有系统的道统文学的宣言，因其出于理学大家朱子之手，也就显得格外有力量。现在不管对他的观念，我们是否同情或反对，但在中国的文学思想史上，确是一篇与白居易的《与元微之书》同样有力量的文字。他的议论，处处有他自己的思想为根据，有条理，有系统，把中国过去的学术界文学界，作了一个总评。在这些文字里，固然有极大的破坏性，同时也有极大的建设性。他不仅攻击那样俳优式的作家，专写风花雪月的作品，连韩愈、欧阳修、苏东坡也一概骂倒，这不能不佩服他有惊人的魄力。他们这种思想，因理学势力的风靡天下，渐次浸润人们的头脑，由凝固成熟，而成为权威。

淳祐甲辰，徐霖以书学魁南省，全尚性理，时竞趋之，即可以钓致科第功名，自此非《四书》、《东西铭》、《太极图》、《通书》、《语录》不复道矣。(周密《癸辛杂识》)

这是道统文学对于当代官家教育的影响。西昆体盛行时，非时文不能干禄，现在非尚性理，非《通书》、《语录》不行了。加上了这种实际的用处，于是他们这种思想更普遍于社会，深入于民间了。师友间以此规劝，父子间以此教育了。作诗作词，是玩物丧志，阅读小说戏曲，都是轻薄恶劣的行为，而成为学校家庭所不许了。在一般人们的头脑里，只有周孔一类的圣贤偶像，只有《四书》、《五经》一类的古典文献了。这样的一种观念和现象，是宋代道统文学建立起来以后，所表现的成绩，也就是道学对于纯文学的迫害。罗大经的《鹤林玉露》中有一则云：

> 东山先生杨伯子尝为余言，某昔为宗正丞。真西山以直院兼玉牒官，尝至某位中，见案上有时人诗文一篇。西山一见掷之曰："宗丞何用看此？"某悚然问故。西山曰："此人大非端士。笔头虽写得数行，所谓本心不正，脉理皆邪，读之将恐染神乱志，非徒无益。"某佩服其言，再三谢之。因言近世如夏英公、丁晋公、王岐公、吕惠卿、林子中、蔡持正辈，亦非无文章，然而君子不道者皆以是也。

在这一段里，道学家对于文学的恶劣态度与高压手段，真是可谓走到极端了。二程所说的文章与异端同科，到了这般理学家教育家，实行着扫荡清除的工作，不管那作品的内容如何，总是一掷了之了。所谓文学作品，大都是"本心不正，脉理皆邪，读之将恐染神乱志"，成为学者教育界以及家长们的共同信条了。人人都想要做君子，不要做文人，因为文人是俳优与浪子的别号，为一般卫道者所不容了。程颐有一次偶然听到人家读晏几道的艳句，"梦魂惯得无拘束，又踏杨花过谢桥"，他连忙摇手说："鬼语鬼语。"高士陈烈遇着朋友们的绮筵艳曲时，吓得跳桥而逃。在这种地方，道学家是把文学看为邪魔外道，若一接触，似乎就会损害他们的道行。他们这一种观念与力量，中间虽曾有过元代与晚明间的衰微，在整体上说来，却是一直继续到清朝末年的。现在四十岁左右的人，少年时代因为偷看小说词曲一类的书籍，如何受家长先生们责备的事，到今天还是记得的罢。推究其根源，是要回头到宋代这一个道统的文学思潮来的。屈指计算，前后已是八九百年悠长的岁月了。

第十八章　北宋的词

一　宋词兴盛的原因

词是宋代文学的灵魂。他继承着晚唐五代词体初兴的机运，在那三百年中，经许多天才作家的努力创作，发扬光大，造成了光辉灿烂的成绩。在中国的诗史上，他代替了旧诗的地位，而成为那几百年文学林中的代表作品了。在过去知识阶级的眼里，由于道统文学的观念，比起诗来，他们是更要轻视词的。试观《四库全书》所收词集之少，便可看出他们这种轻视的眼光。朱彝尊说："唐宋人词，每别为一篇，不入集中，故散失最易。"(《词综发凡》)在这种地方，也可知道当代的作家，自认词的地位，是低于文章与诗的了。这一种观念，虽说没有阻碍词的发展与隆盛，但在作品的流传与保存，却是大有影响的。因此宋词虽盛极一代，上至君王贵族、学士大夫，下至僧尼妓女，以及普通平民，都有作品流布。但检查现存的作品，则远不如唐诗之富。并且在现存的作品中，有不少是由清末几个爱词的专家收集起来的。由这一点，我们可以想见宋词在过去的散失，一定不少。

我们现在由汲古阁刻的《宋六十一家词》，侯文灿汇刻的《名家词》，王鹏运的《四印斋汇刻词》，江标刻的《灵鹣阁名家词》，吴昌绶的《双照楼汇刻词》，朱祖谋刻的《彊村丛书》以及近人赵万里的《校辑宋金元人词》，易大厂编刊的《北宋三家词》诸书看来，去其重复，可得二百五十家左右。虽其中多有三五首，甚至只有一首者，然由此也可想见宋词在当代的盛况。再如无名氏的作品，散见于诸家笔记或词话书中者尤多。在曾慥的《乐府雅词》里，无名氏的作品，就有一百首之多，并且这些作品，都是经过编者眼光的选择而流传下来的，他们的艺术价值，并不比那些学士大夫之作要弱多少，同时，那被编者淘汰的作品，想必是更多了。在那书中还有一些有主名的词，那作者许多都是不见经传的普通人，或是一首，或是两首保存在那里，这些都可算是平民阶级的作品。因此，可以知道宋词发展流行的普遍，他是上入宫廷，下入乡村的。他一面是君王贵族的娱乐品，文士诗人的艺术品，一面又是倡楼妓女的歌曲和民间的乐府歌谣了。词在宋代能这么地发达普遍，自有种种复杂的原因，言其大者，约有数端。

一、词体本身的发展

诗自唐朝以后，无论形式音律以及内容风格，都是到了精华已尽完备无余的地步。后来的人，虽是有心制作，亦难自出奇巧，独成一家。因此他们的努力，只是学拟前人，工力高者偶有形似，然亦是乞人残余，并非独创。等而下之，一味沿袭剽窃，那就更不足道了。这并不一定是后人之才性不如前人，实因“文体通行既久，染指遂多，自成习套。豪杰之士，亦难于其中自出新意，故遁而作他体，以自解脱”（《人间词话》）。词在宋朝，正是继承诗之衰敝而新起的一种体裁，他由晚唐五代而入宋，恰好是青春的少年时代，恰好是一块初辟的田园。他的幼小的生命正待发展，他的前途，是辽远而又光明。小令虽在五代开了花，结了果，词运还在初期。抒情写恨的内容，虽在西蜀南唐词人的笔下，成就了许多名篇，但那些伤时吊古、写景咏物、说理谈禅以及歌咏田园、感伤国事的种种方面，都正待才人去开拓去创造。词在宋代，正是一块新天地，什么人走进去，只要你肯努力，总多少有点收获。因为染指者不多，还没有成为一种习套，作者便容易显出他的才情和创造力，时时有新的意境、新的辞句和新的风格。这一种环境，我们可以说是文体本身发展的历史性，也可以说是文学的生物性。

二、君主的提倡

在君主集权的政治环境下，君主的好恶，对于文学的发展，自然会有重大的影响。汉代君主的好赋，唐代君主的爱诗，给予当代文学以何种影响的事，是我们都知道的。词到了宋词，是最流行的文体，于是当代的君主贵族竞趋风尚。或能妙解音律，自制新篇，或是提倡奖励，拔识词人。因此士子以此干禄，奸佞以此献媚。在这种名利诱惑之下，自然是上下从风，作者日众，造成宋词发展普遍的盛况。如："真、仁、神三宗俱晓声律，徽宗之词，尤擅胜场，即所传十余篇，固已无愧作者。至于韩缜北使西夏，以离筵作〔凤箫吟〕一词，神宗忽中批步兵司遣兵为搬家追送，而出疆使节，得以爱妾追随。宋祁以〔鹧鸪天〕一词，而蓬山不远，遂拜内人之赐。蔡挺以〔喜迁莺〕一词，而有枢管之命，苏轼以〔水调歌头〕一词，而获爱君之叹。至周邦彦以〔兰陵王〕一词，而追回为徽猷阁待制，则事所或有也。……南渡以后，流风未泯，高宗能词，有〔舞杨花〕自制曲，廖莹中《江行杂录》谓其〔渔歌子〕十五章，备骚雅之体，虽老于江湖者，不能企及。又复刻意提倡，奖掖词才，康与之、张抡、吴琚之伦，皆以词受知，赏赍甚厚。孝、光、宁三宗虽鲜流传，而歌舞湖山，其游赏进御各词，至今犹有清响。则两宋词流之众，多由君上之提倡，非啻一时风会已也。"（王易《词曲史》）这种现实的环境，对于宋词发展的推动，确有很大的力量。

三、词的实用功能

词在最初的阶段，本与音乐发生密切的联系。他是一种合乐的给人歌唱的辞句。后来经许多人的创作开拓，内容日广，体制日繁，虽也有许多完全离开音乐而成为一种只是文学的作品，而词的音乐性并没有损伤，大部分的词都是可歌的。柳永、周邦彦、秦观的作品，我们固不必说，就是欧阳修、苏东坡的词，可歌的也还不少。由此，可知词在宋朝，既有独立的文学的存在性，同时又有积极的音乐的实用功能。当日词的用处是广泛的，朝廷的盛典，士大夫的筵宴，长亭离人的送别，倡楼妓女的卖唱，都是歌的词，再如传踏、鼓子词及诸宫调的歌唱部分也是词，再就是白话小说话本里面，也杂用着不少的词。在这种地方，宋词能够普遍于民间，能够流行于下层阶级，他那种音乐的实用功能，却有很大的关系。世间有井水处即能歌柳永的词。这里所说的是"歌"，不是"读"。读是要了解其文学的意义，歌只要记诵其腔调，正如小孩们歌唱《渔光曲》、《大路歌》一样。把那腔调唱熟了，稍稍读书识字的人，有时也能作一两首。在宋人的笔记里，时常记载着某某妓女所作的歌词，都是由这种环境训练出来的，并非由于文人学士的伪托。宋代虽与外患相终始，但始终是沉溺于酣歌醉舞的空气里，北宋的汴京，南宋的杭州，是两个极度繁荣的大都市，在商业经济的发达中，在君臣上下奢侈淫靡的生活中，在文人学士的蓄妾挟妓的浪漫生活中，在各种娱乐艺术蓬勃生长的空气中，词的用处愈是广泛，词的发达愈是迅速，词人与作品也愈是增多了。在当代那一种社会环境之下，配合着词的音乐的实用功能，实在是助长词的兴盛的一个重因。我们试看晏几道、柳永、姜夔几首脍炙人口的作品，都是为歌儿市妓家姬而作，可知他们创作的最初目的，都不全是文学的，而是音乐的实用的。这一种态度，同梅尧臣、欧阳修、黄庭坚、陈无己诸人的作诗，自然是两样了。

四、道学的反影响

宋代的宫廷贵族以及学士大夫的生活，虽沉溺于酣歌醉舞的空气里，而居于思想界的领导地位的，却是那些讲征圣宗经正心诚意的道学家。道学家另有一副面孔，另有一种派头，他们尽力压抑情欲，扩充理智，什么事都要管，什么事都爱批评。他们那种思想，反映于文学界，便是我在上章里叙述过的道统文学观。他们的主旨，是轻视美文，提倡散体，反对文学的唯美和表现风花雪月的艳情，鼓吹文学的实用与教化。简单地说起来，文学不是言情的，是载道的。这一种思想从宋初的穆修、石介起，以至周敦颐、邵雍、二程、朱子诸人，构成一个极有力的系统。在这种思想的环境下，正统的文学界所受的影响，是非常明显的。欧阳修、苏东坡诸人的古文运动，色情脂粉一扫而空的宋诗，都是最好的明证。前人评宋诗,每以“喜发议论”、“言理不言情”为其弊端,殊不知这一点却正有他的思想界的背境。因此文有文教,诗有诗教,这两个文学的部门,无形地或浓或淡地受了道学的指导与监督而屈服了。但人类的情欲与浪漫的情绪毕竟是不能完全压住的,任你如何的阻住它,它总得要找出路。词这一部门恰好是宋人情欲的出路。文要载道,诗要讲诗教,但词是一种新兴的歌辞,本来就是妓女口中的玩意儿,生来便具有淫靡艳丽的素质。载道也无从载起,讲词教也无从讲起。因此道学家便轻视了这一支文学界的游击队,认为它出身卑贱而把它放弃了。所以在宋代有道学古文家,有道学诗人,而不见有道学词人。一来是词这种东西本不便装进道学,二来也是道学家看不起词。于是词在这种环境之下,于是便成为浪漫才人发泄情欲的良田,为士大夫脱去道学面孔以后,表现私生活的避难所,为民间流行的乐府与歌谣,而日趋于繁盛发达之途,形成最自由最浪漫的新体诗了。晏几道、柳永固不必说,即如范仲淹、司马光、欧阳修、王安石们在诗文里,都是讲一些大道理,说一些正派话。但一到词,便写出绮语与艳情了。江西诗派的领袖黄山谷在作诗时,那样反对艳体,反对俗浅,但在他的词中,秽亵有过于柳永,俗语方言之使用,几可与他诗中的奇文古字比美。在这种地方,我们可以看出他们作诗作文的态度是严肃的,作词确实有几分是浪漫的。到了南宋,这一种态度开始改变,一般词家,都像黄山谷、陈无己们作诗一样,用尽苦心,极力锻炼,务求典雅工丽,于是词也就走上古典的路。北宋词虽有时感着粗野,然都有活气,有情味,有个性,有力量,南宋词则反是者,原因便在这里。这种因道学观念对于诗文的压制,而反助成歌词趋于浪漫自由的发展的机运,我们可以名之为道学的反影响。

由上述种种事实的交相联系，互生作用，自然会酿成一种独利于词的发展的环境。因此，词在宋代独盛一时，名家辈出，而竟能普及民间，这并不是偶然的事。

二 宋初的词坛

在宋代建国的初期，他们主要的工作是用兵征讨残余，稳固国体，同时虽也开始文化建设，笼络文人，但他们当日所努力的文化事业，却是《太平御览》、《太平广记》、《文苑英华》几部大类书的编纂。因此，十世纪下半期的词坛，是呈现着极度冷寂的状态。除了几位由前代过来的降王降臣如李煜、欧阳炯诸人之外，宋朝的潘阆、苏易简、王禹偁虽也作词，那不过是偶尔点缀，质量都很贫弱，没有什么可注意的地方。到了十一世纪初期，宋帝国经过四五十年的休养生息，日趋隆盛，社会经济渐渐繁荣，人民的生活亦已安定。出生于宋代初期的人们，到这时期都已长大成人，都一个个步入政界与文坛了。这一批新青年的出现，一面在政治上占领了重要的地位，同时在文坛上也一破前数十年的沉寂，增加了活泼的生气，无论散文与诗词，都现出了新气象与新光辉。严格地说来，宋代的文学史，是要从十一世纪开始的。

最初出现于词坛的都是几位达官贵人，如寇准、韩琦、晏殊、宋祁、范仲淹、欧阳修等，都是一时的显达。他们都有显贵的地位与高尚的人格。因此他们的作品，大都有一种华贵雍容的大家风度，不卑俗，也不纤巧。言情虽缠绵而不轻薄，措辞虽华美而不淫艳。由那些作品，明显地反映出特殊阶级的高等生活和那种温和含蓄的情绪。词的形体与风格都还是继承着“花间”、南唐的遗风，内容是单调的，形式是短小的，个性极不分明，因此他们的作品时时彼此相混，或与南唐词人相混而无法分辨。这一时期的词，我们可以说是南唐词风的追随时代，也可以说是集体创作的时代。

波渺渺，柳依依。孤村芳草远，斜日杏花飞。江南春尽离肠断，蘋满汀洲人未归。

（寇准〔江南春〕）

病起恹恹，庭前花影添憔悴。乱红飘砌，滴尽真珠泪。
惆怅前春，谁向花前醉？愁无际，武陵凝睇，人远波空翠。

（韩琦〔点绛唇〕）

东城渐觉风光好，縠皱波纹迎客棹。绿杨烟外晓寒轻，红杏枝头春意闹。　　浮生长恨欢娱少。肯爱千金轻一笑。为君持酒劝斜阳，且向花间留晚照。

（宋祁〔玉楼春〕）

他们都是国家柱石勋劳大臣，而所为小词，虽说作品不多，然无不婉丽精妙，情味无穷。范仲淹在这一方面，还有更好的成绩。

碧云天，黄叶地。秋色连波，波上寒烟翠。山映斜阳天接水，芳草无情，更在斜阳外。　　黯销魂，追旅思，夜夜除非，好梦留人睡。明月高楼休独倚，酒入愁肠，化作相思泪。

（〔苏幕遮〕）

纷纷坠叶飘香砌。夜寂静，寒声碎。真珠帘卷玉楼空，天淡银河垂地。年年今夜，月华如练，长是人千里。　　愁肠已断无由醉，酒未到，先成泪。残灯明灭枕头欹，谙尽孤眠滋味。都来此事，眉间心上，无计相回避。

（〔御街行〕）

塞下秋来风景异，衡阳雁去无留意。四面边声连角起，千嶂里，长烟落日孤城闭。　　浊酒一杯家万里，燕然未勒归无计。羌管悠悠霜满地，人不寐，将军白发征夫泪。

（〔渔家傲〕）

在这些词里，可以看出作者过人的才华。写离情是缠绵细密，写边塞是沉郁悲壮，一字一句，都是真情流露，不加雕琢，所以都是词中的上品。范仲淹一生功业彪炳，出将入相，他本无意在文场上争名。因此他作词不多，即有所作，也不爱惜保存，大都散佚了。据《东轩笔录》云："范希文守边日，作〔渔家傲〕乐歌数阕，皆以'塞下秋来'为首句，颇述边镇之劳苦。"（《渔隐丛话前集》引）又敬斋《古今黈》云："范文正自前二府镇穰下营百花洲，亲制〔定风波〕五词，第一首'罗绮满城'云云。"今《彊村丛书》所收范词一卷，连补遗二首，一共只有六首，可见范词散佚之多了。他的作品的散佚，在宋代的词史上，是一件大可惜的事。因为在他的词里，是兼长着婉约与豪放的两种风格，对于后代词风的发展，必有相当的影响。如《中吴纪闻》所载〔剔银灯〕一阕果如范公所制，则苏辛一派的词，范实为其先导，同时也可见他的作品，是已超越南唐的藩篱，而启示着词境的开拓与解放的机运了。词云：

昨夜因看《蜀志》，笑曹操、孙权、刘备，用尽机关，徒劳心力，只得三分天地。屈指细寻思，争如共刘伶一醉！　　人世都无百岁，少痴骏，老成尫悴，只有中间，些子少年，忍把浮名牵系。一品与千金，问白发如何回避。

（《与欧阳公席上分题》）

词中所表现的诙谐趣味与白话口气，似与前面的几首词不大相像。不过他作这词时，是在宴会席上，酒醉饭饱以后，同着友朋们说说笑话，自然可以的。这首词的背境，同前面那些抒写边塞劳苦离愁别恨的境遇，完全是两样的，因为情感与心境既是这样不同，因此反映于作品中的情调与色彩也就各异其趣了。

晏殊　真能为宋初词坛的领袖，在风格上充分地表现出南唐的遗风余韵的，是晏殊与欧阳修。晏殊（西历九九一？——一〇五五）字同叔，江西临川人。他的学问丰富，天才早熟，七岁能文。真宗景德初，他还是十三四岁的幼年，因张知白的推荐，以神童召试，赐同进士出身。得尽读秘阁藏书，学问益博。仁宗时为宰辅，提拔后进，汲引贤才，号称贤相。《宋史》说他："平居好贤，当世知名之士，如范仲淹、孔道辅皆出其门。及为相，益务进贤材，而仲淹与韩琦、富弼皆进用。"他在政治上虽无积极的建树，但在人才的识别与汲引这一点上，确有大政治家的风度。《宋史》又说他的"文章赡丽，诗闲雅有情思"，这批评大致是对的。他那个时代，正是西昆诗文风靡一时，他位居台阁，于应制唱和之间，自然难免要沾染一点西昆的风气，因此他的诗文，很接近李商隐、杨亿一派，大都是以典雅华丽见长。在他的诗中，富于情思的作品却不多见，因此在宋代的诗史中，他占不着重要的地位。他的词，虽也有富贵气，也有赡丽的色彩，但其中却有情思，有风格，表现他个人另一面的生活与心境，深思婉出，风韵绝佳。一扫其台阁重臣的面孔，呈现着词人的真情本色。他有《珠玉词》一卷，约一百二十余首。

叶梦得说："元献公性喜宾客，未尝一日不燕饮，每有嘉客必留。亦必以歌乐相佐，谈笑杂出。……稍阑，即罢遣歌乐，曰：汝曹呈艺已遍，吾当呈艺。乃具笔札，相与赋诗，率以为常。"（《避暑录》）在这里，正好说明晏殊的生活性格和他的诗词产生的环境。他爱宾客，爱歌乐，又爱谈笑，在那里自必有许多风流韵事。

他的政治生活是枯燥的，规则的，他的家庭生活是艺术的，浪漫的。他的珠玉一般的小词，就产生在这个酒后歌残的艺术浪漫的环境里。他一生富贵，生活美满，绝无忧恨悲苦去扰乱他的心怀。所以在他词中所表现的，都是一刹那的情感，那一刹那的情感，都是新鲜的，美丽的。如"无可奈何花落去，似曾相识燕归来"，如"双燕欲归时节，银屏昨夜微寒"，如"楼头残梦五更钟，花外离愁三月雨"，如"一场愁梦酒醒时，斜阳却照深深院"，都是偶为外物所触，发动一点灵感，他就把这一点表现出来，而成为这些好句子。然而也就因为这一点，他的作品的情调是温和的，生命是平淡的，没有李后主、李清照词中所呈现的那种人生的苦痛，与淋漓的血泪，缺少有力量的沉郁的情调。

小阁重帘有燕过，晚花红片落庭莎。曲栏干影入凉波。
一霎好风生翠幕，几回疏雨滴圆荷。酒醒人散得愁多。

（〔浣溪纱〕）

金风细细，叶叶梧桐坠。绿酒初尝人易醉，一枕小窗浓睡。　紫薇朱槿花残，斜阳却照栏干。双燕欲归时节，银屏昨夜微寒。

（〔清平乐〕）

时光只解催人老。不信多情，长恨离亭，泪湿[1]春衫酒易醒。　　梧桐昨夜西风急，淡月胧明，好梦频惊，何处高楼雁一声。

（〔采桑子〕）

小径红稀，芳郊绿遍，高台树色阴阴见。春风不解禁杨花，濛濛乱扑行人面。　　翠叶藏莺，朱帘隔燕，炉香静逐游丝转。一场愁梦酒醒时，斜阳却照深深院。

（〔踏莎行〕）

槛菊愁烟兰泣露，罗幕轻寒，燕子双飞去。明月不谙离别苦，斜光到晓穿朱户。　　昨夜西风凋碧树，独上高楼，望尽天涯路。欲寄彩笺无尺素，山长水阔知何处。

（〔蝶恋花〕）

这些词都是《珠玉集》中的上品。他的风格与形式都是南唐的。刘攽说他"喜延巳歌词，其所自作，亦不减延巳"（《中山诗话》）。在上面这些作品里，我们可以看出冯晏词风的近似处。但在他的集中，却有不少的寿词、颂词、歌舞词，虽也写得富丽堂皇，大都缺少性情风趣，味同嚼蜡，确不能称为珠玉。然而他那种达官贵人的生活、心理却在这些词中反映得最明显。正因为他有这种华贵舒适的生活，使他的词生出一种雍容的气派，而不能走到深刻沉郁的境地。

欧阳修　比起晏殊来，更接近冯延巳的是欧阳修。欧阳修是宋代古文运动的领导者，是西昆诗体的改革者。在他的古文里，是

① "湿"，再版为"滴"。

表现其征圣宗经、明道致用的正统理论；在诗里，一洗过去的华艳色情，表现出清切自然的色彩；但在他的词里，却一反他的诗文的态度，用着幽香冷艳的字句，极有情致风韵的笔墨，活现出一位浪漫诗人的风采和风流才子的心情。他现存的作品，有《六一词》和《琴趣外篇》二种。《六一词》中诸作，较为庄重典雅，《琴趣外篇》诸作，较为俗浅艳冶，在表面上，风格虽是不同，在骨子里，双方作品中的浪漫情绪，却都是一样的。不过一种表现得较为含蓄深刻，一种表现得较为显露而已。前人每以欧阳公为一代儒宗，不会作那种言情言爱的绮语艳词，遂断定为仇人所伪托。这一点实近于情感的压迫与劫夺。一个人不能一天到晚老是板着道学家的面孔，老是谈经说理，他还有他的私生活，他还有他私有的情感，他这种生活和情感，不能表现之于诗文，自然只能表现于词了。曾慥说："欧公一代儒宗，风流自赏，词章幼眇，此所矜式。当时小人或作艳语，谬为公词。"（《乐府雅词序》）又罗泌云："其浅近者，多谓是刘辉伪作。"（《六一词序》）欧词中有后人伪作混杂其间，原是可能的事，但我们却不能说凡是艳词，都是出自小人或是刘辉之手。至于他的盗甥一案，及〔望江南〕双调诸篇，前人辨证俱很完备，自然是不足信的了。因此我们研究欧词时，宁可采取谨慎的态度，艳词中写得较为轻薄猥亵，和他一贯的婉约清丽的词风相反者，暂时放弃，这样子较为安心。但他并不是没有浪漫生活和风流韵事的。《侯鲭录》云："欧阳公闲居汝阴时，有二妓甚颖，凡修歌词尽记之。修于筵上戏与之约，言他年当来作守。去后数年，修果自维阳[1]移汝阴，二妓已不复见矣。视事之明日，饮同官于湖上，种黄杨树子，

[1] "阳"，再版为"扬"。

修因作诗留于撷芳亭云：'柳絮已将春色去，海棠应恨我来迟。'后三十年，东坡作守，见诗而笑曰：'是岂杜牧之落叶成阴之句耶？'修之放达率真，皆此类也。"又《尧山堂外纪》云："钱文僖宴客后园，一官妓与永叔后至，诘之，妓云：'中暑往凉堂睡，觉失金钗犹未见。'钱曰：'乞得欧阳推官一词，当即偿汝。'永叔即席赋〔临江仙〕词云，坐皆击节，命妓满斟送欧，而令公库偿钱。"在这种故事里，我们很可知道欧阳修的私生活，并不是干枯无味的了。如以理学名臣兼历史大家的司马光，尚有〔西江月〕情词之作，那么像欧阳修这种完全是诗人气质的人，写有几首艳词，正好是他一点私人生活和浪漫情感的显露，原是非常可爱的。前人完全以卫道的精神，把他这一点点情感的生机要全部掩没，真未免过于腐朽了。

欧词是摄取"花间"、南唐词风而溶化之，然尤接近冯延巳。他的〔蝶恋花〕诸作，同《阳春集》中的〔蝶恋花〕，其意境风格，以及用字写情，几是同一面貌，同一情调，令人无法分辨，因此他俩的词，彼此混杂者甚多。王国维云："冯正中〔玉楼春〕词'芳菲次第长相续，自是多情无处足。尊前百计得春归，莫为伤春眉黛促。'永叔一生专学此种。"我们如果细读冯欧二家词，便会了解他这种话说得非常深刻。再如他的"绿杨楼外出秋千"一句（〔浣溪纱〕）甚为前人称道，然亦本冯词〔上行杯〕中之"柳外秋千出画墙"一语，不过他变换句法，更觉妩媚而已。由此，可知《六一词》比起《珠玉词》来，是更要接近《阳春集》的，同时也可看出冯延巳在宋初词坛的势力。

候馆梅残，溪桥柳细，草薰风暖摇征辔。离愁渐远渐无穷，迢迢不断如春水。　　寸寸柔肠，盈盈粉泪。楼高莫近危栏倚。平芜尽处是春山，行人更在春山外。

（〔踏莎行〕）

庭院深深深几许，杨柳堆烟，帘幕无重数。玉勒雕鞍游冶处，楼高不见章台路。　雨横风狂三月暮，门掩黄昏，无计留春住。泪眼问花花不语，乱红飞过秋千去。

（〔蝶恋花〕）

去年元夜时，花市灯如昼。月上柳梢头，人约黄昏后。
今年元夜时，月与灯依旧。不见去年人，泪湿春衫袖。

（〔生查子〕）

凤髻金泥带，龙纹玉掌梳。走来窗下笑相扶，爱道"画眉深浅入时无？"　弄笔偎人久，描花试手初。等闲妨了绣工夫，笑问双鸳鸯字怎生书。

（〔南歌子〕）

在上面这些词里，写山水的是清爽潇洒，写情的是委婉缠绵，写儿女态的是天真活泼，无不曲尽其妙，情韵无穷，都是最上等的作品。

晏几道　与晏欧先后同时，作词者尚有王琪、谢绛、林逋、梅尧臣、聂冠卿诸人。不过他们都不专意为词，因此流传下来的作品很少。其中如聂冠卿之〔多丽〕，已为长调，颇可注意。林和靖的〔点绛唇〕，高远清雅，堪称佳篇。此外作品既少，风趣略同，我们不必再来叙述了。但在这里，还有一个重要的作家，我们不能忘记的，便是晏殊的幼子晏几道。晏字叔原，号小山，生卒不详，大约与柳永、苏轼同时，因其词的风格与形式，完全是属于南唐的范围，在叙述上，是应该放在这一个阶段的。我们可以说，他是南唐词风的最高表现者，也是这一派词风的结束人。在《小山词》里，共二百余首，稍长之作只有〔六么令〕、〔满庭芳〕、〔泛清波摘遍〕三调，其余全为小令，并且他的艺术的最高造就，也全表现在他的小令里。我们要了解他的词，必先知道他的生活和性情。他虽是贵家公子，堂堂一代的宰相的少爷，但因为他那种孤高自傲天真浪漫的性情，对于实际的人生滋味缺少体验，不懂得营生处世的法门，因此只做过颖昌许田镇的小监官，到了晚年，弄到家人饥寒交迫，过着穷困落魄的生活。但他早年的境遇，是华贵的，在他的身畔，环绕着不少的歌儿舞女的风流影子，环绕着不少的美丽悦耳的声音。到了晚年穷愁落魄的时候，在思前忆旧之中，自不免那种风物未改人事全非之感。因此在他的词里，一洗他父亲那种雍容和婉约的气味，而形成极度凄楚哀怨的作风。很明显的，一个是出于富贵生活的歌咏，情调是快乐的，现实的，一个是出于往事的追怀，情调是哀伤的，回忆的。他们父子的词，是同样接近南唐，父亲是近《阳春》，儿子则近后主。在这里，我们可以看出生活环境对于文学作品的明显的影响。

他有《小山词》一卷，原名《补亡》，自跋云：

始时沈十二廉叔，陈十君宠，家有莲、鸿、蘋、云、品，清讴娱客。每得一解，即以草授诸儿。吾三人持酒听之，为一笑乐。已而君宠疾废卧家，廉叔下世，昔之狂篇醉句，遂与两家歌儿酒使俱流转于人间。自尔邮传滋多，积有窜易。

又黄山谷序《小山词》云：

> 叔原固人英也。其痴亦自绝人。……仕宦之运蹇而不能一傍贵人之门，是一痴也。论文自有体，不肯一作新进士语，此又一痴也。费资千百万，家人寒饥，而面有孺子之色，此又一痴也。人百负之而不恨，已信人终不疑其欺己，此又一痴也。

在这两段里，我们可以知道《小山词》产生的背景，同时又可看出他真是入世不深天真浪漫的贵家公子，他的性情与生活的盛衰，与李后主确有几分相像。他们唯一的共同点，便是在他们的词里，涂满了自己有血泪的生命和幸福或是悲伤的历史。

> 梦后楼台高锁，酒醒帘幕低垂，去年春恨却来时。落花人独立，微雨燕双飞。　　记得小蘋初见，两重心字罗衣。琵琶弦上说相思，当时明月在，曾照彩云归。
>
> （〔临江仙〕）
>
> 醉别西楼醒不记，春梦秋云，聚散真容易。斜月半窗还少睡，画屏闲展吴山翠。　　衣上酒痕诗里字，点点行行，总是凄凉意。红烛自怜无好计，夜寒空替人垂泪。
>
> （〔蝶恋花〕）
>
> 黄菊开时伤聚散，曾记花前，共说深深愿。重见金英人未见，相思一夜天涯远。　　罗袖同心闲结遍，带易成双，人恨成双晚。欲写彩笺书别怨，泪痕早已先书满。
>
> （〔蝶恋花〕）
>
> 彩袖殷勤捧玉钟，当年拚却醉颜红。舞低杨叶楼心月，歌尽桃花扇影风。　　从别后，忆相逢。几回魂梦与君同。今

宵剩把银缸照，犹恐相逢在梦中。

（〔鹧鸪天〕）

在这些词里，有一个共同的特征，那便是对于往事的回忆和落魄穷愁的抒写。因此在他的全部词句里，飘动着春梦秋云一般的恍惚的情调，和过去欢乐的失去的悲哀，以及旧影余香的回味的叹息。杨叶楼边月下的舞，桃花扇影风前韵歌，都成了旧梦，手弹琵琶身穿罗衣的小蘋也成了梦中的人。往日的"金鞍美少年"或是户外绿杨系马，或是床头红烛呼卢，生活是多么的热狂浪漫，现在穷愁落魄，往事如烟，只落得"醉拍春衫惜旧香"、"一春弹泪说凄凉"的可怜情景了。他有一首〔清平乐〕的后半首云"眼中前事分明，可怜如梦难凭。都把旧时薄幸，只消今日无情"，这真是把他的心情说尽了。因此他的词在描写方面有欧阳修的深细，而没有他潇洒快乐的风度，在措词上有晏殊的婉妙，而没有他的温和现实的色彩。然而他那种哀怨凄楚的情调，忆往伤今的心境，又非晏欧所有，所以他们的词，虽同出南唐，在境界上，是各有不同。总之，在宋初的南唐词派的这个系统上，晏氏父子和欧阳修是鼎足而立的。

三　词风的转变与都会生活的反映

张先、柳永的出现，为宋代词风的一大转变。他们在形体上，盛用着长调的慢词，在作风上，脱去"花间"、南唐的清婉，而喜用铺叙的手法，尽心尽意的描写。在内容上，则为都会繁华生活的表现，以及沉溺于都会生活的男女淫乐心理的反映，因此在他们的作品里，时用着市井俗语，大胆地描写都会中的丑恶生活。如果以晏欧词为上流社会的贵族文学的代表，那么，张柳词恰好是都市社会的通俗文学的典型。在上述的几点特色里，尤以柳永表现得更为显著，因为张先时代较早，在他早年的作品里，还有不少“花间”、南唐的风采，也还有不少短小的形式。所以在词风的转变上，张先实是一度承先启后的重要桥梁。陈廷焯《白雨斋词话》云：“张子野词，古今一大转移也。前此则为晏欧，为温韦，体段虽具，声色未开；后此则为秦柳，为苏辛，发扬蹈厉，气局一新，而古意渐失。子野适得其中，有含蓄处，亦有发越处，但含蓄亦不似温韦，发越亦不似豪苏腻柳。”前人论词，每以柳永为宋词转变的第一人，其实这种转变，始于子野，而大盛于耆卿，《白雨斋词话》能看到这一点，却是值得注意的。

晏欧在词中，尽了表现上流社会的生活与情调的任务，他们的作风温和清丽，正适合于那一个阶级的身份。但他们所表现的范围，是狭隘的，形式是短小的。到了张柳，因为浪漫的生活，得到了丰富的人生经验与广泛的题材，于是他们的作品，由狭隘的上流社会的范围，扩充到都市繁荣的描写，太平盛世的讴歌，以及离恨穷愁的发泄，而尤集中全力表现嫖客妓女的生活与心理，以及那些沉溺于大都会中的男女形态。这一切，都是经济繁荣、政治苟安以及君臣上下迷恋于淫乐的十一世纪所产生的现象。把一个时代的生活意识，都会的文明或是罪恶，各方面都加以表现的，柳永得到了极大的成就。因为他们所要表现的，无论内容情感较前都已复杂，所以他们采取长调的形式和铺叙的手法。于是慢词在他们的手下，发达兴盛，在作风上也由意象的或是婉约含蓄的而变成直说的或是写实的了。由晏欧变而为张柳，我们一定要从这方面来考察，才可看到文学发展的实际情况。

晚唐五代的词，大都是小令。长词见于《全唐诗》者，有杜牧的〔八六子〕，锺辐的〔卜算子慢〕。见于《花间》者，有薛昭蕴的〔离别难〕，尹鹗的〔金浮图〕，李珣的〔中兴乐〕。见于《尊前集》者，有后唐庄宗的〔歌头〕，大都在一百字左右。杜锺二篇，或有可疑，但《花间》、《尊前》诸人所作，自然是可靠的。在五代十国那样多的词人里，长调只有寥寥几首，这虽可说长调萌芽于五代，但他们究系偶尔所作，词坛并未风行，作者也没有重视，在宋初的半世纪，更极少作长调者。十一世纪初期称雄于词坛的《珠玉》、《六一》诸集，全系令词。长调只有聂冠卿的〔多丽〕一首，故前人有"北宋慢词，始于冠卿"之说。其实，〔多丽〕之作，正与尹鹗、李珣之〔金浮图〕、〔中兴乐〕相同，也是偶尔成篇，并非有心提倡长调和有意从事词体解放的工作。因此，长调的大量使用，以及词体解放工作的完成，是不得不归功于张柳了。张先时代较早，集中虽大半仍为小令，但慢词长调有〔山亭宴慢〕、〔谢池春慢〕、〔熙州慢〕、〔宴春台慢〕、〔卜算子慢〕、〔少年游慢〕、〔归朝欢〕、〔喜朝天〕、〔破阵乐〕、〔沁园春〕、〔倾杯〕、〔剪牡丹〕、〔汉宫春〕等调。至《乐章集》九卷中，则全以长调为主体，而小令只是极少数。并且他们都洞晓音律，自制曲谱，故其词集皆区分宫调，时造新声。他们在词体的发展史上，是有着重要的地位的。张柳以后，长调大行，作者日繁，篇什遂夥。宋翔凤《乐府余论》说："一时动听散播四方。其后苏、秦等，相继有作，慢词遂盛。"由此看来，无论从形体，从内容，从风格各方面讲，张柳二家，实是握着当代词风转变的枢纽了。

张先　张先字子野（西历九九〇——〇七八），浙江吴兴人。四十一岁登进士第，晏殊辟他为通判，曾知吴江县。做都官郎中时，年已七十二。晚年优游乡里，卒时年近九十，是一个长寿的词人。他的事迹，虽多不可考，但他的生活和性情，却是一个十足浪漫风流的才子典型。他一生官运不大顺利，欢喜寻花问柳，在他那种生活环境之下，因此他的作品，偏于都市淫乐生活的表现。《石林诗话》说他八十岁，视听尚强，犹喜声伎。因此东坡赠他的诗，有"诗人老去莺莺在，公子归来燕燕忙"之句。他到了八十以上的高年，生活尚如此风流，他壮年时代的浪漫，可想而知。在《东坡题跋》中，也赞赏他"善戏谑，有风味"。这虽是说他的性情与风度，但在他的词里，也富于这种色彩。

锦筵红，罗幕翠。侍宴美人姝丽。十五六，解怜才，劝人深酒杯。　　黛眉长，檀口小，耳畔向人轻道。柳阴曲，是儿家。门前红杏花。

（〔更漏子〕）

昨夜佳期初共，鬓云低翠翘金凤。尊前含笑不成歌，意偷期，眼波微送。　　峡雨岂容成楚梦，夜寒深翠帘霜重。相看还到断肠时，月西斜，画楼钟动。

（〔夜厌厌〕）①

牡丹含露真珠颗，美人折向帘前过。含笑问檀郎，花强妾貌强？　　檀郎故相恼，刚道花枝好。花若胜如奴，花还解语无？

（〔菩萨蛮〕）

缭墙重院，时闻有流莺到。绣被掩余寒，画阁明新晓。朱

① 此首词，再版时从略。

槛连空阔，飞絮无多少。径莎平，池水渺。日长风静，花影闲相照。　　尘香拂马，逢谢女城南道。秀艳过施粉，多媚生轻笑。斗色鲜衣薄，碾玉双蝉小。欢难偶，春过了。琵琶流怨，都入相思调。

（〔谢池春慢〕《逢谢媚卿》）

声转辘轳闻露井，晓引银瓶牵素绠。西园人语夜来风，丛英飘堕红成径。宝猊烟未冷，莲台香蜡残痕凝，等身金，谁能得意，买此好光景。　　粉落轻妆红玉莹，月枕横钗云坠领。有情无物不双栖，文禽只合常交颈。昼长欢岂定，争如翻作春宵永。日曈胧娇柔懒起，帘押卷花影。

（〔归朝欢〕）

四堂互映，双门并丽，龙阁开府。郡美东南第一，望故苑楼台霏雾。垂柳池塘，流泉巷陌，吴歌处处。近黄昏渐更宜良夜，簇簇繁星灯烛，长衢如昼。暝色韶光，几许粉面，飞甍朱户。　　和煦。雁齿桥红，裙腰草绿，云际寺、林下路。酒熟梨花宾客醉，但觉满山箫鼓。尽朋游，同民乐，芳菲有主。自此归从泥诏去，指沙堤南屏水石，西湖风月，好作千骑行春，画图写取。

（〔破阵乐〕）

他在这里，一面铺写都会表面的繁华，一面暴露沉溺于都会的男女的淫乐的生活。他艳词中的女主角，大都是倚门卖笑的妓女，那情调比起小山词来，固然有哀怨与欢笑之分，同大晏、欧公比较观之，那雅俗的界限，是非常显明的。他的小令，自然有许多好作品，同时也可看出他已经很用气力作长词。并且在他的词里，铺叙的手法,和注意于锻字练句的习气也很显然。如〔破阵乐〕的写钱塘,〔宴春台慢〕的写东都,都极尽铺叙的能事。再如他的“三影”的名句,是“云破月来花弄影”(〔天仙子〕)、“柳径无人,坠轻絮无影”(《舟中闻双琵琶》)和“娇柔懒起,帘押卷花影”(〔归朝欢〕)。这是张先自己最得意的句子。然我们就这二首词的全体讲,并不觉得特殊的高妙。但那几句,确是出于用力锻炼的好言语。可知词到了张先,已渐渐离开小词的境界,而入于夸张与工丽的趋势。到了柳永的词,更富于夸张与铺叙,周邦彦的词,全以工丽锻炼见长了。这两点都由《安陆词》开其端绪,是我们必得注意的。

柳永　以长调的形式与铺叙的手法为主体,将当日都会的繁荣与淫滥,以及当日男女的浪漫生活与病态心理,加以深刻的表现的,是那位浪子兼才人的柳永。柳字耆卿,初名三变,福建崇安人。生卒不可考,约生于十世纪末年,死于十一世纪中年。因为他行为放荡,喜作艳词,未能早登科第,到了仁宗景祐元年(西历一〇三四)始及进士第,后来做了一个屯田员外郎的小官,故世号“柳屯田”。他是一个都会生活的迷恋者,肉的享乐的追求者。他心中从没有什么高远的理想,也从不打算经营一点什么事业,真是一位都会浪人的典型。他的浪漫的人生观同他的颓废生活,溶成一片,于是倡楼妓院成为他心身的归宿,酒香舞影歌浪弦声,成了他的粮食,而这一切又都是他文学作品的乳房。因此他终身落魄,穷愁潦倒,结果,是死了家无余财,由几个和他相好的妓女合资而葬,这情景真是够凄惨了。

他有一首〔鹤冲天〕的词云:“黄金榜上,偶失龙头望。明代暂遗贤,如何向?未遂风云便,争不恣游狂荡。何须论得丧。才子词人,自有白衣卿相。　　烟花巷陌,依约丹青屏障。幸有意中人,堪寻访。且恁偎红倚翠,风流事,平生畅。青春都一饷。忍把浮名，换了浅斟低唱。”他的生活性格和人生观，都在这词里暴露无遗。这位自称为白衣卿相的才子词人，确实过了一生恣游狂荡、偎红倚翠的生活。并且他那时正是太平盛世，经济繁荣，每当良宵佳节，宫廷贵族以及社会民众，恣酣取乐，形成狂歌醉舞的盛况。在他的词里，有不少反映着这种情景的作品，我们读他的〔迎新春〕、〔满朝欢〕、〔木兰花慢〕、〔看花回〕、〔长相思〕、〔破阵乐〕、〔抛球乐〕、〔倾杯乐〕、〔笛家〕、〔望海潮〕诸词，便可以看出当日经济繁荣和人民欢狂的状态。

……清明后水嬉舟动，禊饮筵开，银塘似染，金堤如绣。是处王孙，几多游妓，往往携纤手。……　　……帝城当日，兰堂夜烛，百万呼卢，画阁春风，十千沽酒。……

（〔笛家〕）

……庆佳节，当三五，列华灯千门万户。遍九陌罗绮香风微度，十里燃绛树。鳌山耸，喧喧箫鼓。　　渐天如水，素月当午，香径里绝缨掷果无数。更阑烛影花阴下，少年人往往奇遇。太平时朝野多欢民康阜。堪随分良聚，对此争忍，独醒归去。

（〔迎新春〕）

东南形胜，三吴都会，钱塘自古繁华。烟柳画桥，风帘翠幕，参差十万人家。云树绕堤沙。怒涛卷霜雪，天堑无涯。市列珠玑，户盈罗绮竞豪奢。　　重湖叠巘清嘉。有三秋桂子，十里荷花。羌管弄晴，菱歌泛夜，嬉嬉钓叟莲娃。千骑拥高牙，乘醉听箫鼓，吟赏烟霞。异日图将好景，归去凤池跨。

（〔望海潮〕）

或写北方京城的繁荣,或写南方都会的富庶。街上是灯烛辉煌,万头攒动。城外是水嬉舟动,禊饮筵开。喝的喝酒,赌的赌博,弹琴唱曲,卖笑钉梢。市民的富足豪奢,是到了"市列珠玑,户盈罗绮"的地步。在这些文字里,活画出一幅朝野欢狂人民康阜的景象。十一世纪的宋帝国的太平盛世的面貌,和当日活跃着的男女生活状态,只有在柳永的词里,反映得最明显,表现得最深刻。在这种地方,他的作品,是呈现着时代的写实的社会色彩,已经不是晏欧那种纯粹个人的情调了。因此,他有时候,成为民众的代言人,对于维系这太平景象的统治阶级,发出祝颂的呼声。如〔玉楼春〕、〔永遇乐〕、〔倾杯乐〕、〔御街行〕、〔醉蓬莱〕、〔透碧霄〕诸调中,便有不少这种作品。据《钱塘遗事》云:"耆卿作〔望海潮〕咏钱塘词,有'三秋桂子,十里荷花'之句。此词流播,金主亮闻之,欣然起投鞭渡江之志。"由此,我们更可认识柳词中所表现的物质生活的意义和他的影响了。

柳永在词上的最大任务,还不在其都会外貌的表现,而在其大胆的深刻的将当日男女的肉欲的颓废生活加以描写。他用最通俗的语言和情调,恣无忌惮地加以描写。他作品中的女人,都是那些操皮肉生涯的妓女,没有一个大家闺秀,他的言情爱道别离的对象,也都是这些妓女们。在他的词集里,十之七八都是写她们的,或是写给她们唱的。不过我们要注意,那些词中的男主角虽是柳永,其实那一个柳永并不是柳永个人的,是那一个时代的,是当日沉溺于都会生活中的千万男人的类型,是十一世纪中年宋帝国社会所产生的浪漫青年的代表。我们对于柳永个人和他作品的考察,必要达到这一点,才会了解"有井水处"都能歌唱他的词的普遍性和他的词不能得到高远的风格的因素。

秀香家住桃花径，算神仙才堪并。层波细剪明眸，腻玉圆搓素颈。爱把歌喉当筵逞，遏天边乱云愁凝。言语似娇莺，一声声堪听。　　洞房饮散帘帷静，拥香衾，欢心称。金炉麝袅青烟，凤帐烛摇红影。无限狂心乘酒兴。这欢娱渐入佳景，犹自怨邻鸡，道秋宵不永。

（〔昼夜乐〕）

当日相逢，便有怜才深意。歌筵罢偶同鸳被。别来光景，看看经岁。昨夜里方把旧欢重继。　　晓月将沉，征骖已备，愁肠乱又还分袂。良辰美景，恨浮名牵系。无分得与你恣情浓睡。

（〔殢人娇〕）

洞房记得初相遇，便只合长相聚。何期小会幽欢，变作别离情绪。况值阑珊春色暮，对满目乱花狂絮。直恐好风光，尽随伊归去。　　一场寂寞凭谁诉，算前言，总轻负。早知恁地难拚，悔不当初留住。其奈风流端正外，更别有系人心处。一日不思量，也攒眉千度。

（〔昼夜乐〕）

言情道爱之作，本以含蓄缠绵为贵，而柳永所表现的，却是尽而又尽，浅而又浅，正是一种积极的直接表现法，也就因此，他这种作品，能投千万人之所好，无论上等人下等人，读书的不读书的，都欢喜读他唱他，而成为最通俗的民众歌曲了。叶梦得《避暑录话》中说："柳耆卿多游狭邪，善为歌词。教坊得新腔，必求永为辞，始行于世，于是声传一时。"又宋翔凤《乐府余论》云："宋仁宗朝，中原息兵，汴京繁富，歌台舞席，竞赌新声。耆卿失意无俚，流连坊曲，遂尽收俚俗语言，编入词中，以便使人传习。一时动听，散播四方。"因为他的作品的来源，是出自民众的感情与社会的生活，宜其能四方散播声传一时的了。

在艺术的成就上，柳永的词，是要以那几首描写旅况乡愁和晚年反省的作品为代表的。在这些作品里，他脱去了那些轻薄的调子，俚俗的语句，而以美丽的风景画面，深刻的情感，严肃的人生态度，衬托一个天涯流落者的影子与心境。如〔八声甘州〕、〔倾杯乐〕、〔散水调〕、〔夜半乐〕、〔诉衷情近〕、〔卜算子〕、〔归朝欢〕、〔雨霖铃〕以及〔少年游〕中的几首，确是《乐章集》中的上品。

> 对萧萧暮雨洒江天，一番洗清秋。渐霜风凄紧，关河冷落，残照当楼。是处红衰绿减，苒苒物华休。惟有长江水，无语东流。　　不忍登高临远，望故乡渺邈，归思难收。叹年来踪迹，何事苦淹留。想佳人妆楼凝望，误几回天际识归舟。争知我倚阑干处，正恁凝愁。
>
> （〔八声甘州〕）
>
> 寒蝉凄切，对长亭晚，骤雨初歇。都门帐饮无绪，方留恋处，兰舟催发。执手相看泪眼，竟无语凝噎。念去去千里烟波，暮霭沉沉楚天阔。　　多情自古伤离别，更那堪冷落清秋节。今宵酒醒何处，杨柳岸晓风残月。此去经年，应是良辰好景虚设。便纵有千种风情，更与何人说。
>
> （〔雨霖铃〕）

这一些作品，都是出自作者的性情。表现极深刻，情绪极真挚,所以富于感人的力量。比起他那些只涂写生活外层的艳词来,这些作品的内容,自然是较为充实,风格也较高了。陈质斋云:“柳词格不高,而音律谐婉,词意妥帖,承平气象,形容曲尽,尤工于羁旅行役。”寥寥数语,对于柳词的长短优劣,算是说尽了。由上面的叙述,我们可以看出宋词由晏欧到张柳,无论内容形式以及风格,都起了明显的转变。在这转变中,柳永的地位,尤为重要。他的作品,普遍到上入宫廷,下入田舍,当代的词人,也无不或浓入淡承受他的影响。从他以后,长词成为流行的词体,土语方言和铺叙的写法,词人都普遍地使用着。事实虽是如此,但柳永以后,却不容易找到一个直接继承他的词人。这原因并非柳词过于高妙,后人无法学习,而在于没有他那种生活境遇,没有他那种大胆的赤裸裸的描写。秦少游、贺铸、周邦彦都作艳词,都作长调,受着柳永的影响,是很明显的,但在风格上、情采上、表现上,都与柳永判若两途。只有一个黄山谷,与柳永的作风相近。然而也只有他早年的词是如此,他后期的作品,又跳出了柳永的藩篱。下面二词是黄山谷的。

把我身心,为伊烦恼,算天便知。恨一回相见,百方做计,未能偎倚,早觅东西。镜里拈花,水中捉月,觑著无由得近伊。添憔悴镇花销翠减,玉瘦香肌。　　奴儿又有行期,你去即无妨,我共谁向眼前常见,心犹未足,怎生禁得,真个分离。地角天涯,我随君去,掘井为盟无改移。君须是做些儿相度,莫待临时。

(〔沁园春〕)

对景还销瘦,被个人把人调戏,我也心儿有。忆我又唤我，见我嗔我，天甚教我怎生受。　　看承幸厮勾，又是尊前眉峰皱。是人惊怪，冤我大掯就。拼了又舍了，一定是这回休了，及至相逢又依旧。

（〔归田乐引〕）

黄山谷是江西诗派的领袖，他作诗的主旨，是最忌俗浅，最忌艳情，看了这种词，真不像是他作的。如〔千秋岁〕中云："欢极，娇无力。……奴奴睡，奴奴睡也，奴奴睡。"〔归田乐引〕中云："怨你又恋你，恨你惜你，毕竟教人怎生是。"这种肉感的强烈性与言语的粗劣性，确在柳永以上。再如〔昼夜乐〕、〔忆帝京〕、〔江城子〕、〔两同心〕诸词，都是这一类。就在黄集的一些小词中，也有不少俚言俗语的引用，如〔少年心〕、〔好女儿〕、〔阮郎归〕、〔卜算子〕诸词都是。由此可知黄山谷的作品，确是带着很浓厚的柳永的色彩。他序《小山词》云："余少时作乐府，以使酒玩世。道人法秀独罪余以笔墨劝淫，于我法中，当下犁舌之狱。"（《豫章文集》）看他这种自述，知道他这些作品，大都是他青年时代浪漫生活的表现。但是他后来的作风转变了，他有许多作品如〔水调歌头〕、〔望江东〕、〔渔家傲〕、〔醉落魄〕诸词，意境已近东坡，完全不是柳派了。这样看来，黄山谷只能算是半个柳派词人，他还有一半，是属于苏轼的。

四　苏轼的出现与词风的再变

睡在妓院里过生活的柳永的词，虽能音律谐婉，而为全民众所欢迎，但因其大胆地描写性欲，措辞粗俗，情意显露，究不能为高级文人所重视。《画墁录》云：“柳三变既以词忤仁庙，吏部不放改官，三变不能堪，诣政府。晏公曰：‘贤俊作曲子么？’三变曰：‘只如相公亦作曲子。’公曰：‘殊虽作曲子，不曾道彩线慵拈伴伊坐。’柳遂退。”又《高斋诗话》云：“少游自会稽入都，见东坡，东坡曰：‘不意别后，公却学柳七作词。’少游曰：‘某虽无学，亦不如是。’东坡曰：‘销魂当此际，非柳七语乎？’”在这两则故事里，很可看出当日高级文人对于柳词的轻视。由秦观那一句回答，这意思表现得更明显。他们并不是反对他词中的艳情，而是反对他那种表现艳情的语句和手法，过于卑浅通俗，失去了文学的高贵与尊严。承应着这种机运，将柳永的词风加以反动的转变，无论词的内容与境界，都为之开拓与提高的，是那位称为词坛怪杰的苏轼。

苏轼字子瞻（西历一〇三七—一一〇一），四川眉山人。自幼聪慧，七岁知书，十岁便能作很好的文章，嘉祐二年，举进士，还只有二十一岁。早年因与王安石政见不合，时受厄运，后因时谤之嫌，逮捕入京，终遭贬谪。晚年因新派得势，黜废旧人，他又以文字之罪，远贬海南。他一生中虽也入京做过翰林学士、兵部尚书，但究以外任为多。他所到的地方，有杭州、密州、徐州、湖州、黄州、登州、扬州、定州、惠州、昌化、廉州、永州，结果是死在常州。他的时代虽仍是一个经济繁荣的太平盛世，但他个人所身受的，却是一个忧患失意的境遇。他那种豪爽的性格和达观快乐的人生观，使他在文学上形成那种豪放不羁的作风。他的诗是如此，词更是如此。同时，他绝不因一时的失意，就沉溺于酒色而不能自拔，他有高远的理想，他善于在逆境中，解脱他的苦闷，拯救他的灵魂。山水田园之趣，友朋诗酒之乐，哲理禅机的参悟，都是他精神上的补药。

所以他无论处于何种难关,他都能保持他的正常的人生,绝不像柳永那样,一不满意,便堕于颓废不振的生活。在这里恰好呈现着他俩的人生观以及词风的异点。

词到了苏轼,表现出由歌者的词变到诗人的词的明显的现象。由五代到柳永,词的生命是音乐,词的内容大都是艳意别情。故填词必以协律为重要的条件,表意必以婉约为正宗。苏轼的词却破坏了这传统的精神,他用他那过人的天才,伟大的创造力,在词坛上开辟了一个新世界。我们读他的词,可以发现如下的几个特点。

一、词与音乐的分离

词本由合乐而产生,因此词在最初的阶段,音乐的生命重于文学的生命。自五代至于宋初,词必协律,而成为可唱的曲。到了苏轼的词,他未必完全废弃词的音乐性,但他并不重视词的音乐性。他的作品,虽也有许多可歌。如〔蝶恋花〕之"花褪残红青杏小",朝云所歌,〔贺新凉〕之"乳燕飞华屋",秀兰所歌,这是苏词为他人所歌者。再《渔隐丛话》中说东坡改《归去来辞》为〔哨遍〕,使入音律。又章质夫家善琵琶者乞歌词,取韩愈的《听颖师琴》诗稍加檃括,使就声律,作〔水调歌头〕。这可证明苏轼本人也是懂音律的。但他大部分的作品,并不注意歌唱。因此前人多以苏词不协音律为病。晁无咎说:"东坡居士曲,世所见者数百首,或谓于音律小不谐,居士横放杰出,自是曲子缚不住者。"李清照在《词论》中也说苏词"往往不协音律"。这样看来,苏词虽未达到完全与音乐独立的阶段,但确有与音乐分离的趋势。他并不是不懂音律,也不是不能作可歌的词,他的与人不同处,是为文学而作词,不是为歌唱而作词,这一个转变,是词的文学生命重于音乐的生命。陆游说:“世言东坡不能歌,故所作乐府词多不协。晁以道谓绍圣初与东坡别于汴上,东坡酒酣,自歌《古阳关》,则公非不能歌,但豪放不喜剪裁以就声律耳。”所谓豪放不喜剪裁以就声律,正好作为苏词不协律的正确解答,同时说明他那种豪爽的性格与浪漫的性情,反映于词上的一种表现。

二、词的诗化

词的诗化,含有着两种意义。一是以诗为词,于是词的语气与句法,都变了诗的样子。二是以词为诗,那便是作词非以歌唱为目的,是以作诗那样以文学为目的的。于是词变为一种新诗的体裁了。苏轼的词,兼有着这两种意义。关于词与诗的区别,在形式上本易区分,但在句法上风格上,却不容易说明,只能细心体会。前人每有词不能似诗,亦不可似曲,他有他自己的个性与风度。所谓“诗庄词媚”似乎是大家公认的诗词的界限。洪亮吉说:“诗词之界最严,北宋之词,类可入诗,以清新雅正故也。南宋之诗,类可入词,以流艳巧侧故也。”(《北江诗话》)他在这里,一面主张诗词界限的严,一面说明清新雅正与流艳巧侧为诗与词的特色,也就正是庄与媚。但东坡的词,却不遵守这正统的理论与因袭的精神,他一扫流艳巧侧的妩媚柔约,而以清新雅正的字句,纵横奇逸的气象,形成了他的诗化的词风。李清照说:“苏子瞻学际天人,作为小歌词,直如酌蠡水于大海,然皆句读不协之诗耳。”(《词论》)陈无已云:“退之以文为诗,子瞻以诗为词。如教坊雷大使舞,虽极天下之工，要非本色。”（《后山诗话》）又《坡仙集外纪》云：“东坡问陈无己，我词何如少游？无己曰：学士小词似诗，少游诗似小词。”可知在东坡的当代对于他的词的诗化这一点，已经有人感到不满了。因此前人每以苏词为别格，而不能归为正宗。但在我们现在看来，所谓别格正宗，本是抽象的空话。只要能“极天下之工”，便完成了艺术家的任务。并且因了他词的内容得以开拓，风格得以提高，羁绊得以解脱，这种革命的创造精神，是非常可贵的。

三、词境的扩大

自五代至宋初的词，范围极小，限制亦严。到了苏轼，始扩大词的境界。他一面是放大词的内容，无论什么题材、思想和情感，都可用词来表现。一面又提高词的意境，用豪放飘逸的作风，代替婉约与柔靡。前人专写儿女之情，离别之感。等而下之，专写色欲，造成轻薄的情调、卑俗的风格，最高的成就，也只能达到哀怨与细腻。在苏氏的作品里，他无所不写。或吊古伤时，或悼亡送别，或说理咏史，或写山水田园，或自伤身世，内容广泛，情感亦随之复杂。因他那种高尚的人格、丰富的学问和旷达的人生观，融和混合，形成他那种豪放飘逸的风格。这一种风格，是他的散文诗词和书法所共有的。后人学苏者，无论学那一样，都只能得其形貌，而无其骨肉者，因为不能具备他那种学问、人格和人生观的缘故。如刘过、刘克庄的词，虽大家称为苏派，然亦只是故作壮语奇语，故作浪漫的风格，按其内容和骨肉，却全是空的，这一种地方，我们是万万不可忽略的。

四、个性的表现

苏轼以前的词，因描写的内容同，因语气句法同，因所表现的情调同，在艺术上虽有工拙优劣之辨，但作者和作品的个性，是极不分明。因此冯延巳、晏殊、欧阳修们的词，时常混杂，有许多作品，到现在也无法辨明。胡适以“词的无题”与“个性不分明”为五代至宋初的词的二大特征，实是不错的。到了苏轼的词，每一首他都表现一件事体，内容很复杂，因此不得不在词调下写下题目，否则人家就看不懂。他表现时，有他自己的性格，有他自己的生活和情感，有他自己的语调和句法，于是分明地呈现出作者的和作品的个性了。东坡是东坡，东坡的词是东坡的词，决不会同冯延巳和《阳春集》相混了。

明月几时有，把酒问青天。不知天上宫阙，今夕是何年。我欲乘风归去，又恐琼楼玉宇，高处不胜寒。起舞弄清影，何似在人间。　　转朱阁，低绮户，照无眠。不应有恨，何事长向别时圆。人有悲欢离合，月有阴晴圆缺，此事古难全。但愿人长久，千里共婵娟。

（〔水调歌头〕《丙辰中秋欢饮达旦，大醉作此篇，兼怀子由》）

大江东去，浪淘尽千古风流人物。故垒西边，人道是，三国周郎赤壁。乱石崩云，惊涛拍岸，卷起千堆雪。江山如画，一时多少豪杰。　　遥想公瑾当年，小乔初嫁了，雄姿英发。羽扇纶巾，谈笑间，强虏灰飞烟灭。故国神游，多情应笑我早生华发。人间如梦，一樽还酹江月。

（〔念奴娇〕《赤壁怀古》）

世事一场大梦，人生几度新凉。夜来风叶已鸣廊，看取眉头鬓上。　　酒贱常愁客少，月明多被云妨。中秋谁与共孤光，把盏凄然北望。

（〔西江月〕）

夜饮东坡醒复醉，归来仿佛三更。家童鼻息已雷鸣。敲门都不应，倚杖听江声。　　长恨此身非我有，何时忘却营营。夜阑风静縠纹平。小舟从此逝，江海寄余生。

（〔临江仙〕）

十年生死两茫茫，不思量，自难忘。千里孤坟，无处话凄凉。纵使相逢应不识，尘满面，鬓如霜。　　夜来幽梦忽还乡。小轩窗，正梳妆。相顾无言，唯有泪千行。料得年年肠断处，明月夜，短松岗。

（〔江城子〕《乙卯正月二十日夜纪梦》）

我们读了这些词，便会知道他的范围大，境界高，打破词的严格的限制和因袭传统的精神，而是把词当作是一种新诗体来创作的，并非为歌唱而创作的了。由其词的诗化，内容的扩充，风格的豪放飘逸，前人每摈苏词于正宗之外，而认为是别格。徐师曾说："论词则有婉约者，有豪放者，婉约者欲其词情蕴藉，豪放者欲其气象恢宏。盖虽各因其质，而词贵感人，要当以婉约为正。否则虽极精工，终非本色，非有识者之所取也。"（《文体明辨》）《四库提要》也说："词自晚唐五代以来，以清切婉丽为宗。至柳永而一变，如诗家之有白居易，至苏轼而又一变，如诗家之有韩愈，遂开南宋辛弃疾一派。寻溯源流，不能不谓之别格。然谓之不工则不可。故至今尚与'花间'一派并行而不能偏废。"（《东坡词》）别格正宗，我们不必去管他，苏轼在词史上，用着浪漫的精神与革命的态度，将当日的词坛，卷起了巨大的转变，尽了他的破坏与建设的双重任务，而给后代的词坛以重大影响的事，是任何人都要承认的。胡寅云："柳耆卿后出，掩众制而尽其妙，好之者以为不可复加。及眉山苏氏，一洗绮罗香泽之态，摆脱绸缪宛转之度，使人登高望远，举首高歌。逸怀浩气，超乎尘埃之外。于是'花间'为皂隶，而耆卿为舆台矣。"(《酒边词序》)他这几句话，能从文学的发展变化上立论，而不争什么正宗别格，可算是最有识见的了。总之，苏轼是词坛的革命者，是诗人的词的代表，因了他的努力，替词开辟了一个新局面。当代如王安石、黄庭坚、晁补之、毛滂诸人都与苏词的风格相近。今各录一首于下。

登临纵目，正故国晚秋，天气初肃。千里澄江似练，翠峰如簇。征帆去棹残阳里，背西风，酒旗斜矗。彩舟云淡，星河鹭起，画图难足。　　念往昔，豪华竞逐。叹门外楼头，悲恨相续。千古凭高，对此漫嗟荣辱。六朝旧事随流水，但寒烟、衰草凝绿。至今商女，时时犹唱《后庭》遗曲。

(〔桂枝香〕《金陵怀古》王安石)

瑶草一何碧，春入武陵溪。溪上桃花无数，枝上有黄鹂。我欲穿花寻路，直入白云深处，浩气展虹霓。只恐花深里，红露湿人衣。　　坐玉石，倚玉枕，拂金徽。谪仙何处？无人伴我白螺杯。我为灵芝仙草，不为绛唇丹脸，长啸亦何为？醉舞下山去，明月逐人归。

(〔水调歌头〕黄庭坚)

曾唱牡丹留客饮，明年何处相逢。忽惊鹊起落梧桐。绿荷多少恨，回首背西风。　　莫叹今宵身是客，一樽未晓犹同。此身应似去来鸿。江湖春水阔，归梦故园中。

（〔临江仙〕《和韩求仁南都留别》晁补之）

溪山不尽知多少，遥峰秀叠寒波渺。携酒上高台，与君开壮怀。　　枉做悲秋赋，醉后悲何处？白发几黄花，官裘付酒家。

（〔菩萨蛮〕毛滂）

他们这些词在风格上，或似苏的豪放，或得苏的飘逸，这是很显然的。王安石有《临川先生歌曲》一卷，补遗一卷，存词共二十余首。黄庭坚有《山谷词》一卷，存词百余首。他有一部分词是接近柳永的，上面已叙述过了。晁补之有《琴趣外篇》六卷，存词百余首。毛滂有《东堂词》一卷，存词近二百首。晁、毛集中，虽有不少风格颇低的艳词，但那些并非代表之作。他们虽无东坡的气魄与品格，却深受着苏词那种开拓解放的影响。在他们的作品里，豪放悲壮的风格固然是少，却很浓厚地呈现着飘逸与潇洒的风度。到了南宋，苏派的词更形发展。由于朱敦儒、叶梦得、张孝祥、陆游、辛弃疾、陈亮、刘过、刘克庄诸家的努力，得与由姜夔一派代表的格律古典词人，分庭抗礼，成着对立的形势，这是大家都知道的事。

五　格律词派的形成

晏、欧的词，因一味因袭南唐，范围过狭，个性未显。柳永诸作，虽能协律歌唱，普遍风行，然时人多病其风格卑弱，辞少雅正。

东坡继起，一洗前弊，以诗人豪放飘逸之笔，发为歌词，独成一格，词境始大。然时人又多病其矫枉过正不合音律，遂有“押韵之诗”与“要非本色”之讥。在当日的词坛，承应着这种机运，将各家的风格内容，调和融化，取长去短，形成词风的正体运动，建立格律词派的，是由秦观、贺铸开始，而由周邦彦集其大成。最后由女词人李清照作一个光荣的结束。在秦周一派人的词里，是注重音律，精炼字句，表情以婉约为宗，措辞以雅正为主。所以他们有南唐的风韵，而无其单调与狭小，有柳永的铺叙手法，艳情描写，俗语与长调的使用，而无其粗浅卑俗，有东坡作词的态度和词中的个性，而无其放肆与大胆。因此，他们的作品，时时有南唐、柳永、苏轼的面影，而又不能专属于任何一派。前人评论词，每以秦周诸家为正宗词派的代表，原因就在这里。我们如果以苏轼的作品为诗人的词，那么他们这些人的作品，恰好是词人的词。

秦观　秦观字少游（西历一〇四九——一一〇〇），扬州高邮人。少有文名，《宋史·文苑传》说他：“少豪隽慷慨，溢于文词。”苏轼、王安石都很赏识他的文学。元祐初，因苏轼的推荐，除太学博士，后兼国史院编修官。绍圣初年，章惇等当权，排斥元祐党人，先后贬逐处州、郴州、横州、雷州等处。徽宗立，放还，至藤州而卒。有《淮海词》，又名《淮海居士长短句》，存词约八十余首。秦观虽出自苏门，并且苏轼也最看重他，可是他俩的风格并不相似。他的作品虽说也感染着苏氏的影响，但他却有他自己的成就和情调。如“怎得花香深处，作个蜂儿抱”（〔迎春乐〕），和“丁香笑吐娇无限，轻语低声，道我何曾惯”（〔河传〕），这些句子，明明是接近柳永，然而他仍是没有柳永的粗俗。再如他在〔品令〕、〔满园花〕的使用俗语，以及词中的好铺叙，也都与柳永相近。但他的长处，在于以欧阳、小晏婉约含蓄的情调来挽回柳词的俗浅之病。同时他又能以苏轼的飘逸沉郁，来补救柔弱之弊。我们在他的〔浣溪纱〕、〔忆仙姿〕、〔点绛唇〕、〔阮郎归〕诸词里，可以看出南唐的境界，在〔好事近〕、〔踏莎行〕、〔江城子〕、〔千秋岁〕诸章里，又可看出苏词的气格。再如他的〔望海潮〕、〔梦扬州〕诸首，音和句炼，以工丽见称，与周邦彦的作风相近。由此看来，秦观的词，是博观约取，自成一家。在词史的发展上，是由他而走到周邦彦的。词经过晏、欧、张、柳、苏轼，正呈现着众流汇合的趋势，由秦、贺到周，是这趋势的成熟。

玉漏迢迢尽，银潢淡淡横。梦回宿酒未全醒，已被邻鸡催起怕天明。　　臂上妆犹在，襟间泪尚盈。水边灯火渐人行，天外一钩残月带三星。

（〔南歌子〕《赠陶心儿》）

南来飞燕北归鸿，偶相逢，惨愁容。绿鬓朱颜，重见两衰翁。别后悠悠君莫问，无限事，不言中。　　小槽春酒滴珠红。莫匆匆，满金钟。饮散落花流水各西东。后会不知何处是，烟浪远，暮云重。

（〔江城子〕）

山抹微云，天粘衰草，画角声断谯门。暂停征棹，聊共引离尊。多少蓬莱旧事，空回首烟霭纷纷。斜阳外，寒鸦数点，流水绕孤村。　　消魂。当此际，香囊暗解，罗带轻分。谩赢得青楼，薄幸名存。此去何时见也，襟袖上空染啼痕。伤情处，高城望断，灯火已黄昏。

（〔满庭芳〕）

雾失楼台，月迷津渡，桃源望断无寻处。可堪孤馆闭春寒，杜鹃声里斜阳暮。　　驿寄梅花，鱼传尺素，砌成此恨无重数。郴江幸自绕郴山，为谁流下潇湘去。

（〔踏莎行〕《郴州旅舍》）

秦观在当代的词坛，有很高的声誉。他的〔踏莎行〕，苏轼写在扇上，时时吟诵。他死后，苏氏叹息说："不幸死道路，哀哉！世岂复有斯人乎？"晁补之说："近来作者，皆不及少游。"叶梦得也说他："语工而入律，知乐者谓之作家。"至于蔡伯世所说："子瞻辞胜乎情，耆卿情胜乎辞，辞情相称者，唯少游一人而已。"是暗示着秦观在柳苏以上了。平心而论，柳苏的词有创造建设的精神，有开拓发展的力量，给予后人很大的影响。秦词却缺少这种创造性。若只就艺术的观点上立论，无疑的他是一个最成功的作家。陈师道说："今代词手，唯秦七黄九耳，余人不逮。"可见其推崇之盛了。

贺铸　贺铸字方回（西历一〇六三（夏承焘《贺铸年谱》，作一〇五二）——一二〇），河南卫州人。他是孝惠后的族孙，又娶宗室赵克彰之女，本可富贵终身的。但因他赋性耿介，尚气使酒，有钱时挥金如土，扶贫济困，很有义侠的风度。同时他又痛恨权贵，不善谄媚，始终得不着好官。先后通判泗州，倅太平州，总是悒悒不得志。晚年退居苏杭一带，自号庆湖遗老，生活困难，贫寒几不能自给。他这种贵族生活的衰落，很有点像晏几道。他藏书万卷，手自校雠，故他能博闻强记，学问丰富。《老学庵笔记》说他诗文俱佳，可惜他的诗文在宋时已不多见，所存者，惟其二百多首的《东山词》了。贺铸的作品，虽以美艳著称，但他的面孔却是一副怪相。《宋史》称他："长七尺，眉耸拔，面铁色。"陆游也说："方回状貌奇丑,色青黑而有英气,俗谓之贺鬼头。"这种面貌似乎与他的作品不大相称,但与他那种耿介孤直的性格和近于义侠的行为是很适合的。但他有一颗温热的心,一支华丽的笔,一种慷慨热烈的性格,所以他在词上表现得那么美丽,那么深情。因为他的生活和性情有些近似晏几道,他的情词,也接近晏而不接近柳。加以他那种名士气和狂放气,他词中也时有苏轼的飘逸和高傲。如〔水调歌头〕、〔六州歌头〕,确是苏词的后裔。同时他作词,很注重音律。张文潜说:"方回大抵倚声而为之词,皆可歌也。"并且他喜用前人诗辞旧句,脱胎换骨,变化运用,放在词中,真是巧妙无比,如〔将进酒〕、〔行路难〕、〔雁后归〕诸首,都可以看出他融铸前人旧句的技术。再如"云想衣裳花想容"、"飞入寻常百姓家"、"玉人何处教吹箫"、"十年一觉扬州梦"这些诗句,他一字不改,用在词里,因为妥帖融和,完全成为他自己的创作了。这一点,正与周邦彦同调。因此,他的长词,在工丽协律与锻炼方面,如〔万年欢〕、〔梅香慢〕、〔马家春慢〕、〔下水船〕、〔石州引〕诸词,又很近周邦彦。由此看来,秦贺二人的作品,在艺术上虽有细微的分别,但在整个词史的发展上,确是取着同一的趋势,而其归结,也一同汇集于周邦彦了。

凌波不过横塘路,但目送芳尘去,锦瑟年华谁与度。月桥花榭,琐窗朱户,惟有春知处。　　碧云冉冉蘅皋暮,彩笔新题肠断句。试问闲愁都几许,一川烟草,满城风絮,梅子黄时雨。

(〔青玉案〕)

松门石路秋风扫,似不许飞尘到。双携纤手别烟萝,红泪清泉相照。几声歌管,正须陶写,翻作伤心调。　　岩阴暝色归云悄，恨易失千金笑。更逢何物可忘忧，为谢江南芳草。断桥孤驿，冷云黄叶，想见长安道。

（〔御街行〕《别东山》）

城下路，凄风露，今人犁田古人墓。岸头沙，带蒹葭，漫漫昔时流水今人家。黄埃赤日长安道，倦客无浆马无草。开函关，掩函关，千古如何不见一人闲。　　六国扰，三秦扫，初谓商山遗四老。驰单车，致缄书，裂荷焚芰接武曳长裾。高流端得酒中趣，深入醉乡安稳处。生忘形，死忘名，谁论二豪初不数刘伶。

（〔将进酒〕《小梅花》）

在这些词里，一面可看出他艺术的特色，同时也充分地表现出他的生活和人生观。他一面否定富贵利禄的空虚，同时又对过去的欢乐，加以深深地追恋。他的描写艳情，正如晏几道一样，多是回忆的旧梦一般的情绪。他自己说过"吾笔驱使李商隐、温庭筠，常奔命不暇"，这正是他的自供，但除李温二家外，杜牧的诗，他吸收得最多，我们读他的词集，便会知道的。但因他有那种耿介豪爽的性格，因此同是作绮语表艳情，他能于华丽缠绵之中，现出一种阳刚遒劲之气。这一点是他不同于晏几道、秦少游的地方。张文潜叙他的词时，一面盛称他的富丽和妖冶，同时又说他"幽洁如屈宋，悲壮如苏李"，这并非矛盾之言。黄山谷有诗云："少游醉卧古藤下，谁与愁眉唱一杯。解道江南肠断句，只今惟有贺方回。"在这小诗里，黄氏的推重秦贺二家，真是情见乎词了。

六　格律词派的代表周邦彦

周邦彦字美成（西历一〇五七——一二一），浙江钱塘人。青年时代，北游汴京，在太学读了四五年书，后因献《汴都赋》，由诸生升为太学正，后出任庐州教授，知溧水。徽宗时，颁大晟乐，召为秘书监，进徽猷阁待制，提举大晟乐府。后又出知顺昌府，徙处州、睦州，适方腊反，因设法还乡。后居扬州。宣和三年卒，年六十六岁。他自号清真居士，有《清真词集》。后来陈元龙为之注释，更名《片玉》。刘肃之叙云："犹获昆山之片珍，琢其质而彰其文也，因命之曰《片玉集》。"所以现在周氏的词，仍保存这两种名目。

周邦彦也如温庭筠、杜牧之一样，是那种人品不高生活浪漫的文人。他与妓女李师师、岳楚云的风流故事，是大家都知道的。在他的词里，很多关于酒色的吟咏。《宋史》说他"疏隽少检，不为州里推重"，其中虽稍有贬意，却正说出他的真实性情。楼钥在《清真先生文集叙》中，说他的人品怎么高尚，怎么愤恨权门，怎么不爱富贵，甘于清苦的生活，这些话未必可信，我们看他两度献赋，和他那种流恋风月的生活，如张端义《贵耳集》、王灼《碧鸡漫志》、周密《浩然斋雅谈》诸书所记，便会知道他决不是那种"学道退然，委顺知命，望之如木鸡"的山人高士（楼钥语）。并且他留下来的那一百九十多首词，正是他的生活和性格的最好说明。

前人论词，每以柳周并称。这意思是说他两人的作风有些相类。张炎常说："周情柳思。"近人冯煦也说："屯田胜处，本近清真。"不错，在表面看来，周柳相类之处是很显然的。喜用长调，长于铺叙，好写艳情，精于音律，这都是他们外表的相似处。但在其内部，在其艺术的表现上，他俩却有分明的界限。虽同用长调，调的自由与严整不同；同是铺叙，铺叙的手法不同；同写艳情，表现的态度不同；同是精于音律，音乐的轻重性也不同。因为这些关系，在风格上，他们形成两个相反的成就。柳永的词是浪漫的自由的，周邦彦是古典的格律的，柳是通俗的，周是唯美的。这一种分辨，我们必得注意。同时，他在表现方面，又具有南唐词人那种婉约含蓄的特征。他的作品虽缺少苏轼那种豪放雄奇的气势，因为他的学殖丰富，诗文俱佳，所以能具备"诗人的词"的那种高尚的品质，与分明的个性。这样看来，周邦彦的作品，是集众家之长，作为北宋词坛的一个总结束了。周济说"清真集词之大成"，便是这种意思。

周邦彦在词坛上的功绩和他作品的特征，可以从形式、内容、表现三方面来说。由这些形态，我们可以看出北宋的词，经过晏、欧、柳永、苏轼这几个阶段以后，到周邦彦的那种发展的趋势。

一、形式

词的形式，由晚唐五代至宋初，是小令独盛的时期，慢词至柳苏而盛。但当日的慢词多为自度，在音律字句方面，尚未达到完整严格的阶段。因此在《乐章集》中同调之词，字句长短常有不同。如〔轮台子〕二首，相差至二十七字，〔凤归云〕二首，相差至十七字，〔满江红〕、〔鹤冲天〕、〔洞仙歌〕、〔瑞鹧鸪〕，亦各相差二三字，至〔倾杯〕一调，七首各不相同。这种情形，到了秦贺，渐趋谨严。及周邦彦出，始以其精通音乐的天才，和掌管音乐机关的权位与便利，再加以帝王的奖励，从事审音调律的工作，而达到律度严整的完成。《宋史》称他："好音乐能自度曲，制乐府长短句，词韵清蔚传于世。"《咸淳临安志》说："邦彦能文章，名其堂曰顾曲。"又周密《浩然斋雅谈》说："宣和中，朝廷赐酺，师师因歌〔大酺〕、〔六丑〕二解，上顾教坊使袁绹问。绹曰：'此起居舍人周邦彦作也。'问〔六丑〕之义，莫能对，召邦彦问之，对曰：'此犯六调，皆声之美者，然绝难歌。'"由此可知他对于音乐造诣的高深。以他这种才力，后来又得到提举大晟府的机会，于是他在词的音律上，做了许多重要的工作。张炎在《词源》说："自隋唐以来，声诗间为长短句，至唐人则有《尊前》、《花间集》。迄于崇宁，立大晟府，命周美成诸人，讨论古音，审定古调，沦落之后，少得存者。由此八十四调之声稍传。而美成诸人又复增慢曲引近，或移宫换羽，为三犯四犯之曲案月律为之，其曲甚繁。"这是周邦彦对于词的音律上的伟大贡献。在他的集中，慢、引、近、犯之调甚多。称慢者有〔拜星月慢〕、〔浪淘沙慢〕、〔浣溪纱慢〕、〔粉蝶儿慢〕、〔长相思慢〕等；称引者有〔华胥引〕、〔蕙兰芳引〕；称近者有〔早梅芳近〕、〔隔浦莲近〕、〔荔枝香近〕；称犯者有〔侧犯〕、〔倒犯〕、〔花犯〕、〔玲珑四犯〕等。调名虽多从旧，但字句与音律，皆有法度与定型，是为后人的轨范。故沈伯时《乐府指迷》说："作词当以清真为主。盖美成最为知音。故下字用韵皆有法度。"故宋代词人方千里、杨泽民之流，作词悉以清真为准绳，不敢稍出其绳墨之外，各有《和清真全词》一卷行世。后代好事者合周词刻之，名为《三英集》。《四库提要》说："邦彦妙解声律，为词家之冠。所制诸词，不独音之乎仄宜遵，即仄字中上去入三声，亦不容相混。所谓分寸节度，深契微芒，故千里和词，字字奉为标准。"宋代词人本多通音律，但在才力上，都不如周邦彦的精深，在工作上，也不如周的成就。在这一方面的贡献，周邦彦算是特出了。

二、表现

周词的表现法，不注重意象与神韵，而倾力于刻画与写真。以诗来比，不是陶渊明，而是谢灵运。以画来比，不是写意画，而是工笔画。所以在他的词里，没有柳永的通俗与粗野，也没有苏轼的放纵与飘逸。他一笔一笔的钩勒，一字一字的刻画，一句一句的锻炼，形成他那种精巧工丽的古典作风，完全脱去了柳苏词中那种浪漫的风格。因此他欢喜用事，来增加他作品的典雅气，欢喜融化改用前人的旧句，来增加字句的锻炼美。因为读书博，学力高，用事能圆转组合，改用古句亦能翻陈出新。如〔六丑〕《咏落花》中之用御沟红叶故事，〔西河〕《金陵怀古》之檃括刘梦得的诗句；〔夜游宫〕的改用杨巨源的诗句，都能融化浑成，别有风趣，不如贺铸那样，将前人句子，一字不改地用进去。陈质斋云："美成多用唐人诗语，檃括入律，混然天成。"这话是不错的。

三、内容

词的内容的开拓，至苏轼始大。我们读《东坡乐府》，知道他是把词当作诗来做，是无事不写，无情不咏的。这一半是由于他的性格与学问，一半也是因为他的生活丰富，人事繁杂，所以他的词的内容，格外广泛。在这一方面，周邦彦却不能继承苏轼。我们读他的词集，除了一部分描写妓女的情爱以外，大都是无病呻吟的写景咏物之作。如《悲秋》、《春闺》、《秋暮》、《晚景》、《春景》、《闺情》、《秋怀》、《闺怨》、《春恨》、《咏眼》、《咏月》、《咏梳》、《咏梅》、《咏柳》、《咏雪》、《咏梨花》、《咏蔷薇》等等的题目,在他集中,到处皆是。由这一些题目,我们便可想见其内容。这些作品,大都不是表现他的性情思想的作品,而只是表现他的艺术技巧的作品。然因其律度严整,字句工丽,适于词人的模拟学习,因此这一类的词,最得人的重视与赞叹。由此看来,在内容方面,周词是贫乏的,因而走到客观的写景与咏物方面去,这两点,成为南宋格律词人的重要部门。

章台路,还见褪粉梅梢,试华桃树。愔愔坊陌人家,定巢燕子,归来旧处。　　黯凝伫。因记个人痴小,乍窥门户。侵晨浅约宫黄,障风映袖,盈盈笑语。　　前度刘郎重到,访邻寻里,同时歌舞,唯有旧家秋娘,声价如故。吟笺赋笔,犹记燕台句。知谁伴名园露饮,东城闲步,事与孤鸿去。探春尽是伤离意绪。宫柳低金缕,归骑晚,纤纤池塘飞雨。断肠院落,一帘风絮。

(〔瑞龙吟〕)

柳阴直,烟缕丝丝弄碧。隋堤上,曾见几番,拂水飘绵送行色。登临望故国,谁识京华倦客。长亭路,年去岁来,应折柔条过千尺。　　闲寻旧踪迹,又酒趁哀弦,灯照离席,梨花榆火催寒食。愁一箭风快,半篙波暖,回头迢递便数驿。望人在天北。　　凄恻。恨堆积。渐别浦萦回,津堠岑寂。斜阳冉冉春无极。念月榭携手,露桥闻笛。沉思前事,似梦里,泪暗滴。

(〔兰陵王〕)

正单衣试酒，恨客里光阴虚掷。愿春暂留，春归如过翼，一去无迹。为问花何在。夜来风雨，葬楚宫倾国，钗钿堕处遗香泽，乱点桃蹊，轻翻柳陌，多情更谁追惜。但蜂媒蝶使，时叩窗槅。　　东园岑寂。渐濛笼暗碧。静绕珍丛底，成叹息。长条故惹行客，似牵衣待话，别情无极。残英小，强簪巾帻，终不似一朵钗头颤袅，向人欹侧。漂流处，莫趁潮汐，恐断鸿尚有相思字，何由见得。

（〔六丑〕《蔷薇谢后作》）

桃溪不作从容住，秋藕绝来无续处。当时相候赤阑桥，今日独寻黄叶路。　　烟中列岫青无数，雁背夕阳红欲暮。人如风后入江云，情似雨余黏地絮。

（〔玉楼春〕）

在这些词里，都具备着上面所说的那几种特征。字句的锻炼，音调的和谐，格律的严整，铺叙的详赡，刻画的工细，旧句的融化，都在他的作品里得到最高的表现。周邦彦在词史的工作，是以宫廷词人的地位，结束浪漫自由的作风，而成为格律派的古典词的建立者。到了南宋的姜夔、史达祖、吴文英、王沂孙、张炎、周密诸人，都是继承周的路线，尽雕琢刻画的能事，造成格律派的古典词的大盛。于是词中的一点名士气天真气与通俗情味，都丧失殆尽，只是一座无血肉无生命的粉雕玉琢的楼阁了。握着这转变的钥匙的，却是北宋的周邦彦。王国维说："美成深远之致，不及欧秦，惟言体情物，穷极工巧，故不失为第一流之作者。但恨创调之才多，而创意之才少耳。"（《人间词话》）在前人许多论周的评语里，王氏之论，算是最有见解了。

周邦彦以外，还有万俟咏、晁端礼、田为、晁冲之诸人，都是大晟府的制撰官，他们都精通音律，注重格调，因此他们的作风与对于词的贡献，大略与周相近。在他们的集子里，自然也有许多精美的作品，不过在这一个宫廷词人的集团里，周邦彦成为最适当的代表。因此那些人的作品，也不必再举了。

七　女词人李清照

李清照　李清照（西历一〇八一——一一四〇？）是南渡前后的女词人，也是中国过去文学史上唯一伟大的女作家。她的年代虽较晚于秦观、周邦彦，但她的词是被称为正宗一派的，她反对柳永的粗俗尘下，她非难苏轼的不协音律的诗化的词。她是遵守着词的一切规约而写词的，她在词的狭小的范围里，精心刻意地创作，成就她艺术上空灵高尚的品质。她重视音律，锻炼字句，在风格上，她是要属于秦周这一个范围的。但她有秦观的细微婉约，却无他的淫靡，有周邦彦的工力，却没有他那种详赡的铺叙和露骨的雕琢。换言之，她的词富于性情与生命的表现。在这一点，她接近李后主与晏几道。因此她个人生活境遇的变化，在她作品中反映出明显的情调。早年的欢乐，中年的黯淡，晚年的哀苦，是她生活史上的幕景，同时也就是她作品的界线。她的作品同她的生活联系融化得分不开。在她的《漱玉词》中，充满着欢乐时的笑容和悲苦时的眼泪。这种情感分明的界限，只有在李后主、晏几道的作品才看得出来。因此，她的作品，都是用生命的血液写成的。她生逢国变，世人惊怪在她的笔下，没有表现现实，其实这是错的。我们要知道她丈夫的死，她晚年的流浪贫穷，她改嫁事件的受冤，都是那个乱离时代直接给她的结果。她正是当日一个受难的平民的代表，她的生活情感，也正是当日难民的生活情感的代表。她虽说没有直接表现当日的现实事件，但她所表现的却是当代千千万万的国破家亡的民众的痛苦的精神。在北宋诸词家的作品里，从没有像李清照词中所表现的那种伤离感乱凄楚哀苦的心境与情调。我们明了这一点，便可知道《漱玉词》与时代的影子要发生如何的联系了。

李清照号易安居士，是山东济南人。父亲李格非官礼部员外郎，家中藏书甚富，母亲是王状元拱辰的孙女，读书很多。她生长在这种学术空气浓厚的家庭里，对于她后来在文坛上的成就，自然有很大的帮助。她十八岁嫁给一个叫赵明诚的大学生，赵的父亲，是当代有名的政治家赵挺之。他俩结婚以后的生活是极幸福的，把整个的生活建筑在艺术的基础上。除了诗词唱和以外便是收集和研究古代的金石美术。在《金石录后序》内，她叙述他俩的生活说："德甫（明诚字）在太学，每朔望谒告出，质衣取半千钱，步入相国寺，市碑文果硕归。夫妻相对，展玩咀嚼，尝谓葛天氏之民也。后二年从官，便有穷尽天下古文奇字之志。传写未见书，购名人书画，古奇器。……及连守两郡，竭俸入以事铅椠。每获一书，即校勘整集签题。得书画彝鼎，摩玩舒卷，坐归来堂烹茶。指堆积书史，言某事在某书在某卷第几页第几行，以中否决胜负，为饮茶先后。中则举杯大笑，或至茶覆怀中，反不得饮而起。"他们这种艺术化的生活，不是一般人所能了解，也不是一般人所能做到的。他们的一点光阴和金钱，完全供献在文化的工作上。可是不久，国内起了重大的变乱，外族人的兵甲毁灭了他们的美满生活和艺术空气。皇帝被掳了，朝廷南迁了，他俩也不得不把历代收集的金石书画抛弃了一大部分,只带了最精彩的一小部分,匆匆地逃到江南了。再过四年,她的丈夫又患急病死了,她所受的悲痛与打击,是无可形容的。加以战祸日见迫切,社会更是离乱,几乎不容许她伤心流泪。她只好抱着一颗破碎的心,无依无靠地,在贫困悲苦的环境中,东飘西泊,不知道流浪了多少地方,终找不着一个安身之所。就这么望着沦陷的故乡,念着死了的丈夫,在江南的旅居中寂寞地死去了。由此看来,她的生活,可分为新婚的幸福、别离的轻愁和寡居流浪的悲苦的三个阶段的。她的作品,也现出这三阶段的风格。第一期的是热情浪漫活泼天真。第二期是缠绵婉转,失去前期的香艳,而入于伤感。第三期的是严肃与凄苦,而入于深沉的忧郁,造成她在艺术上最高的成就。

晚来一阵风兼雨,洗尽炎光,理罢笙簧,却对菱花淡淡妆。
绛绡缕尽冰肌莹。雪腻酥香,笑语檀郎,今夜纱橱枕簟凉。

(〔采桑子〕)①

绣幕芙蓉一笑开。斜偎宝鸭衬香腮。眼波才动被人猜。
一面风情深有韵,半笺娇恨寄幽怀。月移花影约重来。

(〔浣溪纱〕)

泪湿罗衣脂粉满。四叠阳关,唱到千千遍。人道山长山又断,潇潇微雨闻孤馆。　　惜别伤离方寸乱。忘了临行,酒盏深和浅。好把音书凭过雁,东莱不似蓬莱远。

(〔蝶恋花〕)

① 此首词,再版时从略。

薄雾浓云愁永昼，瑞脑喷金兽，佳节又重阳，玉枕纱厨，半夜凉初透。　　东篱把酒黄昏后，有暗香盈袖。莫道不消魂，帘卷西风，人比黄花瘦。

（〔**醉花阴**〕）

风住尘香花已尽，日晚倦梳头。物是人非事事休。欲语泪先流。　　闻说双溪春尚好，也拟泛轻舟。只恐双溪舴艋舟，载不动许多愁。

（〔**武陵春**〕）

寻寻觅觅，冷冷清清，凄凄惨惨戚戚。乍暖还寒时候，最难将息。三杯两盏淡酒，怎敌他晚来风急。雁过也，正伤心，却是旧时相识。　　满地黄花堆积。憔悴损如今有谁堪摘。守着窗儿，独自怎生得黑。梧桐更兼细雨，到黄昏点点滴滴。这次第怎一个愁字了得。

（〔**声声慢**〕）

我们读了这些词，可以知道她是以白描的手法，平浅的字句，表现欢乐或是哀苦的情感，而达到清空灵妙的境界。她自己精通音律，又最了解作词的艰苦，因此她对于词的批评，也曾发出可贵的见解。她说："柳屯田永，变旧声，作新声，出《乐章集》，大得声称于世，虽协音律，而词语尘下。又有张子野、宋子京兄弟、沈唐、元绛、晁次膺辈继出，虽时时有妙语，而破碎何足名家。至晏丞相、欧阳永叔、苏子瞻，学际天人，所为小歌词，直如酌蠡水于大海，然皆句读不葺之诗耳。又往往不协音律。……王介甫、曾子固文章似西汉，若作小歌词，则人必绝倒，不可读也。乃知词别是一家，知之者可。后晏叔原、贺方回、黄鲁直出，始能知之。而晏苦无铺叙，贺苦少典重，秦少游专主情致而少故实。黄即尚故实而多疵病。譬如良玉有瑕，价自减半矣。”（见《易安居士事辑》）她这段批评，虽未能尽真，但以词的传统性格和词的正宗的立场看来，她这些话是自有其理由的了。最后，我还要提一提她的改嫁问题。前人说她有在丈夫死后的晚年，改嫁张汝舟的事。于是许多卫道先生的伪善者认为这是李清照的私人道德的缺点。到了近代，有俞理燮、陆心原、李慈铭诸人对她的生活，加以详细地考证，证明这件事完全是假的。本来一个女人死了丈夫，同另一男子结婚，这是光明正大的合理行为，一点没有羞耻，于她的人品和艺术价值，绝无半点影响。不过，如果本无其事，而旁人定要虚设一件事来陷害她，那就是小人行为，而不得不加以辩护了。

在苏轼、周邦彦称雄词坛的时代，同时还有许多人如张耒、李之仪、陈师道、谢逸、舒亶、王诜、赵令畤、葛胜仲、魏夫人、僧仲殊、宋徽宗（赵佶）、王安石、赵长卿、蔡伸、吕滨老、周紫芝、李祁、刘一止之流，都从事词的创作，在他们流传下来的作品里，自然也有不少的佳句名篇。但他们的作品，大都为柳永、苏轼、周邦彦诸家的风气所笼罩，而不能得到独特的成就与发展，因此对于上列诸人，我想无须再叙述了。

第十九章　南宋的词

一　时代的转变

宋代的词,经过了秦观、周邦彦以后,本可直接走上格律古典派的大路,但因为靖康的变乱,使这一个文学的潮流,发生了挫折,得使苏轼一派的词风,重行抬头,在南宋上半期的六七十年间,一扫格律古典派的习气,而形成诗人的词的极盛。金人的攻陷汴京,徽、钦二帝的被掳,葬送了北宋一百多年来承平的享乐社会与享乐心理,都市的富丽与经济的繁荣,一切都毁灭了。这一个在政治上所发生的惨烈的打击,使当日的文人与民众的精神生活与物质生活都失去了常态。胡马的纵横践踏,汉人的被杀被辱,土地的丧失,人民的流离,处处显示着国破家亡的苦痛。在这一种时代,爱国的民族思想,慷慨悲歌的情调,代替了酣歌醉舞的享乐思想,与柔靡香艳的情调,而出现于文学中的事,自是必然的趋势。在那时候,自然还有不少的卖身求荣的奸臣邪将,还有不少的塞耳闭目的享乐者。但那些热烈的志士,愤世的词人,看见国势的危急,奸臣的当政,人民的苦痛,山河的破碎,无不感着悲痛与愤恨,将他们的感情表现于词中,自然无暇顾及格调音律,也无暇讲求字面句法,只是真情的流露，自然的抒写，以及愤恨与悲伤的发泄。这一种作品，一面是离开了音乐，一面又呈现着与诗歌散文融合的趋势。这一种趋势，加强了苏轼作词的精神，同时又击倒格律古典派的传统，而形成浪漫风气的复活。此派的作者，有岳飞、张元幹、张孝祥、辛弃疾、陆游、陈亮、刘过诸人，而以辛弃疾为代表。另外还有一些人，处在那危难的时代里，心中虽有忧愤之气，爱国之情，由于权奸的压迫，既无力推翻现实，又不愿觍颜事仇，于是都走入韬光遁世养性全真的路上去，寄情山水，遁迹江湖，以此保全个人的纯真。因为这一派人的态度是消极的，所以他们的作品，染上了灰色与放达的色彩，而没有那种英武积极的精神和慷慨悲歌的气概。陶渊明的生活与人生观，成了他们赞叹的对象。产生于这种环境以下的作品，自然同样是浪漫主义的精神，而对于格律古典派的词风，正取着相反的方向。同时，北宋词中所表现的现实的快乐的色彩，在他们的作品里，也消灭无踪，而代以灰色的高蹈的情调了。此派的作者有叶梦得、向子諲、苏庠、朱敦儒诸人，而以朱敦儒为代表。由此看来，南渡前后的六七十年，因政治环境的惨变，在词坛上产生了积极的民族思想与消极的高蹈思想的两个潮流。因此，格律古典派的词风，受了顿挫，使苏轼的精神得以复活，形成诗人的词的极盛。

二　朱敦儒及其他词人

朱敦儒能为高蹈派词人的代表，实因为他的生活性格和作品，都具有这方面的特征的缘故。他字希真，洛阳人，生卒年月，俱不可考。他词中有“七十衰翁”(〔沁园春〕)、“屈指八旬将到”(〔西江月〕)、“今年生日庆一百省岁”(〔洞仙歌〕)等句看来,他是一个活到九十多岁的长命者,据胡适氏的考证,他约生于神宗元祐初年(约当西历一〇八〇),死于孝宗淳熙初年(一一七五)。他的生命,在南北宋各占了一半。他性爱自由,不喜拘束,颇有西晋名士风度。科第功名,他都看不起,他有〔鹧鸪天〕词云:“我是清都山水郎,天教懒慢带疏狂。曾批给露支风敕,累奏留云借月章。诗万首,酒千觞,几曾着眼看侯王。玉楼金阙慵归去,且插梅花醉洛阳。”这是他性情的自由。但因他学问人品都好,青年时代,即以布衣负重名,靖康时,召至京师,辞官还山,南渡后,高宗又给他官做,他又辞,后来避乱居南雄州,因朝廷屡次征召,做过秘书省正字和两浙东路提点刑狱,但不久他又辞去了。秦桧时做过鸿胪少卿,后人以此为盛德之累,我们看他从前的行为和人品,他这次的做官,难免不是受秦桧的压迫。如果因此即加以附奸逆、贪富贵的罪名,似乎有点过甚了。

他因为生命很长,经历过北宋繁荣时代的最后阶段,又目击和身受南渡时代的国破家亡的苦痛,而最后又生活于南渡以后的偏安社会,因此,他的作品,也现出这三个时期的色彩与情调。他初期以少壮之年,处于繁华的盛世,过的是“换酒春壶碧,脱帽醉青楼”(〔水调歌头〕)的生活,他这时期的词,无论内容与辞藻,都染上北宋时代的秾艳。中年身当国变,离家南迁,禾黍之悲,山河之感,怀家乡,悲故国,使他的作品,变为沉咽凄楚之音,豪迈愤恨之气。在“故国山河,一阵黄梅雨”(〔苏幕遮〕),“昔人何在,悲凉故国,寂寞潮头”(〔朝中措〕),“东风吹泪故园春,问我辈何时去得”(〔鹊桥仙〕),“万里东风,国破山河落照红”(〔减字木兰花〕),“有客愁如海，空想故园池阁，卷地烟尘”（〔风流子〕）。在这些句子里，可以看出他这一时期的哀感。到了晚年，他饱经世故，知道重回故乡收复失地，都成了幻梦，热情也没有了，壮志也销磨了，渐渐地变成一个逍遥自适的乐天安命者。他自己说：“此生老矣，除非春梦，重到东周”（〔雨中花〕），“有奇才，无用处，壮节飘零”（〔苏幕遮〕），“老人无复少年欢”（〔诉衷情〕），“壮心零落，身老天涯”（〔芰荷香〕）。在这种心境之下，自然会走到“万事皆空，一般做梦”的境界了。将他这种解脱也是衰倦的心情，全皈依于安静的自然，出现于他作品中的，是那种冲淡清远的情调，建立中国词中未曾有过的陶渊明的意境。他这一时期的词，达到艺术上极高的成就，他用最浅近通俗的语言，最自由解放的句法，抒写最真实最纯洁的情感，而形成他独特的风格。汪莘说他的词：“出尘旷达，有神仙风致。”他晚年的词，确有这种意境。

宝篆香沉，锦瑟侵尘，日长时懒把金针。裙腰暗减，眉黛长颦。看梅花过，梨花谢，柳花新。　　春寒院落，灯火黄昏。悄无言，独自销魂，空弹粉泪，难托清尘。但楼前望，心中想，梦中寻。

（〔行香子〕）

扁舟去作江南客。旅雁孤云，万里烟尘，回首中原泪满巾。　　碧山对晚汀洲冷。枫叶芦根，日落波平，愁损辞乡去国人。

（〔采桑子〕）

直自凤凰城破后，擘钗破镜分飞。天涯海角信音稀。梦回辽海北，魂断玉关西。　　月解重圆星解聚，如何不见人归。

今春还听杜鹃啼。年年看塞雁，一十四番回。

（〔临江仙〕）

我不是神仙，不会炼丹烧药。只是爱闲耽酒，畏浮名拘缚。　　种成桃李一园花，真处怕人觉。受用现前活计，且行歌行乐。

（〔好事近〕）

世事短如春梦，人情薄似秋云。不须计较苦劳心，万事原来有命。　　幸遇三杯酒好，况逢一朵花新。片时欢笑且相亲，明日阴晴未定。

（〔西江月〕）

一个小园儿，两三亩地，花竹随宜旋装缀。槿篱茅舍，便有山家风味。等闲池上饮，林间醉。　　都为自家胸中无事，风景争来趁游戏。称心如意，剩活人间几岁。洞天谁道在，尘寰外。

（〔感皇恩〕）

老来可喜，是历遍人间，谙知物外。看透虚空，将恨海愁山，一齐挼碎。免被花迷，不为酒困，到处惺惺地。饱来觅睡，睡起逢场作戏。　　休说古往今来，乃翁心里，没许多般事。也不修仙不佞佛，不学栖栖孔子。懒共贤争，从教他笑，如此只如此。杂剧打了，戏衫脱与呆底。

（〔念奴娇〕）

在上面这些词里，分明地现出三个时代，三种心境，三种不同的色彩和风格。在最后一期内，他创作了许多纯粹的白话词，但他用的白话，却又不是柳永、黄庭坚所用的那种鄙俗无聊的字眼，所以他的词格，仍是高远的。不用说，格律古典派的词人，自然不会认识他这种作品的价值。因此，他在过去的词论中得不到重要的地位。其实，他同辛弃疾，是南宋初期五六十年中苏派词人的两大代表。并且他们决不是在文字语调上模拟苏轼，他有他们自己的生活才气和生命，他们只采取苏轼作词的精神，在某一部分，达到了苏轼还没有走到的境界。

叶梦得　叶字少蕴（西历一〇七七——一一四八），吴县人，绍圣四年进士，博学多才，南渡后，担任过军政界的重要职位。晚居吴兴弁山，自号石林居士，有《石林词》。他虽生于北宋，但在国变以后，他还生活了二十几年。因此他的作品，早年的充满了北宋承平的快乐情调，晚年的便由感伤而入于高蹈与旷达。关注谓其："妙龄词风婉丽，绰有温李之风，晚岁落其华而实之，能于简淡时出雄杰，合处不减东坡。"他这种作风的转变，实受了时代的影响。南渡前后，苏轼词风的再起，叶梦得实是一个重要的线索。他的作品虽时有雄杰之气，然究不能列入辛弃疾一派。因为他的人生思想，仍以消极的高蹈为最后的归宿。在他的〔念奴娇〕一词里，把《归去来辞》篇中句子，全部檃括进去，很明显地表现他的人生观。他对于国事自然是很愤慨的，在他的〔水调歌头〕、〔八声甘州〕诸词中，时时流露出朝中无人国势日急的悲叹。而对于东晋时代抵御强敌的谢东山，一再地表示钦慕与追恋。而他最后的归结，仍是一邱一壑的水云乡土。因为这一点，所以我将他归于朱派了。

秋色渐将晚，霜信报黄花。小窗低户深映，微路绕欹斜。为问山公何事，坐看流年轻度，拼却鬓双华。徙倚望沧海，天净水明霞。　　念平昔，空飘荡，遍天涯。归来三径重扫，松竹本吾家。却恨悲风时起，冉冉云间新雁，边马怨胡笳。谁似东山老，谈笑净胡沙。

（〔水调歌头〕）

今古几流转，身世两奔忙。那知一邱一壑，何处不堪藏。须信超然物外，容易扁舟相踵，分占水云乡。雅志真无负，来日故应长。　　问骐骥，空矫首，为谁昂？冥鸿天际尘事，分付一轻芒。认取骚人生此，但有轻蓬短楫，多制芰荷裳。一笑陶彭泽，千载贺知章。

（同上）

其他如向子諲，在高宗朝曾官徽猷阁直学士，知平江府，晚年因忤秦桧意，退居清江，逍遥物外，老于江乡。有《酒边词》。苏庠居丹阳之后湖，自号后湖病民，后隐居庐山，屡召不赴。他一生淡于名利，不喜拘束，故其词亦多尘外之趣，有《后湖集》。杨无咎自号清夷长者，高宗屡征不起，以山居为乐，有《逃禅词》。集中虽多艳语，但仍以闲澹诸作为佳。他们有的做过高官，有的是山人隐士，大都以陶彭泽、贺知章为人生思想的归宿。他们的作风虽未必全同，他们的人生态度却是一致的。现将诸人的作品，各举一例于下。

五柳坊中烟绿，百花洲上云红。萧萧白发两衰翁，不与时人同梦。　　抛掷麟符虎节，徜徉月下林风，世间万事转头空，个里如如不动。

（向子諲〔西江月〕）

属玉双飞水满塘，菰蒲深处浴鸳鸯。白蘋满棹归来晚，晚著芦花一岸霜。　扁舟系岸依林樾，萧萧两鬓吹华发。万事不理醉复醒，长占烟波弄明月。

（苏庠〔清江曲〕）

休倩旁人为正冠，披襟散发最宜闲。水云况得平生趣，富贵何曾著眼看。　低泊棹，称鸣鸾，一樽长向枕边安。夜深贪钓波间月，睡起知他日几竿。

（杨无咎〔鹧鸪天〕）

所谓尘外的想，神仙之趣，在这些词里，大略可看一点出来。这一种风趣，也不是勉强做作的，必要作者先有那种逍遥自适的人生观和高蹈隐逸的生活基础，才能得到成功的表现。

三　辛弃疾及其他词人

处在同一乱离时代的环境里，较之上述诸人的人生观更为积极热烈，对于国破家亡的危难，想加以挽救，对于求和误国的权奸，加以反抗，而在词中发出激昂慷慨的呼声来的，是那一群有民族思想的词人。这一群人大都与秦桧不和，或遭身死之祸，或遇贬谪之悲。如岳飞之死；赵鼎的贬岭南，因忧愁国事，不食而卒；胡铨的谪吉阳，都可看出他们所表现的正气和热烈爱国的精神。他们流传下来的词虽不多，但都是满腔悲愤，古老苍凉，内有国贼，外有强敌，壮志难伸，金瓯已缺，那种磊落不平之气，溢于字中，充分地表现出民族文学的特色。

客路那知岁序移，忽惊春到小桃枝。天涯海角悲凉地，记得当年全盛时。　　花弄影，月流辉，水精宫殿五云飞。分明一觉华胥梦，回首东风泪满衣。

（赵鼎〔鹧鸪天〕，有《得全居士词》）

怒发冲冠，凭栏处潇潇雨歇。抬望眼仰天长叹，壮怀激烈。三十功名尘与土，八千里路云和月。莫等闲白了少年头，空悲切。　　靖康耻，犹未雪。臣子恨，何时灭。驾长车踏破贺兰山缺。壮志饥餐胡虏肉，笑谈渴饮匈奴血。待从头收拾旧山河，朝天阙。

（岳飞〔满江红〕）

富贵本无心，何事故乡轻别。空使猿啼[①]鹤怨，误薜萝秋月。　　囊锥刚要出头来，不道甚时节。欲驾巾车归去，有豺狼当辙。

（胡铨〔好事近〕，有《澹庵长短句》）

在这些词里，或是暗伤，或是明骂，或为正义的呼号，艺术的作风，容有不同，心理的基础，却是一致。由这些作品，很明显的反映出当日国难时代的愤世词人与爱国志士的民族意识。再如张元幹（字仲宗，长乐人）、张孝祥（字安国，皖历阳人），都是气节之士，故其词亦多忠义之气。张元幹因送胡铨、李纲词获罪，被秦桧除名。胡李当日是有名的抗战派，为秦桧所排，张元幹是他们的同志，毛晋说他"平生忠义自矢，不屑与奸佞同朝，飘然挂冠"，

① "啼"，再版为"惊"。

这可见他的人品。他有《芦川词》。张孝祥，绍兴二十四年廷试第一，孝宗朝官中书舍人，领建康留守。后为秦桧所忌，因以入狱。他的词骏发踔厉，以诗为词，雄放与飘逸，俱似东坡。有《于湖词》行世。

长淮望断，关塞莽然平。征尘暗，霜风劲，悄边声，黯消凝。追想当年事，殆天数，非人力，洙泗上，弦歌地，亦膻腥。隔水毡乡，落日牛羊下，区脱纵横。看名王宵猎，骑火一川明。笳鼓悲鸣，遣人惊。　　念腰间箭，匣中剑，空埃蠹，竟何成？时易失，心徒壮，岁将零。渺神京，干羽方怀远，静烽燧，且休兵，冠盖使，纷驰骛，若为情。闻道中原遗老，常南望翠葆霓旌。使行人到此，忠愤气填膺，有泪如倾。

（张孝祥〔六州歌头〕）

洞庭青草，近中秋，更无一点风色。玉界琼田三万顷，著我扁舟一叶。素月分辉，明河共影，表里俱澄澈。怡然心会，妙处难与君说。　　应念岭表经年，孤光自照，肝肺皆冰雪。短鬓萧疏①襟袖冷，稳泛沧浪空阔，尽挹西江，细倾北斗，万象为宾客。叩舷独啸，不知今夕何夕。

（张孝祥〔念奴娇〕《过洞庭》）

梦绕神州路，怅秋风连营画角，故宫离黍。底事昆仑倾砥柱，九地黄流乱注。聚万落千村狐兔。天意从来高难问，况人情易老悲难诉。更南浦，送君去。　　凉生岸柳摧残暑，耿斜河疏星淡月，断云微度。万里江山知何处，回首对床夜语。雁

① “疏”，再版为“骚”。

不到，书成谁与？目尽青天怀今古，肯儿曹恩怨相尔汝。举大白，听《金缕》。

（张元幹〔贺新郎〕《送胡邦衡待制赴新州》）

曳杖危楼去，斗垂天沧波万顷，月流烟渚。扫尽浮云风不定，未放扁舟夜渡，宿雁落、寒芦深处。怅望关河空吊影，正人间鼻息鸣鼍鼓。谁伴我？醉中舞。　　十年一梦扬州路，倚高寒愁生故国，气吞骄虏。要斩楼兰三尺剑，遗恨琵琶旧语。谩暗拭铜华尘土。唤取谪仙平章看，过苕溪尚许垂纶否。风浩荡，欲飞举。

（张元幹《寄李伯纪丞相》，调同上）

在这些词里，那一种伤时愤世的情感，真是溢于言表。但在《芦川》、《于湖》两集里，除了这种长调外，颇多精美的小令。在小令中，他们同样不多写艳情，而随意抒写一点人生的感情与潇洒的情怀。如张元幹的："风露湿行云，沙水迷归艇。卧看明河月满空，斗挂苍山顶。　　万古只青天，多事悲人境。起舞闻鸡酒未醒，潮落秋江冷。"（〔卜算子〕）张孝祥的"问讯河边春色，重来又是三年。春风吹我过湖船，杨柳丝丝拂面。　　世路如今已惯，此心到处悠然，寒光亭下水连[①]天，飞起沙鸥一片。"（〔西江月〕）都是清疏飘逸的好作品。

辛弃疾　在这一派词人中，辛弃疾是最适宜的代表。他的人格、事业和作品，都能成为这一派的领袖。他字幼安，号稼轩（西历一一四〇—一二〇七），山东历城人。他生性豪爽，尚气节，有燕赵

① "连"，再版为"如"。

义侠之风。他生时北方已沦陷外族，目击国破家亡的苦境，幼时即抱有报国之志愿。二十岁时，因金兵侵宋失败，金主被杀，中原志士，多乘机起兵，耿京亦发难于山东，他遂投耿，为掌书记，是他一生事业的开始。后归南宋，高宗、孝宗都很赏识他，历官湖北、湖南、江西、福建、浙江安抚使。行政治军，俱有声誉。我们看他同孝宗畅论南北的形势和论盗的奏疏，知道他有大政治家的风度和精透的见解。我们看他斩僧端义，擒张安国和创飞虎营的种种故事，知道他有军人的勇武精神和敢作敢为的魄力。再看他的葬吴交于，哭朱晦庵，知道他有轻财仗义的侠士精神。他虽未能实现他的收复中原的志愿，但一生中也做了不少的事业，他的生命，总算没有虚度。他有《稼轩词》四卷（或作十二卷），约六百余首。因为他生活的复杂，创作力的强盛，学问的广博，天才的过人，在他那六百多首词中，无论内容形式及风格，几乎无所不包。他用长调写激昂慷慨的情绪，用小令写温柔伤感的情绪。他有时也写山水之乐，有时也写缠绵之情，但都雅洁高远，绝少鄙俗淫靡之态。苏轼作词的精神，到了他，达到最高的成就。他把苏轼在词中解放与开拓的境界，再加以开拓与解放。他在词中所表现的放纵与自由，所表现的浪漫精神，还远在苏轼之上，我们读他的作品，可举出下面的几个特征。

一、在形式上，是诗词散文的合流。前人作词，诗词的界限极严。东坡的词偶有诗化的倾向，即受当代人士的指摘，有"词诗"之讥。到了辛弃疾，他不仅打破了诗词的界限，并且走到诗词散文的合流的状态。因为他读书广博，他将《楚辞》、《诗经》、《庄子》、《论语》以及古诗中的语句，一齐融化在他的词中，并且他用韵绝不限制，完全形成一种散文词了。后人骂他掉书袋，就是因此。试看

〔水龙吟〕的:“人不堪忧,一瓢自乐,贤哉回也。料当年曾问,饭蔬饮水,何为是栖栖者。”如:“杯汝前来,老子今朝,检点形骸。甚长年抱渴,咽如焦釜,于今喜溢,气似奔雷。汝说刘伶,古今达者,醉后何妨死便埋。”都是散文化的词。再如“何幸如之”(〔一剪梅〕),“此地菟裘也”(〔卜算子〕),“几者动之微”、“请三思而行可已”(〔哨遍〕),完全是散文的句子。前人评他的词为“词论”,便是说他的词,如散文一般的议论畅达,这种在形式上的开拓与解放,比苏轼的“词诗”确是更进一步了。

二、在内容上,是题材的广泛。我们读《稼轩词》,便会知他内容的广泛。在他的笔下,无论吊古伤时,说哲理,谈政治,写山水,道爱情,发牢骚,他无所不写。嬉笑怒骂,皆成文章,《稼轩词》真有这种样子。因为他不仅以诗为词,并以文为词,形式扩大了,语句解放了,无论什么思想,什么情感,什么事件,都可以在词中自由表现出来。所以他的作品虽多,并不千篇一律,各有内容,各有生命。

三、在风格上,是雄奇与高洁。辛弃疾由其英雄勇武的气魄,救世报国的热情,再加以过人的天才与广博的学问,造成了他在词中所表现的那种雄奇高洁的风格。他偶写艳情,偶歌风月,但绝无轻薄卑俗之语,纯以沉厚出之。如“今宵剩把银釭照,犹恐相逢是梦中”,人皆称为艳句,但其中所表现的情感是多么沉厚,多么真切。毛晋说他的词“绝不作妮子态”(《稼轩词跋》),正是指此。其次,他用字造句,能独出心裁,不用那些陈套俗语,如“香衾”、“红泪”、“玉箸”、“银烛”等等字眼,因此他的作品,绝无李义山、温庭筠那种金玉满堂的富贵气,也无张先、柳永的都会气。所以他的风格,既能雄奇,又能高洁。这一点也只有苏轼能和他比美。

醉里挑灯看剑，梦回吹角连营，八百里分麾下炙，五十弦翻塞外声。沙场秋点兵。　　马作的卢飞快，弓如霹雳弦惊。了却君王天下事，赢得生前死后名。可怜白发生。

（〔破阵子〕《赠陈同甫》）

汉中开汉业，问此地，是耶非。想剑指三秦，君王得意，一战东归。兴亡事，今不见，但山川满目泪沾衣。落日胡尘未断，西风塞马空肥。　　一篇书是帝王师，小试去征西。更草草离筵，匆匆去路，愁满旌旗。君思我，回首处，正江涵秋影雁初飞。安得车轮四角，不堪带减腰围。

（〔木兰花慢〕《席上送张仲固帅兴元》）

更能消几番风雨，匆匆春又归去。惜春长怕花开早，何况落红无数。春且住，见说道天涯芳草无归路。怨春不语，算只有殷勤画檐蛛网，尽日惹飞絮。　　长门事，准拟佳期又误，蛾眉曾有人妒。千金纵买相如赋，脉脉此情谁诉。君莫舞，君不见玉环飞燕皆尘土。闲愁最苦。休去倚危栏，斜阳正在烟柳断肠处。

（〔摸鱼儿〕《淳熙已亥自湖北漕移湖南同官王正之置酒小山亭为①赋》）

敲碎离愁，纱窗外风摇翠竹。人去后吹箫声断，倚楼人独。满眼不堪三月暮，举头已觉千山绿。但试把一纸寄来书，从头读。　　相思字，空盈幅，相思意，何时足。滴罗襟点点，泪珠盈掬。芳草不迷行客路，垂杨只碍离人目。最苦是立尽月黄昏，阑干曲。

（〔满江红〕）

① “为”，据再版补。

明月别枝惊鹊，清风半夜鸣蝉。稻花香里说丰年，听取蛙声一片。　　七八个星天外，两三点雨山前。旧时茆店社林边，路转溪桥忽见。

（〔西江月〕《夜行黄沙道中》）

郁孤台下清江水，中间多少行人泪。西北望长安，可怜无数山。　　青山遮不住，毕竟东流去，江晚正愁余，山深闻鹧鸪。

（〔菩萨蛮〕《书江西造口壁》）

甚矣吾衰矣。怅平生交游零落，只今余几。白发空垂三千丈，一笑人间万事，问何物能令公喜。我见青山多妩媚，料青山见我应如是。情与貌，略相似。　　一尊搔首东窗里，想渊明停云诗就，此时风味。江左沉酣求名者，岂识浊膠①妙理。回首叫云飞风起。不恨古人吾不见，恨古人不见吾狂耳。知我者，二三子。

（〔贺新郎〕）

我们读了这些词，便知道辛弃疾的创作上的广泛的成就。他能作豪壮语，能作愤激语，能作情语，能作幽默语，有的很放纵，有的很细密，有的很闲澹，有的很热情，无论长词小令，他都能得到成功。刘克庄说："公所作，大声镗鞳，小声铿鍧，横绝六合，扫空万古。……其秾艳绵密者，亦不在小晏、秦郎之下。"（《辛稼轩集序》）这些批评是正确的。辛稼轩虽是一个英气勃勃的豪杰，但到了晚年，心灰意懒，也渐渐地走上陶渊明的路。他自己说的"老来

① "膠"，再版为"醪"。

曾识渊明,梦中一觉参差是"(〔水龙吟〕),因此在他后期的作品里,时时提到陶渊明,对于这位晋代的高士,表示最高的敬意。因此他的作风,又趋于清疏与平淡。朱敦儒的词,他也觉得爱好,在《稼轩集》中,有效朱希真体之作,那是很显然的。他晚年的生活和心境,在一首〔西江月〕中,表现得最分明。词云:"万事云烟忽过,百年蒲柳先衰。而今何事最相宜,宜醉宜游宜睡。　　早趁催科了纳,更量出入收支。乃翁依旧管些儿,管竹管山管水。"(《示儿曹以家事付之》)这是他晚年心境的表白,同时也是他晚年词风的代表。到这时候,他那种慷慨悲壮的词风没有了,他那种骑的卢马补天裂之梦也不作了。

此外如韩元吉(字无咎,许昌人)、陈亮(字同甫,婺州人)、陆游(字务观,山阴人)、刘过(字改之,吉州人)、袁去华(字宣卿,新奉人)、杨炎正(字济翁,庐陵人)诸家,大都有愤世的热情与壮烈的怀抱,在词的成就上虽不如稼轩,但其作风,都可归之于辛派。刘过有《龙州词》,颇负声誉。但因故作豪语,不免有粗率平直之病,并有《咏美人指甲》、《咏美人足》这一类的词,更觉逊色。故上列诸人,自以陆游的成绩为佳。他本是南宋最伟大的诗人,并且又最富于爱国的思想,故他的词同他的诗一样,常多悲怀家国之作。他晚年的生活,转为闲适,故其集中亦多歌咏自然情趣的词。"萧条病骥,向暗里消尽当年豪气。"这是他的自白。他的言情的小令,亦多佳篇,如〔钗头凤〕,即为脍炙人口者。杨慎云:"放翁纤丽处似淮海,雄快处似东坡。"(《词品》)这话说得不错。

当年万里觅封侯,匹马戍梁州。关河梦断何处,尘暗旧貂裘。　　胡未灭,鬓先秋,泪空流。此生谁料,心在天山,身老沧州。

（陆游〔诉衷情〕）

湓口放船归，薄暮散花洲宿。两岸白蘋红蓼，映一蓑新绿。　　有沽酒处便为家，菱芡四时足。明日又乘风去，住江南江北。

（陆游〔好事近〕）

斗酒彘肩，风雨渡江，岂不快哉。被香山居士，约林和靖，与坡仙老，驾勒吾回。坡谓西湖正如西子，浓抹淡妆临照台。二公者皆掉头不顾，只管传杯。　　白云天竺去来。图画里，峥嵘楼阁开。爱纵横二涧，东西水绕，两峰南北，高下云堆。逋曰不然，暗香浮动，不若孤山先访梅。须晴去，访稼轩未晚，且此徘徊。

（刘过〔沁园春〕《风雪中欲诣稼轩久寓湖上未能一往因赋此词以自解》）

堂上谋臣尊俎。边头将士干戈。天时地利与人和，燕可伐欤？曰可。　　今日楼台鼎鼎，明年带砺山河。大家齐唱《大风歌》，不日四方来贺。

（刘过〔西江月〕）

其次，如韩元吉的"凝碧旧池头，一听管弦凄切。多少梨园声断，总不堪华发。杏花无处避春愁，也傍野花发。惟有御沟声断，似知人呜咽。"（〔好事近〕）以哀怨的调子，写故宫禾黍之悲。如陈亮的〔贺新郎〕、〔水调歌头〕、〔念奴娇〕诸词都是愤世伤时的激昂之作。再如袁去华的"登临处，乔木老，大江流。书生报国无地，空白九分头。"（〔定王台〕）刘仙伦的"追念江左英雄，中兴事业，枉被奸臣误。倚节长叹，满怀清泪如雨。"（〔念奴娇〕）都表示在那个国难危重的时代，一些书生民众的爱国热情和对于奸臣的愤恨。在北宋的词里，充满着快乐的调子，太平景象的歌颂，都会繁荣的铺叙，男女浪漫生活的描写，到这时候，时代变了，社会生活和政治基础都起了动摇，人民的精神意识也变了，在这些文学作品里，我们可以看出这分明不同的色彩和情感。在南渡初期的词坛除上述诸家外，还有程垓、陈与义、康与之、李邴、侯寘、黄公度、葛立方、张抡、张镃、范成大、杨万里诸人，亦时有佳作。在这里我不作各别的叙述了。

辛陆诸家以后，作品中表现着伤时的情感的，还有岳珂（岳飞之孙，字肃之）、方岳（字巨山，祁门人）、陈经国（字伯大，潮州人）、文及翁（字时学，绵州人）、李昂英（字俊明，番禺人）、刘克庄诸人。在他们的词里，都用豪壮的语调，抒写愤世忧国的情感。其中如陈经国的〔沁园春〕、文及翁的〔贺新凉〕，实是最有价值的好作品。

谁思神州，百年陆沉，青毡未还。怅晨星残月，北州豪杰，西风斜日，东帝江山。刘表坐谈，深源轻进，机会失之弹指间。伤心事，是年年冰合，在在风寒。　　说和说战都难算，未必江沱堪晏安。叹封侯心在，鳣鲸失水，平戎策就，虎豹当关。渠自无谋，事犹可做，更剔残灯抽剑看。麒麟阁，岂中兴人物，不尽儒冠。

（陈经国《丁酉岁感事》）

一勺西湖水，渡江来、百年歌舞，百岁酣醉。回首洛阳花石尽，烟渺黍离之地。更不复新亭堕泪。簇乐红妆摇画舫，问中流、击楫何人是。千古恨，几时洗。　　余生自负澄清志。

更有谁、磻溪未遇，傅岩未起。国事如今谁倚仗，衣带一江而已。便都道江神堪恃。借问孤山林处士，但掉头笑指梅花蕊。天下事，可知矣。

（文及翁《西湖有感》）

在这些词里，暴露着当日偏安局面下的君臣欢乐，社会民众的苟安心理，对于靖康的国难完全是忘怀了。而同时又可看出那爱国的知识阶级，对于危难的国势和弄权的将相，是表示多么的愤恨与悲痛。这一种作品，正可算是时代的影子，正义的呼声。在当日由姜白石、吴文英一派的古典词风统治的环境下，还能看见这种作品，真可说是空谷之音了。在上述诸人里，作品较多，成就较大，在宋来的词坛能为辛派的最后代表者，是刘克庄。

刘克庄　刘字潜夫，号后村（西历一一八七——一二六九），莆田人。他是南宋后期的重要诗人，他在诗坛的地位，仅次于陆游、范成大与杨万里。有《后村别调》。他为人豪爽，很想做一番事业，结果没有什么成就。并且他晚年看见国势日危，复兴无望，故其词中亦特多家国伤愤之情。所作小词，亦复清新可喜。在词的创作上，他也是采取以诗作词的精神，他的态度是解放的自由的，决没有古典派格律派的那种保守性和小家气。

北望神州路，试平章这场公事，怎生分付。记得太行山百万，曾入宗爷驾驭。今把作握蛇骑虎。君去东京豪杰喜，想投戈下拜真吾父。谈笑里，定齐鲁。　　两河萧瑟惟狐兔。问当年祖生去后，有人来否？多少新亭挥泪客，谁梦中原块土。算事业须由人做。应笑书生心胆怯，向车中闭置如新妇。空目送，塞鸿去。

（〔贺新郎〕《送陈子华知真州》）

束缊宵行十里强。挑得诗囊，抛了衣囊。天寒路滑马蹄僵，元是王郎，来送刘郎。　　酒酣耳热说文章。惊倒邻墙，推倒胡床。旁观拍手笑疏狂。疏又何妨！狂又何妨！

（〔一剪梅〕《余赴广东王实之夜饯于风亭》）

对于词，刘克庄最赞赏稼轩，故其作品的精神与语调，亦与辛相近。惟气势稍弱，骨力略逊，故张炎评为“乃效稼轩而不及者”。如集中〔沁园春〕、〔念奴娇〕、〔水龙吟〕、〔贺新郎〕、〔满江红〕诸调，确能具备辛词的神情与面影。在辛派的旗帜下，他与刘改之，是两个重要的作家，故世称“二刘”。

四　古典词派的形成与极盛——由姜夔到张炎

南渡后过了十几年混乱危难的局面，到了一一四一年，宋金成就了和议。南朝得了江南闽、广一带的财富，社会经济渐趋繁荣，人民生活日趋安定，在那偏安的状态下，朝野上下，渐渐地忘了靖康的国耻，又步入酣歌醉舞的生活了。由《武林旧事》、《都城纪胜》上的记载，杭州当日的繁华，宫廷的酣宴，士大夫以及民众的欢狂，都远胜于北宋时代的汴京。周密《武林旧事叙》云：“乾道、淳熙间，三朝授受，两宫奉亲，古昔所无，一时声名文物之盛，号小元祐。”在这个偏安一时的小康时期内，许多有识之士，虽都认识国难危机的潜伏，在文学里，表示着愤激与警告，然终归无用。如稼轩、放翁在诗文中所叫出来的壮烈的呼声，仍为当日的弦管所掩。文及翁所说的“渡江来，百年酣舞，百年酣醉”（〔贺新凉〕），正是当日朝野上下淫侈生活的写实。在这种状态下，官僚富户，又在那里大起园亭，广蓄歌妓，过那种偎红倚翠的生活。如张镃、范成大两家声伎之盛，园亭之胜，生活的奢侈，是大家都知道的。于是忧国伤时，只是少数人的事，而大部分的词人，又回到歌儿舞女的怀抱，重度其雕章琢句、审音协律的生活。并且因南渡之变，乐谱散失颇多，于是音律之讲求与歌曲之传习，不属之于伶工歌妓，而归之于清客词人和贵家所蓄的家姬。往日为雅俗共赏之歌词，为妓女歌儿所唱之歌词，至此而为清客词人所独赏，为受有相当训练的家姬所独唱。因此辞句务求雅正工丽，音律务求和协精密，结集词社，分题限韵，做出许多精巧唯美的艺术品，于是由周邦彦建立起来的格律古典派的词风，经了朱敦儒、辛弃疾诸人的挫折以后，到这时候，跟着时代的转变，又复活起来，形成最坚固的阵容，庞大的势力，统治朱、辛以后整个的南宋词坛。明宋征璧说：“词至南宋而繁，亦至南宋而敝。”朱彝尊也说：“世人言词必称北宋，词至南宋而极工，至宋季而始其变。”所谓极其工，就是走到最古典最唯美的路上去，结果是词的生命，必归于衰敝。周济说：“北宋词，盛于文士，而衰于乐工，南宋盛于乐工，而衰于文士。”（《论词杂著》）因北宋盛于文士，故词中有名士气，有诗人气，有自由浪漫的精神，有活跃的生命与性格。因南宋盛于乐工，故词中有音律美，有字句美，有形式美，有古典主义的精神，而缺少活跃的生命与性格。属于这一派的作家，真是多不胜举。最重要者有姜夔、史达祖、吴文英、蒋捷、王沂孙、张炎、周密诸人。今分述于下。

姜夔　姜字尧章(西历一一五五？—一二三〇？[①])，江西鄱阳人，后因寓居吴兴之武康，与白石洞天为邻，爱其胜景，自号白石道人。他一生没有作过官，是一位纯粹的文学家。他精音乐古刻，善书法，诗文俱佳，而尤以词著。他有潇洒自由的性格与清高雅洁的人品。他近于隐逸，而又能风流自赏。一生游遍了湘、鄂、赣、皖、江、浙一带的好山水，所以他的诗词，都带一种清雅之气，他又寄情于声色，但不敢放纵于肉欲的享乐。他自己的诗说："道人野性如天马，欲摆青丝出帝闲。"这是他的爱潇洒自由的性情。又说："自作新词韵最娇，小红低唱我吹箫。曲终过尽松陵路，回首烟波十四桥。"这是他的艺术生活的表现。陈郁云："白石道人气貌若不胜衣，而笔力足以扛百斛之鼎，家无立锥，而一饮未尝无食客。图史翰墨之藏，汗牛充栋。襟期洒落，如晋宋间人。"这话的批评是很确当的。因为他的性格不尘俗，所以他的作品的风格很高远，他的生活是艺术化的，所以他的作品是唯美。他虽没有功名官位，但当日的名人如辛弃疾、范成大、萧东父、陆游、葛天民、杨诚斋、叶适、楼钥诸人，都与之交游唱和。他虽依附豪贵，那只因嗜好相同趣味相投的关系，并非趋炎附势，因此，并无损于他高贵的人品。在当时的文坛，他很负声誉。杨诚斋称他为诗坛的先锋，范成大说他的诗为："裁云缝月之妙手，敲金戛玉之奇声。"他的词尤为人所赞赏。黄升云："白石词极精妙，不减清真，其高处有美成所不能及。"赵孟坚谓其为"词家之申韩"。张炎说他的词："如野云孤飞，去留无迹。"这些话，虽有点空洞，也可看出他在当日是怎样受人的推重了。他有《白石道人歌曲集》，存词约八十余首。

① "一二三五"，再版为"一二三〇"。

姜夔在词上的贡献，是继承周邦彦的精神，对于审音创调与锻炼字句的工作，再加努力，而成为南宋格律古典词派的再建者，胡适氏称这派人的作品为词匠的词，以与苏辛一派的诗人的词对比，是非常适当的。我们若以周邦彦为词匠的先导者，那么，姜夔是这方面最好的代表。因此，在《清真词》中所表现的特色与弊病，如协律创调，琢句炼字，用典咏物种种方面，到了姜夔都进一步地表现着，形成格律古典词派的高度发展。

一、审音创调

姜夔不仅是只通乐理，并且是善自演奏的音乐家。他看见南渡后乐典的散失，他搜讲古制，想补正庙乐。曾于庆元三年，上书论雅乐，进《大乐议》和《琴瑟考古图》；五年，又上《圣宋铙歌鼓吹曲》。他当时虽无周邦彦得逢徽宗的知音的遭遇，而得展其才力，但大家都承认他用工颇精，留其书以备采择。他在〔满江红〕叙中说："〔满江红〕旧调用仄韵，多不协律。如末句云'无心扑'三字，歌者将'心'字融入去声，方谐音律。予欲以平韵为之，久不能成。因泛巢湖闻远岸箫鼓声，问之舟师云：'居人为此湖神姥寿也。'予因祝曰：'得一席风经至居巢，当以平韵〔满江红〕为迎送神曲。'言讫，风与笔俱驰，顷刻而成。末句云'闻珮环'则协律矣。"这一段故事，虽有些近于神话性，但由此可以看出他对于作词上审音协律所用的苦工。又在〔长亭怨慢〕序中云："余颇喜自制曲，初率意为长短句，然后协以律，故前后阕多不同。"又在〔暗香〕序中说："使工妓隶习之，音节谐婉，乃命之曰〔暗香〕、〔疏影〕。"再他在〔醉吟商小品〕、〔霓裳中序第一〕、〔角招〕、〔征招〕诸词的叙中，都详细说明每一词的调的音律性。由此，我们可以知他作词时对于审音协律的注重。因为他在音乐方面，有这种才力，所以他一面能创制新谱，一面又能改正旧调。他自制的新谱，共有十七支。

〔暗香〕〔杏花天〕〔惜红衣〕〔秋宵吟〕

〔疏影〕〔扬州慢〕〔淡黄柳〕〔鬲溪梅令〕

〔角招〕〔凄凉犯〕〔翠楼吟〕〔长亭怨慢〕

〔征招〕〔玉梅令〕〔石湖仙〕〔醉吟商小品〕

〔霓裳中序第一〕

柳耆卿、周邦彦诸人，精通音乐，善自制曲，在他们的词调上，仅注明宫调。姜夔更进一步，除注明宫调外，并于词旁，详载乐谱，由此宋词的音调与歌法，得传一线于后世，这一点，在中国的音乐史上，有重要的价值。

二、琢炼字句

在《清真词》里，已呈现着琢句炼字的唯美色彩。到了姜夔，更在这方面大用功夫，达到用字最精微深细，造句最圆美醇雅的阶段。他的全首词，有些不好的，但每首词里总有许多最深刻最可爱的句子。如：

二十四桥仍在，波心荡冷月无声。（〔扬州慢〕）

嫣然摇动，冷香飞上诗句。（〔念奴娇〕）

长记曾携手处，千树压西湖寒碧。（〔暗香〕）

孤舟夜发，伤心重见，依约眉山黛痕低压。（〔庆宫春〕）

谁念我，重见冷枫红舞。（〔法曲献仙音〕）

像这些句子，无论何人读了都知道是好言语。这些决不是脱口而出的语句，是下了千锤百炼的功夫，慢慢地融化出来的。他在〔庆宫春〕序中云："赋此阕，过旬涂稿乃定。"可知他作词所费的时间与精力和他认真求美的态度，真可与贾岛、陈师道诸人作诗相比了。

三、用典咏物

因为姜夔作词过于讲典雅与工巧，他生怕有俗浅轻浮之病，他一面除琢炼字句外，同时又爱用典故，来作为描写和表现他的情感和事物的象征。这一点，是《白石集》中的特色，也可说是最大的弊病。因为用典过多，等于遮掩了一层幕布，意义虽较含蓄，但词旨反晦涩含糊，情趣反而减少了。如他最有名的〔暗香〕、〔疏影〕二阕，张炎誉之为“前无古人，后无来者，自立新意，真为绝唱”（《词源》）。但分析二词，只是用许多梅花和古代几个美人的典故，凑合起来。但字句确美丽，音调确和谐，读了下去，确令人可喜。然而，按其内容，既无意义，又无情感，只是一件没有生命意识的艺术品，这一点，是姜派词中的共有性。除用典外，他欢喜咏物。姜夔是如此，姜派的词人如史达祖、吴文英之流，更是如此。因为在咏物的词上，他们可以尽量使用他们的技巧，引用他们的典故，借此可以夸耀文笔和博学。但词中的一点生命和情趣，便由此断送了。在白石的集子里，如〔暗香〕、〔疏影〕的咏梅，〔齐天乐〕的咏蟋蟀，〔小重山令〕的赋红梅，都是前人最赞赏的作品，认为是咏物词的典型。但我们现在看来，觉得这些词，在艺术的技巧上，固然是成功，但在内容与情感上是非常空虚的。

燕雁无心，太湖西畔随云去。数峰清苦，商略黄昏雨。第四桥边，拟共天随住。今何许，凭栏怀古，残柳参差舞。

（〔点绛唇〕《丁未过吴淞作》）

淮左名都，竹西佳处，解鞍少驻初程。过春风十里，尽荠麦青青。自胡马窥江去后，废池乔木，犹厌言兵。渐黄昏清角吹寒，都在空城。　　杜郎俊赏，算如①今重到须惊。纵豆蔻词工，青楼梦好，难赋深情。二十四桥仍在，波心荡、冷月无声。念桥边红药，年年知为谁生？

（〔扬州慢〕“淳熙丙申至日，余过维扬，夜雪初霁，荠麦弥望，入其城则四顾萧条，寒水自碧。暮色渐起，戍角悲吟。予怀怆然，感慨今昔。因度此曲，千岩老人以为有黍离之悲也。”）

芳莲坠粉，疏桐吹绿，庭院暗雨乍歇。无端抱影销魂处，还见篆墙萤暗，藓阶蛩切。送客重寻西去路，问水面琵琶谁拨。最可惜一片江山，总付与啼鴂。　　长恨相从未款，而今何事，又对西风离别。渚寒烟淡，棹移人远，缥缈舟行如叶。想文君望久，倚竹愁生步罗袜。归来后，翠尊双饮，下了珠帘，玲珑闲看月。

（〔八归〕《湘中送胡德华》）

衰草愁烟，乱鸦送日，风沙回旋平野。拂雪金鞭，欺寒茸帽，还记章台走马。谁念飘零久，谩赢得幽怀难写。故人青眄相逢，小窗闲共情话。　　长恨离多会少，重访问竹西，珠泪盈把。雁碛波平，渔汀人散，老去不堪游冶。无奈苕溪月，又照我扁舟东下。甚日归来，梅花零乱春夜。

（〔探春慢〕）

旧时月色，算几番照我，梅边吹笛。唤起玉人，不管清寒与攀摘。何逊而今渐老，都忘却春风词笔。但怪得竹外疏花，

① “如”，再版为“而”。

香冷入瑶席。　　江国，正寂寂。叹寄与路遥，夜雪初积。翠尊易泣，红萼无言耿相忆。长记曾携手处，千树压西湖寒碧，又片片吹尽也，几时见得。

（〔暗香〕）

庾郎先自吟愁赋，凄凄更闻私语。露湿铜铺，苔侵石井，都是曾听伊处。哀音似诉，正思妇无眠，起寻机杼。曲曲屏山，夜凉独自甚情绪。　　西窗又吹暗雨。为谁频断续，相和砧杵。候馆迎秋，离宫吊月，别有伤心无数。豳诗漫与，笑篱落呼灯，世间儿女。写入琴丝，一声声更苦。

（〔齐天乐〕《咏蟋蟀》）

我们读了这些词，便可看出格律古典词派的真面目。由了他的作风，替南宋的词坛，开了一条道路。大家跟着他走，都只在字面形式用功夫，极力地讲究技巧与唯美，于是因音律而牺牲内容，因用典而使意义晦涩，因过于雕琢字句而损伤情趣，因咏物而变成无病呻吟的游戏。这几点，起于周邦彦，盛于姜夔，而大倡于史达祖、吴文英诸人。周姜二家，因学问广博，才力尤高，而又带着浓厚的诗人趣味，所以他们的词风，虽是如此，仍能保持高远的词格，等而下之，那真是词匠的制品了。朱彝尊云："词莫善于姜夔，宗之者张辑、卢祖皋、史达祖、吴文英、蒋捷、王沂孙、张炎、周密、陈允平，皆具夔之一体。"（《黑蝶斋词序》）朱氏本是清代姜吴派的领袖，他这意见，可以作为宋后格律古典词派的代表。王国维说："南宋词人，白石有格而无情。……近人祖南宋而祧北宋，以南宋之词可学，北宋不可学也。"又说："白石写景之作，虽格韵高绝，然如雾里看花，终隔一层。”（《人间词话》）所谓“有格无情”，所谓“可学”，所谓“终隔一层”，正好说明格律古典词派的特征与弊病。

史达祖　史字邦卿（西历一一五五？—一二二〇？），河南开封人。他没有功名，因事权奸韩侂胄掌文书，颇有权势，一时无耻士大夫趋其门，呼梅溪先生，后韩败，史亦贬死（见《浩然斋雅谈》）。可见他的人品，还不如白石，但他的词典雅工巧，却与姜作相近。汪森云：“姜夔出，句琢字炼，归于醇雅，史达祖等羽翼之。”（《词综序》）他有《梅溪词》一卷，约百余首。

> 做冷欺花，将烟困柳，千里偷催春暮。尽日冥迷，愁里欲飞还住。惊粉重蝶宿西园，喜泥润燕归南浦，最妨他佳约风流，钿车不到杜陵路。　　沉沉江上望极，还被春潮晚急，难寻官渡。隐约遥峰，和泪谢娘眉妩。临断岸新绿生时，是落红带愁流处。记当日，门掩梨花，剪灯深夜语。
>
> （〔绮罗香〕《春雨》）

他的咏物词很多，这首是他有名的代表作。词中缺少性灵和内容，是不必说的，然而我们也可看他的修辞造句的技巧，唯美文学的本色。张功甫说他的词“妥帖轻圆”，姜夔说他“奇秀清逸”，都是说其表形。并没有触到文学的内质。这一点，是我们必得注意的。

吴文英　吴字君特，号梦窗（西历一二〇五？—一二七〇？），浙江四明人。他的事迹不详，由他的作品看来，他是一个云游各地、寄倚权贵的食客，大都是做一点掌管文笔的小职务。因此他的生活很不得意，由他自己说"几处路穷车绝"（〔喜迁莺〕），可知他是一个穷困落魄的词人。他有《梦窗甲乙丙丁稿》四卷，约存词三百余首。吴文英的才力虽远不及周邦彦，人品不及姜夔，但其词的锻炼之工，实又过之。有了他，把格律古典的词，发展到了极端。协律、用典、咏物、修辞种种条件，都在他的词里，更加以强化。他说："音律欲其协，不协则成长短句之诗，下字欲其雅，不雅则近乎缠令之体，用字不可太露，露则直突而乏深长之味，发意不可太高，高则狂怪而失柔婉之意。"（见《乐府指迷》）在这几句话里，很明显看出他对于词的主张，是要协律、醇雅、深长与柔婉。这些条件，是后代正宗词派所尊奉的最高教旨，而又都是柳、苏、朱、辛词中所缺少的。因为重音律，所以他的词，读去格外和谐悦耳。因为醇雅，觉得他的字面特别美丽。因为表意过于含蓄，遂使其词旨晦涩，莫知所云。因为表情过于柔婉，故其词的气势极弱。他的词的好处与坏处，成功与失败，都在这些地方。因此，后人对于他的批评，时常发出相反的论调。尹焕说："求词于吾宋，前有清真，后有梦窗，此非焕之言，天下之公言也。"（《梦窗词集序》）冯煦云："梦窗之词丽而则，幽邃而绵密。脉络井井，而率焉不得其端倪。"周济的《宋四家词选》，以周邦彦、辛弃疾、王沂孙、吴文英为宋代词坛的四大领袖，以余人为附庸。可见他们对于梦窗的推重。但沈伯时说："其失在用事下语太晦处，人不可晓。"张炎说："梦窗如七宝楼台，眩人眼目，拆碎下来，不成片段。"张惠言的《词选》，并未收录他的作品，在这种地方，虽未免有爱恶之情的偏见，但沈张二人的评语，确能指出梦窗词的弊病。一个是说他词意太晦，一个是说他只顾到堆砌辞藻，注重外形的美丽，而失却内部的连贯与融和。我们读他咏玉兰花的〔琐窗寒〕，那只是大堆的套语和典故的凑合，一时说到“返魂骚畹”，一时又说到“送客咸阳”，一时又说到鸱夷与吴苑，这些典故，真不知与玉兰花有何相干。如在词调下不注明是“咏玉兰”，那意思是无人知道的。所以吴文英的咏物，大半都是词谜。这一点正是沈伯时所说的“用事下语太晦”之失。再看他的咏落梅的〔高阳台〕，外面真是美丽非凡，真是眩人耳目的七宝楼台，但仔细一读，便发现两句一节，三句一节，可以分成六七节，前后的意思不连贯，前后的环境情感也不融和，好像是各自独立的东西，不是一首拆不开的词，他在这里，失却了文学的整体性与联系性。这正是张炎所说的只有外形而无连贯的弊病。但他的炼字之工，造句之巧，形式音律的和美，使他在格律古典词派中，得到了重要的地位的事，无论如何，我们是不能否认的。

残寒正欺病酒，掩沉香绣户。燕来晚飞入西城，似说春事迟暮。画船载清明过却，晴烟冉冉吴宫树。念羁情游荡，随风化为轻絮。　　十载西湖，傍柳系马，趁娇尘软雾。溯红渐招入仙谿，锦儿偷寄幽素。倚银屏春宽梦窄，断红湿歌纨金缕。暝堤空，轻把斜阳，总还鸥鹭。　　幽兰旋老，杜若还生，水乡尚寄旅。别后访六桥无信，事往花萎，瘗玉埋香，几番风雨。长波妒盼，遥山羞黛，渔灯分影春江宿，记当时短楫桃根渡。青楼仿佛，临分败壁题诗，泪墨惨淡尘土。

危亭望极，草色天涯，叹侵鬓半苎。暗检点①泪痕欢唾，尚染鲛绡，亸凤迷归，破鸾慵舞。殷勤待写，书中长恨，蓝霞辽海沉

① “检点”，再版作“点检”。

过雁，漫相思，弹入哀筝柱。伤心千里江南，怨曲重招，断魂在否？

（〔莺啼序〕）

剪红情，裁绿意，花信上钗股。残日东风，不放岁华去。有人添烛西窗，不眠侵晓，笑声转新年莺语。　　旧樽俎，玉纤曾擘黄柑，柔香系幽素。归梦湖边，还迷镜中路。可怜千点吴霜，寒消不尽，又相对落梅如雨。

（〔祝英台近〕）

我所选的，是不用典故而纯任白描的几首，也可以说是《梦窗集》中的上品。再如〔八声甘州〕中的“问苍波无语，华发奈山青。水涵空阑干高处，送乱鸦斜日落渔汀。”这些句子自然都是好言语，但全词中颇多套语凑合之处，未免美中不足，因此没有选录。《四库提要》云：“文英天分不及周邦彦而研练之功则过之。词家之有吴文英，亦如诗家之有李商隐也。”我们如果以苏辛为诗家之太白、昌黎，那么以吴文英比李商隐，无论其作品的风格与面貌以及在文学思潮发展之过程上，真是最确切的了。

蒋捷、王沂孙、周密、张炎同有亡国的身世，而在词史上，是被称为遗民的。因此，他们的词风，虽是属于姜吴的古典一派，但其情调较为凄楚哀痛，加以外力的重重压迫，不敢把那种伤时悼国的情绪露骨的表现出来，只好用着象征比拟的手法加以抒写，虽在表面似有雾里看花之感，其中蕴藏的情绪，却是很沉痛的。所谓“亡国之音哀以思”，想就是这种境界。

蒋捷　蒋字胜欲（西历一二三五？——一三〇〇？），江苏宜兴人。德祐中举进士，宋亡隐居不出。他有《竹山词》一卷。约存词九十余首。他的事迹不详,由他许多作品看来,可以想到他是一个潇洒自由的人。他的词虽脱不了姜吴一派的古典影响,但他却染着苏辛诗人的词的色彩。他有许多词,破坏规律的限制和传统的习惯,时时呈现着一种新精神。他的〔水龙吟〕连用“些”字韵,〔声声慢〕连用“声”字韵,〔瑞鹤仙〕连用“也”字韵,一面可以看出他那种尝试的精神,同时也可看出《稼轩词》给他的影响。〔水龙吟〕下,自注着“效稼轩体”,这是最好的证明。因此,他的作品,在姜吴那一个范围里,是最爽快最有生气的了。尤其是他的小词,清丽秀逸,在晚宋词坛,是少见的。

黄花深巷,红纸①低窗,凄凉一片秋声。豆雨声来,中间夹带风声。疏疏二十五点,洒谯门不锁更声。故人远,问谁摇玉佩,帘②底铃声。　　彩角声随月堕,渐连营马动,四起笳声。闪烁邻灯,灯前尚有砧声。知他诉愁到晓,碎哝哝多少虫声。诉未了,把一半分与雁声。

(〔声声慢〕《秋声》)

一片春愁待酒浇。江上舟摇,楼上帘招。秋娘渡与泰娘桥。风又飘飘,雨又潇潇。　　何日归家洗客袍,银字笙调,心字香烧。流光容易把人抛。红了樱桃,绿了芭蕉。

(〔一剪梅〕《舟过吴江》)

少年听雨歌楼上,红烛昏罗帐。壮年听雨客舟中,江阔云低,雁断叫西风。　　而今听雨僧庐下,鬓已星星也。悲欢离

① “纸”,再版为“叶”。
② “帘”,再版为“檐”。

合总无情，一任阶前，点滴到天明。

（〔虞美人〕《听雨》）

前一首的修辞造句，虽不脱姜吴古典派的气息，但典故套语，一概不用，全在用力描写。通首用“声”字押韵，更觉新奇。至于后两首，纯为白描，语句的工，情韵的好，可说是《竹山词》中的上品。决不是那些专讲字面格律的词匠所能写出的。再他的咏物词，有许多描写活跃，托意深厚，没有那种诗谜游戏的弊病。

周密　周字公谨，号草窗（西历一二二二——一三〇八），济南人。宋室南渡，其祖迁居湖州。后宋亡，居杭，以著作自娱。与王沂孙、王易简、张炎诸人结词社，互相唱和。他的著作很多，如《齐东野语》、《癸辛杂识》、《浩然斋雅谈》、《武林旧事》诸书，或记文坛掌故，或叙社会风俗，或记文物制度，都是很重要的史料。他的词集名《蘋洲渔笛谱》，又名《草窗词》，约存词一百五十余首。他的词工丽精巧，善于咏物，颇近梦窗。因此，他与吴文英世称为“二窗”。但因其身经亡国，故其晚年之作，颇多沉咽凄楚之音，又与张炎相近。

步深幽，正云黄天淡，雪意未全休。鉴曲寒沙，茂林烟草，俯仰今古悠悠。岁华晚，飘零渐远，谁念我同载五湖舟。磴古松斜，崖阴苔老，一片清愁。　　回首天涯归梦，几魂飞西浦，泪洒东州。故国山川，故园心眼，还似王粲登楼。最负他秦鬟妆镜，好江山何事此时游。为唤狂吟老监，共赋消忧。

（〔一萼红〕《登蓬莱阁有感》）

松雪飘寒，岭云吹冻，红破数枝①春浅。衬舞台荒，浣妆池

① “枝”，再版为“椒”。

冷，凄凉市朝轻换。叹花与人凋谢，依依岁华晚。　共凄黯，问东风几番吹梦，应惯识当年，翠屏金辇。一片古今愁，但废绿平烟空远。无语销魂，对斜阳衰草泪满。又西泠残笛，低送数声春怨。

（〔法曲献仙音〕《吊香雪亭梅》）

《草窗集》中，工于咏物者颇多。如〔水龙吟〕之咏白莲，〔国香慢〕的咏水仙，〔齐天乐〕的咏蝉，都是前人一致推赏之作。我在这里所选的，是几首表现凄楚之情、亡国之痛的作品，可知在那一个国破家亡的环境里，当日的词人，无论如何沉溺于典雅细巧之中，这一点时代的愁恨，总是无法掩藏的了。

王沂孙　王字圣与，号碧山（西历一二四〇？——一二九〇?），浙江会稽人。他虽说是宋亡以后，在各处流浪了一回，但结果仍是做了元朝的顺民，元至正中，做过庆元路学正（见《延祐四明志》）。这样看来，他又不能算是真正的遗民了。他有《花外集》一卷，又名《碧山乐府》，约存词六十余首。他的词，清朝人很重视他，朱彝尊、张惠言、周济都一致推崇。周济并以他为宋代词坛四大领袖之一。并且批评他说："咏物最争托意，隶事处以意贯串，浑化无痕，碧山胜场也。"同时他们都是一致承认他的词是寄情比兴，借咏物的外形，而寓以黍离君国之忧戚。说〔眉妩〕咏月，是指君有恢复之志，而叹惜无贤臣。〔高阳台〕咏梅花，是指君臣晏安天下将亡的寓意，这些都过于机械，很有点像诗序解诗的把戏。但若将他那一点伤时悼国的情感，一概抹杀，又不应该，在他的词里，见景生情，因物起兴，时时流露出一点伤痛的情绪来，因此容易使人去穿凿附会。如清末端木埰解他的〔齐天乐〕词云："'乍咽凉柯，还移暗叶，重把离愁深诉。'慨播迁也。'西窗过雨,怪瑶佩流空,玉筝调柱。'伤敌骑暂退,燕安如故也。'余音更苦,甚独抱清商,顿成凄楚。'言遗臣孤愤哀怨难论也。"(见《花外集跋》)这种诗序式的注释,难怪胡适要骂信口开河,白日见鬼了。他的咏物、隶事两项,周济虽加以"托意"与"浑化无痕"的好评,但我们读起来,觉得仍是与吴文英一样的晦涩堆砌,时有"不连贯"和"莫知所云"的地方。这一点是成了这一派词人不可药医的病根。

残雪庭阴,轻寒帘影,霏霏玉管春葭。小帖金泥,不知春在谁家。相思一夜窗前梦,奈个人水隔云霞。但凄然,满树幽香,满地横斜。　　江南自是离愁苦,况游骢古道,归雁平沙。怎得银笺,殷勤与说年华。如今处处生芳草,纵凭高不见天涯。更消他,几度东风,几度飞花。

(〔高阳台〕)

白石飞仙,紫霞凄调,断歌人听知音少。几番幽梦欲回时,旧家池馆生青草。　　风月交游,山川怀抱,凭谁说与春知道。空留离恨满江南,相思一夜蘋花老。

(〔踏莎行〕《题草窗诗卷》)

在这些词里,我们不能否认他那种家国哀伤之情。因为他表现得非常隐约,故其情调亦显出一种哀蝉凄楚之音。如岳飞、辛稼轩那些慨慷激昂之词,可以引起读者的兴奋,至于这一种作品,只能引起一种叹息和凄凉,真是什么希望也没有了。

张炎　张炎字叔夏,号玉田(西历一二四八——一三二〇?),原籍甘肃天水人,南渡时,家随之南来,寓杭州。南宋的功臣循王张俊是他的先祖，词人张镃是他的曾祖，祖张含，父张枢，都工文学，精晓音律。可知张炎是在一个贵族生活和文学环境的家庭中长大的。元兵破临安时（一二七六）他快三十岁了。所以他早年是过的花花公子的富贵生活，湖边醉酒，小阁题诗，在他的集子里，这一种快乐华美的调子也还不少。因着国亡家破的大变乱，他以功臣贵族之后，自然不能觍颜事仇，在那一时代的词里，表现了家国悲痛的情绪。因此生活入于穷困，东走西游，一无结果。袁桷赠张玉田诗注道："玉田为循王五世孙，时来鄞设卜肆。"他就这么落魄而死了。词集名《山中白云词》，共二百四十余首。

张炎是从晚唐到宋末这几百年来的歌词的结束者，形式由小令而到长调，风格由浪漫自由而入于格律古典，表现的方法由意象与白描，而走到深密的刻画与字句的雕琢。从通俗的民众性，变为雅正的贵族性，由随意的抒写，而形成种种严格的规律与限制，这些方面，在张炎的作品里，走到极端。他的《词源》，表现他在这方面的理论。在文学发展史上，无论诗文，大都有这种倾向，词在宋末得到这种凝固的状态，也可以说是必然的趋势，词的生命到这里是算完了，也可以说是走尽了路，到这时候已入了穷途。后日的词人，无论如何有才力有学问，总无法跳出这些人的藩篱。不归之于"花间"、南唐，则归之于苏辛，或归之于清真、白石、梦窗、玉田诸家了。他们成了诗中的陶潜、李白、杜甫、韩愈、李义山了。就在这里，宋代的词坛，也可以说是中国的词坛，从此告了一个结束。我们先看他在《词源》上发表的重要意见。

一、协音合律

协音合律本是格律古典词派的第一信条，到了张炎，他更是认真了。他自己说，他在这方面用了四十多年的工夫。“昔在先人侍侧，闻杨守斋、毛敏仲、徐南溪诸公，商榷音律，尝知绪余，故好为词章，用功逾四十年。”“先人晓畅音律，有《寄闲集》，旁缀音谱，刊行于世，每作一词，必使歌者按之。稍有不协，随即改正。曾赋〔瑞鹤仙〕有句云，‘粉蝶儿，扑定花心不去’。此词按之歌谱，声字皆协，惟‘扑’字稍不协，遂改为‘守’字乃协。始知雅词协音，虽一字亦不放过。又作〔惜花春〕《起早》云‘琐窗深’，‘深’字意不协，改为‘幽’字，又不协，再改为‘明’字，歌之始协。”（《词源》）由这看来，张炎的精于音律，固大半由于他自己的用功，但前辈的指示，家教的影响，也有重大的关系。但同时我们要注意的，他这一段自述，正是尊重音律牺牲内容的好证明。“扑”、“守”意义不同，“深”、“幽”、“明”相差更远，只以求于协音，不惜改变意义，真是削足适履，真可算是词匠了。

二、雅正

雅正便是典雅高贵，而无通俗粗浅之气味。那就是贵族的，而不是大众的。他说：“古代乐章，皆出于雅正。”又说：“词欲雅而正，志之所之，一为情所役，则失其雅正之音矣。”柳永、张先的词，他们看来自然是不雅正。辛稼轩、刘改之的作品也不是雅词，就连周邦彦的，也还没有达到雅正之路。他觉得词要雅正：一、要协音，二、要隐意，三、要修词。协音上面说过了。所谓隐意，便是含蓄，不要明说出来。在这一方面，他们提倡用典，以影射象征的方法，来表达情意。如沈义父云：“咏物词最忌说出题字，如清真梨花及柳，何曾说出一个梨柳字。”又说：“如说桃花不直说破桃，须用红雨、刘郎等字，如咏柳不可直说破柳，须用章台、灞岸等事。又用事如曰银钩空满，便是书字了，不必更说书了；玉箸双垂，便是泪了，不必更说泪。如绿云缭绕，隐然髻发，困便湘竹，分明是簟，正不必分晓。往往浅学俗流，多不晓此妙用，指为不分晓，乃欲直拔说破，都是赚人与耍曲矣。”（《乐府指迷》）这虽出于沈义父，他也是同时代的人，并且他这些意见，都得之于吴梦窗，却正是他们共同的意见。因为他们都要这样含隐，所以词都变成了诗谜。修辞，便是琢句炼字，这是他们的拿手戏。《词源》中所论的“字面”、“字眼”、“句法”、“虚字”等等，都是属于这方面的枝节问题。

三、清空

清空是张炎提出来的词的最高境界。他说：“词要清空则古雅峭拔，质实则凝涩晦昧，姜白石词如野云孤飞，去留无迹，吴梦窗词如七宝楼台，眩人眼目，拆碎下来，不成片段，此清空、质实之说。”可知他所说的清空，就是空灵神韵，同严羽论诗的意见相同。在他们看来，所谓词诗、词论一类的苏辛词，都是词中的别支，不能算为正宗的了。《乐府指迷》云：“近世作词者不晓音律，乃故为豪放不羁之语，遂借东坡、稼轩诸贤自诿。”在这里正好暗示出他们对于苏辛的态度。

接叶巢莺，平波卷絮，断桥斜日归船。能几番游，看花又是明年！东风且伴蔷薇住，到蔷薇春已堪怜。更凄然万绿西泠，一抹寒①烟。　　当年燕子何处，但苔深苇曲，草暗斜川，见说新愁，如今也到鸥边。无心再续笙歌梦，掩重门，浅醉闲

① “寒”，再版为“荒”。

眠。莫开帘，怕见飞花，怕听啼鹃。

（〔高阳台〕《西湖春日有感》）

记玉关踏雪事清游，寒气脆貂裘。傍枯林古道，长河饮马，此意悠悠。短梦依然江表，老泪洒西州。一字无题处，落叶都愁。　　裁取白云归去，问谁留楚珮。弄影中洲。折芦花赠暖①，零落一身秋。向寻常野桥流水，待招来，不是旧沙鸥。空怀感，有斜阳处，最怕登楼。

（〔八声甘州〕《别沈尧道》）

听江湖夜雨十年灯，孤影尚中洲。对荒凉茂苑，吟情渺渺，心事悠悠。见说寒梅犹在，无处认西楼。招取楼边月，回载扁舟。　　明日琴书何处，正风前坠叶，草外闲鸥。甚消磨不尽，惟有古今愁。总休问西湖南浦，渐春来烟水接天流。清游好，醉招黄鹤，一啸高秋。

（〔八声甘州〕）

楚江空晚，怅离群万里，怳然惊散。自顾影欲下寒塘，正沙净草枯，水平天远。写不成书，只寄得相思一点。料因循误了残毡拥雪，故人心眼。　　谁怜旅愁荏苒。谩长门夜悄，锦筝弹怨。想伴侣犹宿芦花，也曾念春前去程应远。暮雨相呼，怕蓦地玉关重见。未羞他双燕归来，画帘半卷。

（〔解连环〕《孤雁》）

咏物词到了张炎，可以说到了最高的境地，他细心地体会，深微的刻画，凡物的神情面貌以及性格，都能委婉曲折地表现出来，

① “暖”，再版为“远”。

如〔南浦〕的咏春水,〔水龙吟〕的咏白莲,〔解连环〕的咏孤雁,〔探春〕的咏雪霁,〔绮罗香〕的咏红叶,〔真珠帘〕的咏梨花,都是他的咏物词的代表作。时人以张春水、张孤雁目之,可见这些词在当日是如何的脍炙人口了。

词到了张炎精华殆尽,技巧已穷,令后来者已无立足之地。音律典则以及作法的种种讲求,桎梏性灵,牺牲内容,词运便无可挽救了。在那国亡家破的环境中,词的生命,也同时宣告了结束。后代的作者,在这方面只是拟古,而在诗歌的历史上,另有新兴的散曲,来替代这僵化凝固的词。在当日这一个古典词风极盛的思潮中,《乐府指迷》(沈义父)、《词源》(张炎)、《作词五要》(杨守斋)、《词旨》(陆辅之)这些著作,是他们论词的代表,同时也就是后代姜张门徒们的圣经。其次,当日属于这一派的词人,较著者还有高观国、卢祖皋、张辑、陈允平诸人,因为他们的作品,都在白石、梅溪、梦窗、玉田的笼罩之下,颇少特别之处,故都略而不论。其他的小词人,也不知道还有多少,只好一概割爱了。至于刘辰翁(字会孟,庐陵人,有《须溪词》)、文天祥(字宋瑞,吉水人,有《文山乐府》)、李演(字广翁,有《盟鸥集》)、汪元量(字大有,钱塘人,有《水云词》)诸家,或以豪放激昂之笔,抒写家国之痛,或以沉咽之语,表现凄苦之音。在艺术技巧上,虽无碧山、玉田的工丽典雅,但一种忠义的正气,愤恨的哀情,却跃然纸上。现在各选一首,作这一章的结束。

送春去,春去人间无路。秋千外,芳草连天,谁遣风沙暗南浦。依依甚意绪,慢忆海门飞絮。乱鸦过,斗转城荒,不见来时试灯处。　　春去,最谁苦。但箭雁沈边,梁燕无主,杜鹃声里长门暮。想玉树凋零①,泪盘如露。咸阳送客屡回顾,斜日未能渡。　　春去,尚来否?正江令恨别,庾信愁赋,苏堤尽日风和雨。叹神游故国,花记前度。人生流落,顾孺子,共夜语。

(刘辰翁〔兰陵王〕《送春》)

水空天阔,恨东风,不惜世间英物。蜀鸟吴花残照里,忍见荒城颓壁!铜雀春情,金人秋泪,此恨凭谁雪?堂堂剑气,斗牛空认奇杰。　　那信江海余生,南行万里,送②扁舟齐发。正为鸥盟留醉眼,细看涛生云灭。睨柱吞嬴,回旗走懿,千古冲冠发。伴人无寐,秦淮应是孤月。

(文天祥〔大江东去〕《驿中言别友人》)

笛叫东风起,弄尊前杨花小扇,燕毛初紫。万点淮峰孤角外,惊下斜阳似绮。又婉婉一番春意。歌舞相缪愁自猛,卷长波一洗人间世。空热我,醉时耳。　　绿芜冷叶瓜州市。最怜予洞箫声尽,阑干独倚。落落东南墙一角,谁护山河万里。问人在玉关归未?老矣青山灯火客,抚佳期漫洒新亭泪。歌哽咽,事如水。

(李演〔贺新凉〕)

金陵故都最好,有朱楼迢递。嗟倦客又此凭高处,槛外已少佳致。更落尽梨花,飞尽杨花,春也成憔悴。问青山,三国英雄?六朝奇伟?　　麦甸葵邱,荒台败垒,鹿豕衔枯荠。正潮打孤城,寂寞斜阳影里。听楼头,哀笳怨角,未把酒愁心先

①　“零”,再版为“土”。

②　“送”,再版为“属”。

醉。渐夜深月满秦淮，烟笼寒水。　凄凄惨惨，冷冷清清，灯火渡头市。慨商女不知兴废，隔江犹唱《庭花》，余音亹亹。伤心千古，泪痕如洗。乌衣巷口青芜路，认依稀王谢旧邻里。临春结绮，可怜红粉成灰。萧索白杨风起。　因思畴昔，铁索千寻，漫沉江底。挥羽扇，障西楼，便好角巾私第。清谈到底成何事。回首新亭，风景今如此。楚囚对泣何时已，叹人间今古真儿戏。东风岁岁还来，吹入钟山，几重苍翠。

（汪元量〔莺啼序〕《重过金陵》）

或出于象征，或由于直写，词旨既不晦涩，表情非常真切，令人读了，真有心酸泪下的力量，这些自然是最感人的好作品。在词藻上，虽受有古典派的影响，但在气势上，是偏于苏辛一派的了。

第二十章　宋代的诗

一　宋诗的特色与流变

在诗的发展史上，到了宋朝，他已经步入衰颓的地步，诗的地位，已让给新起的词了。当日许多天才的作者，都在词的方面，表现了光辉灿烂的功业，虽也有不少人同时努力于诗的创作，究难翻陈出新产生特殊惊人的成绩。但较之元、明、清各代来，宋诗也还有其特色，在文学史上，仍能占着相当的地位。

在明代前后七子标榜"文必秦汉，诗必盛唐"的拟古思潮里，宋诗陷于最冷落的命运。后来由公安派的提倡鼓吹，仍然没有达到宋诗复兴的命运。吴之振在《宋诗钞序》中说："自嘉隆以还，言诗尊唐而黜宋。宋人集覆瓿糊壁，弃之若不克尽。故今日搜购最难得。黜宋诗者曰腐，此未见宋诗也。宋人之诗，变化于唐，而出其所自得，皮毛落尽，精神独存。不知者或以为腐。后人无识，倦于讲求。喜其说之省事而地位高也。则群奉腐之一字，以废全宋之诗，故今之黜宋者，皆未见《宋诗》者也。"《宋诗钞》为吴之振、吕留良同辑，是一部复兴宋诗的重要文献。宋荦《漫堂诗话》云："明自嘉隆以后，称诗家皆讳言宋，至举以相訾謷。故宋人诗集，庋阁不行。近二十年来，乃专尚宋诗。至吾友吴孟举《宋诗钞》出，几于家有其书矣。”这里所说的吴孟举，就是吴之振。可知清初宋诗的由晦而显，吴的功劳是不小的。清代中叶，宋诗的势力虽一度低落，但到晚年，由于曾国藩、何绍基、郑珍、莫友芝的提倡鼓吹，又呈现着兴盛的状况。当日流行的同光体，可以说是宋诗的别名。近人如郑孝胥、陈三立、陈衍之流，都是宋诗的拥护者，中国的旧诗，也就由他们告了结束。

前人对于宋诗的指责，大多集中在“多议论”、“言理不言情”、“诗体散文化”、“俚俗而不典雅”这几点上。这种情形，虽不能说宋代诗人都是如此，但那几位代表诗人，如欧阳修、王安石、苏东坡、黄山谷和那些道学家的作品，或此或彼，总带着这种倾向。严羽《沧浪诗话》云：“本朝尚理而病于意。”何大复《汉魏诗序》云：“宋诗言理。”李东阳《怀麓堂诗话》云：“宋人于诗无所得。所谓法者，不过一字一句对偶雕琢之工，而天真兴致，则未可与道。”陈子龙与人论诗云：“宋人不知诗而强作诗，其为诗也，言理而不言情，终宋之世无诗。”吴乔《围炉诗话》及万季野《诗问》的议论更是激烈。他说：“宋以来诗，多伤浅薄。”又说：“唐人以诗为诗，宋人以文为诗，唐诗主于达性情，故于《三百篇》近。宋诗主于议论，故于《三百篇》远。”他更进一步说：“宋人诗集甚多，不耐读，而又不能不读，实为苦事。”他们所说的虽有些稍稍过激，确也有相当的理由。宋诗在情韵与境界方面，实远不如唐诗。至如所说“好议论”、“散文化”以及“浅露俚俗”的几点，一面是宋诗的缺点，同时也就是宋诗的长处。因着散文体的运动与理学的盛行，当日的诗坛受了这种影响，避开典雅华丽的雕镂，而走到散文式的明白浅显，避开美人香草的私情爱意，而入于各种议论的发挥，这正好给予宋诗一种解放的良好机运。也就在这种地方，宋诗因此形成一种特殊的风格，使得后人攻击他，或是爱好他。在诗史上，建立了一个相当有力量的派别。

关于宋诗的演变，前人论者甚众，然有故分流派立论繁杂之弊。其中以全祖望在《宋诗纪事序》中所言者最为扼要。他说："宋诗之始也，杨、刘诸公最著，所谓西昆体者也。庆历以后，欧、苏、梅、王数公出，而宋诗一变。涪翁以崛奇之调，力追草堂，所谓江西诗派者，而宋诗又一变。建炎以后，东夫之瘦硬（萧德藻），诚斋之生涩（杨万里），放翁之轻圆（陆游），石湖之精致（范成大），四壁俱开。乃永嘉徐、赵诸公（徐照、徐玑、赵师秀），以清虚便利之调行之，则四灵派也。而宋诗又一变。嘉定以降，江湖小集盛行，多四灵之徒也。及宋亡，而方谢之徒（方凤、谢翱），相率为迫苦之音，而宋诗又一变。"在这一段短小的文字里，把三百多年的宋诗坛，画出了一个明显的轮廓。由西昆而欧苏，而黄山谷，而南宋四家，而遗民诗，确是宋诗演变的重要路线，研究宋诗的人，是应该注意的。

二　由西昆到欧苏

宋初由杨亿、刘筠、钱惟演领导的西昆诗派，一味追从李商隐，重对偶，用典故，尚纤巧，主研华，造成那种仅有外表绝无内容和个性的虚浮作风。这些作品，同当日那般馆阁学士的身份和那种太平盛世的宫廷社会的环境，正相适合。朝廷以此取士，师友互相讲求，在宋初的诗坛，占领了半世纪以上。当代和西昆诗风相反的，如王禹偁、王奇、魏野、寇准、林逋、潘阆诸家，或学乐天，或尊贾岛，但在诗歌上也没有多大的成绩,不能形成一种转变诗坛的力量和运动。其中以在西湖栽花养鹤的林和靖处士最负盛名。然而我们现在细读他的诗集,其中充满了柔弱与做作,同时又囿于近体的格律,缺少豪气与魄力。他最脍炙人口的梅花诗句"疏影横斜水清浅,暗香浮动月黄昏","雪后园林才半树,水边篱落忽横枝",虽是写得极其纤巧清新,那也只是一种赋物诗的典型,没有什么寄托与感慨,所以也不能形成一种高远的境界和悠悠不尽的余味。但他的品格是高尚的,在那个人人贪求富贵利禄的时代,他能洁身自爱,排除一切名利的引诱,自乐自得于山水花木禽鸟虫鱼的自然环境,比起那些以文干禄、因诗得宠的人们来,自然是可贵多了。

> 湖上山林尽不如,霜天时候属园庐。梯斜晚树收红柿,筒直寒流得白鱼。石上琴尊苔野净,篱荫鸡犬竹丛疏。一关兼是和云掩,敢道门无卿相车。
>
> (《离①兴》)

这虽不能称是好诗,然也因其很明显地表现出高贵的品格和坚定的人生观,使我们对作者更进一步的认识和亲近,因此对于他那些专写山水花鸟的作品,个人主义者的思想,也能进一步地了解了,然而这一类作品,是缺少转变风气的破坏性与革命性。因此在宋代的诗坛,真能一扫西昆的华艳,由柔弱的格律中解放出来,给予诗风一大转变的,是不得不待之于欧阳修。

---

①"离",再版为"杂"。

欧阳修　欧阳修是宋代文学改革运动的领导者，同时又是散文、诗、词各方面的大作家。诗风的转变，古文的复兴，都在他的手中完成。苏东坡说他是宋朝的韩愈，无论从他在文学运动上的地位，或是从他作品的特色与风格，这评论都很恰当。他在散文与诗体的创作上，都是承继着韩愈的路线。就是他自己，于诗于文，亦时以韩愈自命。他曾以石曼卿比卢仝，苏子美比张籍，梅尧臣比孟郊。梅尧臣在《和永叔澄心堂纸答刘原甫》诗中说："退之昔负天下才，扫掩众说犹除埃。张籍卢仝斗新怪，最称东野为奇瑰。欧阳今与韩相似，海水浩浩山嵬嵬。石君苏君比卢籍，以我待郊嗟困嗟。"可知他们这志同道合的一群，都以韩、孟、张、卢自许，是想对当日淫靡的诗坛，做一点"扫掩众说犹除埃"的功夫。终于由他们的努力奋斗，这运动得到了成功。

韩愈是散文家，他喜用作散文的方法作诗，故诗中时多议论。他又反对陈言俗语，故用硬句奇字，因而有矫枉过正之弊。然而韩诗的长处在于气格雄壮，而不流于柔弱。欧阳修对于韩愈是推崇备至的。他在《六一诗话》中说："退之笔力无施不可，其资谈笑，助谐谑，叙人情，状物态，一寓于诗，而曲尽其妙也。"他这样称赞他，因此他的作诗，全是走的韩愈那一条路，确是矫正当日西昆体的良药。

寒鸡号荒林，山壁月倒挂。披衣起视夜，揽辔念行迈。我来夏云初，素节今已届。高河泻长空，势落九州外。微风动凉襟，晓气清余睡。缅怀京师友，文酒邀高会。其间苏与梅，二子可畏爱。篇章富纵横，声价相磨盖。子美气尤雄，万窍号一噫。有时肆颠狂，醉墨洒霶霈。势如千里马，已发不可杀。盈前尽珠玑，一一难柬汰。梅翁事清切，石齿漱寒濑。作诗三十年，视我犹后辈。文词愈清新，心意难老大。譬如妖韶女，老自有余态。近诗尤古硬，咀嚼苦难嘬。初如食橄榄，真味久愈在。苏豪以气轹，举世尽惊骇。梅穷独我知，古货今难卖。二子双凤凰，百鸟之嘉瑞。云烟一翱翔，羽翮一摧铩。安得相从游，终日鸣哕哕。问胡苦思之，把酒对新蟹。

（《水谷夜行寄子美圣俞》）

黄河一千年一清，岐山鸣凤不再鸣。自从苏梅二子死，天地寂默收雷声。百虫坏户不启蛰，万木逢春不发萌。岂无百鸟解言语，喧啾终日无人听。二子精思极搜抉，天地鬼神无遁情。及其放笔骋豪俊，笔下万物生光荣。古人谓此觑天巧，命短疑为天公憎。昔时李杜争横行，麒麟凤凰世所惊。二物非能致太平，须时太平然后生。开元天宝物盛极，自此中原疲战争。英雄白骨化黄土，富贵何止浮云轻。唯有文章烂日星，气凌山岳常峥嵘。贤愚自古皆共尽，突兀空留后世名。

（《感二子》）

在这些作品里，可以看出欧阳修的诗，是具备韩诗的特点的。他处处是用散文的方法，来制作诗歌，因此无论字句意义，都如说话一般的明浅通达，好像在清水中洗浴过似的，丝毫没有西昆体的那种脂粉气与富贵气。同时他又不像韩愈那样故作盘空硬语，奇文怪字，弄到那种艰苦险僻的无味地步。

石延年、苏舜钦与梅尧臣　他们三个都是欧阳修的诗友，也是他当日文学运动中的三大羽翼。当日诗风的转变，他们都尽了相当的力量。他们的诗风不尽同，然对于昆体的华艳，晚唐的柔弱，是一致表示不满的。因此他们都朝着古硬清新、雄放奇峭的路上走，大体是以韩愈、张籍、孟郊为宗，而各有所得。石延年字曼卿（西历九九四——一〇四一），其先幽州人，徙家宋城，举进士，官至太子中允。自少以诗酒豪放自得，诗风劲健，卓然自立。苏子美序其集说："祥符中操笔之士，率以藻丽为胜。而曼卿之诗，时震奇发秀，独以劲语蟠泊，而复气横意举，洒落章句之外，其诗之豪者欤？"欧阳修也说他的诗："时时出险语，意外研精粗。穷奇变云烟，搜怪蟠蛟鱼。"（《哭曼卿》）可知他的诗风也是韩愈那一路。可惜他的集子，早已散佚，现在我们能看见的，已是很少了。

激激霜风吹黑貂，男儿醉别气飘飘。五湖载酒欺吴客，六代成诗倍楚桥。水树渐清含晚意，江云初白向春骄。前秋亦拟钱塘去，共看龙山八月潮。

（《送人游杭》）

这虽是一首律诗，却有一种劲语盘空气横意举的雄放，绝无柔弱纤巧之病。再如他的《偶成首阳》诸篇，同样形成这种格高气壮的作风。再如《筹笔驿》中有句云"意中流水远，愁外远山青"，意境佳，情味远，确是诗中的上品，难怪欧阳修要用澄心堂纸请曼卿亲笔写上，称为诗、书、纸三绝，而视为家宝的了。

石曼卿早死，苏舜钦与梅尧臣更是欧阳修的诗歌运动中的两位重要同志，苏字子美（西历一〇〇八——一〇四八），原籍梓州人，后徙家开封。景祐中进士，官集贤校理监，因事废，隐居苏州，筑水亭，名为沧浪，终于湖州长史。有《苏学士集》十六卷。梅尧臣字圣俞（西历一〇〇二——一〇六〇），宣城人，嘉祐初诏赐进士，历尚书都官员外郎。有《宛陵集》六十卷。他俩虽同为昆体的矫正者，但在诗风上，却不尽同。苏诗以豪放奇峭胜，梅诗则以清新平淡见长。《六一诗话》云："圣愈、子美齐名于一时，而二家诗体特异。子美笔力豪隽，以超迈横绝为奇。圣俞覃思精微，以深远闲淡为意。各极其长，虽善论者，不能优劣也。"这批评是很精当的。

> 去年春雨开百花，与君相会欢无涯。高歌长吟插花饮，醉倒不去眠君家。今年恸哭来致奠，忽欲出送攀魂车。春晖照眼一如昨，花已破蕾兰生芽。唯君颜色不复见，精魄飘忽随朝霞。归来悲痛不能食，壁上遗墨如栖鸦。呜呼生死遂相隔，使我双泪风中斜。
>
> （苏舜钦《哭曼卿》）

在上面的诗里，可以看出他那种热烈的情感。梅尧臣评他的诗云："君诗状且奇，体逸思益峭。"（《寄子美》）欧阳修也有句云："其于诗最豪，奔放何纵横。间以险绝句，非时震雷霆。"（《答子美离京见寄》）所谓奇壮、逸峭、奇放、纵横，确是说尽了苏诗的特征。这一些特征，都与韩愈相近。集中如《大雾》、《大寒有感》、《吴越大旱》、《城南归值大风雪》、《大风》、《往王顺山值暴雨雷霆》诸篇，喜用奇僻的字句描写恐怖的场面，形成一种阴郁的颜色，更近于韩愈的盘空硬语了。

我们来看看梅尧臣的诗。

> 秋月满竹舟，秋虫响孤岸。岂独居者愁，当今客心乱。展转重兴嗟，所嗟时节换。时节不苦留，川涂行已半。霜落草根

枯，清音从此断。谁复过江南，哀鸿为我伴。

（《舟中闻蛩》）

读了这种诗，可知平淡清新，确是梅诗的特征。“因吟适情性，稍欲到平淡。”（《和晏相公》）“作诗无古今，惟造平淡难。”（《读邵学士诗卷》）这都是他自己的口供。因此他在古代的诗人里，欢喜陶潜、王维、韦应物一类的人。他这种风格的养成，大半由于他的生活环境和因这种环境而形成的那种逍遥自适的人生观。《渔隐丛话》称其诗：“工于平淡，自成一家。”《风月堂诗话》说他早年专学韦苏州。但我们现在读他的集子，却也有许多韩愈体的作品。如《余居御桥南夜闻祆鸟鸣》一篇，自己注明“效昌黎体”，可知他是用力学过韩诗的。但梅氏的性格与笔法，究不宜于韩，因此还得以他那些清新平淡的篇章，为其代表作。《六一诗话》引梅氏论诗的意见云：“诗家虽率意，而造语亦难。若意新语工，得前人所未道者，斯为善也。必能状难写之景，如在目前，含不尽之意，见于言外，然后为至矣。”寥寥数语，却是从艰苦体验中得来，决非那些率尔执笔出口成篇，对于艺术毫无深切之理解者，所能道出的。

王安石　经过了石、苏、欧、梅诸人的破坏与建设，奠定了诗风改革运动的基础。接着王安石、苏轼的出现，一面继承欧阳诸人的精神与习尚，同时对于古代诗人，博观约取，融会贯通，使诗歌的内容更加丰富，艺术更见进步，由他们的努力，完成了这个运动的最后功业。王安石字介甫，号半山（西历一〇二一——〇八六），江西临川人，庆历二年进士，数执朝政，因变法事，酿成宋代最有名的党争，致于失败。然而他却是一个最有思想的前进政治家，反对一切传统的旧精神旧习惯。解经务出新意，不用先儒传注，痛诋《春秋》

为断烂朝报，反对用诗赋取士的考试制度，在这些地方，都可看出这个人的坚强性格和新颖思想。因为他是一个法家式的政治工作者，所以他对于文学的见解，自然会流于绝对的功利主义。但他在创作上，于文于诗，都有优美的成绩。他的诗的优点，正如他的为人一样，是有魄力，有骨格，有不同流俗的个性。譬如一树苍松翠竹，外表虽不华艳夺人，然他却有他的生命力与傲然独存的耐寒的性格。这一种特征，决不是那些夭桃艳李所能有的。

王安石于唐代诗人最尊杜甫、韩愈，于宋代最推崇欧阳修。李白的天才他虽是赞赏不置，觉得他的作品，全都是美人醇酒的歌咏，没有多大意思。对于西昆体的华艳，更是深恶痛绝。他在《张刑部诗序》中云："杨刘以文词染当世，学者迷其端原，靡靡然穷日力以摹之。粉墨青朱，颠错庞杂，无文章黼黻之序，其属词藉事，不可考据也。方此时，自守不污者少矣。"可知他在文学思想上，正与欧阳修一致。他早年游于欧阳的门下，感受着他的精神与习尚，所以在诗的创作上，无论形式作法与风格，都浓厚地呈现着韩欧一派的特征。如《虎图》、《酬王伯虎》、《泉》、《秋热》、《赋龟》、《酬王詹叔奉使江南》、《白鹤吟》诸篇，全是用的古体。字句韵脚的奇险怪僻，散文句法的大量应用，入眼便可看出他们的来源。不过这一些并非王安石的代表作，在他的集子里，还有许多格调高古情味俱佳的好作品。

西安春风花笼树，花边饮酒今何处。一杯塞上看黄云，万里寄声无雁去。世事纷纷洗更新，老来空得满衣尘。青山欲买江南宅，归去相招有此身。

（《寄朱昌叔》）

独山梅花何所似，半开半谢荆棘中。美人零落依草木，志士憔悴守蒿蓬。亭亭孤雁带寒日，漠漠远香随野风。移栽不得根欲老，回首上林颜色空。

（《独山梅花》）

这些诗的意境都很高远。前人常以“格高意妙”评王诗，确是公允之论。他晚年罢政退休，隐居金陵之蒋山，日与山水诗文为友。年龄已老，心境日衰，壮年时代的豪放雄奇之气，日趋淡薄，于是诗风为之一变，由学韩而学杜，诗律趋于谨严细密，风格入于闲适平淡之境了。在这种环境下，因此产生许多和他早年的作风完全相反的小诗。黄山谷说：“荆公诗暮年方妙。”便是指他退休时代的作品。

南浦随花去，回舟路已迷。暗香无觅处，日落画桥西。

（《南浦》）

江水漾西风，江花脱晚红。离情被横笛，吹过乱山东。

（《江上》）

溪水清涟树老苍，行穿溪树踏春阳，溪深树密无人处，惟有幽花渡水香。

（《天童山溪上》）

这些诗在艺术的造就上，比起他早年的作品来，是要精美多了。《宾退录》云：“荆公诗归蒋山后乃造精绝，其后比少作如天涯相绝矣。”他的小诗的雅丽精绝，诚令人有一唱三叹之妙，在宋代诸诗人里几乎无人可以胜过他。难怪苏东坡、黄山谷、杨诚斋、严羽诸人，对于他的绝句，都要加以最高的赞叹了。

苏轼　与王安石同出欧阳修的门下，上承欧阳氏的志趣，下开宋诗发展的机运，给予宋诗以新生命新境界，而成为当日文坛的盟主的，是那位才高学富的苏轼。他在思想的表面，虽与欧阳修同样主张文学复古，大发其征圣宗经、明道致用的种种议论，但在另一面，他却是一个最浪漫最热情最爱自由的诗人。他爱老、庄，爱陶渊明，他晚年大读佛经道藏，他常与和尚道士们交游，他娶妾狎妓，他饮酒酣歌，他了解人生，也了解艺术。他觉得无论什么事，都不能过走极端，一入极端，凡事都率然无味。他这种中庸哲学，使他在人生上得到了解脱，使他在许多痛苦悲伤中得到了人生意义的悟解。因此他虽是浪漫热情，而不流于纵欲殉情，他虽爱自由高蹈，而不趋于厌世避世。他有他的世界，有他的人生观，他能够独立自存，而不感觉过分的苦恼。

苏轼在诗上最高的成就，是七言古体。因为他那种豪放奔驰的性格，要在长短自由的体裁内，才可尽量发挥他的天才，格律的遵守，对偶的讲求，在他固然是优为之，然而这些，并不能表示他的特性。我们现在读他的七言长诗，总觉得波澜壮阔，变化多端，真如流水行云一般地舒卷自如，确是李杜以后所没有见过的。

我家江水初发源，宦游直送江入海。闻道潮头一丈高，天寒尚有沙痕在。中泠南畔石盘陀，古来出没随涛波。试登绝顶望乡国，江南江北青山多。羁愁畏晚寻归楫，山僧苦留看落日。微风万顷靴文细，断霞半空鱼尾赤。是时江月初生魄，二更月落天深黑。江心似有炬火明，飞焰照山栖乌惊。怅然归卧心莫识，非鬼非人竟何物。江山如此不归山，江神见怪惊我顽。我谢江神岂得已，有田不归如江水。

（《游金山寺》）

江上愁心千叠山，浮空积翠如云烟。山耶云耶远莫知，烟空云散山依然。但见两崖苍苍暗绝谷，中有百道飞来泉。萦林络石隐复见，下赴谷口为奔川。川平山开林麓断，小桥野店依山前。行人稍度乔木外，渔舟一叶江吞天。使君何从得此本，点缀毫末分清妍。不知人间何处有此境，径欲往置二顷田。君不见武昌樊口幽绝处，东坡先生留五年。春风摇江天漠漠，暮云卷雨山娟娟。丹枫翻鸦伴水宿，长松落雪惊醉眠。桃花流水在人世，武陵岂必皆神仙。江山清空我尘土，虽有去路寻无缘。还君此画三叹息，山中故人应有招我归来篇。

（《书王定国所藏烟江叠嶂图》）

除七言长诗外，苏轼的七律七绝，也有许多好作品。沈德潜说"苏诗长于七言，短于五言"（《说诗晬语》），这是不错的。在他的律诗里，他同样表现他的豪放不羁的精神，雄奇的气势，他不屈服于对偶平仄的种种规律，而有所损伤他诗歌的情意。在这里正显示出他的浪漫自由的性格。

我行日夜向江海，枫叶芦花秋兴长。平淮忽迷天远近，青山久与船低昂。寿州已见白石塔，短棹未转黄茆冈。波平风软望不到，故人久立烟苍茫。

（《出颍口初见淮山是日至寿州》）

东风未肯入东门，走马还寻去岁村。人似秋鸿来有信，事如春梦了无痕。江村白酒三杯酽，野老苍颜一笑温。已约年年为此会，故人不用赋招魂。

（《正月二十日与潘郭二生出郊寻春忽记去年是日同至女王城作诗乃和前韵》）

这些诗都亲切有味，写境抒情，俱臻上乘。不用奇字怪句，一点没有苦心雕琢刻画的痕迹，好像不加思索地脱口而出，随随便便地写了下来，其中却有无限的工巧与自然的神韵，所以是最优美的作品。我们再看他的绝句。

竹外桃花三两枝，春江水暖鸭先知。蒌蒿满地芦芽短，正是河豚欲上时。

（《惠崇春江晓景》）

余生欲老海南村，帝遣巫阳招我魂。杳杳天低鹘没处，青山一发是中原。

（《澄迈驿通潮阁》）

野水参差落涨痕，疏林攲倒出霜根。扁舟一棹归何处，家在江南黄叶村。

（《书李世南所画秋景》）

第一首完全是客观的写景，他能够深深地观察体会，用二十八字，把那时的春江晓景，写得生意蓬勃，呈现着自然界活跃的生命与美丽的灵魂。一切都是那么调和，那么自然，那颜色又点缀得那么相宜，成为一幅小小的充满着生机的图画。第三首，也是写景，他借着纸上的色彩，意象灵感化，再注入着作者的情感，表现着浓厚的秋情，形成一首余味悠悠的小诗。第二首是由景入情，因物寄慨，一面抒写自己的飘零身世，同时寄托着怀念故国之思。最真切又沉痛，好处是把那情感表现得隐约，令人细细地吟咏，格外感着有味。沈德潜批评苏诗说："胸有洪炉，金银铅锡，皆归熔铸。其笔之超旷，等于天马脱羁，飞仙游戏，穷极变幻，而适如意中所欲出。

韩文公后又开辟一境界也。”(《说诗晬语》)赵翼也说:“大概才思横溢,触处生春。胸中万卷繁富,又足以供其左抽右旋,无不如意。其尤不可及者,天生健笔一枝,爽如哀梨,快如并剪,有必达之隐,无难显之情。此所以继李杜为一大家也。”(《瓯北诗话》)这些评语,并非溢美之辞。当日如黄庭坚、秦观、晁补之、张耒都隶于苏门,称为四学士。还有他的弟弟苏辙,中表文与可,以及孔文仲、唐庚、孔平仲、张舜民、参寥子诸人,都感染他的影响,受着他的领导。于是他继承欧阳修的地位,成为当日诗坛的盟主了。

三　黄庭坚与江西诗派

在宋代的诗坛,真能形成一种派别,形成一种集团的势力,而左右当日的潮流的,前有西昆,后有江西。西昆风行于馆阁,多出于应酬倡和之间,易于风行,也易于消灭。江西体则为一般真正爱好文学者所欢喜所学习,他们对于艺术的态度,都严肃而认真,因此这种势力和派别一形成,便能师友传授地继续延长下去。于是在欧苏以后,宋代的诗坛,几乎全被江西诗派所支配。就是南宋那几位出色的诗人,如陆游、杨万里、范成大之流,也无不感受他们的影响。后来的四灵、江湖诸诗人,虽以学唐号召,借以反对,但终以力量气魄不够,未能扫清江西派的余威,给与当日诗坛什么转变和新的生命。一直等到宋末,由那些遗民的血泪哀吟,诗歌方重现出一点光辉,可是已经到了“夕阳无限好,只是近黄昏”的末日了。

黄庭坚　江西派的创始者,是黄庭坚。黄字鲁直(西历一〇四五——一一〇五），江西分宁人。尝游山谷寺，喜其胜境，自号山谷，后贬四川涪县，故又号涪翁。他虽出东坡门下，但为诗与东坡齐名，时称苏黄。苏对于他，也特加赞赏，“其诗文超逸绝尘，独立万物之表，世人久无此作”。因此名誉益高。在宋代的诗史上，除了苏东坡，他实在是一个最有特性最有创作力的大诗人。苏诗才大学富，对于前人博观约取，不喜立新标异，在艺术上虽有极高的成就，在诗体上究没有一种特殊的格调，因此不能形成一个宗派。但黄山谷则不同，他有他的体裁，他有他的方法，他也有他的作诗的态度，因此他能形成一个有力的宗派。《沧浪诗话》云：“宋诗至东坡、山谷，始出己意以为诗，唐人之风变矣。山谷用工尤为深刻，其后法席盛行，海内称为江西宗派。”又刘克庄《江西宗派小序》云：“豫章会萃百家之长，究历代体制之变。搜猎奇书，穿穴异闻，作古律，虽只字半句，不轻出。”由这些话，我们很可看出黄诗的来源特质，以及他能成为一个宗派的原因。“会萃百家之长，究历代体制之变”，是他的新体裁的创制的来源，这新体裁便是那有名的拗体。这一种拗体，前人偶有所作，但不普遍，到了黄山谷，他再加以组织，造成各种各样的拗体，后来经江西派的门徒研究起来，奉为圭臬，给以“单拗”、“双拗”、“吴体”种种的名目了。“搜猎奇书，穿穴异闻”，是黄氏作诗时修辞造句和取材用典的方法，这一些他又得之于韩愈、孟郊、李商隐以及西昆诸人。《风月堂诗话》云：“黄鲁直独用昆体功夫，而造老杜浑全之境，禅家所谓更高一着。”所谓“作诗虽只字半句，不轻出”，正说明他作诗的认真和严肃，很像孟郊、贾岛们的苦吟。这一点，江西诗派的代表人物，大都有这种态度。《石林诗话》云：“世言陈无己每登览得句，即归卧一榻。以被蒙首，恶闻人声，谓之吟榻。家人知之，即猫犬皆逐去。婴儿稚子亦抱寄邻家。徐徐诗成,乃敢复常。”黄山谷有诗云:“闭门觅句陈无己,对客挥毫秦少游。”在这里正好将苏黄二派的作风,画了一个明显的对照。苏诗是信笔直书的,黄诗是在艰苦中做出来的,因此一个是流爽畅达,有如天津雪梨,一个是艰涩古硬,有似百合、橄榄了。细细读过这两家诗集的人,想都有这种感觉。

黄诗既能自成宗派,而能为后人所崇奉,他对于作诗的主张与方法,自必有许多特点。

一、活的模拟

诗做到宋朝,经过长期的时代与无数诗人的努力,在那几种形式里,真是什么话也说完了,什么景也写完了,任你如何聪明智慧,想造出惊人的言语来,实在是难而又难。但要在诗坛上立足,又不能不推陈出新,独写己意。在这种困难的情形下,黄山谷创出了换骨与脱胎两种方法。他说:“诗意无穷,人才有限,以有限之才,追无穷之意,虽渊明、少陵不能尽也。然不易其意而造其语,谓之换骨法。规模其意而形容之,谓之脱胎法。”(《野老纪闻》)换骨是意同语异,用前人的诗意,再用自己的言语出之。脱胎是因前人的诗意而更深刻化,造成自己的意境。点窜古人诗句,借用前人诗意,以为自己的作品,这一种方法,江西派门徒,无不奉为金科玉律,即如陈后山、杨万里、萧东夫这些较有地位的诗人,也都大谈其脱胎换骨了。李白有诗云:“人烟寒橘柚,秋色老梧桐。”黄只改“烟”、“寒”为“家”、“围”便称为己作。白居易有诗云:“百年夜分半,一岁春无多。”黄增四字云:“百年中去夜分半,一岁无多春再来。”王安石有诗云:“只向贫家促机杼,几家能有一钩丝?”黄诗改换五字云:“莫作秋虫促机杼,贫家能有几钩丝?”这些都是脱胎或是换骨的好例子。也就因此造成模拟剽窃的恶习。王若虚《滹南诗话》

云:“鲁直论诗,有脱胎换骨、点铁成金之喻,世以为名言,以予观之,特剽窃之黠者耳。”这批评是对的。

二、拗的格律

前人作诗,无论造句调声,都依成法。但杜甫的七律,已有拗体。据《瀛奎律髓》云:“拗字诗,老杜七言律一百五十九首,而此体凡十九出,不止句中拗一字,往往神出鬼没,虽拗字甚多而骨格愈峻峭。”可知拗体始于老杜,不过他偶一为之,并没有重视这种体裁。后来到了韩愈,作诗喜独出心裁,尤其在句法方面,形成种种的新形式。普通五言句,大都是上二下三的组织,他却要组成上三下二,或上一下四的样子。七言句大都是上四下三,他却要做成上三下四或上二下五的拗句,有时造成七字全是名词或全是动词的怪样。在这种地方,也无非是想推陈出新,标奇立异,想借此造成一格,胜过旁人。拗律是平仄的交换,使诗的音调反常,拗句是句法的组织改变,使文气反常。这两种现象,虽始于杜韩,在其他人的作品里,虽偶尔见之,究不普遍,但到了黄山谷,他把这两种方法,大量应用于诗的创作方面,于是拗体成为黄诗的特创,也就成为江西诗派必具的作风了。前人对于此点,无不推崇备至,视为山谷独得之秘。至于说什么“出句中平仄二字互换者”,谓之“单拗体”,“两句中平仄二字对换者”,谓之“双拗体”,“大拗大救,于每对句之第五字以平声谐转者”,谓之“吴体”。巧立名目,分列体格,这自然是出于后日江西派的门徒,这与黄山谷是无干的了。

三、去陈反俗,好奇尚硬

去陈反俗,是黄山谷作诗的最高信条,好奇尚硬,是黄诗的法与格。他觉得诗做到李杜韩苏以后,什么言语都说尽了,若要卓然自立,必要设法排除陈言,反对俗调。人家常用的字眼,俗鄙的调子，一概要洗除得干净，方可显出自己的特性。他说过：“宁律不谐，不使句弱。宁用字不工，不使语俗。”（《渔隐丛话》引）所以在他的诗里，那种鸳鸯、翡翠、红泪、香衾、飘零、相思的字眼是少有的，那些美人香草、绿意红情的色情的歌咏也是少有的。他无非是想达到去陈反俗的目的。因此他造句用字，无不刻意求奇。在体制上用拗律，在句法的组织上用拗句，在押韵上用险韵，在用事与用典上，用奇事怪典。《岁寒堂诗话》云：“鲁直专以补缀奇字为诗。”《临汉隐居诗话》云：“黄氏专求古人一二未使之事而成诗。”又《围炉诗话》云：“山谷专意出奇。”可知好奇一事，确是黄诗的一个特征。其次便是尚硬，硬是古硬。韩愈诗云：“横空盘硬语，妥帖力排奡。”韩诗本以此见长，后欧阳修取之，以矫昆体柔弱绮靡之风。因为盘空硬语，确有一种雄厚奇峭之气，而不流于俗套滥调。山谷既主反俗，他便在这方面大用功夫，所以他的诗虽然缺少性灵情韵，有时难免有粗犷生野之病，但他的风格，富于气势而不柔弱，长于奇巧而不淫靡，便是这个原故。朱竹垞说：“涪氏厌格诗近体之平熟，务去陈言，力盘硬语。”（《石园集序》）这些批评都是不错的。因为他的诗能去陈反俗，好奇尚硬，不作色情之歌，不写淫艳之语，所以当日的道学家，对于他的诗也一致寄以好评了。陆象山云：“豫章之诗，包含欲无外，搜抉欲无秘。体制通古今，思致极幽眇，贯穿驰骋，功夫精到，虽未极古之原委，而其植立不凡。斯亦宇宙之奇诡也。开辟以来，能自表见于世若此者，如优钵昙华时一现耳。”（见罗大经《鹤林玉露》）黄诗得着理学家的赞赏支持，因此他的诗风更是普遍，形成更大的势力。所以许多理学家从事诗歌，都以学黄为正轨。如吕本中、曾几之徒，一面精于理学，同时又是江西诗派的健将，这是大家都知道的事。黄诗能风行那么长久，能够普及于社会，普及于家庭私塾，因为得着教育界的权威的理学家们的宣传支持，实是一个重要的因素。

由此看来，黄诗能成为一个宗派，也不是偶然的了。无论好坏，他的确有许多特征。言其长处，一为诗境的开拓，二为绝高的风骨与新奇的言语，三为一扫脂粉淫靡的柔弱风气。这几点，我们是都得承认的。但他的短处也不少，一为乏情寡味，也就是缺少性灵。《随园诗话》云："黄诗瘦硬，短于言情。"二为不自然，不自然便是过于做作，奇字奇句奇韵奇事的使用，时时显出矫揉诘屈、粗怪险僻之病。《唐宋诗醇》中评他"多生涩而少浑成"，便是说的这一点。三为好用典故，使诗意由于晦涩而至于枯槁。四为倡脱胎换骨之法，引起沿袭模拟之习，而流于剽窃的恶习惯。关于这几点，我想就是江西诗派的门徒，也是无法掩辩的。

黄氏长于七言，无论古体律绝，都有极好的作品，五言则弱，这已成为前人的公论，不必细说了。

落星开士深结屋，龙阁老翁来赋诗。小雨藏山客坐久，长江接天帆到迟。燕寝清香与世隔，画图妙绝无人知。蜂房各自开户牖，处处煮茶藤一枝。

（《题落星寺》）

我居北海君南海，寄雁传书谢不能。桃李春风一杯酒，江湖夜雨十年灯。持家但有四立壁，治病不蕲三折肱。想得读书头已白，隔溪猿哭瘴溪藤。

（《寄黄几复》）

今人常恨古人少，今得见之谁谓无。欲学渊明归作赋，先烦摩诘画成图。小池已筑鱼千里，隙地仍栽芋百区。朝市山林俱有累，不居京洛不江湖。

（《追和东坡题李亮功归来图》）

淮南二十四桥月，马上时时梦见之。想得扬州醉年少，正围红袖写乌丝。

（《寄王定国扬州》）

投荒万死鬓毛斑，生出瞿塘滟滪关。未到江南先一笑，岳阳楼上对君山。

（《雨中登岳阳楼望君山》）

这些都是黄山谷集中最优秀最具特殊个性特殊风格的作品。好处是清新奇峭，风骨特高，而又没有那种不自然过生野以及乏情寡味的弊病。因了这些作品，使得黄诗别成一体，演成一个宗派，在宋代诗坛上，形成一个最大的势力。当日山谷之友人如高荷、谢逸、夏倪、李谷等，山谷之亲如徐俯、洪朋、洪炎、洪刍以及他的亲友之亲友，如李錞、谢薖、林敏修、汪革等人，在诗的创作上，或直接受黄氏的指点，或间接受其影响，于是渐渐形成一个宗派。当日有名的陈师道，初从曾巩学文，中年入苏东坡门，后见黄山谷诗，遂倾心焉。他赠黄诗有云："陈诗传笔意，愿列弟子行。"由此也可知黄诗在当日诗坛的势力。但江西诗派这个名目的成立，黄山谷成为这一派的宗主的确定，却始于吕本中《江西诗社宗派图》的撰述。他虽是一个理学家，却是能诗能文。他于诗最爱山谷，生虽较迟，虽未亲见山谷，然黄的亲友如洪炎、谢逸、徐俯以及其他的黄派诗人如潘大临、晁冲之、韩驹之流，皆为本中的师或友。因此他成为这个江西诗派的创造者。《渔隐丛话》云："吕居仁近时以诗得名，自言传依江西，尝作《宗派图》，自豫章以降，列陈师道、潘大临、谢逸、洪刍、饶节、僧祖可、徐俯、洪朋、林敏修、洪炎、汪革、李錞、韩驹、李彭、晁冲之、江端本、杨符、谢薖、夏倪、林敏功、潘大观、何觊、王直方、僧善权、高荷，合二十五人以为法嗣，谓其源流皆出豫章也。”在这里，吕本中自己的名字没有列进去，大概是谦虚之故。然由这一批名字看来，也可知当日黄诗声势之盛。不用说，当日受他的影响，而未将其名字列进去者，想必大有人在，如与吕本中往返很密，而诗亦为黄派，并为后人所称道的曾几，亦未列入，就可想而知了。在《宗派图》中吕本中有序云：

古文衰于汉末，先秦古书存者，为学士大夫剽窃之资。五言之妙，与《三百篇》、《离骚》争烈可也。自李杜之出，后莫能及。韩、柳、孟郊、张籍诸人，自出机杼，别成一家。元和之末无足论者。衰至唐末极矣。然乐府长短句有一唱三叹之致。国朝文学大备，穆伯长、尹师鲁始为古文，盛于欧阳氏。诗歌至于豫章始大，出而力振之。后学者同作并和，尽发千古之秘，亡余蕴矣。录其名字曰江西宗派，其源流皆出豫章也。

（见《云麓漫钞》）

这无疑是江西宗派正式成立的宣言。经他这么一提倡鼓吹，于是师友间以此传授，文士间以此切磋，于是黄山谷便成为党魁与教主了。于是《江西宗派诗集》一百十五卷，《江西续宗派诗》二卷，流行于社会，而成为学诗人的教科书了。（《宋史·艺文志》载正集编者吕本中，续集编者曾纮。但据陈振孙《直斋书录解题》只载江西诗派一百三十七卷，续派十三卷，并未说明二书的编者。）不管那些书是否出自吕、曾之手，总之是黄诗盛行以后，由江西诗派的门徒所为，而成圣经或是课本的事，是无可疑的了。

陈师道　《宗派图》中二十五人的诗，我们无须细说，其中的代表，自然是陈师道。陈字无己，又字履常，号后山（西历一〇五三—一一〇一），彭城人。一生境遇极劣，因中年结交苏轼，苏荐他为徐州教授，除太学博士，后以苏党之嫌罢免。结果因贫病而死。他为文师曾巩，为诗学山谷。他自己说："仆于诗初无诗法，然少好之，老而不厌，数以千计。及一见黄豫章，尽焚其稿而学焉。"他又说："宁拙毋巧，宁朴毋华，宁粗毋弱，宁僻毋俗，诗文皆然。"（《后山诗话》）这与黄山谷的意见是一样。他的才气虽不甚高，但极肯用功夫。因此他的作诗，他有绝句云："此生精力尽于诗，末岁心存力已疲。"又《却扫编》云："陈无己之诗揭之壁间，坐卧哦吟，有窜易至一月十日乃定。有终不如意者，则弃去之。故平生所为至多，而见于集中者，才数百篇。"由此我们可以知道他爱好艺术重视艺术的态度与精神。

> 恶风横江江卷浪，黄流湍猛风用壮。疾如万骑千里来，气压三江五湖上。岸上空荒火夜明，舟中坐起待残更。少年行路今头白，不尽还家去国情。
>
> （《舟中》）
>
> 岁晚身何托，灯前客未空。半生忧患里，一梦有无中。发短愁催白，颜衰酒借红。我歌君起舞，潦倒略相同。
>
> （《除夜》）

这些诗有黄的清新之气，而无其生硬折拗之习。纪昀序《陈后山诗钞》说："五古劖刻坚苦，出入郊岛之间，意所孤诣，殆不可攀。

其生硬杈枒，则不免江西恶习。七古多效昌黎，而杂以涪翁之格，语健而不免粗，气劲而不免直，以折拗为长，而不免少开阖变动之妙，篇什特少，亦知非所长也。五律苍坚瘦劲，实逼少陵，其间意僻语涩者，亦往往自露本质，然胎息古人，得其神髓，而不掩其性情。七律嵚崎磊落，矫矫独行，惟语太率而意大竭者，是其短。五七言绝则纯为少陵遣兴之体，合格者十不一二矣。大抵绝不如古，古不如律，律又七言不如五言，要不失为北宋巨手。”在他这一段评论里，对陈后山的作品的优劣长短，一一指出，算是最客观最公允的了。

陈与义　陈与义字去非，号简斋（西历一〇九〇——一一三八），洛阳人。他与吕本中、曾几往返唱和，故其诗亦祖杜宗黄，而成为江西诗派后期的代表作家。方回编撰《瀛奎律髓》时，唱一祖三宗之说，一祖为杜甫，三宗为黄庭坚、陈师道与陈与义，由此可见他在江西诗派中的地位了。但他才情颇高，对于前贤作品，博观约取，善于变化。因此他作诗并不株守黄派的成规，他能参透各家，融会贯通，创造自己的生命。他爱黄山谷、陈师道，同时也爱苏东坡；尊杜甫，同时又尊陶潜、韦应物。所以他的风格，较为圆活，而不专以奇峭拗硬见长。他初学诗于崔德符，崔告诉他作诗的要诀说：“凡作诗工拙所未论，大要忌俗而已。天下书不可不读，然不可有意于用事。”这几句教训，是他作诗时常常记在心中的。忌俗本是江西诗派的信条，但用事又是黄诗的特点。他的先生嘱咐他最要忌俗，不可有意用事，确是一种取长去短的好教训。因此陈与义的诗，既无鄙俗之弊，亦无抄书之病。在这种地方，正可看出他是江西诗中的改革派。他自己也说过：“诗至老杜极矣，苏黄复振之。东坡赋才也大，解纵绳墨之外，而用之不穷。山谷措意也深，游咏玩味之余,而索之益远。近世诗家,知尊杜矣。至学苏者乃指黄为强,而附黄者亦谓苏为肆。要必识苏黄之所不为,然后可以涉老杜之厓矣。"(《简斋诗集引》)可知他的志气很大,决不以专学某家而满意,是自己想另创造一个地位的。《诗法萃编》说他学杜,是"师意不师辞",这恰好说明他作诗的态度。因为这样,他便成为江西诗中的改革派。这种改革,本起于吕本中。到了简斋,他才有意为之,因此他的成就也较大。加以他目睹北宋之亡,晚年又身经湘南流落之苦,故其诗时多感愤沉郁之音。《沧浪诗话》说"陈简斋诗亦江西诗派而小异",我们看了上面的叙述,便知道这"小异"的原故了。

> 万里平生几蛇足,九州何路不羊肠。只应绿士苍官辈,却解从公到雪霜。
>
> (《绝句》)
>
> 门外子规啼未休,山村日落梦悠悠。故园便是无兵马,犹有归时一段愁。
>
> (《送人归京师》)

这些诗自然是陈与义的代表作。诗中有寄托,有感慨,有讽寓之意,有伤离感乱之情。决不是只在字意上讲什么脱胎换骨,也决不是只在格律上讲什么拗体正体那套玩意儿了。《四库提要》云:"与义在南渡诗人之中,最为显达。然皆非其杰构。至于湖南流落之余,汴京板荡以后,感时抚事,慷慨激越,寄托遥意,乃往往突过古人。"他这种评论,我们是完全同意的。

到了南宋,江西诗派,仍保存着极大的潜势力。不过在风格上，经过吕本中、陈与义们的变化以后，面目已有不同。当日如杨万里、陆游、范成大、萧德藻诸名家，亦无不与江西诗派发生渊源，但他们都能融化变通，自成体格，有以自立。嘉定以降，江西诗渐为人所厌，而有四灵派的兴起，但当日称为“二赵”的赵汝谠、汝谈兄弟，以及“二泉”的赵章泉、韩涧泉，仍守着江西诗派的藩篱，在诗坛上也还有相当的力量。接着江湖派风行天下，江西诗几绝，但到了宋末，又有刘辰翁、方回两人出来，成为江西诗派最后的余火，并且由他们两人，把这种风气，带到了元朝。由此看来，在宋代的诗坛，江西诗派的势力，由元祐黄、陈，以迄宋末刘、方，延长到二百年间的长期，并且南渡以后，大诗人无不蒙受其影响。朱竹垞云：“宋自汴梁南渡，学者多以黄鲁直为宗。……终宋之世，诗集流传于今者，惟江西最盛。”（《裘司直集序》）可见这一派声势的盛大了。

四　南宋的代表诗人

汴京失陷，皇室南迁，这在政治上是一个极大的变动。国破家亡之恸，山河改色之悲，对于当日的文人，自然不能无所影响。但因当日的当权宰相，大半都是无气节的贪利小人，只知道同外族敷衍妥协，以图一时的偏安，划水为界，赔款结欢，而同时对于激烈的民气，加以高压，在这种情境下，于是形成一派人是满怀愤激，情感热烈，但是心有余而力不足。另一派人，得到了高官厚禄以后，到了晚年，退隐湖山，寄情诗酒，成为高蹈之徒。在当日的诗坛上，也很分明地可以看出这两种情调的反映。如以陆放翁为前者的代表，那么范成大恰好是后者的典型。他们的人生观以及作品的风格,都与这情调非常适合。这一点是我们必得注意的。

前人论南宋诗者,俱以陆游、杨万里、范成大、尤袤为四大家。方回跋尤袤诗云:"自中兴以来,言诗者必称尤、杨、范、陆。"但杨万里尝言:"范、陆、尤、萧皆其所畏。"尤袤亦云:"范、杨、萧、陆亶有可观。"可知除上述四家外,萧德藻(东夫)亦为当代的名诗人。但尤萧两家的集子,现今不传,难于详述。由其一鳞半爪以及前人之议论观之,大抵尤诗平淡,萧诗瘦硬。因萧学诗于曾几,故其江西诗派的影响较为浓厚。朱竹垞说:"萧诗过生。"(《书剑南集后》)沈德潜说他:"刻意求新,而入于涩。"(《说诗晬语》)这都是黄山谷的弊病。五人中去了二位,现在只剩得陆、范、杨三家了。在三家中陆的成就最大,他在南宋的地位,正如苏轼在北宋,称他为南宋诗坛的领袖,是毫无疑义的。

陆游　陆游字务观(西历一一二五——一二一〇),山阴人。十二三岁便能诗文。中年游蜀,为范成大参议官,以文字相交,不拘礼法,人讥其狂放,因自号放翁。又因爱好蜀中山水,故题其生平所为诗曰《剑南诗稿》。他作诗私淑吕本中,师事曾几,吕、曾俱为江西诗派中人物,因此他的诗亦与江西发生关系。但他却有一个狂放不羁的性格,一股慷慨激昂的热情,李白、岑参的面貌多,黄山谷、陈师道以及道学家的气质少,加以才情勃发,兴会淋漓,因此他的诗的风格,不流于抒写愤激的奔放,便入于抒写山水田园的闲淡了。像那种斤斤计较于字句与格律的黄陈诗风,是无法拘束这位狂放的诗人的创作的。他对于前代的诗人,最推崇陶潜、杜甫、李白与岑参。爱田园山水的乐趣,长于描写自然界的意境,这种地方像陶,伤时爱国,不忘世事,这种地方像杜。至于其性情的狂放,诗风的雄奇,又像李、岑。如果有人想用"江西诗派"这名目去笼罩陆游，那真是未免小看他了。他的诗风，有三个明显的演变。早年作诗，承受江西派的师训，步步摹仿，务求工巧。他后来有《示子遹诗》云："我初学诗日，但欲工藻缋。中年始稍悟，渐欲窥宏大。"中年入蜀从戎，一面接触雄奇壮丽的山水，一面身历时危世乱之苦痛，于是热烈的情感，忧愤的气概，发之于诗，而形成他那种豪宕奔放的风格。他《自述》诗云："我昔学诗未有得，残余未免从人乞。力孱气馁心自知，妄取虚名有惭色。四十从戎驻南郑，酣宴军中夜连日。打球筑场一千步，阅马列厩三万匹。华灯纵博声满楼，宝钗艳舞光照席。琵琶弦急冰雹乱，羯鼓手匀风雨疾。诗家三昧忽见前，屈宋[①]在眼元历历。天机云锦用在我，剪裁妙处非刀尺。世间才杰固不乏，秋毫未合天地隔。放翁老死何足论，广陵散绝还堪惜。"这首诗把他中年诗风的转变，说得最清楚。到了晚年，年龄老大，心境自然也趋于淡漠。壮年的热情与豪志，到这时候也渐渐地变成了烟云的余影，只能在回忆中细细地吟味了。儿孙膝下之欢，田园山水之趣，酒味花香，湖光树影，成了这位老诗人的另一世界。我们读他的《居室记》、《东篱记》诸文，便可看出那位老头子的晚年生活与心境。在他八十一岁的那年，辟舍东隙地，插竹为篱，名曰东篱，作《东篱记》以纪其事。他在那种境遇里，诗风自然是要脱去中年的愤慨热烈与奔放纵横之气，而入于闲适恬淡的境界。啸吟湖山，流连景物，成为他诗中的主体了。

初报边烽照石头，旋闻胡马集瓜州。诸公谁听刍荛策，吾

① "宋"，再版为"贾"。

辈空怀畎亩忧。急雪打窗心共碎，危楼望远泪①俱流。岂知今日淮南路，乱絮飞花送客舟。

（《送七兄赴扬州师幕》）

耿耿孤忠不自胜，南来春梦绕觚棱。驿门上马千峰雪，寺壁题诗一砚冰。疾病时时须药物，衰迟处处少交朋。无情最是寒沙雁，不为愁人说杜陵。

（《衢州道中作》）

衣上征尘杂酒痕，远游无处不销魂。此身合是诗人未？细雨骑驴入剑门。

（《剑门道中道遇微雨》）

江上荒城猿鸟悲，隔江便是屈原祠。一千五百年间事，只有滩声似旧时。

（《楚城》）

在这些作品里，一面可以看出陆放翁的艺术的成就，同时也可看出他的性格与志趣。他决不像陈无己那样的闭门觅句，只在文字技巧上用死功夫，他的作品，另有一种内容，一种怀抱，作为他人格与诗格的代表。由这些诗，他得到了爱国诗人的称呼，他确是一个念念不忘家国，时时在做着恢复中原的梦的志士。他《示儿》诗云“王师北定中原日，家祭无忘告乃翁”，这是一个多么伤心的遗嘱，这一种精神又是多么壮烈。他《太息》诗云“死前恨不见中原”，他虽是这么悲痛地希望着期待着，这遗恨成了永远的遗恨，在他死后的六十几年，宋朝又亡于另一个外族了。

---

① “泪”，再版为“涕”。

杨万里　杨万里字廷秀(西历一一二四——一二〇六),吉水人。绍兴二十四年进士。通经学,重名节,是一位人品极高的儒者。他一生服膺张浚的正心诚意之学,遂名其室曰“诚斋”,并以为号。《宋史》列他于《儒林传》,就是因这缘故。但他同陆放翁一样,却是一位多产的诗人,他曾作诗二万余首(《说诗晬语》),如果全都流传下来,可以说是中国诗人中第一个多产者。现《诚斋集》中,尚存《江湖集》、《荆溪集》、《西归集》、《南海集》、《朝天集》、《江西道院集》、《朝天续集》、《江东集》、《退休集》九种,共诗四千余首,这数目也就不少了。

杨诚斋的诗,开始也是学江西,专以摹拟求工巧。到了五十岁左右,弃江西而学唐。由此博观约取,融会变通,而走到自成一体的创造时期,便是当世所称的诚斋体。《江湖集序》云:“余少作有诗千余篇,至绍兴壬午,皆焚之,大概江西体也。今所存曰《江湖集》者,盖学后山、半山及唐人者也。”《荆溪集序》又云:“予之诗,始学江西诸君子,既又学后山五字律,现又学半山老人七字绝句,晚乃学绝句于唐人。戊戌作诗,忽若有悟,于是辞谢唐人及王、陈、江西诸君子,皆不学而后欣如也。口占数首,则浏浏焉无复前日之轧轧矣。”在这一自述里,可以知道他的诗风,有过三次的演变。我们现在读他的诗,觉得有两个重要的特色。一是有幽默诙谐的趣味,二是以俚语白话入诗,形成通俗明畅的诗体。关于第一点,中国诗歌中,最缺少这种幽默和诙谐。杜甫的七绝,偶然有一点,那色彩也非常淡。王梵志、寒山、拾得的诗句里,时有这种情味,但每每流于说理,走到极端,便成了歌诀。可知要在诗中表现幽默和诙谐,本是一件难事,不像在散文中那么容易。诚斋虽是一规规矩矩的儒者,但在诗中,却时时充满着诙谐与幽默,有时虽也有流于说理的弊病，但许多确写得很自然很有趣味，令人读他的诗，感到另外一个世界。

野菊荒苔各铸钱，金黄铜绿两争研①。天公支与穷诗客，只买清愁不买田。

（《戏笔》）

书莫读，诗莫吟，读书两眼枯见骨，吟诗个字呕出心。人言读书乐，人言吟诗好。口吻长作秋虫声，只令君瘦令君老。君瘦君老且勿论，旁人听之亦烦恼。何如闭目坐斋房，下帘扫地自焚香。听风听雨都有味，健来即行倦即睡。

（《书莫读》）

这些诗用俚语写成，好像有点近于油腔，但通俗而不鄙，平浅而不滑，所以还是好诗。在每一首的背后，都蕴藏着一点幽默与诙谐，读者都能深深地体会。逢人说笑，寻事开心，这一种态度，使得杨诚斋的诗，浓厚地呈现新感觉派的手法与情调。前人不明了这一点，或评其诗粗俚（《四库提要》），或评为“轻儇佻巧，令人厌不欲观，此真诗家之魔障”（《石洲诗话》）。但我们倒觉得这一点是他的作品的特色与生机，反而使我们欢喜他。因为自己不能欣赏这种趣味，便说出“诗家之魔障”一类的恶评了。

范成大　范成大字致能（西历一一二六——一九三），吴郡人，绍兴二十四年进士，出使金国，后历帅广西、成都、四明、金陵，拜参知政事，加大学士，是一个官品极高的人。他有别墅叫作石湖，是

① “研”，通作“妍”。

皇帝替他题的，他晚年隐居于此，自号石湖居士。杨诚斋说："石湖山水之胜，东南绝境。"可知他的环境与王维的隐居辋川相同，并非什么真正逃名避世的高士，只是一种名利双收以后的退休者。因此虽说他们的作品，无论怎样描写田园山水的情趣，总属于客观的，而不像陶潜那样是属于主观的。陶与山水田园是融化调和成为一体，王范一流，是把自己放在主人的地位，将田园山水当作娱乐品而歌咏着的。在这种地方，显出他们的诗品和作诗的态度，都比不上陶渊明。

他的诗虽也从江西派入手，但结果也是离开江西的。看他的律诗，是有杈枒折拗之处，古诗时有奇字怪韵，诚不脱山谷之习。《四库提要》云："石湖追溯苏黄遗法，而约以婉峭，自为一家。"他早年中年的作品，确是如此，到了晚年，他却是以白香山的通俗，陶渊明的情趣，描写田园生活山水美境的情趣，使他的作风起了转变。

柳花深巷午鸡声，桑叶尖新绿未成。坐睡觉来无一事，满窗晴日看蚕生。

高田二麦接山青，傍水低田绿未耕。桃杏满村春似锦，踏歌椎鼓过清明。

社下烧钱鼓似雷，日斜扶得醉翁回。青枝满地花狼藉，知是儿孙斗草来。

昼出耘田夜绩麻，村庄儿女各当家。童孙未解供耕织，也傍桑阴学种瓜。

千顷芙蕖放棹嬉，花深迷路晚忘归。家人暗识船行处，时有惊忙小鸭飞。

秋来只怕雨垂垂，甲子无云万事宜。获稻毕工随晒谷，直须晴到入仓时。

这都是他的《田园杂兴》中的好作品。他自注云："淳熙丙午，沉疴少纾，复至石湖旧隐。野外即事，辄书一绝，终岁得六十篇，号《四时田园杂兴》。"可知他在病后疗养的愉快心境中，日与农夫樵子为友，静心观察体会农村的生活，随时随地写了下来，他本无意求工，却无不自然活泼，清新有味。并且在这些诗里，没有一点刻意用心的痕迹，大都是用最通俗的文句，歌咏那种田园男女的日常生活和自然界的情境，很有一点乐府体的民歌风趣。我们读他的集子，五古虽时有佳篇，但究不如他的七绝的成就。他绝诗的好处，是韵味悠长，文字极其清新美丽，而又一点不落俗套。

卓笔峰前树作团，天平岭上石成关。绿阴匝地无人过，落日秋蝉满四山。

（《自天平岭过高景庵》）

霜入丹枫白苇林，横烟平远暮江深。君看雁落帆飞处，知我秋风故国心。

（《题山水横看》）

土桥茅屋两三家，竹里鸣泉漱白沙。春色恼人无畔岸，乱飘风袖拂梅花。

（《牧马山道中》）

这些诗中有景有情，耐人寻味，境界亦复高远，绝无尘俗之气，在艺术的观点上讲，他们是要胜过《田园杂兴》诸章的。至于他五古中所写的四川山水，却近似大谢的刻画，觉得过于用气力用工夫，反而没有这些小诗中的情味与表现的自然了。

五　江西诗派的反动

江西诗派在南宋虽仍持有着盛大的潜势力，但当日一般较有作为的诗人，不能始终屈服于那种生野僻涩的风格，结果都是脱出藩篱，自谋生路，如上面所讲的陆杨之徒，虽都从江西派入手，而其成就，并不能算是江西派。杨万里在《江湖集序》中所说的，把学江西诗的作品一千余首，一概付之丙丁，表示他是多么的不满意。尤袤说："近世文士，喜言江西。温润有如范致能者乎？痛快有如杨廷秀者乎？高古有如萧东夫，俊逸有如陆务观者乎？是皆自出机杼，亶有可观者，又奚以江西为。"（《白石诗稿序》引）这里明明显露出来当日诗人对于江西诗派的不满。许多有创作力的诗人，大都想自出机杼，不愿专事依傍他人，这里没有自己的生命。可知在这时候，江西诗风的反动，已在暗中发育滋长，渐渐有广大的倾向了。

姜夔　在这种趋势里，有一个诗人，我们不得不注意的，便是以词名家的姜夔。他学诗于萧东夫，并娶萧女为妻，与范成大、杨万里、尤延之是诗友，互相唱和，往还颇密。他开始作诗，也是从江西派入手的。他的诗集自序说："三薰三沐，学黄太史。"后来他觉悟了，知道走错了路，所以他又说："居数年，始大悟学即病，顾不若无所学之为得，虽黄诗偃然高阁矣。"他有《诗说》一卷，虽没有明白地反对江西派，但其立论，无不是针对江西的弊病。他的主张，归纳起来约有三点：

一、贵独创

自黄山谷倡脱胎换骨之法以后，江西诗派中人，无不奉为圭臬。即陈后山、陈简斋诸人，亦时有沿袭之病。等而下之，至于剽窃，于是演成一种专事摹拟的恶习。姜白石有见于此，极言摹拟之害与独创之可贵。他说："作者求与古人合，不若求与古人异。求与古人异，不若不求与古人合，而不能不合，不求与古人异，而不能不异。彼惟有见乎诗也。故向也求与古人合，今也求与古人异，及其无见乎诗也，不求与古人合，而不能不合，不求与古人异，而不能不异。其来如风，其止如雨，其苏子所谓不能不为者乎？"（《自叙》二）这里所说的，是以作者不要心中预存一种拟古人学古人的念头，也不要心中预存一种反古人的念头，只是随着自己的灵感与才性创作下去，不管是异于古人合于古人，那诗总是你自己的，有你自己的个性与生命，这种诗便有意义了。

二、贵高妙

高是高远，妙是巧妙。诗的最后地步，便是要达到高妙的境界。他说："诗有四种高妙：一曰理高妙，二曰意高妙，三曰想高妙，四曰自然高妙。碍而实通，曰理高妙。出事意外，曰意高妙。写出幽微如清潭见底，曰想高妙。非奇非怪，剥落文采，知其妙而不知其所以妙，曰自然高妙。"（《诗说》）他所讲的虽稍觉繁复，然以自然高妙一点为艺术最高的造就，正与庄子所说的庖丁解牛的境界相同，这是很合理的。

三、贵风格

诗的优劣，在乎风格。风是风味，格是格调。风味要悠长含蓄，格调要高古而不卑弱。他说："意格欲高，句法欲响。只求工于句字亦末矣。故始于意格，成于句字。句意欲深欲远，句调欲清欲古欲和，是为作者。”（《诗说》）又说：“一家之语，自有一家之风味。如乐之二十四调，各有韵声，乃是归宿处。模仿者虽似之，韵亦无矣。”（《诗说》）在这种地方，可以看出他对于当日那些专求字句的精巧与形似而轻视自己的个性忽略作品的风格的摹拟诗人，是表示如何的不满意了。

他的作品，虽未能实践他的理论，但江西诗派的习气，却是洗得干干净净，一点生硬杈枒的影子也没有了。他那些充满着词的情韵的诗句，格调虽不能说是高古，但滋味确是悠然不尽，耐人吟哦。他的七绝，更能表现这种特长。

渺渺临风思美人，荻花枫叶带离声。夜深吹笛移船去，三十六湾秋月明。

（《过湘阴寄千岩》）

细草穿沙雪半销，吴宫烟冷水迢迢。梅花竹里无人见，一夜吹香过石桥。

（《除夜自石湖归苕溪》）

阑干风冷雪漫漫，惆怅无人把钓竿。时有官船桥畔过，白鸥飞去落前滩。

（《钓雪亭》）

这些诗都是清新而不纤巧，美丽而不淫靡，因为他精于音律，善自制曲，所以他的诗中的音调，格外和谐。他隐居吴兴的白石洞天附近，日以山水为乐，故其诗中绝少烟火气味。读他的诗，好像身游郊外湖边，鼻中眼底，都是新鲜的清气与秀色，一扫你心中的尘俗与杂念。他诗的成绩，并不弱于范杨，只因词名过大，遂为所掩，很少有人注意他的诗了。后人将他列入《江湖集》内，其实他的诗风和人品,都是不适合的。

姜夔以外,对于江西诗正式加以反抗,而独成一局面的,是以晚唐标榜的四灵派。四灵为徐照字灵晖,徐玑字灵渊,翁卷字灵舒,赵师秀字灵秀,因为他们的名字都有一"灵",诗的习尚又是一致,故时人称为四灵。又因他们都是永嘉人,故又称为永嘉派。四灵诗风以晚唐的贾岛、姚合为宗,注重律体,尤重五言。而以较量平仄、锻炼字句为作诗的能事。《四库提要》云:"四灵之诗,虽镂心鉥肾,刻意雕琢,而径太狭,终不免破碎尖酸之病。"这些批评都是很对的。

紧接着四灵,在诗坛另成一个集团的,便是那以《江湖集》得名的江湖派。那时有一群人,在政治上得不着地位,于是都装着山人名士,到处流浪,说大话,游山水,作诗唱和,成为一种习气。有一书店老板,叫做陈起,钱塘人,也能写诗作文,附庸风雅,是一个半商人半名士,自号为陈道人。因与那些江湖诗人交游,于是出钱刊售《江湖诗集》、《续集》、《后集》等书,当日也风行一时,后人以集中诸人的风气习尚相似,诗风亦略同,故称为江湖诗派。《江湖》诸集,散佚颇多,经清四库馆人之整理,得《江湖小集》九十五卷,《后集》二十四卷,共百零九人。刘克庄本是江湖派的领袖,现集中无其名,但《瀛奎律髓》说:"刘潜夫《南岳稿》亦与焉。"可知集中诸人,已非陈道人书中的真面目了。

他们对于诗,并没有确定的主张,虽不满意江西诗派(戴复古有诗云:"举世吟哦推李杜,时人不识有陈黄。"),但也有学江西诗者,虽不满意四灵,但许多也感染四灵的影响。《四库提要》云:"宋之末年,江西一派与四灵一派合并为江湖派,猥杂细碎,如出一辙,诗以大敝也。"这话是批评得不错的。由此可知这一群人数虽多,但在南宋的诗坛,并没有发生多大的作用,也没有什么特殊的成绩。其中只有戴复古、刘克庄、刘过、方岳诸人，还有几首可读的诗。等而下之，都是庸碌不足道的了。并且这群江湖名士有一种恶习气，便是人品的低落，他们每以诗文干谒公卿，以作求利禄获名位的手段。如无所得，便继以毁谤要挟，丑态百出。轻者是打秋风，重者无异于敲竹杠。诗人到了如此地步，真是堕落到了极点，自然不会有什么好成绩了。方回生当其世，耳闻目睹，所知甚多。他说："江湖游士，多以星会相卜，挟中朝尺书，奔走阃台郡县餬口耳。庆元、嘉定以来，乃有诗人为谒客，龙州刘过改之之徒，不一其人，石屏亦其一也。相率成风，至不务举子业，干求一二要路之书为介，谓之阔匾，副以诗篇，动获数千缗，以至万缗，如壶山宋谦父自逊，一谒贾似道，获楮币二十万缗，以造华居是也。钱塘湖山，此辈什百为群。阮梅峰、秀实、林可、山洪、孙花翁、季蕃、高菊硐往往雌黄士大夫，口吻可畏，至于望门倒屣。"诗人的品格堕落到了这种程度，真是可叹。钱牧斋云："诗道之衰靡，莫甚于宋南渡以后。而其所谓江湖诗者，尤尘俗可厌。盖自庆元、嘉定之间，刘改之、戴石屏之徒，以诗人启干谒之风，所谓处士者，其风流习尚如此。彼其尘容俗状，填塞于肠胃，而发作于语言于文字之间，欲其为清新高雅之诗，如鹤鸣而鸾啸也，其可几乎？"（《王德操诗集序》）虽说钱老先生自己的人品并不比江湖诗人高了多少，但这一段批评，却正是我们要说的。

严羽与《沧浪诗话》　在这一个诗风衰靡的时代，能以清新有力的理论，对于江西诗派表示反抗，同时对于四灵、江湖都表示不满意，而标榜着盛唐的，是以《沧浪诗话》著名的严羽。《沧浪诗话》虽是一本小书，然却很有组织，很有见解。共分《诗辨》、《诗体》、《诗法》、《诗评》、《诗证》五门，末附《与吴景仙论诗书》一篇。

其中以《诗辨》一门，最有积极的主张，对于当日衰靡的诗风，宗派的模拟，加以严厉的批判。他自己说："仆之《诗辨》，乃断千百年公案，诚惊世绝俗之谭，至当归一之论。其间说江西诗病，真取心肝刽子手。"（《答吴景仙书》）又说："虽获罪于世之君子，所不辞也。"（《诗辨》）他这种挑战的态度，批评家的精神，是值得我们钦佩的。他对于诗的主张，最要者，有下列数点：

一、崇盛唐

严羽看见当日江西诗派的门徒，一味是学习黄陈，四灵又专学晚唐，弄得诗风日趋衰靡，他觉得这都不是正道。补救之法，唯有推崇盛唐，而上溯汉魏，始可以自立。故他说："学诗以识为主，入门须正，立志须高，以汉、魏、晋、盛唐为师，不作开元、天宝以下人物。若自退屈，即有下劣诗魔入其肺腑之间。先须熟读楚骚汉魏五言，即以李杜二集枕藉观之，如今人之治经，然后博取盛唐名家酝酿脑中，然后自然悟入，虽学之不至，亦不失正路。"他又说："近人独喜晚唐诗，一时自谓之唐宗。……既唱其体曰唐诗矣，则学者谓唐诗诚止于此耳，得非诗道重不幸耶？故予不自量度，辄定诗之宗旨，截然谓当以盛唐为法。"他主张尊盛唐，因为盛唐的诗有特殊的长处，这长处是什么呢？他说："诗者吟咏情性也。盛唐诗人，惟在兴趣。羚年[①]挂角，无迹可求。故其妙处透澈玲珑，不可凑泊。如空中之音，相中之色，水中之月，镜中之像，言有尽而意无穷。"他从艺术的立场，境界的体会，来说明盛唐诗的优美，实是非常动听的见解。

---

① "年"，通作"羊"。

二、主妙悟

诗与散文，虽有形式上明显的分别，但最重要的，一为说明的，一为领会的，每每一首好诗，其中的意义，分析起来，空无所有，然而在那些文字中，却能酿成一种最优美的境界。要达到这种境界，就在于妙悟。这一种妙悟，不完全依赖着学力，大半是偏于才情。关于这一点，严羽发表了很好的意见："禅道在妙悟，诗道也在妙悟。孟襄阳学力下韩退之甚远，而其独出退之上者，一味妙悟而已。惟悟乃为当行，乃为本色。然悟有浅深，有分限，有透澈之悟，有但得一知半解之悟。汉魏尚矣，不假悟也。谢灵运至盛唐诸公，透澈之悟也。他虽有悟者，皆非第一义也。天下有可废之人，无可废之言，诗道如是也。若以为不然，则是见诗之不废，参诗之不熟耳。"他又说："诗之极致曰入神，诗而入神，至矣尽矣。……夫诗有别材，非关学也。诗有别趣，非关理也。然非多读书，多穷理，则不能极其至。所谓不涉理路，不落言筌者，上也。"他这种意见，与唐代司空图所说的"不著一字，尽得风流"大略相同。但严羽说得更周到，更透澈。他以"不涉理路，不落言筌"为诗之极致，实是精确之论。

三、反议论与用典

因为他主妙悟主入神，因此多发议论，乱用典故，都是作诗的大毛病。宋诗自西昆至欧苏，至黄陈，或此或彼，都脱不了这些弊病。所以他说："近代诸公，乃作奇特解会，遂以文字为诗，以才学为诗，以议论为诗，夫岂不工，终非古人之诗也。"又说："近代诸公，多务使事，不务兴致。用字必有来历，押韵必有出处，末流甚者，叫噪怒张，殊乖忠厚，殆以骂詈为诗，诗至此可谓一厄。"又说："诗有词理意兴，南朝人尚词而病于理，本朝人尚理而病于意兴，唐人尚意兴而理在其中，汉魏之诗，词理意兴无迹可求。”以宋人来批评宋诗，他这态度算是最客观最忠实的了。

严羽论诗的见解虽是高人一等，但他在创作上，却是眼高手低。我们读他的《沧浪诗话》，虽也偶有清新之作，然和他所理想的妙悟入神无迹可求的境界，相隔尚远。李东阳评他云：“识得十分，只做得八九分，其一二分乃拘于才力，其沧浪之谓乎？”《四库提要》也说：“羽所自为诗，独任性灵，扫除美刺。清音独远，切响遂稀。……志在天宝以前，而格不能超大历之上。由其持诗有别才，不关于学，诗有别趣，不关于理之说，故止能摹王孟之余响，而不能追李杜之巨观也。”这些话都批评得不错。严羽对于诗的意见，影响后代的诗论确甚大。虽有冯班作《严氏纠缪》一卷，至诋为呓语，但胡应麟则比之达摩西来，独闻禅宗。再如袁中郎、袁枚的性灵说，王渔洋的神韵说，无疑都是感受着《沧浪诗话》的影响。总之，在南宋那一个诗风衰靡、派别分立的时代，严羽的意见，是值得我们尊重的。《四库提要》云：“要其时，宋代之诗，竞涉论宗，又四灵之派方盛，世皆以晚唐相高，故为此一家之言，以救一时之弊。后人辗转承流，渐至于浮光掠影，初非羽之所及知，誉者太过，毁者亦太过也。”对于《沧浪诗话》的批评，这几句，要算是最公允了。

六　遗民诗

刘克庄死后不到十年，南宋就亡了。蒙古人对于汉人的压迫和虐待，是中国历史上最惨酷的一幕。那一次的政变，与北宋的灭亡有些两样，那时怀愍虽是北去，剩下来的皇室贵族，仍可南渡成业，得着苟延残喘的偏安局面，因此对于一般人的心灵上的影响，虽一时受着震动，但不久就平复了。这一种起伏的思潮与心境，表现在文学上的，也非常明显。至于南宋的覆灭，那是连根本也推翻了的，就是连那苟延残喘的偏安局面，也求之不得了。加以元兵加于汉人的恐怖政策，使得一般知识阶级，真实地尝到了亡国奴的耻辱与苦痛。在这种环境下，读书人只有两条路可走：一条是卖身卖心，或为汉奸，或为顺民，一条是反抗到底。在第二条路中又有二种：一种是积极的表现，而至于身死殉国，一种是消极的不合作，遁迹山林，埋名隐姓，以求个人的心安。做汉奸做顺民的可以不必说。走第二条路的那两种人，行为上略有不同，但他们的情感却是热烈愤恨，品格都是忠信高洁。由他们那种心境与感情，造成了宋末文学浓厚的民族色彩，一扫宋诗那种摹拟的恶习，而形成一种新精神，新力量。当日如文天祥、谢翱、方凤、林景熙、汪元量、谢枋得、许月卿、郑思肖、真山民诸人，或身死殉国，或遁身世外。所发为诗，大都以愤恨哀怨之笔，抒写其亡国之痛，离乱之情，表现宋代最后一点民族的精神与正气，实是非常可贵的。我们研究宋诗，若只注意什么苏、黄、陆、范几大家，什么西昆、江西、四灵诸宗派，而忽视这一阶段的遗民诗，那真有遗珠之叹了。

文天祥　文字宋瑞，号文山，江西吉安人，宝祐四年进士第一。元人渡江，奉诏举兵。后奉使北军，为所拘，未几遁归福州，奉益王登祚，出兵江西，败而被执，囚于燕京，四年不屈，遂被杀，年四十七（西历一二三六——一二八二）。为人忠义节烈，不可一世。其诗沉郁悲壮，气象浑厚，完全是他的人格的表现。我们读他的古体《正气歌》、《过平原作》诸篇，便可想见其志趣与为人。长谷真逸《农田余话》云："宋南渡后，文体破碎，诗体卑弱。惟范石湖、陆放翁为平正。至晦庵诸子始欲一变时习，模仿古作，故有神头鬼面之论。时人渐染既久，莫之或改。及文天祥留意杜诗，所作顿去当时之凡陋。观《指南前后录》可见。不独忠义贯于一时，亦斯文闲气之发见也。”（《四库提要》引）他这批评是不错的。

草舍离宫转夕晖，孤零飘泊复何依。山河风景元无异，城郭人民半已非。满地芦花和我老，旧家燕子傍谁飞。从今别却江南日，化作啼鹃带血归。

（《金陵驿》）

谢翱　谢字皋羽，福建长溪人。元兵破宋，谢率乡兵投文天祥，为谘议参军。后文山被执，乃逃亡，改姓换名，漫游各地，所至辄感慨哭泣。登严子陵钓台，设文天祥主，再拜恸哭，著《西台恸哭记》，甚为有名，卒年四十七（西历一二四九——一二九五）。所著有《晞发集》，任士林称其诗云：“所作歌诗，其称小，其指大，其辞隐，其义显，有风人之余，类唐人之卓卓者，尤善叙事云。”（《谢翱传》）

残年哭知己，白日下荒台。泪落吴江水，随潮到海回。故衣犹染碧，后土不怜才。未老山中客，唯应赋八哀。

（《西台哭所思》）

汪元量　汪字大有，号水云，钱塘人。以善事谢后，宋亡，随宫留燕甚久，后南归为道士，终于山水之间，著有《水云诗集》、《湖山类稿》。其诗凄怆哀婉，多故宫禾黍之悲。李珏《书水云诗后》云：“纪其亡国之戚，去国之苦，间关愁叹之状，尽见于诗。微而显，隐而章，哀而不怨，唐之事纪于草堂，后人以诗史目之，水云之诗，亦宋亡之诗史也。”元兵南下，皇室北迁，其中种种苦痛的境状，皆为水云所身历目睹，因此在他的诗中所表现的情感所描写的事实，也更为真实更为沉痛了。称其诗为宋亡之诗史，是很确切的。

蔽日乌云拨不开，昏昏勒马度关来。绿芜径路人千里，黄叶邮亭酒一杯。事去空垂悲国泪，愁来莫上望乡台。桃林塞外愁烟起，大漠天寒鬼哭哀。

（《潼关》）

汪水云因为身居宫中，亡国的痛苦和那些满朝朱紫的丑态，他都身历其境，因此他的作品，最富于真实性。所以在遗民诗里，除以哀苦的诗风见长以外，他是还具有历史性的价值的。

郑思肖　郑字忆翁，号所南。在他这些名字里，都暗寓不忘故国之意。福州连江人，宋末太学生，宋亡，隐居吴下，坐卧不北向，有《所南集》。扁其堂曰“本穴世界”，影射“大宋”之义，画兰不画土，意谓土已为外族夺去，其爱国之热诚，有如此者。其诗皆清远绝俗，用象征暗写的手法，表现怀恋故国的情绪。

扣马痴心谏不休，既拼一死百无忧。因何留得首阳在？只说商家不说周。

（《夷齐西山图》）

此外如谢枋得、林景熙、真山民诸人，时有悲苦之作。今各举一例如下：

十年无梦得还家，独立青峰野水涯。天地寂寥山雨歇，几生修得到梅花。

（谢枋得《武夷山中》）

山风吹酒醒，秋夜入灯凉。万事已华发，百年多异乡。远城江气白，高树月痕苍。忽忆凭楼处，淮天雁叫霜。

（林景熙《京口月夕书怀》）

一舸下中流，西风两岸秋。橹声摇客梦，帆影挂离愁。落日鱼虾市，长烟芦荻洲。篙人夜相语，明发又严州。

（真山民《兰溪舟中》）

其他如许月卿、方凤辈，人品虽高，而其诗颇重刻镂，尚不脱四灵、江湖模拟之习，所以我想不在这里再举例了。另有《谷音》一卷，存诗近百首，俱为宋代遗民之作。此书为杜伯原所编（杜事见《元史·隐逸传》），集后有蜀郡张渠跋云："右诗一卷，凡二十三人，无名者四人，共一百首，乃宋亡元初节士悲愤幽人清咏之辞。京兆先生，早游江湖，得于见闻，悉能成诵，因录为一编，题曰《谷音》，若曰如山谷之音也。"这里所说的京兆先生，便是杜伯原，他是元朝的隐士，对于这些遗民，自然是格外同感的了。在这些作家里，大都是没有名望的穷苦读书人，一旦遭了亡国的惨变，不愿屈节投降，于是有的披发入山，有的闭户不出，或寄生于渔樵，或苦死于饥饿。因其人格的高超，故发之于诗，无不沉郁悲壮，感慨凄凉，较之那些朱紫的降臣，卖身的贼子，这些人的作品，自然是山谷之音了。因为作者过多，不能一一遍举，但欢喜研究宋末遗民诗的人，《谷音》自然是一本重要的材料。钱牧斋云："至于少陵，而诗中之史大备，天下称之曰诗史。唐之诗入宋而衰，宋之亡也，其诗始盛。皋羽之《恸西台》，玉泉之《悲竺国》，水云之《苕歌》，《谷音》之越音，古今之诗莫变于此时，亦莫盛于此时。……考诸当日之诗，则其人犹存，其事犹在，残篇啮翰，与金匮石室之书，并悬日月。”（《序胡致果诗》）钱氏后来虽然变了节，他毕竟是遗民，他体验过遗民的生活与心情，身受过亡国的苦痛，因此他能深切地了解宋末这一群人的人品与诗品，以及他们忠义正直的精神，加以尊敬赞叹，使他们在文学史上得到了一点应得的地位。

七　北国诗人元好问

宋诗论毕，我在这里还要附着讨论一位北国最出色的诗人元好问。元字裕之，号遗山，太原秀容人。金兴定三年进士，官至行尚书省左司员外郎，金亡不仕，卒年六十八。他的政治身份是金朝，他的籍贯是太原，确确实实是一位北国的诗人，金亡不仕，又是一位遗民，而其时代正当南宋末年，我现在把他附论在这里，想是很适合的了。元遗山虽作金朝的官，因为他是汉人，所以他的文化源流，同宋代的读书人完全是一个系统。他的人生观是儒家的人生观，他的古文，是继承韩欧的遗绪，诗学杜甫，词学周邦彦，他在这几方面，都有卓然的成就，是金代学术界的权威，文坛的代表。

在他的诗集中，有论诗绝句三十首。在这些诗里，他从汉魏的古诗，到宋代的诗人，他都发表了批评的意见。从杜甫的论诗六绝以后，他这些作品，是最有系统有见解的佳作，研究中国文学批评的人，是值得注意的。他主张最好的诗，要有风骨，要能高古，要扫除儿女之情，要富有风云悲壮之气。他有诗云：

曹刘坐啸虎生风，四海无人角两雄。可惜并州刘越石，不教横槊建安中。

邺下风流在晋多，壮怀犹见《缺壶歌》。风云若恨张华少，温李新声奈尔何？

刘琨之诗，本以悲壮见长，所以他特别赏识，《诗品》也说刘越石诗有"清刚之气"。张华的诗，锺嵘批评他儿女情多风云气少，但在他看来，比起李义山、温庭筠来又要好得多了。可知他是以建安风力为论诗的准则，以清刚劲健之气为诗格的上品了。所以他又说：

慷慨歌谣绝不传，穹庐一曲本天然。中州万古英雄气，也到阴山敕勒川。

他不满意南方儿女文学的华艳淫靡，格卑调弱，因此他对于《子夜歌》一类的南方情歌，都看不起，他推重的只是斛律金那首《敕勒歌》。他觉得这种作品，才是值得赞赏的，慷慨的，有英雄气的歌谣，可惜流传绝少，成为空谷之音了。在这种原则下，他不欢喜齐梁的诗，也不欢喜沾染齐梁习气的初唐诗人。他说：

沈宋横驰翰墨场，风流初不废齐梁。论功若准平吴例，合着黄金铸子昂。

他不满意齐梁，自然也不满意宋之问、沈佺期那一般人，因此他对于那位起衰复古的陈子昂，发出最高的赞叹了。其次，他主张作诗宜以自然为主，讲音律声调排比铺陈，都是细流末节，终难成为大家。再如苦吟雕琢，抄书用典，都是诗家之病。"一语天然万古新，豪华落尽见真淳。"这是他对于陶渊明的诗的赞赏。作诗能达到这种天然真淳的境界，才是诗之极致。"切响浮声发巧深，研磨虽苦果何心？"这是他对于音律声病的反抗。

百年才觉古风回，元祐诸人次第来。讳学金陵犹有说，竟将何罪废欧梅。

奇外无奇更出奇，一波才动万波随。只知诗到苏黄尽，沧海横流却是谁？

古雅难将子美亲，精纯全失义山真。论诗宁下涪翁拜，未作江西社里人。

他觉得宋初的诗坛，为西昆淫靡之风所笼罩，端赖梅圣俞、欧阳修诸人的努力，始收振衰复古之功。后来诗人各立宗派，对于几位开山先辈反不重视，他觉得很不公平，加以欧论诗主自然，梅主清切，正与元遗山论诗的旨趣相合，所以他在宋代诗人里，独有推尊欧梅之意。至于那些江西派门徒的模拟做作，四灵派的小家气，江湖派的油滑气，他自然更是看不上眼的。他题《中州集》云"北人不拾江西唾，未要曾郎借齿牙"。因此，他说出宁愿崇拜黄山谷本人，而不加入江西诗社的决绝之语了。

他的论诗三十绝句，为文学批评史上的重要资料。他的作品，以七古七律为最佳。

南朝辞臣北朝客，栖迟零落无颜色。阳平城边握君手，不似铜驼洛阳陌。去年春风吹雁回，今年雁逐秋风来。春风秋风雁声里，行人日暮心悠哉。长江大浪金山下，吴儿舟船疾如马。西湖十月赏风烟，想得新诗更潇洒。

（《送张君美往南中》）

河外青山展卧屏，并州孤客倚高城。十年旧隐抛何处？一片伤心画不成。谷口暮云知郑重，林梢残照故分明。洛阳见说兵犹满，半夜悲歌意未平。

（《怀州子城晚望少室》）

沈德潜云："裕之七言古诗，气王神行，平芜一望，常得峰峦高插，涛澜动地之概。又东坡后一能手也。"（《说诗晬语》）赵翼云："苏陆古体诗，行墨间尚多排偶。一则以肆其辨博，一则以侈其藻绘，固才人之能事也。遗山则专以单行，绝无偶语。构思窅妙，十步九折，愈折而意愈深，味愈隽，虽苏陆亦不及也。七言律则更沉挚悲凉，自成声调，唐以来律诗之可歌可泣者，少陵十数联外，绝无嗣响，遗山则往往有之。"（《瓯北诗话》）由他们一致的推崇与解释，更可知道他在中国诗史上的地位以及他的诗风的特色了。

第二十一章　宋代的小说与戏曲

上篇　宋代的小说

一、志怪传奇的文言小说

宋代小说，在志怪传奇方面，无论内容文体，多沿袭旧风，颇少新创。李昉主编的《太平广记》一书，共五百卷，为当日降臣文士所编修，集前代野史、传记、小说诸家言而成，用书多至三百四十四种，分为五十五部，举凡神仙、鬼怪、僧道、狐虎之类，都网罗殆尽，末附杂传记九卷，则为唐代之传奇。这一部书，可谓集古代文言小说的大成了。宋人自己在这方面的创作，志怪者有徐铉之《稽神录》，吴淑之《江淮异人录》。徐、吴俱仕南唐，后同李煜降宋，后亦为《太平广记》之重要编纂人。徐、吴以后，尚有张君房之《乘异记》，张师正之《括异志》，聂田之《祖异志》，秦再思之《洛中纪异》，毕仲询之《幕府燕闲录》，洪迈之《夷坚志》等书，俱属于此类。其中以《夷坚志》为最有名。全书共四百二十卷，因作者学问淹博，颇有文名，书中时有佳篇。但以卷帙过繁，成书过急，有以五十日写十卷者，故在文字上难以详加润饰，在内容上亦时有重复之处，这是本书的弊病。

传奇文的作者，首推乐史。乐史字子正，抚州人，原仕南唐，后入宋为官，所作有《绿珠传》、《杨太真外传》二篇。《绿珠传》叙述孙秀、石崇交恶和绿珠堕楼殉情的故事，《太真外传》为《长恨传》、《长恨歌》的重述，从贵妃入宫写至明皇的死，其中除加入一些小故事外，别无新意，文字亦远不如陈鸿的简洁。其作法亦与唐代传奇无异，每于篇末，显露出一点规劝之意。如《绿珠传》结段云："今为此传，非徒述美丽，窒祸源，且欲惩戒辜恩负义之类也。"又《太真外传》云："唐明皇之一误，贻天下之羞，所以禄山叛乱，指罪三人。今为外传，非徒拾杨妃之故事，且惩祸阶而已。"乐史又长于地理，所著有《太平寰宇记》二百卷，引书至百余种，虽偶杂小说家言，然不失为一精审之作。

乐史以外，有秦醇者，亦作传奇。秦字子复，亳州谯人。所作今存《赵飞燕别传》、《骊山记》、《温泉记》、《谭意歌传》四篇，俱见北宋刘斧所编之《青琐高议前集》及《别集》，可知秦醇为北宋人。前三篇叙汉唐宫闱旧事，与《太真外传》同体，最后一篇，乃写当时男女恋爱故事，内情略似蒋防之《霍小玉传》，但以团圆作结，而变为喜剧。各篇中虽偶有隽语，但大体芜弱，去唐人传奇声貌颇远。此外有《大业拾遗记》二卷，《开河记》一卷，《迷楼记》一卷，《海山记》二卷，不知何人所作，俱记炀帝开运河，幸江都，以及种种荒恣淫乐的故事，文笔亦时有可观。《海山记》见《青琐高议》中，必是北宋人作，余篇的时代，大略相同。尚有无名氏之《梅妃传》一篇，写江采苹与杨贵妃争宠见放的故事，无作者名。跋者自云与叶梦得同时，想跋者即为作者，那已是南渡前后时的作品了。明人题为唐曹邺作，不可信。

二、宋代白话小说的兴起

宋代小说最可注意的，并不是这些用文言写成的志怪与传奇，而是那些出自民间的白话小说。这一些东西，当时人所称为话本或是平话的。这种白话小说的产生，在中国的小说史上，是一件极可纪念的事。因了他们，结束了文言小说的生命，替未来小说的成长与发展，无论长篇与短篇，开辟了一条新路线。数百年以来，许多用白话文体写成的小说，同正统的文言文学，一直流传到现在，成为民间的精神食粮。

宋代白话小说的产生，并不是偶然的，他具有文体的来源，社会的环境，和其本身实用的功能三方面的关系。我在下面，应该将这些关系，加以简明的叙述。

（一）文体的来源　因唐代讲唱兼用散韵夹杂的变文的传播，于是民间酿成许多变文体的通俗文学。有的为韵文，有的为韵散合体，有的为纯粹散文，如《季布歌》、《董永行孝歌》、《列国志》中的《伍子胥》、《明妃传》、《唐太宗入冥记》和《秋胡小说》[①]等，都是受传播佛经的变文的影响而产生的通俗文学。在这些作品里，都有离开纯粹典雅的文言文，而渐渐地入于白话文的倾向。《季布歌》、《董永行孝歌》，虽全是诗体，那白话化的成分已很浓厚。《伍子胥》与《明妃传》的散文部分，本已浅显通俗，已间有用纯粹白话的地方。至于《唐太宗入冥记》、《秋胡小说》，则白话的成分更为浓厚。如：

① 《秋胡小说》，再版为《秋胡变文》，以下同此。

……判官懆恶，不敢道名字。帝曰："卿近前来。"轻道："姓崔名子玉。""朕当识。"才[1]言讫，使人引皇帝至院门。使人奏曰："伏惟陛下且立在此，容臣入报判官速来。"言讫，使来者[2]到厅前[3]拜了。"启判官，奉大王处，太宗皇生魂到[4]，领判官推勘，见在门外，未敢引入[5]。"……崔子玉既□□命[6]拜了，对帝前拆[7]书便读，子玉读书已了，情意□□[8]更无君臣之礼。（节录《唐太宗入冥记》）

秋胡辞母了，手行至妻房中，愁眉不尽。……秋胡启娘子曰："夫妻至重，礼合乾坤……附骨埋身，共娘子俱为灰土，今蒙娘教，听从游学，未知娘子听[9]许已不？"其妻听夫此语，心中凄怆，语里含悲。启言道："郎君，儿生非是家人，死非家鬼。……女心[10]向外，千里随夫。今日属配郎君，好恶听从处分。郎君将身求学，此惬[11]儿本情。学问虽[12]达一朝，千万早须

---

① "才"，据再版补。
② "使来者"，再版无"来"字。
③ "前"，据再版补。
④ 此句再版作"奉大王处分，将太宗皇生魂到"。
⑤ "入"，据再版补。
⑥ "命"，据再版补。
⑦ "拆"，据再版补。
⑧ □□，据再版补。
⑨ "听"，再版为"赐"。
⑩ "心"，再版为"生"。
⑪ "惬"，再版为"快"。
⑫ "虽"，再版为"得"。

归舍。"辞妻了,道服得十种[1]文书……便即发[2]程。……(《秋胡变文》)

《太宗入冥记》,记太宗魂游地府的故事(事见《朝野佥载》,《太平广记》一四六卷引),《秋胡小说》记秋胡辞别家庭,出外求学,后得仕回家,在途中调戏一采桑女子,此女即其妻的故事(事见《列女传》),可惜两篇都前后残阙过甚,不能窥见其真实面目。而就此残文看来,白话文的成分,已非常浓厚,问答谈话,全是说话人口气。这种前人从不重视的通俗作品,自然要看作是宋代白话小说的先声。由《入冥记》、《秋胡》等作,进而为宋代的话本平话一类纯白话作品,在这里,正好显示着文体进化的线索。同时,在宋代的白话小说里,大量地夹杂着诗词,或称为词话,如《也是园书目》的《宋人词话》十二种,或称为诗话,如《大唐三藏取经诗话》,并且每逢着美人风景或恐怖场面的描写,也时时杂以纯粹的骈文,这种韵文的部分,无论他有没有歌唱的效能,但这种体裁,确是由变文脱胎而来,那是无可怀疑的事。并且这一种形式,便成为后代小说界的定型。

(二)宋代白话小说的实用功能　宋代白话小说的兴起,是职业的实用的,而不是文学的艺术的。现在流传下来的那些宋人话本,都是当日说话人的底本。说话的借此谋生,创作者不管是说话人本人或是另一种人,他创作的目的,是以抓住民众的趣味为主旨,开始是没有文学的意义的。当日这种底本的门类当然很多,有

① "种",再版为"秩"。
② "发",再版为"登"。

影戏的，有杂戏的，有宣传佛教的，有讲故事历史的。在这些部门里，除了宣传佛教的，稍稍有点劝善的宗教意义以外，其余都是带着职业的伎艺的性质而活动着的，正如现在唱大鼓、演双簧、唱弹词的伎人一样。影戏的底本，自然是注重动作，杂剧的底本，自然是注重歌唱，唯有讲故事的这一部门，是以铺叙描摹为能事，同时听众大都是平民，要求其普遍的了解，自然是要用最流行的白话，妇女的面貌，神鬼的恐怖，风景的美丽，社会的状态，都得用口语细细地描摹出来，于是这一种底本，便成为完全白话的形式，除了原来的职业的实用的意义以外，渐渐的又带有浓厚的文学意义了。他们的内容，比起六朝与唐代的志怪与传奇来，虽无多大的差别，但因其用口语的详细叙述，维妙维肖的形容，因此无论从那方面看，都形成两个绝不相类的本质与精神。

（三）社会的环境　我们知道宋代的白话小说，大都是说话人的底本。但这种说话，在唐朝末年，便是有了的，段成式《酉阳杂俎》云："予太和末，因弟生日观杂剧，有市人小说，呼扁鹊作褊鹊，字上声……"李商隐《骄儿诗》云："或谑张飞胡，或笑邓艾吃。"在这里，我们可以知道在唐代已有讲说三国故事的事体，在当时，"说话"似乎只是杂剧中的一部分，是要到了宋朝，才成为一种与影戏杂戏平行的独立职业。宋代的历史，虽与外患相终始，但北宋时代由仁宗到徽宗，南宋的乾道、淳熙年间和以后的偏安局面，因社会经济的发展，民众生活的安乐，大都市的繁荣，造成君臣上下极度享乐的空气。在张先、柳永、毛滂、张镃、吴文英、张炎诸人的词里，我们可以看出当代文人的生活和对于社会繁荣的描写。再如孟元老的《东京梦华录》，周密的《武林旧事》诸书的记载，更明显地表现出北宋的汴京、南宋的杭州的热闹的面目。

在这些都市里，到处都是倡楼酒馆，到处都是游戏场所，游人之多，消费之大，都在我们的想象之中，有了这种社会经济的基础，享乐生活的环境，那些演影戏的，唱杂戏的，讲故事的，玩杂耍的，自然都乘机而起，而且又是生意兴隆的了。据《东京梦华录》，北宋的伎艺，其中已有："孙宽、曾无党、高恕、李孝祥等讲史，李慥、杨中立、张十一、徐明、赵世亨、贾九等小说，吴八儿合生……霍四究说三分，尹常卖五代史。"其中合生一项，重在歌唱，与杂戏的关系较深。还有说诨话一种，大概是滑稽表演，无关重要。剩下来的只有小说与讲史二类。这些人名字，一定是当日社会上有名的角色。到了南宋，这一种风气，更加兴盛起来。灌园耐得翁《都城纪胜》、吴自牧《梦粱录》、周密《武林旧事》诸书里，对于"说话人"俱有很详细的记载。他们的分门别类，虽微有不同，但最重要者，仍只有小说、讲史二家。在《都城纪胜》里，把小说分成几种子目：一、烟粉灵怪传奇；二、说公案，皆是搏刀赶棒及发迹变泰之事；三、说铁骑儿，谓士马金鼓之事。再在《武林旧事》里，历记各种说话人的姓名，说小说者有五十二人，说史事者有二十三人，说佛事者有十七人，说合生者只一人。由此看来，民众最欢迎的，也只有"小说"与"讲史"二类。这二类最得民众欢迎，自然生意最好，学习这方面的人自然也最多。于是大家联络组织，成就了"雄辩社"和"书会"一类的职业团体。因此，这种民众艺术，日益进步，产生了许多名角，于是这一类人，就渐渐地进入宫廷与贵族之家了。《梦粱录》云："有王六大夫，元系御前供话，为幕客请给，讲诸史俱通。于咸淳年间，敷演《复华篇》及《中兴名将传》，听者纷纷。盖讲得字真不俗，记问渊源甚广耳。"又郎瑛《七修类稿》云："小说起宋仁宗，盖时太平甚久，国家闲暇，日欲进一奇怪人事以娱之。"又《古今小说序》

云:“南宋供奉局有说话人,如今说书之流。”由此看来,当日的“说话”,是上自宫廷下至民间,是非常普遍的了。但由上面的文字看来,宫廷豪家所欢迎者,也还是“小说”与“讲史”二类。因为这种种原因,于是“小说”、“讲史”二类的底本,在文字上必较为精美,在数量上必较为丰富。所以现在流传下来的,无论长篇短篇,大都是属于这两类的作品。在当日,小说与讲史在职业的界限上必很分明,但在文学的立场上,只是一类,因此后代通称为小说了。

现存的宋代小说,可分为短篇与长篇二类。短篇的都为纯粹的白话,并且白话文运用的技巧,已达到极成熟的阶段,而得到了文学的价值。长篇的大都为浅近的文言与不十分成熟的白话夹杂合用,在语言的工具上,比起短篇来,都幼稚得多。但他们无论在内容上结构上,都替后代的长篇小说,立好一个基础,关于这一点,我们是不能轻视他们的价值的。

三、宋代的短篇小说

关于宋代白话短篇小说的发现与确定,原是近年来的事。钱曾的《也是园书目》的戏曲部中,列有《宋人词话》十二种,其目为:

《灯花婆婆》《风吹轿儿》《冯玉梅团圆》
《种瓜长老》《错斩崔宁》《简帖和尚》
《紫罗盖头》《山亭儿》《李焕生五阵雨》
《女报冤》《西湖三塔》《小金钱》

这一种通俗文学,本为古代正统文学家所轻视,故除见于《也是园书目》以外,从来不再见人提过,这种书也不见流传于世,于是连其内容文体,都无法知道。王国维作《戏曲考源》时,以钱曾的戏曲部目录为据,把这些东西,看作是宋人杂剧、金人院本一类的东西。他在《曲录》后跋云:"右十二种,钱曾编入戏曲部,题曰'宋人词话'。遵王藏曲甚富,其言当有所据。且其题目与元剧本体例不同,而大似宋人官本杂剧段数,及陶宗仪《辍耕录》所载金人院本名目,则其为南宋人作无疑矣。"王氏这种推测,虽近情理,但实际完全错了。但这种错误,应该由钱曾负责。他编书目时,想必是很匆忙,加以藏书过富,不能一一入目,因此顾名思义,随便地归入戏曲部了,其实这些都是宋代的白话小说,也就是宋代说话人的底本。

《京本通俗小说》的出现,在中国小说史上是一件极可纪念的事。因了他,使我们知道《也是园书目》中的"宋人词话"的真实面目,使我们得到许多讨论白话小说的宝贵材料。这些材料的发现与刊布,不得不归功于近人缪荃孙氏(江东老蟫)。他得到这些话本后,于民国四年,刊入他的《烟画东堂小品》中,凡二册,是一个卷十至卷十六的残本,其中共有话本七种。他在短跋中云:"余避难沪上,索居无俚,闻亲串装奁中有旧钞本书,类乎平话,假而得之,杂庋于《天雨花》、《凤双飞》之中,搜得四册,破烂磨灭,的是元人写本。首行《京本通俗小说》第几卷,通体皆减笔小写,阅之令人失笑。三册尚有钱遵王图书,盖即'也是园'中物。《错斩崔宁》、《冯玉梅团圆》二回,见于书目。……尚有《定州三怪》一回,破碎太甚,《金主亮荒淫》两卷,过于秽亵,未敢传摹。"在这里可以看出这些作品的发现,真是出于偶然。他所说的破碎太甚的《定州三怪》,后来发现在《警世通言》中,题目改为《崔衙内白鹞招妖》,过于秽亵的《金主亮荒淫》,后来被叶德辉氏刻了出来,并且《醒世恒言》中也有这一篇，题为《金海陵纵欲亡身》。于是缪荃孙所发现的残本《京本通俗小说》中的九种，都存在人间了，但由原书的卷数看来，自然还是散佚了不少。

这几篇小说（缺《定州三怪》），后来由亚东书局印出来，名为《宋人话本》八种。其书目如下：

《碾玉观音》（原书第十卷）
《菩萨蛮》（原书第十一卷）
《西山一窟鬼》（原书第十二卷）
《志诚张主管》（原书第十三卷）
《拗相公》（原书第十四卷）
《错斩崔宁》（原书第十五卷）
《冯玉梅团圆》（原书第十六卷）
《金虏海陵王荒淫》（原书第二十一卷）

胡适序云："我们看了这几种小说，可以知道这些都是南宋的平话。《冯玉梅》篇说'我宋建炎年间'，《错斩崔宁》篇说'我朝元丰年间'，《菩萨蛮》篇说'大宋绍兴年间'，《拗相公》篇说'我宋元气都为熙宁变法所坏'，这些都可证明这些小说产生的时代是在南宋。《菩萨蛮》与《冯玉梅》篇都称高宗，高宗死在一一八七年，已在十二世纪之末了。故知这些小说的年代，是在十三世纪。"他这种判断，我们认为是可信的。但是宋代的白话小说存在人间的还不只这几篇。自明人洪楩编刻的《清平山堂话本》，茂苑野史编辑的《古今小说》及冯犹龙编辑的《警世通言》、《醒世恒言》诸话本丛书在日本及国内先后发现，经爱好者刊布以后，我们还可以找出许多宋代的小说来。如《清平山堂话本》中的《简帖和尚》、《西湖三塔记》(《也是园书目》有《简帖和尚》与《西湖三塔》)、《古今小说》中的《张古老种瓜娶文女》(《也是园书目》作《种瓜张老》)、《警世通言》中的《万秀娘仇报山亭儿》、《崔衙内白鹞招妖》(《也是园书目》作《山亭儿》与《定州三怪》)是比较可靠的。再如《陈巡检梅岭失妻记》、《合同文字记》、《洛阳三怪记》、《五戒禅师私红莲记》(见《清平山堂话本》)、《新桥市韩五卖春情》(见《古今小说》)、《三现身包龙图断冤》、《计押番金鳗产祸》、《福禄寿三星度世》(见《警世通言》)诸篇,也有令人相信是宋作的证据。不过这些作品,虽其中地名及年代,都是属于宋代的,但经晚明人编辑刊印,难免在文字上有增饰修改,颇难保存宋代原本的真面目。如果缪荃孙所说的《京本通俗小说》"的是影元人写本"的话可靠,那么我们讨论宋代的白话小说时,自然应该以那几篇为主体了。

宋人的小说,因为都是说话人的底本,无论出自说话人的口述或是低级文人的制作,他们只以听众的趣味为主。故事叙述的组织,因为要适应职业的环境,在听众尚未到齐之前,总是用一个引子做开场。这种引子有的用诗词,有的用故事。如《碾玉观音》、《西山一窟鬼》的引子是诗词,《冯玉梅团圆》、《错斩崔宁》的引子是故事。这种引子,当时说话人名为"得胜头回"。如《错斩崔宁》开篇说:"这回书单说一个官人只因酒后一时戏笑之言,遂至杀身破家,陷了几条性命。且先引一个故事来,权做个'得胜头回'。"鲁迅说:"头回犹云前回,听说话者多军民,故冠以吉语曰得胜。"胡适则以《得胜回头》为曲调之名,转为《得胜头回》,是说话时用的开场鼓调,这话似乎比较可信。这种用一个相同的或是相反的故事作为引子,随后引入正文的方法,变为后代小说的公式。短篇如

《今古奇观》、《醉醒石》，长篇如《水浒传》、《红楼梦》等，都保存着这种形态。其次，后代章回小说中的分章，亦原于这种话本。当代说话人每说一个故事，大都为生意着想，不是一次说完，逢到故事中一个紧张场面时，他暂时作一结束，留给听众一个未完的趣味，好让他们第二次再来听讲，这种情形，正如章回小说中的“欲知后事如何，且听下回分解”。《碾玉观音》分为上下两回，上回止于崔宁的被人识破，正是一个紧要关头，说话的，他偏偏在这里作结，用两句七言诗下场了。下回却又用刘两府的一首〔鹧鸪天〕词开始，再慢慢来叙述那紧要关头以后的故事。再如《西山一窟鬼》、《陈巡检梅岭失妻记》，都可看出这种明显的线索。

这样看来，这一种话本，虽说组织不严密，内容很杂乱，思想不正确，在艺术的价值上没有十分重大的意义，但在白话文体发展的历史上，却是非常重要的资料。更可注意的，是南宋时代，白话文运用的技巧，已达到成熟的阶段，那些话本的作者，能用这种活的语言，代替上流文人通用的文言，去叙述神怪人情的故事，而得到了很好的成就。因了他们这种功绩，替后代的小说作家，预备了一套新工具，使他们创作小说时，知道白话远胜于文言，因而在那文言正统的权威下，产生许多伟大的白话小说，从那时以后，白话便成为小说家的专用品了。从这地方说来，宋代话本的产生，实是中国文学史上一种文字工具的大革命，一种大可纪念的事。

> 话说东京汴州开封府界身子里，一个开线铺的员外张士廉，年过六旬，妈妈死后，孑然一身，并无儿女。家有十万赀财，用两个主管营运。张员外忽一日拍胸长叹，对二人说：“我许大年纪，无儿无女，要十万家财何用？”二人说：“员外，何不

取房娘子，生得一男半女，也不绝了香火。”员外甚喜，差人随即唤张媒李媒前来。员外道：“我因无子，相烦你二人说亲。”张媒口中不道，心下思量道：“大伯子许多年纪，如今说亲，说甚么人是得，教我怎地应他？”则见李媒把张媒一推，便道容易。临行又叫住了道：“我有三句话。”媒人道：“不知员外意下如何？”张员外道：“有三件事说与你两人，第一件要一个人材出众，好模好样的。第二件要门户相当。第三件，我家下有十万贯家财，须着个有十万贯房奁的亲来对付我。”两个媒人肚里暗笑，口中胡乱答应道：“这三件事都容易。”当下相别员外自去。张媒在路上与李媒商议道：“若说得这头亲事成，也有百十贯钱撰。只是员外说的话，太不着人。有那三件事的，他不去嫁个少年郎君，却肯随你这老头子。偏你这几根白胡须是沙糖拌的。”李媒道：“我有一头，到也凑巧，人材出众，门户相当。”张媒道：“是谁家？”李媒道：“是王招宣府里出来的小夫人。王招宣初娶时，十分宠幸，后来只为一句话破绽些，失了主人之心，情愿白白里把与人。只要有个门风的，便肯。随身房计，少也有几万贯。只怕年纪忒小些。”张媒道：“不愁小的忒小，还愁老的忒老。这头亲，张员外怕不中意！只是雌儿心下必然不美。如今对雌儿说，把张家年纪瞒过了一二十年，两边就差不多了。”李媒道：“明日是个相合日，我同你先到张宅讲定财礼，随到王招宣府一说便成。”是晚各归无话。……

(《志诚张主管》)

刘官人驮了钱，一步一步挨到家中敲门，已是点灯时分。小娘子二姐独自在家，没有一些事做。守得天黑，闭了门，在灯下打瞌睡。刘官人打门，他那里便听见。敲了半晌，方才知觉,答应一声"来了",起身开了门。刘官人进去,到了房中,二姐替刘官人接了钱,放在桌上,便问:"官人何处挪移这项钱来?却是甚用?"那刘官人一来有了几分酒,二来怪他开得门迟了,且戏言吓他一吓,便道:"说出来,又恐你见怪。不说时,又须通你得知。只是我一时无奈,没计可施,只得把你典与一个客人。又因舍不得你,只典得十五贯钱,若是我有些好处,加利赎你回来。若是照前这般不顺溜,只索罢了。"那小娘子听了,欲待不信,又见十五贯钱堆在面前,欲待信来,他平白与我没半句言语,大娘子又过得好,怎么便下得这等狼心辣手?疑狐不决,只得再问道:"虽然如此,也须通知我爹娘一声。"刘官人道:"若是通知你爹娘,此事断然不成。你明日且到了人家,我慢慢央人与你爹娘说通,他也须怪我不得。"小娘子又问:"官人在何处吃酒来?"刘官人道:"便是把你典与人,写了文书,吃他的酒才来的。"小娘子又问:"大姐姐如何不来?"刘官人道:"他因不忍见你分离,待得你明日出了门才来。这也是我没计奈何,一言为定。"说罢,暗地忍不住笑,不脱衣裳,睡在床上,不觉睡去了。……(《错斩崔宁》)

我们读了这两段,便会惊讶白话散文,在南宋时代已达到这种成熟的境地。对话的漂亮,描写的深刻,人物个性的活跃,民众心理的表现,决非那种典雅的文言所能办到的。其内容意识虽与前代的志怪传奇没有多大分别,但因其表现的工具不同,完全成为两种不同的类型了。在这些话本里,他们的故事,是无须介绍的,因为都是一些人事加神鬼的叙述,那见解和思想也都非常幼稚。《拗相公》一篇,其中虽也杂有神鬼报应的叙述,因为它是一篇有用意的小说，所以在思想方面，还能形成一贯的主旨。全篇用各种各样刻毒的方法，来攻击新法的领袖王安石，或是出自文士之手，这种文士，又无疑是同情元祐党人的晚辈。其次是《错斩崔宁》，无论在文字上在内容上，都是最好的一篇。全篇没有杂半点神鬼的叙述，完全是描写一件普通的人事，并且这种事件，在社会上是常有的。那故事是说有一位刘官人，有一妻一妾。某日与妻同至岳家，岳丈给他十五贯钱，叫他回家作生意。那晚他一人醉酒回来，二姐（他的妾）见了钱，问他那里来的，他酒后戏言说，把你当了。随后就醉倒在床上。二姐听了，便私自跑回娘家去告诉父母，不料那夜刘官人家来了强盗，抢去了钱，把官人也杀了。第二天族人知道这件事，便去追二姐，恰好二姐正同一路人崔宁在山中同行，于是崔宁便以洗不清的罪名送了性命。作者用最纯粹的白话，把这件事原原本本地叙述出来，后面加以破案的结局，在组织上，也合于短篇小说的结构。在宋代的话本里，这一篇和《拗相公》，可算是两篇较成功的社会小说。至于《金虏海陵王荒淫》，虽文字过于秽亵，然在暴露当日君主的荒淫和宫廷的黑暗这一点上，也还有他的意义。他用写实的笔，把宫廷君主的种种丑态，留下了真实的影子。我在这里所论的，是以《京本通俗小说》中所见者为主，其他见于《清平山堂话本》、《古今小说》、《警世通言》中诸篇，都没有讨论，这原因我在前面已声明了。

四、宋代的长篇小说

宋代的长篇小说，现流存于人间者，有《新编五代史平话》、《宣和遗事》和《大唐三藏取经诗话》三种。关于这几种书的年代，虽说到现在,还不能绝对的确定,但我们把这些作品归之于宋末元初的时代上,是没有什么可疑的。

《新编五代史平话》,为当日说话人的讲史的底本。叙述梁、唐、晋、汉、周五代的历史,每代二卷。都以诗起诗结,中间用散文叙述史事。散文部分,大半为浅近的文言,而亦有纯粹白话者。梁、汉二史,俱缺下卷。所叙史事,重要者皆本正史,对于个人的性情杂事以及战事场面,则大加点染,加以夸张滑稽的描写和铺叙,颇具历史小说的规模。如《梁史》开卷一段,叙历代兴亡之事,加以种种怪诞的因果说,借以增加故事的效力。再如刘知远、郭威、黄巢、朱温等人的描写,也都生动有趣,有几段白话,也写得很是漂亮。《东京梦华录》说,当日说话人中,有尹常等以讲五代史为专业,那么这一些平话,必是当日说五代史的底本了。本书为清末曹元忠所发现,后经董康影印行世,于是这罕见的秘籍,得以流传人世。在纯粹文学的意义上讲,这书自然没有多大的艺术价值,但由此演进下去,便产生后代那些《三国演义》、《隋唐演义》一类的历史长篇小说,这一点,我们是必得特别注意的。

其次,同样带有历史的性质,而多杂以社会的故事的,是《大宋宣和遗事》。全书分前后二集,共为十节。一、叙历代帝王的荒淫,二、叙王安石的变法,三、叙蔡京的当权,四、叙梁山泊宋江诸英雄的起义,五、叙徽宗与李师师的恋爱故事,六、叙林灵素道士的进用,七、叙京师的繁华,八、叙汴京的失陷,九、叙徽、钦二帝的被掳,十、叙高宗的都南。此书系节抄旧籍而成,故体例全不一致,有最典雅的文言,有流利的白话。结构上亦无严密的组织,不是说话人的本子,想是宋末(或出于宋亡以后)愤世文人,拟话本而为者。鲁迅说:"近讲史而非口谈,似小说而无捏合。……虽亦有词有说,而非全出于说话人，乃由作者掇拾故书，益以小说，补缀联属，勉成一书，故形式仅存，而精彩遂逊。”（《中国小说史略》）他这批评很是确切。书末结段云：“世之儒者谓高宗失恢复中原之机会者有二焉。建炎之初失其机者，潜善、伯彦偷安于目前误之也。绍兴之后失其机者，秦桧为虏用而误之也。失此二机，而中原之境土未复，君父之大仇未报，国家之大耻不能雪，此忠臣义士之所以扼腕，恨不食贼臣之肉而寝其皮也。”这种口吻，自然不是出于说话人，而必是出于愤世伤时的文人。我们说他是话本的拟作，是比较可信的。

本书《贞集》录刘后村《咏史》诗一首，作全书结束。刘卒后不到十年，宋即灭亡。则此书之成，必在刘后。又元集叙述宋太宗与陈抟论治道云：“太宗欲定京都，闻得华山陈希夷先生精于数学，预知未来之事，宣至殿下，太宗与论治之道，留之数日。一日太宗问：朕立国以来，将来运祚如何？陈抟奏道：宋朝以仁得天下，以义结人心，不患不久长。但卜都之地，一汴二杭三闽四广。太宗再三诘问，抟但唯唯不言而已。”由这一段话，足见本书的作者，是见过迁闽迁广的事实的。陆秀夫负帝赴海而死的悲剧，必定使这位作者非常痛心，所以他在结论里，说出“此忠臣义士之所以扼腕，恨不食贼臣之肉而寝其皮也”的愤激的话了。由这一点，我们可以推测本书的编撰者，一定是宋代的遗民，而在文学的思潮上，同那些遗民的哀伤亡国的诗词的情调是一致的。

《宣和遗事》虽是一本掇拾旧籍文体不纯的书，但在时代生活与意识的表现上，却有重大的意义。作者有一贯的主旨和思想，决不像那些话本的作者只以民众的趣味为主，只以神鬼灵怪为材料。他是一个爱国主义者，他痛恨那些君主的荒淫，攻击那些奸臣的当权，不满意新法的扰民和道士怪人的参政，同时对于那些斩草除奸的叛党寄以同情。这几种观点，在这一本书里，始终是一贯的。作者在书的末尾，流露出一点真意，同时代表当日苦于亡国的民众，发出了一点怨恨和责骂。我们对于《宣和遗事》的研究，必得要注视这方面，才可认识他在文学上的真实意义。

其次，《宣和遗事》中所叙的梁山泊故事，即是后日《水浒传》的底本。在这一段里，已经有杨志卖刀，晁盖等劫掠礼物，宋江杀阎婆惜，题反诗而逃，在玄女庙内看见题有三十六人姓名的天书，最后朝廷招降宋江等，命讨方腊，因有军功，封节度使。惟吴用作吴加亮，卢俊义作李进义，人名虽偶有异同，但故事的骨干，已大部形成。因此这一段，可以看作是《水浒传》最初的本子的，并且本段中的白话文，也写得较为精彩。由此我们可以推测，在当初，这是一本独立的书或是一部话本，由《宣和遗事》的编撰者，将他抄录进去，成为那书中的一节，或在文字上有所增删，也说不定。这样看来，《水浒传》的故事，不仅在南宋的民间已很流行，并已有人编写成书，或作为说话人的底本了。

最后要讲到的长篇小说，便是《大唐三藏取经诗话》。此书又名《大唐三藏法师取经记》。全书分三卷，共十七章，可为中国章回小说之祖。卷末有"中瓦子张家印"六字，王国维氏考定中瓦子为宋临安府的街名，乃当日说话人的所在地。书中有诗有话，故名为诗话。第一章已缺；第二章，《行程遇猴行者处》；第三章，《入大梵天王宫》；第四章，《遇狮子林及树人国》；第六章，《过长坑大蛇岭处》；第七章，《入九龙池处》；第八章，缺前段；第九章，《入鬼子母国处》；第十章，《经过女人国处》；第十一章，《入王母池之处》；第十二章，《入沉香国处》；第十三章，《入波罗国处》；第十四章，《入优钵罗国处》；第十五章，《入竺国度海之处》；第十六章，《转至香林寺受心经本》;第十七章,《到陕西王长者妻杀儿处》。由上面这些题目看来,便知道书中的浪漫成分与幻想情调,这无疑是受了印度文学的影响的直接产物。全书叙述玄奘与猴行者西天取经的故事。当日的猴行者虽是一个白衣秀才,但已经是神通广大,文武双全,正替后代《西游记》中的齐天大圣立好一个基础。如:

偶于一日午时,见一白衣秀才,从正东而来,便揖和尚:"万福万福,和尚今往何处?莫不是再往西天取经否?"法师合掌曰:"贫道奉敕,为东土众生未有佛教,是取经也。"秀才曰:"和尚生前两回去取经,中路遭难,此回若去,千死万死。"法师云:"你如何得知?"秀才曰:"我不是别人,我是花果山紫云洞八万四千铜头额弥猴王。我今来助和尚取经,此去百万程途,经过三十六国,多有祸难之处。"法师应曰:"果得如此,三世有缘。东土众生,获大利益。"当便改呼为猴行者。(《行程遇猴行者处第二》)

行者以杖击石,先后现二童子。一云三千岁,一五千岁,皆挥去。……又敲数下,偶然一孩儿出来。问曰:"你年多少?"答曰:"七千岁。"行者放下金环杖,叫取孩儿入手中,问和尚你吃否?和尚闻语,心惊便走。被行者手中旋数下,孩儿化成一枚乳枣,当时吞入腹中,后归东土唐朝,遂吐出于西川,至今此地中生人参是也。(《入王母池之处第十一》)

可知《西游记》中的那一只神力广大的猴子,在宋末已经构成了。到了元朝,用这个故事来写戏曲的人也很多,再演变下去,便成就了吴承恩的那一部伟大的浪漫作品。但我们不能因其文字的拙劣，叙事的简略，每章字数的不称，便忽视他的价值，他正如《五代史平话》、《宣和遗事》一样，都是后代长篇小说的种子，白话文学的先声。在中国小说的发展史上，是有极重要的意义的。至于在《永乐大典》中所发现的那一段《梦斩泾河龙》的《西游记》（见《大典》一三一三九卷，引书标题作《西游记》），共有一千二百余字，就其文字的技巧与故事的组织上看，显然呈现着进步的姿态，这无疑地是出自《取经诗话》以后的了。

下篇　宋代的戏曲

在政治的地位上，宋金是两个单位。但在文化的状态下，在文学发展的时代下，金朝恰好包括在宋代的范围里。因此，关于宋金的戏剧史料，我放在这一个时代中来叙述。

一、中国戏曲的起源与演进

戏曲最初的阶段，原是舞蹈、音乐、歌唱的混合形式。因此，《周颂》这一种作品，一面可看作是诗歌最早的材料，同时也可以看作是戏曲最早的材料。因为在《周颂》里，包含着大量的舞蹈音乐的成分的事，我在本书的第二章里，已详细地说过了。担任着这种舞蹈的角色，便是当日的巫觋。他们能歌能舞，是以媚神娱鬼为专业的。在初民时代，由对于自然与神鬼的敬畏与信仰，因此发生种种表示，献媚和礼拜的方式，于是戏曲性的歌舞，便在这神鬼观念之下产生了。王国维说："歌舞之兴，其始于古之巫乎！"（《宋元戏曲史》)这话是非常精确的。歌舞的起源,也就是戏曲的起源。

这一种情形,在《九歌》里表现得更是明显。《九歌》的文字虽是美丽的诗句,但就其全体看,却是一套完整的舞曲。关于这一点,我在本书第四章里,论南方的文学时,叙得很是详细,现在不多说了。楚国本是一个巫风大盛的地带。王逸说:"楚国南郢之邑,沅湘之间,其俗信鬼而好祠,其祠必作歌乐鼓舞以乐诸神。"(《楚辞章句》)这正是一个产生媚神鬼的舞曲的良好环境。《楚辞》中的《九歌》,便是当日宫廷中所表演的一套完整的宗教舞曲。全篇共有十一个节目,由庄重的天神、云神开场(《东皇太一》、《云中君》),接着两个浪漫的场面(《湘君》、《湘夫人》),接着又是几个庄重的场面(《大司命》、《小司命》、《东君》),下去又是两个浪漫的场面(《河伯》、《山鬼》),最后一场,是追悼阵亡的将士,用《国殇》来作为悲壮的收场。《礼魂》是全剧的尾声,是用着合乐合舞合唱的热闹空气,结束全局。"成礼兮会鼓,传芭兮代舞,姱女倡兮容与。"(《礼魂》)在这几句里,一面表示着在《九歌》中所含的舞蹈音乐动作成分的丰富,同时又暗示着这一套舞曲的表演,必在举行什么典礼的纪念日的事,也是很明显的。这样看来,《九歌》一方面是诗的资料,同时也是戏曲的资料,那是全无可疑的了。

《九歌》中所谓的灵或灵保,便是古代的巫觋,如"灵偃蹇兮姣服,芳菲菲兮满堂"(《东皇太一》),"灵连蜷兮既留,烂昭昭兮未央"(《云中君》),"思灵保兮贤姱"(《东君》),他们或作为娱神的演者,或作为神灵的象征,但在衣服形貌上,都有戏曲的适应性,在舞蹈动作上,都有戏曲的表演性,那是无可疑的。故王国维说:"至于浴兰沐芳,华衣若英,衣服之丽也。缓节安歌,竽瑟浩倡,歌舞之盛也。乘风载云之词,生别新知之语,荒淫之意也。是则灵之为

职，或偃蹇以象神，或婆娑以乐神，盖后世戏剧之萌芽，已有存焉者矣。”(《宋元戏曲史》)

因着社会经济的发展，统治阶级的得势，人权思想的兴起，艺术由神鬼的祭坛下，而渐渐地转入于人事的娱乐，这是必然的趋势。由媚神娱鬼的宗教舞曲，而变为人类的娱乐品了。代替着巫觋灵保而起的，是那些倡优侏儒一类的滑稽角色。《列女传》云："夏桀既弃礼义，求倡优侏儒狎徒，为奇伟之戏。"此说出于汉人，自不可信。但晋的优施，楚的优孟一类的人物，确是后代俳优的滥觞，他们或善于歌舞，或长于调戏。优施舞于鲁君之幕下，孔子加以辱君的罪名，优孟之为孙叔敖衣冠，楚王欲以为相。可知他们于言语调戏之外，必加以滑稽的动作。这一种情形，与后世的戏剧演员，是有几分近似了。

到了汉代，随着统治阶级势力的固定与经济的繁荣，于是俳优一类的人，成为一种专门人材，作为献媚君主贵族而谋生的一种职业。《汉书·礼乐志》载："郊祭乐人员，初无优人。惟朝贺置酒陈前殿房中，有常从倡三十人，常从象人四人，(孟康云：象人若今戏鱼虾狮子者也。韦昭云：著假面者也。)诏随常从倡十六人，秦倡员二十九人，秦倡象人员三人，诏随秦倡一人。"这一大批倡人，他们所表演的我们虽无从知其详情，或是带着假面具，装着鱼虾狮子的样子，或是唱歌跳舞，或是戏谑滑稽，借以取笑于君主与贵族，这是无疑的。由巫觋灵保所表演的媚神的舞曲，到这时候，是进一步而变为乐人的滑稽表演了。

角抵戏是武帝时代由西域传到中国来的(见《史记·大宛传》)。角抵是指着角力角技及射御比赛等等的游戏，但到了后来繁衍下去，范围日广，连假面戏和歌舞等等，也都包括在内。张衡在《西京赋》，描写平乐观的角抵戏说："乌获扛鼎，都卢寻橦。冲狭燕濯，胸突铦锋。跳丸剑之挥霍，走索上而相逢。……巨兽之为曼延，舍利之化仙车，吞刀吐火，云雾杳冥。……总会仙倡，戏豹舞罴。白虎鼓瑟，苍龙吹篪。……女娲坐而长叹，声清畅而委蛇。洪厓立而指挥，被毛羽而襳襹。度曲未终，云飞雪起……"再在李尤的《平乐观赋》里，对于当日的角抵戏，也有很活跃的叙述。这样看来，当日的角抵戏，范围极广，是集俳优、歌舞、角力、杂要于一炉，而成为无所不包的百戏了。

魏晋在戏剧方面，只沿袭汉代，没有什么进步。然可注意者，有出于后赵的参军戏。据《赵书》所载："石勒参军周延为馆陶令，断官绢数万匹，下狱，以八议宥之。后每大会，使俳优著介帻，黄绢单衣……以为笑。"（《太平御览》卷五百六十九引）唐段安节《乐府杂录》亦载此事，云起于汉和帝时。但王国维以后汉尚无参军官名，故以《赵书》为是。这一种参军戏，虽只以戏谑为主，但已扮演时事，比起往日的傀儡戏、象人戏来，是稍稍有点不同了。并且盛行于唐代的参军戏，即起源于此，这是值得我们注意的。

到了北朝，在戏剧方面，有比较重要的进展。这进展的事实，便是当日的俳优，能合着歌舞，去表演一种故事，在扮演方面将歌舞和故事联系起来，渐渐地走近戏曲的领域。这原因不得不归功于外族音乐舞曲的输入与影响。他们表演的事虽极简单，但已经是现实社会上的事情，决不是汉朝那种装禽兽玩木偶的把戏。当日这种戏，在文献中可考者，有《代面》、《踏摇娘》、《拨头》三种。

代面　代面始于北齐，是一种有歌舞有动作有故事又有化装的舞曲。《旧唐书·音乐志》云："代面出于北齐。北齐兰陵王长恭，才武而面美，常着假面以对敌。勇冠三军，齐人壮之，为此舞以效其指挥击刺之容，谓之《兰陵王入阵曲》。"可知代面这一种东西，一面是扮演兰陵王的故事，同时又是以歌舞为主体的了。再如《教坊记》及《乐府杂录》，俱载此事，其中虽偶有差异，但对于北齐的时代及男主角带假面英勇应敌之事，所载一致。则代面的起源，完全由民众崇拜心理的模仿。

踏摇娘　踏摇娘一作"苏中郎"。《教坊记》谓起于北齐苏鮑鼻，《乐府杂录》谓起于后周士人苏葩，《旧唐书·音乐志》则谓苏为隋末河内人。但三书中所载故事，则全相同。《教坊记》所载最详，或较可信。其词云："北齐有人姓苏鮑鼻，实不仕而自号为郎中。嗜饮酗酒，每醉辄殴其妻。妻衔悲诉于邻里。时人弄之。丈夫著妇人衣，徐步入场。行歌，每一叠，旁人齐声和之。……以其且步且歌，故谓之踏摇。及其夫至，则作殴斗之状，以为笑乐。"这样看来，代面与踏摇娘，都是合着歌舞，扮演一种社会上的实事。一是出于崇拜的心理，一是出于嘲讽的戏谑，其中的故事与动作，虽非常简陋，但在心理的构成上与人事的表演上，同后世的戏剧，已是很接近的了。

拨头　拨头为国外戏剧输入中国之一种，一名"钵头"（《乐府杂录》）。《北史·西域传》有拔豆国，或即此也。《旧唐书·音乐志》云："拨头者，出西域胡人，为猛兽所噬，其子求兽杀之，为此舞以象之也。"拨头有歌与否，虽不能知，但其动作部分，必更为繁复。由此看来，北朝时代的代面、踏摇娘、拨头等曲，虽无剧本的存留，虽无有情有节的内容，但在创作的动机与材料的表现，都入于有意识的人事的阶段，这一点，不能不说是一种大进步。

除此而外，汉魏以来的百戏，在南北朝及隋代也很盛行，尤盛于北方。在《魏书·乐志》、《隋书·音乐志》中，都有记述。据《隋书·柳彧传》所载:“于端门外建国门内,绵亘八里,列为戏场,百官起棚夹路,从昏至旦,以纵观,至晦而罢。伎人皆衣锦绣缯彩,其歌舞者多为妇人服,鸣环佩,饰以花毦者,殆三万人……鸣鼓聒天,燎炬照地,人戴兽面,男为女服。倡优杂伎,诡状异形。”在隋炀帝那种荒淫的政治状态下,这种作为娱乐的百戏的发达是必然的,观其热闹的情形,实远过于张衡在《西京赋》中所描写的了。

唐代的歌舞戏,如代面、踏摇娘、拨头、参军等,均本于前代,但参军戏最为流行。如《乐府杂录》、赵璘《因话录》、范摅《云溪友议》中,都有参军戏的记载。如黄幡绰、张野狐、李仙鹤、周季南、周季崇、刘采春女士等,都是扮演参军戏的名角。并且当日的参军戏,已较北朝时代进步。在那种戏里,已有“参军”和“苍鹘”两种固定的脚色,这在戏剧的表演上,是一种很重要的进展。《五代史·徐世家》云:“徐氏之专政也,杨隆演幼懦,不能自持。而知训尤凌侮之。尝饮酒楼上,令优人高贵卿传酒。知训为参军,隆演鹑衣鬘髻为苍鹘。”又姚宽《西溪丛话》卷下所引《吴史》,亦有同样记载。可知晚唐时代的参军戏已有固定的角色,所谓参军,便是戏中的正角,苍鹘便是丑角一类的配角了。又李义山《骄儿诗》云:“忽复学参军,按声叫苍鹘。”在这里,可以看出参军戏这种游艺,在当日是如何的普遍了。歌舞戏除上叙四种外,尚有《樊哙排君难戏》一种,又名《樊哙排闼戏》,见《唐会要》及《乐书》,盛行于晚唐,是一种扮演项羽、刘邦在鸿门相会的历史故事,是唐人自制的。戏中的详情,虽不知道,但由其表演的故事看来,较之代面、踏摇娘一类的东西,自必是要稍加繁复了。

唐代的歌舞戏虽止于此,但滑稽戏则较为进步。这种戏不一定表演故事,不杂歌舞,大都以讽刺戏谑为主,演者可以随时随地自由扮演之。如《资治通鉴》(卷二百十二),《旧唐书·文宗纪》,孙光宪《北梦琐言》卷六、卷十四及高彦休《唐阙史》诸书中,俱有这种滑稽戏的记载。尤以《唐阙史》所载者最为有趣。"咸通中,优人李可及者,滑稽谐戏,独出辈流。虽不能托讽匡正,然智巧敏捷,亦不可多得。尝因延庆节缁黄讲论毕,次及倡优为戏。可及乃儒服险巾,褒衣博带,摄齐以升讲座。自称三教论衡。其隅坐者问曰:既言博通三教,释迦如来是何人?对曰:是妇人。问者惊曰:何谓也。对曰:《金刚经》云:敷座而坐。若非妇人,何烦夫坐,然后儿坐也。上为之启齿。又问曰:太上老君何人也?对曰:亦妇人也。问者益所不喻。乃曰:《道德经》云:吾有大患,是吾有身。及吾无身,吾复何患。倘非妇人,何患乎有娠乎?上大悦。又问文宣王何人也?对曰:妇人也。问者曰:何以知之?对曰:《论语》云:沽之哉,沽之哉,吾待贾者也。倘非妇人,待嫁奚为?上意极欢,宠锡甚厚。翌日,授环卫之员外职。"(《唐阙史》卷下)这种滑稽戏虽没有歌舞,虽专以言语为主,但也可以看作是参军戏的变形。在这一戏中,李可及是主角,正是参军的脚色,那位隅坐者,无疑是苍鹘一类的配角了。在这里虽没有说出"参军"、"苍鹘"固定的脚色的名目,但在组织上,却正是两个脚色的对立,与晚唐时代的参军戏的构成,是相同的。同时这一种戏,也就是宋代杂戏之所本。其次,这一种滑稽戏,不仅盛行于民间,同时供奉于宫廷,偶尔得到君主的启齿破颜,便可得物品与官禄的赏赐。有了这种环境,这一种游艺,自然可以很快地发展起来。所以一到了宋代那个酣歌醉舞的朝廷里,所谓官本杂戏那种东西,便如雨后春笋一般地兴盛起来了。

二、宋代的各种戏曲

上面所说的，是宋代以前的中国戏曲发展的大略情形。严格的说来，那一些都不好算是真正的戏曲。但在戏曲发展的过程上，却又是不能忽视的材料。到了宋朝，随着歌词小说的兴起，社会经济的繁荣，宫廷的享乐，于是作为娱乐品的戏剧，得到了重要的进展。无论滑稽戏、歌舞戏以及歌唱戏等等，在脚色和故事方面，都较唐代进步得多。在南宋时代，这些东西，大都是叫作杂剧，在金人是叫作院本，那包括的范围是非常广泛的。这些杂剧和院本，虽说还没有达到真正的戏曲的阶段，同元代的杂剧，仍是两种不同的东西，但他们相隔的距离已是不远了，他们确是元代戏曲的基础和雏形，戏曲的基本条件，差不多都已具备，所缺少的只剩着由叙事体的讲唱到代言体的扮演那一个重要的转变了。

宋代初期的杂剧，大概都是指的那些滑稽戏、歌舞戏一类的东西，大都归之于大曲。陈旸《乐书》云："宴时，皇帝四举爵，乐工道词以述德美，词毕再拜，乃合奏大曲。五举爵，琵琶工升殿，独奏大曲。曲上，引小儿舞伎，间以杂剧。"又《梦粱录》说："向者汴京教坊大使，孟角球曾做杂剧本子，葛守诚撰四十大曲。"又《宋史・乐志》说："真宗不喜郑声，而或为杂剧词，未尝宣布于外。"这样看来，杂剧与大曲开始是截然不同的两物。可惜当日流行的杂剧本子和四十大曲，现在一本也没有流传下来，使我们无从比较。但就上面的文字看来，大曲是以歌舞为主，杂剧是以调戏滑稽为主，由唐代的参军戏变化而出，想必是无疑的。后来各种表演的艺术渐渐进步，彼此调和混杂，于是专以歌舞为主的大曲，开始叙述故事，而杂剧一类的东西,也杂以歌舞,因此杂剧与大曲渐渐合而为一了。在《梦粱录》卷三及卷二十里,说到杂剧演唱的情形,则说以滑稽念唱叙述故事为主,同时又说到种种音乐跳舞混合,这情形是非常明显的。到这时候,于是杂剧成为各种戏剧的总称,而包含着滑稽戏、歌舞戏以及竞技杂要各种游艺在里面了。试看《武林旧事》卷十所载官本杂剧共二百八十本,其中用大曲者一百有三,用法曲者四,用普通词调者三十有五,用诸宫调者二。再如有称"爨"者四十三本,称"孤"者十七本,称"酸"者五本,以及称"打调"、"三教"、"讶鼓"者十数本。所谓大曲、法曲、诸宫调以及普通词调,是属于歌舞与讲唱的,至于"爨"、"孤"、"酸"、"打调"、"三教"、"讶鼓"等等,大都是滑稽、双簧、调戏、杂要一类的东西。这样看来,南宋时代的杂剧,确是无所不包,同北宋时代代表滑稽戏的意义的杂剧,是成为两个不同的名词了。这二百八十本的杂剧,他题为官本,自然是出演于宫廷的作品,可惜现在都失传了,无从知其真实面目。但我们从古书的记载,以及文人的作品里,还可找到许多材料,供我们的研究,我在下面,分作滑稽戏、歌舞戏、讲唱戏三类来叙述。这三个部门,全都可以归于宋代广义的杂剧的范围内。

(一)滑稽戏 宋代的滑稽戏,与唐代的参军戏相似,但在脚色与布置方面,较为复杂与进步,其内容大都以诙谐讽刺为主。宋人每称此种滑稽戏为杂剧,这杂剧的意义是狭义的,我在上面已说过了。吕本中《童蒙训》云:"作杂剧者打猛诨入,却打猛诨出。"又洪迈《夷坚志》丁集云:"俳优侏儒,固技之下且贱者,然亦能因戏语而箴讽时政,有合于古矇诵工谏之义,世目为杂剧者是已。"又吴自牧《梦粱录》云:"杂剧全用故事,务在滑稽。"在这些话里,很明显地可以看出当日称为杂剧的滑稽戏的真实面貌。他同当日流行的歌舞戏、讲唱戏是完全不同的了。

祥符天禧中，杨大年、钱文僖、晏元献、刘子仪以文章立朝，为诗皆宗李义山。后进多窃义山语句。尝内宴，优人有为义山者，衣服败裂，告人曰，吾为诸馆职挦扯至此。闻者欢笑。（刘攽《中山诗话》）

优人常设三辈为儒道释，各称颂其教。儒者曰：吾之所学，仁义礼智信，曰五常，遂演畅其旨，皆采引经书，不杂媟语。次至道士曰：吾之所学，金木水火土曰五行，亦说大意。末至僧，僧抵掌曰：二子腐生常谈，不足听，吾之所学，生老病死苦曰五化。藏经渊奥，非汝等所得闻。当以现世佛菩萨法理之妙，为汝陈之，盍以此问我。曰敢问生。曰内自太学辟雍，外至下州偏县，凡秀才读者尽为三舍生。华屋美馔，月书季考，三岁大比，脱白挂绿，上可以为卿相，国家之于生也如此。曰敢问老。曰老而孤独贫困，必沦沟壑，今所立孤老院，养之终身，国家之于老也如此。曰敢问病。曰不幸而有疾，家贫不能拯疗，于是有安济坊，使之存处，差医付药，责以十全之效，其于病也如此。曰敢问死。曰死者人所不免，惟贫民无所归，则择空隙地为漏泽园，无以敛则与之棺，使得葬埋。春秋享祀，恩及泉壤，其于死也如此。曰敢问苦，其人瞑目不应，阳若恻悚然。促之再三，乃蹙额答曰，只是百姓一般受无量苦。徽宗为恻然长思，弗以为罪。（洪迈《夷坚志》）

史同叔为相日，府中开宴，用杂剧人。作一士人念诗曰：满朝朱紫贵，尽是读书人。旁一士人曰非也。满朝朱紫贵，尽是四明人。自后相府有宴，二十年不用杂剧。（张端义《贵耳集》）

由上面这些记载看来，滑稽戏的演出，虽以幽默笑言为主，但其内含的意义，是相当严肃的；或嘲笑文人的偷窃义山诗句，或借佛说来哀诉民众的疾苦，或讥讽当权的宰相的任用乡人，都表现着现实的社会的意识，并不是专说一两句笑话，以供统治者的娱乐。在这种地方，确实是有着言者无罪闻者足戒的意义的。同时，这种戏的表演者，必有相当的知识与眼光，对于时事，对于学术政治，都得有相当的了解。看他们所说的话，所表现的意见，绝非那些无知无识的俳优所能做到。故岳珂说："蜀伶多能文，俳语率杂以经史。凡制帅幕府之燕集，多用之。"（《桯史》）这样看来，这一种滑稽戏，只能盛行于宫廷与贵府，在民间未必普遍。因为他们所说的话所暗示的讽刺，都不容易为大众所欣赏。在民间表演起来，是不大有什么趣味的。

其次是傀儡戏与影戏。这两种戏与歌舞戏的性质固然不同，但与上面所讲的那种滑稽戏，也不一样，但广义的说来，他们是会有着多少的滑稽的意味的，因此，我也附论在这里了。傀儡戏就是木偶戏，起源于周代列子时。六朝唐代已演故事，据《封氏见闻记》所载，唐代的木偶戏，表演尉迟公作战，项羽、刘邦鸿门宴的故事，"机关动作，不异于生"。到了宋朝，傀儡戏大盛，种类亦极繁。据《东京梦华录》、《武林旧事》诸书所载，当日有悬丝傀儡、走线傀儡、杖头傀儡、药发傀儡、肉傀儡、水傀儡种种名目。《梦粱录》云："凡傀儡敷衍烟粉、灵怪、铁骑、公案、史书、历代君臣将相故事话本，或讲史，或作杂剧，或如崖词。……大抵弄此，多虚少实。"由此看来，当日的傀儡戏实有很大的进步，他能表现各种长篇的故事，并且还有演戏的底本，宜乎他能与"小说"、"讲史"两种说话人，同样的受民众欢迎，而大大地兴盛起来了。

影戏始于宋朝。《事物纪原》云："宋仁宗时，市人有能谈三国事者，或采其说加缘饰，作影人，始为魏、吴、蜀三分战争之象。"《东京梦华录》所载"京瓦伎艺"，有影戏与乔影戏之目。到了南宋，影戏更日益进步。《梦粱录》云："有弄影戏者。汴京初以素纸雕簇，自后人巧工精，以羊皮雕形，以彩色装饰，不致损坏。……其话本与讲史书者颇同，大抵真假相半。公忠者雕以正貌，奸邪者刻以丑形，盖亦寓褒贬于其间耳。"由易损的纸人，变为坚固的羊皮，由质素的形状，变为颜色的装饰，同时能在面貌上，加以公忠与邪恶的表情的分别，这是脸谱的应用，这种种现象，都是非常明显的进步。他也与傀儡戏一样，有独用的话本。胡适之说："南宋的说话人有小说、讲史、傀儡、影戏四大派，各有话本。"（《宋人话本八种序》）这样看来，当日的说话人，无论属于那一派，在其表现的性质上，在其职业的身份上，都是属于戏剧的了。

傀儡戏与影戏，虽说不是人所表演，但他却具备着戏曲的形态与内质。他能够表现一个有头有尾的故事，有固定的戏本，有面貌上的表情，有衣服上的颜色装饰，较之上面所说的那种盛行于上流阶级专以诙谐讽刺为主的滑稽杂剧，是较有趣味。因为如此，他才能够引起民众的爱好与欢迎，而能在当日说话的阵营中，占着秋色平分的地位。

（二）歌舞戏　宋代的歌舞戏，虽仍不能算作真正的戏剧，但较之前述的那种专以滑稽诙谐为主的杂戏来，是较为进步的，他配合着乐曲歌舞言语动作，以表演一个故事，其组织与形式，已相当复杂。但他缺少戏剧上一个最重要的特质，便是在故事的表演上，是叙事体而不是代言体。

甲　转踏　转踏(见曾慥《乐府雅词》)亦名“传摭”(见王灼《碧鸡漫志》),或名“缠达”(见《梦粱录》),皆一音之转,实际是相同的。他的组织,是用一曲连续歌唱,有每首咏一事者,有多首合咏一事者。如《乐府雅词》中所载的晁无咎的《调笑转踏》,分咏《西施》、《宋玉》、《大堤》、《解佩》、《回文》、《唐歌儿》、《春草》等七事。郑彦能的《调笑转踏》,分咏《罗敷》、《莫愁》、《卓文君》、《桃花源》十二事,无名氏的《调笑集句转踏》,分咏《巫山》、《明妃》、《班女》、《文君》八事。这都是每首咏一事,合多首咏多事的转踏。开始是一小段骈文,叫作勾队词,此后以一曲一诗相间。诗为七言,曲则以调笑为主。最后则以放队词作结。据《碧鸡漫志》卷三所载,谓石曼卿作《拂霓裳转踏》述开元、天宝遗事,自是多首合咏一事者,可惜其词不传。再如《乐府雅词》中的《九张机》,其中虽无具体的故事,也是具备着多首合咏一事的形式。今举郑彦能的《调笑转踏》为例:

良辰易失,信四者之难并。佳客相逢,实一时之盛会。用陈妙曲,上助清欢。女伴相将,调笑入队。

秦楼有女似罗敷,二十未满十五余。金环约腕携笼去,攀枝折叶城南隅。使君春思如飞絮,五马徘徊芳草路。东风吹鬓不可亲,日晚蚕饥欲归去。

归去。携笼女。南陌春愁[①]三月暮。使君春思如飞絮,五马徘徊频驻。蚕饥日晚空留顾,笑指秦楼归去。

石城女子名莫愁,家住石城西渡头。拾翠每寻芳草路,采

① “春愁”,通作“柔桑”。

莲时过绿蘋洲。五陵豪客青楼上,醉倒金壶待清唱。风高江阔白浪飞,急催艇子操双桨。

双桨,小舟荡。唤取莫愁迎叠浪,五陵豪客青楼上。不道风高江广,千金难买倾城样,那听绕梁清唱。

……

放队

新词宛转递相传,振袖倾鬟风露前。月落乌啼云雨散,游童陌上拾花钿。

由上面的引子看来,知道这一种转踏,是一种短小的适合于宴会的舞曲。他们如何歌法,如何舞法,虽不知其详,但由"用陈妙曲,女伴相将"和"倾鬟振袖,游童拾钿"等等形容的文句看来,可想见其中的人物和乐舞之盛。保存于《乐府雅词》中的诸转踏,大都出于高级文人之手,所以文字格外典雅美丽。去其歌舞的性质,而其文字,也还能保持其独立的诗词的生命。另有无名氏的《调笑集句转踏》一篇,编者曾慥云是九重传出,可知当日宫廷所表演者与士子文人所制作者,无论形式与文字,体例是相同的。

转踏而外,还有一种歌舞相兼的舞曲,用以侑宾客者曰"队舞"。因为他的组织以歌舞者一队为单位,故名曰"队舞"。据《宋史·乐志》,队舞有小儿队与女弟子队之分。小儿队凡七十二人,分柘枝队、剑器队等十种。女弟子队凡一百五十三人,分菩萨蛮队、佳人剪牡丹队、采莲队等十种。其衣服的颜色与装饰的形状,俱适合于其队名的性质而各不相混。这种大规模的组织,自然是宫廷才能办到。在表演的性质上看来,较之转踏,队舞似乎是较为贵族化的。王国维氏推想这两种东西,是一种名异实同的舞曲。

在性质上似乎是不错，但在表现的组织上，队舞必较为大规模与复杂性的。还有一点，队舞必偏重于舞蹈，而歌唱的成分比较少。因此，我们若把转踏和队舞看作是一种东西，似乎有些不妥了。

乙　大曲　宋代的歌舞戏，除转踏外，还有大曲。大曲便是一曲多遍合乐合舞的一种舞曲。“大曲自南北朝已有此名。至唐而雅乐、清乐、燕乐、西凉、龟兹、安国、天竺、疏勒、高昌乐中，均有大曲。然传于后世者，唯胡乐大曲耳。其名悉载于《教坊记》，其词尚略存于《乐府诗集》近代曲辞中，宋之大曲，即自此出。”（王国维《宋元戏曲史》）由此可知大曲的来源已久，并且也是宫廷中的一种主乐。到了宋代，取用大曲的乐调，叙述一件故事，而变成一种歌舞的戏曲性质，虽仍是叙事体，然而较之从前那种专以乐曲为主的大曲来，自然是大为进步了。《碧鸡漫志》卷三云：“凡大曲有散序、靸、排遍、攧、正攧、入破、虚催、实催、衮遍、歇拍、杀衮，始成一曲，谓之大遍。予曾见一本有二十四段，后世就大曲制词者，类从简省，而管弦家又不肯从首至尾吹弹，甚者学不能尽。”可知一个正式的大曲的组织，是非常繁复的，表演于宫廷者，必能依其规矩，而具备着那大规模的结构。至于流行宫廷以外的大曲，一面因依曲制词的文人，类从简省、裁截用之，二因管弦家，不肯从首至尾吹弹，于是大曲的遍数变成长短不定了。如曾布的《水调大曲》（载王明清《玉照新志》），咏冯燕事，只有排遍第一、排遍第二、排遍第三、排遍第四、排遍第五、排遍第六带花遍、排遍第七攧花十八等，共为七段。史浩的《采莲大曲》（《鄮峰真隐漫录》），只有延遍、攧遍、入破、衮遍、实催、衮、歇拍、煞衮等，共为八段。再如董颖的《薄媚大曲》（《乐府雅词》），为最长者，也只有排遍第八、排遍第九、第十攧、入破第一、第二虚催、第三衮遍、第四摧拍、第五衮遍、第六歇拍、第七煞衮等，共为十段。可知宋代的大曲，遍数虽多至数十，但文人的制作，往往简省截用，变成长短自由的形式了。今试举董颖《薄媚》的前二段云：

排遍第八

怒潮卷雪，巍岫布云，越襟吴带如斯。有客经游，月伴风随。值盛世观此江山美，合放怀何事却兴悲。不为回头旧谷天涯。为想前君事，越王嫁祸献西施，吴即中深机。　阖庐死有遗誓，勾践必诛夷。吴未干戈出境，仓卒越兵，投怒夫差，鼎沸鲸鲵。越遭劲敌，可怜无计脱重围。归路茫然，城郭邱虚，飘泊稽山里，旅魂暗逐战尘飞。天日惨无辉。

排遍第九

自笑平生，英气凌云，凛然万里宣威。那知此际，熊虎涂穷，来伴麋鹿卑栖。既甘臣妾，犹不许，何为计，争若都燔宝器，尽诛吾妻子，径将死战决雄雌。天意恐怜之。　偶闻太宰正擅权，贪赂市恩私。因将宝玩献诚，虽脱霜戈，石室囚系，忧嗟又经时，恨不如巢燕自由归。残日曚眬，寒月潇潇，有血都成泪，备尝险厄反邦畿，冤愤刻肝脾。

后面还有八段，都是这样排列下去，什么引子尾声，动作舞蹈的表示，以及说明故事的散文都没有。但陈旸《乐书》云："优伶舞大曲，惟一工独进，但以手袖为容，踏足为节。其妙串者，虽风骞鸟旋，不逾其速矣。然大曲前缓叠不舞，至入破则羯鼓襄鼓与丝竹合作，句拍益急，舞者入场，投节制容，故有催拍、歇拍，姿势俯仰，百态横出。”在这些话里，可知大曲中歌舞之盛。因他是以歌舞为主，故其中虽叙故事，而这种故事，反居于不重要的地位，散文的部分，或者就因此而失去了（惟《鄮峰真隐漫录》中之《采莲》，与此不同）。

丙　曲破　舞曲最详备者，为曲破。曲破始于唐五代，当时只偏于乐舞，到了宋朝，始借以表演故事。现存于史浩《鄮峰真隐漫录》中之剑舞，即为当日曲破之底本。现节录于下：

二舞者对厅立裀上。（下略）乐部唱剑器曲破。作舞一段了。二舞者同唱〔霜天晓角〕。

莹莹巨阙，左右凝霜雪。且向玉阶掀舞，终当有，用时节。唱彻，人尽说，宝此刚不折。内使奸雄落胆，外须遣，豺狼灭。

乐部唱曲子，作舞剑器曲破一段。舞罢，分立两边，别二人汉装者出，对坐，桌上设酒桌，“竹竿子”念。

伏以断蛇大泽，逐鹿中原。佩赤帝之真符，接苍姬之正统。皇威既振，天命有归。……

舞部唱曲子，舞剑器曲破一段。一人左立者上裀舞，有欲刺右汉装者之势。又一人舞进前，翼蔽之。舞罢。两舞者并退，汉装者亦退。复有两人唐装者出。对坐。桌上设笔砚纸。舞者一人，换妇人装，立裀上，“竹竿子”念。

伏以云鬟耸苍壁，雾縠罩香肌。袖翻紫电以连轩，手握青蛇而的皪。花影下游龙自跃，锦裀上跄凤来仪。……

乐部唱曲子，舞剑器曲破一段，作龙蛇蜿蜒曼舞之势。两人唐装者起，二舞者一男一女对舞，结剑器曲破彻，“竹竿子”念。

项伯有功扶帝业，大娘驰誉满文场。合兹二妙甚奇特，欲使嘉宾酹一觞。……歌舞既终，相将好去。

念了，二舞者出队。

在这种舞曲里，有念白，有化装，有人指挥，有人表演，并且有男女合演的场面，次序姿势，都很完备，可算是宋代舞曲中最进步者。在《鄮峰真隐漫录》中，还有表演武陵源故事的大清舞等曲，其形式组织与剑舞完全相像。而史浩一律题为大曲，可知大曲、曲破到了史浩时代，其界限已不分明，已是互相接近而混合了。《宋史·乐志》云："太宗洞晓音律，凡制'大曲'十八曲，'曲破'二九。"在北宋时代，"大曲"与"曲破"是完全不同的。张炎的《词源》云："大曲则倍以六头管品之，其声流美，即歌者所谓曲破。"由此可知到了南宋，这两种乐曲，已经混而为一，没有什么大分别了。

（三）讲唱戏　讲唱戏正如现在的清唱，他是以歌唱与故事为主，伴奏着音乐，其中虽也有表情的动作，却缺少正式的跳舞。最初的形式，只是词的重叠，以咏一事。如欧阳修的〔采桑子〕十一首，咏西湖风景之胜。前有短序，作为开场。序云：

昔者王子猷之爱竹，造门不问于主人；陶渊明之卧舆，遇酒便留于道上。况西湖之胜概，擅东颍之佳名。虽美景良辰，固多于高会，而清风明月，幸属于闲人。并游或结于良朋，乘兴有时而独往。鸣蛙暂听，安问属官而属私；曲水临流，自可一觞而一咏。至欢然而会意，亦旁若于无人。乃知偶来常胜于特来，前言可信；所有虽非如己有，其得已多。因翻旧曲之辞，写以新声之调。敢陈薄技，聊佐清欢。

接着序文,是排着十一首〔采桑子〕的词。这种短短的形式,作为宴集时候的歌唱,是非常合适的,这与前述的转踏,有点相像。比〔采桑子〕的《西子词》较为进步的,是赵令畤的《商调蝶恋花》。他用着十二首词,歌咏《会真记》的故事。进步的地方,是他采用散文歌曲间用的新形式。这一点似乎是得自变文的启示或影响。因为他用着这种新形式,于是他的《商调蝶恋花》,虽与〔采桑子〕同是词的重叠,但已是较为戏曲化了。

元微之崔莺莺商调蝶恋花词

夫传奇者,唐元微之之所述也。以不载于本集而出于小说,或疑其非是。今观其词,自非大手笔,孰能与于此。……惜乎不被之以音律,故不能播之声乐,形之管弦。……今于暇日,详观其文,略其烦亵,分之为十章。每章之下,属之以词。或全摭其文,或止取其意。又别为一曲,载之传前,先叙前[①]篇之义。调曰商调,曲名〔蝶恋花〕。句句言情,篇篇见意。奉劳歌伴,先定格调,后听芜辞。

丽质仙娥生月殿,谪向人间,未免凡情乱。宋玉墙东流美盼,乱花深处曾相见。　密意浓欢方有便,不索[②]浮名,旋遣轻分散。最恨多才情太浅,等闲不念离人怨。

传曰:余所善张君,性温茂,美丰仪,寓于蒲之普救寺。适有崔氏孀妇将归长安,路出于蒲,亦止兹寺。……是岁,丁文

① “前”,再版为“全”。
② “索”,再版为“奈”。

雅不善于军,军人因丧而扰,大掠蒲人。崔氏之家,财产甚厚,旅寓惶骇,不知所措。先是张与蒲将已党有善,请吏护之,遂不及于难。郑厚张之德甚,因饰馔以命张,中堂宴之。……乃命其女曰莺莺,出拜尔兄。……久之乃至,常服睟容,不加新饰。……张问其年,郑曰,十七岁矣。张生稍稍词导之,不对,终席而罢。奉劳歌伴,再和前声。

锦额重帘深几许,绣履弯弯,未省离朱户。强出娇羞都不语,绛绡频掩酥胸素。　　黛浅愁红妆淡注,怨绝情凝,不肯聊回顾。媚脸未匀新泪污,梅英犹带春朝露。

张生自是惑之,愿致其情,无由得也。崔之婢曰红娘,生私为之礼者数四,乘间道其衷。……婢曰:崔善属文,往往沉吟章句,怨慕者久之。君试为偷情诗以乱之,不然,无由得也。张大喜,立缀《春词》二首以赠之。奉劳歌伴,再和前声。

懊恼娇痴情未惯,不道看春,役得人肠断。万语千言都不管,兰房跬步如天远。　　废寝忘餐思想遍,赖有青鸾,不必凭鱼雁。密写香笺论缱绻,《春词》一首芳心乱。

是夕,红娘复至,持彩笺而授张曰,崔所命也。题其篇云:明月三五夜。……奉劳歌伴,再和前声。

庭院黄昏春雨霁,一缕深心,百种成牵系。青翼蓦然来报喜,鱼笺微谕相容意。　　待月西厢人不寐,帘影摇光,朱户犹慵闭。花动拂墙红萼坠,分明疑是情人至。

……

赵令畤本是宋朝作艳词的名手,这种风流浪漫的材料,落到他的手里,自然是写得有声有色。他采用着一段散文一首歌词的形式，一面可使人领会歌唱的美妙，一面又可使人了解故事的情节，这在表演上，是更可增加戏剧的效果的。看他每段结束时，必写“奉劳歌伴，再和前声”两句看来，那表演时，讲述故事和唱曲者的职务是分开的，若奏乐的人是独立的，那么至少是需要三个人了。

比这种鼓词的组织更广大，音乐的变化更复杂的，便是诸宫调。欧阳修的《西湖词》，赵令畤的《会真记》，虽也要歌唱十几曲，但前后总是〔采桑子〕、〔蝶恋花〕那样翻来覆去地歌着，在音乐的性质上，是缺少变化繁复的美感的。同时那种简短的形式，也不便详细地叙述一个长篇的故事。诸宫调的兴起，便救了这种缺陷。

在歌唱与音乐表演的性质上，诸宫调得了最大的进步。他一反他种歌唱戏的单调性，他采取一个宫调中的几支曲子，合成一套，再连合着许多的套数，成为一个整体。在这一个长短自如的组织中，可以随意表演或长或短的故事，而在音乐上，又能呈现着变化繁杂的美感。他组织的形式，正和赵令畤《商调蝶恋花》相似，是以散文歌词夹杂而成。王灼《碧鸡漫志》云：“熙丰、元祐年间，泽州有孔三传者首创诸宫调古传，士大夫皆能诵之。”又吴自牧《梦粱录》云：“说唱诸宫调，昨汴京有孔三传，编成传奇灵怪，入曲说唱。今杭城有女流熊保保及后辈女童，皆效此说唱。”再如《东京梦华录》及《都城纪胜》，都有类似的记载。由此可知北宋的元祐年间，已有诸宫调，而其创作者，并非出自高级文人，而是出自民间作家孔三传之手。孔氏的生平事迹，现在无从知道，由上列诸书的记事看来，他或者是当日汴京瓦肆中的一个卖技者。因为他创出的诸宫调，能集合音乐故事之长，使得雅俗共赏，所以士大夫都很赏识他，因此这一种文体，流行一时，许多人以此为专业，同那些说小说讲史的，演傀儡影戏的，在汴京瓦肆中，占得一席地了。看《梦粱录》和《武林旧事》的记载，知道南宋时代，说唱诸宫调的艺人，还有不少的专家。可惜他们所用的诸宫调的底本，今都散佚不存，再《武林旧事》所载“官本杂剧段数”中的《诸宫调霸王》、《诸宫调卦铺儿》二本，亦不传世。再有《刘知远诸宫调》一本，不知何人所作，但已残缺不全，现藏俄京亚洲博物馆。现在可供我们研究的最完备的资料，只有一本北方文人的作品《董西厢》了。《董西厢》为董解元所作，董之生平事迹，一无所知。钟嗣成的《录鬼簿》中注明他是金章宗时人（西历一一九〇——一二〇八），这一点想必可信。这样看来，他是一位南宋中期的北国文人。

北宋末年的大乱，中原的文化，虽是大量地南迁，但这种属于游艺性质的民众，和那种流行于当日社会的各种游艺，自然还有一部分遗留在那些地方。这种遗留，便成为北国文化的种子。在辽远的北国，能产生《董西厢》那样伟大的诸宫调的创作，并不是一件没有根源的事。再如《刘知远诸宫调》的残本，想也是北方人的作品。

《董西厢》是诸宫调中一部最伟大最成熟的作品，他把《会真记》那件风流案，加以种种合理的组织化，用最美丽最深刻的词句，描写出来，使那故事格外显得哀恻动人。在这里，正表现作者的丰富的想象力与组织力，和他那种超人的诗歌的天才。《会真记》的故事，由元微之到赵令畤，再到董解元，达到了文学化与通俗化的最高点，成为中国才子佳人恋爱故事中的典型，这一对陷于恋爱苦闷的男女，在中国青年的心目中，永远留下着活跃的影子。这一种情形的造成，虽不得不归功于后来王实甫的《西厢记》，但我们今日不得不在这里揭穿这一个秘密，《董西厢》实是《王西厢》的底本。因王作之行世，致使董作湮没无闻，这在中国文学史上，无疑是一个小小的悲剧。

《西厢记》虽出唐人《莺莺传》，实本金董解元。董曲今尚行世，精功巧丽，备极才情，而字字本色，言言古意，当是古今传奇鼻祖。金人一代文献尽此矣。（胡应麟《少室山房笔丛》）

王实甫《西厢记》，全蓝本于董解元。谈者未见董书，遂极口称道实甫耳。如《长亭送别》一折，董云："莫道男儿心似铁，君不见满川红叶，尽是离人眼中血。"实甫则云："晓来谁染霜林醉，总是离人泪。"泪与霜林，不及血字之贯矣。又董云："且休上马，苦无多泪与君垂，此际情绪你争知。"王云："阁泪汪汪不敢垂，恐怕人知。"两相参玩，王之逊董远矣。……前人比王实甫为词曲中思王太白，实甫何敢当，当用以拟董解元。（焦循《易余籥录》）

董解元确是十三世纪初期中国北方一位最伟大的诗人，最有戏剧组织力的天才诗人。他能够把《会真记》那一篇简短的故事，加以剪裁，加以穿插，加以近于人情的分离聚合的波折与团圆，使这故事完成了最有戏剧性的发展，同时使他这作品成为一本最完美的诗剧。我在下面，选录《送别》一段为例：

〔大石调·玉翼蝉〕　蟾宫客，赴帝阙，相送临郊野。恰俺与莺莺鸳帏暂相守，被功名使人离缺。好缘业，空悒怏，频嗟叹，不忍轻离别。早是恁凄凄凉凉受烦恼，那堪值暮秋时节。

雨儿乍歇，向晚风如凛冽，那闻得衰柳蝉鸣凄切。未知今日别后，何时重见也。衫袖上盈盈揾泪不绝，幽恨眉峰暗结，好难割舍,纵有半载恩情,千种风情,何处说。

〔尾〕　莫道男儿心似铁,君不见满川红叶,尽是离人眼中血。

……生与莺难别。夫人劝曰,送君千里,终有一别。

〔仙吕调·恋香衾〕　苒苒征尘动行陌,杯盘取次安排,三口儿连法聪外更无别客。鱼水似夫妻正美满,被功名等闲离拆。然终须相见,奈时下难挨。　　君瑞啼痕污了衫袖,莺莺粉泪盈腮。一个止不定长吁,一个顿不开眉黛。君瑞道闺房里保重,莺莺道路途①上宁耐。两边的心绪,一样的愁怀。

〔尾〕　仆人催促,怕晚了天色。柳堤儿上把瘦马儿连忙解。夫人好毒害,道孩儿每回取个坐车儿来。

生辞夫人及聪,皆曰好行。无人登车,生与莺别。

〔大石调·蓦山溪〕　离筵已散,再留恋,应无计。烦恼的是莺莺,受苦的是清河君瑞。头西下控着马,东向驭坐车儿,辞了法聪,别了夫人,把樽俎收拾起。　　临行上马,还把征鞍倚,低语使红娘,更告一盏,以为别礼。莺莺、君瑞彼此不胜愁,厮觑着总无言,未饮心先醉。

〔尾〕　满酌离杯长出口儿气,比及道得个我儿将息。一盏酒里,白冷冷的滴毂半盏来泪。

夫人道:教郎上路,日色晚矣。莺啼哭,又赋诗一首赠郎。……

〔黄钟宫·出队子〕　最苦是离别,彼此心头难弃舍。莺莺哭得似痴呆,脸上啼痕都是血。有千种恩情何处说。夫人

① “路途”,再版为“途路”。

道天晚教郎疾去，怎奈红娘心似铁，把莺莺扶上七香车，君瑞攀鞍空自撷，道得个冤家宁耐些。

〔尾〕　马儿登程，坐车儿归舍。马儿往西行，坐车儿往东拽。两口儿一步儿离得远如一步也。

〔仙吕调·点绛唇缠令〕　美满生离，据鞍兀兀离肠痛。旧欢新宠，变作高唐梦。　回首孤城，依约青山拥。西风送，戍楼寒重，初品梅花弄。

〔瑞莲儿〕　衰草凄凄一径通，丹枫索索满林红。平生踪迹无定著，如断蓬。听塞鸿、哑哑的飞过暮云重。

〔风吹荷叶〕　忆得枕鸳衾凤，今宵管半壁儿没用。触目凄凉千万种，见滴流流的红叶，淅零零的微雨，率刺刺的西风。

〔尾〕　驴鞭半衰[①]，吟肩双耸，休问离愁轻重，向个马儿上驼也驼不动。

离蒲西行三十里，日色晚矣。野景堪画。

〔仙宫调·赏花时〕　落日平林噪晚鸦，风袖翩翩催瘦马，一径入天涯。荒凉古岸，衰草带霜滑。　瞥见个孤林端入画，离落萧疏带浅沙。一个老大伯捕鱼虾，横桥流水，茅舍映荻花。

〔尾〕　驼腰的柳树上有渔槎，一竿风旆茅檐上挂，澹烟潇洒，横锁着两三家。

生投宿于村舍……

在上列这一段里，可看出诸宫调组织的形式。在许多曲子里，

① “衰”，再版为“袅”。

用了六个宫调，每一宫调中，都有尾声，合成一套，再连合许多套数，成为一个整体。偶然也有没有尾声的。一套或数套之间，夹杂着散文，散文有长有短，十之八九为古文，也时时杂用极浅的白话。全书的组织都是如此。在全文中，有许多写景极美的句子，有许多写情极缠绵极深刻的句子，也有许多用白话写成的韵文，以描摹种种姿态和语气，格外显得活泼有力，神情毕露，宋人的诸宫调作品，一点没有遗留下来，而这一部北国的作品，独能完美地流传人世，自然是因其艺术的特殊优秀，被人爱好而得到保存的命运的。自宋代的大曲、鼓词一类的东西，而步入元代的杂剧，诸宫调实是一座不可缺少的桥梁。在这种地方，董解元的《弦索西厢》，更显出在中国戏剧史上的地位了。

在歌唱的组织上，不限一曲，取一宫调之曲若干，合为一个整体，在表面略似诸宫调者，还有赚词。赚词亦可叙述故事，但规模甚小，用之于宴会中的演奏，最为相宜。《事林广记》所载"遏云歌社"的赚词一则（见王国维《宋元戏曲史》），只有短短的九曲，中间没有散文的叙述，上面注明是用于宴会的。据耐得翁《都城纪胜》云："唱赚在京师，只有缠令、缠达。有引子、尾声为缠令，引子后只以两腔递且循环间用者为缠达。……凡赚最难，以其兼慢曲、曲破、大曲、嘌曲、要令、番曲叫声诸家腔谱也。"但因现存的赚词过少，我们无法认识他的真面目。至于他的产生的过程，说他源于转踏大曲，再受影响于诸宫调的事，这一种推论，想是很近情理的。

由于上面的叙述，关于盛行当日的各种戏曲，想可略明大概了。至于宋金杂剧院本表演的脚色，比起唐代的参军戏来，也大有进步。《梦粱录》云："杂剧中末泥为长，每四人五人为一场。……末泥色主张，引戏色分付，副净色发乔，副末色打诨。又或添一人装孤。”又《辍耕录》云：“院本则五人。一曰副净，古谓之参军。一曰副末，古谓之苍鹘。一曰引戏，一曰末泥，一曰装孤，又谓之五花爨弄。”唐代的参军戏，只有参军、苍鹘二色，到了宋金，都进步为五个脚色了。并且杂剧与院本的脚色的人数与性质，正是一致的。所谓末泥引戏所担任的主张分付的事，正如现在舞台上所流行的编剧、导演、指挥、监督一类的职务，其自身并不演戏。出场表演之人物，为发乔的副净，打诨的副末。王国维云：“发乔者盖乔作愚谬之态，以供嘲讽，而打诨则益发挥之以成一笑柄也。”装孤并不重要，只是偶然添上去的配角而已。这一种情形，正适合于当日滑稽杂剧的表演，至于其他的歌舞戏，自必要另外加入跳舞歌唱与奏乐的演员们，司指挥监督之职的，自然还是“引戏”、“末泥”一类的人担任。在歌舞戏中，那名目又变为“竹竿子”、“花心”一类的东西了。我们看了《鄮峰真隐漫录》中的诸舞曲，便更可了然了。

最后，我还要谈一谈宋代的“戏文”，作为本节的结束。戏文本是元明南戏的始祖，在中国戏曲史上，原是非常重要的。前人每以为这种戏文，起于元代的杂剧，但现在我们都知道他在宋朝早已出现，他的产生时代，是在元杂剧之前。元周德清《中原音韵》云：“南宋都杭，吴兴与切邻，故其戏文如《乐昌分镜》等，唱念呼吸，皆如约韵。”又刘一清《钱塘遗事》云：“戊辰己巳间（度宗咸淳四五年间，西历一二六八—一二六九年）王焕戏文，盛行于都下。”可知戏文之起于宋，殆无可疑，到了宋末，已经由民间而盛行于京都了。祝允明说：“南戏出自宣和以后，在南渡时，名为温州杂剧。”（《猥谈》）又徐渭《南词叙录》：“南戏始于宋光宗朝，永嘉人所作《赵二贞女》、《王魁》二种实首之。”他们所说的虽时代稍有前后，但由戏文在宋末已盛行于京都的事实看来，戏文产生于十二世纪，是无可疑的了。又明初叶子奇的《草木子》说:“俳优戏文,始于《王魁》,永嘉之人作之。”这样看来,戏文的出生,是起于温州的民间,渐渐地向北方发展的,故后人名之为南戏。

宋人作的戏文,所可考者,有《赵贞女蔡二郎》、《乐昌分镜》、《王焕》、《王魁》、《陈巡检梅岭失妻》五种。前二者只字无存,后三种,略有残文留于沈璟的《南九宫谱》中。然所存者,只是一点词曲,无从窥见其形式的组织,因此我们在这里无法说明宋代戏文的真实形态。近年来在《永乐大典》中发现《张协状元》、《小孙屠》、《宦门弟子错立身》三种,这些戏文大家虽都推断是元代的作品,但无疑都是宋代戏文的直接后身。由这几种资料的考察,也可看出戏文,在形式上音律上是同元代的杂剧,确是两个不同的流派。而在中国戏剧史上,他确是明代传奇之祖。关于这些问题,在下面论明代戏曲的一章里,再来叙述。

第二十二章　元代的散曲

一　元代的新局势与新文学

蒙古民族的崛起，在汉人的政治上，是一出最难忍受的悲剧。外族对于汉人的压迫，本是历代皆有，如两晋，如南北朝，如辽金，算是最严重的了。但在那些不利的形势之下，汉人还能在南方保持一部分实力，独成一个对峙的局面。这样子，一面使我国固有的文化得着逃避与保存，同时在民族的精神心理上，也还能存在着一点最后胜利的自尊的信心。到了元朝吞金灭宋以后，这种情形就完全变了。汉人的全部土地与民族，整个归之于外族统治者的手下了。他们推翻摧毁了中国古代传统的礼乐制度，把汉人降低到人民阶级中最低的一种，从前看作是上品的读书人，现在归之于妓女、乞丐一流了。于是全部的汉人，都变成了蒙古人的奴隶。这一种空前未有的悲剧场面，在中国史上，继续了九十年，一直等到朱元璋起来，削平群雄，建立明帝国，才告一结束。

蒙古族散居塞外沙漠之地，精骑善射，强悍好战，原是一种逐水草而居的游牧民族。宋时由鄂尔浑河流域移居博尔罕山麓，势渐强盛。十三世纪初，成吉思汗并吞大漠南北诸部族，举兵南下，夺了金的黄河以北的地方，再乘胜转兵西征，由中亚细亚各国，而入俄罗斯。势如破竹，后来凯旋东归时，把西夏也灭了。由成吉思汗之几次强大武力的收获，替元帝国打好了基础，同时也增加了他们进攻南方肥沃土地的野心。这种南进政策，到了成吉思汗的儿子窝阔台（太宗），实现了第一步，他在一二三四年，成就了灭金的大业。从此以后，衰弱的南宋，面对着这兴起的强敌了。当时宋朝的君臣，虽尽力的采用着绥靖政策，称臣纳币，避免战争，然这只能苟延残喘于一时，终非抗敌图存的善法。结果，到了元世祖忽必烈时，举兵南下，一二七六年陷了临安，宋朝的残兵败将，节节南退，最后退到了广东崖山，强敌仍是进逼不已，最后由陆秀夫负着帝昺投海殉国的一幕，结束了宋帝国的命运，那时正是西历的一二七九年。

元帝国的基础完全建筑在强大的武力上。他用强大的武力来摧毁人民的生命，掠夺财货与土地。《耶律公神道碑》云："自太祖西征以后，仓廪府库，无斗粟尺帛，而中使别迭等签言，虽得汉人，亦无所用，不若尽去之，使草木畅茂，以为牧地。公（耶律楚材）即前曰，夫以天下之广，四海之大，何求而不得，但不为耳，何名无用哉？"（《元文类》卷五七）虽因耶律公之言，而未使中国化为牧场，人民变为枯骨，但在这几句话里，可以看出游牧民族的君臣的幼稚与野蛮。因此，他们的子孙，后来一统治中国，便实行那种高压的奴化政策。把统治的人民分为蒙古人、色目人、汉人、南人四等级。蒙古人最高，政治军事上的高官大吏，都是他们，色目人（西域、欧洲各藩属人）次之，汉人（辽金旧人及辽金统治下的华北人）又次之，南人（南宋统治下的南方汉人）最下。《元史·百官志序》说："世祖即位。……酌古今之宜，定内外之官。……官有常职，位有常员。其长则蒙古人为之,而汉人南人贰焉。"可见在当日,被征服的诸民族里,最受压迫的,要算是汉人了。在这一种游牧民族的统治下,那些君主王公只知掠夺土地与金钱。他们除了尽量的采用和享受汉人的物质文化和便于统治与组织的制度以外,对于精神文化的建设与发扬,自然是无人顾问的。从前书生看作是进身之阶的科举考试,自元灭金以后,仅于太宗九年,举行过一次。从此废而不行,至七十八年之久。因此一般读书人都断绝了生路,于是往日被人称为高贵的书生,变为社会上卑贱无用的人了。谢枋得《送方伯载归三山序》云:"滑稽之雄,以儒为戏者曰:我大元制典,人有十等,一官二吏,先之者贵之也。七匠八娼九儒十丐,后之者贱之也。吾人品岂在娼之下丐之上者乎?"又郑思肖《大义略序》云:"鞑法:一官,二吏,三僧,四道,五医,六工,七猎,八民,九儒,十丐,各有所统辖。"他们所说的虽微有不同,但当日元人轻视和压迫书生,以及书生在当日地位的低微,是非常明显的事。在这一种情状下,中国的学术思想,遭遇了最黑暗的时期。任何一本中国的哲学史或学术史,在这一世纪中,都留下了一页空白。然而立在文学史的观点上,元代却是一个重要的时期,因为在这个新政治的局面下,在这个旧精神旧信仰的崩溃下,文学得到了新的发展的机运和自由,他可以从旧的圈套和旧的束缚中解放出来,前人所视为卑不足道的民众文学,大大地抬起头来,代替了正统文学的地位,而放出了异样的光彩。这一种新文学,并非是姚燧、吴澄、虞集、刘因、杨载、范椁、揭傒斯、萨天锡、张埜、杨维桢诸人的古文诗词,而是那些写给大众欣赏的曲子与歌剧。在那些称为大家的古文诗词里,并不是没有一两篇佳作,但无论如何,他们文学的精神与形式,都是承袭前代的作品,跳不出唐宋诸贤的圈子。唯有这些新起的曲子与歌剧，无论其形式精神与音调，都赋予有力的新生命与创造性，在当日的诗坛与剧坛，造成了革命性的建设与明显的进步。因此，我们可以说元曲是元代文学的灵魂。至于元代的白话小说，多为宋代话本的拟作，没有产生伟大的作品。如《三国演义》、《水浒传》等巨著，虽是草创于元代，但都到了明代才完全成熟。并且元代的原作，今已无存。因此，关于元代的小说史料，将放在明代一道来叙述了。

所谓元曲，实包含两部分。一是散曲，一是杂剧。散曲可以说是元代的新诗，杂剧是元代的歌剧。他们在文字的性质上虽是同源，但在文学的性质上，却是异体。双方的关系固然非常密切，但他们却各有诗的与戏剧的独立的生命。前人研究元杂剧时，只注意其中的曲辞，用这种曲辞去代表元杂剧全部的生命，因此许多选本如《词林摘艳》、《雍熙乐府》一类的书，只选录其曲辞，而把那些剧本的生命全部毁灭，于是剧本中的曲辞与散曲混杂起来，在这一种情状下，元曲便成了散曲与杂剧的总称。现在为得要分明双方的界限，因此我在下面是分作两部分来叙述。

二　散曲的产生与形体

曲的产生

曲是词的替身，无论从音乐的基础上，或是形式的构造上，都是从词演化出来的。广义的说，他是元代的新诗，这情形正如词在宋代的诗坛一样。曲的产生与兴盛,他能继着五代、两宋的词运,一跃而成为元代韵文史上的主流,决不是偶然的现象。求其原因,有如下述。

一、词的衰落

词本起于民间,流传于妓女歌伶之口,既便于书写情怀,又宜于歌唱,原是一种通俗文学。五代及北宋初期,词正呈现着活跃有力的清新生命。后来文人学士作者日多,体裁内容日益丰富,于是对于音律修辞,亦日益讲求,这样一来,原起于民间流传于歌女口中的词,变为文人的专利品,通俗的歌词,变为雅正典丽的美文,不仅民众看不懂,唱不来,连那些非精于词学的专家,也不能染指了。这种情形到了南宋姜白石、吴文英、王沂孙、张炎诸人的作品,算是达到了顶点。我们只要读一读沈义父的《乐府指迷》和张炎的《词源》,便知道了填词已成了一种专门学问,和民间完全绝缘,于是词的生命也由此而衰亡了。汪森在《词综序》中说:“鄱阳姜尧章出,句琢字炼,归于醇雅。于是史达祖、高观国羽翼之,张辑、吴文英师事之于前,赵以夫、蒋捷、周密、陈允平、王沂孙、张炎效之于后。譬之于乐,舞剑至于九变,而词之能事毕矣。”这样看来,宋末的词,正如后世的试帖诗同样,无论字面如何雅正,音律如何协调,运用典故如何巧妙,刻画事物如何细微,但词的原来的生命丧失了,同民众是隔离了,再没有发展下去的余地了。处在这个词的僵化与贵族古典化的局面下,都市中的娼妓歌伶,并不因此就闭住了口。他们仍旧要卖唱谋生,要歌唱以寄抒情意,于是他们在旧的歌曲中求变化,在新起于民间的小调中求资料,在这种去旧翻新的工作中,曲子便慢慢的产生。接着有乐师来正谱,文人来修辞。后来作者渐多,曲调日富,渐渐地形成一种与词不同的体裁,而成为一种继词而起的新兴文学了。

二、外乐的影响

上面所说的，是文学上新陈代谢的内在的原因，这里所说的，是外在的环境的刺激与适应。我们都知道词曲的产生，与音乐发生最密切的关系。当音乐界发生大变动的时候，那些播于管弦出于歌喉的歌词，必得适应外来的环境而发生变质的事是无可疑的。北宋末年，金人入中原，接着又是蒙古民族的南下。在这一长期中，外族的音乐得以大量输入的机会。所谓胡乐番曲，腔调歌辞，固然不同，所用的乐器也是两样。曾敏行《独醒杂志》卷五云："先君尝言，宣和末客京师，街巷鄙人，多歌番曲，名曰《异国朝》、《四国朝》、《六国朝》、《蛮牌序》、《蓬蓬花》等，其言至俚，一时士大夫亦皆可歌之。"这里虽说是北宋末年的事，然而我们也由此可以看出外乐在中原流行的状态。因为其言至俚，所以开始是流行于街巷鄙人，后来是入于士大夫之口了。在这种地方，正可看出因了外乐的影响，歌词渐渐地趋于转变的趋势。到了元代，大批的新乐器与新歌曲的输入，在当日的音乐界，自然会发生更大的变动。王骥德《曲律》卷四云："元时北虏达达所用乐器，如筝、纂、琵琶、胡琴、浑不似之类。其所弹之曲，亦与汉人不同。"据《辍耕录》所载，他们的曲有：

大曲：《哈八儿图》、《口温》、《蒙口摇落四》、《阿耶儿桑》、《起土苦里》……

小曲：《哈儿火失哈赤》、《洞洞伯》、《曲律买》、《牝畴兀儿》、《把担葛失》……

回回曲：《伉俚》、《马里某当当》、《清泉当当》。

由上面这些名字看来，知道都是纯粹的外曲，旧词是不能合奏的，再以乐器不同，音调节拍各异，歌词的旧调又是不能合演的了。在这种环境下，自然有制作新声新词的必要。于是一面接受外族音乐的影响，一面从旧有词里变化翻造，而形成一种适应环境的新文学，这种新文学便是曲子。王世贞《艺苑卮言》云："宋未有曲也。自金元而后，半皆凉州豪嘈之习，词不能按，乃为新声以媚之，而一时诸君，如马东篱、贯酸斋、王实甫、关汉卿、张小山、乔梦符、郑德辉、宫大用、白仁甫辈，咸富有才情，兼喜音律，遂擅一代之长，所谓宋词、元曲，信不妄也。"又徐渭《南词叙录》云："今之北曲，盖辽金北鄙杀伐之音，壮伟很[①]戾，武夫马上之歌，流入中原，遂为民间之日用。宋词既不可被弦管，世人亦[②]遂尚此，上下风靡。"他们在这里用外乐的影响来说明曲的起源，我们完全是同意的。

散曲的体裁

大凡一种新文学体裁的发展，都是由简而繁，由不规则而趋于规则。散曲中最先产生的是小令，由小令而变为合调，再变而为套曲。小令就是民间流行的小调，经过文学的陶冶，便成为曲中的小令。元芝庵《论曲》[③]说："街市小令，唱尖新情意。"又王骥德《曲律》说："所谓小令，盖市井所唱小曲也。"他们这种解释，是很正确

① "很"，通作"狠"。
② "亦"，据再版补。
③ 《论曲》，再版为《唱论》。

的，一面说明小令的来源，同时又说明了小令的通俗性。这一种短短的小曲，正如唐代的绝句，五代、北宋的小词，他有着独立的诗的生命，可以写景言情，自由活泼，实是散曲中最可爱的一种。

前村梅花开尽，看东海桃李争春。宝马香车陌上尘，两两三三见游人，清明近。

（马致远〔青哥儿〕）

云冉冉，草纤纤，谁家隐居山半崦。水烟寒，溪路险，半幅青帘，五里桃花店。

（张可久〔迎仙客〕《括山道中》）

影儿孤，房儿静，灯儿照，枕儿攲，床儿卧，帏屏儿上靠。心儿里思，意儿里想，人儿俏。不能够床儿上被儿里怀儿抱。怎生挨今宵，梦儿里添烦恼。几时挨得更儿静，月儿落，鸡儿叫。

（无名氏〔塞鸿秋〕）

我们看了这些小曲的形式、描写的方法，以及文辞上的通俗与逼真，比起唐宋的诗词来，确有他独自的生命与精神。然而我们必得承认，这是从前代歌辞中解放出来的一种新诗，是唐宋以后诗坛上最有力的代表。从这种最简短的小曲，渐渐的变为较长的双调。双调亦名带过曲，即作者填一调毕，意有未尽，再填他一调以续成之，恰好这两调之间的音律能互相衔接。有时两调不足，也有连用三调者，但最多只能以三调为限，而以二调相合为最通行。

画梁间乳燕飞，绿窗外晓莺啼，红杏枝头春色稀，芳树外子规啼，声声叫道不如归。　　雨过处残红满地，风来时落絮沾泥。酝酿出困人天气，积攒下伤心情意，怕的是日迟，柳丝影里，沙暖处鸳鸯春睡。

（无名氏〔沽美酒带太平令〕）

无情杜宇闲淘气，头直上，耳根低，声声聒得人心碎。你怎知，我就里，愁无际。　　帘幕低垂，重门深闭，曲阑边，雕檐外，画楼西。把春酲唤起，将晓梦惊回。无明夜，闲聒噪，厮禁持。　　我几曾离这绣罗帏，没来由劝我道不如归，狂客江南正着迷，这声儿好去对俺那人啼。

（曾瑞《闺中闻杜鹃》〔骂玉郎带感皇恩、采茶歌〕）

前一首是由〔沽美酒〕和〔太平令〕二调合成，后一首是由〔骂玉郎〕、〔感皇恩〕、〔采茶歌〕三调合成，并且前后各调的音节都能调和衔接，令人读去，觉得浑然一体，毫无不自然之处。这一种合调，与唐诗中的排律、宋词中的“引”近相似。在文学体裁的演进上，这种由简趋繁的现象，是非常自然的。因为前面那种简短的小曲，字数过少，不容易包含较长的叙述和描写，于是出现这一种合调了。在古人的书籍内，将那种小曲和合调，俱名为小令，在形式上讲固无不可，但在体裁上的发展上，他们有产生的先后，这是读者必得注意的。

由小令合调再进一步，将曲的形式再扩大其组织的，是谓套曲，通称为套数，亦名散套，也有称为大令的。其组成之情形，最要者有三点：

一、由同一宫调中之曲调多首连合而成一整体；

二、全套各调必须同韵；

三、每套最后必有尾声，以表示一套首尾的完整，同时又表示全套之音乐已告完结。

由此看来，套曲是便于叙述繁复的内容的要求，由小令合调的形式，扩展而形成的曲子的集体。他可因其情节的繁简，伸缩其长短。短者只有三四调，长者如刘致《上高监司》〔正宫·端正好〕一套，有三十四调之多。

〔正宫·月照庭〕　老足秋容，落日残蝉暮霞，归来雁落平沙。水迢迢，烟淡淡，露湿蒹葭。飘红叶，噪晚鸦。

〔幺〕　古岸苍苍，寂莫渔村数家。茶船上那个娇娃。拥鸳衾，倚珊枕，情绪如麻。愁难尽，闷转加。

〔六幺序〕　记当时，枕前话，各指望永同欢洽。事到如今两离别，褪罗裳憔悴因他。休休自家缘分浅，上心来泪揾湿罗帕。想薄情镇日迷歌酒，近新来顿阻鳞鸿，京师里，恋烟花。

〔幺〕　哭啼啼自咒骂，知他是忆念人么？蓦闻船上抚琴声，遣苏卿无语嗟呀。分明认得双解元，出兰舟绣鞋忙屦，乍相逢欲诉别离话。恶恨酒醒冯魁，惊梦杳天涯。

〔鸳鸯儿煞〕　觉来时痛恨半霎，梦魂儿依旧在蓬窗下。故人不见，满江明月浸芦花。

（无名氏〔正宫·月照庭〕套）

上面五个曲调，都属于正宫，连合起来，成为一套，并且各调的用韵是相同的，后面有尾声作结。因为有长短伸缩的自由，便于叙述繁复的内容。这种形式，与诗中的古体、词中的慢，稍稍有点相像。由上面的叙述看来，散曲的种类名称，以及各种体裁演进的情形,想可以明了。我在下面要说的,是词与曲的异点。

三　词与散曲

词曲同为合乐的歌辞,形式同为长短句,故在称呼上,时相混合。如元周德清《中原音韵》论《作词十法》及《定格》四十首的举例,赵子昂所谓"倡夫之词名绿巾词"的词,如明涵虚子的《词品》所评者都是指的曲。再如燕南芝庵《唱论》中所举的《大乐》十首,都是晏元叔、张子野、苏东坡诸家的词。由此看来,在元代散曲完全形成的时代,词曲的称呼,还是相混的。然按其实际,词曲无论在形式音韵以及精神方面,都有不可相混的地方。

一、词曲在形式上虽同为长短句,同为在不整齐中形成整齐与规律。但比较言之,在长长短短进化的形式中,曲是极尽其长短变化的能事,与长短形式的自由与美丽。换言之,在韵文中,曲是最长短句化的。如一字二字之句,《三百篇》以后,诗中绝无,词中除最冷僻之调,与长调换头处所用者外,亦不多见。但在曲中,则与五字七字参互合用,最为普遍。曲中最长之句,有至二三十字者。如关汉卿〔黄钟煞〕调云:"我却是蒸不烂煮不熟捶不扁炒不爆响当当一粒铜豌豆,谁教你子弟们钻入他锄不断砍不下解不开顿不脱慢腾腾千层锦套头。"短者一二字,长者数十字,这是词中所没有的。再加以曲中加用衬字,于是能在规则的曲谱范围以内,给作者一种自由,因此这种有规律的长短句,变为活泼自由的形式了,这一点,在中国最讲格律最受限制的诗词里,都是未曾有过的现象。这给予创作者很大的便利,使他不至于因形式的限制,而伤害他的文学的生命。

体态是二十年挑剔就的温柔，姻缘是五百载该拨下的配偶，脸儿有一千般说不尽的风流。

（马致远《汉宫秋》第二折〔梁州第七〕）

上三句中大形的是正字，为曲谱所有，填词时不可少者，小形的是衬字，为作家所加者。上面几句，是《汉宫秋》剧中描写王昭君的美貌，如果取去那些衬字，则都变为死句，变为文言，一有衬字，则活泼清新，绘声绘影，曲尽其妙，最要紧的，使这几句呆板的文字，变为最通俗的口语文学。在这种地方，可知衬字既于音乐无损，对于创作者的自由的益处，是极大的了。这一点是词中所无，也可以说长短句的诗体中的一大进步。

二、其次，在音韵上，词曲也有相异之点。曲调中之用韵，较他种长短句为密。平仄四声之外，又有阴阳清浊之说，这些严密的格律，未必起于金元之际的曲子的初期。但曲中通首同韵，绝无换韵之例，并且通体句句押韵者，亦时有所见。沈德符《顾曲杂言》云："元人周德清评《西厢》云：'六字中三用韵，如玉宇无尘内"忽听一声猛惊"。'……然此类凡元人皆能之，不独《西厢》为然。如春景时曲云'柳绵满天舞旋'，冬景云'醉烘玉容微红'，私情时曲云'玉娘纷妆生香'……俱六字三韵，稳帖圆美。他尚未易枚举。"在这些地方，我们可以看出曲韵的精密。但在这精密中，却又开放一条自由之路，那便是平、上、去三声互叶。如词中平韵则全调皆平，仄韵则全篇皆仄，若用平、仄二韵，则必换韵。这一点是曲与诗词大不同的地方，与上面所说的衬字，同为中国韵文史上的两大解放，也可以说两大进步。

东风柳丝，细雨花枝，好春能有几多时。韶华迅指，芭蕉叶上鸳鸯字，芙蓉帐里鸾凤事，海棠亭畔鹧鸪词，问莺儿燕子。

（查德卿〔醉太平〕）

钓锦鳞，棹江云，西湖画舫三月春。正思家，还送人，绿满前村，烟雨江南恨。

（张可久〔迎仙客〕《湖上送别》）

读了上面的两首曲，便可知道曲中的平上去三声互叶，一面可以使作者得着抒情写事的自由，不致于因韵脚的限制而损伤创作的生命。同时又可使音调发生高低抑扬的变化，增加一种音节美。更适宜于自然音韵的旋律，歌唱时更可悦耳动听。至于形式上的长短变化的自由，与押韵的解放，在曲的文学效果上，最大的特色，便是造成适宜于通俗文学的体裁。关于这一点，任中敏说得最好。

顾句法极尽长短变化之能一事，与韵脚平上去三声互叶一事，二者之于曲，果有何种利益与成效可言乎？曰，有之。盖如此方得接近语调而便用语料也。孔颖达《诗正义》谓风、雅、颂者有一二字为句及至八九字为句者，所以和以人声而无不协也。足见人声实为长长短短之句，文章句法则极尽长短变化之能，自于人声无不协矣。人但知元曲之高，在不尚文言之藻彩，而重用白话，于方言俗语之中，多铸绘声绘影之新词，以形成其文章之妙，而不知果欲如此，必先有接近语调之曲调发生，然后调中方便于尽量采用语料。倘金元乐府仍旧存①南

① “存”，再版为“承用”。

宋慢词之长短句法，整而不化，凝而不疏，静而不动者，则虽铸就甚多语料之新词在，亦格格不得入也。……凡百[1]韵语中一经平上去互叶，读之便觉低昂婉转，十分曲合语吻，亦即十分曲达语情，此亦为他长短句所不可及，而独让之与金元之曲者。而且曲中亦非如此不足以口气逼真，形成所谓代言之制，更非如此不能于[2]一切语料作活泼之运用也。此实为吾国韵文方法上之大进展。（《散曲概论》）

人人都知道元曲是通俗文学，却很少有人知道元曲成为通俗文学的原因。口语方言用在诗词中，便觉得不自然，而用在曲中便觉得活泼美丽，情趣横生。这原因便是由于曲体的形式与音节的自由，得以接近语调而又宜于采用语料。曲子中的叙事言情，能曲尽其妙，其音调能婉转低昂，适合自然音律的和美，我们是必得在这种地方来求解答的。

三、除形式音韵以外，在文学的表现上，词曲也有不同的地方。这一种不同，虽不是具体的，但细细体会，他们却有着显然不同的精神。我们都知道在诗词的表现上，无论是述事言情，总以象征的手法，以达到含蓄隐藏的弦外之音的境地。曲子则与此恰是相反。他是采取直说白描的手法，总以情意无余为妙。在文字上，诗词以雅正庄重为贵，而曲中则以题材为准。如题材是雅的，他的文字也雅，题材是俗的，文字也就俗。写山水时，显得非常秀丽，写隐居时，显得非常闲适。写倡夫妓女，是一种语调，写公子

① “百”，据再版补。
② “于”，据再版补。

小姐，又另是一种语调，总以绘声绘影，曲合某一种题材为能事。因此他能庄能谐，能滑稽，能嘲笑戏谑，能作性欲最大胆的描写，能作各种人物口调的描摹。在这种地方看来，诗词是较为象征的，曲子完全写实的了。我们读元曲时，觉得有些作品，是多么的雅丽与清俊，有的又是多么的浅俗与淫秽，原因便在这地方。因为如此，曲所能描写的范围也较词为广泛，描写的程度也较为逼真。我想读过元曲的人，这一点想已是体会的了。杨恩寿《词余丛话》云："或问曲本中多用哎哟、哎也、哎呀、咳呀、咳也诸字，同乎异乎字异而义略同，字同而呼之有轻重疾徐，则义各异。重呼之则为厌辞，为不然之辞。轻呼之为幸辞，为娇羞之辞。疾呼之为惜辞，为惊讶之辞。徐呼之为怯辞，为悲痛辞，为不能自支之辞。以此类推，神理毕见。"即此一端，便可知道曲的写实性的浓厚，同时也表现了他的通俗文学的真精神。由叙事体的戏剧变为代言体的戏剧，决非宋词所能胜任，必要待之于曲子成熟的事，这原因也就可以明白了。

散曲产生的时代　至于散曲的产生时代，因为古代书籍的散佚以及古人对于此种文体的不加重视，很难得到确定的答案。据我们的推测，大概是起源于十一世纪末年，发育成长于十二世纪，到了十三世纪初年，便达到成熟的黄金时代。据王灼《碧鸡漫志》所载，北宋熙宁、元祐年间，诸宫调已经产生（西历一〇六八——一〇九三）。那种诸宫调的本子现在我们不能见了，无法知其内容，但大半是词调的应用，决无成熟的曲调，但我们可以说这是曲的萌芽时代，说是由词递变到曲子的初期，是无可疑的。此后外乐跟着外人的武力一步一步地进入中原，深入民间，所谓胡乐番曲，与词谱混合融化而形成一种新形体，这便是曲的成长发育之期。到了董解元的《西厢》(十二世纪末),曲在格律上,虽还未达到严密的境地,但在形体上,无论小令套数,俱已相当成熟,最重要的,词曲已完全分野,得着各自独立的生命与精神了。并且元好问也作过〔喜春来〕、〔骤雨打新荷〕的小令。可知在那时已进展到了高级文人的笔下,开始侵入正式的诗坛了。金末元初的时代,王实甫、关汉卿、白仁甫诸大曲家相继出现,于是曲步入全盛之境。

四　元代前期的散曲作家

曲初起于民间,传唱于妓女、伶工之口,比起正统派的诗文来,曲多视为别途外道。加以作者多为潦倒文人和无名之士,因此曲的作品既易散佚,即存名之作家,其生卒年代及其生平事迹,亦多不可考。这在元曲的研究上,真是一种大损失。近年来,治曲者日多,往日难见之曲本,如《阳春白雪》、《乐府群玉》、《词林摘艳》、《雍熙乐府》诸书,亦出现人世,于是研究曲之资料,日益丰富。任中敏所编的《散曲丛刊》,成为研究散曲者的重要典籍。据《散曲概论》第六章所计(任中敏著),元人散曲作家可考者,共二百二十七人,另外还有许多无名氏的作品。其中如官吏遗民、才人名公以及倡夫妓女,均有作品,由此可知曲子在元代的流行,而成为一代诗坛的主体了。

关于元代散曲的研究,由其作品的艺术与精神的发展看来,我们可以分为前后二期。这两期的界限,约在西历一二九〇年左右,正当元代统一中国不久的时代。前期的作品,离曲的初期不远,充分的表现着曲中特有的那种民众文学的通俗性和白话语气，同时北方文学中所表现的直率的精神，质朴自然的美丽，也都在前期的作品中显示出来。宋亡以后，由于南北文学的合流，由于文学自然艺术的演进，后期的作品里，渐渐的离开了民众文学的通俗精神，在修辞和表现方面，吸取了南方文学含蓄琢炼的手法，而步入于雅骚典丽的阶段。在文字的技巧上，后期或者是进步的，但前期作品中那种特有的高远的意境，清新的言语，活跃的生命，到了后期是渐渐地消失了。我们读了关汉卿、马致远诸家之作，再读张可久、乔吉之作，这一种变迁的状态，是非常明显的。在这两期间，在作风上，可作为承前启后的桥梁的，是卢挚、姚燧、张养浩、贯云石诸人的作品。我将依着这几个段落，来叙述元代散曲发展的过程。

前期的散曲

关汉卿号已斋叟，大都人，他是元代的歌剧大家。他的散曲虽是不多，但在前期的散曲史上，却有重要的地位。他的重要处，是在他的极少数的精彩作品里，最能表现曲的本色与精神。因为他度着长期的浪漫生活，同优伶妓女老混在一起，弹琴唱曲，跳舞吟诗，件件都会，真是一个风流浪子的典型，他自已说："我玩的是梁园月，饮的是东京酒，赏的是洛阳花，扳的是章台柳。我也会吟诗，会篆籀，会弹丝，会品竹。我也会唱鹧鸪，舞垂手，会打围，会蹴鞠，会围棋，会双陆。你便是落了我牙，歪了我口，瘸了我腿，折了我手。天与我这几般儿歹症候，尚兀自不肯休。只除是阎王亲令唤，神鬼自来勾。三魂归地府，七魄丧冥幽。那其间不向这烟花路儿上走。”(《不伏老》〔南吕 · 一枝花〕套)在这一调里,是他全生活全人格的自招。他的浪漫生活,真有过于柳永、温庭筠了。因为他在烟花丛中混得太久,对于那一个圈子中的男男女女的生活性格以及言语情态,都体会得非常真切,他的作品,也在这一方面表现最成功。

碧纱窗外静无人,跪在床前忙要亲。骂了个负心回转身。虽是我话儿嗔,一半儿推辞一半儿肯。

(〔一半儿〕《题情》)

俏冤家,在天涯,偏那里绿杨堪系马。困坐南窗下,教对清风想念他。蛾眉淡了教谁画,瘦岩岩羞戴石榴花。

(〔大德歌〕)

自送别,心难舍,一点相思几时绝。凭栏拂袖杨花雪。溪又斜,山又遮,人去也。

(〔四块玉〕《别情》)

这真是最优美的小令。言语尖新,音调和美,在女人的情态与心理上的描写,尤为深刻。他用最通俗的言语,写最活动的情意,一面显露着曲的本色而同时又充满着美丽的诗情,这是旁人不容易达到的境界。我们再举他的一首套曲。

〔双调 · 新水令〕　楚台云雨会巫峡,赴昨宵约来的佳期话。楼头栖燕子,庭院已闻鸦。料想他家,收针指晚妆罢。

〔乔牌儿〕　款将花径踏,独立在纱窗下,颤钦钦把不定心头怕。不敢将小名呼咱,只索等候他。

〔雁儿落〕　怕别人瞧见咱。掩映在酴醿架。等多时不见来,只索独立在花阴下。

〔挂搭钩〕　等候多时不见他,这的是约下佳期话。莫不是贪睡人儿忘了那,伏冢在蓝桥下。意懊恼恰待将他骂。听得呀的门开,蓦见如花。

〔豆叶黄〕　髻挽乌云,蝉鬓堆鸦,粉腻酥胸,脸衬红霞。袅娜腰肢更喜恰,堪羡堪夸。比月里嫦娥,媚媚孜孜,那更净①达。

〔七弟兄〕　我这里觅他,唤他。哎!女孩儿,果然道色胆天来大。怀抱里搂抱着俏冤家,揾香腮悄语低低话。

〔梅花酒〕　两情浓,兴转佳。地权为床榻,月高烧银蜡。夜深沉,人静悄,低低的问如花,终是个女儿家。

〔收江南〕　好风吹绽牡丹花,半合儿揉损绛裙纱,冷丁丁舌尖上送香茶。都不到半霎,森森一向遍身麻。

〔尾〕　整乌云欲把金莲屧,扭回身再说些儿话,你明夜个早些儿来。我等听着纱窗外芭蕉叶儿上打。

(〔双调·新水令〕套)

要像这样才算是真正的白话文学,不像那些白话诗白话词,只是一些浅近的文言。在这些曲子里,真是用纯粹的口语,对话的语调,合着自然的音节,而组成的一种新诗。用白描写实的手法,用大胆而又深刻的笔力,把那一对私会的男女的心理动作以及各种情态,得到了最活跃最成功的表现,可算是绘声绘影,曲尽其妙了。

① “净”,再版为“挣”。

以关汉卿那种浪漫性格和风月生活的体验，自然最适合于这种题材。柳永的于宋词，关汉卿的于元散曲，无论其人的性格和生活，以及作品的精神，都有同样的意义。同时，关也如柳一样，并不是完全没有婉丽的句子。如“落花流水人①何处？相思一点，离愁几许，撮上心头。”(《离情》〔青杏子〕)“春闺院宇，柳絮飘香雪，帘幙轻寒雨乍歇。东风落花迷粉蝶，芍药初开，海棠才谢。”(〔侍香金童〕)可称是很婉丽的例子，不过这些不是关曲的本色，我们是必得要用上面那些作品，作为他的代表的。

白朴　白朴字仁甫，与关汉卿同样，也是由金入元的大戏曲家。因为他受着元遗山的熏陶，得有古典文字深厚的根底，在他的《天籁集》里，表现他在词上有良好的成绩。他的生活严正，品格很高。在他的词里，时现着故宫禾黍之悲。如〔石州慢〕中云：“少陵野老，杖藜潜步江头，几回饮恨吞声哭，岁暮意何如？”在这些句子里，可以看出他的人品和哀情。因为这种种关系，所以他的散曲，没有关汉卿那种浅俗，那种清新活泼的野气。

知荣知辱牢缄口，谁是谁非暗点头。诗书丛里且淹留，闲袖手，贫煞也风流。

(〔喜春来〕《知几》)

黄芦岸白蘋渡口，绿杨堤红蓼滩头。虽无刎颈交，却有忘机友，点秋江白露沙鸥。傲杀人间万户侯，不识字烟波钓叟。

(〔沉醉东风〕《渔父词》)

春山暖日和风，阑干楼台帘栊，杨柳秋千院中。啼莺舞

① “人”，据再版补。

燕，小桥流水飞红。

（〔天净沙〕《春》）

孤村落日残霞，轻烟老树寒鸦。一点飞鸿影下，青山绿水，白草红叶黄花。

（〔天净沙〕《秋》）

前两首极萧疏放逸之至，这正反映出他那种厌恶政治寄情山水的生活与性格。后两首写景细密，文字雅丽，自是由词句中融化出来，而成为后来张乔骚雅一派的先声。就是在情爱的描写上，他也是采取较为敛隐的字句的。

独自寝，难成梦，睡梦来怀儿里抱空。六幅罗裙宽褪，玉腕上钏儿松。

（〔德胜乐〕）

独自走，踏成道，空走了千遭万遭。肯不肯急些儿通报，休直教到担搁得大明了。

（同上）

红日晚霞在①，秋水共长天一色。寒雁儿呀呀的天外，怎生不捎带个字儿来。

（同上）

在这些曲里，正可看出白朴的文学精神，因为他有丰厚的古典文字的修养，无论在某种题材的表现上，总是偏向于较为文雅的路

① 此句再版作“红日晚，残霞在”。

上去。在这种地方，恰好显露出民众文学入于文士之手以后渐渐转变的趋势。因为还在初期，所以他的作品，仍然保存着曲的本色与生命，而成为前期的重要作家了。

马致远　在前期的曲坛，马致远是一位领袖群英的大家。他也是大都人，生平事迹已不可考，只知道他做过江浙行省务官。但在他的曲里，时时描写他自己的身世。我们知道他青年时代，迷恋过功名，后来为黑暗时代所失望，因此隐居于山水之间，寄情于酒色，成为一个啸傲风月玩世不恭的名士。看他自己说：

空岩外，老了栋梁材。

（〔金字经〕）

困煞中原一布衣。悲。故人知不知。登楼意，恨无上天梯。

（同上）

世事饱谙多，二十年漂泊生涯。天公放我平生假。剪裁冰雪，追陪风月，管领莺花。

（〔青杏子〕）

当日事，到此岂堪夸。气概自来诗酒客，风流平昔富豪家。两鬓近生华。

（同上）

半世逢场作戏，险些儿误了终焉计。白发劝东篱，西村最好幽栖，老正宜。……旁观世态，静掩柴扉。虽无诸葛卧龙冈，原有严陵钓鱼矶。成趣南园，对榻青山，绕门绿水。

（〔哨遍〕）

在上面这些句子里，画出了他的性格。他有富豪公子的身世，怀才不遇的心情，中年过着“酒中仙”、“风月主”的浪漫生活，晚年归于“林间友”、“尘外客”的闲适心境。他这种生活与性格，使他在曲上得到最高的成就。据任中敏所辑的《东篱乐府》，得小令百有四，套数十七，在前期的作家里，他的作品，算是留存得最丰富的了。马致远在曲坛的价值，是在他扩大曲的范围，提高曲的意境。以他那种特殊的才情，潇洒的气概，表现于曲中者，真是挥洒自如，机趣绝妙。他的长处，是能适应各种题材的特性，而表现各种不同的风格。他的作品，虽多为豪放之作，但也有极闲适恬静的，也有极清丽细密的，因了他复杂的风格，更足表示他在曲坛的广大。他在元代散曲的地位，正如李白之于唐诗，苏轼之于宋词，都是代表那一个时代的浪漫派的大诗人。

西村日久人事少，一个新蝉噪。恰待葵花开，又早蜂儿闹。高枕上梦随蝶去了。

（〔清江引〕《野兴》）

酒旋沽，鱼新买，满眼云山画图开。清风明月还诗债，本是个懒散人，又无甚经济才，归去来。

（〔四块玉〕《恬退》）

枯藤老树昏鸦，小桥流水人家。古道西风瘦马，夕阳西下，断肠人在天涯。

（〔天净煞〕《秋思》）

夕阳下，酒旆闲，两三航未曾著岸。落花水香茅舍晚，断桥头卖鱼人散。

（〔寿阳曲〕《远浦帆归》）

云笼月，风弄铁，两般儿助人凄切。剔银灯欲将心事写，长吁气一声吹灭。

（同上）

因他害，染病疾，相识每劝咱是好意。相识若知咱究里，和相识也一般憔悴。

（同上）

布衣中，问英雄，王图霸业成何用？禾黍高低六代宫，楸梧远近千官冢，一场恶梦。

（〔拨不断〕）

《东篱乐府》中的作品，无论小令套数，几乎全是好的。说散曲至东篱意境始高，范围始广，实不是溢美之辞。最要紧的，是因了他的作品，提高了散曲的地位，继着唐诗宋词，而成为当代诗坛的代表，说散曲是元代的新诗，意义就在这地方。

散曲的转变

在年代上略后于关、马的，是卢挚、姚燧、张养浩、贯云石诸人。他们都是高官学士，除贯云石以外，那三位又都是正统派的高级文人。散曲到了他们的手里，风格上必然要发生变化。因此他们的作品，虽然一部分还保存着前期诸家萧爽俊逸的情趣和白描生动的本色，但另一部分已趋于骚雅文弱，形成后一期的雕琢唯美的作风。这一种演化发展的过程，是我们必得注意的。

卢挚　卢挚（西历一二三五？——一三〇〇）字处道，号疏斋，河北琢郡人。至元五年举进士，大德初授集贤学士，持宪湖南，后为翰林学士，迁承旨。他的诗文，与姚燧、刘因齐名，可知他在元初是一位官位显达旧学深厚的文人。这在散曲作家中是较为少见的。也就因为这种环境，使他的曲，偏向于典雅蕴藉的路上去，那种使用口语粗言的俚俗之作，自然是少见的了。

想人生七十犹稀，百岁光阴，先过了三十。七十年间，十岁顽童，十载尫羸。五十岁除分昼黑，刚分得一半儿白日，风雨相随，白发相催，仔细思量，都不如快活了便宜。

（〔折桂令〕）

弄①阳人，玉溪先占一枝春。红尘驿使传芳信，深雪前村，冰梢上②月一痕。云初褪瘦影向纱窗上印。香来梦里，寂寞黄昏。

（〔殿前欢〕）

江城歌吹风流，雨过平山，月满西楼。几许华生③，三生醉梦，六月凉秋。按锦瑟佳人劝酒，掩珠帘齐按凉州。客去还留。云树萧萧，河汉悠悠。

（〔折桂令〕《扬州汪右丞席上即事》）

前一首的豪放与本色语，还显露着关马的精神，但后两首，却偏于骚雅与细密，这痕迹是非常明显的。在他现存的数十余首小令中，十之八九是属于后者。贯云石评他的曲媚妩如仙女寻春（《阳春白雪序》），正是指的这一类的作品而言。

① “弄”，再版为“寿”。
② “上”，据再版补。
③ “生”，再版为“年”。

姚燧　姚燧（西历一二三九——一三一四）字端甫，号牧庵，洛阳人。官至翰林学士承旨，集贤大学士。他是元代的古文大家，著有《牧庵集》。宋濂撰《元史》，称其文"闳肆该洽，豪而不宕，刚而不厉，有西汉风"。黄宗羲《明文案序》云："唐之韩柳，宋之欧曾，金之元好问，元之虞集、姚燧，其文皆非有明一代作者所能及。"由此可知他在正统文派的地位。可是这一位正统文派的作者，他也染指散曲，可知散曲到了这时代，已不被人轻视，已为高官学士、古文大家所爱好，而成为韵文中的一种新体裁了。

岸边烟柳苍苍，江上寒波漾漾。阳关旧曲低低唱，只恐行人断肠。

（〔醉高歌〕）

欲寄君衣君不还，不寄君衣君又寒。寄与不寄间，妾身千万难。

（〔凭栏人〕《寄征衣》）

两处相思无计留，君上孤舟妾倚楼。这些小兰舟，怎装如许愁。

（同上）

这些小曲，虽是写得情绪缠绵，读去却像诗中言语，这正是高级文人的手笔。曲子经过这些手笔后，作风上也必得要起变化的了。

张养浩　张养浩（西历一二六九——一三二九）字希孟，号云庄，山东济南人。元史有传，为御史时，上疏论政，为当局所忌，遭陷罢官。仁宗时应召再出，官至礼部尚书，后以父老，退职家居。他的散曲有《云庄休居自适乐府》一卷,是他归田以后的心境的抒写。〔红绣鞋〕云:“才上马齐声儿喝道,只这的便是那送了人的根苗,直引到深坑里恰心焦,祸来也何处躲,天怒也怎生饶,把旧来时威风不见了。”这是他做官的苦痛的体验。比起陶潜的五斗米折腰的话来,是更要深刻更有感慨了。因此他从那苦痛的樊笼,一旦解放到自然的天地,他的心境是如何的舒适。所以他在这方面所抒写的最真实最自然,决非那些身在江湖、心怀魏阙的假名士故作闲适者可比。

挂冠,弃官,偷走下连云栈。湖山佳处屋两间,掩映垂杨岸。满地白云,东风吹散,却遮了一半山。严子陵钓滩,韩元帅将坛,那一个无忧患。

(〔朝天子〕)

柳堤,竹溪,日影筛金翠。杖藜徐步近钓矶,看鸥鹭闲游戏。农父渔翁,贪营活计,不知他在图画里,对着这般景致坐的,便无酒也令人醉。

(同上)

一江烟水照晴岚,两岸人家接画檐,芰荷丛里秋光淡。看沙鸥舞再三,卷香风十里珠帘。画船儿天边至,酒旗儿风外飐,爱杀江南。

(〔水仙子〕《咏江南》)

可怜秋,一帘疏雨暗西楼。黄花零落重阳后,减尽风流。对黄花人自羞,花依旧,人比黄花瘦。问花不语,花替人愁。

(〔殿前欢〕)

前两首确是显露豪放的风格,后两首,则是婉丽柔美,有少游、易安的词风，渐渐的失去曲的生动浅俗的本色，一步步走上雕琢唯美的路，这现象是很明显的。并且这一类的作品，在他的曲中，也是占着多数。涵虚子评他为“玉树临风”（《太和正音谱》），正是指此而言。

贯云石 贯云石（西历一二八六——三二四），畏吾人。他是一个外族精通汉文的作家。蒋一葵《尧山堂外纪》云：“贯父名贯只哥，遂以贯为氏。名小云石海涯，自号酸斋，时有徐甜斋失其名，并以乐府擅称，世称《酸甜乐府》。”甜斋是徐再思，我们现在读他的作品，觉得远不如酸斋。现在他们的散曲，由任中敏辑成《酸甜乐府》一册，为《散曲丛刊》第六种。贯云石是蒙古人①，所以他做过翰林侍读学士的大官，但因为他深受着中国思想与文学的影响，使一个外族人的生活与性格都变了质。他爱慕江南柔美的自然，他憧憬恬静闲适的生活，于是辞官不做，隐居江南，改名易服，在钱塘卖药为生，自号芦花道人。在这地方，可知他是一个浪漫派的名士。他的才情极高，他能把中国的文学精神，完全消化在他的肚里，使他的作品，成为最纯粹的汉人情调，几乎没有一点外人的色彩。他的散曲现存小令八十六首，套曲九首，是元代曲坛重要作家之一。论他的年代，本可放在后期内，因为他的作风兼有南北之长，很可看出承前启后的趋势，所以我就把他放在这一阶段了。

弃微名去来心快哉！一笑白云外。知音三五人，痛饮何妨碍。醉袍袖舞嫌天地窄。

（〔清江引〕）

挨着靠着云窗同坐，偎着抱着月枕双歌，听着数着愁着怕

① “蒙古人”，疑作“畏兀人”，同前。

着早四更过。四更过，情未足，情未足，夜如梭。天那，更闰一更儿妨甚么。

（〔红绣鞋〕）

〔清江引〕的豪放飘逸，〔红绣鞋〕的俚俗生动，恰是关马的本色，这是《酸斋乐府》中最有前期精神的作品。再如〔寿阳曲〕、〔殿前欢〕、〔塞鸿秋〕的十几首，中间虽有些句子很华美很刻画，仍显露着那掩不住的豪放生动的机趣。但如他的〔金字经〕、〔凭栏人〕、〔折桂令〕、〔小梁州〕诸章，文字写得非常美丽，音调非常柔和，情感也非常细密缠绵，浓厚的现出南方文学的柔美色彩。

隔帘听，几番风送卖花声。夜来微雨天阶净，小院闲庭，轻寒翠袖生。穿芳径，十二阑干凭。杏花疏影，杨柳新情。

（〔殿前欢〕）

蛾眉能自惜，别离泪似倾。休唱阳关第四声。情。夜深愁寐醒。人孤另，萧萧月二更。

（〔金字经〕）

晚妆窗下醉离觞，月色苍苍，来时虽暮去时忙。空惆怅，无计锁鸳鸯。　残云剩雨阳台上，空赢得两袖余香。春夜长，东风旺，桃花飘荡，何处觅刘郎。

（〔小梁州〕）①

我们用后三首和前二首比读起来，才会明了那两种不同的风格与精神。前面的文字虽不美丽，觉得他们有力有生气，有那种质

① 此段引文再版时从略。

朴直率的神情。一读下去,立刻会感到是曲子。后面的文字虽是美丽,总觉得他们很柔弱很隐约,读去好像是读唐代的宫体诗和宋词中的小令似的。但这并不是否认这种作品的文学价值,要能体会出这种境界,才会知道散曲在风格与精神上的演化情形。无论一种什么起自民间的新文体,经过学士大夫长期的创作以后,都是要发生这种变化的。

五　元代后期的散曲作家

散曲经过了上述的演进,终于达到了拘韵度、讲格律的唯美的阶段。初期曲由词解放出来,现在又转入一种词曲混合的趋势。初期曲中的俚俗生动质朴直率的种种特色,到了这时,渐渐地丧失殆尽了。初期的作家,大半为北方人,到这时,作家为南方人所领导了,如乔吉虽籍属太原,但他是杭州的寓客,也完全受了南方文学的同化。这种种情形,是我们研究元代后期的散曲者所必要注意的。在这一时期中,曲学批评以及曲律的研究的书籍也出现了。周德清《中原音韵》,就是这种书籍的代表。那书虽是以曲韵为主,末附务头正语作词起例,专论务头及作曲法,并在定格举例中,夹杂着许多评语,正可看出他对于曲的批评与认识,完全是以对偶修辞和声韵为标准,而完全走入格律的古典派。贾仲明云:“周德清,高安人,号挺斋,宋周美成之后,工乐府,善音律,病世之作乐府,有逢双不对,衬字尤多失律俱谬者,有韵脚用平上去不一而唱者,有句中用入声拗而不能歌者,有歌其字音非其字者,令人无所守,乃自著《中州韵》一帙,以为正语之本,变雅之端……使用韵者随字阴阳，各有所协，则清浊得宜，上下中律，而无凌患逆物之患矣。又自制乐府甚多。咏头指甲云：'朱颜如退却，白云[①]恐成空。'有言外之意。切对有残梅千片雪，爆竹一声雷，雪非雪，雷非雷，皆佳作也。长篇短章，悉可为人作词之定格。故人皆谓德清之韵，不但中原，乃天下之正音也。德清之词，不惟江南，实天下之独步也。"(《录鬼簿续编》)在这一段话里，恰好说明《中原音韵》这本书的内容，和造成这本书的环境，也就是当代曲坛的风气。试看周德清评张可久的〔红绣鞋〕与〔朝天子〕云："二词对偶、音律、语句、平仄俱好，前词务头在人字，后词妙在口字上声，务头在其上，知音杰作也。"又评〔醉太平〕《感怀》云："窨字若平，属第二著。平仄好，务头在三对，末句收之。"又评〔山坡羊〕《春睡》云："平仄俱好，止欠对耳。"在这些话里，知道他品曲的标准，只以音律、韵脚、对偶为第一义，完全只是注意那些琐碎的技巧问题，对于曲的许多重要点，完全忽略尽了，在这里表现出元代散曲到了这时期，在风格上是起了大的转变。在这一期的作家里如张可久、乔吉、徐再思、曹明善、赵善庆、吴西逸、王仲元、钱霖、任昱、周德清诸家，虽不能说他们没有一两首豪爽生动的作品，但骚雅蕴藉成为他们的代表作风，确实走上唯美的格律的阶段了。只有刘致一人的作品，能在这时期表现一种社会写实文学的精神，总算是例外了。

张可久　张可久字小山，浙江庆元人。他的生卒不详。在他的集中，有《湖上和疏斋学士》、《红梅和疏斋学士》，以及《酸斋学士席上》诸作，俱在其早期作品《今乐府》中。考疏斋于成宗朝(一二九七——一三〇七)授集贤学士，那已是疏斋近死之年。又酸斋于

---

① "云"，再版为"首"。

仁宗朝(一三一二—一三二〇)拜翰林学士。再钟嗣成的《录鬼簿》成于至顺元年,小山列于极后。由此看来,张可久生于十三世纪下半期,在十四世纪初期的三十年代,是他在文学上最活跃的时期。张小山是元代散曲的专家,他毕生的精力,全献之于散曲。他在元代的曲坛,享受着盛大的声誉。他的作品,在元代刊行者,已有《今乐府》、《苏堤渔唱》、《吴盐》、《新乐府》三卷《外集》一卷、《小山乐府》各本。今有任中敏所辑《小山乐府》六卷本,收罗最全,为《散曲丛刊》第五种。共得小令七百五十一首,套数七套,元人散曲之富,无有过于小山者。

小山的生平不详,《录鬼簿》云:"可久以路吏转首领官。"李中麓云:"即所谓民务官,如今之税课局大使。"小山仕履可考者只此而已。他生性爱游山水,故集中写景之作特多。他一生足迹,就其作品看来,到过湖南、江西、安徽、福建、江、浙诸省,故江南一带名山胜水,俱有题咏。杭州吴门足迹尤繁,题咏更富,故有《苏堤渔唱》、《吴盐》的结集。他的生平虽是不详,但在他的曲中,时时显露出自己的身世。如:

> 十年落魄江滨客,几度雷轰荐福碑。男儿未遇气伤怀。
>
> (〔喜春来〕①)
>
> 天南地北,尘衣风帽,漫无成数年驰骤。
>
> (同上)
>
> 闲来长铗为谁弹。当年射虎,将军何在,冷凄凄霜凌古岸。
>
> (同上)

① 〔喜春来〕,再版为〔卖花声〕。

人生底事辛苦，枉被儒冠误。读书图驷马高车，但沾着者也之乎。区区牢落江湖。

（〔齐天乐〕）

这样看来，他是一个江湖落魄、怀才不遇的江南才子式的文人。因为他困于仕途，于是以山水之乐、声色之欢来消磨他的一生。如“西风又吹湖上柳，画舫携红袖。鸥眠野水闲，蝶舞秋花瘦。风流醉翁不在酒。”（〔清江引〕）再如“罢手，去休，已落在渊明后。百年心事付沙鸥，更谁是忘机友。洞口鱼舟，桥边村酒，这清闲何处有。树头锦鸠，花外啼春昼。”（〔朝天子〕）前一首画出他风流醉翁的生活，后一首写出他出樊笼返自然的闲适心境。他自己虽只做过小官，想必以盛大的文名以及名士的资格，得以与当日的高官要人交游，在他的集中，有《崔元帅席上》、《梅元帅席上》、《宁元帅席上》、《胡使君席间》、《酸斋学士听琴》一类的作品很多。同时他又喜与禅师道人交往，集中这一类的访赠的作品也很不少。由此看来，张小山这一个人的生活性格，我们也就得知大半了。

散曲由关马而卢贯，经过许多学士大夫的创作以后，在作风上已经起了变化的事，我在上面已加说明。张可久的产生，是元代散曲后期的最高表现。散曲到了他，在韵文坛上，已压倒了诗词，而得到正统的地位。我们由他的作品看来，有几点很可注意的。

一、在《小山乐府》中，常有分韵分题之作。如《酒边分得卿字韵》、《分得金字》、《席上分题》、《湖上分得诗字韵》诸首都是。由这一点，可知曲到这时候，已失去了前期的直抒情意的精神，而成为夸才耀藻互作应酬的一种东西了。这一点不能不说是曲的堕落。

二、曲到了小山，曲的范围实在广泛极了。在他七百多首小令中，真是无所不包。写景、言情、送别、怀古、说理、谈禅、咏物、赠答，是样样都有。他真是把曲看作是一种诗体来制作，将他全部的生活情感，全部寄托在这里面了。

三、他承继曲风转变的机运，加以他那种南方人的气质和旧文学的素养，因此他的作品，极力地运用诗词中的句法，以雕琢字句为能事，以骚雅蕴藉为最高境界，形成他那种唯美婉丽的作风。如：

落红小雨苍苔径，飞絮东风细柳营。可怜客里过清明。

（〔喜春来〕）

屏外氤氲兰麝飘，帘底惺忪鹦鹉桥。暖香绣玉腰，小花金步摇。

（〔凭栏人〕）

前例的婉约，似少游〔浣溪纱〕词，后例的浓艳，似温庭筠〔菩萨蛮〕中语，这是非常明显的。只要对于词曲稍有领悟的人，读了上面那些句子，便会知道词的情味多，曲的境界少。杨慎《词品》云："张小山〔小桃红〕词云'蒌蒿春雪动，杨柳索春愁'，山谷诗也。此词用之，改饶为愁，不惟无韵，且无味矣。"在这地方，正好看出张小山在曲的制作上，是把诗词融和混合，借以离开浅俗，而入于骚雅。再如：

湖山外，杨柳边，歌舞醉①中天。云鬟横珠凤，花寒怯绣

① "醉"，通作"镜"。

鸳。露冷湿金蝉，爱月佳人未眠。

（〔梧叶儿〕）

荷盘敲雨珠千颗，山背披云玉一蓑。

（〔喜春来〕）

炼琢之工，对仗之巧，作者是费了不少的心力。这类句子，俯拾即是。不用说，这一种作品，我们固然不能否认他的美丽与艺术性，但却可以说这完全丧失了曲的本色与机趣。因为他的作风是如此，所以他把曲从俚言俳语中抢了过来，归之于雅正，而得与正统派的诗词并列。所以到了明初，他的作品，独能得着宋濂、方孝孺这般高级士大夫的青眼，替他校正出版，而视为乐府正音的了。刘熙载评他的"小令骚雅，不落俳语"（《艺概》），许光治说他："俪辞追乐府之工，散句撷宋唐之秀。惟套曲则似涪翁俳词，不足鼓吹风雅也。"（《江山风月谱序》）这样看来，俚俗与白描的丧失，我们认为是《小山乐府》的缺点，而前代的批评家，却以骚雅为他的唯一特色，给以最高的赞誉，这是不足怪的。在明清两代儒家的正统文学批评的统制下，这是必然的现象。

话虽这样说，张小山在元代的散曲史上，仍有坚固的地位。他与马致远，是元代曲坛的两颗巨星。艺术的成就是多方面的，风格精神也是多方面的。东坡、稼轩的词是艺术品，白石、玉田的词，同样也是艺术品，他们各有其特色与精神。这一种歧异，虽由于作者的性格，但大半决定于文艺本身的演进性，也可以说是文学发展的历史性。这是研究文学史的人，所不能忽视的。

萋萋芳草春云乱，愁在夕阳中。短亭别酒，平湖画舫，垂柳骄骢。　一声啼鸟，一番夜雨，一阵东风。桃花吹尽，佳人何在？门掩残红。

（〔人月圆〕《春晚》）

对春山强整乌纱，归雁横秋，倦客思家。翠袖殷勤，金杯错落，玉手琵琶。人老去西风白发，蝶愁来明日黄花。回首天涯，一抹斜阳，数点寒鸦。

（〔折桂令〕《九日》）

青苔古木萧萧，苍云秋水迢迢。红叶山斋小小，有谁曾到，探梅人过溪桥。

（〔天净沙〕《鲁卿庵中》）

翩翩野舟，泛泛沙鸥。登临不尽古今愁。白云去留，凤凰台上青山旧，秋千墙里垂杨瘦，琵琶亭畔野花秋。长江自流。

（〔醉太平〕《怀古》）

江村路，水墨图，不知名野花无数。离愁满怀难寄书，付残潮落红流去。

（〔落梅风〕《江上寄越中诸友》）

前人说《小山乐府》骚雅蕴藉，不落俳语，读了上面这些曲，想都体会得到。涵虚子评他云："如瑶天笙鹤，清而且丽，华而不艳，有不食烟火气，可谓不羁之才。若被太华仙风，招蓬莱海月，词林之宗匠也。"所谓不羁之才，于他虽不十分相称，但"清而且丽，华而不艳"八字，确是《小山乐府》的特色。

乔吉　在曲的风格上，同张可久取着同一的趋势，得着优美的成绩，而成为张氏的羽翼的，是称为惺惺道人的乔吉。乔吉（西历一二八〇—一三四五）字梦符，号笙鹤翁，原籍太原，流寓杭州。

《录鬼簿》云:“乔美容仪,能词章,以威严自饬,人敬畏之。居杭州太乙宫前,有题西湖〔梧叶儿〕百篇,名公为之序,江湖间四十年欲刊所作,竟无成事者,至五年二月病卒于家。”这是记载乔吉事迹唯一的文献。在这一段短文里,我们知道他也是一个作客异乡终身落魄的文人。一生穷困,因此在江湖流浪了四十年,自己的作品,也无法刊行问世。在他的作品里,也时时流露出这种穷愁潦倒的心情。

> 离家一月,闲居客舍,孟尝君不费黄齑社。世情别,故交绝,床头金尽谁行借。今日又逢冬至节,酒何处赊,梅何处折。
>
> (〔山坡羊〕《冬日写怀》)
>
> 不占龙头选,不入名贤传。时时酒圣,处处诗禅。烟霞状元,江湖醉仙。笑谈便是编修院。留连,批风切月四十年。
>
> (〔绿么遍〕《自述》)
>
> 肝肠百炼炉中铁,富贵三更枕上蝶。功名两字酒中蛇,尖风薄雪,残杯冷炙,掩清灯竹篱茅舍。
>
> (〔升平乐〕①《悟世》)

在这三首曲里,我们可想见乔吉是一个很洒脱的人。他虽为功名穷愁所困,却能以诗酒烟霞笑谈风月来消磨他的生命。因此他的作品中,充满了快乐自适的情调,没有半点困苦的哀音。他和张可久一样,同样地受了西湖柔美山水的熏陶,他们的小曲,显出清丽华美的色彩。他的散曲,在元明时有《惺惺道人乐府》、《文湖

① 〔升平乐〕,再版为〔卖花声〕。

州集词》及《乔梦符小令》三种。《散曲丛刊》中任辑之《梦符散曲》三卷，最为完备。存小令近二百首，套数十套。张可久外，在元人散曲中，他所存的作品要算是最富的了。

冬前冬后几村庄，溪北溪南两履霜。树头树底孤山上。冷风来何处香？忽相逢缟袂衣裳。酒醒寒惊梦，笛凄春断肠。淡月昏黄。

（〔水仙子〕）

垂杨翠丝千万缕，惹住闲情绪。和泪送春归，倩水将愁去，是溪边落红昨夜雨。

（〔清江引〕《即景》）

瘦马驮诗天一涯，倦鸟呼愁村数家。扑头飞柳花，与人添鬓华。

（〔凭栏人〕《金陵道中》）

上面这些例子，可看出乔吉曲中所表现的雅正蕴藉的风格。在他的曲里，他也欢喜引用或融化前代诗词的旧句。如〔沉醉东风〕《题扇头》一首云："万树枯林栋折，千山高鸟飞绝。兔径迷，人踪灭，载梨云小舟一叶，蓑笠渔翁耐冷的，独钓寒江暮雪。"这是把柳宗元的一首五绝，做成一首曲子，总不如原作的清新警炼。再如他的〔天净沙〕《即事》云："莺莺燕燕春春，花花柳柳真真。事事风风韵韵，娇娇嫩嫩，停停当当人人。"全曲用叠字组成，另成一格，由此可看出他在字句的琢炼与音调的和美上所用的工夫。因此，前人论元散曲者，总是张乔并称。因其雅正而俱以此二家为散曲界的正统。明李中麓并以张乔比之唐代诗坛的李杜。其实这比喻是错的。因为元代的散曲，由关、马、卢、贯诸家以来，已趋于唯美格律的风格，离开曲的本色，离开民众，日益遥远。这情形，已走到了晚唐诗与南宋词的境界。王骥德《曲律》云："李中麓序刻乔梦符、张小山二家小令，以方唐之李杜。夫李则实甫，杜则东篱，始当。乔张则长吉、义山之流。然乔多凡语，似又不如小山更胜也。"他在这里，以长吉、义山比乔张，在文学精神上，真是超人之见了。至如以实甫方李却不甚当，无论从其性格以及作风的飘逸与放纵上说，用关汉卿来比李白是较为相宜的。所谓乔多凡语，这也是实情，因为小山一味求雅，梦符集中，仍有一些俚俗之作。不过他的俚俗处，也远不如关马那样的灵活纯真，因为他喜欢在俚俗的语句中，插入一些非常文雅的对偶的句子，反而把那统一性破坏得无余了。

刘致 与张可久同时，在曲的内容与风格上，表现着异样的色彩的，是刘致。刘字时中，号逋斋，江西南昌人。他做过翰林待制、浙江行省都事等官，工文章，很得当代古文家姚燧的赏识。在《小山乐府》中，有与刘时中唱和之作，可知张刘是同代人。可能刘致比张小山年长一点。他的散曲，现存小令六十余首。其中虽偶有豪放俚俗之作，然大都清丽雅正。如：

春光荏苒如梦蝶，春去繁华歇。风雨两无情，庭院三更夜。明日落红多去也。

（〔清江引〕）

和风闹莺燕，丽日明桃杏。长江一线平，暮雨千山静。载酒送君行，折柳系离情。梦里思梁苑，花时别渭城。长亭，咫尺人孤另。愁听阳关第四声。

（〔雁儿落带得胜令〕《送别》）

这种作品，与小山、梦符所作情调相同。但是他有两章《上高监司》〔端正好〕套曲，却在元代散曲中，表现着异样的形式与精神。前一套描写南昌的大旱灾，长十五调，后一套描写当时库藏积弊、吏役弄奸的情状。长至三十四调，在元人的套曲中，算是最长的了。他在这两套中，一扫当代专以曲子来描写风月离情山水咏物的旧习，而扩展到描写人情风俗、政教治绩，以及劳动的民众生活，暴露着政治的黑暗，这真是曲中仅见的社会文学了。我们先看他描写旱灾时人民的惨状：

〔滚绣球〕　去年时正插秧，天反常，那里取及时雨降。旱魃生四野炎伤。谷不登，麦不长，因此万民失望。一日日物价高张，十日料钞加三倒，一斗粗粮折四量。煞是凄凉。

〔倘秀才〕　殷实户欺心不良，停塌户瞒天不当，吞象心肠歹伎俩。谷中添秕屑，米内插粗糠。怎指望他儿孙久长。

〔滚绣球〕　甑生尘老弱饥，米如珠少壮荒。有金银那里去①典当。尽枵腹高卧斜阳。剥榆树餐，挑野菜尝。吃黄不老胜如熊掌，蕨根粉以代糇粱。鹅肠苦菜连根煮，荻笋芦蒿带叶咗。只留下杞柳株樟。

〔倘秀才〕　或是捶麻柘稠调豆浆，或是煮麦麸稀和细糖。他每早合掌擎拳谢上苍。一个个黄如经纸②，一个个瘦似豺狼。填街卧巷。

① “去”，再版为“每”。
② “经纸”，再版为“经纸”。

〔滚绣球〕　偷宰了些阔角牛，盗斫了些大叶桑，遭时疫无棺活葬。贱卖了些家业田庄，嫡亲儿共女，等闲参与商，痛分离是何情况，乳哺儿没人要撇入长江。那里取厨中剩饭杯中酒，看了些河里孩儿岸上娘。不由我不哽咽悲伤。

〔叨叨令〕　有钱的贩米谷，置田庄添生放，无钱的少过活，分骨肉无承望。有钱的纳宠妾买人口偏兴旺，无钱的受饥馁填沟壑遭灾障。小民好苦也么哥，小民好苦也么哥，便秋收鬻妻卖子家私丧。

在十五调中，我选了六调。这些作品，真是写实的社会文学。他完全用客观的眼光，去描写灾民种种的惨况。穷人吃树根泥土，卖儿鬻女，老的少的，倒卧在街头巷口，或跳在水里自杀，而那些从事囤积的富豪大贾，正在利用这机会，买田置产，贩米娶妾，过着奢华淫侈的生活，这种不合理的社会经济，这种贫富不均的悲惨生活，一直到现在还存在着。刘时中能用当日新兴的曲子，描写这种社会事件，是他的过人之处。他在另一套里，把当日库藏的积弊和吏役狼狈为奸的情形，也写得非常详细。他痛恨当日那些商人胸无点墨，只有了几个臭钱，便结交官吏，无恶不作，而更要附庸风雅，假装文雅之士。“只这素无行止乔男女，都整扮衣冠学士夫。一个个胆大心粗。”（〔滚绣球〕）这些人都是米店肉店油店饭店的老板。有了他们来狼狈为奸，自然是“饿虎当途坏尽国家法度”了。

刘致这一种描写现实社会的作品，虽是不多，然只要有这两个长篇，已足确定他在元代曲坛的重要地位。套曲最长的形式，是他创立的，散曲中的社会文学，也是他创立的。这样看来，说他是曲中的白居易真是最适宜的了。

在这一时期，其风格不出小山、梦符范围之外者，尚有王仲元（杭州）、徐再思（嘉兴，号甜斋）、曹明善（衢州）、赵善庆（饶州）、钱霖（松江）、任昱（四明）、周德清（江西高安）、吴西逸诸家，全都是南方人。他们的作品，传世者虽不多，但就其存者观之，大都以清丽见长。关马那种萧爽生动的机趣，在他们的作品里，已不易见了。其中虽有徐再思的作品较富，其造就亦较高，是这一群人中的翘楚，当日曾与贯云石并称。兹各举一例。

树杈桠，藤缠挂。冲烟塞雁，接翅昏鸦。展江乡小①墨图，列湖口潇湘画。过浦穿溪沿江汉，问孤航夜泊谁家？无聊倦客，伤心逆旅，恨满天涯。

（王仲元〔普天乐〕）

水深水浅东西涧，云去云来远近山。秋风征棹钓鱼滩。烟树晚，茅舍两三间。

（徐再思〔喜春来〕《皇亭晚泊》）

桃花月淡胭脂冷，杨柳风微翡翠轻。玉人欹枕倚云屏。酒未醒，肠断紫箫声。

（徐再思〔喜春来〕《春情》）

春云巧似山翁帽，古柳横为独木桥。风微尘软落红飘。沙岸好，草色上罗袍。

（曹明善〔喜春来〕）

稻粱肥，蒹葭秀，黄添篱落，绿淡汀洲。木叶空，山容瘦，沙鸟番风知潮候。望烟江万顷沉秋。半竿落日，一声过雁，几

① “小”，再版为“水”。

处危楼。

（赵善庆〔普天乐〕《江头秋行》）

梦回昼长帘半卷，门掩荼蘼院。蛛丝挂柳棉，燕嘴粘花片。啼莺一声春去远。

（钱霖〔清江引〕）

新亭馆相迎相送，古云山宜淡宜浓。画船归去有渔蓬。随人松岭月，醒酒柳桥风。索新诗红袖拥。

（任昱〔红绣鞋〕《湖上》）

半池暖绿鸳鸯睡，满径残红燕子飞。一林老翠杜鹃啼。春事已，何日是归期。

（周德清〔喜春来〕）

长江万里归帆，西风几度阳关。依旧红尘满眼，夕阳新雁，此情时拍阑干。

（吴西逸〔天净沙〕）

江亭远树残霞，淡烟芳草平沙。绿阳阴中系马，夕阳西下，水村山郭人家。

（同上）

上面这些曲子，我们不能不说是好作品。字句的琢炼，对仗的工整，写情的深密，写景的秀雅，在技术上讲，确实都是很成功的。但也就因为他们过于琢炼工整，过于含蓄文雅，因此所表现出来的情韵，与宋词的小令相近，曲的俚俗的本色与白描的语调，反而丧失殆尽了。在这种地方，正可看出元代散曲在风格上演变的趋势。唐诗是如此，宋词也是如此，散曲自然不会例外的。

元代散曲作家，可考者二百余人，上面所论及者，不过十数人。

此外如元末的杨朝英、钟嗣成二家，亦多佳作。再有无名氏作品甚多，佳作尤夥，在那些作品里，民歌的色彩最为浓厚，有大胆的肉欲描写，有趣味横生的嘲笑戏谑，有乡村生活的素描，有山水风景的图画。有小令，也有套曲，这也是元曲中很重要的一部分。只因为时代不明，不便叙述，只好割爱了。

第二十三章　元代的杂剧

元代的戏曲，可分为两个部门。一类是起于北方的杂剧，一类是发展于南方的南戏。故前人有南曲、北曲之称。在元代的剧坛，是以杂剧为主体，因作家辈出，名作甚多，足为这一时代文学的代表。南戏在元代虽亦盛行，但多为民间扮演之用，作品大都散佚不全，即偶有存者，其文字结构俱未臻完备之境，在戏曲的艺术上，未能与杂剧抗衡。至元末明初始有《拜月》、《琵琶》诸代表作出现，成为明朝南戏全盛时代的先声。在这一章里，只论杂剧，关于元代南戏的资料，留着论明代的戏曲时再说。

一　杂剧的产生

人人都知道中国真正的戏曲，始自元代的杂剧。因这种杂剧的产生，在中国的戏曲史上，成立了一个新纪元。但这种杂剧，并不是偶然出现的，也不是一两个天才作家所创造出来的。他是由前代各种舞曲歌词渐渐演化而成。我在前面所叙述的那些宋金时代的戏曲史料，虽都不能算是真正的戏曲，虽还都缺少戏曲中的要素，但在他们的发展上，却都一步一步与戏曲接近的事，是非常明显的。宋代歌舞戏中如大曲、曲破等项，所用曲调，虽单纯少变化，所述情节虽为叙事体，但其中有歌有舞，有念白表演，到了诸宫调的出现，在戏曲史上，显出了很大的进步。据《董西厢》看来，戏曲的形式，初步形成。而最重要的，在《董西厢》的散文中，已带了代言体的倾向。由《董西厢》转入元剧，实已相差不远了。吴梅说元剧的来历，远祖是宋时大曲，近祖是董词，这是不错的。

戏曲为表演于舞台上的综合艺术，音乐歌舞，虽为其中之要素，但动作与对话，却是戏曲必备的条件。更为重要者，因为要把一件故事活跃地在舞台上表演出来，故戏曲的体裁必为代言体。宋金的杂戏院本，不能称为真正的戏曲，便是缺少这些完整的条件。到了元代的杂剧，纯粹是代言体。有动作，有宾白，有歌曲，再加以脚色化装及布景的讲求，于是由从前歌唱说话分工的大曲、曲破等舞曲，由坐而说唱的诸宫调，而变为登场扮演的舞台艺术了。

将前代未完成的戏曲加以改革，由叙事体而入于代言体，完成元剧的体裁者，前人多归功于关汉卿。《录鬼簿》列关于杂剧之首。涵虚子《太和正音谱》评关云："观其词语，乃可上可下之才，盖所以取者，初为杂剧之始，故卓以前列。"因此前人都承认关汉卿是元剧的创造者。但是由文体形成的公例，以及关氏的时代看来，关创杂剧一说，却不能令人相信。我们看诗词各种体裁的形成，无不是由多人多时积累合作而成，决非某一人所独创。至于关的时代，经近人胡适氏的考证，我们知道他不是金的遗民，金亡时，他还是一个十三四岁的小孩子。据我们的考查，现存的杂剧，时代最早者，当推王实甫的《四丞相高会丽春堂》。此剧叙金章宗右丞相乐善的故事。开场唱道：

〔仙吕·点绛唇〕　破虏平戎，灭辽取宋。中原统，建四十里金镛，率万国来朝贡。

又收场唱道：

〔太平令〕 歌金缕清音嘹亮，品鸾箫余韵悠扬。大筵会公卿宰相，早先声把烟尘扫荡，从今后四方八荒万邦，齐仰贺当今皇上。

由首尾这两节曲辞看来，这个戏本的时代，虽不能说在金章宗时，但在金亡以前是无疑的。这样看来，金亡以前，已有那样完整的杂剧，那么金亡时还不满十三四岁的关汉卿决不是元剧的创始者，是无须细说的。同时杂剧虽盛于元时，但在金代末年就完全成立了的事，我们也可以断定了。

这样看来，杂剧非创始于关汉卿，自然也非创始于王实甫。我们由五言诗、宋词起于民间的公例，杂剧也是起于民间的。加以戏曲是民众娱乐的艺术，与民众发生更密切的关系，在文人没有占领以前，完全是民众创作民众欣赏的一种东西。据《辍耕录》所载金院本六百九十种，可见当代戏曲盛行于民间的盛况。在这种情形下，为供应这种需求，有所谓专编戏本的才人所组织的书会产生。《录鬼簿》中贾仲明所补吊词云："元贞书会李时中、马致远、花李郎、红字公四高贤合捻《黄粱梦》。"李时中、马致远都做过官，花李郎、红字李二皆是教坊伶人。据贾词所说，则他们都是大都书会中人。又《吊萧德祥》词云："武林书会展雄才。"萧是杭州的医生，据此他也是书会中人。这样看来，当代的元剧作家，或许大半都是书会中人。这些人便是改良旧剧创作新剧的中坚。他们所编的剧本的好坏，与剧场的生意及伶人的名誉衣食，都有关系。在这种环境下，各书会的编剧者，自然都是彼此竞争。并且他们都与舞台时时接触，自然都有丰富的舞台经验，他们由这种实际的经验，知道旧剧本有什么缺点，有什么好处，要怎么样才能迎合民众，要用什么材料才能吸引看客。在这种彼此竞争的状态中，剧本为适合于舞台表演而获得较好的声誉与报酬，自然是时时刻刻在改进中。这一种改进的工作，也不是一时成功的，也不是一人成功的，是当代许多戏团经理，各种演员乐工，以及许多无名编剧家合作多时的成绩。这种工作的成熟，便是杂剧的产生。

在《辍耕录》所载院本名目中，谓："教坊色长，魏、武、刘三人鼎新编辑。魏长于念诵，武长于筋斗，刘长于科泛。"可知这些人，都是当时有名的演员。王国维、胡适俱疑心其中的刘，便是教坊刘耍和。据《录鬼簿》所载花李郎、红字李二俱为刘耍和的女婿，他们同是优伶，并且都写过四个剧本。这样看来，王、胡所推测者，虽无法证明其必然，但却很合情理。我们不管魏、武、刘三人中的刘是不是刘耍和，但由此使我们明了当代教坊中人，有如魏、武、刘者，正在那里热心从事改良戏曲的工作。刘耍和自然也是参加工作的一员，所以他选的女婿，也都是能执笔写剧的人物，决非那些庸俗的演员可比。在这戏曲改进的情境下，别于金代院本诸宫调的杂剧，渐渐形成。同时有许多那些爱好戏曲的浪漫的或贫穷的文人，也加入这种工作的集团，如日与妓女优伶为伍的关汉卿，同刘耍和的两个女婿合作《黄粱梦》的马致远，都是最好的例。这样一来，于是杂剧在文学上的地位提高了，音乐的配置，结构的形式，也日趋于严密，从此杂剧便日趋于发达隆盛的机运。这样看来，我们可以总结一句，元剧起于教坊行院的伶人乐师以及和他们合作的无名编剧者，革新改良旧剧而成，最早的杂剧，都是些无名氏的作品，那些作品是很幼稚的，所以都不传了。等到文人出来为教坊行院写剧时，才展开戏剧史上的黄金时代。因此我们可以说杂剧是创立于金末，而其黄金期，则开始于元代灭金以后。

二　杂剧的组织

上面说明了杂剧的起源，现在要说的，是杂剧的组织。

一、歌曲

杂剧中的歌曲部分，以散曲中的套曲组成之。上章论散曲时，曾说明套曲是由一宫调中的多数曲调连合而成者。在杂剧中，每一个套曲，称为一折，相当现代剧中的一幕。每一个杂剧，以四折为通例。唯有纪君祥的《赵氏孤儿》，则有五折，此为元剧中的变例。但四折外，多有用楔子者。楔子有在剧前者，也有用在各折之间的。大抵用〔仙吕·赏花时〕或〔端正好〕二曲，《西厢记》第二剧中之楔子，则用〔端正好〕全套，与一折相等。可知楔子是一种有自由伸缩性的东西。关于楔子的意义，近人解释研究者甚多，然多为穿凿附会之谈。杂剧中的楔子，不是全剧的序幕，与南戏中的家门全为两物。我想楔子的产生与应用，完全因为杂剧限于四折的格律，借此得有一种伸缩补充的余地，而使其余的四折，得到平衡的原故。作者遭遇到有些内容不能在某折中包含时，他可以来一个楔子，补救这种困难，因此他的地位是极其自由的，在剧前也可以，在折间也无不可。剧中不用楔子固然可以，用一个或用两个也无不可。如《罗李郎》、《抱妆盒》、《马陵道》三种，俱有二楔子。这样看来，杂剧中的楔子，在艺术的意义，相当于曲中的用衬字。衬字的应用，无非是解除曲谱限制填调的困难，楔子也是解除四折的规律限制作剧的困难。如果元曲没有四折的限制，楔子或许不会产生。如果说楔子在杂剧中的应用，有什么艺术的意义，有什么巧妙的手法和一定的规则，这完全是捕风捉影之谈。

元剧中的歌曲，每折俱由一人独唱。其他的演员，只有对白，但在楔子中，亦偶有他员歌唱的。并且还有许多剧本，全剧四折，由一人独唱到底。如最有名的《梧桐雨》、《汉宫秋》等作，都是一人独唱的。负歌唱责任者，大都为剧中的要角“末”或“旦”，故有“末本”、“旦本”之称。但此亦有例外，如关汉卿之《蝴蝶梦》第三折，本为正旦所唱，到了折末时，那副角王三忽然唱了一句“腹揽五车书”，于是另一副角张千便责问他说：“你怎么也唱起来了呀？”王三说：“这不是曲尾吗？”张千听了不再说话，王三便把〔端正好〕、〔滚绣球〕二调唱完了。这样看来，元剧每折一人独唱是通例，在曲尾可有他员歌唱的变例，似乎是大家都知道的。不过在元剧中，这种变例也极少。至于《西厢记》中的歌唱方式，与此又大不同，留在后面再说。一人独唱的方法，现在看来，实在是元剧的大缺点，这或是诸宫调的一种遗形。他的坏处是：一、因为过于单调，易引起观众的厌倦。二、不能表演多数演员的情绪及其歌唱的艺术。如《汉宫秋》、《梧桐雨》中，昭君与杨贵妃都只有白，歌唱全由汉帝、明皇担任，这是非常不合理的。三、独唱者过于劳苦。最奇怪的，是这种恶劣的制度，这种于作者、演员以及观众三方面都不方便的方法，在长期元剧中，一直采用着，无人加以改良，这实在是一个令人不能相信的问题。

二、宾白

宾白就是台词，明姜南《抱朴简记》云："两人相说曰宾，一人自说曰白。"可知白是独白，宾是对话。元剧中的有台词，是元剧进步的第一要素，是别于宋金旧戏的最大特点。宾白是戏曲的生命，没有他便不能称为戏曲，也便不能在舞台上表演。但前人只重视剧中的曲辞，而多忽略剧中的白，把曲辞当作诗词一般的来研究，这是莫大的错误。徐渭说曲辞为主，白为宾，故称为宾白。前人重曲轻白的观念，完全显露出来了。因此产生宾白为伶人临时自撰的怪说。臧氏《元曲选》序云："或谓元取士有填词科。……主司所定题目外，止曲名及韵耳。其宾白则演戏时伶人自为之，故多鄙俚蹈袭之语。"宾白中常有鄙俚蹈袭之语，是无法否认的，若是因此一概抹煞其价值，说是演员临时所为，这是不通之论。一个复杂的故事，要以歌曲表现出来，作曲当然是重要的部分，但其中情节的穿插，前后的照应，若曲白不是同时写作，这如何可以成功。这种曲白相生相依为命的现象，是非常明显的。元剧中之对话，虽多蹈袭之语，但佳者极多。如关汉卿之《救风尘》、康进之的《李逵负荆》、无名氏的《老生儿》诸作中，都有很长的说白，并且在那些对话里，把人物的个性情绪都表现得非常活跃。又使那些剧本在舞台上的表演，得到有力的效能。那些文字既简洁又通俗，都是极好的语体文。在这些剧本里，若去其白，则曲全成为废物。这样看来，元剧作家只作曲而不作白的话，是绝不可信的了。至于元刊本杂剧三十种中，科白多有省去，不重要演员的白，删削殆尽，只"外末云了"、"外末问了"的记着。就是正末、正旦的白，也只存其大意。我想这必是一种坊间所刊的元剧的简本给演员或是观客用的。因为曲辞要合乐,字句不能增减,并且那些文字也比较深,不容易记,必得要有一种简本,以供演员们熟读之用,同时,台词都是白话,人人能懂,曲辞配着音乐,听者不解,正如我们今日听昆曲、京戏一样。有了这种简本,听戏的人就便利多了。所以我们如以元刊本杂剧中存曲省白一事作为元剧作家作曲不作白的证据,也是不可靠的。据王骥德说他所见的元人剧本,在卷首中,详记全剧中所用的角色和衣装用品(《曲律》卷三)。又近年来所发现的《脉望馆校钞本古今杂剧》中,有数十种,都附有"穿关",指明剧中人物的服装和胡须式样等等。由此可见当时剧本是如何的完备,同时,我们也可以相信,在元剧的完本中,宾白决无省去的了。

三、脚色及其他

元剧因扮演的故事复杂,故演员自必增加。宋金旧戏中的脚色,已不够用。现读元剧,其中脚色名目至夥。而重要者,有末、旦二大类。末有正末、副末、冲末、外末、小末之分,旦有正旦、副旦、贴旦、外旦、小旦、大旦、老旦、花旦、色旦、搽旦之别。正末、正旦为剧中之男女主角,其余各角,俱为副员。都是以年龄性情身份配合之。此外又有孤、卜儿、孛老、徕儿、邦老等称,这些名词,想必都是社会上的普通用语,不是脚色的专名,正如我们现在所说的老太婆、小大姐、老头之类,他们都是不重要的配角。由他们所代表的身份看来,孤是官员,孛老是老头子,卜儿是老太婆,徕儿是小孩子,邦老是强盗或是流氓。这些称呼,必为当代全社会通用的语言,是人人所能懂的。这样看来,元剧中的脚色,这样细密地分类而增加，自然可以增加舞台表演的效能，而给观众以故事的真实性，比起宋金旧戏来，是进步得多了。

元剧中表演动作的叫做科。一个完整的剧本，要在舞台上表演，专靠唱白还不够，必要有做作夹杂其间，才能把一件故事活灵活现的表现在观众之前。元剧在心理的表情上，虽无显著的表示，但普通的动作，都有记载。如某某做见科，某某哭科，某某睡科，某某醉科。有了这些动作，于是唱白才能发生联系。所谓“武长于筋斗，刘长于科泛”，这都是说他们在舞台上特长于做作一门。又说“魏长于念诵”，这必是说他特长于说白。这样看来，当时表演戏剧，除唱曲成为主要部门外，说白和动作，也很为人所重视，在这两方面，也有专门的人才。

砌末一名，为剧中所用之物。焦循《易余籥录》云：“元曲《杀狗劝夫》只从砌末上，谓所埋之死狗也。《货郎旦》外旦取砌末付净科，谓金银财宝也。……”他这解释是对的。其次，在剧本的末尾，照例写着几句对话，叫做题目、正名。前人认为这是白的一部分，属于杂剧的本体的。据《元刊杂剧三十种》在其卷尾，多写作这样的形式。

……散场

题目　曹丞相发马用兵　夏侯敦进退无门

正名　关云长白河放水　诸葛亮博望烧屯

散场表示剧本及表演终结，就是闭幕的意思。题目、正名都放在散场的后面，可知与白绝无关系。这样看来，题目、正名，是作者把剧本写成以后，另把剧本的内容，再详细的说出来，以便于剧场招贴广告。杜善夫有一首咏农夫听戏的散曲，题为《庄家不识勾阑》，中云“见吊个花碌碌纸榜”，可知元代剧场，在门外是挂着纸榜的。所谓题目、正名一定是写在纸榜戏名的下面，作为详细的广告，以便利观众的罢。

三　杂剧兴盛的原因

元剧是元代文学的代表，是当代最流行的一种新文学，英才辈出，盛极一时。文人固无论矣，文官如吴仁卿，武将如杨梓，商人如施惠，医生如萧德祥，优伶如赵文殷、张国宾、红字李二、花李郎，俱为作者。在现存的元剧中，无名氏之作至数十本之多，这些必都是社会民众的作品。由此可知元剧在当代的流行，同时作曲这种相当艰难的工作，在当代的民众，传染得如何普遍。戏曲本是一种扮演于舞台的民众艺术，各处表演，各处也都在写作，在那一百多年中，究竟产生多少剧本，这是无从统计的。钟嗣成在至顺元年所编的《录鬼簿》，是中国戏曲史上第一个重视戏曲而留下的重要文献。在那目录中，著录元剧四百五十八本，明初涵虚子作《太和正音谱》，卷首录元人杂剧五百三十五本。因为他的年代稍后，在数目上是较为增加了。不用说，元剧为他们所遗漏的，自然是不少的，我想最有名的或是在社会上较为流行的作品，十之八九，必为他们所采入了。不过，这五百多本元剧，并没有完全流传下来。王国维在二十年前所作的统计，元剧存者，只有一百十六种（见《宋元戏曲史》）。但二十年来，前人不见的秘籍，日有发现。现由息机子编刊的《元人杂剧选》，臧晋叔编刊的《元曲选》，玉阳仙史编刊的《正续古名家杂剧》，尊生馆刊的《阳春奏》，孟称舜编刊的《古今名剧合选》、《柳枝集》、《酹江集》，李开先《改定先贤传奇》、《脉望馆钞校本古今杂剧》以及《顾曲斋杂剧》，《元明杂剧》诸书中所收的元剧，重复者与明初人之作去之，实存全本的在一百六十种左右。这数目也就不算少了。

关于杂剧兴盛的原因，前人所论极多，兹举其要者于下。

一、新文体的发展

在文学发展史的公例上，文学也具备着生物的机能。某种文体，具有其萌芽、成熟、全盛而至衰落的几个阶段。由前面所述的骚赋诗词看来，都逃不出这个公例。一种文体经过多少年多少人的创作以后，内容必至于陈腐，精华必至于消歇，而渐渐失去他在文坛上的生命与活力，到这时候，必又酝酿一种新文体来代替。这个新生的幼儿，他的内容形体，都是崭新的，他的生命，正待人制造培植，他有着光明的前途。宋金的戏曲，形体粗备，但还是一个出生不久的婴儿。他的文学生命，正等待新人的创造与发扬。接着来的，恰好是元代，而元代又正是发展戏曲的最好环境。

二、利于戏曲发展的环境

元朝有一个最宜于戏曲发达的环境，这一环境，由物质与精神双方所造成。我们知道戏曲虽是文学中的一种，但他却持有独特的性质，不像诗文那样是个人的，他是群众的，他如果不在舞台上表演，没有大量的观众来参加，他便失去了生命。所以他除了写在纸上的剧本以外，还需要演员、戏场、用具和观众。这一切都须赖于资本，都须赖于繁荣的社会经济与富饶的大都市。若没有这种经济背景与都市环境来支持，戏剧运动便无从发达。元朝虽为游牧民族的蒙古人所统治，文化很低，但因其把欧亚打成一片，国际交通四通八达，造成中国商业资本空前的发展。当代商业工艺的发展，国家的富强，贵族官吏生活的奢侈，外商来往的频繁，使当日欧洲先进国的代表马可波罗大为惊讶。在他的游记中说："城市既大而富，商人众多，商业工艺之民，大多数制造丝业武器与鞍鞯以及各种商品。"在这种商业资本高度的发展之下，自然要造成多数繁荣的大都市。据他说，当时富饶的都市，可以千百计。现在的北平当日称为汗已乃克，便是大都市的代表。看他记北平的状况说：

> 彼处营业之妓女，娼好者达两万人。每日商旅及外侨往来者，难以数计，故均应接不暇。至所有珍宝物品之数，更非世界上任何城市可比。余首述印度输入者，如宝玉珍珠及其他珍品。中国及其他区域之精美珍贵物品，均会萃于此，以供奉此地之皇室贵妇诸侯将佐及大汗朝中之臣僚。故余谓此间之富裕，及所用之珍奇宝货，为世界上其他城市所无，商品之交易亦至繁多。每日所到之丝，何只千车。并制造金丝呢绒及丝织品等。而此间四周之城市，远近计二百，均购买所需者。

这样看来，当日的北平，是全世界最富最繁荣的国际都市，在中国的地位，正如今日之上海。在那样一个都市里，妓馆戏场以及各种娱乐的场所，才能得着经济观客的支持，而可兴隆起来。外人虽多不通汉语，逛妓院，进戏场，以作半日的游乐，所谓醉翁之意不在酒的事，是无问题的。上海的外国电影，至少有一半观客是不懂英语的，就是连中国普通人也不容听懂的梅兰芳的京戏，也可在美国大卖其座。这样看来，戏曲这种娱乐艺术，只能在人口多经济发达的都市里，才可兴盛，胡人外族都是好顾客。顾客多生意就好，经营戏场的人可以得利，对于演员与剧本的报酬也可以增加，于是舞台设备的改进与剧本的精求，自是必然的事。在这种环境下，剧本必感着大量的需要，于是那些困苦于元代政治制度下的穷苦文人，或是那些日与倡优为伍的浪漫文人，都参加剧本编制的工作。文人参加者日多，剧本的产量自然增多，在质上也大有进步。于是好的作家与作品就一天天的产生了。就在这时候，从前纯粹作为娱乐品的戏曲，变成一种文学的戏曲，而成为替代唐宋诗词的一种新文学了。这样说来，元代的国际都市与商业资本，实在是造成元剧兴盛的物质原因，同时我们也可以知道，戏曲这一种东西，决不是个人的案头的贵族文学，而是都会的民众的通俗文学。说到这里，杂剧发达于北方的大都，大作家十之八九都是大都人的事，也在这里得到圆满的解决了。

其次当代的精神环境，对于元剧的发展也是极为有利的。元代的文坛，是一个最自由最放任的时代。因为儒家思想的衰微，在唐宋时代树立起来的载道的文学理论，完全销声匿迹，在文坛上，完全失去了理论的指导监督与批评。戏曲本是载道派认为是卑不足道的东西，恰好在这个自由时代出现，加以当代物质环境的佳良，于是便成为春风中的野草，蓬勃的发展起来了。并且蒙古民族虽凶强好战，却欢喜声色歌舞的娱乐，南宋孟珙的《蒙鞑备录》记金末的蒙古风俗说："国王出师，亦以女乐随行。率十七八美女，极慧黠，多以十四弦等弹大官乐，四拍子为节，甚低，其舞甚异。”国王如此，其臣僚贵族和民众亦必如此。他们南下以后，《四书》、《五经》不重视，高级的文人不重视，那些妓女优伶，舞歌戏曲，自必为他们所欢迎，加以提倡和鼓励，有的作为大众的娱乐品，有的作为王侯贵族的御用品了。这些地方，也间接给与戏曲发展不少的助力。

三、科举废行

沈德符《野获编》及臧晋叔《元曲选序》俱有或谓蒙古时代，曾以戏曲取士，故以此为元剧兴盛之因，此乃诞妄之说。盖元人灭金以后，只行科举一次，此后废去垂八十年，绝无戏曲取士之事。而科举之废行，适为助长杂剧发展的原因。科举时代，士子日夜研究诗赋古文，以求干禄之道，或进而探讨孔孟之言，以作经世之用。元代轻儒生鄙文士，废考试，于是昔日的教育制度，完全破坏，往日作为教科书的诗赋古文以及圣贤之书，都成为无用之物了。适此时杂剧兴起，既可抒情怨，写故事，又可作为娱乐的实用艺术，最合苦闷时代中浪漫与忧郁文人的口味。于是群以往日作诗赋古文之精力从事于此，杂剧的艺术得以进步，大作家与好作品，应运而生。王国维说：“唐宋以来，士之竞于科目者，已非一朝一夕之事，一旦废之，彼之才力无所用，而一于词曲发之。且金时科目之学，最为浅陋，此种文士，一旦失所业，因不能为学术上之事，而高文典册，又非其所素习也。适杂剧出，遂多从事于此，而又有一二天才出于其间，充其才力，而元剧之作，遂为千古独绝之文字。”（《宋元戏曲史》）由此可知科举之废，确为元剧兴盛起来的一个原因了。

杂剧起于北方，而以大都为中心。在现在有作品流传的初期作家，三十一人中，全为北籍。以省籍计之，河北十八人，山东五人，山西六人，河南及皖北各一人。而大都独占十人，得总数三分之一。这样看来，在元代统一之前，杂剧完全发展于北方，成为北方独有的一种新兴文学。因为他有这种地方性，所以在杂剧中所表现的北方文学的特质与精神，最为浓厚与显明。文字的质朴与表情的直率一也；现实色彩的浓厚与社会生活的描写二也；北方的口语方言以及外族的言语的杂用三也。上列数端本为北方文学的特色，可于北朝时代的北方民歌中见之。因此全为北方作家的初期元剧，也最能发扬这一种精神与色彩。那一种风格和境界，决非后来南方人所能摹拟得到的。由此可知元剧的代表作家与代表作品，几乎全是出于初期的北方，也不是偶然的了。

虽说同是北方人，虽说同是一样文体，要在作品上表现出完全统一的风格，是不可能的。因为作者生活环境的异同，古典文学修养的厚薄，以及个人性格的差异，无论在文字上、精神上、题材上都显出不同的风格。因此在初期的元剧作家中，我们大略可以分成为王实甫与关汉卿两派。王派的人对于古典文学的修养较为丰富，提笔作文，比较注重辞藻，有时又喜欢用典引书，而又趋于雅正。同时他们取材，欢喜描写才子佳人的恋爱，宫廷中的风流艳行，古代学士文人的浪漫故事，以及神仙隐逸的思想，因此，这派人的作品，比较富于浪漫的情调与贵族的精神。并且由他们那样的辞藻与那种题材的配合，自然而然的使他们的戏曲现出一种文雅性。这种文雅性，虽不利于舞台，虽不能为大众所欣赏，但却为后代的批评家及读书阶级所赞美，所以他们的作品，能在中国戏曲史上得着最高的地位，而普遍流传于士林。这一派的作家，王实甫、白朴、马致远是三大代表，吴昌龄、李寿卿、石子章、张寿卿等人属之。关汉卿一派所受古典文学的影响较浅，他们尽力采用土语方言，文采虽不如前派，但在表现各种人物的性格与口吻上，更能逼真与生动。他们的取材，多为富于现实性的社会家庭事件，或从古史及小说中，找取那些富于悲壮的武侠的资料，有时写得很滑稽，有时又写得很严肃，但都有舞台的效果和迎合民众的趣味。因此他们的作品，比较富于现实的色彩与通俗的精神。由他们那样的文字，配合于那样的题材，使他们的作品，现出一种俚俗性，这一种俚俗性，虽为当代的观众所欢迎，但却不能得到后代的文人学士的重视。《太和正音谱》评关汉卿说“观其词语，乃可上可下之才”，因为这样不满意他，把他放在马致远、白仁甫、王实甫等八九人之下。他对于关汉卿尚且如此，其他的人不必说了。他评王曲如“花间美人”，评白曲“风骨磊块，词源滂沛”，评马曲“清雅典丽”，可知他批评的观点，完全着眼于辞的妍丽，忽视了戏曲整体的生命，这实在是不对的。然而也就因了这一些批评家的意见，把王、白、马诸人的地位提得更高，论元剧者，都以他们为偶像了。若纯粹的就戏曲的立场而言，关派的作家与作品，是更富于戏曲的性质、生命与精神的。这一派的作家，关汉卿以外，较著者有杨显之、武汉臣、纪君祥、高文秀诸家。初期的元代剧坛，我将照上面所述者，分叙下去。

四　元剧初期的王派作家

王实甫　王字德信，大都人，生平未详，曾作杂剧十余种，今全存者，有《田丞相歌舞丽春堂》、《崔莺莺待月西厢记》、《吕蒙正风雪破窑记》三种。存一套者,有《韩彩云丝竹芙蓉亭》及《苏小卿月夜贩茶船》三种。《丽春堂》成于金亡之前,上文已说过了,在艺术上虽无大的成就,在内容上虽是皇室贵族的歌诵,但论其年代,确是杂剧史上最早的一种,这是值得我们注意的。

使王实甫名垂不朽的,是他的《西厢记》。不用说,他是以《董西厢》为底本,在形体上由诸宫调改编为杂剧。元剧俱以四折一本为通例,《王西厢》写成五本,可算是元剧中独有的长篇了(《西游记》虽为六本,据孙楷第氏考证,为明人作品)。前人多谓王实甫作《西厢》,作完第四本《草桥惊梦》而死,最后《张君瑞庆团圆》一本,为关汉卿所续。这都是明清人所说,绝无根据。《录鬼簿》的时代最早,关的名下,并无《西厢记》的记载。明初的《正音谱》,也说王作《西厢》五本,这是最可信的。元剧都是每折一人独唱,只有《西厢》有好几处是合唱的。第一本、第四本的第四折都有张生、莺莺合唱,第五本第四折,有张生、莺莺、红娘合唱,这种地方是原来如此,还是为明人所改,虽不得而知,但在形体上,很明显地这五本戏曲,是有统一性的,而必为一人所作无疑。

《董西厢》在文学上本有很高的成就,我在介绍诸宫调时已说过了。王实甫改作于后,写同一故事,写同一场面,在文字上有因袭之处,是免不了的。但这并不能减低王作的价值,他以他的过人的天才,特宜于描写男女恋爱的心理的技巧,美丽而又婉转的笔调,把那时苦于恋爱困于环境的才子佳人的悲欢离合的浪漫故事,写得哀楚动人。因了他这一部作品,《董西厢》被遮掩无闻,七百年来,在中国读书阶级的青年男女的心理,张生、莺莺,成为一对最普遍的爱神,书中除了最美丽的曲辞以外,还有最合戏剧原理的完整的结构。在那五本中,一二三本叙述男女主角的结合与种种的波折，一步紧一步地到第四本达到最高点，造成最哀惨的“长亭送别”与“草桥惊梦”的场面。全剧最紧张之处，在这一本，曲辞最真实最动人，最哀怨的也在这一本。最后一本，以郑恒之死，与崔张结婚的团圆作结。虽说把悲剧写成了喜剧，但这种悲剧的喜剧，在观众的心理上，最无缺陷，在舞台的表演上，极有效果，在戏剧的结构上，也极为合理。《会真记》的故事，到了王实甫写得最戏剧化，首尾也组织得最完密了。

《西厢记》的曲词，真是美不胜收，写初见，写相思，写矛盾的心理，写色情的苦闷，写幽会的情境，写别离的哀怨，无不美艳绝伦，哀怨欲绝。在用韵文写成的中国的恋爱文学中，《西厢记》的成就是无比的。我现在试举第四本中的“长亭送别”一段为例：

〔正宫·端正好〕（旦唱）碧云天，黄叶地，西风紧，北雁南飞。晓来谁染霜林醉，总是离人泪。

〔滚绣球〕恨相见得迟，怨归去得疾，柳丝长玉骢难系。恨不倩疏林挂住斜晖。马儿慢慢[①]的行，车儿快快的随，却告了相思回避，破题儿又早别离。听得一声去也，松了金钏。遥望见十里长亭，减了玉肌，此恨谁知？

〔叨叨令〕见安排着车儿马儿，不由人熬熬煎煎的气，有什么心情花儿脸儿，打扮得娇娇滴滴的媚，准备着被儿枕儿，则索昏昏沉沉的睡。从今后衫儿袖儿，都揾做重重叠叠的泪。兀的不闷杀人也么歌，兀的不闷杀人也么歌，久已后书儿信儿索与我恓恓惶惶的寄。

---

① “慢慢”，再版为“迍迍”。

……

〔四边静〕　霎时间杯盘狼藉，车儿投东，马儿向西。两意徘徊，落日山横翠。知他今宵宿在那里，有梦也难寻觅。

〔耍孩儿〕　淋漓襟袖啼红泪，比司马青衫更湿。伯劳东去燕西飞，未登程先问归期。虽然眼底人千里，且尽生前酒一杯。未饮心先醉，眼中流血，心里成灰。……

〔三煞〕　笑吟吟一处来，哭啼啼独自归。归家若到罗帏里，昨宵个绣衾香暖留春住，今宵个翠被生寒有梦知。留恋你别无意，见据鞍上马，阁不住泪眼愁眉。……

〔一煞〕　青山隔送行，疏林不做美，淡烟暮霭相遮蔽，夕阳古道无人语，禾黍秋风听马嘶，我为什么懒上车儿里，来时甚急，去后何迟？

〔收尾〕　四围山色中，一鞭残照里。遍人间烦恼填胸臆。量这些大小车儿，如何载得起！

王实甫确是一位写情的圣手。《西厢记》不必说，在他残留下来的《贩茶船》、《芙蓉亭》两套里，对于男女葛藤之描写，其深刻生动，与《西厢》诚有异曲同工之妙。更可注意的，是在这两套中，语调较为俚俗，文字更为本色，充分的显露出元剧初期的精神。我想《西厢记》中有些过于华丽过于雕琢的句子，恐是明人修饰的。

《西厢》中的说白虽不多，但也有几段很好的对话，如第三本第一折中：

旦　这般身子不快呵，你怎么不来看我？

红　你想张？

旦　张什么？

红　我张着姐姐哩！

旦　我有一件事，央及你咱。

红　什么事？

旦　你与我望张生去走一遭，看他说什么，你来回我话者。

红　我不去，夫人知道不是耍。

旦　好姐姐，我拜你两拜，你与我去走一遭！

红　侍长①请起，我去则便了，说道："张生你好生病重，则俺姐姐也不弱。"

再如第四本楔子中云：

旦　红娘，收拾卧房，我睡去。

红　不争你要睡呵！那里发付那生？

旦　什么那生？

红　姐姐，你又来也。送了人性命，不是耍处。你若又番悔，我出与夫人，你着我将简帖儿约下他来。

旦　这小贱人倒会放刁。羞人答答的怎生去？

红　有甚的羞，到那里则合着眼者。（催莺莺）去来去来，老夫人睡了也！（莺莺走科）

红　俺姐姐语言虽是强，脚步儿早先行也。

……红娘敲张生的门。

① "侍长"，原文缺。

张　是谁?

红　是你前世的娘!

在这些对话里,真是幽默传神极了。莺莺情欲如火,偏要装腔作势,摆出小姐的架子,红娘是一位经验丰富的婢女,走一步路,说一句话,都是入情入理,有的是讥讽,有的是恐吓,也有的是安慰。把莺莺红娘的身份个性以及矛盾心理的发展,都比在曲词里,还要表现得分明。这些对白出现于舞台上,使这剧本更有效果,使那些歌曲更有生命,那是无疑的。

白朴　白朴(一二二六——一二八五?)在元剧作家中是一个古典文学最有修养的人。少年时代,致力于律赋,原来是预备考试的,又从元遗山学诗词古文,他在这方面也有很好的成就。他是河北真定①人,字仁甫,后改太素,号兰谷。金亡时,他只有七岁,他父亲白华,是金代的高官,加以受了元遗山爱国思想的熏陶,到了元朝,几次有人荐他做官,都坚辞不就。于是放浪形骸,寄情山水,与友朋以诗酒相娱。两湖、江西、安徽及江、浙,他都到过,金陵住得较久。到了暮年,北返故里。那时已是八十以上的老年了。他有〔瑞鹤仙〕词云:"百年孤愤,日就衰残,麋鹿难驯,金镳纵好,志在长林丰草间。"白朴的性情志趣,在此数语中已说尽了。

白朴作杂剧共十六种,今全存者只有《梧桐雨》、《墙头马上》、《东墙记》。残本有《流红叶》、《射双雕》二种,其余只存目录。《梧桐雨》写明皇贵妃故事,因为这是一个宫廷剧的材料,作者要铺张衬托,文字上难免有过于富贵华丽之处。同时他又过于着力描写

① "真定",现为"正定"。后同此。

明皇失恋后的心理，在最后一幕，把雨声的凄凉，景物的萧瑟，写得非常用力，于是诗的效果增多，戏剧的效果反而减少了。他那描写雨声的文句，专在曲辞的艺术上讲，自然是成功的，前人的盛称《梧桐雨》，也就只在这一些曲辞上。如第三折云：

〔驻马听〕　隐隐天涯，剩水残山五六搭，萧萧林下，坏垣破屋两三家。秦川远树雾昏花，灞桥衰柳风潇洒。煞不如碧窗纱，晨光闪烁鸯鸳瓦。

〔鸳鸯煞〕　黄埃散漫悲风飒，碧云黯淡斜阳下，一程程水绿山青，一步步剑岭巴峡。唱道感叹情多，恓惶泪洒，早得升遐，休休却是今生罢。这个不得已的官家，哭上逍遥玉骢马。

又如第四折云：

〔叨叨令〕　一会价紧呵似玉盘中万颗珍珠落，一会价响呵似玳筵前几簇笙歌闹，一会价清呵似翠岩头一派寒泉瀑，一会价猛呵似绣旗下数面征鼙操。兀的不恼杀人也么歌①，兀的不恼杀人也么歌②，则被他诸般儿雨声相聒噪。

〔倘秀才〕　这雨一阵阵打梧桐叶凋，一点点滴人心碎了，枉着金井银床紧围绕，只好把泼枝叶做柴烧锯倒。

这些曲辞，真是清俊爽直，在散曲中，确是上品，但是并不能决

① “歌”，再版为“哥”。
② 同上。

定《梧桐雨》的戏曲性的全部价值。加以此剧中的对白，大半用的是文言，并且还有些骈骊的句子，这也是本剧的一个缺点。因此在白朴的杂剧中，是应当推他的《墙头马上》为代表的了。

《墙头马上》是一个最富于社会性的婚姻问题的剧本。在这剧本里，提出了一个婚姻自主恋爱自由的社会问题。内容叙述贵公子裴少俊在外面认识少女李千金，由热爱而自由结婚，生了一对儿女。少俊怕他做尚书的父亲知道，把儿女私藏在一所花园里。七年之后，偶然被他父亲发现了，大怒之下，痛骂这女人是倡妓，留下那对儿女，把女人逼出去了，少俊无论怎样说他们的结合是正当的，终归无用，于是这对自由结婚的少年夫妇，就在不合理的名教之下拆散了。后来幸而少俊考试及第，做了大官，再去找李千金，李千金想到往日离开裴家的耻辱，不愿回去。这时候裴尚书夫妇，带着礼物和孙子们一齐到来，说了许了奉承话，叫她回去做媳妇。李千金仍是不去。她说："你们从前骂我是倡妓，骂我无耻，玷辱了你家门楣，现在你儿子做了官，我便变好了吗？其实我也是世家的女子，最懂得道理，从没有做过半件不规矩的事。我同你儿子恋爱结婚，也是正正当当的行为。你做尚书大官，国家的大事不管，偏要来管这儿女的婚姻。你从前逼着儿子休了我，你现在又要我回去，我偏不回去。"这样一来，把那老尚书说得哑口无言，结果还是两个孩子的哭声，纯真的母子的爱情，战胜了李千金的理智，就在这紧张空气之中，那一个家庭算是团圆了。

剧中对于李千金这个少女的描写，是最用力，也是最成功的。在第一幕里，她一见裴少俊便爱上了，便以自动的姿态去追求他，结果是抛弃自己的家庭，同少俊私奔，除了爱情以外，置一切于不顾，同莺莺的娇羞退缩隐藏的态度，完全是两个典型。后来被逐时，她用激烈的言语，责备少俊的柔弱和翁姑的不当。最后一幕，在她的谈话和唱词里，尽量的发挥自由恋爱的正当和父母干涉的无理。结果她是胜利了。她这种坚强的个性与革命的姿态，在中国的旧文学里真是少有的。世人谈《墙头马上》，只把他看作一个不重要的桃色喜剧，这是错误的。

《墙头马上》的结构很完整，对白也较《梧桐雨》为通俗，就是各折中的曲辞，也是俊语如珠，并不在《梧桐雨》之下。如第二折写他们的幽会：

〔骂玉郎〕　相逢正是花溪侧，也须穿短巷过长街。又不比秦栖夜宴金钗客，这的担着利害，把你那小性格，且宁奈。

〔感皇恩〕　咱这大院深宅，幽砌闲阶，不比操琴堂，沽酒舍，看书斋。教你轻分翠竹，款步苍苔，休惊起庭鸦喧，邻犬吠，怕院公来。

…………

〔隔尾〕　我推粘翠靥遮宫额，怕绰起罗裙露绣鞋。我忙忙扯的鸯鸳被儿盖，翠冠儿懒摘，画屏儿紧挨，是他撒滞斑把香罗带儿解。

再如第三折中写她被逐离别儿女的情形：

〔甜水令〕　端端共重阳，他须是你裴家枝叶。孩儿也啼哭的似痴呆，这须是我子母情肠，厮牵厮惹，兀的不痛杀人也。

…………

〔鸳鸯煞〕　休把似残花败柳冤仇结，我与你生男长女填还彻。指望生则同衾死则同穴。唱道题柱襟胸，当垆的志节。也是前世前缘，今生今业。少俊呵与你干驾了会香车，把这个没气性的文君送了也。

这些曲辞，比起《梧桐雨》中那些富贵曲丽的文句来，是较为本色较为通俗的事，是很显明的。这样看来，就戏曲的价值上说，《墙头马上》实要胜过《梧桐雨》了。

马致远　马致远是元代散曲的大家，他与张可久，成为散曲前后两期的代表。他以萧爽的态度，浪漫的作风，成就他在散曲中独创的意境。他在散曲中的地位，正如苏辛在词坛的地位一样。关于这些，我在前章里已说过了。《太和正音谱》批评他说："东篱之词，如朝阳鸣凤，其词典雅清丽，可与灵光、景福而相颉颃。有振鬣长鸣，万马皆喑之意，又若神凤飞鸣于九霄，岂可与凡鸟共语哉？宜列群英之上。"因此《正音谱》的作者，将他列为第一，而以张可久次之。可知他所论者，只就曲辞而言，并非就戏曲的整体而言。而世人不明此中底细，即以马致远为元代戏曲作家之冠，其实这是不公平的。

一、他作品的精神，是贵族的，在他现存的七本剧里，有四本是属于仙道的材料。在那里面，写出种种无聊的神话，指点神仙得道为人生最后的归宿，与现实的社会，全不发生关系，这一种作品，与其说是浪漫剧，还不如说是宗教剧。《正音谱》中所举杂剧有十二科，并以"神仙道化"为首，马致远确是这一科的创始者。

二、在他的作品里，普遍的流露着一点读书人的失意与愤慨，不用说，这是作者自己的情感和他自己的影子。如《半夜雷轰荐福碑》第一折云："这壁拦住贤路，那壁又挡住仕途，如今这越聪明越受聪明苦，越痴呆越享了痴呆福。越糊突越有了糊突富。这有银的陶令不休官，无钱的子张学干禄。”（〔么篇〕）“我想那今世里真男子，更和那大丈夫，我战钦钦拨尽寒炉。则这失志鸿鹄，久困鳌鱼。倒不如那等落落之徒，枉短檠三尺挑寒雨，消磨尽这暮景桑榆。我少年已被儒冠误，羞归故里，懒睹乡闾。”（〔六么序〕）他借着张镐的口，说出了自己的心事。他一面表现着得道升天的神仙思想，一面又写出这种热中富贵功名的感情，表面似乎矛盾，其实是调合的。有官做就走官路，无官做便走仙路。富贵是现实的快乐，神仙是幻想的安慰。他这一种贵族的精神与失望的愤慨，最能投合那些失意的士大夫的心理。因此他的作品，反能避开关汉卿的俚俗的恶名，而得到学士文人的赞美。同时他在取材上，除神仙道士以外，便欢喜写文人，如范仲淹、白居易、孟浩然之流。所以在戏曲的精神上说来，他的作品，是属于文人学士的阶级，而不是属于民众的了。

三、他无论作曲作白，欢喜引书用典。这种方法出于诗词，已令人生厌，出于戏曲，自然是更非所宜。如《西华山陈抟高卧》第三折云：“陛下道君子周而不比，贫道呵小人穷斯滥矣。俺须索志于道，依于仁，据于德，本待用贤退不肖，怎倒做举枉错诸直，更是不宜。”（〔倘秀才〕）再如《半夜雷轰荐福碑》云：“则这断简残编孔圣书，常则是养蠹鱼。我去这六经中枉下了死功夫，冻杀我也《论语》篇、《孟子》解、《毛诗》注；饿杀我也《尚书》云、《周易》传、《春秋》疏，比及道‘河出图，洛出书’，怎禁那水牛背上乔男女，端的可便定害杀这个汉相如。”（〔油葫芦〕）像这种例，在他的作品里，真是俯拾即是。不用说，他对于成语的驱使与融化的力量，原是很巧妙的，不过，这究非戏曲的本色。也不仅曲辞是如此，对白也多是如此。试举《陈抟高卧》郑恩所说一段为例:“先生,圣人有云:‘食色性也,好色之心,人皆有之。’又云:‘吾未见好德如好色者也。’先生独非人乎,独无人情乎?”郑恩原是一个粗野之人,他说出这种话来,既不合人物的身份,也不像对话的语气。

四、马致远以《汉宫秋》一剧,得享盛名。《汉宫秋》写汉元帝与王昭君的恋爱故事,其取材与写法,与白朴的《梧桐雨》正是一样。他俩都以皇帝与美人的色情纠纷,当做一件风流韵事在那里用力地描写,在剧中同样没有表现出什么正确的思想来。在昭君出塞、贵妃自缢时,两位皇帝虽都痛骂过臣僚们的庸弱无能,但其责备的焦点,只在失去两个美女的痛惜,并未顾到社会民生的苦痛与国难的严重。至于他们在结构上,写成悲剧,而未落那种大团圆的旧套,这是比较可取的。其次如《青衫泪》一剧,写白居易与琵琶女的悲欢离合,在前一半,对于妓院与茶商的描写,稍稍有一点社会性,而最后一幕,弄出什么皇帝来断婚,那真是近于儿戏了。

〔蔓青菜〕白日里,无承应,教寡人不曾一觉到天明。做的个团圆梦境。却原来雁叫长门两三声。怎知道更有个人孤零。

〔满庭芳〕 又不是心中爱听,大古似林风瑟瑟,岩溜泠泠。我只见山长水远天如镜,又怕误了你途程。见被你冷落了潇湘暮景。更打动我边塞离情。还说什过留声。那更堪瑶阶夜永,嫌煞月儿明。

〔十二月〕 休道是咱家动情,你宰相每也生憎。不比那雕梁燕语,不比那锦树莺鸣。汉昭君离乡背井。知他在何处愁听。

〔尧民歌〕　呀呀的飞过蓼花汀。孤雁儿不离了凤凰城。画檐间铁马响丁丁，宝殿中御榻冷清清。寒也波更。潇潇落叶声。烛暗长门静。

〔随煞〕　一声儿绕汉宫，一声儿寄渭城。暗添人白发成衰病，直恁的吾家可也劝不省。

（《汉宫秋》）

〔叨叨令〕　我这两日上西楼，盼望三十遍。空存得故人书，不见离人面，听的行雁来也，我立尽吹箫院。闻得声马嘶也目断垂杨线。相公呵，你元来死了也么歌，你元来死了也么歌。从今后越思量越想的冤魂儿现。

〔一煞〕　兴奴也！你早则不满梳绀发挑灯剪。一炷心香对月燃。我心下情绝，上船恩断，怎舍他临去时，舌奸至死也心坚。到如今鹤归华表，人老长沙，海变桑田。别无些挂恋。须索向红蓼岸绿杨川。

〔二煞〕　少不的听那惊回客梦黄昏犬，聒碎人心落日蝉。止不过临万顷苍波，落几双白鹭，对千里青山，闻两岸啼猿。愁的是三秋雁字，一夏蚊雷，二月芦烟。不见他青灯黄卷，却索共渔火对愁眠。

（《青衫泪》）

前几节《汉宫秋》的曲，是昭君出塞后，汉元帝思想成梦，醒后闻天空雁叫声所唱，其表现的方式与《梧桐雨》中唐明皇听雨所唱的一段相似。两剧的作者，同样在男主人的恋爱心理上，极力描写，又同以悲剧的诗情作结。《青衫泪》中的曲，是琵琶女兴奴受了人的骗，听说白居易死了，改嫁茶商刘一郎，刚要上船时所唱。在这些文字里,没有引书用典,纯以白描出之,故格外显得真实和自然。马致远所作杂剧,今全存者除上述之《汉宫秋》、《青衫泪》外,尚有《吕洞宾三醉岳阳楼》、《马丹阳三度任风子》、《西华山陈抟高卧》、《半夜雷轰荐福碑》、《邯郸道省悟黄粱梦》(此剧为马与李时中、花李郎、红字李二诸人合作)共为七种。另有《孟浩然踏雪寻梅》一本,为明初朱有燉作,息机子《元人杂剧选》题为马撰。其杂剧存目尚有《王祖师三度马丹阳》、《风雪骑驴孟浩然》等七种,可知他的戏曲产量也不算少了。

王派作者,除上述三家外,尚有吴昌龄、李寿卿、石子章、张寿卿诸人。吴昌龄,西京人,生平未详,所著杂剧十余种,今全存者,只有《张天师断风花雪月》及《花间四友东坡梦》二种,《唐三藏西天取经》,只存二套。《西游记》六本,据孙楷第氏之考证,为明杨景言作。前人归于吴者,误以《西天取经》与《西游记》性质相同也。《风花雪月》写人神恋爱,《东坡梦》写东坡在梦中与柳、梅、竹、桃相会的浪漫故事。两剧文辞俱极工丽,而同样杂着浓厚的仙佛说教的宗教色彩。李寿卿,太原人,做过县丞。作杂剧十种,今存者只有《月明和尚度柳翠》、《说鱄诸伍员吹箫》二种。《度柳翠》写月明和尚度柳翠的故事,其精神与马致远、吴昌龄的神道剧是一样,没有什么可注意的地方。他的《伍员吹箫》,写伍员投吴复仇的故事,结构很紧凑,文字都很有力量,这剧与纪君祥的《赵氏孤儿》,可称为元代复仇历史剧的双璧。石子章,大都人,作剧二本,全存者为《秦翛然竹坞听琴》,另有《黄贵娘秋夜竹窗雨》一剧,尚存一套在《词林摘艳》中。张寿卿,东平人,浙江省掾吏,杂剧存者有《谢金莲诗酒红梨花》一种。《竹坞听琴》与《红梨花》都是写少男少女的恋爱,同样穿插着神鬼,以免那两位男主角因恋色而荒废科第,等到他们考取以后，都由鬼回复人的真面目，结婚团圆。所不同者，《竹坞听琴》的女主角郑彩鸾是女道士，《红梨花》的谢金莲是妓女而已。两剧的曲辞，都极工丽，而《红梨花》更为华艳。《正音谱》评吴词“如庭草交翠”，评李词“雍容典雅”，评石词“如蓬莱除草”。由此看来，他们作品的精神，文字的风格，却是要归于王马这一部门的了。

五　元剧初期的关派作家

关汉卿　关汉卿号已斋叟，大都人。前人都说他做过金朝的太医院尹，国亡不仕。并且《太和正音谱》推他为杂剧之祖。近年来胡适氏在他的《关汉卿不是金遗民》和《再谈关汉卿的年代》二小文里，他以关作《大德歌》十首（大德为元成宗年号，由一二九七——一三〇七）为根据，证明他死当在一三〇七年左右，生年当在一二二〇到一二三〇左右，金亡时他只有十三四岁。同时他的〔南吕·一枝花〕，题为《杭州景》的套曲里，开口就唱着“大元朝新附国，亡宋家旧华夷”，这绝不是金朝遗老的口气。并且把杭州写得是“满城的绣幕风帘，一哄地人烟凑集，百十里街衢整齐，万余家楼阁参差”。这也不是杭州新破的情形。可知他的南游杭州，总在一二八〇年以后了。胡氏这种意见，我们完全赞同。试把关汉卿的散曲与杂剧全读一遍，便可发现这一个人绝没有遗民的国家思想，国亡不仕的品格，也没有那种文人学士的保性全真的退隐的心境。他同白马完全另是一种人。马致远虽也同伶人来往，合作编剧，然而在他的作品里，时时流露出一种读书人的失意的愤慨。关汉卿却没有这种影子，他是一个澈底的风流浪子，浪漫才人。在〔一枝花〕里，他说他自己玩梁园月，饮东京酒，赏洛阳花，扳章台柳，会吟诗篆籀，会弹丝品竹，会唱歌跳舞，会打围蹴踘，你就打断了他的腿，他还是要向烟花路儿上走。他的生活人品，他自己说得最明白了，他是一个日夜在妓院剧场中度生活的人，同他来往最密的，想就是妓女和戏子。《元曲选》卷首说他"躬践排场，面敷粉墨，以为我家生活，偶倡优而不辞"。可知他不仅作剧，还参加过演剧。他在这一种环境中生活着，一面得着丰富的舞台经验，一面得着社会人事的体验与题材。因此他所写的，不仅是给文人学士们所欣赏的佳人才子的风流艳事，也不是那些神仙道化的神秘思想，他都取材于现实的社会，或在传说中，找取民众熟知的故事，写成民众都能了解的通俗戏曲。他或是专靠编剧来生活的，因此他作剧在六十种以上，在产量上，元代作家，没有人比得上他。

我们说关汉卿是元杂剧的代表作家，并不是夸张。他是剧坛的通人，其成就也是多方面的。所取的题材，非常广泛，有壮烈的英雄，有浪漫的恋爱，有社会家庭的实事，有官场的公案。同时在形式上，他并不全采用那种大团圆的公例，有的是喜剧，有的是悲剧，喜剧中多充满着幽默滑稽的风趣，悲剧中则加强社会环境的黑暗与个人生命力的薄弱。我们读了《玉镜台》、《救风尘》与《窦娥冤》，便可体会出这种情状。并且，他的文字的风格与描写的技巧，都能适应于某种题材，要雄壮的雄壮，要妩媚的妩媚，要俚俗的俚俗，要艳丽的艳丽，如：

〔新水令〕　大江东去浪千叠，趁西风，驾着那小舟一叶。

才离了九重龙凤阙，早来探千丈虎狼穴。大丈夫心烈，大丈夫心烈①，觑着那单刀会，似②赛村社。

〔驻马听〕　依旧的水涌山叠，依旧的水涌山叠③，好一个年少的周郎凭在④何处也，不觉灰飞烟灭。可怜黄盖暗伤嗟，破曹樯橹，恰又早一时绝。只这鏖兵江水犹然热，好教俺心惨切。这是二十年流不尽英雄血。

上举二曲，为《单刀会》中关羽所唱，音调的雄奇，气势的豪放，同那位英雄本色的关公恰好相合。《西蜀梦》也是如此。再看：

〔么篇〕　不枉了开着金屋、空着画堂，酒醒梦觉无情况。好天良夜成疏旷，临风对月空惆怅。怎能够可情人消受锦幄凤凰衾，把愁怀都打撇在玉枕鸳鸯帐。

〔六么序〕　兀的不消人魂魄，绰人眼光，说神仙那的是天堂，则见脂粉馨香，环佩丁当，藕丝嫩新织仙裳，但风流都在他身上，添分毫便不停当。见他的不动情你便都休强，则除是铁石儿郎，也索恼断柔肠。……

〔赚煞尾〕　恰才立一朵海棠娇，捧一盏梨花酿，把我双送入愁乡醉乡。我这里下得阶基无个顿放。画堂中别是风光，恰才则挂垂杨一抹斜阳，改变了黯黯阴云蔽上苍，眼见得

① 再版时，此重出之句从略。
② “似”，据再版补。
③ 再版时，此重出之句从略。
④ “凭在”，再版时从略。

人倚绿窗，又则怕灯昏罗帐。天那，休添上画①檐间疏雨滴愁肠。

上面三曲，是《玉镜台》中学士少年温峤看见他表妹刘倩英时所唱，这种风流妩媚的文字，巧与那少年的身份和那浪漫的题材相合，其华艳之处，并不在《西厢》之下。再看：

〔赏花时〕　卷地狂风吹塞沙，映日疏林啼暮鸦，满满的捧流霞，相留得半霎，咫尺隔天涯。

〔么〕　行色一鞭催瘦马，你直待白骨中原如乱麻，虽是这战伐，负着个天摧地塌，是必想着俺②子母每早来家。……

〔油葫芦〕　分明是风雨催人辞故国，行一步一叹息，两行愁泪脸边垂，一点雨间一行恓惶泪，一阵风对一声长吁气。百忙里一步一撒嗨，索与他一步一提，这一对绣鞋儿分不得帮和底，稠紧紧粘糯糯带着淤泥。

上列三曲为《拜月亭》中王尚书女儿王瑞兰送别父亲以后同母亲带雨逃难时所唱。其意境的高远，辞句的奇俊，只有白马二家的散曲，可与比拟。再看：

〔斗蝦蟆〕空悲戚，没理会，人生死，是轮回，感着这般病疾，值着这般病势。可是风寒暑湿，或是饥饱劳役，各人证候

① “画”，据再版补。
② “俺”，据再版补。

自知。人命关天关地，别人怎生替他[1]，寿数非干一[2]世，相守三朝五夕，说甚一家一计，又无羊酒缎匹，又无花红彩[3]礼。把手为活过日，撒手如同休弃。不是窦娥忤逆，生怕旁人论议。不如听咱劝你，认个自家悔气。割舍的一具棺材，停置几件布帛，收拾出了咱家门里，送入他家坟地。这不是你[4]那从小儿年纪指脚的夫妻。我其实不关亲，无半点凄怆[5]泪。休得要心如醉，意似痴，便这等嗟嗟怨怨，哭哭啼啼。

这是《窦娥冤》中张老头被毒死以后，窦娥对她的婆婆所唱，真是明白如话，一点没有文雅之气，然这种俚俗本色的言语，正好适合那戏中人物的身份。因那戏中的人物，全是几个恶汉和无知无识的人，因此全剧的文字，都是用的最通俗的语言，然而他的好处，也就在这种本色与自然。王国维说："元剧实于新文体中自由使用新言语，在我国文学中，于《楚辞》内典外，得此而三。"于新文体中使用新言语，是元剧文学的一大特色，但这种新言语用得最广泛最成熟的，无人比得上关汉卿。由此看来，关汉卿的作品，实包有各家之长，说他是元剧的代表作家，并非夸语了。

关氏共作杂剧六十余种，今全存者，尚有《赵盼儿风月救风尘》、《钱大尹智宠谢天香》、《杜蕊娘智赏金线池》、《包待制三勘蝴蝶梦》、《感天动地窦娥冤》、《望江亭中秋切脍旦》、《温太真玉镜

---

① "他"，再版为"得"。
② "一"，再版为"今"。
③ "彩"，再版为"财"。
④ "你"，据再版补。
⑤ "怆"，再版为"惶"。

台》、《闺怨佳人拜月亭》、《诈妮子调风月》、《关张双赴西蜀梦》、《关大王单刀会》、《刘夫人庆赏五侯宴》、《邓夫人苦痛哭存笑》、《山神庙裴度还带》、《状元堂陈母教子》、《钱大尹智勘绯衣梦》等十六种。另有《包待制智斩鲁斋郎》一种,《元曲选》题为关撰,但《录鬼簿》及《正音谱》俱未著录,尚有可疑。再有残本《春衫记》、《哭香囊》二种,在《北词广正谱》中,存有曲文数支。他的作品散佚者虽有四十余本之多,但其流传下来的数目,在元剧作家中,也要算是最丰富的了。我们现在无法把他流传下来的作品,一一地加以叙述,且举他的《救风尘》、《窦娥冤》两个剧本来作他作品的代表。

《救风尘》是一个社会喜剧。写妓女宋引章本与一位忠厚的秀才安秀实订婚,但引章年纪青,经验浅,贪恋富贵,她弃了安秀才,另外嫁给一个花花公子周舍。引章的结拜姊妹赵盼儿是一位年事稍长了解人生的妓女,极力劝她不要同周舍结婚。无奈引章不听,结果,他们结婚不久,周舍暴露本性,虐待引章,引章写信给盼儿求救。盼儿得信后,自己装作美艳风流的样子,去勾引周舍,周舍不知是计,迷恋盼儿,引章故作嫉妒,盼儿教唆周舍同引章离婚,等到周舍正式宣告离婚以后,于是赵盼儿带着宋引章逃走了。这是一个充满着滑稽趣味同时又是结构非常巧妙的喜剧。但虽是喜剧,中间却蕴藏着妓女们精神上深沉的悲苦和被人践踏的哀情。这一种悲哀,年青的引章开始是不知道的,只有赵盼儿才深深地了解:

〔油葫芦〕　姻缘簿全凭我共你,谁不待拣个称意的。他每都拣来拣去百千回,待嫁一个老实的,又怕尽世儿难成对。待嫁一个聪俊的,又怕半路里轻抛弃。遮莫向狗溺处藏,遮莫向牛屎里堆，忽地便吃了一个合扑地，那时节睁着眼怨他谁。……

〔寄生草〕　他每有人爱为娼妓，有人爱作次妻，干家的干落得淘闲气，买虚的看取些羊羔利，嫁人的早中了拖刀计，他正是南头做了北头开，东行不见西行例。……

〔元和令〕　做丈夫的便做不的子弟，那做子弟的他影儿里会虚脾，那做丈夫的忒老实。那厮虽穿着几件蛇蜕皮，人伦事晓得甚的。……

〔胜葫芦〕　你道这子弟情肠甜似蜜，但娶到他家里，多无半载周年相弃掷，早努牙突嘴，拳椎脚踢，打的你哭啼啼。

〔么篇〕　恁时节船到江心补漏迟，烦恼怨他谁，事要前思免后悔，我也劝你不得，有朝一日准备着搭救你块望夫石。

在这里，一面表现着妓女们生活与心理的苦痛，一面表现着她们嫁人的哲学，真是再深刻也没有了。在这一个现实性的题材里，宋引章的幼稚，赵盼儿的练达，周舍的那种厌旧喜新玩弄女性的性格，写得真而又分明。这一种女人和男人，仍是遍满着在现代的社会里。不用说，这剧表面虽是一个喜剧，但在作者，是把他作为一个最严重的社会问题来描写的。

《窦娥冤》是一个家庭悲剧。戏中叙述财主蔡婆婆与年青寡媳窦娥相依为生，某日蔡婆婆到卢医生家去讨钱，卢付不出，引她到郊外，想用绳勒死她。刚要动手时，恰好两个恶汉张家父子走来，救了她的性命，但张家父子便因此威胁她。老张要娶蔡婆婆为妻，小张要娶窦娥为妻，同时占住在蔡婆婆家里，要等着成亲。窦娥是一个清洁自守的女子，无论如何不许她婆婆做这种没廉耻的事。

小张知道她从中作梗，在羊汤里放下毒药，想把蔡婆婆毒死，归罪于窦娥，借此吞没她家的财产。不料这羊汤反毒死了张老头，结果是窦娥送到官厅，判了毒害人命的死刑。她临死时，一面哭着同婆婆告别，同时对天发下三个誓愿。

〔鲍老儿〕　念窦娥服侍婆婆这几年，遇时节将碗凉浆奠。你去那受刑法尸骸上烈些纸钱，只当把你亡化的孤儿荐。婆婆也，再不要啼啼哭哭、烦烦恼恼、怨气冲天。这都是我做窦娥的没时没运、不明不暗、负屈衔冤。

〔耍孩儿〕　不是我窦娥罚下这等无头愿，委实的冤情不浅，若没些灵圣与世人传，也不见得湛湛青天，我不要半星热血红尘洒，都只在八尺旗枪素练悬，等他四下里皆瞧见，这就是咱苌弘化碧，望帝啼鹃。

〔二煞〕　你道是暑气暄，不是那下雪天，岂不闻六月飞霜因邹衍，若果有一腔怨气喷如火，定要感的六出冰花滚似绵，免着我尸骸现。要什么素身白马，断送出古陌荒阡。

〔一煞〕　你道是天公不可欺，人心不可怜，不知皇天也肯从人愿，做什么三年不见甘霖降，也只为东海曾经孝妇冤，如今轮到你山阳县，这都是官吏每无心正法，使百姓有口难言。

后来她这三愿都灵验了。最后一幕，由窦娥托梦给她多年不见现在做了大官的父亲，替她昭雪，这里虽穿插一点神鬼的情节，但在当代那种善恶报应的观念统治人心的社会里，在那官吏专横百姓有口难言的时代里，只能借用神鬼的出现，才能加强戏剧的效果，才能给官吏以制裁，给百姓以安慰。这种地方，比起那些神仙道化的题材来，精神是完全不同的。作者在这剧里，一面尽力描写社会的黑暗和那些谋财害命欺凌弱寡的恶汉的凶毒的行为，同时又攻击官吏政治的腐败，不能给善良人民丝毫的保障。于是善良的民众，成了孤苦的无援者，永远在恶霸与贪官的爪牙下，度着非人的生活，稍有违反，便会含冤而死。这两个剧本，曲辞都是明白如话，没有一点故作文雅雕琢的地方。对白也全是用的纯粹的口语，对于每一个不同的人物能给以适合身份的语调。由那些美妙活泼的台词，把各种人物的性格和心理，表现得非常显明，由此看来，关汉卿确是一个人生社会的写实者，是一个民众通俗的剧作家了。

杨显之　杨显之，大都人，与关汉卿为莫逆交，凡有所作，必与关氏商讨，世称为杨补丁。所作杂剧八种，今存者只《临江驿潇湘秋夜雨》、《郑孔目风雪酷寒亭》二剧而已。《临江驿》写崔通嫌贫爱富、停妻再娶的故事，他的前妻张翠鸾找着他时，他为讨好新妻，诬赖翠鸾是他家的婢女，从前偷了东西逃出去了的，并且当面痛打她，还在她的背上刺着逃犯二字，充配到沙门岛，预备在途中害死她。不料在潇湘夜雨的临江驿，无意遇见她以为早已死去的父亲张天觉，替她复了仇，结果还是格于一女不嫁二夫的伦理观念，崔通、翠鸾仍为夫妇，苦的是崔通的新夫人降为妾婢的地位了。全戏结构紧凑绵密，确为佳作。加以剧情富于现实，尤觉亲切有味。翠鸾带枷走雨和临江驿夜哭等段文字，确是真情真境，格外动人。如：

〔刮地风〕　则见他努眼撑睛大叫乎，不邓邓气夯胸脯。我湿淋淋只待要巴前路。哎，行不动我这打损的身躯。我挨一步又一步,何曾停住。这壁厢,那壁厢,有似江湖,则见那恶风波,他将我紧当处,问行人踪迹消疏。似这般白茫茫野水连天暮,你着我女孩儿怎过去。

〔四门子〕　告哥哥,一一言分诉,那官人是我的丈夫,我可也说的是实,又不是虚,寻着他指望成眷属。他别娶了妻,道我是奴,我委实的衔冤负屈。……

〔端正好〕　雨如倾,敢则是风如扇。半空里风雨相缠,两般儿不顾行人怨。偏打着我头和面。

〔滚绣球〕　当日个近水边,到岸前,怎当那风高浪卷。则俺这两般儿景物凄然。风刮的似箭穿,雨下的似瓮瀽。看了这风雨呵,委实的不善,也是我命儿里惹罪招愆,我只见雨淋淋,写出潇湘景,更和这云淡淡,妆成水墨天,只落的两泪涟涟。……

〔笑和尚〕　我我我挨一夜似一年,我我我埋怨天,我我我敢前生罚尽了凄凉愿,我我我哭干了泪眼,我我我叫破了喉咽。来来来,哥哥,我怎把这烧饼来咽。

这都是有性情有血肉的好文字,比起《梧桐雨》中的明皇听雨,《汉宫秋》中汉帝闻雁的两段来,是更要沉痛的。

《酷寒亭》写郑嵩与妓女萧娥同居,郑妻气死,萧娥后又与人奸淫,郑嵩杀之,因而得罪充军,在途中遇旧友宋彬得救的故事。戏的结构虽比不上《临江驿》,但在妓女淫乱的性情与虐待前妻的儿女的恶毒上,描写是很成功的。这剧在当日的舞台上必很流行,因为这种家庭悲剧,演出来最合民众的口味,所以在元人的杂剧里,时常把这戏的故事,当作典故使用着。如石君宝的《曲江池》中,有："又不曾亏负了萧娘的性命，虽同姓你又不同名。你本是郑元和也上酷寒亭。"无名氏的《货郎旦》中有："那其间便是你郑孔目，风流结果，只落得酷寒亭，刚留下一个萧娥。"秦简夫的《东堂老》中有："匆匆匆，少不得风雪酷寒亭。"由此可知《酷寒亭》这一件风流案，在民间是如何的普遍了。

武汉臣　武汉臣，济南人，生平未详。世人治元剧者，多不注意他。我现在特别提出他来的，是因为他的《散家财天赐老生儿》一剧，很值得我们重视。本剧的取材，是一件旧家庭常有的事件。叙述一个财主刘从善，到了六十岁还没有儿子，他把家产分一半给他的女儿引章和女婿张郎。同时广行慈善，救济穷人。他还有一个侄儿，名引孙，本很爱他，无奈刘夫人和张郎交相妒恨，逼得引孙只好离开刘家，到外面去流落受苦。不久，刘财主的妾小梅怀孕了，不料张郎心术太坏，恐怕他生了男儿，不能独得刘家的财产，因此想害死小梅，以绝其嗣。引章不以丈夫的阴谋为然，又不敢公然地反对他，于是设法把小梅藏在乡下的亲戚家里，瞒着丈夫和父亲，只说她是私奔了。后来小梅果然生了一男，长到三岁，引章才把他们母子带回刘家，刘财主非常感谢她的女儿，同时觉到他的晚年得子，是慈善事业的报应。这故事说起来虽很平凡，但作者纯是用写实的手法，不杂一点神怪仙道的穿插，把旧家庭那种重男轻女的观念，争财夺产的家庭丑恶，女太太偏袒女婿的心事，和乡下土财主到了老年无子，用着慈善事业去求子的心情，在这剧里，表现得极为深刻。这剧中的人物和家庭，一直还存留在现在的社会里。同时在戏曲的结构上，也非常紧凑。他以侄儿引孙的扫墓及小梅的私奔为波澜，使这戏曲不成为平铺直叙的形式，在剧情的发展，增加着变化与曲折。在这里正表现作者作剧的技巧。

其次是当代杂剧的作者，大都倾全力于曲辞的制作，对于台词，总不十分看重。武汉臣则反是，他在《老生儿》里，是把剧本的生命，集中于对白方面的。第一幕的楔子，只有一支短曲，对白有二千多字。其后四折，也只有三十五支小曲，对白则都是长篇大段。并且对白所用的文字，没有文言，全是用的纯粹北方的口语。在那些对白里，把剧中人物的性格，剧情的发展，表现得最为活泼与真实。不用说，《老生儿》一剧，对白是主，曲辞是宾，这种形式，在元杂剧里，是极少见的。我们对于《老生儿》的重视，也就在此。现举第二折的一段为例：

刘侄　自从我那伯娘，把我赶将出来，与我一百两钞做盘缠，都使的无了也。如今在这破窑中居住，每日家烧地眠炙地卧，吃了那早起的无那晚夕的。听知我那伯伯伯娘①，在这开元寺里散钱，大乞儿一贯，小乞儿五百文。各白世人，尚然散与他，我是他一个亲侄儿，我若到那里，怎么不与我些钱钞。我去便去，则怕撞着那姐夫，他见了我呵，必然要受他一场呕气，如今也顾不得了。……姐夫！姐夫！

刘婿　那里这么一阵穷气，我道是谁，原来是引孙。这个穷弟子孩儿，你来做什么？

刘侄　穷便穷，甚么穷气？姐夫，我来这里叫化些儿。

刘婿　钱都散完了，没得与你，你快去。

刘翁　是谁在门首？

① “伯娘”，据再版补。

刘婿　是引孙。

刘妻　他来做什么？

刘婿　他来叫化些钱哩。

刘妻　他也要来叫化，偏没得与他。

刘翁　婆婆，和那叫化的争什么？

刘妻　老的也，如今放着这些钱财，那穷弟子孩儿看见，都要将起来，怎么得许多散与他？（刘妻藏钱科）……

刘翁　婆婆，不问多少，借些与他去。

刘妻　引孙，你要借钱，我问你要三个人，要一个保人，要一个见人，要一个立书人。……

刘翁　哎！自家孩儿，可要什么文书。

刘妻　他猛地里急病死了，可着谁还我这钱？

刘婿　母亲，正是这等说……

在这些对话里，刘财主的懦弱，刘妻的恶毒，刘婿的帮凶，刘侄的穷苦，都写得个性分明，活跃纸上。这些情状，要用曲辞表现出来，自然得不到这种效果，这是非常显明的。武汉臣所作杂剧有十余种，今存者只有这一种了。另有《李素兰风月玉壶春》、《包待制智勘生金阁》二种，《元曲选》俱归武作。但《录鬼簿》及《正音谱》俱未著录。及《录鬼簿续编》出，始知前剧为贾仲明作，后剧为无名氏撰。并且在文字与风格上看来，《老生儿》与此两作亦全不相类，这无疑是《元曲选》的错误了。

纪君祥与高文秀　纪君祥，大都人，作杂剧六种，现只存《冤报冤赵氏孤儿》一种。此剧所述，为晋灵公时屠岸贾专权，杀害赵盾家三百口，只剩下赵朔的遗腹子一人，屠亦欲杀之，以绝其嗣，后为程婴、公孙杵臼设计救出，卒复大仇。此事详载于《新序》、《说苑》之《节士篇》及《复恩篇》中，为中国人所熟知者。情节本极动人，经纪君祥剧化后，成为元杂剧中最有名的历史剧的一种。作者借着韩厥、程婴、杵臼的口，极力暴露奸臣权贵的祸国殃民及其凶残横暴的行为，同时强调着那两位义士的牺牲精神与壮烈人品。儒家一千多年来所酿成的忠臣孝子的人生观念，在这剧里，算是表现出成为一个具体的典型。这个剧译成德文法文以后，很受西方人士的赞美。他们除鉴赏其艺术以外，自然是还要作为东方的人生哲学的材料来研究的。

高文秀，山东东平人，或作都下人，早卒，作戏有三十余种之多，时人称为小汉卿。现全存者有《黑旋风双献功》、《好酒赵元遇上皇》、《须贾谇范叔》、《保存公径赴渑池会》、《刘玄德独赴襄阳会》五种。高文秀喜欢用历史中小说中的武侠英烈为题材，而尤喜描写黑旋风李逵的故事。写李逵的剧本，除上举《双献功》外，尚有《黑旋风诗酒丽春园》、《黑旋风大闹牡丹园》、《黑旋风敷衍刘要和》、《黑旋风斗鸡会》、《黑旋风乔放学》、《黑旋风穷风月》、《黑旋风借尸还魂》七种。此外有写项羽的，有写班超的，有写樊哙的，有写伍子胥的，有写廉颇的，有写武松的，有写刘备的。我们由这些题材看来，知道作者的性格，不偏于情爱的描摹与名士文人的叙述。他所写者，是以动武的、滑稽的、壮烈的故事为主体，在文辞的表现上，都出之于俚俗与浅显，正适应于他的题材，使民众都能了解而感着趣味。其次如李文蔚、高进之二家，也曾用《水浒》的材料写剧本。李文蔚，真定人，有《同乐院燕青博鱼》。康进之，山东棣州人，有《梁山泊李逵负荆》。《燕青博鱼》因枝叶稍繁，结构较为散漫，颇觉减色。《李逵负荆》是一个好的喜剧，作者描写李逵粗鲁的行为，善良的心境，极为成功。对白隽美幽默，尤为出色。李文蔚除《燕青博鱼》外，尚全存《张子房圯桥进履》和《破苻坚梦神灵应》二种。

郑廷玉　郑廷玉，彰德人，《太和正音谱》评其曲如"佩玉鸣銮"，但我们细读他的作品，并无马白一派的典雅。取材多为社会上穷苦人民的生活和奸杀谋财一类的公案，没有才子佳人的浪漫故事，也没有文人学士的风雅生活。因此在他的作品里，无论宾白曲辞，很浓厚地表现着通俗性与社会性。许之衡谓其能"朴实见长，不事雕琢，用笔老辣"，这是很不错的。由他作品的风格与内容看来，都应当属于关汉卿这一范围。他作曲共二十四种，今存于臧晋叔《元曲选》者尚有五种。一为《楚昭公疏者下船》，二为《布袋和尚忍字记》，三为《包龙图智勘后庭花》，四为《看钱奴买冤家债主》，五为《崔府君断冤家债主》。存于脉望馆钞校本《古今杂剧》者，有《宋上皇御断金凤钗》一种。然散失的尚有十数种之多，真是不少了。就郑廷玉现存的六种杂剧观之，有四种是写的公案。公案中都杂着神鬼报应与仙道点化的迷信，在思想上真是一无可取，不过他在人物个性的描写上是成功的。因为他对于剧本中的对话，特别用力，如《看钱奴买冤家债主》和《崔府君断冤家债主》二剧，用长篇的对话，纯粹白话的文体，活跃地表现人物的个性，无疑地增强了舞台上的效果，这一点是我们必得注意的。在他的作品中，极力地刻画守财奴的悭吝，深刻而又幽默地暴露那些守财奴的可笑可恨的真面目。《看钱奴买冤家债主》的主角贾仁病重时，对他的儿子说："我儿也，你不知我这病是一口气上得的。我那一日想烧鸭儿吃，走到街上，那一个店里正烧鸭子，油渌渌的。我推买那鸭子,着实的挝了一把,恰好五个指头挝的全全的。我来到家,我说盛饭来吃,一碗饭我咂一个指头,四碗饭咂了四个指头。我一会瞌睡上来就躺在这板凳上,不想睡着了,被个狗话了我这一个指头,我着了一口气,就成了这病。罢罢罢,我往常间一文不使半文不用,我今病重,左右是个死人了……”这是多么活动深刻的文字,这一种好文章,只有在《儒林外史》中才可以看得见。我们读郑廷玉的杂剧,比起他的曲辞来,我是更重视他的对话的。

元剧初期作家除上述诸人外,有作品流传者,还有不少人。如张国宾(大都人)、王仲文(大都人)、费唐臣(大都人)、尚仲贤(真定人)、戴善甫(真定人)、李好古(保定人)、王伯成(涿州人)、李直夫(满洲人)、石君宝(平阳人)、狄君厚(平阳人)、史久敬先(真定人)、岳伯川(济南人)、孟汉卿(亳州人)、孔仁卿(平阳人)、李取进(大名人)、赵明道(大都人)诸家,都有作品遗世,多者二三种,少者一二套。他们在艺术上的成就,远比不上前面所评述的那些作家,因此我在这里,不想多说了。还有些完全的无名氏的作品,因为其年代不详,也只好不介绍了。

六　杂剧的南移及其代表作家

在宋亡以前,杂剧的发展,完全在北方,作家也全是北方人,关于那些情形,我在上面已经说过了。等到元朝统一中国,跟着蒙古民族武力政治的南侵,杂剧也由北而南,征服了南方的剧坛。当日的戏文,虽说还在南方的民间流行,但杂剧无疑是得了正统的地位。由《青楼集》所载八十个女伶名妓,以杂剧名者有三十三人,以南戏名者只有三人。由此可推想杂剧独盛的状况。在这种环境下,于是南方人都从事杂剧的制作,结果造成了一反初期元剧为北方人所独占的状态,到了这时期,杂剧作者大都是南方人了。宫天挺、乔吉、郑光祖诸人,虽是北籍,但也是南方的寓公。至于杨梓、金仁杰、范康、萧德祥、王晔、曾瑞、陆登善、鲍吉甫、周文质都是浙江人。罗本原籍太原,秦简夫、朱讯籍贯不详,但也都是寄寓江南的。这样看来,元朝一统以后,杂剧的发展,完全移到南方,北方几乎中绝了。据我们推想起来,这种事实未必可靠。杂剧虽是南移,但北方不能从此就无人作剧。这大概是《录鬼簿》的编者(他虽是河南人,但是侨寓杭州)编撰那个戏目时,除了普遍流传的北方初期的作品以外,对于后期的作品,他只集中于耳闻目见的南方作品。当日交通的不便,新兴作品的流传不广,这种现象是免不了的。因为他自己住在杭州,他所收的后期的作家,十分之九是杭州人,由此更可推想此中的消息。不过就元剧现存的作品看来,确是呈现一北一南的决定的状态。在北方是以大都为中心,在南方是以杭州为中心,自此,也可看出戏曲这种文学的生命,是要寄托于都市的了。

杂剧的南移,一面是靠着剧团。因为政治统一,北方的贵族官兵南下,为了适应这种环境的需要,杂剧团体跟着南来,图谋扩展地盘,发展生意,这是自然的趋势,杭州繁华之区,正是他们理想的好地点。其次,是北方作家的南游。如马致远、戴善甫、尚仲贤、赵天锡、姚守中、张寿卿都在南方做官,再如关汉卿、白朴也都游历江南一带。由于双方的媒介与推动,于是杂剧的重心移于南方,造成了南盛北衰的局面。这一期的作家,虽大多数都是杭州人,但代表作家,如郑光祖、乔吉、宫天挺、秦简夫之流,都是侨寓江南的北客。

那一批杭州作家的作品，实在没有什么特色。可知杂剧这种文学，本是北方人的特长，言语是北方的，气质是北方的，音乐是北方的。一入南方人的掌握，便丧失了他本来的风度与精神，而步入了衰颓的机运。在这杂剧衰颓的机运中，只好等待快要兴起的南方传奇，来在戏曲史上接管他的地位。

郑光祖　郑字德辉，山西平阳人。《录鬼簿》云："郑以儒补杭州路吏，为人方直，不妄与人交，故诸公子鄙之，久则见其情厚，而他人莫之及也。病卒，火葬于西湖之灵芝寺。"他是这一期王实甫派的代表作家。他欢喜采用浪漫风流的恋爱故事，而又出以艳丽文采的辞藻，使他的作品，显得格外妩媚而柔弱。《迷青琐倩女离魂》、《㑳梅香骗翰林风月》二剧，可算是《西厢记》的嫡派。《倩女离魂》据唐陈玄祐的《离魂记》而作，写张倩女与王文举的悲欢离合，事情荒谬，结构平直，但曲辞艳丽夺目，脍炙人口。试举数曲于下。

〔元和令〕　杯中酒和泪酌，心间事对伊道。似长亭折柳赠柔条，哥哥，你休有上梢没下梢，从今虚度可怜宵，奈离愁不了。

〔上马娇〕　竹窗外响翠梢，苔砌下深绿草。书舍顿萧条，故园悄悄无人到。恨怎消，此际最难熬。

〔游四门〕　抵多少彩云声断紫鸾箫，今夕何处系兰桡。片帆休遮西风恶，雪卷浪淘淘，岸影高，千里水云飘。

〔胜葫芦〕　你是必休做了冥鸿惜羽毛，常言道好事不坚牢。你身去休教心去了，对郎君低告，恰梅香报道，恐怕母亲焦。

〔后庭花〕　我这里翠帘车先控着，他那里黄金镫懒去挑。我泪湿香罗袖，他鞭垂碧玉梢。望迢迢，恨堆满西风古道，想急煎煎人多情人去了，和青湛湛天有情天亦老，俺气氲氲喟然声不定交，助疏剌剌动羁怀风乱扫，滴扑簌簌界残妆粉泪抛，洒细濛濛浥香尘暮雨飘。

〔柳叶儿〕　见淅零零满江干楼阁，我各剌剌垂[1]车儿懒过溪桥。他矻蹬蹬马蹄儿倦上皇州道，我一望望伤怀抱，他一步步待回镳，早一程水远山遥。

这是王文举上京应试，倩女送行时所唱。戏曲的组织与《西厢》长亭一幕完全一样。这几支曲辞，确是写得柔情婉转，美丽动人。《㑇梅香骗翰林风月》，更是《西厢》的缩影。戏中叙白敏中和裴小蛮已有婚约，不料小蛮之母，只令以兄妹之礼相见，婢女樊素设法使他俩相会，为裴母撞见，敏中被逐，乃赴京应试，得中状元，后乃与小蛮结婚。敏中是张生，小蛮是莺莺，樊素是红娘，裴母便是莺莺的母亲。清梁廷枏举戏中之关目科白与《西厢记》符合者二十事，说他是有意的抄袭（《曲话》卷二）。王世贞也说他"宾白皆剽《西厢》"（《艺苑卮言》），这情形是很明显的。但因其曲辞的美丽，仍不失为一本言情的佳作。《醉思乡王粲登楼》，由王粲的《登楼赋》而作，中间夹杂着许多不伦不类的故事，结构也极散漫无奇。但戏中曲辞确有许多绝好的作品，如第三折云：

〔迎仙客〕　雕檐外红日低，画栋畔彩云飞。十二栏干，栏

① "垂"，通作"坐"。

干在天外倚。我这里望中原，思故里，不由我感叹酸嘶，越搅的我这一片乡心碎。

〔红绣鞋〕　泪眼盼秋水长天远际，归心似落霞孤鹜齐飞。则我这襄阳倦客苦思归。我这里凭栏望，母亲那里倚门悲。怎奈我身贫归未得。

〔普天乐〕　楚天秋山叠翠，对无穷景色，总是伤悲。好教我动旅怀难成醉，枉了也壮志如虹英雄辈，都做助江天景物凄其。气呵做了江风淅淅，愁呵做了江声沥沥，泪呵弹做了江雨霏霏。

〔石榴花〕　现如今寒蛩唧唧向人啼，哎，知何日是归期。想当初只守着旧柴扉，不图甚的倒得便宜。则今山林钟鼎俱无味。命矣时兮，哎，可知道枉了我顶天立地居人世。（许达云：仲宣今年贵庚了。）老兄也，恰便似睡梦里过了三十。

这是王粲寄寓荆州，一面是思母之情，一面是怀才不遇的愤慨，同友人许达登楼醉酒时所唱。情感的真挚，意象的高远，又在《倩女离魂》、《骗风月》之上。周德清在《中原音韵》中激赏其才。明何良俊更以郑曲当在关、马、白之上，他说：“《王粲登楼》第三折，摹写羁怀壮志，语多慷慨，而气亦爽烈，至后〔尧民歌〕〔十二日①〕，托物寓意，尤为妙绝。岂作调脂弄粉语者，可得窥其堂庑哉。”（《曲论》）《录鬼簿》说：“公之所作，名闻天下，声振闺阁。伶伦辈称郑老先生，皆知其为德辉也。”因为他长于描写恋爱，所以能声振闺阁。他曾作剧十余种，今全存者，除上述三种外，尚有《辅成王周公

① “日”，再版为“月”。

摄政》、《立成汤伊尹耕莘》、《钟离春智勇定齐》、《虎牢关三战吕布》、《程咬金斧劈老君堂》五种。这些历史剧，写得都无生气，不必多说了。

乔吉　乔吉是元代散曲的大家，他与张可久称为元代后期散曲的双璧。他虽是山西人，因侨住杭州，在作品上，无形中感染着南方文学的柔美的色彩。他的散曲是如此，戏曲也是如此。他曾作戏十一种，今全存者，有《玉箫女两世姻缘》、《杜牧之诗酒扬州梦》、《李太白匹配金钱记》三种，由这些题目看来，我们便知道他所写的，都是一些文人的风流艳事，题材既不新颖，结构也无特色。正如郑德辉的作品一样，想找着什么社会问题和时代意识，是没有希望的，但他们同样用着最工丽华美的文句，描写艳情，在文字上得到唯美的成就，而使读书人爱好。所以他也是王实甫的跟从者。《两世姻缘》写韦皋与妓女韩玉箫的恋爱，《扬州梦》写杜牧与歌女张好好的恋爱，《金钱记》写韩翊与王柳眉的恋爱，这种才子佳人的恋爱剧翻来覆去，千篇一律。上者不能比《西厢》，下者流于淫滥。在文学的价值上，乔吉的戏曲，是不如他的散曲的。

宫天挺　宫字大用，大名人，历学官，除钓台书院山长，卒于常州。上述的郑乔二家，属于王实甫一派，宫天挺则近于马致远。他作品中表现的那种失意文人的愤恨，韬光退隐的思想，以及引书用典的习气，都与马氏相像。他作杂剧六种，现只存《生死交范张鸡黍》一本。再有《严子陵垂钓七里滩》一本，见《古今杂剧》未著作者名氏，《录鬼簿》宫天挺名下有《严子陵钓鱼台》一种，想即是此剧，若此可信，则宫氏杂剧全存者有两种。《范张鸡黍》写范巨卿与张元伯为生死交，同样愤恨权奸当政，不苟仕进，而以隐逸为高。后元伯病死，巨卿远道至其家代为料理丧事，太守重其义，荐他为官。《七里滩》写光武称帝后，严子陵避让名利，垂钓滩边，闲淡过活。一面夸写退隐之高，一面描写朝市之鄙。文字都高爽清俊可喜，较之郑乔二家那些红情绿意的艳体文字，别是一格。其情调其意象，与马致远的《荐福碑》、《陈抟高卧》诸作甚为近似。

〔天下乐〕　你道是文章好立身，我道今人都为名利引。怪不着赤紧的翰林院，那伙老子每钱上紧。他歪吟的几句诗，胡诌下一道文，都是要人钱谄佞臣。

〔那吒令〕　国子监里助教的尚书是他故人，秘书监里著作的参政是他丈人，翰林院应举的是左丞相的舍人，则《春秋》不知怎的发，《周礼》不知如何论，制诏诰是怎的行文。

〔鹊踏枝〕　我堪恨那伙老乔民，用这等小猢狲。但学得些妆点皮肤子曰诗云。本待要借路儿苟图一个出身，他每现如今都齐了行不用别人。

〔寄生草〕　将凤凰池拦了前路，麒麟阁顶杀后门。便有那汉相如献赋难求进，贾长沙痛哭谁俄问，董仲舒对策无公论。便有那公孙弘撞不开昭文馆内虎牢关，司马迁打不破编修院里长蛇阵。

〔么篇〕　口边厢你腥也犹未落，顶门上胎发也尚自存。生下来便落在那爷羹娘饭长生运，正行着兄先弟后财帛运，又交着夫荣妻贵催官运。你大拼着十年家富小儿娇，也少不得的一朝马死黄金尽。

〔六么序〕　你子父每轮替着当朝贵，倒班儿居要津，则欺瞒着帝子王孙。猛力如轮，诡计如神。谁识你那一伙害军民聚敛之臣。现如今那栋梁材平地上刚三寸，你说波，怎支撑那万里乾坤。都是些装肥羊法酒人皮囤。一个个智无四两，肉重千斤。

读书人的愤慨，朝廷的黑暗，在这些文字里，表现得真是痛快淋漓。这一种情状，在中国本来是历代如此，不过在元朝，更为显著而已。《录鬼簿》说宫天挺"为权豪所中，事获辩明，亦不见用"，可知他剧中所表现的牢骚愤恨以及韬光退隐的思想，正是他自己心情的反映，剧中的范巨卿和严子陵，也就是他自己的影子。

秦简夫　秦之居里不详，大约是北方人，曾到杭州来游历过。他的杂剧现全存者有《东堂老劝破家子弟》、《宜秋山赵礼让肥》、《陶母剪发待宾》三种。秦的作品，文辞本色，结构亦俱紧凑，他是元剧后期关派的要角，《东堂老》是他的代表作品。本剧写扬州富商赵国器，有一个败家子叫做扬州奴，日与无赖子为友，狎妓饮酒，屡戒不听。其父死时，托之于密友李实，因李为仁厚长者，人称为东堂老。扬州奴自其父死后，更加放纵，不听东堂老之约束，以至家产荡尽，流为乞丐。而其往日之友朋，皆弃而不顾。他从此痛改前非，筹借少许资本，卖菜为生。东堂老看见他真的改过自新，于是把他从前出卖的家产，一齐还了他，使他成为一个富家子弟，重度着优裕的生活。本剧的重心，是描写遗产制度的罪恶。富贵家的子弟，养尊处优惯了，倚靠着丰富的财产，不求上进，专与浪子恶人为伍，狎妓饮酒，无事不为，不到几年，便把家产荡尽，自己也陷于毁灭，或沦为乞盗，或死于病，这种公子哥儿，这种结局，在社会上真是触目皆是。作者采取这种现实性的题材，虽无才子佳人的情爱，虽无英勇武侠的行为，然他以最忠实最深刻的笔，尽力描写家庭社会的黑幕，使这戏曲成为一个最有力的写实剧。扬州奴的醉生梦死，他那两个无赖朋友的奸诈阴恶，东堂老的忠厚信义，社会人士的势利无情，都写得活跃纸上，情景逼真。不能不说是元剧后期一个最有力的作品。曲辞虽无特殊美妙之处，然大都本色自然。至于宾白，则篇幅独多，且出以纯粹的口语，描摹戏中各种人物的语气与性情，极其幽默有味。在元剧中，以宾白见胜者，武汉臣的《天赐老生儿》外，就只有秦简夫的《东堂老》了。我们重视此剧，也就在此。

东堂老　老兄病体如何？

赵国器　老夫这病，只有添，无有减，眼见的无那活的人也。

东堂老　曾请良医来医治也不曾。

赵国器　嗨！老夫不曾延医，居士与老夫最是契厚，请猜我这病症咱。

东堂老　老兄着小弟猜病症，莫不是害风寒暑湿么？

赵国器　不是。

东堂老　莫不是为饥饱劳逸吗？

赵国器　也不是。

东堂老　莫不是为些忧愁思虑吗？

赵国器　哎哟，这才叫做知心之友，我这病正从忧愁思虑得来的。

东堂老　老兄差矣。你负郭有田千顷，城中有油磨坊解典库，有儿有妇，是扬州点一点二的财主。有什么不足，索这般深思远虑那？

赵国器　嗨！居士不知，正为不肖子扬州奴，自成人以来，与他娶妻之后，他合着那伙狂朋怪友，饮酒为非，日后必然败我家业，因此上忧懑成病，岂是良医调治得的。

东堂老　老兄过虑。……父母与子孙成家立计，是父母尽己之心，以后成人不成人，是在于他，父母怎管的他到底，老兄这般焦心苦思，也是干落得的。

……

柳隆卿　自家柳隆卿，兄弟胡子传，我两个不会做什么营生买卖，全凭这张嘴，抹过日子。在城有一个赵小奇扬州奴，自从和俺两个拜为兄弟，他的勾当，都凭我两个。他无我两个，茶也不吃，饭也不吃。俺两个若不是他啊，也都是饥死的。

胡子传　哥，则我老婆的裤子，也是他的；哥的网儿也是他的。

柳隆卿　哎哟！坏了我的头也。

胡子传　哥，我们两个吃穿衣饭，那一件儿不是他的。我这几日不曾见他，就弄得我手里都焦干了。哥，咱茶房里寻他去，若寻见他，酒也有，肉也有，吃不了的，还包了家去，与我浑家吃哩。

这剧的对白，都是长篇大段。由上面选录几个小节，也可看出口语文的警炼。人物的个性，写得尤为分明活泼。无赖的朋友，纨绔的子弟，忧家的财主，温文的长者，他们的口调语气，都表现得恰到好处。有粗鄙的，有文雅的，有倨傲不讲礼貌的。这是本剧最值得重视的地方。若专以美丽的曲辞而论，郑乔二家，自然容易受人的赞美，若就戏曲的整体而论，我反于是更要看重秦简夫的了。《赵礼让肥》根据《后汉书·赵孝传》所作。写赵孝、赵礼兄弟二人奉母山居避乱，某日，赵礼为贼所掳，将剖腹剜心，其母与兄跑去了，都争着要死说："我的身体肥胖，杀了我罢。"群盗大为感动，谢罪释之。在中国的孝悌旧道德之下，这种事并非不可能。作者用生动的文笔，把这种孝悌的德性，无抵抗的精神，发挥尽致，终于战胜了盗贼们的暴行。结构也很紧密，也可算是一个好作品。

杨梓与萧德祥　杨梓，海盐人，曾同元军征爪哇有功，官至嘉议大夫，杭州路总管。他作杂剧有《忠义士豫让吞炭》、《霍光鬼谏》、《敬德不伏老》三种，今皆全存。《豫让吞炭》，写豫让为智伯报仇，暗杀襄子不遂而致自杀。此故事载于《战国策》及《史记·刺客列传》中，本极动人。作者写出，更有壮烈之感。《霍光鬼谏》写霍光爱国谏君的故事，人鬼交杂，颇少情趣。《不伏老》写得很使人感动。萧德祥名天瑞，号复斋，杭州人，以医为业，曾作南曲戏文，今未见。《杨氏女杀狗劝夫》一剧，《录鬼簿》题为萧德祥作，但《正音谱》及《元曲选》俱题无名氏，又明钞本《录鬼簿》未著录，则此剧是否为萧所作，尚有可疑。剧中叙述孙荣兄弟不和，孙妻杨氏欲感悟其夫，用杀狗之计使兄弟得归和好。文辞俚俗本色，描写亦极活动，此作在民间必很流行，到了后来，便演成了有名的南戏《杀狗记》了。

元剧的后期，除上述诸人外，尚有作品传世者，今列于下，因俱无特色，不想细说了。

范康，字子安，或作子英，杭州人。《陈季卿悟道竹叶舟》。

金仁杰，字志甫，杭州人。《萧何追韩信》。

王晔，字日华，或作日新，杭州人。《桃花女破法嫁周公》（《录鬼簿》王晔名下有《破阴阳八卦桃花女》，王国维认为即此作。但明钞本《录鬼簿》未著录，《录鬼簿续编》作无名氏。）

陆登善，字仲良，杭州人。《河南府张鼎勘头巾》（明钞本《录鬼簿》未著录。）

罗本，字贯中，太原人，号湖海散人。《宋太祖龙虎风云会》。

朱凯，字士凯。《昊天塔孟良盗骨》（明钞本《录鬼簿》未著录，《续编》作无名氏。）

其他如鲍天佑（杭州）、周文质（杭州）、朱经（杭州）诸人之作，俱只有残文一二折。至如《王月英元夜留鞋记》及《都孔目风雨还牢末》二剧，《元曲选》以前戏为曾瑞作，后戏为李致远作，《正音谱》均作无名氏，这自然是不可靠的了。元人杂剧，除上文叙述介绍者外，尚有无名氏作品多种，散见各家散集中。此等作品，并非全无佳篇。如《风雨像生货郎旦》的描写社会家庭的黑暗，情绪至为凄惨。妓女一入家庭，便弄得家败人亡，李妻之气死，李彦和被推落水而死，李儿春郎的被卖，房产的被烧，金银的被盗，都是李彦和迷恋妓女张玉娥而娶入家中为妾所引起。这一种情形，社会上真是到处皆有。作者用着巧妙的组织法，把这一件家庭罪案，表现得极为生动。曲辞本色自然，可算是无名氏中的第一佳作。其他如《张千替杀妻》、《冻苏秦衣锦还乡》、《苏子瞻醉写赤壁赋》、《锦云堂暗定连环计》诸篇，或以结构巧妙称，或以文辞典丽胜，都是值得我们注意的作品。

元剧本为歌剧，其要素与效果，全注重于歌唱。若以现代的散文戏曲绳之，则几乎无一剧能令人满意者。但我们若把眼光回到七百年前的古代，批评就不应过严了。由宋金的杂剧院本，走上元杂剧的路途,其进步其价值是任何人所不能否认的。王国维说:“元之文学,固未有尚如其曲者也。元曲之佳处何在?曰自然而已矣。古今之大文学,无不以自然胜,而莫著于元曲,盖元剧之作者,其人均非有名位学问也。其作剧也,非有藏之名山传之其人之意也。彼以意兴之作而为之,以自娱娱人。关目之拙劣,所不问也,思想之卑陋,所不讳也,人物之矛盾,所不顾也。彼但摹写其胸中之感想与时代之情状,而真挚之理与秀杰之气,时流露于其间,故谓元曲为中国最自然之文学,无不可也。明以后传奇无非喜剧,而元则有悲剧在其中。就其存者言之,如《汉宫秋》、《梧桐雨》、《西蜀梦》、《火烧介子推》、《张千替杀妻》等,初无所谓先离后合始困终亨之事也。其最有悲剧之性质者,则如关汉卿之《窦娥冤》,纪君祥之《赵氏孤儿》,剧中虽有恶人交构其间,而其赴汤蹈火者,仍出于其主人翁之意志,即列之于世界大悲剧中,亦无愧色也。元剧关目之拙,固不待言,此由当时未尝重视此事,故往往互相蹈袭,或草草为之。……然元剧最佳之处,不在其思想结构而在其文章。其文章之妙,亦一言以蔽之,曰有意境而已矣。何以谓之有意境,曰写情则沁人心脾,写景则在人耳目,述事则如其口出者也。古诗词之佳者,无不如是。”(《元剧之文章》)这批评是很公正的。

第二十四章 明代的文学思想

一 正统文学的衰微

元人统治中国,将近一世纪,除了世祖、仁宗两朝政治稍见清明,其余实在都是游牧酋长的性质,压迫汉人,摧残中国的文化,无所不为。灭宋之后,过了三十七年,才恢复科举,然而蒙古、色目和汉人、南人分为二榜,出身就职,待遇也完全不同。汉族的读书人到这时候都是走投无路,自叹自嗟。那些趋炎附势的士大夫,改蒙古姓剃蒙古头,胡服胡语,变成十足的胡人,弄到一官半职沾沾自喜的,不知有多少。在这一时期,中国旧的文化固然受了一大顿挫,读书人的气节廉耻,也堕落到了极点。不过专恃武力来统治一个有历史有文化的民族是不会长久的。一有动摇,便难收拾。到了荒淫无度的顺帝,于是内乱频仍,民变四起,和尚出身的朱元璋,便乘此机会,削平群雄,驱逐元室,定都南京,建立了汉族的明帝国。

朱元璋虽不精通诗书,究竟是汉人。他一做了皇帝,便要恢复汉制。洪武元年的《实录》说:"诏复衣冠如唐制。初元世祖自朔漠起,尽以胡俗变易中国之制,士庶咸辫发椎髻,深襜胡帽,无复中国衣冠之旧。甚至易其姓名为胡名，习胡语。俗化既久，恬不知怪。上久厌之，至是悉令复旧。衣冠一如唐制。士民皆以发束顶。其辫发椎髻，胡服胡言胡姓，一切禁止。于是百有余年之胡俗，尽复中国之旧。”他一面铲除胡俗，一面又积极的奖励中国的旧文教。聘前朝遗老，修明礼乐制度，置收书监丞，搜集各方图籍。立学校，行科举，又命胡广等撰修《五经》、《四书》、《性理》大全共二百余卷，用程朱的儒家理论，统治当日的思想，永乐年间，以两千一百余人的精力，编辑《永乐大典》二万余卷，为历代文献的总汇。这样一面固可笼络鼓舞读书人的心情，同时对于文化的恢复与建设，也有很大的效果。并且明代的君主皇族，颇喜艺文，诗文歌曲，时有创作。奖励文学，优遇作者。李开先《张小山乐府序》云：“洪武初年，亲王之国，必以词曲千七百本赐之。”又明太祖批评《琵琶记》说：“《五经》、《四书》，布帛菽粟也，家家皆有，《琵琶记》如山珍海错，富贵家不可无。”（徐渭《南词叙录》）皇族中能文之士更多，宁献王朱权、周宪王朱有燉二人，尤为特出。宁王的《太和正音谱》至今为制曲者所称，周王为明杂剧的大家，作品有三十余种。李梦阳有诗云“齐唱宪王新乐府，金梁桥外月如霜”，想见当日文学空气的浓厚。在这种环境中，明代的文学步入了复兴的机运。

前人评论文学，多侈谈唐宋，对于明代，每薄其浅陋，毫不足观。就正统文学的诗词而言，确有此感。黄宗羲《明文案序》上云：

> 有明之文，莫盛于国初，再盛于嘉靖，三盛于崇祯。……然较之唐之韩、杜，宋之欧、苏，金之遗山，元之牧庵、道园，尚有所未逮。盖以一章一体论之，则有明未尝无韩、杜、欧、苏、遗山、牧庵、道园之文，若成就以名一家，则如韩、杜、欧、苏、遗

山、牧庵、道园之家，有明固未尝有其一人也。

论词于明并不逮元、金，遑言两宋哉？盖明词无专门名家，一二才人如杨用修、王元美、汤义仍辈，皆以传奇手为之，宜乎词之不振也。其患在好尽，而字面往往混入曲子，去两宋蕴藉之旨远矣。

（吴衡照《莲子居词话》）

明代二百七十年，文人与作品实也不少，专看朱彝尊编的《明诗词》①，所收多至三千四百余家，这数量并不弱于唐宋。数量虽多，其本质精神，实远逊前代。论其原委，不得不归咎于八股文。

议者以震川为明文第一，似矣。试除去其叙事之各作，时文境界，间或阑入，求之韩、欧集中，无是也。此无他，三百年人士之精神，专注于场屋之业，割其余以为古文，其不能尽如前代之盛者，无足怪也。（黄宗羲《明文案序》）

事之关系功名富贵者，人肯用心，唐世功名富贵在诗，故唐世人用心而有变，一不自做，蹈袭前人，便为士林中滞货也。明代功名富贵在时文，全段精神，俱在时文用尽，诗其暮气为之耳。（吴乔《答万季野诗问》）

词至明代，可谓中衰之期。讨其根源，有数端焉，开国作家，沿伯生、仲举之旧，犹能不乖风雅。永乐以后，两宋诸名家词，皆不显于世，惟《花间》、《草堂》诸集，独盛一时，于是才士模情，辄寄言于闺闼。艺苑定论，亦揭橥于香奁。托体不尊，

① 《明诗词》，再版作《明诗综》。

难言大雅,其蔽一也。明人科第,视若登瀛。其有怀抱冲和,率不入乡党之月旦,声律之学,大率扣槃。迨夫通籍以还,稍事研讨,而艺非素习,等诸面墙。花鸟托其精神,赠答不出台阁。庚寅揽揆,或献以谀词,俳优登场,亦宠以华藻。连章累牍,不外应酬,其蔽二也。(吴梅《词学通论》)

古文诗词之不振,他们一致归之于八股。《明史·选举志》中说:"科目者沿唐宋之旧,而稍变其试士之法。专取四子书及《易》、《书》、《诗》、《春秋》、《礼记》五经命题试士,盖太祖与刘基所定。其文略仿宋经义,然代古人语气为之,体用排偶,谓之八股,通谓之制义。"又说:"《四书》义一道,二百字以上。《五经》义一道,三百字以上。取书旨明晰而已,不尚华采也。"像这种规定体制、限定字数、代古圣人立言的八股文,自然是人类思想感情的监牢,文学发展的陷阱。一代读书人都在八股上死用功夫,以求升官发财。要自己稍有余力,才从事文艺,在这种环境下,古文诗词的衰落,八股文的兴起,乃是必然的事。焦循说:"有明二百七十年,镂心刻骨于八股。如胡思源、归熙甫、金正希、章大力数十家,洵可继楚骚、汉赋、唐诗、宋词、元曲以立一门户。而李、何、王、李之流,乃沾沾于诗,自命复古,殊可不必者矣。"(《易余籥录》)他这意见虽稍偏激,却很有道理。

我们不要因此而就轻视明代在中国文学史上的地位。"一代有一代之所胜",我们不要"舍其所胜",明代文学所胜,一是称为传奇的歌剧,一是白话小说。再如继承元代的散曲,以及民间的歌谣,可以补救旧诗词的缺陷。晚明的新兴之散文,一新旧文坛的耳目。至如拟古、浪漫两派文学思想的斗争,新文学理论的建设,其见解也远在唐宋之上。这些都是我们研究明代文学所必须注意的。

二　拟古主义的极盛

明代文学思想的主潮，大家都知道是拟古主义，就是前后七子所倡导的文必秦汉，诗必盛唐的拟古主义。这一种思潮，并非起自李梦阳、何景明，在明初诸家已开其端。《明史·文苑传序》说："明初文学之士，承元季虞、柳、黄、吴之后，师友讲贯，学有本原。宋濂、王祎、方孝孺以文雄，高、杨、张、徐、刘基、袁凯以诗著。其他胜代遗逸，风流标映，不可指数，盖蔚然称盛已。"话虽说得好听，细按内容，他们的作品，实在都无伟大的气魄，特创的精神。宋濂、高启是明初诗文的两大代表，宋濂的文章，只可算做得雍容典雅，可以算是台阁体的先驱。高启的才情，确在宋濂之上，然而他的诗歌，都是拟古之作。《四库提要》说："其于诗拟汉魏似汉魏，拟六朝似六朝，拟唐似唐，拟宋似宋，凡古人之所长，无不兼之，振元末纤秾缛丽之习，而返之于古，启实为有力。然行世太早，殒折太速，未能熔铸变化，自为一家，故备有古人之格，而反不能名启为何格。特其摹仿古调之中，自有精神意象存乎其间。"又说："启诗才富健，工于摹古，为一代巨擘。"这话说得很明显，他作诗处处在摹拟，都是寄人篱下，所以丧失了自己的精神个性，不能自成一格。因他确有才情，在他的集子里，还有些可读的诗。

高启作诗，虽重摹拟，还是普遍的，所谓六朝、唐、宋，界限尚不分明。到了林鸿、高棅渐渐形成了专重盛唐的观念。林鸿是明初闽派诗人的代表。在当代的诗坛，拥有相当的势力。他论诗的意见，是“汉魏骨气虽雄，而菁华不见。晋祖元虚，宋尚条畅，齐梁以下，但务春华少秋实，惟唐作者可谓大成。然贞观尚习故陋，神龙渐变常调，开元、天宝间，声律大备，学者当以是为楷式”（《明史·文苑传》）。他这意见，比起高启来，要具体多了。高棅是林鸿的共鸣者，编辑《唐诗品汇》百卷，建立诗必盛唐的轨则。他以初唐为正始，作为唐诗的开端，将盛唐分为正宗、大家、名家、羽翼，定为唐诗的正统，中唐为继承，晚唐为余响。此书之前，元朝杨士宏的《唐音》，虽有些相像，但《唐音》究因流传不广，宣传不力，没有发生大影响。高棅这部书，出生于这时代，那就完全不同，据《明史·文苑传》说：“所选《唐诗品汇》，终明之世，馆阁宗之。”可知这书在当代文坛的影响了。林鸿他们的主张既然如此，作品自然是摹拟居多。李东阳批评说：“林子羽《鸣盛集》专学唐，袁凯《在野集》专学杜，盖能极力摹拟，不但字句效法，并其题目亦效之，开卷骤视，宛若旧本，然细味之，求其流出肺腑，卓尔自立者，指不能一再屈也。”（《怀麓堂诗话》）这批评实在不错。袁凯是以《白燕诗》著名的，他虽不是闽派诗人，但其摹拟的手法，则无异。由此看来，拟古的风气实起于明初，不过到后来更激烈一点而已。

从永乐到成化的几十年中，明代政治比较安定，文学上所出现的，是由宰辅权臣所领导的台阁体。那一种作品，没有思想，没有气度，只是一些歌功颂德、温厚和平的应酬的诗文，比起高启们的作品来，是更不如了。不过在那太平时代，那一种文体，确是风行一时，然流弊所及，千篇一律，索然无味。当日的代表，是称为三杨的杨士奇、杨荣和杨溥。还有就是那称为“茶陵诗派”的李东阳。东阳立朝五十年，推奖后进，门生满天下，他当时是文坛的领袖。他的作品，人家都说是以深厚雄浑之体，洗涤啴缓冗沓之习。较之三杨虽稍胜一筹，其实他也只是台阁体的典型，毫无生气。在这一种平庸衰弱的文学空气之下，青年的作家，是不能满意的，当日对于台阁派的文风，表示着反抗，继承明初的复古观念，自成派别，正式提出拟古主义而相号召的，是称为前七子的李梦阳、何景明、徐祯卿、边贡、王廷相、康海和王九思，而李、何实为领袖。李梦阳，字献吉，庆阳人（一四七二——一五二九），有《空同集》。何景明，字仲默，信阳人（一四八三——一五二一），有《大复集》。他俩在拟古的文学运动上虽占有极高的地位，但是他们却都没有写下一册或一篇专门论文的文章，只是在序跋尺牍里，写出一些零碎的文句。就因这些零碎的文句，推动了当日的文坛，造成了拟古主义的大潮流。一时天下风从，万人景仰，前人比他们为唐朝的韩杜，宋朝的欧苏。还有他们的门徒，说出"太白少陵以后，数百年来二人而已"的夸张的言语，由此也可见李、何当日的声势了。

李、何论文的意见，归纳起来，最要者有二。

一、文崇秦汉，诗必盛唐

他们拟古的目标，文章是以秦汉为准则，五言古诗拟汉魏，而及于六朝，七古与近体诗则以盛唐为依归。李梦阳说：

> 夫诗，宣志而道和者也。故贵宛不贵险，贵质不贵靡，贵情不贵繁，贵融洽不贵工巧。故曰："闻其乐而知其德。"故音也者，愚智之大防，庄诐简侈浮孚之界分也。至元、白、韩、孟、皮、陆之徒出，始连联斗押，累累数千百言不相下，此何异于入市攫金，登场角戏也。（《与徐祯卿书》）

这是李梦阳复古文学的原理。大凡复古派的人，大都不了解文学进化的道理，死守着文学是古代的好，所以他反对险，反对靡，反对华美，反对工巧。把元、白、韩、孟之徒，看作是入市攫金登场演戏的角色。对于宋代文学，更是看不起。所谓“宋儒兴而古之文废”，所谓“诗至唐古调亡矣，然自有唐调可歌咏，高者犹足被管弦。宋人主理不主调，于是唐调亦亡”。这是李梦阳的得意语调。何景明的意见也差不多。他说：

> 夫文靡于隋，韩力振之，然古文之法亡于韩。诗溺于陶，谢力振之，然古诗之法亦亡于谢。（《与梦阳书》）
>
> 诗必以盛唐为尚，宋人以苍老而实疏卤，元人似高峻而实浅俗。（同上）

由此他们得到一致的结论，便是秦汉以后无文，盛唐以后无诗，从事文学的青年，为要达到文学的正路，万不可读唐代以后的作品。

二、摹拟为创作文学的途径

他们认为秦汉的文，盛唐的诗，虽是各家风格不同，光彩自异，但他们都有一种方法，后人应该遵守此种方法，好像学字临帖一般，一字一句地摹拟下去，渐渐可得到古人的神髓，而自成名家。非如此，文学便无成就之望。

> 古之文者，一挥而众善具也。然其翕辟顿挫，尺尺而寸寸之，未始无法也。所谓圆规而方矩也。……古人之作，其法虽多端，大抵前疏者后必密，半阔者半必细，一实者必一虚，叠景者意必二，此余之所谓法，圆规而方矩者也。……故曹、刘、阮、陆、李、杜，能用之而不能异，能异之而不能不同，今人只见其异而不见其不同，宜其谓守法者为影子，而支离失真者以舍筏登岸自宽也。(《复景明书》①)

这是拟古主义者说明从事文学必须摹拟的理论。他告诉他的门徒说："今人摹临古帖，不嫌大似，诗文何独不然。"像他这么摹拟下去，结果自己做了古人的奴隶，作品变成了古作的影子。他这种情形，到后来连何景明也觉得太过一点，表示出反对的论调，写信讥笑他说："子高处是古人影子耳。其下者已落近代之口。未见子自筑一堂奥，突开一户牖，而以何急于不朽也。"又说："空同刻意古范，铸形宿模，而独守尺寸。仆则欲富于材积，领会神情。临影构结，不仿形迹。诗曰：'惟其有之，是以似之。'以有求似，仆之愚也。"拟古主义的作品，顶好的变作古人的影子而已，怎能有独创的风格和精神，而能自筑一堂，独成一派呢？

拟古主义的思潮，当日能风行一时，也自有其背景。一是台阁文体的空洞无物，早为一般人所厌弃。其次，读书人献力于八股，心中除几篇时文范本以外，就只抱着《四书》和《五经》，不识其它著作，李何辈想挽救当日文坛的浅陋，因此提出文必秦汉，诗必盛唐的口号，一新人士的耳目，加以他们才情雄健，气节颇高，因此能

---

① 《复景明书》，再版为《再为何氏书》。

造成一个大运动。《四库提要》云:“明自洪武以来,运当开国,多昌明博大之音,成化以后,安享太平,多台阁雍容之作,愈久愈弊,陈陈相因,遂至啴缓冗沓,千篇一律。梦阳振起痿痹,使天下复知有古书,不可谓之无功。而盛气矜心,矫枉过正。……平心而论,其诗才力富健,实足以笼罩一时,而古体必汉魏,近体必盛唐,句拟字摹,食古不化,亦往往有之。其文则故作聱牙,以艰深文其浅易,明人与其诗并重,未免怵于盛名。”这评语算是最公平的了。他们的功罪,都能顾到,态度客观,这是难得的。

当李何一派人的诗文风靡文坛的时候,也还有些卓然自立不傍门户的作者,如杨慎、沈周、文徵明、唐寅诸人,在诗文上都能表现一点浪漫的情趣。不过他们对于拟古派还是取着妥协的态度,所以不能形成什么反动的力量。比较有组织有意识对于李何表示着反抗的,是嘉靖年间王慎中、唐顺之的宋文运动。正如陈田《明诗纪事》所说:“城中高髻,里妇捧心。下士趋风,有识走避。”他们觉得李何一派的文章,死摹秦汉,诘屈聱牙,既不通顺,又无生趣,乃倡为宋代欧曾通顺的文体,以矫何李之弊,后来茅坤、归有光为之羽翼,声势颇盛。李何的气焰,一时大为挫折。他们这派的文学理论,可举唐顺之的《答茅鹿门知县论文书》为代表:

> 今有两人:其一心地超然,所谓具千古只眼人也;既使未尝操纸笔呻吟学为文章,但直据胸臆,信手写出,如写家书,虽或疏卤,然绝无烟火酸馅习气,便是宇宙间一样绝好文章。其一人犹然尘中人也;虽其颛颛学为文章,其于所谓绳墨布置则尽是矣,然翻来覆去,不过是这几句婆子舌头语,索其所谓真精神与千古不可磨灭之见,绝无有也,则文虽工而不免为下

格。此文章本色也。即以诗为喻:陶彭泽未尝较声律,雕句文,但信手写出,便是宇宙间第一样好诗。何则?其本色高也。自有诗以来,其较声病,雕句文,用心最苦而立说最严者,无如沈约,苦却一生精力,使人读其诗只见捆缚龌龊,满累卷牍,竟不曾道出一两句好话。何则?本色卑也。本色卑,文不能工也,而况非其本色者哉!且夫两汉而下之文之不如古者,岂其所谓绳墨转折之精之不尽如哉?秦汉以前,儒家有儒家本色,至如老、庄家有老、庄本色,纵横家有纵横家本色[①],名家、墨家、阴阳家,皆有本色;虽其为术也骏,而莫不皆有一段千古不可磨灭之见,是以老家必不肯剿儒家之说,纵横家必不肯借墨家之谈,各自其本色而鸣之为言,其所言者其本色也,是以精光注焉,而其言遂不泯于世。唐宋而下,文人莫不语性命,谈治道,满纸炫然,一切自托于儒家,然非其涵养畜聚之素,非真有一段千古不可磨灭之见,而影响剿说,盖头窃尾,如贫人借富人之衣,庄农作大贾之饰,极力装做,丑态尽露,是以精光枵焉,而其言遂不久湮废。

他这见解,实在比李何们要高明得多。一、他认清了文学的时代性与作家的个性;二、他主张好的作品不在乎较声律,雕句文,邯郸学步式的婆子舌头语,而在乎直抒胸臆,信手写出如写家书一般有内容有骨肉有情感的文字。他这种本色论的文学观,正是后来公安派主张性灵文学的先声。这次的文学运动,本可顺利的发展,不料后七子接着起来,造成拟古主义的复兴,使得他们推动的那种

① “纵横家有纵横家本色”一句,据再版补。

思潮，受了一个大挫折。而李何的文风又布满天下。后七子是李攀龙、王世贞、谢榛、宗臣、梁有誉、徐中行、吴国伦，领袖原来是谢榛，后来为李攀龙、王世贞所夺。他们彼此唱和，声势极盛，使得当代谈论文学的青年，心目中只有李、何、李、王四大偶像了。

李攀龙，字于鳞，历城人（西历一五一四——一五七〇），有《沧溟集》。王世贞，字元美，太仓人（西历一五二六——一五九〇），有《弇州山人四部稿》。他们颇有聪明，博闻强记，拥护前七子的主张，反对唐顺之一派的理论，结社宣传，狂傲偏激，争取文坛的领导权。他们的种种丑态，《明史·文苑传》中说得极详：

> 李攀龙、王世贞辈结诗社，谢榛为长，攀龙次之。时攀龙名大炽，榛与论生平，颇相镌责，攀龙遂贻书绝交，世贞辈右攀龙，力相排挤，削其名于七子之列。（《谢榛传》）
>
> 诸人多少年，才高气锐，互相标榜，视当世无人，七才子之名，播天下。攀龙谓文自西京、诗自天宝而下，俱无足观，于本朝独推李梦阳，诸子翕然和之，非是则诋为宋学。攀龙才思劲鸷，名最高，独心重王世贞，天下并称王、李，又与李梦阳、何景明，并称何、李、王、李。其为诗务以声调胜，所拟乐府，或更古数字为己作，文则聱牙戟口，读者至不能终篇，好之者推为一代宗匠。（《李攀龙传》）
>
> 世贞始与李攀龙狎，主文盟，攀龙没，独操柄二十年。才最高，地望最显，声华气息，笼盖海内，一时士大夫及山人词客衲子羽流，莫不奔走门下，片言褒赏，声价骤起。其持论文必西汉，诗必盛唐，大历以后书勿读，而藻饰太甚。晚年攻者渐起。（《王世贞传》）

在这些文字里，把他们的态度思想、声势以及作品的缺点，都说得很详细，可以知道他们与前七子同出一辙，而其摹拟的丑形，作品的虚伪，更远过之。偏要恃才傲世，结社订盟，自吹自打，惟我独尊，把持文坛，压迫公论。自己的作品，偏又原形毕露，百病丛生。文学界的新进之士，对于这种状况自然不能满意。于是乘机而起，对于这风靡了一百多年的拟古思潮，加以激烈的反抗，而持以新的文学理论的，是公安派的浪漫主义。

三　公安、竟陵的新文学运动

晚明浪漫思潮的起来，一，自然是拟古派诗文的腐化的直接反动；其次是受了当代浪漫哲学的间接影响。王阳明一派的心学，无非是提倡个人良知的自由，所谓："夫学贵得之心，求之心而非也，虽其言之出于孔子，不敢以为是也。"（《传习录》）这是多么大胆的宣言。这种独立自由的浪漫精神，便是哲学文艺革新的动机。所以他在前七子时代，他的诗文，绝不和他们同流。这一种学说，对于放弃自我的精神，专于摹仿偶像的拟古主义绝不相容，解放思想的束缚是很有力量的。王阳明死后，称为王学的左派，更能发挥这种浪漫的精神。由王龙溪、王近溪到何心隐、李卓吾，弄到儒禅不分，正如梁任公所说都变成酒肉和尚了。这些酒肉和尚，在当日君主专制的宗法社会，自然不能安容，以排毁圣教有伤风化的罪名，受到了致命的攻击。不过他们的著作还在人间，稍稍翻阅，便知道他们的人品很好，思想很新，说话稍为激烈一点而已，李卓吾说：

> 夫天生一人，自有一人之用，不待取给于孔子而后足也。若必待取足于孔子，则千古以前无孔子，终不得为人乎？（《答耿中丞》）
>
> 前三代吾无论矣。后三代汉、唐、宋是也。中间千百年而独无是非者，岂其人无是非哉？咸以孔子之是非为是非，故未尝有是非耳。然则余之是非人也，又安能已。夫是非之争也，如岁时然，昼夜更迭，不相一也。昨日是而今日非矣，今日非而后日又是矣，虽使孔子复生于今，不知作如何是非也。（《藏目纪传目录论》）

他所反对的是那些拟古拜孔的伪道学，他所要求的是真是真非，是个人思想的自由。不过在四百年前的晚明，究竟比不上二十世纪的五四时代，所以他们的书一再被焚，自已也被杀或自杀了。书焚人死，并不能阻止思想的运行。称为公安派的三袁都是卓吾的弟子，继承卓吾的思想，表现于文学的理论中，造成强有力的反拟古爱自由的浪漫精神。尤其是袁中郎更是自觉的带着革命的态度，向着拟古的阵营，加以斗争的。他说：“弟才虽绵薄，至于扫时诗之陋习，为末季之先驱，辩欧韩之极冤，捣钝贼之巢穴，自我而前，未见有先发者，亦弟得意事也。”（《答李元善》）这种勇猛的斗争态度，热烈的少壮的浪漫精神，是何等可贵。

三袁是袁宗道、袁宏道、袁中道三兄弟，湖北公安人，因此称为“公安派”。三袁中袁宏道最有名，袁宏道字中郎，号石公（西历一五六八—一六一〇），有《中郎全集》。《明史·文苑传》云：“先是王李之学盛行，袁氏兄弟独心非之。宗道在馆中，与同馆黄辉力排其说，于唐好白乐天，于宋好苏轼，名其斋曰白苏。至宏道益矫以清新轻俊，学者多舍王李而从之，目为公安体。”所谓公安体究竟是怎样一种体，这一派的文学理论，究竟是怎样一种文学理论呢？

一、文学是进化的

历代文学的变迁，各有其时代的特性，创作或是批评，都要明了这种时代的特性，才不违反文学进化的原理。拜古贱今，一字一句，都要去拟古，这是戕害文学的生命，而丧失作者的个性。所以他们说：

> 文之不能不古而今也，时使之也。……夫古有古之时，今有今之时，袭古人语言之迹，而冒以为古，是处严冬而袭夏之葛者也。《骚》之不袭《雅》也，《雅》之体穷于怨，不《骚》不足以寄也。后之人有拟而为之者，终不肖也，何也？彼直求《骚》于《骚》之中也。至苏、李述别及《十九首》等篇，《骚》之音节体致皆变矣，然不谓之真《骚》不可也。……古人之法，顾安可概哉。夫法因于敝而成于过者也。矫六朝骈骊饤饾之习者，以流丽胜；饤饾者，固流丽之因也，然其过在轻纤。盛唐诸人，以阔大矫之；已阔矣，又因阔而生莽，是故续盛唐者以情实矫之；已实矣，又因实而生俚，是故续中唐者，以奇僻矫之；然奇则其境必狭，而僻则务为不根以相胜，故诗之道，至晚唐而益小。有宋欧、苏辈出，大变晚习，于物无所不收，于法无所不有，于情无所不畅，于境无所不取。滔滔莽莽，有若江河，今之人徒见宋之不唐法，而不知宋因唐而有法者也。如淡非浓，而

浓实因于淡，然其敝至以文为诗，流而为理学，流而为歌诀，流而为偈诵，诗之弊又有不可胜言者矣。（袁宏道《雪涛阁集序》）

口舌代心者也。文章又代口舌者也。展转隔碍，虽写得畅显，已恐不如口舌矣。况能如心之所存乎？故孔子论文曰："辞达而已矣。"达不达，文不文之辨也。唐、虞、三代之文，无不达者。今人读古书不即通晓，辄谓古文奇奥，今人下笔不宜平易。夫时有古今，语言亦有古今，今人所诧谓奇字奥句，安知非古之街谈巷语耶？（袁宗道《论文上》）

这议论多么透澈，眼光多么高超。从社会的时代的立场，说明文学变迁的过程，而各代的文学，有优有劣，那种优劣的对立，正是相反相成的两种力量，作为新思潮推动的基力。"夫法因于敝而成于过者也。"这是一切学术思潮形成衰颓的原理，能明乎此，就不会贵古贱今，也不会尊今屈古了。

二、反对摹拟

文学既是进化的，因此对于拟古，自然要加以激烈的反抗。

近代文人，始为复古之说以胜之。夫复古是已。然至以剿袭为复古，句比字拟，务为牵合，弃目前之景，摭腐烂之辞。有才者诎于法，而不敢自申其才，无之者，拾一二浮泛之语，帮凑成诗。智者牵于智①，而愚者乐其易。一唱亿和，优人驺从，

① "智"，再版为"习"。

共谈雅道，吁，诗至此抑可羞哉！（袁宏道《雪涛阁集序》）

盖诗文至近代而卑极矣。文则必欲准于秦汉，诗则必欲准于盛唐，剿袭摹拟，影响步趋，见人有一语不相肖者，则共指以为野狐外道。曾不知文准秦汉矣，秦汉人曷尝字字学《六经》欤？诗准盛唐矣，盛唐人曷尝字字学汉魏欤？秦汉而学《六经》，岂复有秦汉之文？盛唐而学汉魏，岂复有盛唐之诗？惟夫代有升降，而法不相沿，各极其变，各穷其趣，所以可贵。原不可以优劣论也。（袁宏道《小修集序》）

还有比这说得更痛快的吗？因为反对台阁体的空虚无物的诗文而倡复古之说的前后七子，本无可厚非，若只剿袭剽窃为复古，只劝人不读秦汉以后文，不读天宝以后诗为复古，那就是"粪里嚼查，顺口接庇，一个八寸三分帽子，人人戴得"的假古董了，自然会走到"一唱亿和，优人驺从，共谈雅道"的境地，这样的文坛，还有什么不可羞哩！

三、独抒性灵不拘格套

拟古的人，处处有一个偶像在，只有古人，没有自己。小心翼翼，遵守古格古律，丝毫不肯放纵，刻苦用力，只想一章一句与古人神似。绝非从自己性情中流出，那些作品，怎有独创的精神和分明的个性，既无精神与个性，便无存在的价值。所以袁中郎批评小修的诗说：

弟足迹所至，几半天下，而诗文亦因之以日进。大都抒性灵，非从自己胸臆流出，不肯下笔，有时情与境会，顷刻千言，如水东注，令人夺魂。其间有佳处，亦有疵处，佳处自不必言，即疵处亦多本色独造语。然余则极喜其疵处，而所谓佳者，尚不能不以粉饰蹈袭为恨，以为未能尽脱近代文人气习故也。……且夫天下之物，孤行则必不可无，必不可无，虽欲废焉而不能，雷同则可以不有，可以不有，则虽欲存焉而不能。(《小修集序》)

苏子瞻酷嗜陶令诗，贵其淡而适也。凡物酿之得甘，炙之得苦，虽淡也不可造，不可造是文之真性灵也。浓者不复薄，甘者不复辛，唯淡也无不可造，无不可造，是文之真变态也。(袁宏道《叙呙氏家绳集》)

余与进之游吴以来，每会必以诗文相励，务矫今代蹈袭之风。进之才高识远，信腕信口，皆成律度，其言今人之所不能言，与其所不敢言者。(《雪涛阁集序》)

"独抒性灵"便是文学要发抒个人的情感，言志的而不是载道的，是表现个人的而不是无病呻吟的，这与唐顺之的文学本色论大略相同。不拘格套，便是充分发挥文学创作的自由精神，不拘泥于古代的格调格律，而伤害作者的个性。所谓"信腕信手皆成律度"，说得最好。这与唐顺之所说的"信手写出，如写家书"，完全相同。文学作品能"独抒性灵，不拘格套"，自然不会与人雷同，"虽欲废焉而不能"了。所以他说："文章新奇，无定格式，只要发人所不能发，句法、字法、调法，一一从你自己胸中流出，此真新奇也。"(《答李元善》)这是多么好的见解。

四、文学作品不能没有内容

他所说的内容，并非圣人的人伦大道，是指有血肉，有情感，有思想，是充实的，不是无病呻吟的。像前后七子拟古乐府的那些得意之作，都只是有文无质的没有内容的假古董。他说：

> 物之传者必以质，文之不传非曰不工，质不至也。树之不实，非无花叶也，人之不泽，非无肤发也。文章亦尔。行世者必真，悦俗者必媚。真久必见，媚久必厌，自然之理也。故今之人所刻画而求肖者，古人皆厌离而思去之。古之为文者，刊华而求实，敝精神而学之，唯恐真之不极也。……夫质犹面也，以为不华而质①之朱粉，妍者必减，媸者必增也。噫，今之文不传矣。嘉隆以来，所为名公哲匠者，余皆诵其诗读其书，而未有深好也。古者如赝，才者如莽，奇者如吃，摹拟之所至，亦各自以为极，而求之质无有也。（《行素园存稿》引）

他并不反对有质的文，是反对无质的文。无质的文是丑脸涂脂粉，愈涂愈丑，还不如不涂为好。若果然是美女，再加以脂粉，自然是更妩媚了。正如刘勰所说："铅黛所以饰容，而盼倩生于淑姿；文彩所以饰言，而辩丽本于情性。"明乎此，便知文与质是如此的相附相依了。

---

① "质"，再版为"施"。

五、重视小说戏曲的文学价值

我国过去的文学界，文艺学术的界限，一向不很分明，经史古文，视为正统，对于诗词，视为小道，小说戏曲加以轻视，不能入于文学之林。不仅汉唐如此，就是在小说戏曲渐渐兴起的宋元，其观念亦未改变，一直到了李卓吾、袁中郎们出来，才打破这个传统的不合理的观念，对于纯文学的小说戏曲以及民间歌谣，加以重视，给与文学上的新价值。李卓吾说：

> 无时不文，无人不文，无一样创造①体格文字而非文者。诗何必古选，文何必先秦，降而为六朝，变而为近体，又变而为传奇，变而为院本，为杂剧，为《西厢曲》，为《水浒传》……皆古今至文，不可得而时势先后论也。（《童心说》）
>
> 《拜月》、《西厢》，化工也；《琵琶》，画工也。（《杂说》）
>
> 《水浒传》者，发愤之所作也。盖自宋室不竞，冠履倒施，大贤处下，不肖处上，驯致夷狄处上，中原处下，一时君相，犹然处堂燕鹊，纳币称臣，甘心屈膝于犬羊，已矣。施罗二公，身在元，心在宋，虽生元日，实愤宋事。是故愤二帝之北狩，则称大破辽以泄其愤。愤南度之苟安，则称灭方腊以泄其愤，敢问泄愤者谁乎？则前日啸聚《水浒》之强人也。欲不谓之忠义不可也。是故施罗二公传《水浒》而复以忠义名其传焉。（《忠义水浒传序》）

① “造”，再版为“制”。

在中国古代的文学批评史上，李卓吾这种见解，无异于投一磅炸弹。以传奇、院本、杂剧《西厢》、《水浒》与秦汉文、六朝诗同比，称为古今至文，从前有谁说过。《水浒传》是发愤之所作，前人称为梁山泊的强盗，他看作是抗外敌清内奸的革命英雄，前人认为是强盗的无聊的小说，他看作是一部最有时代性有社会心理的绝好作品，这种可爱的大胆的见解，从前何处有过。袁中郎受了他的影响，见解也与他相同。他说：

> 吾谓今之诗文不传矣。其万一传者，或今闾阎妇人孺子，所唱《擘破玉》、《打草竿》之类，犹是无闻无识真人所作，故多真声。不效颦于汉魏，不学步于盛唐，任性而发，尚能通于人之喜怒哀乐，嗜好情欲，是可喜也。（《叙小修诗》）
>
> 今人所唱《银丝柳》、《挂枝儿》之类，可一字相袭不？（《与江进之书》）
>
> 传奇则《水浒传》、《金瓶梅》为逸典。（《觞政》）

前人以为诲淫诲盗的《金瓶梅》、《水浒传》，他视为逸典，与《六经》、《离骚》、《史记》诸书，并列书架，加以研赏，这是何等新奇大胆的意见。《打草竿》、《挂枝儿》一类的歌谣，他认为比那些拟古的才子之作，要高明得多，可以与《国风》同比，可以流传后世，这又是何等新奇大胆的意见。我们看了这些，才知道金圣叹以“《水浒》、《西厢》列为才子书”，不过是拾李、袁的唾余而已。

上面将公安派的文学理论，大略的讲到了，因为篇幅有限，各家的文字，不能详细征引，如雷思霈、汤义仍、江进之、陶望龄、黄辉诸人，俱与三袁互通声气，彼此唱和，于是拟古主义的思潮顿息，公安体又风靡一时。我们回顾中国过去的文学史上，真能形成有力的浪漫派的思潮的，只有三个时期，一个是魏晋，一个是晚明，一个是五四。魏晋的文学虽是其本质中充满着浪漫的气息，未曾有意识的造成革命的浪漫的文学理论，葛洪的思想，虽是清新可喜，究竟他自己不是一个文学作家，所以成就不大。后来唐宋都有文学运动，主持的是韩愈、欧阳各大家，但他们的理论，在文学批评史上，价值不高，讲来讲去无非是几句载道贯道的话，学术文艺老是分不开，结果是纯文学弄得毫无地位。晚明公安派的议论，精神是浪漫的，态度是革命的，一反传统的拜古的思想，而建立重个性、重自由、重内容、重情感的新理论，把从来为人轻视的小说戏曲民歌，与《六经》、《离骚》、《史记》相提并论，给予文学上最高的评价，引起明末冯梦龙、金圣叹一般人研究和批评俗文学的风气，这种浪漫的精神，绝非韩愈、柳宗元、欧阳修辈所有。这与五四时代的文学运动精神完全相同，这是我们必得注意的。但是正统派的批评家，对于这些思想界的叛逆者，自然是要深恶痛绝，加以笔诛墨伐的。《四库提要》说："三袁诗文变板重为轻巧，变粉饰为本色，致天下耳目于一新，又复靡然而从之。然七子犹根于学问，三袁则惟恃聪明。学七子者不过赝古，学三袁者乃至于矜小慧，破律而坏度，名为救七子之弊，而弊又甚焉。"破律坏度，在正统派的眼里，自然成为公安的罪状，然而我们所喜者也就在此，可惜破坏的程度还不够，不能整个从体式与语言上加以革命，所以成就不大。至于沈德潜一辈老头子所说的"公安袁氏出，诗教衰而国祚亦为之移矣"，那真是怪论了。公安以后，接着起来的，是钟惺和谭元春领导的"竟陵派"。

钟惺字伯敬（西历一五七二——一六二四），有《隐秀轩集》。谭元春字友夏，名辈后于钟惺，因为他俩同选了《古诗归》、《唐诗归》两书，风行一时，故世称钟谭，他俩都是竟陵人，故又称竟陵体。《明史·文苑传》说："自宏道矫王李之弊，倡以清真，钟惺复矫其弊，变而为幽深孤峭。"这样好像公安、竟陵是两个不同的派别。其实不然。关于文学的理论，公安、竟陵没有什么差别。《中郎全集》四十卷为钟惺所编，《袁中郎续集》，谭元春作序，对于作者推崇备至。看见当日青年，王李盛时，人人王李；中郎盛时，人人中郎。钟谭在文中，自然应当加以讥笑。这与中郎本身丝毫无损。正如钱牧斋所说："此乃后人之罪也。"至于公安所昌言"反拟古"，"反传统"，"独抒性灵，不拘格套"，"文学要有真情"，这些公安的主要理论，钟谭无一不赞同。钟谭在作品上，看见公安体确实有些过于肤浅，想以"幽深孤峭"的风格去补救他。用怪字，押险韵，文字的安置，故意颠倒，造成一种冷僻苦涩的诗文。在作品上我们可以这样说，在文学运动上，他们是同一个潮流，同一个反拟古的文学运动，同样充满着反传统的浪漫精神。因为如此，关于竟陵派的文学理论，不必在这里抄引了。不用说正统派的批评家，对于钟谭的责骂，自然是不遗余力的。试举《静志居诗话》作例：

《礼》云：国家将亡，必有妖孽。非必日蚀星变，龙漦鸡祸也。惟诗有然。万历中，公安矫历下、娄东之弊，倡浅率之调，以为浮响，造不根之句，以为奇突，用助语之辞，以为流转。著一字务求之幽晦，构一题必期于不通。《诗归》出而一时纸贵。闽人蔡复一等既降心以相从，吴人张泽、华淑等复闻声而遥应，无不奉一言为准的，入二竖于膏肓。取名一时，流毒天下，诗亡而国亦随之矣。

这种滔天大罪,自然是无所遁逃。结果是公安、竟陵一派作品,全部列为禁书,而他们的思想著作,也就在人间销声匿迹了。不过,在当时的数十年间,他们的思想,确实深入人心,称为公安派、竟陵派的人们固不必说,就是派别不同的人们,也无形中接受他们的意见,成为他们的宣传者。如推崇归有光的艾南英说:“弘治之世,邪说始兴。至劝天下士无读唐以后书,又曰非三代两汉之书不读,骄心盛气,不复考韩欧大家立言之旨。太仓、历下两生,持北地之说而又过之。持之愈坚,流弊愈广,后生相习为腐劓,至于今而未已。”(《罗文肃公集序》)又说:“后生小子,不必读书,不必作文,但架上有《弇州前后四部稿》,每遇应酬,顷刻裁割,便可成篇。骤读之,无不浓丽鲜华,绚烂夺目,细按之,一腐套耳。”对于李梦阳、王世贞辈拟古的攻击,不是更过于公安吗?钱牧斋是明末清初文坛的代表,他虽责备钟谭,但其议论,确是公安一派。他说:“万历中,王李之学盛行,黄茅白苇,弥望皆是,中郎昌言排击,大放厥辞,论出而云雾一扫。其功伟矣。”(《明诗综》)对于中郎的推崇可知。又说:“近代之学诗者,知空同、元美而已矣。其哆口称汉魏称盛唐者,知空同、元美之盛唐而已矣。自弘治至于万历,百有余岁,空同雾于前,元美雾于后,学者冥行倒植,不见日月。甚矣,两家之雾之深且久也。以余所见才人志士,踔厉风发,可以驰骤古人者多矣。惟其闻见习熟,抑没于两家之雾中,而不能自出,如昔人所谓有下劣诗魔入其肺腑者,夫是以少而眩,长而坚,老而无成,而终不自悔也。”(《黄子羽诗序》)在《列朝诗集》中,在他的文集中,钱牧斋对于才子们拟古派的诗文,无不加以攻击。其态度的痛烈,远过于公安。说他们的作品:“句摭字拾,兴会索然。三百年来,推为冠冕。然举其字则三十余字尽之矣。举其句则数十句尽之矣。”(《明诗综》引)这批评真是严厉到了极点。这样看来,公安派的浪漫主义的运动,抗古革新的精神,并没有完全落空,一面暴露了拟古者的真面目,同时又遗留了许多热情与思想在后起的青年的头脑里。在圣教昌明朴学独盛的清初,在金圣叹、李渔、袁枚的生活态度中,言论作品中,还表现出一点这派的光芒与精神,他们在正统派的眼里,自然是邪说异端,因此经他们一击,便又销声匿迹了。

四　晚明的小品文

晚明新兴的散文——那些清新流丽的小品文,是公安、竟陵新文学运动的直接产物,也可以说是那次运动的唯一收获。上面已经说过,因拘于旧的形式和格律,三袁、钟、谭他们的诗,并无多大的成就。他们在小品文上,才真正实践了“独抒性灵,不拘格套”的理论。这些作品并不是代圣人立言的大块文章,所以不讲义理,不讲形式,上至宇宙,下至苍蝇,游山玩水,说理抒情,随笔直书,多写便长,少写便短,随心所欲,毫无滞碍,因此这些决不是应世干禄的文字,与高文典册不同,历来为正统的文学家所轻视。大概在政治混乱,学术思想失了统制的力量,文艺稍稍自由的时代,小品文才可以起来。两晋、六朝人的文字里,我们可以看出来一点小品文的影子,就是这原因。或是一个有才学有风趣的作家,他板起面孔可以作雍容典雅的堂皇的大文,但酒后灯前,也可以写清新流丽的小品,如陶潜、白居易、苏轼、陆游这类的人就是如此。总之,小品文不是载道的，是言志的，不是集团的，是个人的，周岂明说：“一到了颓废时代，皇帝祖师等等要人没有多大力量了，处士横议，百家争鸣，正统家大叹其人心不古，可是我们觉得有许多新思想好文章都在这个时代发生。小品文则在个人的文学之尖端，是言志的散文。他集合叙事说理抒情的分子，都浸在自己的性情里，用了适宜的方法调理起来。”(《近代散文钞序》)晚明正是皇帝祖师等等要人失了力量的颓废时代，正是小品文发展兴盛的好环境。再如袁中郎、张岱那些有风趣有才学没有道学气头巾气的作者，最宜于利用小品文这种体裁来抒写他们的胸怀，因此表现出优美的成绩。

当时感染公安、竟陵的作风而从事小品的人，实在很多，我现在只举出袁中郎、谭友夏、刘同人、王季重、李流芳、张岱六人作为代表，以见当代新兴散文的作风。

中郎为人，洒脱自由，不俗不滞，他的人生最高的理想，是庄子的“逍遥”，陶潜的适性。旁人是求官，他是求去官，求去而不可得，至于生病。为什么呢？他只是求解脱求自由。在他的尺牍，充分的表现他这种人生观。后来官果然辞了，自由自在的遨游山水，读书作文，过一点性情中的生活。在这种情态下，他写下许多小品文，都是极好的作品。

闻长孺病，甚念念。若长孺死，东南风雅尽矣。能无念耶？弟作令备极丑态，不可名状。大约遇上官则奴，候过客则妓，治钱谷则仓老人，谕百姓则保山婆。一日之间，百暖百寒，乍阴乍阳，人间恶趣，令一身尝尽矣，苦哉毒哉！家弟秋间欲过吴，亦只好冷坐衙斋，看诗读书，不得如往时携胡孙登虎丘山故事也。近日游性发不？茂苑主人虽无钱可增客子，然尚

有酒可醉，茶可饮，太湖一勺水可游，洞庭一块石可登，不大落寞也。(《寄丘长孺》)

弟屈指平生别苦，惟少时江上别一女郎，去年湖上别一老，合今而三耳。女郎以情，长老以病，此别非情非病，亦复填膺之盛，即弟亦不知所以也。读扇头诗，字字涕泪。再见何期，令人肠痛。(《寄王子声》)

高梁桥在西直门外，京师最胜地也。两水夹堤，垂杨十余里，流急而清，鱼之沉水底者，鳞鬣皆见。精蓝棋置，丹楼珠塔，窈窕绿树中，而西山之在几席者，朝夕设色以娱游人。当春盛时，城中士女云集，缙绅士大夫非甚不暇，未有不一至其地者也。三月一日，偕王生章甫，僧寂子出游。时柳梢新翠，山色微岚，水与堤平，丝管夹岸。趺坐古根上，茗饮以为酒，浪纹树影以为侑，鱼鸟之飞沉，人物之往来以为戏具。堤上游人见三人枯坐树下，若痴禅者，皆相视以为笑。而余等亦窃谓彼筵中人，喧嚣怒诟，山情水意，了不相属，于乐何有也。少顷，遇同年黄昭质拜客出，呼而下，与之语，步至极乐寺，观梅花而返。(《高梁桥游记》)

西湖最盛，为春为月。一日之盛，为朝烟，为夕岚。今岁春雪甚盛，梅花为寒所勒，与杏花相次开发，尤为奇观。石篑数为余言，傅金吾园中梅，张功甫家故物也。急往观之，余时为桃花所恋，竟不忍去湖上。由断桥至苏堤一带，绿烟红雾，弥漫二十余里，歌吹为风，粉汗为雨。罗纨之盛，多于堤畔之草，艳冶极矣。然杭人游湖，止午未申三时，其实湖光染翠之工，山岚设色之妙，皆在朝日始出，夕舂未下，始极其浓媚。月景尤不可言。花态柳情，山容水意，别是一种趣味，此乐留与

山僧游客受用，安可为俗士道哉！（《晚游六桥待月记》）

这些文字，有两点特长：一、文中有人。作者的个性情感人品，都活跃在纸上，读其文如见其人，绝不是那些说假话讲圣道的大文章所能有的。二、文字确实流丽清新，深入浅出，算是实践了他自己所说的"文章新奇，无定格式，一一从自己胸中流出，此真新奇也"的理论。尺牍固是活泼有情趣，山水小品，也是情景相生，有人有物，也绝不是那些活吞经史、拘守义法的大书信、长游记所能有的。袁小修说："先生诗文如《锦帆》、《解脱》，意在破人之执缚，故时有游戏语，亦其才高胆大，无心于世之毁誉，聊以抒其意所欲言耳。黄鲁直曰：'老夫之书，本无法也，但观世间万缘如蚊蚋聚散，未尝有一事横于胸中，故不择笔墨，遇纸则书，纸尽则已，亦不暇计人之品藻讥弹，譬如木人舞中节拍，人称其工，舞罢又萧然矣。'此真先生言前意也。"（《中郎全集序》）用之评中郎的小品文，更为恰当。

竟陵文体，是以幽深孤峭，矫公安的清真，所以读他们的作品，没有像中郎的作品那么流利。用字造句，有时候组织得很新奇，初看去似乎不好懂，再看一遍，觉得也另有一种情趣，这就是一般人所说的幽深孤峭。现在举谭元春、刘侗的文作例：

昔人言，秋冬之际，尤难为怀。以之命篇，非是之谓也。何尝快，独无忧，余之为怀良易矣。然则曷取焉。夫已冬而秋，不犹之方春而夏乎哉。鹦花藻野，则春全在夏矣；红黄振谷，则秋不遽冬矣。故君子际之以答岁也。况独往苦少，同志苦多，泛则方舟，登或共屐，非其喑滞，其何默焉。然当斯际也，以游则山淡淡而不至于癯，水岩岩而不至于嬉，故渊明所谓“良辰入奇怀”，灵运所谓“幽人尝坦步”，每临境下笔，皆抱此想矣。（《自题秋冬之际草》）

刘侗字同人，湖北麻城人，与谭元春、于奕正友善。他的文章因为写得奇怪，被人弹劾。《麻城县志》云：“刘侗初为诸生，见赏于督学葛公，礼部以文奇奏参，同竟陵谭元春、黄冈何闳中降等，自是名著闻……客都门，取燕人于奕正所抄集著为书，名《帝京景物略》。”由此我们可以知道《帝京景物略》是刘、于二人合著的。

德胜门东，水田数万亩，洫沟浍川上。堤柳行植，与畦中秧稻，分露同烟。春绿到夏，夏黄到秋。都人望有时，望绿浅深，为春事浅深，又为秋事浅深。望际，闻歌有时，春插秧歌，声疾以欲。夏桔槔水歌，声哀以啭。秋合醽赛社之乐歌，声哗以嘻。然不有秋也，岁不辄闻也。有台而亭之，以极望，以迟所闻者。三圣庵，背水田庵焉。门前古木四，为近水也，柯如青铜亭亭。台庵之西，台下亩，方广如庵。豆有棚，瓜有架，绿且黄也，外与稻杨同候。台上亭曰观稻，观不直稻也，畦陇之方方，林木之行行，梵宇之厂厂，雉堞之凸凸，皆观之。（《三圣庵》）

白石桥北万驸马庄焉，曰白石庄。庄所取韵皆柳。柳色时变，闲者惊之；声亦时变也，静者省之。春黄浅而芽，绿浅而眉，深而眼，春老絮而白。夏绿迢迢以风，阴隆隆以日，秋叶黄而落，而坠条当当，而霜柯鸣于树，柳溪之中，门临轩对。一松虬，一亭小，立柳中。亭后，台三累，竹一湾，曰爽阁，柳环之。

台后池而荷，桥荷之上，亭桥之西，柳又环之。一往竹篱内，堂三楹，松亦虬，海棠花时，朱丝亦竟丈。老槐虽狐，其齿尊，其势出林表。后堂北，老松五其与槐引年。松后一往为土山，步芍药牡丹圃良久，南登郁冈亭，俯翳月池，又柳也。（《白石庄》）

这种文体，确实有点怪僻。无一难字，无一典故，无一经文，但读去觉得有些不顺口，要稍稍细心，才感着滋味。公安文似梨，竟陵文似橄榄，这譬喻是恰当好处。

在文字里以诙谐见长的，是王思任。王字季重，号谑庵，浙江山阴人。著有《王季重十种》。关于他的生平，在张岱的《琅嬛文集》里，有一篇《王谑庵先生传》，记得很详细。他生性滑稽，对人常是调笑狎侮，不加检点。但每逢大事，却又气宇轩昂。弘光败走时，马士英称皇太后制，奔逃至浙，王季重写信痛骂他，当时人心大快。张岱云："五十年内，强半林居，乃遂沉湎曲蘖，放浪山水，且以暇日，闭户读书。自庚戌游天台、雁宕，另出手眼，乃作《游唤》，见者谓其笔悍而胆怒，眼俊而舌尖，恣意描摩，尽情刻画，文誉鹊起。盖先生聪明绝世，出言灵巧，与人谐谑，矢口放心，略无忌惮。"（《王谑庵先生传》）这把他的性情作风都说出来了。他游过不少的地方，写了不少的游记，那些都是他的代表作品。

越人自北归，望见锡山，如见眷属。其飞青天半，久暍而得浆也，然地下之浆，又慧泉首妙。居人皆蒋姓，市泉酒独佳，有妇折阅，意闲态远，予乐过之。买泥人，买纸鸡，买木虎，买兰陵面具，买小刀戟，以贻儿辈。至其酒，出净磁许先尝论值。予丐冽者清者，渠言燥点择奉，吃甜酒尚可做人乎，冤家，直得一死。沈丘壑曰:“若使文君当垆,置相如何地也。”谑庵,孙田锡于卷头注曰“口齿清历”,似有一酒胡在内,呼之或出耳。(《游慧锡两山记》)

隆恩寺无他奇,独大会明堂有百余丈,可玩月。门生曾雪卧其间者十日。径下有云深庵,曾以五月啖其樱桃,八月落其苹果。樱桃人啖后则百鸟俱来,就中有绿羽翠鸽者,有白身朱咮者,语皆侏儒鸩舌,嘈杂清妙。苹果之香在于午夜,某曾早起臭之,其逸品入神,谓之清香,清不同而香更异,老师不可不访之。(《上黄老师》)

这些文字,固不同于公安,与竟陵亦不相像。施愚山评他云:“入鬼入魔,恶道岔出,钟谭之外,又一旁派也。”所不同的地方,谑庵是于幽冷孤峭之中,再加了一点诙谐,使他的文字更生动有趣。

兼有各派之长,同时又把小品文所描写的范围扩大,而可称为晚明小品文的代表的,是以《陶庵梦忆》、《西湖梦寻》和《琅嬛文集》著称的张岱。张岱字宗子,一字石公,别号陶庵,浙江山阴人(一五九七—?),他是品行极高,个性最强的人。关于他的生平,最好是看他自作的墓志。

少为纨绔子弟,极爱繁华,好精舍,好美婢,好娈童,好鲜衣,好美食,好骏马,好华灯,好烟火,好梨园,好鼓吹,好古董,好花鸟,兼以茶淫橘虐,书蠹诗魔,劳碌半身,皆成梦幻。年至五十,国破家亡。避迹山居,所存者破床碎几,折鼎病琴,与残书数帙,缺砚一方而已。布衣蔬食,常至断炊。回首二十年前,真如隔世。……好著书,其所成者有《石匮书》、《张氏家谱》、《义烈传》、《琅嬛文集》、《明易》、《大易用》、《史阙》、《四书通》、《说铃》、《昌谷解》、《快园道古》、《傒囊十集》、《西湖梦寻》、《一卷冰雪文》行世。生于万历丁酉八月二十五日卯时。……明年，年跻七十有五，死与葬其日月尚不知也，故不书。

他一生的境遇，由此可知大概。著作这么多，现在流传的，只有《梦忆》、《梦寻》、《文集》数种。他自己最重视的，是《石匮书》，这是一部前后写了二十七年的明史。他作此书的原因，一是"第见有明一代，国史失谱，家史失谀，野史失臆"，所以他下决心要写一部比较真实的历史。二是他家三世"聚书极多，苟不稍事纂述，则家藏将化为烟草"，岂不可惜。因此他自"崇祯戊辰，遂泚笔此书，十有七年而遽遭国变，携其副本，屏迹深山，又研究十年而甫成此帙。幸余不入仕版，既鲜恩仇。不顾世情，复无忌讳，事必求真，语必务确，五易其稿，九正其讹。稍有未核，宁阙勿书。"(《石匮书序》)这种作史的认真态度，多么可敬，后来这一部书，被浙江提学使谷应泰以五百金买去，作为《明纪事本末》的底本。

陶庵是一个最富于情感的人，同时又最富于正义感。他以前半世的富贵生活，而突然堕于国破家亡衣食不足的贫困环境，他能从容不迫地过下去，以著书为乐。不忧生，不畏死，去世之前，自己作好墓地，作好墓志，一天不死，一天还是读书著书，这是何等宽容的态度，他一生最爱陶潜、苏轼，他确是陶苏一流的人物。亡国以后，处在那种暴力下，自然是绝无办法，他胸中的愤怒，怎能消灭，怀国伤家之念，怎能消灭，做得再沉默，装得更达观，那些情感与怀念，自会时时滋长。家道衰落，朋辈死亡。"葛巾野服，意绪苍凉。

语及少壮秾华，自谓梦境。”（《山阴县志·张岱传》）我们想见那葛巾野服的老人，处在那惨痛的环境里，怎能不意绪苍凉。在那苍凉里，是洒着家国之泪的。所谓少壮秾华，一切是家庭的，故国的，到那时自然都变成梦境。李后主所说的“往事已成空，还如一梦中”，“小楼昨夜又东风，故国不堪回首月明中”的心境，正是张岱的心境。他在这种心境里，写成了《陶庵梦忆》和《西湖梦寻》两本绝好的书。他在《梦忆序》中说：“因想余生平繁华靡丽，过眼皆空，五十年来皆成一梦。……偶拈一则，如游旧径，如见故人，城郭人民，翻用自喜，真所谓痴人前不得说梦矣。”这表示对他的故国老家，是何等的追恋。杜甫诗云：“国破山河在，城春草木深。感时花溅泪，恨别鸟惊心。”我们一定要用读这种诗的意念，去读《梦忆》、《梦寻》，才有意义。若只当一则一篇的寻常记事文去读，那真是有负作者了。

他的诗文，开始确是学过公安、竟陵；但后来他融和二体，独成一家之言。他自己说：“余少喜文长，遂学文长诗。因中郎喜文长，而并学喜文长之中郎诗。文长、中郎以前无学也。后喜钟谭诗，复欲学钟谭诗，而鹿鹿无暇。……予乃始知自悔，举向所为文长者悉烧之，而涤骨刮肠，非钟谭一字不敢置笔。刻苦十年，乃问所为钟谭者又复不似。”（《琅嬛诗集序》）不过他未能为公安、竟陵所囿，他能汲取两家之所长，弃其短，而造成张宗子特有的文体。而其文学理论，并不与公安背，因他同样主张反拟古，抒性灵。在小品文上的成就，高出晚明各家之上，其范围也并不像其他诸人，只集中于描画山水，到了他，才真的做到记事说理抒情各方面，而各方面都好。读过《梦忆》、《梦寻》的人，便会知道。并且任何体裁，到他手中，都解放了，如序跋、像赞、碑铭这些文体，出之三袁、钟、谭，也都板起面孔规规矩矩地写，到了他，也写得滑稽百出，情趣跃然，同时也是用的小品文体。这不能不说是散文上一大进步。

功名耶落空，富贵耶如梦。忠臣耶怕痛，锄头耶怕重。著书二十年耶而竟堪覆瓮。之人耶，有用莫用。（《自题小像》）

余家自太仆公称豪饮，后竟失传，余父余叔不能饮一蠡壳，食糟茄面即发赪，家常宴会，但留心烹饪，庖厨之精遂甲江左。一簋进，兄弟争啖之立尽，饱即自去，终席未尝举杯，有客在，不待客辞，亦即自去。山人张东谷，酒徒也，每悒悒不自得。一日起谓家君曰，尔兄弟奇矣，肉只是吃，不管好吃不好吃，酒只是不吃，不知会吃不会吃。二语颇韵，有晋人风味。而近有伧父载之《舌华录》曰，张氏兄弟赋性奇哉，肉不论美恶，只是吃，酒不论美恶，只是不吃。字字板实，一去千里，世上真不少点金成铁手也。东谷善滑稽，贫无立锥，与恶少讼，指东谷为万金豪富，东谷忙忙走诉大父曰，绍兴人可恶，对半说谎，便说我是万金豪富，大父常举以为笑。（《张东谷好酒》，《梦忆》）

西湖七月半，一无可看，止可看看七月半之人。看七月半之人，以五类看之。其一，楼船箫鼓，峨冠盛筵，灯火优傒，声光相乱，名为看月而实不见月者，看之。其一，亦船亦楼，名娃闺秀，携及童娈，笑啼杂之，环坐露台，左右盼望，身在月下而实不看月者，看之。其一，亦船亦声歌，名妓闲僧，浅斟低唱，弱管轻丝，竹肉相发，亦在月下，亦看月而欲人看其看月者，看之。其一，不舟不车，不衫不帻，酒醉饭饱，呼群三五，跻入人丛，昭庆、断桥，嚣呼嘈杂，装假醉，唱无腔曲，月亦看，看月者亦看,不看月者亦看,而实无一看者,看之。其一,小船轻幌,净几暖炉,茶铛旋煮,素瓷静递,好友佳人,邀月同坐,或匿影树下,或逃嚣里湖,看月而人不见其看月之态,亦不作意看月者,看之。杭人游湖,巳出酉归,避月如仇。是夕好名,逐队争出,多犒门军酒钱,轿夫擎燎,列俟岸上。一入舟,速舟子急放断桥,赶入胜会。以故二鼓以前,人声鼓吹,如沸如撼,如魇如呓,如聋如哑,大船小船,一齐凑岸,一无所见。只见篙击篙,舟触舟,肩摩肩,面看面而已。少刻兴尽,官府席散,皂隶喝道去,轿夫叫,船上人怖以关门,灯笼火把如列星,一一簇拥而去。岸上人亦逐队赶门,渐稀渐薄,顷刻散尽矣。吾辈始舣舟近岸,断桥石磴始凉,席其上,呼客纵饮。此时月如镜新磨,山复整妆,湖复颓面,向之浅斟低唱者出,匿响树下者亦出,吾辈往通声气,拉与同坐,韵友来,名妓至,杯箸安,竹肉发,月色苍凉,东方将白,客方散去。吾辈纵舟,酣睡于十里荷花之中,香气拍人,清梦甚惬。(《西湖七月半》(《梦忆》))

这些文字,是何等可爱的真,是何等可爱的野,又是何等活泼与新鲜。在韩、柳、欧、曾的集子里见过没有?这是晚明特有的文字,是张宗子特有的文字。有中郎的清新,有竟陵的冷峭,又有王谑庵的幽默。我们可以大胆的说,在晚明的新文学运动中,在新兴的小品文中,张宗子是第一个成功的作家。

第二十五章 明代的戏曲

一 南戏的源流与形式

我们都知道宋元的南戏，是明朝传奇的前身，由文字粗俗、形式散漫的宋元时代的南戏，渐渐进步而为优美完整的长篇巨制的传奇，是需要着相当的时期的。因此，在叙述明代传奇之前，关于宋元南戏发展的情态，必得先加以说明。但因材料太少，这说明未必能满意。

所谓南戏，就是南曲戏文，是用南方的言语南方的歌曲所组成的一种戏曲。这种戏曲发生很早，在宋徽宗到光宗年间（十二世纪）就产生了。开始起于浙东温州的民间，渐渐向各处蔓延，到宋末已盛行于南都了。这一种戏曲的组成，一部分是宋词，一部分是流行的小曲，也没有严整的宫调组织，是最适合于民众舞台的扮演与社会大众的欣赏。当日供奉于宫廷的是官本杂戏，所以这种通行于民间的戏曲，叫作温州杂戏，后来要与盛行于北方的杂剧分别，因此又叫作南戏。

这种南戏的本子，在宋朝一定是很多的，但是却没有流传下来一个完本。这原因一面固然是由于宋末兵乱的丧失，最重要的，还是在南宋时代南戏还只是民间的产物，高级文士，正在专力于诗词，对于戏曲尚未染指，没有产生伟大作品的原故。因此现在我们能确定为宋代的南戏的，只有《赵贞女蔡二郎》、《王焕》、《乐昌分镜》、《王魁》、《陈巡检梅岭失妻》五种。前一种已只字无存，后四种尚有残文存于《南九宫谱》中，但也只有几支曲子，无法认识宋代南戏的真实形态，这是非常可惜的。到了元代，杂剧虽是当日宫廷的宠物，北方戏场的霸王，但南戏并没有衰亡，他仍然在江南一带，得着大量低级趣味的民众支持，在各处剧场流行。《永乐大典》与《南词叙录》中所收的当代南戏目录，还有好几十种。近年来南戏的研究，在学界很流行，因为古代许多秘籍的发现，使他们得到很好的成绩。如钱南扬的《南戏百一录》、陆侃如的《南戏拾遗》、赵景深《宋元戏文本事》，都是研究南戏的收获。他们根据《南九宫谱》、《新编南九宫词》、《雍熙乐府》、《九宫大成南北词宫谱》、《词林摘艳》、《盛世新声》、《吴歈萃雅》、《南音三籁》、《九宫正始》诸书，辑得淹没了好几百年的元代南戏一百二十余种。在这里，使我们知道，在杂剧盛行的元代，南戏也是同样的流行，在明初的《琵琶》、《拜月》之前，还有那么多的南戏存在着，不用说，这一百多种作品，自然只是当代南戏的一部分，由此可知宋亡以后，南戏衰亡的话，完全是不可信的了。

可惜这一百多种南戏，都不是完本，只是留存一些曲文。没有说白动作，我们仍是无法认识南戏的形态。但是由这些曲文里，显露出几点南戏的特征：

一、曲文无论是用的词牌或流行的小曲，在文字的艺术与情调上，完全是南方文学的情调。

二、南戏的歌曲中有合唱的，如《诗酒红梨花》中的一曲云："催花时候，轻暖轻寒雨乍收。和风初透，园林如绣。楚烟前后，是谁人染胭脂把海棠装就？含娇半酣如中酒，阑干外数枝低凑。（合唱）咱两个把草来斗，轻兜绣裙，把金钗当筹，游赏到日晚方休。”（《九宫正始》正宫过曲《长生道引》第二格）

三、韵律宫调不如杂剧之严明，如陈光蕊《江流和尚》中的〔拗芝麻〕一套云：

〔拗芝麻〕　崎岖去路赊，见叠叠几簇人烟风景佳。遣人停住马。扁舟一叶丹青画，一抹翠云挂，远雾罩汀沙。见白鸥数行飞，见人来也，惊起入芦花。小舟钓艇，收纶入浦，弄笛相和。动人万般凄楚，离情怎躲？偶睹前村，水绕人家，画桥风飐酒旗斜。好买三杯，消遣倦烦。西山日渐沉，此不过暑气炎宜趱步，早去寻安下。相将闭柴门，牧童归草舍。古寺钟敲数声，野水无人渡。

〔尾声〕　绿杨影里新月挂，孤村酒馆两三家。借宿今宵一觉呵！

这一套南曲，明康对山以属仙吕宫，钮少雅《九宫正始》又以属道宫，这自然是后人勉强作古的办法。南戏曲在宋元时代，本为小曲俚歌杂合而成，根本就没有严整宫调，各曲的相联，大都以声调调和为准则。徐渭《南词叙录》说：“南曲固无宫调，然曲之次第，须用声相邻，以为一套，其间亦自有类辈不可乱也。如〔黄莺儿〕则继之以〔簇御林〕，〔画眉序〕则继之以〔滴溜子〕之类，自有一定之序。”他这说是对的。后来作者都跟着这种方式，渐渐形成一种定律，形成一种南宫曲谱了。同时在上曲中，鱼模家麻歌戈诸韵并用，可知他的用韵，非常自由。这种情形，不仅元代的南戏是如此，就是明初的名著如《琵琶》、《金印》也是如此。故《南词叙录》又说："永嘉杂剧，即村坊小曲为之，本无宫调，亦罕节奏，徒取其畸农市女顺口可歌而已。谚所谓随心令者，即其技欤。间有一二叶音律，终不可以例其余，乌有所谓九宫。"可知南戏的初期，无论用韵造曲，都是完全出于自由，所谓"顺口可歌"，把当代的南戏大众化的精神说尽了。讲什么九宫，讲什么音韵，那都是南戏入于士大夫之手，成为贵族式的纯文艺作品以后，那已是明朝后期的时代了。

二十八年前（一九二〇），叶恭绰在伦敦发现了第一三九九一卷的《永乐大典》，内有《小孙屠》、《张协状元》及《宦门弟子错立身》三种戏文。后来这些戏文，由古今小品书籍印行会出版，于是我们得读到最古的南戏的全本，在中国戏曲史上，确是最重要的文献。他们的艺术地位虽不高，但在南戏形体组织方面的考察，是非常重要的。

《小孙屠》题为古杭书会编述，《宦门弟子错立身》题为杭才人新编，《张协状元》戏中说是九山书会所编，可知这些作品，都是出自社会大众之手。其年代虽不可考，必是温州杂戏盛行于杭州以后的事。因此说是产生于元代，是较为可靠的。《小孙屠》是描写兄弟的葛藤，《宦门弟子错立身》是描写父子的葛藤，中间都杂着一个妓女在内面，《张协状元》是描写三角恋爱的纠纷。情节虽也有可取之处，但矛盾不自然的地方很多，无须在这里介绍了。前二种篇幅很短，白少曲多，后篇较长，又因科白过多，在艺术上讲，无论那方面，都比不上杂剧。由此，我们也可以推想到，南戏在当日只能流行于民间，杂剧能得到文人的支持，产生许多伟大的作品，压倒南戏，而成为剧坛代表，原因便在此。

这三本戏文值得我们重视的地方，并不在其艺术上的成就，而在其南戏形体上的表现。使我们明了明代传奇的前身,毕竟是一种什么样子。

一、题目正名

南戏如杂剧一样,也有题目、正名。如《小孙屠》的题目是“李琼梅设计丽春园,孙必贯相会成夫妇。朱邦杰识法明犯法,遭盆吊没兴小孙屠”。形式语气,都与杂剧相像,不过南戏的是放在前面,到了明代的传奇,戏名由繁冗变为简炼,如《琵琶记》、《幽闺记》一类的戏目了。

二、家门

南戏没有楔子,开场便有“家门”,或叫“开场”、“开宗”,是全戏的序幕。把全剧的情节在“家门”中作一概括说明。用的都是词牌。如《小孙屠》的家门云:

末白　〔满庭芳〕　白发相催,青春不再,劝君莫羡精神。赏心乐事,乘兴莫因循。浮世落花流水,镇是会少离频。须知道转头吉梦,谁是百年人。雍容弦诵罢,试追搜古事,往事闲凭。想象梨园格范,编撰出乐府新声。喧哗静,伫立欢笑,和气蔼阳春。

(后行子弟不知敷演什传奇?众应:遭盆吊没兴小孙屠。)

再白　〔满庭芳〕　昔日孙家,双名必达,花朝行乐春风。琼梅李氏,卖酒亭上幸相逢。从此聘为夫妇,兄弟谋苦不相从。因外往琼梅水性,再续旧情浓。暗去梅香首级,潜奔他处,夫主劳笼。陷兄弟必贵盆吊死郊中。幸得天教再活,逢嫂妇说破狂踪。三见鬼一齐擒住,迢断在开封。　(末下。)

明传奇都采取着这种形式,可知“家门”并非明人所创,在元代的戏文里就有了。

三、长短自由

杂剧中俱以四折为限,南戏则长短自由,不分折,也不分出。戏的分出与有出目,想都是起自明朝。这自然是戏曲组织上的进步。因为元代的南戏,已无长短的限制,因此便进展为明代四五十出组成的长戏了。

四、科白与脚色

南戏与杂戏同样,有科有白。科为动作,南戏中于科处多作介,亦有作科介者。如《小孙屠》中云:“末作听科介”,“末行杀介”。《南词叙录》云:“戏文于科处皆作介,盖书坊省文以科字作介字,非科介有异也。”南戏先唱而后白,杂剧先白而后唱。杂戏中的白,虽偶有浅近的文言,十之八九是纯粹的口语,比较纯正。南戏中则时常有骈偶的句子,如《张协状元》中云:“末白,小客肩担五十秤,背负五十斤。通得诸路乡谈,办得川、广行货。冲烟披雾,不辞千里之迢遥,带雨冒风,何惜此身之跋涉。”一个做生意的人,说出这种句子,与剧中人的身份,全不相称。这明明是南戏中的大缺点,然而明人却认为是典雅,演成后来传奇中很多比这更要骈偶的句子。南方人的欢喜卖弄文笔,无论在什么文体上,都是要表现一下的。关于脚色,据《南词叙录》,有生、旦、外、贴、丑、净、末等色,大体上与杂剧相同。但在职务的分配上,杂剧中担任主角的末,退为配角,而其地位由“生”来代替。可知生脚的由来是很古了。

到了元代中末之期,杂剧南移以后,北戏南戏的竞争必很激烈。在这种环境下,无形中南戏蒙受北戏的影响,而渐加改进的事,是无疑的。据《录鬼簿》所载:“范居中有乐府及南北腔行于世。

沈和以南北调合腔。萧德祥又作南曲戏文。”他们三个都是杭州人,同时也是南方的杂剧作者。他们所作的南北合腔及南曲戏文,现在虽不可见,但他们在那里尽力改良南戏的工作是可想象得到的。从事这一种工作的人,当然不只这三个,王世贞所说的“王应稍能作新体,号为南曲。高则诚遂掩前后”(《艺苑卮言》附录一),可知王应这个人也是当时改良南戏的要角,可惜他的作品,现在一点也不存了。有了这些人的努力,南戏在艺术上才得到进步,形体才得到完成。到了明初,南戏的代表作品,如《拜月》、《琵琶》等记便应运而生,于是便走到了前人所谓的传奇时代。传奇二字唐宋人专用以指短篇文言小说。元代有用以指戏曲的,如《录鬼簿》所云“前辈已死名公才人有所编传奇行于世者”,专指南戏,则见于《小孙屠》及《宦门弟子错立身》的戏辞中。到了明代,传奇便成了南戏的专称。从此“南曲戏文”这个名词废而不用,于是他的历史也渐渐淹没了。

由上文所述,关于南北戏曲不同的地方,归结其要点于下:

一、杂剧每折一人独唱,南戏可以独唱、对唱和合唱。

二、杂剧每本以四折为限,南戏长短自由。

三、杂剧每折限用一宫调,一韵到底。南戏每出无一定的宫调,可以换韵。

四、南北戏曲因地方气质的不同,以及乐器乐谱的各异,于是曲的音调与精神也各异其趣。徐渭说听北曲则神气鹰扬,有杀伐之气,听南曲则流丽婉转,有柔媚之情(《南词叙录》)。魏良辅说:“北主劲切雄丽,南主清峭柔远。北字多而调促,促处见筋;南字少而调缓,缓处见眼。北则辞情多而声情少,南则辞情少而声情多。北力在弦,南力在板。北宜和歌,南宜独奏。北气易和,南气易弱。”(《曲律》)关于南北曲调曲情的分别,这说得最明白了。

二　元末明初的传奇

上面说过,到了元代末年,南戏受了杂剧的刺激,从事改良的人渐多,如沈和、萧德祥、王应们都是。书会中人不必说,就是官吏文人,也渐加染指,因此便促进南戏的改良与兴盛。他的文学地位,也由此而提高,从前只是为低级趣味的民众所欣赏的作品,现在为文人贵族所欢喜的东西了。前人所称的《杀狗记》、《白兔记》、《拜月亭》、《琵琶记》、《荆钗记》五大传奇,就在这种环境下产生了。

《杀狗记》　《杀狗记》全剧三十六出,清朱彝尊以为是徐畛作。徐字仲由,淳安人,洪武初,征秀才。这话是靠不住的。《南词叙录》以此戏归宋元旧篇,很可相信,我们从他的曲白的俚俗本色上看,可以推想这是一部元末的民间作品,是一部传奇戏曲的初期产物,他的年代,必在《拜月》、《琵琶》之前。因此后来虽经过徐时敏、冯梦龙诸人的润饰,戏中仍保存着浓厚的民众文学色彩。戏的内容,写孙华夫妇与其弟孙荣的失和与团圆。其中的大意,可由第一出家门中见之。“孙华家富贵,东京住结义两乔人。诳语谗言,从中搬斗,将孙荣赶逐,投奔无门。风雪里救兄一命,将恩作怨,妻谏反生嗔。施奇计,买王婆黄犬,杀取扮人身。　夫回猛地惊魂,去浼龙卿、子传,托病不应承。再往窑中,试寻兄弟,移尸慨任,方辨疏亲。清官处乔人妄告,贤妻出首,发狗见虚真。重和睦,封章褒美,兄弟感皇恩。”(〔鸳鸯阵〕)这故事是由萧德祥的杂剧《杀狗劝夫》而来。

《杀狗记》晚明人都很轻视，大半是说他词语鄙俗，不堪入目，又说他调律不明，不成规范。这都是后代格律派辞藻派的偏见。我觉得《杀狗记》的好处，正是他们所说的坏处。在这戏里，有两种特色，是必得注意的。一、戏的题材，他是写的一件旧家庭的黑幕，元人虽有杂剧在先，但经作者的改编，却成为一个最有时代性的社会题材，同那些历史宫廷戏、佳人才子戏完全不同。戏中把孙华、孙荣、杨月贞、柳龙卿、胡子传五个人的性格，写得极其分明，都成为各种人格的典型。孙华①、杨月贞是一派，是旧礼教养成的代表，孙华是游荡公子的典型，柳、胡二丑是流氓恶汉的代表。二、戏曲是大众的舞台艺术，除文字艺术之外，必要顾到他的通俗性。《杀狗记》的说白，都是用的浅明的口语，并能适合各人的身份个性，这是非常可取的。就是全戏的曲文，无不流畅如话，一点不做作，不雕饰，完全出于本色。无论说白唱曲，民众都能了解，这和后代的骈曲俪白，只能给士大夫们欣赏的作品比较起来，这明明一是社会的文学，一是贵族的文学了。今举第六出中那两个恶汉设法陷害孙荣的对白为例。

> 净　我且问你，昨日花园中，结义几人？
>
> 丑　是三人。
>
> 净　孙大哥你我，更有何人？……
>
> 丑　家里人，外头人。
>
> 净　家里人。

① 据上下文，“孙华”疑为“孙荣”。

丑　嗄,是了,前日清风亭上结义,只有吴忠在那里,敢是吴忠?

净　呸,破蒸笼,不盛气。他是孙大哥家里使唤的。我每吃酒,他来服事。到与他来做朋友,没志气。……

丑　这等猜不着。

净　就是在书房中,终日子曰子曰的。

丑　可是孙二么?

净　着!着!

丑　前日孙大哥说,不要采他,虑他怎么?

净　兄弟,你不晓得,那孙大嫂是极贤慧的。他见大哥疏薄了孙荣,必然劝谏。常言道妻是枕边人,十事商量九事成。万一大哥醒悟了,他们弟兄亲的只是亲的,我和你疏的只是疏的。倘或和顺了,我和你两个网巾圈撇在脑后,要见面也是难了。

丑　二哥说得是,必须寻一条计策来弄断了他。我与你衣饭长久。

净　有理。……我有一计。……我和你今日到他家,只说谢酒。说昨夜回去,打从小巷里走,只见令弟头裹儒巾,身穿蓝衫,脚穿皂鞋,与一个挑船郎中说话。手里拿一包银子,说我家耗鼠太多。要赎些蜈蚣百脚、断肠草、乌蛇头、黑蛇尾、陈年干狗屎、糖霜蜜饯杨梅干。……一赎赎了十七八包。他看见我们两个,脚根上红起,直红到头发上去,回身便走,一走走了一个弯,两个弯,三三九个弯,在无人之所,双手拿了药,对天跪下,告道:天地天地,我孙荣被哥哥孙华,嫂嫂杨月贞强占家私，如今赎这药回去，酒里不下饭里下，饭里不下茶里下，一药药死了哥哥，这家私都是我的。

丑　阿哥，这是你几时见的？

净　啐，说了半日，对木头说了。这是我每说谎。

丑　说谎，这等像得紧。倘或大哥不信，怎么处？

净　孙大哥极慈心，我和你须要假哭。

丑　我没有眼泪出，怎么好？

净　这是要紧的，官场演，私场用，我和你演一演。（演介）

这种生动逼真的对白，《杀狗记》中到处都是。在戏曲的整体上，他是重要的一部门，前人评曲，只以曲辞为首，完全成为曲辞的奴隶。对于说白一项，也都以文雅为贵。稍涉猥鄙俚俗，不似文人口吻，便加以恶评。这是古典文人的通病，所以我觉得《杀狗记》的好处，不在曲而在白，不在典雅而在俚俗，不在格律的整严而在自由，要这样，才能表现戏曲不只是文字的艺术，而是舞台上的大众艺术。

《白兔记》　《白兔记》亦为元明之际的民间作品。其故事叙述刘知远穷困从军，因功立业，其妻李三娘在娘家受逼，操工度日，磨房产子。后经种种折磨，得以团圆。这戏的来源甚古，金时已有《刘知远诸宫调》。全戏三十二出，《开宗》云："五代残唐，汉刘知远，生时紫雾红光。李家庄上，招赘做东床。二舅不容完聚，生巧计拆散鸳鸯。三娘受苦，产下咬脐郎。知远投军，卒发迹到边疆。得遇绣英岳氏，愿配与鸾凰。一十六岁咬脐生长，因出猎识认亲娘。知远加官进职，九州安抚，衣锦还乡。"此戏的全部情节，在这首〔满庭芳〕词里，说得很清楚了。刘知远因为做过几天皇帝，因此在他的身上生出种种无聊的神话。戏中这种不自然的地方固然很多，但李三娘因为丈夫穷困，在娘家受舅子们的压迫，叫她挑水推磨，想因此逼她改嫁一个富人，这实是中国旧家庭的一般丑态。这一部分，是全戏中最精彩处。

〔庆青春〕　冷清清，闷怀戚戚伤情。好梦难成，明月穿窗，偏照奴独守孤另。

〔集贤宾〕　当初指望谐老年，和你厮守百年。谁想我哥哥心改变，把骨肉顿成抛闪。凝眼望穿，空自把阑干倚遍。儿夫去远。悄没个音书回转。常思念，何日里再团圆。

〔搅群羊〕　嫂嫂话难听，激得我心儿闷。一马一鞍，再嫁傍人论。夫去投军，谁敢为媒证。那有休书，谁敢来询问。你如何交奴交奴再嫁人？

〔锁南枝〕　星月朗，傍四更，窗前犬吠鸡又鸣。哥嫂太无情，罚奴磨麦到天明。想刘郎去也，可不辜负年少人。磨房中冷清清，风儿吹得冷冰冰。

〔锁南枝〕　叫天不应地不闻，腹中遍身疼怎忍。料想分娩在今宵，没个人来问。望祖宗阴显应，保母子两身轻。

前三曲为逼迫改嫁时三娘所唱，后二曲为磨房产子时三娘所喝。后人谓《白兔》曲俗韵乱，正如恶评《杀狗》一样。不错，这种曲文，确实是质朴无华，毫无雕琢辞藻可言。然其情感是真实的，是丰富的，生命是充实的，比那些华贵典雅的文字，更有力量，更能使大众了解而感动。另有富春堂刊行的《白兔记》一种，题"豫人敬所谢天佑校”,想即为谢君改作,文字富丽堂皇,原作中的本色质朴元气,丧失殆尽,想已是晚明之作了。

《拜月亭》 《拜月亭》一名《幽闺记》,何元朗《曲论》、王世贞《艺苑卮言》、王伯良《曲律》都说是元施惠君美所作。君美,杭人,《录鬼簿》谓君美诗酒之暇,唯以填词和曲为事,并未言及《拜月亭》。《录鬼簿》虽只录杂剧,然有南曲戏文者,亦必兼及,如沈和、萧德祥是也。若此长篇优美的《拜月》南戏果出之君美,钟嗣成没有不提到的。因此,与其说《拜月》出于施惠,倒不如说出自无名氏,较为妥当。《拜月》本关汉卿《闺怨佳人拜月亭》杂剧而作,以金代南迁的离乱时代为背景,叙述蒋世隆、瑞莲兄妹及少女王瑞兰、少年兴福的种种悲欢离合的波折,而终成为两对夫妇的故事。全戏共四十出,“开场始末”云:“蒋氏世隆,中都贡士,妹子瑞莲。遇兴福逃生,结为兄弟,瑞兰王女,失母为随迁。荒村寻妹,频呼小字,音韵相同事偶然。应声处,佳人才子,旅馆就良缘。岳翁瞥见生嗔怒,拆散鸳鸯最可怜。叹幽闺寂寞,亭前拜月,几多心事,分付与婵娟。兄中文科,弟登武举,恩赐尚书赘状元。当此际夫妻重会,百岁永团圆。”(〔沁园春〕)这是全戏的梗概。

关汉卿的《拜月》杂剧,曲文本很高妙。把他改编为南戏的作者,自然得到许多便利。正如王实甫《西厢》与《董西厢》的关系同样,在曲文上有因袭之处是免不了的。如传奇中之第十三出,第三十二出,大都本关作第一折第二折,其痕迹非常显明。但作者才情很高,并非一味生吞活剥,仍表现着浓厚的创作精神。他由四折的短剧,扩展为四十出的长篇,故事的编排与穿插,增加许多有趣味的场面,使剧情更充实更完整。曲文皆本色自然,非徒事藻绘者可比。戏中对白，亦极美妙。如《遇盗》、《旅婚》、《请医》诸出，作者能以市井江湖口吻出之，情景逼真，最适合戏中人物的身份。而评者以为“科白鄙俚，闻之喷饭”，这是不懂得文学真实性的原故。绿林盗贼，言语自是粗鲁，旅店茶房，言语自是鄙俗。作者能以粗鲁鄙俗出之，才显得真是盗贼真是茶房。若从彼等口中，说出高雅古文，四六俪语，这如何要得。后代作家，不懂得这种道理，一味典雅，反而丑态百出，真是可笑极了。这些对白，都因太长，不便备录，今举几段曲文为例。

〔剔银灯〕（老旦）迢迢路不知是那里。前途去安身何处。（旦）一点点雨间着一行行凄惶泪。一阵阵风对着一声声愁和气。（合）云低。天色傍晚，子母命存亡兀自尚未知。

〔摊破地锦花〕（旦）绣鞋儿，分不得帮和底。一步步提，百忙里褪了跟儿。（老旦）冒雨荡风，带水拖泥。（合）步难移，全没些气和力。

〔麻婆子〕（老旦）路途路途行不惯，心惊胆颤摧。（旦）地冷地冷行不上，人慌语乱催。（老旦）年高力弱怎支持，（倒科，旦扶科，旦唱）泥滑跌倒在冻田地，款款扶将起。（合）心急步行迟。

（第十三出《相泣路歧》）

〔高阳台〕（生）凛凛严寒漫漫肃气，依稀晓色将开。宿水餐风，去客尘埃。（旦）思今念往心自骇，受这苦谁想谁猜。（合）望家乡，水远山遥，雾锁云埋。

〔山坡羊〕（生）翠巍巍云山一带，碧澄澄寒流几派。深密密烟林数簇，滴溜溜黄叶都飘败。一阵两阵风，三五声过雁哀。(旦)伤心对景愁无奈,回首家乡,珠泪满腮。(合)情怀,急煎煎闷似海,形骸,骨岩岩瘦似柴。……

〔念佛子〕 (生旦)穷秀才,夫和妇,为士马逃难登途。望相怜,壮士略放一路。(众)捉住。枉自说闲言语。买路钱留下金珠,稍迟延,便教你身丧须臾。

(第十九出《偷儿挡路》)

首三曲为王夫人同女儿王瑞兰逃难走雨时所唱,后三曲为蒋世隆与王瑞兰遇盗时所唱。字字本色,句句自然,虽为南戏,却有杂戏曲辞的高古质朴之趣。写情的哀感动人,写景的意境高远,论其价值,又高出《杀狗》、《白兔》二记了。

《琵琶记》 上面所叙述的三种作品,大都是出自民间,故皆以通俗本色见长,绝无卖弄文墨之弊。《琵琶记》的出现,是高级文人染指传奇以后所遗留下来的一部最伟大的产品。作者高明,字则诚,温州瑞安人,他是元末至正四年的进士,在浙江、江西、福建都做过官,很有文名,有《柔克斋集》。明姚福《清溪暇笔》说:"元末,永嘉高明避世鄞之栎社,以词曲自娱。见刘后村有'死后是非谁管得,满村听唱蔡中郎'之句。因编《琵琶记》,用雪伯喈之耻。"这样看来,《琵琶》之作,当在元亡以前。并且,他作此戏,是有目的的。大概南宋以来流行的那本《赵贞女蔡二郎》的戏文,把蔡邕写得太不像样,高明有意要在戏中宣传一点忠孝节义的思想,故意把戏中的男女主角,都写成为完人。他在戏中的开场,说明他这种意见。"秋灯明翠幕,夜案览芸编。今来古往,其间故事几多般。少甚佳人才子,也有神仙幽怪,琐碎不堪观。正是不关风化体,纵好也徒然。　论传奇,乐人易,动人难。知音君子,这般另作眼儿看。

休论插科打诨，也不寻宫数调，只看子孝共妻贤。正是骅骝方独步，万马共争先。”(〔水调歌头〕)在这一首词里，明显地表现出高明的文学观念。

一、他是一个人生的艺术论者。他主张好的作品，必得要关风化，合乎教化的功用，不仅要使人快乐，还要使人感动。因此那些专写佳人才子的恋爱戏，专写神仙幽怪的浪漫戏，他认为都是“琐碎不堪观”的东西。

二、因为他的作品，要表现思想，描写人生社会的问题，所以他轻视规律。寻宫数调的事，他并非不能做，是他不愿这样做。同时他又不愿意故作滑稽的言语与动作，去迎合观众。所以他的创作态度是严肃的，创作的动机是有目的的。后代人都不明了他这种主张，都骂他是乱调乱律的罪人，那真是胡说了。

这样看来，高明在中国戏剧史上，确是一位特殊的人才。他是第一个认识戏剧的价值与功用的人，也是第一个有意识的利用戏剧来作宣传工具的人。他的作戏，并不是仅仅数衍故事，卖弄才华，取悦贵族，迎合民众，他是另有他的高尚的目的所在。我们读《琵琶记》，这是最先要注意的一点。全剧共四十二出，戏中情节，可由开场〔沁园春〕一词见之。“赵女姿容，蔡邕文业，两月夫妻。奈朝廷黄榜，遍招贤士，高堂严命，强赴春闱。一举鳌头，再婚牛氏，利绾名牵竟不归。饥荒岁，双亲俱丧，此际实堪悲。　堪悲，赵女支持，剪下香云送舅姑，把麻裙包土，筑成坟墓。琵琶写怨，径往京畿。孝矣伯喈，贤哉牛氏，书馆相逢最惨凄。重庐墓，一夫二妇，旌表门闾。”他戏中所表现的思想，现在看来，当然是错误的，但在古代却是最伦理的。他在这戏里，最用力地描写三点：

一、把赵五娘作为一个旧代理想女性的代表，孝道节义，尽力而为。对公婆，对丈夫，对后妻，都能忍受无穷的痛苦而无一怨言。再加以中国旧家庭婆婆虐待媳妇的衬托，作者把她写成一个完整无缺的女性典型。

二、把牛丞相作为一个贵族官吏的代表，极力铺写他的奢侈与淫威，同蔡家的贫贱生活径相对照，使这戏曲的结构更紧密，更有力量。

三、把社长里正作为小官劣绅的代表，以灾荒为时代的背景，尽力地描写他们盗窃官粮鱼肉平民的罪恶，反映出社会人事的黑幕与大众生活的痛苦。试看里正自己说："说到义仓情弊，中间无甚跷蹊。稻熟排门收敛，敛了各自将归。并无仓廪盛贮，那有账目收支。纵然有得些小，胡乱寄在民居。官司差人点视，便粜些谷支持。上下得钱便罢，不问仓实仓虚。"这是当时官绅狼狈为奸的实情，作者各处为官，对于当日的社会实况，自必洞然，所以写得这样真切。蔡邕虽是汉朝，所写全为作者自己的时代。由此，《琵琶记》确是一个社会写实的戏本，而造成他独有的价值。

《琵琶记》在艺术上也是成功之作。说白中时有妙文，极能描摹戏中人物的口调与身份，非常生动而有风趣。如第三出中男女用人的对话，第七出中穷秀才的对话，第十出中公婆的对话，第十五出中牛小姐与丫头的对话，第十七出中社长里正的对话，都能文雅俚俗，各尽其妙。但因文字太长，不便抄举。至于曲辞，更是俊语如珠，王国维说："《琵琶》自铸伟词，其佳处殆兼南北之胜。"是不错的。《糟糠自厌》一出，前人都称为全戏的菁华，是大家都知道的。现录第二十九出的画像为例。

〔胡捣练〕（旦）辞别去，到荒丘，只愁出路煞生受。画取真容聊藉手，逢人将此免哀求。

〔三仙桥〕　一从他每死后，要相逢不能够。除非梦里暂时略聚首。苦要描，描不就。暗想象[1]，教我未描先泪流。描不出他苦心头，描不出他饥症候，描不出他望孩儿的睁睁两眸。只画得他发飕飕，和那衣衫敝垢。休休，若画做好容颜，须不是赵五娘的姑舅。

〔前腔〕　我待要画他个庞儿带厚，他可又饥荒消瘦，我待要画他个庞儿展舒，他自来长恁面瘦[2]。若画出来真是丑，那更我心忧，也做不出他欢容笑口。（不是我不会画着那好的，我从嫁来他家，）只见他两月稍优游，其余都是愁。（那两月稍优游，我又忘了，这三四年间）我，只记他形衰貌朽。（这真容呵）便做他孩儿收，也认不得是当初父母。休休，纵认不得是蔡伯喈当初爹娘，须认得是赵五娘近日来的姑舅。……

〔忆多娇〕（对张太公）他魂渺漠，我没倚托，程途万里，教我怀夜壑。此孤坟望公公看着。（合）举目萧索，满眼盈盈泪落。

此等至情文字，全从肺腑中流出，全是血泪交染而成，绝非那种泛写闺怨别离的言情文句所可比拟。他的好处，是用最浅的言语，写最真最深的感情，作者能深一层体贴，进一层的表现。《琵琶记》能在传奇中得到崇高的地位，而成为典型的作品，实非偶然。

《荆钗记》　《荆钗》的作者是朱权，明太祖第十七子，封宁献

---

① “暗想象”，据再版补。

② “瘦”，再版为“皱”。

王。晚年学道，号涵虚子，又号丹邱先生。他精通音律，著《太和正音谱》，有名于曲坛，曾作杂剧十二种，今无存者。《荆钗记》，明人传为元柯丹邱敬仲撰，王国维考定作者为朱权，从之。又《南词叙录》有《荆钗记》两本，一归宋元旧篇，一为明初李景云撰，可知用王十朋的故事写的南戏，已不止一本了。全戏共四十八出，写王十朋、孙汝权对于钱玉莲的三角恋爱的纠纷。因孙汝权的陷害，逼得钱玉莲投江自杀，幸遇路人救起，后来经过种种波折，王钱夫妇得以团圆。篇幅虽长，佳句却少。说白只有《受钗》一段，颇多趣语，曲辞惟《晤婿》一出，较为美妙。当日能流行一时，一面因出自贵族之手，大家不免誉扬，同时因作者精通首律，宜于演唱。吴梅评为"《荆钗》曲本不佳，实则明曲中之下里"，信然也。今录《晤婿》为例。

〔小蓬莱〕（外）策马登程去也，西风里牢落艰辛。淡烟荒草，夕阳古渡，流水孤村。（净）满目堪图堪画，那野景萧萧，冷浸黄昏。（末）樵歌牧唱，牛眠草径，犬吠柴门。

〔八声甘州〕（外）春深离故家，叹衰年倦体，奔走天涯。一鞭行色，遥指剩水残霞。墙头嫩柳篱畔花，见古树枯藤栖暮鸦，遍长途触目桑麻。……

〔解三酲〕（末）步随随水边林下，路迢迢野田禾稼，景萧萧疏林暮霭斜阳挂。闻鼓吹，闹鸣蛙，一径古道西风鞭瘦马，谩回首，盼想家山泪似麻。（合前）

这几支曲，确还有点元代的曲风与情趣。于景物萧瑟的描写中，寄以哀感与悲情，加以文字清新，音调响亮，读去很令人感动。

可惜全剧中类此者太少，而损及戏曲整体的完美性。在剧坛的地位，他是远逊于《琵琶》了。

元明之际的传奇，存于世者，只有上述五种。明初人所作，尚有苏复之的《金印记》及沈寿卿的《三元记》。《金印》叙述苏秦十上不遇至拜相荣归的故事。作者在趋炎附势爱富嫌贫的社会心理上，写得最为成功。戏情的组织，也很完整。《曲品》评为："写世态炎凉，曲尽其妙。真足使人感喟发愤。近俚处，具见古态。"这话是对的。沈寿卿名受先，曾作《银瓶》、《龙泉》、《娇红》、《三元》四记。前三本已佚，惟《三元》独存。《南词叙录》载《冯京三元记》，为明初人作，想指此戏而言。戏中叙商人娶妾行善，得子升官的故事，极力铺写善恶报应的观念，曲白中时有市井俚语，确似明初人笔墨。此外还有无名氏的《赵氏孤儿记》及《牧羊记》。前者有富春堂刊本，已不易得，后者亦无全本，现有八出，存《缀白裘》、《醉怡情》中。

三　传奇的古典化

《琵琶》、《荆钗》以后，传奇之作，一时渐趋消沉。推原其故，约有二端。国乱初定，生活未安，文人方在喘息之时，尚无声乐制作之余裕，此其一。皇室北迁，杂剧承其余威，盛行于宫廷藩邸。周宪王朱有燉为当代剧坛之盟主，作杂剧多至三十余种。一时幕客文人，投其所好，执笔作戏，必多就北而弃南，此其二。但传奇体制新起，文人染指者不多，其生命前途，正无限量。只等政治澄平社会安定，民众又趋于享乐，豪富必入于淫奢。在这样环境下，传奇又走上复兴之途，而趋于繁盛。因南音悦耳，情节复杂，观众喜其繁复之内容，文人可由此展其辞藻，因此传奇大盛，杂剧由此衰亡。自嘉、隆至于明末，当代剧坛，为传奇所独占。但这二百年中，作者辈出，作品繁多，一一论列，势所不许。兹择其最要者述之，以明明代戏曲发展的大势。至于细论详言，只好待于戏曲的专史了。

邱濬　打破传奇消沉的空气，首以文人之笔来写传奇的，是成化、弘治年间的邱濬（一四二〇—一四九五）。邱字仲深，广东琼山人，官至文渊阁大学士，卒于弘治八年。他曾作传奇四种，《投笔记》、《举鼎记》、《罗囊记》和《五伦全备记》。四书今俱不传。因为他是一位道学先生，有大儒之称，他自然要在文学里载他的圣贤之大道。《五伦全备记》他以五伦全、五伦备兄弟的孝义友悌的故事，组成一部伦常大道的圣经。文字的迂腐，道学气的浓厚是不待言的。《曲品》评道："大老巨笔，稍近腐。"王世贞也说："《五伦》是文庄元老大儒之作，不免腐烂。"这些批评自然是对的。不过，他虽是腐烂，但影响于戏曲的发展，却有极大的力量。在当代儒家独尊的社会里一个做过文渊阁大学士的大儒，一个一天"子曰子曰"的道学先生，不以戏曲为小道，竟然从事制作，这对于浪漫文人青年小子，在心理上，自然会给予莫大的影响。他当日写了许多剧本，有人责备他，理学大儒，不宜留心此道。他听了，大不高兴，视为仇人。可知他的作剧，并不以此娱乐，实因他认识戏曲有教化民众宣扬伦理的功用。这样看来，邱濬的作品，纵使艺术的成就很低，但他对于戏曲价值的认识与提倡，是值得我们注意的。

邵璨　承继着邱濬以剧载道的思想而出现于剧坛的，是邵璨的《香囊记》。他在《家门》中说："今为古，假即真，从教感起座间人。传奇莫作寻常看，识义由来可立身。"又说："那势利谋谟，屠沽事业，薄俗偷风更可伤。……因续取《五伦》新传，标记《紫香囊》。”在这一段话里，他明明指示观众，他的传奇，不可作娱乐品看，他是感化人民的。《香囊》之作，是《五伦全备》的续篇。这样看来，高明之《琵琶》，邱濬之《五伦》，邵璨之《香囊》，都是建筑在同一的思想基础上，并且这几个人，都是儒生。这现象似乎奇怪，其实不然。这原因便是他们认识戏曲在民间的力量，知道戏曲的教化作用，确实远在《四书》、《五经》及古文之上。所以他们作戏曲的态度，同那些纵情声色家蓄歌姬的文人们是两样的。

邵璨字文明，宜兴人，或作常州人。徐渭说他是老生员，吕天成说他做过给谏，不知谁是。《香囊》叙宋时张九成、九思兄弟事。梗概可于《家门》〔风流子〕中见之。“兰陵张氏，甫和兄弟，夙学自天成。方尽子情，强承亲命，礼闱一举，同占魁名。为忠谏忤违当道意，边塞独监兵。宋室南迁，故园烽火，令妻慈母，两处飘零。　九成遭远谪，持臣节十年身陷胡庭。一任契丹威制，不就姻盟。幸遇侍御，舍生代友，得离虎窟，昼锦归荣。孝友忠贞节义，声动朝廷。”戏中的组织，有些是模拟《拜月》、《琵琶》的，其中又插入宋江、吕洞宾故事，颇觉芜杂。但作者的本意，是要宣扬伦常圣道，他把母慈、子孝、臣忠、弟悌、妇节、友义这几件美德，由剧中人分担代表，写成最高的典型。因为作者是一个有旧学根底的儒家，又有他作戏的中心思想，他自然要避免俚俗，力求雅正。吕天成说他：“调防近俚，局忌入酸。选声尽工，宜骚人之倾耳，采事尤正，亦嘉客所赏心。”（《曲品》）王世贞也说：“《香囊》雅而不动人。”（《艺苑卮言》）这把他作戏的态度及其作品的特色说尽了。他不仅在曲辞上用尽雕琢对偶的功夫，还乱用典故，同时在说白中，大做骈文，大讲经义，读了确令人头疼。说到张九成这个名字，他要说：“《书》曰，箫韶九成，凤凰来仪。"说到高八座那个名字，他要说："《史记》云，尚书六曹并令仆二人为八座。"再如《周易》之断吉凶，《春秋》之重褒贬，《毛诗》之道性情，《戴礼》之正名分，长篇大论，全搬在说白里，上自伏羲，下至邵雍，一齐搬到。这种戏曲，自非一般民众所能了解。

〔山坡羊〕（旦）荒凉凉高秋时序，冷萧萧清霜天气。怨嘹嘹西风雁声，啾唧唧四壁寒蛩语。这般时节，边塞征人呵，方授衣，远怀愁几许，沾襟泪点空如雨。这个衣服和泪缄封，凭谁将寄。天涯，人迢迢书未归。伤悲，心摇摇怨别离。

〔前腔〕乱茸茸柔丝分缕，软扑扑轻绵铺絮。碎纷纷缝纫故缯，叠层层装就遮寒褚。看此衣线痕千万绪，也应把我穷愁缀。只怕绪少愁多，离情难系。思之，裙钗来举案时。须知，牛衣中对泣时。（《闻讣》）

这是张九成投军后，他的妻子邵贞娘秋天织补衣服时所唱，因情感真挚，不失是曲中的上品。但书中此等言语不多，一味藻丽堆积，甚为减色。徐渭说："以时文为南曲，元末国初未有也。其弊起于《香囊记》。邵文明习《诗经》专学杜诗，遂以二书语句勾入曲中，宾白亦是文语，又好用故事，作对子，最为害事。夫曲本于感发人心，歌之使奴童妇女皆喻，乃为得体。经子之谈，以之为诗且不可，况此等乎。直以才情欠少，未免辏补成篇。吾意与其文而晦，曷若俗而鄙之易晓也。"（《南词叙录》）他在这里正说中了《香囊》的病根。但后人却无徐渭的头脑，不知骈文、对子、典故为戏曲之大害，不知戏曲应该是奴童妇女都要懂得的通俗艺术，而一味摹拟因袭,演成后日戏曲的辞赋化。《香囊》本身的艺术成就虽不高,然而他给予明代戏曲界的影响,至为巨大。自邵璨至汤显祖这一个长时期的戏曲,几乎无人不蒙受其影响。如王济的《连环记》,薛近兖的《绣襦记》(或作徐霖),郑若庸的《玉玦记》,王世贞的《鸣凤记》,张凤翼的《红拂记》,陆采的《怀香记》、《明珠记》,梁辰鱼的《浣纱记》,汪庭讷的《狮吼记》,都是骈俪派的作品。至于梅鼎祚的《玉合记》和屠隆的《彩毫记》、《昙花记》出现,可算是达到骈俪派的最高峰,戏曲完全变为辞赋,离开民众日益遥远,真是入于魔道了。在上列诸家中,才情最高,作品较胜者,当以梁辰鱼的《浣纱记》为代表,并且此作之风靡一时,与当日昆腔之流布,亦极有关。再如王世贞的《鸣凤记》,是一个有时代性的政治戏,也值得我们注意。故于下文述之。

昆腔的兴起与梁辰鱼的《浣纱记》　南戏先盛行于江南各省,因地域的不同,各处的歌唱腔调,也因之而异。《南词叙录》说:"今唱家称'弋阳腔'者,则出江西,两京、湖南、闽、广用之。称'余姚腔'者,出会稽,常、润、池、太、扬、徐用之。称'海盐腔'者,嘉、湖、温、台用之。惟'昆山腔'止行于吴中。"由此可知南戏的腔调,极不统一,不仅歌律不同,连乐器也是各异。弋阳腔流行地域最广,余姚、海盐二腔,流行江、浙二省,惟昆腔范围最小,止行吴中一处。但我们知道,江南的声调,以吴音为最柔美,字音亦最为正确。故徐渭说:"昆腔流丽悠远,远出乎三腔之上,听之最足荡人。"他当日不能与弋阳、海盐诸腔对抗,自然是因为没有人出来改良提倡的原故。到了嘉靖年间,得了名音乐家魏良辅的改进与鼓吹,他一面改正昆腔的音律,翻为新调,一面集合南北戏曲所用的乐器,造成高低抑扬的复音。因此从前盛行各地的弋阳诸腔,渐为昆腔所压倒,嘉靖以后,流布愈广,于是在南戏的演唱方面,昆腔形成统一的局面了。

魏良辅号尚泉,居于太仓南关,昆山人。关于他改良昆腔的情形,余怀的《寄畅园闻歌记》说得最清楚:"良辅初习北曲,绌于北人王友山,退而缕心南曲,足迹不下楼十年。当是时南曲率平直无意致。良辅转喉押调,度为新声,疾徐高下清浊之数,一依本宫。取字齿唇间,跌换巧掇,恒以深邈助其凄泪。吴中老曲师如袁髯、尤驼者,皆瞠目以为不及也。而同时娄东人张小泉、海虞人周梦山竞相附和。合曲必用箫管,而吴人则有张梅谷善吹洞箫,以箫从曲。毗陵人则有谢林泉,工擫管,以管从曲皆与良辅游。"(《虞初新志》)这样看来,魏良辅为改造昆腔,不下楼者十年,可见其用功之勤苦。但如没有老曲师袁髯、尤驼、张小泉、周梦山、箫管家张梅谷、谢林泉诸人的合作,他未必能得到那样的成就。因此昆腔改造之功,魏良辅固居其首,但那些人合作的功绩,我们也是不能忽视的。

昆腔的兴起与盛行,一面助长南戏的发展,同时打消各地的杂腔,而直接予北曲以严重的压迫而至于消亡。沈德符云:"自吴人重南曲,皆祖昆山魏良辅,而北词几废。"(《顾曲杂言》)沈的时代,离良辅的改造昆腔,不过半世纪,而昆腔的势力,已如此之盛大。昆腔本身,自然有其传布流行的优点,但梁辰鱼的作品,在这方面却有很大的帮助。辰鱼字伯龙,昆山人,身长七八尺,多须,是一位风流自赏的浪漫文人。他曾作《红线女》、《红绡》杂剧,但以《浣纱记》传奇为最有名。他的事迹不详,生卒年亦不可考,大约是自嘉靖至万历初年的人。他在《浣纱记·家门》中自咏云:"何暇谈名说利,漫自倚翠偎红。请看换羽移宫,兴废酒杯中。　骥足悲伏枥，鸿翼困樊笼。试寻往古，伤心全寄词锋。问何人作此，平生慷慨，负薪吴市梁伯龙。”可知他怀才不遇，失意功名，于是过着倚翠偎红的浪漫生活，而寄情于声乐，《芳畬诗话》说他以例贡为太学生，想是可靠的了。胡应麟《笔丛》云：

> 魏良辅能谐声律，梁伯龙起而效之，考证元剧，自翻新调，作《江东白纻》、《浣纱》诸曲，金石鉴然。谱传藩邸戚畹，金紫熠爚之家，取声必宗伯龙，谓之昆腔。

又朱彝尊《静志居诗话》云：

> 梁伯龙填《浣纱记》。王元美诗云“吴阊白面冶游儿，争唱梁郎雪艳词”是也。又有陆九畴、郑思笠、包郎郎、戴梅川辈，更唱迭和，流播人间，今已百年。传奇家别本，弋阳子弟可以改调歌之，惟《浣纱》不能，固是词家老手。

由此观之，梁辰鱼是利用昆腔来写作戏曲的权威，因其作品的脍炙人口，无形中给予昆腔传布的极大助力。传奇别本，可用弋阳腔调表演，惟《浣纱》不能，可知《浣纱》一戏，在音曲上，是昆腔戏曲中的典型，而成为昆腔兴起以后作戏者的楷模了。

《浣纱记》除音曲以外，在文字的艺术上，也算得是一部唯美的作品。他在那个戏曲骈俪化辞赋化的潮流里，他的作品，自然也逃不了这种影响。李调元说：“梁伯龙出，始为工丽滥觞。盖其生嘉隆间，正七子雄长之会，词尚华靡，弇州于此道不深，徒以维桑之谊，盛为吹嘘，不知非当行也。故吴音一派，竟为剿袭靡词，如绣阁罗帏，铜壶银箭，紫燕黄莺，浪蝶狂蜂之类，启口即是千篇一律。甚至使僻事，用①隐语，不惟曲家本色语全无，即人间一种真情话，一②不可得。”（《雨村曲话》）这话固然说得不错，但因作者的才情很高，而又没有儒家那种迂腐的性质，曲白虽写得研炼工丽，但尚无堆砌饤饾的恶习，不能不算是一部好作品。戏的情节，是叙述西施亡吴的故事，这是大家都知道的。作者在这戏里，一面着力于国事的铺写，同时又强调范蠡、西施的爱情。最后泛湖一幕，以富贵功名是梦，惟有爱情是真作结。表面虽是团圆，但比起那些中状元探花衣锦还乡的结构来，真是充满着诗情，而悠悠有余味，这是很可喜的。“人生聚散皆如此，莫论兴和废。富贵似浮云，世事如儿戏，惟愿普天下做夫妻，都是咱共你。”（〔北清江引〕）最后范蠡伴着美丽的西施，坐在小小的船上，唱着上面这支歌，神仙似的海上飘飘而去了。这种浓厚的诗情画意，旷远潇洒的人生哲学，在旁的戏曲中，是不易见到的。

《浣纱记》中的对白，我举《效颦》一出为例。

> 东施　妹子，闻得你卧病月余，没有人说，前日因你寄信与王妈妈，方才晓得，特去请北威姐与你看脉。
>
> 西施　远劳二位姐姐。
>
> 北威　妹子，我且问你，你的病症怎么起的？如今觉得怎么？
>
> 西施　姐姐，连我也不晓得怎么样起。常时溪边浣纱，身

---

① “用”，再版为“绘”。

② “一”，再版为“亦”。

子困倦，昏昏沉沉，自觉沉重。如今日夜心疼，饮食少进。

东施　妹子，你敢遇着标致人，被他哄动春心，日夜相思，做成这场症候。

西施　休得取笑，求北威姐着那脉看一看。

北威　（做看脉介）我的手，东施妹子的口，好笑得差不多。你的病根还是七情上感出来的。你见那春光明媚，风景晴和。翩翩浪蝶狂蜂，阵阵游丝飞絮。如今又夏来春去，花落莺啼。千条愁绪撒开来，一点春心拿不住。因此构成心病，不得痊安。你如今咳嗽头疼，面红身热，神思昏乱，魂梦不宁，是这等么？

西施　姐姐正是！

北威　你如今第一到要排遣，第二方才吃药，你若会排遣，不消几贴药就好了。你若不肯排遣，只是这等啾啾唧唧，就吃一百丸药，也是没用的。

东施　若是这等说，极容易。待我去东村头西村头，寻个标致俊俏的妹夫，送将来，这病就好了。

北威　丫头做媒人，自身也管不全。若有标致俊俏的，你自家用了。到肯送与别人。

西施　休要取笑！

东施　前日王妈妈来说，西施近日因害心疼，捧着心儿，皱着眉儿，模样一发觉得好了。我不信他，方才冷眼瞧他，只见滴溜溜的娇眼，青簇簇的蛾眉，并无病症，越有精神。略不见一些七青八黄，反增出许多千娇百媚。不要说男子汉见了他欢喜,就是我做女娘家,见了他满身通麻木了。一些也动弹不得,可惜没有碗好冷水,我就咽他在肚子里去。

北威　妹子,这个却使不得,你若又咽下这个人儿,你的肚子一发大了。

东施　(捧心皱眉介)姐姐不好了。我也心疼起来了。

北威　你却怎的。

东施　姐姐,我对你说,数年前未分拆之时,我和妹子同在东村住。两个从小儿一心一意,过得极好。我若欢喜,他也欢喜,他若烦恼,我也烦恼。他如今害心疼,我怎么不心疼起来?姐姐,没奈何也把贴药与我吃。……

西施因在溪边浣纱,见了范蠡,便害起爱情病来。这是他两位女友,走来看病,彼此对谈的一节。少女的口吻与心理,在这段文字中,表现得极其活泼生动,而又时带幽默,情趣甚佳。即偶有文雅之句,亦不可厌。比起当日那些讲经义掉书袋的之乎者也的骈文古文来,这真是难得了。再如《思忆》中的一段对白,也是绝妙文字。由几位宫女与内臣的滑稽谈话,把西施的美和吴王专宠的情形,很深刻地反衬出来。

《浣纱记》的曲辞,颇多佳作,《游春》的华艳,《别施》的哀伤,《采莲》的清丽,《思忆》的苦楚,《泛湖》的冲淡潇洒,都各有特色。今举《思忆》为例。

〔喜迁莺〕　(旦)年年重九,尚打散鸳鸯,拆开奇耦。千里家山，万般心事，不堪尽日回首。且挨岁更时换，定有天长地久。南望也，绕若耶烟水，何处溪头。……

〔二犯渔家傲〕　堪羞。岁月迟留，竟病心凄楚，整日见添憔瘦。停花滞柳，怎知道日渐成拖逗。问君早邻国被幽，问臣早他邦被囚，问城池早半荒丘。多掣肘，孤身遂尔漂流。姻亲谁知挂两头，那壁厢认咱是个路途间霎时间的相识，这壁厢认咱是个绣帐内百年的鸾凤俦。

〔二犯渔家灯〕　今投。异国仇雠，明知勉强也要亲承受。乍掩鸳帏，疑卧虎帐。但带鸾冠，如罩兜鍪。溪纱在手，那人何处，空锁翠眉依旧。只为那三年故主亲出丑，落得两点春山不断愁。

〔喜渔灯〕　几回暗里做成机彀，一心要迎新送旧。专等待时候，又还愁，夜寒无鱼，满船月明空下钩。赢得云山万叠家何在，况满目败荷衰柳，教我怎上危楼。他这里穷兵北渡中原马，何日得报怨南飞湖上舟。

〔锦缠道〕　谩回首，这场功终须要收，但促急未能酬。笑迂延羞睹织女牵牛。断魂寻行春匹俦，飞梦绕浣纱溪口，俺这里自追求。正是归心一似钱塘水，终到西陵古渡头。

在这些曲辞里，把西施的情绪，国难和爱情的矛盾冲突的情绪，和盘托出，写得很苦楚，又很深情，读了令人非常感动。《浣纱记》能在当日风靡一时，固非偶然了。

王世贞与《鸣凤记》　其次，在这一个时代的戏曲值得我们注意的，是王世贞的《鸣凤记》。前人有疑此戏为王之门生所为，这问题倒不重要。《鸣凤记》的特色，是一扫当代作家专写恋爱材料的恶习,他是采用黑暗政治为题材,暴露贪官污吏的罪恶,表扬正人君子的义烈行为,而写成一本最有时代性社会性的戏曲。作者以严嵩父子的专权作恶为主干,再铺叙那些严嵩手下的狐群狗党的淫威与下贱,再以杨继盛的忠烈死节,及许多正直书生的事体结合起来,成为一本四十一出的长戏。戏中情节,可于《家门》中见之。

> 元宰夏言,督臣曾铣,遭谗竟至典刑。严嵩专政,误国更欺君。父子盗权济恶,招朋党浊乱朝廷。杨继盛剖心谏诤,夫妇丧幽冥。　　忠良多贬斥,其间节义,并著芳名。邹应龙抗疏,感悟君心。林润复巡江右,同戮力激浊扬清。诛元恶芟夷党羽,四海贺升平。
>
> (〔满庭芳〕)

此记曲白亦多骈俪,还流畅可读。又因事件过繁,故结构极为松懈,这缺点是很显明的。但如《严嵩庆寿》一出中的长篇对白,把严嵩的淫威与走狗们的丑态,真是写尽了。《灯前修本》把杨继盛的忠义情绪,为国除奸的牺牲精神,表现得热烈动人。最令人伤感的是《夫妇死节》的一幕。

> 〔耍孩儿〕(旦)看愁云怨满天,痛生离死别间。须臾七魄无从见。牵襟结发今朝断,牵襟结发今朝断,肠裂空山哀月猿,刳不出伤心剑。我那相公本是个飞黄千里,今做了带血啼鹃。
>
> 〔江儿水〕天哪我魂离体,魄丧泉,痛思鸳侣遭飞箭。我那相公你一点丹心明素愿,翻成白刃流红茜。祸比史、苏尤

惨，仇海冤天，对着谁人悲怨。

〔前腔〕　再启吞声诉，重开血染笺。（怀中出本介）粉身犹要将尸谏。（此本乃是未亡人代夫明志，尸谏感君之本，烦大人代达天听，倘得剪除权奸，我夫妇万剐甘心。（外）咳，杨宜人，椒山且如此，你一女人，济得什么事，不如息了这个念头罢。）我两两哀鸣如鸟怨，人之将死其言善。我苦只苦万里君门难见，我同到乌江，免使亡夫心眷。（自刎科）

在从前那种天高皇帝远的君主专制时代，一旦奸臣得势，便可任意陷害忠良，鱼肉百姓，任你尸谏也好，剖心也好，皇帝总是莫明真相。所谓"我苦只苦万里君门难见"，真把君权政治的黑暗，说得一针见血了。在当日专写才子佳人的恋爱戏曲的狂潮中，作者别开生面，以现实的政治事件为题材，暴露朝廷的罪恶，浓厚地留着时代的影子，这是《鸣凤记》值得我们重视的地方。

其次如郑若庸的《玉玦记》，叙王商与其妻秦氏庆娘悲欢离合的故事，典雅工丽，颇有时名。张凤翼的《红拂》，叙李靖、红拂的故事，曲辞颇佳，流行甚广。在这一时代中，还是值得一读的剧本。至于屠隆的言仙说道，梅鼎祚的一味骈词俪句，真是内容文采，两无可观，我也不必多说了。

四　杂剧的衰落与短剧的产生

明代初年，因去古未远，元杂剧仍能在当时保持大部分的势力。《太和正音谱》列举元明之际的作家，有王子一、刘东山、谷子敬、汤舜民、杨景言、杨文奎、贾仲名等十六人。涵虚子自已也曾作杂剧十二种，今俱不存。在上列诸家中，所遗留下来的作品，也不到十种，大都取材神仙释道，文辞内容，俱不足观。周宪王朱有燉，是明初一个杂剧的大量制作者。他一生共作杂剧三十一种。不过杂剧到了他，正开始发生变化，渐渐有超出元人规矩的地方，如一剧用五折构成，或一折用复唱合唱的方式，这明明是受了南戏的影响。他的作品，大致音律和谐，文辞并无特色。他是明太祖的孙儿，周定王橚的儿子，他是一个养尊处优的贵族。文学的制作，在贵族文士们，完全是一种娱乐。在他的作品里，自然没有什么正确的中心思想，或是社会问题表现出来。他们一天到晚，除了声色花草的享乐以外，自然就是想长生不老，升天作神仙。因此他的作品，恰好是这种贵族意识的表现。

一、写长寿或神化的，有《瑶池会八仙庆寿》、《惠禅师三度小桃红》等八种。

二、写妓女的，有《李亚仙花酒曲江池》等六种。

三、写牡丹花的，有《洛阳风月牡丹仙》等三种。

王九思与康海　我们看了这些题材，便知道朱有燉虽是明代杂剧的大量作家，其作品是实无可取。从他以后，因南戏的复兴与繁盛，杂剧渐趋于消沉。在正德及嘉靖年间，只有康海、王九思二人的杂剧，值得我们注意。在杂剧的发展史上，虽说已到了夕阳西下的没落时期，但王九思的《沽酒游春》，康海的《中山狼》，确在杂剧的最后期，放出一点光辉。此后如梁辰鱼的《红线女》，梅鼎祚的《昆仑奴》，叶宪祖的《团花凤》，都只略具形体，没有什么情趣了。

王九思字敬夫，号渼陂，陕西鄠县人，弘治丙辰进士，受检讨。康海字德涵，号对山，陕西武功人，弘治十五年状元，授翰林院修撰。他俩文名很高，同为前七子的要角。明代的戏曲家，百分之九十以上，都是江南人，他们即是偶作杂剧，在言语及情神上，总难表达出北方文学的色彩与情调。王、康同为北籍，故无论辞调与曲情，都有北方的本色与古朴，绝非那些摹拟北方的言语与性质者可比。这是我们必得注意的。王九思的《沽酒游春》，是写杜甫感伤时事，因恨奸权误国，隐身避世的故事。戏中借着李林甫的专权无道，对于奸臣恶吏，痛加贬责。如："三三两两厮搬弄，管什么皂白青红。把一个商伯夷，生狃做虞四凶。兀的不笑杀了懵懂，恕杀了天公。……自古道聪明的却贫穷，昏子谜做三公。"这种愤慨激昂的话，表面是骂古人，其实就是指责当时的朝政，这是非常显明的。据说戏曲中李林甫就是指当时的宰辅李西涯，这或者可信。

康海的《中山狼》，写得更有意义。《中山狼》的故事，是大家知道的，作者在这一个寓言的戏曲里，痛言不彻底的人情主义的失败。世上的事，要求真建设真进步，只有把陈旧的余毒，务必要斩草除根，万不可讲一点妥协与敷衍。若因一时的人情，留下半点余毒，便成为后来失败的祸根。以恶报德的负心事件，社会上实在是太多了。戏曲的最后说：

> 末　丈人，只都是俺的悔气，那中山狼且放他去罢。
>
> 老　(拍掌笑科)这般负恩的禽兽，还不忍杀害他。虽然是你一念的仁心，却不做了个愚人么？
>
> 末　丈人，那世上负恩的尽多，何止这一个中山狼。
>
> 老　先生说的是，那世上负恩的好不多也。那负君的受了朝廷大俸大禄，不干得一些儿事。使着他的奸邪贪佞，误国殃民，把铁桶般的江山败坏不可收拾。那

> 负亲的，受了爹娘抚养，不能报答，只道爹娘没此挣挫，便待割骨还父，割肉还母，才得亨通。又道爹娘亏他抬举，却不思身从何来。那负师的，大模大样，把师傅做陌路人相看。不思做蒙童时节，教你读书识字，那师傅费他多少心来。那负朋友的，受他的周济，亏他的游扬，真是如胶似漆。刎颈之交，稍觉冷落，却便别处去趋炎赶热。把那穷交故友，撇在脑后。那负亲戚的，傍他吃，靠他穿，贫穷与你资助，患难与你扶持，才竖得起脊梁，便颠番面皮，转眼无情。却又自怕穷，忧人富，划地的妒忌，暗里的算计。你看世上那些负恩的，却不个个是中山狼么？

这一段对白，不仅文字好，意义也好，真是借着野兽，骂尽世上一切，痛快淋漓，深刻无比。字字真深，句句实在，负国家的，负父母的，负师友的，不是到现在，仍充满着政府、家庭与社会吗？中国的政治家庭与社会的黑暗与腐化，不就是那种打一半留一半，革命一半妥协一半的人情主义作怪吗？现在任何一个角落里，不都存在着中山狼式的人们吗？这样看来，《中山狼》虽是寓言，却最现实，表面虽是暗示的讽刺，实际是正面的攻击，这种富于思想的作品，比起朱有燉那一套牡丹戏、神仙戏来，价值自然是要高得多了。他的曲辞，也写得极爽直古朴，颇有元曲的意境，一扫南戏的词情与柔媚。如：

> 〔油葫芦〕　古道垂杨噪晚鸦，看夕阳恰西下。呀呀寒雁的落平沙，黄埃卷地悲风刮，阴云遍野荒烟抹。只见的连天衰

草岸，那里有林外野人家。秋山一带堪描画，揾不住俺清泪洒袍花。

〔斗鹌鹑〕　乱纷纷叶满空山，淡氲氲烟迷野渡，渺茫茫白草黄榆，静萧萧枯藤老树。昏惨惨远岫残霞，疏剌剌寒汀暮雨。骑着这骨棱棱瘦驽骀，走着这样迢迢屈曲路。冷凄凄只影孤形，急穰穰千辛万苦。

短剧的兴起　嘉靖以后，杂剧完全走到了没落的命运。因为昆腔风靡一时，传奇日盛。于是伶工妓女，专习南曲，以投时好。因而北曲的演唱，成为绝学，即有杂剧作者，亦完全不遵守元人格律，南北互杂，翻为新体。虽名为杂剧，已非旧物。如沈泰所辑之《明人杂剧》数十种，大部分为南北戏曲之混血儿。这一些作品，我名之为短剧。沈德符《顾曲杂言》说：

嘉、隆间，度曲知音者有松江何元朗，蓄家僮习唱，一时优人俱避舍。以所唱俱北词，尚得金元遗风。余幼时犹见老乐工二三人，其歌童也，俱善弦索，今绝响矣。……近日沈吏部所订《南九宫谱》盛行，而《北九宫谱》，反无人问，亦无人知矣。

他又说：

今南腔北曲，瓦缶乱鸣，此名北曲①，非北曲也。只如时所争尚者〔望蒲东〕一套，其引子，望字北音作旺，叶字北音作夜，

① “曲”，再版为“南”。

急字北音作纪，叠字北音作爹，今之学者颇能谈之。但一启口，便成南腔。正如鹦鹉效人言，非不近似，而禽吭终不脱尽，奈何强名曰北。

由此可知万历年间，北曲的歌唱，已成绝响。南人因言语音调关系，强作北曲也只能形似。他所说的北曲南腔，正说明当日杂剧在音律上的混乱。就形式言之，亦是如此。在沈泰编的明人杂剧中，有一折的，如徐文长的《渔阳弄》，汪道昆的《高唐梦》、《五湖游》、《远山戏》、《洛水悲》，陈与郊的《出塞》、《入塞》，沈自征的《簪花髻》、《灞亭秋》、《鞭歌妓》，叶宪祖的《北邙说法》。有两出的，如徐文长的《翠乡梦》、《雌木兰》。有四出的，如孟子若的《死里逃生》。有五出的，如徐文长的《女状元》，孟子若的《桃花人面》，陈与郊的《义犬》。有六出的，如徐复祚的《一文钱》。有七折的如王衡的《郁轮袍》。有七出的，如汪廷讷的《广陵月》。以一折比之元杂剧，形式是短的，以二出或四五出比之明传奇，形式也是短的。所以这些作品，都名之为短剧，是较为合宜的了。

其次，这些作品，在创作上，也完全离了杂剧、传奇的规律。如王骥德的《男王后》，形式是四折，曲是用北调，而说白是用的南方语体。他还有《离魂》、《救友》、《双鬟》、《招魂》诸作，名为北剧，而实用南调填词。再如叶宪祖的《团花凤》，南北合套，任意使用。在歌唱上，完全废除元剧每折一人独唱的通例，总是采取复唱合唱的方式。因此这些作品，不能叫杂剧，也不能叫传奇，这是很显明的了。王骥德说："余昔谱《男后》剧，曲用北调而白不纯用北体，为南人设也。已为《离魂》并用南调。……知北剧之不复行于今日也。"（《曲律》）他在这里，正好说明了这种新体裁的短剧所产生的环境及原因。不用说，这些作品，已失去了舞台上的效果，只是文人抒情写恨之作，变成书桌上的读物了。

短戏是一种文人即兴之作，不像那些长至四五十出的传奇，编排故事，填制曲文，都需要大量的精力与时间。因为形式很短，其取材都是摘取故事中最精彩最悲壮或是最风雅的一片段，加以表现，故在文字上容易见长。至于他的来历，其源甚古。元人晚进王生的《围棋闯局》，可视为短剧之祖。此剧只一折，叙述莺莺、红娘正在下棋，张生逾墙偷看的故事。但在元剧中，此种体裁，却未再见。到了嘉隆年间，一面因杂剧的消沉，一面又因传奇的繁重，于是短剧渐有复兴之势。杨慎有《太和记》六本，每本四折，每折写一段故事，实为二十四个短剧。现《太和记》诸作不传，或谓《盛明杂剧》中所载许潮杂剧八种，即杨慎旧物，或可信也。

徐渭　徐渭（一五二一—一五九三），字文长，号青藤，浙江山阴人。他的才情极高，思想极好，与李卓吾同为晚明浪漫思想的启导者。他一生坎坷不遇，又遭难入狱。对于传统的伦理道德及那些权贵的丑恶，深恶痛绝。因此，在他的戏曲里，都暗寓着这种思想。他作有《渔阳弄》、《翠乡梦》、《雌木兰》、《女状元》四短戏，题名为《四声猿》。《渔阳弄》写祢衡骂曹，《翠乡梦》写柳翠得道，《雌木兰》写木兰从军，《女状元》写黄崇嘏及第得婿。在这些剧里，他结构严密，剪裁经济，词曲高爽，幻想丰富，都是很好的作品。《渔阳弄》他借着祢衡的口，描写自己对于当代权贵的愤慨，激昂热烈，痛快淋漓。《翠乡梦》他以和尚、妓女两种绝不相同的人物，互相对照，他认为只要是真性情真道德的人，都不管是妓女、和尚，能升天得道，伪善者才永远是天国门外之客。同时在那对照之中，又把“色即是空，空即是色”的义理表现出来。《雌木兰》与《女状元》是两个尊重女权的剧本，一反那种重男轻女的传统思想。他觉得女人也有人格，也有才学，也有力量，你把她们拘禁在闺房里，不许她们去努力创造，不许她们受教育，她们自然永远不能翻身。譬如木兰的武艺，可以为国立功，黄崇嘏的才学，可以为官理政。她们的能力，都不在男子之下。木兰最后唱说："我做女儿则十七岁，做男儿倒十二年，经过了万千瞧，那一个解雌雄辨，方信道辨雌雄不靠眼。"这意思说得多么清楚。只靠眼睛，而定其雌雄，于是分出轻重，形成压迫与被压迫的两种阶级。这都是受了儒家正名的毒。

四戏的说白，都很流畅，无饾饤骈丽之恶习。曲文亦佳，《渔阳弄》、《雌木兰》中，尤多好言语。

〔混江龙〕 军书十卷，书书卷卷把俺爷来填。他年华已老，衰病多缠。想当初搭箭追雕穿白羽，今日呵扶藜看雁数青天。呼鸡喂狗，守堡看田，调鹰手软，打兔腰拳。提携咱姊妹，梳掠咱丫鬟。见对镜添妆开口笑，听提刀厮杀把眉攒。长嗟叹自道：两口儿北邙近也，女孩儿东坦萧然。……

〔么〕 离家来没一箭远，听黄河流水溅。马头低遥指落芦花雁，铁衣单忽点上霜花片。别情浓就瘦损桃花面，一时价想起密缝衣，两行儿泪脱真珠线。

（《雌木兰》）

〔点绛唇〕 俺本是避乱离家，遨游许下。登楼罢，回首天涯，不想道屈身躯扒出他们胯。

〔混江龙〕 他那里开筵下榻，教俺操槌按板，把鼓来挝。正好俺借槌来打落，又合着鸣鼓攻他。俺这骂一句句锋芒飞剑戟，俺这鼓一声声霹雳卷风沙。曹操，这皮是你身儿上躯壳，这槌是你肘儿下肋巴。这钉孔儿是你心窝里毛窍，这板仗儿是你嘴儿上獠牙。两头蒙总打得你泼皮穿，一时间也酹不尽你亏心大，且从头数起，细心听咱。……

〔天下乐〕　有一个董贵人，是汉天子第二位美娇娃，她该什么刑罚。你差也不差，她肚子里又怀着两三月小哇哇。既杀了他的娘，又连着胞一搭，把娘儿们俩口砍做血虾蟆。

（《渔阳弄》）

此等文字，不是那些雕章琢句的庸人所写得出的。俗语俚言，随意驱使，嘻笑怒骂，都是文章。字字入情，句句圆熟，而又气势雄奇，确是上品。王骥德说："吾师徐天池先生所为《四声猿》，高华爽俊，秾丽奇伟，无所不有，称词人极则，追躅元人。"（《曲律》）这话是不错的。

汪道昆　汪道昆字伯玉，号南溟，歙县人，文名甚著，与王世贞齐名，世目之为"后五子"。他有《高唐梦》、《洛水悲》、《远山戏》、《五湖游》短剧四种，俱为一折。《高唐梦》写襄王神女事，《洛水悲》写曹植洛神事，《远山戏》写张敞画眉事，《五湖游》写范蠡泛舟事。他所取的题材，都是一些风流韵事，其中思想，自无可言，但曲白研炼雅洁，清逸可喜。因为全是抒情，自然缺少雄浑之气。如《远山戏》中〔懒画眉〕云："春风人面画栏西，红艳凝香未可持。看他妆成欲罢思依依。凭栏问道人归未，眇眇愁余淡扫眉。"

陈与郊　陈与郊字广野，号玉阳，海昌人。有《昭君出塞》、《文姬入塞》短剧二种，俱为一折。《出塞》文辞平庸，无可取者。《入塞》则纯用白描，将文姬回国时，同儿女离别的那一幕，写得最真实，最沉痛。公义私情的冲突，母爱与国仇的心理的苦楚，在这一短剧里，完全表现出来，真可算是一个最好的独幕悲剧。

〔二郎儿慢〕（文姬）归朝者，叹婴儿向龙荒割舍，我一霎地衷肠乱似雪。这地北天南，可是等闲离别。渺渺关山千万叠，便是梦魂儿飞不到也。任胡越，手中十指，长短总疼热。

〔莺集御林春〕（蔡女）却才的说得伤嗟，野鹿心肠断绝。母子们东西生死别。（文姬：你自有你爹爹在哩。）父子每觉严慈差迭，娘娘腹生手养一步步难离，怎向前程歇。明夜冷萧萧是风耶雨耶，教我娘儿怎宁贴。

〔前腔〕（蔡女）我落得哭哭啼啼，你则待闪闪撇撇。娘娘去后呵，那时节两两攒眉空向月，争得似手持衣拽。娘娘，你此去家山那些，把姓名支派从头说。待刺血写书儿，倘上林有雁飞越，与孩儿寄纸问安帖。

〔尾声〕　一声痛哭咽喉绝，蘸霜毫把中情曲写。便是那十八拍胡笳，还无一半也。

这种文字，完全出自真性情。一点不加雕饰，由俗言口语组织而成，更觉真挚哀楚。比起文姬自写的《悲愤》诗，还更要动人。

徐复祚与王衡　徐复祚的《一文钱》，王衡的《郁轮袍》，是两个讽刺剧。徐字阳初，常熟人。工传奇，有《红梨》、《投梭》等作。但他的《一文钱》，却最有意义。戏为六出，写一个叫卢至的土财主，爱钱如命，连妻儿卧病了他也不管，自己还到叫化子那里去讨剩饭吃。后来由一个和尚的法术，把他家几百万的谷米财帛，都分给贫民了。王应奎《柳南随笔》云："余所居徐市，徐大司空聚族处也。明季其族有二人，并拥高资，一豪奢，一吝啬。吝者为诸生启新，其族人阳初作《一文钱》传奇以诮之，所谓卢至员外者指启新也。”可知作者是取材于现实的社会人事，而是有意的讽世之作。曲文虽不甚佳，但说白却多妙语，在那些说白中，把卢至那人的人格和吝啬卑鄙的行为，真是形容尽至，令人捧腹，这一种滑稽喜剧，明人的戏曲中，是极少见的。王衡字辰玉，太仓人。他的《郁轮袍》，共七折，写王维的故事。作者因考试遇谤，终未获大用，因此抑郁不得志，乃作此剧。剧中虽写古事，实讽刺世人热衷功名，卑鄙无耻，同时对于科举考试制度的弊端，加以攻击。他借着文殊和尚的口说："如今末劫浇薄，世上人只为功名一事，颠颠倒倒的。瞎眼人强做离朱，堂下人翻做堂上，不知误了多少英雄豪杰。……世人重的只是科目，科目以外，便不似人一般看承。我要二位数百年后再化身，做一个不由科目不立文字，干出名宰事业的，与世上有气的男子立个法门，势利的小人放了宽路。”这便是《郁轮袍》的中心思想。两戏的结尾，都由和尚出来点化，这虽说有点荒唐，但在寓言讽刺剧的制作上，是无碍的。做金钱的奴隶，同做功名的奴隶，一样是愚笨无聊，都不是人生的正道。有了钱，应该赈济穷人，有了才学，与其去做权奸的走狗，不如在农村山舍，过点自由的生活，研究点学问，这是剧中和尚们指示给读者的途径，也就是作者想要表现的思想。在这种地方，这两个作品，是自有其特色与意义了。

孟称舜的《桃花人面》　短剧中言情之作，当以孟称舜的《桃花人面》为代表。孟字子若，山阴人。《桃花人面》，共五出，谱崔护、叶蓁儿故事。这故事全是抒情的，加之用桃花来衬写女人与春光的美丽，故文辞极其华艳动人。戏中曲辞，全为佳作。第二出描写少女的春情与恋爱的心理，尤为出色。

〔倘秀才〕 忆来时,陪笑脸,双生翠涡。寄芳心,独展秋波。说甚的人到幽期话转多,相见情难诉,相看恨若何,只落得泪珠偷堕。

〔普天乐〕 有意遣愁归,无计奈愁何。断肠荒草,处处成窝。思发在花前,花落眉还锁,干相思害得无边阔,影儿般画里情哥。待撇下怎生撇下,待重见何时重见,只落得病犯沉疴。

〔朝天子〕 思他念他,这泪脸没处躲。咱将痴心儿自揣摩,未必他心似我。展转徘徊,低整衣罗,怕人来早瞧破情多,无那要诉这情儿谁可。

〔四边静〕 对了些香销烬火,恨满愁城,泪点层罗。只影踟蹰,休道慵妆裹。便妆成对镜谁怜我,且压着衾儿卧。

〔上小楼〕 压着衾儿卧,梦里人两个。犹记的他门儿低扣,话儿调弄,意儿轻模。醒来时还兀自成抛躲,依旧恓惶的我。

〔么〕 蓦相逢,情意好,恨今朝,空寂寞,悔不的手儿相随,语儿相洽,影儿相和,与他在花前月下共乐。果道是梦儿里相会呵,如今和梦也不做。

反复地写,直率地写,一层进一层的写,总要把那单恋的少女心情,赤裸裸地表现出来。言情之作,杂剧中的《西厢》,传奇中的《还魂》,短剧中的《桃花人面》,可称鼎足。孟另有《死里逃生》一剧,长为四出,描写和尚们强奸妇女的罪恶。结构完整,戏情紧张,曲文亦生动可喜。短戏中之佳篇,已如上述。其他如沈君庸、叶宪祖诸人,俱有一折之剧,因其无甚特色,想不多说了。再如《盛明杂剧》二集中，载有许潮所作之一折短剧八种。此为许潮自作，抑为杨慎旧物，疑不能明。加以各剧只写一点文人名士如陶渊明、王羲之、苏东坡的风流韵事，没有什么特长，所以也略而不谈。

五　汤显祖与晚明的剧坛

戏曲发展到了晚明，正如词到了宋末一样，大家都走到格律的路上去。从前那种骈俪辞赋的习气，虽稍稍敛迹，但接着起来的，是讲韵律，讲宫调，讲字面，讲唱法。总而言之，大家都尽力于曲辞方面的研究，对于戏的结构思想以及说白方面，一点不加以注意。于是戏曲的生命渐渐死去，而只剩着词曲的生命了。一个剧本不管它的内容怎样荒唐，怎样腐败，结构怎样散漫，只要内面有几支曲子写得美丽动人，这戏本便可轰动一时。他们不懂得戏曲是通俗的大众文学，他们对于用韵协律方面，斤斤计较，偶一发现前人作品中的超规越矩之处，便加以恶评。如《白兔》、《杀狗》的曲白的俚俗，他们看不起，高明说了一句"不寻宫数调"，他们都责备他是戏曲界的罪人，《琵琶》、《金印》、《红拂》、《浣纱》诸作中，偶尔发现一两处韵律通用的地方，他们大不满意。沈德符读了张凤翼的《红拂记》，看见他用韵多有通假之处，便讥笑他说："以意用韵，只便于俗唱。"(《顾曲杂言》)所谓只便于俗唱，便是不能登大雅之堂的意思。《红拂记》的真实价值，我们不必说，但只以"以意用韵"一句话，作为批评那个剧本的标准条件，这是极无理的事。然而在这里，正可以看出晚明剧坛的趋势，以及当日剧作家与批评家所注重的，不是戏曲之整体生命，而是其中的小节。在这一个环境下，于是讲唱法，讲用韵，讲格律的，批评戏曲的种种作品，都应运而生了。在这些书中，沈璟的《南九宫谱》、《南词选韵》，王骥德的《曲律》，吕天成的《曲品》，可为此中的代表。这些著作，与宋末的《乐府指迷》、《词源》诸书，都在同样的环境之下产生，有同样的意义，而都是作词作曲的人的圣经。有了这些书，于是词曲中一点自由空气，全被他们压死了。于是那些作家都为那些格律所限，都在协律合调讲求字面上用功夫，戏曲的生命，因而更趋微弱，戏作家都变成曲匠了。

沈璟　沈璟字伯英，号宁庵，又号词隐，吴江人，万历甲戌进士。他大概是生于嘉靖末年，死于万历末年（一五五五？——一六一五？），与汤显祖是同时的人。他精通音律，善于南曲。是当日曲匠的宗师，格律派的代表。他有《南九宫谱》、《南词选韵》二书，为当代制曲家的金科玉律。前者严整南曲的调律，说明南曲的唱法，后者所选的作品，不以艺术为准则，只以合韵与否为准则。他的作曲主张，是与其曲佳而不合律，不如合律而曲劣。他这种思想，竟能风靡一时，如顾大典、叶宪祖、卜世臣、吕天成、冯梦龙诸人，都受他的影响者，因此演成"吴江派"这个系统。吕天成在《曲品》中称沈璟为曲中之圣。赞扬他说：

> 嗟曲流之泛滥，表音韵以立防。痛词法之蓁芜，订全谱以辟路。红牙馆内，誉套数者百十章。《属玉堂》中，演传奇者一七种。顾盼而烟云满座，咳嗽而珠玉在毫。运斤成风，游刃余地，词坛之庖丁，此道赖以中兴，吾党甘为北面。

沈德符在《顾曲杂言》中也说：

沈宁庵吏部后起，独恪守词家三尺，如庚清、真文、桓欢、寒山、先天诸韵，最易互用者，斤斤力持，不稍假借，可称度曲申韩。

可知当代人对于他的推崇，真是无微不至。在这些文字里，他们所称道的功绩，也只是讲音韵订曲谱而已，也只是斤斤力持庚清、先天诸韵而已。这都是曲匠的事业，不是有天才的大作家的事业。然而他在晚明的剧坛，确实发生过很大的影响。

沈璟著有《属玉堂传奇》十七种，及《同梦记》一种（《还魂记》的改本），大都散佚不存。今易见者，只有《义侠记》，存《六十种曲》中，叙武松故事。其中如武松打虎，打蒋门神，大闹飞云浦诸节，在《水浒》中，已有活泼生动的描写，戏中则平弱无力，不及远甚。至如《萌奸》、《巧媾》二节，叙潘金莲、西门庆调情事，正是表现作者才情的好材料，但经他写来，情趣索然，比起《水浒》的本文来，黯然无色。可知作者只是音律的专家，而绝非创作家的妙手。才情过弱，眼高手低，故其作品，大多散佚不传，也非偶然了。其次，沈璟是本色论的提倡者。他看见当代的戏曲，都变成了骈文辞赋，因此他要以本色来挽救这坏风气，这是他的过人之处。不过，读他的《义侠记》，无论曲白，都没有做到本色俚俗这一点。他的《红蕖记》，现在虽然看不到了，但据《曲品》说："先生自谓字雕句镂，正供案头耳。"可知戏曲到了晚明，已走上了格律唯美的大路，在高级文人的笔下，任你有本色俚俗的觉悟，也是写不出本色语来的了。骈文辞赋的风气，在晚明虽是稍稍敛迹，所谓"字雕句镂"，确是当代作家的共同习尚，吴江派是如此，临川派更是如此。这样看来，沈璟的作品，虽是多至十八种，《曲品》虽誉为曲中之圣，但他在明代的剧坛，实在是不能称为大家的。

卜世臣、吕天成是沈璟的嫡派，世臣作《冬青》、《乞麾》二记，今不传。《曲律》说："其词骈藻炼琢，摹方应圆，终卷无上去叠声，直是竿头撒手，苦心哉。"天成号郁蓝生，作《曲品》，极有名。著传奇短戏如《二窑》、《双栖》等多至二十余种，今皆不传。《曲律》云："天成最服膺词隐，改辙从之，稍流质易。然宫调字句平仄，兢兢毖眘，不少假借。"这两位私淑沈璟的大门徒，他们的作品，除了斤斤于宫调平仄以外，想必一无所长，因此他们所作的戏曲，也就同沈璟的一样，全被时代淘汰得一个干干净净。

王骥德　王字伯良，会稽人，《明文授读》说他是王守仁之侄，不知确否。他虽是徐文长的学生，但却一点没有他老师的精神与长处。其实他的工作，全是沈璟的说教者，他校订过《西厢》、《琵琶》，作过有名一时的《曲律》。《曲律》可算是格律派在理论著作上的代表。他的工作，比沈璟更进一步。我们试看《曲律》中重要的目录：

论宫调　论平仄　论阴阳　论章法　论字法
论务头　论声调　论腔调　论句法　论对偶
论用事　论险韵　论过曲　论过搭

我们由这些目录，便知道这本著作，是一种什么性质的书。正如张炎的《词源》，要在宋末才能产生的一样，《曲律》也是要在传奇发展到了高度才能产生。这种著作的产生，便是那种文学趋于僵化趋于没落的预兆。一种文学的生命力渐渐消失，必得要产生这一种规则方法的书，好留着后人来摹拟制作，遗留着一种残骸。冯梦龙《曲律序》说："词隐先生所修《南九宫谱》，一意津梁后学，而伯良《曲律》一书，法尤密，论尤苛，厘韵则德清蒙讥，评辞则东嘉领罚，字栉句比，则盈床无合作，敲今击古，则积世少全才。虽有奇颖宿学之士，三复斯编，亦将咋舌而不敢轻谈，韬笔而不敢漫试。洵矣攻词之针砭，凡于按曲之申韩。然自此律设，而天下始知度曲之难，天下知度曲之难，而后之芜词可以勿制，前之哇奏，可以勿传，悬完谱以俟当代之真才，庶有兴者。"因为冯梦龙也是沈璟的门徒，所以对《曲律》大致誉扬之辞。因为这种作品，于那些庸才以及初学作曲的人，最有好处，所以能风行一时。他们的价值，也就只在做教科书这一点。

大凡过于拘守音律的人，总不会写出好作品来的。因为他太懂得音律，便处处要受音律的牵制，而不容易发展作者的才情与个性。王伯良只作《红叶记》传奇一种，他自已也表示很不满意。变体杂剧作过四五种，只有《男王后》一剧尚存。他写一个男扮女装的美男子的下贱故事，文辞固不见佳，而内容更是可鄙，他想与徐文长的《女状元》相比，那真是妄想了。真有天才的作家，是不会困守在这种格律之下的，他情愿牺牲他作品的实用性，而不愿意牺牲他的艺术性。在晚明的剧坛，持有着这种革命精神的，是浪漫派的代表作家汤显祖。

汤显祖　汤显祖（一五五〇—一六一七）字义仍，号若士，又号清远道人。临川人，万历癸未举进士，因为他不趋炎附势，只做过几次小官。官遂昌县时，因纵囚放牒，不废啸歌，致为人所劾，遂隐居故里，以作剧自娱。他的作品，有《玉茗堂四梦》：《还魂记》（一名《牡丹亭》）、《紫钗记》（《紫箫记》的改本）、《邯郸记》及《南柯记》。《还魂记》写柳梦梅、杜丽娘人鬼恋爱的故事,《紫钗记》本蒋防的《霍小玉传》,叙诗人李益与霍小玉的遇合。《邯郸》、《南柯》二记,一本沈既济的《枕中记》,一本李公佐的《南柯太守传》,描写富贵功名的虚幻,指点人生最后的归宿。故“四梦”中,前二者为才子佳人的恋爱剧,后二者为寓言的讽世剧。皆文辞工丽,风行一时,《还魂》一作,尤为脍炙人口。

《还魂记》全戏五十五出,为明代传奇中稀有的长篇。戏的内容,实无足取,人死还魂,更属荒唐。戏之结局,仍是团圆旧套,亦无新意。第一出《标目》〔汉宫春〕词云:“杜宝黄堂,生丽娘小姐,爱踏春阳。感梦书生折柳,竟为情伤。写真留记,葬梅花道院凄凉。三年上,有梦梅柳子,于此赴高唐。　　果尔回生定配,赴临安取试,寇起淮扬。正把杜公围困,小姐惊惶。教柳郎行探,反遭疑激恼平章。风流况,施行正苦,报中状元郎。”戏中情节,由此可见大概,同时戏中所表现的,仍是那些点状元高升发财的旧思想。这样看来,我们要在《还魂记》中发现什么戏剧形体组织的特色,或是什么有关社会人生的思想问题,那是徒然的。不过,浪漫派的作品,这些条件本不重要。最要紧的是热烈的情感,文字的美丽,幻想的丰富,与夸张的描写。这几点,在《还魂记》都得到了成功的表现,所以他能够感动人心,尤为热情的少年男女所爱好。

在人类的生活中,力量最大的便是爱情。爱情是一把火,可以把人烧死,同时也可给人光明与幸福。汤显祖不是那些伪善派的儒家,最懂得爱情的意义与支配人生的力量。《还魂记》这本长戏,便是着力描写这一个情字。有人劝他讲学,他说:“诸公所讲者性,仆所言者情。”他对于当日的假道学派、拟古派以及八股派,都深恶痛绝,抱着反对的态度。要有他这种浪漫的性格,才能把爱情写得真，要有他那种才学，才把爱情写得美。《还魂记》能够到现在还能流传人口，便是他写的爱情既真且美的缘故。杜丽娘为情而死，后来又还魂复活，这自然是荒唐，但死为情死，活为情活，无非是要加重爱情的力量，而加以夸张的描写。当日困守于礼教下的少年男女们，心中有了爱人不敢公开，没有爱人的，感着没有寄托。一旦看了这种作品，觉得只要情真，梦中可以找安慰，死了可以复活，这对于被礼教所压制的少年男女，在这一种作品的欣赏上，直可疗治他们精神上的伤害，解放出隐藏于他们潜意识中的苦情。因此娄江女子俞二娘读了《还魂》，哀感自己的身世，断肠而死，杭州女伶商小玲失恋后，因演《还魂》，伤心而死，内江某女子，因爱作者的才华，想嫁他，作者辞以年老，乃投江而死，这便是由作品中的热情，引动了读者的热情的结果，也就是艺术给予人生的情感交流的具体化。

戏中的曲文，真是美不胜收。《惊梦》、《寻梦》、《写真》、《拾画》、《魂游》、《闹宴》诸剧，皆为佳作。尤以《惊梦》一出，更为上乘。

〔绕地游〕（旦）梦回莺啭，乱煞年光遍。人立小庭深院。（贴）注尽沉烟，抛残绣线，今春关情似去年。

〔步步娇〕（旦）袅晴绿[①]吹来闲庭院，摇漾春如线。停半晌，整花钿，没揣菱花。偷人半面，迤逗的彩云偏。步香闺怎便把全身现。

〔醉扶归〕你道翠生生出落的裙衫儿茜，艳晶晶花簪八

① “绿”，再版为“丝”。

宝填，可知我常一生儿爱好是天然。恰三春好处无人见。不提防沉鱼落雁鸟惊喧，则怕的羞花闭月花愁颤。

〔皂罗袍〕　原来姹紫嫣红开遍，似这般都付与断井残[1]垣。良辰美景奈何天，赏心乐事谁家院。（合）朝飞暮卷，云霞翠轩，雨丝风片，烟波画船，锦屏人忒看的这韶光贱。……

（旦睡介，梦生介，生持柳枝上。生笑介：小姐，咱爱杀你哩！）

〔山桃红〕　（生）则为你如花美眷，似水流年，是答儿闲寻遍，在幽闺自怜。转过这芍药栏前，紧靠着湖山石边。和你把领扣松，衣带宽。袖稍儿揾着牙儿苫也，则待你忍耐温存一晌眠。（合）是那处曾相见，相看俨然，早难道这好处相逢无一言。……

（生下，旦作惊醒低叫介，秀才秀才，你去了也。）……

〔绵搭絮〕　雨香云片，才到梦儿边。无奈高堂，唤醒纱窗睡不便，泼新鲜，冷汗黏煎。闪的俺心悠步亸，意软鬟偏。不争多费尽神情，坐起谁欢，则待长[2]眠。

〔尾声〕　困春心游赏倦，也不索香熏绣被眠。天呵！有心情那梦儿还去不远。

王骥德说："汤若士婉丽妖冶，语动刺骨，独字句平仄，多逸三尺，然其妙处，往往非人力所及。"（《曲律》）沈德符也说："汤义仍《牡丹亭》一出，家传户诵，几令《西厢》减价，奈不谙曲谱，用韵多

① "残"，再版为"颓"。
② "长"，再版为"去"。

任意处，乃才情自足不朽也。”（《顾曲杂言》）汤作中的乱韵乱律，虽为格律派的批评家所诟病，但对于他的才华，却一致加以誉扬。并且他的乱韵乱律，他自己也并非不知道。他不愿意为格律的奴隶，而限制伤害他的创作才情与艺术生命。他说：

> 不佞《牡丹亭记》大受吕玉绳改窜，云便吴歌。不佞哑然笑曰：昔有人嫌摩诘之秋①景芭蕉，割蕉加梅，冬则冬矣，然非王摩诘冬景也。（《答凌初成书》）
>
> 弟在此自谓知曲意，谓笔懒韵落，时时有之，正不妨拗折天下人嗓子。（《答孙俟居书》）
>
> 《牡丹亭记》要依我原本，吕家改的，切不可从。虽是增减一二字，以便唱，却与我原作的意趣大不同了。往人家搬演，俱宜守分，莫因人家爱我的戏，便过求酒食钱物。（《与宜伶罗章二书》）

在这些书信里，表明作者坚强的性格，大胆的勇气，和革命的精神。他不能因为要便于俗唱，就允许人家增减一二字，情愿拗折天下人嗓子，不能损害他作品的个性与精神，这种爱惜艺术的良心，是多么可敬可爱。无奈那些格律派的曲匠们，如沈璟、吕硕园、臧晋叔诸人不懂得此中道理，一心一意，只守着那本曲谱，改作删订。虽律度谐和，而精神全失，这真是多事了。

《紫钗》长五十三出，亦为言情之作，惟情事组织，稍嫌芜杂。唐人传奇，写霍小玉失恋而死，原为悲剧，戏中则改为团圆，反觉无味。但全戏曲文，工丽华艳，极有情趣。《折柳》、《题诗》、《惊秋》

① “秋”，再版为“冬”。

三出，尤为精警。《邯郸》、《南柯》二记，寓意相同，一归于道，一归于佛，那都是作者借以指示富贵功名的虚幻，对于当日社会人士热中名利的狂热的心理，加以讽刺。人生如梦，一切皆空，是二戏中的旨趣。所写虽俱为梦境，但梦境中社会的病态、人情的险诈、官场的黑暗，都是当代现实的情形，那两个梦譬于两面镜子，把晚明的官场社会的种种情形，读书人士的种种心理，一齐反映出来，这是我们必得注意的。若我们只当做一场空梦，草草看过，那就不了解这种寓言的讽刺剧的意义了。关于这一点，吴梅氏说得好："明之中叶，士大夫好谈性理，而多矫饰。科第利禄之见，深入骨髓。若士一切鄙弃，故假曼倩诙谐东坡笑骂，为色庄中热者下一针砭。其自言曰：他人言性，我言情，盖惟有至情，可以超生死忘物我通真幻而永无消灭。否则形骸且虚，何论勋业。仙佛皆妄，况在富贵。世之持买椟之见者，徒赏其节目之奇，词藻之丽，而鼠目寸光者至诃为绮语，诅以泥犁，尤为可笑。……就表面言之，《四梦》中主人为杜女也，霍郡主也，卢生也，淳于棼也。即在深知文义者言之，亦不过曰《还魂》鬼也，《紫钗》侠也，《邯郸》仙也，《南柯》佛也。殊不知临川之意，以判官、黄衫客、吕翁、契玄为主人，所谓鬼侠仙佛，竟是曲中之意，而非作者寄托之意，盖前四人为场中之傀儡，而后四人则提掇线索者也。前四人为梦中之人，后四人为梦外之人也。既以鬼侠仙佛为曲意，则主观的主人，即属于判官等四人，而杜女、霍郡主辈，仅为客观的主人而已。玉茗天才，所以超出寻常传奇家者即在此处。"（《四梦传奇总跋》）读《四梦》的人，必得有此种见识。

孙仁孺 在晚明的剧坛一反那些佳人才子的恋爱剧，另成一种作风的，是孙仁孺的《东郭记》。孙之字里未详，书刊于崇祯三年，作者大概是万历、天启间人。原书题白雪楼主人编，峨眉子评点，卷首有赞语一篇，为孙仁孺作，想白雪楼主人即是孙仁孺的别号。或以为汪道昆、徐复祚作，俱不可靠，因汪、徐的作风，与此作绝不类也。《东郭记》共四十四出，以《孟子》中有一妻一妾的齐人为主角，再以淳于髡、陈仲子、王驩及一妻一妾为配角，描写当代读书人士，为求富贵利达的卑鄙下贱的行为。这剧本值得我们注意的，有三点：一、他的取材的新鲜。二、他对于现实社会的积极态度。三、说白虽采用文言，但曲文全是通俗流畅，一扫骈俪雕琢之风。汤显祖的《南柯》、《邯郸》，对于当代的社会状态作了象征的暗示，但在《东郭记》里，却是取着直接的显明的勇敢的态度，加以攻击的。本来到了明代末年，读书人党派的争，朝廷官场的争，真是“簪绂厚结貂珰，衣冠等于妾妇”。士大夫的卑鄙丑劣，不知廉耻，这时候算是到了极点。作者在剧中所要表现的，就是这一种社会的画图。王驩同齐人，代表无耻的文人，陈仲子代表高洁的名士。结果是无耻的文人飞黄腾达，高洁的人，困于饥饿。当齐人乞食墦间时，妻妾号哭于中庭，当齐人用种种谄媚的行为弄到一个官时，妻妾又大庆其幸运。第二十六出中，写陈贾、景丑两人，想找个官做，知道上司好男色情愿拔去胡子，擦粉涂脂，扮作妇人，送上门去，替上司斟酒唱曲，结果才得到上司嫣然一笑，作者用力写着士大夫的谄媚与无耻，说明白些就是不要脸。齐人说的“规小节者不能成荣名，恶小耻者不能立大功”，这是无耻文人的自宽自解的口号。十四出中王驩说的“依小弟愚见，如今做官，不管什么小百姓的安宁，第一要银子多的，便是美缺”，这是那些谄媚贪污的官吏的目标。这种社会，这种官场，这种读书人，作者深恶痛绝，所以他借着歌者的口说：

〔北寄生草〕　第一笑,书生辈,那行藏难挂牙。贱王良惯出奚奴胯,恶蒙逢会反师门下,老冯生喜就趋迎驾。不由其道一穿窬,非吾徒也真堪骂。

〔前腔〕　第二笑,官人辈,但为官只顾家,牛羊儿刍牧谁曾话,老羸每沟壑由他罢。城野间尸骨何须诧。知其罪者复何人,今之民贼真堪骂。

〔前腔〕　第三笑,朝臣辈,又何曾一个佳,谏垣每数月开谈怕,相臣每礼币空酬答。诸曹每供御暂无暇。不才早已弃君王,立朝可耻真堪骂。

〔前腔〕　第四笑,乡间辈,更谁将古道夸。盼东墙处子搂来嫁,尽邻家鸡鹜偷将腊。便亲兄股臂拳堪压,豺狼禽兽都相当,由今之俗真堪骂。

歌者　近来齐国风俗一发不好,做官的便是圣人,有钱的便是贤者。这是俺①稷下诸儒田骈、慎到②所度新曲,专一笑骂此辈,你可记熟了唱去。

王驩　领教了,只怕学生后来早被他笑着了。

妓女　好嘴脸,你难道会做官不成?

王驩　你识得甚,做官的正是我辈。

歌者　客官果是个中人。

作者借古骂今,淋漓痛快,把晚明的社会,留下一张分明的图画。全戏中充满着幽默与滑稽。最妙的,是幽默与滑稽,都隐藏在

① “俺”,据再版补。

② “田骈、慎到”,据再版补。

反面，而正面却是严肃，令读者先感着愤慨，而后感着微笑，这是《东郭记》艺术成功的地方。至于曲文的本色俚俗，也是本戏的一个特点。这样看来，比起那些红情绿意的恋爱戏来，《东郭记》无论在品格上，在文学思想上，都要高明得多了。他不仅是晚明的好作品，在元明两代的戏曲史上，也可算的一种名作。可惜无人注意，使他成为尘沙中的黄金了。

阮大铖与吴炳　在明朝末年，以美丽的辞藻写缠绵的艳情，驰名于剧坛的，是阮大铖与吴炳。阮字集之，号圆海，怀宁人（？——一六四六）。吴字石渠，号粲花主人，宜兴人。阮是降满的奸臣，吴是殉国的烈士。他们的人品虽有不同，但在戏曲上都有相当的成就。阮著有《燕子笺》、《春灯谜》、《牟尼合》、《双金榜》、《忠孝环》、《桃花笑》、《井中盟》、《赐恩环》传奇多种，后四种不传，其中以前二种最有名。吴炳著有《绿牡丹》、《画中人》、《西园记》、《情邮记》、《疗奴羹》，题为《粲花别墅五种》。而以《情邮记》为最著。这些戏曲，都是承继《还魂记》的余风，用美文美句，来铺叙男女恋爱的葛藤，内容大半荒唐，思想亦极腐败。所以驰名者，无非其中有几支工丽的词曲而已。因此，关于戏中情节，也无须多加叙述，只把《燕子笺》、《情邮记》的曲文，各举数首为例。

〔风马儿〕　琐窗午梦线慵拈，心头事忒廉纤。晴檐铁马无风转，被啄花小鸟弄得响珊珊。

〔莺啼序〕　似莺啼恰恰到耳边，那粉蝶酣香双趣软，入花丛若个儿郎，一般样粉扑儿衣香人面。若不是燕燕于归，怎便没分毫腼腆。难道是横塘野合双鸳。

〔集贤宾〕　乌纱小帽红杏衫，与那人小立花前。掷个香车应不忝，女儿们家常熟惯，恁般活现，平白地阳台栏占。心自转，自有霍郎姓字描写云鬟。

〔啼莺儿〕　乌丝一幅金粉笺，春心委的淹煎。并不是织锦回文，那些个题红宫怨，写心情一纸尖憨，荡眼睛片时美满，闷恹恹，又听梁间春燕语喃喃。

（《燕子笺·写笺》）

〔普天乐〕　旧亭池，都倾败，老荷花，开还懈。可为甚景入秋来，偏则我尚滞春怀。看草色非新艾。那弄影秋千，空自在斜阳外。倩娇扶隐上高台。（合）好系住留仙锦带，怕踏了小凤新鞋。

〔倾杯序〕　拈来，叹金针铁裹埋，绣线尘笼盖。半幅长裙，半折兜鞋，未成花朵，未了婴孩。看残红断线，追思那日，碧纱窗外，趁芭蕉两人同倚绿分来。

〔玉芙蓉〕　鲜花似日里开，嫩柳在风前摆，这便是他自谱，丽容娇态，我则道暗风吹雨将他坏，却是我热泪从心滴下来。人儿在，看纤纤手裁，猛抬头几回错唤眼还揩。

（《情邮记·问婢》）

观上二段，其文采情意，都与《还魂》、《紫钗》相似。晚明剧坛，大都受临川的影响为多。而以阮、吴二家最胜。其他作家，择其要者言之，顾大典有《青衫记》，叶宪祖有《鸾锟记》，徐复祚有《红梨记》，许自昌有《水浒记》，张四维有《双烈记》，高濂有《玉簪记》，王玉峰有《焚香记》，沈鲸有《双珠记》，朱鼎有《玉镜台记》，孙柚有《琴心记》，陈汝元有《金莲记》，杨珽有《龙膏记》，谢谠有《四喜记》，周履靖有《锦笺记》，冯梦龙有《双雄记》，以及无名氏的《金雀记》、《寻亲记》、《运甓记》等作，或守格律，或逞文藻，大都不出沈、汤二家的藩篱，而其成就，都在阮、吴二家之下，因此不一一细说了。

第二十六章　明代的小说

一　明代小说的特质

小说与传奇,是明代文学的代表,尤以小说在明代的文学史上,有着重要的意义。中国的白话小说,经过了宋元两代的长期孕育,到了明代,无论在形式上在艺术上,都达到极高的成就,而表现着蓬勃的生命来。因此,小说的成长在明代文坛重要的意义,我必得先加以说明。

一、白话文学的进展

白话文的应用,在唐末的变文与宋人的话本虽已开始,但除了《京本通俗小说》那样极少数的优美的作品以外,其余的大都是文白夹用,粗劣笨拙,算不得是成熟的白话文学。而用白话写作的,几乎全是说话人和书会先生一类人物,把故事记录下来,作为实用的工具。到了明朝,文人学士,才有意识的运用白话来写小说,有意识的来创作白话的文学。这种文体上的改革,这种由文言转到白话的文学观念的进展,在中国文学史上,实在是一件大事。我们可以说,明朝是我国白话文学的成熟时代。如《三国演义》一类的历史小说，虽还用通俗的文言，那是极少数的，第一流的作品，如《水浒》、《西游》、《金瓶梅》等，全是用的最纯熟最活泼的白话。明朝说话虽不复行，但风气转换，从前把许多故事由说话人的口传给民众，明朝是由文人写出来给民众自己去看了。这便是由说话变成小说的时期，也是白话文学发展的时期。这些小说的制作者，一面接受着话本的白话文体，一面采用着话本中的故事，加以剪裁，加以润饰，于是白话的长篇短篇小说，产生许多好作品，给与明代文坛以新生命新空气。从此以后，无人不承认白话是写小说的最好工具，好的小说没有不是白话的了。

二、对于小说观念的改变

我国文学，历代为儒家载道的思想所统治，抒情之诗歌词曲，视为小道，君子不为，对于小说，更加轻视，到了明朝，这种观念，为之一变。如李卓吾、袁中郎、冯梦龙、凌濛初之流，一致赞美小说文章的优美，同时并了解小说与群治的关系，其感应效果之大，远过于《四书》、《五经》，所谓小说的文学价值与社会价值，第一次在中国文坛为人认识。冯梦龙编的三本短篇小说，题为《明言》、《通言》、《恒言》，序中说："明者取其可以导愚也，通者取其可以适俗也，恒者则习之而不厌，传之而可久也。"这种透澈的对于小说的见解，是到了明朝才有的。

三、小说与时代

明朝的时代背景与社会意识，在小说中反映极为明显。明代因方士僧尼的大盛，报应轮回之说深入民间，故小说中之思想多言因果，而神魔作品特多。再以晚明朝纲不振，君主臣僚以至社会各界，无不纵欲荒淫，一时成风，恬不知耻，于是小说成为淫书，男女私事，加意铺写。如《金瓶梅》那一类的作品，便是最确切的时代的反映。再如《西游补》的讽刺明末的政治与士风，《西洋记》、《精忠传》一类作品的慕古伤今的情感，时代的背景，社会的意识，都很活跃明显。那些正统派的古文不必说，就是比起那些杂剧传奇来，小说是现实得多了。

我叙述明代的小说，以长篇为主，短篇平话次之。至于那些唐人传奇式的小说，如瞿佑的《剪灯新语》，及李祯的《剪灯余话》一类的作品，在这一时代，已经失去其重要性，只好从略了。

二　《三国演义》

《三国演义》是我国历史小说中最流行的一部书。历史小说由宋代的讲史演进而来。据李义山《骄儿诗》云："或谑张飞胡，或笑邓艾吃。"可知在唐末，三国历史，已变为通俗的故事流行民间了。到了北宋，说话人有说三分的专家，再在金人院本、元人杂剧里，搬演三国史事者特多。据《录鬼簿》涵虚子所记，三国戏本，近二十种。但到现在，宋人记三国故事的话本，没有见过，我们现在所见到的最早的本子，是元朝至治年间（一三二一——一三二三），新安虞氏刊的《全相三国志平话》，书藏日本内阁文库，同发现者还有《武王伐纣书》、《乐毅图齐》、《七国春秋后集》、《秦并六国》、《吕后斩韩信前汉书续集》，一共是五种，这都是元代通俗文学的遗产。前二作多杂神怪，后三作多据史实。但文字拙劣，较之《京本通俗小说》，相差远甚，近于《三藏取经诗话》一流，想是元代民间之作，未经文人润饰者。现只有《三国志平话》一书，有翻印本行世。书共三卷，分上下二栏，上栏是画，下栏是文。书的开始，有一段司马仲相阴间断狱的神话的引子。而以曹操为韩信，刘备为彭越，孙权为英布，汉献帝为汉高祖，报其杀害功臣之冤，造成三人分汉的因果报。开首有诗云："不是三人分天下，来报高祖斩首冤。"这意思说得极明显。平话的本文，开始于黄巾贼乱，刘、关、张桃园结义招兵讨贼，而终于晋王一统。观其故事前后的起结，后来的《三国志演义》，在此已粗具规模。但文字拙劣，语意不畅，人地之名，时有误写。如糜竺为梅竹，张角为张觉，华容为滑荣，街亭为皆庭，此种例证，到处都是。所叙事实，颇违正史，如刘备落草、张飞杀狗等，尤为无稽。由此看来，《三国志平话》一书成为说话人的底本，为民间传说的三国故事，未经文人修饰者。这书在文学上虽绝无价值，在《三国演义》的演化上，却很重要。因为我们知道了元朝的三国故事在民间流播的形态，同时元代的通俗文学的情形，我们由此也可推知一点。

将元朝的《三国志平话》加以改编，写成一本雅俗共赏的历史小说的，是罗贯中。罗名本，字贯中，是元末明初人，贾仲名《续录鬼簿》中云："罗贯中，太原人，号湖海散人，与人寡合。乐府隐话，极为清新。与余为忘年交。"虽只数语，却极重要，因前人于罗氏籍贯年代，时有异说，至此始能确定。据贾仲名所记，罗贯中是一个不得志的江湖流浪者，但他在文学上，却有重要的贡献。他是中国第一个用全力作小说的作家，他又是第一个从事通俗文学的作家。他虽说也做过戏曲（有《龙虎风云会》剧目，见《元人杂剧选》），他几乎用毕生的精力,贡献在小说上。相传他有《十七史演义》的大著作。其它如《水浒传》、《平妖传》、《粉妆楼》诸书,亦传为他所作,但他的作品,多经后人增损,其原作遂至湮没,甚为可惜。在许多作品中,最能保存他原作的面目的,还只有这本他改编的《三国志通俗演义》。

《三国志通俗演义》最早的本子,我们能见到的是弘治甲寅年(西历一四九四)的刊本。题为"晋平阳侯陈寿史传,后学罗本贯中编次"。前有庸愚子序云:"前代尝以野史作为评话,令瞽者演说,其间言辞鄙谬,又失之于野。士君子多厌之。若东原罗贯中,以平阳陈寿传,考诸国史,自汉灵帝中平元年终于晋太康元年之事,留心损益,目之曰《三国志通俗演义》。文不甚深,言不甚俗,纪其实亦庶几乎史。盖欲读诵者人人得而知之,若诗所谓里巷歌谣之义也。"这里将罗贯中改编的心思说得最明白。他要把那些言辞鄙谬,士君子看不起的平话,改编为"文不甚深,言不甚俗",又不违背正史的通俗演义,上可给士君子们读,下可给民众看的一种雅俗共赏的读物。罗氏这种工作,是极有意义的。他是有意的要为民众制作通俗文学,将那些历史知识,用演义体裁灌输到民间去。不管他的作品存在与否,不管他的作品的艺术价值的高低如何,他总是大众文学的创始者,是我国小说界的开路先锋,这一点,便是他在中国文学史上应得的地位,值得我们敬重他。

罗编的《三国志通俗演义》,共二十四卷,每卷十节,每节有一小目,为七言一句,这是我国长篇小说最早的形式。小说分成多少回,每回的题目,成为对偶的两句,那都是后起的事。罗本与平话本不同之处,最要者有三:

一、增加篇幅,改正文字。如《三顾茅庐》在平话中只一小段,文字拙劣，生趣索然。罗本则肆力铺写，长至数倍。状神写貌，个性跃然。文字健劲，生动可喜。

二、削落无稽之谈。平话中凡过于荒诞者，一律削去。开卷之因果报弃去，而以史事直起，即为一例。

三、增加史料。可用之正史材料，罗氏酌量增入。如何进诛宦官、祢衡骂曹操等。再又加进许多诗词书表，显得历史性更加浓厚。

这样一来，罗氏的书较之元朝的平话本，自然是进步得多。他做到了序上所说的"文不甚深，言不甚俗"的历史演义，士君子与民众都一致表示欢迎了。这种本子一出世，那些平话本，自然会湮没无闻，于是新刊本便纷纷出现，到明朝末年，那些刊本，也不知道有几十种，都是以罗本为主，有的加以音释，有的加以插图，有的加以批评，有的在卷数回数上加以增损，文字上不过数字数句的增删。一直到了清康熙年间毛宗岗出来，这本书才再发生变化。他师金圣叹改《水浒》、《西厢》的方法，把罗本加以改作，再加上批评，称为第一才子书，这就是我们今日读到一百二十回的《三国演义》。我们都知道《三国志演义》是明初的罗贯中所作，但我们读到的却是清毛宗岗的本子，原因便在这里。因为毛本比罗本较为进步，毛本一出，罗本便又湮没而不为人所知了。毛本的卷首，有凡例十条，说明他的改作的意见。约而举之，有下四端：

一、改正内容，辨正史事。

二、整理回目，改为对偶。

三、增删诗文，削除论赞。

四、注重辞藻，修改文词。

上列诸条，此其大者，细故尚多，不必详说。总之，那部书经他这么一改，无论内容文字，都较为完整，于是三百年来，社会上只知道有毛本的《三国演义》了。因此我们可以说，《三国演义》绝非一人一代之作，是一部三四百年来集体的作品。

《三国演义》在文学上实没有多大的价值，这是大家都承认的。其原因胡适之归咎于此书的作者、改者及最后写定者，都是平凡的陋儒，不是天才的文学家，也不是高超的思想家。这话并不完全对。主要的原因，是文体和性质的问题。《三国演义》在文学上的失败，第一因为没有采用白话而采用文言的缘故。大凡历史小说，因为牵就正史事实，及引用古代文献，用文言较为方便，试看明清之际的演义小说，大都是如此。然而也就在这里，减少了文学的价值。试想，如刘、关、张、诸葛、曹、周一类特殊个性的人物，而出以文言，如何能表达他们的神情，又如何能传达那些人的精神态度。《水浒》如果也是用文言体，其成就决不会在《三国》之上。写那样内容繁复、人物百出的长篇小说，用文言而不用白话，自然不会有大的文学上的成就。其次，便是性质的问题，因为他是演义的性质，而不是小说的性质，演义体处处以史实为主，处处为史事所拘，时代短者数十年，长者数百年，为所束缚，无法展运作者的想象与穿插。《水浒》也是取材于历史，只是取材，而不是演义，因此《水浒》可以成为一部好小说。蔡奡《东周列国志读法》云："若说是正经书，却毕竟是小说样子，但要说它是小说，他却件件从经传上来。"这便是历史演义的致命伤。

《三国演义》虽不能算是有文学价值的书，却是一部在民间最流行最有势力的通俗读物，其感应社会的效果，没有那一部书能比得上。各等各级的人，都在这本书里取其有用的知识。在前人眼里，觉得此书无诲淫诲盗之嫌，又有读历史读文章的好处，同时趣味浓厚,文字不深不俗,大家看了,各有所得。我们小时父兄塾师们,禁止我们读《水浒》、《红楼》,奖励看《三国》,原因想就在此。因此几百年来,这部书成为民众处世立身的伦理教科书,成为民众作文说话的范本,成为英雄豪杰的兵书。他对于民众的影响,远在《四书》、《五经》及其它正统文学之上。由通俗文学的立场看来,《三国演义》是最成功的了。

《三国》以外,罗贯中还编了不少的历史演义,但他的书,俱经后人改作,其原本多不可见。如《隋唐志传》,今所见者为清初褚人获编的《隋唐演义》。《残唐五代史演义》,书为二卷六十回,见日本《内阁文库书目》。今日所见之《五代残唐》,亦非罗本。《唐传演义》、《说唐传》亦传为罗氏所编,今前书已证明为嘉靖熊钟谷所作,《说唐传》紧接前书,今存者分前传、后传两部,亦系后人所托。罗既编有《隋唐志传》、《残唐五代》二篇,不应再有《说唐》、《唐传》重复之作。因罗编《三国》风行一时,大家效法。于是有明一代,历史演义小说大量产生。一代史事,各有所述,或依正史,或杂野谈,书贾为推广销路,作家为托古存真,或借罗贯中编纂之名,或托李卓吾、袁中郎、钟伯敬评点之笔。可观道人序冯梦龙《新列国志》云:"自罗贯中《三国志》一书,以国史演为通俗演义百余回,为世所尚。嗣是效颦日众,因而有《夏书》、《商书》、《列国》、两《汉》、《唐书》、《残唐》、南北《宋》诸刻,其浩瀚与正史分签并架,然悉出诸村学究杜撰。"这里把明代历史小说发达的情况,说得很明白。因为那些书都是出自村学究之手,所以不能产生好作品,大都是仿效《三国》,而其成绩也都在《三国》之下。当日虽盛极一时,不久就全为时代所淘汰。今所知者,略举数种。《开辟衍绎通俗志传》六卷,题五岳山人周游仰止集,《盘古至唐虞传》二卷,《有夏志传》四卷,《有商志传》四卷,《大隋志传》四卷,皆题钟惺编辑。《列国志传》八卷,余邵鱼撰(余字畏齐,福建建阳人),此书后由冯梦龙改编为《新列国志》,一百零八回。《全汉志传》十二卷,《唐书志通俗演义》八卷,《南北宋传》二十卷,皆熊大木撰(熊字钟谷,福建建阳人)。此外无名氏所编撰之演义,为数尚多,大都粗浅无章,不必多举。

三　《水浒传》

《水浒传》是我国长篇小说杰作之一,在民间流行的程度,几与《三国》相等。但他也不是一人一代之作,也是多少人多少年慢慢儿形成的。他的演化的过程,其繁复远过于《三国》,近人胡适、鲁迅、郑振铎诸氏俱曾研讨,成就虽多,结论不一。今参考诸家所论,再稍加己见,略论《水浒传》演化之过程。

一、南宋时,《水浒》已为民间流行之故事,《宣和遗事》所记,已有三十六人,文字虽短,事实已具规模。起于杨志等押运花石纲,而终于征方腊,宋末龚圣与作三十六人的像赞,据周密《癸辛杂识》引云:"宋江事见于街谈巷语,不足采著,虽有高如、李嵩辈传写,士大夫亦不见黜,余年少时壮其人,欲存之画赞。"可知道宋末,《水浒》故事民间一定非常流行,那些英雄们的面目性情,想必都很特殊,因此当日画家如高李之流,画起他们的像来。《曲海总目提要·水浒记》下说明云:"宋时画手李嵩辈传真其像,士大夫颇不见黜,龚圣与至为作三十六赞,可证。"龚圣与来作赞,这种情形,表示出流传民间的"水浒"故事,开始同文人接近了。文人接近这种故事，是有理由的。周密画赞跋说：“此皆群盗之靡耳。圣与既各为之赞，又从而序论之，何哉？太史公序《游侠》而进奸雄，不免后世之讥，然其首著胜、广于列传，且为项羽作本纪，其意亦深矣，识者当能辨之。”这意思极为明显，宋江们虽为大盗，如能削平外敌，何尝不是真命天子，遗民文人的这种心理，确实是画饼充饥的悲剧。除《宣和遗事》外，宋代还有没有《水浒传》一类的话本，或许有，现在看不到了。到了元朝，出现了许多“水浒”故事的杂剧，以写黑旋风为多。剧中人物之性格虽与小说颇有不同，但人数已由三十六加到一百单八位了。

二、“水浒”故事在元代杂剧界这么流行，一定有人出来写成小说，材料好，寓意好，像高如、李嵩、龚圣与一样心境的人是不少的。这一个最初写成《水浒传》的人，我们假定是施耐庵。《百川书志》云：“《水浒传》施耐庵的本，罗贯中编次之。”一百回本及一百二十回本，都写着施耐庵集撰，罗贯中纂修。金圣叹则说是施耐庵作，金圣叹续。这样看来，罗贯中之前，有一个施耐庵很有可能。我推想施氏的本子，一定用的是白话，这是与《三国志平话》不同之处。因为《宣和遗事》中的“水浒”故事，已有浓厚的白话倾向，并且有许多白话句子。施氏决不会改用文言，这是后来的《水浒传》能成为一部好文学的先天基础。同时我们还可推想，施氏所叙的故事，与《宣和遗事》的架子全同，招安以后，接着讨平方腊，大家做官了事。到了元末罗贯中出来，将施本再加以改造，他做的是所谓编次纂修的工作。他看见《宣和遗事》最末一段有“因此三路之寇，悉得平定”二句，于是他便加进征讨田虎、王庆一段，凑成三寇之数。田、王的故事，或在宋元之间已有传说，也说不定。罗本前有《致语》，其文字面目到现在还有大部分保留在一百十五回本里。

三、嘉靖年间,是中国长篇小说进步发展的大时代,《水浒传》的成为一部有价值的文学书,也在这时期。沈德符云:"武定侯郭勋在世宗朝号好文,多艺能计数,今新安所刻《水浒传》善本,即其家所传,前有汪太函序,托名天都外臣者。"一百二十回本发凡云:"郭武定本,即旧本,移置阎婆事,甚善,其于寇中去王、田而加辽国,犹是小家照应之法,不知大手笔者,正不尔尔。"郭本之去田、王,而加辽国,想是当时北方外族压边,时时告紧,作者以安内换成攘外,聊快人意。在《宣和遗事》最初一节中,有"童贯巡边,五月童贯兵与辽人战,败退保雄州"的记事,郭本的执笔究竟是谁,虽无法断定,但那作序的汪太函最为可能。汪太函是汪道昆,字伯玉,徽州人,是当日与王世贞齐名的文学家。因为他是文学家,这次改编《水浒》,大动手术,等于创作,情节的铺写,结构的谨严,人物个性的刻画,白话文技巧的熟练,使得这一百回的《水浒传》,得到了文学上极高的成就。

四、郭本问世以后,因其艺术的优美,立刻得到士大夫的赞叹,如李卓吾、袁中郎、胡应麟之流,都是本书的爱好者。但士大夫欢迎的,未必为民间欢迎,同时谋利的书贾们(至少是福建的书店),也不得不在郭本以外,另谋出路,于是取简略的罗氏旧本,再将郭本的破辽一节改作过,增加进去,成为四寇,内容最富,以全本向民众号召,兜揽生意,于是称为《新刊原本全像插增田虎王义忠义水浒传》一类的一百十回本,一百十五回本以及一百二十四回本,三十卷本,各家书店为竞争生意,都纷纷地出版了。这些本子,在本质上说,他们与罗本最为接近,在文字上说,他们都是简略的,俱可称为简本。民众看小说,大都是注重趣味,有几个懂得鉴赏艺术,他们既以全本旧本相号召,销路自然很好,因此引起当日士大夫的忧虑。胡应麟说:“余二十年前所见《水浒传》本,尚极足寻味。十数载来,为闽中坊贾刊落,止录事实,中间游词余韵,神情寄寓处,一概删之,遂几不堪覆瓿。”便可知道简本在文字上,是比不上郭本了。

五、因为要顾到全本的名义而又要挽救郭本的散失,天启、崇祯间有杨定见编的一百二十回的《忠义水浒全书》的产生(商务有翻印本)。他是用的郭本原文,再将简本中的田王故事,加以改作,插入破辽之前。这样一来,又是全本,又是繁本,而文字也都可读了。可算是一部名副其实的全书。后来金圣叹出来,大概他一面看着《水浒传》前七十回的文字好,后面过弱,太不相称,同时,明末处于流寇的毒害,觉得强盗招安、建功立业的事不可提倡,于是他腰斩《水浒》,只留用郭本的前七十回,其余的全部削去,卷首另加引子,于宋江受天书之后,即以卢俊义一梦结束,把相传下来的英雄们的功业,化成凄惨的悲剧。三百年来,看《水浒》者都是看的七十回本,其他的本子,都变为古董。近二十年来,因研考小说之风甚盛,旧本出世者时有所闻,我们才得稍窥真相。但上文所述,仍多推论,因文献不足,颇难确证。

《水浒传》的内容,虽根据民间传说,再加以想象化,然宋江确有其人。《宋史·徽宗本纪》云:“淮南盗宋江等犯淮阳军,遣将讨捕,又犯京东、江北,入楚海州界,命知州张叔夜招降之。”又同书《侯蒙传》云:“侯蒙上书言,宋江以三十六人横行齐魏,官军数万,无敢抗者,其才必过人,今清溪盗起,不若赦江,使讨方腊自赎。”又同书《张叔夜传》云:“宋江起河朔,转略十郡,官军莫敢撄其锋。”可知梁山好汉,声势强盛,招安讨贼,俱见信史。但其性质,与演义体的《三国》完全不同。《水浒》只取史中一点一滴,开展扩充,自由铺写，完全不为历史所拘，铺叙布局，可独出心裁，成为一自由创作的小说，故在文学上的成就，远较讲史为优，这书的背景虽是写的宋朝，其实放到中国任何一个时代，都无不可，远至汉唐，近至现在都是差不多，在过去历史中，那一个时代，不是政府压迫民众，小人陷害君子，富人摧残穷人，男人诱骗女子，压力过大，自然会大大小小的生出反动来。结果是农民暴动，革命发生，他们失败的多，成功的少，于是正史上对于这一些失败的乱党暴徒，一律称之为流寇，如黄巾、黄巢、闯贼以至于长毛，都是著名的例子。《水浒传》里所表现的人物，也是我国历代所共有的，古今的社会所共有的。如童贯、高俅、蔡京一类作威作福的贪官，张都监、张团练一类鱼肉小民的污吏，过街老鼠张三、青草蛇李四、没毛大虫牛二一类的专以敲诈为生的破落户泼皮，飞天夜叉、生铁佛、飞天蜈蚣一类的诱奸妇女的道士和尚，桃花山大盗一类的专夺美女的色魔，蒋门神一类的仗势欺民占人财物的恶棍，王婆一类的拉皮条说风情的马泊六，潘金莲一类的偷汉子谋亲夫的淫妇，还有各种各样的土豪劣绅都不是宋朝社会的专有品，不要说古代，便是在今日中国的各处，这些贪官污吏、恶棍泼皮、道士和尚，满眼都是。因为如此，以宋朝的史实为材料而经明人的手写定的《水浒传》，他的生命是新鲜的，展开的各种场面，就好像是民国的社会，民国的人物，正如是昨天才写成的一部小说。因此不论在明清，不论在现在，这本书能供给各时代各种读者以种种不同样的意义。官方与正统者，说他是一部强盗流寇的历史，但在民众的眼里，却是一部中国未曾有过的无产阶级的革命小说。书里的英雄们所受的以及目击的苦难，正是民众自身的苦难。这一些苦难，三千年来，无时不加在民众的肩上，究竟是屈服忍受的多，奋身而斗的少，不料这一部书，全是代表民众向一切政府官吏富豪恶棍压迫平民的恶势力的反抗。读到林冲、武松、鲁达、李逵们对于那些恶势力的扫荡，晁盖、吴用们对于贪官们的金银财宝的劫夺，虽说有时也觉得残暴一点，然而确实是痛快，似乎他们所杀的所抢的，正是我自己的仇敌。他们不懂社会主义共产主义的理论，也不懂得要建立无产阶级的政权，但是他们确是社会主义者、共产主义者，也确实在梁山水泊建立了无产阶级的政权。他们的口号是有饭大家吃，倒强扶弱。跳涧虎陈达对同志的宣言，是"四海之内皆兄弟也"。武松所说的"生平只要打天下硬汉不明道德的人"。花和尚说的"杀人须见血，救人须救彻"。宋江的宣言，是替天行道，保境安民。于是这些强人，便成为保护民众和弱者的骑士，然而政府官吏的结党营私，贪污枉法，日盛一日，骑士们都不得不挺身而出，反抗官方，反抗正统，结果是"做下迷天大罪"，不得不到梁山去躲避灾难。我们试看林冲、武松、杨志、史进、柴进诸人一步一步地逼上梁山的历史，都是与恶势力奋斗的血泪史。罪过与错误究是属于那一方呢？表面看去，他们是杀人大盗，其实他们都是正直的良民，如林冲、花荣的忠义，李逵、武松的孝悌，其他许多人的言信行果的精神，绝非那些翰林、进士、观察、孝廉所能及。于是梁山泊的忠义堂，成了人民的政府，凡是与恶势力斗争而失败的个人，都集中到那里去，落第的举子、穷教师、军事教官、乡长老爷、风水先生、员外、渔翁、走江湖耍手艺的男男女女，都在同一的目标下集中到那里去。于是官方与代表民众的两大阵营，有了分明的界限。结果造成了以三十六人横行齐魏，官军数万无敢抗者的大势力。这大势力，毕竟是短期的，他们没有真正革命的计划，也没有正确的社会见解，他们的脑筋里除了反抗恶势力以外，同时为神道的浅薄宗教观念与招安以后为朝廷出力的忠君观念所支配，结果他们为虚荣的权利所诱骗，而做了官方的封建势力的牺牲品，永远成为统治阶级眼里的流寇。这事不管是历史的或是伪造的，总之是给予历代被压迫的民众一种借题发挥的报复的心情的满足与愉快。《水浒传》决不是少数人的生活的历史，也不是佳人才子的爱情的表现，他所表现的范围最为广大，时代最为长久，在中国许多长篇小说里，再没有其他的一部，能持有这种特色。

这书的文学价值，远在《三国演义》之上。因为各种本子不同，其中文字自然有强弱之分，结构也有散漫之弊。但白话的技巧，确已熟练。叙事细微曲折，写人生动有力。如《鲁提辖拳打镇关西》、《林教头风雪山神庙》、《吴用智取生辰纲》、《景阳岗武松打虎》、《王婆贪贿说风情》、《武松醉打蒋门神》、《张都监血溅鸳鸯楼》、《黑旋风沂岭杀四虎》诸篇，都写得有声有色，确是有骨肉有力量的好文字。此书前有法译的节本，题名为《中国的骑士》(*Les Cher Aliers Chinois*)。近年美国的赛珍珠女士译有七十回的英文全本，题名为《四海皆兄弟》(*All Men Brothers*)，美国人读了不知作何感想。只要真是客观的读者，由此必可了解中国被压迫的民众的善良的面目。

《平妖传》 与《水浒》性质相近似的，还有《三遂平妖传》，原书题东原罗贯中编次，四卷二十回，叙文彦博讨妖贼王则、永儿夫妇的故事。王则正如宋江，亦实有其人，据《宋史·明镐传》，王则本涿州人，岁荒，逃至恩州，聚众起兵，号东平郡王，六十六日而平。但书中所叙，颇多妖法，缺少《水浒》中的现实性，故同途而殊归，文字亦远不如。因当日助文彦博平贼者，有化身诸葛遂智的弹子和尚，又有马遂与李遂，因三人皆名遂，故名《三遂平妖传》。现今通行本，为冯梦龙所修补，前有张无咎序，于原书前加十五回，始于

《灯花婆婆》的引子，另有五回，则增插全书中。所演皆炼法捉怪之道术，妖气更盛，颇似后日《济公传》一类的读物。虽无文学价值，颇为民众所喜。另有《粉妆楼》八十回，题竹溪山人撰，亦传为罗贯中原编，所述为罗成后人罗焜之事。此事不见史传，或为民间传说，或为作者所造，其内容大致不外英雄聚义朝廷招安一套。观其文字布局，似为晚出之书，所传出自罗氏，想系后人伪托。谢无量云“此为罗氏叙述自家先代故事的专书”（《平民文学之两大文豪》），颇无根据。又云《禅真逸史》（清溪道人撰）亦出罗氏，然今所见明刊旧本，俱无此说，更难置信矣。

《精忠传》　演述岳飞故事的书，在明代也很不少。岳飞时代，一面是奸相当朝，一面是外敌压境，明代嘉靖以还，人民同样感着这两层压迫，岳飞的武功与冤业的演述，聊可发泄民间的义愤和民众崇拜英雄的心理。因此这类的书，在民间很为流行，本子也有好几种。可考者，一、有熊大木编的《武穆演义》，始于金人南侵，岳飞抗敌，终于岳飞被杀，秦桧在狱中受报应。后来的《说岳全传》，在此已具规模，但文字半文半白，与《三国志演义》相类。二、《重订按鉴通俗演义精忠传》，一名《精忠报国传》，于华玉著，出于熊本以后。他重编此书的主旨，是去其荒诞不稽的小说材料，而要使他变成一部历史的演义。因此他在凡例上说：“末卷摭入风僧冥报，鄙野齐东，尤君子之所不道。”于是“正厥体制，芟其繁芜，一与正史相符，爰易传名曰《精忠报国》”。虽说他易稿六七次，务期简雅，结果使这一部传奇，变成一部死板板的演义，活泼的精神和小说的趣味都没有了。三、《精忠全传》，邹元标编次。邹为万历进士，魏忠贤时去官。他编此书，以熊本为主，而又恢复那种传奇的精神。四、到了清朝，将明代所有的“岳传”截长去短，重编一次，便是现在最流行的《精忠演义说本岳王全传》，简名《说岳全传》，钱彩编次，金丰增订，全书二十卷，八十回，是岳飞故事书最完备的著作。金丰序云："从来创说者，不宜尽出于虚，而亦不必尽由于实。苟事事皆虚，则过于荒诞，而无以服考古之心，事事忠实，则失于平庸，而无以动一时之听。"这便是他们改编《说岳全传》的态度。经他们这样一改，自然是后来居上，而成为民众欢迎的读物了。此外明代的英雄传奇，为数尚多，较显者有郭武定家所传之《英烈传》，述明朝开国史事，特别宣扬其祖郭英之功业。后又有《真英烈传》，为前书之反作。另有《续英烈传》五卷，题空谷老人编，叙建文帝丧国始末。其他书目尚多，然大都文意并劣，结构亦散漫无条理，可不备论。

四　《西游记》与《西游补》

《西游记》　《西游记》是我国神话文学的代表作。我国的文学思想，从孔孟以来，一向是以现实为主，缺少浪漫的精神和广大的幻想力。屈原的作品里，稍稍有一点这种光彩，可是也很微弱，自印度文化从汉魏输入中土，经了几百年，到了宋明总算有了结果，在思想界，产生了浪漫的理学，文学方面，我们可以推举《西游记》为浪漫文学的代表。《西游记》现在虽知道为吴承恩所作，其实吴承恩也是有所根据，而加以改作的。这一些浪漫文学的故事，正如《水浒》、《三国》一样，从宋元一直流行于民间，有人传写，到了明朝吴承恩将这故事告一结束，写定了我们现在所读的《西游记》。

南宋已有《大唐三藏取经诗话》，在讲宋代文学时候已经说过了。我们看那些目录，知道宋朝民间流行的唐僧取经的故事，已脱离真实的史事，而成为神话的小说，孙行者也已加入，成为唯一的保驾弟子，模样虽是白衣秀才，却已是一只神通广大的猴子了。并且途中的妖魔灾难，已有了不少。到了元朝，有许多人采用取经的故事来作杂剧，最有名的是吴昌龄的《唐三藏西天取经》。杂剧虽不能表现这故事的详情，但无论内容上，人物的个性上，都比宋朝的诗话要复杂得多。在元人用这故事写杂剧之时，已经有人用这故事写《西游记》的小说了。在北平图书馆一万三千一百三十九卷的《永乐大典》钞本里，在送韵的梦的条文下，有一条是《魏徵梦斩泾河龙》，引书标题作《西游记》，文字全是白话，是小说无疑。这一种虽只残留一千二百多字，但在小说史上，确是极重要的材料。一、我们知道元朝已经有《西游记》的白话小说，二、我们知道吴承恩的《西游记》不是独创的，是有所本的。我抄一节在下面，看看吴承恩以前的《西游记》，是什么样子。

梦斩泾河龙(《西游记》)

长安城西南上，有一条河，唤作泾河。贞观十三年，河边有两个渔翁，一个唤张梢，一个唤李定，张梢与李定道："长安西门里，有个卦铺，唤神仙山人，我每日与那先生鲤鱼一尾，他便指教下网方位，依随着一日下一日着。"李定曰："我来日也问先生则个。"这二人正说之间，怎想水里有个巡水夜叉，听得二人所言，"我报与龙王去"。龙王正唤做泾河龙，此时正在水晶宫正面而坐，忽然夜叉来到言曰："岸边有二人都是渔翁，说西门里有一卖卦先生，能知河中之事。若依着他筭，打尽河中水族。"龙王闻之大怒，扮作白衣秀士，入城中，见一道布额，写道:"神翁袁守成如斯备命。"老龙见之,就对先生坐了。乃作百端磨问,难道先生,问何日下雨。先生曰:"来日辰时布云,午时升雷,未时下雨,申时雨足。"老龙问下多少,先生曰:"下三尺三寸四十八点。"龙笑道:"未必都由你说。"先生曰:"来日不下雨,到了时,甘罚五十两银。"龙道:"好,如此来日却得厮见。"辞退,直回到水晶宫。须臾,黄巾力士言曰:"玉帝圣旨道,你是八河都总泾河龙,教来日辰时布云,午时升雷,未时下雨,申时雨足。"力士随去。老龙言:"不想都应着先生谬说,到了时辰,少下些雨,便是向先生要了罚钱。"次日,申时布云,酉时降雨二尺。第三日,老龙又变为秀士,入长安卦铺,向先生道:"你卦不灵,快把五十两银来。"先生曰:"我本筹算无差,却你改了天条,错下了雨也。你本非人,自是夜来降雨的龙。瞒得众人,瞒不得我。"老龙当时大怒,对先生变出真相,霎时间,黄河摧两岸,华岳振三峰,威雄惊万里,风雨喷长空。那时走尽众人,唯有袁守成巍然不动。老龙欲向前伤先生,先生曰:"吾不惧死,你违了天条,刻减了甘雨,你命在须臾,剐龙台上难免一刀。"龙乃大惊悔过,复变为秀士,跪下告先生道:"果如此呵,希望先生与我说明因由。"守成曰:"来日你死乃是当今唐丞相魏徵,来日午时断你。"龙曰:"先生救咱!"守成曰:"你若要不死,除非见得唐王,与魏徵丞相行说劝救,时节或可免灾。"老龙感谢拜辞先生回也。……

文字虽不能算是纯熟,但比起全像平话五种来,确实要好得多。同时我们又可推想这元人的《西游记》规模已经不小。可惜发现的材料,只有这一节,不能窥览全豹。后来这一节的材料,到了吴承恩的《西游记》，便放大为《袁守诚妙算无私曲，老龙王拙计犯天条》(世德堂刊本第九回)。《西游记正旨》本是第十回，题目是“老龙王拙计犯天条，魏丞相遗书记冥吏”。内容全是一样，但文字完全改观了。

根据元人的《西游记》，加以扩充，加以组织，写成一部优美的神话文学的，是明朝的吴承恩。吴字汝忠，号射阳山人，淮安山阳人(西历一五〇〇——一五八二)。著有《射阳先生存稿》。《淮安府志·人物志》云：“吴承恩性敏而多慧，博极群书，为诗文，下笔立成，清雅流丽，有秦少游之风。复善谐谑，所著杂记几种，各震一时。数奇，竟以明经授县贰，未久，耻折腰，遂拂袖而归。放浪诗酒，卒，有文集存于家，丘少司徒汇而刻之。”这寥寥数句，把吴承恩的人物性格，画得很分明。科场中屡试不利，虽说活到八十几岁，只能以明经授县贰，结果过了六十岁，才谋到一个小小的长兴县丞，做了七年，毕竟为折腰所苦，拂袖而归。他当日曾与前七子中的徐中行友善，互相唱和。他论文的主旨：“谓文自《六经》后，惟汉魏为近古，诗自《三百篇》，惟唐人为近古。”这似与七子近同。但他又云：“近时学者徒谢朝华而不知畜多识，去陈言而不知漱芳润，即欲敷文陈诗难矣。”(陈文烛序引)这见解似乎比何、李要稍稍深刻一点。故其作品，尤其是诗词，确无拟古不化之恶习。“平生不肯受人怜，喜笑悲歌气傲然”(《赠沙星士》)，“风尘客里暗青袍，笔砚微闲弄小刀，只用文章供一笑，不知山水是何曹”(《长兴作》)。他个人的胸襟与作文的态度，在这几句诗里，表现得最明显。他这种玩物傲世的态度，形成了他文章上幽默诙谐、豪纵奔放的风格，我们读他的《金陵客窗对雪》、《二郎搜山图歌》、《后围棋歌》诸诗，浪漫气氛，何等浓厚，在他的文字里流露出来。他是一个熟读《三国》、《五代》一类的演义的人，前人评他似青莲，确有几分近似。他自小就是一个爱好通俗文学的人，他在《禹鼎志序》中说得尤其明显："余幼年即好奇闻，在童子社会时，每偷市中野言稗史，惧为父师诃夺，私求隐处读之。比长，好益甚，闻益奇，迨于既壮，旁求曲致，几贮满胸中矣。尝爱唐人如牛奇章、段柯古所著传记，莫不模写物情，每欲作一书对之，懒未暇也。转懒转忘，胸中之贮者消尽，独此千数事磊块尚存，日与懒战，幸而胜焉。于是吾书始成，因窃自笑，斯盖怪求余，非余求怪也。……"这一段自白，是极重要的材料，他自幼欢喜读小说，尤其欢喜读神怪小说，正是他后来编写《西游记》的一个说明。如果他长大了果然一帆风顺飞黄腾达做大官建大功起来，自然他的趣味会转变方向，朝另外一方面发挥，恰好他活了那么大年纪，老是不得意，玩世嫉俗，江湖放浪，造成他一个穷愁潦倒的文学环境，于是一百回的《西游记》，便在他的晚年写成了。

《西游记》中虽只写一个玄奘取经的故事，因其中全是不稽之谈和神怪妖魔的幻境，最容易被人解释和利用，好像在那些妖怪的肚皮里，都藏了许多的哲理。于是到了清朝，评议纷出。如陈士斌的《西游真诠》，张书绅的《西游新说》，刘一明的《西游原旨》，汪象旭的《西游证道书》，张逢原的《西游正旨》，都是各执一说，或看作大学讲义，或看作是金丹妙诀，或看作是禅门新法，虽都能自圆其说，其实是无聊之极。《中国小说史略》鲁迅氏云："然作者虽儒生，此书则实出于游戏，亦非语道，故全书仅偶见五行生克之常谈，尤未学佛，故末回至有荒唐无稽之经目，特缘混同之教，流行已久，故其著作，乃亦释迦与老君同流，真性与元神杂出，使三教之徒，皆得随宜附会而已。"这话说得最精确。此书确是吴氏晚年游戏之作，以元人的《西游记》为底本而改编的。虽非语道，而全书中所表现的人生观，则极为显明，试看：

猴王将那跑不动的拿住一个，剥了他的衣裳，也学人穿在身上，摇摇摆摆，穿州过府，在市廛中，学人礼，学人话，朝餐夜宿，一心里访问佛仙神圣之道，觅个长生不老之方。（第一回）

唐王问曰："此意何如？"判官曰："传与阳间人知，这唤做六道轮回。那行善的升仙化道，尽忠的超生贵道，行孝的再生福道，公平的还生人道，积德的转生富道，恶毒的沉沦鬼道。"唐王点头叹曰："善哉！作善果无灾。善心常切切，善道大开开。莫教兴恶念，是必少刁乖，休言不报应，神鬼有安排。"（第十回）

这便是天人感应的轮回哲学，其思想的幼稚，正与《太上感应篇》相等。如果你要说明《西游记》的中心思想，那就是这一点点。因为他的轮回有六道，有忠孝，有行善积德，有公平恶毒，因此儒、释、道三教，都各能自成一说。张书绅云："《西游记》一百回，一言以蔽之曰，只是教人诚心为学，不要退悔，此其大略也。"但民众知识过浅，未能如张书绅之了解正心修身克己复礼之要旨，结果，所得到的，只是那一点天人感应的六道轮回的人生观。我要在这里大胆的说一句，在思想方面这是一本有毒的书，比起前人所说的诲盗诲淫的恶评来，他有更坏的一点，便是无形中灌输民众一种浅薄的神鬼思想，因为他本身的故事很有趣味，在民间很能流行，他流行愈广，统治民众的力量愈大。

书中的思想，虽是幼稚，在文学上还是有相当的成就。吴氏本来博学多才，文笔清绮，虽有元人旧本，也只具骨架，经他改编以后，文字风格，顿改旧观，无异是他自己的创作。本书幻想的丰富，布局的谨严，精力的壮健，如写猴王的历史，八十一难的过程，确是我国未曾有过的浪漫文学的伟大收获。但在描写方面，总是平铺直叙的多，似乎不够深刻，即神魔妖怪，只具形相，神情不全。惟孙悟空一人，自是作者倾全力所写，故富于人性，成就较多。作者赋性诙谐，每于叙述恐怖的场面，杂以滑稽，化紧张为舒松，变神妖为人性，确是《西游记》文字中一种特色。在那些谐言谑语之中，暗寓一点讽世骂人的影子。这一点影子，便是作者怀才不遇的牢骚。信笔写来，无意吐出，却极有情味。《西游记》与普通那些专写神魔小说的不同，他的价值就在这些地方。

《西游记》的续书　《西游记》盛行民间，在明季已有续书，如《续西游记》一百回，传本未见，《西游补附记》云："《续西游》摹拟逼真，失于拘滞，添出比邱灵虚，尤为蛇足。"另有《后西游记》四十回，亦不详作者。述花果石新产一猴，自称小圣，护唐僧大颠往西天求真解，途中收猪八戒之子一戒及沙和尚之徒沙弥为徒弟，途遇种种魔难，加以荡平的故事。内容发展，仿效《西游》，神魔之名，加以改写而已。在《西游记》的续书中，值得我们详细介绍者，是明季遗民董说所作的《西游补》。董字若雨，号俟庵，乌程人（西历一六二〇——一六八六），博学能文，著作甚丰，合题曰《补樵书》，今只存《七国考》、《西游补》二种。明亡，削发入僧，自名南潜，号月函，可见作者人格之高以及胸中禾黍之痛。《西游补》共十六回，所谓补者，是欲插入孙悟空"三调芭蕉扇"之后。其实自成局面，并非补作。书中演述悟空化斋，为妖所迷，渐入梦境，或见过去，或望未来，忽作美女，忽作阎王，后得虚空主人一呼，复归现世。此书虽是十六回，却极值得我们重视赞赏。

一、此书确作在明亡以后。崇祯殉国，董氏只二十四岁，书中文字，绝非少年手笔，一望可知。细观全书，借悟空梦境，痛砭时事。他所骂的，自称英雄好汉，连一个弱女子也保不住的项羽，想就是指的吴三桂，特别对于秦桧，痛下针砭，对于岳飞，推崇备至，这不是说的魏忠贤、洪承畴一类的奸相是谁？青青世界自然是指的满清，所以日历也是倒的，杀青大将军，自然是叫汉人唐僧讨清的意思，小月王指的定是明朝。十二回中，唐僧与小月王在欲滴阁上看见画上题的字云："青山抱颈，白涧穿心，玉人何处，空天白云。"再他们听到女人弹唱以后，点头堕泪，发出思乡怀古的幽情，这明明是"故国不堪回首"的表现。又第十回中云："行者道，且莫弄口，我有句要紧话问你，为何这等臊气。又不是鱼腥，又不是羊膻。新古人道：要臊，到我这里来；不要臊，莫到我这里来。这里是鞑子隔壁，再走走儿，便要满身惹臊。"这骂满清人，骂得何等明显。可知他这本书是有为而为，绝非只是游戏之作。而鲁迅说此书成于明亡以前，没有禾黍之痛，这完全是不可信的。他在全书中最用力描写的，是筑城拒胡的秦始皇，是英雄难过美人关的项羽，是卖国求荣的秦桧，是抗敌受冤的岳飞，作者的心情真是再明显也没有了。比起吴承恩来，董若雨作书的态度，是可贵得多。

二、书中的思想，绝非《西游记》那些"求长生，天人感应"那一套东西，他处处在攻击明末的政治与士大夫的腐败黑暗。他觉得明朝之亡，一半归咎于朝臣，一半归咎于八股老爷。第九回中云："行者仰天大笑道：宰相到身，要待他怎么？高总判禀：爷，如今天下有两样待宰相的，一样吃饭穿衣，娱妻弄子的臭人，他待宰相到身，以为华藻自身之地，以为惊耀乡里之地，以为奴仆诈人之地。

一样是卖国倾朝,谨具是平天冠,奉申白玉玺,他待宰相到身,以为揽政事之地,以为制天子之地,以为恣刑赏之地。秦桧是后边一样。行者便叫小鬼掌嘴,一班赤心赤发鬼,一齐拥住秦桧,巳时候掌到未时候还不肯住。”这里骂的还要如何痛快,所写的不是万历、崇祯年间那些饭桶宰相卖国奸臣是谁?试想作者如果没有国破家亡的深沉的苦痛,为什么要选着秦桧一人,骂了又打,打了又刺,刺了又剐呢?其次,我们看作者对于当代的读书人与八股文是如何的态度:

> 行者怏怏自退,看看日色早已夜了,便道,此时将暗,也寻不见师父,不如把几面镜子细看一回,再作料理。当时从天字第一号看起,只见镜里一人,在那里放榜,榜文上写着:第一名廷对秀才柳春,第二名廷对秀才乌有,第三名廷对秀才高未明。顷刻间,便有千万人挤挤拥拥,叫叫呼呼齐来看榜。初时但有喧闹之声,继之以哭泣之声,继之以怒骂之声。须臾,一簇人儿,各自走散,也有呆坐石上的,也有去碎鸳鸯瓦砚,也有首发如蓬,被父母师长打赶,也有开了亲身匣,取出玉琴焚之,痛哭一场,也有拔床头剑自杀,被一女子夺住,也有低头呆想,把自家廷对文字三回而读,也有大笑拍案,叫命命命,也有垂头吐红血,也有几个长者,费些买春钱,替一人解闷,也有独自吟诗,忽然吟一句,把脚乱踢石头,也有不许僮仆报榜上无名者,也有外假气闷,内露笑容若曰应得者,也有真悲真愤强作喜容笑面。独有一班榜上有名之人,或换新衣新履,或强作不笑之面,或壁上题诗,或看自家试文,读一千遍,袖之而出,或替人悼叹,或故意说试官不济……不多时,又早有人抄白第一

名文字在酒楼上摇头诵念，傍有一少年问道："此文为何甚短？"那念文的道："文章是长的，我只选他好句子抄来。你快来同看，学些法则，明年好中哩。"……孙行者呵呵大笑道：老孙五百年前，曾在八卦炉中听见老君对玉史仙人说："文章气数，尧、舜到孔子，是纯天运，谓之大盛。孟子到李斯是纯地运，谓之中盛。此后五百年，该是水雷运，文章气短而身长，谓之小衰。又八百年，轮到山水运上，便坏了！便坏了。"当时玉史仙人便问："如何大坏？"老君道："哀哉！一班无耳无目、无舌无鼻、无手无脚、无心无肺、无骨无筋、无血无气之人，名曰秀才。百年只用一张纸，盖棺却无两句书。做的文字，更有蹊跷混沌，死过几万年，还放他不过。你道这个文章叫做什么？原来叫做纱帽文章。会做几句，便是那人福运，便有人抬举他，便有人奉承他，便有人恐怕他。……"（第四回）

这真是一段千古绝妙的文字。将那些热中科举的读书人，写得那样丑态百出，国家大事，一切不管，真的学问，一点不做，难怪作者骂他们是无耳无目、无舌无鼻、无手无脚、无心无肺、无骨无筋、无血无气的秀才，说他们做的文章，是纱帽文章，他们的真才实学，是"百年只用一张纸，盖棺却无两句书"。当日的读书士子，被作者骂得这么痛快淋漓，宜乎那只七十二变的猴王，听着也要呵呵大笑了。因此我们可以说《西游补》表面虽是一部神话书，其实完全是一部人书，并且是一部活跃跃的最富于现实性的明末清初的社会书，时代背景与社会意识，反映得非常明显。这一点也是它胜出《西游记》的地方。

三、要说到诙谐文学的特色。董若雨在短短十六回里，处处充满着诙谐与滑稽,尤能分辨人物的性格,而出以各种适当的口吻。上下古今,信笔书写,嬉笑怒骂,都是文章,我们只要读了上面那一段,便知道作者文笔的风趣、清新、尖刻、讥讽与滑稽,兼而有之。由上所述,《西游补》确是一本在文学上极有价值的作品,是一部在神话的掩饰下反映出时代社会的作品,只是篇幅小,内容少,比不上那较为通俗的《西游记》那样能迎合民众,因此便湮没无闻,这是很可惜的。

《四游记》 《四游记》为流行民间的神魔小说四种的合集,书中所叙,大都是成仙成佛一类的迷信故事。释道所流传,民间所迷信,再由文人加以纂集写成的东西。书成的先后,亦不同时,《东游记》较早,《南游记》、《北游记》、《西游记》为时较迟,但正确的年代,亦难断定。第一种《东游记》,原名《上洞八仙传》,共二卷,五十六回,兰江吴元泰著(嘉靖隆庆年间人),叙述铁拐李、汉钟离、蓝采和、张果老、何仙姑、吕洞宾、韩湘子、曹国舅八仙得道的故事。八仙的故事,在元朝已经有许多人写作戏曲,马致远的《吕洞宾三醉岳阳楼》,就是很有名的作品,再如纪君祥、赵文敬、赵明远及无名氏,也写了这一类的杂剧。不过元朝明初八仙的人名还没有确定,到了吴元泰的《东游记》,才确定了上举的八仙的人名,从此以后,再没有什么更改了。本书绝无艺术的价值,只是一本成仙得道的道教宣传品。所可贵者,书中还保存一点民间的传说。第二种为《南游记》,亦名《五显灵官大帝华光天王传》,共四卷十八回,余象斗(隆庆万历间人)编,余为明末闽南有名的书贾,《三国》、《水浒》俱有刊本。演述华光救母事,是一部宣传佛教的民间读物。书中所述华光种种斗争的历史,颇似吴本《西游记》中的猴王。二书究是谁前谁后,颇难论断。但在文字上,却比《东游记》为佳,时杂谐谑,令人倾倒。华光之母因食人,囚于地狱,华光设法入狱,把母亲救了出来,母亲一出,又向儿子讨人吃。华光听罢,对娘说:“娘,你住酆都受苦,我孩儿用尽计较,救得你出来,如何又想吃人,此事万不可为。”母曰:“我要吃,不孝子,你没有岐娥(人也)与我吃,是谁要救我出来?”这不能不说是最上等的幽默文字。第三种《北游记》,亦名《北方真武玄天上帝出身志传》,凡四卷二十四回,亦为余象斗编。记真武大帝成道降妖事。主体为道教宣传,而亦时杂佛说,民间传说,佛道本已混淆,内容荒诞,文字亦拙劣。第四种为《西游记传》,共四卷四十一回,题齐云、杨志和编,书中所叙,与吴本《西游记》十九相似。玄奘父遇难,及玄奘复仇事,杨本所无。因内容颇繁,篇幅较少,故所叙简略,文字亦殊笨拙。较之吴本,相差远甚。想是杨志和及当时书贾为凑合东南北三种“游记”而为四种,同时那三种篇幅俱不甚多,乃由吴本改削而成,因避免偷窃,文字上亦加更改,但因文笔粗拙,故全无文彩。另有《唐三藏西游释厄传》十卷,为广州人朱鼎臣(嘉靖隆庆间人)所撰。朱本亦由吴本改编,章次凌乱,草率从事,尤逊杨本。陈志蕊事,为朱本所独有,想依吴昌龄杂剧所增入者。吴承恩《西游记》世德堂刊本及杨志和本,俱无此回。到了清朝,编刊《西游记》,始将此事移植吴本中,即今日通行本之第九回,详情可参看郑振铎的《西游记的演化》。

《封神传》　《封神传》一百回,演武王伐纣,姜太公封神事,许仲琳编。梁章钜《浪迹续谈》云:“林樾亭先生尝与余谈,《封神传》一书是前明一名宿所撰,意欲与《西游记》、《水浒传》鼎立而三。因偶读《尚书·武成》篇‘唯尔有神尚克相予’语,衍成此传。其封神事则隐搜《六韬》、《阴谋》、《史记》、《封禅书》、《唐书》、《礼仪志》各书,铺张俶诡,非尽无本也。”其实许氏的根据,还是元人的

《武王伐纣书》的平话本。绝非他只看了《武成》篇中的两句，便创造了这本书。在《武王伐纣书》中，已有苏妲己被狐所魅，诱惑纣王，荒淫作恶，又有仙人进宫除妖的种种描写。虽为讲史，神魔已多。许仲琳自然是根据这本子改编放大，再加以明代盛行的释道神仙的穿插，于是便成为一部虚幻无稽的神魔小说。书中述助纣者为截教，助周者为道佛二教，人神斗法，各逞道术，演成激烈的战争，结果截教败灭，武王入殷，而以封神封国告终。文字虽颇通顺，但思想幼稚，实不足称，比起《西游》、《水浒》来，相差真是太远了。

《西洋记》　《三宝太监西洋记通俗演义》，题二南里人编次，前有万历丁酉（一五九七）罗懋登序，想罗即本书的作者。书共百回，演述永乐年间太监郑和出使外洋，服外族，三十九国咸入贡中华事。郑和本是我国明朝一个最大航海家，最远的地方，他到了非洲东部，年代是一四〇六到一四三〇年，比西方的哥伦布的时代还要早。《明史·宦官传》云："郑和，云南人，世所谓三保太监者也。永乐三年，命和及其侪王景宏等通使西洋，将士卒二万七千八百余人，多赍金帛，造大舶。……自苏州刘家河泛海至福建，复自福建五虎门扬帆，首达占城，以次遍历诸国，宣天子诏，因给赐其君长，不服，则以武慑之，先后七奉使，所历凡三十余国，所取无名宝物不可胜计，而中国耗费亦不赀。自和后，凡将命海表者，莫不盛称和以夸外藩，故俗传三保太监下西洋，为明初盛事云。"这本是一种动人的记事材料，但作者已是明末，并非亲历其境之人，对于外洋全无经验，加以当日《四游记》一类的神怪故事，盛行民间，于是作者一面采用马欢的《瀛涯胜览》及费信的《星槎胜览》二书的国外材料，铺写夸大，再加以当日流行的神怪，于是妖奇百出，荒诞无稽。所叙战事，亦多窃自《西游》、《封神》。他序中云："今者东事倥偬，何如西戎即序，不得比西戎即序，何得令王、郑二公见也。”作者的意思，是感着当日朝廷的无能，倭寇的紧迫，乃是有感而作，不料写成一本这么荒诞的书，文字不佳，结构零乱，中心思想一点没有反映出来，诚有负其写作的原意了。

五　《金瓶梅》

在明代许多的长篇小说里，大都有所本而加以改作的，如《三国》、《水浒》、《西游》、《封神》都是如此，真能算一人的创作的，只有《金瓶梅词话》。同时在那些长篇里，神魔一类的故事不必说，就是那些写历史的写英雄一类的小说，除《水浒》一书稍能接触实际的社会以外，其余都是虚诞无稽，思想幼稚，真能描写家庭琐事，日常生活，以及社会上种种形态，表现实际社会的，也只有《金瓶梅词话》。这一部书在明代的长篇小说中，从纯文学的立场看来，实占有最高的地位。

《金瓶梅词话》的作者是兰陵笑笑生，生平不可考，兰陵今属山东峄县，书中亦多山东方言，故作者之为山东人自无可疑。前人多传为王世贞作，此说起于沈德符之暗示，《野获编》云：“袁中郎《觞政》，以《金瓶梅》配《水浒》为外典，余恨未得见。丙午（西历一六〇六年）遇中郎京都，问曾有全帙不？曰第睹数卷，甚奇怪。今惟麻城刘延白承禧家有全本，盖从其妻家徐文贞录得者。又三年，小修上公车，已携有其书，因与借钞挈归，吴友冯犹龙见之惊喜，怂恿书坊以重价购刻，马仲良时榷吴关，亦劝余应梓人之求，可以疗饥。余曰：此等书必遂有人版行，但一出则家到户传，坏人心术，他日阎罗诘始祻，何词以对。吾岂以刀椎博泥犁哉？仲良大以为然，遂固箧之，未几时而吴中悬之国门矣。然原本实少五十三回至五十七回，遍觅不得，有陋儒补以入刻，无论肤浅鄙俚，时作吴语，即前后血脉，亦绝不贯串，一见知其伪作矣。闻此为嘉靖大名士手笔，指斥时事，如蔡京父子则指分宜，林灵素则指陶仲文，朱勔则指陆炳，其他亦各有所属云。”由此我们可以推知者：一、本书作者，是嘉靖时代大名士。二、补作吴语，斥其不当，可知作者必为北方人。三、指斥时事或可信，此书不是作者自传，与《红楼梦》大不相同，除蔡京父子诸人外，西门庆必有所指。四、袁中郎的《觞政》成于万历三十四年以前，则《金瓶梅》之成，在嘉靖末，至迟在万历初。五、现在的《金瓶梅词话》本，上有东吴弄珠客万历丁巳（一六一七）年的序，可以说是现存的《金瓶梅》的最早的刊本，最近于原作的面目。因为《野获编》有成于嘉靖大名士手笔一句话，到了清朝康熙年间，谢颐序《金瓶梅》时，说这大名士，便是王世贞，因王父死于严氏，唐顺之也有关系，于是造出《金瓶梅》来，乃王世贞对严氏唐氏复仇而作，什么苦孝说，什么《清明上河图》，都说得若有其事，这完全只是一些牵强附会。《金瓶梅》有他本身的价值，作者是否大名士，本已无关。创作的动机，是不是因为苦孝，更不重要。我们在没有考出作者真姓名之前，知道作者是山东峄县的笑笑生，也就够了。

《金瓶梅》在长篇小说中地位的重要，便是因为它是一本明代小说中未曾有过的社会写实的书。作者用他优美的文字，大胆的描写，把明末那种荒淫放纵腐败黑暗的整个社会暴露无遗。把那个有钱的官绅阶级和那个卖儿鬻女的贫苦阶级的生活形态，暴露无遗。《金瓶梅》简直是那个时代那个社会的一面镜子。他所写的，虽只是一个暴发户的家庭，几个妻妾的生活，但围绕这个家庭，妻妾的四周，社会上的各种肮脏和罪恶，一幕一幕的展开在读者的眼前，没有神魔小说的虚诞性，又没有战争小说的夸张性。他老是一件件实实在在地记录在那里，使我们今日读了，新鲜得活跃得就好像我们自己昨日所经历的一样。书中从《水浒传》中取出西门庆、潘金莲通奸以及武松杀嫂一段短短的故事，写成一百回的长篇巨著，这种创作的雄健的精力，远在改编《水浒》、《西游》者之上。作者的目的，是用全力来写一个暴发户的历史，写他的成长发达放纵与灭亡。这个暴发户西门庆“原是清河县一个破落户财主，就县门前开个生药铺，从小也是个浮浪子弟，使得些好拳棒，双陆象棋，抹牌道子，无不通晓，近来发迹有钱，专在县里，管些公事，与人把揽说事过钱，交通官吏，知县知府都和他往来，近日又与东京杨提督结亲，都是四门亲家，谁人敢惹他”。破落户变成了暴发户，暴发户变成了西门大官人，他一面交结地方官吏，榨取民间的血汗，一面奴颜婢膝地结纳京官，步步爬升，果然由理刑副千户做到正千户提刑官。在这过程中，不知隐藏着多少人的生命财产眼泪与贞操。他乘着自己的财势，专干那些拐骗奸淫的勾当，抢夺寡妇的财产，诱骗朋友的妻子，霸占民间的少女，谋害人家的丈夫，总而言之，社会最黑暗最可怕的犯罪行为，他都做到，因为他与上下官府交结得好，无论做了什么坏事，反而升官发财，行所无事。他既是有钱有势，自然有一些朋友一些爪牙替他帮闲跑腿。他有九个好朋友，“头一个唤应伯爵，是个破落户出身，一份儿家财，都阚没了，专一跟富家子弟帮闲贴食，在院中顽，诨名叫应花子。第二个姓谢名希大，乃清河卫千户官儿，自幼没了父母，游手好闲，善能踢的好气球，又且赌博，把前程丢了，如今做帮闲的。第三名唤吴典恩，乃本县阴阳生，因事革退，专一在县前与官吏保债，以此与西门庆来往。

第四名孙天化，绰号孙寡嘴，年纪五十余岁，专在院中闯寡门，与小娘传书寄柬，勾引子弟，讨风流钱过日子。……连西门庆共十个，众人见西门庆有些钱钞，让他做了大哥，每日轮流会茶摆酒”（十一回）。你看这是不是一群强盗流氓的大结合。一天到晚，捧着他到妓院去饮酒作乐，帮他去找好看的女人。有许多女人，开始为他的甜言蜜语富贵风流所惑，欢喜他情愿跟他，谁知一进门，他便换了魔王一样的恶毒面孔。高兴时，叫你两声小淫妇，发起脾气来，把女人脱得精光，用鞭子打得你皮破血流，孙雪娥、潘金莲都领教过他的皮鞭。蒋竹山说他是“抱揽讼事，举放私债，家中挑贩人口，家中不算丫头大小，五六个老婆，着紧打趟棍儿，稍不中意，就令媒人领出卖了，真是打老婆的班头，坑妇女的领袖”（十七回）。因为他有声势有钱财，女人仍是一个个地投入他的魔掌，他穷于应付，于是求春药纵淫欲，结果是因淫药而送了性命。这暴发户锦衣武略将军西门大官人就此告一结束。那些妾婢，死的死，走的走，改嫁的改嫁，所谓树倒猢狲散，真是不过几日，又成了一世界。那些帮闲的朋友们，看摇钱树倒了，自然不免伤心一番，共凑了七钱银子，买了果品香烛，致祭于西门庆之灵前曰：“……受恩小子，尝在胯下随帮，也曾在章台而宿柳，也曾在谢馆而猖狂。正宜撑头活脑，久战熬场，胡何一疾不起之殃，见今你便长伸着脚子去了，丢下小子如斑鸠跌弹，倚靠何方？难上他烟花之寨，难靠他八字红墙。再不得同席而偎软玉，再不得并马而傍温香。撇的人垂头跌脚，闪得人囊温郎当……”这不能不说是中国数千年来第一篇绝妙的祭文。西门庆在《金瓶梅》这本书里是死了，但在社会上并没有死，一直到现在，他仍活着，不仅他，凡围绕着他的那些人物，都没有死，尤其在现今上海社会里，不知是有多少西门庆，有多少王婆、薛嫂儿、杨姑娘、张四舅和那些应花子、孙寡嘴一类的帮闲朋友。《金瓶梅》的价值,便在他能够把这一个黑暗的社会的真实内形一点不隐藏的写出来给我们看。旁的人只写一点正面,他所写的全是暗面,他一点也不呼号叫喊,一点也不提出革命打倒的口号,他只暴露出真实的情形,让读者自己去判断,这便是自然主义小说的重要点。我们千万不要想到这只写西门庆一人,这只写西门庆的一家,其实写的便是全社会。东吴弄珠客序云:"借西门庆以描画世之大净,应伯爵以描画世之小丑,诸淫妇以描画世之丑婆净婆。"这几个类型的人物,无论他们的生活性情言语态度,都刻画入微,得到了极大的成功,造成《金瓶梅》在艺术上的崇高的地位。

《金瓶梅》虽在文学上得到了大的成就,但其本身确是一本不道德的淫书,是一本不能给青年男女阅读的文学书。他在性欲上的描写,实在是过于公开,过于大胆,因为这种种的描写,使得读者顾此失彼,忽略了书中对于黑暗社会的暴露。虽有什么劝世诫世的说明,因果报应的暗示,读者们究无法抵抗其性力的煽动与情欲的蛊惑,在这种情形中,本书的艺术性,常屈服于性力之下,而终为情欲所掩。这不仅普通的读者,即是有相当文学修养的读者,亦复如此。《金瓶梅》的艺术性与不道德性的矛盾,也就在此。不过我们要知道,这正是明代末年的社会造成的。那时代朝廷上下,全部沉浸在荒淫的生活里。成化时,方士们如李孜、僧继晓之徒,俱以献房中术致贵,嘉靖时道士陶仲元献红丸得宠,官至礼部尚书,其他如方士邵元节、王金之流,俱以献秘方得幸。此风散播,流传日盛,于是进士儒生亦步释道后尘,如盛端明辈,因献秘药秋石方大贵。因此群以秘方春药,乃终南之捷径,竭智尽力,锻炼寻求,于是士子不以谈房事为羞,作者不以写性交为耻,群起效尤,淫风日炽,当日戏曲，亦多淫艳之谈，山歌尽是床第之语。《金瓶梅》正产生于此时，自亦难免。比起那些专写性交的荒谬绝伦的《绣榻野史》、《弁而钗》、《宜春香质》一类的书来，《金瓶梅》又是文雅的了。

另有《玉娇李》一书，似为《金瓶梅》续作，传亦出《金瓶梅》作者之手。据《野获编》所载，袁中郎曾知梗概，谓“与前书各设报应因果，武大后世化为淫夫，上蒸下报，潘金莲亦作河间妇，终以极刑，西门庆则一騃憨男子，坐视妻妾外遇，以见轮回不爽”。沈德符并见其首卷，谓“笔锋姿横酣畅，似尤胜《金瓶梅》”。今此书已失传，即有所见，亦系后人伪托，非万历原本。

再有《续金瓶梅》，前后集共六十四回，题紫阳道人编，实山东诸城丁耀亢所作。丁字西生，号野鹤，自号木鸡道人（约一六二〇—一六九一）。书成于清初，专以因果报应为主，中亦穿插国家政事。又时引佛道儒义，详加解释，动辄数百言，绝无生气，而总结以《感应篇》为依归。第一回说：“要说佛说道说理学，先从因果说起，因果无凭，又从《金瓶梅》说起。”本书的中心思想，可想而知了。

六　才子佳人的恋爱小说

用《金瓶梅》式的书名，而人物形态全不相似，专写青年男女的恋爱故事，这种青年主角，都是品学兼优、才貌无双的典型，这一类作品，可称之为佳人才子小说。这些书大都是某公子年少貌美满腹才学，因择配不易，二十未娶，某日出游花园或寺庙，遇一少女，年方二八，沉鱼落雁，羞花闭月，惊为天人。与之语，佯羞不答，然脉脉有情。于是男女心中，都若有所失，此时必有伶俐之婢女一人出而传书递简，或寄丝帕，或投诗笺，两心相许，私订终身。此女多为其父母掌珠，因才貌过人，择婿不易，尚待字闺中，后因某权臣闻女艳名，设法求为子婿，女家不许，于是百般构陷，艰苦备尝，改名换姓，各奔前程。最后总是公子高中状元，挂名金榜，秘情暴露，两姓欢腾，男女双双，终成夫妇。所谓佳人才子小说，其内容结构，大都如此，惟因文字清丽，情致缠绵，于恋爱过程中，时点缀以文雅风流功名遇合的种种离奇的穿插，故颇为知识青年男女所喜。此种小说，篇幅不长，大都是二十回左右，篇中波澜叠生，最后以大团圆结局。明末清初以《玉娇梨》、《好逑传》、《平山冷燕》、《铁花仙史》较显。《玉娇梨》凡二十回，今或改题《双美奇缘》，无撰人名氏。书中演述太常正卿白玄之女白红玉及其甥女卢梦梨与才子苏友白恋爱的故事。中间虽时迭经患难，结果是一箭双雕，有情人终成眷属。试看白玄最后发表他的意见，"那少年人物风流，真个是谢家玉树，我看他神清骨秀，学博才高，旦暮便当飞腾翰苑。……意欲将红玉嫁他，又恐甥女说我偏心，若要配了甥女，又恐红玉说我矫情。除了柳生（苏友白的假姓），若要再寻一个，却万万不能，我想娥皇、女英同事一舜，古圣已有行之者，我又见你姊妹二人互相爱慕，不啻良友，我也不忍分开，故当面一口就都许他了。这件我做得甚是快意"（十九回）。在这里明显的反映出当代宗法社会的思想形态。一、儿女的婚姻问题，由父亲一手包办。二、二女同嫁一夫，这种多妻的不良制度，反认为是圣人的古制。三、在这种男权绝对胜利的时代，青年女子对于这些问题，随便家长如何解决了，总是唯命是听，终而至于感激涕零。四、读书人的人生观，是飞腾翰苑，娶妻娶妾。所谓佳人才子小说中所表现的思想，大都是知识阶级的正统思想。外国人认为这些作品，正代表中国的人生观道德观，以及教育政治社会上的种种形态，青年男女情感交流的影子，因此很早的把这些作品都介绍到外国去。《玉娇梨》有英、法译本，《平山冷燕》有法文译本，《好逑传》有英、法译本，因此这些作品为外国人所熟知本国人反而生疏了。

《好逑传》又名《侠义风月传》，书凡四卷，十八回，题名教中人编次。演述才子铁中玉、佳人水冰心经了千辛万苦而告团圆之故事。书中主旨，表示儿女婚姻须绝对服从父母之命，无论男女有如何热烈之爱情，亦必须经过应有的礼节，反则情愿牺牲爱情，而屈服于道德与风化之下。作者署名"名教中人"，即此四字，可概括此书之中心思想。《平山冷燕》二十回，题荻岸山人编，大连满铁图书所藏本序云"顺治戊戌立秋月，天花藏主人题于素政堂"，书首又有"先朝隆盛之时"的文句，则此书是作于清初。书中叙二才子平如衡、燕白颔及二佳人山黛、冷绛雪的恋爱故事，故书名《平山冷燕》。又《铁花仙史》二十六回，题云封山人编次，叙王儒珍、蔡若兰事。序云："传奇家摹绘才子佳人之悲欢离合，以供人娱目悦心者也。然其成书而命之名也，往往略不如意。如《平山冷燕》，则皆才子佳人之姓为颜，而《玉娇梨》者，又至各摘其人名之一字以传之。草率若此，非真有心唐突才子佳人，实图便于随意扭捏成书而无所难耳。此书则特有异焉。……令人以为铁为花为仙者读之，而才子佳人之事掩映乎其间。"作书想在书名上好奇，也并不奇，铁言古剑，花言玉芙蓉，仙言苏子宸，合之成为《铁花仙史》。但文字颇拙，夹叙神仙战争，更越出恋爱小说的范围。依其序文，知此书最迟出，想是顺康年间的作品。到了清朝，这种小说作者更多，康乾年间，尤盛极一时，现存者尚有数十种，以《玉支玑》、《画阁缘》、《蝴蝶媒》、《五凤吟》、《巧联珠》、《锦香亭》、《驻春园》诸作较显。道光以后，渐趋衰沉，因时势激变，执笔者都觉得佳人才子故事的浮浅无聊，而群趋于社会生活的描写，故造成清末谴责小说的极盛。

七　明代的短篇小说

宋代说话，分为四科，最要者为讲史与小说。历史故事，本为数十年乃至数百年的连续性，故其话本多为连续性的长篇。而这些长篇的讲史，对于明代的小说界的影响，至为巨大。如各种演义以及《封神》、《水浒》诸长篇作品，或直接或间接，无不由讲史演化而来。说小说者，内容较简，人物较少，都是一二次即可完毕的短篇。宋人的小说话本，如《京本通俗小说》中所载者，虽已有佳篇，但明初对此不甚注意，拟作者亦少。嘉靖年间，因长篇小说风行社会，短篇作品，亦为人所注意，于是宋元以来的短篇平话，渐渐为人收集刊行。万历天启年间，平话集盛行于世，因此文人拟作者日多，明代末年造成了短篇小说极盛的时代。

将宋、元、明初的短篇平话，收刻最早的，是嘉靖年间刊的《清平山堂话本》。此书仅存残本三卷，原藏日本内阁文库，现有影印本，共十五篇。其中十一种的版心上方，皆有"清平山堂"四字。清平山堂为嘉靖时洪楩堂名。书中所收诸作，体例颇不一律，如《蓝桥记》、《风月相思》二篇，全为文言，不似话本。又《快嘴李翠莲记》一篇，通体韵语，想系弹唱者所为。《简帖和尚》、《西湖三塔》二篇，曾见《也是园书目·宋人词话》，自是宋作无疑。其它如《陈巡检梅岭失妻记》、《合同文字记》、《洛阳三怪记》、《五戒禅师私红莲记》、《刎颈鸳鸯会》诸篇，亦有可疑为宋作的证据。又《风月相思》开首为“洪武元年春”句，自是明作无疑，其它诸篇，无年代可考，想都是明人的拟作。

另有《雨窗集》、《欹枕集》，亦为平话丛刻，为近人马廉所影印。《雨窗集》存上卷，共五篇，为《花灯轿莲女成佛记》、《曹伯明错勘赃记》、《错认尸》、《董永遇仙传》、《戒指儿记》（此篇不全）。《欹枕集》上卷只话本二篇，为《羊角哀鬼战荆轲》、《死生交范张鸡黍》，俱不全。下集五篇，为《汉李广世号飞将军》、《夔关姚卞吊诸葛》、《霅川萧琛贬霸王》，三篇俱全，残缺者为《老冯唐直谏汉文帝》、《李元吴江救朱蛇》二篇。二书文字俱拙劣，必非出自文人之手，如《羊角哀鬼战荆轲》一篇，到了《今古奇观》（《古今小说》亦有此篇），修饰文字，增加描写，面目为之改观。知此二集，时代想必很早，想为明末拟平话者之底本，但是否亦为清平山堂刊行，则不可考。据日本长泽规矩也所撰《京本通俗小说与清平山堂》一文，知道日本内阁文库的汉籍藏书中，另有平话单行本四种。为《冯伯玉风月相思小说》、《孔淑芳双鱼扇坠传》、《苏长公章台柳传》与《张生彩鸾灯传》。四种形式全同，想是一种丛书的零本。由其板式与插图观之，想是万历年间刊行的本子。第一种即为《清平山堂话本》中之《风月相思》，第二种者有“弘治年间”字样，自是明人所作，其他二篇，为时较早，是宋是元或是明初，亦难推定。

冯梦龙　短篇小说的大量刊行，是天启崇祯年间的事。对于这工作贡献最多的，是称为墨憨斋的冯梦龙。冯字犹龙，一字子犹，长洲人（？—一六四五）。崇祯时，官寿宁县知县，明亡殉难。他是一个最大的介绍通俗文学的功臣。他改编过《平妖传》、《新列国志》的长篇小说，刊行过《挂枝儿》、《山歌》的民间歌曲，编撰短篇小说《三言》，又劝过沈德符刊印《金瓶梅》。亦喜戏曲，曾作《双雄记》、《万事足》诸传奇，又刻《墨憨斋传奇定本》十种。还编印过《笑府》、《古今谈概》一类的笑话书。诗集有《七乐斋稿》。《静志居诗话》评他的诗："善为启韵之辞，间入打油之调，不得为诗家。"可知在他的诗里，也加入了通俗文学的色泽和精神，正统者眼中的"启韵之辞，打油之调"，正是通俗文学中的特色。他懂得通俗文学的价值和其在文学上的地位，他在《山歌》的序上说过："但有假诗文，无假山歌……借男女之真情，发名教之伪药。"又《古今小说序》云："大抵唐人选言，入于文心，宋人通俗，谐于里耳。天下之文心少而里耳多，则小说之资于选言者少，而资于通俗者多。试令说话人当场描写，可喜可愕，可悲可涕，可歌可舞，再欲捉刀，再欲下拜，再欲决脰，再欲捐金，怯者勇，淫者贞，薄者敦，顽钝者汗下，虽日诵《孝经》、《论语》，其感人未必如是之捷且深也。噫！不通俗而能之乎？"这篇序虽署绿天馆主人，自然就是冯氏的意见。通俗文学与群治的关系最深，给予社会感应的效果最大，欲求文学与民众发生联系，非通俗不可，这些道理，冯氏知道得最清楚。因此，他将毕生的精力，献之于通俗文学的搜集、编辑、改作和出版的种种工作，他在小说方面成就最大。《今古奇观》的笑花主人序中说："墨憨斋增补《平妖》，穷工极变，不失本末，其技在《水浒》、《三国》之间，至所纂《喻世》、《警世》、《醒世》三言，极摹人情事态之歧，描写悲欢离合之致。"可知在明朝末年，他成为介绍通俗文学的权威。

《古今小说》收话本四十种，凡四十卷，题茂苑野史编辑。所谓茂苑野史即冯梦龙早年的笔名，此《古今小说》也就是《三言》中的《喻世明言》。此书里面有天许斋广告云："小说如《三国志》、《水浒传》称巨观矣，其有一人一事足资谈笑者，犹杂剧之于传奇，不可偏废也。本斋购得古今名人演义一百二十种，先以三分之一为初刻云。”又书序云：“茂苑野史氏家藏古今通俗小说甚富，因贾人之请，抽其可以嘉惠里耳者凡四十种，俾为一刻。”可知先刻了四十种，后来《警世》、《醒世》再刻八十种，其数恰为一百二十种。大概初刻时，没有打算再刻二三集的，只题《古今小说》一名，后来看见材料多，生意又好，接着刻下去，要表示与初集有别，改为《警世通言》、《醒世恒言》了。在《恒言》上还题着《绘图古今小说醒世恒言》详细的书目，更可知道，到了刻二三集时，古今小说变成一个公共的名称，于是再版时第一集不得不在“古今小说”四字下加《喻世明言》一类的名目。“三言”之名因而成立。初集的《古今小说》与《喻世明言》也就是二而一的一本书。至于现藏日本内阁文库的一本《喻世明言》（衍庆堂印本），只有二十四卷，集《古今小说》本之二十一篇，《警世》一篇，《醒世》之二篇合集而成。此决非冯氏原刊，一定是当日书贾取《古今小说》的残本，杂凑谋利，欺骗世人，实是一种伪本。

现存的《古今小说》（《喻世明言》），共话本四十篇，宋、元、明三代的作品，兼而有之。宋本除《张果老种瓜娶文女》、《简帖僧巧骗皇甫妻》二篇外（《也是园书目·宋人词话》作《种瓜张老》与《简帖和尚》），其他如《新桥市韩五卖春情》，文中有说“宋朝临安府”之句，《陈从善梅岭失浑家》即清平山堂之《陈巡检梅岭失妻记》，开首便有“话说大宋徽宗皇帝”之句，俱有可信原本为宋人所作但明人未必没有增改。

《警世通言》亦四十卷，收话本四十篇，天启四年刊行，原本今不可见。今所见者，有藏于日本的尾州本。另有三桂堂王振华刻本，原书亦未见，其目录则载于日本的《舶载书目》中。首卷有王振华题语云：“自昔博洽鸿儒，兼采稗官野史，而通俗演义一种，尤便于下里之耳目，奈射利者而取淫词，大伤雅道，本坊耻之，兹刻出自平平间主人手授，非警世劝俗之语，不敢滥入，庶几木铎老人之遗意，或亦士君子有不弃也。”此木铎老人是否冯梦龙呢？无法知道。缪荃孙所刊行的《京本通俗小说》七篇，《错斩崔宁》以外，其余俱收在《通言》中，题目稍有改动。另有《定州三怪》一卷，缪氏所谓“破碎不全”者，亦在《通言》中之十九卷，题为《崔衙内白鹞招妖》。又书中第三十七卷之《万秀娘仇报山亭儿》，即《也是园书目·宋人词话》中之《山亭儿》。其他如《蒋淑真刎颈鸳鸯会》（清平山堂话本作《刎颈鸳鸯会》）、《三现身包龙图断冤》、《计押番金鳗产祸》、《福禄寿三星度世》四篇，俱可信为宋人之作。其余或尚有宋元作品在内，但难确证。再有《宿香亭张浩遇莺莺》、《钱舍人题诗燕子楼》二篇，全是文言，颇似唐代的传奇文，此种作品，明人的作者颇多，如《剪灯新话》、《剪灯余话》正是这一类。此二篇，想系明人所为，开头加入平话体的引起一二句，变为话本，而被编入的罢。书前有豫章无碍居士序一篇，对于小说的价值，社会的关系，说得极其透澈。“里中儿代疱而创其指，不呼痛。怪之曰，吾倾从玄妙观听说《三国志》来，关云长刮骨疗毒，且谈笑自若，我何痛为。夫能使里中儿顿有刮骨疗毒之勇，推此说孝而孝，说忠而忠，说节义而节义，触性性通，触情情出，视彼切磋之彦，貌而不情，博雅之儒，文而丧质，所得竟未知孰赝孰真也。”小说与群治的关系，给与人民的直接影响，确实远在《四书》、《五经》之上，就是要宣传伦理道德以及宗教观念，自然也远在那些经典圣人以及和尚道士之上。

因为文学不是板起面孔去教化人，而是用情力去感动人，故其效果，远在说教之上。关于这一点，晚明的文人，了解的已经很多，这确是文学观念的大进步。由绿天主人《山歌》的序，无碍居士的序看来，这种观念，在当代的文坛，已很普遍，无形中便成为小说的推动力。我们可以说晚明小说的兴盛与这种观念，实有因果的关系。

《醒世恒言》，亦四十卷，此书流传较广。《十五贯戏言成巧祸》，即《京本通俗小说》的《错斩崔宁》，《金海陵纵欲亡身》即缪荃孙所谓“金主亮荒淫过于秽亵未敢传摹”者。其他虽有数篇亦可疑为宋人所作，但证据都很薄弱，大抵明人拟作者多，或亦有冯氏自作者在内。书有可一居士的一篇序，总结《三言》的意义，有云：“六经、国史而外，凡著述皆小说也。而尚理或病于艰深，修词或伤于藻绘，则不足以触里耳而振恒心。此《醒世恒言》四十种所以继《明言》、《通言》而刻也。明者取其可以导愚也，通者取其可以通俗也。恒则习之而不厌，传之而可久，三刻殊名，其义一耳。”《恒言》的序，可说是《三言》的总序，把《明言》解作导愚，《通言》解作通俗，《恒言》解作传久，一面说明了小说的功用，同时又说明它的性质，这见解确是好的。

凌濛初 冯梦龙的工作，主要是编辑介绍古今的短篇平话，到了凌濛初，才大量以文人的笔来创作平话。凌字玄房，号即空观主人，乌程人，著有《言诗异》、《诗逆》、《国门集》、杂剧《虬髯翁》等。他喜刻小说、戏曲及其他杂书，用朱墨套印，亦有用四种彩色套印者，并加附插图，极为美观。他所刻的《世说新语》、《西厢》、《琵琶》、《绣襦》、《南柯》诸书，都是精美的刻本。他著的话本，有《拍案惊奇》初、二刻，近八十篇，以量言之，他是一位创作话本最多的作家。在晚明，冯、凌二人确是提倡通俗文学的二大代表，《拍案惊奇初刻》，存三十六篇，刊于天启七年，有序云：“近世承平日久，民佚志淫，一二轻薄，初学拈笔，便思污蔑世界，得罪名教，莫此为盛。

有识者为世教忧，列诸厉禁，宜其然也。独龙子犹所辑《喻世》等书，颇存雅道，时著良规，复取古今杂碎事，可新听睹佐诙谐者，演而畅之，得若干卷。凡耳目前之怪怪奇奇，无所不有，总以言之者无罪，闻之者足以为戒云尔。”这是说明他创作这些短篇小说的旨趣。但在书中，淫秽的还是不少，如《闻人生野战翠浮庵》、《乔兑换胡子宣淫》等作，其淫欲不在《金瓶梅》之下，结果《拍案惊奇》仍成为一部被禁止的淫书。不过在他每一篇里确实都寓一点教训的意义，或显以因果，或训以人伦，实践他的言之无罪，闻之足戒的宗旨。这样一来，篇中充满了做作的文字，教训的语气，因此减少文学的价值，短篇平话不能在文学占重要的地位，其原因在此。

《拍案惊奇二刻》，刊于崇祯五年，小说三十九篇，最后附《宋公明闹元宵杂剧》，共四十回。据其小引云："初刻支言俚说，不足供覆酱瓿，而翼飞胫走，较捻髭呕血笔冢砚穿者，售不售反霄壤隔也。贾人一试之而效，谋再试之。”可知他写作二刻，是因为初刻销路好，书贾促他作的，二书体制虽同，题材已异，初刻多述人事，二刻多言神鬼，因为材料不够，不得不舍人而取鬼。有取前人话本改作者，如《神偷寄与一枝梅》一回，取材于古今小说中之《宋四公大闹禁魂张》是也。有见于初刻，二刻复用者，第二十三回是也。篇目不够时，还附以杂剧，可知此书之成，全因谋利，故近于杂凑，其价值更逊于初刻。

《三言》、《二刻》书共五部，收集短篇平话，近二百篇，民间购买不易，其中作品，亦良莠不齐。抱瓮老人有鉴于此，于《三言》、《二刻》中选出佳作四十篇，成为一集，号为《今古奇观》，约刊崇祯末年。笑花主人序云："墨憨斋所纂《喻世》、《醒世》、《警世》三言，极摹人情世态之歧，备写悲欢离合之致。……即空观主人壶矢代兴，爰有《拍案惊奇》两刻，颇费搜获，足供谭麈，合之共二百种。卷帙浩繁，观览难周……抱瓮老人先得我心，选刻四十卷，名为《今古奇观》。"编选本书的旨趣，说得很明白。全书从《三言》中取二十九篇，二刻取十篇，另有《念亲恩孝女藏儿》一篇，另取自他书。这本书，可说是晚明平话丛书的选本，自能得社会人士的欢迎。于是《三言》、《二刻》湮没了数百年，《今古奇观》从明末一直流行到现在。

凌濛初外，明末创作短篇者尚多，显著有天然痴叟、周清源、东鲁古狂生诸人。天然痴叟，不知为谁，作《石点头》，共十四篇，崇祯年刊本。冯梦龙序云："《石点头》者，生公在虎丘说法故事也。小说家推因及果，劝人作善，开清净方便法门。能使顽夫伥子，积迷顿悟。浪仙撰小说十四种，以此名编。若曰生公不可作，吾代为说法，所不点头会意，翻然皈依清净方便法门者，是石之不如者也。"可知天然痴叟名浪仙，但不知其姓，想是冯梦龙的友人。其次，他著书的动机，也是出于劝世。周清源著《西湖二集》，书凡三十四卷，每卷平话一篇，俱与西湖有关，崇祯年刊本。此书名为二集，宜有初集，未见。湖海士序云："周子间气所钟，才情浩汗，博物洽闻，举世无两，不得已而借他人之酒杯，浇自己之磊块，以小说见，其亦嗣宗之恸，子昂之琴，唐山人之诗瓢也哉！观者幸于牝牡骊黄之外索之。"可知作者怀才不遇，穷愁潦倒，借写小说来抒发胸中郁积之感情，但书中仍多诵圣垂训之语，较之当时那些同样的作品，气味较佳，文笔亦较为流利。东鲁古狂生不详其姓氏，作《醉醒石》，书十五回，有武进董氏翻本，江东老蟫序云："李微化虎事，见唐人《李微传》，他卷又有云屠赤水作传者，又以孕妇为二命，上谕所驳，孕不作二命，乃崇祯帝事，此盖崇祯年所作。大凡小说之作，可以见当时之制度焉，可以觇风俗之纯薄焉，可以见物价之低昂焉，可以见人心之诡谲焉。于此演说果报，决断是非，挽几希之仁心，无聊之妄念，妇孺皆知，不较九流为有益乎？况又笔墨之简洁，言语之灵活，又出于寻常小说者。”缪氏对于此书，似很推重。说笔墨简洁，言语灵活，确是此书的特色，但传道劝世之气味太重，情趣也就差了。

明代的短篇小说略述大概。因为这些作品，都是摹拟宋人平话而作，故其形式口吻，都是以平话为依归。故于写人述事，写景言情，俱不深刻细微，只作一说明式的叙述，正如讲述一个故事而已。同时作者都想借这些小说来宣传伦理宗教，作为教训劝诫之用，故其中所表现之思想，亦极幼稚无聊。这些短篇作品，数量虽是不少，只能作为民众消遣的读物，不能在小说史上占多大的地位，故其价值，远不如同时的那些长篇小说。

第二十七章　明代的散曲与民歌

一　绪言

明代诗词，寥落不振，上已言之。惟散曲继承元代的余绪，犹能振作精神，颇有收获。据任中敏《散曲概论》所载明人著有散曲者，共三百三十人，数目可算不少。可惜作品流传下来的不多，不能作详细比较的研究。幸而几家重要的集子，还可看见，我们由此，得以考察明代散曲发展的趋势。明初百年，散曲沉寂。涵虚子《太和正音谱》所录古今众英中，明初曲家共列十六人，汪元亨、谷子敬、贾仲明、汤舜民较著。然而他们的作品，百不存一，偶有所见，多为零篇，很难看出他们作品的特色。此时有声于曲坛的，只朱有燉一人。朱曲有《诚斋乐府》，但套语极多，颇少新味。加以他身处贵族，有时故作农夫樵子语，有时又作神仙语，令人读了，俱觉不自然。不过在那寂寞的初明曲坛，自然也是可贵的了。任中敏云："明代未有昆曲以前，北曲为盛。涵虚子所列明初十六家中，惟汤式一人之传作有五十余套，余皆二三篇。未足言派。汤之套数简短，不病拖沓，惟多赠答应酬之作。端谨之余，与一二小令，皆豪丽参用。十六家外，士大夫染翰此业者正多，亦多零星，无足数者。

惟周宪王朱有燉之《诚斋乐府》，裒然成帙，足称一家，而论其文字，乃十九端谨，且庸滥居多。豪丽两面，均鲜至处。”（《散曲概论》）明初曲坛，确是如此。

弘治以还，曲风渐盛，作者日多，派别不一。约而言之，可分南北二系。北人气势粗豪，颇多本色，犹有关汉卿、马致远风度。王九思、康海、常伦、李开先、刘效祖、冯惟敏、赵南星诸家属之，刘、冯实为其魁。南人以清丽胜，修辞细美，风格婉约，喜写闺情，有张可久风致，其人为陈铎、王磐、金銮、沈仕、梁辰鱼、沈璟、沈绍莘辈，而以王磐、沈绍莘为首。金銮虽为北人，因生长南京，其作风成为南方的，故归于南派。其他如杨慎夫妇、唐寅、陈所闻、张凤翼、王骥德、冯梦龙诸人，亦俱以散曲名。

二　北方的散曲作家

康海与王九思　康字德涵，号对山，陕西武功人（一四七五——一五四〇）。弘治十年的状元，散曲集有《沜东乐府》。王九思字敬夫，号渼陂，陕西鄠县人（一四六八——一五五一），散曲集有《碧山乐府》、《碧山续稿》、《乐府拾遗》各一卷。他们和李梦阳、何景明并称为七才子，诗文拟古，颇不足观，但他俩在散曲上，俱有成就。正德初，刘瑾当权，李梦阳得罪，被捕入狱，康海谒刘瑾救之。后刘瑾失势，康海坐刘党去职。王九思因与康海同乡同官，也因此而被废。废后，两人在乡里谈宴同游，征歌度曲，寄情于山水声色之间，生活情感彼此大略相同。胸中满腹牢骚，外表故作恬淡，发之于曲，粗豪之气，自然难掩，而愤世乐闲之情趣，常觉不调和，这又是两人共同之点。

烧银烛，泛紫霞，沉醉在海棠亭下。想人生好如亭下花，怎支吾雨狂风乍。

（〔落梅风〕）

数年前也放狂，这几日全无况。闲中件件思，暗里般般量。　　真个是不精不细丑行藏，怪不得没头没脑受灾殃。从今后花底朝朝醉，人间事事忘。刚方，徯落了膺和滂。荒唐，周全了籍与康。

（〔雁儿落带得胜令〕）

杖藜，步畦，不作功名计。青山绿水绕柴扉，日与儿曹戏。问柳寻花，谈天说地，无人事萦胸臆。丑妻，布衣，自有天然情味。

（〔朝天子〕）

上面三首是康海的，再看王九思的。

暗想东华，五夜清寒霜控马。寻思别驾，一天残月晓排衙。路危常与虎狼押，命乖却被儿曹骂。到如今谁管咱，葫芦一任闲玩耍。

（〔驻马听〕）

有时节露赤脚山巅水涯，有时节科白头柳堰桃峡。戴什么打角巾，结甚么狂生袜，得清闲不说荣华。提起封侯几万家，把一个薄福的先生笑煞。

（〔沉醉东风〕）

可知在他俩的曲里，同样充满着牢骚与愤怒。然而豪放与本色，以及北方特有的爽朗的情调，又同为他俩作品的特色。王世贞以为王九思的“秀丽雄爽，康大不如也。评者以敬夫声价，不在关汉卿、马东篱下”（《艺苑卮言》），平心而论，王作确有些是胜于康的，但王集中确也有许多过于粗豪过于做作的句子，实在是一个大缺点。好比他有一首小令，前三句云：“一拳打脱凤凰笼，两脚蹬开虎豹丛，单身撞出麒麟洞。”这种全副武行暴牙露眼的形相，那能算是文学。这是做作、粗俗、不可原谅的恶劣句子。王的坏处就在此，康并非无此坏处，但比较起来，要收敛得多。无论怎样说，他俩为当代曲坛的宗匠至数十年之久，那是无疑的。

常伦 常伦字明卿，号楼居，山西沁水人（一四九二——一五二五）。正德间进士，官大理评事，因庭詈御史，罢归。他多力善射，常穿大红衣，挂双刀，驰骋平林，想见其北方健儿的气概。但因过河，马惊堕水而死，只有三十四岁的壮年。他〔折桂令〕中说：“平生好肥马轻裘，老也疏狂，死也风流。不离金尊，常携红袖。”可见其为人。他散曲有《写情集》二卷。像他那样一个豪放不羁谈兵击剑的疏狂名士，表现于曲中的，自然是奔放与豪迈。

> 惊残梦数竿翠竹，报秋声一叶苍梧。迷茫远近山浅淡，高低树，看空悬泼墨新图。百首诗成酒一壶，人在东楼听雨。
>
> （〔沉醉东风〕）
>
> 但得个欢娱纵酒，又何须谈笑封侯。拙生涯，乐眼前，虚名誉，抛身后。两眉尖不挂闲愁，一日深浮三百瓯，亦可度天长地久。
>
> （同上）

他自己说他好治百家言，尤欢喜黄老，因此他的曲里，常多神仙家言，因为那些作品，过于空洞，佳作不多。像上面两首，用俊朗的字句，写旷达的情怀，时人评他有晋人风度，确是不差。

李开先　李字伯华，号中麓，山东章邱人（一五〇一——一五六八）。与王慎中、唐顺之诸人，号称八才子，诗文反对拟古派，有名于时。《列朝诗集》说："伯华弱冠登朝，奉使银夏，访康海、德涵、王敬夫于武功、鄠、杜之间，赋诗度曲，引满称寿，二公恨相见晚也。罢归，置田产，蓄声伎，征歌度曲，为新声小令，搊弹放歌，自谓马东篱、张小山无以过也。"散曲有《李中麓乐府》、《中麓小令》与王九思合作的《南曲次韵》。但他的作品，现在流传者已不多。就所见者而论，虽有好句，难得全篇。如〔傍妆台〕云："曲参参，一轮残月照边关。恨来口吸黄河水，拳打碎贺兰山。铁衣披雪浑身湿，宝剑飞霜扑面寒。驱兵去，破虏还，得偷闲处再偷闲。"这种算他的好作品了。冯惟敏同他友情很厚，在他的集中有〔醉太平〕《李中麓醉归堂夜话》十八首，〔傍妆台〕《效中麓体》六首，另有《李中麓归田》套曲一篇，前有长序一段，对于李开先推崇备至。中有〔混江龙〕一曲云："似你这天才出，真个是无愧前修。霎时间对客挥毫风雨响，世不曾闭门觅句鬼神愁。……俺也曾夜到明，明到夜，听不澈谈天口，只为他心窝儿包尽了前朝秘府，舌尖儿翻倒了近代书楼。"这真把李开先恭维到了极点。

刘效祖　刘效祖字仲修，号念庵，宛平人，嘉靖二十九年（一五五〇年）进士，任陕西按察副使。其外曾孙胡介祉跋《词脔》云："念庵公负才不偶，龃龉于时，宦止陕西宪副，退居林泉，吟咏不辍。翰墨之余，间为词曲小令，以抒其怀抱而寄其牢骚，当时艳称，至达宫禁，历世寖远，散逸遂多，外王父少保公尝集而传之，颜曰《词脔》，仅百一耳。"这可见他的生活环境，也是一个官场失意人。他的诗文集名《云林稿》已不传，《词脔》也只存他的散曲的一部分而已。我们现在读他的作品，觉得他实在是明代北派一个重要的作家。他唯一的特色，能采用民间的活语言，同俗曲的调子，作成极通俗的白话曲，带着浓厚的民歌色彩。关于此点，明代所有的曲家，都比不上他。他的作品的生命是活的，是新鲜的。

我教你叫我声，只是不应。不等说，就叫我，才是真情。背地里，只你我，推什么佯羞佯性。你口儿里不肯叫，想是心儿里不疼。你若有我的心儿也，如何开口难得紧。

我心里，但见你，就要你叫。你心里，怕听见的向外人学。才待叫，又不叫，只是低着头儿笑。一面低低叫，一面又把人瞧。叫的虽然艰难也，意思儿其实好。

俏冤家，但见我，就要我叫。一会家不叫你，你就心焦。我疼你，那在乎叫与不叫。叫是提在口，疼是心想着，我若有你的真心也，就不叫也是好。

俏冤家，非是我好教你叫。你叫声儿无福的也自难消。你心不顺怎肯便把我来叫。叫的这声音儿俏，听的往心髓里浇。就是假意的勤劳也，比不叫到底好。

（〔挂枝儿〕）

这才真是彻头彻尾的白话文学。〔挂枝儿〕本是北方的民歌，他写得这么生动可爱，明人曲中何曾有过。还有〔双叠翠〕八首，〔锁南枝〕十六首，都是白话散曲的好作品。据《词脔序》中说，刘的散曲集有《都邑繁华》、《闲中一笑》、《混俗陶情》、《裁冰剪雪》、《良辰乐事》、《空中语》等集，到康熙时代都散失了，“惟都人至今犹歌之”，由此我们可以推测，因为他的曲子通俗的太多，人家保存的少。

同时又因为过于通俗,所以过了几十年,都人犹歌唱不止,容易为民众接受。我们现在读《词脔》,那种清俊高古的作品,并不是没有。

东华路尘沙滚滚,玉河桥车马纷纷。宦高休羡荣,命蹇须安分。靠青山紧闭柴门,闲把英雄细讨论,能几个到头安稳。

(〔沉醉东风〕)

门巷外旋栽杨柳,池塘中新浴沙鸥。半湾水绕村,几朵云生岫。爱村居景致风流,闲啜卢仝茗一瓯,醉翁意何须在酒。

(同上)

这种作品,岂在康、王之下,可知他一面能写极通俗的作品,一面又能写极骚雅的作品。《静志居诗话》称其"小令可入元人之室",又说"杂之小山乐府中,不能辨也",可见对于他的推崇。但他的作风,与其说是似小山,还不如说是近东篱的。在北派的作家中,染指于小曲,而从事于通俗文学的制作的,刘效祖以外,还有一个时代较晚的赵南星。赵字梦白,河北高邑人(一五五〇——一六二七)。在他的《芳如园乐府》里,如〔银纽丝〕、〔锁南枝〕、〔罗江怨〕、〔山坡羊〕之类,都是当日民间最流行的小调,他写了许多首,但是他虽是尽力仿效民间言语,毕竟脱不了文人气味,因此他的成就,比不上刘效祖。

猛然见引动了魂,曾见人来不似这人,好教我眼花撩乱浑身晕。他生的清雅无虚,似一幅水墨昭君,非同世上寻常俊。未知他意下何如,俺将他看做个亲亲。从今交上相思运,凭着俺心坎儿上温存，凭着俺胳膝下殷勤，咱两个终须着一阵。

（〔锁南枝带过罗江怨〕）

才成就，又别离，要鸳鸯刚刚儿一霎时，分明是一点鼻涯儿蜜。想的人似醉如痴，想的人梦断魂迷，枕边洒尽相思泪。眼睁睁绝断同心，眼睁睁拆散莲枝。痴心还想重相会，倘然得再入罗帏，倘然得再效于飞，舌尖儿上咬你个牙厮对。

（同上）

在这些文句里，我们可以看出作者很用力想写成民歌式的小曲，但无意中总流露出文人的做作和骚雅的句子。但他在这方面，不能不说是得了很好的成就。

冯惟敏　在北派作家中，能兼有众长独成大家的，是冯惟敏。冯字汝行，号海浮，山东临朐人（一五一一——一五八〇？），与兄惟健、弟惟讷以诗文名齐鲁间。嘉靖中举人，谒选涞水知县，改镇江儒学教授，迁保定通判。后来就辞官归田，过他的田园生活。他的七里溪别墅，风景绝佳。《静志居诗话》云："临朐冶源，山水胜绝，高梧一林，修竹万个，泉流其中。郦善长所云分沙漏石者也。世人谓园是海浮所筑，继马林间，想见东山丝竹之盛。后游莫再，恒萦于怀。读先生《七里溪别墅》二诗，犹不尽神往。"在他的散曲里，歌咏那地方风景的作品也很多，读之可想见其盛。他虽做了十几年的官，官小事杂，很不得意。结果是学陶渊明的《归去来辞》，"知足始远辱，至人贵自全，不羡公与侯，所志受一廛"，而达到"幸兹协初心，归我汝阳田"了。他归田的生活，是很愉快的，虽也免不了偶发牢骚，毕竟他洒脱旷达，寄情于山水酒色。他集中写山水写酒色的地方固然很多，写妓女的尤其不少。他的散曲有《海浮山堂词稿》。

他的散曲，在北派诸家之上，不仅是明代一大家，实可与元代大家并列而无愧。他的特色有四点：题材广，内容富，一也；方言土语，用得活泼可爱，二也；北方爽朗性格，发挥无遗，三也；气度大，意境高，四也。总而言之，他是明朝一个最能表现和保存元曲前期的本色的作家。他在明曲中的地位，确是宋词中的苏、辛，元曲中的关、马。

打趣的客不起席，上眼皮欺负下眼皮。强打精神扎挣不的，怀抱琵琶打了个前拾，唱了一曲如同睡语，那里有不散的筵席，半夜三更路儿又跷蹊，东倒西歆顾不的行李，昏昏沉沉来到家中，睡里梦里陪了个相识，睡到了大明才认的是你。

（〔南锁南枝〕《盹妓》）

写得又讥笑，又体贴，又浅俗，又深沉，这是散曲中的上品。

中国有戎狄，溯流传自古昔。华夷一统承平世。吃的好食，穿的好衣，进门来一阵臊狐气。细寻思，试虚心劝你，你休发犬羊威。

〔前腔〕　暇日会亲识，狗西番坐上席。五汤三割全不觑，手托着蛋披，口嘶着蛋吃。蘸白盐解不了鸡肠气。有差池，对青天发誓，拍口吃猪脂。

〔不是路〕　堪叹回回，生不惺惺死着迷。难存济，不信阴阳不请医。爱家私，顾不得衣衾不整齐，下场头只自知。现放着有帮无底千家器，是何家礼。

〔掉角儿〕　望西方天遥路迷，在中原看生见死。总不如随乡入乡，早做个子孙之计。再休提塔不剌散不撒，答儿麻哈儿哇，腥膻滋味。清斋难记，徒劳受饥。最难熬千金一刻，星月圆时。

〔前腔〕　读的是孔圣之书，且收拾梵经胡语，穿的是靴帽罗襕，打叠起缠头左髻，再休提猪爹爹，狗奶奶，胡姑姑，假姨姨，腥膻遗类，更名换字用夏变夷，劝伊行还同中国，一样行持。

〔十二时〕　移风易俗非虚语，出谷迁乔尔自思。休把良心作戏词。

（《劝色目人变俗》）

那时的色目人，好像民国时代的旗人。把他们写得丑态百出，生活习惯，言语状态，画得那么活现，真是极有意义的作品，可惜他们的土语，我们有些不能懂了。作者在这里，写得又是调侃，又是怜惜，充满了幽默与诙谐。这种材料，施之于诗词，便不能像曲这么活泼泼的了。

罢清贫一官，受艰辛百般。千里外音书断。胡尘滚滚路漫漫，急回首无羁绊。洒泪新亭，甘心旧疃，不关情长共短。绕东流绿湾，看西山翠攒，觅几个鸥为伴。

（《解官至舍》二十之一〔朝天子〕）

老张，伧腔。豪气三千丈。少年不住走科场，又早龙钟样。腿儿拖拉，腰儿慢仗，甚男儿当自强。面黄鬓苍，吃胙肉何曾胖。

（《六友》之一〔朝天子〕）

冯惟敏好的作品太多，不便抄举，他的套曲小令都佳，如《李中麓归田》、《徐我亭归田》、《邑斋初度自述》、《听钟有感》、《对驴弹琴》、《舍弟乞休》诸篇，都是套曲中的好作品。《听钟有感》尤为生色。小令中如《东村》二十首，《家训》四首，《病忆山中》四首，《解官至舍》二十首,《六友》六首,《闲适》八首,《十劣》十首,《赠田桂芳》八首,都是好作品。尤以《十劣》十首,写妓院的丑态,描摹刻画,入木三分,真是曲中难得的写实文学。

三 南方的散曲作家

陈铎 陈字大声,号秋碧,原籍江苏邳县人,世居南京,诗画俱佳,散曲最有声誉。著有《梨云寄傲》、《秋碧乐府》诸集。在他的作品里,充分的表现南方人的性格情调,风格柔媚,喜写儿女之情。王世贞评他云:"陈大声,金陵将家子,所为散套,既多蹈袭,亦浅才情,然字句流丽,可入弦索。"

> 铺水面辉辉晚霞,点船头细细芦花。缸中酒似绳,天外山如画。点秋江一片鸥沙。若问谁家是俺家,红树里柴门那搭。
>
> (〔沉醉东风〕《闲情》)
>
> 几遍把梅花相问,新来瘦几分。笑香消容貌,玉减精神,比花枝先病损,绣被与重裀,炉香夜夜薰。著意温存,断梦劳魂,只恁般睡不安,眠不稳,枕儿冷灯儿又昏。独自个和谁评论,百般的放不下心上人。
>
> (《闺情》)

前一首是陈大声集中难得的好作品,第二是闺情作中较为好些的。可见才情确不甚高,字句又实在是流丽的。

王磐 王字鸿渐,号西楼,江苏高邮人。著有《王西楼乐府》一卷，套曲九套，小令六十五首。王磐作品的数量虽不甚多，但在明代散曲上有很高的地位，可算是南派曲家前期的代表。他是一个不爱功名富贵的真名士，他没有做过官，只是寄情于山水、文学，幽闲自在的过了一生，不仅曲好，琴棋诗画俱精。关于他的生活性情，他的外甥张守中说得好："翁生富室，独厌绮丽之习。雅好古文词，家于城西，有楼三楹，日与名流谭咏其间。风生泉涌，听者心醉，脱略尘俗之故，以从所好。既而艺日精，家日窘，翁怡然不以为意，逍遥于宇宙，徜徉乎山水，出其金石之声，寄性于烟云水月之外，洋洋焉不知老之将至，此其襟度有过人者。故所作冲融旷达，类其人也。"（《王西楼先生乐府序》）他作品的范围极为广泛，有咏山水的，有讥讽时事的，有说理的，有记事的，有抒情的，样样都好。

平生淡薄，鸡儿不见，童子休焦。家家都有闲锅灶，任意烹炮。煮汤的贴他三枚火烧，穿炒的助他一把胡椒。到省了我开东道，免终朝报晓，直睡到日头高。

（〔满庭芳〕《失鸡》）

斜插杏花，当一幅横披画。《毛诗》中谁道鼠无牙，却怎生咬倒了金瓶架。水流向床头，春拖在墙下，这情理宁甘罢。那里去告他，何处去诉他。也只索细数着猫儿骂。

（〔朝天子〕《瓶杏为鼠所啮》）

喇叭，锁哪，曲儿小，腔儿大。官船来往乱如麻，全仗你抬身价。军听了军愁，民听了民怕，那里去辨什么真和假。眼见的吹翻了这家，吹伤了那家，只吹的水尽鹅飞罢。

（〔朝天子〕《咏喇叭》）

顶半笠黄梅细雨，携一篮红蓼鲜鱼。正青山酒熟时，逢绿水花开处，借樵夫紫翠山居，请几个明月青风旧钓徒，谈一会羲皇上古。

（〔沉醉东风〕《携酒过石亭会友》）

读了这些作品，才知道张守中所说“所作冲融旷达，类其人也”，是不错的。他不像其他曲家，用大半的作品来写闺情，来写性爱。在陈铎的集中，满眼都是那些《闺情》、《春情》、《题情》、《青楼十咏》、《香闺十事》这些题目。王磐并不如此，他有《闺中八咏》一题，虽是尖新，并不轻薄。另有《题花赠妓》一题，据方悟广《青楼韵语》云是王舜耕所作（亦字西楼），由此可知王磐是一个品格极高的作家，他胸中天地广阔，题材复杂，或咏山水，或讽时事，或写人生，或描社会，并非一心一意只想着女人。他的笔致，有南方人的华美清俊，同时又带一点北方人的英爽与古直。有时写得极正经，有时写得极诙谐。因此他作品的色彩时有变化，而不单纯。《喇叭》一首，讽刺时事，极有意义。《尧山堂外纪》云：“正德间，阉寺当权，往来河下者无虚日。每到，辄吹号头，齐丁夫，民不堪命。王西楼有《咏喇叭》一首。”（蒋一葵）《再嘲转五方》一套，把那些要钱不要命的和尚，刻画得淋漓尽致，也是佳作。王骥德《曲律》云：“于北词得一人，曰高邮王西楼，俊艳工炼，字字精琢。”任中敏《散曲概论》云：“西楼善为清丽，王骥德颇能赏之。于元人之中，兼得乔、张之趣。其丽也不仅工雅，兼能出奇，其清也潇疏放逸，并好为游戏俳谐之作，而不用康、冯之粗豪，一以精细出之。”此数语，西楼当之无愧。

金銮　金字在衡，号白屿，甘肃陇西人。他虽为北籍，因侨寓南京，文笔沾染南风。钱牧斋称他的诗：“风流婉转，得江左清华之致。”不错，在金銮的作品中，北方的气息极淡，倒是浓厚的带着南方的清华之致。他的作风清丽，兼善诙谐，很有点像王磐。他的散曲有《箫爽斋乐府》二卷，存小令百余首，套曲二十余首。

暖风芳草遍天涯，带沧江远山一抹。六朝堤畔柳，三月寺边花。离绪交加，说不尽去时话。

（〔新水令〕《送吴怀梅》）

海棠阴轻闪过凤头钗，没人处款款行来，好风儿不住的吹罗带，猜也么猜，待说口难开，待动手难抬。泪点儿和衣暗暗的揩。

（《和西六娘子闺情》）

沈仕　沈字懋学，号青门山人，浙江仁和人。他也是一个弃科举而以山水终身的人。他的画极有名，冯惟敏集中有《乞青门画》的曲好几首，对他的画，推崇备至，可知他是与冯惟敏同时的人。他的散曲集有《唾窗绒》，存小令套曲约百首。他的曲专写闺情、性爱、肉感、色情，开曲中的香奁体一派。题材虽极冶艳淫亵，而以极清丽尖新之笔出之，故其淫亵常为文字美所掩。

爹娘睡，暂出来，不教那人虚久待。一见喜盈腮，芳心怎生耐。身惊颤，手乱揣，百忙里解了花绣裙带。

（〔锁南枝〕）

小帐挂轻纱，玉肌肤无点瑕。牡丹心浓似胭脂画。香馥馥可夸，露津津爱杀。耳边厢细语低低骂，小冤家，颠狂忒恁，揉碎鬓边花。

（〔黄莺儿〕《美人荐寝》）

在艺术上讲，这些不能不算是好作品。不过集中全是这些，读了就会令人感着腻，同时对于后人的影响也不好。《散曲概论》中所说“后人踵之者又变本加厉，皆标其题曰效青门体，沈氏遂受谤无穷矣”，这话是不错的。我们可以说，在明代散曲里，沈仕是色情文学最成功的作家。

梁辰鱼与沈璟　昆腔兴起，曲风一变，北曲衰亡，形成所谓南词一派。昆腔创始于魏良辅，首先采用者，为梁辰鱼，传奇有《浣纱记》，散曲有《江东白纻集》，都很有名。梁字伯龙，号少白，江苏昆山人。精音律，曲名极高，张旭初于《吴骚合编》内推为“曲中之圣”。梁曲文辞最美，描摹精细，文雅蕴藉，极妩媚柔情之能事。南方文学的特性，梁作中表现无遗。造句用字，多参词法，故曲味少而词味多，时人评为“南词出而曲亡矣”，就是这意思。总之，他的作品，粗豪浅俗的影子，一点也没有，一步一步走向古典的唯美的路上去。沈璟稍迟于梁，以韵律胜。沈字伯英，号宁庵，江苏吴江人。与梁齐名，为昆腔兴盛以后明代散曲的两大巨头。梁辰鱼重辞藻，沈璟重声律，同为唯美主义者。“自有昆腔，南曲之宫调音韵，一切准绳俱定，传奇之法愈密。犯调集曲，日盛一日。沈璟为《南曲谱》及《南词韵选》二书，楷模大著，学者翕然宗之。龙子犹于《太霞新奏》中，对沈氏有词家开山祖师之称焉。起嘉、隆间以迄明末，将近百年，主持词余坛坫者，文章必推梁氏为极轨，韵律必推沈氏为极轨，此为昆腔以后的两大派。一时词林，济济多士，要不出两派之彀中也。”（任中敏《散曲概论》）他说两大派，其实只有一派，就是唯美派。明代的散曲，到这时期，纯粹变为曲匠的曲了。豪气野气、本色语以及方言土语都看不见了。他们欢喜写闺情，咏物，喜翻宋词、元曲，取前人现成的材料，只求律正与韵严，只求音乐的生命，不求文学的生命。因此其作品多流于平庸与陈腐了。沈璟的《曲海青冰》二卷，尤多此种弊病，王骥德批评他说："吴江守法，斤斤三尺，不欲令一字乖律，而毫锋殊拙。"（《曲律》）可谓知人之论。不过我们不能不知道，他俩在晚明的曲坛，实在有很大的实力。

> 万里涛回，看滔滔不断，古今流水。千年恨都化英雄血泪。徙倚，故国秋余，远树云中，归舟天际。山势依旧枕寒流，阅尽几多兴废。
>
> （梁辰鱼〔夜行船〕《拟金陵怀古》）
>
> 一声杜宇落照间，又寂寞春残。杨柳帘栊长日关，正梨花院落初闲。风朝雨晚，芳径里落红千万。停画板，又早见牡丹初绽。
>
> （沈璟〔集贤宾〕《伤春》）

这就是所谓南词的真面目。真是词味多而曲味少，音律严正，文辞工丽，可称为南方唯美文学的代表作。

施绍莘　在晚明的曲坛，能摆脱梁、沈的束缚而自成一家的，是称为峰泖浪仙的施绍莘。施字子野，松江华亭人（一五八八——一六四〇?）。因应试不第，以诸生终。他于是建园林，买姬妾，每当春秋佳日，与名士美人傲游于九峰、三泖、西湖、太湖间，饮酒作曲，极一时之盛。他精音律，好声色，家中蓄有歌童声伎，作好了曲，便度以弦索箫管，以此自乐。他可算是一个风流名士。散曲有《花影集》四卷，套曲八十六首，小令七十二首，明人专集中，以他的套曲为最多。他才情极高，生性浪漫，在散曲上，因此他能摆脱梁、沈的格律，而不为时习所囿。南词北曲，俱其所长，故其作风，清丽苍莽，兼而有之，实是晚明曲坛的一大家。他的题材甚为广泛，他自己序《花影集》说："茅茨草舍之酸寒，崇台广囿之弘侈，高山流水之雄奇，松龛石室之幽致，曲房金屋之妖妍，玉缸珠履之豪肆，银筝宝瑟之萦魂，机锦砧衣之怆思，荒台古路之伤心，南浦西楼之感喟，怜花寻梦之幽情，寄泪缄丝之逸事，分鞭破镜之悲离，赠枕联钗之好会，佳时令节之杯觞，感旧怀恩之涕泪，随时随地，莫不有创谱新声，称宜迭唱。"因此他集中有许多怀古、赠别、写山水、咏琐事的好作品。但是艳曲还是很多，他的艳曲只写深情，不写性爱。读去觉得哀怨凄凉，而不淫亵。

萍生雪练，堤浪鱼吹，画船箫鼓江南树。疏还密，东又西，近如避，全无骨力随红雨，燕儿多少含糊语，可有长亭痛分离，一杯酒尽销魂处。

（〔节节高〕《杨花》）

只见那流水外两三家，遮新绿，洒残花。一阵阵柳绵儿春思满天涯。俺独立斜阳之下，猛销魂，小桥西去路儿斜。

（〔采茶歌〕《送春》）

看游人细马香衫，几个东来，几个西还，满团团云山翠滴，溪水斜湾。谢东君分付与春光饱看。呀！双肩挑一担，食罍春盘，铺个青毡，摊个蒲团，只见那花枝下，呵酒猜拳。

（〔折桂令〕《清明》）

嫩雨湿肥田，暗云堆，欲暮天。平迷四野闻人唤。西村旆悬，东天鲎悬，渔歌晾网垂杨岸。木桥边，敲门声里，蓑笠远归船。

（〔南商调·黄莺儿〕《雨景》）

施绍莘以套曲见长，不便全篇抄举，上列之前三例，俱摘自套曲，最后一首为小令。艳曲佳者极多，如《闺词》、《怀旧》、《旅怀》、《弦索词》、《春思》、《村中夜话》、《悼亡妓》、《相思》诸套，都写得极好。《弦索词》一篇，尤为生色。

四　明代的民歌

明代散曲，昆腔以前，犹多本色，在他们的作品中，虽有用白话写成的曲，但那些究竟是少见的了。当日的曲风，都是以骚雅工丽为主。昆腔以后，梁、沈兴起，一讲修辞，一主韵律，于是散曲更趋于贵族古典之途，而成为一种专门学问，与大众愈离愈远，不复再有民间的气息，而其生命亦渐僵化。旧曲既与民间隔离，民间亦自有其歌辞，自有其新曲，那就是当代流行称为杂曲小曲的民歌。不错，它没有旧曲那么文雅蕴藉，音律也没有那么谨严，但他们是通俗的、有生命的、新鲜的、大众的歌。卓人月云："我明诗让唐，词让宋，曲让元，庶几吴歌，〔挂枝儿〕、〔罗江怨〕、〔打枣竿〕、〔银绞丝〕之类，为我明一绝耳。"（陈鸿绪《寒夜录》引）袁中郎也说过明人可传之诗，还是那些孩子们所唱的〔擘破玉〕、〔打草竿〕、〔银丝柳〕、〔挂枝儿〕一类的民歌。不要说晚明的浪漫派的作家，就是拟古派的健将李梦阳、何景明之流，看了〔锁南枝〕、〔傍妆台〕、〔山坡羊〕之属，说可以上继《国风》，甚为喜爱（《野获编》）。由此我们可以知道小曲的艺术是如何优美,在当日,无论是正统派或是反动派的文学家都在那里赞美他。关于明代小曲流行的情形,沈德符在《时尚小令》里,说得最详:

> 元人小令行于燕、赵,后浸淫日盛。自宣、正至成、宏后,中原又行〔锁南枝〕、〔傍妆台〕、〔山坡羊〕之属,李空同先生初从庆阳徙居汴梁,闻之以为可继《国风》之后。何大复继至,亦酷爱之。今所传〔泥捏人〕及〔鞋打钉〕、〔熬鬏髻〕三阕为牌名之冠,故不虚也。自兹以后,又有〔要孩儿〕、〔驻云飞〕、〔醉太平〕诸曲,然不如三曲之盛。嘉、隆间乃兴〔闹五更〕、〔寄生草〕、〔罗江怨〕、〔哭皇天〕、〔干荷叶〕、〔粉红莲〕、〔桐城歌〕、〔银纽丝〕之类。自两淮以至江南,渐与词曲相远。不过写淫媟情态,略具抑扬而已。比年以来,又有〔打枣竿〕、〔挂枝儿〕二曲,其腔调约略相似,则不问南北,不问男女,不问老幼良贱,人人习之,亦人人喜听之,以至刊布成帙,举世传诵,其谱不知从何而来,直可骇叹。又〔山坡羊〕者,李、何二公所喜,今南北词俱有此名,但北方惟盛爱数落〔山坡羊〕,其曲自宣、大、辽东三镇传来。今京师妓女惯以充弦索北调,其语秽亵鄙浅,并桑濮之音亦离去已远。而羁人游士,嗜之独深,丙夜开樽,争相招致。(《野获编》)

这一段文字很重要:一、他告诉我们明代各期流行的小曲;二、告诉我们各界人士爱好那些小曲的盛况;三、各种小曲都是起自民间,大半为娼妓所歌唱,它们的功能是实用的,不是作为文学给人们欣赏的。同时我们还可知道一件事,有许多小曲在社会上流行,文人学士染指者多，于是那些小曲入了文人的集子，而渐渐丧失其本来面目，如〔锁南枝〕、〔驻云飞〕、〔傍妆台〕之类都是。

据郑振铎氏的《俗文学史》，明代最早的小曲我们今日可见的，是成化间金台鲁氏所刊的《四季五更驻云飞》、《题西厢记咏十二月赛驻云飞》、《太平时赛赛驻云飞》、《新编寡妇烈女诗曲》四种。这里的调子，都是〔驻云飞〕，与沈德符所说的大略相合。作品平庸，没有什么可注意的。其次正德刊本的《盛世新声》里，和嘉靖刊本的《词林摘艳》和《雍熙乐府》里，可以得到一些小曲，但那些都经过文人的润饰，民间的气息很淡了。万历刊本的《玉谷调簧》里，有"时尚古人劈破玉歌"多首，想是民间流传的歌曲，其中有许多是演述传奇中的故事，如《金印记》的苏秦，《琵琶记》的蔡伯喈之类，故事很简单，文字颇平庸，但民众的气味却很浓厚。另有娘女对答一篇，写得非常生动，是民歌中的上等作品。

娘骂女　小贱人生得自轻自贱。娘叫你怎的不在跟前？原何唬得筛糠战？因甚的红了脸？因甚的吊了簪？为甚的缘由？甚的缘由儿，揉乱青丝纂？又。

女回娘　苦娘亲，非是我自轻自贱。娘叫我一时不在跟前，因此上走将来得心惊战。搽胭脂红了脸，耍秋千吊了簪，墙角上攀花，墙角上攀花，娘，挂乱了青丝纂。又。

娘复骂　小贱人休得胡争辨。为娘的幼年间比你更会转湾。你被情人扯住心惊战，为害羞红了脸，做表记去了簪，云雨偷情，云雨偷情儿，弄乱青丝纂。

女自招　小女儿非敢胡争辨，告娘亲恕孩儿实不相瞒。俏哥哥扯住唬得心惊战，吃交杯红了脸，俏冤家抢去簪，一阵昏迷，一阵昏迷，娘，我也顾不得青丝纂。又。

这些活动的对话，表现着母女的适合的口吻，一步一步地紧逼着，终于把一段女儿的秘密显露出来。这一种题材，决不是那些文雅蕴藉的词曲所能传达的，在这些小曲里，得到极好的成就，我们读了，眼里好像看见两母女活活的影子。再在《词林一枝》里，好的民歌更多了。如〔罗江怨〕、〔劈破玉歌〕、〔时尚闹五更哭皇天〕、〔时尚催急玉〕诸曲，都是极好的作品。

纱窗外，月影斜，奴害相思为着他。叫我如何丢得丢得下！终日里默默咨嗟，不由人珠泪如麻。双手指定名儿骂。骂几句短幸冤家，骂几句短命天杀！因何把我抛撇抛撇下？急听得宿鸟归巢，一对对唧唧喳喳，教奴孤灯独守，心惊心惊怕。

（〔罗江怨〕）

纱窗外，月儿横，我为冤家半掩门。绣房鸳枕安排安排定。等得奴意懒心慵，向灯前弹会瑶琴。弹来满指都是相思相思韵。在谁家贪恋酒花，抛得奴独守孤灯，凄凄冷冷谁偢问。也不是负义忘恩，也不是弃旧近新，算来都是奴薄奴薄命。

（〔罗江怨〕）

黄昏后，夜沉沉，冷清清，静悄悄，孤灯独照，闪杀人。情惨惨，意悬悬，愁听那窗儿外淅淋淋雨打芭蕉。形单影只心惊跳，闷恹恹卸倒在床儿，刚合着眼儿做一个梦儿，见我的人儿，正诉着衷肠，又被风铃儿惊散了，惊散了。

（〔时尚急催玉〕）

忆当初与那人，两情浓鱼水同戏，恨那人拆鸳鸯两处分飞。到如今隔着山隔着水，雁儿杳鱼儿沉，不见情书捎寄，几回间静掩着门儿，倦抛着书儿，斜倚着屏儿，慢剔着牙儿，冷地里思量我心肝儿在那里，在那里。

（〔时尚急催玉〕）

晚明时代，对于民间俗曲特殊感着兴趣，加以整理收集而得到很大的成就的，是墨憨斋的冯梦龙。他在文学上的兴趣，与金圣叹相似，赞赏通俗的作品。他在民歌方面的贡献，是由他编辑的《童痴一弄》的〔挂枝儿〕和《童痴二弄》的〔山歌〕。〔挂枝儿〕的原书现在不传了，今日所见的，只是浮白主人选的四十一首。《山歌》十卷的原书，现已发现，我们得窥全豹，是非常可喜的事。王骥德《曲律》云："小曲〔挂枝儿〕即〔打枣竿〕，是北人长技，南人每不能及。昨毛允遂贻我吴中新刻一帙，中如《喷嚏》、《枕头》等曲，皆吴人所拟，即韵稍出入，然措意俊妙，虽北人无以加之。"沈德符《野获编》则云："比年以来，又有〔打枣竿〕、〔挂枝儿〕二曲。"王骥德所说的，〔挂枝儿〕与〔打枣竿〕是一物二名，沈德符则又说是二曲。再如袁中郎、卓人月诸人的文字里，也都是看作两种曲子而分开来对举的，那又是不同的两种曲了。〔打枣竿〕有写作〔打草竿〕者，〔挂枝儿〕也有写作〔挂真儿〕者，可知原无定字，从北方传来盛行江南以后，写得各有不同了。我们现在所看到的〔挂枝儿〕，想大都是王骥德所说，是江南人所拟，非出自北方的真货。为什么呢？送别几首里，地点都是丹阳、无锡一带可知；其次文字情调完全是南音，全无北方的粗豪爽直气；三、中有《喷嚏》等曲，恐即是王当日所见者。讲到作品，那真是无篇不佳，袁中郎称为必传，卓人月称为明之一绝，确是不错。

送情人直送到丹阳路，你也哭，我也哭，赶脚的也来哭。赶脚的，你哭的因何故？道是，去的不肯去，哭的只管哭。你两下里调情也，我的驴儿受了苦。

（《送别》）

对妆台忽然间打个喷嚏，想是有情哥思量我，寄个信儿，难道他思量我刚刚一次，自从别了你，日日珠泪垂，似我这等把你思量也，想你的喷嚏儿常似雨。

（《喷嚏》）

正二更，做一梦团圆得有兴。千般恩，万般爱，搂抱着亲亲。猛然间惊醒了，教我神魂不定。梦中的人儿不见了，我还向梦中去寻，嘱咐我梦中的人儿也，千万在梦中儿等一等。

（《梦》）

我做的梦儿倒也做得好笑，梦儿中梦见你与别人调，醒来时依旧在我怀中抱，也是我心儿里丢不下，待与你抱紧了睡一睡着，只莫要醒时，在我身边也，梦儿里又去了。

（《说梦》）

瓜仁儿本不是个希奇货，汗巾儿包裹了送与我亲哥。一个个都在我舌尖上过，礼轻人意重，好物不须多。多拜上我亲哥也，休要忘了我。

（《赠瓜子》）

这种作品，经过冯梦龙的改作或修饰，很可能的，好像《送别》那一首，绝非无修养的文学家所能写出。纵经过改作或修饰，歌中的情感和言语，都是民间的言情之作，写得这么曲折深细，体贴入微，然而又是热辣辣的，正统派的诗文里何曾见过，何曾见过这些新鲜的真意的作品。

《山歌》共十卷，长短的作品，共有三百四十五首之多，已在《诗经》数目之上。最短的是七言四句，最长的如《烧香娘娘》，共一千四百余字。民间歌谣里这样的长篇是少见的。《山歌》有序一篇，说明编者对于俗文学的见解。他说：

书契以来，代有歌谣，太史所陈，并称《风》、《雅》，尚矣。自楚骚、唐律，争妍竞畅，而民间性情之响，遂不得列于诗坛，于是别之曰“山歌”。言田夫野竖矢口寄兴之所为，荐绅学士家不道也。唯诗坛不列，荐绅学士不道，而歌之权愈轻，歌者之心亦愈浅，今取盛行者，皆私情谱耳。虽然桑间濮上，《国风》刺之，民父录焉，以是为情真而不可废也。山歌虽俚甚矣，独非郑、卫之遗欤？且今虽季世，而但有假诗文，无假山歌，则以山歌不与诗文争名，故不屑假。苟其不屑假，而吾借以存真，不亦可乎？抑今人人想见上古之陈于太史者如彼，而近代之留于民间者如此，倘亦论世之林云尔。若夫借男女之真情，发名教之伪药，其功于〔挂枝儿〕等，故录及〔挂枝儿〕词而次及山歌。

他这种文学的见解，正是晚明新文学运动中浪漫精神的表现。文学的可贵，在于表现真情。山歌不列诗坛，不入缙绅之口，故其情愈真，文愈真。诗文要登大雅，真的变成假的，山歌不与诗文争名，故不屑假，不屑假，便是真，此山歌之可贵也。这种意见，李卓吾、袁中郎早已说过，也不过说说而已，然而能说能行的，还是冯梦龙。《山歌》十卷，前九卷全是用的吴语，只有最后一卷名《桐城时兴歌》，用的官话，因此我们可以说《山歌》是一部吴语区域的方言文学，全书共三百四十多首，除了《破鬃帽歌》、《鱼船妇打生人相骂歌》、《山人歌》三数长篇外，其余的都是咏的男女私情，关于男女性爱方面，无论想的说的，做的感的，吃的穿的，用的看的，都在私情里表现出来，正如编者所说，是一部私情谱。

这书所收的，虽不能说全是民间的俗歌，但十分七八是来自民间。民歌因地域关系，用意相同，文字大同小异的，时常可举出好几首来。《山歌》中这种例子极多，现举一则。有一首山歌题目是"乾思"，词云："见郎俊俏姐心痴，那得同床合被时。虫蛀子蝗鱼空白鲞，出铜银子是干丝。"他在后面注云："一云：'井面上花开井底下红……'又云：'郎看子姐姐看子郎……'俱同意。"在一首正文的《乾思》下，另附两首，其意也是《乾思》，可见这三首都是民间歌唱的，地域不同，文字也改了，他都觉得弃之可惜，就作了附录，这种例子，《山歌》集中多极了。再如《笃痒》下注云："此歌闻之松江傅四，傅亦名姝也。"那些作品，确是来自民间。但也确有改作或是创作的，如《捉奸》第三首后附注云："此余友苏子忠作。"又第一首后附注云："弱者奉乡邻，强者骂乡邻，皆私情姐之为也，因制二歌赠之。"因此可知《山歌》里，确实有他自己和朋友们仿民歌的作品。又《山歌》后附注云："此歌为讥诮山人管闲事而作；或云张伯起先生作，非也。盖旧有此歌，而伯起复润色之耳。"这是改作的证据。这样说来，《山歌》一书，确实有文人的拟作与改作了。虽这样说，《山歌》毕竟是一本最富于民间气息的作品，是俗文学中最俗的，他所反映出来的情感意识是大众的，所用的言语是大众的，因此《山歌》在通俗文学与民俗学的研究上，是极有价值的一本书。

弗见子情人心里酸，用心摸拟一般般。闭子眼睛望空亲个嘴，接连叫句俏心肝。

（《摸拟》）

姐道我郎呀，若半夜来时没要捉个后门敲，只好捉我场上鸡来拔子毛。假做子黄鼠郎偷鸡引得角角哩叫，好教我穿上单裙出来赶野猫。

（《半夜》）

结识私情弗要慌，捉着子奸情奴自去当。拼得到官双膝馒头跪子从实说，咬钉嚼铁我偷郎。

（《偷》）

别人笑我无老婆，你弗得知我破饭箩淘米外头多。好像深山里野鸡随路宿，老鸦鸟无窠到有窠。

（《无老婆》）

上面几首，是用意较为含蓄而技巧特高，设想有趣，所以是民歌中最上之作。另有八九两卷，俱为长歌，题下或注"俱兼曲白"，"曲白兼用"，可知这些都是合乐的歌曲，一定是当日的妓馆歌女们所唱的。细看这二十几篇，文士改作的痕迹，比较浓厚。这种歌大半是民间粗通文字的无名氏的原作，经编者或他人修改过的。《破鬃帽歌》下注云："《游翰琐言》尚有《破毡袜歌》，无味故不录。"这明是抄录他人之作了。中有《山人》一篇，讥骂晚明那些附庸风雅装腔作势的山人，真是淋漓尽致，并且它不是咏私情的，而是一篇讥讽时事的社会性的作品，在《山歌》中算是绝无仅有了。

民歌的艺术，既是这样优美，这么可爱，开始是流行于民间，后来渐为文人所注意，爱其妩媚，喜其新鲜，于是民间的俗曲，渐渐影响于当代的曲家，有取民间小曲而作词者，上述的刘效祖、赵南星，二人成就最大，即金銮、沈仕、梁辰鱼、王骥德、施绍莘诸人集中，亦有〔锁南枝〕、〔驻云飞〕、〔打枣竿〕诸作。其次，他们小令中，也时常无形中接受小曲的影响，文字语气，极为通俗。这种例子，各人的集中都可看见。不过民间起来的东西，一入文人之手，在初期，还能保存一点真面目，久而久之，便会变为一个涂脂抹粉的假美人，原来的天真活泼的真面目，消失殆尽了。《乐府》诗是如此，词和曲也都是如此，这公例是逃不了的。

第二十八章　清代文学在中国文学史上的地位

一　清代文学是中国旧体文学的总结束

在中国过去的历史中，外族统治汉人，成功最大的是清朝的满洲人。他们不像蒙古人那样残暴，只靠着武力，苛刻地压迫汉人。他们所采用的，是武力与怀柔双管齐下的政策。他们了解汉人的心理，尽量的保存汉人的社会习惯、宗教仪式以及传统的文化与道德。满人的皇族贵籍①，自小就受汉人的教育，同样受孔孟伦理学的熏陶，同样能写苍老的古文和美丽的诗词。因此，在清代初年，在那些遗民的脑子里，固然蕴藏着无限的亡国的仇恨与悲痛。但到后来，时光渐渐过去，仇恨也渐淡薄，而终于遗忘，结果汉人全变成了满洲统治者的忠臣与义仆，在一般人的精神上，只有君臣的名分，几乎没有民族仇恨的影子。于是满洲人建立起来的清帝国，继续了二百几十年的寿命，比起蒙古人来，清朝不能不说是得到了大大的成功。

---

① “籍”，再版为“戚”。

在中国学术史上，清朝是自有其独特的好地位的。所谓古典学派的朴学，可与先秦哲学、两汉经学、魏晋玄学、隋唐佛学、宋明理学，前后比美，各为一个时代思潮的代表。朴学家都是用严肃的态度，科学的精神，孜孜不息地努力，在学问上用功夫。无论经学、史学、诸子学、校勘学、小学、地理、金石、辨伪、辑佚各方面，造就了很大的成绩。他们从事学问的精神态度，是反对主观的冥想，倾向客观的考察，排斥空论，提倡实践。这种精神的来源，一面是由明末王学末流的空虚浮浅的反动，于是而有黄黎洲、顾亭林、王船山、朱舜水一般人出来，大声疾呼，攻击明心见性的空谈，提倡经世致用的实学。这些人学问渊博，加以人品道德，能表率群伦，一倡百和，学风为之一变。另一方面，是属于政治的环境，从顺治到乾隆，在这一世纪中，满洲帝王对于汉族的知识阶级，是一面用高压，同时又用怀柔来收拾人心。八股科举用来吸收青年，山林隐逸和博学鸿词的荐举，用来吸收宿儒和遗老。这虽说是一种诱奸愚民的工具，然在当日却也网罗了一大批人才。但怀柔政策，毕竟不能全部收效，于是高压的文字狱，在顺、康、雍、乾四朝中，接连着发生，造成了许多悲惨的案件，牺牲了不少的人命。《四库全书》的编纂，在文化上自有其意义与价值，然按其实际，实是变态的文化与思想上的统制。在那书编纂的十年间（乾隆三十八年至四十七年），继续烧书二十四回，烧去的书共一万三千多部。在这一种文网严密思想文化统制的时代，学者的才力，自然是避免与政治发生接触，于是学术的园地，趋向于古典学的研求。训诂、校勘、笺释、搜补、辨伪、辑佚，都是相宜的工作。在这一种环境下，于是造成了代表清代学术界的古典学派的大运动。梁启超说："清代思潮果何物耶？简单言之，则对于宋明理学之一大反动，而以复古为其职志者也。”(《清代学术概论》)学术思潮是如此,文学思潮亦然。我们看清代二百多年的文学界,无论诗文词曲,都是走的复古之路。因为全是走的复古之路,各种作品,都逃不出摹拟与因袭。外表纵是华美可观,内面总是没有新奇的生命与创造的精神。作文的拟韩柳,作诗的拟李杜,作词的拟姜张,作曲的拟张施,成绩最好的,也不过是这般人的影子。在这种地方,我们也不能归罪于清代人的才力,实际是清代在中国的旧文学史上,是最后的一期,各种文体,如诗文、词、曲、杂剧、传奇种种的特色,在各时代,都已发挥殆尽,到了清朝,全变成了旧体与残骸,任你是大才力的作家,既不能向新文体新形式方面谋发展,只想在那些旧体与残骸中,灌输新生命,恢复艺术的青春的力量,实在是不可能的。所以同样是复古的思潮,在经学、史学、小学及其他各种学问上都有极高的造就,在文学上没有表现出很大的成绩来,那便是文学的生命,赋有一种生命的机能,返老还童,实在不是一件容易的事。因此起于宋元成长于明代称为平民文学的白话小说,到了清代,尚富有青春的生命,其前途还大有可为。所以小说这一部门,在清代表现了优美的成绩,而占了文学史上重要的地位。我们可以说,代表清代文学的,是那些长篇的白话小说,而不是那些正统派的诗文词曲。我们在讨论这一时代的文学时,是必得注重于小说这一方面的。

梁启超氏说:“前清一代学风,与欧洲文艺复兴时代相类甚多。其最相异之点,则美术文学不发达也。清之美术,虽不能谓甚劣于前代,然绝未尝向新方面有所发展,今不深论。其文学,以言夫诗,真可谓衰落已极。吴伟业之靡曼,王士祯之脆薄,号为开国宗匠。乾隆全盛时,所谓袁枚、蒋士铨、赵翼三大家者,臭腐殆不可向迩。诸经师及诸古文家,集中多亦有诗,则极拙劣之砌韵文耳。嘉道间龚自珍、王昙、舒位号称新体，则粗犷浅薄。咸同后竞宗宋诗，只益生硬，且无余味。其稍可观者，反在生长僻壤之黎简、郑珍辈，而中原更无闻焉。直至末叶，始有金和、黄遵宪、康有为，元气淋漓，卓然称大家。以言夫词，清代固有作者，驾元明而上，若纳兰性德、郭麟、张惠言、项鸿祚、谭献、郑文焯、王鹏运、朱祖谋皆名其家，然词固所共指为小道也。以言夫曲，孔尚任《桃花扇》、洪昇《长生殿》外，无足称者。李渔、蒋士铨之流，浅薄寡味矣。以言夫小说，《红楼梦》只立千古，余皆无足齿数。以言夫散文，经师家朴实说理，毫不带文学臭味；桐城派则以文为'司空城旦'矣。其初期魏禧、王源较可观，末期则有魏源、曾国藩、康有为。清人颇自夸其骈文，其实极工者仅一汪中，次则龚自珍、谭嗣同，其最著名之胡天游、邵齐焘、洪亮吉辈，已堆垛柔曼无生气，余子更不足道。要而言之，清代学术在中国学术史上价值极大，清代文艺美术，在中国文艺史、美术史上价值极微，此吾所敢昌言也。"(《清代学术概论》)梁氏对于各家的批评难免稍有武断之嫌，尤其对于小说方面，更觉苛刻，但其立论的中心，真是确切不移的。

虽如此说，清代文学，亦自有其特色。在中国整个文学发展的历史上，清代文学的职能，是三千年来各种旧文学旧文体的总结束，同时展开二十世纪中国新文学的新局面。二百多年间，由许多拟古派作家的努力挣扎，确实造成了一个旧文学结束的光荣场面。无论作诗文词曲，他们的态度，都非常严肃而认真。但是，不管他们如何努力，旧的总归是过去了，代之而起的是新文学。我们研究清代文学，就是要知道在这一总结束期间文坛活动的情形。其次，清朝从顺治到嘉庆这一百多年中，国势较为安定，民生较为富裕，反映于文学上的色彩，是典雅富丽，一面是对于帝国威权的颂扬，同时又是对于古典文学表示极端的追恋与摹拟。道咸以降，外国人的压迫，内乱的叠起，清帝国的弱点，全部暴露出来，从前不管事的民众，渐渐注视国家的危机。经过中日战争的失败到戊戌政变，当日的前进的知识阶级，都变成了热烈的改革分子。辛亥革命起来，清帝国的生命，终于结束。在这晚清的几十年中，无论学术界文学界，比起前一期来，都起了变化。由龚、魏到康、梁的今文学派，很明显的表现了学术界风气的转变。这一期的文学，也不比从前了，如郑珍、金和、黄遵宪、康有为诸人的诗，蒋春霖的词，吴沃尧、李伯元、刘鹗诸人的小说，或映出时代乱离的影子，或表现着民众悲苦的感情，或暴露政府的懦弱与黑暗，或讽刺官吏的腐败与贪污。总而言之，在他们作品中表现出来的，都失去了从前那种雍容典雅的色彩与情调。无论内容形式以及所用的文字与表现的方法，都渐渐改变，一步一步趋于新方向的发展。这一期的文学，实在是中国新旧文学交界的关口。我们很明显看着旧的由挣扎而毁灭，新的由努力而诞生。这一种大的变动，大的斗争，在中国文学史上过去时期中都是没有过的。在这里正表现时代的伟大力量。

二　晚明浪漫思潮的余波

由公安、竟陵领导而风靡明代末年的浪漫文学的思潮，经了政治上的大变动，渐渐地衰微下去而快要销声匿迹了。这一种浪漫派的文学思想家，自然是不能容于当时的政治环境，自然不能容于那些正统派的文人和卫道派的汉学家。但在当日竞讲宗派高唱复古的文坛空气里，我们也还能看出一点晚明浪漫思潮的影子。他们那些反古典、主性灵、攻击卫道以及提倡通俗文学的文学议论，还值得我们重视。在叙述清代的桐城文派运动之前，对于这继承晚明浪漫派的动态，实有加以检讨的必要。我们只要翻阅过金圣叹、李渔、袁枚诸人的集子，便可明了在他们的作品里，仍然很明显地表现着那种活跃的精神。

金圣叹　金圣叹（西历？—一六六一），吴县人。性情怪诞，狂放不羁，因为参加反抗政府的贪污的书生运动而遭了惨死。他承继着公安派的理论，对于通俗文学，予以极高的评价。他把《水浒》、《西厢》与《离骚》、《庄子》、《史记》、杜诗同列，称为“六才子书”。他说：“天下之文章，无有出《水浒》右者，天下之格物君子，无有出施耐庵先生右者。学者诚能澄怀格物，发皇文章，岂非一代文物之林。《水浒》所叙，叙一百八人，人有其性情，人有其气质，人有其形状，人有其声口。夫以一手而画数面，则将有兄弟之形，一口而吹数声，斯不免再映也。施耐庵以一心所运，而一百八人各自入妙者，无他，十年格物而一朝物格，斯以一笔而写千万人，固不以为难也。”（《水浒传序三》）他这种尊重小说的意见，不用说是受了李卓吾、袁中郎的影响。似他这种批评，能从文学的技术上立论，比起李、袁来，确是进了一步。至于他那些给《西厢》、《水浒》与唐诗的评解与读法，并不见佳。鲁迅说他：“原作诚实之处，往往代为笑谈，布局行文，也都硬拖到八股的作法上。”（《谈金圣叹》）这话是对的。不过我们不得不知道金圣叹处的是三百年前的古代，在那时的文坛要提高小说戏曲的地位，讲义法作法，甚至拖到八股文里面去，也是一种必要的战略，只有这样，才能在正统文坛的时代，收到攻势的效果。我们用这种眼光去看金圣叹的文字，是较有意义的。同时，他对于诗的意见，也很可喜。他说：“诗非异物，只是人人心头舌尖所万不获已必欲说出之一句说话耳。儒者则又特以生平烂读之万卷,因而与之裁之成章,润之成文者也。夫诗之有章有文也,此固儒者之所矜为独能也。若其原本,不过只是人人心头舌尖万不获已而必欲说出之一句话,则固非儒者所得矜为独能也。"(《与家文昌》)又说:"诗如何可限字句。诗者人之心头忽然之一声耳。不问妇人孺子,晨朝夜半,莫不有之。……唐人撰律,而勒令天下之人必就其五言八句,或七言八句,若果篇必八句,句必五言七言,斯岂又得称诗乎?"(《与许青屿》)这对于诗的意义与形式,说得多么透澈,我们必得在这些文字里,才可认识作为文学批评家的金圣叹的真面目。

李渔　其次是号称湖上笠翁的李渔(一六一一——一六八五)。他是浙江兰豀人。性爱自由,喜山水,晚年卜居西湖。他对于人生与文学的态度都与公安一派人近似。他追求艺术化趣味化的生活,他对于他的饮食起居,都能独出心裁的加以处理与设计。《兰豀县志》中说他:"性极巧,凡窗牖、床榻、服饰、器具、饮食诸制度,悉出新意,人见之莫不喜悦,故倾动一时。"在他的著作里,留下许多描写生活趣味和山水花草虫鱼的小品文。这些都是清新流丽趣味丰富的文字。他在文学史上的地位,是在他那些对于戏曲的可贵的意见。他自己本来是一个优秀的戏曲作家,中间的曲折艰苦,全都懂得,再加以前人的理论参考比较,因此他的理论,很是透澈而又有条理。他的《闲情偶寄》卷一卷二,都是戏曲的评论,分为词曲、演习二部。词曲部中,尤其精彩。第一论结构,第二论词采,第三论音律,第四论宾白,第五论科诨,第六论格局,这确是很有组织的一套理论。如论词采,他主张贵显浅,重机趣,戒浮泛,忌填塞。论宾白,他主张声务铿锵,语求肖似,词别繁简,字分南北,文贵精洁，意取尖新，少用方言，时防陋孔。论科诨，他主张戒淫亵，忌俗恶，重关系，贵自然。这些都是他对于戏曲极精到的见解，确是值得我们佩服的。

袁枚　最后结束这明末的浪漫文学思潮的，是乾隆时代的袁枚。金圣叹尽力于批评小说，李渔尽力于戏曲，袁枚则尽力于诗。他是当日性灵诗派的提倡者。他喜山水，爱声色，三十三岁就辞官不做，过他的自由浪漫的生活。他对于诗的意见，与袁宏道相同。他反对格调派的拟古与雕琢，反对诗歌要受道德的制裁，他主张诗歌要有真实的情感与个性的表现，他主张文学是进化的，一时代有一时代的特色。他说："杨诚斋曰：从来天分低劣之人，好谈格调，而不解风趣，何也，格调是空架子，有腔口易描。风趣专写性灵，非天才不辨，余深爱其言。"他又说："余往往见人之先天无诗，而人之后天有诗。于是以门户判诗，以书籍炫诗，以叠韵次韵险韵敷衍其诗，而诗道日亡。"（《何南园诗序》）他又说："来谕谆谆教删集内缘情之作，云以君之才之学，何必以白傅、樊川自累。夫白傅、樊川，唐之才学人也，仆景行之，尚恐不及，而足下乃以为规，何其高视仆而卑视古人耶？足下之意，以为我辈成名，必如濂、洛、关、闽而后可耳。然鄙意以为得千百伪濂、洛、关、闽，不如得一二真白傅、樊川，以千金之珠，易鱼之一目，而鱼不乐者何也？目虽贱而真，珠虽贵而伪也。"（《答蕺园论诗书》）他又说："孔门四科，因才教育，不必尽归德行，此圣门之所以为大也。宋儒硁硁然将政事、文学、言语一绳捆束驱而尽纳诸德行一门，此程朱之所以为小也。"（《答朱石君尚书书》）他又说："三代而后，圣人不生，文之与道离也久矣。然文人学士，必有所挟持以占地步，故一则曰明道，再则曰明道，直是文章家习气如此，而推究作者之心，都是道其所道，未必果文王周公之道也。”(《答友人论文第二书》)在这些文字里,很清楚地看出袁枚在文学批评上的勇敢态度和那种明末浪漫思潮的影子和精神。但在当日正统文派与古典学派的围攻的环境之下,明末的浪漫思潮与袁枚的理论,是不得不同归于尽的。结果是公安、竟陵一派的著作,被判处死刑,烧的烧,毁的毁,而成为禁书了。袁枚也被人骂为异端而倒下去了。其实这也不全是满洲君主的主意,而大半是那些卫道的学者文人自己的残杀。我们试看朱彝尊、沈德潜、纪晓岚一些正统文人如何攻击公安、竟陵一派人的著作,刘石庵、王兰泉、章实斋诸人如何攻击甚至于陷害袁枚,可知他们对于浪漫思潮是如何的深恶痛绝,那种卫道的精神,又是如何的热烈。在这种环境下,那种征圣宗经明理载道的文学理论,自然是蓬勃兴起,形成了坚固不拔的壁垒,掌握了文坛的领导权,成为具体的表现的,便是桐城派领导的古文运动。

三　清代散文与桐城派运动

作为清代学术的先驱的,是顾亭林、黄宗羲、王夫之诸家,他们都是穷经致用反对虚谈的学者。同时他们对于当代的文坛,也给予相当的影响。他们最看不起那些言之无物的拟古的假古董,油腔滑调的应酬文字,和那些反正统倡性灵的浪漫文学,甚至于他们根本就轻视纯文学。在他们三人中,顾氏的议论更是激烈透澈。在《日知录》里《亭林文集》内,再三地发表了他这种主张。他说:“文之不可绝于天地间者,曰明道也,纪政事也,察民隐也,乐道人之善也。若此者有益于天下,有益于将来,多一篇,多一篇之益矣。

若夫怪力乱神之事，无稽之言，剿袭之说，谀佞之文，若此者，有损于己，无益于人，多一篇，多一篇之损矣。”（《日知录》）又说：“《宋史》言刘忠肃每戒子弟曰：‘士当以器识为先，一命为文人，无足观矣。’仆自一读此言，便绝应酬文字，所以养其器识，而不堕于文人也。”（《与人书》）在这些文字里，明末公安、竟陵一派，他们固然是看不起，就是前后七子所标榜的“文必秦汉诗必盛唐”的拟古派，他们同样也是轻视的。至于那些通俗文学小说戏曲之流，无怪他们要视为妖言野语了。他们要做圣贤，他们理想的文学，是要替圣贤立言的文学，是要明道载道的文学。于是在明代解放过来的文学观念，又复古到唐朝的韩愈、宋朝的程朱了。

凡是讲清初的散文，总是列举侯、魏、汪三家。侯方域字朝宗，号雪苑（西历一六一八——一六五四），河南商丘人，有《壮悔堂文集》。魏禧字冰叔，号勺庭（西历一六二四——一六八〇），江西宁都人，有《魏叔子文集》。汪琬字苕文，号尧峰（西历一六二四——一六九〇），有《尧峰文钞》。他们大都学韩欧一派的古文，称为清初散文界的代表。但现在细看他们的作品，都是内容空洞的虚架子，实在算不得什么好文章。黄宗羲引陈令升的话说：“侯朝宗其文之佳者，尚不能出小说伎俩，岂足以言名世。”（《陈令升先生传》）《四库提要》评云：“古文一脉，自明代肤滥于七子，纤佻于三袁，至启、祯而极敝。国初风气还淳，一时学者始复讲唐宋以来之矩矱。而琬与魏禧、侯方域称为最三。然禧才纵横，未归于纯粹，方域体兼华藻，惟琬学术最深，轨辙复正。……庐陵、南丰固未易言，要之，接迹唐、归，无愧色也。”他们的成就，只是唐顺之、归有光一流人物，这批评是极公平的。

方苞　他们在古文运动上，虽没有建立系统的理论，在创作上虽没有优美的成绩，但因了他们的努力一扫明末浪漫派小品文的风气，为后来的古文复兴运动，开启了一条道路。等到方苞、刘大櫆、姚鼐出来，才正式形成桐城文派的运动，才正式树立起来桐城派的古文理论。方苞字凤九，号灵皋，晚号望溪（西历一六六八—一七四九），有《望溪文集》。刘大櫆字才甫，号海峰（西历一六九八——一七七九），有《海峰文集》。姚鼐字姬传（西历一七三一——一八一五），是刘大櫆的弟子，有《惜抱轩文集》。他们都是安徽桐城人，都努力提倡古文，因此叫他们做桐城派。

方苞的文学思想，在《答申谦居书》中说得最清楚："仆闻诸父兄，艺术莫难于古文。自周以来，各自名家者，仅数十人，则其艰可知矣。盖古文之传与诗赋异道，魏晋以后，奸佥污邪之人，而诗赋为众所称者有矣，以彼瞑瞒于声色之中，而曲得其情状，亦所谓诚而形者也。故言之工而为流俗所不弃。若古文则本经术者依于事物之理，非中有所得，不可以为伪。故自刘歆承父之学，议礼稽经而外，未闻奸佥污邪之人，而古文为世所传述者。韩子有言：行之乎仁义之道，游之乎诗书之源，兹乃所以能约《六经》之旨以成文，而非前后文士所可比并也。姑以世所称唐宋八家言之，韩及曾、王，并笃于经学，而浅深、广狭、醇驳等差各异矣。柳子厚自谓取原于经而掇拾于文字间者，尚或不详。欧阳永叔粗见诸经之大意而未通其奥，苏氏父子则慨乎其未有闻焉。比核其文，而平生所学不能自掩者也。……苟志乎古文，必先定其所向，然后所学有以为基，匪是，则勤而无所若。夫《左》、《史》以来相承之义法，各出之径途，则期月之间可讲而明也。"他又在《古文约选序例》中说："盖古文所从来远矣，《六经》、《语》、《孟》其根源也。得其支流而义法最精者，莫如《左传》、《史记》。"在这些文字里，我们可以看出他的主张：

一、作文的目的，不仅是做一个文人，同时还要做圣人。唐宋八家的文章是好的，但是他们所载的道还是不够，得之于《六经》的根底还不厚。所以他们的古文，尚未达到最高的标准。程朱的义理是好的，文章却又不够。因此他们主张文道合一，于是圣贤文人成为一体了。“学行继程朱之后，文章在韩欧之间”，正好写出他们的志愿。

二、他们的文统，最高的偶像是《六经》、《语》、《孟》，其次为《左传》、《史记》，其次为唐宋八家，最后是明朝的归有光。

三、他把古文与称为纯文学的诗词歌赋，截然分开，对于小说戏曲更加轻视，使他们成为正统文学的附庸。

上面是方苞文学思想的重心，也就是“桐城派”最高的理论。他这些意见，同韩欧所讲，相差真是有限得很。其次我们要注意的，就是他们所讲的古文义法。所谓义法，方苞说：“《春秋》之制义法，自太史公法之，而后之深于文者亦具焉。义即《易》之所谓言有物，法即《易》之所谓言有序也。必义以为经，而法纬之，然后为成体之文。”（《书史记货殖传后》）这几句话，表面说得确是不错，言有物，是说文章要有内容；言有序，是说文章要有条理要有布局。不过，他们所说的内容，是有关圣道的内容。正如方苞所说“非阐道翼教有关人伦风化不苟作”。这样一来，内容仍然是一个空架子，而他们所注重的，只是一个形式。方苞又说：“南宋元明以来，古文义法不讲久矣。吴越间遗老尤放恣，或杂小说，或沿翰林旧体，无雅洁者。古文中不可入语录中语，魏晋六朝人藻丽俳语，汉赋中板重字法，诗歌中集语，南北《史》佻巧语。”（《评沈椒园文》）又说：“凡为学佛者传记，用佛氏语则不雅，子厚、子瞻皆以兹自瑕，至明钱受之，则直如涕唾之令人彀矣。岂惟佛说，即宋五子讲学口语，亦不宜入散体文，司马氏所谓言不雅驯也。”（《答程夔州书》）可知他对于文章最高的理想，是“雅洁”、“雅驯”。这样一来，桐城派所讲的义法，变成了有法无义的东西。钱大昕说他：“法且不知，义于何有？”（《与友人论文书》）王若霖说他：“以古文为时文，以时文为古文。”（《钱氏跋方望溪文》引）这批评都很深刻。

姚鼐　刘大櫆在作品与理论上，虽无重要的建树，但他在桐城派的系统上，却是重要的桥梁。鼎鼎大名的姚鼐，就是他的学生。姚鼐一面写作雅正谨严的散文，一面发扬方苞的理论。他说：真正的古文家，“义理、考证、文章，缺一不可”，他又说：“不能发明经义，不可轻述。”他费了很大的功夫，替学古文的编了一本教科书，那就是一直到现在还在社会上流行的《古文辞类纂》。这一部古文选本，成为二百年来青年人学古文的圣经。他在这部书的卷头，发表他论文的意见说：“凡文之体例十三，而所以为文者八：曰神、理、气、味、格、律、声、色。神理气味者，文之精也；格律声色者，文之粗也。然苟舍其粗，则精者亦胡以寓焉。”他说得似乎很抽象，其实也很简单。神理气味，是论文章的内容与精神，格律声色，是论文章的修辞与形式。不过后来的人故意牵强附会，愈讲愈糊涂了。至于他在《复鲁絜非书》中所提出来的阴阳刚柔说，那只是因为作家性格或地方环境的不同，而在作品上表现出不同的风格，这本是很普通的意见，经他一说到什么“文者天地之精英”，“惟圣人之言统二气之会而勿偏”，于是又变为神秘奥妙的东西而令人莫测高深了。

刘大櫆的门徒，除了姚鼐以外，还有王悔生、钱鲁斯。王钱二氏是张惠言作古文的导师。张惠言与其友人恽敬俱以文名，因同是阳湖人，故有“阳湖派”之称。张惠言说：“余学为古文，受法于挚友王明甫，明甫古文法，受之其师刘海峰。”（《书刘海峰文集后》）又说：“鲁斯谓余，吾尝受古文法于桐城刘海峰先生，顾未暇以为，子傥为之乎？余愧谢未能，已而余游京师，思鲁斯言，乃尽屏置往时所习诗赋不为，而为古文，三年乃稍稍得之。”（《送钱鲁斯序》）这样看来，张惠言应该是桐城嫡派，为什么另立名目？这原因是他们一面作古文，同时又喜作骈体。其次，他们除取法《六经》、八家外，同时兼取子史杂家。吴仲伦批评恽敬的文章说：“先生之治古文，得力于韩非、李斯，与苏明允相上下，近法家言。……先生于阴阳名法儒墨道德之书既无所不读，又兼通禅理。”（《恽子居先生行状》）这显然与方苞、姚鼐是大不相同了。因此他们的文章，笔势较为放纵，词意较为深厚，但不及方、姚的雅正，我们可以认作是“桐城派”的旁流。

到了姚鼐，桐城文派确实形成了一个有力量的运动。他晚年主讲钟山书院，蔚然为一代文宗。名弟子有管同、梅曾亮、方东树、姚莹诸人，各地传授师说，加以姚氏的友好，随声倡和，展转称誉，于是江南诸省，都散布了他们的势力。不过徒众虽多，文章既无特色，学问亦不深厚，所以他们在这方面，并没有多大的成绩。使桐城派的力量更加雄厚，理论更加发扬光大起来的，是咸丰年间的曾国藩。

曾国藩　曾国藩字涤生，号伯涵（西历一八一一——一八七二），有《曾文正公全集》。他在清代正统文学的历史上，正如他在政治史上一样，是一个中兴的功臣。他的学术思想是调和汉宋两派，文章是继承方、姚，诗喜黄山谷，为晚清宋诗派的倡导者。曾氏天资虽非杰出，但用工勤，学力深，在他军事连延的十几年中，从未一日离开书本。他性情诚笃，言行合一，更加以学问根底的深厚，发之于文，内容充实，渊雅闳阔。姚鼐虽以义理、考据、词章三者并重之说，号召徒众，其义理既浅，考据所得亦不甚多，取其术者仅仅是那一点作文的义法。展转相传，难免流于肤浅。曾国藩出，超绝流俗，桐城派为之一振。薛福成说："桐城派流衍益广，不能无窳弱之病。曾文正公出而振之。文正一代伟人，以理学经济发为文章，其阅历亲切，迥出诸先生上。早尝师义法于桐城，得其峻洁之旨。平时论文，必尊源《六经》、两汉，故其为文，气清体闳，不名一家，足与方、姚诸公并峙。其尤峣然者，几欲跨越前辈。"（《寄龛文存序》）黎庶昌也说："循曾氏之说，将尽取儒者之多识格物，博辨训诂，一纳诸雄奇万变之中，以矫桐城末流虚车之饰。……本期文章，至曾文正公，始变化以臻于大。"（《续古文辞类纂序》）在这些文字里，一面可以知道曾氏复兴桐城派的功绩以及他在清代散文界的地位；同时，也可以看出曾氏论文的范围大为扩展，其取精用宏之态度，远非方、姚所能及。曾氏自己说得好："闻此间有工为古文诗者，乃桐城姚郎中鼐之绪论，其言诚有可取。于是取司马迁、韩愈、欧阳修、曾巩、王安石及方苞之作，悉心而读之。其他六代之能诗者，及李、杜、苏、黄之徒，亦皆泛其流而究其归。……于汉宋二家构论之端，皆不能左袒，以附一哄，于诸儒崇道贬文之说，尤不敢雷同而苟随。……仆窃不自揆，谬欲兼取二者之长，见道既深且博，而为文复臻于无累。"（《致刘孟容书》）这样看来，曾氏再振的桐城文派，已全非昔日之旧。见识的宏通，范围的广阔，决不是那些抱残守缺、津津于义法之徒所可比拟的了。在曾选的《经史百家杂钞》一书中，很明显地反映出他对于圣贤与文学的观点的转变。《古文辞类纂》的编者把经书不敢看作文章的，他现在大胆地也选进那一部古文教科书中了。至于他在《复陈太守宝箴书》所说的那些不摹拟，不夸张，布局谨严，字句通顺的戒律法度，那只是一些作文的经验之谈，并不是宣传什么义法。黎庶昌说他“自欧阳氏以来，一人而已”，可见当代文人推崇之盛。

曾氏督师开府，前后二十年，文章既为一代之冠，又态度谦虚，招揽才学，一时为文者，几无不出曾氏之门。薛福成《叙曾文正公幕府宾僚》，共八十三人，除十数人不以文学见称外，其余皆为知名之文士。此辈文士，或为其友人，或为其弟子，或为其幕僚，振颓起衰，豪彦从风。当年盛况，可想而知。在这一大群人中，吴南屏、莫友芝、郭嵩焘、李元度、俞樾、吴汝纶、黎庶昌、张裕钊、薛福成诸人俱有名。但他们的才学，远不如曾，不能在这方面，建树多大的成绩。于是曾氏一死，中兴起来的古文局面，也就趋于衰微。虽说衰微，其影响仍及于季世。如严复、林琴南之受古文法于吴汝纶，固是桐城嫡派，其他在当日称为新思想家如梁启超、谭嗣同诸人，在初期亦无不感染其影响。一直到新文学运动起来，这一势力才宣告了死刑。

桐城派的古文运动，在清代的文学思潮上，自然是主流。但在那复古的潮流中，骈体的风气，也很流行，名家也出了不少。如陈维崧、吴绮、章藻功诸人，为初期的代表，陈名尤著。乾嘉之际，胡天游、汪中以外，有袁枚、邵齐焘、刘星炜、孙星衍、吴锡麒、洪亮吉、曾燠、孔广森八大家之称，汪中尤为杰出。到了晚清，此风仍盛，如皮锡瑞、李慈铭、王闿运诸人，俱是骈文作手。这些人对于文章的见解，大都与桐城派的议论相反。如汪中、李兆洛、曾燠、孔广森之流，都主张骈散并重，并无上下轻重之分。阮元父子，则主张文笔分立，只有骈文才是美文，才能算是文学。清末的王闿运也赞成这种意见,说:“复者文之正宗,单者文之别调。”这明明是宣布只有骈文才是文章的正统。不过无论从文学的生命上,或是从文章的应用上讲,比起桐城派所提倡的散文来,骈文是更无前途的,因此,关于这一方面的情形,不必讲述了。

第二十九章　清代的诗歌与词曲

一　清代的诗

清代诗人喜言宗派，在当日的复古潮流中，作者大都取法前代，好尚不同，取舍各异，遂有门户派别之分。各家所说不同，举其大要，唯有尊唐宗宋二大流而已。主唐者言神韵，言宗法，言格调，言肌理，而又有初唐、盛唐、晚唐之分。宗宋者，反流俗，排淫滥，以文入诗，又有苏、黄、剑南之别。然亦有自抒胸臆，试创新体，不为唐宋所囿者，但为数不多。以时代言，亦有差异：道咸以前，国势稳定，诗人或尚典雅，或写性灵，各家所作，俱与现实社会无关；及于世乱，诗风一变，作者身经艰苦，颇多愤世哀时之音。较之那些专讲格调声律的古典诗来，无论形式内容，都起了很大的变化。

钱谦益、吴伟业

清初诗坛，首推钱谦益、吴伟业二家。他俩同是遗民，又同是清初诗坛的领导者。吴氏宗唐，钱氏尚宋，故其成就影响各异。钱字受之，号牧斋（西历一五八二——一六六四），江苏常熟人，有《初学集》及《有学集》。他的文学思想，颇近公安一派，他反对明代王、李所标榜的诗必盛唐说，对于他们那些摹拟形似的作品，加以激烈的攻击。他提倡宋元的诗，他推崇苏东坡、元好问。冯班说："牧翁每称宋元人，以矫王、李之失。"(《钝吟杂录》)钱氏这种见解，给与当日诗坛很大的影响。到了康熙年间，吴之振编的《宋诗钞》，顾嗣立编的《元诗选》，都先后在这潮流中问世了。宋荦说："近二十年，乃专尚宋诗。"(《漫堂说诗》)纳兰性德也说："人情好新，今日忽尚宋诗。"(《渌水亭杂识》)这一种尚宋的风气，实由钱谦益开其端。至于他的作品，集中颇多应酬之作，自然难免菁芜杂处。在各体中，确实也还有些好诗。

吴伟业字骏公，号梅村(西历一六〇九——一六七一)，江苏太仓人，有《梅村集》。他的诗才华艳发，辞藻美丽，尤长于七言歌行。及乎国变，身经丧乱，诗多激楚苍凉之音。所记多明末史事，尤为难得。《四库提要》评其诗："格律本乎四杰，而情韵为深。叙述类乎香山，而风华为胜。"所论极确。他的长歌如《圆圆曲》、《永和宫词》、《短歌》、《楚两生歌》、《悲歌赠吴季子》等篇，都是他的代表作品。他身事二朝，后人多病其名节。在他《过淮阴有感》诗中云"我本淮王旧鸡犬，不随仙去落人间"，便知道他心中所感到的苦痛了。

宗唐诗派

钱、吴以后，诗崇盛唐而能领袖骚坛者，为王士祯。王字贻上，号阮亭，又号渔洋山人(西历一六三四——一七一一)，山东新城人，有《精华录》。他曾从钱牧斋学诗，却不欢喜宋元一派，他接受钱氏最反对的严羽论诗的理论，创为神韵一派，而以诗的神情韵味为诗的最高境界。他反对重修饰、掉书袋、发议论、无生气的诗，他最爱古淡自然、清新蕴藉的情调。他欣赏司空图《诗品》中所标举的“不着一字，尽得风流”，“采采流水，蓬蓬远春”的意境。他为实践他这种理论，选了《唐贤三昧集》，以王维、孟浩然的作品为主，作为学诗的范本。他说：“吾疾夫世之依附盛唐者，但知学为九天阊阖、万国衣冠之语，而自命为高华，自矜为壮丽，按之其中，毫无生气。《三昧集》之选，要在剔出盛唐真面目与世人看。”（《然灯纪闻》）他有论诗绝句云：“曾听巴渝里社词，三闾哀怨此中遗。诗情合在空舲峡，冷雁哀猿和竹枝。”其论诗的旨趣，由此可见。在当日宋诗流行的风气中，王氏之说出，一时天下奔走，翕然相应。于是渔洋山人，便成为一代诗坛的盟主。我们现在读他的作品，觉得真能实践他的理论，表现神韵的特色的，是他的七言绝诗。其他各体，虽不无佳作，但仍然犯了他所厌恶的掉书袋用僻典的弊病。因为专从神韵，只宜于短诗，长篇并非所宜。赵翼也说：“专以神韵胜，但可作绝句。元微之所谓铺陈终始，排比声韵，豪迈律切者往往见绌。”规模过小，确是神韵诗派的缺点。

吴头楚尾路如何！烟雨深秋暗白波。晚趁寒潮渡江去，满林黄叶雁声多。

（《江上》）

青草湖边秋水长，黄陵庙口暮烟苍。布帆安稳西风里，一路看山到岳阳。

（《送胡耑孩赴长江》）

危栈飞流万仞山，戍楼遥指暮云间。西风忽送潇潇雨，满路槐花出故关。

（《雨中渡故关》）

这些都是他的好诗。他所讲的言外之意，味外之味，他所爱的古淡自然、清新蕴藉的风致，在这些诗中，都可领略得出。在清代诗史上，王渔洋的绝句，确是重要的收获。

在尊唐的主流中，与王士祯同时，或稍后，尚有施闰章、宋琬、朱彝尊、赵执信、沈德潜、翁方纲诸家，俱有诗名。施字尚白，号愚山（西历一六一八——一六八三），安徽宣城人，有《愚山全集》。施五古善写自然，有王、孟风致；近体宗杜，以规矩工力见长。渔洋诗宗神韵，佳者自然高妙，至其末流，多成虚响。愚山乃以绳墨学问救之。一主虚悟，一主实修，两家得失，由此可见。宋琬字玉叔，号荔裳（西历一六一四——一六七三），山东莱阳人，有《安雅堂集》。诗与愚山齐名，时称为南施北宋。荔裳尊杜、韩，七律七古时有佳作，音节苍凉，恰好表现北方人那种雄健的气质。

朱彝尊是清代古典诗人的代表，与王士祯抗衡，其词名尤著。诗宗初唐，亦喜北宋，至于少作永嘉诸小诗，颇富王、孟自然之趣。他学问渊博，工力深厚。作诗喜夸耀才学，争奇斗胜，掉书袋，用险韵。作者以此自喜，其实有伤诗的情趣。赵执信云："王才美于朱，而学足以济之，朱学博于王，而才足以举之。朱贪多，王爱好。"（《谈龙录》）寥寥数语，把王朱二家的异同得失和他们的性情，说得极为确切，所谓贪多爱博，正是古典文人通有的弊病。

赵执信字伸符，号秋谷（西历一六六二——一七三四），山东益都人，有《饴山诗集》。他是王渔洋的甥婿，初甚相得，后以小怨互相诟病，至终身不和。其《声调谱》，得之王氏，再观其《谈龙录》，对渔洋所不满意的，都是一些小节。论诗以“简淡高远兴寄微妙为最可贵”，亦与渔洋所论不远。惟王诗以才情胜，其流弊伤于肤廓，秋谷矫以深刻，故诗宗晚唐。《四库提要》说：“王以神韵缥缈为宗，赵以思路劖刻为主。”正是这个意思。沈德潜字确士，号归愚（西历一六七四——一七六九），江苏长洲人，有《归愚诗钞》。他论诗主盛唐，倡格调，在乾隆一朝，声誉极隆。所作雍容典雅，歌功诵德，实为台阁诗人的典型。所选《古诗源》、《唐诗别裁》、《明诗别裁》、《国朝诗别裁》诸书，风行一时。洪亮吉评其“从之游者，类皆摩取声调，讲求格律，而真意渐漓”（《西溪渔隐诗序》）。这话说得很真切。翁方纲字正三，号覃溪（西历一七三三——一八一八），顺天大兴人，有《复初斋诗集》。翁氏为经史考据及金石的专门学者，故其诗实质充厚，缺少性灵。论诗颇喜神韵一说，但容易流于肤浅，故别倡肌理说以补救之。所谓肌理，想用学问做根底，增加实质，增加骨肉，使诗能走到外表空灵、内容质实的地步。但翁氏的作品，并未能实践他的理论，金石考证，杂错其间，真变为一种学问诗了。洪亮吉说：“有误传翁阁学士方纲卒者，余挽诗云：‘最喜客谈金石例，略嫌公少性灵诗。’盖金石学为其专门，诗则欲入考订也。”（《北江诗话》）本来在当日朴学正盛时期，作诗喜言学问，正是一种时代的风气。钱大昕、孙星衍诸人的诗，都有这种倾向。不过翁方纲发为理论，自成诗说，而成为一派的代表。

上列诸家，虽论见不同，立场各异，但尊唐这一大目标是相同的。在这一主流中，就地位与成绩而论，王渔洋实为领袖。他有许多好诗，确能表现他特有的个性与风趣，非他家所能到。这便是他过人的地方。

尊宋诗派

钱谦益而后，正式标榜宋诗者，有宋荦、查慎行、厉鹗诸家。宋荦字牧仲，号漫堂（西历一六三四——一七一三），河南商丘人，有《西陂类稿》。《池北偶谈》记其尝绘苏轼像，而己侍立其侧，可见对于东坡之爱好。论诗意见，具见《漫堂说诗》中。所作纵横奔放，刻意生新，一时与渔洋争名。查慎行字初白（西历一六五〇——一七二七），浙江海宁人，所著有《敬业堂集》。诗崇苏、陆，曾补注苏诗五十二卷。《四库提要》云："观慎行近体，实出剑南。核其渊源，大抵得诸苏轼为多。观其积一生之力，补注苏诗，其得力之处可见矣。明人喜称唐诗，自康熙初年，窠臼渐深，往往厌而学宋，然粗直之病亦生焉。得宋人之长而不染其弊，数十年来，固当为慎行屈一指也。"可见查慎行在宋诗派的地位。厉鹗字太鸿（西历一六九二——一七五二），浙江钱塘人，有《樊榭山房集》。他如朱彝尊一样，诗词俱算大家。他著有《宋诗纪事》百卷，为研究宋诗有名的学者。他的才学极高，但他喜用冷字僻典，容易流于饾饤挦扯的弊病。袁枚说："吾乡诗有浙派好用替代字，盖始于宋人而成于厉樊榭。"（《随园诗话》）这就是宋派诗人主新奇反流俗的恶果。但在《樊榭山房集》中，并不是没有苍凉清丽的好作品，如《晚过梁溪有感》最后四句云："三面看山暝色催，旧游零落使人哀。依稀第二泉边路，半在苍烟落叶堆。"这可爱的意境，只可于东坡诗中见之。

其次我们要论到的是赵翼。赵字云松，号瓯北（西历一七二七——一八一四），江苏阳湖人，著有《瓯北诗集》。他对于王渔洋的神韵说，深表不满。他论诗虽没有正式标榜宋诗，但他的文学精神，却是从宋诗中得来。他在诗中欢喜发一点小议论，表现一点讽刺与诙谐，不装腔作势，不讲什么格调宗法，只是像讲话作文一般，随意抒写出来，然而又不浮浅，令人领略到一点言外之音。最能表现这种特色的，是他的五古，如《闲居读书》、《后园居诗》、《偶得》、《杂题》诸篇，都很有趣味。如《闲居读书》之一云：

> 后人观古书，每随己境地。譬如广场中，环看高台戏。矮人在平地，举头仰而企。危楼有凭槛，刘桢方平视。做戏非有殊，看戏乃各异。矮人看戏归，自谓见仔细。楼上人闻之，不觉笑喷鼻。

这一种平铺直叙作诗如说话的语气，似嘲似谑的情调，确是他的特色，在清人诗中是少见的。

性灵诗派

性灵诗说，倡于袁枚，与其态度情趣大略相似者，尚有郑燮、黄景仁、张问陶诸家。乾嘉时期，诗坛上宗法格调之说，风靡一时。袁氏以性灵号召，耳目一新，使诗歌的生命，得一解放。他在文学上的理论，我在上一章里，已有介绍。但是他的作品，并不能实践他的理论，好处自然是清新流丽，坏处便是浮浅与油滑。故其诗品不高，正与其人品相似。因此欢喜他的，给他极高的赞美；不欢喜他的，给他无情的谴责。

郑燮号板桥（西历一六九一——一七六四），江苏兴化人，有《板桥集》。他做过短期的县官，因病乞归，寄居扬州，卖画度日。他有一首寄弟的四言诗云:“学诗不成,去而学写。学写不成,去而学画。日卖百钱,以代耕稼。实救困贫,托名风雅。免谒当途,乞求官舍。座有清风,门无车马。”这里正好表现他的真性情、好品格。他的文艺,正如他的生活一样,奔放自由,处处表现一个真实。他固无古典文人的典丽气,也无袁枚式的名士气,他只是一个天真的浪漫主义者。他的诗词、道情、题跋以及信札一类的文字,都表现这天真和浪漫。同时因为他出身贫苦,了解下层社会的实况,对于劳苦阶级,持有丰富的同情。在他的作品里,充满着人道主义的色彩。如《思归行》、《逃荒行》、《还家行》,都是很好的社会文学。

黄景仁字仲则(西历一七四九——一七八三),江苏武进人,有《两当轩集》。他是一位典型的落魄江湖怀才不遇的才子。他因为身世凄凉,贫病交迫,养成一种多愁善感的气质。这一种气质,布满他的作品。“十年挟瑟侯门下,竟日驱车官道旁”,是他的落拓生活的表白。“独立市桥人不识,一星如月看多时”,是他的寂寞无依的心情的表现。“全家尽在寒风里,九月衣裳未剪裁”,正写出了他可怜的穷愁。他的诗能得到多数情感丰富的青年们的共鸣,正在这些地方。他作诗尊崇太白,但在那些雄放的句子里,总缺少太白那种旷达飘逸人生观,而隐藏着无限的凄怆和不平的哀怨。因此,他的诗不暇讲求格调声律,只是真性真情的流露。也就因为如此,他的作品,有许多觉得平浅无味,令人发生一种个人主义色彩过于浓厚的感觉。大抵七古七绝,最能代表他的个性,七律意味多不深厚,即为毕沅所叹赏的《都门秋思》四首,也很平常。

张问陶字乐祖,号船山(西历一七六四——一八一四),四川遂宁人,有《船山诗草》。他论诗的意见,与袁枚相同。“文场酸涩可怜伤,训诂艰难考订忙。”(《论文》)“写出自身真阅历,强于饤饾古文书。”这是他对于当日那些讲学问喜堆砌的古典诗人的讽刺。他又说：“诗中无我不如删，万卷堆床亦等闲。”（《论文》）“文章体制本天生，只让通才有性情。模宋规唐徒自苦，古人已死不须争。”（《论诗》）他的态度很明显，他反对学诗标榜唐宋，他反对讲格调宗法，反对掉书袋用奇典冷字，他主张诗中要有我，要有真性情。他自已虽声明没有学随园，但其理论，实是随园性灵说的宣扬者。他的作品，七律较胜。比起郑板桥、黄仲则二家来，才华聪明有余，个性表现不足，其缺点正与袁枚相同。

乾嘉以迄道光，以诗名者，尚有蒋士铨、舒位、王昙、龚自珍诸人。蒋士铨与袁枚、赵翼齐名，称江左三大家。蒋以戏曲见长，诗词较逊。舒位有《瓶水斋诗集》，诗才纵横，思路深刻。于格调性灵之外，卓然自立。赵翼跋他的诗集说：“无一意不奇，无一语不妥，无一字无来历，能于玉溪、长吉之外，自成一家。”对他的推崇，可谓备至。我们细看他的作品，并不能使人感到多大的满意。王昙有《烟霞万古楼集》。性好游侠，喜弓矢，兼通兵家言，一反南方文人婉约温和的气质。慷慨悲歌，不可一世，其诗风雄健，时有佳篇。龚自珍有《定盦全集》，较诸家为晚出。龚氏深通经学，清代学术之转变，实开其端。与湖南魏源齐名。其文故作拗格，爱之者叹为新奇，恶之者讥为伪体。诗亦有盛名，其七绝七律，尤多脍炙人口之作。

晚清诗人

道咸以降，作者又喜言宋诗。曾国藩、何绍基、郑珍、莫友芝、金和倡之于前，所谓“同光体”者如沈子培、陈三立、郑孝胥之徒继之于后。于是宋诗运动，遂成为晚清诗坛的主流。还有王闿运提倡汉魏、盛唐的诗，但其成就，在于拟古。至于清末，潮流渐变，作者守旧无术，竞言新体，遂有黄遵宪、谭嗣同、康有为、梁启超新派诗的产生。由鸦片战争到辛亥革命的数十年中，社会生活与人民心理，都起了空前的变化，但当代诗人，多轻视现实，作诗的目的，仍不外是陶养性情，自求典雅。较能替当日的时代社会留下一点影子而可作为当日诗坛的代表的，只有郑珍、金和、黄遵宪数人。至于王闿运，虽望重一时，实在是一个假古董，用他来作为中国旧诗坛的结束人物，真是最适当的了。

郑珍与金和　郑珍字子尹（西历一八〇六——一八六四），贵州遵义人，有《巢经巢全集》。他因科举不利，困处穷乡，生活潦倒，心境恶劣。他哭弟诗中有"半生恶命"、"长饿何由"之叹，可见其境遇之苦。发之于诗，故能自成一种凄怆沉郁的风格。到了晚年，太平天国的变乱，贵州首当其冲，给与他生活上的影响与打击，更是厉害。他不是高官巨富，他同现实社会发生密切的联系。因此由他个人的悲苦，扩展到社会的悲苦。他自己说："遭时世之乱，极生人之不堪，流离转徙，致于穷且死。"因为这一种现实生活的环境，使他的诗，更趋于写实的严肃的境地，比起那些古典的唯美的性灵的诗人来，他的作品，是大增其社会的价值了。陈衍评他："历前人所未历之境，状人所难状之状。"（《石遗室诗话》）这一面固然要依赖他的才学，同时，要在于他所体验的实际的社会状况人生经验，以及和旁人不同的作诗态度。

金和字亚匏（西历一八一八——一八八五），江苏上元人，有《秋蟪吟馆诗钞》。洪、杨围攻南京时，他陷在城中。他结合一些同志，想在城中作官兵的内应，结果官军无能，以致失败。他有这些生活的经验，和对于官军与社会心理的观察，写了许多极有价值的叙事体的社会诗。他的诗最大特色，是打破前人一切的束缚，用说话体、散文体、日记体来写作。关于这一点，在当代的诗坛，任何人都比不上他。他自题《椒雨集》说："是卷半同日记，不足言诗。如以诗论之，则军中诸作，语言痛快，已失古人敦厚之风，尤非近贤排调之旨。"他又在诗中说明他的态度云："所作虽不纯乎纯，要之语语皆天真。时人不能为，乃谓非古人。"不错，他的作品，确实缺少敦厚之风，缺少典雅之气，然而是大胆的、天真的、新鲜的、有生命的。有时是讽刺，有时是诙谐，更令人感着一种特殊的风趣。

黄遵宪　用郑珍、金和代表洪、杨，用黄遵宪代表甲午，都是最适宜的。这两个激变的时代的种种画图，在他们的作品里，活活地反映出来。黄氏字公度（西历一八四九——一九〇五），广东嘉应州人，著有《人境庐诗草》。他做过外交官，到过日本、英、美。论诗最反对拜古拟古，好的诗要有个性，要有自我的面目。他说："我手写我口，古岂能拘牵。即今流俗语，我若登简编，五千年后人，惊为古斓斑。"（《杂感》）他又说："各人有面目，不必与古人同。吾欲以古文家抑扬变化之法作古诗。"他在诗的创作上，极富于解放的精神，因为他不反对流俗语，不反对土语方言，所以他能欣赏他的故乡和日本的民歌，而能写作《山歌》、《都踊歌》那一种民歌新体诗。他的作品，有两个特色：一、是在取材方面，他能正视现实，抓住时代，甲午前后政治社会上的种种实情，都收在他的诗里。如《悲平壤》、《东沟行》、《哀旅顺》、《哭威海》、《马关纪事》、《降将军歌》、《台湾行》、《度辽将军歌》、《初闻京师义和团事》、《外国联军入犯京师》等作，都是诗的历史，也都是历史的诗。在这地方，比起郑珍、金和，甚至杜甫来，他更实践了社会诗人的任务。二、在表现方面，他能在旧体诗里，注输新言语、新思想，生出一种新的意境来。梁启超说："近世诗人能镕铸新理想以入旧风格者，当推黄公度。"(《饮冰室诗话》)正是指的这一点。

王闿运　字壬秋，号湘绮(西历一八三二——一九一六)，湖南湘潭人，有《湘绮楼全集》。他论诗说："古人诗以正得失，今之诗以养性情。古以教谏为本，专为人作；今以托兴为本，乃为己作。"这是他论诗的意见。不过，他作诗却一意拟古，时代同诗人离得很开，那一个激变的社会，并没有在他的作品里，留下深刻的影子。现在我们翻读他的诗集，他认为满意的，都是一些摹拟的古董。但是他的工力深厚，在古典诗人的范围里，他仍掌握着诗坛的权威。汪国垣作《光宣诗坛点将录》，请他坐了头把交椅。他的五古学汉魏，近体宗盛唐，在摹拟这一点上讲，成绩是不错的。也就因为如此，他丧失了自己的个性和自己的时代，他的个性和时代，都埋藏于曹子建、鲍明远这一些人的骸骨中了。陈衍说："湘绮五言古，沉酣于汉魏、六朝者至深，杂之古人集中，莫能辨正，惟其莫能辨，不必其为湘绮之诗矣。盖其墨守古法，不随时代风气为转移，虽明之前后七子无之过。"这些话说得极好。明清以来，所谓古典派的诗人，大都犯了这种弊病。但用王湘绮来结束中国两千年来的旧体诗，实在是最适当的人物。

二　清代的词

词在清代二百余年中，其发展的过程，虽与诗文同样是走的复古拟古的路，但其成就，确在诗文之上。我们现在细读清人的作品，知道他们对于词的制作，对于词的中兴运动，实在是尽了很大的心力，无论审音守律，修辞用字，都非常认真，态度的严肃，远非明人可比。词学的研讨，词集的校刊和整理，俱留下了很好的成绩。故论词者，对于清代，或有振衰之称，或有极盛之誉。不过无论如何，词的生命是结束了。从晚唐发展起来的词，到了清朝，经过多少作家的最后努力，作了一个光荣的结束。

一、纳兰性德及其同派的作家

叙述清代词人，当以纳兰性德为始。他原名成德，字容若（西历一六五四——一六八五），满洲正白旗人，太傅明珠之子。他出身贵族，聪敏好学，十七岁补诸生，二十二年成进士，官侍卫。后因出使北方，盛夏得病死，年只三十一岁。著作有《通志堂经解》、《渌水亭杂识》、《饮水词》与《侧帽词》。词最有名，为清代词人之冠，有人称他为清朝的李后主。在风格上，在生活上，在艺术的成就上，他俩人都有相似之处。他们都是贵族，物质生活绝无半点缺陷，但是在他们的作品里，同样充满了哀愁和凄怨，粗眼看去，似乎是无病呻吟，其实在一个人的生活过程中，除了物质一部分，精神上同样使你感到无法排解的悲痛，生死无常，人生如梦，家国之感，悼亡之情，这一些因素，造成这两位贵族青年的艺术的心境与灵魂。他们都是入世不深的主观的殉情的青年，唯其如此，才能在他们的作品里，表现那一种非老年人、非懂得人情世故的人们所能表现的天真和最沉痛的诗句。不用说，他们表现在文学上的精神，是贵族的、浪漫的，但是那种情感，却是最真诚、最有生气而能引起任何人的同情与喜悦。他们缺少社会人生的经验，甚至不了解实际的社会，他们只尽情地把心中所蕴藏着的情感歌唱出来，而成为最美丽的作品。他们没有派别，也无意于声律、于典故、于修辞以及其他的讲求，只是信口信手地抒写自己的性灵，所以形式是短小的，词句是浅显的，但在那些作品里，包裹着赤子的天真、活跃的生命以及缠绵的情感。我们试看纳兰性德对于其爱妻的悲悼与对于朋友的信义以及对于一花一草的歌咏，在那里同样充满着对于大宇宙大自然的爱好与同情。他没有做作，没有虚伪，只是实实在在地吐露出自己的声音。这才是真实的诗，美丽的歌，纳兰性德的词的价值，全在这地方。

问君何事轻离别？一年能几团圆月。杨柳乍如丝，故园春尽时。　　春归归未得，两桨松花隔。旧事逐寒潮，啼鹃恨未消。

（〔菩萨蛮〕）

又到绿杨曾折处，不语垂鞭，踏遍清秋路。衰草连天无意绪，雁声遥向萧关去。　　不恨天涯行役苦，只恨西风，吹梦成今古。明日客程还几许，沾衣况是新寒雨。

（〔蝶恋花〕）

《饮水词》以小令见长，佳作俯拾可得，上举二章，其风格约略可见。他作词主情致，专宗后主。曾说："《花间》之词如古玉器，贵重而不适用，宋词适用而少贵重。李后主兼有其美，更饶烟水迷离之致。"陈其年评《饮水词》云："哀感顽艳，得南唐二主之遗。"顾梁汾云："容若词一种凄婉处，令人不能卒读，人言愁我始欲愁。"由这些批评，我们可以知道《饮水词》在清代词坛的崇高的地位。天才的诗人，大概都是要短命的，因此，我们对于这一位三十一年生命的短促，也就不表示什么惋惜了。

清初词人其风格近似纳兰性德者，尚有王士祯、毛奇龄、彭孙遹、佟世南、顾贞观诸人。王渔洋为清代大诗人，所填小令，似其七绝，神韵甚佳。有《衍波词》，唐允中评为："极哀艳之深情，穷倩盼之逸趣。"毛字大可，萧山人，举鸿博，官检讨，本经学家，词颇有名，长于小令，有《当楼词》。近人邵瑞彭称其词："雅近齐梁以后乐府，风格在晚唐之上。"彭孙遹字骏声，号羡门，海盐人，举鸿博，官侍郎，有《延露词》。严绳孙云："羡门惊才绝艳，其小词啼香怨粉，怯月凄花，不减南唐风格。"与《饮水词》风格最相近者，为佟世南。佟字梅岑，满洲人，有《东白堂词》。他长于小令，意境之深厚，修辞的婉丽，情感的蕴藉，态度的天真，可与纳兰性德相比。在清代词坛，这两位满洲词客，可称为小令的双星。今举佟世南的〔阮郎归〕一首作例。

杏花疏雨洒香堤，高楼帘幕垂。远山映水夕阳低，春愁压翠眉。　　芳草句，碧云辞，低徊闲自思。流莺枝上不曾啼，知君肠断时。

最后我们必得一提的，是纳兰性德的好朋友顾贞观。顾字梁汾，无锡人，有《弹指词》。顾氏的作品，重白描，不喜雕琢和典故，这些地方，与容若相近。他最著名的作品，为寄吴汉槎的两首〔金缕曲〕。二词全出真情，全无做作，一字一句，切实动人，自是有内容有生命的上等作品，但其作风是奔放的，直率的，缺少《饮水词》那种凄婉沉着的情致。但其小令，风格特佳。如〔菩萨蛮〕云："山城夜半催金柝，酒醒孤馆灯花落。窗白一声鸡，枕函闻马嘶。　门前乌桕树，霜月迷行处。遥忆独眠人，早寒惊梦频。”情致与《饮水词》相似，惟集中此类作品，并不多见。

二、陈维崧及其同派的作家

清代词坛，效法苏、辛而其才力卓越成就较大的，是前人称为阳羡派的领袖陈维崧。陈字其年，号迦陵，宜兴人（西历一六二五——一六八二），举鸿博，授检讨，有《迦陵词》。陈氏学问渊博，才气纵横，诗文俱佳，词尤为一代之胜。长调小令，任笔驱使。他用过的词调，计四百一十六，得词一千六百余阕，词量之富，几乎无人比得上他。因为他写得过多，其中难免有游戏应酬之作，但细读他的集子，他那种惊人的创造力，超人的雄浑的气魄，确实令人佩服。他当日与朱彝尊齐名，一时未易轩轾。后人每喜扬朱抑陈，其理由是朱尊南宋，奉白石、玉田，得词之正统；陈崇苏、辛，任才逞气，过于粗豪，究非正格。这批评未必公允。推其原因，乃朱彝尊领导的浙西词派，在清代词坛得居于领导地位者百余年，在这潮流中，扬朱抑陈，自无足怪。陈氏在词的制作上，其成就最为广泛。壮柔并妙，长短俱佳，时人誉为清朝的苏、辛，诚不为过。所作长调，将近千首。吴梅氏称其“气魄之壮，古今殆无敌手。〔满江红〕、〔金缕曲〕多至百余阕，其他词家有此雄伟否？虽其间不无粗率之处，而波澜壮阔，气象万千，即苏、辛复生，犹将视为畏友也”，可谓推崇备至。前人每作壮语，多用长调，而其年能在数十字之小令中，高歌豪语，寄其雄浑苍凉之情，不觉牵强，此乃其过人之处。如〔好事近〕云：“别来世事一番新，只吾徒犹昨。话到英雄末路，忽凉风索索。”又云：“我来怀古对西风，歇马小亭侧。惆怅共谁倾盖，只野花相识。”又〔点绛唇〕云：“赵魏燕韩，历历堪回首。悲风吼，临洺驿口，黄叶中原走。”又云：“断壁残崖，多少齐梁史。掀髯意，笛声夜起，灯火瓜州市。”这种小令的境界，确是陈其年所独有的。同时他又能写最出色的清真雅正的南宋词，集中时有用白石、梅溪韵填的词，如〔琵琶仙〕《阊门夜泊》、〔喜迁莺〕《雪后立春》、〔沁园春〕《题徐渭梅花图》、〔齐天乐〕《辽后妆楼》，以及〔月华清〕诸篇，一扫豪放苍凉之气，无不婉丽娴雅，几疑出自另一人手笔。在这种地方，正表示作者的高才，抒写自如，绝不为形式所限，这决不是以模拟见长的词人所能做得到的。

作风与陈维崧相近，在当日词坛，有相当地位的作者，是曹贞吉。曹字升六，安丘人。顺治进士，官礼部员外郎，有《珂雪词》。曹词在当日颇负盛名，一时名贤如陈其年、王渔洋、朱彝尊交相称誉。在《珂雪词》里有一种是壮语高歌，苍凉雄浑，如怀古诸作；另一种是刻画细密，如咏物诸篇。因此，读他的作品，爱苏、辛者取其前，爱姜、张者取其后。朱彝尊评其词云：“词至南宋始工，斯言出未有不大怪者，惟实庵舍人意与余合。就咏物词观之，心摹手追，乃在中仙、叔夏、公谨诸子之间。”这是取其后者的实例，想把他归于南宋词派。其实咏物词只是他拟古之作，并不是《珂雪词》的代表，真能表现作者北方的本色和他那种豪爽的个性的，不得不求之于那些意兴淋漓、气势雄浑的怀古一类的作品，所以我将他归之于迦陵词一派。如《德水道中》〔满江红〕词云：“满目凄其，又早是亭皋叶下。忆当日披裘过此，六花飞洒。秋水一湾波写雁，青烟几点星分野。问长驱下泽尔何人，悠悠者。　　荒林畔，寒鸦话。老柳上，渔罾挂。更浓烟衰草，迷离堪画。客路惊看沙似雪，奚奴惯使车如马。向玉河冰底听流澌，归来也。”这词的意境，高远可喜，决非那些拟古式的咏物词所可比拟的。还有孙枝蔚，字豹人，三原人，有《溉堂词》。尤展成评他：“以飞扬跋扈之气，写嵚崎历落之思，其品格在东坡、稼轩之间。”但孙词见于诸家选本者，仍以婉约之小令见胜，长调亦不甚佳。再如尤侗、蒋士铨亦偶有豪放之词，成就不大，故不细说了。

三、朱彝尊与浙派词人

朱彝尊与陈维崧齐名，为当日词坛的双柱。因标榜南宋，自成派别，后人尊为浙派词人之祖，因此他对于词坛之影响，远在陈上。朱字锡鬯，号竹垞，秀水人，举鸿博，授检讨。词集有《江湖载酒集》、《静志居琴趣》、《茶烟阁体物集》与《蕃锦集》四种。他对于词的主张，在其所辑《词综发凡》中云：“世人言词必称北宋，然词至南宋始极其工，至宋季始极其变。姜尧章氏最为杰出。”又自题《词集》云：“不师秦七，不师黄九，倚新声玉田差近。”又评曹溶的词云：“倚声虽小道，当其为之，必崇尔雅，斥淫哇。极其能事，则亦足以宣昭六义，鼓吹元音。往者明三百年词学失传，先生搜辑遗集，余曾表而出之。数十年来，浙西填词者家白石而户玉田，春容大雅，风气之变，实由于此。”（《静志居诗话》）这里可以看出浙西词派的起源。朱氏功力深厚，学识渊博，不仅徒事理论的鼓吹，其创作的清丽雅正，实为元明以来所未有者，故能领袖骚坛，成为一派的宗匠。

桥影流虹，湖光映雪，翠帘不卷春深。一寸横波，断肠人在楼阴。游丝不系羊车住，倩何人传语青禽。最难禁，倚遍雕栏，梦遍罗衾。　　重来已是朝云散，怅明珠佩冷，紫玉烟沉。前度桃花，依然开满江浔。钟情怕到相思路，盼长堤草尽红心。动愁吟，碧落黄泉，两处难寻。

（〔高阳台〕）

这种词可说是做到了"句琢字炼，归于醇雅"的地步，这正是南宋古典唯美词派的特征。唯其如此，朱氏的作品，缺少高远的境界与风格。《蕃锦集》中的集句词，固不必说。《茶烟阁体物集》中那许多咏物词，都不能算是好作品。浙派词人在咏物词这一个领域里虽是大显身手，结果是造成饾饤柔弱的恶习，这种恶习，在南宋史达祖、吴文英、王沂孙诸家的作品里，已经走到无可救药的地步。因此，朱氏的好作品，应于《江湖载酒集》和《静志居琴趣》二集中求之。自朱氏之说兴，其同里友人互相倡和，一时成风。龚翔麟字天石，仁和人，有《红藕山庄词》。李良年字武曾，嘉兴人，有《秋锦山房词》。李符字分虎，良年之弟，有《耒边词》。沈皞日，字融谷，平湖人，有《柘西精舍词》。沈岸登，字覃九，皞日从子，有《黑蝶斋词》。与朱彝尊共称为浙西六家。其他如汪森字晋贤，桐乡人，有《碧巢词》。钱芳标字葆华，华亭人，有《湘瑟词》。丁澎字飞涛，仁和人，有《扶荔词》。皆与朱氏互通声气，于是浙派风靡一世，而成为清代词坛之主流。谭献云："自锡鬯、其年出，本朝词派始成。顾朱伤于碎，陈厌其率，流弊亦百年而渐变。锡鬯情深，其年笔重，固后人所难到。嘉庆以前，为二家牢笼者十居七八。"朱陈二人之得失，说得很是中肯。不过，陈其年从未标榜宗派，故他在清代词坛的势力，远比不上朱彝尊。

厉鹗　朱彝尊为浙派的创始者，后得厉鹗崛起，于是浙派之势益盛。厉诗词俱佳，词名尤著，有《樊榭山房词》。朱彝尊以后，卓然为词坛之领袖，时人亦推许至高。徐紫珊云："樊榭生香异色，无半点烟火气，如入空山，如闻流泉，真沐浴于白石、梅溪而出之者。"（《清词综》）又凌廷堪云："朱竹垞专以玉田为模楷，自在众人上。至厉太鸿出而琢句炼字，含宫咀商，净洗铅华，力除俳鄙，清空绝俗，直上摩高、史之垒矣。"（《梅边吹笛谱·目录跋后》）一面可以看出时流对于浙派的推崇，同时也可以看出当日词坛的风气。樊榭词审音守律，词藻绝胜。字句的清俊，声调的和美，是其特长。在拟古一点上讲，谭献说他"可分中仙、梦窗之席"，可知他在这方面所用的功夫。不过他的作品，只具有形式上的音律美与辞藻美，缺少内在的生命与寄托，高者可称雅正，低者则流为委靡堆砌，而给青年词人以饾饤摹拟的恶习。谭献批评浙派云："浙派为人诟病，由其以姜、张为止境。"又云："乐府补题，别有怀抱，后来巧构形似之言，渐忘古意，竹垞、樊榭不得辞其过。"（《箧中词》）这是很公允的。

> 秋光今夜，向桐江为写当年高躅。风露既非人世有，自坐船头吹竹。万籁生山，一星在水，鹤梦疑重续。橹音遥去，西岩渔父初宿。　　心忆汐社沉埋，清狂不见，使我形容独。寂寂冷萤三四点，穿过前湾茅屋。林净藏烟，峰危限月，帆影摇空绿。随风飘荡，白云还卧深谷。
>
> （〔百字令〕《月夜过七里滩》）

在《樊榭山房词》集子里，这算是好的作品。

项鸿祚　厉鹗以后，有吴翌凤，吴县人，有《枚庵词》；郭麐，吴江人，有《浮眉楼词》；皆尊奉浙派，有名于时。吴词高朗，郭词清疏，而其成就，俱在厉鹗之下。至嘉庆道光间，浙派渐衰，得项鸿祚出，为之一振。项字莲生，钱塘人，有《忆云词》。莲生天资聪俊，情感独厚，故出语无不古艳哀怨，沁人心脾。且守律极严，故其词都是律度谐和，音调极美。谭献赞美他说："莲生词有白石之幽涩而去其俗，有玉田之秀折而去其率，有梦窗之深细而化其滞，殆欲前无古人。"（《箧中词》）这推崇未免太过。平心而论，项莲生在清代词坛确是名家，《忆云集》中，有不少好作品。但他喜作聪明，时有儇薄油滑之调，故其词品不高，意境亦弱。

脱叶辞萤，临波送雁，系船野岸疏林。望重城静锁，听断续寒砧。且随分江湖落拓，二分明月，闲到而今。谩多情，红袖琵琶，弹破愁吟。　　竹西旧馆，太荒寒休去登临。纵画舫垂灯，朱栏唤酒，都是伤心。我亦风流秦七，青楼远有梦难寻。剩隋堤杨柳，染得秋深。

（〔扬州慢〕《广陵舟次》）

与项鸿祚同时的，还有周之琦，颇负词名。周字稚圭，祥符人，有《心日斋词》。集中时有佳作。如〔三姝媚〕《海淀集贤院》、〔瑞鹤仙〕《小憩卢沟桥》、〔一枝春〕诸阕，皆雄浑深厚，最见功力。惟应酬社课特多，殊觉无味。至悼亡词专录一卷，作者本欲彰才，读者实觉词费。所选《十六家词集》，去取极严，颇为倚声家所称许。其他同派词人，为数尚多，因成就不大，不再多说了。

四、常州词派

浙派词人，一味拟古，寄兴不高，格调日弱。至其末流，委靡不振，大为时人所诟病。嘉庆年间，张惠言、周济乘浙派衰颓之际，以风骚之旨相号召，反庸滥淫靡之声，攻无病呻吟之作，一时从风，遂有常州词派的兴起。张惠言字皋文，武进人（西历一七六一——一八〇二），嘉庆进士。深于经学，工骈体文。有《茗柯词》。其论词之旨趣，见其所辑之《词选》一书。自序云："传曰：意内而言外谓之词。其缘情造端兴于微言，以相感动，极命风谣里巷男女哀乐，以道贤人君子幽约怨悱不能自言之情，低徊要眇以喻其致。盖诗之比兴变风之义，骚人之歌则近之矣。然以其文小，其声哀，放者为之，或跌荡靡丽，杂以昌狂俳优，然爱其至者，莫不恻隐盱愉感物而发，触类条鬯，各有所归，非苟为雕琢曼辞而已。"他的理论，词必以比兴寄托为主，而又有温柔敦厚的感情。要提高词格，以防淫滥之失。在当日浙派盛极一时之词坛，张说自能一新耳目。故谭献云："茗柯《词选》出，倚声之学，日趋正鹄。"《茗柯词》只四十六首，可知其创作的态度极为严肃，这一点在词人中是很少见的。今读其词，格调确高人一等。〔水调歌头〕五章，尤为俊逸。今举一首。

长镵白木柄，劚破一庭寒。三枝两枝生绿，位置小窗前。要使花颜四面，和着草心千朵，向我十分妍。何必兰与菊，生意总欣然。　　晓来风，夜来雨，晚来烟。是他酿就春色，又断送流年。便欲诛茅江上，只怕空林衰草，憔悴不堪怜。歌罢且更酌，与子绕花间。

（〔水调歌头〕）

周济字保绪，号止庵，荆溪人，有《止庵词》。周学词于张甥董士锡，得张惠言之理论，更推广其说，著有《介存斋论词杂著》。于是常州词派益显。他反对浙派，专宗南宋，更不应该以白石、玉田为止境。他有《宋四家词选》，标举周邦彦、辛弃疾、吴文英、王沂孙四家。叙论中云："问涂碧山，历梦窗、稼轩，以还清真之浑化。"这是常州派的词统。在范围方面说，较之浙派，他们是稍稍扩展了，其内容实在仍然没有解脱古典派的范围。因为他们鼓吹寄托，所以对吴文英、王沂孙诸家诗谜式的咏物词，大加赞叹，甚至用汉儒说诗的方法，在碧山、梦窗词中，去寻微言大义，岂不可笑。嘉道以降，常派盛行，几夺浙派之席。然其作品，同样陷于拟古之病。所高唱的比兴与寄托，结果是词旨隐晦，莫知所云，几成为诗谜了。

其他如张琦、董士锡、恽敬、黄景仁、左辅、钱季重、李兆洛、丁履恒、陆继辂、金应城、金式玉、郑抡元诸家，俱有词名。最后三家为皖人，其余俱常州籍，对于张惠言的词论，都表同情，可称为常州词派的跟从者。

五、蒋春霖与晚清词人

道咸年间，内乱外患叠起，国势危急，而尤以洪、杨之乱，连亘十数年，地遍大江南北，人民的苦痛贫乏，社会的紊乱动摇，造成了清代未有的衰微。在这时的词坛，能不为常、浙二派所囿，卓然自立，最可贵的，是放弃花鸟的吟咏，个人情感的排遣，能直视现实，真实地反映出时代的影子的，是蒋春霖。蒋字鹿潭（西历一八一八——一八六八），江阴人，有《水云楼词》。蒋氏一生落拓，而情感又极锐敏，对于时代的所见所闻，对于民众所受的流离颠沛的苦楚，一一发之于词，苍凉激楚，备极酸辛。谭献说："咸丰兵事，天挺此才，为倚声家杜老。"（《箧中词》）在时代反映这一点上说，以蒋比杜，实是正确的。他创作的态度，极为严肃，从不把他的作品浪费于无病呻吟与无味的应酬。几乎每一首，都表现出社会的暗影与民众的哀伤。在他笔下所出现的一草一木，明月杨柳，与小阁茅亭，俱一一蒙掩着一层离乱的情趣。他不标榜比兴寄托，而自有其比兴寄托，他不标榜白石、玉田，而其长调真可与姜、张比美。他不倡言南唐，其小令真得二主之神韵。我们可以说，蒋春霖不仅是清代的大词人，并且是中国整个词史上一个大词人。吴梅云："嘉庆以前词家，大抵为其年、竹垞所牢笼，皋文、保绪标寄托为帜，不仅仅摹南宋之垒，隐隐与樊榭相敌，此清朝词派之大概也。至鹿潭而尽扫葛藤，不傍门户，独以风雅为宗，盖托体更较皋文、保绪高雅矣。……鹿潭律度之细，既无与伦，文笔之佳，更为出类。而又雍容大雅，无搔头弄姿之态，有清一代，以水云为冠，亦无愧色焉。"（《词学通论》）他这批评，我完全同意。

枫老树流丹，芦华吹又残。系扁舟同倚朱栏。还似少年歌舞地，听落叶，忆长安。　　哀角起重关，霜深楚水寒。背西风归雁声酸。一片石头城上月，浑怕照，旧江山。

（〔唐多令〕）

野幕巢乌，旗门噪鹊，谯楼吹断笳声。过沧桑一霎，又旧日芜城。怕双燕归来恨晚，斜阳颓阁，不忍重登。但红桥风雨，梅华开落空营。　　劫灰到处，便遗民见惯都惊。问障扇遮尘，围棋赌墅，可奈苍生。月黑流萤何处，西风黯鬼火星星。更伤心南望，隔江无限峰青。

（〔扬州慢〕“癸丑十一月二十七日，贼趋京口，报官军收扬州”）

《水云词》中，佳作俯拾即是，上列二章，可见其艺术的成就，在词史的最末期，竟能产生此大词人，实是可喜之事。蒋春霖以后，以至清末，词坛并不寂寞，尊常州派者，有庄、谭。庄棫字白石，丹徒人，有《蒿庵词》；谭献字仲修，号复堂，仁和人，有《复堂词》，皆标比兴，崇体格，并称于同光间。朱孝臧〔望江南〕词云“皋文后，私淑有庄、谭”（《彊村语业》），可知二家为常州嫡派。庄、谭而后，近于常派者有王鹏运，广西人，有《半塘定稿》，与文廷式江西人，有《云起轩词》。另有郑文焯，满洲人，有《樵风乐府》，与朱孝臧二家（浙江人，有《彊村语业》），一奉白石，一奉梦窗，作风颇近浙派。他们都用全力作词，确实也留下一点成绩。比起创作来，他们较大的功业，是对于词籍的校刊。他们都是笃学之士，在罢官退隐的岁月中，集合同好，以校刊经史的方法与努力，从事于词籍之整理，如王鹏运之《四印斋汇刻词》及《宋元三十一家词》，朱孝臧之《彊村丛书》，江标之《灵鹣阁汇刻宋元名家词》，吴昌绶之《双照楼刊影宋元词》等集。其搜辑之勤，校刊之精，皆超越前人，为学者所爱好。因为他们对于词学热心的研讨与提倡，造成晚清数十年间词风的大盛。但无论如何，在整个词的发展史上，毕竟是到了总结束的时期，但这结局是光荣的，是有力量的。

三　清代的曲

盛于元明的杂剧传奇，到了清朝，俱成余响。作者虽不寂寞，大都摹拟前人，绝少新意。从事传奇者，以玉茗堂为偶像；写短剧者，宗徐渭、汪道昆；至于杂剧，则一蹶不振。吴梅云："清人戏曲，逊于明代。推其缘故，约有数端。开国之初，沿明季余习，雅尚词章。其时文士，皆用力于诗文，而曲非所习，一也；乾嘉以还，经术昌明，名物训诂，研钻深造，曲家末艺，等诸自郐，二也；又自康雍后，家伶日少，台阁诸公，不喜声乐。歌场奏艺，仅习旧词，闻及新著，辄谢不敏。文人操翰，宁复为此，三也；又光宣之季，黄冈俗讴，风靡天下，内廷法曲，弃若土苴，民间声歌，亦尚乱弹，上下成风，如饮狂药，才士按词，几成绝响，风会以趋，安论正始，四也。"（《中国戏曲概论》）由吴氏所言，我们知道了清代戏曲衰落的原因。

一、清人的戏曲

清人言杂剧者不多，较著者有吴伟业、尤侗、蒋士铨诸家。梅村一代才人，词华最胜，杂剧有《临春阁》、《通天台》二种，另有《秣陵春》传奇，皆以史事抒写亡国之痛，所谓借人酒杯，自浇块垒者是也。尤侗杂剧有《读离骚》、《桃花源》、《吊琵琶》、《黑白卫》四种，又有短剧《清平调》及传奇《钧天乐》各一种。尤氏才调纵横，其曲辞皆雄健豪放，有元人风味。蒋士铨杂剧有《一片石》、《第二碑》、《四弦秋》三种，而以《四弦秋》为最胜。其他如王夫之、邹式金、车江英、裘琏、孔广林、黄兆魁等，亦有杂剧之作。

一折之短剧，因其形式之方便，最利于文人之抒写怀抱，故自徐文长、汪道昆以来，作者颇多，至于清朝，流行益盛。顺康之际，有徐石麒、嵇永仁、洪昇、张韬诸家；雍乾之世，有桂馥、曹锡黻、杨潮观诸家。及于嘉咸，舒位、石韫玉尚称作手。此后继承无人，几成绝响。徐石麒有《买花钱》、《大转轮》、《浮西施》、《拈花笑》四种。嵇永仁有《续离骚》四折：一为《刘国师教习扯淡歌》，一为《杜秀才痛哭泥神庙》，一为《痴和尚街头笑布袋》，一为《愤司马梦里骂阎罗》。洪昇有《四婵娟》四折，写谢道韫、卫茂猗、李易安、管仲姬四女人之韵事。张韬有《续四声猿》，一为《杜秀才痛哭霸亭庙》，一为《戴院长神行苏州道》，一为《王节使重续木兰诗》，一为《李翰林醉草清平调》。桂馥作《后四声猿》，为《放杨枝》、《题园壁》、《谒府帅》、《投溷中》四种。曹锡黻有《四色石》：一为《张雀网廷平感世》，一为《序兰亭内臣临波》，一为《宴滕王子安检韵》，一为《寓同谷杜老兴歌》。杨潮观作短剧三十二种，为清代短剧之代表作家。舒位有《瓶笙馆修箫谱》四种，石韫玉有《花间九奏》九种。以上所举，乃当日较著者。

一折短剧在当日已成为案头之剧本，文人借此发牢骚泄情恨，故其题材多取文学家及才子佳人之风流韵事，如王子安、李太白、白居易、陆放翁、卓文君、李易安之流，成为作者最欢喜之对象。因此这一些作品，都是高级文人自抒怀抱的个人情爱的表现，完全离开了社会和民众，而成为文人学士私人的欣赏品了。

传奇作者较多，举其著者有李渔、洪昇、孔尚任、万树、周稚廉、张坚、夏伦、董裕、蒋士铨、黄燮清诸家。李、洪、孔、蒋四家留待下面较详介绍。万树的作品，据《宜兴县志》载有二十余种之多，《风流棒》、《念八翻》、《空青石》三种，较为有名。周稚廉所作，据传有数十种之多，今只传《珊瑚玦》、《双忠庙》、《元宝媒》三种。张坚有《梦中缘》、《梅花簪》、《怀沙记》、《玉狮坠》，称为《玉燕堂四种》。夏伦有《无瑕璧》、《吉花村》、《瑞筠图》、《广寒梯》、《花萼吟》、《南阳乐》六种。董裕有《芝龛记》，黄燮清有《倚晴楼七种曲》。其他不重要的作者尚多，这里不必再举了。

在上面所举出的许多作家中，可称为杂剧传奇以及短剧的代表的，有李渔、洪昇、孔尚任、蒋士铨、杨潮观五人。

李渔字笠翁（西历一六一一——一六八五），浙江兰溪人。作曲十六种，以《奈何天》、《比目鱼》、《蜃中楼》、《怜香伴》、《风筝误》、《慎鸾交》、《凰求凤》、《巧团圆》、《玉搔头》、《意中缘》十种为最著。其他《万年欢》、《偷甲记》、《四元记》、《双锤记》、《鱼篮记》、《万全记》六种，知者较少。李渔的戏曲，实为明末古典戏曲之一大解放。因明人戏剧，不论那一种作品，无不追逐词藻，务求典雅，于是宾白亦尚骈文，错采镂金，内容空洞，只可作文士案头的欣赏品，不适合舞台，亦不接近民众。李渔一反古典唯美的作风，用浅显通俗的曲词，参以富于风趣的宾白，少用典故，不尚辞藻。故其作品，最宜于扮演，而又适合观众的心理。他自己在《比目鱼》中说："文章变，耳目新，要窃附雅人高韵，怕的是抄袭从来旧套文。"这是他作剧的态度，是他在戏曲上创新的表示。他的个性与生活，本来是一个彻底的浪漫主义者，他在文学思想的系统上，继承着明末浪漫思潮的遗风，正与金圣叹、袁枚他们取着同一的道路。因此，在他的作品里，充分地表现他那种浪漫的风格，使他的每一个戏曲，带着轻微的嘲嘘与诙谐，浓厚地呈现着喜剧的风趣，这是旁的作家们所没有的。当代那些古典派的作家和卫道式的批评家们，自然是看不起的，骂他“卑鄙”，评他“淫秽”，也没有什么可怪了。其次，他对戏曲中的宾白，特别注意。他认为只注重曲文而不注重宾白，这是最不合理的。他在这一方面，留下许多可宝贵的意见。自元明以来，戏曲作家，俱以曲辞为能事，大家都不注意到宾白，实在是中国古代戏曲的一大缺点。李渔独能见到这一点，并且在他的作品里，都有很好的对白，这是值得我们特别提出来的。在他的《闲情偶寄》卷一卷二里，还有许多论剧的好见解，我们无法在这里多加介绍。我们可以这样说，李渔即是没有戏曲的创作，只以他的戏曲的理论而言，在中国旧戏的历史上，他是一个有见解有经验的好批评家。

洪昇字昉思，号稗畦（一六五〇？——一七〇四），浙江钱塘人。从王渔洋、施闰章学诗，曲名尤著。所作有《四婵娟》杂剧，及《长生殿》、《回文锦》、《回龙院》、《锦绣图》、《闹高唐》及《节孝坊》诸传奇。《长生殿》共五十出，最负盛名，为其代表作。此本初名《沉香亭》，后改为《长生殿》，取材于《长恨歌》、《长恨传》、《太真外传》诸篇，铺叙唐明皇、杨贵妃的情爱故事。写作经十余年，三易稿而始成。曲成，赵秋谷为之制谱，吴舒凫为之论文，徐灵昭为之订律，故能尽善尽美。谨严简洁，虽不如白朴之《梧桐雨》，叙事写情，俱远过之。因情事既佳，加以曲辞清丽凄绝，故能传诵一时，与孔尚任之《桃花扇》，称为清代悲剧之两大杰作。后以国忌日上演，为大不敬，多人得罪，诗人赵秋谷、查初白俱受牵累，作者因此被废，终生不遇，后路过吴兴，失足落水而死。其命运真是悲惨极了。

孔尚任字季重，号东塘（西历一六四八——一七一五？），山东曲阜人，孔子六十四代孙。以传奇与洪昇齐名，世称南洪北孔。所作有《桃花扇》、《小忽雷》二种。《桃花扇》共四十二出，最负盛名。

作者自序云："族方训，崇祯末为南部曹，得闻弘光遗事甚悉，证以诸家稗记无勿同者。香君面血溅扇，杨龙友以画笔点成桃花。"此《桃花扇》之所以作也。曲中于南朝政事，文人生活皆确考时地，全非虚构。即小小科诨，亦有所本。过去作历史剧者，从未有过这么认真的态度。《桃花扇》与《长生殿》虽同样是写生死情爱的历史悲剧，所不同者，《长生殿》写的是"今古情场，问谁个真心到底。但果有精诚不散，终成连理"的浪漫情绪。《桃花扇》则富于现实性，在男女的恋爱中，反映出国破家亡的惨影，无耻的士大夫们的脸谱，以及风尘中热血女人的正义感。《桃花扇》上的血，是李香君殉情的血，同时也就是反奸臣、反封建、反强暴而流的血，就在这种同样是恋爱的故事里，杨贵妃、李香君变成了两个完全不同的典型。作者在表面是铺写才子佳人的遇合，暗中充分地暴露了明末政治的腐败，奸臣的阴谋误国，同时在那些美丽的文字中，又衬托出人生虚幻富贵如浮云的哀愁。读者所感到的，是愤慨，哀悼，同时又是缠绵，所以余味不尽，而能得到无限的共鸣。

蒋士铨字心余，号苕生（西历一七二二——一七八四），江西铅山人，有《忠雅堂集》。他的诗词俱有名，其成就仍在戏曲，一生所作有十数种之多，较著者有《一片石》、《第二碑》、《四弦秋》三杂剧，及《空谷音》、《桂林霜》、《香祖楼》、《临川梦》、《雪中人》、《冬青树》六传奇，共称《藏园九种曲》。其中以白居易《琵琶行》为本事的《四弦秋》及以汤临川的生平历史为题材的《临川梦》二剧，为其代表作。蒋氏在诗文戏曲中，喜言节义伦常，成为一个名教的拥护与宣扬者。他自己说："安肯轻提南、董笔，替人儿女写相思。"又《香祖楼自序》云："曾氏得《螽斯》之正者也，李氏得《小星》之正者也，仲子得《关雎》之正者也。发乎情，止乎礼义，圣人勿以为非焉。”这一种伦常观念，实在是藏园戏曲的缺点。但惟有《四弦秋》及《临川梦》二剧，能摆脱这一观念，故文学的情趣好得多。蒋氏的词曲，本以豪放见称，《四弦秋》一剧，尤能发挥这一种特色。

杨潮观字宏度，号笠湖，著《吟风阁》，共四卷，收短剧三十二种，可称为清代短剧的专家。自序云：“夫哀乐相感，声中有诗，此亦人事得失之林也。士大夫诗而不歌久矣。风月无边，江山如画，能不以之兴怀。惟是香山乐府，尚期老媪皆知，安石陶情，不免儿辈亦觉矣。”他作剧的旨趣，如此可见。他一面是以戏曲抒写性灵，同时也适应管弦，宜于排演，因此他不得不注重趣味与通俗。他的作品，比起那些专作为案头的欣赏品来，是稍有不同的。一、他注重宾白；二、文字中充满着诙谐，引人入胜，一反古典的庄雅；三、曲辞雄健豪放，音能感人。李笠、蒋士铨的特色，杨潮观兼而有之。

二、昆曲的没落与花部的兴起

代表中国旧戏的杂剧与传奇，到了蒋士铨，算是告了一个结束。此后虽说仍然有人从事这方面的写作，那只是余响尾声，不能在戏曲史上引起多大的注意了。这原因在乾隆年间，称为雅部的昆曲已趋衰颓，代之而起的是花部。花部是各地土戏腔调的总称，也有称为乱弹者。有汉调，有京调，有徽调，有川调，有二黄调，有弋阳腔，高阳腔，山西有梆子，陕甘有西皮，这些各地的土戏，曲文固远不如昆曲，但其声调的和美，曲文的通俗，扮演的滑稽，内容的复杂，都可吸收统治阶级的欣赏与夫民众的欢迎。《梦中缘》传奇（乾隆初年作品）序中云：“所好惟秦声、啰弋，厌听吴骚，闻歌昆曲，辄哄然散去。”乾隆末年的《燕兰小谱》也说：“昆曲已非北京人所喜。”可知在乾隆年间，昆曲已趋于衰颓，花部已步入兴盛之途了。后来花部中，能吸收诸腔之长而成为旧戏的正统，完全代替了昆曲的地位，占领了一百余年的戏坛，到现在仍风行于社会各阶层的，是称为京戏或平戏的皮黄。皮黄始于湖北之黄冈、黄陂，而流行于安徽，遂与徽调相混。后由四大徽班入京，由京戏鼻祖程长庚的整理创建，“脱胎于昆曲者，十居七八，而摹仿变化于徽、汉、秦腔者十居二三”。其创始之过程，虽难详述，但皮黄至程长庚而大成，是无可置疑的事。因程主三庆班时，有艺术精深学术丰富之卢胜奎代为编剧，如《全本三国志》、《全本列国志》，俱出其手。兼以名角如林，一剧有演至半年者。于是皮黄哄动京城，脍炙人口，后来更受皇后贵族的提倡，进展益速，便成为剧坛的正统，其它各腔只能居于附庸了。

皮黄戏在曲辞的典雅上，虽远不如杂剧与传奇，但在戏曲的性质上讲，确是进步的。一、材料虽取自古剧，文字变为通俗，适合民众的心理，故能增加排演的效果。二、戏的长短不受几折几出的限制，变为自由，连台的长戏固然不少，也常常有很精彩的短戏。三、布景音乐及腔调方面配置得较为复杂，没有昆曲那样单调，增加观众的兴趣。由这几点看来，京戏能代替昆曲的地位，风行南北的各社会阶层而不衰，并不是偶然的了。

三、清人的散曲

自明末梁、沈以来，曲体日益僵化，作者专主韵律，务求辞藻。至于清代，更形衰疲，大都以摹拟为能，极少新意。较杰出者，如徐石麒之《黍香集》，朱彝尊之《叶儿乐府》，厉鹗之《北乐府小令》，吴锡麒之《有正味斋集南北曲》，许光治的《江山风月谱》，俱以小令见称。他们都是尊崇张小山、乔梦符，而以雅洁清丽为主。朱、厉二家，以词人之笔，发清雅之音，故其作品，最具张、乔之风格，后人评为“词人之曲”，甚为确切。在当日的曲坛，稍能表现一点元人的本色味而出以豪放爽辣的风格的，只有一个赵庆熺。赵字秋舲，浙江仁和人，有《香消酒醒曲》一卷，套数十一，小令九，其数量虽是不多，但其成就确实不坏。任中敏氏云：“赵氏以《咏月》套中〔江儿水〕一曲名于时。大概其作能融元人北曲之法入南曲，故虽为南曲，而不病萎靡，有若明人施绍莘，曲之风格必如此始完全投合，斯乃曲人之曲也。”（《清人散曲提要》）以朱、厉之曲为词人之曲，以《香消酒醒》为曲人之曲，一面可表示双方风格之不同，同时也可看赵氏作品之特色。他的作品，虽也重修饰，但不萎靡，不柔弱，虽也发牢骚，但不装腔作势，在豪爽苍凉的音调中，显得自然本色，这正是他过人之处。他的套曲，几乎篇篇都是佳作，今举《泖湖访旧图》一套为例：

〔南仙吕入双调步步娇〕① 四面青山真如画，好个江乡也。生绡太短些，写出湖光，欲买偏无价。何日再浮家，剪寒灯且说江南话。

〔醉扶归〕 一湾儿绿水分高下，一条儿红桥自整斜。一天儿诗酒作生涯，一蓬儿风月都潇洒。乾坤何处有仙槎，旧游人重把蒲帆卸。

〔皂罗袍〕 最好水杨柳下，盖三间茅屋，紫竹篱笆。沿溪

① 调名据再版补。

雨过响渔叉，夕阳破网当门挂。遥天一抹，朝霞暮霞。遥山一煞，朝鸦暮鸦。更夜深蟹火有星儿大。

〔好姊姊〕 淡疏疏秋芦著花，小乌篷半横溪汊。船唇吹火，勺水自煎茶。鲈鱼鲊，白酒提瓶沿路打，好不过渔弟渔兄是一家。

〔尾声〕 水天一部新奇话，笑指那凤凰山下，忘不了旧梦寻来何处也。

道情与民歌 如果我们感着这些拟古的散曲，过于凝固而没有新精神，我们无妨欣赏一下郑燮、徐大椿的道情。道情本是来自散曲，所言多为闲适乐道之语，故名为道情。到了清朝，“久失其传，仅存时俗所唱之〔耍孩儿〕、〔清江引〕数曲”（《洄溪道情自序》）。郑、徐诸氏出，复活了这种体裁，替古曲化的散曲，扩充其内容，开一条新生路。郑板桥所作共十首，所写都是富贵人生的无常，而归于渔樵农牧的闲适生活，最与道情的本旨相近。如：“老渔翁，一钓竿，靠山崖，傍水湾，扁舟来往无牵绊。沙鸥点点轻波远，荻花萧萧白昼寒，高歌一曲斜阳晚，一霎时波摇金影，蓦抬头月上东山。”文字清新，意境高远，绝无迂腐庸俗的恶习，所以新鲜而有情趣。

徐大椿的道情，范围更是扩大了。徐氏字灵胎，号洄溪（西历一六九三——七七一），吴江人。他是一个有名的医生，作道情三十八首。其中如《劝孝》、《劝葬亲》、《戒产》、《戒酒》、《戒赌》诸篇，自然都是劝世之作。但他却又用作哀祭、贺寿、题跋、悼亡、游山水、赠朋友以及讽刺社会之用。他自己说的“广道情之体，一切诗文悉以道情代之”，算是做到了。他自序又云：“半为警世之谈，半为闲游之乐，总不离于见道之语。若古人果如此，则此音自我续之，若古人不如此，则此意自我创之。”可知他创作道情的态度。在他的作品里，确实有创造的精神，一面扩大道情的内容与形式，成为一种新诗的体裁，同时他又注输民歌的情调，因此文字格外生动可喜。如《戒争产》、《读书乐》、《戒酒歌》、《时光叹》、《时文叹》、《田家乐》、《寿吴复一表兄六十》、《哭亡三子爆》等篇，都写得极通俗，极真实，又极天真，没有一点故作典雅的弊病。今举《寿吴复一表兄六十》一首为例：

我的姨娘，是你亲娘；我的亲娘，是你姨娘。姊妹双双，单生着你和我两个儿郎。你今日六十捧瑶觞，要我一句知心话讲。你从来潇洒襟怀，不晓得慕势趋荣，问舍求田伎俩。注几卷僻奥经书，作几首古淡文章。常只是少米无柴，境遇郎当。你全不露穷愁情状。终日笑嘻嘻，只向亲知索酒尝。不论黄白烧刀，千杯百盏无推让。忆当年外祖父母在江乡，与你随母拜高堂。寄读在母舅书房，《千家诗》、《百家姓》齐呼迭唱。转眼光阴，俱是白头相向。从今后愿岁岁年年，同你对秋月春花醉几场。见你时如见我姨娘，转念我亲娘。

由于这些文字，可以看出作者完全摆脱词曲的形式和规律，在试验着一种新诗体，自由自在地说话，一般地歌唱自己的情怀，他这一种大胆的解放的精神，是值得我们重视的。此外，如金农、曾斯栋、沈逢吉诸人，也都有道情一类的作品，因为没有什么特色，所以不多说了。

除了道情，作者能运用民歌的精神作俗曲的，还有招子庸的

《粤讴》。招字铭山，嘉庆举人，广东南海人。他善画，尤精音律。《粤讴》存曲一百二十余首，多为言情之作，在广东非常流行。珏甡序中说："招子庸闲作冶游，特工情语。"因此《粤讴》一卷，大都以妓女为题材，有言情爱的，有言离别的，或写其生活之苦，或写其被弃之哀，因他有丰富游妓的经验，而又有长于写情的文笔，同时又不为古典词曲所束缚，故能充分发挥民歌的精神。

最后，我想略略介绍一点清代的民歌，作为此节的结束。民歌大都是用当日民间流行的曲调，抒写情爱。晋代的《子夜歌》，明代《挂枝儿》、《山歌》都是如此。他们的好处，是描写的天真与大胆，以及文字的尖新可爱。坏处是意境不高，内容总是千篇一律。清朝最早的民歌集是乾隆时代的《时尚南北雅调万花小曲》，各种曲调共一百余首，其中小曲三十六首，最为可贵。其次为乾隆末年刊行的《霓裳续谱》，书中有西调二百十四首，杂曲三百三十三首，共五百四十七首。杂曲中所收极为广泛，有秧歌，有《扬州歌》，有《莲花落》，有《北河调》，有《边关调》，有《马头调》，有《岭头调》，有《南词弹簧调》，还有长篇问答体剧本式的岔曲。可知《霓裳续谱》所收之广了。此书编订者为王廷绍，字楷堂，金陵人。盛安序云："先生制艺诗歌而外，偶寄闲情，撰为雅曲，缠绵幽艳，近步'花间'。"由此看来，书中必有王氏自己的作品。

较后于《霓裳续谱》的，有道光年间刊行的《白雪遗音》。编订者为华广生，字春田。因他住在济南，所收歌曲，以山东为中心，南方歌曲，亦收入不少。《马头调》及《南词》较多。又有《八角鼓》、《湖广调》数十首，此为他书所未见者。在这些民歌俗曲中，题材多写情爱，间亦有写田间生活与乡村风味的，其体裁大都短小，似散曲中之小令。偶然也有长似套曲，或有加入对白，而近似戏曲的。

其作风有极粗俗处,也有极尖新处。但他有天真的美与赤裸裸的真。至于这些民歌对于正统的诗歌词曲的影响如何,我在前面,早已详细地说过了。

第三十章　清代的小说

在清朝，如诗文词曲一类的旧体文学都步入总结束的阶段，惟有小说正保有壮健的生命，显示着光辉的前途。虽在那一个朴学全盛重经典考据而不宜于小说发展的环境里，小说仍能表现着优良的成绩。由蒲松龄、吴敬梓、曹雪芹三大作家的作品，替清代的整个文坛，增加了不少的光彩。到了晚清，小说受了时代环境的影响，更趋于繁荣，展开了前所未有的热闹的场面。在那短短的期间里，创作翻译，竟在一千五百种以上，那情形真可以想见了。

一　蒲松龄与《醒世姻缘》

谈到清朝的小说，我们首先要注意的，便是蒲松龄。

一、蒲松龄与《聊斋志异》

蒲松龄字留仙，号柳泉(西历一六三〇——一七一五)，山东淄川人。天资聪明，学识渊博。科场不利，到七十二岁才补岁贡生。因此一生不遇，在家教书为业，著作甚丰。除小说杂曲以外，有《文集》四卷，《诗集》六卷，及《省身录》、《怀刑录》、《历字文》、《日用俗字》、《农桑经》等作。然蒲松龄在中国知识阶级中得享盛名者，是由于他的短篇小说《聊斋志异》。《聊斋志异》凡四百三十一篇，大都是描写妖狐神鬼的奇形怪事。但作者文笔简练，条理井然，所述虽说都是神鬼妖魔，然都懂得人情世故，和蔼可亲。化为美女，无不贤淑多情，化为男子，都是诚厚有礼。因此，在这一神鬼世界里，一样有伦常道德，一样讲富贵功名，一样有忠孝，一样讲因果，于是这一部人情化的神鬼小说，比从前一类的志怪书大不相同。是用唐人传奇之笔墨，写人世阴阳之怪异。读者置身于鬼魔之间，不觉可怕，反觉可亲。加以文笔古炼，可作散文的范本，因此大为知识阶级所欢迎。相传王渔洋激赏此书，欲以重金购之而不可得，声誉益高。三百年来，读中国旧小说的，言神鬼者无不知有《聊斋》，言爱情者无不知有《红楼梦》，此书的普遍，由此可见。

作者在《题辞》中云："才非干宝，雅爱搜神，情同黄州，喜人谈鬼。闲则命笔，因以成编。久之，四方同人又以邮筒相寄，因而物以好聚，所积益夥。"作者这样欢喜搜神谈鬼，实在因为他对于神鬼有了信仰，从而表扬其因果报应之说。所以他多方收集材料，写了四百多篇这一类的东西。由知识阶级的吸收与传播，在过去两世纪间的中国社会，对于助长神鬼的迷信，这本书实有很大的帮助。由这一点说来，《聊斋志异》是一部有毒的书。

性质与《聊斋》相近者，有袁枚的《新齐谐》（初名《子不语》），沈起凤的《谐铎》，和邦额的《夜谭随录》，浩歌子的《萤窗异草》，管世灏的《影谈》，冯起凤的《昔柳摭谈》等作，俱不脱《聊斋》的范围。性质与《聊斋》相近而风格稍有不同者，为纪昀之《阅微草堂笔记》。纪字晓岚，河北献县人，学问广博，总纂《四库全书》，一生精力，倾注于《四库提要》及《目录》，故其他的著述不多。《阅微草堂笔记》五种，内容虽为志怪，但对于《聊斋》那种专尚辞华、铺张扬厉之文笔与态度，深表不满。自序云："缅昔作者如王仲任、应仲远引经据古，博辨宏通，陶渊明、刘敬叔、刘义庆简淡数言，自然妙远，诚不敢妄拟前修，然大旨期不乖于风教。"可见作者的旨趣，是想排除唐人传奇之浮华，而想追踪晋宋人的质朴。一时风行文坛，竟与《聊斋》争席，风气为之一变。后日如许元仲的《三异笔谈》，俞鸿渐的《印雪轩随笔》，俞樾的《右台仙馆笔记》诸书，其体式大略与《阅微草堂笔记》相近。

二、《醒世姻缘传》

蒲松龄以《聊斋志异》得盛名，然而他的代表作品，却不是《聊斋》，而是一百万字的长篇小说《醒世姻缘传》。因了这一部书，使他在中国的文学史上，得到了稳固的地位。《醒世姻缘传》原题西周生辑著，书中的事迹，是写的明朝英宗到宪宗时代一个家庭的故事。三百年来，对于作者的年代与真正的姓名，极少有人注意，因此这一部书也就湮没无闻。一直到十几年前，经胡适氏的考证，才确定西周生就是蒲松龄，于是这部长篇小说，引起读者的重视，大家都承认这是一部极有文学价值的作品（胡氏有《醒世姻缘传考证》长文一篇，刊于《胡适论学近著》中，读者可参阅）。

《醒世姻缘传》这大规模的小说，铺叙一个两世的恶姻缘的果报，尤其着重写出几只雌老虎的真面目。作者用尽了淋漓酣畅的笔墨，描写那夫妇冤家几乎是不近人情的种种事态。故事是很简单的，说前生的晁源射死了一只狐，并且把狐皮剥了。他宠爱他的妾珍哥，虐待其妻计氏，因此计氏被逼自缢而死。到了今生，晁源托生为狄希陈，死狐托生为他的妻薛素姐，计氏托生为他的妾童寄姐。于是冤冤相报，素姐、寄姐这两只雌老虎，把狄希陈虐待得惨无人道。狄的父母，也被她们气死了。她们虐待丈夫的方法，说来真有些可怕。有时把丈夫绑在床脚上，用大针刺他；有时用棒椎，关起门来，痛打六百四十棒，打得只剩了一丝油气；有时晚上不许上床，把他绑在一条小板凳上，一动就毒打；有时关在牢监里，故意饿他；有时把鲜红的炭火倒在丈夫的衣领里，让他的背部烧得焦烂，几乎烧死。最奇怪的，狄希陈这一个男子汉，生来就是怕老婆的，看见那两只雌老虎，不仅不敢反抗，只是发抖唯唯听命而已。在这种痛苦生活无法忍受的时候，来了一位叫胡无翳的高僧，向狄生指出前生今世的因果："这是你前世种下的深仇，今世做了你的浑家，叫你无处可逃，才好报复得茁实。如要解冤释恨，除非倚仗佛法，方可忏罪消灾。"狄希陈听了他的话，念了一万遍《金刚经》，果然消除了冤业。在这一连串可怕的故事里，男人们读了，真有点毛发耸然。世上怕老婆的男子固然不少，世上的妒妇泼妇固然也很多，怕得这么厉害，妒得泼得这么毒辣的，如狄希陈、薛素姐、童寄姐之流，无论走遍中外，真要算是空前绝后了。这故事的发展，自然是不近人情的，如果用精神分析学者佛洛伊特的眼光看来，倒是说明妇女变态性欲的绝好材料。三百年前的蒲留仙，自然丝毫没有这种感觉，他一心一意的要用因果报应来说明人生不可抵抗的命运哲学。他在书中的引起里说：

> 大怨大仇，势不能报，今世皆配为夫妻。……那夫妻之中，就如脖项上瘿袋一样，去了愈要伤命，留着大是苦人。日间无处可逃，夜间更是难受。……将一把累世不磨的钝刀在你颈上锯来锯去，教你零敲碎受。这等报复，岂不胜那阎王的

刀山剑树，碓捣磨挨，十八重阿鼻地狱？

唯一解救这因果报应的方法，便是倚仗佛法，忏罪消灾。最后出现的那位高僧胡无翳，自然便是蒲松龄自己。就在这地方，表现作者思想的幼稚浅薄，使这一部大规模大气魄的《醒世姻缘》，丧失了稳固的思想基础，而不得不自贬其身价。胡适解释这一点说："他的最不近情理处，他的最没有办法处，他的最可笑处，也正是最可注意的社会史实。蒲松龄相信狐仙，那是真相信；他相信鬼，也是真相信；他相信前生业报，那也是真相信；他相信妻是休不得的，那也是真相信；他相信家庭的苦痛除了忍受念佛以外，是没有救济方法的，那也是真相信。这些都是那个时代的最普遍的信仰，都是最可信的历史。"我们用这一种历史的眼光去读这一本书，如果把作者的个性与地位，一齐掩没在这一部书里，同时也把他当作当日一种社会现象的话，那么，《醒世姻缘》确是那一时代的社会写生了。

《醒世姻缘》在文字的技巧上，是非常成功的。他的白话文写得极其漂亮，细致深刻，新鲜而没有套语。善于描写人物的个性，尤长于变态心理的表现。同是悍妇，薛素姐是薛素姐，童寄姐是童寄姐，晁源、狄希陈同是糊涂虫，各有各人的糊涂方式。书中的几位老太太、几位老头子，都写得活灵活现，令人看了，真有啼笑皆非之感。蒲留仙就在这一方面，真正的显露出他文学的天才。

三、蒲松龄的曲词

蒲松龄除了《醒世姻缘传》与《聊斋志异》以外，还写了十几部长长短短的曲词。这些曲词最大的特色,完全用的是白话韵文,演成通俗的小曲与传奇,这是给予散曲一个极大的解放。他现存的作品,有下面的十七种。

一、《问天词》
二、《东郭外传》
三、《逃学传》
四、《学究自嘲》
五、《除日祭穷神文》
六、《穷神答文》
七、《和先生揽馆》
八、《俊夜叉曲》
九、《墙头记》
十、《幸云曲》
十一、《蓬莱宴》
十二、《寒森曲》
十三、《慈悲曲》
十四、《姑妇曲》
十五、《翻魔殃》
十六、《富贵神仙》
十七、《禳妒咒》

上面的曲本,除最后的《禳妒咒》一种为戏剧体之外,其余各种都是鼓词。他们有的叙故事,有的写感想,这是一种与道情弹词相近的东西,和着鼓音唱起来,势必悦耳可听,而又文字通俗,老妪可解，实在是一种雅俗共赏的作品。这些鼓词，当日究竟演唱过没有，就无从知道了。

用纯粹的白话写曲，蒲留仙要算是最成功的。他一扫那装腔作势的典雅的语气，用自然的语言，自然的音调，绘声绘影的把人物的个性姿态表现出来，诙谐讽刺，兼而有之，给予曲体文学一种新空气新生命。如《禳妒咒》中《装妓》的一节，写江城责其丈夫嫖妓云：

〔虾蟆曲〕 哄我自家日日受孤单，你可给人家夜夜做心肝。（强人呀）只说我不好，只说我不贤。不看你那般，只看你这般，没人打骂你就上天。（强人呀）你那床上吱吱呀呀好不喜欢！

过来，跟了我去，不许你在没人处胡做。

〔前腔〕 我只是要你合我在那里罗，我可又不曾叫你下油锅。（强人呀）俺漫去搜罗，你漫去快活，今日弄出这个，明日弄出那个，这样可恨，气杀阎罗。（强人呀）俺也叫人家“哥哥呀哥哥”，你心下如何？

写得这么直率，这么天真，又这么自然活泼，真是绝妙文章。宜乎胡适赞叹的说：“蒲松龄有了这十几种曲本，即使没有更伟大的《醒世姻缘》小说，他在中国的活文学史上，也就可以占一席最高的地位了。”

二　吴敬梓与《儒林外史》

其次,我们要讨论的,是吴敬梓和他的杰作《儒林外史》。

一、吴敬梓的生活与性格

吴敬梓字敏轩,一字文木(西历一七〇一——一七五四),安徽全椒人。他有一个很阔的家世:高祖吴沛,是一位理学大家,道德文章,为东南学者宗师。曾祖吴国对,顺治戊戌年探花,由编修做到侍读。祖父吴旦死得很早,但其伯叔祖吴昺、吴晟,一为榜眼,一为进士,都很有声誉。真是:"五十年中,家门鼎盛。子弟则人有凤毛,门巷则家夸马粪。绿野堂开,青云路近。"(《移居赋》)这是吴敬梓自己所描写的他家世的盛况。到了他父亲吴霖起,是一个拔贡,人品高尚,对于富贵功名看惯了,不以为奇,一心一意要在圣贤学问上安身立命。做赣榆县教谕时,捐产兴学,教育子弟,后来不得意,辞官回家,不久便死了。《儒林外史》的作者,便生在这个无论是精神的或是物质的文化都是极其优美的家庭里。他从小是过的锦衣玉食的富贵生活,受了良好的教育基础。生性聪敏,读书过目成诵。学问辞章,根柢俱深。他的朋友程晋芳说他:"文选诗赋,援笔立成,夙构者莫之为胜。晚年亦好治经,曰:此人生立命处也。"(《吴敬梓传》)他的学问愈广博,对那些浅薄无聊的八股文试帖诗,更是看不起,思想愈深闳,觉得那些翰林进士的科举功名,封官拜爵的威严声势,都是虚伪无聊。于是他的人生观,从他祖先的八股世家里解放出来，从他父亲的圣贤道学里解放出来，保存着儒家的人伦，加入道家的逍遥旷达的浪漫思想，再渗入一点孟尝君一类的富贵公子的豪侠精神。于是他便成为一个古典的、浪漫的、豪放的混合型的人生，半是儒林、半是文苑、半是圣贤、半是异端的真名士。一面讲伦理，治经学，景仰古代的圣贤，一面又在秦淮河上嫖妓饮酒，结友交朋，荡尽祖业，过着那狂浪不羁的浪漫生活。因为他的性格内容有如此复杂，所以有的人爱他，有的人骂他，有的人利用他，欺骗他。结果，使他在家庭中社会上遭到绝大的失败。他在《外史》里，借高老先生的口，画出他自己的面貌来。

> 他这儿子就更胡说，混穿混吃，和尚道士，工匠花子，都拉着相与，却不肯相与一个正经人。不到十年内，把六七万银子弄的精光。天长县站不住，搬在南京城里，日日携着女眷上酒馆吃酒，手里拿着一个铜盏子，就像讨饭的一般。不想他家竟出了这样子弟。学生在家里，往常教子侄们读书，就以他为戒。每人读书的桌子上写了一纸条贴着，上面写道：不可学天长杜仪。（第三十四回）

这里的天长杜仪，自然就是《儒林外史》的作者吴敬梓。他这样真实的写出自己的面影。在高老先生虽算是痛快地骂了他一顿，然而他的好处，他的人生的价值，正在这里。所以迟衡山听了，脸皮一红，说道："方才高老先生这些话，分明是骂少卿，不想倒替少卿添了许多身份。众位先生，少卿是自古迄今难得的一个奇人。"社会上如迟衡山一类能认识他是奇人的人，毕竟是少数，多的是高老先生一类的假道学，臧三爷、张俊民、王胡子、伊昭一类的坏人。所以他说:"田庐尽卖,乡里传为子弟戒。年少何人,肥马轻裘笑我贫。"(〔减字木兰花〕)他处在这样一个善恶不分明的社会里,自然是责骂他利用他欺骗他的人占大多数,于是他的轻财仗义的豪侠精神,给他的报酬,是最大的贫穷,使他的物质生活陷于破灭。他开始痛恨他本县的风俗浇薄,人心不正,他痛骂社会的堕落与黑暗,于是迁家到南京,不料南京的社会,一样使他失望。伊昭骂他说:"他而今弄穷了,在南京躲着,专好扯谎骗钱,他最没有品行。"(第三十六回)这是南京知识阶级给吴敬梓的莫大侮辱。此后他的生活愈来愈穷,最后就这么寂寞地死了。在他的生活的过程中,呈现出一个善良者牺牲的悲剧。

> 安徽巡抚赵公国麟闻其名,招之试,才之,以博学鸿词荐,竟不赴廷试,亦自此不应乡举,而家益以贫。乃移居江城东之大中桥,环堵萧然,拥故书数十册,日夕自娱。穷极,则以书易米。或冬日苦寒,无酒食,邀同好汪京门、樊圣谟辈五六人,乘月出城南门,绕城堞行数十里,歌咏啸呼,相与应和,逮明,入水西门,各大笑散去。夜夜如是,谓之暖足。余族伯祖丽山先生与有姻连,时周之。方秋,霖潦三四日,族祖告诸子曰:比日城中米奇贵,不知敏轩作何状,可持米三斗,钱二千,往视之。至,则不食二日矣。(程晋芳《吴敬梓传》)

这一段文字,把吴敬梓晚年的穷困,写得极其真实动人,今日读了,还感着无限的同情与感慨。一位这样天才的作家,社会上对他冷淡无情,结果是穷死在扬州,连殡殓的费用,还靠穷朋友来料理,这真是人生途中最悲惨的结局。不过,吴敬梓毕竟是一个非常的人，他绝不因穷困而改变他的观念，向科举投降，向社会屈服，他能在旁人不能忍受的穷困里，丝毫不怨恨，不后悔，把握住自己生命的力量与兴趣，用他过人的笔墨，表现他经历过的人生经验和他观察到的丑恶社会，同那穷困的饥饿生活搏斗。就在这种搏斗中，他完成了他的杰作《儒林外史》。在这里，正表现出作者伟大的精力和艺术的良心。在二百多年前，在那一个科举教育的环境里，吴氏竟能选择白话小说的体裁，来作为他在文学上所表现的伟业，更显出他的文学见解的高超，绝非那些桐城派的古文家和卫道的理学家所能比拟所能了解。程晋芳感慨地说："《外史》记儒林，刻画何工妍。吾为斯人悲，竟以稗说传。"在当日正统派的文坛以说部传名，确实是可悲的，甚至于是可耻的。但到了现在，人人都承认吴敬梓以这部小说在中国文学史上，得到了同屈原、陶潜、李白、杜甫一样的辉煌的地位。他当日的穷困和努力，总算得到了他应有的代价。

二、《儒林外史》所表现的思想及其文学上的价值

上面我略略说明了吴敬梓的生活和性格，这一点于他思想上的了解及作品上的赏鉴，都很有用处。《儒林外史》值得我们推崇，是除了艺术的价值以外，还有其思想的价值。我国过去的小说，大都有一个共同的缺点，便是其中所反映出来的思想，多是正统派的礼教伦常，封建社会的宗法观念，神鬼迷信的因果轮回的报应，还往往加以和尚道士的穿插。只有《儒林外史》这一本书，才一扫那些浅薄荒诞的渣子，表现出前进的在当日甚至于可说是革命的高超的人生观。他用客观的态度，描写他熟知的当日的知识阶级和

他体验最深的黑暗的炎凉的社会。是的，他不是一个浪漫主义者，没有少年人的热情和美丽的梦，因此书中留给我们的，全是黑暗，伤痕，讽刺与悲愤。《儒林外史》实在是一本最不愉快的社会写实的书。

一、吴敬梓最反对的，是八股文的考试制度。　他觉得八股文试帖诗，绝不是选考人才的办法，只是皇帝的愚民政策，政府困死人才的毒计。但数世纪来，科举制度，不仅是一种朝廷的盛典，社会人民都把它看作是无上的光荣，深深地统制我国全民众的心理。只有进学中举会进点翰林，才是人生理想的教育制度，才是升官发财的捷径。否则你只有穷死贱死，谁也瞧不起你。所以《儒林外史》中的马二先生半认真半嘲笑的态度说：

> “举业”二字是从古及今人人必要做的。就如孔子生在春秋时候，那时用“言扬行举”做官，孔子只讲得个“言寡尤，行寡悔，禄在其中”，这便是孔子的举业。讲到战国时，以游说做官，所以孟子历说齐、梁，这便是孟子的举业。到汉朝，用贤良方正开科，所以公孙弘、董仲舒举贤良方正，这便是汉人的举业。到唐朝用诗赋取士，他们若讲孔、孟的话，就没有官做了。所以唐人都会做几句诗，这便是唐人的举业。到宋朝又好了，都用的是些理学的人做官，所以程、朱就讲理学，这便是宋人的举业。到本朝用文章取士，这是极好的法则。就是夫子在而今也要念文章做举业，断不讲那“言寡尤，行寡悔”的话，何也？就日日讲究“言寡尤，行寡悔”，那个给你官做，孔子的道也就不行了。（第十三回）

这段文字，表面是推崇举业，其实却是攻击举业，这便是吴敬梓讽世文学的好成绩。他因为痛恨这种恶制度，因此他决心不从科举里求功名，友朋中会做八股文试帖诗的，他就讨厌。程晋芳说他："嫉时文士如仇，其尤工者则尤嫉之。"但是当日的知识阶级，如何能了解他这种思想。十岁左右的小孩子以至六十岁的老头子，无时无刻不将全部精力放在举业上，他慨叹地说："如何父师训，专储制举材？"他是要提倡青年研究真学问，造就真人才，在《儒林外史》的卷首，他借着有学问有品格的王冕，作为人生的理想，再借着他的口，说出自己的意见来。"此一条之后，便是礼部议定取士之法。三年一科，用《五经》、《四书》、八股文。王冕指与秦老看道，这个法却定的不好，将来读书人既有此一条荣身之路，把那文行出处都看轻了。"因此，他在书中尽量暴露那些八股先生的丑态以及人民对于科举功名的虚荣与艳羡的心理。这一点，吴敬梓是大大的成功了。

二、理想的人生。 吴敬梓因出于世家，对于富贵功名见多了，不以为奇。他的理想的人生，不是高官，不是巨富，是一种品学兼优、清闲自在、自食其力、享受自由的人生。这一种人生观，他的太太自然是不会了解的。所以娘子笑道："朝廷叫你去做官，你为什么装病不去？杜少卿道：你好呆！放着南京这样好玩的所在。留着我在家，春天秋天，同你出去看花吃酒，好不快活。为什么要送我京里去？……逍遥自在，做些自己的事罢！"他理想的人生，就是要逍遥自在，做些自己要做的事。"隐居以见其志，行义以达其道"，正是吴敬梓的人生态度。然而他决不是那种身在江湖、心怀魏阙的假隐士，他不做官，不是以此为高，政治过于黑暗，人心过于恶劣，他不愿意去同流合污。他愿意做些自己愿做的事，献身学问的研究，努力文艺的创作，虽在极度的穷困里，得到了逍遥的乐境。因此在《儒林外史》中，把那几个半工半读自食其力的王冕、倪老爹、荆元、于老者写得多么有身份，多么可爱。这些人在社会上都是被人轻视的，其实这种半工半读自食其力的生活，才是人生的幸福者。比起那些假名士臭山人来，要高尚得多，那些声势赫赫的官绅，没有他们那种高贵的人品，也不如他们的自在安闲。

三、反对迷信。　我国过去的小说，或多或少，总要表现一些神鬼的迷信和因果报应的思想。《儒林外史》一扫这些不合理的观念，所描写的，所表现的，全是理性的、现实的、健全的见解。贯通着全书的脉络，都是我们耳闻目见的实际的日常生活，和知识阶级以及各种人士的心理状态和种种活动的如实的描写。没有过分的夸张，也没有超人的奇迹，如洪道士一类的炼金，张铁臂一类的欺世，都在作者的笔下现了原形，加以无情的谴责。对于风水的邪说，作者尤为痛恨。在第四十四回中，对于讲风水迁坟墓的事，他发表了“应该凌迟处死”的激烈议论。书中虽也有写扶乩的事，这并不是说作者信仰扶乩，他不过把它作为社会上的一种现象一种风气加以描写而已。如果将这看作是作者一种迷信的证据，那是不妥的。

四、男女问题。　吴敬梓对于女人的见解，也与时人不同。沈琼枝是一个独断独行的女子，因为不愿做妾，逃到南京去卖文为生。一般人对她的观感，大都是轻视她。迟衡山道：“这个明明借此勾引人，她能做不能做，不必管她。”武书道：“我看这女人实有些奇。若说她是个邪货，她却不带淫气，若说她是人遣出来的婢妾，她却不带贱气。”就是沈琼枝自己也说：“我在南京半年多，到我这里来的，不是把我当作倚门之娼，就是疑我为江湖之盗。”（第四十一回）古代男人眼里的女子，大都是这种认识。但是吴敬梓却不同了，借着少卿的口说："盐商富贵奢华，多少士大夫见了就销魂夺魄，你一个女子，视如土芥，这就可敬的极了。"以盐商起家的宋为富，娶妾是娶惯了的，这次碰见了沈琼枝不肯屈服，他愤怒地红着脸说："我们富商人家，一年至少要娶七八个妾，都像这么淘气起来，这日子还过得？"后来沈琼枝毕竟在杜少卿的敬重和援助之下，得到了解放。吴敬梓主张一夫一妻制，"夫唱妇随，便是人生的幸福，快乐的家庭"。因此当季苇萧劝杜少卿娶妾时，少卿回答说："岂不闻晏子云：今虽老而丑，我固及见其姣且好也。况且娶妾的事，小弟觉得最伤天理。天下不过是这些人，一个人占了几个妇人，天下必有几个无妻之客。"这是吴敬梓反对娶妾的最彻底的见解。

《儒林外史》没有丰富有趣的内容，没有一个引人入胜的浪漫故事，没有完整的巧妙的布局，因此有许多人批评《儒林外史》的结构上有缺点，不能算是一部真实的长篇小说。其实，写实派的作品，只重在观察的细密，描写的深刻，而达到暴露人生社会的效果。和那些以有趣的内容与巧妙的结构夸耀的浪漫派作品，是完全不同的。《儒林外史》以文字技巧的高超，描写刻画的深刻，达到了讽世文学的最高效能。故其结构的松弛，故事的平凡，绝无伤损其文学的价值。我们读完了这本书以后，看他用力的描写周进、范进、严贡生、胡屠户、王举人、张乡绅、马纯上、牛玉圃、匡超人、洪憨仙、权勿用、杨执中这一群人的嘴脸，是多么的生动和分明。一举一动，一言一笑，是多么灵巧，多么适合他们的身份。在写实文学的技巧上，无疑的得到了极高的成就。闲斋老人序云："其书以功名富贵为一篇之骨。有心艳功名富贵而媚人下人者；有倚仗功名富贵而骄人傲人者；有假托无意功名富贵自以为高被人看破耻笑者，终乃以辞却功名富贵品地最上一层为中流砥柱。篇中所载之人，而其人之性情心术，一一活现纸上，读之者无论是何人品，无不可取以自镜。”这评语确实是说得好极了。

其次，书中无淫秽之言，无神鬼之论，故品质极高。他所用的文字，全是普通的官话，不杂各地的野语方言。修辞造句，简洁有力，可称为白话文学的范本。钱玄同氏说：“《水浒》是方言的文学，《儒林外史》却是国语的文学。可以列为现在中等学校的模范国语读本之一。”这是不错的。但是，《儒林外史》没有浪漫，没有神怪，没有侠义，没有恋爱，只是社会黑暗的暴露，知识阶级的刻画，因此这本书并不为一般青年们所爱好。他们欢喜的是《水浒》、《西游》、《金瓶梅》、《红楼梦》。青年人的思想情感与人生经验，几乎无法了解这一本书，青年人拿他去消遣，是没有不失望的。我们可以说，《儒林外史》是一本不愉快的书，是一本中年人的书。

三　曹雪芹与《红楼梦》

我们现在要讨论的，是曹雪芹的《红楼梦》。《红楼梦》是近二百年来我国最流行的一部爱情小说。在知识阶级的青年男女阶层，他具有他种作品未曾有过的感染的效果。书中几个重要的女主角，在旧社会上成为青年男女理想的羡慕的美人的典型。这一部伟大的作品，袁枚虽已指出是曹雪芹所作，但二百年来，对于这位作者的生活历史，从未有人加以介绍。王国维在《红楼梦》评论里，也曾慨叹地说：“吾人于作者之姓名，尚未有确定之知识，岂徒吾侪寡学之差，亦足以见二百余年来吾人之祖先，对此宇宙之大著述，如何冷淡遇之也。”在正统派势力统制的文坛中，小说本为人所轻视，作者自己亦不愿表露其姓名，即作者之友朋知其事者，亦不愿代为宣扬，《金瓶梅》、《醒世姻缘》都是如此。自新文学运动以来，确定了小说在文学上的价值，于是这些小说的作家的考证，便成为文学史家的重要课题。在这一方面成绩最大的，自然是胡适之。我们依赖他的论文，对于《红楼梦》的作者的生活历史，有了很详细的认识。

一、曹雪芹的生活环境

曹雪芹名霑，汉军正白旗人。生于康熙末年（约为西历一七一七—一七二二年之间），死于乾隆二十七年除夕（西历一七六三）。他的朋友敦诚挽他的诗有“四十年华付杳冥”之句，知道曹雪芹死时，还是四十左右的壮年。他是八旗世家子弟，祖先几代，都在江南做内府的织造官。这一个江宁织造的肥缺，简直成了曹家的世袭职。从曾祖曹玺到他的父亲曹頫，一共做了五十几年。在那些人里，他的祖父曹寅最有名，是一个风雅的贵族名士。他工诗词，善书法，当时的文学家朱彝尊、姜宸英辈，俱与交往。曹家藏书极富，善本有三千余种之多。他校刊过多种极精的古书，世称为“曹楝亭本”，到现在仍为藏书家所宝贵。因为他钱多，物质生活极其优裕，饮食的艺术尤为一般人士所称誉。曹寅在这一方面，也留下一点成绩。他编撰过一部《居常饮馔录》，将前人所著述的饮食一类的作品合成一书。由此我们可以知道曹家对于饮食的讲究，这些便成为后来贾府饮食的基础。曹家当日在官场的地位，真是煊赫一时。康熙六次南巡，五次驻跸在织造官署。在此五次中，曹寅就接了四次驾。在当日的君权时代，这不能不说是最大的光荣，旷古的盛典。铺陈张设之精，饮食房屋之美，礼物之贵重，排场之阔大，我们是无法叙述的，不过我们也还可以看到一点影子，这一点影子，就留在大观园里。

曹雪芹就生在这样一个富贵而又有艺术环境的家庭里。他耳闻目见以及熏陶感染的，都是那些文化艺术的空气和那些常人不容易接触的贵族家庭的金玉一般的物质生活。他可以在那优裕的环境里，自由的吸取精神上的粮食，培养他学问的根柢和文学的天才。但这种富贵生活，并没有使曹雪芹继续下去，在他的少年时代，他家起了突变，不知犯了什么大罪，而至于抄家没产，五六十年建设起来的一个显赫的家世，归于毁灭，后来在南方无法容身，只好迁徙到北方去。那时候，曹雪芹只是十几岁的少年。他到了北京，生活的状态虽不详细，总之，一天一天的穷困下去，几乎无以为生，就这么贫穷的死了。他那可怜的生活，在他好朋友敦诚、敦敏的诗里，还留下了一点影子。

劝君莫弹食客铗，劝君莫扣富儿门。残杯冷炙有德色，不如著书黄叶村。

（敦诚《寄怀曹雪芹》）

寻诗人去留僧壁，卖画钱来付酒家。燕市狂歌悲遇合，秦淮残梦忆繁华。

（敦敏《赠曹雪芹》）

满径蓬蒿老不华，举家食粥酒常赊。

（敦诚《赠曹雪芹》）

四十年华付杳冥，哀旌一片阿谁铭？孤儿渺漠魂应逐，新妇飘零目岂瞑！

（敦诚《挽曹雪芹》）

敦敏、敦诚兄弟，是清朝的宗室，能诗善文，也是八旗中的名士。由上面这些诗句里，一面可以看出他们深厚的友谊，同时可以知道曹雪芹的生活穷困，房屋破坏不堪，全家吃粥，酒钱也付不出，在这一种悲惨的境遇里，对于往日的富贵生活，自然会引起难堪的回忆，“秦淮残梦忆繁华”的这一种情感，我们完全体会得到。最可怜的，结婚不久，幼儿又死了，因此成病，而至于死，这实在是人生的悲剧。他的朋友劝他克服困难，在贫穷中著书，这书想必就是《红楼梦》。

二、《红楼梦》与作者的关系

我们知道了曹雪芹的生活环境以后，便很容易了解他写作《红楼梦》的动机以及这本书与作者的关系。前人因在缺少对于作者身世的认识，因此对于《红楼梦》的解释，发生许多穿凿附会的笑话。王梦阮的《红楼梦索引》，说此书“为清世祖与董鄂妃而作，兼及当时的诸名王奇女”。蔡元培的《石头记索隐》，说此书是清康熙朝的政治小说，“书中本事在吊明之亡，揭清之失，而尤于汉族名士仕清者寓痛惜之意”。还有说《红楼梦》是纳兰性德的故事。贾宝玉是纳兰性德，金陵十二钗是他交游的名士。现在我们对于这些红学的附会，也没有申辩的必要了。因为既然明了了作者的生活环境，最好是相信作者自己的意见。他在书中的卷头说：“风尘碌碌，一事无成，忽念及当日所有之女子，一一细考较去，觉其行止识见，皆出我之上，我堂堂须眉，诚不若彼裙钗，我实愧则有余，悔又无益，大无可如何之日也。当此日欲将已往所赖天恩祖德，锦衣纨绔之时，饫甘餍肥之日，背父母教育之恩，负师友规训之德，以致今日一技无成，半生潦倒之罪，编述一集以告天下，知我之负者固多，然闺中历历有人，万不可因我之不肖，自护己短，一并使其泯灭也。”作书的态度与动机，作者在这段文字里，说得多么明显。又脂砚斋本的《凡例》中又云：“此书是着意于闺中，故叙闺中之事切，略涉于外事者则简。不得谓其不均也。此书不敢干涉朝廷，凡有不得不用朝政者，只略用一笔带出，盖实不敢以写儿女之笔墨唐突朝廷之上也，又不得谓其不备。”这不是明明说着《红楼梦》所写者只是一些家庭男女的葛藤，决不是一部讽世骂时的政治书。这一些家庭男女的葛藤，自然就是曹家和作者周围的生活历史。这一些历史，不是平凡的，不是一般人所能有的，他的本身，已经是一部好小说。正如曹雪芹所说：“浮生着甚苦奔忙，盛席华筵终散场。悲喜千般同幻渺，古今一梦尽荒唐。谩言红袖啼痕重，更有情痴抱恨长。字字看来皆是血，十年辛苦不寻常。”这诗的情感最沉痛，最真实，表现他的文学冲动，也最强烈，在这一种忏悔、悲痛、回忆、哀伤各种情感的交织下，作者自然是要走上自传式的表现的。他过去的生活，真是层层的血泪，真是一篇不寻常的诗。关于这一点，曹雪芹与吴敬梓实在非常相像，所异者，曹的情感是浪漫的主观的，故着重于写情，全书集中于男女与家庭。吴的情感是理智的客观的，故着重于写世，全书集中于社会。他俩同样对于生活的盛衰与社会上的冷热的种种变换，得了深刻的认识与丰富的体验，表现于文学的态度，吴敬梓用的是讽刺与怜悯，而曹雪芹所用的是忏悔的回忆。因此，《儒林外史》成为社会的写生，《红楼梦》变为个人的自传了。“富贵不知乐业，贫穷难耐凄凉。可怜辜负好时光，于国于家无望。天下无能第一，古今不肖无双。寄言纨绔与膏粱，莫效此儿形状。”这是书中的宝玉，每一字每一句都是曹雪芹。在这词里最沉痛的，对于自己加以谴责，又最真切的写出了晚年贫穷时代的忏悔的心境。因为他有这种忏悔，所以他才回忆秦淮的旧梦，发思古之幽情，把他晚年苦痛的心境和情感，全部寄托在美丽的回忆里。《红楼梦》一书，便成了他回忆的象征。吴敬梓的人生态度和他大不相同。《儒林外史》的主人公贫穷困苦的时候，他表兄叹道：“老弟，你这些上好基础，可惜弃了你。你一个做大老官的人，而今卖文为活，怎么过的惯?”吴敬梓回答说：“我而今在这里，有山水朋友之乐，到也住惯了。不瞒表兄说，我也无什么嗜好，夫妻们带着几个儿子，有布衣蔬食，心里淡然。那从前的事，也追悔不来了。”因为吴敬梓能有这种心境，所以《儒林外史》中的社会人生，能够与作者自己的生活离开，描写时是用的理智的客观的态度。曹雪芹没有他那样的心境，因此书中的社会人生与作者混成一片，时时流露出来悔恨与哀伤，而带着浓厚的浪漫的情调。

最不幸的，由贫穷与伤感造成了无可挽回的病症，袭击着曹雪芹的壮年，使他的杰作《红楼梦》只写成了八十回便遗恨的死去了。后面的四十回为高鹗所续。高鹗，乾隆乙卯进士，也是旗人。他以极大的同情与了解，以及美妙的文笔，完成了曹雪芹未竟的工作，而得到了很好的成就。据胡适氏的研究，曹雪芹在早年已有了全书的大纲，在八十回以外，写了一些尚未完成的零稿。这些文稿，曹雪芹死后，散到外面，很可能的为高鹗所得。因此，他四十回的续作，大体没有违背作者的原意，一反中国小说戏曲的先例，把《红楼梦》写成了一个大悲剧。这一点，我们不能不称赞高鹗的文学天才,比起后来那一批写《续红楼梦》的人来,真是有云泥之差了。

三、《红楼梦》的文学价值

曹雪芹对于小说的创作,自有其见解。这见解固然非古文家所能了解,就是当日的小说家们,也还没有这一种觉悟。当日的小说作家,都觉得小说最重要的目的,是作为娱乐品,同时应当是名教伦理的宣传,因此他们的取材,都是离开作者的社会时代,而远托先前的朝代。明代的小说大都是如此,晚明的短篇小说家们,更是这样明白的宣言。曹雪芹则不然,他以为一部好的小说,应当与作者的生活社会打成一片,不要专门做那种伦理名教的宣传工具,或是千篇一律的恋爱的娱乐文学。他在第一回里,借空空道人与石头的问答,表明他这可贵的意见。空空道人说:"石兄,你这一段故事据我看来,第一件无朝代年纪可考;第二件,并无大贤大忠理朝廷治风俗的大政……我纵然抄去,也算不得一种奇书。"石头答道:"我想历来野史的朝代,无非假借汉唐的名色,莫如我这石头所记,不借此套,只按自己的事体情理,反到新鲜别致。况且那野史中,或讪谤君相,或贬人妻女,奸淫凶恶,不可胜数。更有一种风月笔墨,其淫秽污臭,最易坏人子弟。至于才子佳人等书,则又开口文君,满篇子建,千部一腔,千人一面,且终不能不涉淫滥,在作者不过要写出自己的两首情诗艳赋来,故捏造出男女二人名姓,亦必旁添一小人拨乱其间,如戏中小丑一般。更可厌者,之乎者也,非理即文,太不近情,自相矛盾,竟不如我半世亲见亲闻的这几个女子,虽不敢说强似前代书中所有之人……其间离合悲欢兴衰际遇,俱是按迹循踪，不敢稍加穿凿，至失其真。”他这意见真是可贵的。在二百年前发表这种议论，更显出他的意义与价值。他一面批评过去小说中的种种缺点，同时再强调他自己的合理的小说观念。

《红楼梦》的结构，是完整而细密的，就现在一百二十回的情状看来，确实成为一个很好的悲剧的结构。由事体的发展变化而达到最高潮，终于破灭，这径路不能不说是合理的。在长篇小说的形式上讲，这一种结构实优于《儒林外史》的小组式。至于比起那些大团圆的喜剧式的作品来，《红楼梦》更是有动人的力量和悲剧美的价值。其悲剧的形成，最可贵者不是宗教的，不是命运的，而是人事性格的无可避免的结果，一步逼一步，眼看那悲剧愈来愈近，终于无可挽回，结果一切归于毁灭，而应了秦可卿的“树倒猢狲散”的预言。如果把这一悲剧看作是贾宝玉、林黛玉俩人的恋爱，那是错误的。最重要的，是由宝、黛这一线索，表现出贾府那一个贵族的封建家庭的全部毁灭，主子和奴才的命运，一齐崩塌在这一个大悲剧里。明乎此，才能真了解《红楼梦》悲剧的意义与价值。

《红楼梦》最成功的地方，是在于君主时代外戚的贵族家庭豪华奢侈的生活的暴露，以及生长于那家庭中的男男女女的生活的写真。那一家庭和那些人物的种种形态，绝不能出于想象，而必得有丰富的体验，细微的观察，要再加以成熟的文学技巧，才能把那些形象刻画出来。曹雪芹恰好有这一种资料和才质，因此贾府那一家庭，真是富丽堂皇的展开在读者的眼前。排场、设备、饮食、衣服以及种种派头，几乎使读者为之昏眩。作者在正面尽力的铺叙这骄奢淫佚的贵族家庭，同时在反面映出在经济方面支持这一家庭的庄园与农奴的穷困。他们经济的来源，一面是盗用公款，一面是剥削农民。第十六回赵嬷嬷说的:“别讲银子成了粪土,凭是世上有的,没有不是堆山积海的……也不过拿着皇帝家银子往皇帝身上使罢了。”再看第五十七回,描写黑山村的佃户乌庄头到贾府来纳租的一幕,很明显的显出一幅剥削农民的图画。在那里写出来的,仅是黑山村一处庄园而已,像这一类的庄园,贾府还不知有多少。在那一个荒年里,乌庄头贡献给主子的物资,已经不算少了,而主子竟大不满意。他的经济哲学,是“这几年添了许多花钱的事,不和你们要,找谁去?”这态度真是明显极了。农民得不到贵族的欢心,受不了贵族的压迫,结果是出卖儿女,变卖产业,都成了牺牲品,连自己心爱的幼女,大都变了贾府的丫头。这些女孩子们,无法反抗,只怨恨自己的奴才命。宝玉看见袭人的妹妹,生得漂亮可爱,想把她弄到家里去。袭人冷笑道:“我一个人是奴才命罢了。难道连我的亲戚都是奴才命不成?”这话说得多么沉痛。读《红楼梦》的人,如果只注意莺莺燕燕的热闹场面,甚至于羡慕平儿、袭人那一批丫头们的穿戴饮食,而忘记她们精神上的苦痛和可怜的奴才的境遇,那是极不应该的。我们试想,金钏、晴雯、鸳鸯、尤二姐、尤三姐这些可爱的女孩子们,是不是全成了那些少爷们的牺牲品,他们的生命,究竟得了什么代价?如果在这里,还说什么“公子情深女儿命薄”一类的言辞,简直是给死者以侮辱,凶手以赞叹。这一点我们是必得注意的。

《红楼梦》的价值,就在作者无意中暴露了贵族家庭的种种真相。那些公子小姐,不了解农民的生活,不知道一粒米一尺布的艰苦的来源,不知道耕牛犁锄的功用,于是农村的代表刘姥姥便成为贾府少爷小姐们的新奇人物和玩具式的偶像了。生长在这环境中的男女青年,有钱有势,不做一件正当的事,只知道勾通官府,包揽词颂，强奸民女，重利盘剥，结果是陷于抄家没产，归于破灭。在这一方面，贾珍父子，贾琏夫妇，成为贾家最重要的角色。有了这一批角色，贾家的衰败和灭亡，其命运是注定了的。因为内部过于腐败，正如焦大所说："那里承望到如今，生下这些畜生来，每日偷鸡戏狗，爬灰的爬灰，养小叔子的养小叔子，我什么不知道，咱们胳膊折了往袖子里藏。"贾府上下四五百人，只有焦大是一面镜子。这一面镜子，照着那家庭的荣华的前景，照着那家庭奢淫腐烂的种种变态，最后照着那凄凉的毁灭，在这里给读者们多么明显的一个印象。这印象便是君权时代剥削农民的贵族家庭的兴衰的历史，以及生活在那家庭中各种人物可怜的或是恶毒的形态。其次，作者的文学技巧，也是超人的。他最大的成就，是人物性格描写的成功。写贾母的姑息，写王夫人的平庸，写王熙凤的奸狠，写秦可卿的风流，写贾政的迂腐，写贾琏的荒唐，写湘云的潇洒，写宝钗的沉着，写黛玉的娇痴，写宝玉的阴阳怪气，写焦大的憨直，写袭人的深沉，写平儿的机警，作者在极难分辨的界限里，一一写出他们不同的性情面貌和嗜好，他们一开口一走路，便显出特殊的形态，而个性分明。这一点，在中国的旧小说里，是无可比拟的。贾宝玉、林黛玉那一对娇弱的身体，伤感的性格，聪明的头脑，美丽的面孔，形成旧时代东方人最高理想的美男美女的典型。一百多年来，不知道有多少男女，以宝玉、黛玉自比。"多愁多病"与"倾国倾城"成了才子佳人不可分离的联系。就在这地方，《红楼梦》在过去青年男女的心中，成为一部恋爱的宝典，言情的圣经了。

四　《镜花缘》及其他

李汝珍与《镜花缘》　比起《儒林外史》与《红楼梦》来，《镜花缘》实在是一部没有多大文学价值的书。我们仍然在这里加以介绍的原因，因为在这作品里，作者还表现了一点思想，这一点思想在封建社会旧传统的教育环境里，不能不算是一点值得我们重视的光辉。《镜花缘》的作者，是李汝珍，字松石，河北大兴人。生于乾隆中叶，死于道光十年左右（约为西历一七六三——一八三〇），年近七十岁的高龄。他生性豪爽，不喜时文，故于科举功名，一无成就。精通音韵，性喜杂学。著有《李氏音鉴》一书，颇为读者所重。李汝珍的时代，正是清朝汉学全盛时期，故《镜花缘》一书，深受此时代学术思想的影响。在其小说中，大卖弄其经学考据及小学的成绩。他自己觉得这样写作，可以解人睡魔，令人喷饭。实际，读者所感到的，只有沉闷干枯，甚至发生厌恶，觉得这不是一本文学的书籍。

《镜花缘》一百回，以武则天女皇为背景，写百花获谴，降为才女，百人会试赴宴的故事，兼写秀才唐敖遨游海外，多遇奇人怪物，后食灵草，遂成神仙，最后以文共起兵武家崩败作结。末回后段云："以文为戏，年复一年，编出这《镜花缘》一百回，而仅得其事之半。若要晓得这镜中全影，且待后缘。"可知现在的一百回，只是前半部，并非全璧。因为作者自己承认是以文字为游戏，所以《镜花缘》只是一部游戏的书，其中全无血肉，比起《儒林外史》和《红楼梦》那样从生活的苦痛的经验里表现出来的作品，那价值真是不可同日而语了。

值得我们注意的，是李汝珍在《镜花缘》里提出了中国知识阶级一向轻视的妇女问题。数千年来在男性中心的社会里失去了一切权利的中国女子，除了给予名教上的精神上的压迫以外，同时还给予肉体上的缠足一类的非人道的压迫。《镜花缘》作者的可贵，是有见如此，他主张女子应和男人有同样的待遇，受同等的教育，解放肉体上的压迫，而参加一切同等的政治与社会的活动。他眼看在中国的封建社会里，他这种理想，永远无法实现。故他另创一个世界，那就是唐敖、林之洋所游历的国外，如君子国、女儿国、黑齿国一类的理想世界，来实现他的新社会、新人生、新男女以及新制度。他在书中尽力宣扬女子的才学，伸张女权，实现男女平等的新天地。他明知道在那一个时代，他这种理想是空虚的，因此他以水中月镜中花来比他的乌托邦，而作为他的作品的题名了。

在思想方面说来，《镜花缘》是一部理想主义的文学。但他除了妇女问题这一点较为前进以外，其他的，仍是一贯的封建社会的传统，他非常强调的是那一套礼教伦常的旧观念。无论如何，在一百多年前君权与道统勾结最牢的时代里，李汝珍那一点对于妇女解放的前进思想，已是可贵的了。

《镜花缘》以外，以小说夸学问者，有夏敬渠之《野叟曝言》。以小说见辞章者，有屠绅之《蟫史》，陈球之《燕山外史》。

夏敬渠字懋修，号二铭，江阴人。学识广博，通经史，旁及诸子百家、礼乐兵刑、天文算数之学。他以才学自负，而终生落拓。于是屏绝上进，发愤著书。除了《经史余论》、《全史约编》及《学古编》诸作以外，还写了一百五十四回的长篇小说《野叟曝言》。其内容正如凡例所言，“叙事说理，谈经论史，教孝劝忠，运筹决策，艺之兵诗医算，情之喜怒哀乐，讲道学，辟邪说”，真是包罗万象，无所不谈，由此亦可见其思想之迂腐与其内容之庞杂。人物以文素臣为主。文素臣是一个文武双全、才学盖世、富贵风流的好汉。自命兵儒，尊奉名教，宗正学，击异端，为本书之主旨。鲁迅氏评云：“衒学寄慨，实其主因。圣而尊荣，则为抱负。与神人之神魔及佳人才子小说，面目似异，根柢实同。惟以异端易魔，以圣人易才子而已。意既夸诞，文复无味，殊不足以称艺文，但欲知当时所谓理学家之心理，则于中颇可考见。”（《中国小说史略》）这批评极为正确。

屠绅字贤书，号笏岩，江阴人。天资敏慧，二十成进士。为文喜古涩，力拟古体，义旨沉晦，作者颇以此自矜。以此种体裁用之于小说，其失败乃为必然。《蟫史》二十卷，即作者于小说中勉用硬语而成诘屈之文章，欲以表彰其才藻之美。书中言桑蠋生海行堕水得救，乃投甘鼎合力平苗之故事为主干，妖奇百出，实为神魔小说之末流。中又时杂淫语，故作风流，颇染明末艳体小说之习气。全书惟以辞章耀世，绝无意义，其成就更在《野叟曝言》之下。

陈球字蕴斋，浙江秀水人。善画，工四六文。《燕山外史》八卷，即以骈体文写成者。张鷟《游仙窟》以来，此为独见的骈文体的长篇小说。小说不宜于古文，尤不宜于骈体，其失败自不待言。作者独出心裁，欲以此耀其词华，并且很得意的说“史体无以四六为文，自我作古”，其心境可知。书中本冯梦桢之《窦生传》加以铺扬，其中虽多曲折，实远祖唐代之传奇，近与明末之佳人才子小说无异。加以因骈文之拘束，故叙事状物，绝无生气，在小说中要算是最低劣的了。

五　平话小说

《儒林外史》、《红楼梦》及其那些夸才学耀辞章的长篇小说，只能流行于文士阶级，普通民众所嗜好者，内容是“揄扬勇侠，赞美粗豪”的侠义和公案的故事，而体裁是文体通俗的平话式的民众文学。清朝的平话小说，可举为代表者，是《儿女英雄传》和《三侠五义》。这些作品，内容丰富，极合民众口味，绘声状物，可供说书人讲述。如《三侠五义》为石玉昆原稿，得之其徒，可知石玉昆乃当日的说书人。《儿女英雄传》亦为作者拟说书人的口吻所为，与平话无异。鲁迅氏说：“是侠义小说之在清，正接宋人话本正脉，因平民文学之历七百余年而再兴者也。”（《中国小说史略》）

《儿女英雄传》　《儿女英雄传》的作者是文康，姓费莫，字铁仙，满洲镶红旗人。他有一个极阔的家世，他的祖先和他自己都做过大官。马从善序云：“以资为理藩院郎中，出为郡守，洊擢观察，丁忧旋里，特起为驻藏大臣，因病不果行，遂卒于家。先生少受家世余荫，门第之盛，无有伦比。晚年诸子不肖，家遂中落。先时遗物，斥卖略尽。先生块处一室，笔墨之外无长物，故著此书以自遣。其书虽托于稗官家言，而国家典故，先世旧闻，往往而在。且先生一身亲历乎盛衰升降之际，故于世运之变迁，人情之反覆，三致其意焉。先生殆悔其已往之过，而抒其未遂之志欤？”在这里，可以看出作者的生平和作书的意旨。

出身贵族，晚年落拓，于是执笔写书，其经历，文康与曹雪芹甚为相近。所不同者，曹雪芹是写贵族家庭衰败的历史，而《儿女英雄传》却是写一个“作善降祥”的家庭的发达的历史。一个是写实的，一个是理想的，并且文康的理想，恰好代表那一个快要过去的时代的名教与荣华的眷恋与憧憬。因此在这书里所出现的人物，没有一个不是旧观念旧道德的封建社会的典型。他笔下的理想英雄十三妹，也不过是一个飞檐走壁身敌万夫的女魔术师，后来同安公子结了婚，便成为一个含羞的贤淑的少奶奶，同张金凤俩人不妒不忌的合事一夫，成为男性中心社会里最理想的女性。在思想这一点讲，《儿女英雄传》中所表现的，只是浅陋庸俗。夫荣妻贵，二女一夫，怪力乱神，科场果报以及升官发财等等，腐旧的思想，贯通了这书的全部。然而这些东西，作为平话小说的内容，在民众的鉴赏力上，真是再适当也没有了。再加以漂亮的国语，通俗流利的文笔，更增了《儿女英雄传》吸引读者的力量。因此后人还有一续再续的，那文意是更差了。

《三侠五义》　《三侠五义》原名《忠烈侠义传》，是由明人的《包公案》改作的。共一百二十回，为石玉昆述，出于光绪初年。石玉昆为咸丰间说书人，此书想即为说话的底本。书中初述宋真宗时刘妃之狸猫换太子，继述包公断案，后以包公忠诚之行，感化豪侠，于是南侠展昭，北侠欧阳春，双侠丁兆兰、丁兆蕙以及五鼠等一律投诚受职，人民大安。书前狸猫换太子及包公断案的小部分，虽稍加穿插与组织，但多因袭前人，到了三侠五鼠的故事，才写得活跃生动。最重要的，前面杂着许多怪力乱神的迷信，到了后边，竟能一扫而光，把鬼话变成人话，怪鼠奇物，一律变成了侠客义士的传奇，而写得虎虎有生气。鲁迅云：“其中人物之见于史者，惟包拯、八王等数人，故事亦多非实有。五鼠虽明人之《龙图公案》及《西洋记》皆载及，而并云物怪，与此之为义士者不同。……至于构设事端，颇伤稚弱，而独于写草野豪杰，辄奕奕有神，间或衬以世态，杂以诙谐，亦令莽夫分外生色。值世间方饱于妖异之说，而此遂以粗豪脱略见长，于说部中露头角也。”（《中国小说史略》）

此书出版后十年，为俞樾所见，叹其“事迹新奇，笔意酣畅，描写已细入毫芒，点染又曲中筋节。……如此笔墨，方许作平话小说，如此平话小说，方称得天地间另是一种笔墨”（《重编七侠五义序》）。但以第一回狸猫换太子为不经，于是“援据史传，订正俗说”，改作第一回。再以书中已有四侠，再加艾虎、智化及沈仲元，共为七侠，因改名为《七侠五义》，序而传之，盛行于江、浙之间，于是《三侠五义》便很少人注意了。

侠义小说除了表现一点除暴安良的思想以外，其余都一无可取。作者无学问，无见解，但是他们有口才，有技巧，写出来的作品，最能迎合民众的心理，因此很能得到民众的欢迎。所以这一类的小说，当日出世的很多。除《小五义》、《续小五义》之外，尚有《永庆升平》、《万年青》、《英雄大八义》、《英雄小八义》以及《刘公案》、《李公案》、《施公案》、《彭公案》等作。大抵文字恶劣，结构松懈，凡侠皆神鬼出没，全为超人。所谓：“善人必获福报，恶人总有祸临，邪者必遭凶殃，正者终逢吉庇。报应分明，昭彰不爽。”这是当日侠义小说及公案小说共同的思想。

六　倡优小说

如以平话的侠义小说为民众所爱好，那以妓院伶人为题材的倡优小说，正好为有产阶级与知识阶级的人士所欢迎。《红楼梦》

一类的言情小说，读得多了，渐渐感着兴趣厌倦，同时那些改造《红楼梦》的作家们翻案百出，也觉得途穷兴尽，不得不以写才子佳人的笔墨，另寻材料，于是倡优艳迹，顿成新篇。如《品花宝鉴》、《花月痕》、《青楼梦》、《海上花列传》等书，正是这一类的作品。其摹绘柔情，敷陈恩爱，内容虽异，精神实同。

《品花宝鉴》　《品花宝鉴》六十回，陈森所作。陈号少逸，江苏常州人。久寓北京，出入戏院，尤熟悉名伶故事。因以见闻，写成此书，刊于咸丰二年。书中叙述名伶名士的风流韵事，而以名旦杜琴言与名士梅子玉为骨干。二男相恋，故作柔情，恩爱百端，时杂淫秽。现在读来，固然感着恶劣不堪，但在当日的封建社会里，这一种事态，并不是没有。玩弄倡优的故事，到现在我们还时有所闻。不过，在普通的读者看来，总觉得一切都是做作，无论哭笑，都是不近人情。

《花月痕》　《花月痕》五十回，题眠鹤主人编次，实魏子安作。魏字秀仁，福建侯官人。书中叙述韦痴珠、韩荷生与妓女秋痕、采秋的悲欢离合的故事。痴珠、秋痕落拓而死。荷生一帆风顺，封侯赐爵，采秋封为一品夫人。其布局以升沉离合相对照，而强调各人的命运，文字务求缠绵，言语多带哀怨，诗词短简，满书皆是。大概作者自以诗词为其专长，借此以夸才学，泄愁恨。盖作者因科举不利，漫游四方，落拓无聊，以此自况。痴珠、荷生的结局，正是作者理想中的穷达二面。此书品不甚高，然在《品花宝鉴》之上。再有《青楼梦》六十四回，题厘峰慕真山人作，实即俞吟香，江苏长洲人。《青楼梦》全书以妓女为主题，所写不外为“才子多情，落拓游北里，佳人有意，巨眼识英豪”一套，而其文笔风格，可与《品花宝鉴》同观。

《海上花列传》　妓女的生活，在文学上本也是现实的题材，不过前人所作，都成为游戏式的描写，结果是作者借此以表白其怀才不遇的身世，而造成一种极其低级的气氛。真能将妓院生活的经验，加以真实深刻的暴露，一扫倡优小说的滥调的，是用苏州语写成的《海上花列传》。《海上花列传》的作者，为花也怜侬，真姓名是韩邦庆，字子云，号太仙，江苏松江人。科举屡试不利，遂淡于功名，移居上海，为《申报》作论说。喜作狎游，所有笔墨之资，尽归北里。经验既富，观察亦密，而其文笔又极犀利，故成就甚佳。此书为一合传体，为许多故事的集合，然其组织与穿插，却费作者一番心思，比起《儒林外史》的结构来，较为紧凑而有生机。作者自己也说："全书笔法，自谓从《儒林外史》脱化出来，惟穿插藏闪之法，则为从来说部所未有。"（《例言》）书中那种一波未平一波又起的穿插，前后事实夹叙的藏闪，确是《儒林外史》所不及的。《海上花》本来各人有各人的故事，经作者加以组织，弄成一个有机体的总故事，在那里同时进行发展。虽以赵朴斋、赵二宝兄妹为主干，其中很活动的插入罗子富与黄翠凤，王莲生与张蕙贞、沈小红，陶玉甫与李漱芳、李浣芳诸人的故事。因为作者要使得这些故事联合紧密，用两个善于牵线的人物洪善卿与齐韵叟，因此，一切都能活动的联系起来，而成为有机体了。

其次，作者也很用力于人物个性的描写。他在另一条《例言》中说："合传之体有三难：一曰无雷同，一书百十人，其性情言语面目行为，与彼稍有仿，即是雷同。一曰无矛盾，一人而见后数见，前与后稍有不符之处，即是矛盾。一曰无挂漏，写一人而无结局，挂漏也，叙一事而无收场，亦挂漏也。知是三者，而后可言说部。"这真是经验之谈。无雷同无矛盾，确是描写人物应当注意而又极难做到满意的地方。不雷同即能个性分明，跃然纸上，不矛盾，始能人格一致，而能形成人物事件的统一性。在中国过去的小说界，像作者这样自觉的注意到创作小说的技术，实在是难得的。作者在这一方面，得到了很好的成绩。在他笔下出现的那几个妓女如黄翠凤、张蕙贞、周双玉、李漱芳、赵二宝之流，都是个性分明。因为他是用苏州语写苏州妓女，故能绘声绘影，刻画入微，那些妓女们的脾气语调和态度，都能活跃纸上，这正是方言文学的特色。再如赵朴斋、洪善卿一流人物，也写得很成功。《海上花列传》能成为一部名作，其地位远在同流之上，并不是偶然的。清代末年，此类小说所出甚多，如警梦痴仙的《海上繁华梦》、李伯元的《海天鸿雪记》、漱六山房的《九尾龟》等，都是以吴语写妓院生活，除《海天鸿雪记》写作的态度较为严肃以外，其余的都无文学的价值，正如胡适所说"只够得上算为'嫖界指南'"而已。这些书的本身，在文学上虽无大的价值，但在其反面，正映出帝国资本主义在中国几个大都市造成空前的繁华，与妓院的发达，使许多巨贾名流，离开了家庭，都趋向于北里勾栏，寻找快乐，经济本质的变动，正是这一类小说的骨干。在《海天鸿雪记》的卷首云："上海一埠，自从通商以来，世界繁华日新月盛。北自杨树浦，南至十六铺，沿着黄浦江，岸上的煤气灯电灯，夜间望去，竟是一条火龙一般。福州路一带，曲院勾栏，鳞次栉比。一到夜来，酒肉薰天，笙歌匝地，凡是到了这个地方，觉得世界上最要紧的事情，无有过于征逐者。"这话是说得明显极了。

七　清末的小说

清末小说的繁荣及其特质　清朝最后二十年的小说，在中国的小说史上，是一个极其繁荣的时代。《涵芬楼新书分类目录》收录这一时期的作品，翻译与创作，共五百多种，而实际更远在这数目之上。在这短短的时期中，小说能造成空前繁荣的局面，其原因："第一，因为印刷事业的发达，没有从前那种刻书的困难，由于新闻事业的发达，在应用上需要多量的生产。第二，是当时的知识阶级受了西洋文化的影响，从社会的意义上，认识了小说的重要性。第三，是清朝屡挫于外敌，政治又极窳败，大家知道国事不足有为，写作小说，以事抨击，并提倡维新与爱国。"（阿英《晚清小说史》）他所说的虽待稍加补充，大体上是完全正确的。

清代末年，因上海及各大商埠的新闻事业的兴起，小说增加了需要。有的认识小说的社会功用，而创办小说杂志，有的因小说可以卖钱，把他当为一种职业。如梁启超办的《新小说》杂志，除了梁氏自创的作品以外，吴趼人的重要作品，如《痛史》、《二十年目睹之怪现状》、《九命奇冤》，都在这刊物上连载。李伯元创办的《绣像小说半月刊》，他自己的《文明小史》、《活地狱》诸作及刘鹗的《老残游记》，都发表于此。吴趼人也办过《月月小说》，登载着自著的《两晋演义》和《劫余灰》。曾朴也办过《小说林》，有名的《孽海花》就发表在这刊物上。这一类的杂志，当时还不知道有多少，可见其繁华的景象了。

其次，便是知识阶级对于小说的社会功用及其文学价值的认识。从前把小说看作是消闲的读物，到了这时，有识之士，都能认识小说的功用，知道小说可为转移风气、开导民心、抨击政治、宣传革命的工具。在这方面的理论，可作为代表的，是梁启超的《小说与群治的关系》，载在《新小说》杂志上。用他最锋利的文笔，从社会人生政治的种种意义上，大胆的说明了小说的重要性。再如松岑的《论写情小说与新社会之关系》、天僇生的《论小说与改良社会之关系》，都是这一类的文字。其次，对于小说的文学价值加以发扬的，是王国维的《红楼梦评论》。王氏用最严肃的态度，从文学批评的原理上，给与小说以最高的价值，而以悲剧美来分析《红楼梦》的内容，承认这一本小说，为中国文学的杰作。这种批评，完全是受了西洋哲学文学的影响，在中国过去的批评界，无论其态度其精神，都是未曾有过的。再如楚卿的《论文学上小说之位置》、夏穗卿的《小说原理》等篇，也是很可注意的。一面提倡小说的社会功能，一面提倡小说的文学价值，在这一种空气里，从事小说创作的人，自然是更多起来了。

庚子前后，已经到了革命的前夜，外国的思想文化以及物质如潮一般的涌进来，袭击着中国知识阶级的头脑，再加以从鸦片战争以至联军入京几十年来的外患内乱连连的压迫，造成了国内空前的动摇。同时当时的政府，仍然骄奢淫侈，苛敛横征，小民的愤慨，知识阶级新旧思想上的冲突，外国人的种种怪现象，这些社会上政治上未曾有过的种种形态，一齐映入小说家的耳目。如庚子事变，立宪党革命党的活动，买办阶级的生活，官吏的贪污，妇女解放问题，反迷信反封建，等等，都成为小说家的好题材。并且那些作者都意识到以小说作为工具，对于政治社会的黑暗面，加以暴露和抨击。在技术上讲，那些作品幼稚的居多，但那种暴露现实谴责世俗的精神，却是非常可贵的。

最后我们要说的，在这时期不仅创作小说发达，翻译小说的数量更在创作之上，这也是这一时期文学界的一个特色。说到西洋小说的译印，乾隆时代已经有过，或是根据圣经故事，或是根据西洋作品的内容，改造一番，当为已作，算不得翻译，并且为数也极少。大规模的翻译，却在中日战争以后。在梁启超的《译印政治小说序》里，宣扬外国小说的重要性，他自己在这方面并无什么成就。成绩最大的是福建的林纾。林氏虽不懂西文，但经人口译以后，再以桐城派古文笔调，转译了不少欧美名家的作品。在民国以前，他译成的大概在五十种以上。当日也还有不少从事翻译的人，不过成绩都比不上林纾了。

上面所说的，一面固然是晚清小说繁荣的原因，同时也就显示出来当日小说的特质。无论其内容精神，作者的态度，以及时代的环境，晚清的小说都与从前是不同了。当日小说数量之富，作者之多，欲一一介绍，势所不能，仅选出代表作家李伯元、吴趼人、刘鹗、曾朴四家论之。

李伯元　李伯元名宝嘉，别署南亭亭长（西历一八六七——一九〇六），江苏上元人。因科举不利，一生从事新闻事业。先后办过《指南报》、《游戏报》、《繁华报》及《绣像小说》，因此有大量创作小说的机会。所作有《官场现形记》、《文明小史》、《活地狱》、《海天鸿雪记》以及《庚子国变弹词》、《醒世缘弹词》等书，其他用笔名而不可考者尚多。其中当以《官场现形记》、《文明小史》为其代表作。

从题材方面说，清末小说以暴露官场丑态者为多。写得最好的是这一部《官场现形记》。全书六十回，连缀许多官场中的笑话趣闻及其种种贪污丑恶的故事而成。他自序说“南亭亭长有东方之谐谑，与淳于之滑稽，又熟知官吏之龌龊，卑鄙之要凡，昏聩糊涂之大旨”，于是他“以含蓄蕴藉存其忠厚，以酣畅淋漓阐其隐微”。又在书中说：“这不像本教科书，倒像部《封神传》、《西游记》，妖魔鬼怪，一齐都有。”作者写书的宗旨及其内容，由此可以想见。在这一本书里，我们可以看出清末的政治社会腐败到了什么程度，大官小吏卑鄙龌龊、昏聩糊涂到了什么程度，在他笔下刻画出来的这一套脸谱，真是牛鬼蛇神，无奇不有。虽说在那里面，也有夸张失实的地方，也有过于淫恶的地方，但对于官吏的痛恨与谴责，最能得到读者的同情。

《文明小史》是更广泛的描写着那新旧交替时代的全社会。官僚们对于洋人的畏惧与献媚，维新党的投机与欺骗，洋商教士们的趾高气扬，以及洋兵的酗酒伤人，侮辱妇女，读书阶级对于西洋知识的幼稚，以及善良民众的愚笨，真是交织着一幅色彩分明的图画，有深刻的描写，有大胆的攻击，有富于趣味的穿插，有幽默的讽刺，使读者看到那一个新旧文明不调和的全社会的全面目，真是啼笑皆非。在反映清末社会这一点上，《文明小史》与《官场现形记》是有同样的意义与价值。

李伯元虽是痛恨当日的官僚政治而想有所改革，却没有激烈的革命思想。他是一个温和主义者，主张潜移默化。书中借姚老先生的口说明他的态度："我们有所兴造，有所革除，第一须用上些水磨功夫，叫他们潜移默化，断不可操切从事，以致打草惊蛇，反为不美。"因此，在他看来，维新党绝无生路。那些穿洋装剪头发满口新名词的维新派的投机分子，他写得丑恶非凡。其实，这些分子在今日的社会里，仍是很多，其面目之丑恶，与李伯元所写者，似乎并无两样。

吴趼人　吴趼人名沃尧，别署我佛山人，广东南海人。二十余岁至上海，卖文为生，以杂志与报纸相终始。所作小说极多，有《痛史》、《九命奇冤》、《二十年目睹之怪现状》、《瞎骗奇闻》、《电话奇谈》、《恨海》、《劫余灰》、《新石头记》、《两晋演义》等书，而以《二十年目睹之怪现状》与《九命奇冤》最有名。

《怪现状》共一百零八回，连载于梁启超主办之《新小说》。全书以九死一生者为主角，描写此人二十年来在社会上所闻所见的奇形怪事，范围极为广泛。对于政治社会的暴露与谴责，与李伯元之态度相同。作者经验丰富，观察细密，而其文笔生动畅达，故此书出世，深得读者的欢迎。作者一生落拓，因而厌世。他说他二十年来所见的只有三种东西：第一种是蛇虫鼠蚁，第二种是豺狼虎豹，第三种是魑魅魍魉。他所写的怪现状，就是这些东西的面目。"惜描写失之张皇，时或伤于溢恶。言违真实，则感人之力顿微，终不过连篇话柄，仅足供闲散者谈笑之资而已。"（《中国小说史略》）鲁迅氏的批评，极为公允。

《九命奇冤》三十六回，初亦发表于《新小说》，演述雍正年间发生于广东的一件大命案。他根据旧小说安和所著的《梁天来警富新书》，而加以改作。用很严密的布局，动人的描写，有趣的故事，写成了一本很优秀的作品。胡适在《五十年来的中国文学》里，对于这一本书，大加赞赏。他说："《九命奇冤》受了西洋小说的影响是无可疑的。开卷第一回便写凌家强盗攻打梁家，放火杀人。这一段事本应该在第十六回里，著者却从第十六回直提到第一回去。使我们先看了这件烧杀人命的大案，然后从头叙述案子的前因后果，这种倒装的叙述，一定是西洋小说的影响。但这还是小节，最大的影响，是在布局的谨严与统一。……《九命奇冤》用中国讽刺小说的技术，来写强盗与强盗的军师，但他又用西洋侦探小说的布局，来做一个总结构。繁文一概削尽，枝叶一齐扫光，只剩这一个大命案的起落因果，做一个中心题目。有了这个统一的结构，又没有勉强的穿插，故看的人的兴趣自然能自始至终，不致厌倦。故

《九命奇冤》在技术一方面,要算最完备的一部小说了。”

刘鹗　刘鹗字铁云,别署洪都百炼生,江苏丹徒人。著有《老残游记》。刘氏崇泰州学派,倡儒佛道三教合一之说。而又留心欧美之科学,故能成为一与正统道学全不相容的前进的思想家。他提倡修铁路,开矿产,利用外资,开发富源,使中国入于富强之道。在当日那种青黄不接的过渡时代,在那些黑暗势力的守旧时代,这一位保皇党的维新运动者,不得不冒着汉奸的罪名而流犯于辽远的新疆了。他的学博而杂,理学、佛道、金石、文字以及医算、占卜等等,都有造就。诗文也写得很不坏。一生著作颇富,小说仅《老残游记》一种,而竟以此传名,真是作者所没有料到的。其后人刘大绅云:“此记之作,是一时兴到笔墨,初无若何计划宗旨,亦无组织结构。当时不过日写数纸,赠诸友人,不意发表后,数经转折,竟尔风行。”(《关于老残游记》)虽说是一时即兴之作,作者并非全无主旨,其自序云:“吾人生今之时,有身世之感情,有家国之感情,有宗教之感情,其感情愈深者,其哭泣愈痛,此洪都百炼生所以有《老残游记》之作也。棋局将残,吾人将老,欲不哭泣也得乎?”作者的态度与心情,由此可见。他所要写的,是着重于国家社会的观感,而非个人的身世。他虽然没有跨进革命那一阶段,但他却已意识到清朝已走到了不可挽回的残局,更预料到东北一带,将来会落到外人的掌握中。要挽救危亡,唯有提倡科学,振兴实业,才有希望。他在第一回的楔子里,所写那只破船及其周围的情形,正是当日中国的全貌。最可怜的,革命后过了三十几年的中国,仍然是那一只破船。

老残为书中主人,述其行医各地,由其所见所闻,描写当日政治民生社会的实况。着重之点,在指出那些酷吏清官的伤财害命,实有过于贪官。他在书中对于那些号为清官如王佐臣、刚弼之流的政绩,大加谴责。作者说:“赃官可恨,人人知之。清官尤可恨,人多不知。盖赃官自知其病,不敢公然为非,清官则自以为不要钱,何所不可,刚愎自用。小则杀人,大则误国,吾人亲目所见,不知凡几。”《老残游记》对于政治上的指责,主要是集中于此,在其反面,则暴露民众所受的压迫的痛苦。不用说,老残就是作者自己,然而老残只能代表作者的正面,更深一层代表作者的灵魂与理想的,是玙姑与逸云那两个见识超伦的青年女性,那是融合着儒释道三种精神为一体的女性。曾有过高远的理想与狂热的感情,曾体验过悲欢苦乐的人生滋味。老残是现实的,玙姑与逸云是超现实的,是作者人生哲学的理想的表现。因为这一点,在现实性很强的《老残游记》里,加进了一点清新的浪漫精神。

《老残游记》因为是游记式的记事体,自然没有什么紧严的结构与有趣的内容,但在描写的技巧上,得到了优美的成就。他的文字清洁简练,在描写人物个性山光水色时,能一扫陈语滥调,独出心裁,而非他书所能及。如大明湖的风景,白妞、黑妞的说书,桃花山的月夜,黄河的冰雪,高升店的掌柜,翠环的悲史,吴二浪子的赌博,逸云的身世,都是极深刻极生动的好文字,因为这些,增加了《老残游记》在文学上的价值。

《老残游记》初编二十回,先发表于《绣像小说》,续登于天津《日日新闻》,后合刊成为单行本。又二编六回,于民国二十三年刊载上海《人间世》半月刊,翌年由良友书局印成单行本。二编作于一九〇六一一九〇七年间,亦载于天津《日日新闻》,至十四卷因事中断。刘大绅云:“良友所印,系因从弟剪存者只有六卷,故以为断耳。”(《关于老残游记》)可是二编的六回,也不是完璧。至于坊间刊行之四十回本,那后二十回之属于伪造,是无须辨明的了。

曾朴 曾朴字孟朴,别署东亚病夫,江苏常熟人。清末创办小说林书社,编辑新学书籍。关于他的生平,读者可看曾虚白所撰的《曾孟朴年谱》。曾氏精通法文,创译小说甚丰,其中以《孽海花》最著。《孽海花》原定六十回,写至二十四回而止,至民国十六年,加以改作,而成为真美善书店刊行之三十回本。此书以名妓傅彩云、状元洪钧的风流韵事为主干,普遍的描写清末三十年间的政治外交及社会的各种情态。作者自己说:"这书主干的意义,只为我看着这三十年,是我中国由旧到新的一个大转关,一方面文化的推移,一方面政治的变动,可惊可喜的现象,却在这一时期飞也似的进行。我就想把这些现象,合拢了他们的侧影或远景和相联系的一些细事,收摄在我笔头摄影机上,叫他自然地一幕一幕的展现,印象上不啻目击了大事全景一般。"(《修改后要说的几句话》)关于《孽海花》的历史的社会的意义,作者说得极为明白,无须再加一词了。可惜的全书并没有写完,并没有做到他自己所说的那三十年历史的描写。无论在政治上或是在人物上,后半最精彩的也是最紧张的几幕,都没有写到,实在是美中不足。

因为作者这样忠于暴露现实,加以他那活动的文笔,难得的实际的政治知识与官场习惯的熟悉,使他在这书的文学价值上,得到了成功。出版不到二年,再版十五次,销行至五万本以上,决不是偶然的。本书中关于傅彩云的刻画,虽觉得时时有点过于夸张,但当日那些官僚名士的内外生活的描写,确是入木三分,活跃纸上。最可注意的,他的思想还在李伯元、吴趼人之上,甚至也超越了老残。他们只是消极的暴露黑暗,然一致嘲笑立宪党革命党的绝望的前途。但《孽海花》的作者,通晓外国文学思想,更能了解世界政治的大势，故其表现在思想方面者，是一种强烈的革命倾向。书中对于孙中山、陈千秋、史坚如一般人，都寄以深切的同情。同时对于君主政体的黑暗，外族统制的罪恶，都尽量的加以攻击，而暗示着他同情革命倾向共和的思想。在清末许多历史的或是社会的小说里，从没有这种明显的前进的精神。

刘大杰生平简述*

刘大杰(1904—1977),中国著名文学家、作家、翻译家。笔名湘君,湖南岳阳人。1919 年考取湖北武昌旅鄂中学,1922 年考入武昌高师中文系(后改称武汉大学),有名师黄侃、胡小石、郁达夫执教。尝与胡云翼等学友创办艺林社。1925 年,随郁达夫来上海,加入创造社,并结识了郭沫若、田汉和成仿吾。1926 年经郁达夫资助赴日留学,1927 年考入东京早稻田大学文学部,在英德文学专家小铃寅二指导下专攻欧美文学,并获硕士学位。1930 年学成回国,受聘上海大东书局编辑。1931 年任安徽大学文学院教授,1933 年在上海大夏大学等校兼课,1935 年任四川大学教授和中文系主任,1937 年返沪探亲,值抗战爆发,困居上海 8 年,拒绝了日本宪兵队邀其担任日语学校校长的聘请,专心撰写《中国文学发展史》和《魏晋思想论》,两书均由中华书局出版。抗战胜利后任上海临时大学文法科主任,1946 年任暨南大学文学院院长和中文系主任。新中国成立后任复旦大学中文系教授,中文系代理主任,文学教研组组长。还曾担任全国政协委员,全国人大代表,第四届全国人大上海代表团副团长,上海市政协常委,全国文联常委,中国农工民主党上海市委副主任委员,中国作家协会上海分会副主席,《收获》、《文

---

* 本文由潘峰先生撰写。

学评论》、《上海文学》等杂志编委,《辞海》副主编、编委兼分科主编,《中国文学批评史》主编。1965 年在上海西郊宾馆受到毛泽东主席亲切接见,长谈数小时。毛泽东去世前曾写长信给刘大杰。毛泽东致刘大杰所有信札现保存于中央文献馆。1977 年 11 月 26 日,刘大杰在上海病逝,享年 73 岁。代表作有《中国文学发展史》、《魏晋思想论》、《红楼梦的思想与人物》。其他作品有《渺茫的西南风》、《支那女儿》、《昨日之花》、《她病了》、《黄鹤楼头》、《春波楼诗词》、《寒鸦集》、《刘大杰古典文学论文选集》等。翻译作品有《野性的呼唤》、《孩子的心》、《走向十字街头》、《高加索的囚人》、《迷途》、《狂人与死女》、《柘榴石的手钏》等。